SIMONE BERTIÈRE

Mazarin

Le Maître du jeu

ÉDITIONS DE FALLOIS

ISBN : 978-2-253-12599-0 – 1re publication LGF

À André, in memoriam,

À mes enfants,
François,
Marie-Claude
et Marie-Noëlle,

À mes petits-enfants,
Édouard,
Ève,
Constance,
Clara
et Antoine,

À mon fidèle éditeur, Bernard de Fallois,

Et à tous mes amis et amies,

Dont les encouragements et l'affection
m'ont été d'un inestimable secours.

Prologue

Mazarin, un étranger parti de rien, se trouvait à sa mort maître de la France et arbitre de l'Europe, détenteur de surcroît d'une fortune fabuleuse – plus puissant que ne le fut jamais aucun ministre. Qui dit mieux ? Une pareille ascension, le menant du plus bas au plus haut de l'échelle des possibles, est d'autant plus extraordinaire qu'elle a échappé au naufrage final qui guette ce genre d'exploit. Mais son existence ne fut pas de tout repos. Il s'est fait lui-même, il a travaillé, il s'est battu dans des conditions d'une redoutable complexité, et il a refait surface quand on le croyait perdu. Il dut à sa ténacité une victoire totale, sans appel. Cette victoire était aussi celle de la France, à l'issue de la longue lutte qui l'opposait à la maison d'Autriche, et elle apportait à l'ensemble de l'Europe la paix ardemment désirée en vain depuis plus d'un siècle.

Rien ne prédestinait ce Romain à faire carrière hors d'Italie. Il avait tous les dons, mais peu d'espace où les mettre en œuvre. De famille modeste et désargentée, il se savait promis à des rôles subalternes, au service de gens beaucoup moins doués que lui. Il brûlait de se mesurer à ce monde qui n'avait pas prévu pour lui de place. Il aimait la vie, le mouvement, l'action, mais les affrontements physiques n'étaient pas son fort, la violence lui déplaisait. Ses armes à lui étaient l'intelligence et la séduction. Il avait, comme presque tous ses contemporains, la passion du jeu, dont il ne se déprit jamais. Il jouait beaucoup mieux que la plupart d'entre eux et, bon an mal an, il gagnait. Il en fallait plus cependant pour satisfaire son appétit de compétition. Lorsqu'il se mit en quête d'un emploi, il comprit que le maniement des hommes était autrement passionnant que celui des cartes et comportait des enjeux d'un autre calibre. Il découvrit ce pour quoi il se sentait fait : c'est sur l'échiquier politique qu'il décida de mener sa partie. Sa naissance semblait *a priori* l'en exclure. Il paya d'audace pour s'y imposer, sans dessein préconçu, mais en exploitant au mieux les atouts que le sort lui mettait en main. Qui ne risque rien n'a rien. Fertile en accidents de parcours et en rebondissements, sa carrière présente une suite de coups d'éclat, de défis relevés, de paris gagnés contre toute attente, parce que fondés sur un calcul raisonnable des risques.

Le gros problème fut d'abord pour lui d'accéder aux lieux de décision, puis de s'y maintenir – ce qui n'est pas le plus facile. Aussi sa carrière se déroule-t-elle en trois étapes distinctes, marquées par l'apprentissage, les turbulences, et enfin la pleine maîtrise du jeu. Pendant la première, il cherche sa voie sur place, dans le cadre des États de l'Église. Rome, capitale du monde catholique, prétendait encore, au début du XVIIe siècle, arbitrer les conflits européens. Ce n'était pas un mauvais tremplin. Il entra par la petite porte et comme par effraction dans les services diplomatiques pontificaux, se contentant d'emplois modestes, fournissant des renseignements sans qu'on les lui demande, toujours volontaire pour les expéditions pénibles ou dangereuses – et faisant l'éclatante démonstration de ses capacités. Pendant une dizaine d'années, Urbain VIII l'employa, mais au coup par coup et dans des missions parallèles, sans l'intégrer officiellement à ses services. Rude école où se forma sa personnalité, où s'affina son goût, où se forgea son expérience, ces années italiennes méritent mieux que la portion congrue que lui accordent beaucoup d'historiens français.

Sa venue en France, aux approches de la quarantaine, ne fut pas le fruit d'un choix, mais la conséquence de démarches dont le pape l'avait chargé auprès de Richelieu, qui lui valurent l'estime de celui-ci, mais le désignèrent à la vindicte des Espagnols, alors redoutables. Cependant, il n'envisageait pas d'émigrer. Le cardinal-ministre pensait le renvoyer à Rome, muni de la pourpre, pour y soutenir les intérêts français. Le sort en décida autrement. Trois ans plus tard, la disparition de Richelieu et de Louis XIII le propulsa soudain au sommet, pour assurer la continuité de leur politique. Trop tôt, trop vite ! Il aborde alors, dans des conditions très difficiles, la seconde étape de sa carrière, la plus tumultueuse.

L'héritage était grevé d'un lourd passif : une impopularité extrême, un endettement record. Il devrait gouverner à contre-courant contre les vœux des Français, dans l'intérêt bien compris de la France. La fonction de premier ministre d'une régente, auprès d'un petit roi de cinq ans, ne lui conférait qu'une autorité réduite. Il arrivait muni d'une expérience considérable en politique étrangère, mais sans avoir encore exercé le pouvoir par lui-même. Il lui fallait opérer une reconversion profonde : il s'installait dans un pays nouveau, passait d'une condition effacée à un statut de premier plan, cessait d'être un exécutant pour accéder aux responsabilités majeures. Sans doute commit-il des maladresses et des erreurs. Mais, sauf à changer de politique et à trahir les engagements pris auprès de Louis XIII en acceptant de parrainer le dauphin, il savait qu'il serait haï des Français. Entre l'intrus venu d'Italie et ses nouveaux administrés, le malentendu, immédiat, violent et durable, atteignit son point culminant pendant la Fronde. Il fut ridiculisé, insulté, traîné dans la boue, menacé de mort et ses prétendues vilenies alimentèrent un flot de pamphlets auxquels son nom reste attaché, les mazarinades. Les péripéties qui ébranlèrent son ministère sont bien connues. À la guerre étrangère vint s'ajouter une guerre civile qui faillit lui être fatale. Il plia, mais ne céda point, il tint bon et sortit vainqueur de la Fronde, plus puissant qu'il ne l'avait jamais été.

S'ouvre alors la troisième phase de sa carrière. Il gouverne en maître. Il règle un à un tous les problèmes en suspens. Il rétablit l'ordre dans le royaume et restaure l'autorité royale mise à mal par des décennies de rébellions. Il inflige à l'Espagne une défaite militaire décisive qui sonne le glas de ses ambitions à la monarchie universelle et la contraint d'en passer par les conditions de paix qu'il désire. Enfin, en s'imposant comme médiateur dans les conflits locaux qui opposent encore tels ou tels acteurs de second plan, il rétablit la paix partout en Europe. Héritier et continuateur de Richelieu, il a fait mieux que son maître. Celui-ci n'avait atteint qu'un des trois objectifs qu'il s'était fixés, la destruction de l'appareil militaire protestant. Mais il n'était parvenu ni à réduire à l'obéissance les grands seigneurs indociles, ni à ruiner l'hégémonie de la maison de Habsbourg. Mazarin, lui, a obtenu dans ces deux domaines des résultats définitifs. Sans lui, l'œuvre de Richelieu eût été balayée. Sans lui, le règne de Louis XIV n'aurait pas été ce qu'il fut.

Il est pourtant, le plus mal aimé de tous les ministres qui ont gouverné la France. Pourquoi lui marchande-t-on une gloire largement méritée ? Pourquoi l'histoire ne lui accorde-t-elle, entre le « grand cardinal » et le

« grand roi », qu'un rôle de transition, dans lequel il fait piètre figure. Que lui reproche-t-on ? Au cœur du malentendu, on trouve sa personne plus encore que son action. Oui, bien sûr, le bilan de celle-ci est positif, on le concède. Mais il a usé pour y parvenir de moyens répréhensibles – son emprise sur la régente – et n'a jamais songé, affirme-t-on, qu'à satisfaire ses ambitions intéressées. Les mémorialistes – des vaincus de la Fronde pour la plupart – ont tracé de lui un portrait au vitriol, d'autant plus efficace qu'il y avait parmi eux d'excellentes plumes. Ils ont dénoncé le prétendu « gredin de Sicile », fourbe et voleur, venu chez nous s'engraisser sans vergogne en ruinant le pays. Et comme beaucoup d'historiens du XIXe siècle ont fait chorus – notamment Lavisse et ses collaborateurs, dont le point de vue fut répercuté par les manuels scolaires –, c'est cette image qui prévaut dans notre mémoire collective. La seule évocation de son nom soulève encore aujourd'hui, chez les gens les plus cultivés, allusions goguenardes à ses mœurs ou réprobation scandalisée devant ses voleries.

Pourquoi tant de violence et tant de mauvaise foi ? Le rejet dont il fait l'objet excède le cadre de ses choix politiques, qui ne font que prolonger ceux de ses prédécesseurs. La source en est culturelle. Xénophobie à l'égard d'un étranger, mépris de classe pour un homme qu'on dit « issu de la lie du peuple », jalousie à l'égard d'un ministre dont l'ascension a tué les espoirs de bien des prétendants ne suffisent pas à expliquer l'ampleur de ce rejet et sa persistance. C'est sa façon d'être qui dérange. Les Français haïssaient Richelieu, mais le percevaient comme l'un des leurs. Mazarin est différent, il vient d'ailleurs, d'un autre pays, d'un autre milieu. Ses comportements ne sont pas conformes à ce qu'ils attendent. Il est, disent-ils, « ignorantissime de nos coutumes ». La vérité est qu'il les connaît – ce n'est pas très difficile –, mais qu'il ne s'y soumet pas. Son irruption dans cette société qui se veut soudée par une culture aristocratique commune agit comme un réactif, elle y fait apparaître les contradictions et ébranle les certitudes. Atypique, inclassable, il remet en question tous les critères utilisés pour décrire, cataloguer et juger les hommes. On ne trouve aucun vice à lui reprocher, mais on cherche en vain chez lui les manifestations de ce qu'on nomme vertu. Est-il bon, est-il méchant ? On penche pour la seconde hypothèse. Mais comme son éclatante réussite semble lui apporter une caution, on ajoute au mépris déversé sur sa personne le refus de prendre en compte les éminents services rendus au pays et on les passe par profits et pertes.

Le présent livre a donc deux objets, qui en réalité n'en font qu'un : éclairer la personnalité de Mazarin et expliquer le malentendu dont il est la victime. Cela suppose qu'on mène, parallèlement à l'exposé de son action politique, une enquête sur ses idées, ses goûts, les valeurs dont il se réclame, les règles qui régissent sa conduite. Bref, qu'à côté de l'œuvre, on évoque l'homme qu'il fut. Entreprise assurément téméraire, car, de tous nos ministres, il est aussi – on l'aura deviné – le plus énigmatique.

*

Comprendre Mazarin est chose malaisée. Un de ses traits dominants est la complexité. Elle lui était consubstantielle, tant ses aptitudes étaient diverses. Conscient de la précarité de sa situation, il l'a cultivée à dessein. Il en joue avec maestria, en dérogation constante avec les règles et les usages reçus. Il devient français tout en restant italien, il est cardinal, mais renâcle à se faire prêtre. Cette prédilection pour l'ambivalence dépasse cependant le simple souci de sécurité. Elle est aussi revendication de liberté et affirmation de soi. Son obstination à préserver ses attaches romaines traduit un refus de s'amputer d'une partie de lui-même. Curieux de tout, comprenant tout, apte à poursuivre à la fois dix objets différents, sensible aux arts, avide de vivre, il s'efforce de ne renoncer à rien et de concilier devoirs et plaisirs. Ainsi trouvera-t-il toujours, dans les moments les plus chargés de sa carrière, du temps à consacrer au jeu dans la soirée et la poursuite de négociations cruciales ne l'empêchera pas de diriger, par correspondance, la mise en œuvre d'un opéra. Il arbore ainsi de multiples visages, plus complémentaires que contradictoires. Tout chez lui se tient et il mène tout à la fois. D'où la nécessité de multiplier les approches et de confronter les éclairages. Si on limite l'enquête à l'un des aspects de son activité – son action politique, par exemple –, ou si l'on fractionne les différentes facettes de sa personnalité pour les analyser séparément, on ne perçoit pas ce qui faisait sa force, cette ouverture d'esprit et cette vitalité communicative qui, lorsqu'il voulait s'en donner la peine, tenaient sous le charme ses interlocuteurs fascinés.

Son personnage se dérobe aussi à l'analyse par un autre trait, la mobilité. Aucune rigidité chez lui, il n'est pas « tout d'une pièce », il adapte ses comportements aux situations. Non pas pour s'y plier, comme le crurent les contemporains, mais pour mieux les dominer. Rien n'est plus révélateur à cet égard que le contraste entre le charmant Giulio qui court les routes au service du pape et le premier ministre du roi de France. Adieu la spontanéité, l'exubérance, les cris de joie, les jérémiades. Sensible au climat d'hostilité qui l'entourait, il se surveilla, se contrôla, se referma, se drapa de froideur et d'impassibilité, pour se protéger et pour surprendre ses adversaires en couvrant sa démarche : « Monsieur le cardinal ne voulait point être deviné[1]. » À croire, parfois, qu'on a affaire à un autre. Où est le vrai ? Y a-t-il même un vrai Mazarin ? Il change avec les lieux, il change avec les temps. Les épreuves subies lui infligent leur marque, l'âge et la maladie également. Le seul portrait de lui qui vaille est donc un portrait en mouvement, épousant le fil du temps, un récit de sa vie, où l'on essaie de montrer comment il l'a vécue au jour le jour, sans savoir ce qu'il adviendrait ensuite. Une découverte progressive qui lui restitue sa complexité, tout en respectant sa cohérence.

Il n'a rien fait pour nous faciliter la tâche, les historiens du XIXe siècle non plus. Les documents abondent, mais ils nous apportent très peu de renseignements sur sa vie privée. Seules les lettres envoyées à ses proches, surtout dans sa période italienne, jettent quelque lumière sur ses sentiments intimes*. Par la suite, son accès au pouvoir lui a dicté la prudence. Aucun ministre n'a autant écrit que lui. Mais il ne s'est pas répandu en confidences. Ses *Carnets* n'ont rien d'un journal intime. Ce sont des agendas, des pense-bêtes où il notait au jour le jour ce qu'il ne voulait pas oublier. Reste l'énorme masse que constitue sa correspondance – des milliers et des milliers de lettres. Presque toutes étaient fonctionnelles, adressées à tel ou tel destinataire, dans des circonstances particulières, à des fins bien précises. Il n'y disait pas tout ce qu'il pensait, il ne pensait pas tout ce qu'il y disait. Toutes, même celles qu'il envoie à la reine, doivent être replacées en situation. Pour compléter le portrait, il reste quelques recours : des documents relatant des faits avérés ; des témoignages contempo-

---

* Peu d'entre elles ont été publiées. Certaines ont disparu. Mais d'autres mériteraient d'être exhumées.

rains – journaux et mémoires –, riches en anecdotes véridiques et en jugements douteux mais éclairants par leurs erreurs mêmes ; et puis, toute une masse de données diverses mises au jour par des chercheurs spécialisés dans d'autres domaines. Une information certes lacunaire, mais qui excède déjà largement ce que peut embrasser un seul livre.

J'ai donc pris ici le parti de trier, de comparer et de rapprocher les faits, afin d'en faire surgir un sens. Les hommes, même les plus secrets, se livrent à travers ce qu'ils font, et mieux encore, à travers ce à quoi ils se refusent. J'ai tenté de déceler dans ses actes des constantes et d'apercevoir dans leur enchaînement des lignes de force. J'en ai tiré quelques résultats inattendus, qui ébranleront certaines idées reçues sur son comportement pendant la Fronde. Ai-je cédé à la séduction de mon personnage ? Un peu, sans doute. Ma démarche exige évidemment un minimum d'empathie, dont je me reconnais bien volontiers coupable.

J'irai plus loin dans la voie des aveux. J'ai consacré une bonne partie de ma carrière en compagnie de mon mari, puis seule, à sa suite, à des recherches sur le cardinal de Retz, le plus redoutable ennemi de Mazarin, surtout à titre posthume. Il m'en était resté une sorte de remords envers ce dernier, et le sentiment que je lui devais réparation. Ce sera donc chose faite. Raconter tour à tour une même histoire en adoptant deux angles de vue opposés est un exercice délicat, mais salutaire, qui restitue aux événements leur épaisseur, leur part d'opacité, et qui invite à manier avec modération blâmes et satisfecit. Mieux vaut comprendre avant de juger, en sachant que la compréhension est toujours partielle. Je m'étais abstenue jadis de partager la sévérité de Retz sur le compte de Mazarin, trouvant trop facile de pourfendre après coup, douillettement installée dans mon bureau, les prétendues fautes de ceux qui s'étaient battus sur le terrain. Réciproquement, j'accorde ici au parti adverse la même indulgente attention. Car les uns et les autres mettaient dans leur combat une large part de sincérité. On ne peut pas réduire à de simples heurts d'intérêts et d'ambitions le conflit qui opposa Mazarin aux Français. Il n'est qu'un aspect de la profonde mutation qui secouait alors, dans ses croyances ancestrales, la société française tout entière. L'ébranlement des mœurs et des mentalités servira donc de toile de fond à la biographie de celui qui en fut, sans l'avoir voulu, le révélateur.

*

Il me reste à rendre ici hommage à tous ceux qui m'ont précédée dans l'étude de Mazarin et sans qui rien ne m'aurait été possible. Je ne citerai que les principaux d'entre eux. Au XIXe siècle, J. Ravenel, dès 1836, avait offert au public un choix de *Lettres* de Mazarin à la reine et à divers autres destinataires. Victor Cousin, puis surtout Adolphe Chéruel se sont attaqués aux dépôts d'archives, tant françaises qu'italiennes. Le premier a publié sur *La Jeunesse de Mazarin* un volume qui exploite, avec de très nombreuses citations, la correspondance entre le jeune diplomate pontifical et le surintendant de l'État ecclésiastique durant les combats de 1630, puis a entamé un déchiffrement des *Carnets*, qu'il n'a pas mené à son terme. L'autre a consacré sept volumes à l'*Histoire de France pendant la minorité de Louis XIV*, puis *sous le ministère de Mazarin*, également assortis d'abondantes citations, tout en menant en parallèle la publication partielle de ses *Lettres*, qui occupe neuf forts volumes. Leur propos à tous deux restait essentiellement historique.

C'est seulement en 1922 que l'Allemand Karl Federn s'intéressa au personnage, non sans de fortes préventions. Traduite en 1934, sa biographie, qui fit longtemps figure d'ouvrage de référence, est aujourd'hui dépassée par suite du progrès des recherches. Mais aucun ouvrage, depuis, n'a tenté d'embrasser l'ensemble de la carrière de Mazarin. Georges Dethan, petit-neveu et continuateur de Chéruel, a enrichi notre connaissance du cardinal de documents tirés de fonds inexplorés en France et en Italie. En 1968, son modeste volume sur *Mazarin et ses amis*, accompagné d'un choix de lettres de jeunesse, a jeté un jour nouveau sur sa personnalité. Il en a repris la substance sous forme plus étoffée en 1981, dans *Mazarin, un homme de paix à l'âge baroque*, sans pour autant s'astreindre à épouser la chronologie. Madeleine Laurain-Portemer, à qui le temps a manqué pour mettre en œuvre dans un récit suivi le fruit des recherches de toute une vie, a laissé deux volumes d'*Études mazarines* (1981 et 1997, posthume) d'une inestimable richesse, notamment pour la partie italienne de son existence. Son travail a permis à Claude Dulong (*Mazarin*, 1999) d'alléger du préambule italien le brillant récit de la carrière française du cardinal, qu'elle a fait bénéficier de ses nombreux travaux antérieurs, notamment sur *Anne d'Autriche* (1980) et sur *La Fortune de Mazarin* (1990). Entre-temps, l'éminent historien Pierre Goubert avait, dans son *Mazarin* (1990), coloré d'une verve vigoureuse l'analyse enthousiaste de son œuvre politique.

C'est à eux que va d'abord ma reconnaissance. Mais il va de soi que je dois également beaucoup à bien d'autres qui, sur un point ou sur un autre – notamment historiens de l'art ou musicologues –, se sont intéressés à lui. Quelques-uns d'entre eux ont exposé récemment le fruit de leurs réflexions ou de leurs recherches dans un volume collectif d'une exceptionnelle qualité, *Mazarin, les Lettres et les Arts*, publié en 2006 par les soins de la Bibliothèque mazarine. J'ai tenté ici, en m'appuyant sur leurs recherches à tous, de réunir les pièces du puzzle pour en tirer une biographie couvrant l'ensemble de la vie du cardinal et les divers aspects de sa personnalité. L'information est si abondante que j'ai dû me contenter sur bien des points d'une esquisse, mais je me suis efforcée de ne laisser dans l'ombre aucune question importante. Je souhaite que d'autres, après moi, y trouvent une invite à pousser plus loin leurs enquêtes.

Bien que je n'aie jamais triché avec les documents, ce livre est, à sa manière, engagé. J'y prends ouvertement la défense de Mazarin, comme l'impose l'honnête examen des faits. Il est urgent de corriger auprès du grand public la déplorable réputation injustement accolée à sa mémoire. La pente sera dure à remonter. J'espère que ma voix, s'ajoutant à celle des auteurs précités, apportera sa modeste contribution à l'entreprise et lui vaudra de nouveaux avocats.

PREMIÈRE PARTIE

LA QUÊTE D'UN EMPLOI

CHAPITRE PREMIER

Une enfance romaine

À l'aube du XVIIe siècle, l'enfance de Mazarin se déroula sous les meilleurs auspices, du moins dans le milieu qui était le sien, celui de gens simples, sans fortune et sans ambitions particulières, mais fiers de leur qualité de sujets du Saint-Père. Le hasard le fit naître hors de Rome, mais c'est dans la capitale de la chrétienté qu'il passa sa jeunesse et elle garda une place privilégiée dans son cœur. Sa naissance a donné lieu, dans la tradition familiale, à un récit tenant du conte de fées, sans doute enjolivé au fil des années. Mais c'est sous cette forme qu'elle fut rapportée à l'intéressé, qui ne demandait qu'à y croire. Par là s'explique, en partie, l'indéracinable optimisme qui le soutint tout au long de sa vie.

Un enfant prédestiné

« C'est un garçon, un beau petit garçon ! Et il est coiffé ! » La sage-femme désignait la membrane « fine comme une pelure d'oignon », qui couvrait le crâne du nouveau-né. « C'est un signe de bonheur assuré, tout le monde le sait. – Et en plus, il a deux dents », s'écria la servante qui l'examinait en commençant de le débarbouiller. « Et nous sommes aujourd'hui le 14 juillet, fête du bon saint Bonaventure, qui porte chance à ceux qu'il aime. Cet enfant ira loin, c'est sûr, et il vous fera honneur, signora Mazarini. » Comme pour confirmer le pronostic, l'intéressé, au lieu de pousser les hurlements traditionnels, que l'on avait coutume d'interpréter comme le chagrin de se voir projeté en ce monde de misère, arborait une grimace où l'on voulut lire de la joie.

La jeune femme, rayonnante, sentit s'envoler ses inquiétudes. Sa première maternité s'était mal terminée, la petite fille née l'année précédente au mois de janvier n'ayant pas survécu aux miasmes du torride été romain. La seconde devant tomber en pleines chaleurs, on avait pris les devants. La future mère avait accepté l'hospitalité offerte par un de ses frères, prieur de l'hospice des Enfants trouvés de Pescina, dans les Abruzzes, à une vingtaine de lieues de la capitale, en direction de l'est. Accrochée au flanc de la montagne, proche du lac Fano qui lui apportait sa fraîcheur, cette petite ville bénéficiait d'un climat salubre et d'un air pur, prometteurs de santé.

Une tradition bien établie fait donc de Mazarin un « homme à augure », comme on disait alors, un prédestiné. Cette idée lui souriait assez, bien qu'il prétendît le contraire. Superstitieux comme tout le monde en ce temps-là, surtout en Italie, il était sensible aux présages. Il lui arrivait de rappeler, avec un sourire, qu'il était né sous le signe de la chance. Il ne lui déplaisait pas qu'on présentât l'histoire de sa vie comme l'accomplissement d'un destin.

Coiffé ou pas, sa mère s'empressa de protéger sa fragile petite âme contre tout accident, de le soustraire au sort des enfants morts trop vite, à qui le Paradis était refusé faute du sacrement salvateur. C'était bon pour les grands seigneurs, de procéder en deux temps, de faire ondoyer leurs nouveau-nés pour pouvoir retarder à leur gré les fastes d'une fête solennelle. La jeune femme suivit, elle, l'usage des humbles gens. Elle fit baptiser son fils le jour même, au cours d'une cérémonie sans prétention. En fait foi le document découvert à la fin du XIXe siècle dans les registres paroissiaux de Pescina. L'original de l'acte a disparu dans le tremblement de terre de 1915, ainsi que la maison natale, dont il ne subsiste que les soubassements et les débris d'une loggia. Mais l'église de Santa-Maria-delle-Grazie en conserve une copie, faite en 1661 peu après le décès du cardinal : « Le 14 juillet de l'an 1602, Julius Raimundus, fils du seigneur Petrus Mazzarini*, de Palerme, et de la dame Hortensia, a été baptisé par moi, Don Paschalis Pippo, et la sage-femme Christine l'a tenu sur les fonts baptismaux. » Le prénom de Giulio était tout indiqué puisqu'on le rencontrait dans les deux branches de la famille.

Plus tard, beaucoup plus tard, lorsqu'il accéda à des fonctions importantes en France, le lieu de sa naissance fut pour Mazarin une source de tracas : les Abruzzes, relevant du royaume de Naples, étaient territoire espagnol. Faute de pouvoir dissimuler l'inopportun séjour de sa mère à Pescina, il accrédita l'idée que son entrée dans la communauté des chrétiens, elle, avait eu lieu à Rome, dans l'église des saints Vincent et Anastase, paroisse de ses parents, faisant de lui un authentique

---

* Le patronyme de Mazarin comportait à l'origine un double *z*, conformément à la prononciation dans la langue originale. C'est l'orthographe qui figure dans tous les documents italiens anciens. Lui-même continue de signer *Mazzarini* pendant les années précédant son installation en France, la version avec un seul *z* se substituant peu à peu à l'autre. Pour simplifier, nous suivrons l'usage des historiens français, qui écrivent systématiquement *Mazarini.*

Romain, sujet du pape et non du roi Philippe IV. Au temps de sa splendeur, il finança pour confirmer cette version la restauration de la façade et y fit apposer une inscription commémorative, qui s'y trouve encore. Il valut ainsi aux historiens des heures de vaines recherches dans les registres de l'église, en quête d'un acte de baptême qu'on devait découvrir ailleurs.

Sur ses toutes premières années, nous ne savons rien, sinon que la signora Mazarini fut sans doute satisfaite des effets bénéfiques de la petite cité montagnarde sur ses couches, puisqu'elle y revint pour mettre au monde le 1er septembre 1605 un autre fils, Alessandro – qui prendra en religion le nom de Michele. Entre-temps, le jeune Giulio resta-t-il en nourrice dans les Abruzzes ? On croit savoir seulement qu'il s'y trouvait avec elle lorsque naquit son frère et qu'elle ramena les deux enfants à Rome au début de l'hiver de 1605.

Que d'incertitudes ! C'est que, en dépit des signes prometteurs ayant marqué sa venue au monde, il était encore trop petit personnage pour défrayer la chronique dès le berceau. Avouons-le : ces signes, nous les avons tirés, comme tous les biographes de Mazarin, de deux sources peu sûres, les seules qui nous renseignent sur la prime jeunesse du futur grand homme. D'un côté le témoignage, non daté, d'un prétendu « ami d'enfance » anonyme, récit riche en anecdotes vivantes, mais qui n'offrent d'autre garantie que leur vraisemblance. De l'autre, les souvenirs que publia au lendemain de la mort du cardinal l'abbé Elpidio Benedetti[1]. Nul n'était mieux informé puisqu'il fut, des années durant, son homme de confiance. Mais il avait deux excellents motifs d'apporter à la vérité de menues corrections. D'abord, le désir bien naturel de magnifier son défunt maître. Ensuite le souci d'accréditer la version que celui-ci lui avait demandé de diffuser sur ses origines –

par des silences surtout, voire par quelques mensonges. C'est donc avec une extrême prudence qu'il convient d'utiliser ces sources, en les recoupant l'une par l'autre et en les confrontant avec les documents d'archives.

Est-il indispensable d'enquêter, objectera-t-on peut-être, sur des points antérieurs à l'entrée de Mazarin dans l'histoire ? Oui, assurément, car ses origines – ou plutôt ce qu'on en disait – ont pesé très lourd sur sa carrière et ont déterminé en grande part ses comportements. Sa montée au pouvoir déclencha contre lui et ses parents une campagne de dénigrement d'une violence inouïe, culminant avec la Fronde, mais dont les mémorialistes se firent encore, des années plus tard, les échos complaisants. Les deux thèmes de prédilection des pamphlétaires concernaient son identité nationale et la condition sociale de ses parents.

Blessé à vif, il fut tenté de riposter. Au bout du compte son éclatante victoire politique lui tint lieu de revanche. Mais on peut voir, d'après un projet de mémoire justificatif* qu'il fit préparer en 1651 pour répondre aux calomnies, qu'il se définissait lui-même comme « gentilhomme romain ». Qu'en est-il de cette double revendication ? Voici, en gros, ce que nous savons de sa famille.

Racines

Les Mazarini sont des Italiens, à coup sûr, jamais sortis de la péninsule. Mais ils y ont circulé. Leurs racines se trouvent près de Gênes, dans la région de

---

* Intitulé par antiphrase *Les Crimes du cardinal*, ce mémoire restera inédit en son temps. Il a été publié par M. Laurain-Portemer dans *Études mazarines*, II.

Montaldeo, où l'on a pu remonter dans leur généalogie jusqu'au XIIe siècle. De petite noblesse terrienne, ils y possédaient des biens, attestant une certaine aisance. Ce n'étaient pas des miséreux, contraints à émigrer par la nécessité. Mais les Génois, coincés entre montagne et mer sur une étroite bande littorale, avaient toujours fondé leur prospérité sur les relations avec l'extérieur : ce sont des marins, des commerçants, des banquiers et ils ont l'esprit de conquête. Au début du XVIe siècle, leurs positions traditionnelles en Méditerranée sont très affaiblies et bientôt la discorde civile leur coûte leur indépendance : ils sont inféodés à l'Espagne. Mais celle-ci leur ouvre de nouveaux espaces à investir. On dit monts et merveilles de la Sicile, véritable Eldorado. C'est alors que Hieronimo Mazarini, d'humeur aventureuse et rêvant d'un enrichissement facile, céda à l'attrait de la grande île du sud, prometteuse de fortune. Il avait vingt-cinq ans, il s'établit comme artisan ou commerçant, on ne sait au juste. Se trouvant bien à Palerme, il décida de s'y implanter, y transféra tous ses avoirs laissés en Ligurie, s'y maria et y fit souche. Il abandonna au passage la référence nobiliaire génoise pour devenir simple citoyen palermitain.

Deux de ses enfants sont connus de nous. L'un, prénommé Giulio, né en 1544, entra dans la Compagnie de Jésus et entama à Palerme une belle carrière de théologien et de prédicateur, qu'il poursuivit à travers toute l'Italie avant de mourir, très âgé, en 1622. L'autre, Pietro, beaucoup plus jeune, ne dut sa notoriété qu'à son illustre fils*. Son acte de baptême, en

* L'écart de vingt-deux ans entre Giulio et Pietro a parfois fait croire que l'aîné était un frère de Hieronimo, donc un grand-oncle du cardinal. Mais tous deux sont nés à Palerme, alors que les parents de Hieronimo sont restés en Ligurie. La différence d'âge n'a rien de rédhibitoire, surtout s'il s'agit d'un second mariage.

date du 8 septembre 1576, le déclare « né de Hieronimo et de Margarita Mazarini », sans mentionner le patronyme de l'épouse. Quelques gouttes de sang sicilien se glissèrent-elles dans les veines de notre cardinal par cette grand-mère inconnue ? Les plus enragés de ses détracteurs n'ont pas songé à les dénoncer, tant compte peu à leurs yeux la filiation féminine.

Famille sans éclat, donc, mais honorable. Sur le tard, lorsque sa position en France fut consolidée, Mazarin céda un instant, comme beaucoup de ses contemporains, à la tentation de s'adresser aux généalogistes pour se découvrir ou s'inventer des ascendances flatteuses. Les enquêtes des limiers lancés sur la piste génoise crurent pouvoir invoquer, sans certitudes, des liens avec l'illustre famille des Spinola. D'autres cherchèrent graine de noblesse en Sicile, où ils n'eurent pas grand-peine à trouver une bourgade nommée Mazara, sur la côte sud-ouest. Porter le nom d'un lieu, n'est-ce pas la preuve qu'on en est le seigneur ? Mais ils se heurtèrent à une pléthore de Mazarini, dont certains, bien vivants, risquaient de protester. Alors, en remontant dans le temps, ils dénichèrent mieux encore : lors du massacre des « Vêpres siciliennes », qui renversa la dynastie d'Anjou au bénéfice de l'Espagne, un Jean Mazarini aurait payé de sa vie sa fidélité à ses souverains français. Hélas, les maillons intermédiaires manquaient pour faire le lien avec le cardinal. Y croyait-il vraiment ? Il semble avoir mollement encouragé les recherches et il mourut avant l'achèvement de l'entreprise, au grand soulagement de ses enquêteurs. Les érudits modernes ont, comme prévu, dégonflé ces baudruches.

Hieronimo avait réussi sa transplantation en Sicile. De Montaldeo à Palerme, de la campagne ligure à la riche capitale provinciale, il avait franchi une étape. À ses fils d'aller plus loin, pourquoi pas jusqu'à Rome? L'un brillait dans l'Église, mais restait voué au célibat. Entre cet aîné et le jeune Pietro, en eut-il d'autres, morts prématurément ou écartés pour des raisons inconnues? Ce qui est sûr, c'est qu'il traita Pietro non en cadet, mais en continuateur de la lignée. Pour ce fils plein de dons prometteurs, il visa une carrière romaine. Le départ de l'adolescent, à l'âge de quatorze ans, n'est pas dû à un coup de tête et n'a rien d'un saut dans l'inconnu. Tout fut programmé avec soin. S'il fut admis au Collège romain pour y terminer ses études, c'est sans aucun doute sur intervention de son frère jésuite. Après quoi, il eut un point de chute tout trouvé chez les Colonna, une des familles les plus nobles, les plus riches et les plus puissantes de la ville, qui entretenait avec la Sicile d'étroites relations et y disposait d'une clientèle étendue. Débuts inimaginables si le garçon était sorti de « la lie du peuple » : il fallait des protections pour voir s'ouvrir de telles portes.

Ce n'est pas la misère, mais l'ambition qui a conduit Hieronimo et ses fils de Gênes à Palerme, puis de Palerme à Rome : désir de s'enrichir d'abord, de s'élever ensuite. S'en aller vivre à Rome, dans l'*Urbs* prestigieuse, centre du monde, est tout le contraire d'un exil : un accomplissement. Et y briller : une conquête. Sur Pietro repose l'avenir de la famille. On a tout fait pour lui mettre le pied à l'étrier. Il lui reste à se montrer digne des espérances placées en lui.

Les Colonna prétendaient descendre de la *gens* Julia, d'où était sorti Jules César. Ils avaient fourni à l'Église cinq papes et on ne comptait plus les cardinaux de leur nom. Leur rayon d'action ne se limitait pas à l'espace étroit des territoires pontificaux. Ils détenaient d'immenses biens à Naples et en Sicile – alors possessions du roi d'Espagne. Un pied à Rome, l'autre à Madrid, ils tiraient bénéfice d'une double appartenance. En 1584, don Filippo Colonna avait succédé à son père comme chef de la branche aînée et recueilli ses titres de prince de Palliano, duc de Tagliacozzo et autres lieux, ainsi que ses fonctions de connétable du royaume de Naples, qui lui valait le rang de grand d'Espagne. Il occupait à Rome, piazza Santi-Apostoli, au pied du Quirinal, l'immense palais familial agrémenté de jardins, sur les lieux où s'élevaient jadis la maison de Néron et le temple consacré par Caracalla au dieu Sérapis.

Quelles y étaient les attributions du jeune Pietro Mazarini ? Il entrait à coup sûr par la petite porte. Tout d'abord, il dut se fondre dans la nuée de domestiques entourant le *padrone* et dont la présence dans une grande maison en proclamait la prééminence. Entendons par là non pas les gens occupés aux basses besognes et qu'on ne voyait jamais, mais ceux qui, de l'écuyer au majordome, du secrétaire au veneur, du sommelier au musicien et autres, accompagnaient la vie quotidienne du maître et s'employaient à la lui rendre agréable. Souvent issus de la noblesse pauvre, ils y trouvaient le gîte parfois, table ouverte toujours, une protection assurée et, éventuellement, l'accès à une carrière. Un garçon intelligent et plein d'initiative pouvait s'y faire remarquer par des services divers. Vif et ouvert, Pietro plut au connétable et il gagna suffisamment sa confiance pour se voir proposer un mariage avantageux, en la personne d'une de ses filleules.

Ne rêvons pas. C'était une filleule comme les grands en avaient tous en surnombre, moralement tenus qu'ils étaient de porter sur les fonts les rejetons de leurs serviteurs. Mais pour Pietro Mazarini, le parti était flatteur parce que Hortensia Buffalini était noble. De « bonne maison » mais désargentés, ses parents vivaient très simplement à Città di Castello, petite ville d'Ombrie dans la haute vallée du Tibre, aux lisières de la Toscane. Mais ils pouvaient se targuer de cousinages distingués. La signora Buffalini, née Diane Mancini, appartenait à une excellente famille, ancienne, honorablement connue, dotée d'un superbe palais à Rome, sur le *Corso*. Elle avait un frère célèbre, le baron Paolo, fondateur et animateur de l'Académie des humoristes, destinée à « défendre la pureté de la langue italienne », qui passe pour avoir servi de modèle à l'Académie française.

On peut supposer qu'elle s'ennuyait dans sa lointaine province et rêvait de Rome, car c'est à Rome qu'elle mit au monde et fit baptiser sa fille Hortensia et c'est là qu'elle la maria. Avait-elle espéré mieux que le jeune Sicilien ? C'est probable. Mais le prestige du connétable et la situation qu'il offrait avaient balayé les préventions. Les nouveaux mariés s'installèrent à proximité du palais de leur maître, dans le *rione* de Trevi, un quartier agréable, fort recherché, où l'on allait à chaque pas d'église en palais et où l'eau, abondante, entretenait la fraîcheur, bien que la fameuse fontaine ne fût pas encore construite. La mariée était belle. Pour une fois, il est permis de le croire, si l'on en juge d'après son fils. La tradition lui prête quelques dons littéraires et la pare de toutes les vertus. Selon Hugues de Lionne, son souvenir aurait arraché au pape Alexandre VII une exclamation émue : « C'était une sainte ! » Devant le protégé des Colonna s'ouvrait un bel avenir.

En quoi consistaient au juste ses activités ? Il est quasiment impossible de le savoir. Les détracteurs du cardinal ont déployé autant d'imagination que de mauvaise foi pour prêter à son père des professions peu reluisantes, telles que vendeur d'huîtres à l'écaille, curé de village, pirate, fendeur de bois, commerçant en faillite, palefrenier, et bien d'autres métiers encore. Plus équitables, les historiens ont fait de lui un intendant, un majordome ou un chambellan des Colonna. Un emploi à demeure, donc, impliquant une présence continue, et qui paraît peu compatible avec l'indication fournie, certainement sur ordre, par Benedetti et d'ailleurs confirmée par l'ami d'enfance anonyme : le connétable « confia à sa droiture le gouvernement de nombreux endroits de ses États, où, pratiquant une justice aussi rigoureuse qu'adroite et prudente, il sut s'attirer les louanges conjointes du prince et des populations ». Des missions extérieures donc, assurément délicates – trancher des litiges ou faire rentrer des redevances –, source probable d'ennuis sans nombre, et dont le caractère occasionnel n'assurait pas au malheureux des revenus réguliers. Le zèle de l'intendant et la satisfaction du maître durent décroître au long des années. Pietro se plaindra amèrement de l'ingratitude de son employeur, prodigue en « bonnes paroles », mais sans aucun fruit : « Je n'accepterai pas de gouvernement qui ne soit très honorable et utile, qui ne fournisse à mon propre entretien et ne me donne 300 écus pour la maison », écrira-t-il à Giulio en 1629[2].

Mais n'anticipons pas. Au lendemain de la naissance de son fils aîné, le climat est à l'euphorie, assurant à celui-ci une enfance très protégée.

Un jeune prodige

La famille s'agrandit très vite. Au second fils, né en 1605, viennent, entre 1606 et 1614, s'ajouter quatre filles : Margarita, Anna-Maria, Cleria et Girolama. Puis c'est fini. Le couple s'en tient à six. La transplantation de Pietro est achevée. Il a obtenu enfin, en 1608, la citoyenneté romaine tant convoitée, récompense d'une longue patience : il habitait Rome depuis dix-huit ans. Il n'existait pas de règle en la matière, seulement des usages. Mais il est clair que l'Urbs, vaste carrefour de la chrétienté où se pressent les voyageurs, répugne à adopter les oiseaux de passage. Elle exige des migrants un temps d'épreuve et la manifestation d'une volonté explicite. L'emploi chez les Colonna, le mariage avec une Romaine, la naissance d'enfants : autant d'éléments qui, additionnés, sont marques d'intégration. Pietro Mazarini et les siens sont désormais romains à part entière, admis à postuler des fonctions dans la gestion municipale ou l'administration du Saint-Siège.

Six enfants à élever, la charge n'est pas exceptionnelle en ces temps prolifiques. Mais il est impossible d'offrir à tous des chances égales. On sacrifie d'ordinaire les filles aux garçons et les cadets aux aînés. Chez les Mazarini, il se trouve que l'aîné des garçons tranche sur le lot et mérite qu'on se donne du mal pour lui. Leur préférence affichée pour Giulio trouve sa justification dans les dons exceptionnels dont il fait preuve prématurément. Ne boudons pas les deux biographes amicaux, ils sont les seuls à nous offrir quelques échantillons des talents du jeune prodige. Le voici âgé de cinq ans à peine, accompagnant sa pieuse mère aux exercices spirituels dirigés à la Chiesa Nova et à Sant-Onofrio par les Pères de l'Oratoire, célèbres pour la qualité musicale de leurs offices. Un autre aurait dormi ou regardé voler les mouches. Lui ne perd pas une miette des sermons entendus et les récite ensuite mot pour mot en public. Pur exercice de mémoire ? Ce serait déjà remarquable. Mais il a vraiment l'air de comprendre ce qu'il dit. Et il y met tant de conviction, de vivacité, de bonne grâce que les assistants sont conquis. Au point qu'un riche

Vénitien de passage, informé des modestes ressources de ses parents, les gratifie d'une allocation de dix écus par mois pour financer ses études.

À sept ans, déjà auréolé d'une réputation flatteuse, il entra au Collège romain, tout voisin du palais Colonna. Il y brilla aussitôt. Le célèbre établissement tenu par les jésuites était ce qu'on faisait de mieux en matière d'enseignement. Il attirait à lui les professeurs les plus prestigieux. À côté des études littéraires et religieuses, il accordait une large place aux sciences. Manifestant un esprit d'ouverture qui contrastait avec la frilosité de certains milieux cléricaux, il suivait de très près l'activité des astronomes, qui, les uns après les autres, se ralliaient à l'explication copernicienne des phénomènes célestes. Dans la première décennie du siècle, les jésuites soutinrent publiquement Galilée, y compris lors de la publication du *Sidereus nuncius* – le *Message céleste* – qui apportait des éléments décisifs à la cause de l'héliocentrisme. Ils le lâchèrent lorsque celui-ci, grisé par le succès, organisa autour de ses découvertes un battage que nous dirions aujourd'hui « médiatique », tournant à la provocation.

La présence de Giulio au Collège coïncide avec ce revirement. Il assista sans doute à l'hommage qui fut rendu au savant le 29 mars 1611 – pour la dernière fois avant la rupture. Sans comprendre grand-chose au débat : il était trop jeune. Mais dans les années qui suivirent, la polémique le rattrapa. Convoqué à Rome en 1616, Galilée ne put empêcher le Saint-Office de mettre à l'Index la doctrine de Copernic. Deux ans plus tard, l'apparition de trois comètes, dont l'une brillait d'un éclat particulièrement vif, réveilla les controverses. Invité à donner son avis par le cardinal Maffeo Barberini, qui lui restait favorable, il en profita pour se livrer, dans le *Saggiatore* – l'*Essayiste* –, à un brillant éloge de la méthode expérimentale. Mais que devait-on penser lorsque cette méthode conduisait à des conclusions opposées aux affirmations de l'Écriture sainte ? En cette année 1618, le conflit n'avait pas encore pris le tour aigu qui aboutira au procès et à la condamnation du trop remuant novateur. Mais les jésuites avaient déjà marqué leurs distances. Le Père Horatio Grassi, astronome attitré de la Compagnie, affichait son désaccord. Or Mazarin, âgé de seize ans désormais, préparait sous la direction de celui-ci sa thèse de fin d'études. Sur quoi ? Sur la comète ! Un sujet brûlant, peut-être imposé à titre de mise à l'épreuve. Il la soutint publiquement, avec succès, dans la grande salle du Collège. Nous ignorons quel fut son point de vue sur les phénomènes célestes, mais nous croyons sans peine qu'il sut déployer dans l'argumentation « une adresse, une fermeté, une éloquence » qui lui permirent de contourner tous les obstacles et lui valurent l'approbation unanime.

Ce sage conformisme ne s'explique pas uniquement par la prudence. Son esprit pratique, tourné vers le vivant, le concret, répugnait aux débats d'idées. Il ne se sentait attiré ni par la cosmogonie, ni par la théologie. Non point qu'il y fût fermé : il avait prouvé ses capacités, brillamment conquis sa peau d'âne. Mais il n'avait pas envie de consacrer son existence à ce genre d'exercices. Son cursus scolaire était terminé. Il refusa d'aller plus loin. Ses maîtres, voyant en lui une recrue de choix pour la Compagnie, tenaient à le garder. « Charmés de son bel esprit, de sa capacité et de ses gracieuses manières », ils firent l'impossible pour le séduire, lui promettant *mari et monti* – « les mers et les montagnes » –, autant dire tout ce qu'il voudrait. Leurs efforts indiscrets n'aboutirent qu'à le rebuter davantage, affirme Benedetti. Il ne songea qu'à les fuir et à profiter de la vie en compagnie des jeunes gens de son âge.

L'apprentissage du monde

C'était alors, selon l'ami d'enfance, un jeune homme au visage charmant, aux manières agréables, gracieux, agile, vif, aimable, poli, d'esprit insinuant et hardi, d'humeur enjouée, habile à dissimuler, en un mot apte à toutes choses. Insistons. On ne le répétera jamais assez, la carrière de Mazarin est inexplicable si l'on omet cette donnée première : il est infiniment séduisant. Il le sait. Et il en joue. Les portraits, tous tardifs, tendent à le figer dans la raideur apprêtée qu'impose sa dignité. Ils nous montrent, encadré de cheveux bruns, un visage bien charpenté, dont l'harmonie est soulignée par une moustache hardiment retroussée et une délicate touffe de barbe, un front haut, un nez droit et ferme, des yeux noirs dont la pénétrante acuité vous transperce. Mais ce Mazarin-là a le regard triste. Il lui manque la mobilité, la gaieté, la grâce – la joie de vivre de sa jeunesse.

En ce début du XVIIe siècle, la Rome pontificale propose à sa curiosité mille merveilles. Hélas, elles ne sont pas aisément accessibles au fils de l'intendant des Colonna. Il a été élevé, nous dit-on, avec ceux du connétable, d'âge analogue. Certes. Mais ce type de familiarité, auquel ont souvent recours les familles aristocratiques pour fournir une société à leurs enfants, n'implique pas traitement d'égal à égal. Et les faveurs des jeunes maîtres sont révocables. Giulio n'a pas manqué de le sentir. Il comprend vite que, pour se maintenir, il doit les distraire. Nul n'est mieux doué que lui pour cela, tant il a l'esprit inventif et la langue agile

– « grand amateur d'hyperboles », disait son père. Un zeste d'irrévérence, élégamment maniée, vient pimenter son obligeance et lui ôter l'air de servilité. Mais jamais il ne se fâche. Il connaît les limites à ne pas franchir. Bref, il sait se rendre indispensable.

Qu'il y ait une part de calcul dans son attitude, c'est évident. Cependant la volonté de plaire n'est pas tout. Elle est inopérante si elle ne s'accompagne pas de spontanéité. Quand on « fait du charme », on manque son but. L'indiscutable séduction du jeune Giulio, dont tous subissent l'emprise, est assurément authentique. C'est très spontanément qu'il est aimable, enjoué, attirant, parce qu'il a besoin d'être aimé. Mais il est trop intelligent et trop réfléchi pour ne pas se rendre compte du pouvoir que représente cette séduction. Découverte capitale, qu'il dissimule avec le plus grand soin. Il plaît. Or plaire est pour lui l'unique moyen de s'introduire dans un milieu qui n'est pas le sien. Il serait bien sot de ne pas s'en servir, alors qu'il n'a qu'à se laisser aller, toutes grâces dehors, à sa pente naturelle.

Il se glisse dans les palais à la suite des jeunes Colonna et il en découvre la somptueuse décoration, il gorge ses yeux de peintures, de sculptures. Il a du goût, il discerne vite le médiocre du meilleur. Les artistes sont là, à la solde des mécènes, il peut les voir travailler, leur parler à l'occasion. On bâtit, on restaure. La ville est pleine de chantiers où rivalisent les architectes, en quête de formes nouvelles. Les jésuites l'ont initié à la musique, pour laquelle il montre des dispositions. Rome lui offre cent occasions d'en entendre, dans les églises où montent vers le ciel les voix pures des enfants chanteurs, dans les théâtres où triomphent les castrats venus de Naples, dans les concerts privés où d'illustres compositeurs donnent la primeur de leurs œuvres, dans la rue même où se déchaîne, en temps de carnaval notamment, un ouragan de musique.

Il se frotte à la jeunesse dorée de Rome, qui gravite autour des fils Colonna. Rude école. Il se polit, prend le langage, le ton, les manières du grand monde. Il assimile les codes, les signes de reconnaissance, les règles régissant ce qui se fait et ce qui ne se fait pas, indispensables pour survivre dans ce milieu fermé. Il n'est pas tout à fait des leurs cependant. De sa position en retrait, il observe, repère les clans, les réseaux de relations qui les structurent, déchiffre derrière le raffinement du langage les désirs, les mensonges, les haines et il apprend à repérer l'instant où les violences feutrées vont se muer en affrontements. Bref, il commence d'acquérir cette connaissance des hommes qui sera plus tard un de ses atouts.

Il se dissipa, eut de mauvaises fréquentations, dit l'ami d'enfance. Faut-il voir là une allusion à quelque dérèglement des mœurs ? Un adolescent aussi séduisant devait éveiller bien des convoitises chez l'un et l'autre sexe et donc bien des tentations. Il semble avoir su se garder ou, en tout cas, se cacher. Ses biographes éludent la question. Nous ne saurons rien. La seule forme de dissipation qu'on lui impute est la passion du jeu. Sur ce point, biographes amis et détracteurs haineux sont d'accord : Mazarin fut dès son jeune âge un joueur impénitent.

Le jeu lui offrait alors une solution à un de ses soucis majeurs, la question vestimentaire. En ces temps où la condition sociale s'inscrit dans le costume, il ne peut espérer voir s'entrouvrir les portes des palais que s'il est bien habillé. Une exigence qui va de pair avec sa coquetterie de jeune gandin, si bien fait de sa personne.

Comment faire quand on n'a pas d'argent ? Il suffit de jouer. La chose est aisée : tout le monde joue à Rome, avec frénésie. Tous les milieux sont touchés. On se ruine sous les lambris, on se bat, on s'égorge parfois dans les ruelles pour quelques pièces d'or âprement disputées. Giulio s'y applique avec méthode et devient vite un quasi-professionnel. Évitant les jeux de hasard pur, il choisit ceux qui exigent habileté tactique, voire stratégie. Plus il peut combiner ses coups à l'avance, plus il a de chances de gagner. Et il gagne en effet, la plupart du temps, et beaucoup. Lui arriva-t-il de tricher ? La rumeur le suivit jusqu'en France, où on la retrouve, un demi-siècle plus tard, sous la plume du cardinal de Retz : « Au sortir du Collège, il apprit à piper et reçut des coups de bâton » d'une de ses victimes[3]. Mais d'après lui, ses succès ne devaient rien qu'à la providence : « *ad un uomo splendido, il cielo è tesoriero* » – un grand seigneur a le ciel pour trésorier.

Une chose est sûre, il jouait en grand seigneur, pas en besogneux. Hardiesse et maîtrise de soi. Il prenait des risques énormes, mais conservait tout au long de la partie un visage de marbre, ne laissant échapper aucune de ces exclamations malséantes qui traduisent l'angoisse – comme si l'enjeu était pour lui sans importance. Il maniait les écus « à la pelle » et les dépensait sans compter. Ainsi pouvait-il parader dans des tenues appropriées au monde qu'il fréquentait et jouer *au* grand seigneur. Hélas, la fortune, changeante, se permettait parfois de lui tourner le dos. Il mettait alors en gage ses bijoux et ses beaux habits, jusqu'à sa dernière paire de bas de soie, raconte l'ami d'enfance, et il en tirait de quoi jouer à nouveau, pour se refaire. Un exercice de funambule qui finit par le miner et lui ôter le sommeil. Pour « l'enlever à ses mauvaises habitudes », son père sauta sur l'occasion gui se présentait. Le second des fils

Colonna, destiné à l'Église, partait pour un long séjour en Espagne. Giulio l'accompagnerait.

L'intermède espagnol

Il suffit de regarder une carte pour comprendre de quel poids pèse alors l'Espagne sur les États pontificaux. Coupant la péninsule en diagonale, telle une écharpe joignant la Méditerranée à l'Adriatique, ces États sont pris en tenailles entre le vaste royaume des Deux-Siciles, au sud, et, du côté du nord, divers États indépendants de moyenne ou faible étendue, duchés ou marquisats, auxquels le souverain de Madrid fait sentir indirectement sa griffe par l'intermédiaire de son cousin autrichien. Car les maîtres de ces États, membres du Saint Empire romain germanique, sont vassaux du Habsbourg de Vienne et doivent solliciter de lui leur investiture. Mieux encore : au centre de ce conglomérat disparate s'étale la riche Lombardie, possession espagnole depuis la défaite de François Ier à Pavie, par qui transitent toutes les grandes voies de communication, routières et fluviales. Seules Venise à l'est et la Savoie à l'ouest sont en mesure de manifester, à leurs risques et périls, quelques velléités d'indépendance. Comment Rome pourrait-elle ne pas se soumettre ? Elle se souvient encore de la prise d'assaut et de la mise à sac que lui avaient infligées en 1527 les armées de Charles Quint. Les États pontificaux sont donc un protectorat espagnol, d'autant plus docile que Madrid fait élire les papes à sa guise. Il ne manque pas, pour justifier cette sujétion, d'arguments spirituels. Dans une Europe déchirée par la Réforme, l'Espagne au catholicisme pur et dur reste le fer de lance de la reconquête espérée. Elle est le meilleur soutien du Saint-Siège. En ces temps où l'implantation dans un pays implique obligation personnelle de fidélité et de service à son souverain, la double appartenance n'entraîne donc aucun conflit de devoirs : on peut être à la fois, en toute bonne conscience, sujet du pape et sujet du roi d'Espagne, puisqu'ils sont censés n'avoir qu'une seule et même volonté.

Il y a bien à Rome quelques mauvais esprits pour juger un peu indiscrète la protection imposée. Mais ce n'est pas le cas chez les Mazarini. Que ce soit à Gênes ou à Palerme, ils ont toujours vécu en territoire espagnol et n'ont jamais remis en cause cette situation, qui leur paraît naturelle. Quant aux Colonna, très hispanisés, ils sont un des instruments par lesquels Philippe III assure sa mainmise sur les États pontificaux : une noblesse locale à sa dévotion. Dans ce milieu, Giulio vit à l'heure espagnole, sans se poser de questions, et c'est d'un cœur léger qu'il s'embarque à la découverte de la puissante Espagne dont nul ne doute, autour de lui, qu'elle va bientôt accéder à la monarchie universelle.

Jérôme Colonna allait parfaire ses études à la célèbre université d'Alcala de Henares et se faire connaître, à Madrid, de la haute noblesse à laquelle appartenait son père. Giulio entrait à son service comme *cameriere* dit l'un, dans sa *camerata*, dit l'autre. Beaucoup plus qu'un valet de chambre, quoi qu'on en ait dit. Un serviteur tiré du lot, doté par privilège spécial d'un logement individuel. Un compagnon de rang inférieur certes, mais admis dans la familiarité du maître et partageant ses activités.

Les voyages forment la jeunesse. De ces trois ans à vivre dans la société quotidienne de Jérôme Colonna, à suivre avec lui les cours de l'université, à l'accompagner dans ses excursions à Madrid, toute proche, le jeune Mazarin tira d'immenses profits. Quelques mois lui suffirent pour maîtriser la langue, qu'il parla et écrivit avec aisance jusqu'à la fin de sa vie. Il s'attacha ses condisciples par son esprit et sa gaieté, en se gardant d'étaler sa supériorité intellectuelle. Meneur de jeu à l'imagination débordante, il les tenait à sa dévotion. Mais surtout il acquit, sur le tas, une connaissance du pays qui devait lui être infiniment précieuse plus tard. À travers la littérature, il s'imprégna de culture espagnole. Il observa les mœurs, plus guindées qu'à Rome, il découvrit l'orgueil castillan, le culte de la pureté du sang, le mépris du travail, le caractère archaïque d'une économie fondée sur l'exploitation des mines d'or et d'argent d'Amérique – signes prémonitoires d'un déclin que nul ne voyait venir. Sa mémoire docile les enregistra sans en mesurer les implications, mais ils contribuèrent à élargir et à nuancer sa vision du monde, puis, beaucoup plus tard, l'aidèrent dans ses négociations avec l'Espagne.

Il n'en devint pas plus sage. Les subsides qui lui étaient alloués ne couvraient pas ses besoins. À Madrid comme à Rome, il trouva des partenaires pour jouer et gagner – ou perdre. Ici se place un épisode romanesque raconté avec force détails par l'ami anonyme et repris par la plupart des biographes, mais sur l'authenticité duquel planent des doutes. Un jour où l'état de ses finances lui conférait très grise mine, il tomba sur un riche bourgeois qui l'avait pris en amitié – un certain Nodaro, dont le nom est pris tantôt pour un patronyme, tantôt pour la marque de sa profession de notaire. Il n'osa lui avouer qu'il croulait sous les dettes et invoqua un retard dans le courrier qui devait lui apporter de Rome une somme assez considérable. L'autre offrit de le dépanner. Il accepta, comptant se remettre à flot grâce au jeu et, en effet, il remboursa rapidement les dix doublons avancés. Cette ponctualité acheva de convaincre Nodaro que le jeune homme avait de la fortune et il se mit en tête d'en faire son gendre. Invitation, présentation. La jeune fille était belle, elle se mit en frais de coquetterie. Il s'ensuivit une idylle que rien ne vint contrarier, au contraire. Il y avait une jolie dot à la clef. Giulio, très épris, demanda la main de sa bien-aimée.

Pour aboutir, il lui fallait l'assentiment de ses patrons. Il se confia donc à Jérôme Colonna. Celui-ci discerna sans peine, malgré le déploiement d'éloquence de l'intéressé, l'absurdité d'un projet qui le vouait à s'enterrer, à vingt ans, dans l'esclavage doré d'une vie familiale bourgeoise, au lieu de poursuivre la brillante carrière à laquelle il pouvait prétendre. Renonçant à le heurter de front, il jugea que le temps et la distance calmeraient son ardeur. Il l'expédia donc à Rome, sous prétexte de porter un message au connétable et de solliciter l'assentiment de son père. Après quoi il reviendrait épouser sa promise. Pietro, soûlé de belles paroles et ébloui par la dot, n'éleva pas d'objections. Mais le connétable, prévenu par une lettre de son fils, mit son veto. Il sermonna vigoureusement l'étourdi et le somma de se remettre à l'étude au plus vite. Adieu l'Espagne ! Ainsi finirent les amours de Mazarin.

Avouons-le : autant les autres anecdotes fournies par le récit anonyme sonnent juste et s'accordent avec ce qu'on sait par ailleurs du personnage, autant ce fade roman à l'eau de rose détonne, dans son contenu comme dans les termes utilisés pour le rapporter. Il est certes possible que le jeune Giulio, à vingt ans, dans l'aveuglement d'un premier amour, ait été capable de faire des sottises. Mais pas ces sottises-là. Défier des parents hostiles et enlever sa belle à leur barbe ? Peut-être. Mais pas se laisser glisser sur une pente savonnée à dessein. Trop simple, trop facile. Son expérience de joueur lui aurait fait flairer le piège. Il aime l'action, le mouvement, l'éclat. A-t-il vraiment envie de finir dans la peau d'un notaire, de rester coincé pour la vie à Alcala, ou même à Madrid ? La chose est très improbable de la part d'un homme qu'on verra, tout au long de sa vie, acharné à se ménager des issues, à ne se fermer aucune porte. Benedetti, plus fin que l'ami anonyme, trouve cette histoire peu crédible et la traite de « fable inventée ».

On l'imaginerait mieux en séducteur patenté, comme le suggère une autre indication, plus tard confirmée par lui-même : il était « très affectionné » aux dames espagnoles. En apprenant qu'il ne reviendrait pas à Madrid, elles versèrent des torrents de larmes, tant il avait fait de ravages dans leurs cœurs. Cependant, ces dames restent anonymes, on chercherait en vain un nom à mettre sur l'une de ces conquêtes. Mazarin en amoureux transi ou en irrésistible don Juan ? Aucune de ces deux images n'est vraiment convaincante. Non, à vingt ans, il ne ressemblait pas aux jeunes gens à la mode. Il avait trop de chemin à parcourir pour remonter le handicap que lui infligeaient ses origines. Il ne perdait pas son temps à roucouler auprès d'insignifiantes donzelles ou à répéter sans fin auprès de femmes faciles d'identiques victoires. Il rêvait d'expérimenter ses talents de joueur sur le grand théâtre du monde, en maniant non plus des cartes, mais des hommes. Il lui restait à en trouver les moyens. Or ce qui l'attendait à Rome n'allait pas lui rendre la tâche facile.

Retour en catastrophe

Selon Benedetti, son rappel n'a rien à voir avec un prétendu projet de mariage. Il aurait été sommé de revenir parce que son père, poursuivi pour homicide, avait pris la fuite. Les cas de ce genre n'étaient pas rares dans la Rome des années 1620. On avait l'honneur chatouilleux, l'humeur querelleuse et le coup d'épée ou de poignard facile. Le coupable quittait les États du pape, en attendant que les remous s'apaisent et que des amis s'entremettent pour une mesure de clémence. Nous ne connaissons pas les circonstances exactes du drame – provocation, bagarre, accident? – où fut compromis Pietro Mazarini. On peut être sûr, cependant, que le fidèle Benedetti n'en aurait pas parlé si la chose n'avait pas été de notoriété publique en son temps. Grâce aux Colonna et aux beaux-frères Buffalini, l'affaire s'arrangea et Pietro put revenir. Mais elle avait porté un coup dur à son prestige auprès des siens et compromis ses activités professionnelles.

Comme son fils, Pietro Mazarini avait du charme à revendre et, sans être aussi intelligent, il était loin d'être un sot. Mais il lui manquait la force de caractère. L'ascension sociale dont il rêvait n'a été ni aussi rapide, ni aussi brillante que prévu. La fortune espérée n'est pas venue. Les maternités à répétition, les frais de logement entraînés par une nichée qui s'accroissait sans cesse ont mis à mal les finances du couple, cependant que Pietro, cessant de vivre dans la familiarité quotidienne du connétable, voyait se déliter sa faveur. La déception fut pire encore pour sa femme, issue d'un milieu plus relevé, qui supportait mal d'être vouée à une existence étriquée. Pour alléger les charges, ils ont expédié leurs deux filles aînées en pension dans un couvent de Città di Castello, auprès de leurs grands-parents. Peine perdue. Ils tirent le diable par la queue. L'accusation d'homicide, la fuite de Pietro, la perte de ses fonctions d'intendant, le désastre financier qui en résulte n'ont pu qu'approfondir le fossé qui se creuse entre Hortensia et son époux. Elle a beau être une sainte, elle ne peut plus se dissimuler que son mariage est un échec.

On rappelait Giulio d'urgence, non pour défendre son père, mais pour soutenir sa mère et pour remettre de l'ordre dans les affaires familiales. Bien que Pietro eût été absous et rétabli dans son emploi, chacun sentait qu'il devrait bientôt passer la main. Aux approches de la cinquantaine, il ne remonterait pas la pente. Ainsi s'amorçait un transfert de responsabilités qui ferait prématurément de son fils le véritable chef de la *casa*. Finies les années faciles. Giulio n'avait plus qu'à retrousser ses manches et à se mettre au travail.

Les circonstances lui offrirent, peu après son arrivée, un splendide lot de consolation. On sait que les jésuites, loin de partager la réprobation de certains confrères pour le théâtre, prétendu corrupteur, voyaient en lui un outil pédagogique de premier ordre. Ceux du Collège romain ne dérogeaient pas à l'usage et ils avaient prévu, pour les fêtes marquant la canonisation de leur fondateur, du 22 au 24 mai 1622, de faire représenter une pièce évoquant la vie de saint Ignace, œuvre du compositeur attitré des Barberini, Hieronymus Kapsberger. Ne parvenant pas à trouver parmi leurs élèves un interprète capable d'assumer le rôle-titre, ils eurent l'idée de recourir à leur ancien disciple, qui goûtait peu la théologie, mais raffolait de la musique. Giulio releva bravement le défi et se tailla un triomphe, tant pour ses talents de comédien que pour ses qualités vocales. En chaire, il pouvait débattre doctement de la comète, sur scène, il pouvait rivaliser avec ses chanteurs confirmés. Où ce funambule trouverait-il finalement sa voie ?

Dans l'immédiat, le programme qui l'attendait offrait moins d'attrait. Il lui fallait acquérir des connaissances rapidement utilisables. À l'université d'Alcala, il avait tâté du droit, sans grande conviction. Il s'y attela pour de bon, s'inscrivit à la Sapienza, suivit les cours du plus illustre des professeurs, consumant, nous dit-on, ses jours et ses nuits sur les livres. Comment expliquer, alors, qu'il n'ait décroché le titre de docteur *in utroque jure* – dans les deux droits, civil et canon – qu'en 1628, au bout de six ans ? Ou bien il a mis peu d'ardeur au travail, ou bien il y a erreur sur la date – l'un n'excluant pas l'autre. Une chose est sûre, en tout cas : plus il ingurgite de droit, plus il le prend en grippe et plus lui répugnent les professions qui y sont liées.

Trois années s'écoulent, qui forment un trou noir dans sa biographie, avant que nous puissions quitter la légende pour l'histoire et rejoindre un terrain plus solide, balisé par des documents. C'en est fini alors de sa jeunesse. Au terme de ses années de formation, on discerne déjà certains traits marquants de sa personnalité, qui laissent pressentir l'homme à venir.

Il est séduisant et le sait. Il en joue, en un surprenant mélange d'ingénuité et de calcul, pour se faire aimer et pour acquérir les protections puissantes qui lui permettront de grimper dans l'échelle sociale. Il vise moins à acquérir des biens qu'à se procurer les moyens de mettre à l'épreuve une supériorité dont il a pleine conscience, afin d'être reconnu comme un des meilleurs. Il a le sens de la famille et le naufrage des ambitions de son père lui est un aiguillon de plus pour relever le flambeau. Joueur, il se montre hardi et prudent à la fois, sachant prendre des risques, mais aussi les évaluer. Il se veut et se sent romain, il tient à la ville par toutes les fibres de sa sensibilité et n'envisage pas de faire sa vie ailleurs. C'est à Rome, au service du pape, qu'il cherche à s'employer. Et il n'imagine pas y parvenir autrement que dans le cadre fourni par sa famille et ses patrons. Il fera donc ses débuts dans la vie active sous l'aile tutélaire de la toute-puissante monarchie espagnole. Il avait vingt-quatre ans lorsqu'un astrologue de Parme, ayant médité sur son cas, lui demanda tout de go « pourquoi il se donnait tant de mal à servir les Espagnols, alors que tous ses avantages et sa grandeur, il les devait recevoir de la France ». Sur le moment il se moqua de cette étrange prophétie, mais il ne l'oublia pas, puisque c'est lui qui la cite dans une lettre à Chavigny, à une date où sa reconversion est acquise[4].

Cette reconversion, soulignons-le, ne figurait pas dans ses projets. Il ne l'a ni désirée, ni recherchée. À ses yeux, elle ne faisait même pas partie des possibles concevables. Elle s'imposera à lui peu à peu, par un concours de circonstances accumulées, à la suite d'options successives. Elle exigera une vingtaine d'années, qu'il nous reste à parcourir avant de le voir prendre en main le gouvernement de la France et devenir l'adversaire irréductible de l'Espagne. Mais il conservera jusqu'à sa mort une inaltérable tendresse pour Rome, sa patrie perdue.

CHAPITRE DEUX

Naissance d'une vocation

L'adversité ne modifia pas les plans dressés par les Mazarini pour leur progéniture. Tout au plus les incita-t-elle à les réviser à la baisse. Leur programme était conforme aux habitudes de l'époque. Au fils aîné incombait de perpétuer la famille. L'autre serait voué à l'Église. Quant aux filles, on en marierait une ou deux. Pour les surnuméraires, pas d'autre issue que le couvent. Restait à savoir comment réagiraient les intéressés face à une situation qui réduisait à peu de chose les possibilités de choix.

Des choix décisifs

Tout alla bien du côté du cadet. Alessandro ne discuta pas. Beaucoup moins bien doué que son frère, il n'avait pas eu accès au prestigieux établissement jésuite. Il fut placé chez les dominicains au collège de la Minerve. À la fin de sa scolarité, qui coïncidait avec la fuite de son père, il décida de rester parmi eux. Études préparatoires, puis noviciat le mèneront jusqu'en 1628, date à laquelle il sera ordonné prêtre. Il portera ensuite le prénom de Michele. Obéissait-il à une vraie vocation monastique ? Difficile de le savoir avec cet exalté, instable, souvent imprévisible. Mais la suite de sa carrière incite à penser qu'il eut aussi des vues plus terre à terre. Le choix du clergé régulier, de préférence à la voie séculière, traduit sans doute, chez ce garçon à peine sorti de l'adolescence, le désir de se soustraire aux responsabilités matérielles, d'être encadré, pris en charge. Mais l'ambition y eut sa large part. Car un homme d'origine modeste avait beaucoup plus de chances de s'élever dans un ordre régulier. La concurrence y était moins rude, parce que les fils de grandes familles, répugnant aux vœux monastiques, leur préféraient les fonctions séculières. Il réussit dès 1632 à devenir provincial de son ordre à Rome, mais il échoua à en devenir général. Il fallut l'obstination de son frère, alors au faîte de sa gloire, pour faire de lui un archevêque d'Aix-en-Provence et un cardinal – hautes promotions qu'il n'aurait jamais obtenues par les voies ordinaires. En somme il n'était entré au couvent que pour en sortir, non point hors de l'Église, mais par le haut.

À son retour d'Espagne, Giulio, plus mûr que son frère, plus autonome, se montre pourtant hésitant et rétif. Dans la petite noblesse, à laquelle appartient sa mère et vers laquelle tend son père, la condition idéale pour le fils aîné implique mariage et carrière militaire. Deux objectifs difficiles à atteindre dans son cas. Fonder une famille, c'est bien. Mais il en a déjà une sur les bras, la sienne. Il n'a pas les moyens d'entretenir, en plus, une femme et des enfants. Regrette-t-il sa prétendue « fiancée » espagnole ? Il sait bien qu'il ne trouvera pas, à Rome, un riche notaire prêt à lui faire confiance sur sa bonne mine. Il lui faudrait, pour obtenir une épouse correctement dotée, avoir déjà un peu de foin dans ses bottes. Quant à faire fortune à la guerre, c'est impossible pour un sujet de Sa Sainteté le pape, pacifique par vocation. Aussi les grandes familles romaines envoient-elles leurs fils servir sous les étendards de souverains étrangers – généralement espagnols. Mais il y faut montrer patte blanche – en l'occurrence un titre de noblesse en bonne et due forme. Le jeune Giulio n'a aucun espoir d'entrer dans cette chasse gardée. Reste la perspective de s'engager dans une des armées de métier qui sillonnent l'Allemagne depuis cinq ans, afin de s'y tailler une place à la force du poignet. Mais cette sorte d'aventure ne correspond ni à ses goûts, ni à ses talents.

Il ne sait pas encore ce qu'il aimerait faire, mais il sait très bien ce dont il ne veut pas. Il déteste les tâches répétitives, la monotonie, la routine, le formalisme. Il est vif, il aime l'action, il lui faut des affaires complexes à débrouiller, des risques à calculer, des initiatives à prendre, des adversaires à vaincre par l'intelligence. Mais cette intelligence est à la fois une force et une faiblesse. Car elle le rend inapte à obéir. Il aime avoir sa liberté de mouvement. Il supporte mal d'être subordonné à des médiocres. Il n'est pas souple. Il se montre indocile, non par esprit de révolte, mais parce que les ordres reçus ne s'appliquent pas toujours à la réalité, chargée d'imprévu. Il accepte mal l'entêtement ou la pusillanimité de ceux qui commandent sans savoir. Trop orgueilleux pour se borner à n'être qu'un simple exécutant, il se cabre devant les réprimandes imméritées. Bref, il aspire à être dirigé de loin, à condition qu'on lui fasse largement confiance et que la laisse soit très lâche. Hélas, on ne lui propose rien de tel.

À Rome, pas de salut hors de l'Église. Elle tient tous les leviers. Les postes de décision sont, bien entendu, réservés à ses hauts dignitaires, tous entrés dans les ordres. Mais elle offre à ceux qui restent laïques de multiples emplois dans une administration aux ramifications tentaculaires. Les deux voies peuvent mener très haut, si l'on dispose de puissants appuis ou, mieux encore, si l'on appartient à la famille du pape. En 1623 justement, on assiste à un changement de règne. Maffeo Barberini, qui vient d'être élu sous le nom d'Urbain VIII, élève à la pourpre l'aîné de ses neveux, Francesco, qui n'a que vingt-six ans, et le nomme surintendant à l'État ecclésiastique, autrement dit premier ministre. Il fait du second, Taddeo, le préfet de la ville, et lui cherche une épouse de haut rang, qu'il trouvera en la personne d'Anne Colonna, fille du connétable. Quant au troisième, Antonio, né en 1608, il est vraiment trop jeune pour devenir cardinal, il lui faudra patienter jusqu'à ses dix-neuf ans.

Pour Mazarin, il est seulement question d'un bon emploi administratif, pour lequel ses patrons, désormais bien en cour, sont disposés à donner le coup de pouce nécessaire. Il semble s'y résigner, à contrecœur, comme en témoigne son application rageuse à l'étude du droit. Il se voit déjà voué à la paperasse pour le restant de ses jours, enfermé dans un bureau sous l'œil de quelque supérieur vétilleux. Ô miracle, une échappatoire lui vient de l'extérieur, sous la forme d'un conflit local opposant la France et l'Espagne. Un emploi s'offre à lui dans les troupes que le pape doit soudain recruter. Le voici capitaine d'infanterie, bientôt en mesure de découvrir les enjeux de la politique internationale.

Un peu d'histoire

Une brève mise au point historique est indispensable pour rendre intelligibles les événements qui vont suivre. Elle a sa place toute trouvée ici, puisqu'elle correspond à ce que le jeune Mazarin a dû apprendre, lui aussi, à cette date, lorsqu'il fut plongé dans la vie active.

Les bouleversements politiques qui secouent l'Europe depuis trois quarts de siècle découlent de la fracture religieuse entraînée par la Réforme. La ligne de partage passe, approximativement, entre le nord et le sud, Angleterre, Écosse, Scandinavie d'un côté, Italie, Espagne, Autriche, Pologne de l'autre. Entre les deux, la France et l'Allemagne, où coexistent les deux confessions. La France en a payé le prix au XVIe siècle, par trois décennies de guerres civiles féroces. Lors de la conversion d'Henri IV, elle a rejoint sans ambiguïté le camp catholique, mais elle doit compter avec une forte minorité protestante, protégée par l'Édit de Nantes. Cette minorité, qui constitue dans le Sud-Ouest et en Languedoc une sorte d'État dans l'État, est une source de troubles, mais ne menace plus l'unité nationale.

En Allemagne au contraire, c'est l'anarchie. Car il ne s'agit pas d'un pays unifié. Sur les ruines de l'empire de Charlemagne s'est installée une mosaïque de plus de quatre cents États distincts – duchés, principautés laïques ou ecclésiastiques, fiefs de chevaliers, villes libres –, certains de bonne taille et d'autres grands comme des mouchoirs de poche, tous farouchement attachés à leur indépendance. Ce conglomérat disparate conserve du temps de sa splendeur des institutions qui continuent de fonctionner, mais se vident peu à peu de leur contenu. À la tête de ce qu'on persiste à nommer Saint Empire romain germanique, un collège électoral restreint à sept membres* élit, selon l'usage féodal,

* Trois ecclésiastiques, les princes archevêques de Mayence, de Cologne et de Trèves, et quatre laïques, le roi de Bohême, le margrave de Brandebourg, le duc de Saxe et le comte Palatin du Rhin. Trois des laïques sont passés à la Réforme. Seul le roi de Bohême, en principe le Habsbourg régnant à Vienne, est catholique. Mais il suffirait que cette couronne, élective, soit dévolue à un protestant, pour renverser la majorité et arracher la couronne impériale aux catholiques.

un empereur généralement pris dans la famille la plus puissante, celle des Habsbourg de Vienne. Un titre prestigieux, très convoité, mais doté de pouvoirs limités. Car en matière de politique étrangère ou de fiscalité, cet empereur ne peut prendre aucune mesure sans le consentement unanime de la Diète, vaste assemblée dont les trois collèges représentent respectivement les Électeurs, les princes et les villes. Autant dire qu'il ne peut agir que dans le cas – une agression ottomane, par exemple – où tous seraient menacés. Le reste du temps, il lui appartient, comme suzerain, de conférer l'investiture aux princes relevant de l'Empire lorsque s'ouvre une succession – un geste qui, en principe, va de soi. L'irruption de la Réforme est venue dérégler ce mécanisme fragile. C'est donc l'Allemagne qui, sans en avoir l'exclusivité, va relayer la France, au XVIIe siècle, comme champ de bataille privilégié des antagonismes religieux. Des conflits locaux, d'abord circonscrits, font peu à peu tache d'huile, jusqu'à dégénérer en une conflagration générale embrasant tout le pays, que les historiens ont nommée, en raison de sa durée, la guerre de Trente Ans (1618-1648).

Le feu prend de façon fort simple. Lorsqu'un souverain gagne le camp protestant avec armes et bagages en y entraînant ses sujets, au nom du principe selon lequel un peuple doit avoir la même religion que son roi, il échappe à la guerre civile. Aucun soubresaut en Suède ou dans certaines principautés germaniques. Mais les choses se gâtent lorsque passent à la Réforme des populations soumises à un maître étranger resté catholique, car la revendication de liberté de conscience se double alors d'une aspiration à l'indépendance. Elles en viennent parfois à la rébellion armée, comme ce fut le cas d'abord en Flandre contre l'Espagne, puis en Bohême contre l'Autriche, et elles appellent au secours leurs coreligionnaires ou, plus simplement, des ennemis politiques de celui qui les opprime.

Or l'Espagne avait pas mal d'ennemis politiques, inquiets d'un accroissement de puissance qui menaçait d'étouffement tous ses voisins. On se souvient que, par le jeu de mariages et d'héritages successifs, Charles Quint avait vu converger entre ses mains les biens de quatre maisons princières, Castille, Aragon, Autriche et Bourgogne, avec en prime les colonies d'Amérique du Sud – des territoires d'une étendue considérable, mais trop dispersés géographiquement et trop disparates politiquement pour être aisément gouvernables. Aussi avait-il opéré un partage entre ses successeurs. Abandonnant à son frère les possessions germaniques, il avait réservé à son fils non seulement celles du sud – Espagne et colonies, Italie –, mais aussi les provinces issues de l'héritage de Charles le Téméraire, Franche-Comté, Artois, Flandre où il avait ses racines – il était né et avait été élevé à Gand –, Pays-Bas et Luxembourg. La France se sentait tout particulièrement menacée puisqu'elle se heurtait à l'Espagne sur toutes ses frontières, directement ou par vassaux interposés. Le danger était grand. Lorsque François Ier, dès avant l'explosion de la Réforme, avait engagé la lutte contre Charles Quint pour tenter de desserrer l'étau, il ne s'était pas montré trop regardant en matière d'alliances, allant jusqu'à s'entendre avec les Turcs. Pour Henri IV, puis pour Louis XIII, le problème se reposait, identique mais augmenté d'une composante religieuse nouvelle : contre les ambitions espagnoles, où trouver des appuis sinon chez les protestants ?

Or en ce début du XVIIe siècle, la Contre-Réforme, dite aussi Réforme catholique, se met en place, prétendant rétablir, par la persuasion ou par les armes, l'unité perdue de la chrétienté. Le pape ne désespère pas de restituer son intégrité à la « robe sans couture » du christianisme, déchirée par ses enfants dévoyés. Il a pour bras armé les souverains espagnols, qui, dans la péninsule Ibérique, ont usé de la manière forte pour éliminer les récalcitrants. Mais il ne peut compter sur le soutien sans faille de toutes les puissances catholiques, chez qui l'intérêt national vient parfois contrarier la solidarité confessionnelle. Le camp protestant, de son côté, ne parle pas d'une seule voix, car il a éclaté en deux branches. Les luthériens, conservateurs, légalistes, détestent les calvinistes dont ils ne partagent ni la rigueur en matière de dogme, ni les penchants républicains en matière politique. Quant à l'Angleterre, elle fait bande à part, comme toujours. Elle s'est fabriqué, sur mesure, une Église nationale pour elle toute seule, ce qui lui permet de prendre parti, au coup par coup, pour les uns ou pour les autres. C'est dire combien le jeu est ouvert.

L'Espagne, la première, avait dû faire face dès le dernier tiers du XVIe siècle, à la révolte des Pays-Bas*. En 1572, les dix-sept provinces, entraînées par celles du nord, converties au calvinisme, avaient rejeté la domination espagnole et entamé la lutte armée. Des mesures d'apaisement vinrent à bout des provinces du sud, restées catholiques, qui rentrèrent dans l'obéissance. Mais les *Gueux* de Zélande et de Hollande, adoptant le sobriquet insultant donné par leurs adversaires, relevèrent le défi. Dirigés par un très brillant capitaine, Guillaume

---

* Rappelons, une fois pour toutes, que ce nom désigne au XVIe siècle l'ensemble des dix-sept provinces espagnoles. Après leur séparation, il ne s'appliquera plus qu'à celles du sud, restées fidèles à l'Espagne, qui correspondent à la Belgique actuelle. Celles du nord, correspondant aux Pays-Bas d'aujourd'hui, s'appellent République des Provinces-Unies après leur indépendance. On leur attribue aussi parfois, par extension, le nom de la principale d'entre elles, la Hollande.

d'Orange-Nassau, dit le Taciturne, ils poursuivirent sur terre et sur mer, où ils excellaient, une tactique de harcèlement continu si efficace que l'Espagne finit par baisser les bras. Mais elle ne voulut pas céder. Aux sept provinces du nord, qui s'étaient proclamées indépendantes sous le nom de Provinces-Unies, elle accorda seulement une trêve de douze ans, leur concédant les avantages de l'indépendance, mais à titre provisoire et sans garanties juridiques. Cette trêve, signée en 1609, arrivait à échéance en 1621. Dopée par l'élan qui soulevait la Contre-Réforme, l'Espagne opta alors pour la reconquête. La guerre reprit donc entre elle et les Provinces-Unies.

Quelques décennies plus tard, l'Autriche avait connu des déboires similaires avec ses sujets tchèques, eux aussi convertis au protestantisme. Exaspérés par la politique de restauration catholique, ceux-ci furent d'autant plus ardents à la révolte que la couronne de Bohême était élective et que seul un vote, suivi d'un serment de fidélité, les liait au souverain de Vienne. Pourquoi ne pas en élire un autre et recouvrer leur liberté perdue ? Le 23 mai 1618, ils jetèrent par la fenêtre, au sens propre du terme, les deux lieutenants gouverneurs qui leur prêchaient la docilité et ils choisirent pour roi un calviniste, l'Électeur palatin, Frédéric V de Wittelsbach. La « défenestration de Prague » et la nomination de Frédéric déclenchèrent chez l'empereur élu l'année suivante, Ferdinand II, une colère violente. Il obtint l'appui du duc de Bavière, catholique, et de l'Électeur de Saxe, luthérien, solidaires d'un souverain contre des sujets rebelles. Avec leur aide, il écrasa en 1620 à la Montagne Blanche l'armée des tchèques et du Palatin. Il infligea à la Bohême une répression impitoyable qui ne choqua personne. Mais contre Frédéric, il alla trop loin. Il le mit au ban de l'Empire, lui ôta tous ses biens et transféra au duc de Bavière sa dignité électorale. Ce faisant, il outrepassait ses pouvoirs. Il ressouda l'unité des princes protestants qui, toutes confessions confondues, s'élevèrent contre des mesures qui représentaient une menace pour leur indépendance. Le roi de Danemark, Christian IV, un luthérien, entra aussitôt dans la danse. La violence se mit alors à essaimer à travers l'Europe.

Mazarin s'engage

La guerre franchit les Alpes et débarque en Italie au moment où le jeune Giulio cherche sa voie. Le scénario est toujours le même : un conflit entre des sujets et leur suzerain. Mais cette fois les sujets sont catholiques et c'est contre des protestants qu'ils appellent au secours. L'affaire se passe en Valteline, dans la haute vallée de l'Adda, en amont du lac de Côme. Nul ne s'intéresserait à cette vallée perdue dans les montagnes si elle ne constituait une des plus importantes voies naturelles dans le trafic transalpin, avec deux embranchements permettant de passer soit en Franche-Comté si l'on continue vers le nord, soit en Autriche si l'on remonte le cours de la rivière vers l'est. Ses habitants sont catholiques. Mais politiquement, elle dépend du canton suisse des Grisons, protestant, dont les deux routes stratégiques traversent ensuite le territoire. Et la République des Ligues grises, comme on l'appelle, est l'alliée de la France depuis près d'un siècle. Henri IV a renouvelé le traité qui lui réserve, outre le privilège d'y lever des soldats, le droit exclusif de transiter militairement par ses territoires. Ce monopole ne présente pour les Français aucune utilité directe : ils ont rarement l'occasion de faire passer des troupes par la haute vallée de l'Adda. Mais il interdit aux Espagnols d'en faire autant. Et ils en ont, eux, furieusement besoin, pour relier leurs possessions italiennes à celles de Flandre, ainsi qu'aux terres de leurs cousins d'Autriche.

Lorsqu'en 1617, après des mois de violences réciproques, les Valtelins se soulèvent contre les Grisons, l'Espagne se fait un plaisir de voler à leur secours. Elle bouscule sans peine les Suisses, s'empare de la vallée et y construit quatre forts. Une intervention diplomatique de la France exige et obtient, sur le papier, le retour au *statu quo ante.* Mais les troupes espagnoles ne tiennent aucun compte des engagements pris à Madrid. Les Ligues grises tentent de les déloger, se font battre et sont contraintes de renoncer à la Valteline par le traité de Milan, en janvier 1622. Puis, rassurée par l'inertie de la France, l'Espagne pousse son avantage et, sous prétexte de « rétablir la vraie religion » dans les Grisons, les attaque et les occupe entièrement, couvrant leur pays de forts où elle se barricade. La région offre désormais un confortable boulevard à ses armées.

À cette date Louis XIII, encore jeune, inexpérimenté, paralysé par des problèmes intérieurs, ne peut répondre efficacement aux appels de ses alliés. Un an plus tard cependant, sous l'impulsion de Venise et de la Savoie, qu'inquiète le coup de force espagnol, on tente de mettre sur pied un traité d'alliance offensive. Mais la France ne veut pas se battre. Elle propose de s'en remettre à la médiation du Saint-Père, qui se chargera de trancher les litiges, tandis que les forts seront confiés à la garde de troupes pontificales. Inutile de dire que Madrid, qui se croit assurée de l'appui du pape, applaudit à cette solution qui, sous le couvert d'une prétendue neutralisation, lui laissera les mains libres.

Aussitôt, grand branle-bas à Rome. On envoie en Valteline les maigres contingents disponibles et on recrute. Don Francesco Colonna, prince de Palestrina, équipe à ses frais un régiment de 3 000 hommes. Le jeune Mazarin, tout excité par le fracas des armes, s'engage d'enthousiasme dans ce qu'il croit être le début d'une carrière militaire. Il ne peut espérer qu'un rôle passif, puisque les troupes pontificales sont, comme les casques bleus d'aujourd'hui, des forces d'interposition chargées de prévenir les affrontements. Il a cependant la joie de se voir confier une compagnie, avec le grade de capitaine d'infanterie. Hélas, la seconde moitié de 1623 et toute l'année 1624 se passent en tergiversations et en préparatifs. Tout marche avec lenteur dans l'État ecclésiastique. Il est vrai que la mort du pape Grégoire XV et la prise de pouvoir de son successeur dans l'été de 1623, en plein milieu de la crise, ont retardé la mise en place du dispositif militaire prévu.

Nous ignorons à quoi Mazarin a passé le temps d'attente. Nous le retrouvons au mois d'avril 1625 en cantonnement à Lorette – une petite bourgade sur les bords de l'Adriatique, très éloignée du terrain où il est censé intervenir. Durant tout l'été, il partage son temps entre Lorette et la ville voisine d'Ancône. Il y dépérit d'ennui, bien sûr. Lorsqu'il ne tue pas le temps à jouer aux cartes, que fait-il ? Il s'instruit. À défaut de manier le mousquet, il apprend à commander les hommes. Il y réussit fort bien, sachant se faire respecter et aimer, nous disent ses amis biographes. Un résultat qui ne peut être obtenu que si le couvert et surtout le vivre sont assurés et la solde régulièrement payée. Nul doute qu'il ne s'intéresse à ce que nous appelons l'intendance. Alla-t-il jusqu'à négocier lui-même les marchés, quitte à prélever son pourcentage au passage, comme tout le monde ? L'histoire ne le dit pas, mais cela lui ressemblerait assez, car, par la suite, il fera preuve dans ce genre d'exercice d'une remarquable dextérité, et sans états d'âme.

Son intelligence et son zèle, en tout cas, ont été appréciés de ses supérieurs. Il a gagné l'estime du commandant en chef, Torquato Conti, et surtout l'amitié du commissaire apostolique, Jean-François Sacchetti. Mais il n'a pas encore tout à fait assimilé les contraintes disciplinaires. Apprenant soudain que sa mère est malade, il quitte Ancône pour courir à Rome, dit la légende. Il la trouve en voie de guérison, le voilà rassuré. Mais, lui demandent les siens, jusqu'à quand est valable sa permission ? – Quelle permission ? Toujours indifférent aux règles et rebelle au formalisme, il ignorait qu'il fallût en demander une. Il découvre qu'il risque de passer en jugement pour désertion. L'édifiante historiette nous le montre alors se jetant humblement aux genoux du pape, qui ne peut qu'accorder à un si bon fils un pardon souriant. Hélas, il n'est pas sûr qu'elle soit vraie. Dommage ! Elle a au moins le mérite de la vraisemblance, car elle manifeste, comme tant d'autres épisodes de sa vie, une remarquable aptitude à tourner à son profit jusqu'aux fautes qui devraient le perdre.

Parviendra-t-il un jour à opérer sur le terrain ? Le régiment dont il fait partie, enfin prêt, s'achemine vers le nord au cours de l'hiver 1624-1625. Mais il n'est pas seul à se mettre en marche. Lorsqu'il arrive en Lombardie pour prendre ses quartiers à Monza, près de Milan, la partie est déjà jouée. La France a renversé la situation. À Paris, en effet, la période de flottement politique a pris fin, Richelieu est à la tête du gouvernement. Il a convaincu aisément Louis XIII de venger l'affront subi par ses alliés en Valteline. Sans attendre la belle saison, le marquis de Cœuvres, à la tête de forts contingents suisses et français, y a déboulé par surprise à la fin de novembre, a expulsé sans coup férir les garnisons pontificales et occupé lui-même les forts. En trois mois, il a nettoyé toute la vallée, sans que le gouverneur de Milan, moins bien armé, ait pu s'y opposer. Rome, bien sûr, a poussé les hauts cris, mais les protestations du légat ont laissé Richelieu de marbre : la France ne céderait pas. La colère d'Urbain VIII se calma cependant lorsqu'il vit que les troupes françaises, loin de s'incruster, se contentaient de rétablir l'autorité des Grisons. Le traité de Monzon, signé le 5 mars, régla – du moins pour l'instant – la question de la Valteline. Les forts furent démantelés, la vallée resta fermée à l'Espagne, le verrou qu'elle avait tenté de faire sauter fut rétabli.

L'intervention française a mis un terme à la mission du pape, qui n'a plus qu'à licencier des troupes devenues inutiles. La carrière militaire de Mazarin prend fin avant d'avoir commencé. Sans trop de regrets de sa part, semble-t-il. Il ne partage pas la fascination des jeunes nobles pour la gloire, leur agressivité, leur violence. À la bagarre, il a toujours préféré la discussion, où il est sûr de l'emporter. Mais il n'a pas perdu son temps. Il a su, par son entregent et son obligeance, se rendre indispensable à Jean-François Sacchetti, lequel accompagne son frère nommé cardinal légat à Ferrare. Le voilà promu, toujours sous la casaque de capitaine d'infanterie, homme de confiance des Sacchetti. Il aurait pu moisir longtemps dans la paisible cité provinciale de Ferrare, si l'histoire, une fois de plus, ne s'en était mêlée. En 1627 s'ouvrait la succession du duc de Mantoue, qui allait mettre à feu et à sang tout le nord de l'Italie.

La succession de Mantoue

Le territoire de Mantoue se composait de deux éléments disjoints. Le duché proprement dit s'étirait sur le flanc sud du territoire vénitien, il s'appuyait de l'autre côté sur les duchés de Parme, de Modène et les États pontificaux, et il avait, à l'ouest, quelques lieues de frontière commune avec le Milanais. Il appartenait, depuis toujours, à la maison de Gonzague. Le marquisat de Montferrat, acquisition plus récente, avait été apporté en dot au duc François II, en 1531, par la fille et héritière du marquis. Installé dans la plaine de part et d'autre du Pô, il formait une manière d'enclave coincée entre la Savoie et le Milanais. Il devait sa prospérité à la fertilité de ses terres et son importance stratégique à la place forte de Casal, centre d'un triangle qui aurait pour sommets Turin, Milan et Gênes, incontournable nœud fluvial et routier pour qui traversait le pays d'ouest en est et du nord au sud. Mais, revers de la médaille, pour aller d'une de ses possessions à l'autre, le duc de Mantoue devait passer par le Milanais. Un seul coup d'œil sur une carte permet de mesurer à quel point cette situation était grosse de conflits.

Or, depuis quelques années, la maison de Gonzague semblait frappée d'une malédiction. Vincent Ier, grand seigneur de la Renaissance fastueux et violent, mais artiste au suprême degré, capable d'offrir asile à la folie du Tasse et de discerner le génie musical de Monteverdi, avait fait de Mantoue un haut lieu culturel. Après sa mort en 1611, tout s'effondra. Il laissait trois fils qui régnèrent tour à tour et moururent en l'espace de seize ans, sans autre postérité que la princesse Marie, fille de l'aîné des trois. À la mort du père de la fillette, en 1612, le duc de Savoie, son grand-père maternel, avait fait valoir de prétendus droits de l'enfant sur le Montferrat, au motif que ce fief, acquis par mariage, échappait à la loi de succession par primogéniture masculine, qui excluait les femmes. Aussitôt dit, aussitôt fait, il fit occuper militairement le marquisat. Malheureusement pour lui, ni l'Espagne, ni la France ne souhaitaient le voir s'agrandir. Il recula sans renoncer, guettant l'occasion, pas découragé par un nouvel échec en 1616. Dix ans plus tard sa patience était récompensée. Lorsqu'en octobre 1626, le second des trois frères céda la place au troisième, chacun comprit que la succession allait s'ouvrir de nouveau : Vincent II, très mal portant, était déjà condamné. Avec lui s'éteindrait la lignée masculine des Gonzague de Mantoue.

L'héritier légitime était un cousin germain de Vincent Ier, d'âge mûr, doté de deux fils. Nul n'aurait songé à lui disputer la succession si son père, pensant n'avoir pas d'avenir sur place, n'était parti s'installer en France où son épouse lui apportait le duché de Nevers. Juridiquement, une double appartenance ne posait aucun problème. Mais sur le plan politique, il en allait autrement. Un allié de la France à Mantoue, à Casal, aux portes de la Lombardie espagnole ? À Madrid, à Milan, on s'affola. À Mantoue cependant, le duc moribond tentait de détourner l'orage menaçant. Il aimait beaucoup sa nièce Marie, qui avait été élevée auprès de lui. Il voulut lui éviter de devenir un otage sur l'échiquier international. Un diplomate français envoyé là-bas en toute hâte, lui souffla une solution élégante. Pour couper court à toute contestation, il reconnut Charles de Gonzague-Nevers comme son successeur, à condition que le fils aîné de celui-ci épousât Marie. Le jeune duc de Rethelois accourut. Le temps pressait. Déjà Vincent II entrait en agonie. Il eut juste le temps de présider à la cérémonie, dans la nuit du 25 au 26 décembre 1627. Quelques heures plus tard, il rendait l'âme.

Alors, chez ses dangereux voisins, les masques tombèrent. C'est pour lui-même et non pour sa petite-fille que Charles-Emmanuel de Savoie convoitait le Montferrat, et cette fois il pouvait compter sur la complicité de l'Espagne. Ce même 25 décembre, il signait secrètement avec le gouverneur de Milan, don Gonzalo Fernandez de Cordoba, un accord pour le partage du marquisat : à lui la partie occidentale, pour arrondir ses États, à l'autre la partie orientale avec Casal, clef de la plaine du Pô. Pour Mantoue, fief impérial, on soutiendrait la candidature d'un cousin plus éloigné, le duc de Guastalla, fidèle client de l'Autriche. Sous prétexte de se donner du temps pour examiner les droits de l'un et de l'autre, l'Empereur refuserait l'investiture à Charles de Gonzague et, en attendant, il mettrait le duché sous séquestre.

À la nouvelle de la mort du duc de Mantoue, Urbain VIII, très inquiet, avait envoyé à Milan une légation pour tenter d'éviter un conflit. À sa tête, Jean-François Sacchetti, nonce extraordinaire*. Et aux côtés de celui-ci, en qualité de secrétaire, l'irremplaçable capitaine Mazarin. Leur consigne : préserver la paix. Hélas, comme en Valteline, la légation arriva trop tard. Au début de mars 1628, deux armées parties de Turin et de Milan fondirent de part et d'autre sur le Montferrat; massacrant et pillant à tout va. En l'espace de quelques jours, elles l'occupèrent totalement. Mais les agresseurs, eux aussi, avaient trop attendu, l'effet de surprise était manqué. Le nouveau duc avait disposé de deux mois – janvier et février – pour renforcer la garnison de la place qui protégeait la province. Bien

---

* Précisons ici que l'ambassadeur du pape en résidence auprès d'un souverain étranger s'appelle *nonce ordinaire*, et qu'un *nonce extraordinaire* est un ambassadeur chargé d'une mission ponctuelle, précise, et limitée dans le temps.

fortifiée, défendue par 4 000 hommes, la citadelle de Casal ne pouvait être emportée d'assaut. Seuls recours possibles, la trahison – il y eut une tentative, qui échoua –, ou la famine – mais ses greniers étaient pleins. Don Gonzalo vit sans enthousiasme se profiler la perspective d'un siège prolongé.

Les protestations des envoyés du pape tombèrent à plat. L'unique interlocuteur disposé à les écouter était Charles de Gonzague, mais ils n'étaient pas en mesure de l'aider. Le malheureux avait bien fait parvenir à l'Empereur sa demande d'investiture, mais il avait eu le tort, lui répondit-on, de ne pas attendre la réponse pour prendre possession du duché. Et l'on discutait de la validité du mariage de la princesse Marie, qu'on disait accompli sous la contrainte, bien qu'elle affirmât le contraire. Vienne cependant hésitait. Le nouveau duc était plus que fréquentable. Ce Gonzague portait certes un titre de gentilhomme français, mais, sortant d'une des plus anciennes familles du Gotha européen, il se trouvait apparenté à diverses maisons régnantes d'Italie, d'Allemagne et de Grèce. Sa profonde piété le détournait des ambitions territoriales de voisinage. Il ne rêvait que de croisade. De plus, il disposait à Vienne d'un appui sérieux en la personne de l'Impératrice, née Éléonor de Gonzague, qui était la tante de Marie. C'est pourquoi l'Empereur, bien qu'offensé dans ses prérogatives de suzerain par un mariage accompli sans son consentement préalable, se réfugiait dans un attentisme prudent – à la grande déception de son cousin de Madrid.

L'Espagne était inquiète : comment réagirait la France ? Elle était intervenue en Valteline, interviendrait-elle au Montferrat ? Engagée dans une lutte décisive contre le bastion protestant de La Rochelle, elle se trouvait provisoirement réduite à l'impuissance.

Les agresseurs avaient choisi leur moment. Mais Casal leur résistait. Six mois durant, le temps fut comme suspendu, la question cruciale étant de savoir laquelle des deux places assiégées tomberait la première. Ce fut La Rochelle. Richelieu n'était pas un tendre. L'importance de l'enjeu était telle qu'il ne lésina pas sur les moyens, même les plus cruels. C'est une ville épuisée, exsangue, qui rendit les armes le 28 octobre.

La chute de La Rochelle provoqua à Rome une explosion de joie : l'Église ne pouvait que se réjouir d'une nouvelle étape franchie dans la reconquête catholique. À Milan, Sacchetti et Mazarin s'y associèrent du meilleur de leur cœur. On ne pouvait en dire autant du gouverneur : la France se retrouvait les mains libres pour agir en Italie. Avec deux nouveaux atouts. D'une part l'Angleterre, qui n'avait pu sauver la cité rebelle, s'engageait à ne plus soutenir les huguenots français. D'autre part, les Hollandais venaient de porter un coup dur à l'Espagne en s'emparant, au Mexique, de la « flotte du Trésor » qui, comme chaque année, lui apportait d'Amérique la cargaison d'or et d'argent indispensable à son équilibre financier. Espagnols et Savoyards crurent cependant avoir six mois devant eux. Aucune attaque, pensaient-ils, ne serait possible avant la belle saison et d'ici là Casal, à court de vivres et de munitions, aurait capitulé.

Leur inquiétude grandit lorsqu'on sut que Louis XIII, accompagné de Richelieu, avait quitté Paris le 15 janvier à la tête d'une puissante armée. Bientôt, on apprend que le roi a sollicité du duc de Savoie, conformément aux traités qui les lient, le droit de transiter par ses États pour aller secourir Casal. Et voici que, malgré les réponses dilatoires, il continue sa progression vers le col du Mont-Genèvre, encore obstrué par les neiges. Soudain éclate la stupéfiante nouvelle : les Français ont forcé le Pas de Suse. le 6 mars, la Savoie capitule. Le double exploit a dans toute l'Italie un retentissement considérable : l'armée française, hommes, chevaux et canons, a réussi à franchir les Alpes en hiver ; puis la *furia francese* a renversé les retranchements barrant la route à Suse et balayé en moins d'une heure les défenseurs piémontais. L'armée continue sans le roi, qui tente de recoller les morceaux avec le duc de Savoie, en jouant de la solidarité familiale*. Sans attendre l'arrivée des troupes françaises, don Gonzalo lève le siège de Casal. Dûment ravitaillée, sa garnison renforcée, la forteresse est placée sous le commandement de Toiras, un des héros de La Rochelle. Afin de paralyser durablement le Savoyard, une rafale de quatre traités lui est imposée, dont un pacte où il partage avec Venise le soin de contenir les Espagnols. La France conserve en gage la place de Suse et laisse à Turin le maréchal de Créqui, pour commander les troupes d'occupation. Vers la mi-mai, Richelieu quitte l'Italie. En dehors de Casal, il ne reste plus un seul soldat français au Montferrat. Mais rien n'est réglé, bien sûr. Charles de Gonzague attend toujours l'investiture impériale. Et le duc de Savoie, fou de rage, attend l'heure de la revanche. À peine Louis XIII s'est-il mis en campagne, dans le midi de la France, pour démanteler les ultimes villes fortes des huguenots subventionnés – mais oui ! – par l'Espagne, que le vaincu de Suse s'applique, à coups d'entorses successives, à vider de leur substance les traités qu'il vient de parapher.

Au seuil de l'irréparable cependant, les trois grandes puissances retiennent leur souffle. Empire, Espagne et France préparent activement une guerre qu'elles aime-

* Sa sœur, Chrétienne, est l'épouse du prince de Piémont, héritier de Savoie.

raient mieux éviter. Le cliquetis des armes est censé servir de dissuasion, mais on sait bien qu'il suffit d'une étincelle pour faire partir les mousquets. Sous le coup de l'inquiétude, on repense la stratégie, on change les états-majors. D'où une période de flottement où personne ne sait au juste qui est chargé de quoi – à commencer par les intéressés eux-mêmes –, une sorte d'interrègne qui offre à Mazarin, instruit par ce qu'il vient de voir, l'occasion de mettre en œuvre des talents politiques insoupçonnés.

Mazarin s'instruit

Les événements récents donnaient beaucoup à réfléchir. Le jeune secrétaire de Jean-François Sacchetti, jouissant de la pleine confiance de son maître, bénéficiait d'informations de première main, dont il fit grand profit.

Tout d'abord, en pénétrant dans les arcanes de la politique pontificale, il découvrit vite que le pape n'était pas aussi hispanophile qu'on le supposait dans son milieu d'origine, et qu'il avait les meilleures raisons pour cela. Certes, comme tous ses prédécesseurs depuis la Réforme, Urbain VIII continuait de rêver à une réunification de la chrétienté, sous la houlette de Rome, afin que l'Europe pût tourner toutes ses forces contre les infidèles. Mais, à la différence d'une bonne partie de son entourage, il ne misait pas uniquement sur l'Espagne pour mener à bien la reconquête. Il ne la croyait possible qu'avec le concours de la France et faisait de l'entente des deux pays un préalable. Dès 1605-1607, lorsqu'il était nonce à Paris, il avait conseillé à Henri IV de les unir par un double mariage croisé entre leurs enfants – un projet que réalisa Marie de Médicis*, mais qui n'apporta pas la réconciliation escomptée. Quinze ans plus tard, on n'en prenait pas davantage le chemin, au contraire. Et l'Espagne pouvait d'autant moins se poser en championne de la paix que, dans l'affaire de la Valteline comme dans celle de Mantoue, l'attitude de la France lui servait de repoussoir.

Louis XIII a fait clairement comprendre, en effet, qu'à la différence des rois ses aînés, il renonçait à revendiquer dans la péninsule la moindre parcelle de territoire. La maison d'Autriche, elle, ne fait pas mine d'abandonner les prétentions à la monarchie universelle que proclame son orgueilleuse devise – *A.E.I.O.U., Austriae est imperare orbi universo* – et l'Espagne continue de pousser ses pions de part et d'autre du Milanais. Les Italiens ne peuvent compter que sur la France pour faire contrepoids. Le désir de liberté n'est pas éteint sur cette terre que se sont disputée, durant des siècles, des conquérants étrangers. Faute de pouvoir soustraire le sud du pays à l'Espagne, qu'au moins on préserve l'indépendance des *Stati liberi*, les États du nord restés maîtres chez eux. Rome est trop proche du royaume de Naples pour qu'Urbain VIII prenne le risque de braver ouvertement Philippe IV. Mais il penche pour la France et ses envoyés ont pour consigne de la favoriser en sous-main.

Mazarin ne demande qu'à suivre le pape sur ce terrain. Le patriotisme italien éveille en lui un écho très puissant, l'attachement à la paix aussi. Quand il s'est engagé, sur un coup de tête, il cédait à l'attrait exercé par la guerre sur toute la jeunesse aristocratique. Maintenant qu'il l'a vue de plus près, il se rend compte qu'il

* En 1615, Louis XIII épousa Anne d'Autriche et Philippe IV épousa Élisabeth de France.

ne l'aime pas. Pas plus qu'il n'aimera la chasse, piètre succédané qui fait appel aux mêmes instincts. À voir des chiens étripés par un sanglier, il se sentira le cœur soulevé. La vue du sang lui répugne. La seule idée de le faire couler lui répugnera toujours. Une voie se ferme pour lui : il ne fera pas carrière dans l'armée. Mais une autre s'ouvre : la diplomatie. Il y entre par la petite porte, comme toujours, mais bien décidé à y faire son chemin.

Plus jeune qu'Urbain VIII – une génération les sépare – et plus proche du terrain, il a sur la situation des vues plus précises et plus réalistes. Il ne partage pas les illusions du pape sur un retour à l'unité de l'Église. Sur place, il a pu mesurer l'inefficacité de ses admonestations. Ses légations, lourdes à mettre en place et lentes à se mouvoir, arrivent après la bataille. Le « glaive spirituel » n'a plus sur les rois la même emprise qu'au Moyen Âge. On ne reviendra pas en arrière. La coupure opérée par la Réforme est irréversible, mieux vaut en prendre acte. Et il est chimérique d'espérer rassembler sous une même bannière tous les pays catholiques, car jamais la solidarité confessionnelle ne prévaudra sur les intérêts nationaux divergents. L'unique moyen de préserver la paix réside donc dans un équilibre des forces antagonistes, qui se neutraliseront.

Dans cette Europe éclatée, le poids de la maison d'Autriche paraît encore si considérable que nul n'imagine que sa suprématie puisse être menacée. Le pape souhaite seulement l'empêcher de s'étendre en Italie. Mazarin, lui, est mieux à même d'apercevoir les limites de la puissance espagnole. Entre Bruxelles, Milan et Madrid, les nouvelles circulent lentement, les directives aussi. La rigidité, le formalisme de la bureaucratie madrilène paralysent les initiatives. Depuis que Richelieu est au pouvoir, la France au contraire, brille par la cohérence dans les visées, la rapidité dans les décisions, la vigueur dans l'exécution. À deux reprises, les Espagnols ont reculé devant elle, sans gloire, sans avoir combattu. Il est beaucoup trop tôt pour dire, comme certains historiens, que Mazarin, fasciné par ces succès, songe à changer de camp. Mais une chose est claire à ses yeux : le rapport de forces semble s'inverser en faveur de la France.

Le restera-t-il ? Elle a eu jusqu'ici la chance ou la sagesse de se tenir à l'écart des affrontements, se contentant de faire pièce à l'Espagne par alliés interposés ou à coups de frappes chirurgicales ponctuelles, comme en Italie. Ses finances ne sont donc pas grevées par une guerre extérieure. La mise au pas de la rébellion huguenote la laisse avec un potentiel militaire intact. Le péril, pour elle, est intérieur. Rassemblé autour de la reine mère, un groupe de pression très actif, connu sous le nom de parti dévot, milite, au nom du catholicisme, pour une étroite collaboration avec l'Espagne. Jouant sur la profonde piété du roi, Marie de Médicis et sa bru, Anne d'Autriche, s'efforcent de le circonvenir pour lui arracher le renvoi de Richelieu. La politique extérieure de la France est donc à la merci d'une révolution de palais. À Madrid, les positions ne sont pas aussi tranchées. Mais il y a tout de même, face à la guerre contre les Pays-Bas, des jusqu'au-boutistes et des modérés, dont l'influence auprès de Philippe IV varie au gré des opérations militaires. On peut en dire autant de Vienne, où les mesures violemment répressives de Ferdinand II contre les protestants ne font pas l'unanimité.

La leçon de tout cela, c'est que la politique internationale est une pelote de fils étroitement emmêlés, et qu'on ne peut espérer y obtenir des résultats si l'on n'a pas au préalable, identifié tous ces fils et ausculté ceux qui les tirent. C'est à quoi Mazarin s'occupe, pendant les mois de trêve qui suivent le coup de théâtre du Pas de Suse. Et il s'emploie à le faire savoir en haut lieu.

Mazarin se pousse

L'entrée en scène de la France a provoqué au Vatican, en Espagne et en Autriche un vaste remue-ménage. Partout, avons-nous dit, on change les responsables, on cherche à les remplacer par des hommes providentiels.

En Allemagne, où ses troupes menées par Wallenstein viennent de triompher du roi de Danemark, l'Empereur n'a plus rien à craindre des princes protestants. Mais les succès français l'inquiètent. Harcelé par son cousin, il finit par opter pour une intervention armée en Italie. Pour en assurer la réussite, il pense recourir à nouveau au célébrissime condottiere qui, depuis dix ans, vole de victoire en victoire, semant la terreur et la désolation en territoire germanique. L'ennui, c'est que Wallenstein est alors au faîte de son pouvoir et mène les opérations à sa guise. Sur les dépouilles de ses compatriotes vaincus à la Montagne Blanche, il s'est taillé un vaste domaine dit duché de Friedland. Plus récemment, ayant chassé du Mecklembourg son détenteur légitime, il a contraint l'Empereur à lui en accorder l'investiture. Il est capable du meilleur et du pire. Avant de lâcher sur l'Italie du Nord ce fauve imprévisible, Ferdinand hésite. Dans l'immédiat, il confie à un excellent général, Collalto, le soin de mener en Mantouan un fort contingent de troupes impériales. À Madrid, le sort de don Gonzalo de Cordoba est scellé. Il sera remplacé par le meilleur des capitaines disponibles, le non moins illustre Spinola, qu'on retire de Flandre pour l'expédier en Milanais.

De son côté, Urbain VIII met sur pied pour imposer son arbitrage une nouvelle légation, encore plus prestigieuse, qui sera basée à Bologne. À sa tête, le dernier de ses neveux, Antonio Barberini, vingt ans, tout fringant dans sa soutane pourpre encore fraîche. Mazarin voudrait bien en être, mais il se doute que les places seront trop chères. Son patron, Jean-François Sacchetti, rappelé à Rome par de graves soucis familiaux, l'a laissé à Milan en lui confiant les affaires – ce qui ne change rien à son ordinaire : il faisait depuis longtemps le plus gros du travail. Bientôt une mauvaise nouvelle le contrarie. Sacchetti, avec qui il a noué une amitié solide, ne reviendra pas. Le prochain nonce à Milan sera Mgr Panciroli, qui n'appartient pas au cercle de ses patrons romains – un nouveau maître à se concilier, donc, en repartant de zéro.

La lenteur nécessaire pour mettre à exécution tous ces changements fut la grande chance de Mazarin. Encore fallait-il qu'il fût assez intelligent pour la discerner et pour la saisir. Au lieu de se lamenter sur le mauvais sort qui le clouait loin des centres de décision au risque d'être oublié, il décida de tirer parti de cet isolement et de s'en faire un tremplin. Sa situation ne manquait pas de piquant. Le coup de balai du printemps 1629 avait abandonné en Lombardie un autre laissé-pour-compte, le malheureux don Gonzalo. La solitude les rapprocha. Pendant près de six mois, jusqu'à la fin août, Mazarin, resté seul à Milan avec le titre de secrétaire particulier d'un nonce parti sans espoir de retour et ignorant quel rôle lui serait réservé dans une légation encore à l'état de projet, continua d'expédier les affaires courantes en compagnie d'un gouverneur espagnol destitué, qui attendait son successeur.

« Vivez dans l'espoir d'être porté par votre mérite, c'est le vrai moyen de parvenir », lui a dit Sacchetti en guise d'adieu[1]. Sur son mérite, l'intéressé n'a guère d'inquiétudes. Il observe bien, écrit bien, sait dégager l'essentiel. Il a eu le temps de se faire la main, il maîtrise parfaitement l'exercice, il n'a besoin de personne pour prendre la relève. Quant à l'intelligence, il sait qu'il en a à revendre. Mais le mérite n'a-t-il pas besoin d'adjuvants extérieurs ? Le départ de Sacchetti est au fond une chance. La disparition du patron dans l'ombre duquel il s'effaçait va lui permettre de revendiquer l'entière paternité de son travail. Voici l'occasion de se faire apprécier en haut lieu, à condition de donner aux rapports un riche contenu et d'autre part de les acheminer vers leur cible, le Saint-Père en personne. Les tâches sont réparties. La première lui revient, la seconde incombe à sa famille et à ses amis romains. La manière dont les deux démarches s'articulent atteste qu'il a une vue claire des enjeux et des moyens. Il met sur pied une *captatio benevolentiae** par correspondance[2]. En toute bonne conscience, parce qu'en travaillant pour lui-même, il travaille aussi pour la paix : c'est sa mission.

À Milan, il procède donc à la collecte d'informations. Certes il ne s'y passe rien. Mais on y reçoit l'écho de tout ce qui se passe ailleurs. On commente les événements passés, on suppute l'avenir. Les officiers de la garnison se montrent d'autant plus libres avec lui qu'ils perçoivent comme l'un des leurs ce protégé des Colonna, attaché au service d'un pape réputé pro-espagnol, et qui parle castillan aussi bien qu'eux. Don Gonzalo ne demande qu'à s'épancher. Il en a gros sur le cœur. Il appartient à l'une des plus grandes familles du royaume, il descend du « Grand Connétable », héros de la reconquête de Grenade sur les Maures. Il a mené jusqu'alors une carrière militaire plus qu'honorable. Subir deux échecs coup sur coup et se voir promis à

* Une démarche visant à s'assurer la bienveillance de quelqu'un.

une retraite anticipée, c'est rude. D'autant qu'il a le sentiment de n'avoir pas démérité. On ne lui a fourni ni en hommes, ni en matériel, ni en argent, les moyens de faire face aux attaques. Mazarin compatit. L'intimité entre eux devient si grande que don Gonzalo lui fait lire les lettres qu'il reçoit de Madrid et de Vienne et discute avec lui de la situation. Mazarin consigne minutieusement les nouvelles reçues, rapporte mot pour mot les conversations, en y ajoutant ses propres réflexions.

Ne voyons pas en lui, cependant, un agent secret tirant les vers du nez par ruse à un interlocuteur naïf. Don Gonzalo n'est pas né de la dernière pluie. Il cherche de son côté à se servir du modeste secrétaire de légation pour faire passer à Rome un message bien précis : l'Espagne ne souhaite que la paix, elle n'est pas responsable du déclenchement des hostilités ; mais il est trop tard, l'opération militaire est en route, les troupes impériales abordent les Grisons ; la France aurait tort de s'y opposer ; la victoire finale de l'Espagne, désormais appuyée sur ses cousins de Vienne, ne fait aucun doute. Le moral de don Gonzalo s'améliore à vue d'œil, au rythme du progrès des troupes. Mazarin, informateur et humble conseiller du Saint-Siège, se sent partie prenante dans l'histoire en train de s'accomplir.

Il est sur un terrain d'action qui convient à ses dons et à ses goûts. Il sait désormais ce qu'il veut faire. Il a trouvé sa voie. Reste à transformer l'essai : il doit s'y faire accepter. Aussi travaille-t-il comme un forcené. Chaque jour, plusieurs fois par jour même, il noircit des pages et des pages de son écriture fébrile. Ses rapports atterrissent sur le bureau du redoutable cardinal neveu, le surintendant de l'État ecclésiastique Francesco Barberini, qui leur prête un intérêt croissant. Mais c'est entre les mains de l'oncle que repose sa future carrière.

À Rome, famille et amis mènent en sa faveur une offensive réglée auprès d'Urbain VIII. Au cœur du dispositif, Pietro Mazarini, d'autant plus disposé à agir qu'il compte sur les subsides de son fils pour boucler ses fins de mois. Aux lettres qu'il échange avec son père, Giulio adjoint, sur papier distinct, des « feuilles d'avis », que celui-ci se charge de faire circuler de main en main pour remonter jusqu'au pape. Il s'y montre plus libre que dans les rapports officiels, il peut y faire état d'informations probables, mais non vérifiées, il peut surtout se livrer à des commentaires plus personnels dans un style moins guindé, plus naturel, plus direct. Un seul défaut, à quoi il était urgent de remédier, selon Pietro : « Soignez votre écriture et faites un peu mieux votre signature, que personne ne peut comprendre[3]. » Un quart d'heure de calligraphie quotidienne devrait y suffire. Hélas, si l'on en juge d'après les lettres qui nous sont parvenues, il ne disposera jamais du quart d'heure requis. Mais le pape devait avoir des secrétaires habiles à déchiffrer ses pattes de mouche, car la campagne de séduction est un succès.

De leur côté, les différents patrons multiplient les recommandations. Les Sacchetti portent aux nues les mérites de leur brillant secrétaire. Les Colonna se relaient pour dire au pontife tout le bien qu'ils pensent de lui. Une recrue de choix, parce que imprévue, se joint aux instances du cardinal Jérôme et de sa sœur Anne. Carlo, un jeune fils du connétable, s'est engagé dans l'armée espagnole et a séjourné en garnison à Milan. Il a l'esprit léger, la tête chaude, envie d'en découdre. À sa grande fureur, son père a chargé Mazarin de le chaperonner. Ô miracle, l'adolescent rebelle a trouvé en lui un grand frère plein de tact et non un censeur grincheux. Conquis, il chante à Rome les louanges de ce nouvel ami avec tant de sentiment et d'amour que le bon Pietro en reste bouche bée. Le pape, lui, sourit : « Vous l'aimez parce qu'il continue à jouer, n'est-ce pas ? » Vite Jérôme intervient, se portant garant de ses qualités. « Oui, je le sais, il a beaucoup d'esprit, je veillerai à le pourvoir », conclut Urbain VIII[4]. Toujours seul à Milan, Mazarin attend des directives, en espérant une promotion.

Vers la fin août, la machine infernale se met en route. Collalto, qui a violé la neutralité des Grisons, débouche en Lombardie à la tête d'une armée autrichienne. De son côté, Spinola vient relever Gonzalo de Cordoba. Mazarin entre aussitôt en contact avec les deux généraux. Spinola l'informe des suggestions de Madrid. Il suffirait au duc de Mantoue de concéder une part du Montferrat au duc de Savoie et d'abandonner Casal aux Espagnols, pour obtenir en échange la reconnaissance de ses droits. Mazarin hésite. Il manque de temps pour consulter Rome. Ne pourra-t-on pas lui reprocher, cependant, d'avoir laissé passer une chance de paix ? À ses risques et périls, il prend l'initiative d'aller à Mantoue transmettre la proposition. Il a peu d'illusions. Il se heurte à un refus et n'insiste pas. Charles de Gonzague, homme de parole, ne fera rien sans l'aveu de son alliée, la France. Il est homme de foi aussi, profondément croyant, voire mystique, et pour lui la défense de son duché passe après celle du catholicisme. Il met « sa confiance en Dieu et en la justice de sa cause ». La providence y pourvoira, dit-il. Mazarin pense, mais se garde de dire que la providence prendra sans doute pour instrument Richelieu, qui vient de mettre fin aux ultimes guerres de religion par l'édit d'Alès. Et son intervention risque d'être sanglante.

En voyant déferler sur l'Italie les armées étrangères avant-coureurs des pires calamités, Urbain VIII est saisi de terreur. Le compte à rebours est commencé. Il faut à tout prix enrayer la machine. La grande légation qu'il met sur pied et qui, d'ailleurs, ne sera opérationnelle qu'en novembre, est faite pour débattre de la paix avec des belligérants préalablement décidés à traiter. C'est pour tenter de freiner leur ardeur et pour les amener à la table des négociations qu'il compte sur Mazarin.

Lorsque celui-ci rentra de Mantoue, un volumineux courrier l'attendait, en provenance de Rome. La légation, lui disait-on, allait bientôt se mettre en route. On le chargeait auparavant de sonder les intentions des principales parties prenantes. L'envoi contenait, en annexe, des documents officiels – lettres ou brefs – l'accréditant auprès de Spinola, du duc de Savoie, du duc de Mantoue et de Collalto comme mandataire particulier de Sa Sainteté. Y figuraient aussi – insigne marque de confiance – quelques blancs-seings à remplir suivant les besoins. Si Louis XIII et Richelieu manquaient à cette liste, c'est qu'ils n'étaient pas encore en campagne.

Cette fin de septembre 1629 est à marquer d'une pierre blanche dans la carrière de Mazarin. Les portes de la diplomatie s'entrouvrent devant lui. Enfin ! Fini le travail de bureau, les lenteurs, les intermédiaires. Il accède aux cabinets où se joue le destin de l'Italie. Il va pouvoir traiter directement avec les responsables, leur parler. Certes, il a pu mesurer la force persuasive de ses rapports, puisqu'il doit sa promotion à leur qualité. Mais il sait bien, aussi, que rien ne vaut le contact, la parole vivante. Il est résolu à faire la preuve de ses talents de négociateur.

CHAPITRE TROIS

Mourir pour Casal ?

L'année 1630 s'annonçait pour l'Italie du Nord comme celle de tous les dangers. L'envoi des troupes impériales, en violation des traités sur la Valteline et préludant à une agression contre Mantoue, contraignait Louis XIII à réagir. Auquel cas, on pouvait s'attendre à un affrontement armé entre les trois plus grandes puissances du moment – France, Espagne, Autriche – pour le plus grand malheur des populations locales. La catastrophe fut évitée d'extrême justesse grâce à l'intervention quasi miraculeuse de Mazarin. L'image illustrant son apparition au beau milieu des troupes rangées en bataille a fait le tour de l'Europe dans l'éventaire des colporteurs. Mais il n'a pas fait surgir la paix d'un coup de baguette magique comme un prestidigitateur tire un lapin de son chapeau. Il s'est battu pied à pied pour gagner du temps, pour obtenir des délais, des sursis, plaidant sa cause, remettant sans cesse sur le métier des projets d'accord toujours rejetés, mais se refusant à désespérer. Sur ces treize mois d'activité incessante, d'efforts acharnés, nous avons la chance d'être informés, au jour le jour, parce qu'il continuait d'adresser au Saint-Siège des comptes rendus très détaillés[1]. Nous connaissons non seulement les résultats de ses diverses interventions, mais le détail des entretiens qu'il menait avec ses interlocuteurs, ainsi que les jugements qu'il portait sur eux. L'affaire de Casal nous offre ainsi l'occasion unique, inestimable, de pénétrer, à chaud si l'on peut dire, les dessous d'une négociation entreprise dans l'urgence et qui traîna pourtant une année entière.

Il serait fastidieux de reprendre ici l'exposé de toutes les démarches de Mazarin, terriblement répétitives. Mais on peut tenter de mettre en lumière les ressorts de son succès. L'impératif premier est de bien connaître les gens avec qui il traite et de se faire agréer d'eux. Rien ne peut mieux tomber, pour cette délicate entreprise, que la mission qui vient de lui être confiée. Les conditions sont favorables. Le mandat pontifical lui ouvre largement les portes. Le pape, présumé neutre, domine les partis de toute son autorité spirituelle. Mazarin réclame en son nom une suspension d'armes, en attendant le grand Congrès pour la paix, en vue duquel les pays concernés sont invités à nommer au plus vite des plénipotentiaires dûment mandatés. Tous sont favorables à la paix, bien sûr, à cette réserve près qu'ils ne l'entendent pas de la même manière. Mais Mazarin, justement, pourra jouer sur cette équivoque. Il jouera aussi de la modestie de son rang. Il n'a pas qualité pour prendre des décisions. Il est là pour recueillir le point de vue de chacun. Ravis d'avoir un interlocuteur attentif et peu contrariant, quelques-uns s'ouvriront volontiers, sans défiance. Certains useront de lui pour faire passer aux autres des messages sincères ou biaisés. Il jouera entre eux tous le rôle d'un médiateur. Et il se fera parmi eux quelques amis.

Le duc de Savoie

À son retour de Mantoue, où il avait devancé les ordres du pape, Mazarin eut tout juste le temps de refaire sa valise avant de prendre la route pour Turin. Après Charles de Gonzague, franc, sincère, sans mystère, il allait trouver plus forte partie en Charles-Emmanuel Ier, qui passait, non sans raison, pour le boutefeu responsable du conflit. Aussi avait-il pris soin de s'informer sur le passé de la maison de Savoie, sur ses ambitions et sur ses déboires.

Les ducs de Savoie en général et Charles-Emmanuel Ier en particulier sont les bêtes noires des historiens français, qui n'ont pas de mots assez durs pour dénoncer leur prédilection pour le double jeu, oubliant de dire que cette duplicité n'est pas imputable à une perversité naturelle, mais à la position géographique de leur État, pris en tenailles entre deux puissants voisins qui ne songent qu'à se l'asservir. Les Savoyards conservent encore, au début du XVIIe siècle, la nostalgie du temps où, incontournables « guichetiers des Alpes », ils traitaient d'égal à égal avec les grands feudataires médiévaux. La situation de leur vaste duché, implanté de part et d'autre de la ligne des crêtes et contrôlant les six cols donnant accès à l'Italie, leur procurait en temps de paix, grâce aux péages, les revenus que leur refusait un sol ingrat et faisait d'eux, en cas de guerre, des alliés très recherchés. Mais dès le XVIe siècle, ils ne font plus le poids face aux puissantes monarchies qui s'installent en lieu et place de la féodalité. Entraînés dans des guerres qui ne sont pas les leurs, ils voient se réduire comme peau de chagrin leur duché occupé par des armées étrangères. Le voisin le plus menaçant est alors la France. Dépossédé, exilé, Emmanuel-Philibert met au service de l'Espagne ses remarquables talents d'homme de guerre. Le traité de Cateau-Cambrésis, qui réconcilie les belligérants, lui restitue Savoie et Piémont et lui donne pour épouse Marguerite de France, la plus jeune des filles de François Ier. Il met à profit la paix pour ramener un peu de prospérité dans ses États.

Son fils, Charles-Emmanuel Ier, arrivé au pouvoir en 1580, à l'âge de dix-huit ans, doit à son courage, à sa ténacité, à son intelligence, ainsi qu'à son amour des arts et à son patriotisme, le surnom de « Grand » que lui ont donné ses sujets. Mais il lui manquait la prudence, le sens du réel et aussi, il faut bien le dire, la droiture. Pour rendre à la Savoie ses territoires perdus et son antique grandeur, peu lui importaient les moyens. Il voulait récupérer Genève, que lui avait arrachée la Réforme. Pour élargir l'étroite façade maritime que lui accordait Nice, il convoitait le littoral génois ou la Provence, ou les deux, éventuellement assortis du Dauphiné. Autant d'entreprises chimériques dans lesquelles il se lança avec une imprudente audace et qui lui valurent de cuisants revers. Il finit par lasser la patience d'Henri IV qui le battit à plates coutures, occupa toute la Savoie et lui imposa la paix de Lyon en 1601. La rage au cœur, il dut abandonner à la France la Bresse et le Bugey. Il ne restait à ses ambitions d'autre terrain d'expansion que le versant italien des Alpes – le Milanais, peut-être, si Henri IV avait vécu ; puis, soudain à portée de main grâce à la succession de Mantoue, le Montferrat.

Tel était « l'allié » dont disposait la France à Turin. Une alliance ancienne, scellée comme il se doit par un mariage, celui du prince de Piémont avec Chrétienne de France, mais subie et ressentie comme une servitude. Et voilà que l'histoire se répétait. L'échec de ses projets sur le Montferrat, puis le forcement du Pas de Suse, la présence d'une garnison française dans la place retenue en gage et celle d'un responsable militaire français à Turin rappelaient à Charles-Emmanuel de très mauvais souvenirs. Il en fut blessé à vif. « Il n'avait traité avec le roi que l'épée à la gorge, reconnaît Richelieu dans ses *Mémoires*, et il crevait de dépit d'y avoir été forcé[2]. » Il chercha donc appui du côté des Espagnols, avec qui il traita en sous-main. Prenons garde. Cela ne signifiait pas qu'il eût la moindre amitié pour ceux-ci : il eût aimé leur arracher le Milanais. Il les tenait seulement pour des partenaires provisoires imposés par les circonstances. Il était sincère lorsqu'il posait au prince libérateur attendu par les patriotes italiens depuis plus d'un siècle et que Machiavel avait cru reconnaître en César Borgia. « Si je désarme, clamait-il, la péninsule ne comportera plus que des traîtres et des esclaves[3]. » Il y croyait, et il justifiait ses désirs d'agrandissement par la nécessité d'atteindre la taille requise pour résister aux agressions. Mais ses tentatives brouillonnes avaient produit l'effet contraire.

En cet automne de 1629, échaudé par le désastre de l'année précédente, il se réfugiait dans un attentisme anxieux. Le nouveau traité d'alliance qu'il avait dû signer à Suse lui imposait de laisser libre passage aux troupes françaises s'il en était requis, de leur fournir vivres et munitions moyennant un prix à débattre, de ravitailler Casal et d'apporter à la France, en cas de besoin, un soutien militaire. Autant de promesses qu'il était décidé à ne pas tenir. À la perspective d'une reprise des hostilités, qui l'obligerait à se déclarer, il s'affola. Mazarin, messager de paix, fut donc accueilli à Turin comme le messie. Charles-Emmanuel et son fils aîné, Victor-Amédée, déployèrent pour lui le tapis rouge. Ils avaient bien accordé leurs violons. Ils l'entretenaient tour à tour sans lui laisser le temps de souffler, ressassant les mêmes discours, plus énergiques dans la bouche du vieux duc, plus enveloppés dans celle de son héritier. Le croyant acquis à l'Espagne, ils laissaient percer la haine qu'ils vouaient à Richelieu. Ils feignaient de ne pas craindre le cardinal-ministre – il avait de gros problèmes en France, n'est-ce pas ? –, mais ils ne parvenaient pas à cacher la terreur qui s'emparait d'eux à l'idée de le voir arriver à la tête d'une armée. Si seulement le maréchal de Créqui obtenait les pleins pouvoirs, comme Spinola les avait reçus du roi d'Espagne et Collalto de l'Empereur, la paix aussitôt serait faite, serinaient-ils à Mazarin. Ils allèrent jusqu'à lui dicter les propos qu'il devait tenir au maréchal, en jouant sur la vanité et la prétendue lassitude de ce haut personnage.

Mazarin fut-il leur dupe, comme on l'affirme parfois ? Leurs discours, tels qu'il les transcrit mot pour mot dans ses rapports, sont cousus de fil blanc – de très gros fil – et Créqui, d'ailleurs, se déroba. La balle restait dans le camp de Louis XIII et de Richelieu. Comment expliquer, alors, l'indulgence dont il fit preuve pour les Savoyards dès cette date, et qui ne fera que s'accentuer par la suite ? Il y eut sans doute une part de spontanéité dans sa sympathie. La cour de Turin était accueillante et gaie. Le ton y était donné par deux jeunes Françaises, brus de Charles-Emmanuel, Chrétienne, princesse de Piémont, sœur de Louis XIII, et une fille du comte de Soissons, épouse du prince Thomas. Elles fêtèrent et cajolèrent cet envoyé pontifical peu ordinaire, qui portait avec élégance l'uniforme militaire et savait tourner le compliment comme pas un. Il se fit séducteur, et il fut séduit. Il ne lui déplaisait pas d'être la coqueluche des dames de Turin.

Mais cette satisfaction d'amour-propre n'aurait pas suffi à infléchir son attitude. Sa sympathie s'explique par certaines convergences de vues. Sur deux points tout au moins, il s'accordait avec les Savoyards. Il partageait leur amour pour l'Italie. Et il pensait, comme eux, que l'existence d'un duché de Savoie indépendant et fort était indispensable pour préserver l'équilibre politique au nord de la péninsule. Il estimait en revanche qu'ils ne pouvaient résister par eux-mêmes aux appétits espagnols. C'était donc du côté de la France qu'ils devaient chercher un appui. Est-il interdit de penser, quand on connaît la suite, que, dès cette date, il obéissait à des directives inspirées par Urbain VIII en personne ?

Réconcilier la Savoie et la France ? On n'en prenait pas le chemin. La pente serait dure à remonter. Charles-Emmanuel et son fils marchaient d'un même pas, le second obéissant docilement aux consignes du premier. Mais entre eux s'insinuait une discrète fêlure. Victor-Amédée, moins exalté et moins violent que son père, plus réaliste aussi, se rendait compte que la politique menée par celui-ci était désastreuse. Avec le temps, le vieux duc – âgé maintenant de soixante-sept ans – était devenu plus opiniâtre et plus intransigeant que jamais, livré à ses chimères et à son appétit de vengeance. Il ne changerait pas. Mazarin misa sur son fils, dont il conquit la confiance et l'amitié – un pari que l'avenir ne tarda pas à justifier.

Les hommes de guerre

Mazarin rentre à Milan satisfait. Il a poussé jusqu'au prodige l'art de faire parler les gens. Il a même conduit l'ambassadeur de France à lui laisser lire trois fois une dépêche de son roi – le temps de la mémoriser ! – sous prétexte de s'en inspirer dans la suite de sa négociation. Il rapporte de Turin et répercute auprès du cardinal Barberini une riche moisson de renseignements sur ce que veut la Savoie et ce qu'on y pense des autres. Avant son voyage, il avait eu tout juste le temps de saluer les chefs des deux armées cantonnées aux alentours de Milan, Spinola du côté espagnol et Collalto du côté impérial. Il doit les convaincre de ne pas bouger, tant que s'activent les négociations.

Il a vite fait le tour de Collalto. L'accueil est poli, les points de vue diamétralement opposés. Collalto est là pour faire la guerre et le plus tôt sera le mieux. Issu d'une famille italienne de la région de Trévise, mais élevé à Vienne et entièrement germanisé, il a fait dans les armées impériales une carrière honorable, mais sans éclat. Il approche de la cinquantaine. Il se sait chargé d'un intérim, en attendant que Wallenstein vienne le relever et recueillir des lauriers qu'il juge lui être dus. Il veut prendre Mantoue avant l'arrivée du grand homme et se couvrir d'une gloire qui rendra douce la retraite dorée dont il rêve. Les appels à la suspension d'armes et à la paix le laissent de marbre. Mazarin n'insiste pas.

Il trouve auprès de Spinola une oreille beaucoup plus attentive. Le nouveau gouverneur de Milan est d'une autre stature que son collègue. Il n'a plus rien à prouver, tant ses états de service sont éclatants. Bien qu'il égale Wallenstein par les victoires, il diffère profondément de lui sur le plan moral. Rien à voir avec un condottiere sans scrupules propriétaire d'une armée louée au plus offrant. C'est un noble et riche Génois qui a entamé sur le tard une carrière militaire par amour de la gloire, comme un défi personnel. Dans les premières années du siècle, il a recruté à ses frais et amené aux Pays-Bas un corps expéditionnaire de 9 000 hommes et il a repris aux rebelles hollandais la ville d'Ostende. L'Espagne lui a confié alors le commandement en chef de l'armée des Flandres. Son plus grand exploit est passé à la postérité grâce au célèbre tableau de Vélasquez dont il occupe le centre. *La reddition de Breda*, dite aussi *Les Lances* à cause du bataillon serré de *tercios* rangé par-derrière, est un hommage au capitaine venu à bout d'une place imprenable, en même temps qu'au vainqueur généreux rendant aux vaincus les honneurs de la guerre. Très écouté du roi d'Espagne, il a conquis dans les Conseils une influence politique. C'est un homme respectable et respecté. Il l'était du moins, jusqu'aux récents événements qui l'ont opposé à Philippe IV et à son ministre.

L'humeur de Spinola est sombre. Cette guerre, il l'a fortement déconseillée. Il l'estime injustifiée. Il pense, non sans raison, que l'Espagne, réduite à la défensive face aux Hollandais et en proie à des problèmes financiers graves, n'a pas les moyens d'ouvrir un second front. La guerre a été engagée malgré lui, en dépit de ses avis. Et maintenant on lui demande de la conduire ! Venu à Madrid pour débattre d'une éventuelle trêve aux Pays-Bas, il y a été retenu durant près de six mois avant de se voir nommé, finalement, commandant en chef de l'armée d'Italie. Une armée qui n'est pas la sienne, qu'il ne connaît pas, qui ne possède à son actif que des années de garnison à Milan, mais pas de campagne ! Pendant ce temps-là, en Flandre, la situation continuera de se dégrader, le bénéfice de ses efforts sera perdu ! On bouscule ses plans, on lui enjoint de prendre Casal, et voici qu'un envoyé du pape vient lui expliquer qu'il doit surtout n'en rien faire.

S'il s'abstient de mettre Mazarin à la porte sans ménagement, c'est que celui-ci a su toucher la corde sensible, celle du patriotisme italien. Tout au fond de lui-même, Spinola n'a pas envie de prendre Casal, pas plus qu'il n'a envie de voir le nord de l'Italie ravagé.

Il est génois, ne l'oublions pas. Sa famille tire son nom d'un bourg homonyme, tout proche du Montferrat. Les horreurs de la guerre, il les a vues en Allemagne, telles que Jacques Callot les a gravées au burin, et il souhaite les épargner à sa patrie. Il en veut beaucoup au duc de Savoie, coupable d'avoir déclenché ce conflit et qui continue de convoiter Gênes, malgré les échecs de ses coups de main antérieurs. Il communie donc avec Mazarin dans une déploration des malheurs de la pauvre Italie et forme avec lui des vœux pour la paix. Il ne partage que sur un point l'avis de Charles-Emmanuel : la France, en intervenant, rendrait l'affrontement inévitable. Il concède qu'on doit tenter de l'en empêcher et donc éviter les provocations.

Hélas, il n'est pas entièrement maître de la situation. Il s'entend mal avec son collègue autrichien. Du côté des troupes, c'est encore pire : Espagnols et Impériaux se détestent. Les premiers sont chez eux en Lombardie, bien tolérés par une population accoutumée à leur présence. Les autres sont des intrus, d'autant plus indésirables que l'Autriche s'est déchargée sur ses alliés locaux du soin de les nourrir. Or les affrontements de l'année précédente ont ruiné les récoltes et fait affluer les paysans à Milan. Il n'y a plus rien à manger dans la ville, où la famine provoque des émeutes populaires. L'oisiveté et la disette sont toujours funestes à une armée composée de mercenaires avides de gain, appâtés par l'espoir du pillage. Dès la fin octobre Collalto leur lâche la bride et les laisse s'infiltrer dans le Mantouan, où ils s'égaillent à leur guise en faisant les ravages que l'on devine. Ils n'ont pas de peine à déloger de leurs petites places fortes les soldats locaux nourris dans l'oisiveté et l'aise, accoutumés à une perpétuelle paix, et dont les alliés vénitiens détalent à la première menace de combat. Seule la capitale, enserrée dans la boucle du Mincio qui forme lac, leur échappe et s'endort dans une sécurité illusoire. Côté espagnol, Spinola ne peut pas rester inactif. Il se résout à engager ses troupes dans le Montferrat, non sans s'être mis d'accord secrètement avec les Français défenseurs de Casal pour éviter tout heurt. Ni les uns ni les autres ne veulent se voir reprocher de torpiller le Congrès pour la paix.

Mais lorsque la grande légation s'installe à Bologne en novembre, on sait déjà que cette paix est gravement compromise. Dès la fin de l'été, Richelieu a convaincu Louis XIII qu'une intervention décisive était nécessaire. À la fin novembre, il est nommé principal ministre, voit sa terre érigée en duché-pairie et reçoit le titre de « lieutenant général du roi représentant sa personne en Italie ». Il a carte blanche, il viendra. La guerre est presque inévitable. À Rome, le pape a si grand peur qu'il fait mettre la ville en défense. Mazarin, à tout hasard, sollicite une lettre d'accréditation. Richelieu quitte Paris le 29 décembre, arrive à Lyon le 18 janvier 1630. Grand branle-bas dans la légation pontificale, panique à Turin : est-il encore possible d'arrêter sa marche ? Pour honorer l'Éminentissime, il conviendrait de lui envoyer le nonce en personne. Mais Mgr Panciroli n'est pas jeune, il aime ses aises, la perspective de franchir le Mont-Cenis en plein hiver ne lui sourit guère. De plus il estime avoir peu de profit à tirer d'une démarche probablement vouée à l'échec. Le pape, qui le sait solennel et froid, préfère le garder en retrait, Charles-Emmanuel aussi, qui croit pouvoir compter sur Mazarin. L'accord se fait donc aisément sur le nom de celui-ci, toujours partant pour les missions impossibles.

Face à Richelieu

Rétrospectivement sa première rencontre avec Richelieu a pris dans les souvenirs de Mazarin l'aspect d'un coup frappé par le destin : « La première fois que je vis l'Éminentissime Cardinal-Duc à Lyon, écrit-il neuf ans plus tard, je résolus de me consacrer à lui entièrement, car il m'engagea à le faire avec mille courtoisies et les bons traitements dont il usa envers moi[4]. » La vérité, telle qu'elle ressort du rapport qu'il rédigea sur-le-champ, est plus nuancée. Mais une chose est certaine : tous deux se sont préparés à l'entrevue, chacun ayant bien l'intention d'en imposer à l'autre. Mazarin a recueilli beaucoup d'informations sur Richelieu, qu'on lui dépeint comme imprévisible, capable de passer d'une courtoisie raffinée à une colère glacée. Au souci de faire bonne impression sur ce redoutable personnage se mêle chez lui une intense curiosité. Il a peu d'illusions sur ses chances d'obtenir des résultats : le comte de Saint-Maurice, ambassadeur de Savoie, qu'il a croisé aux approches de Lyon, ne lui a laissé aucun espoir. Il lui reste à se qualifier, pour l'avenir, comme un interlocuteur compétent. Richelieu, lui, n'a entendu parler du « sieur Mazarini » que depuis l'annonce de sa visite. Certes, a expliqué le maréchal de Créqui, le jeune diplomate est un émissaire du pape, donc théoriquement neutre. Mais il est secrétaire du nonce à Milan, il se rend souvent à Turin, son nom a été avancé par Charles-Emmanuel. À coup sûr il travaille pour la Savoie et, par voie de conséquence, pour l'Espagne. La méfiance s'impose donc. Mais afin de lui faire baisser sa garde, Richelieu choisit de lui réserver le meilleur accueil.

Il arriva à Lyon le 28 janvier au soir. Le gouverneur vint lui offrir un hébergement, qu'il refusa sagement :

il avait prévu, dit-il, de loger chez un compatriote. Rendez-vous lui fut donné avec le cardinal pour le lendemain. Au long de la soirée, il ouvrit tout grands les yeux, impressionné par la taille de la ville, le nombre et la richesse de ses habitants. Il s'informa sur l'ampleur du corps expéditionnaire : 25 000 hommes de pied, 4 000 cavaliers, presque tous gens d'expérience, endurcis et bien équipés. Pour les commander, la fine fleur de la noblesse française. Cet étalage de forces ne lui était pas spécialement destiné, il faisait partie de la campagne psychologique préparatoire à l'expédition. Mais on espérait bien que Mazarin relaierait la voix publique en confirmant à ses mandants combien la France était redoutable.

Le 29 janvier, à l'heure dite, il présenta au cardinal sa lettre de créance et fut invité à délivrer son message. La substance de son discours, nous la connaissons déjà : il demandait une suspension d'armes, le temps de débattre d'un accord. Il fut simple, clair, ferme. La chose allait de soi, suggéra-t-il en éludant avec soin les difficultés. Il assaisonna le tout d'une juste dose de respect, sans tomber dans la flagornerie. Et il conclut, comme il se doit, sur l'intérêt que la France trouverait à signer la paix.

Richelieu l'avait écouté attentivement, sans l'interrompre et sans jamais détourner les yeux, l'évaluant, le jaugeant. Sous le poids de ce regard inquisiteur, qui en aurait déstabilisé bien d'autres, Mazarin n'avait pas fléchi. Un bon point en sa faveur. Outre une vive intelligence, il possédait aussi du cran. Raison de plus pour n'accepter aucune discussion. Le roi, trancha le cardinal, désire une paix prompte et sûre, assortie de solides garanties pour l'avenir, afin de n'avoir pas à passer les monts chaque année, sur un caprice des Espagnols. Il ne l'obtiendra aux conditions qu'il souhaite qu'après avoir délivré Casal. « Je n'ai pas le pouvoir d'accorder une suspension d'armes, ajouta-t-il, mais si je l'avais, je me garderais bien d'en user. M'en parleriez-vous vingt ans durant, que vous ne parviendriez pas à me convaincre. » Sur quoi il le prit familièrement par la main et l'emmena partager son repas.

L'après-midi, ils renouèrent l'entretien. Selon sa coutume, Mazarin changea son angle d'attaque. Puisque, en tout état de cause, les troupes françaises avaient besoin d'un mois pour gagner Casal, pourquoi ne pas accepter en Mantouan et au Montferrat une trêve tacite d'une durée équivalente, qui permettrait à Collalto, Spinola et Créqui de se concerter en vue d'un accord, sous l'égide du cardinal légat ? Visiblement surpris par cette suggestion imprévue, Richelieu coupa court avec de médiocres arguments, la discussion prit des chemins de traverse et s'enlisa. Mais Mazarin, tenace, ne voulait pas repartir les mains vides. Qu'au moins, dit-il, Créqui soit autorisé à faire un bref voyage en Montferrat pour rencontrer les deux autres généraux. Richelieu rétorqua alors : si cette ultime preuve de bonne volonté est accordée et si elle aboutit à un échec, le pape acceptera-t-il de se déclarer pour la France ? À cette question, bien sûr, Mazarin n'avait pas qualité pour répondre.

Avant de décider, Richelieu imposa alors une suspension de séance, sous prétexte de consulter l'ambassadeur de Venise, Soranzo. En fait, il consulta d'abord ses conseillers, qui furent d'avis qu'on ne risquait rien à envoyer Créqui à Casal. Mazarin fut alors ramené devant le cardinal. À ses côtés, le maréchal de Schomberg, appelé à diriger le corps expéditionnaire, mais aussi le Vénitien. Pourquoi faire paraître ici le représentant de la Sérénissime, alliée de la France mais belliciste enragée et hostile à tout compromis ? Il était là à deux fins. D'abord comme témoin. Soranzo, en présence de qui Richelieu récapitula clairement ses exigences, tout en affirmant sa volonté de paix, pourrait en attester le cas échéant. D'autre part, dans l'immédiat, il servit de repoussoir au cardinal. Le violent mépris dont il accablait les Autrichiens était si grossier et si sot que Mazarin crut devoir protester. Alors Richelieu se pencha vers lui, lui touchant le pied à plusieurs reprises et l'invitant à la patience, puis il murmura à l'oreille de Schomberg, assez haut pour être entendu de l'intéressé : « Il a raison ! » Il n'en fallait pas davantage pour créer entre eux, contre ce butor imbécile, une connivence, presque une complicité. Mazarin en fut si frappé qu'il rapporta mot pour mot cette petite scène dans son rapport.

Avant de prendre congé, Richelieu confirma qu'il comptait être à Suse le 14 février et à Casal le 5 mars. Il partait pour Grenoble sur-le-champ. Il gagna sa voiture en compagnie de Mazarin et l'embrassa en lui disant : « N'oubliez pas de rappeler à Sa Sainteté la dévotion que lui porte la France, et dites-lui que je suis prêt à faire la paix ou la guerre, comme Elle le voudra. » Difficile d'être plus aimable et plus engageant. Est-ce seulement pour le pape, ou aussi pour son très remarquable chargé d'affaires que l'Éminentissime s'est ainsi mis en frais ? À l'avenir de le dire.

Politiquement, il ne sortit rien de cette première entrevue : la France ne renonça pas à intervenir. Mais elle fut décisive pour Mazarin, qui rencontrait enfin un interlocuteur capable de l'apprécier à sa juste valeur. Fut-il pleinement séduit ? Il souligna, dans son rapport, « cette parfaite bonne grâce qui lui gagne le cœur de tous ceux avec qui il traite… », mais aussi « cette confiance en son éloquence qui lui persuade qu'il vous oblige alors même qu'il vous fait du mal, de telle sorte qu'en vous refusant, il a l'air de vous être plus agréable que d'autres en accordant ». Dans cette joute serrée entre deux esprits d'une égale vivacité, entre deux volontés tenaces, Richelieu, fort de sa position, de son âge et de son expérience, a remporté sans conteste la première manche. Mais Mazarin n'a pas démérité, loin de là. Les efforts déployés par le cardinal pour se le concilier prouvent le cas qu'il fait de lui. Reste que l'estime intellectuelle n'implique pas la confiance. S'il travaille pour l'ennemi, il peut se révéler redoutable. Prudence, donc. Il faudra le juger sur pièces, aux résultats. Mazarin, quant à lui, n'a aucun doute sur les intentions de Richelieu, il a compris que celui-ci souhaite l'utiliser, mais il est en droit de se demander quelle récompense lui vaudraient d'éventuels services. Bref, à trop jouer le jeu de la France, ne risque-t-il pas de se compromettre à Rome ?

Il n'aura guère le loisir de se poser la question dans les mois qui suivent. Il les passera à courir derrière les événements, qui déjouent sans cesse les prévisions. L'armée de Richelieu ne mettra pas un mois, mais neuf, à atteindre Casal. Et Mazarin, entre-temps, aura eu l'occasion de le rencontrer cinq fois encore, dans des conditions souvent dramatiques, avant que la confiance ne s'installe entre eux pour de bon.

Il court, il court, Mazarin...

Mazarin ne passa que vingt-quatre heures à Lyon. Il en repartit le soir même du 29 janvier, pour gagner Turin en trois jours par la route la plus directe. Imagine-t-on ce que pouvait être à cette époque le passage du col du Mont-Cenis – 2 083 de nos mètres – en plein hiver ? Certes les Savoyards veillaient à faciliter au mieux le passage, mais le froid suffisait à en faire une épreuve. Eut-il droit à un traitement particulier, comme Louis XIII au Mont-Genèvre l'année précédente ? On se plaît à l'imaginer dans une « ramasse », une espèce de luge gouvernée de l'arrière par un paysan vigoureux, qui dépose le voyageur au bas de la pente en moins de temps qu'il n'en faut pour le dire. Le plus probable est qu'il se hissa, puis redescendit à dos de mulet sur des sentiers verglacés, comme tout le monde.

À peine rentré à Turin, il lui faut repartir. En l'espace de six semaines, on le voit à Pavie, Alexandrie, Bologne, puis à Alexandrie de nouveau, avant de le retrouver à Turin. Il court après les deux généraux en chef, pour leur transmettre les propositions de Richelieu, que chacun amende à sa manière, avant de le renvoyer vers le cardinal Antoine, qui dirige la délégation pontificale. On n'entrera pas ici dans le détail des diverses formes prises par le projet d'accord qu'il soumet aux uns et aux autres. Ce projet ressemble à la tapisserie de Pénélope, à cette réserve près que ce n'est pas Mazarin, mais ses partenaires, qui s'appliquent à détricoter chaque jour, point par point, les propositions qu'il croit acceptables. Spinola et Collalto promettent, puis se dédisent, ergotent sur des détails, se surveillant l'un l'autre, se jalousant, et gardant les yeux rivés sur les montagnes d'où s'apprêtent à surgir les troupes françaises. Passeront-elles, ne passeront-elles pas ? Le duc de Savoie a résolu de les en empêcher ou du moins de les retarder suffisamment pour que Mantoue et Casal tombent comme des fruits mûrs, offrant à l'Autriche et à l'Espagne les moyens de négocier en position de force. En attendant, Spinola et Collalto ont beau être munis de pleins pouvoirs, ils se garderont de signer quoi que ce soit.

Mazarin l'a compris, assurément. Il n'en continue pas moins l'ingrat métier de commis voyageur d'une paix qu'il sait hors de portée. Pourquoi ? D'abord parce que c'est la mission dont l'a chargé le pape, qui tient en main sa future carrière. Ensuite parce que, viscéralement optimiste, il croit que le pire n'est pas toujours sûr et que le hasard est prodigue en ressources imprévues. Ensuite par curiosité et par goût de l'action, parce qu'il aime savoir, comprendre, convaincre, exercer une emprise sur les gens et sur les choses. Enfin, parce qu'il est têtu comme une mule et qu'il faut vraiment un cas de force majeure pour qu'il consente à renoncer.

Or voici précisément que, sur le terrain, les données de la situation changent soudain. Richelieu a prié courtoisement le duc de Savoie, son « allié », de livrer passage aux troupes françaises. Celui-ci feint d'obtempérer, tout en multipliant les obstacles sous leurs pas. Il dispose pour les retarder d'un levier considérable, la fourniture des subsistances, que le traité lui enjoint d'assurer, mais qui permet de jouer sur les délais et sur les prix, en invoquant la dureté des temps. Richelieu, qui s'y attendait, a muni l'armée de tout ce qu'il fallait pour gagner Suse, où il arrive au début mars. Il ne peut s'aventurer beaucoup plus loin sans trouver sur place des vivres assurés. Comment faire marcher hommes et chevaux sans nourriture et sans fourrage dans un territoire étranger saigné à blanc depuis un an ? De Charles-Emmanuel seul dépend le ravitaillement des troupes françaises et de Casal. Devant les provocations répétées, Richelieu est tenté de passer en force. Mais, dans ce cas, il perdra du temps à prendre une à une toutes les places fortes qui jalonnent la route et Casal, à court de vivres, tombera.

Il propose donc une transaction. Contre l'assurance de trouver un mois de subsistances en Montferrat, où l'on fera venir des blés commandés à Nice, il s'engage à traverser le Piémont au plus vite, en bon ordre, sans dégâts ni ravages. Charles-Emmanuel accepte, enchanté. Dans l'immédiat, il épargne des souffrances à son territoire. Et par la suite, il compte, en bloquant les envois ultérieurs de blé, affamer les Français dans le Montferrat ruiné, puis les piéger en les attaquant par-derrière pour les jeter contre l'armée de Spinola. Il exulte, tant il est sûr de la victoire. Et désormais incapable de refréner son impatience, il commence à rassembler des troupes et à fortifier les places le long du Pô. Jamais il n'a poussé si loin le double jeu. Mazarin, sans être dans le secret de toutes les négociations souterraines, a compris ce qui se trame. Il presse la légation pontificale d'intervenir officiellement auprès de Richelieu, qui a repris son avancée. Le voici donc auprès du cardinal, le 17 mars au matin, en compagnie de son chef hiérarchique, Panciroli, dans les prairies de Casalette où campe l'armée française.

L'entretien, accordé à la sauvette en plein champ, sous un arbre, fut de courte durée. Le soin de porter la parole revenait au nonce, dont les propos, très en retard sur l'actualité, tombèrent à plat. Richelieu ne se donna pas la peine de lui répondre en détail. Consterné par son incompétence flagrante, il tira Mazarin à part, au moment de prendre congé, pour lui dire que ces pourparlers étaient vains, que le duc de Savoie allait devoir se déclarer et qu'il lui faudrait choisir entre la paix et la guerre. Sur le fond, il ne lui laissait aucun espoir, ce serait la guerre. Mais cet aparté confirmait qu'il ne voyait pas d'autre interlocuteur valable que lui.

Sur le chemin du retour, Mazarin récapitula ses impressions. La tension dans le camp était palpable et il nota que Richelieu, « l'air pensif, semblait rouler dans son esprit quelque grande résolution ». À Turin, il trouva Charles-Emmanuel au bord du délire. À l'entendre, le cardinal courait au désastre : « Dieu est juste, Dieu veut le punir [...]. Il est aveugle, il est en train de perdre jusqu'à sa renommée, après quoi il ne lui restera plus qu'à se faire moine. » Et si Mazarin émettait des doutes, il se faisait rabrouer : « Vous devez en croire les vieillards, qui ont de l'expérience. » Mais Richelieu n'était pas un novice, et lui aussi avait de l'expérience. Il feignit de préparer une attaque contre Turin, puissamment fortifiée et où l'attendaient des troupes en nombre. Puis il porta ses coups ailleurs. Le 19 mars à l'aube, il mit l'armée en état de marche et lui fit franchir à l'improviste la Doire Ripaire – les chevaux à gué, les fantassins par un pont à quelque distance.

L'évocation de ce passage par un des officiers qui y assistèrent vaut d'être citée en entier, tant elle est révélatrice du soin qu'apportait Richelieu à son image, qui passait pour éclipser celle du roi :

« Ce que je trouvai de remarquable en cette rencontre, dit Louis de Pontis, fut de voir un évêque et un cardinal revêtu d'une cuirasse de couleur d'eau, et un habit de couleur de feuille morte, sur lequel il y avait une petite broderie d'or. Il avait une belle plume autour de son chapeau ; deux pages marchaient devant lui à cheval, dont l'un portait ses gantelets, et l'autre son habillement de tête ; deux autres pages marchaient aussi à cheval à ses deux côtés, et tenaient chacun par la bride un coureur de grand prix ; derrière lui était le capitaine de ses gardes. Il passa en cet équipage la rivière de Doria, ayant l'épée au côté et deux pistolets à l'arçon de sa selle ; et lorsqu'il fut passé à l'autre bord, il fit cent fois voltiger son cheval devant l'armée, comme s'il eût pris plaisir à faire voir qu'il savait quelque chose dans cet exercice[5]. »

Il mena alors les troupes vers le sud, à marches forcées. Le 21 mars, il arrivait devant Pignerol. La ville se rendit dès le lendemain. La citadelle, mal pourvue en défenseurs, ne tint que huit jours. Le 30 mars, Richelieu était maître d'une des clefs des routes alpestres, naguère détenue par la France et qu'Henri III avait eu l'imprudence de rendre à la Savoie – une clef dont le prix apparaît à l'évidence à qui regarde une carte. De Briançon, on peut aisément gagner Pignerol par le col du Mont-Genèvre. Et de Pignerol, on peut soit descendre vers Suse*, soit gagner directement la plaine du Pô en évitant de traverser les vallées savoyardes si encaissées, de part et d'autre du Mont-Cenis. En tenant Suse et Pignerol, la Savoie était en mesure d'ouvrir ou de fermer à son gré le passage. Mais la première des deux places, sans la seconde, ne valait plus rien. On comprend sans peine la fureur qui s'empara de Charles-Emmanuel. Il déchargea une part de sa colère contre sa belle-fille, la malheureuse Chrétienne, et lui fit la vie si dure qu'elle cria au secours auprès de tous les Français qu'elle put toucher.

Sur le plan international, la prise de Pignerol eut un retentissement immense. Richelieu avait souhaité, sans attendre les beaux jours, frapper les ennemis par quelque grand succès capable de les étonner. Il avait réussi, au-delà même de ses espérances. Il entrait en force sur la scène italienne et s'imposait à l'Europe entière. Pour le Saint-Siège, cette intervention changeait la donne et l'obligeait à revoir toutes ses esquisses de traités, puisqu'il fallait y inclure, à terme, la restitution de Pignerol – moyennant, bien sûr, des conditions à préciser. Et l'on se doutait que la France ne lâcherait pas aisément un pareil gage. Mais il y avait plus urgent que de discuter d'une paix qui n'était plus à l'ordre du jour. Il fallait empêcher l'affrontement entre les diverses armées

---

* C'est la route qui fut suivie lors du forcement de cette place un an plus tôt.

en campagne. Déjà Spinola et Collalto s'avançaient en Piémont pour soutenir le duc de Savoie. Le pape ne vit d'autre recours que d'envoyer à Richelieu une ambassade pour le prier de restituer la place qu'il venait à peine de conquérir. Cette fois-ci, il donna à cette démarche toute la solennité requise. Son propre neveu, chef de la légation, se dérangea en personne, flanqué de l'inévitable Mgr Panciroli. Il fut traité avec égards, comme il se doit, et abreuvé d'un flot de bonnes paroles dont il ne pouvait rien sortir. Mazarin, qui jouait là les utilités, en profita pour faire la connaissance du fameux Père Joseph, éminence grise du cardinal, auprès de qui il plaida, plus modestement, pour une suspension d'armes de deux mois. Il témoignait en cela d'une belle suite dans les idées. Il persistait à penser que deux mois de gagnés sont toujours bons à prendre. Il peut arriver tant de choses en deux mois !

Ce qui se passa en avril et mai ne laissait pourtant rien augurer de bon. Louis XIII, arrivé en personne pour prendre la tête de son armée, se préparait à envahir la Savoie. Lorsque Mazarin, envoyé par le pape pour tenter d'en dissuader Richelieu, parvint à le joindre à la mi-mai, il était trop tard, toute la partie à l'ouest des Alpes était occupée. Il le trouva à Grenoble, le suivit à Chambéry, où il eut l'honneur d'être présenté au roi. Louis XIII n'eut pas à se forcer pour être aimable : la tenue du jeune capitaine d'infanterie, sa bonne mine, ses manières simples et directes, dépourvues d'affectation, ainsi que sa vive intelligence plaidaient en sa faveur. Au moment de le congédier, il voulut selon l'usage lui marquer sa satisfaction, lui offrir un présent – sans doute une gratification –, que celui-ci refusa poliment. C'eût été une marque d'allégeance qu'il ne pouvait donner, puisqu'il appartenait au Saint-Père, qui se tenait au-dessus des partis. Dieu sait pourtant qu'il avait besoin d'argent, à cette époque où sa famille l'accablait de sollicitations ! Mais il y a des cas où l'on se doit de n'en pas accepter.

Avec Richelieu, les négociations n'avancèrent pas d'un pouce. Il était toujours favorable à une bonne et solide paix. Toutefois, en position de force, ses exigences avaient monté d'un cran. Non négociables, elles ressemblaient à un ultimatum. Elles n'avaient aucune chance d'être agréées. Mais pour Mazarin, l'essentiel n'était pas là. Sa conversation avec le cardinal fut détendue : sur le fond, ils étaient d'accord. Il avait gagné son estime et acquis de surcroît, dans son entourage, un ami sûr. Il avait eu auparavant, sur ordre du Saint-Père, des échanges épistolaires avec le cardinal de Bagni, nonce auprès de Louis XIII. Il l'aurait même chargé de dire à Richelieu, en plein siège de La Rochelle, que la France aurait tort de se désintéresser de Casal. Il fit sa connaissance directe à Chambéry et la sympathie entre eux fut immédiate et durable. Ils s'écrivirent dès lors régulièrement et ce relais permit de faire passer à Richelieu des informations qui n'auraient pas eu leur place dans un courrier officiel. Les précautions qu'il prit pour protéger cette correspondance prouvent qu'il avait renoncé à sa prétendue neutralité. En juin, quand tout allait mal, il écrivait « que Casal était pressée, que Mantoue n'allait pas bien, que les Vénitiens étaient en confusion, [...] qu'il avait peu d'espérance en la paix, doutait du passage de son courrier, avait peu de foi en son chiffre, et partant n'en disait pas davantage... » À l'évidence, Mazarin travaillait en secret pour la France, avec l'espoir que son intervention serait assez dissuasive pour arracher aux autres la paix.

Une bonne nouvelle, Spinola et Collalto, exaspérés par la duplicité de Charles-Emmanuel, le laissent faire face tout seul à l'invasion française. Mais elle est contrebalancée par une mauvaise : tous deux se replient sur leur mission initiale, pour l'un prendre Mantoue, pour l'autre prendre Casal – laquelle est investie méthodiquement à partir de la fin mai. Et il n'y a pas plus méthodique que Spinola en matière de sièges. En guise de camp, c'est une véritable forteresse qu'il fait édifier dans la plaine, selon toutes les règles de l'art, face à celle de Casal, mais hors de l'angle de tir de ses canons. Mazarin a donc encore du pain sur la planche.

Mazarin continue de courir, les événements aussi

Il court, il court, mais le champ de ses pérégrinations se réduit, pour se concentrer, en gros, dans les États du duc de Savoie. Elles n'en deviennent pas plus agréables, au contraire, car elles se déroulent en terrain difficile. La traversée des Alpes, en quelque saison que ce soit, n'est jamais une partie de plaisir. Plus tard, il soutiendra les avoir franchies vingt-deux fois – un record –, « dans la rage de la canicule ou dans l'effroyable rigueur du froid[6] ». Il voyage à cheval, presque toujours seul, en urgence, par tous les temps, sans prendre la peine de souffler. Les chargés d'affaires pontificaux n'ont pas coutume de faire état, dans leurs rapports, des dangers rencontrés en chemin. Mais Mazarin les relate pour témoigner de l'état désastreux dans lequel se trouve le pays. La famine, jointe à la présence d'armées sur pied de guerre, rend toujours les chemins peu sûrs et multiplie les mauvaises rencontres. On tire sur les voyageurs, on leur tend des embuscades pour les dépouiller. Il essuya des mousquetades, des coups de fusil et de pistolet, de la part de paysans méfiants ou de rôdeurs. Les soldats sont plus redoutables encore, lorsqu'ils flairent partout l'ennemi. Près de Veillane, il tomba sur des hommes de la garnison austro-savoyarde qui, le prenant pour un Français, s'apprêtaient à le massacrer ; seul Dieu le sauva, dit-il – et sans doute, peut-on supposer, sa volubilité naturelle d'Italien pur sang.

Avec les beaux jours apparut une calamité nouvelle, la peste. Ce nom englobait alors différentes maladies épidémiques particulièrement meurtrières, dont le typhus, qui disputait à la peste bubonique la palme de la mortalité. Savoie, Piémont et Lombardie furent entièrement contaminés. Les vallées alpines semblent avoir souffert plutôt du typhus, tandis qu'à Milan on observa les bubons pesteux caractéristiques. La dysenterie, qui affectait toutes les troupes, paraissait à côté un moindre mal. Les déplacements de populations disséminèrent le fléau, achevant de ruiner tout le pays. Mazarin eut sous les yeux des spectacles « d'épouvante ». Il traversa des villages abandonnés, où gisaient pêle-mêle soldats et paysans, morts ou agonisants. Il coucha, au hasard de sa route, dans des lieux infectés que la contagion, la famine ou les armées avaient remplis de cadavres pourrissants. Un jour, comme il se reposait sous un arbre à l'abri de la chaleur, il fut même agressé par un malade que la souffrance rendait fou et dut lutter au corps à corps avec ce misérable, qui portait sur lui les marques charbonneuses de l'horrible mal. Il ne force pas la note pour se faire valoir. Tous les témoignages qui nous sont parvenus sur cette épidémie confirment que le danger fut réel. Elle laissa dans la mémoire collective un souvenir terrifiant, propre à nourrir l'inspiration de Manzoni dans son célèbre roman historique des *Fiancés.* À chaque voyage, par une chance inouïe, Mazarin sortait de cet enfer intact, fringant, prêt à repartir. Il n'avait pas tort de croire en sa chance.

Durant tout le mois de juin, tandis que les troupes françaises s'avançaient en Piémont, en forçant une à une les défenses de Charles-Emmanuel, il courut d'un général à l'autre pour leur soumettre l'ultimatum de Richelieu. Il visita les camps, examina les fortifications, se fit décrire les tactiques de siège, il assista même à quelques batailles, comme celle de Carignan, où les Français bousculèrent les Savoyards. Il complétait ainsi son éducation militaire par des observations sur le terrain, qui valaient mieux que ce qu'on enseigne dans les écoles. Mais ni Collalto, ni même Spinola ne voulurent entendre parler du moindre accommodement. C'est donc les mains vides qu'il se présente enfin devant Richelieu, le 3 juillet à Saint-Jean-de-Maurienne. Il s'attire d'abord une vive algarade. L'Éminentissime est d'une humeur exécrable. D'abord parce que le roi, fatigué, inquiet des progrès de la peste en Savoie, tarabusté par sa mère hostile à cette guerre, parle de renoncer à conduire l'expédition en personne – une dérobade qui serait d'un effet moral désastreux. Ensuite parce que lui-même est torturé par une crise d'hémorroïdes. Il sait d'autre part que les militaires de son entourage ne partagent pas sa confiance en Mazarin : le maréchal de Schomberg n'est pas loin de voir dans le trop subtil Italien un espion à la solde de l'adversaire. Ses reproches, traduisant une déception, confirment qu'il le tenait déjà pour l'un des siens.

Mazarin courba le dos devant la tempête et attendit le lendemain pour expliquer posément au cardinal que son projet n'était pas défendable tel quel. Il proposa quelques amendements, qui furent agréés. Il ne lui restait plus qu'à reprendre sa tournée de négociateur. Mais, en ce mois de juillet 1630, les événements se mirent à courir plus vite que lui.

D'abord, sans crier gare, Collalto, le 18, s'empara de Mantoue. Las d'attendre en vain son heure de gloire pendant que son armée fondait à vue d'œil dans les marais infestés de fièvres qui entouraient la ville, il avait usé d'une feinte pour attirer les défenseurs à la porte principale, tandis que ses troupes d'assaut, munies de bateaux et d'échelles, se hissaient sur le rempart du côté du lac, là où on ne les attendait pas. Charles de Gonzague capitula et se retira avec son fils aîné en territoire pontifical. Sa famille resta enfermée dans le palais, d'où elle pouvait entendre les cris de détresse des habitants livrés à toutes les violences d'un pillage en règle. La riche et brillante Mantoue fut réduite à l'état de ruine et la moitié des partitions de Monteverdi fut perdue sans recours.

Mais huit jours après, comme si la providence avait voulu compenser ce coup dur par une faveur, Charles-Emmanuel Ier rendait à Dieu son âme tourmentée de passions et de chimères, après soixante-huit années de combats exténuants. Depuis quelques mois, il ne connaissait que défaites, il voyait son duché lui échapper, passer aux mains des troupes françaises. Il tenta une dernière démarche auprès de Spinola pour obtenir du secours – en vain. Il toussait, se sentait mal. La peste s'en mêla-t-elle ? La colère et le chagrin l'achevèrent. Mazarin le trouva au lit, brûlant de fièvre, désespéré devant l'effondrement de ses rêves. Il mourut le 26 juillet, en transmettant à son fils un État à reconstruire. Avec lui disparaissait un des principaux ferments de discorde. Un large champ d'action s'ouvrait devant Mazarin. Le moment était venu de tirer parti des sympathies qu'il avait su se ménager à Turin. Il entreprit de faire admettre à Victor-Amédée qu'il n'y avait pas de salut pour lui hors de l'alliance française et il le convainquit, dans l'immédiat, de se tenir à l'écart du conflit.

Quand il se présenta à nouveau devant Richelieu le 2 août à Saint-Jean-de-Maurienne, il se sentait plus solide. Certes le projet de traité n'avait pas avancé d'un pas. Mais il avait un nouvel atout en main, le ralliement quasi certain de la Savoie à la France. La nouvelle algarade ne l'émut donc guère. « Il ne se fâcha pas peu contre moi, écrit-il dans son rapport, de ce qu'après soixante et dix jours je ne lui apportais pas une réponse précise, et de ce que je venais lui faire des propositions nouvelles sans même avoir le pouvoir de rien conclure. Je l'excusai à part moi de se plaindre avec si peu de raison des nombreuses courses que j'avais entreprises, et qui toutes l'avaient été pour son service : je vis bien qu'il voulait décharger sur moi le chagrin que lui causait l'affaire de Mantoue. » La scène fut très violente, puisque Richelieu prononça même le mot de trahison. Bagni vola au secours de Mazarin, lequel, sous l'insulte, rappela qu'il n'avait de comptes à rendre qu'au pape et n'attendait châtiment ou récompense que de lui. Sur quoi le cardinal hors de lui jeta à terre sa calotte rouge en arpentant la chambre à grands pas. Puis, brusquement calmé, il changea de ton et dit à Bagni : « Vous pourriez avec raison m'accuser d'être enclin à la colère, et M. Mazarin pourrait avoir contre moi un juste ressentiment. » De tels heurts n'étaient pas rares entre les meilleurs amis, ajouta-t-il en présentant ses excuses à celui-ci. Il avait trop besoin de lui pour se concilier la Savoie. De leur entretien sortit un nouveau projet de traité, que Mazarin fut chargé de présenter aux intéressés. Ce projet ne proposait pas un règlement définitif, il visait seulement à épargner à Casal le sort de Mantoue. Et il avait le mérite d'être défendable.

Ultimes rebondissements

En cette fin d'été 1630, il y a beau temps qu'on a perdu de vue les intérêts du duc de Gonzague et de son compétiteur. Tous les participants sont las de cette guerre, longue et coûteuse, pour un motif dérisoire. Tous regrettent de s'y être engagés. Tous souhaitent en sortir au plus vite, même Richelieu, vainqueur du duc de Savoie, mais qui n'est pas sûr de l'emporter en cas de heurt frontal contre les armées austro-espagnoles coalisées. En privé, tous en conviennent. Il ne reste à ce conflit qu'un seul enjeu, mais il est capital : le prestige de chacun est en cause. Reculer, c'est perdre la face. Reconnaître en public qu'on souhaite la paix, c'est faire aveu de faiblesse et donc encourager l'adversaire à pousser sa pointe. Aussi tous mettent-ils leur point d'honneur à discuter les plans que propose Mazarin et à les remanier à leur idée.

L'amour-propre exerce ses ravages à deux niveaux. Chez les chefs d'État d'abord, dont l'hégémonie en Europe est largement fondée sur leur suprématie militaire et leur capacité à protéger leurs alliés. Et aussi chez les hommes engagés sur le terrain, qui n'ont pas forcément en la matière les mêmes réactions que leurs supérieurs. Les chefs d'État ont consenti à confronter leurs vues, à l'initiative de l'Empereur, à l'occasion de la Diète qui se réunit alors à Ratisbonne pour tenter de régler les différends affectant l'ensemble de l'Empire. Là-bas, la question italienne est pratiquement réglée. Mais sur place les généraux, loin de s'en réjouir, sont furieux qu'on les prive du fruit de leurs efforts. Qu'on en juge d'après Spinola. Lui, si favorable à la paix jusqu'alors, devient soudain intraitable. C'est que Collalto, à Mantoue, a eu sa victoire, et pas lui. Il lui faut Casal. Casal n'a plus d'intérêt qu'à titre de symbole, puisque chacun sait que la place sera rendue au duc de Gonzague. Mais il n'est pas rare qu'on soit prêt à mourir pour des symboles. Au jour de la paix, la gloire ira à Toiras, s'il a conservé la forteresse, à Spinola, s'il a réussi à la prendre.

Il faudra encore trois mois, et bien des péripéties, pour que sautent les verrous psychologiques bloquant l'accès à la paix. Mazarin a compris qu'il ne parviendra à un accord qu'en ménageant scrupuleusement la susceptibilité de chacun. Mais il sait aussi que ses marges de manœuvre sont minces. Seule la providence peut aider à desserrer le nœud de passions et d'intérêts divergents. Et voici que la providence se manifeste, en suscitant de sérieux ennuis aux trois puissances dominantes.

L'Espagne subit de graves revers aux Pays-Bas et s'enfonce dans la crise financière. Mais trop fière, trop soucieuse de sa *honra* et de sa *reputacion* pour faire la moindre ouverture, elle a pour règle d'espérer la paix sans jamais la proposer. Elle refuse de convenir que l'aventure italienne est une erreur. Les théologiens qu'elle a pris soin de consulter ne lui ont-ils pas garanti que l'entreprise était sainte ? Et une fois cette entreprise engagée, l'honneur lui interdit de reculer. Elle se retourne donc contre un bouc émissaire tout trouvé, Spinola, coupable d'avoir dit trop souvent et trop fort que cette guerre était absurde. Le malheureux ne prendra pas Casal. Privé des pleins pouvoirs, puis disgracié, il se retire, brisé. À son chevet se rencontrent Toiras, venu lui rendre un hommage chevaleresque, et Mazarin, qui pleure en lui un compatriote et un ami. Il meurt le 26 septembre, inconsolé. Mais sa disparition contribue, après celle de Charles-Emmanuel, à éclaircir l'horizon. Son successeur, le marquis de Santa Cruz, pourra, sans le crier sur les toits, se montrer plus souple dans les négociations.

À Vienne, les soucis ne sont pas moindres. Les amis de Charles de Gonzague y parlent plus haut. Le sac de sa ville natale a révolté l'Impératrice. Mais surtout, l'Autriche se sent directement menacée. L'autorité de l'Empereur est battue en brèche. Après l'échec du Danemark, c'est la Suède qui prend la défense des intérêts protestants. Soutenu par des subsides français, Gustave-Adolphe a débarqué en Poméranie au début de l'été, à la tête de troupes bien entraînées, à recrutement national, qui bousculent tout devant elles. Visiblement il ne s'en tiendra pas aux rives de la Baltique, il s'apprête à gagner le sud de l'Allemagne. Face à lui, Ferdinand II n'a d'autre recours que Wallenstein, mais le remède risque d'être aussi dévastateur que le mal. Mieux vaut donc en finir au plus vite avec l'affaire italienne.

La France au contraire, victorieuse de la Savoie, semble avoir le vent en poupe. Les problèmes pour elle sont intérieurs. Richelieu, depuis deux ans, se heurte à une très forte opposition du parti dévot, ultracatholique, qui souhaite faire en toutes choses cause commune avec l'Espagne. Marie de Médicis en est l'âme. Désormais brouillée à mort avec son ancien protégé, elle harcèle son fils pour en obtenir le renvoi. Elle s'appuie sur son autre fils, Gaston d'Orléans, héritier potentiel du trône puisque Anne d'Autriche n'a toujours pas d'enfant. Le cardinal est donc à la merci d'un revirement du roi cédant aux suppliques de sa mère et de sa femme, ou d'un accident de santé, toujours possible chez ce perpétuel valétudinaire. Or, à la mi-août, fatigué, Louis XIII a quitté Saint-Jean-de-Maurienne infestée de peste, laissant à son ministre le soin de conduire l'expédition d'Italie. Trois semaines plus tard, le 22 septembre, à

Lyon, il doit s'aliter, saisi d'une violente fièvre. Huit jours durant, le mal s'aggrava, on le crut perdu. Il se prépara chrétiennement à la mort, fit des adieux solennels à tous les siens. Il s'apprêtait à subir une septième saignée au bras lorsque l'abcès intestinal qui le rongeait perça de lui-même. Le soulagement fut immédiat, il était sauvé. Le cardinal-ministre aussi, qui venait de passer là les pires moments de son existence. Mais il savait cependant qu'il n'échapperait pas à l'épreuve de vérité avec Marie de Médicis. Aussi ne tenait-il pas à pousser plus loin son avantage en Italie.

Dès le 4 septembre, Mazarin avait usé de la latitude que lui laissait Richelieu afin de mettre au point une trêve pour Casal. Les termes en sont étranges pour qui ne connaît pas les susceptibilités en cause. On croirait lire les règles d'une compétition ludique ou sportive. Qu'on en juge ! Toiras abandonnerait sur-le-champ aux Espagnols la *ville* de Casal – faible concession : il ne pouvait plus en nourrir les habitants. Il se replierait avec les défenseurs dans la *citadelle.* Les opérations militaires seraient suspendues jusqu'au 15 octobre, le temps de négocier. Elles pourraient reprendre ensuite si la paix n'était pas conclue d'ici là. Le corps expéditionnaire français aurait alors jusqu'au 1er novembre pour tenter de libérer la *citadelle.* En cas de succès, la *ville* leur reviendrait aussi. En cas d'échec, *ville* et *citadelle* passeraient entre les mains des Espagnols. Les Impériaux, qui avaient eu leur part à Mantoue, restaient à l'écart de cette subtile convention, où l'on reconnaît la main du joueur exercé qu'était Mazarin.

Elle comportait tout de même un risque important. Si les six semaines de grâce n'étaient pas mises à profit pour signer la paix, on n'échapperait pas à une bataille rangée. Or, toutes les négociations avortèrent. Le 15 octobre, à l'expiration de la trêve, l'armée française rassemblée près de Saluces se mit en route pour aller délivrer Casal. Le 21 octobre, Mazarin courut voir Schomberg, qui la commandait. Il avait mis au point un nouveau projet d'armistice. Le maréchal ne dit pas non, mais refusa de suspendre sa marche. L'annonce d'un accord signé à Ratisbonne ne le retint pas, au contraire. Il voulait bien de la paix, mais après une victoire, qu'il croyait à sa portée. Il déclara donc qu'il ne s'inclinerait que si les Espagnols remettaient Casal au duc de Mantoue. Le lendemain Mazarin vit le duc de Savoie qui, trop heureux d'apprendre qu'on s'apprêtait à lui rendre ses biens, s'engagea à se tenir à l'écart du combat et à souscrire à tout ce qu'on voudrait. Les 23 et 24 octobre, il rencontra Santa Cruz et lui fit observer que, en vertu soit de la trêve du 4 septembre, soit du traité de Ratisbonne, il serait tenu de quitter bientôt Casal. Pourquoi, alors, s'exposer à une bataille à l'issue incertaine ? Santa Cruz promit seulement de se conformer à l'avis de son collègue autrichien. Le 25 octobre, Mazarin alla donc voir celui-ci et, en bluffant hardiment, lui présenta son projet comme approuvé par Schomberg. Collalto, gravement malade, était à Verceil, en train de faire ses bagages pour regagner Vienne. Il mourra d'ailleurs sur le chemin du retour, en traversant cette Valteline dont il avait violé la neutralité. Il avait expédié le gros de ses troupes à Casal sous la direction de son successeur, Gallas. Il se déclara d'accord sur le projet d'armistice… si son collègue espagnol l'était aussi ! Déjà l'armée française se trouvait en vue de la place. Mazarin se désespérait.

Il avait ce soir-là les meilleures raisons d'être amer. Sa mission se soldait par un échec cuisant. Durant des mois, il s'était démené pour empêcher la guerre d'embraser le nord de l'Italie. Tous ses efforts pour amener les responsables, ensemble, à une table de négociations avaient tourné court. Il a couru de l'un à l'autre, leur soumettant séparément des projets qu'ils s'employaient aussitôt à détruire. Ils se sont joués de lui comme d'une balle qu'on se renvoie, ne songeant qu'à marquer des points. Il avait obtenu cependant quelques résultats appréciables, réussissant à retarder les opérations militaires, ou au moins à les circonscrire. À force de persuasion, il avait convaincu les chefs des forces dominantes d'éviter tout heurt frontal. Espagnols et Impériaux prenaient grand soin d'éviter les Français – et réciproquement –, laissant ceux-ci régler leurs comptes avec les Savoyards. On pouvait donc travailler à une paix négociée dont les puissances dominantes seraient les arbitres, sans qu'aucune perdît la face.

Mais si elles s'affrontaient, il y aurait un ou des vaincus, qui voudraient leur revanche. D'où une très probable extension de la guerre. Avec son ultime projet d'armistice Mazarin croyait tenir la solution. Tous étaient mûrs pour en rabattre sur leurs prétentions. Tous voulaient en finir, sortir d'affaire. Ils étaient là, tout proches. Ne leur suffisait-il pas de se voir, de se parler, pour reconnaître que, sur l'essentiel, ils étaient d'accord ? Hélas, c'était compter sans la double inertie propre à la machine militaire, qui, accrochée à une position, refuse de s'en dessaisir, mais qui, une fois lancée, est aussi impossible à arrêter qu'un cheval au galop ou un navire filant sur son erre. Les responsables n'étaient pas des diplomates, mais des soldats, ils faisaient leur métier, la guerre. Les armées étaient là, chauffées à blanc, elles allaient se battre, c'était leur fonction, la justification de leur existence, leur titre de gloire. Le lendemain, les Français affronteraient, sous les murs de Casal, les troupes conjointes de l'Espagne et de l'Autriche et, quelle qu'en soit l'issue, Mazarin voyait tous ses efforts réduits à néant. Ses espoirs de paix volaient en éclats. Quant à sa carrière, mieux valait ne pas y penser.

À moins que…

Le « miracle »

Le lendemain 26 octobre, à l'aube, Mazarin se rendit auprès de Santa Cruz, en faisant sonner bien haut le prétendu accord de Collalto. Le général espagnol se dit prêt à y souscrire… si les Français acceptaient d'en faire autant. Leur armée arrivait tout juste devant Casal. Mazarin y courut. Il trouva Schomberg moins assuré de sa victoire. La contemplation du camp retranché ennemi, conçu par Spinola comme une forteresse, le fit réfléchir. Il n'en viendrait pas à bout, lui fit comprendre Mazarin, sans un siège long et meurtrier. Il finit par se dire favorable à l'armistice proposé… à condition que les Espagnols le demandent. Mazarin retourna donc dans leur camp.

Tandis que ses allées et venues occupaient la matinée, les troupes françaises se déployaient en bon ordre face aux Austro-Espagnols. Vers quatre heures de l'après-midi, elles sont sur le pied de guerre. De la citadelle s'élève la fumée qui signifie que Toiras est prêt. Dans la plaine, les rangs sont formés, les positions prises. Schomberg prononce une harangue patriotique qui ne déparerait pas l'*Histoire romaine* de Tite-Live. Puis, un genou en terre, tous récitent la prière. On attend en silence le coup de canon qui doit donner le signal de la charge. Dès qu'il retentit, les enfants perdus* s'élancent, salués par les premiers tirs. Soudain surgit des rangs espagnols un cavalier qui galope entre

* On appelait ainsi les volontaires qui acceptaient de mener l'attaque.

les lignes en criant à pleins poumons : « Halte ! halte ! *Pace ! pace !* » Il brandit quelque chose où les uns crurent voir son chapeau, les autres un papier blanc contenant le texte du traité – objets trop prosaïques auxquels de pieux biographes substituèrent sur le tard un crucifix.

Parmi les officiers français, un tout jeune colonel d'infanterie, nommé Turenne, qui ne vit rien, et un vétéran déjà témoin de la prise de Pignerol, Pontis, qui vit tout – ou du moins se renseigna auprès de ceux qui avaient vu. Le dépit qu'eurent les soldats d'être ainsi stoppés dans leur élan, ou la conviction qu'il s'agissait d'un ennemi, en conduisirent quelques-uns à tirer. Mazarin eut à essuyer plusieurs coups de mousquet. Parvenu jusqu'aux généraux français, il se porta garant de l'assentiment de leurs adversaires à l'armistice. Schomberg exigea une rencontre immédiate avec ses homologues espagnol et autrichien. Quel lieu plus neutre pour s'assembler que l'espace séparant les armées ? Les généraux s'y rendirent accompagnés de leur état-major et eurent tôt fait de s'accorder sur le projet présenté par Mazarin. Tous se séparèrent avec de grands compliments et se retirèrent dans leur camp. C'est seulement au cours du festin qui suivit qu'une visite des chefs espagnols et autrichiens à leurs collègues français donna lieu à une fraternisation où tous firent assaut de galanterie.

Huit ans plus tard, Mazarin fournit sa propre version de l'événement, dans une lettre qui corrobore, en gros, le récit de Pontis :

« Je ne puis vous envoyer une relation détaillée de ce qui se passa à Casal le jour que j'ai empêché la bataille entre les deux armées. Je vous dirai en deux mots que, lorsque je sortis des rangs espagnols, m'avançant au galop vers le maréchal de Schomberg qui commandait ce jour-là la bataille, quelque mousquetade me fut tirée par certains de ceux qui marchaient avec les enfants perdus. Je fis donc signe avec mon chapeau*, leur disant de s'arrêter car je portais les conditions dont s'ensuivrait la paix. Ainsi firent-ils et, arrivé devant le maréchal, je lui exposai ma mission. J'obtins son accord et retournai vers le marquis de Santa Croce pour que, les Français ayant fait halte, il commandât de son côté à ses soldats de ne plus travailler à certaines fortifications encore inachevées. Ayant eu ce que je voulais, je fis une seconde course vers le maréchal de Schomberg. Tout étant arrangé, je proposai que vingt des principaux officiers de chaque camp se rendissent en un lieu à égale distance des deux armées : je leur dirais les conditions de la paix qui seraient ratifiées par les généraux, le temps et la commodité manquant pour les écrire. Ainsi fut fait, et je parlai en public environ un quart d'heure. Tous consentirent à ce que je dis et commencèrent à s'embrasser, si bien que l'on ne distinguait plus le Français de l'Espagnol, mais tous paraissaient frères selon la chair, à la stupéfaction des armées qui avaient cru faire d'autres combats que d'embrassements et de courtoisies. Il faut signaler que, lorsque je fis faire halte à l'armée française, elle ne se trouvait plus qu'à environ deux cent cinquante pas de distance des Espagnols, et il y eut cent personnes qui eurent la curiosité de les compter[7]. »

Mazarin dut encore aller chercher le consentement de Collalto. Le 27 octobre, les conditions de l'armis-

---

* Croyons-en Mazarin, la version la plus prosaïque est la bonne : c'est bien son chapeau qu'il agitait. Il ne pouvait brandir le texte du traité, puisque celui-ci n'était pas encore transcrit noir sur blanc. Selon la narration tardive du jeune Brienne, il faisait voltiger d'une main une feuille de papier blanc et de l'autre son chapeau. Mais dans ce cas, comment tenait-il les rênes de son cheval ?

tice, mises au net, furent dûment signées par toutes les parties prenantes. Charles de Gonzague se voyait garantir l'investiture et la restitution de ses États. Français et Espagnols évacueraient immédiatement Casal, qui serait, jusqu'à la prise de possession par le duc de Mantoue, confié à un commissaire autrichien – ce dernier point visant à satisfaire l'amour-propre de l'Empereur. Les diverses villes ou places occupées par les uns et par les autres seraient rendues à leurs légitimes propriétaires. En bref, on revenait au point de départ. Casal était sauvé et une grande bataille évitée, qui aurait coûté des milliers de vies. Grâces en soient rendues à Mazarin.

Dans ses *Mémoires*, Richelieu, qui n'aime guère exalter le mérite des autres, prête l'initiative aux Espagnols, terrifiés, dit-il, à la vue de l'armée française, et fait de Mazarin un simple coursier chargé de transmettre leur demande de paix à Schomberg, en oubliant de dire qu'il dut pour cela affronter la mitraille. C'est là réduire très injustement le rôle de celui-ci, occulter sa présence d'esprit et son courage. Car, bien sûr, Santa Cruz n'allait pas implorer la paix à l'instant même où ses troupes, supérieures en nombre, commençaient à tirer. Mazarin, loin d'obéir à ses ordres, lui a forcé la main, lui a arraché l'autorisation d'intervenir. Peut-être même s'en est-il passé. Pour faire la paix, il l'a supposée faite, il s'est prévalu, non sans aplomb, du consentement de tous – ce consentement qu'ils se refusaient à assumer ouvertement.

Il les connaît bien. Il sait qu'il lui faut les prendre à chaud, par surprise. Il tente une démarche audacieuse, à la dernière seconde, pour les obliger à se parler *avant* de se battre. S'il avait réuni les adversaires la veille du combat, à froid, ils se seraient encore mis à discuter, à ergoter. Alors, il monte un coup très risqué, à tous égards. Car il lui faut un fameux courage pour se lancer après les premiers coups de feu. Ce courage paie. La rencontre au sommet, le face à face tant espéré pendant des mois, il l'obtient enfin, sur le champ de bataille. Le lieu et le moment changent tout. Son irruption au milieu des troupes déjà en action coupe net leur élan. Elles ne se battront pas. Aux cris de *Paix*, l'énorme tension qui accompagne l'attaque retombe. Et il est impossible aux généraux de ne pas se rendre à son appel. Maintenant qu'ils sont là ensemble, ils ne peuvent nier lui avoir donné chacun un accord subordonné à celui des autres. Ils sont contraints de le confirmer. Et ils seront contraints, aussi, de tenir parole. Car il y a des témoins. Ils ne sont pas seuls, vingt ou trente de leurs officiers les accompagnent. Et tout autour les combattants, l'arme au pied, les regardent, d'abord stupéfaits, puis soulagés. La présence d'un public induit, comme souvent, un phénomène d'entraînement collectif. Les chefs ne sont pas si mécontents, au fond d'eux-mêmes, qu'on leur permette d'échapper sans déshonneur à un combat hasardeux. Tout se termine donc dans l'allégresse, par une fraternisation générale.

Quand Mazarin eut-il cette idée de génie ? On aimerait savoir si elle fut le fruit d'une mûre réflexion ou l'effet d'une inspiration subite. Les circonstances – l'ultime effort sur Santa Cruz et Schomberg le matin même – confortent la seconde hypothèse. La vraisemblance psychologique aussi. Ce n'est pas une action concertée à froid, calculée. Elle est toute d'instinct et d'imagination. Pour réussir, il lui fallait y croire, de toutes ses forces, soulevé d'un élan passionné. C'est un coup de parieur aux abois, qui mise tout sur une partie de dés, à quitte ou double. C'est un coup de théâtre, conçu et joué par un amoureux du théâtre, par un acteur qui sait se mouvoir sur une scène et connaît la puissance des gestes spectaculaires. Il a pris des risques énormes. En premier lieu pour sa vie. Lui aussi aurait pu mourir pour Casal : il aurait suffi d'une balle mieux ajustée. Il a joué, il a gagné.

L'opinion ne s'y trompa pas, qui rendit hommage de cet exploit au seul Mazarin : « On n'a rien vu de si extraordinaire, écrivit Du Plessis-Praslin, qui assista à la scène ; deux armées n'ont jamais été aussi prêtes à se mêler, et c'est une espèce de miracle que l'entremise d'un seul homme les ait arrêtées tout court. Il faut avoir vu la chose pour la croire[8]. » Mazarin ne doutait pas de la satisfaction du pape : il avait rempli au mieux sa mission pacificatrice. Mais il gardait quelque rancune à Richelieu d'une récente lettre chargée de reproches. Avant même de faire son rapport à Rome, il lui adressa un billet triomphal : « Les choses se sont si bien terminées à la gloire des armes de Sa Majesté, que je n'ai pas besoin de répondre à la lettre de Votre Éminence du 7 octobre, car les effets sont là pour Lui prouver mon désir de La servir[9]. » Il se portait garant, en outre, de la bonne volonté du duc de Savoie.

La « comédie de Pignerol »

Une fois l'enthousiasme retombé, cependant, les Espagnols eurent l'impression d'avoir été roulés. Les Impériaux avaient pris Mantoue, les Français avaient pris Suse et Pignerol. Le duc de Savoie, bien que fauteur de la guerre et battu sans rémission, récupérait ses États. Eux se retrouvaient sans gloire, les mains vides, avec le Milanais dévasté. Ils cherchèrent à tourner le traité, en laissant des gens à eux dans Casal – ce qui autorisa les Français à en faire autant. Ils tentèrent d'attaquer par surprise une armée française dans sa retraite, mais Mazarin, accouru, l'avertit du danger et la sauva[10]. Et il leur joua bientôt un tour de sa façon qu'ils mirent du temps à comprendre et dont ils lui garderont un ressentiment tenace.

Mazarin était peut-être allé un peu vite en se flattant de tenir le duc de Savoie. Victor-Amédée, qui avait été pendant des années un instrument docile entre les mains de son père, semblait parfois repris par les démons ancestraux, ou simplement entraîné par la pente de l'habitude. Et, désormais rassuré sur son sort, il prêtait à nouveau une oreille complaisante aux sirènes autrichiennes. Mazarin eut alors un autre défi à relever, une mission secrète, moins dangereuse, mais très délicate. Il fut chargé, lorsqu'on négocia le détail des traités qui devaient rétablir la paix en Italie du Nord, d'arrimer solidement la Savoie à la France en obtenant d'elle, clandestinement, la cession de Pignerol. C'était assurément combler les vœux de Richelieu, mais il en aurait fallu davantage pour lui faire concevoir et exécuter ce qu'il fit. Il tenait ses pouvoirs du pape et son avenir dépendait de lui. Si hardi qu'il fût, il ne se serait pas lancé dans un coup aussi tordu sans un ordre formel du souverain pontife. « Tout ne se peut écrire… » disait-il dans un de ses rapports au cardinal Barberini. Tel était aussi l'avis d'Urbain VIII, qui lui fit passer verbalement, par l'intermédiaire d'un ambassadeur français, le comte de Béthune, l'ordre de conserver Pignerol à la France[11]. C'était l'unique moyen, d'une part d'empêcher les souverains savoyards à venir de renouveler les incartades de Charles-Emmanuel, d'autre part d'offrir au roi de France, seul rempart possible contre les empiétements espagnols, un accès direct et rapide à la plaine du Pô.

Mazarin réussit non sans peine à convaincre le duc de Savoie qu'il n'avait pas d'autre planche de salut.

Vers la mi-janvier, il fut envoyé à Paris pour débattre, au nom du pape, de la position de la France dans le règlement définitif des affaires d'Italie. Il y reçut un accueil triomphal. On se bousculait dans les rues pour voir le héros qui avait sauvé Casal. Il profita de son séjour – un bon mois – pour mettre au point les modalités de la cession de Pignerol. La principale difficulté tenait à une clause de l'armistice spécifiant que toutes les places conquises devaient être restituées. Il fallait trouver le moyen de tourner cette obligation. Le tour de passe-passe que Mazarin imagina et mena à bien, avec la complicité de Victor-Amédée, fut qualifié, dès l'époque, de « comédie de Pignerol ».

Les négociations de paix se déroulèrent en Piémont, à Cherasco, au cours du premier semestre de 1631. En marge des traités officiels des 6 avril et 19 juin furent signés six accords secrets, qui permettaient de s'y soustraire. Au jour dit, les troupes françaises quittèrent ostensiblement Pignerol, qui fut remis au duc de Savoie. L'Espagne, méfiante, avait envoyé un commissaire pour s'en assurer. Un bruit de peste opportunément lancé lui fit limiter sa visite au minimum. Il s'abstint de mettre le nez dans les casemates souterraines, où se dissimulaient deux cent vingt-sept des meilleurs hommes de la garnison. Ceux-ci restèrent terrés dans l'obscurité, en silence, à l'insu de tous, vivant de pain sec et de fromage, pendant que Mazarin s'en allait à Milan jouer les provocateurs. Il suscita, artificiellement, un incident entre la Savoie et la France. Le duc de Feria, gouverneur de Milan, s'engouffra dans la brèche et prétendit voler au secours de Victor-Amédée. L'ambassadeur de France protesta et, arguant que la paix était menacée, il exigea de la Savoie des « sûretés » pour se prémunir contre une reprise du conflit. Ou plus exactement une seule « sûreté », la citadelle de Pignerol. On convint qu'elle serait confiée aux Français, à titre de garantie, pour une durée de six mois. Aussitôt, comme par enchantement, la garnison cachée réapparut et, au vu de tous, s'y installa.

Le « dépôt » n'était que provisoire. Restait à transformer l'essai. C'est à quoi Mazarin s'occupa pendant la plus grande partie de l'année 1632. Victor-Amédée avait accepté, lors des tractations secrètes de Cherasco, d'abandonner définitivement Pignerol. Sur le plan stratégique, la France ne risquait rien : elle occupait la place. Sur le plan légal, la cession ne posait aucun problème, le duc pouvant disposer à sa guise d'un bien qui lui avait été rendu en toute propriété. Mais on lui avait promis, en échange, de substantiels avantages dont le détail restait à fixer. Et ses appétits croissaient à mesure que se renforçait chez lui le sentiment de sécurité. À la tête d'un État désormais rétabli dans ses frontières et débarrassé des envahisseurs, il se sentait pousser des ambitions. Il était trop tard pour sauver Pignerol. Il s'employa à en faire monter le prix. Entre Richelieu et lui, Mazarin jouait les intermédiaires. On marchanda. Pas question de l'aider à conquérir Genève. Gênes, à la rigueur, mais plus tard. Tout au long du printemps et de l'été 1632, il atermoya. La solution vint du dehors. Au mois de juin, Louis XIII, excédé de l'appui qu'apportait Charles IV de Lorraine aux conjurations menées par son frère Gaston d'Orléans, envahit le duché et l'occupa sans coup férir. Au mois de septembre, il écrasa la révolte du Languedoc, menée par ce même frère et par le duc de Montmorency, qui finit sur l'échafaud. Victor-Amédée comprit qu'il n'était plus temps de finasser. Il se contenta d'une bande de territoire montferrin autour de la place de Trino, source d'importants revenus, – assortie de la protection assurée du roi de France. Le sort de la Lorraine, elle aussi État tampon entre la France et les Espagnols, lui prouva qu'il s'en tirait à bon compte. À Mazarin, artisan de son rétablissement, il voua dès lors une reconnaissance qui ne se démentit jamais et se mua en une solide amitié.

Le 28 octobre 1632 – non pas six mois, mais un an après la mise en « dépôt » – fut officiellement publié le traité cédant Pignerol à la France. L'occupation provisoire devenait définitive. Par chance, cette année-là, les Espagnols et les Impériaux avaient tant de soucis ailleurs qu'ils n'étaient pas en mesure de s'y opposer. Mazarin avait offert à la France un présent inestimable. L'épisode de Casal marque un tournant dans sa vie. L'obscur secrétaire apostolique est désormais célèbre dans l'Europe entière. Il a beaucoup appris sur les hommes, sur la guerre, sur la politique. Ce n'est plus un débutant. Il a acquis de l'assurance et sait ce qu'il vaut. Il compte bien obtenir récompense de ses services. Si Richelieu peut lui fournir un appui, c'est du pape qu'il attend un emploi à la mesure des capacités dont il vient de donner la preuve éclatante. Mais il s'est fait aussi pas mal d'ennemis.

CHAPITRE QUATRE

La croisée des chemins

« Je retourne dans ma patrie après cinq ans d'absence et il me semble aller en enfer ; mais quand je considère les extraordinaires courtoisies que j'ai reçues de Madame Royale, de Son Altesse et de toute la cour et l'honneur de servir sans cesse Votre Excellence, je ne m'en étonne point. Ne croyez pas que j'exagère, car je vous jure que j'ai la plus grande inquiétude du monde. Je vous écrirai plus au long de Rome, dont je prendrai la route demain matin[1]... » Ainsi se lamente Mazarin le 26 octobre 1632, dans une lettre adressée à Abel Servien, ambassadeur de France à Turin. Si l'on écarte les figures de rhétorique imposées par l'expression de sa gratitude à l'égard des souverains savoyards, il en ressort qu'il se sent romain. Rome est sa *patrie.* Et, quoi qu'il en dise, il serait heureux d'y retourner, de se retrouver parmi les siens, s'il n'avait quelques raisons de craindre l'accueil qui lui sera fait.

Cette appréhension est bien naturelle. Rentrer chez soi après une longue absence est éprouvant, car les relations sociales en sont toujours plus ou moins modifiées. Dans son cas, l'écart est considérable entre ce qu'il était et ce qu'il est devenu. Il est parti obscur, il rentre célèbre. Il a beaucoup changé et son statut plus encore. Car il lui a fallu, dans les derniers mois, faire allégeance à l'Église. Il va devoir troquer sa mâle tenue de capitaine d'infanterie contre une soutane et adopter un comportement en rapport avec son nouvel état – se créer un autre personnage public. Cette métamorphose est en elle-même une épreuve, tant que l'adaptation n'est pas terminée.

Mais il a de plus graves motifs d'inquiétude. Son avenir va se jouer dans les mois qui viennent. Il est grand temps : il a maintenant trente ans. Il sait ce qu'il vaut, il a fait ses preuves. Il sait ce qu'il veut : des fonctions diplomatiques officielles, qui l'enverraient en France comme nonce, ou au Congrès pour la paix comme membre de la délégation pontificale. Il vise haut. Pas par pure ambition cependant : ces fonctions ne sont pas à ses yeux des moyens de parvenir, mais des moyens d'agir. En joueur impénitent, il aime la chasse et non la prise. Or il vient de goûter à un jeu autrement exaltant que les dés ou les cartes. Sur l'échiquier international, il a manœuvré généraux, ministres et princes. Ce jeu est comme une drogue dont il est devenu dépendant. Il est prêt à tous les sacrifices personnels pour accéder à nouveau aux lieux de décision où se noue le destin de l'Europe. N'en concluons pas, pourtant, que la partie est pour lui sans enjeu. Elle en a un, qui n'est rien moins que le rétablissement de la paix. Avoir arrêté la guerre en marche, à Casal, l'a grisé. Il rêve de poursuivre l'œuvre entreprise. Non sans quelque présomption, il se croit capable de peser sur les négociations en cours. Il est cependant assez sage pour se rendre compte qu'on ne va pas déployer sous ses pas le tapis rouge. Un mot très sec de la Curie lui signifiant que sa mission est terminée et qu'il lui faut rentrer au plus vite lui fait sentir que des difficultés l'attendent. Autant le dire tout de suite : les années qui s'ouvrent dépasseront toutes ses craintes. Ce seront sept longues années de luttes, d'espérances avortées et de déceptions qui finiront par faire de Rome, pour lui, un enfer. Comme si le sort avait choisi de le prendre au mot.

La rançon du succès

Ses exploits, on le conçoit sans peine, n'ont pas plu à tout le monde, surtout quand les dessous en sont apparus au grand jour. Simple secrétaire se glissant dans le sillage de ses supérieurs empêchés ou incapables, que les responsables militaires se refusaient à prendre au sérieux, il s'était imposé comme un négociateur hors pair. Mais un négociateur non mandaté, qu'on pouvait employer aux besognes de l'ombre et qui passait encore pour hispanophile ou, tout au plus, « Savoyard ». Oui, mais voilà : le « miracle » de Casal avait braqué les feux sur lui. Urbain VIII, bien que satisfait de voir l'Italie sauvée, aurait sans doute préféré une intervention moins spectaculaire. Pour manigancer ensuite la « comédie » de Pignerol, était-ce l'exécutant idéal ? Question oiseuse : nul autre que lui n'en était capable. L'affaire, rondement menée, fut un franc succès. La ville changea de mains sans qu'il en coûtât la moindre goutte de sang. Comment ? Mystère. Il passa désormais pour un homme à surveiller.

Les Espagnols méditaient amèrement sur leurs récentes déconvenues. Ce modeste chargé d'affaires, que Casal venait de tirer de l'anonymat, se trouvait sur les lieux de chacune d'entre elles. Le duc de Feria, gouverneur de Lombardie, se posait bien des questions. Il y était intéressé au premier chef, puisqu'il avait présidé à la prétendue restitution de Pignerol aux Savoyards. Et il était le mieux placé pour mener l'enquête, puisque Mazarin avait pour point d'attache la légation pontificale de Milan. Il aboutit donc très vite. Un subalterne, grassement payé, lui livra tous les secrets du tour de passe-passe. Cependant ces révélations n'eurent pas tout de suite le retentissement prévisible. Feria se savait en faute pour n'avoir pas fait fouiller les casemates de la citadelle. Il répugnait à avouer qu'il avait été le dindon de la farce. Il se contenta, sans créer d'éclat public, de faire entendre à l'intéressé qu'il l'avait démasqué. Si l'on en croit Benedetti, il usa donc d'une petite mise en scène. Lors d'un entretien entre les deux hommes surgit soudain son tout jeune fils qui, dûment chapitré, tira sa petite épée et déclara, en castillan : « C'est pour tuer Mazarin qui trahit le roi. » Rien de plus. Mazarin ne broncha pas, mais se le tint pour dit. Et pendant près de six mois, Madrid continua de s'interroger sur l'auteur du méfait. Cependant, au printemps de 1632, le doute n'était plus permis : Olivarès tempêtait contre le coupable, à qui il promettait la potence.

Restait pour Madrid une inconnue. Mazarin avait-il organisé la chose de son propre chef entre la France et la Savoie, à l'insu du pape ? Ou, au contraire, avec son assentiment ? L'Espagne attendait Urbain VIII au tournant. Il ne pouvait s'abstenir de récompenser le sauveur de la paix et de lui fournir un emploi. Selon l'ampleur de cette récompense, selon la nature et l'importance de cet emploi, on jugerait de son implication dans le coup de Pignerol. Mazarin était trop lucide pour ne pas prévoir qu'Urbain VIII s'en tiendrait au strict minimum. S'il est permis d'user d'un terme familier aux lecteurs de nos romans d'espionnage, il était désormais un agent « brûlé ». Il avait pris de gros risques. Avait-il consulté son commanditaire sur tous les détails de l'opération, notamment la garnison dissimulée sur place ? Sans doute pas, mais peu importe. La découverte du pot aux roses contraint celui-ci à le lâcher. Car, si une ruse de guerre est licite entre belligérants, le pape, lui, qui se prétend neutre au-dessus des partis, ne peut cautionner un agent coupable d'une si grosse entorse à la bonne foi. Pas de chance : Mazarin a eu le grand tort de se faire prendre. Il y a gagné la haine durable, tenace, des Espagnols et a compromis, par ricochet, l'appui qu'était disposé à lui fournir Urbain VIII.

Outre les maîtres de Madrid et leurs nombreux clients romains, il sait aussi qu'il doit compter avec l'animosité de quelques personnages importants dans l'entourage immédiat du pape. D'abord, les bureaucrates étroits, tatillons, formalistes, dont le type achevé est Mgr Ceva, le secrétaire entre les mains de qui passe tout le courrier du Saint-Père, à l'arrivée et au départ. Certes Mazarin s'est efforcé de sauter cette étape en revêtant ses lettres au surintendant Francesco Barberini de la mention *in nomine proprio,* ou en les faisant transiter par des voies détournées. Mais Ceva sent bien que quelque chose lui échappe. Il s'offusque de l'audience accordée en haut lieu à un homme qui n'a pas suivi le cursus obligé pour accéder aux affaires et il réprouve ses initiatives aventureuses. Quant à Mgr Panciroli, nonce en titre à Milan, qui avait là-bas Mazarin sous ses ordres, il ne décolère pas depuis qu'il a découvert que son industrieux subordonné a négocié derrière son dos, en se jouant de lui. Et pour comble de disgrâce, ne s'est-il pas vu soupçonner un instant d'avoir monté lui-même le coup de Pignerol ? Il y a là de quoi nourrir un ressentiment durable. Ce sont deux détracteurs d'autant plus dangereux que leur solide hispanophilie voile de motifs élevés leurs rancœurs personnelles : en barrant la route au serviteur secret du roi de France, ils pensent agir dans l'intérêt de la catholicité.

Voilà bien des ennemis prêts à nuire à Mazarin auprès d'Urbain VIII. Et pour comble de malheur, un point délicat, d'ordre personnel, risque de lui aliéner encore davantage celui-ci : ses réserves face à un engagement définitif dans une carrière ecclésiastique.

Mazarin et l'Église

Frappé par la qualité des rapports de Mazarin, puis impressionné par l'efficacité de ses négociations sur le terrain, Urbain VIII, comme naguère les jésuites, avait décidé de se l'attacher. Sans attendre le miracle de Casal, il lui fit savoir au début d'octobre 1630 qu'il souhaitait le voir prendre les ordres. Non qu'il craignît qu'on ne le lui disputât : quel autre maître aurait pu lui être préféré, à cette date ? Il insistait par bienveillance, pour le protéger de tentations qui, comme l'armée, aboutiraient à gâcher ses dons. Il pensait sincèrement que l'Église offrait la voie la plus prometteuse à un garçon aussi doué et dépourvu de fortune. Certes on pouvait, sans être prêtre, faire honorablement son chemin dans l'administration. Mais celui-ci méritait mieux, il présentait des talents assez rares pour qu'on le tirât du pair. On en ferait un excellent diplomate. Seulement, pour faire carrière dans la diplomatie vaticane, il fallait être de la maison. Légats et nonces étaient tous prêtres – sauf exceptions rarissimes – et pour les meilleurs d'entre eux, ces fonctions débouchaient sur un évêché ou un archevêché de haut rang, assorti le cas échéant de la pourpre*. Bref, un peu comme dans la Rome antique, il

---

* Rappelons ici que le cardinalat n'est pas une fonction, mais une dignité. On pouvait devenir cardinal sans être prêtre. Mais cette faveur exceptionnelle n'était accordée qu'aux cadets des familles princières ou aux neveux du pape régnant. Pour les autres, la pourpre venait couronner sur le tard une carrière bien remplie.

existait un cursus des honneurs, dont Mazarin fut invité à suivre docilement les étapes.

Hélas ! Dix ans plus tôt, il n'a pas voulu entrer chez les jésuites. Le clergé séculier ne l'attire pas davantage. Souleva-t-il des objections ? Le pape revint à la charge à la mi-janvier de 1631, promettant de faire lever tous les obstacles éventuels et lui enjoignant de se faire prêtre « au plus tôt ». Les choses traînèrent malgré tout. Mazarin, qui ne cessait de courir entre Milan, Turin et Paris, pouvait faire la sourde oreille. Urbain VIII en prit-il quelque ombrage ? Il tenait suffisamment à lui, en tout cas, pour insister. Auprès d'un homme toujours désargenté, il disposait d'un puissant moyen de pression. Tout travail méritant salaire, le salut de Casal valait bien un bénéfice rémunérateur dans une des sept prestigieuses basiliques de Rome*. En décembre 1631, il songea pour lui à un canonicat à Sainte-Marie-Majeure. Le projet s'étant heurté à des problèmes internes, il se rabattit sur Saint-Jean-de-Latran. Mazarin, n'étant pas sur place, avait confié à son père le soin de ses affaires.

---

* Les établissements religieux – abbayes, prieurés, etc. – étaient fort riches, tant par les revenus tirés de l'exploitation de leurs biens fonciers que par les redevances diverses liées à ces biens. L'ensemble dépassait très largement leurs besoins. L'Église avait pris l'habitude d'en prélever une part dont elle se servait pour rémunérer ses serviteurs, sous le nom de *bénéfices.* Mais au lieu de verser les sommes concernées à un budget global pour les redistribuer ensuite, comme nous le ferions aujourd'hui, elle les laissait liées à leur source. Elle attribuait donc aux bénéficiaires des fonctions virtuelles qui leur permettaient de toucher leur part des revenus (généralement les deux tiers), sans intervenir pour autant dans la vie de l'établissement. On parlait alors d'abbayes *en commende* et d'abbés *commendataires.* Et on classait les abbayes en fonction du rendement moyen escompté. Les évêchés faisaient l'objet d'un classement analogue. Mais l'évêque devait y exercer effectivement ses fonctions. Le concile de Trente avait récemment renforcé l'obligation de résidence, à laquelle il était interdit de manquer sans dérogation expresse.

Le bon Pietro joua de la circonstance pour gagner du temps. En mars, puis en avril 1632, la Curie s'étonna qu'il ne vînt pas chercher le bref conférant à son fils le canonicat.

Il hésitait. Car il ne s'agissait pas d'un de ces bénéfices en commende, n'imposant aucune servitude à son détenteur. Mazarin devrait devenir chanoine pour de bon, en remplir les fonctions et, pour cela, entrer dans les ordres. Nous n'avons pas gardé trace des lettres que durent échanger sur ce sujet le père et le fils. Mais nous savons à quel point tous deux étaient attachés à leur nom et soucieux de le soutenir. À une date où le cadet avait fait profession chez les dominicains, consacrer également l'aîné à l'Église, c'était renoncer à un rêve d'illustration familiale longtemps caressé. Pietro consulta parents et amis. Tous furent d'avis qu'il serait suicidaire de s'aliéner le pape par un refus. Ajoutons, pour mémoire, les cinq cents ducats que rapportait annuellement la charge : ils durent également peser dans la balance. Les amis s'entremirent, obtinrent des adoucissements et des délais. Un acte pontifical du 8 mai 1632 entérina la nomination, pourvu que le bénéficiaire s'engageât à recevoir « le caractère clérical » dans un délai de six mois. C'est ainsi que Mazarin fut nommé chanoine à Saint-Jean-de-Latran, à distance, par correspondance, et quasiment malgré lui.

Il n'était pas près de rentrer, cependant, et nul ne souhaitait compromettre la suite de ses négociations. Face aux décrets du concile de Trente, qui avaient durci les obligations sacerdotales, le Saint-Siège disposait d'un large éventail d'aménagements propres à suspendre les plus contraignantes d'entre elles. Urbain VIII assortit donc sa nomination d'un bref l'autorisant à recevoir la « première tonsure » où il voudrait, des mains d'un évêque de son choix, et lui épargnant le port de la soutane. Il y ajouta un *indult* portant à trois ans le délai durant lequel il serait dispensé, pour cause d'« absence légitime » d'exercer ses fonctions de chanoine. Où croyez-vous que Mazarin fut tonsuré ? Ne pariez pas, vous perdriez ! Dans le gros bourg lorrain de Sainte-Menehould, le 18 juin 1632. Que faisait-il donc là-bas ? Il avait été admis – contrairement au représentant de Madrid – à suivre Louis XIII, la cour, le ministère et les ambassadeurs étrangers lors de la campagne menée contre le duc de Lorraine. C'est là que son ami, le nonce Bichi, en toute discrétion, porta dans son abondante chevelure un coup de ciseaux symbolique dont la trace s'effaça bientôt. Cette cérémonie, vite oubliée, n'avait rien changé à son mode de vie ni à son habillement. Mais le retour dans sa patrie le contraignait à regarder en face ses engagements récents.

Bien qu'il ne s'en soit jamais expliqué, le doute n'est pas permis, il répugne à prendre les ordres. Gardons-nous cependant de faire de lui un indifférent, voire un mécréant. Il partage avec sa famille et avec la plupart de ses compatriotes une foi insensible aux querelles théologiques, qui s'impose avec la simplicité de l'évidence – on a envie de dire la foi du charbonnier, tant elle est spontanée, naturelle, immédiate. Son optimisme, si souvent souligné, ne se fonde pas sur la croyance candide que tout est pour le mieux dans le meilleur des mondes possibles, mais sur la conviction que la miséricorde de Dieu est infinie et que donc rien n'est jamais perdu sans recours. La providence peut toujours nous tirer d'affaire, surtout si nous nous efforçons de l'aider dans la mesure de nos moyens. Divine dans ses fondements, l'Église est également une institution humaine qui, en tant que telle, est sujette à de multiples imperfections. Mais il est vain – et périlleux – de les dénoncer. Les hommes n'ont qu'à s'en accommoder, puisque Dieu s'en accommode.

Mazarin a la foi, mais il ne veut pas de la prêtrise. Comme son futur adversaire le cardinal de Retz, il est une des « âmes les moins ecclésiastiques » qui soient au monde[2]. Dire qu'il n'avait pas la vocation n'est guère qu'un pléonasme. Il n'était pas le seul, loin de là. Il aurait pu, sans troubles de conscience, se plier comme tant d'autres à un engagement qu'avaient banalisé les pratiques du temps : on se faisait militaire ou prêtre en fonction de la place occupée dans une fratrie. Or, usant de tous les moyens dilatoires pour retarder les échéances, il met, d'emblée, et il continuera de mettre à se dérober une obstination peu commune. Est-il possible de deviner les motifs de son refus ? Contrairement à beaucoup d'autres, il ne semble pas que le vœu de chasteté ait constitué un obstacle majeur dans son cas*. Le désir de perpétuer le nom a certainement joué. Mais, puisqu'il en a abandonné l'espoir en acceptant la tonsure**, pourquoi se débat-il si fort pour éviter d'aller plus loin ?

Il semble y avoir chez lui, au départ, une réaction instinctive, quasi viscérale. Il ne parvient pas à s'imaginer sous les traits d'un prêtre. Par réaction contre le laxisme antérieur, le concile de Trente s'est efforcé de creuser la distance entre les gens d'Église et les autres hommes en leur imposant de multiples contraintes, face auxquelles se révulse la vivacité de Mazarin. Comment franchir des lieues à cheval ou briller dans les fêtes de la cour turinoise avec un vêtement aussi incommode et disgracieux qu'une soutane ? Mesurer ses gestes et les lester de componction, plier son langage aux circonlo-

* On reviendra plus loin, en son temps, sur cette question.

** N'ayant pas reçu les ordres, il pourrait, à n'importe quel moment (même après le cardinalat), faire marche arrière pour se marier, mais en renonçant à toute fonction et à toute dignité dans l'Église, bref en changeant complètement de vie – chose qu'il n'envisagera jamais.

cutions et périphrases de rigueur, assurer le service du culte qui, par définition, est répétitif, dire la messe chaque jour, chanter les offices, écouter des confessions insipides et, le cas échéant, prêcher en chaire la bonne parole, toujours la même, par définition – non, il ne s'y voit pas. Il n'a rien d'un tribun, il préfère les négociations feutrées aux envolées oratoires. La tâche ne lui convient donc pas. Il n'en remet pas en cause l'utilité. Mais il croit avoir d'autres choses à faire, aussi utiles, et pour lesquelles son talent est irremplaçable.

Car l'expérience récente le conforte dans son refus de la prêtrise. Longtemps, fort des possibilités que lui ouvrait l'extrême diversité de ses dons, il a hésité devant les choix définitifs. Il tenait à avoir plusieurs cordes à son arc, il n'aimait pas se fermer des portes. Il est sûr désormais d'avoir trouvé sa voie. Mais il y puise une raison supplémentaire de ne pas s'engager dans l'Église. Ses succès, il les a dus à sa mobilité et à sa disponibilité. Dans ses négociations, il n'a compté ni avec l'espace, ni avec le temps, au jour le jour, sur le terrain. Il redoute plus que tout d'être tenu en bride. Pour gagner, il lui faut une part de liberté, dont il est prêt à assumer les risques. Qu'on lui assigne des objectifs et qu'on le juge sur pièces, mais qu'on ne lui marchande pas les autorisations d'absence ! Entrer dans le cursus, c'est se charger d'un ensemble de chaînes qui peuvent aisément devenir paralysantes. Un canonicat est un port d'attache, qu'il ne peut quitter qu'au prix d'une dérogation. Un évêché pourrait aisément se muer au mieux en voie de garage et, au pire, en piège, pour peu que fléchisse la bonne volonté de ses maîtres. Et dans tous les cas de figure, la pesanteur bureaucratique ordinaire se chargerait de tuer dans l'œuf la plupart des initiatives.

A-t-il le loisir, d'ailleurs, de grimper un à un les échelons d'une carrière abordée sur le tard ? C'est un homme pressé, taraudé par la conscience aiguë du temps qui passe. Un sentiment d'urgence qui n'est pas purement égoïste, mais tient aussi aux événements. Car il n'ignore pas que la paix acquise à Casal n'est qu'une trêve fragile et que l'Europe est au bord d'une guerre générale. C'est maintenant qu'il y a du pain sur la planche pour les diplomates. Il faut poursuivre les négociations entreprises. Et il enrage à l'idée que l'animosité des Espagnols et la mauvaise volonté des bureaucrates pontificaux risquent de le réduire pour longtemps à chanter matines et vêpres à Saint-Jean-de-Latran.

C'est donc avec une appréhension bien compréhensible qu'il prend le chemin du Vatican le lendemain de son retour, dans une soutane d'emprunt et arborant une tonsure toute fraîche, pour apprendre de la bouche du pape quel sort lui est réservé.

La quadrature du cercle

Rien ne filtra de l'entretien qu'il eut avec le Saint-Père dans les jardins du palais, à l'abri des oreilles indiscrètes comme le nota malicieusement l'ambassadeur savoyard. Mais tous en remarquèrent la durée très insolite – près de deux heures. Autant d'indices de bon augure : réprimandes et sanctions exigent d'ordinaire moins de temps. Urbain VIII ne lui veut aucun mal, au contraire. Jusqu'alors, il n'a eu qu'à se louer de ses services et, à cette date, rien ne donne à penser qu'il se défie de lui. Les dispenses d'assiduité qu'il lui a récemment accordées prouvent qu'il songeait encore, quelques mois plus tôt, à l'envoyer de nouveau en mission. Lui tient-il rigueur de ses réserves face à un engagement dans l'Église ? Sans aucun doute, Mazarin sut trouver pour s'en expliquer des arguments convaincants. De toute façon, rien ne pressait. Le premier pas étant fait, on pouvait compter sur le temps pour l'y amener en douceur. Il était urgent, en revanche, de lui trouver un état et un emploi.

Dans les sociétés d'alors, fortement stratifiées, à Rome et plus encore dans les monarchies et principautés européennes, chacun se définissait par son état, c'est-à-dire sa place dans la hiérarchie. Jusqu'à l'exploit de Casal, Mazarin se trouvait très bas sur l'échelle. On ne peut plus désormais le qualifier de simple *scolaro romano* – « clerc romain ». Il lui faut un état correspondant aux services rendus, une qualité honorable, qui le pose auprès de ses nobles interlocuteurs. Il lui faut aussi un emploi, c'est-à-dire des fonctions qui lui fournissent de quoi vivre et tenir son rang – puisque rang il va avoir. Rien de tout cela ne serait insoluble sans la crainte des réactions espagnoles. Madrid ne s'est pas encore manifesté. Mais la menace est sérieuse, ce n'est pas lui qui dira le contraire. Urbain VIII se trouve donc dans une situation délicate. Il lui faut – sauf à passer pour un monstre d'ingratitude – récompenser le sauveur de Casal, mais en même temps sanctionner l'auteur du coup tordu de Pignerol. Autant dire résoudre la quadrature du cercle.

Il ne pouvait laisser Mazarin confondu dans la masse. Il le fit aussitôt protonotaire apostolique, impliquant la prélature et le titre de *Monsignore* – une nomination essentiellement honorifique, qui n'entraînait aucune obligation particulière, mais désignait le bénéficiaire comme un proche du Saint-Père, un favori. Voilà pour l'état. Mazarin y gagna un regain de considération et une tenue infiniment plus seyante que l'uniforme noir des nouvelles recrues. La robe violette, accompagnée des bas assortis, le fit classer très vite parmi les plus beaux prélats de Rome. De quoi adoucir le passage obligé à l'« habit long », qui lui pesait tant. Il en aurait fallu davantage cependant pour lui faire avaler la pilule concernant d'éventuelles fonctions. Car Urbain VIII lui fit comprendre qu'il ne pouvait, dans l'immédiat, lui confier de missions diplomatiques sans se découvrir lui-même. Quel meilleur moyen de se désolidariser de lui que de l'utiliser à contre-emploi, dans d'obscures besognes administratives, comme s'il lui en voulait d'avoir outre-passé ses instructions à Pignerol ? Qu'il reste tranquille, qu'il se fasse oublier, en attendant des jours meilleurs ! Surtout pas de responsabilités ! Et cela ne lui ferait pas de mal, pour l'avenir, d'apprendre à connaître du dedans les rouages de l'institution ecclésiastique. Bref, l'intéressé voyait se matérialiser ses pires craintes.

L'attitude d'Urbain VIII durant les deux années suivantes répond au double souci de bienveillance et de prudence. Chaque fois que la chose est possible, la trace des faveurs qu'il confère à Mazarin reste enfouie dans les archives du Vatican. C'est le cas des exemptions diverses, qui le soustraient à telle ou telle obligation. C'est aussi les cas des avantages financiers, qu'on n'est pas obligé de crier sur les toits. D'abord, le prieuré des Saints-Senesio-et-Teopompo, près de Ravenne, en commende cette fois, donc un bénéfice purement lucratif, sans servitude. Puis deux pensions de 200 écus chacune. Et même l'autorisation de résilier son canonicat de Saint-Jean-de-Latran entre les mains d'un successeur, moyennant le versement annuel de la moitié des revenus – autrement dit de transformer une fonction ecclésiastique en rente.

Mais en ce qui concerne l'emploi, Urbain VIII était tenu à la publicité. Il usa d'un détour. Après avoir été à la tête de la légation pontificale à Bologne, le cadet de ses neveux, le cardinal Antoine, était lui aussi à la recherche d'une fonction à la hauteur de son rang, sinon de ses capacités. Il fit de lui son légat en Avignon. Il s'agissait en l'occurrence, non de représenter le Saint-Siège auprès d'un gouvernement étranger, mais d'administrer le Comtat venaissin, territoire pontifical comme chacun sait. Cette tâche, pour laquelle l'intéressé n'avait ni compétence ni goût, était en réalité une sinécure, puisqu'il y avait là-bas un vice-légat. Mais elle flattait la vanité du jeune homme, jaloux des dignités accumulées sur la tête de son aîné. Dans les négociations d'Italie, il avait eu naguère Mazarin pour adjoint et s'était d'autant mieux entendu avec lui que celui-ci le déchargeait de tout souci : les égards, les honneurs, le faste lui suffisaient. Le pape crut faire d'une pierre deux coups en réunissant les deux hommes. Auprès de son fantasque neveu, il plaça Mazarin, gratifié du titre d'auditeur, pour faire son travail et, le cas échéant, l'empêcher de commettre des sottises. Il en tirait aux yeux du public un avantage signalé : toutes les grâces faites au nouveau Monsignore passeraient pour complaisances à l'égard de son jeune patron. L'emploi était peu gratifiant : des questions de police, de voirie, de subsistances, des querelles à arbitrer, très terre à terre. Bien que son aversion pour les questions juridiques n'eût pas faibli, il s'y attela de bonne grâce. Il n'était pas tenu de se rendre en Avignon : sur place, le vice-légat gérait le comtat au quotidien. On ne lui transmettait à Rome que les dossiers litigieux, dont il venait à bout sans y consacrer trop de temps. La pénitence lui parut supportable – pourvu qu'elle ne durât pas trop longtemps. Elle lui offrit l'occasion de prendre sur son maître – de six ans son cadet – un ascendant qui ne se démentira pas et d'être introduit, grâce à lui, aux fastes et merveilles de la vie romaine au temps des Barberini.

La Rome des Barberini

À défaut d'exercer un magistère politique que lui refusent les grandes puissances, le Saint-Siège a choisi, dans cette première moitié du XVIIe siècle, de s'affirmer sur le plan culturel. Sous le patronage des Barberini, fastueux mécènes, Rome devient la capitale incontestée des arts. Désormais immergé au cœur même du creuset où s'élaborent les formules nouvelles, Mazarin ébloui parachève une éducation artistique commencée dix ans plus tôt à la sauvette. Il gardera jusqu'à sa mort la nostalgie de toutes les merveilles savourées durant les deux années creuses qu'il passe dans sa patrie, de novembre 1632 à la fin août 1634 – deux hivers, donc deux trimestres de carnaval.

Le palais Barberini occupait sur les flancs du Quirinal un vaste quadrilatère assorti de jardins, le long de la rue des Quatre-Fontaines. Sa construction, étalée sur plus d'une décennie, avait vu se succéder les architectes les plus réputés, Maderno et son élève Borromini, puis le Bernin, à qui revint le soin de terminer l'édifice. Respectant une façade encore marquée d'austérité, celui-ci déploya dans la décoration intérieure un luxe, une créativité, qui fascinèrent les contemporains. Lorsque Mazarin arriva, le palais était encore pour partie un chantier. Pas question de l'y loger, les appartements destinés au personnel n'étaient pas prêts. De chez ses parents, que leurs multiples déménagements n'avaient jamais éloignés du quartier de Trevi, il lui suffisait de quelques pas pour rejoindre les lieux où officiait son jeune patron, en l'absence de son aîné, retenu au Vatican ou au Quirinal*. Il y régnait un aimable désordre qui faci-

* Les papes disposaient de deux résidences. À la principale, celle du Vatican, ils préféraient de beaucoup l'autre, plus salubre, sur le Quirinal.

litait les contacts. Mazarin avait assez de compétences et de goût pour s'attirer la sympathie des artistes. Il se lia d'amitié avec le Bernin, architecte, sculpteur, décorateur, inépuisable inventeur de formes, qu'il tentera plus tard d'attirer en France. L'escalier à vis, de section non pas ronde mais ovale, était déjà construit lorsqu'il arriva. Mais il put suivre, au fil des années, le travail de Pierre de Cortone et de son équipe, occupés à peindre l'immense fresque ornant la voûte du grand salon : un *Triomphe de la divine Providence* où caracolent, dans un tourbillon à couper le souffle, les allégories des vertus chrétiennes, entourées de divinités mythologiques et de héros de l'histoire romaine – tous chargés de significations symboliques à la gloire de l'illustre pontife, propriétaire de ce temple du baroque romain.

Pour d'évidentes raisons de prestige, le calendrier des travaux donnait priorité aux pièces de réception et notamment à un théâtre de 3 000 places, qui permettrait à Rome de surpasser ses rivales dans un genre à peine né, mais combien prometteur, qui allait devenir l'opéra. Créé à Florence sous forme savante dans l'entourage des princes, puis popularisé à Venise grâce aux talents de machinistes ingénieux, il n'avait pas encore pénétré dans l'Urbs, qui en restait aux pièces de collège. Mais elle se sentait piquée d'émulation. Les Barberini firent donc mettre les bouchées doubles. L'inauguration solennelle, le 23 février 1632, eut lieu sous les auspices du cardinal Francesco. Au programme, comme il se doit, une œuvre d'inspiration religieuse, un *Saint Alexis*, musique de Stefano Landi, sur un livret de Mgr Rospigliosi, avec pour décorateur metteur en scène le Bernin en personne, qui fit date dans l'histoire de la musique. Les rôles féminins étaient tenus, selon l'usage, par de jeunes castrats.

Mazarin, encore occupé au loin par ses négociations, manqua les premières représentations. Mais il ne perdit rien pour attendre. Car le succès prodigieux imposa des reprises. Le carnaval de 1633, puis celui de 1634 en fournirent de nouvelles versions, assorties chaque fois d'améliorations inspirées par le goût du public – lequel n'allait pas à la sobriété. Les doctes critiques n'avaient encore inventé ni l'unité de lieu, ni la séparation des genres. Les spectateurs jugeaient indispensable que des intermèdes comiques viennent détendre la tension. On en augmenta la dose, on en accentua l'aspect burlesque. Mais surtout, au détriment du texte et de la signification dont il était porteur, on cultiva le plaisir des yeux. Grâce aux machines, le drame religieux se mua en une féerie à grand spectacle, à grand renfort de palais, jardins, forêts, ténèbres infernales ou anges voletant dans les airs, le tout se terminant par la descente d'un nuage qui s'entrouvrait en laissant voir la gloire du paradis. Loin de s'offusquer du traitement infligé à son texte, Mgr Rospigliosi poursuivit une brillante carrière de librettiste, faisant alterner sujets religieux et sujets profanes, avant de finir sur le trône de saint Pierre, sous le nom de Clément IX. Libre à nous de voir une perversion dans cette dérive où le souci de plaire l'emporte sur la volonté d'édification. Nos aînés passaient sans transition des débordements du carnaval aux austérités du carême et s'en accommodaient fort bien. Soucieux de rivaliser avec son aîné, mais dans un autre registre, Antoine organisa sur la Piazza Navone, lors de ce même carnaval de 1634, une mémorable fête populaire où les joutes de la quintaine* alternaient avec des pantomimes et finissaient en charivari.

* Sorte de joute consistant à frapper d'une lance une figure d'homme armé assez adroitement pour éviter le coup que celle-ci vous renvoyait.

Hors de la saison théâtrale, la passion des Romains pour la musique trouvait à s'assouvir dans les académies où se pressaient les compositeurs en quête de reconnaissance. Les plus riches d'entre eux donnaient des concerts privés, qui offraient aux cantatrices, exclues de la scène par l'Église, l'occasion de concurrencer les castrats. Les meilleures accédaient à un statut de divas qui leur ouvrait les portes des grandes maisons. La pratique générale du mécénat, plaçant les artistes, sous contrat, au service d'un « patron », leur assurait de confortables revenus. Souvent mariées avec un confrère qui leur servait aussi d'impresario, elles prenaient grand soin de leur réputation et la nuée d'admirateurs platoniques qu'elles traînaient dans leur sillage leur permettait de dissimuler, le cas échéant, des relations plus intimes avec tel ou tel prince de l'Église.

La réputation de l'une d'elles franchit les frontières et les siècles. Leonora Baroni était déjà célèbre lorsque Mazarin la connut. Elle avait quitté Mantoue ravagée par la guerre et s'était fixée à Rome en 1633. Une excellente éducation lui avait donné l'usage du monde et une culture solide. Invitée partout, elle était assez recherchée pour refuser tout service exclusif et assez fortunée pour donner chez elle des soirées musicales où chacun y allait, le cas échéant, de sa chanson. Il lui manquait la beauté, mais elle avait l'intelligence et sa voix donnait un avant-goût des harmonies célestes. En l'écoutant, dit un Français en voyage*, on oubliait sa condition mortelle, « on croyait être parmi les anges, jouissant du contentement des bienheureux ». Le secret de cette emprise sur les âmes : « Elle possède absolument ce qu'elle chante et elle prononce et exprime parfaitement le sens des paroles[3]. » Autrement dit, à la différence

* Le voyageur en question est André Maugars.

des purs virtuoses pour qui le texte est prétexte à multiplier les ornements, elle pratiquait un chant expressif, au service de l'émotion.

Le cardinal Antoine en tomba amoureux, avec des timidités d'adolescent. Mazarin lui servit de truchement. « Je n'ai pu retrouver le repos, écrit le jeune prélat à son fidèle secrétaire, que dans la conviction que vous parviendriez à me rappeler à la mémoire de la Signora Leonora. Je me suis donc mis à vous écrire afin que vous me fassiez le plaisir de lui communiquer cette lettre, car je n'ose lui écrire, n'espérant pas mériter une réponse d'elle. » Et d'évoquer ses promenades solitaires dans les bosquets de Castel Gandolfo, en compagnie de l'image de sa bien-aimée. Et de badiner, pour en écarter l'hypothèse, sur une éventuelle rivalité susceptible de l'opposer à l'officieux messager, car « la force d'amour peut enchaîner tous les cœurs[4] ». Il est très peu probable que l'idylle d'Antoine avec la Baroni ait été poussée très loin. En ce qui concerne Mazarin, lui aussi tombé sous le charme, et qui lui voua un attachement puissant et durable, la question ne se pose même pas. À la date où il la côtoya, il était trop petit personnage aux yeux d'une telle *diva*, qui savait ce qu'elle valait et ne se galvaudait pas. Tout en se mariant dans son milieu, elle s'assura des protecteurs haut placés – un seul à la fois – choisis dans l'entourage du pontife, et qui gouvernaient sa carrière. Nul ne trouvait à redire à ces liaisons, quasi officielles, qui n'entamaient nullement sa réputation. Mgr Rospigliosi ne dédaigna pas de lui dédier un sonnet et l'austère puritain britannique Milton, de passage à Rome, lui consacra des poèmes. Elle suscita tant de ferveurs passionnées que celle que lui voua Mazarin ne permet pas de le tirer du lot et de supposer qu'il en reçut un traitement d'exception.

Il faisait bon vivre, assurément, dans la familiarité de l'aimable cardinal Antoine, plus occupé de ses plaisirs et de ceux de ses compatriotes que de l'avenir de l'Europe. Fondée sur une commune passion pour les arts, la sympathie qu'il portait au complice de tant de bonheurs et de tant de « folies » partagés se mua bientôt en une amitié quasi fraternelle. Et comme il avait en toutes choses recours à ses conseils et à son entremise, la relation de maître à serviteur s'inversa vite et l'on n'eut pas de peine à constater qu'il était « gouverné », comme on disait alors, par Mazarin. Celui-ci n'était pas homme à attendre passivement que sa situation s'améliorât. Il s'appliqua à tirer profit au plus vite des atouts dont il disposait, en prenant des initiatives dans deux domaines, familial et politique.

Les initiatives de Mazarin

Ses récents exploits, joints à la protection du cardinal Antoine, lui assurent dans l'Urbs un lustre nouveau et lui sont un passeport auprès de la bonne société. Le moment est idéal pour marier deux de ses sœurs, qui jusque-là étaient vouées à sécher sur pied faute de dot. Il offre, pour chacune, 40 000 livres. Il ne les a pas, bien entendu. « Sans les grâces de Sa Sainteté, avouera-t-il plus tard, elles auraient dû s'accommoder comme elles auraient pu. » Rien ne l'oblige d'ailleurs à payer comptant : on lui fait crédit, eu égard au brillant avenir qui l'attend. Contrairement à l'usage, la famille ne respecte pas l'ordre de naissance. Après l'aînée, Margarita, le sort tombe sur la plus jeune, Girolama. Entre elles deux, Anna-Maria, déjà, a montré du goût pour la vie religieuse ; elle prendra en effet le voile dans le couvent où elle a été élevée. Mais pourquoi fait-on l'impasse sur la troisième, Cleria ? Peut-être était-elle laide. Il semble aussi qu'elle ait fait la difficile, comme le héron de la fable. Après divers travaux d'approche restés sans suite, elle ne sera finalement casée qu'en 1643, avec un dénommé Muti, à qui elle ne donnera pas d'enfants. Ce sont donc les deux autres qui assureront la descendance de la maison et fourniront généreusement Mazarin en neveux et nièces dont on entendra beaucoup parler.

Il s'agit, dans les deux cas, de mariages de proximité. Margarita épouse le fils unique de Vicenzo Martinozzi, majordome du palais Barberini, « bien né et très à son aise quant aux biens de fortune » – Mazarin dixit[5]. Geronimo lui-même, un jeune veuf sans enfants, héritier des biens de sa défunte femme, est en mesure d'offrir à sa nouvelle compagne une situation confortable, sous l'aile bienveillante des deux cardinaux, dont la demeure sert de cadre à la fastueuse cérémonie, le 16 juillet 1634. Trois semaines plus tard, Girolama convole à son tour, dans le cadre familial, avec un cousin germain de sa mère, mais d'assez peu son aîné, Lorenzo Mancini. Elle s'installe avec lui dans le palais du Corso qui abritait régulièrement les séances de l'Académie des humoristes.

Le fils prodigue, mais pas oublieux, avait donc bien mérité de la *casa* et élargi, du même coup, son propre réseau familial. De Lorenzo Mancini, un hurluberlu d'humeur ombrageuse, féru d'astrologie, prompt à tirer l'épée et peu accessible aux conseils de sagesse, il n'avait pas grand-chose à espérer, en dehors d'un renforcement des cousinages. Du côté Martinozzi en revanche, il trouvait sur qui s'appuyer en la personne de Vicenzo, qu'il connaissait bien pour l'avoir côtoyé chez le cardinal Antoine. Un veuvage rapide ayant laissé Margarita et ses deux fillettes à la charge de son beau-père, celui-ci, désespéré, s'attacha à elle et se lia étroitement avec sa famille. C'était un homme intelligent, avisé, très versé dans les questions financières, à qui sa fonction donnait un pouvoir important. C'est à lui que Mazarin eut désormais recours pour gérer ses affaires en son absence : un ami sûr, pondéré, compétent, autrement efficace que le bon Pietro, dont les années n'étaient pas parvenues à assagir l'humeur instable.

Chez le cardinal Antoine, les effets de l'âge se faisaient également sentir à leur manière. À vingt-cinq ans, il commençait à trouver qu'un neveu du Saint-Père, même cadet, méritait mieux que le rôle de meneur de jeu dans les festivités romaines ou le gouvernement factice du Comtat venaissin. Il rêvait de recueillir quelques miettes du pouvoir que monopolisait son maussade aîné. De son côté Mazarin se rongeait à l'idée que les relations nouées par lui avec Richelieu risquaient de se détendre faute d'aliments. Il venait de subir à cet égard une assez rude déconvenue. La France avait bien eu un geste en faveur de celui qui s'était dévoué pour la servir : dans l'été de 1633, Louis XIII fit dire au pape qu'il lui agréerait de l'avoir pour nonce. Refus prévisible : c'était bien la dernière chose qu'Urbain VIII était prêt à accorder. Richelieu se garda d'insister. Les documents d'archives ont prouvé qu'il ne souhaitait pas obtenir gain de cause. À Paris, il n'aurait rien à craindre d'un représentant pontifical du genre soliveau, comme il y en avait tant. Il comptait en revanche sur Mazarin pour défendre à Rome les intérêts français. La démarche du roi visait seulement à notifier qu'il le prenait sous sa protection. C'était aussi achever de le compromettre aux yeux des Espagnols, et donc le contraindre, faute d'autre solution, à s'attacher à la France. L'intéressé ravala sa déception et en tira la leçon. Il décida de flatter les ambitions d'Antoine en le mettant à la tête de la « faction française ».

Ce mot appelle quelques explications sur le fonctionnement des institutions ecclésiastiques. Outre leur magistère spirituel, s'étendant sur toute la catholicité, les papes gouvernaient un État comme un autre, sujet comme tel aux vicissitudes de la politique internationale. Ils décidaient seuls de la nomination des cardinaux formant auprès d'eux le Sacré Collège. Ils choisissaient des Italiens, si l'on excepte quelques « chapeaux » mis à la disposition des « couronnes » – entendez par là les principaux souverains catholiques. Mais ils ne pouvaient échapper aux pressions de ces derniers, qui entretenaient parmi les cardinaux une clientèle. Plutôt que de laisser ces appartenances se développer dans une ombre propice aux manœuvres souterraines, ils avaient préféré en faire une institution. Les grandes puissances avaient donc leur « faction » – sans que s'attache à ce mot la moindre nuance péjorative. À la tête de chacune se trouvait très officiellement un « protecteur », souvent assisté d'un « comprotecteur ». Le système avait le mérite de la clarté. Il présentait aussi beaucoup d'utilité. Car ces hauts personnages se substituaient aux ambassadeurs laïcs incompétents sur les nombreuses questions touchant à l'administration intérieure des différentes églises nationales. Et comme il n'y a pas de petit profit, les finances pontificales y trouvaient leur compte, puisque les puissances étrangères rémunéraient généreusement les services de leurs agents.

Lorsque Mazarin entreprit de porter le cardinal Antoine à sa tête, la faction française était au plus bas, réduite à trois personnes – quatre si l'on comptait le cardinal Maurice de Savoie, protecteur officiel, qui tenait à ce titre flatteur et aux pensions afférentes, mais qu'on voyait peu à Rome. L'Espagne occupait tout le terrain, s'appuyant sur la diversité des provinces qui la composaient pour multiplier le nombre de ses obligés.

Ainsi le cardinal Francesco Barberini était-il protecteur d'Aragon et de Portugal. Urbain VIII jugea qu'il n'y avait pas d'inconvénient à pousser son jeune neveu. C'était un moyen de faire un geste à l'égard de la France et d'afficher son souci d'équilibre entre les puissances – apparemment sans risques, puisque la prééminence ibérique ne s'en trouvait pas menacée. Mazarin fut donc autorisé à négocier le retrait du titulaire de la comprotection, en faveur de son candidat. À la fin de décembre 1633, le cardinal Antoine, enchanté, reçut de Louis XIII son brevet officiel. Au fronton du palais des Quatre-Fontaines, il fit aussitôt apposer les lis de France aux côtés des trois abeilles sur champ d'or de la maison Barberini.

Hélas, Urbain VIII avait sous-estimé la rancune de l'Espagne contre Mazarin. Le 21 avril suivant, il faisait piteusement marche arrière, sommant Antoine de se démettre de ses fonctions et, pour sauver la face, invitant également son aîné à en faire autant avec les siennes. Il ne serait pas dit que les neveux du Saint-Père seraient asservis aux couronnes ! Un vrai désastre pour l'auteur de cette initiative intempestive. Le redoutable cardinal Francesco ne lui pardonna pas de lui avoir fait perdre des charges gratifiantes et lucratives. Urbain VIII lui en voulut de l'avoir contraint à une palinodie et d'avoir, en prime, semé la zizanie dans sa famille.

C'était un camouflet pour la France. Mais Richelieu n'était pas mécontent d'un incident qui prouvait avec éclat la partialité du Saint-Siège pour l'Espagne. Il en conclut d'autre part que Mazarin n'en serait que plus dépendant de lui. Il souscrivit de bon cœur à la riposte qu'imagina celui-ci. Dès le mois de juin Antoine reçut un présent somptueux. Sur le couvercle de l'écrin, un portrait de Louis XIII, rehaussé d'une guirlande de diamants. À l'intérieur, un pendentif en forme de croix, où étincelaient d'autres diamants, de très grand prix. On pouvait compter sur le fringant prélat, très attentif à sa tenue, voire coquet, pour exposer le bijou aux regards envieux de ses confrères et susciter, le cas échéant, des vocations. Le message était explicite : le roi de France savait récompenser ses amis et ne leur tenait pas grief des éventuels accidents de parcours. Il valait pour Antoine, mais aussi et surtout pour Mazarin.

Une mission impossible

La sanction tomba très vite. Mazarin fut nommé vice-légat en Avignon. Ce poste allant d'ordinaire à un évêque, la promotion pouvait passer pour flatteuse. Mais elle imposait la résidence. Il s'agissait d'un exil, pour couper court à ses intrigues romaines et soustraire Antoine à son influence. L'opinion ne s'y trompa pas, elle ironisa d'un calembour sur la légation-relégation qui frappait le malheureux. La condamnation était lourde : il en prenait pour trois ans. Mais elle fut assortie d'un traquenard qui se retourna contre ses auteurs.

Il se rendait en Avignon. Qui eut l'idée de l'envoyer faire un saut à Paris pour rappeler Louis XIII à ses devoirs de solidarité avec les puissances catholiques ? Urbain VIII lui-même, ou ses conseillers, Francesco Barberini et Ceva, on ne sait. Depuis longtemps, Madrid réclamait à grands cris une ambassade de ce genre. Mazarin n'était évidemment pas, à ses yeux, le messager rêvé. Mais la Curie disposait d'un argument officiel sans réplique : on ferait des économies sur le voyage ! Et en secret, on fit comprendre aux amis espagnols qu'on en profiterait pour couler le gêneur. En le chargeant de transmettre des exigences inacceptables, on le brouillerait avec Richelieu et son échec programmé, en montrant les limites de ses talents de négociateur, mettrait à mal sa réputation de faiseur de miracles. Pour faire bonne mesure, on chargea la barque au maximum. La mission qu'on lui confia était triple : sommer Louis XIII de rompre avec ses alliés hérétiques, de restituer son territoire au duc de Lorraine et de reconnaître le mariage de son frère avec la sœur de celui-ci. Dans des domaines hautement sensibles, autant dire trois provocations !

Inutile d'insister sur la nécessité pour la France de préserver ses alliances. Elle était trop engagée pour reculer. Depuis cinq ans elle affrontait les Habsbourg dans une guerre qui ne voulait pas dire son nom – indirectement, en subventionnant certains alliés comme en Allemagne, ou directement, en allant en soutenir d'autres comme en Italie. Abandonner ceux d'entre eux qui appartenaient à la Réforme serait pour elle, dans l'immédiat, l'équivalent d'une capitulation. Et un pareil abandon, confirmant sa faiblesse et entamant son crédit, lui interdirait d'en trouver d'autres, de quelque confession qu'ils fussent.

Quant à la Lorraine, voici ce qu'il en était. État tampon, comme la Savoie, entre la France et ses ennemis, elle avait longtemps mené un double jeu analogue, mais sa position géographique la rendait plus vulnérable aux convoitises françaises* et la portait donc à chercher du secours dans le camp adverse. Elle s'y trouvait comme

---

* La France avait besoin de la Lorraine comme voie de passage obligée pour mener des opérations militaires en Allemagne. Depuis 1552, elle détenait, sous suzeraineté impériale, les « trois évêchés » (Metz, Toul et Verdun), qui échappaient ainsi à l'autorité du duc de Lorraine. Elle espérait transformer cette détention en une pleine possession. Le duc au contraire voulait les récupérer. D'autre part pour la partie occidentale de son duché, dit Barrois mouvant, le duc était vassal du roi de France, d'où des litiges perpétuels. Un simple coup d'œil sur une carte de Lorraine au XVIIe siècle montre une province ressemblant à un tissu mité.

aspirée par la proximité des Pays-Bas espagnols, qui servaient de refuge à la reine mère exilée et à ses partisans. En 1632, Gaston d'Orléans, frère du roi, se disant menacé, avait quitté la France et pris la tête d'une vaste entreprise militaire destinée à imposer le renvoi de Richelieu et la signature de la paix. Louis XIII, de santé fragile, n'ayant pas d'enfants, Gaston semblait promis au trône à bref délai. Il était veuf. Il avait vingt-trois ans, la tête légère, le cœur tendre. Lors de son passage par Nancy, il s'éprit de la jeune Marguerite, sœur de Charles IV, âgée de dix-huit ans, douce et timide, sentimentale. Le duc n'hésita pas, il la lui jeta dans les bras. Il faisait là un pari hasardeux, puisque l'héritier du trône n'avait pas le droit de convoler sans l'assentiment du roi. Mais il jugea que l'espoir de devenir reine de France devait la faire passer sur le risque d'une répudiation. Le mariage fut célébré secrètement à Nancy le 3 janvier 1632 et consommé aussitôt. Huit jours plus tard, Gaston partait pour rejoindre ses amis qui tentaient de soulever le Languedoc.

Dans l'été de 1632, le sort des conjurés fut scellé très vite. L'armée française occupa sans coup férir la Lorraine. L'abdication de Charles IV au profit de son frère Nicolas-François ne suffit pas à apaiser Louis XIII. Les souverains lorrains dépossédés allèrent se réfugier en Toscane*. Les révoltés du Languedoc, eux, furent écrasés à Castelnaudary. Gaston, se jugeant menacé, se retira auprès de sa mère à Bruxelles. Le désastre pour lui était complet, à une réserve près : sa jeune épouse avait réussi à s'échapper de Nancy. Sous une tenue d'homme, en justaucorps noir, elle franchit en carrosse les lignes françaises, puis sautant à cheval

* Christine de Lorraine, épouse de Ferdinand de Médicis, grand-duc de Toscane, était leur tante.

elle galopa jusqu'à Thionville, d'où les Espagnols l'acheminèrent à Bruxelles. Le récit de son équipée y fit fondre les cœurs : « Jamais, s'exclama-t-elle, je n'aurais cru ce que disent les romans des princesses exilées, si je n'en eusse fait moi-même l'expérience. » Mais le roi, n'étant pas un héros de roman, n'était pas disposé à lui accorder l'heureux dénouement attendu. Il comptait, pour faire annuler le mariage, invoquer la contrainte qu'auraient fait peser les Lorrains sur leur hôte aux abois : on prononça même, au sujet de celuici, le mot de *rapt.* Aussi le jeune couple jugea-t-il bon de se marier à nouveau, très officiellement, à Bruxelles – avec pour seul effet d'attiser la colère du roi. Et bientôt Gaston, à bout de ressources, dut se résigner à faire sa soumission, au mois d'octobre 1634, laissant Marguerite aux Pays-Bas aux soins de sa mère. Louis XIII ne pardonnait toujours pas. Il attendit d'être à l'agonie pour revenir sur son refus. Neuf années passèrent, pendant lesquelles son jeune et fringant époux ne se priva pas de la tromper. Mais il lui tint parole et, en dépit de multiples pressions, jamais il ne consentit à faire casser son mariage.

À Rome, nul n'était plus au fait des affaires de Lorraine que Mazarin. Il se trouvait aux premières loges lors de la conquête du duché puisqu'il accompagnait la cour en 1632. Les arguments de la France pour justifier l'occupation ne lui étaient que trop connus. D'autre part, il avait eu en main, en février 1634, la demande d'annulation du mariage formulée par la France, que la Curie l'avait chargé d'étudier – heureusement sans lui fixer de délai – et qu'il avait prudemment laissé se perdre dans les sables des bureaux. S'il avait eu des doutes sur les sentiments de la Curie à son égard, l'octroi, en commende, de l'abbaye de Saint-Avold aurait suffi à les lever. Un beau et riche bénéfice, l'abbaye de Saint-Avold ! Seulement elle était en Lorraine et, par suite d'une situation juridique embrouillée, elle relevait, pour ses abbés, de trois modes de désignation différents, l'élection par les moines, la nomination par le roi de France ou par le pape. Trois prétendants, également forts de leur légalité, allaient se disputer la place. Or le candidat de Louis XIII était son cousin le prince du Conti ! Urbain VIII, sous couleur d'affirmer la primauté de ses droits en la matière, offrait à Mazarin un cadeau empoisonné. Celui-ci désamorça le piège en s'abstenant jusqu'à nouvel ordre de faire valoir ses droits. Mais il ne pouvait nourrir aucune illusion sur la nature de sa mission en France. Elle avait pour but de ruiner son crédit auprès de Richelieu.

Le projet initial comportait seulement une brève mission dépourvue d'apparat. Comment se mua-t-elle en nonciature extraordinaire* ? Cette métamorphose est d'ordinaire imputée aux intrigues de Mazarin, désireux de se faire valoir à Paris. Peut-être. Mais il n'eût pas réussi à lui donner le lustre qu'elle revêtit sans la complicité sournoise de la Curie : plus son ambassade aurait d'éclat, plus dure serait la chute. Il fut donc entendu qu'il visiterait tour à tour les principales cours italiennes pour y proposer la constitution d'une alliance défensive. Dès les grosses chaleurs retombées, il se mit en route chargé de présents de la part du cardinal Antoine : pour Louis XIII, un somptueux carrosse, où les traditionnels

---

* Attention au vocabulaire ! Le poste important (qu'on a refusé à Mazarin) est celui de nonce *ordinaire*, c'est-à-dire d'ambassadeur permanent, en charge de toutes les affaires. C'est un contrat à durée indéterminée, d'une moyenne de trois ans. Pour les grandes nonciatures, il débouche généralement sur la pourpre. Une nonciature *extraordinaire* est au contraire presque toujours brève et limitée à une démarche ponctuelle bien précise. Mazarin n'en eut même pas le titre, du moins au départ, mais il en exerça les prérogatives.

rideaux de cuir – nouveauté inouïe – étaient remplacés par des vitres ; pour Richelieu et son entourage, des objets d'art, des tableaux, de petits meubles ouvragés. Il emportait quant à lui un vaste assortiment de bagatelles à distribuer pour créer ou entretenir les amitiés. La perspective de revoir Paris suffit à faire taire en lui la voix de la sagesse, qui lui prédisait des ennuis. Il prit avec bonne humeur les péripéties nocturnes marquant la première étape du trajet, en compagnie de muletiers incapables et de mules récalcitrantes*. Son passage dans les différentes cours princières lui mit du baume au cœur, tant on le combla d'égards. À Florence, les Lorrains exilés le traitèrent comme le Messie. Une halte d'une quinzaine de jours en Avignon, le temps de faire connaissance avec ses futurs administrés et de désigner un substitut, et le voilà parti pour Paris.

Il s'est tant hâté qu'il a devancé le carrosse du cardinal Antoine. Il doit repousser son entrée officielle d'une grosse semaine, qu'il met à profit pour tâter le terrain. Non, les choses ne se présentent pas bien. Richelieu est très mécontent. Cependant, en fin diplomate, il réserve au messager un accueil d'autant plus chaleureux qu'il est plus résolu à repousser le message. Mazarin entre dans Paris avec toute la pompe requise pour le plus prestigieux des hôtes. Le premier contact est bon. Reste à transformer l'essai.

Le revirement

Richelieu appréciait certes les services de Mazarin, mais il n'était pas prêt à soutenir envers et contre tout

---

* Le récit qu'il en fit au maître d'écurie du cardinal Antoine est d'une verve étincelante[6].

un homme qui s'était toujours présenté à lui au nom de quelqu'un d'autre – le pape ou le duc de Savoie. Avant de lui faire entièrement crédit, il fallait le mettre à l'épreuve. Le prodige est que cette ambassade, conçue pour brouiller rapidement les deux hommes, ne dura pas moins de seize mois et aboutit au résultat inverse. Elle noua entre eux une relation de confiance et d'amitié profonde et durable. C'est d'elle que date leur étroite collaboration politique.

Nous disposons sur ces seize mois d'informations détaillées, mais partielles et univoques. Mazarin, envoyé officiel du Saint-Siège, retombe comme en 1630 sous la coupe du cardinal Francesco Barberini, d'autant plus redoutable qu'il lui est désormais hostile. Pour l'inciter à rédiger librement ses rapports et sous prétexte d'éviter les fuites, on assigne à sa correspondance des voies détournées : acheminées par son parent Vicenzo Martinozzi, ses lettres seront adressées au secrétaire du cardinal, Ferragallo, qui en extraira la substance pour son patron. On compte sur lui pour collecter des informations de toutes sortes. Et il n'a pas de peine en effet à surclasser en ce domaine le pauvre Mgr Bolognetti, nonce ordinaire, qui mène une vie retirée et ne sait pas faire parler les gens. La qualité de ses rapports, comme en 1630, force l'admiration du cardinal. Mais cette fois-ci, on le surveille, on ne serait pas mécontent de le prendre en faute. Gare à lui !

Aussi veille-t-il à fournir sur les événements d'abondantes informations tout à fait exactes, corroborées par les dépêches des autres ambassadeurs. Mais sur ses entretiens avec Richelieu, qui se passent sans témoins, nous ne savons que ce qu'il en écrit à ses supérieurs. Et il n'écrit pas tout. Il a sans aucun doute transmis le message d'Urbain VIII, en arrondissant les angles. Un diplomate dispose de bien des ressources pour présenter des exigences qu'il pressent irrecevables. Il reçoit évidemment une réponse négative, sur tous les points. Mais alors, pourquoi ne fait-il pas demi-tour ? Pourquoi le cardinal le retient-il, multipliant les rencontres et prolongeant les entretiens ? Une seule explication : les deux hommes ont trouvé un terrain d'entente. Pour laver Mazarin du reproche d'avoir trahi les consignes données par le pape, certains insistent sur son agilité intellectuelle, expliquent – ce qui est exact – qu'il est capable de se mettre à la place d'autrui et d'épouser sa pensée, pour mieux en débattre. Mais peut-on lui prêter des sincérités alternées, faire de lui un Janus à deux visages, un être insaisissable comme Protée, voltigeant d'un camp à l'autre, soutenant tour à tour, en une même journée, le point de vue du pape et celui de la France, pratiquant deux langages opposés sans en privilégier aucun, au risque de sombrer dans une sorte de schizophrénie ? Richelieu, dans ces conditions, lui aurait-il accordé sa confiance ? La vérité : Mazarin estime que Richelieu a raison et épouse entièrement son point de vue.

On aurait mauvaise grâce à le lui reprocher. Lors des négociations antérieures, il a soutenu fidèlement auprès du cardinal les vues du pape, secrètement favorable à la France. Mais le fait qu'Urbain VIII ait fait marche arrière et l'ait sacrifié à la vindicte espagnole balaie ses scrupules. Il ne lui doit plus rien. Il change de maître. Un peu par rancune peut-être, mais avant tout par discernement. Son retournement n'est pas le fruit d'un coup de tête, mais le résultat d'une analyse de la situation politique européenne, tirée de son expérience antérieure. Ce faisant, il ne croit pas trahir l'objectif qui lui a été fixé, travailler à la paix. Simplement, il n'est plus d'accord sur les moyens. Le rêve d'Urbain VIII est chimérique, il n'est pas possible de réconcilier les seuls souverains catholiques en rejetant dans les ténèbres extérieures les « dévoyés du chemin du salut ». Les puissances protestantes existent, c'est un fait. L'unique voie vers la paix passe par leur reconnaissance, et cette reconnaissance ne peut être imposée à l'Espagne que par les armes. Si tu veux la paix, dit le proverbe, prépare la guerre et, quand il le faut, fais-la. Richelieu n'est pas belliciste, il souhaite sincèrement la paix, mais il la veut « sûre et durable ». La guerre est pour lui un moyen. C'est par elle qu'il a réussi la pacification intérieure du royaume, en crevant l'abcès que constituait l'organisation paramilitaire protestante, mais en accordant aux réformés la liberté de culte. Il juge possible d'en faire autant en Europe, en anéantissant les prétentions de l'Espagne à la monarchie universelle et en donnant droit de cité aux protestants dans le concert international. Une analyse qui coïncide avec celle de Mazarin. Mais ce dernier ne peut évidemment pas le dire à ses mandants.

Pour rétablir sa situation auprès du Saint-Siège, il est tenu d'en défendre les vues et, si possible, d'obtenir des résultats. Richelieu est disposé à lui faciliter la tâche, car il a lui-même besoin, à la veille d'un affrontement qu'il sait inévitable, de paraître avoir tout fait pour sauver la paix. Pas question de passer pour un fauteur de guerre ! Tous deux ont donc intérêt à prolonger ostensiblement des négociations qui attestent leur bonne volonté. Richelieu met d'abord la barre très haut : c'est non sur tous les points. Il pourra au fil des jours et des entretiens en rabattre un peu, offrant à Mazarin l'occasion de faire quelques progrès. Le jeu va durer seize mois, sans modifier en rien – et pour cause – le cours des événements. On se contentera ici d'illustrer par quelques exemples la manière dont il fonctionne.

Mazarin avait pour impératif premier d'obtenir l'évacuation de la Lorraine – ce qui, bien sûr, n'était pas envisageable, à la veille d'une guerre qui serait menée sur le Rhin. Richelieu refuse d'abord d'en entendre parler, renforçant ainsi les craintes d'une annexion. Puis il semble s'amadouer. N'est-il pas très conciliant en acceptant de confier le règlement de la question… au Congrès pour la paix qui doit s'ouvrir prochainement sous l'égide du pape ? Il a prononcé à cette occasion le mot de restitution, ce que les rapports de Mazarin présentent comme un grand succès, en omettant de dire que d'ici là il coulerait beaucoup d'eau sous les ponts de la Moselle. Ce tour de prestidigitation permet d'évacuer la Lorraine du champ de l'actualité. On ne discutera plus désormais que de la paix.

Un Congrès pour la paix ! Quel merveilleux moyen de gagner du temps en attendant que les armes fassent la décision sur le terrain ! Rien que pour en mettre au point les modalités techniques, il faudra des mois. Urbain VIII a déjà désigné le cardinal qui mènera sa légation, mais les trois grandes puissances catholiques traînent à en faire autant. Un bon point pour Mazarin : il tire de Richelieu la promesse que la France nommerait ses délégués… quand les autres auraient nommé les leurs ! Bientôt, lorsque celui-ci consent à avancer deux noms, il peut crier victoire. On discute aussi du lieu où se tiendra le Congrès. Et là encore, la France se montre de bonne composition : pourvu qu'on évite Rome, elle est prête à souscrire à n'importe quelle ville allemande d'accès commode pour tous les participants. L'accord se fait sur Cologne ? Excellent ! L'Empire et l'Espagne, en retour, ne peuvent pas faire moins que de désigner eux aussi des représentants. Grâce aux modestes succès ainsi obtenus, Mazarin préserve son crédit auprès de ses patrons romains. Mais derrière le rideau de fumée des négociations pour la paix, les grandes manœuvres ont commencé, on court à grands pas vers la guerre.

Cependant la poursuite des négociations n'est pas de leur part une pure démarche tactique. Illusoire dans l'immédiat, elle comporte à plus long terme des ouvertures vers la paix. Car il faudra bien, un jour, finir par traiter. Et ce jour-là, le terrain se trouvera déblayé et les solutions possibles répertoriées dans les conversations antérieures. Pour Mazarin, une règle est fondamentale : la guerre n'est pas une raison pour rompre le contact, au contraire, la diplomatie, bien que mise en veilleuse, ne doit jamais s'éteindre. Dans cette Europe où tous les souverains sont proches cousins, l'Espagne n'est pas un ennemi à écraser, mais un adversaire à vaincre. Aux négociateurs, toujours en éveil, de saisir le moment où elle sera prête à accepter sa défaite. Ne nous étonnons pas, donc, de la persistance des pourparlers autour du Congrès pour la paix, bien que celle-ci ne soit pas à l'ordre du jour pour l'instant.

Le 19 mai 1635, la France déclare la guerre à l'Espagne. À cette date, Mazarin a choisi son camp. Invité par Richelieu à donner son avis, il aurait répondu, si l'on en croit l'ambassadeur de Venise, qu'il fallait ouvrir les hostilités. Autrement dit, son retournement est acquis et notoire. Il a pris des libertés avec ses consignes en proposant aux *Stati liberi* d'Italie du Nord, non point une union purement défensive, comme le préconisait Rome, mais une alliance offensive, avec au programme la conquête du Milanais – un projet concrétisé avec Victor-Amédée de Savoie par le traité de Rivoli. Et, puisque Urbain VIII se montre si timoré face aux Espagnols, il conseille à Richelieu de montrer les dents, en lui envoyant un ambassadeur à poigne, capable de taper vigoureusement sur la table. Le choix du maréchal d'Estrées, qui, sous le nom de marquis de Cœuvres, avait naguère expulsé ses garnisons de Valteline, est une erreur : à sa poigne il manque le gant de velours.

Mais la personnalité de l'ambassadeur ne change que peu de chose à l'affaire. Une épreuve de force se prépare entre la France et le Saint-Siège, dans laquelle Mazarin serait broyé sans ressource s'il ne disposait d'un appui solide en la personne de Richelieu.

Familier de Richelieu

Lors de cette nonciature extraordinaire, qui aurait dû durer huit jours et qui se prolongea seize mois, les observateurs furent très surpris par l'accueil particulièrement chaleureux que réserva Richelieu, en privé, au messager porteur d'une si déplaisante mission. Dans ses rapports adressés à la Curie, celui-ci monte en épingle ce traitement privilégié. Mais il tend à le porter au crédit de son entregent : Son Éminence est de caractère difficile, aisément irritable, son attention se lasse vite, il faut choisir son moment pour lui parler et savoir le prendre. Aussi s'est-il efforcé, avec succès, d'entrer dans sa familiarité : « Comme il convient de s'accommoder à son humeur, c'est un grand avantage de le voir souvent et il est très nécessaire de se prévaloir à cet effet de toutes les occasions[7]. » Telle est la version officielle. Certes. Mais encore faut-il être admis à le voir souvent, ce qui ne va de soi pour personne. Richelieu lui aurait-il ouvert libéralement sa porte s'il n'avait su, *a priori*, pouvoir compter sur lui ? Son amitié est la conséquence, et non la cause, de leur accord sur le fond.

Cette amitié est spectaculaire. Tandis que le pauvre Bolognetti se voit confiné dans ses fonctions, Mazarin est traité en hôte privilégié : « Deux fois sur trois, Son Éminence me fait rester à dîner. Il ne se fait pas de fête en sa maison qu'il ne m'y invite et il insiste pour que je l'accompagne à celles du roi. Il use avec moi dans le privé de beaucoup de familiarité et en public d'un respect particulier. Quand il veut se divertir à jouer pour passer le temps, il m'oblige toujours à lui tenir compagnie. » Ajoutons que Mazarin sait perdre quand il le faut, n'oubliant pas qu'un bon diplomate doit user de tous les moyens d'accès à ses interlocuteurs. Mais le vrai secret de son succès est qu'on ne s'ennuie jamais avec lui, tant sa conversation est brillante, fourmillant d'anecdotes contées avec esprit, et tant il a de compétence et de goût pour les arts. Il fait autorité en matière de musique et surtout de spectacles – la grande passion de Richelieu, fasciné à cet égard par l'Italie. Il parvient à l'arracher à ses accès d'hypocondrie, tant sont communicatives sa vivacité et sa gaieté.

Il se plie complaisamment aux facéties du cardinal, qui se surpasse en inventions de sobriquets burlesques. À l'anagramme – *Rinzama* – et au diminutif – *Nunzinicardo*, le « petit nonce » –, il préfère finalement un vocable quasi inconnu, tiré, expliqua-t-il, de l'argot des couvents : *Colmardo*, à savoir « frère Coupechoux », l'humble moine qui, dans les communautés religieuses, est chargé des besognes domestiques. Que pense l'intéressé, tout au fond de lui-même, de ces fantaisies linguistiques non dénuées de condescendance ? Satisfait du respect dont Richelieu l'entoure en public, il choisit d'entrer dans le jeu. Ce surnom, souvent utilisé dans leur correspondance*, donnera à celle-ci une tonalité particulière, plus chaleureuse de la part de Richelieu, moins compassée de la part de Mazarin.

---

* Il était fréquent dans les lettres, chiffrées ou en clair, de dissimuler les identités sous des pseudonymes. Mais le secret de celui de Colmardo dut être percé assez vite. C'est par une sorte de jeu littéraire que Richelieu et Mazarin en usent.

À la belle saison, le cardinal rejoint dès qu'il le peut son château de Rueil. Pour échapper aux allées et venues quotidiennes, Mazarin loue une maison voisine, qui avait déjà abrité son collègue Bichi. Il en profite pour accueillir quelques hôtes choisis. La qualité de la table et l'éclat de la conversation achèvent de lui attacher ceux qu'avaient commencé de séduire les menus présents dispensés à bon escient. Il mène un assez grand train, que son collègue Bolognetti décrit complaisamment à la Curie. Ne vit-il pas au-dessus de ses moyens ? Invité à s'en expliquer, il réplique par une véritable leçon d'économie domestique, démontant dans une longue lettre à Ferragallo[8] les mécanismes qui lui permettent de vivre à bon compte, en évitant le gaspillage dans ses dépenses quotidiennes et en jouant, pour l'achat des cadeaux, sur la différence de prix : les gants de fine peau ou les essences de fleurs, si recherchés, ne coûtent que peu de chose si on les achète à la source, sur les lieux de production. Sur ce dernier point cependant, il laisse dans l'ombre les moyens employés pour les acheminer. Que lui reproche-t-on ? D'embrasser les dames « à la française », c'est-à-dire sur les deux joues, et de s'habiller « sans aucune marque de sa qualité de nonce ». Il repousse le premier grief en invoquant l'usage, largement respecté par ses prédécesseurs et qu'il n'a pratiqué pour son compte que trois fois. Le second grief est mieux ajusté, car il n'est visiblement pas réconcilié avec le port de la soutane : « À Paris, et dans mes fonctions officielles, j'ai la tenue réglementaire d'un nonce, et quand je suis à la campagne, je m'habille en culotte comme on le fait à Castel Gandolfo, avec une veste jusqu'aux genoux. »

Partager l'existence de Richelieu à Rueil ! Même la maladie ne parvint pas à jeter d'ombre sur ses souvenirs. Transporté au château, isolé dans un appartement confortable, soigné par les meilleurs médecins, Mazarin, dix-huit jours durant, trouva dans l'amicale sollicitude dont l'entoura le cardinal le meilleur antidote contre la fièvre qui le brûlait. Ce séjour lui donna un avant-goût du paradis. À la veille de son rappel, il gémit : que ne peut-il être plutôt « simple jardinier » à Rueil, pour s'occuper des fontaines !

Le réprouvé

Il lui fallut partir, pourtant. La guerre rendait sa mission superflue. Mais il avait brûlé ses vaisseaux. Rome lui faisait payer son revirement. Il fut invité à regagner Avignon et à y rester. Avant son départ, Richelieu lui offrit une planche de salut, l'évêché de Cahors, qui venait de se libérer. Se faire prêtre, se fixer en France, se soumettre aux servitudes impliquées par l'administration d'un diocèse ? Ne désespérant pas de reprendre pied à Rome et souhaitant conserver sa mobilité, il refusa, et Richelieu, y voyant un signe de courage, ne l'en estima que plus.

La mort dans l'âme, il rejoignit son poste le 7 avril. Il tenait Avignon pour « un tombeau ». On ne s'attardera pas ici sur le pensum que fut pour lui l'exercice de sa vice-légation. Les tâches administratives, qu'il accomplit avec compétence et sagesse, ne suffisent pas à remplir son temps, ni à occuper son esprit. Les divertissements sont rares. Le jeu même ne parvient pas à le retenir. Il a « converti en tripot » un des antiques salons de son palais, mais après avoir joué une heure, il s'ennuie « plus que jamais ». Et, peut-être parce qu'il n'y prend pas assez d'intérêt, il perd – gros ! Les rencontres avec le cher Bichi, venu en voisin de son évêché de Carpentras, éclairent d'un rayon de soleil sa

« mélancolie », mais elles lui fournissent une image déprimante de ce qui attend un diplomate pontifical en fin de carrière. Alors il écrit, tous azimuts, pour se rappeler au souvenir de ses amis et supplier qu'on le tire de là. Pas à n'importe quel prix cependant. Au printemps de 1636, il est question de nommer le cardinal Antoine grand maître de l'Ordre de Malte. La perspective de devoir s'enterrer avec son patron sur un rocher perdu en Méditerranée le terrifie. Par bonheur, elle terrifie aussi l'intéressé, à qui il fournit d'excellents arguments pour se récuser.

Cet automne-là, il ne peut compter sur Richelieu, au contraire il tremble pour lui. Sur tous les fronts, les opérations militaires tournent au désastre, alors que l'Empereur vient d'entrer en lice à son tour. En Italie, la campagne bien commencée est compromise par les dissensions entre généraux, puis par la mort de nombre d'entre eux. En France, c'est l'invasion par la frontière la plus vulnérable, celle du nord. Le chapelet de places qui tombent comme des dominos laisse Paris sans protection. Sachant que les troupes françaises manquent de poudre et de salpêtre, Mazarin réussit à s'en procurer, de ses propres deniers, sept tonnes, qu'il expédie à Richelieu – ce qui lui vaut un remerciement, souvent cité, dans le style alambiqué cher à Son Éminence : « Il faut avouer qu'il n'y a que les Italiens, et particulièrement *i Julii*, qui savent faire les choses comme il faut. En temps de paix, ils distribuent des poudres odoriférantes et en temps de guerre des fulminantes[9]. » Il n'eut pas besoin de recruter des troupes comme il s'y apprêtait, la reprise de Corbie ayant arrêté l'offensive.

C'est Antoine qui finit par lui obtenir l'autorisation de regagner Rome à la fin de novembre pour un séjour qu'il sera possible de prolonger. Car il lui offre, en même temps que l'hospitalité, une fonction stable, celle de *maestro de casa*, régnant sur l'ensemble de sa domesticité. C'est pour tomber en plein orage dans la famille Barberini. Le cardinal Antoine, bien que contraint de renoncer à sa « comprotection », n'avait cessé de manifester sa prédilection pour la France et celle-ci continuait à le tenir pour l'un des siens. Lorsque Maurice de Savoie, passé au service de l'Empereur, rendit soudain vacante la fonction de protecteur, Louis XIII, sans consulter le pape, en expédie le brevet à Antoine. Il n'est pas certain que Mazarin ait pris part à cette décision. Mais il fut chargé de la faire agréer à Urbain VIII, avec tous les risques que comportait une aussi déplaisante mission.

Richelieu, c'est évident, ne se soucie pas de l'aider à rentrer en grâce, c'est le moins qu'on puisse dire. Il est décidé à engager avec le pape une épreuve de force. Car il en fait une question de principe. La France ne doit pas tolérer que Rome la traite en puissance de seconde zone. Tous ceux qui se déclarent pour elle doivent être publiquement soutenus. On épargnera ici au lecteur le détail des péripéties qui marquèrent l'affaire. Disons seulement qu'elle se heurta au veto du pape. Et comme la France ne céda pas, elle se passa jusqu'à nouvel ordre de protecteur, non sans inconvénient pour les finances pontificales*. À titre de consolation et pour l'encourager dans sa francophilie, le cardinal Antoine fut gratifié d'une nouvelle « galanterie », un pendentif de diamants qui surpassait encore en éclat la croix reçue un peu plus tôt. À une époque où la France semblait en difficulté et où toute l'Europe pariait sur sa défaite, l'effet fut prodigieux. Pour dispenser de telles libéralités à quelqu'un qui, somme toute, avait fait pour lui bien peu de chose,

* Le conflit suspendait en effet la collation de bénéfices, qui entraînait le versement de taxes au Saint-Siège.

fallait-il que le roi de France fût riche ! Non, bien sûr, il ne l'était pas. Mais chacun sait qu'il est toujours bon de le paraître.

Quant à Mazarin, la France suggère pour lui deux emplois possibles, une fonction importante dans la délégation pontificale au Congrès pour la paix ou, à défaut, la nonciature à Paris. Ces deux propositions se heurtent bien entendu à un refus de la Curie. Le pape oppose une résistance d'autant plus vigoureuse que les maladresses du maréchal d'Estrées le mettent hors de lui. Qu'on le débarrasse de cet indésirable avant toute autre chose ! Mais Richelieu entend le faire céder avant de rappeler son ambassadeur. Mazarin fait les frais de leur entêtement. Aussi le cardinal, conscient de le mettre dans une situation impossible et sachant quelle doit être sa déception, multiplie à son adresse les mots de réconfort, par des lettres de son secrétaire aux affaires étrangères, Chavigny, ou par de chaleureux billets de sa propre main. Le malheureux en a bien besoin, car il vient de perdre, avec la mort soudaine de Victor-Amédée de Savoie, un havre où se réfugier en cas de disgrâce.

Pas de mission au Congrès, pas de nonciature. N'y aurait-il pas moyen, cependant, de tourner l'obstacle ? Car aux yeux de Richelieu, qui vise pour son protégé un emploi non à Paris mais auprès du Saint-Siège, la nonciature n'est qu'une étape menant au cardinalat, qui le rendra inexpugnable à Rome. Pourquoi faire tant d'efforts pour la conquérir si l'on doit ensuite recommencer la lutte pour le chapeau ? Tant qu'à faire, autant éviter le détour et abréger l'itinéraire en visant tout de suite au plus haut. Le pape ne pourrait s'abstenir indéfiniment de faire des promotions de cardinaux sans égard pour les candidats proposés par les « couronnes ». Il devrait bientôt répondre à l'attente de celles-ci. Dès 1636, la France avait avancé le nom de l'Éminence grise, le fameux Père Joseph, conseiller secret de Richelieu, et, en second lieu – donc sans aucune chance de succès –, celui de Mazarin. Mais la maladie, puis la mort du Père, à la mi-décembre 1638, vinrent modifier la donne. La France poussa Mazarin au premier rang. C'était de la part de Richelieu une provocation calculée. Il fit donc de cette promotion une affaire d'État.

On ne peut imaginer la quantité d'intrigues et de machinations qui, derrière une courtoisie de façade, furent mises en œuvre pour torpiller le projet. Les maladresses du maréchal d'Estrées envenimèrent des relations déjà tendues entre les deux cours. La naissance du dauphin, que notre représentant à Rome célébra par des fêtes fastueuses, ne permit pas de rétablir le contact. Urbain VIII laissa sans réponse une demande de parrainage. Il est vrai qu'on exigeait qu'il se fît représenter par Mazarin, promu à la pourpre pour la circonstance ! 1639 fut pour celui-ci une longue suite d'épreuves et d'avanies. Par deux fois, les années précédentes, il avait écrit à Chavigny qu'un séjour à Paris, même court, lui permettrait de souffler. Mais Richelieu tenait à le maintenir à Rome, parce qu'il n'y disposait d'aucun autre agent capable de réunir autant d'informations et de mener à bien autant de démarches délicates. Le malheureux fut donc condamné à rester sur place, dans un climat irrespirable. Le 9 septembre, il finit par lancer un véritable appel au secours, fondé sur un argument décisif : il n'était plus en mesure de rendre le moindre service.

La cour étant en voyage, la réponse mit sept longues semaines à lui parvenir. « Je serai bien aise que vous vous rendiez le plus tôt possible auprès de moi, disait Louis XIII, [...] pour vous communiquer des choses qui me sont très importantes[10]. » Richelieu, par le canal de Chavigny, l'informait que ses raisons avaient été trouvées bonnes et l'invitait à partir au plus vite, par la voie la plus sûre et la plus commode. Il était grand temps. Le meurtre récent d'un nommé Rouvray, serviteur du maréchal d'Estrées, avait soulevé une tempête, non pas en soi – il était condamné par contumace –, mais parce que ses assassins avaient exhibé sa tête coupée adornée d'une pancarte : « Voici la tête de l'écuyer de l'ambassadeur de France. » Mazarin pouvait craindre de recevoir un coup de poignard au coin d'une rue ou, peut-être pis, de se voir enlever et jeter par les Espagnols dans un cul-de-basse-fosse dont il ne ressortirait pas de sitôt.

Par fierté et par précaution à la fois, il refusa de s'enfuir comme un voleur. Théoriquement, il restait sujet du pape. Il rendit une visite de courtoisie à Urbain VIII et au cardinal Francesco Barberini, qui eurent du mal à cacher leur embarras – heureux d'être délivrés d'un fauteur de trouble, mais inquiets de ce qu'il pourrait dire et faire à Paris. Il savait tant de choses ! Mieux valait tout de même le ménager.

Il entoura son départ de feintes. En décembre, la voie terrestre passait pour la plus sûre, mais les Espagnols lui refusèrent un passeport pour traverser les territoires de leurs alliés. À vrai dire, il n'y tenait pas, la demande n'était qu'un leurre. Il fit savoir ensuite qu'il ferait le détour par Venise. Mais il retint secrètement son passage sur un navire en partance pour la France. Il avait hâte de s'en aller, tant la crainte le tenaillait. Le 13 décembre, il embrassa ses parents et quitta Rome de nuit. Arrivé à Cività Vecchia avec quelques jours d'avance sur le rendez-vous, il y trouva un autre bateau français sur le point d'appareiller. Il embarqua aussitôt. La chance lui sourit, le ciel lui fut favorable, il put, par un temps superbe, gagner Marseille en trois jours. L'étau s'était desserré, il respirait, l'avenir s'ouvrait à nouveau devant lui.

Entre Rome et Paris, le bras de fer n'était pas fini. Il partait pour un séjour limité, le temps de décrocher de haute lutte la pourpre qu'on lui refusait et de laisser s'apaiser les ressentiments. Après quoi il pourrait rentrer dans sa patrie, désormais respectable et respecté, et y servir la France en pleine liberté d'action. On l'aurait bien étonné si on lui avait dit qu'il ne la reverrait jamais.

CHAPITRE CINQ

L'homme lige de Richelieu

À Paris, où il arriva le 4 janvier 1640, le fugitif reçut du roi et de son ministre un accueil très chaleureux. Conscient de l'avoir mis dans une situation insupportable, ce dernier ne lui tenait pas rigueur de ses échecs. Tant qu'il avait pu espérer que se prolongerait l'appui secret d'Urbain VIII à la France, il avait poussé son protégé à se faire une place dans la diplomatie pontificale. Mais les divergences de vues sur la politique européenne, puis les défaites françaises sur le terrain avaient eu raison du souci d'équilibre qui animait le pape en 1630 : il se ralliait prudemment au vainqueur présumé. Aggravant son exaspération, les pressions maladroites du maréchal d'Estrées lui avaient aussi fourni une excuse : il n'allait pas se laisser dicter par Richelieu le choix de ses nonces et de ses cardinaux ! Mazarin, contraint de servir deux maîtres, était voué à faire les frais de leurs dissensions. Devenu *persona non grata* à Rome, il n'avait d'autre solution que de se jeter dans les bras de la France.

N'est-ce pas l'occasion de nuancer un peu l'image, traditionnelle dans l'historiographie française, d'un Mazarin frappé d'une sorte de coup de foudre dès la première rencontre avec Richelieu et prêt à se dévouer à lui corps et âme ? Elle est fondée sur une lettre où il évoque la prophétie de l'astrologue de Parme* : « La première fois que je vis l'Éminentissime Cardinal-Duc, à Lyon, je m'en souvins, et je résolus de me consacrer à lui entièrement, car il m'engagea à le faire avec mille courtoisies et les bons traitements dont il usa envers moi. Et toujours depuis j'ai voulu recevoir tout mon bien de Son Éminence… » Certes. Mais cette lettre est de janvier 1639, et elle s'adresse à Chavigny, qui vient de lui apprendre que la France l'a proposé pour le cardinalat à la place du défunt Père Joseph. Le moins qu'on puisse dire est qu'elle est de circonstance et rétrospective. À cette date, les jeux sont faits et il se sait ruiné auprès du pape. Nul ne songe assurément à nier la fascination qu'exerça sur lui Richelieu, ni la sincérité des protestations de dévouement qu'il lui adressa tout au long de cette décennie, dans ce langage fleuri de superlatifs qui est de règle à l'époque, surtout en Italie. Il n'est pas question non plus de remettre en cause sa sympathie pour la France. Mais il est clair qu'il aurait préféré n'avoir pas à choisir entre ses deux maîtres et qu'en ce début de 1640, il n'envisage pas de quitter durablement sa patrie, ni à plus forte raison de devenir français. La preuve ? Avec le Saint-Siège, le bras de fer dont il est l'enjeu continue. Richelieu y met son point d'honneur : il en fera un cardinal, avant de le renvoyer à Rome comme chef de file de notre faction.

La première partie du programme finira par aboutir. Près de deux ans seront nécessaires pour arracher à Urbain VIII son élévation à la pourpre. En attendant, Richelieu l'utilise au mieux de ses compétences pour des missions parfois délicates, dont nul ne se tirerait

---

* Cet astrologue lui avait prédit une brillante carrière en France et la pourpre avant quarante ans (cf. *supra*, p. 49).

aussi bien. Et Mazarin, plongé à nouveau dans l'action, se sent revivre. Mais une fois cardinal, il ne sera plus possible pour lui de regagner Rome. Le destin, qui s'est mis en marche, ne le lâchera plus.

Le Congrès pour la paix

Dès son arrivée, une importante mesure vint mettre du baume à son cœur meurtri : la France le désigna comme plénipotentiaire au Congrès pour la paix, aux côtés du comte d'Avaux. Une belle revanche après tous les refus essuyés à Rome. Un beau pied de nez aux Espagnols qui, après s'être démenés pour l'empêcher d'aller y défendre le point de vue du Saint-Père, allaient l'y trouver comme porte-parole de Richelieu. Dans l'extrême faveur dont l'entourait ostensiblement celui-ci se cachait un signal à l'intention de ses anciens maîtres : prenez garde, ne le contraignez pas à vous nuire, comme il en a les moyens. Ils tentèrent de le neutraliser en lui proposant un riche évêché, celui de Toul. Mais il n'allait pas, maintenant que les portes de la diplomatie s'ouvraient à nouveau pour lui, se laisser piéger par l'obligation de résidence ! Ils n'insistèrent pas.

D'ailleurs était-il urgent de rompre des lances contre lui à propos de ce Congrès ? Depuis l'été de 1636, Mgr Ginetti, chef de la mission pontificale, se morfond à Cologne à attendre des délégués qui ne viennent pas. On continue de discuter, notamment sur les passeports. Or la question touche aux points de blocage fondamentaux. Urbain VIII s'obstine à ignorer les protestants. Il se voit toujours en médiateur, se bornant à prendre par la main les trois grandes puissances catholiques pour les amener à se réconcilier autour d'une table. Mais cette réconciliation, l'Espagne la voit sous la forme d'un retour au *statu quo ante*, la France renonçant à tous ses acquis récents, notamment aux places clés de Lorraine et de Savoie, Moyenvic et Pignerol. Richelieu, quant à lui, ne veut pas entendre parler de restitutions. Il exige une paix « durable, stable, universelle », c'est-à-dire réglant une fois pour toutes le statut des pays protestants dans l'Europe de demain. Va-t-on inviter au Congrès les Hollandais et les Suédois, ces infréquentables hérétiques – lesquels, de leur côté, refusent de discuter sous le patronage du pape ? Ce n'est pas de sitôt, à coup sûr, qu'on en sortira.

Mazarin, quand il aborde le dossier de la paix, ne peut donc avoir d'illusions. Mais il s'y attelle avec ardeur, sachant qu'il travaille pour l'avenir – un avenir qu'il souhaite proche, sans trop y croire. Car aucun des trois protagonistes ne cédera sans être aux abois, et ils en sont loin. Or au cours de l'année 1640, la situation militaire de la France se redresse, « le dieu des batailles » penche en sa faveur. Au début mai, une victoire du comte d'Harcourt près de Casal arrache au cardinal des accents lyriques. Pourquoi traiter quand on est en passe de gagner ? En Picardie, l'effort redouble. La capitale de la province, aux mains des Espagnols depuis plus d'un siècle, passait pour inexpugnable : « Quand les Français prendront Arras / Les souris mangeront les chats », disait un proverbe. Mais au mois d'août, la ville tomba. L'effet moral, amplifié par des gravures de colportage, fut prodigieux. La France reprit espoir.

Richelieu mit donc en veilleuse les pourparlers de paix. Mazarin, qui, depuis huit mois, se tenait prêt à partir pour Cologne, vit son voyage ajourné. Mais il ne défit pas ses valises pour autant. On avait besoin de lui pour une tâche autrement urgente, qu'il était seul capable de mener à bien : remettre de l'ordre dans le duché de Savoie, que la mort de Victor-Amédée et la régence de la duchesse Chrétienne avaient plongé en pleine anarchie.

Les amours de Chrétienne de France, duchesse de Savoie

Sur les racines du conflit qui déchirait le duché, Mazarin n'avait plus grand-chose à apprendre. À la fois familiales et politiques, elles tenaient à la personnalité de la duchesse.

Chrétienne, dite aussi Christine, deuxième fille d'Henri IV et de Marie de Médicis, avait épousé le 10 février 1619, au jour anniversaire de ses treize ans, le prince de Piémont Victor-Amédée, qui avait plus du double de son âge – un écart non exceptionnel dans les familles princières, mais qui, dans son cas, se révéla lourd de conséquences. Cette union, éminemment politique, avait pour but de consolider une alliance entre la Savoie et la France dont on a vu plus haut ce qu'il fallait penser*. La jeune femme était fière, ambitieuse, humiliée à l'idée qu'elle ne serait pas reine, contrairement à ses deux sœurs**. Charles-Emmanuel, peu soucieux de la voir se mêler du double jeu qu'il menait entre la France et l'Espagne, la tenait à l'œil, lui ôtant ses serviteurs français, sans réussir à la dompter. En cachette, elle adressait au roi son frère et à Richelieu des lettres indignées, mêlant appels au secours et protestations de dévouement à son pays natal. Mais son beau-père avait aussi d'autres raisons de la surveiller. En

---

* Cf. *supra*, p. 83 *sq*.

** L'aînée, Élisabeth, était reine d'Espagne et la dernière, Henriette-Marie, reine d'Angleterre.

1630, revint aux oreilles de Richelieu, qui le consigne dans ses *Mémoires*, « que le duc avait fait positivement interroger Pommeuse – un jeune gentilhomme français – s'il n'avait pas couché avec Madame, ou ne savait pas que quelque autre y eût couché[1] ». Le cardinal avait récusé cet avis en le traitant de « diabolique ». Dans le doute, le duc s'était contenté de chasser Pommeuse, puis un autre Français à qui sa bru faisait les yeux doux. Sa mort avait mis fin aux investigations, mais pas aux ragots. Elle avait également fait souffler sur la cour de Turin un vent de liberté.

Chrétienne tenait du Vert Galant un tempérament ardent et un cœur sensible. Victor-Amédée, quant à lui, faisait mentir en ce domaine le sang paternel. Charles-Emmanuel avait épuisé sa malheureuse épouse en lui faisant en l'espace de douze ans dix enfants, dont le dernier lui avait coûté la vie. On lui connaissait également dix bâtards, dont six reconnus, sans compter tous ceux qu'il avait pu semer parmi les servantes d'auberge ou les femmes des villes forcées. Son fils, au contraire, grave, dévot, donnait de grandes espérances au futur saint François de Sales. Le temps qu'il ne passait pas à la chasse, pour lutter contre un asthme dont il était fort incommodé, il le consacrait au maniement de ses affaires, pour lesquelles il montrait une grande compétence. « Il était juste, ne prêtait point l'oreille aux médisances ni aux flatteries de ceux qui l'environnaient ; chaste et ennemi de tout ce qui pouvait ressentir la déshonnêteté[2]. » On ne lui prêtait ni maîtresses, ni bâtards. Une seule imperfection parmi tant de vertus : il tenait ses finances un peu trop serrées et passait pour chiche en bienfaits.

L'amour que lui voua tout d'abord sa jeune épouse ne fut qu'un feu de paille. Leur union étant restée stérile dix ans durant, les observateurs ne purent s'empêcher de faire le lien entre les maternités, qui débutèrent en 1629 avec une fillette, et la présence auprès d'elle d'aimables cavaliers servants. Elle n'allait pas les chercher très loin. Vers 1631, sa liaison avec le comte Philippe San Martino d'Aglié, lieutenant des gardes du duc et neveu d'un important ministre, était de notoriété publique. L'heureux élu, alors âgé de vingt-sept ans, avait grande allure. Courageux jusqu'à la témérité, d'un orgueil teinté de présomption, rebelle à toute forme de soumission, il avait les qualités et les défauts des jeunes gens de sa classe et de son âge. Qu'on l'aimât ou qu'on le détestât, nul ne songeait à contester son extraordinaire beauté. Il parut à l'évidence plus dangereux que ses prédécesseurs[3].

À la fin de cette année-là, le Père Monod, un jésuite savoyard, confesseur attitré de Victor-Amédée, profita d'un séjour à Paris pour en glisser un mot à Richelieu. Il en fut pour ses frais. Le cardinal vit dans ses révélations les calomnies d'un « méchant esprit » dont il fallait se garder « comme d'un serpent venimeux ». Mais au mois de mai suivant, alors qu'on savait la jeune femme enceinte, une lettre de l'ambassadeur à Turin, Abel Servien, apporta aux dires du jésuite de croustillantes confirmations : « Les déportements de Philippe deviennent tous les jours plus scandaleux ; non seulement il fait publiquement l'amoureux de Madame, mais le fait avec insolence [...]. Il passe presque toutes les soirées à la vue de tout le monde pour aller trouver Madame dans un petit cabinet reculé où il demeure avec elle des trois heures par intervalle... » Mais Servien fournissait aussi une information qui manquait au rapport du Père Monod : celui-ci était lui-même « le confident du comte Philippe et l'entremetteur de ses amours ». Le secret de ce double jeu ? Il fallait le chercher dans les arrière-pensées du cardinal Maurice, pour qui travaillait le bon Père. Maurice, frère puîné de Victor-Amédée, entré dans l'Église sans vocation, se résignait mal à son rôle de cadet. Il restait l'héritier désigné tant que le duc n'avait pas de fils. Et s'il lui en venait ? À défaut de pouvoir contrarier les amours de la duchesse, les encourager permettrait de jeter le doute sur la légitimité de ses enfants. Servien n'hésite pas à écrire en effet : « Le peuple dans Turin en discute ouvertement et le prince-cardinal fomente ces bruits pour un très mauvais dessein, n'épargnant, lui ni les siens, aucun artifice pour rendre la grossesse de Madame suspecte. »

Cette lettre jeta la consternation à Paris. La réaction du très puritain Louis XIII risquait d'être vive. Or un scandale pouvait porter un coup sérieux à l'alliance franco-savoyarde, dont Chrétienne était un des garants. Richelieu consulta Mazarin, expert en affaires savoyardes, qui se trouvait de passage en France. Le premier mouvement de celui-ci, d'ordinaire si maître de lui, fut une vive colère – non point contre la duchesse, mais contre les informateurs indiscrets. Il avait lui-même trop fréquenté la cour de Turin pour avoir la moindre illusion. Il avait été témoin, à travers des amis comme Toiras, des amours qui s'y nouaient. On y était gai, on y était heureux, on allait de fête en fête dès que revenait la paix. Et puisque Victor-Amédée mûrissant semblait s'en accommoder, était-il nécessaire d'y imposer un ordre moral générateur de tensions ? Tant que la jeunesse s'amuse, elle ne fait pas de politique.

D'autre part, il était l'ami du couple ducal. Il les aimait tous deux et tous deux l'aimaient. Il n'avait nulle envie d'avoir à choisir entre eux. Au nom de quoi l'eût-il fait d'ailleurs ? Son aptitude, si rare, à se mettre à la place d'autrui, a pu lui inspirer pour l'un comme pour l'autre une certaine compassion. Pour une jeune femme vive et rieuse, trop tôt mariée avec un homme très pondéré, du genre éteignoir. Pour Victor-Amédée surtout, voué au rôle de mari trompé, sans mériter le ridicule qui s'attache d'ordinaire à cet état. Car il ne laissait rien paraître de ses sentiments intimes. N'a-t-il vraiment rien vu, comme le croit Servien, l'entendant se réjouir que le comte Philippe contribuât à maintenir Madame en bonne humeur ? Une pareille cécité défie la vraisemblance. N'est-il pas plus probable que, se sachant hors d'état de répondre aux ardeurs de son épouse, il ait choisi le silence, par charité et par pudeur à la fois ? De plus, comment supportait-il l'absence de fils ? Il n'aurait pas été le premier souverain à préférer avoir comme héritier un enfant peut-être adultérin mais passant pour sien, plutôt qu'un frère jaloux appliqué à lui nuire. Autant de questions que Mazarin s'est peut-être posées ; mais il a gardé pour lui les réponses. Une chose est sûre, il ne voulait faire de peine ni à l'un, ni à l'autre, et a tenté de les protéger.

Il avait donc rassuré Richelieu après les révélations du Père Monod : ce n'étaient que calomnies. Et voilà que Servien réduisait à néant tous ses efforts pour défendre la vertu de la duchesse : « Considérez quelle est mon affliction quand, après avoir écarté la mauvaise idée qu'on s'était formée ici injustement de Madame, je vois arriver chaque jour des avis qui détruisent tout ce que je puis dire pour son service [....]. Le cœur m'en crève. » Il en discuta avec Richelieu, qui tomba d'accord sur la nécessité de sauver les apparences. Contre toute évidence, le cardinal rabroua un officier savoyard qui se permettait de proférer sur elle « des infamies » : « Tant s'en faut que j'ose les écouter, je ne voudrais pour rien au monde les penser ! » Le mot d'ordre officiel fut : silence. Il fit passer cependant un avertissement discret à la coupable, l'invitant à plus de prudence. Mais il voua une rancune solide au jésuite, impénitent pêcheur en eaux troubles. Il parviendra un peu plus tard à le faire emprisonner dans le vieux château féodal de Miolans, près de Montmélian. La duchesse bénéficia de cinq années de répit. La situation se normalisa. Comme elle restait fidèle au comte Philippe, les ragots, privés d'inédit, se tarirent. Elle mit au monde deux fils et deux filles, sur l'origine desquels planaient des doutes, mais pas de certitudes.

Turbulences politiques en Savoie

La mort brutale de Victor-Amédée, le 7 octobre 1637, vint bouleverser ce paisible état de choses et mettre à mal l'orientation politique de la Savoie. Le petit François-Hyacinthe ayant tout juste cinq ans, la duchesse fut proclamée régente. Sur le moment, elle ne rencontra pas d'opposition chez les deux frères du défunt. Plutôt que de végéter sans avenir dans son pays natal, le plus jeune, le prince Thomas de Savoie-Carignan, optant pour le métier des armes, avait, comme beaucoup de cadets, choisi d'aller chercher fortune auprès d'un souverain étranger. Passé au service de l'Espagne en 1634, il était devenu un de ses plus brillants capitaines, contribuant notamment à la victoire de Corbie. Le cardinal Maurice n'intervint pas. Il jugea préférable de détacher d'abord la duchesse de la France.

L'éventail politique du duché comportait alors trois groupes principaux, les partisans de la France, ceux de l'Espagne et, entre les deux, ceux qui se nommaient les Piémontais, patriotes nostalgiques du temps où la Savoie était indépendante et qui préconisaient le retour à une stricte neutralité. Victor-Amédée avait imposé l'option française. Les conditions de sa mort invitaient à se poser des questions. Il avait succombé, ainsi que son bras droit le comte de Verruë, à de violents malaises consécutifs à un même repas. On parla, bien sûr, de poison. On soupçonna même, contre toute vraisemblance, la duchesse et son amant : pourquoi donc auraient-ils supprimé un mari aussi bienveillant ? Si poison il y avait, il fallait plutôt chercher du côté du parti hispanophile. Mais en tout état de cause, cette disparition rendait impossible la poursuite des opérations militaires engagées dans le cadre du traité de Rivoli.

Parmi les « Piémontais » figurait au premier chef Philippe d'Aglié. Dès avant la mort de Victor-Amédée, Mazarin avait senti se modifier le climat à la cour de Turin. Sous l'influence de son amant, Chrétienne dénonçait l'alignement docile de la Savoie sur la France. Une fois régente, elle s'orienta résolument vers la neutralité, poursuivant au grand jour avec le comte une liaison qui finissait par prendre des allures conjugales. Hélas, la mort à l'âge de six ans du petit François-Hyacinthe, presque jour pour jour après celle de son père, réveilla les ambitions de ses deux oncles. Entre le cardinal Maurice et le pouvoir ne s'interposait plus qu'un frêle bambin de quatre ans, Charles-Emmanuel II. Contrairement à Chrétienne et à Philippe, qui croyaient sincèrement à leurs rêves d'indépendance, Maurice attendait pour prendre parti de voir dans quel sens tournerait le vent. Et en 1639, il tourna visiblement à l'avantage des Espagnols. Le prince Thomas mena leurs troupes à l'assaut de la Savoie. Tandis qu'il enlevait une à une les places fortes savoyardes, Maurice occupa le comté de Nice.

Chrétienne, aux abois, demanda de l'aide à la France, mais refusa d'ouvrir ses places à l'armée de secours. Le 27 juillet, le prince Thomas s'empara de la ville de Turin, sans parvenir à déloger de la citadelle la garnison française restée aux ordres de la duchesse. Celle-ci s'en évada grâce à la hardiesse de Philippe qui, à la tête de ses gardes, lui fit franchir les lignes espagnoles et la conduisit à Chambéry, où elle rejoignit son fils. Au mois de septembre, elle eut à Grenoble une entrevue orageuse avec son frère Louis XIII. Elle défendit pied à pied son autonomie, à la grande colère de Richelieu, dont la misogynie naturelle s'en trouva confortée. Il est vrai qu'il exigeait, en garantie de son assentiment au plan de reconquête qu'il proposait, qu'elle confiât à la France la garde de son fils, selon un usage fort répréhensible, mais très répandu : le prince Thomas, par exemple, avait dû envoyer femme et enfants à Madrid. Prévoyante, Chrétienne avait placé le petit garçon en sûreté dans la citadelle de Montmélian. Elle refusa d'en faire un otage. Richelieu, cependant, ne pouvait se borner à maudire l'influence pernicieuse du beau Philippe. Il fallait arracher la Savoie aux griffes des Espagnols et l'amarrer de nouveau à la France. C'est à la phase finale de l'opération qu'il employa Mazarin.

Les troupes françaises, commandées par le comte d'Harcourt, avaient fini par gagner du terrain. Dans l'été de 1640, elles se trouvaient devant Turin. Situation curieuse : les Français tenaient toujours la citadelle, formidable construction du temps d'Emmanuel-Philibert ; le prince Thomas était maître de la ville et d'Harcourt l'assiégeait, tandis que le gouverneur espagnol du Milanais, n'ayant pu percer les lignes françaises, se contentait, sans grands moyens, d'assiéger les assiégeants. Mazarin quitta Paris le 16 septembre, à bride abattue, porteur des dernières instructions du cardinal : prendre la ville, certes, mais aussi capturer le prince Thomas. Mais lorsqu'il arriva, le 25, la ville était prise depuis cinq jours et le prince, envolé, s'était enfermé dans sa place forte d'Ivrea. Tout en engageant avec lui d'épineux marchandages, Mazarin s'occupait, dans le plus grand secret, de rétablir l'autorité de Chrétienne à Turin. Elle n'en menait pas large le jour où elle y fit son entrée. « Le peuple m'acclamera-t-il ? – Je n'en sais rien, Madame, répondit-il, mais il nous faudra trouver bon tout ce qu'il lui plaira de crier[4]. »

Le peuple, satisfait d'être libéré, se montra bon enfant et la ville se prépara gaiement aux fêtes de fin d'année. Mais la Saint-Sylvestre n'en fut pas une pour tout le monde. Une déplaisante corvée attendait Mazarin : l'arrestation de Philippe d'Aglié. Il avait tenté de plaider sa cause auprès de Richelieu, mais s'était heurté à un mur : Chrétienne devait être séparée de son amant, tenu responsable de sa « mauvaise conduite passée ». Le 31 décembre, Philippe répondit sans défiance à l'invitation d'un colonel français. Lorsque vers minuit, dans les vapeurs d'un repas généreusement arrosé, il se vit entouré de soldats en armes, il n'opposa aucune résistance. Il fut conduit à Pignerol, d'où on l'expédia ensuite vers la France.

C'est encore Mazarin qui, courageusement, se chargea d'annoncer la nouvelle à la duchesse. La scène fut déchirante. Elle supplia, sanglota, s'effondra. « Si vous voyiez, écrivit-il à Chavigny, comme Madame est réduite et comme elle a changé de visage, elle vous ferait compassion. Elle n'a point encore quitté le lit et avec tout l'effort qu'elle fait, elle ne peut s'empêcher de pleurer à tout moment. » Mais il en aurait fallu davantage pour apitoyer Richelieu, persuadé qu'une femme est aisément consolable. Et celle-là lui donna raison. Dès le lendemain, le sens de sa dignité reprit le dessus, stimulé peut-être par la perspective d'une gratification propre à remédier à « l'extrême misère » à laquelle elle se trouvait réduite : « Elle ne peut vivre sans l'assistance du roi, écrit encore Mazarin [...]. Si elle se comporte bien, comme elle témoigne jusqu'à cette heure de vouloir faire, je lui donnerai quelque argent comptant, sans excéder toutefois la somme que vous m'écrivez avoir été destinée pour ladite gratification. » Elle se comporta très bien, elle répondit à l'appel de détresse de son amant par une invitation à supporter courageusement l'épreuve, en lui promettant de lui être toujours « bonne maîtresse et amie ». Quant à attendre son retour, il ne fallait pas trop en demander à cette digne fille d'Henri IV.

Le beau Philippe, traité à Vincennes « avec beaucoup de civilité », ne put en sortir qu'à la mort du cardinal. La duchesse ne tenait pas rigueur à Mazarin d'avoir supervisé son arrestation. Il put se faire gloire de sa libération en lui annonçant la nouvelle. Il savait sûrement que l'absent avait été remplacé par un autre galant plus jeune, le comte Tana. Mais il comptait sur l'aimable licence de la cour de Turin pour apaiser le premier mouvement de colère de l'amant délaissé. Lorsque Philippe rentra, la duchesse ne renoua pas avec lui, mais le combla d'honneurs et de charges. Il ne se maria pas, par fidélité envers elle, selon les sentimentaux, ou par manque de confiance dans les femmes, selon les sceptiques. Mais elle ne renia pas son amour passé, puisque, comme le note avec humour Georges Dethan, elle le coucha sur son testament en compagnie du comte Tana.

Mazarin eût aimé rencontrer chez le prince Thomas la même facilité d'humeur. Il lui dut le seul échec – heureusement provisoire – de sa complexe mission. Sous le coup de la perte de Turin, le prince avait d'abord cédé. Il quitterait le service de l'Espagne pour celui de la France. Il s'était engagé à aller à Paris, dans les trois mois, pour rendre hommage à Louis XIII. Mais il louvoyait, il invoquait les risques – au demeurant très réels – pesant sur le rapatriement de sa famille retenue en otage à Madrid. Comme son frère Maurice, qui négociait lui aussi, il gardait un œil sur l'évolution de la guerre. En dépit des revers espagnols, il jeta brusquement le masque au début mars et Richelieu riposta aussitôt. Ses consignes – mainmise intégrale sur le duché de Savoie, épuration politique dans l'entourage de Madame, mise en défense des principales places – trouvèrent Mazarin déjà à pied d'œuvre, au moins sur ce dernier point. Et le vainqueur de La Rochelle tentait de le piquer d'émulation en lui suggérant d'aller s'emparer d'Ivrea : « Vous avez trop d'ambition de paraître aussi singulier en l'art militaire comme vous l'êtes en toute autre chose pour perdre une occasion si avantageuse au service du roi et à votre réputation. »

Mazarin ne se borna pas à organiser l'intendance. Il paya de sa personne à Ivrea, s'abstenant, en tant que clerc, de porter les armes, mais dirigeant les opérations en plein cœur de la mitraille. Accrochée aux flancs des montagnes avoisinantes, la place, très bien fortifiée, était quasiment inexpugnable. Deux bons mois, de la mi-mars à la mi-mai, se passèrent en assauts infructueux. L'arrivée d'une troupe espagnole de secours obligea les Français à lever le siège. La déception fut rude pour Mazarin. L'épisode avait réveillé en lui un désir de gloire militaire depuis longtemps refoulé. Il ne manquera pas, lorsque les frondeurs l'accuseront de couardise, de faire rappeler les risques pris à Ivrea, qui valaient bien à ses yeux ceux de Casal.

Il repartit pour Paris le 22 mai, après huit mois d'absence, sous le poids d'un échec. Il avait tort. D'abord, il pouvait porter à son actif un succès : il avait au passage réussi à convaincre le prince de Monaco de chasser sa garnison espagnole et de se placer sous la protection de la France. D'autre part, les négociations ébauchées par lui en Savoie portèrent leurs fruits deux ans plus tard. Le prince Thomas s'engagea pour de bon dans l'alliance française, exerçant dorénavant contre les Espagnols ses talents de capitaine. À quarante-neuf ans, le cardinal Maurice renonça à la pourpre pour épouser l'aînée de ses nièces, qui en avait treize. Par là, il coupait court à toute tentative pour lui opposer, en cas du décès du petit Charles-Emmanuel, le droit des femmes à la succession*. Précaution inutile. L'enfant survécut et par lui se perpétua la maison de Savoie. Maurice vieillit paisiblement, sans avoir régné ni procréé, sous le ciel clément du comté de Nice. Quant à Chrétienne, elle avait pris goût au pouvoir. Pour se l'assurer, elle fit proclamer son fils majeur dès quatorze ans et, s'étant attribué le gouvernement et la lieutenance générale de Savoie, elle continua de participer activement aux affaires. Comment aurait-elle pu imaginer, lorsqu'ils se séparèrent en mai 1640, qu'elle retrouverait Mazarin, près de vingt ans plus tard, dans le rôle qu'avait alors rempli le redoutable Richelieu ?

« *Une fantaisie extravagante* »

Dès son arrivée à Paris au début de 1640, Mazarin, fort de l'appui de la France et plein de confiance en sa bonne étoile, s'est occupé de se trouver un point de chute à Rome, pour le jour où il y reviendrait vêtu de la cape rouge. Il ne pense pas seulement à lui, mais à ses parents. Un candidat à la pourpre peut-il les laisser errer de domicile en domicile ? L'urgence est d'autant plus

* Le droit successoral savoyard hésitait entre l'application de la loi salique, à la française, qui excluait les femmes, et la pratique en usage dans la plupart des autres pays, qui, en l'absence de fils, donnait priorité aux filles sur les collatéraux.

grande que leur ménage bat de l'aile. Inutile de chercher des causes précises à ce qui est l'aboutissement de déceptions accumulées. L'entêtement qu'Hortensia met à repousser pour sa fille Cleria tous les partis avantageux qu'on propose, son désir de lui faire épouser un homme qui lui plaise, qui la rende heureuse, sont révélateurs de son propre sentiment d'échec. Or, voici qu'au printemps de 1640, l'occasion se présente de mettre fin décemment, vu son âge, à une vie commune qui lui pèse. Le départ de Giulio les amenant à déménager, le cardinal Antoine a mis à leur disposition dans les annexes de son palais une partie du *casino** occupé par les Martinozzi. Hortensia refuse d'y suivre son mari, « sous prétexte de l'air qui lui fait mal, bien qu'elle ne l'ait jamais éprouvé », persifle celui-ci. Elle invoque aussi la pente à monter pour son cœur qu'on dit fragile. Mais Pietro n'est pas dupe : « On peut accepter qu'elle aille chez les Mancini demeurer avec sa fille, bien que cela ne plaise pas à tous[5]. » Elle retourne chez les siens, elle retrouve auprès d'eux sa vraie famille. Et puis, elle sera proche de ses petits-enfants. Du côté Martinozzi, il n'y a que deux fillettes et Margarita ayant perdu son mari, il n'y en aura pas d'autres. Du côté Mancini, Girolama lui en donne un ponctuellement tous les ans. Surtout des filles, à vrai dire – toujours plus de filles que de garçons, comme pour elle. Mais il y a tout de même parmi eux un petit Paolo, en qui elle croit voir revivre son Giulio au même âge.

Que ses parents le veuillent ou non, Mazarin restait bien décidé à acquérir une demeure digne de son rang. Il chargea de la prospection l'abbé Elpidio Benedetti, son secrétaire lors de la nonciature extraordinaire, qu'il

* Un *casino* est une de ces petites maisons où les propriétaires de palais logeaient leurs hôtes ou les plus importants de leurs serviteurs.

avait placé à Rome pour s'occuper discrètement de ses affaires. Lorsqu'il apprit que le palais Bentivoglio était à vendre, il s'enfiévra. Il le connaissait bien, ce palais ! Enfant, il l'avait vu sortir de terre, tout près de chez lui. Construit par des architectes en renom pour Scipion Borghèse – alors surintendant de l'État ecclésiastique –, il occupait sur la face sud-ouest du Quirinal, à deux pas de celui des papes, l'emplacement des anciens thermes de Constantin. Il tenait à la fois de la résidence urbaine par sa taille et de la villa estivale par ses vastes jardins en terrasses qu'animaient des fontaines. Après la mort du pape Paul V, les Borghèse, possédant déjà palais dans le Borgo et villa sur le Pincio, l'avaient cédé au cardinal Bentivoglio et Mazarin, familier de ses réceptions, avait pu en admirer la décoration intérieure, dont une fresque du Guide, et la fameuse galerie de tableaux patiemment enrichie par le nouveau maître des lieux. Le cardinal était mort, la famille avait besoin d'argent. Voici que tout était à vendre, murs et contenu, à bon compte, car les crédits consentis pour l'achat n'étaient pas encore couverts.

À la vue des dessins envoyés par Benedetti, Mazarin n'y tint plus. Martinozzi, aussitôt chargé, avec un autre ami, des démarches nécessaires, le crut tombé sur la tête : « Ce palais est le plus beau de Rome, mais à vrai dire c'est plutôt celui d'un grand cardinal que celui d'un prélat, si plein de qualités soit-il. » Mieux valait attendre d'être promu. « Je vous parle avec une liberté de père, car telle est l'affection que je vous porte », disait-il pour l'empêcher de commettre cette sottise. Urbain VIII n'allait-il pas y voir une provocation de plus ? Il n'osa pas le dire, mais il le pensait. Rien ne pressait, insista-t-il : grevé par les indispensables travaux, le prix, même relativement avantageux, avait de quoi décourager les amateurs.

Eh bien si, pourtant, il y avait sur les rangs un autre acheteur, le duc de Parme, Odoardo Farnèse, qui songeait à y implanter son ambassade. Un litige territorial l'opposait alors au Saint-Siège, assez sérieux pour qu'il en découle bientôt une guerre. Les Barberini n'hésitent pas. Entre deux maux, il faut choisir le moindre. Tout plutôt que d'avoir dans leur voisinage immédiat un nid d'espions à la solde de leur ennemi. Ils voient donc d'un bon œil le projet pour lequel Mazarin sollicite respectueusement leur accord. Tout alla très vite. Le contrat fut signé le 23 mars 1641 par les soins de Martinozzi. Ne cherchons pas à savoir au juste comment fut payé le palais. Un montage financier d'une extrême complexité transférait sur Mazarin les dettes des Bentivoglio, qu'il s'engageait à régler, non pas comptant, mais sous forme de rentes. Le reste était prêté par des amis, notamment Martinozzi, que la bonne volonté du pontife avait sans doute réconcilié avec le projet.

Jamais Mazarin ne s'est senti aussi profondément romain que depuis qu'il a dû fuir la ville : « Je prétends vivre et mourir à Rome », écrit-il à son ami Bichi en juillet 1640. Mais, objectera-t-on, n'était-il pas « naturalisé » français depuis plus d'un an? En avril 1639 lui avaient été accordées en effet des « lettres de naturalité » l'autorisant à détenir des bénéfices et dignités ecclésiastiques dans tous les pays relevant du roi de France. Certes. Mais c'est un grave anachronisme d'y voir ce que nous appelons une naturalisation. Impossible d'entrer ici dans le détail de la démonstration très technique menée sur ce point par Madeleine Laurain-Portemer[6]. Disons seulement que les « lettres » en question, indispensables au regard du droit français pour que le roi pût rémunérer sous forme de biens d'Église les services d'un étranger, n'impliquaient nullement que celui-ci renonçât à son pays d'origine. Mazarin est certes devenu français de cœur – « les déclarations des Espagnols m'ont canonisé français », plaisante-t-il – mais légalement il reste sujet du Saint-Père et se tient pour tel, et il est perçu en France, même par ses amis, comme un « étranger ».

L'achat du palais Bentivoglio s'explique mieux si on le situe dans le cadre d'une relation affective profonde avec sa ville, marquée par des réactions d'amoureux déçu. C'est une revanche sur tous ceux qui l'ont vu partir l'oreille basse, quand on le jugeait perdu, en même temps qu'un défi lancé à ses ennemis potentiels. Il s'est fait plaisir. Mais il a aussi tenté et réussi une remarquable opération politique. « J'estime moi-même extravagante la fantaisie que j'ai d'acheter le palais des Bentivoglio, écrit-il un peu plus tard à Bichi. Mais, servant un grand roi et jouissant de la protection de Son Excellence le Cardinal-Duc, je crois ne pas devoir entreprendre des choses ordinaires. Ajoutez à cette raison le désir fou que j'ai toujours eu d'avoir avant de mourir un beau palais comme celui des Bentivoglio. » En se comportant par avance en cardinal, il bluffe, comme seul un joueur hardi peut oser le faire. Mais contrairement à ce que pense le prudent Martinozzi, ce bluff, loin de compromettre sa promotion, la sert, puisqu'il lui permet de faire sonner haut et fort les puissantes protections dont il jouit et de les inscrire en quelque sorte sur le sol même de l'Urbs.

Le destin est fertile en surprises. Ce palais, désormais sien, non seulement il ne l'habitera jamais, mais il ne le verra même pas. Peu importe. À défaut de ses parents réunis, il y installe son père et son fidèle Benedetti, chargé de garder ses papiers, ses archives, tout ce qu'il n'a pu emporter et, au fil des ans, tout ce qu'il voudra mettre à l'abri. Plutôt mal que bien, Pietro le représente. L'essentiel est qu'il soit là, dans le palais qui porte maintenant leur nom, signe visible d'une réussite éclatante. Voit-il dans cette demeure une position de repli en cas de coup dur, un refuge ? C'est probable. Mais l'attachement qu'il lui porte est plus profond. Lui qui n'a jamais eu de demeure fixe, ni dans sa jeunesse, ni au cours de ses voyages, qui n'a jamais possédé de maison à lui, tient passionnément à ce palais qui l'a fait rêver enfant et qu'il a conquis. Le conserver, le réparer, l'embellir, ce sera maintenir vivant et irriguer, par-delà la distance, le cordon ombilical qui le relie à sa ville originelle – une fonction d'ordre fantasmatique, peut-être d'autant mieux remplie qu'il ne l'a pas revu. Lui ont été épargnés les chantiers, les gravats, la terre retournée, puis la lente érosion infligée par le temps qui passe. Son palais est resté pour lui à jamais, « le plus beau de Rome », inégalable aux yeux du souvenir*.

Le cardinalat

En fait, l'achat du palais Bentivoglio n'était pas un coup de bluff totalement irréaliste. Il reposait sur quelques atouts solides. Certes Urbain VIII en voulait encore à l'indocile qui le bravait, renâclant à prendre les ordres sacrés en dépit de sa énième injonction, lorsqu'il avait entériné la commende de l'abbaye de Saint-Médard de Soissons que Louis XIII lui avait attribuée. Mais il n'était pas mécontent de l'avoir vu rétablir l'ordre en Savoie et en chasser les Espagnols. Peu à peu, il se rassurait. Le transfuge, loin de faire tout le mal qu'on pouvait craindre, jouait un rôle modérateur. Il savait qu'il ne pourrait pas indéfiniment lui refuser le

* On peut encore le voir, dans la rue du 24 mai, sous le nom de palazzo Rospigliosi.

chapeau et, tout au fond de lui-même, il ne l'en jugeait pas indigne. Mais il ne parvenait pas à s'y résoudre pour deux raisons, l'une de politique interne, l'autre tenant au contentieux qui l'opposait à la France.

Au fil des années, les rangs du Sacré Collège s'éclaircissaient. Il devenait urgent d'en assurer le renouvellement. Urbain VIII n'échapperait pas aux sollicitations des deux couronnes rivales. Mais des deux candidats proposés, celui de l'Espagne, l'abbé Peretti, lui déplaisait plus encore que Mazarin. Impossible de n'en nommer qu'un, équilibre politique oblige. Ah ! si Madrid consentait à retirer Peretti, il pourrait aussi écarter le protégé de Paris ! Mais Philippe IV, aussi obstiné que Louis XIII quand son prestige était en jeu, refusa d'abandonner celui pour qui il s'était déclaré publiquement. Il aimait encore mieux voir Mazarin cardinal que de se dédire. De sorte que celui-ci reçut par ricochet l'appui de ses pires ennemis. Et le pape, lui, ne parvenait pas à se décider.

Il ne manquait d'ailleurs pas d'autres motifs pour atermoyer. Les relations entre Rome et la France, qui se dégradaient depuis longtemps, sont si détestables, après l'affaire Rouvray*, qu'on frôle la rupture diplomatique. Le pape n'est plus représenté à Paris, puisqu'il n'a pas consenti à y nommer Mazarin. Alors il y expédie un nonce extraordinaire sous prétexte de plaider la cause de la paix, avec l'espoir que celui-ci parviendra à s'imposer comme nonce en titre. La ruse est un peu grosse. Richelieu la détourne à son profit. Il se sert de Scotti pour faire monter la pression en lui infligeant mille avanies. Le roi refuse de le recevoir. Qu'il s'en tienne à sa mission ! On le cantonne dans de vains entretiens sur la paix avec le secrétaire d'État

---

* Voir chapitre 4, p. 169.

aux affaires étrangères, Chavigny. Il en sera ainsi, lui dit-on, tant que Rome n'aura pas fait amende honorable pour l'insulte infligée à la France à travers son ambassadeur, et tant que son candidat ne sera pas cardinal. Exclu de la cour et de toutes les cérémonies officielles, traité en pestiféré, le malheureux ne rencontre un peu de compassion qu'auprès du responsable de ses ennuis, Mazarin ! Celui-ci lui communique des informations qui lui permettent de faire bonne figure auprès de la Curie. Il s'efforce de mettre un peu de baume sur ses plaies et parvient à apporter quelques adoucissements à son sort. Soyons honnêtes, cette compassion n'est pas désintéressée. À Richelieu le rôle du croque-mitaine. Mazarin, lui, peut ainsi, par contraste, prouver au pape sa bonne volonté, son esprit conciliant, sa dextérité dans l'art d'arrondir les angles et d'apaiser les conflits. Scotti, conquis, ne cesse de chanter ses mérites dans les rapports qu'il envoie à Rome. Comme, entre-temps, grâce à ses suggestions, un compromis a été trouvé sur l'affaire Rouvray, on peut dire que Mazarin a presque retrouvé la confiance de ses anciens patrons. La première partie de la manœuvre est un plein succès – sauf pour Scotti, qui doit quitter Paris sans avoir obtenu la nonciature en titre et voit donc s'envoler ses rêves de chapeau.

Le reste de la partie se joue directement entre Louis XIII et le pape. Mazarin en est toujours l'enjeu, mais il n'y intervient pas. L'épreuve de force porte sur leurs ambassadeurs respectifs. Théoriquement, chaque souverain est libre de désigner les représentants de son choix et reste maître de les maintenir en poste ou de les rappeler. Mais dans la pratique, on tâche de ménager les susceptibilités du pays d'accueil – sauf à vouloir jouer l'intimidation. Avec d'Estrées, ce fut un mauvais calcul. Loin d'en imposer à Urbain VIII, l'irascible maréchal l'exaspère. Acharné à monter en épingle le moindre incident, il réussit à empoisonner le climat partout où il passe. Depuis des années, le pape demande à grands cris qu'on le débarrasse de cet énergumène. La France refuse. Par principe, pour n'avoir pas l'air de céder. Mais aussi parce qu'elle le garde en réserve comme monnaie d'échange, en vue d'un marché très simple : le rappel du maréchal contre la nomination de Mazarin. Sur le fond, les deux parties sont d'accord. Mais qui fera le geste le premier ? Dans ce conflit diplomatique, tout comme à la guerre, proposer la paix passe pour faiblesse. Donc chacun campe sur ses positions.

Bien que le nouveau nonce fût désigné, la situation reste bloquée tout au long de l'année 1641. Les Espagnols se trouvent en difficulté depuis que la révolte des Catalans, suivie de celle des Portugais, a fixé une partie de leurs troupes dans la péninsule. Richelieu, non content d'obtenir la pourpre pour Mazarin, veut profiter de la circonstance pour manifester avec éclat la puissance de la France, au cœur de la chrétienté, dans cette Rome où l'Espagne prétend faire la loi. Ses conditions sont draconiennes : il ne rappellera d'Estrées que lorsque le nouveau nonce, Grimaldi, sera arrivé à Paris. Il consent cependant à indiquer le nom du remplaçant, Fontenay-Mareuil, un homme de bonne compagnie, pondéré et fin. Finalement Grimaldi arrive à Paris au début octobre et son homologue ne parvient à Rome qu'au début novembre.

Richelieu, en matière de prestige, a donc marqué un point. Mais Mazarin n'y a rien gagné dans l'immédiat. Il lui faut encore attendre. Le pontife accueille poliment les instances faites en sa faveur, mais il laisse passer quelques jours, afin de se donner les apparences d'un libre choix. Il tient un consistoire sans nommer personne. Il se barricade de silence. Et Fontenay-

Mareuil, pessimiste, croit la promotion remise aux calendes. Seuls quelques habitués du sérail devinent qu'Urbain VIII prépare un coup de théâtre. En effet, le 16 décembre, sans préavis, voici qu'il proclame une fournée de douze cardinaux. Mazarin est du nombre. En annonçant la nouvelle à Richelieu, l'ambassadeur lui rend un hommage qui veut tout dire : « Vous l'avez aujourd'hui plus fait cardinal que le pape même. »

Il lui restait à se plier à un rituel en deux parties, ordinairement jumelées à Rome, mais qu'on pouvait dissocier le cas échéant. En premier lieu, la remise de la barrette, communément appelée « bonnet », dont la couleur écarlate rappelait le sang du Christ versé pour le salut des hommes et invitait le nouveau promu à se tenir prêt lui aussi au sacrifice. On avait coutume, lorsqu'il n'était pas sur place, de recourir par procuration à la plus importante personnalité catholique du lieu où il se trouvait. Mais il lui fallait ensuite être consacré par le pape. Il s'engageait donc par serment à se rendre *ad limina*, au cours de l'année suivante pour y recevoir des mains du pontife l'anneau cardinalice et le chapeau à larges bords et à glands et pour y subir le rite de l'*occlusio oris* et de l'*apertio oris*, qui le liait au Saint-Siège*. Le bonnet destiné à Mazarin fut apporté en grande pompe à Louis XIII, qui descendait alors la vallée du Rhône pour rejoindre ses troupes guerroyant en Roussillon. Il lui fut remis à Valence, le 26 février 1642. Mais son voyage *ad limina* resta au stade de projet. Toujours reporté en raison des circonstances, il

* Abréviation de *Ad limina Apostolorum* (« Au seuil des Apôtres ») : expression consacrée pour désigner le Saint-Siège. Littéralement *fermeture de la bouche* et *ouverture de la bouche.* Le nouveau cardinal s'engageait d'une part à garder le silence, auprès des tiers, sur les affaires de l'Église, d'autre part à aider le pape de ses conseils quand celui-ci le consulterait.

finira, une fois largement dépassé le délai d'un an, par lui paraître superflu.

C'était le moins formaliste des hommes. Toute règle comportait des exceptions, tout manquement se prêtait à compromis. Il ne détestait pas les situations mal définies, riches de possibilités. Ainsi fut-il un cardinal *a minima*, inclassable dans la hiérarchie, puisqu'il n'avait pas même reçu les ordres mineurs, dépourvu de titre, puisque non rattaché à une église de Rome, privé de l'anneau emblématique de sa dignité, comme l'attestent les portraits où s'étalent ses deux mains, fines, blanches et nues. Mais il possédait l'essentiel, la dignité qui l'égalait aux princes et la cape rouge qui arrêtait le bras des assassins.

L'envers du décor

Au cours des années qui ont précédé l'arrivée de Mazarin en France, Richelieu a eu largement le temps de l'apprécier. À son retour de Savoie, il s'abstient de lui assigner auprès de lui un statut défini, pour pouvoir l'utiliser au coup par coup, dans tous les domaines, selon les besoins. Il tient à lui garder liberté et rapidité de manœuvre et à le maintenir dans une ombre discrète. Il l'affecte tout d'abord à la tâche qu'il avait dû abandonner en catastrophe pour aller éteindre l'incendie piémontais, les négociations pour la paix. Le moment semble bien choisi. Enchaînant victoire sur victoire, la France est en passe de gagner la guerre. Les déboires de l'Espagne devraient inciter celle-ci à plus de souplesse. La paix semble à portée de main. La délégation française prépare son départ pour Münster, où elle compte faire une démonstration de force. Mazarin traînera avec lui une suite de quatre-vingts personnes.

Mais Philippe IV n'est pas prêt à souscrire aux conditions de Richelieu. Pour renverser la situation, il compte sur les troubles intérieurs qui ne peuvent manquer de surgir en France, surtout s'il s'applique à les attiser. La guerre est très impopulaire. Le pays entier souffre d'une formidable pression fiscale. D'où, dans les campagnes, des émeutes frumentaires à la moindre mauvaise récolte, voire des jacqueries organisées. La misère est partout, et pas seulement dans les provinces frontières ravagées par la guerre. Le parti dévot, hispanophile par solidarité catholique, en tire un argument de plus pour condamner une politique qui sacrifie les pauvres gens à de coupables visées impérialistes. Enfin, face aux tentatives répétées pour les mettre au pas, les grands seigneurs, nostalgiques du temps où ils régnaient en maîtres sur leurs domaines, ne décolèrent pas. Loin de les briser, la violence de la répression avive en eux l'esprit de révolte. Les condamnés à mort sont autant de martyrs qui crient vengeance, couvrant ainsi d'un noble déguisement des motivations plus triviales. Le responsable désigné de tout le mal, c'est bien sûr Richelieu, qui tient dans sa main de fer un roi à qui l'on prête les meilleures intentions. Et comme ce roi est mal portant, l'Espagne tâche de s'attacher son successeur putatif.

Rien de tout cela n'est nouveau. Tout le règne de Louis XIII a été empoisonné par l'hypothèque que faisait peser sur l'avenir sa déplorable santé. On n'a jamais cessé de spéculer sur sa succession. Donné plusieurs fois pour perdu, il s'est remis par miracle. Son mariage demeurant stérile des années durant, son frère Gaston*, héritier du trône, et surtout l'entourage de celui-ci furent de la part de Madrid l'objet d'une solli-

* On l'appelle ordinairement *Monsieur* tout court.

citude intéressée. Monsieur, outrageusement gâté par Marie de Médicis, qui le préférait à son aîné, était charmant, mais comme on disait alors « facile ». Agréable à vivre au quotidien, parce que gai, jouisseur, désintéressé, très spirituel, avec une touche de scepticisme, il débordait d'indulgence pour les faiblesses d'autrui, parce qu'il avait assez d'humour pour s'accommoder des siennes propres. Aussi avait-il beaucoup d'amis. Très influençable, il se laissait aisément embarquer à la légère, mais sa nonchalance, son irrésolution et parfois des scrupules tardifs, mais sincères, l'amenaient à reculer. « Il entra dans toutes les affaires, dit le cardinal de Retz, parce qu'il n'avait pas la force de résister à ceux qui l'y entraînaient pour leurs intérêts ; il n'en sortit jamais qu'avec honte, parce qu'il n'avait pas le courage de les soutenir[7]. » Ajoutons que sa qualité de fils de France, le rendant intouchable, contribuait à entretenir en lui l'irresponsabilité. L'âge venant ne l'assagit pas. Incorrigible, il resta le même.

Entre-temps, les données du problème successoral ont changé. Louis XIII a désormais deux héritiers. Au futur Louis XIV, né le 5 septembre 1638, est venu s'ajouter deux ans plus tard un second fils, Philippe. Monsieur voit s'effondrer ses chances d'accéder au trône. Mais, comme la santé du roi et l'âge des enfants laisse prévoir une régence, il espère bien s'y tailler la première place, aux côtés de la reine réduite à la figuration. Il sait que Richelieu tentera de lui faire barrage. Son objectif premier est donc la mise hors jeu du cardinal. Pas par n'importe quel moyen cependant. Il exclut l'assassinat, que préconisent la plupart de ses familiers. La seule ressource reste la disgrâce, à extorquer au roi.

Au printemps de 1641, il se contente de soutenir de ses vœux l'entreprise de son cousin et ami Louis de Bourbon, comte de Soissons, un de ces éternels opposants chez qui les griefs personnels et politiques s'accumulent au fil des échecs. La crainte des sanctions, loin de les décourager, les pousse à la fuite en avant. Mais, prudents, ils prennent soin de se procurer des « places de sûreté » où se replier en cas de danger. Soissons, compromis dans des complots antérieurs, avait trouvé le refuge idéal chez le duc de Bouillon, à Sedan, place forte stratégique au sein d'un territoire indépendant, sur la frontière entre la France et les Pays-Bas espagnols. Sous la lointaine tutelle de l'empereur d'Allemagne, Frédéric-Maurice de La Tour d'Auvergne, d'ancienne noblesse française, en détient la pleine possession, censée lui donner droit au titre de prince. Son père, converti à la Réforme, a été un des compagnons d'Henri IV. Sa mère, Élisabeth de Nassau, est la propre fille de Guillaume d'Orange le Taciturne, héros de l'indépendance des Provinces-Unies. Tandis que son plus jeune frère, le vicomte de Turenne, reste protestant, Bouillon, lui, est revenu au catholicisme en épousant Éléonore de Bergh, issue d'une grande famille des Pays-Bas espagnols. Des deux frères, Mazarin connaît bien le cadet, avec qui il a sympathisé lors des campagnes d'Italie. Il n'aura que trop d'occasions de mieux connaître l'aîné. C'est un personnage redoutable. Intelligent, retors même, et excellent homme de guerre, il a des convictions éclectiques, un sens très vif de ses intérêts, et il ne manque pas de répondants. Il se veut un souverain à part entière et prétend traiter d'égal à égal avec les rois. Et comme il a eu maille à partir avec Louis XIII, il offre aux rebelles de toute sorte le refuge de sa forteresse. Non sans prudence : il n'a rien d'une tête brûlée. En dépit de ses épaisses murailles, sa citadelle n'est pas inexpugnable. Il ne veut donc pas s'exposer à la légère.

En hébergeant et en appuyant le comte de Soissons, il a tout de même pris un risque sérieux. C'est d'une expédition militaire qu'il s'agissait, pour imposer au roi, par les armes, un changement de politique. Une de plus. Avait-il oublié Montmorency* ? Il pensa faire mieux. L'Espagne finança, l'Empereur offrit des troupes. En toute hâte, le roi envoya une armée à la rencontre des princes révoltés. L'affrontement eut lieu le 6 juillet, à La Marfée, près de Sedan. Mazarin, rentré d'Italie, partagea-t-il, « en direct », les émotions de Richelieu ce jour-là ? La cour se trouvait à Péronne lorsqu'un premier courrier y sema la consternation : trois quarts d'heure avaient suffi pour mettre hors de combat l'armée royale. Le comte n'avait plus qu'à marcher sur Paris, il y serait reçu à bras ouverts. Richelieu passa alors cinq ou six des plus mauvais moments de sa vie. Mais à deux heures du matin, un second message vint muer son chagrin en allégresse. Le vainqueur était mort, d'une balle en plein front. Dans quelles circonstances** ? Peu importait. L'entreprise était manquée. Au cours de l'été, les troupes françaises se remirent à grignoter une à une les places protégeant les Pays-Bas. Bientôt la mort du Cardinal-Infant, frère de Philippe IV et d'Anne d'Autriche, vint priver l'Espagne d'un de ses meilleurs généraux. Que faire ? On prend les mêmes – du moins ceux qui survivent – et on recommence. Bouillon, la rage au cœur, a dû faire sa soumission. Mais il tient tou-

* Vaincu, condamné et exécuté en 1632.

** On hésita longtemps entre plusieurs versions. L'accident : Soissons, en relevant la visière de son casque avec son pistolet comme il avait coutume de le faire, fit partir malencontreusement le coup. L'assassinat : un émissaire du cardinal profitant pour l'abattre du désordre suivant la victoire. Mais un témoignage direct propose une troisième solution : ayant déjà relevé sa visière après la victoire, c'est en poursuivant un groupe d'ennemis en fuite qu'il aurait reçu le coup de mousquet fatal.

jours Sedan. Et Gaston d'Orléans, désespéré de l'échec de son ami Soissons, pourrait bien se montrer sensible aux sirènes espagnoles. Richelieu sait que les conjurations sont une hydre sans cesse renaissante, dont il n'est pas encore défait.

Est-il urgent, dans ces conditions, d'envoyer Mazarin perdre son temps à Münster pour débattre de la paix ? Pour l'instant, les nouvelles de Rome imposent pour lui un autre emploi. Urbain VIII, âgé de soixante-treize ans, baisse à vue d'œil. S'il doit mourir, mieux vaudrait que le nouveau cardinal se trouve sur place, dès avant l'ouverture du conclave, pour y défendre les intérêts français. Sa venue n'éveillera aucune méfiance, puisqu'il dispose d'un excellent prétexte : une fois reçu le bonnet, il lui faut aller chercher son chapeau. La descente vers le sud, via Valence, n'est que la première étape du trajet qui, de Marseille, doit le conduire jusqu'à Rome.

Mais à la mi-avril, il n'est plus question de départ. Mazarin s'est arrêté à Narbonne, au chevet de Richelieu gravement malade. À cinquante-sept ans, celui-ci est usé par le travail, les fatigues, la tension nerveuse surtout, qui ne lui laisse pas de relâche. Son corps craque de toutes parts. En ce printemps de 1642, il souffre d'abcès récurrents aux bras, que les médecins incisent tour à tour, au prix de vives souffrances, sans autre résultat que d'entretenir l'infection. Chaque fois que la nature se charge d'évacuer elle-même les « humeurs malignes », autrement dit lorsque l'abcès perce spontanément, on croit à la guérison. Hélas, ce ne sont que des phases de rémission, jusqu'à la prochaine crise. On l'incite à se reposer. Mais comment trouver la paix de l'esprit dans le climat de fin de règne qui prévaut désormais ? Avec le roi, qui lui aussi semble à bout de souffle, ses relations s'enveniment et, autour d'eux, les grandes manœuvres pour la succession ont commencé. La

France n'est plus celle que Mazarin imaginait d'après les souvenirs de sa nonciature extraordinaire. Il croyait quitter « l'enfer » des coups fourrés à la romaine pour trouver enfin le « paradis » au service d'un patron puissant, solide, sûr de lui, en plein accord avec un roi respecté. Le voici transformé en garde-malade auprès de deux écorchés vifs qui ne peuvent plus se supporter. La dernière conjuration du règne, celle de Cinq-Mars, l'expose au premier rang, pris entre Louis XIII et Richelieu, dans la lutte sourde qui a pour enjeu, par-delà la survie de celui-ci, l'avenir même du pays.

Cinq-Mars ou le danger des liaisons

Les ennemis de Richelieu n'avaient pas désarmé. À peine prononcée l'amnistie de Bouillon, ils mettaient sur le métier de nouvelles trames. Les comparses, rescapés des complots antérieurs, rêvaient d'une action décisive, faute de quoi ils se sentiraient toujours menacés. Mais, échaudés par les échecs répétés des entreprises militaires, ils voulurent abattre le cardinal de l'intérieur. Les circonstances s'y prêtaient. Depuis des mois, la mésentente couvait entre le roi et son ministre, entretenue par les incartades du dernier favori en titre. Louis XIII était un homme compliqué, tourmenté, scrupuleux, mal dans sa peau. Il souffrait très sincèrement des épreuves infligées à son peuple par la guerre. Il n'avait cessé de se reprocher l'exil imposé à sa mère et il en voulait à Richelieu d'avoir été l'occasion de leur rupture*. Il regorgeait de ce que nous appelons aujourd'hui des complexes. Tenant très fort à son autorité, mais

* L'annonce de sa mort, survenue le 3 juillet, lui vaudra une recrudescence de remords.

conscient qu'il n'était pas capable de l'exercer seul, il savait très bien qu'il ne pouvait ni ne devait se priver d'un ministre dont il mesurait les immenses services, mais il supportait avec peine son ascendant, qui, de plus en plus dégagé des formes propres à le déguiser, tendait à apparaître dans sa brutale nudité. Seul l'esprit avait part aux liens qui les unissaient. Pas le cœur. Il y avait entre eux de la confiance, mais d'amitié, point.

Or le roi avait éperdument besoin d'affection. Il méprisait et haïssait son épouse. Une pruderie exacerbée, jointe à des pulsions homosexuelles qu'il s'efforçait de refouler, l'avait poussé vers des amitiés amoureuses ambiguës, où se mêlaient de sa part candeur et suspicion, confiance abandonnée et despotisme. Louise de La Fayette, tendre et aimante, avait plaidé auprès de lui les thèses des dévots. Sa remplaçante, Marie de Hautefort, impérieuse et caustique, avait pris ostensiblement le parti de la reine. Désespérant d'obtenir d'une femme la docilité souhaitée, Richelieu crut habile de lancer dans les bras du roi un jeune homme qui lui devrait tout. À dix-huit ans, Henri d'Effiat, marquis de Cinq-Mars, était beau comme un jeune dieu, mais de médiocre noblesse et dépourvu de fortune. Il repoussa d'abord le marché proposé, répéter au cardinal les confidences du roi et tenter d'influencer celui-ci dans le sens requis. Il n'y consentit que sur l'ordre exprès de sa mère veuve.

Le voici donc pourvu de la charge de grand-maître de la garde-robe. En contact quotidien avec le roi, il lui apporte une bouffée de jeunesse, de gaieté, de vie et lui inspire une amitié qui se transforme vite en une passion d'autant plus violente qu'elle n'est pas partagée. Laissons aux biographes de Louis XIII le soin de déterminer jusqu'où allèrent les caresses qu'il lui imposa. Ce qui importe ici est que cette passion fut bientôt la fable de la cour. Le bruit s'en était répandu largement. Il avait même atteint Avignon, au temps où Mazarin s'y morfondait, grâce aux potins dont Chavigny agrémentait ses lettres. Le favori a bientôt obtenu que le roi rachète pour lui, à un prix exorbitant, la charge prestigieuse de grand écuyer de ses écuries. On ne l'appelle plus que Monsieur le Grand. Il a vingt ans et se croit tout permis. La vie d'une simplicité spartiate que lui impose le roi lui pèse vite. Il supporte mal, surtout en hiver, le séjour rustique à Saint-Germain, la chasse au renard ou au merle dans la neige et les conversations au coin du feu. Il aime les plaisirs mondains, les repas raffinés, les salons où il exhibe des tenues à la dernière mode, la danse, le jeu, les femmes. Alors, son maître à peine couché, il saute sur son cheval et galope jusqu'à Paris, chez Marion de Lorme, dont il est l'amant. Il rentre au petit matin fourbu, et tente de soustraire à son tyran quelques heures de sommeil. Déjà on le secoue, il émerge du lit de fort méchante humeur, pour s'entendre adresser reproches et sermons.

Le roi souffre et se plaint. À qui voulez-vous qu'il se plaigne ? À son ministre, bien sûr. Il ressasse ses griefs, de vive voix ou par écrit, et le ministre en consigne la liste avec soin pour être sûr de ne rien oublier quand il ira morigéner l'étourdi. À quarante ans passés, Louis XIII, toujours incapable de gérer ses rapports avec autrui, compte sur Richelieu pour les prendre en charge, comme il a pris en charge les affaires du royaume. Celui-ci déteste intervenir en tiers dans les problèmes sentimentaux du roi, sachant qu'il n'y a que des ennuis à y récolter. Il le faut bien pourtant : n'est-ce pas lui qui lui a « donné » Cinq-Mars ? Alors il convoque le coupable et lui savonne les oreilles. Aux reproches du roi – il est paresseux, débauché, dépensier, impertinent, présomptueux, effronté… – s'ajoutent les siens propres : il a cessé de remplir son rôle d'espion. Il tente de les raccommoder et y parvient parfois, en leur faisant signer des « pactes » de bonne entente mutuelle ! Mais le jeune homme, grisé par ses succès, le prend mal. Admis au Conseil, candidat à la main de la princesse Louise-Marie de Gonzague, il croit pouvoir s'affranchir. Il se rebiffe, se plaint à qui veut l'entendre de sa « servitude », il est mûr pour la rébellion. Quant au roi, humilié, il tient rigueur à son ministre d'avoir dû déballer ses chagrins devant lui. Entre l'arbre et l'écorce, il est toujours périlleux de mettre le doigt.

Même si Richelieu ne lui a pas tout dit, Mazarin est trop proche de lui, trop fin et trop curieux des êtres qui l'entourent pour n'avoir pas saisi l'essentiel du drame qui se noue sous ses yeux. Au printemps de 1642 le cardinal, qui dispose d'une police efficace, a la certitude qu'il se trame quelque chose. Les allées et venues de François de Thou entre Mézières, où se traite l'accommodement* du duc de Bouillon, et Saint-Germain, Paris ou le Val-de-Loire, ne sont pas passées inaperçues. Il n'a pas de preuves, mais assez de présomptions pour faire nommer le duc à l'armée d'Italie, afin de l'éloigner. Il est inquiet et malade et, dans le cas d'un grand nerveux comme lui, on peut penser que l'inquiétude nourrit la maladie et réciproquement. Il est passionnément attaché à l'un de ses objectifs majeurs, la fameuse paix stable, sûre et générale, qui coupera court aux ambitions espagnoles. Il croit la tenir. Et voici qu'à nouveau on cherche à mettre à bas les résultats obtenus au prix d'efforts inouïs, à détruire son œuvre. Jusqu'à présent, il a toujours pu la sauver. Mais cette fois, il risque de n'être plus là pour le faire. Comment assurer la continuité ? Deux personnages sont en lice pour une éven-

* *Accommodement* : retour en grâce après participation à un complot.

tuelle régence. Anne d'Autriche et Gaston d'Orléans. Avec celui-ci, c'est la capitulation assurée. Reste la reine, espagnole certes, mais mère du dauphin. Faute de mieux, c'est sur elle qu'il faut miser.

L'année précédente encore, il avait tenté de faire prévaloir une solution qui, aux côtés d'Anne régente nominale, lui accorderait la tutelle des enfants royaux, autrement dit le pouvoir effectif. De là à conclure qu'il visait lui-même la régence et à crier à l'usurpation, il y avait tout de même un pas, qui fut allégrement franchi par les opposants. Ce fut l'argument décisif qui convainquit Monsieur et Bouillon à s'engager dans un complot mené par un gamin de vingt ans, dont tout invitait à se défier. Mais par un caprice du sort, cet argument est périmé au moment où le complot devient opérationnel. Car Richelieu, désormais, sait qu'il va mourir. Le combat pour la continuité change donc de nature. Avant l'échéance fatale, il lui faut accomplir quelques tâches importantes : démanteler le complot, nettoyer l'entourage du roi, arracher à Bouillon le nid de conspirateurs qu'est devenu Sedan, écarter Gaston de la régence et y préparer la reine. Pour l'aider dans ces tâches et pour lui succéder, si possible, il ne voit qu'un seul homme, Mazarin.

La situation de celui-ci a de quoi terrifier. Certes, la confiance de Richelieu l'honore. Mais aura-t-il le temps de s'imposer comme son successeur ? Si, comme on doit s'y attendre, le roi et son ministre disparaissent tous deux dans un proche avenir, entraînant une inévitable révolution de palais, il peut dire adieu au brillant avenir que lui promettait la France. La perspective d'un retour en Italie n'est pas très rassurante non plus. La mort d'Urbain VIII, également prévisible, signera la chute de la maison Barberini, que Rome commence à vomir. Le prochain pape sera presque à coup sûr un client de l'Espagne. Adieu la protection de l'aimable Antoine. Il se retrouvera certes cardinal, mais sans emploi politique et sans ressources, voué à dépérir dans son palais de conte de fées. Face au naufrage programmé de ses espérances, son comportement est irréprochable : il sert scrupuleusement, jusqu'au bout, celui à qui il doit tout, Richelieu. Mais, avec l'accord de celui-ci, il se tient dans l'ombre, en réserve. Il doit se compromettre le moins possible. Nouveau venu, mal connu, difficile à situer, il attire peu le regard. On cherche en vain son nom dans les Mémoires traitant de cette période. Les documents d'archives nous en apprennent un peu plus sur certaines de ses interventions. Mais il reste bien des obscurités dans l'itinéraire souterrain qui lui permet d'émerger un an plus tard sous la forme d'un membre du Conseil de Louis XIII, puis, au bout d'une autre année, comme premier ministre d'une régente qui lui abandonne le gouvernement. Dans les turbulences de l'affaire Cinq-Mars, comment a-t-il réussi à ne pas sombrer, comment est-il parvenu, tout en restant fidèle à Richelieu, à conserver la confiance de Louis XIII, et à ne s'aliéner ni Gaston d'Orléans, ni Anne d'Autriche ? On se le demande encore.

« Des découvertes merveilleuses »

Tout au long du voyage qui le mène vers le Roussillon, Richelieu a eu peur. Le souvenir de Concini l'obsède : Louis XIII serait-il prêt, de nouveau, à cautionner l'assassinat d'un homme dont l'autorité l'écrase ? Il souhaite encore ne pas y croire. Il connaît depuis longtemps sa fâcheuse propension à déverser dans le sein de ses favoris ou favorites les rancœurs que lui inspire la « tyrannie » de son ministre – un moyen comme un autre de se défouler, que les plus sages se gardent de prendre au sérieux. Mais avec cet écervelé de Cinq-Mars, tout est possible. De plus, le nom des comparses, que sa police a repérés sans grande peine, n'est pas fait pour le rassurer : un Montrésor ou un Fontrailles sont des hommes résolus, sans scrupules, capables d'anticiper sur un ordre qui tarde à venir. Pourquoi ne les fait-il pas arrêter tout de suite ? Il tient à remonter jusqu'en haut le fil du complot, dans l'espoir d'abattre enfin les têtes de l'hydre.

Tant que son trajet resta distinct de celui du roi, pour des raisons d'intendance, il ne courut aucun danger. Mais les étapes de Briare et surtout de Lyon, où se rejoignirent les deux convois, le firent trembler. Ses pressentiments ne le trompaient pas, rendez-vous était pris pour l'y abattre. Mais Gaston fit faux bond et Cinq-Mars, au moment de donner le signal, se dégonfla. Le reste du voyage se déroula dans un climat de tension atroce, car Louis XIII, déchiré, torturé d'angoisses et de remords, incapable de choisir entre son favori et son ministre, en venait à les exécrer tous les deux.

Ils passent mars et avril à Narbonne, en attendant la prise de Collioure, qui permettra l'investissement de Perpignan. Tandis que Louis XIII, au début mai, se rend au camp pour soutenir de sa présence le moral des troupes, Richelieu resté à Narbonne, voit son état de santé empirer et le 23, il dicte son testament. Il sait, par ses espions, que Fontrailles est rentré du voyage à Madrid au long duquel ils l'ont suivi. Il sent que le dénouement est proche. On lui annonce alors que le roi, dont la chaleur et le manque d'hygiène ont ranimé la dysenterie, a dû quitter l'armée et s'apprête à regagner Narbonne. Il prend peur, il s'enfuit, accompagné de ses deux secrétaires d'État, Chavigny et de Noyers, et de l'irremplaçable Mazarin. Il erre au hasard de gîtes de rencontre, jusqu'en Arles.

C'est dans cette dernière ville que l'atteint, le 9 ou le 10 juin une dépêche qui lui arrache un cri de joie : « Dieu assiste le roi par des découvertes merveilleuses[8] ! » La dépêche contient une copie du traité des conjurés avec l'Espagne. Monsieur en est le seul signataire. Le texte se borne à promettre que deux personnages « propres à être maréchaux de camp » sont engagés dans l'affaire et qu'ils disposent d'une place de sûreté ; leurs noms seront dévoilés verbalement au comte-duc. Mais Olivarès ayant exigé que ces noms fussent consignés noir sur blanc, une contre-lettre en forme de codicille a été jointe au traité : « Les deux personnes sont le seigneur duc de Bouillon et le seigneur de Cinq-Mars, grand Écuyer de France, et la place de sûreté qui est assurée à Son Altesse est Sedan[9]… » Quant aux dispositions prévues pour la campagne commune et pour la paix qui s'ensuivrait, elles équivalent à une capitulation sans conditions. Richelieu exulte. Les coupables sont ferrés, il s'agit maintenant d'assurer la prise. Le document qu'il détient – une copie, faite à la hâte et imparfaite – peut être récusé comme un faux. Pour les confondre, il a besoin d'obtenir confirmation de leur bouche.

C'est Chavigny et de Noyers qu'il chargea de la très désagréable mission d'informer Louis XIII. Le rejoignant à Narbonne au matin du 12, ils s'enfermèrent avec lui pour un long entretien dont presque rien n'a transpiré. La lecture du document finit par vaincre son incrédulité et ses doutes. Il se laissa arracher l'ordre d'arrêter Cinq-Mars, auquel il joignit quelques complices, et il expédia un messager à l'armée d'Italie pour qu'on s'empare de Bouillon. Derrière la porte qu'on lui avait claquée au nez, le favori s'entretenait avec Fontrailles, venu lui dire que tout était perdu. Le rusé petit bossu n'attendit pas son reste et détala. Cinq-Mars chercha à fuir, signant ainsi sa culpabilité, mais il hésita, ne sachant où aller, se cachant finalement chez une de ses maîtresses où l'on n'eut pas de peine à le cueillir. Son ami François de Thou n'eut pas plus de chance. Mais comme les autres conjurés couraient encore, Richelieu, peu rassuré, prit lui aussi le large. Il ne retrouva sa sérénité que lorsqu'il se vit à l'abri de solides murailles dans le château fort de Tarascon.

Louis XIII, cependant, restait hanté par le doute. « Quel saut a fait Monsieur le Grand ! » gémissait-il, ou bien il demandait suppliant : « N'a-t-on pas mis un nom pour un autre ? »[10]. Il sombrait dans une si profonde rêverie qu'on ne pouvait lui tirer un mot. De Noyers réclama la présence de Mazarin, seul capable de lui apporter la consolation dont il avait besoin. Et Mazarin accourut, avec son calme, son doigté, son infinie capacité de compassion, jouer auprès de lui le rôle d'un de nos modernes psychologues. Il réussit apparemment à l'arracher à sa mélancolie, à le convaincre de quitter les lieux du drame et de confier à Richelieu le soin de mener seul l'enquête. Les deux hommes, jouant à cache-cache à travers Languedoc et Provence, ne s'étaient pas vus depuis trois mois. Tous deux grabataires, étendus côte à côte sur leur litière de voyage, ils eurent à Tarascon un long entretien, au cours duquel – est-ce le fruit des apaisements prodigués par Mazarin ? – Louis XIII cessa de résister à son impitoyable ministre. « Je ne me trouve jamais bien que de vous voir, lui écrivit-il le lendemain. Je me porte beaucoup mieux depuis hier [...]. J'espère qu'avec l'aide de Dieu tout ira bien[11]. » Dans sa hâte de tirer un trait sur l'épisode Cinq-Mars, il rentrait à Paris, laissant à Richelieu la sale besogne.

Celui-ci, incapable de voyager autrement que couché, remontait le cours du Rhône à contre-courant, traînant derrière lui la barque où était enchaîné François de Thou, qui devait rejoindre, dans la prison lyonnaise de Pierre-Encise, son ami déjà acheminé par la route. L'image de ce sinistre convoi – un moribond remorquant un condamné à mort – a scandalisé les romantiques, chez qui elle a nourri la légende de « l'homme rouge » à la pourpre ensanglantée. Mazarin, qui fut de ce voyage, n'en a rien dit. Nous verrons qu'il n'en pensait sans doute pas moins.

À Lyon commencent les affaires sérieuses. Les deux jeunes gens n'intéressent pas Richelieu, qui les laisse mariner en prison, le temps de les amollir. De toute façon, leur compte est bon, ils sont promis à la peine capitale. Son effort porte sur Gaston d'Orléans et Bouillon. Des deux, le maillon faible, c'est Gaston, bien sûr. C'est de lui qu'il faut d'abord obtenir des aveux. La chose est facile : ayant appris l'arrestation de Cinq-Mars, mais pas la découverte du traité, il a envoyé en éclaireur un de ses domestiques, l'abbé de La Rivière. Les nouvelles que lui rapporte l'abbé sont consternantes : le roi sait tout, on lui promet l'exil à Venise, avec des revenus à peine capables de faire vivre un modeste gentilhomme, à moins qu'il ne se livre à une « ingénue et entière confession ». Du fond de l'Auvergne où il se terre, il envoie une déclaration au roi, où il avoue l'essentiel. Alors, le roi se laisse fléchir. On ne parle plus de Venise, mais d'Annecy. Et s'il consent à venir renouveler ses aveux par écrit devant le chancelier, il pourra se retirer chez lui en Val-de-Loire, à condition de s'y faire oublier. C'est chose faite le 29 août, à Villefranche-sur-Saône, devant Séguier flanqué, pour impressionner le coupable, de sept commissaires. Il précise avoir brûlé l'original du traité et en livre une copie – celle qui est parvenue jusqu'à nous. Beaucoup de ses serviteurs s'indignèrent : « Il se prostitua », dit Goulas. Avant de l'accuser de trahir ses complices pour se sauver, rappelons-nous qu'il ne fait que confirmer ce que les enquêteurs savent déjà. Et loin de se sauver, il se perd. Car, à Villefranche, il apprend ce qu'il en coûte de se substituer au roi pour traiter avec l'ennemi. En tant que signataire avéré du traité d'Espagne, il est coupable de haute trahison, lèse-majesté et autres crimes. Il risque non la mort – il est prince du sang –, mais une sorte de dégradation civique, la perte de tous ses droits à la régence et à plus forte raison au trône. Richelieu n'en demande pas davantage. Il a gagné. Il a ôté à Monsieur la possibilité de ruiner un jour l'œuvre qu'il a entreprise.

Le duc de Bouillon risque d'être plus coriace. C'est un multirécidiviste des complots et rebellions armées. Il a tant de fois obtenu son pardon qu'il s'attend encore à voir les choses s'arranger en douceur. Ses hautes parentés l'incitent à se croire intouchable. Et, de fait, son oncle Frédéric-Henri d'Orange, stathouder des Pays-Bas, fait savoir à Louis XIII que ceux-ci se retireraient de notre alliance s'il était condamné à mort. Mais on se garde d'en informer le prisonnier. Il ne peut nier les faits – il a tenté de fuir, lui aussi –, mais il les minimise. Il a demandé à être interrogé par Mazarin, comptant voir jouer en sa faveur l'amitié que celui-ci porte à Turenne, lequel s'est permis une intervention très digne : « Je vous demande en grâce d'avoir la bonté pour moi de n'être point contre mon frère en ce rencontre, sachant bien que vous ne pouvez pas être pour lui, si les choses se trouvent comme il vous plaît de me le dire. » Lors d'un premier entretien, le duc charge sans vergogne Cinq-Mars et de Thou, prétend avoir été entraîné dans l'affaire par pure amitié et affirme avoir désapprouvé le traité d'Espagne. Mais Richelieu ne se paie pas de cette monnaie-là. Mazarin doit donc revenir à la charge, pour lui en faire dire davantage et lui mettre le marché en main : il n'aura la vie sauve que s'il abandonne Sedan au roi. Nul n'assista à leur conversation, et nous ne savons donc pas sous quelle forme il présenta l'ultimatum. Mais l'ombre de Montmorency a dû rôder à l'arrière-plan. Le 15 septembre, le duc signa un papier enjoignant à sa femme de livrer Sedan. Il reçut en échange sa levée d'écrou et l'autorisation de se retirer dans une de ses terres de France. Ce papier portait la signature de Mazarin, à qui Richelieu, que la douleur empêchait de tenir une plume, avait donné pouvoir de le faire, comme à son *alter ego.* D'après la *Gazette*, cette grâce fut accordée au prince d'Orange en témoignage de gratitude pour les services rendus par Turenne[12].

À cette date, Cinq-Mars et de Thou étaient morts depuis trois jours. Après avoir vainement tenté de nier, ils avaient avoué, sans précautions. Seul le sort de François de Thou parut en balance : il avait servi d'intermédiaire, recruté des conjurés, tissé un réseau entre eux, transmis leurs messages et organisé leurs réunions, mais il s'abstenait d'y participer – raison pour laquelle certains soutenaient qu'il était resté étranger au complot. L'argument relevait assurément de la casuistique. Il ne put nier avoir connu l'existence du traité. On le condamna pour ne l'avoir pas dénoncé, alors que son vrai crime était d'avoir joué les entremetteurs. Mais ce n'est pas pour cela que Richelieu voulut sa mort. Fils d'un magistrat illustre, auteur d'une très remarquable *Histoire universelle*, François de Thou, lui-même magistrat et bibliothécaire du roi, était ce que nous appellerions un « intellectuel à la mode » : brillant, cultivé, volontiers critique, il affichait une totale absence d'ambition, mais se grisait de l'audience flatteuse qu'il trouvait auprès de très grands seigneurs. Il est probable que la fierté d'avoir part à leurs secrets fut pour beaucoup dans ses imprudences. Mais lors de son inculpation, c'est du côté de son milieu d'origine qu'il rencontra des appuis. La noblesse de robe, qui, déjà, avait à se plaindre de Richelieu, se mobilisa pour le sauver – une forme de révolte indirecte, que le ministre n'était pas disposé à tolérer. La mort du pauvre de Thou sonna donc comme un avertissement adressé à la haute magistrature.

Mazarin assista à l'exécution des deux jeunes gens sur la place des Terreaux à Lyon. Le bref compte rendu qu'il en donne dans une lettre à l'ambassadeur de France à Rome témoigne d'une émotion qui sonne juste[13]. Ces deux têtes brûlées, qui n'avaient pas su vivre, ont su mourir, courageusement et chrétiennement. Il ne cherche pas à dissimuler sa sympathie pour le « pauvre M. de Thou », qui aurait mérité un meilleur sort. Et il est probable qu'il garde un mauvais souvenir du rôle d'inquisiteur qu'il a dû jouer dans cette affaire.

Il lui reste à accomplir une autre mission, aussi délicate et, de surcroît, dangereuse : celle d'aller prendre possession de la place de Sedan au nom du roi. Il doit faire vite, pour prévenir une éventuelle intervention espagnole. Et il lui faudra, à l'arrivée, convaincre la duchesse de s'incliner sans résistance. On n'a pas pu empêcher l'information de circuler. Les onze compagnies qu'il commande comportent des éclaireurs, qui découvrent qu'un puissant contingent d'ennemis le guette, dans l'espoir de l'enlever pour servir de monnaie d'échange contre le duc. Informé de leur marche, il parvient à les éviter et fonce vers la ville. Avant d'en franchir les portes, il tient à rencontrer Mme de Bouillon. Il n'a pas de peine à la convaincre d'obéir :

le couple qu'elle forme avec son mari offre un exemple rare d'amour conjugal. Pour le sauver, elle est prête à tous les sacrifices. L'entretien porte donc sur les modalités de son départ et sur la passation des pouvoirs dans la ville. Les habitants de Sedan, principauté indépendante, tiennent à leurs libertés, notamment les protestants, longtemps protégés par des princes de même confession. Les consignes reçues par Mazarin sont habiles : rassurer les gens, mettre de l'huile dans les rouages, installer un gouverneur à la fois ferme, pour faire face aux agressions, et diplomate, pour se faire aimer de ses sujets. Ce sera Fabert, un homme sorti du rang, qui prendra sa tâche à cœur. L'entrée des troupes dans la ville se passe dans la bonne humeur générale. Avec cette mission heureuse, gratifiante, pleinement réussie, l'été se termine en beauté pour Mazarin, après tant de corvées déprimantes. Il est vrai que ces corvées lui ont valu, comme lot de consolation, la très riche abbaye d'Ourscamp, en commende, comme de coutume. De quoi l'aider à oublier l'affaire Cinq-Mars ? Mais non, pas encore. Car elle continue de planer sur les relations des trois principaux acteurs, la reine, le roi et Richelieu.

La grande absente de l'enquête : la reine

Le nom d'Anne d'Autriche n'avait pas été prononcé. Nul doute, pourtant, qu'elle ne connût l'existence du complot. Le préambule du traité la mentionnait expressément : « Comme le principal but de ce traité est de faire une juste paix entre les deux couronnes d'Espagne et de France, pour leur bien commun et de toute la chrétienté, [les soussignés] ont déclaré unanimement qu'on ne prétend en ceci aucune chose contre le Roi Très Chrétien et au préjudice de ses États, ni contre les droits et autorité de la Reine Très Chrétienne et régnante ; ainsi on aura soin de la maintenir en tout ce qui lui appartient » – en d'autres termes, on préservait ses droits à la régence. Il était impossible de soumettre ce texte à l'approbation de son pays natal sans son accord. Nous savons en effet, grâce aux *Mémoires* de Fontrailles et de Brienne, qu'elle était au courant, qu'elle approuvait cette entreprise contre les prétendus desseins de Richelieu sur ses enfants et sur la régence et qu'elle était prête à y collaborer. Mais les organisateurs avaient dû lui jurer de ne jamais le révéler.

Ils lui avaient tenu parole. De quoi sauver – tout juste – l'honneur pour ceux qui en avaient encore ! Gaston d'Orléans réussit à lui faire savoir qu'elle pouvait dormir d'un bon sommeil et de Thou, avant de mourir, chargea son confesseur d'une lettre lui disant qu'il lui avait gardé le secret et la fidélité. Il est permis de penser, cependant, que si les enquêteurs l'avaient vraiment voulu, ils n'auraient pas eu de peine à faire parler tel ou tel d'entre eux, par ruse, par menace ou par force. Or on se contenta de montrer à Cinq-Mars, pour la bonne forme, la terrifiante chambre où se donnait la question, non sans l'avoir averti au préalable qu'on ne l'y soumettrait pas. Inutile, puisqu'il avait tout dit, n'est-ce pas ? Si les conjurés n'ont pas précisé que la reine savait, c'est parce qu'on ne le leur a pas demandé. Et si on s'est abstenu de le leur demander, c'est sur ordre, car aucun enquêteur sérieux n'aurait négligé l'allusion du préambule. La conclusion ? Richelieu a volontairement protégé Anne d'Autriche.

Il ne l'a pas fait, comme on l'a dit trop souvent, parce qu'il lui sait gré de lui avoir livré le traité. Il serait trop long de refaire ici, jour par jour, l'analyse de l'échange épistolaire sur lequel se fonde cette accusation[14]. Les tenants de la « trahison » de la reine omettent d'intégrer dans leurs calculs le temps nécessaire à un courrier pour relier Saint-Germain-en-Laye à Arles ou à Narbonne et vice-versa. De plus, le document remis à Richelieu comporte non seulement le texte du traité, signé par Gaston d'Orléans, mais le codicille portant les noms de Bouillon, de Cinq-Mars et de Sedan, qui a été ajouté à Madrid, pour répondre aux exigences d'Olivarès. La reine aurait pu, à l'extrême rigueur, détenir un exemplaire du traité lui-même, mais pas du codicille. Les deux originaux dûment signés par le ministre espagnol ont été remis à Gaston par Fontrailles à son retour d'Espagne, accompagnés d'un avis de sauve-qui-peut. Il eût été alors très risqué et absurde d'en porter copie à Saint-Germain. Non, le traité n'a pas été livré par la reine. Comment est-il tombé dans les mains de Richelieu ? Nous ne le saurons sans doute jamais. Mazarin, lui, eut communication du secret et il le garda.

La décision de protéger la reine n'est que la conséquence logique des réflexions de Richelieu sur sa succession. Si elle est convaincue de complicité, elle risque le renvoi en Espagne ou la claustration dans un couvent. À qui ira alors la régence ? Rien ne pourra empêcher l'intouchable Gaston de la recueillir s'il n'y a personne à lui opposer. Et depuis sa récente incartade, la preuve est faite qu'il est prêt à souscrire aux plus désastreuses conditions de paix. Pour lui barrer la route, il faut d'abord sauver Anne d'Autriche et donc empêcher le roi d'apprendre qu'elle a eu part au complot. C'est chose faite. Il faudra ensuite la convaincre que Richelieu ne lui veut plus de mal. Ce sera difficile, après les avanies qu'il lui a fait subir en 1637, lorsqu'elle fut prise en flagrant délit de correspondance avec son frère de Bruxelles, chef des armées ennemies. Mais ce devrait être faisable. Il faudra enfin lui faire comprendre que l'intérêt de son fils n'est pas qu'elle passe par les fourches caudines de Madrid, mais qu'elle défende son royaume – une tâche de plus longue haleine, pour laquelle Mazarin est tout désigné.

En partant pour le Roussillon, Louis XIII a laissé son épouse à Saint-Germain, où elle mène une vie monacale sous l'œil du couple choisi par Richelieu pour la surveiller, Mme de Brassac en qualité de dame d'honneur et son mari en qualité de surintendant de sa maison. Ce ne sont pas de mauvaises gens, ils s'efforcent d'autant plus volontiers de lui rendre la vie agréable qu'elle ne leur cause aucun souci. Les distractions de cour ne lui manquent pas dès l'instant qu'elle peut dorloter ses enfants, qu'elle adore. À la longue, des rapports amicaux se sont établis entre elle et ses cerbères. Elle partage volontiers avec Mme de Brassac son attendrissement devant les premiers exploits des petits. Elle reçoit des visites, dûment signalées au cardinal, mais sans exclusions. Elle en profite pour s'informer. Elle est intelligente, elle voit les événements évoluer à toute vitesse, elle réfléchit. Lorsqu'elle apprend que Richelieu est gravement malade, elle comprend qu'il n'est plus en mesure de lui disputer la régence. Ses relations avec les Brassac sont alors au beau fixe. Sur ordre de l'Éminence ? Probablement. Ils la soutiennent en tout cas, lorsque vers la fin avril, le roi la somme de le rejoindre en Roussillon, comme prévu. Pas question qu'elle se sépare de ses enfants. Elle lance des appels au secours tous azimuts, notamment à Richelieu. Elle verse des torrents de larmes. En désespoir de cause, elle trouve la meilleure parade : elle tombe malade. Et peut-être est-elle malade pour de bon, tant elle se ronge d'angoisse. Les Brassac, bienveillants, confirment les dires du médecin : « Son sang s'échauffe et sa santé s'altère. » Elle ne veut pas guérir, elle refuse les médicaments, elle va se laisser mourir. Le temps passe, elle ne part pas.

Au début juin, son angoisse redouble : la conspiration s'ébruite. Elle prend alors l'initiative d'offrir à Richelieu son « amitié », pour le cas où il serait menacé lors de la conflagration qui se prépare. Elle « restera ferme et attachée à tous ses intérêts sans jamais changer son affection, sachant bien qu'il sera tel aussi de son côté et ne l'abandonnera pas[15] ». Que de fois il lui avait proposé ses services, au point qu'on l'avait même dit amoureux d'elle ! Elle l'avait rebuté brutalement. Mais la peur, et aussi la réflexion, lui font faire, vers lui, la moitié du chemin. Dans l'immédiat, il est trop mal en cour pour influer sur les décisions de Louis XIII à l'égard de sa femme : c'est tout simplement parce que sa santé l'oblige à regagner Paris que celui-ci annule une convocation qui n'a plus d'objet. Mais il lui rend bientôt un service infiniment plus grand en passant sous silence son rôle dans le complot. Un gentilhomme de Condé s'étant permis de la mettre en cause auprès du roi, il vole à son secours, se portant garant de son innocence, affirmant qu'il s'agissait d'impostures dues à la malice de Fontrailles. Si Louis XIII conservait des doutes, les apparences, du moins, étaient sauves et, pour les hommes de pouvoir, les apparences sont souvent l'essentiel.

Anne d'Autriche a compris à qui elle doit son salut. Et son attitude a changé : « Entre la reine et le seigneur cardinal, écrit le 11 novembre l'ambassadeur de Venise, existe la plus étroite correspondance. L'on croit que le seigneur cardinal entend se servir de la reine pour surveiller toutes les actions de Sa Majesté, qui manifeste d'ailleurs à celle-ci une grande affection et de la bonne volonté[16]. » Elle avait eu en effet à l'égard du cardinal une démarche très remarquée, parce que sortant des usages. Elle s'était déplacée pour lui rendre visite chez lui, à Rueil, le 30 octobre. Il la reçut sans quitter son fauteuil, car il ne tenait plus debout. Mais au lieu d'invoquer sa maladie pour excuser son impolitesse, il lui rappela qu'en Espagne les cardinaux n'étaient pas tenus de se lever devant les reines ; à quoi elle répliqua en souriant qu'elle avait oublié les usages espagnols, étant désormais « toute française[17] ». On a voulu voir dans les paroles de Richelieu une insolence. Mais ce pouvait être aussi – tout dépend du ton – un signe de connivence, marquant qu'ils étaient tous deux affranchis des conventions et du protocole. Et, ce faisant, il donnait à la reine l'occasion de prononcer enfin les mots qu'il avait vainement attendus pendant des années, disant son ralliement définitif à la France[18].

L'amère victoire de Richelieu

Les accusés n'ont pas parlé de la reine, mais ils n'ont que trop parlé du roi. Les interrogatoires ont confirmé – et au-delà – les soupçons de Richelieu. Faute de pouvoir le faire disgracier, il était bel et bien prévu de l'assassiner et certains conjurés, comme Fontrailles, pensaient que le plus vite serait le mieux. Exaspéré par la guerre que se livraient son ministre et son favori, Louis XIII se défoulait auprès de chacun des deux par de violentes diatribes contre l'autre. Richelieu le savait, pas Cinq-Mars, qui prit pour bonnes ses plaintes longuement ressassées. Le roi ne supportait plus d'être dominé par son ministre, il le haïssait, mais il n'osait pas le congédier ? Qu'à cela ne tienne ! D'abord à mots couverts, puis de façon explicite, le favori évoqua la solution simple, rapide, expéditive. Il suffisait de le mettre à mort. D'ailleurs, le roi, chef suprême de la justice, en avait parfaitement le droit, c'était légal. Où ? comment ? Le cardinal ne se déplaçait qu'entouré d'une solide escorte de gardes. Oui, mais ces gardes l'abandonnaient à l'entrée des appartements royaux, où nul ne peut pénétrer en armes. Brutalement confronté à cette idée, le roi aurait eu un sursaut : « Il est prêtre et cardinal, je serais excommunié. » À quoi le capitaine de ses mousquetaires, Tréville, qui s'était offert pour l'exécution, repartit que « pourvu qu'il eût son aveu, il ne s'en mettait pas en peine, et qu'il irait à Rome pour s'en faire absoudre, où il était assuré qu'il serait en grande sûreté[19] ».

Cette scène, rapportée par le seul Montglat, a été souvent mise en doute, vu les dénégations officielles de Cinq-Mars. Mais il est acquis que les autres conjurés invoquèrent l'assentiment du roi. Des conversations sur ce thème eurent assurément lieu – si accablantes que le chancelier s'abstint parfois d'en consigner le contenu dans les comptes rendus d'interrogatoire. Le roi ne disait pas oui, mais il ne disait pas davantage non. Les conjurés en conclurent qu'il fallait prendre les devants et qu'une fois la chose accomplie, il les en remercierait. C'était bien mal le connaître. Mais tous s'y trompèrent. Et ils ne mentaient pas lorsqu'ils soutenaient que leur entreprise avait reçu son aval. Louis XIII aurait été le chef d'un complot visant à assassiner son premier ministre ! C'était franchir un degré de plus depuis Concini : celui-ci n'était que le premier ministre de sa mère.

Richelieu fut très profondément atteint par ces révélations. Pendant près de vingt ans, il avait fait plus que servir politiquement Louis XIII. Il avait vu le mépris dans lequel le tenait une mère abusive. Il connaissait toutes ses faiblesses. Il l'avait défendu contre lui-même, l'avait aidé à se reconstruire, s'était attaché à faire prévaloir en lui les qualités propres à un roi, lui avait insufflé une part de sa force et avait réussi à rendre à ce mal-aimé, anxieux, torturé, la fierté de soi – en lui imposant beaucoup de souffrances. Leur différence d'âge, seize ans, donnait à son autorité une couleur paternelle. Et à sa manière, tout en le redoutant, le roi le respectait, comme on respecte un père. Comme n'importe quel fils, il avait envie de se libérer de lui. Mais ce n'était plus un adolescent, il avait quarante ans et des responsabilités telles qu'en tuant le père, il risquait de tuer l'État. Le mot d'ingratitude, qui suppose services rendus et salaire non payé, n'est pas de mise ici. Celui de trahison conviendrait mieux. Mais, à la blessure que cette trahison lui inflige, il faut ajouter, chez Richelieu, un sentiment d'échec : il n'a pas réussi à faire de lui l'homme et le roi qu'il aurait rêvés. Nous voici loin de Mazarin, semble-t-il. Mais il n'est pas loin, lui. Il suit au jour le jour, de l'intérieur, aux côtés de son maître, le dernier acte de la tragédie. Il ne peut savoir qu'il aura lui aussi, bientôt, à faire d'un adolescent un roi. Mais on peut être sûr qu'il se souviendra, alors, des relations orageuses entre Richelieu et Louis XIII et en tirera les enseignements.

En ce dramatique automne de 1642, les relations en question tournent au règlement de compte. Richelieu avait attendu le verdict pour quitter la région lyonnaise. Il envoya alors à Chavigny un billet souvent cité : « J'ai tant de choses à vous écrire, que je ne saurais le faire. Ces trois mots vous apprendront que Perpignan est ès mains du roi et que M. le Grand et M. de Thou sont en l'autre monde, où je prie Dieu qu'ils soient heureux. Je vous en dirai davantage une autre fois. » Au roi, il adressa un message plus sec : « Votre Majesté aura tout à la fois deux nouvelles bien différentes : l'une est la reddition de Perpignan, [...] l'autre est la condamnation et l'exécution de M. le Grand et de M. de Thou [...]. Ces deux événements font voir combien Dieu aime Votre Majesté[20]. » Accompagné de Mazarin, il mit un mois pour atteindre Paris, à toutes petites étapes, étendu dans sa fameuse litière, portée par douze hommes lorsque la voie fluviale faisait défaut et qu'on introduisait dans les maisons par la fenêtre, parce qu'elle ne passait pas par les escaliers.

Il n'est pas dupe des vœux de prompt rétablissement que lui transmet le roi, non plus que des avanies posthumes dont il accable maintenant son favori déchu. Il connaît son penchant pour les faux-fuyants et les dérobades, son refus de regarder les choses en face, sa capacité d'oubli. Il n'a pas digéré sa complicité, au mieux passive, dans le projet d'assassinat. Il tient à lui faire savoir qu'il sait, et à lui faire sentir une dernière fois son autorité. À la fin octobre, après son retour, il lui adresse un long mémorandum, mettant en balance sa démission s'il ne se décide pas à remplir ses devoirs de roi : entre autres choses, n'avoir « pas d'autre favori que le bien de ses affaires », ne rien cacher à ses ministres, mais garder le secret des délibérations du Conseil, « nettoyer la cour des esprits malintentionnés[21] ». En application de ce dernier point, il exige le renvoi de Tréville et de ses trois collègues de la garde, les fidèles entre les fidèles, les exécutants prêts à tout. À cette date, craint-il vraiment qu'on s'en prenne à sa vie ? Chacun sait qu'elle ne tient plus qu'à un fil. C'est pour des raisons de principe qu'il maintient la pression jusqu'au bout.

Louis XIII, profondément humilié, se débattit et, tout d'abord, résista. Il s'attira une nouvelle missive, féroce, évoquant les aveux tenus secrets de Cinq-Mars et affirmant qu'on eut beaucoup de peine à l'empêcher d'en dire davantage. Comme il refusait encore de renvoyer ses mousquetaires, Chavigny lui rétorqua, sur ordre, qu'il lui faudrait donc accepter « que les gardes du cardinal ne quittassent plus les armes en sa présence, pour le mettre en sûreté des insultes que ces gens-là lui pourraient faire[22] ». Offense inimaginable ! Il se contenta d'ergoter, arguant des excellents états de service de Tréville. L'épreuve de force dura près d'un mois, alimentant les bavardages de la cour et les rapports des ambassadeurs étrangers. Le cardinal, pour en finir, fit appel à son recours habituel. Dans un ultime effort pour dompter la douleur qui le torturait, il signa de sa main une nouvelle lettre suppliant le roi d'accepter sa démission et confia à Mazarin le soin de la lui remettre, accompagnée des commentaires appropriés. On peut, sans craindre de se tromper, attribuer à celui-ci la solution adoptée pour le dénouement. Préférant sacrifier sa propre satisfaction au bien du royaume, le roi consentait à éloigner les quatre hommes, par égard pour un irremplaçable ministre, dont il refusait la démission. Leur éloignement n'avait rien d'une disgrâce puisque Tréville, notamment, se voyait offrir d'amples compensations. Grâce à Mazarin, Louis XIII ne perdait pas totalement la face. Richelieu, cependant, l'avait emporté, une fois de plus – la dernière. Il ne lui restait que quinze jours à vivre.

Pour qui connaît l'issue – et elle était plus que prévisible –, il y a quelque chose de surréaliste dans cette affaire où un moribond feint de craindre l'assassinat, où un roi prétend vouloir conserver un ministre qu'il sait condamné et où tous deux se jouent le jeu de la bonne entente alors qu'ils ont perdu toute illusion l'un sur l'autre. Le 20 novembre Mazarin transmet à Richelieu, en même temps que l'avis du renvoi des gardes, un ample satisfecit écrit de la main du roi, rejetant sur la malice et les impostures de Cinq-Mars tout ce que celui-ci a pu dire au préjudice de l'amitié et de l'estime qu'il porte à son ministre. Mais en vérité, estime et amitié sont mortes. Entre eux deux, la fracture sous-jacente tout au long de leurs années d'étroite collaboration est devenue un gouffre béant.

Amère victoire que celle dont font les frais des comparses, abandonnés comme tant d'autres par un maître à la volonté défaillante. Qu'apporte-t-elle au cardinal, sinon la confirmation de ce qu'il sait déjà ? Qu'il a été lui-même, à plusieurs reprises, bien près d'être sacrifié ; que les rois ressentent les services rendus comme autant d'empiétements sur leur autorité et qu'il n'y a aucune gratitude à en attendre. Et quelle leçon pour Mazarin, associé jour par jour à ses épreuves et à son dernier combat ! Dix-huit mois de travail en commun ont achevé de convaincre Richelieu que nul autre n'est capable de lui succéder et de poursuivre son œuvre. Ultime effort pour verrouiller l'avenir, il a dressé et fait signer par le roi la déclaration excluant Gaston d'Orléans de la régence, et il lui a conseillé d'employer Mazarin, comme le plus capable de le bien servir.

Il s'éteignit le 4 décembre. Le lendemain matin, Louis XIII invitait Mazarin à siéger au Conseil.

CHAPITRE SIX

La plus haute marche

La disparition de Richelieu est pour Louis XIII un soulagement. La nature s'est chargée de le délivrer d'une tutelle qui lui pesait, lui épargnant les remords qu'aurait provoqués une fin violente. Dès l'annonce que le cardinal était perdu, le souci des convenances l'a emporté chez lui sur les rancœurs, il s'est rendu à son chevet, lui a promis « d'avoir mémoire de ses recommandations », il s'est associé aux soins des médecins en lui faisant absorber, de sa propre main, deux jaunes d'œufs[1], bref il a « agi de si bonne sorte qu'il a été admiré de tout le monde ». Mais son intime satisfaction n'a pas échappé à ses familiers : « En son âme, il en était fort aise et fut ravi d'en être défait[2]. » Un signe qui ne trompe pas : il va mieux, il a retrouvé le sommeil. Plus question d'abandonner les rênes à un « principal ministre », désormais il gouvernera personnellement. Si l'on en croit Tallemant des Réaux, il éprouve une joie enfantine à décacheter le courrier lui-même. Que nul ne s'y trompe cependant ! Il ne déviera pas de la ligne politique élaborée en commun, maintien de l'ordre à l'intérieur, poursuite de la guerre à l'extérieur, afin d'imposer à l'Espagne une « bonne paix ». D'où l'impression qui prévaut dans le public : le cardinal est toujours là, même mort il règne encore, « tel Alexandre le Grand – *etiam mortuus imperat* –, ironise Gui Patin, puisqu'on suit encore ses ordres et ses conseils[3] ».

Ce double impératif – continuité dans le fond, changement dans la forme du gouvernement – explique le rôle assigné à Mazarin. Contrairement à ce qu'on dit souvent, eu égard à la suite, il n'endosse pas immédiatement les habits de Richelieu. Celui-ci s'est bien gardé de dire à Louis XIII ce qu'il aurait, à ce qu'on prétend, murmuré à sa nièce : « Je ne sache qu'un homme qui me puisse succéder, encore est-il étranger[4]. » C'eût été le meilleur moyen de le perdre. Il lui a simplement conseillé de l'employer, car c'est un excellent serviteur. Une leçon que le roi est tout disposé à entendre : « Je veux que toutes choses restent comme elles sont, sans les modifier, explique-t-il à l'ambassadeur vénitien. Je veux me servir des mêmes ministres et, comme le cardinal Mazarin est plus que tout autre au courant des projets et des maximes du susdit cardinal, j'ai voulu l'agréger à mon Conseil[5]. » Dans son esprit, Richelieu n'aura pas d'autre successeur que lui-même et Mazarin doit être le bon second que son impérieux ministre n'a pas su rester. Il trouve chez l'obligeant Italien, si habile à panser les plaies de l'âme, les compétences de l'autre cardinal, sans son caractère dominateur – la solution rêvée. Sans titre ou attributions définies, celui-ci sera son homme à tout faire.

Les hésitations de Mazarin

Certes la promotion est flatteuse. Mais les projets du roi sont grevés d'une hypothèque qui donne à réfléchir. Le mieux dont il jouit n'est qu'une rémission. Sa mort prochaine est inscrite dans son teint jaune, dans sa maigreur squelettique, dans les poussées de fièvre, les quintes de toux, les crises d'entérite à répétition. À l'encontre de tous les pronostics, c'est Richelieu qui est parti le premier. Mais Louis XIII devrait le suivre à brève échéance. Mazarin risque donc de perdre coup sur coup les deux appuis qui assurent sa position à Paris. Que la régence échoie à Gaston d'Orléans ou à Anne d'Autriche, on peut craindre que la France ne s'aligne sur l'Espagne, dont il est la bête noire. Il risque alors d'en faire les frais. Ne serait-il pas plus sage de rentrer en Italie ?

Il n'avait pas attendu l'échéance pour se poser la question. Au cours de l'été 1642, il confia à son ami Bichi, venu le rencontrer à Tarascon et à Lyon, qu'il ne souhaitait pas rester en France s'il arrivait malaventure inopinée à son protecteur[6]. Lorsque la fort prévisible malaventure arriva, désespéré, « fou de douleur », si l'on en croit les lettres qu'il adressa à son frère Michele et aux princes de Savoie[7], il aurait sollicité du roi la faveur de s'en retourner à Rome, invoquant son insuffisance et la lourdeur du fardeau. Vrai ? Faux ? La hâte mise à le faire entrer au Conseil semble indiquer que le roi voulait prévenir toute dérobade.

Le fait est qu'il ne s'engage pas de gaieté de cœur dans une voie aléatoire et périlleuse. Son ami et futur bibliothécaire, Gabriel Naudé, a consigné dans un mémoire resté inédit la substance de leurs conversations sur ce thème. Prudent, il lui conseillait un repli sur Rome, où ses mérites pourraient faire de lui un *papabile** très présentable, et où, en tout état de cause, il pourrait vivre à moindres frais qu'en France ! S'il choisit de rester, en revanche, il devra couper ses liens avec Rome et s'appliquer à faire figure d'authentique

* Littéralement *papable*, susceptible d'être élu pape.

Français. L'exil, donc ? Certes il a bien tenté de consoler son ami britannique Walter Montagu, contraint de quitter le sol natal pour cause de conversion au catholicisme, en lui citant un adage italien : « *A galant'uomo, ogni paese è patria** », mais il n'est pas encore résigné à se l'appliquer à lui-même.

Son ami Bichi n'eut pourtant pas de peine à balayer les réserves du trop pusillanime Naudé. Avant même la mort de Richelieu, il l'avait conjuré de ne pas se dérober si, comme il était probable, le roi faisait appel à lui : « J'ose vous prier de considérer quel service à Dieu, à la France et à la Sainte Église peut apporter le fait que les affaires de la Chrétienté soient entre vos mains… » Et une fois connue la décision du roi, il l'invita à ne pas se laisser arrêter par des difficultés auxquelles il était seul capable de faire face : « Je me fie en la cervelle de Votre Éminence, qui, une fois bien établie, saura tout surmonter comme a fait le Cardinal-Duc. » Le sort en est jeté. À la mi-décembre, l'ambassadeur vénitien note qu'il a déjà commencé à prendre connaissance de toutes les affaires : « Il s'élève, comme en plein vol, en obtenant la première de toutes les faveurs, car le roi use envers lui d'estime et de confiance[8]. » Bientôt, sans en avoir le titre, il se voit accorder une pension équivalente à celle dont jouissait Richelieu comme ministre d'État.

Le retour des bannis

Sa faveur présente, cependant, ne l'aveugle pas au point de lui faire négliger l'avenir. Il sait qu'exilés et prisonniers verront finir leurs épreuves avec la mort du roi.

* « À l'honnête homme, tout pays est patrie. »

Mieux vaut donc se les concilier en plaidant leur cause par anticipation. Il sait aussi qu'il est indispensable de rétablir dans la famille royale et parmi les grands la concorde mise à mal par le jeu conjugué des rébellions armées et des proscriptions. Son intérêt propre coïncide donc sur ce point avec celui du royaume. Attention, l'exercice demande du doigté. Car Louis XIII craint, en rappelant trop vite les bannis, de laisser voir que leur éloignement lui avait été imposé de force par son défunt ministre. Et il a « si grand peur qu'on le croie capable de se confier encore à un favori qu'il traite mal ceux qu'il avait couverts de faveurs autrefois[9] ». Tréville lui-même, dont Mazarin a proposé aussitôt le rappel, devra subir un bref purgatoire avant de retrouver ses fonctions auprès de lui. Les exilés, forcés ou volontaires, qui ont commencé de boucler leurs bagages et parfois pris déjà la route de Paris, sont fermement invités à faire demi-tour. Les prisonniers resteront à la Bastille jusqu'à nouvel ordre. L'heure du grand pardon n'a pas encore sonné, les retours en grâce ne se font qu'au compte-gouttes. Cette parcimonie ne tient pas seulement au caractère rancunier de Louis XIII, elle obéit aussi à des motifs politiques. À tout seigneur tout honneur : le premier à bénéficier d'une amnistie devrait être Monsieur, frère du roi. Mais c'est justement celui pour qui le roi ne veut pas passer l'éponge, parce qu'il tient à l'exclure de toute responsabilité à venir.

Au lendemain de la mort de Richelieu, afin que nul n'ignore qu'il avait été partie prenante dans sa rédaction, il fit enregistrer par le parlement une déclaration impitoyable, qui, après avoir rappelé les « crimes énormes » et renouvelés de Gaston d'Orléans, le privait du gouvernement d'Auvergne, lui retirait ses gendarmes et ses chevau-légers, le reléguait dans son apanage blésois et surtout lui fermait l'accès au gouvernement et, notamment, à une éventuelle régence. Au fidèle abbé La Rivière qui lui en communiquait les grandes lignes en avant-première, Sa trop Légère Altesse avait concédé : « La faute que j'ai faite méritait quelque pénitence, mais je ne la prévoyais pas si rude[10]. » La nouvelle de la mort du cardinal lui arracha un cri de joie : « Dieu soit loué, mon ennemi n'est plus au monde ! » Ses serviteurs le pressaient de courir se jeter aux pieds de son frère pour implorer un pardon qui ne pouvait manquer. N'avait-il pas auprès de lui deux avocats, Chavigny, qui faisait partie de sa « maison », et Mazarin lui-même, qui le ménageait et avait répondu à ses appels au secours par des paroles apaisantes. Quittant Chambord, il se mit en route, mais un avis de La Rivière, bientôt relayé par un émissaire royal, lui fut une douche froide. Plaidant sa cause auprès du roi, l'abbé en avait tiré la réponse que celui-ci « aimerait autant égorger sa femme et ses enfants que de les laisser à la discrétion de son frère[11] ! » Il rentra donc chez lui dépité.

Cependant sa mise à l'écart prolongée risquait de faire scandale. Mazarin suggéra au roi une demi-mesure, assortie d'arguments à l'appui. On savait Monsieur très influençable. Ne valait-il pas mieux le ramener à la cour, afin de le tenir à l'œil et de le soustraire à l'influence de ses familiers ? Pour ce qui est de son statut politique, on aurait le temps de voir. Les retrouvailles eurent lieu à Saint-Germain le 13 janvier 1643. Toute la cour était là. Gaston dut fendre une foule énorme pour parvenir jusqu'à son frère. Le protocole lui imposait trois génuflexions, mais dès la première, Louis XIII le releva. Il parlait si bas que nul ne saisit ses paroles. Mais la réponse du roi – « Cela ne se peut encore » – prouve qu'il comptait faire annuler la déclaration infamante. Et tout le monde put entendre le sermon qui lui fut adressé : « Je vous ai déjà pardonné six fois. Je veux désormais voir des effets de ce que vous me promettez. Je ne croirai plus à vos paroles, mais, si vous faites votre devoir, je vous témoignerai que je vous aime[12]. » Une rencontre privée, le soir, fut plus détendue. Louis XIII s'attendrit devant un repentir visiblement sincère. Il rendit à son frère l'appartement où il avait jugé bon, dans sa colère, de le remplacer par Mazarin. Celui-ci, trop heureux de la concorde retrouvée, ne se vexa pas d'aller voisiner avec Chavigny dans un local plus modeste, mais relié à la chambre du maître par un escalier intérieur direct. Monsieur le remercia de son intervention dans ce retour en grâce. Certes l'exclusion qui le frappait tenait toujours, mais c'était un pas vers une future réhabilitation. Il se montra d'une gaieté à la mesure de la grande peur qu'il avait eue.

On ne dressera pas ici la liste des exilés, des fugitifs et des prisonniers qui, à la suggestion de Chavigny et de Mazarin, purent reprendre le chemin de leurs maisons. Afin d'éviter l'effet de masse, ils furent graciés au coup par coup, un peu au hasard, et pour des motifs parfois triviaux. En veut-on un exemple ? Trois d'entre eux, Vitry, Bassompierre et Cramail, enfermés à la Bastille depuis dix ou douze ans – dans des conditions confortables, vu leur rang –, avaient cessé avec l'âge d'être dangereux. Comme le roi semblait peu enclin à les libérer, les deux ministres auraient trouvé, si l'on en croit les *Mémoires* de La Châtre, un argument imprévu : « Ils le prirent par son faible, et lui représentèrent que ces trois prisonniers lui faisaient une extrême dépense dans la Bastille et que, n'étant pas en état de faire cabale dans le royaume, ils seraient aussi bien dans leurs maisons, où ils ne coûteraient rien[13]. » Il fallut cependant l'approche de la mort pour décider Louis XIII au grand pardon qu'exigeait le salut de son âme. Les dernières grâces ne précédèrent que de peu sa disparition. Deux personnes en restèrent exclues : la duchesse de Chevreuse, qui avait été l'amie intime et l'âme damnée d'Anne d'Autriche dans ses jeunes années et n'avait pas cessé de comploter depuis, ainsi que son ancien amant le garde des Sceaux, Châteauneuf, entraîné par elle dans la trahison et qui, interné à Angoulême depuis dix ans, passait pour nourrir encore des ambitions politiques.

L'organisation de la régence

Jusqu'à la mi-février, Louis XIII mena une vie à peu près normale. Le 10, il put même se rendre dans son cher pavillon de chasse de Versailles, où il fit à Mazarin l'insigne honneur de le prier à dîner. Mais dix jours plus tard, il dut s'aliter et chacun comprit que la fin approchait. Il était grand temps de songer à sa succession. Or il s'y refusait, non par crainte de la mort, mais parce que les deux seuls candidats possibles à la régence, son frère et son épouse, lui inspiraient une insurmontable méfiance. Il tergiversait, incapable de se décider. Le temps passait, et il s'obstinait à espérer une rémission qui lui permettrait de remettre à plus tard les choix décisifs. Autour de lui se déchaînaient les espoirs, les intrigues, les supputations, dans un climat délétère. Mais nul n'osait prendre l'initiative de soulever la question, tant étaient grands les risques de provoquer sa colère. Plus ombrageux que jamais, « il était de si méchante humeur qu'il gourmandait tout le monde, et faisait des rebuffades à tous ceux qui l'abordaient[14] ». La valse des confesseurs – trois entre décembre et mars* ! – était de très mauvais augure. On comprend que les ministres aient hésité.

Si on laisse de côté Bouthillier, surintendant aux finances, déjà âgé et cantonné dans son domaine technique, ils étaient trois – tous créatures de Richelieu – à disposer d'assez d'influence pour se permettre d'intervenir : Sublet de Noyers, secrétaire d'État à la guerre, Chavigny, le fils de Bouthillier, secrétaire d'État aux affaires étrangères, et Mazarin. Entre eux, ce n'était pas l'entente cordiale. Les deux premiers ne s'aimaient pas. Maintenu naguère au second rang par Richelieu, de Noyers, confit en dévotion, misait sur la piété du roi et se croyait désormais en mesure de faire cavalier seul. Les deux autres faisaient équipe, en principe. Mais un même domaine de compétences, les affaires étrangères, les vouait à rivaliser. Chavigny, qui avait chaleureusement accueilli, sur ordre du cardinal, le nouveau venu débarquant d'Italie, n'avait pas tardé à s'offusquer de partager avec lui les tâches et de s'y voir bientôt surclassé. À l'un les faveurs royales, à l'autre les rebuffades. Ce sont des choses qui ne se pardonnent pas.

La prédilection de Louis XIII pour Mazarin a frappé les contemporains. Dans l'éviction de ses rivaux, ils ont vu le fruit de subtiles manœuvres et l'ont taxé d'ambition effrénée, cachée sous des dehors avenants. Mais ils n'ont pas compris la source principale de son succès, parce qu'elle n'est que peu apparente : il accomplit admirablement un travail considérable. « Sur lui rejaillit quasiment toute la foule des affaires », note l'ambassadeur vénitien[15]. Sa supériorité intellectuelle

* En décembre, le Père Caussin avait été congédié et exilé pour avoir vivement critiqué les alliances protestantes de la France. En mars, son successeur, le Père Sirmond, fut chassé pour avoir suggéré de confier la régence à la reine et remplacé par le Père Dinet, lequel, semble-t-il, ne suggéra rien.

éclate dans les rapports qu'il fait à Louis XIII, comme elle éclatait dans les comptes rendus qu'il envoyait jadis à Francesco Barberini. Clarté, précision, solidité de l'information, ampleur de vues : qui dit mieux ? Et comme il a en outre l'art et la patience de présenter les solutions au roi de manière à lui donner l'illusion qu'elles viennent de lui, il l'emporte naturellement sur tous ses rivaux. Il le sait, bien sûr, et en tire avantage. On ne peut tout de même pas lui demander de brider ses talents pour ménager l'amour-propre de ses confrères ! Il continue donc de travailler assidûment – il y a de quoi faire pour préparer la prochaine campagne contre l'Espagne –, en attendant que la situation se décante.

Chacun des trois ministres surveille les deux autres, sans oser les attaquer directement, caressant l'espoir qu'ils commettront une erreur fatale. Ce fut de Noyers qui tomba le premier. Il pensait avec raison qu'il serait impossible d'exclure de la régence Anne d'Autriche, dont le dévouement passionné à ses enfants ne faisait aucun doute. Mais au lieu d'aborder franchement la question avec Louis XIII, il crut devoir s'assurer l'appui des jésuites et tint avec eux une conférence secrète sur les mesures à prendre pour l'inciter à faire son testament, et peut-être pour parer à toute éventualité s'il lui arrivait malheur d'ici là. Le roi l'apprit, lui fit d'aigres reproches. Et comme l'autre offrait mollement de se retirer si ses services ne plaisaient plus, il le prit au mot : « Volontiers », lui dit-il sur un ton sans appel. Chavigny et Mazarin purent se donner l'élégance de plaider en vain pour l'imprudent, qui se retira sur ses terres où il mourut bientôt. Mais l'incident leur facilita la tâche, puisque la question de la régence cessait d'être taboue.

Ils l'abordèrent plus adroitement, en exposant au roi, d'un même mouvement, les données du problème et sa solution. Les documents dont nous disposons ne permettent pas de faire le départ entre les deux compères dans l'élaboration du texte qui s'ensuivit. La démarche adoptée semble porter la marque de la méthode mazarine. Mais le cardinal s'efforça prudemment d'en rejeter la paternité sur Chavigny, parce que ce texte risquait de mécontenter très fort le duc d'Orléans et Anne d'Autriche. Louis XIII en effet y accordait d'une main ce qu'il retirait de l'autre. La régence allait à la reine. Sous son autorité, Gaston d'Orléans serait lieutenant général du royaume, c'est-à-dire en charge des armées, mais sans responsabilités politiques. Le gouvernement serait assuré par le Conseil, organisme collégial, dans lequel siégeraient aux côtés des deux précédents, le prince de Condé – sang royal oblige –, mais surtout quatre grands commis, tout droit sortis de l'écurie de Richelieu : Mazarin, Chavigny, son père Bouthillier et le chancelier Séguier. Les décisions y seraient prises à la majorité des voix. Faites le calcul, vous verrez tout de suite qui gouvernera ! Le Conseil serait présidé par un des deux princes ou, en leur absence, par Mazarin – une prééminence apparemment due à sa dignité cardinalice. Mais leur présence ou leur absence ne devraient rien changer à l'issue des votes. La déclaration est conçue pour faire du cardinal le maître effectif du pays, selon la volonté expresse de Louis XIII.

Chavigny et Mazarin eurent soin d'avertir la reine et Monsieur de ce qui les attendait. C'est donc en connaissance de cause que ceux-ci se rendirent au chevet du roi le 20 avril pour assister à la lecture officielle de cette déclaration testamentaire. Tous deux, pleurant à chaudes larmes, jurèrent de la respecter. Gaston, tout récemment étrillé, estimait s'en tirer à bon compte et espérait que sa docilité lui vaudrait quelque indulgence. Anne d'Autriche, au contraire, ulcérée de se voir marchander l'autorité, avait bien l'intention de s'y soustraire. Aussi prit-elle la précaution de faire enregistrer la veille auprès d'un notaire une protestation, frappant de nullité le serment qu'elle allait devoir prêter sous la contrainte*. Le lendemain, 21 avril, le parlement enregistra la déclaration royale d'autant plus volontiers qu'elle s'accompagnait de la plus large amnistie pour tous les proscrits qui l'étaient encore. Au seuil de la mort, l'heure du grand pardon avait sonné. Louis XIII fit retirer des registres la mesure infamante prise contre son frère. Il répugnait encore à reconnaître son mariage, il n'y consentit qu'*in extremis*. Marguerite de Lorraine put donc enfin rejoindre son époux, à condition de se soumettre à une nouvelle cérémonie. Elle l'avait déjà épousé deux fois, n'était-ce pas suffisant? Oui, mais sans le consentement de la France. Elle piqua une vive colère devant ces tracasseries, menaça de s'en retourner à Bruxelles. Mais lorsqu'on lui expliqua que seul le mariage français lui permettrait de jouir d'un douaire en cas de veuvage, toutes ses objections furent balayées d'un seul coup.

Plus il sentait approcher l'échéance, plus Louis XIII s'accrochait à Mazarin comme à la seule bouée de secours lui permettant de préserver l'œuvre laissée en suspens par Richelieu et de protéger l'enfance de son fils des appétits qu'il voyait se déchaîner. À l'évidence, c'est lui qui est demandeur. Il multiplie les chaînes susceptibles de l'attacher, comme s'il craignait de le voir plier bagage pour rentrer à Rome. L'ambition, très réelle, chez Mazarin est en effet contrebalancée par la crainte devant l'ampleur de la tâche et par la nostalgie

---

* Nous avons rencontré plusieurs fois, au cours des siècles, cette curieuse procédure. Un serment fait sous la contrainte est considéré en droit comme nul. Mais la protestation devant notaire doit être faite *avant*, et non après la prestation du serment, pour éviter les abus.

de sa patrie perdue. Le roi le sait, le sent. Alors il lui accorde tous les pouvoirs possibles. Outre la direction du Conseil, il lui confère la haute main sur les principales nominations ecclésiastiques, autrement dit la maîtrise du clergé. Et finalement, il le lie au dauphin par le lien le plus fort qui se puisse trouver, le parrainage.

L'enfant, selon l'usage, avait été ondoyé à sa naissance pour le faire entrer dans la communauté des chrétiens. Mais il n'avait pas encore reçu le baptême. Il était urgent désormais de lui donner le nom qui serait le sien dans tous les actes officiels*. Urbain VIII, pressenti comme parrain, se dérobait à cause des différends qui l'opposaient à la France. Louis XIII en profita. Contrairement à ce qu'on croit souvent, Mazarin n'intervint pas par procuration, en lieu et place du pape. Il fut bel et bien désigné à titre personnel pour porter Louis XIV sur les fonts, aux côtés de la princesse de Condé. Et compte tenu des circonstances, il ne s'agit pas d'un honneur fortuit, mais d'un engagement à long terme, d'une paternité spirituelle, qui implique paternité tout court, après la disparition du père naturel. La cérémonie, accomplie le 21 avril dans l'intimité, fut longuement décrite par la *Gazette*, qui vanta l'exceptionnelle sagesse du bambin et souligna le rôle assigné à Mazarin. Mais les futurs mémorialistes la tinrent pour négligeable, tant ils étaient persuadés que le cardinal serait renvoyé sous peu. Dieu sait pourtant qu'elle était importante ! Par cet acte sacramentel, le roi mourant lui a confié ce qu'il a de plus précieux avec son royaume : son fils. Et il lui a fait jurer de ne pas abandonner son filleul avant de l'avoir conduit à l'âge d'homme – engagement privé,

* Un nom, c'est-à-dire un prénom, puisque c'est par leur seul nom de baptême que signent les rois. Jusqu'au baptême, on le désignait par son titre – le dauphin – et on l'appelait Monsieur.

qui n'a pas laissé de trace écrite, mais auquel Mazarin se référera trop souvent, auprès de gens trop avertis, pour qu'on puisse mettre en doute sa réalité.

Fallait-il qu'il fût aux abois, pour ne trouver auprès de lui personne d'autre à qui se fier ! Il est permis de se demander, à cette occasion, si l'admiration – méritée – qu'inspire aux historiens l'œuvre de Richelieu ne les a pas aveuglés sur certains effets pervers de sa politique. Certes il a réduit l'insubordination des grands à coups d'échafauds. Mais il ne les a pas domptés. Il les a coupés de lui et, ce qui est plus grave, du roi. Il avait tout organisé pour exercer le pouvoir sous l'autorité nominale d'une régente présumée incompétente et frivole. Sa mort laisse le souverain très démuni face à une meute de grands seigneurs avides de revanche, désireux de reconquérir leurs prérogatives perdues. Il ne faut pas compter sur eux pour maintenir la continuité. Seul Mazarin, un étranger sans attaches, possède les compétences et, grâce à la pourpre, le minimum de dignité requis pour remplir la niche que l'autre cardinal s'était construite à sa convenance. Aussi Louis XIII fit-il des efforts pathétiques pour le retenir.

Nous mesurons mal, aujourd'hui, quelle était sa situation à l'époque. Il est un serviteur, de très haut niveau certes, mais un serviteur tout de même, un de ces étrangers qui, faute d'obtenir chez eux un emploi à leur mesure, s'offrent à des souverains plus puissants. Assez fréquent dans le domaine militaire, le cas est plus rare en politique. Mazarin n'en a que plus de prix. N'oublions pas que, en tant qu'étranger, il ne doit rien à la France. Il doit tout à Richelieu et à Louis XIII, à qui l'ont lié des engagements personnels très puissants. Mais après leur disparition, il pourrait quitter la France la tête haute, non pas disgracié, ni poussé par l'espoir d'un sort meilleur, mais délié par la mort de ses maîtres et la révolution de palais qui menace de s'ensuivre. Rien ne le retient plus. Les deux années passées auprès de Louis XIII ont enrichi ses états de service, les ambassadeurs en poste à Paris peuvent témoigner dans leurs pays respectifs de ses capacités et de son dévouement. À Rome ou ailleurs, il trouvera sans peine à s'employer. Il se heurtera, dira-t-on, à l'animosité des Espagnols ? Mais non, ils n'en veulent pas à sa personne : ils lui font faire de discrètes avances, ils essaient de se l'attacher ! Va-t-il passer de Paris à Madrid et faire de la politique en sens inverse, à la manière du prince Thomas de Savoie-Carignan, qui a commandé tour à tour troupes espagnoles et troupes françaises ? Non. Il reste. Il n'a fait confidence à personne des motifs qui l'y décidèrent. A-t-il d'ailleurs eu le temps d'y réfléchir à nouveau, alors que les événements se bousculaient ? Une chose est sûre, c'est qu'on a peine à l'imaginer désertant le terrain au moment décisif. Il aime trop affronter les défis. En s'engageant dans la difficile partie qui se présente, il est fidèle à la famille royale qui l'a accueilli, fidèle aux options politiques qu'il a partagées avec Richelieu et Louis XIII, mais aussi et surtout peut-être, fidèle à lui-même.

Pour avoir quelque chance de réussir, il lui fallait l'appui de la reine. Le roi y a veillé. Il n'est pas sûr qu'il ait exigé d'elle, au moment du baptême, le serment de ne jamais renvoyer Mazarin, puisque, en principe, la déclaration testamentaire lui en déniait le pouvoir ! À moins, bien sûr, qu'il n'ait éprouvé *a priori* des doutes sur le sort promis à ses dernières volontés. Mais il est certain qu'il eut, au cours des trois semaines qui lui restèrent à vivre, de nombreux entretiens avec elle. Il ne put manquer de l'éclairer sur ses responsabilités, de lui rappeler que l'avenir de leur fils reposait entre ses mains et de l'inviter à s'appuyer sur Mazarin, comme le plus capable et le plus fiable des serviteurs.

Restait à savoir comment elle prendrait les prescriptions d'un époux dont elle se préparait à récuser en justice le testament, en faveur d'un fidèle de Richelieu qu'elle avait tant honni. La réponse semblait aller de soi : les jours de l'intrus au gouvernement étaient comptés. Aussi la stupéfaction fut-elle totale lorsque la reine, loin de le chasser, fit de lui son premier ministre. Tous les mémorialistes s'évertuèrent, en vain, à expliquer une décision qu'ils ne comprenaient pas. Certains crurent à un choix de dernière minute, par défaut, parce qu'elle n'avait personne d'autre sous la main. Les plus avertis y virent le fruit de manœuvres souterraines, mais ils se trouvaient bien en peine d'en démêler tous les fils. Car en vertu de la loi selon laquelle les amis de nos ennemis sont nos ennemis, ils posaient au départ qu'Anne d'Autriche reportait sur Mazarin l'animosité que lui avait inspirée Richelieu. C'était oublier que le disciple offrait à bien des égards, et notamment dans son comportement plein d'aménité, l'exacte antithèse de son maître. Presque tous ignoraient d'autre part, et pour cause, la réconciliation secrète de la reine avec Richelieu après l'affaire Cinq-Mars. En fait, elle n'avait aucune raison de détester Mazarin, au contraire. Il n'y avait donc pas lieu, non plus, de chercher à la sympathie qu'elle lui portait des raisons suspectes, en laissant entendre que seule l'attirance exercée par le trop séduisant prélat avait pu contrebalancer sa prétendue haine initiale. La vérité est plus simple. Rien ne faisait obstacle à une entente politique où tous deux avaient à gagner. Mieux même : ils y étaient fortement incités par la volonté du roi mourant. Mais pour donner corps à leur alliance, il fallait d'abord la dissimuler, afin d'écarter les oppositions prévisibles.

L'alliance de la reine et de Mazarin

En fait, ils se connaissaient depuis plus de dix ans. « Le roi me mena à la rencontre de la reine pour que je lui fasse révérence », écrivait Mazarin à ses patrons de Rome à la suite de la présentation officielle qui accompagna sa mission à Paris au début d'avril 1632[16]. Il n'aurait été aux yeux de la souveraine qu'un des innombrables visiteurs étrangers, si son exploit de Casal deux ans plus tôt ne l'avait tiré du pair. Elle associe son nom à la paix, qu'il a sauvée en Italie du Nord et qu'il vient à nouveau défendre au nom du pape. Quelle meilleure introduction pour lui plaire ? Bien plus, assurément, que sa prétendue ressemblance avec Buckingham, qu'aurait invoquée Richelieu dans une remarque quasi insultante* ! Mais leurs relations se bornèrent alors à des rencontres protocolaires. Lors de la longue nonciature extraordinaire des années 1634-1635, il eut en revanche l'occasion de s'entretenir plus longuement avec elle. Isolée, sans enfants, tenue en suspicion par son mari, elle accueillit avec gratitude les égards qu'il lui montrait.

Sa connaissance du castillan, qu'il parlait alors mieux que le français, sa qualité d'étranger, sa gaieté contagieuse firent qu'il se permit des libertés déconseillées par les usages. « Y a-t-il lieu d'espérer, lui demanda-t-elle un jour, que Son Éminence le cardinal Antoine vienne jamais en France ? – Il faut, Madame, osa-t-il lui répondre, que Votre Majesté lui en donne l'occasion, en faisant le plus tôt possible un dauphin… » Elle, loin de s'offusquer, en convint avec un sourire : « Je n'ai pas

---

* « Vous l'aimerez bien, Madame, il a de l'air de M. de Bouquinquant », lui aurait dit Richelieu en le lui présentant, si l'on en croit le récit de Lionne à Tallemant des Réaux[17]. Allusion à l'amour que la reine avait éprouvé pour le bel Anglais quand elle avait vingt-quatre ans.

d'autre désir[18]. » Une anecdote, hélas invérifiable, lui prête une initiative inattendue. Il savait que son époux tenait les cordons de la bourse si étroitement serrés qu'elle manquait toujours d'argent de poche. Ayant fait un gros gain au jeu, lors d'une partie où elle assistait, il lui fit envoyer 5 000 écus, au motif que sa présence lui avait porté chance. Elle eut honte et commença par refuser, puis céda à la tentation et à ses instances. Il est vrai qu'elle avait l'habitude de recevoir de lui, en même temps que tous les gens importants, de ces petits cadeaux sans prétention – éventails, eaux de senteur, gants parfumés à la frangipane*, bibelots ou fruits d'avant-saison –, qui valent surtout par l'intention et entretiennent l'amitié. Bientôt, la guerre déclarée entre la France et l'Espagne leur inspira même désolation, tous deux déplorant l'intransigeance des gouvernants qui avait conduit à la rupture, alors qu'il suffisait de se parler calmement pour s'entendre ! Mazarin dut ensuite traverser de longues années de purgatoire, durant lesquelles il fut prodigue de ces envois de menus présents, pour empêcher qu'on ne l'oublie.

Lorsqu'il revient en 1640, pour un séjour d'une durée indéterminée, il la trouve mère d'un dauphin et enceinte d'un second enfant, qui sera également un fils. Il ne peut cacher qu'il partage les vues de Richelieu sur la poursuite de la guerre, nécessaire à l'obtention d'une paix équitable. Mais elle, de son côté, évolue lentement sous l'influence de ses maternités. Si elle n'a pas encore abandonné ses préventions en faveur de son pays natal, il est certain que l'avenir de son fils – de son aîné, le futur roi de France – prime chez elle sur toute

* Du nom de ses amis Frangipani, qui avaient inventé ce parfum. On ne sait s'il ressemblait à la crème à base de pâte d'amandes que nous nommons ainsi aujourd'hui.

autre considération. L'affaire Cinq-Mars est l'occasion de lui ouvrir les yeux et de lui faire comprendre qu'elle n'a rien de bon à attendre de comploteurs prêts à brader tous les récents acquis de la guerre. Qui s'en chargea? On ne sait. Mais on risque peu à parier que ce fut l'irremplaçable Mazarin qui reçut mission de l'instruire. Nous avons souligné, plus haut, son changement d'attitude à l'égard de Richelieu mourant. Une des énigmes qui ont tant intrigué les mémorialistes, peu au fait des dessous de l'affaire, disparaît du même coup. Inutile de chercher comment Mazarin a pu parvenir à faire sa conquête et à la « retourner » – au sens politique du terme – dans les trois brèves semaines qui séparent le testament de la mort du roi. C'était chose acquise sensiblement plus tôt. La pression des événements ne fait que transformer en alliance secrète ce qui était déjà communauté de points de vue et d'objectifs. Car ils ont désormais impérieusement besoin l'un de l'autre.

Leur gros problème est la déclaration testamentaire. La fille des Habsbourg d'Espagne, dont les veines charrient le sang de Charles Quint, se refuse à subir une régence qui la ferait dépendre du bon vouloir de quatre commis. Longtemps tenue pour quantité négligeable par son mari, elle veut disposer de l'autorité royale pleine et entière. Elle est décidée à faire casser le testament. Mazarin a certes participé à sa rédaction : il fallait bien assurer l'éviction de Gaston d'Orléans au bénéfice, même limité, d'Anne d'Autriche. Mais il est convaincu que le gouvernement collégial voulu par le roi n'est pas viable, car il suppose une entente sans faille entre les quatre ministres désignés. Or il est bien placé pour savoir que cette entente est illusoire. Chavigny lui a déjà fait comprendre, par diverses petites avanies, qu'il n'entendait pas lui céder la prééminence. Il n'aura les mains libres que s'il est seul aux commandes – ce qui ne sera possible que sous l'autorité exclusive de la reine et avec son aval.

Elle, de son côté, se sait incapable de gouverner par elle-même. Et sur qui peut-elle s'appuyer, qui ait la compétence et le désintéressement requis ? Les mêmes causes produisant les mêmes effets, elle est conduite à se tourner, comme Louis XIII quelques mois plus tôt, vers Mazarin. Et il est frappant de voir que les raisons qu'elle s'apprête à donner pour motiver son choix sont analogues : lui seul maîtrise les arcanes de la politique internationale, lui seul est capable d'assurer la transition, parce qu'il connaît les intentions du défunt ; étranger, sans famille, il n'est lié à aucun clan, il ne dépendra que d'elle. Mazarin a-t-il fait par écrit acte d'allégeance envers elle ? On invoque souvent, avec les précautions d'usage, le texte d'un billet cité par un mémorialiste peu fiable, le jeune Brienne : « Je n'aurai jamais de volonté que celle de la reine. Je me désiste dès maintenant de tout mon cœur des avantages que me promet la déclaration, que j'abandonne sans réserve, avec tous mes autres intérêts, à la bonté sans exemple de Sa Majesté. Écrit et signé de ma main, De Sa Majesté le très humble et très fidèle sujet et la très reconnaissante créature[19]… » Authentique ou « amélioré » par le narrateur et très probablement antérieur à la date où il le situe, ce texte a pour lui la vraisemblance, quand on se rappelle combien les hommes de ce temps aimaient à transcrire noir sur blanc et à parapher les pactes qui les liaient. En tout cas, il porte dans son esprit, et dans ses termes mêmes, la marque de Mazarin. À l'évidence, celui-ci encourage indirectement la reine à faire annuler la déclaration, en lui fournissant, selon sa démarche coutumière, la solution rassurante aux difficultés qu'elle rencontrera par la suite : elle pourra compter pour les résoudre sur son entier dévouement.

Un plan en deux étapes se dessine, annulation d'abord, puis promotion de Mazarin comme premier ministre. À cette date, ils ont tout le loisir de se concerter pour le mettre au point. Sous prétexte de bénéficier d'un air plus sain, Louis XIII a quitté le château vieux de Saint-Germain, où logent sa famille et ses serviteurs, et s'est installé au château neuf*. La vraie raison de ce transfert est sans doute qu'il veut mourir à l'écart, pour protéger son fils. La tradition selon laquelle le roi de France ne meurt pas interdit en effet que demeurent sous un même toit le nouveau souverain et le cadavre de son prédécesseur. S'il restait au château vieux, il faudrait en évacuer précipitamment l'enfant dans les heures suivant son dernier soupir. Quelle aubaine pour ceux qui rêvent de s'emparer de lui, convaincus que, selon l'adage, « qui tient le roi tient le pouvoir » ! La reine partage son inquiétude. Tous deux n'ont cessé, depuis la naissance des petits princes, de redouter une éventualité de ce genre. Mais leurs soupçons ne visaient pas les mêmes gens. Lui, craignant Gaston d'Orléans et Condé, voulait les confier à Richelieu. Elle, prêtant à celui-ci des ambitions démesurées, se battait pour l'en empêcher. Ils sont d'un même avis maintenant, le danger vient des deux princes du sang. Tandis qu'il agonise dans le château neuf à demi déserté, sa femme s'occupe de mettre en défense le château vieux, solide forteresse médiévale. Monsieur et Condé ne viennent-ils pas de débarquer en force à Saint-Germain, traînant à leur suite une large troupe d'« amis » fortement armés ?

* Le château vieux, édifié au XIIe siècle par Louis VI le Gros et plusieurs fois remanié par saint Louis, Charles V et Louis XII, est celui que nous connaissons aujourd'hui. Plus fragile, le château neuf, élégant édifice Renaissance bâti au bord du plateau à l'initiative d'Henri II et terminé sous Henri IV, tombait en ruines lorsque Charles X le fit démolir.

Pour protéger les petits princes, elle fait alors appel au duc de Beaufort, chef de file d'un clan nobiliaire de moindre volée. Une précaution inutile? Sans doute. Car les deux princes sont trop occupés à se surveiller l'un l'autre pour songer à enlever le roi. Une démarche hasardeuse à coup sûr. Car l'heureux bénéficiaire de cet honneur se croit appelé à devenir son favori : il prendra très mal de ne l'être pas.

La reine cependant commence à s'initier au gouvernement et à assister au Conseil. Lorsqu'elle regagne ses appartements après les longues heures passées au chevet de son époux, rien ne l'empêche de débattre en privé avec celui qui a en charge les affaires du royaume. Ils peuvent aussi parler de l'avenir. À une condition indispensable cependant, le secret absolu. Moins à l'égard du roi, tout entier tourné désormais vers le salut de son âme, qu'à l'égard des grands, qui lui font des offres de service intéressées. Elle a besoin, pour obtenir la régence pleine et entière, du consentement des princes, son beau-frère Gaston d'Orléans et son cousin Henri de Condé. Fort heureusement, comme ils se jalousent, ils préfèrent la lui concéder, quitte à jouer leur partie ensuite, plutôt que de lui donner un corégent en la personne de l'un d'eux. Mais s'ils venaient à deviner qu'ils travaillent pour Mazarin, ils feraient bloc contre lui, entraînant à leur suite toutes les grandes familles. Le cardinal la laisse donc jouer seule cette partie.

Elle ne manquait pas d'appuis pour le faire. Le testament de Louis XIII heurtait des convictions bien ancrées dans les esprits. Longtemps plainte comme « victime » de Richelieu, puis transfigurée par sa maternité, Anne d'Autriche jouissait d'un fort courant de sympathie. On comprenait mal la défiance dont la poursuivait son époux. On n'admettait pas, vu son rang, qu'elle fût soumise au bon vouloir de quatre ministres fraîchement sortis de leur roture originelle. De plus, l'idée d'un gouvernement collégial choquait : l'autorité, déléguée par Dieu à ceux qui le représentaient sur terre, était une et indivisible. Enfin, bien que la France n'eût pas de constitution écrite, les « lois fondamentales du royaume », authentifiées par la tradition, spécifiaient que « le pouvoir du roi meurt avec lui » et qu'il ne peut « contraindre son successeur », dont la désignation lui échappe, puisqu'elle découle de la loi de succession par primogéniture masculine*. Le cérémonial de transmission des pouvoirs – *« Le roi est mort, vive le roi ! »* – soulignait cette remise des compteurs à zéro par l'annulation, puis le rétablissement immédiat des principales charges. Il se trouvait que la tradition, faute d'occasions peut-être, avait omis de régler l'attribution de la régence. D'où des flottements. Mais ce n'était pas une raison pour permettre au roi mourant d'empiéter sur les prérogatives de son fils, si jeune qu'il pût être.

Aux raisons juridiques de s'opposer au testament de Louis XIII s'ajoutaient, bien entendu, chez chacun des particuliers, des motivations fondées sur leur intérêt personnel. Tous pensaient qu'Anne d'Autriche, une femme inexpérimentée dont nul ne soupçonnait l'intelligence et l'énergie, serait facile à manipuler. Elle eut donc autant de partisans qu'il y avait d'hommes aspirant à lui servir de mentor. Et Dieu sait qu'ils étaient nombreux ! Quant aux magistrats du parlement de Paris, que Louis XIII avait vertement rappelés à l'ordre lorsqu'ils tentaient de freiner la pression fiscale, ils n'étaient pas mécontents de prendre leur revanche. Ils se montrèrent ravis d'être consultés, preuve qu'ils avaient voix au chapitre en matière de gouvernement. Ils rendraient très volontiers

* Ce qui veut dire que toutes les mesures prises par Louis XIII pour priver son frère de ses droits à la succession n'étaient pas recevables.

à la reine un service qu'ils espéraient bien monnayer. Gaston d'Orléans, encore sonné par sa récente exclusion, donna son accord de bonne grâce. Henri de Condé fut gagné par de riches prébendes et par la charge de généralissime de l'armée de Flandre accordée à son fils de vingt-deux ans – un passe-droit que l'avenir justifiera, mais on ne pouvait le prévoir.

Toutes les mesures étant prises, il ne restait plus qu'à attendre l'échéance. Trois semaines durant, le roi agonise entre la vie et la mort. Mazarin débat quotidiennement avec lui des affaires courantes, mais il affecte de préparer ses bagages. Anne d'Autriche se montre exemplaire. Fuyant la foule des courtisans qu'aimante vers elle sa future régence, elle passe la plus grande partie de ses journées au chevet du moribond, luttant contre l'insoutenable odeur grâce au flacon de parfum que lui fait passer le valet de chambre Dubois. Une délicate attention de Mazarin ? C'est de l'eau de jasmin, dont il est le pourvoyeur.

Elle n'avait guère alors comme fidèle sûr que son grand aumônier, le pieux évêque de Beauvais, Augustin Potier, un homme fort respectable, que Richelieu lui avait laissé au temps des grandes purges, le jugeant trop insignifiant pour être dangereux, « une bête mitrée » dira crûment le cardinal de Retz[20]. Mazarin lui paraissait plus que jamais indispensable. Elle parla de lui, autour d'elle, à ceux qui le connaissaient, des gens étrangers aux coteries, le nonce apostolique, l'ambassadeur de Venise, Vincent de Paul ou Walter Montagu, l'ami écossais de Buckingham. De tous, elle tirait des éloges, qui l'encourageaient à le conserver. Ses fonctions d'envoyé pontifical en faveur de la paix lui valaient la sympathie des dévots. Et sur la foi du nonce et du Père Vincent, le bon évêque de Beauvais, qui se croyait promis au ministère, n'hésita pas à faire chorus. On les retrouve tous dans les mémoires du temps, comme sources de la future faveur de Mazarin.

On épargnera au lecteur le récit de la mort de Louis XIII, qui conjugue, à des fins d'édification – *Memento mori* –, l'horreur de la chair pourrissante et le triomphe, dans son âme libérée, de toutes les vertus chrétiennes. C'était le 14 mai 1643, trente-trois ans jour pour jour après son avènement. Dès le lendemain, Anne d'Autriche quitta Saint-Germain et gagna Paris en grande pompe, saluée par des acclamations populaires qui firent de ce voyage un triomphe. Le 18 mai, comme annoncé, elle se rendit au parlement, pour un « lit de justice* » consacré par la présence du petit roi de quatre ans et demi. Les princes du sang étaient là, bien entendu, comme membres de droit de cette assemblée. Mazarin s'abstint d'y assister. Il n'avait rien à y faire, puisqu'on allait y sceller son éviction. Que ferait-il en France, sans titre ni emploi ? Il se préparait à partir, affirmait-on. La reine subit avec une édifiante modestie d'interminables discours, où les éloges fleuris dominèrent largement, en dépit de quelques épines. L'issue ne faisait aucun doute. À l'unanimité, le parlement conféra à la régente « l'administration libre, absolue et entière des affaires du royaume » et la faculté de choisir « les personnes de probité et expérience qu'elle jugera à propos » pour l'assister dans ses Conseils, sans être astreinte à suivre « la pluralité des voix ». Sans perdre un instant, le soir même, dans la foulée, elle déclara qu'elle nommait Mazarin principal ministre.

Elle n'avait mis que quatre jours pour se débarrasser des entraves que son époux avait tenté de lui imposer, puis moins d'une demi-journée pour tuer dans l'œuf

---

* Séance au cours de laquelle la présence du roi imposait l'enregistrement des édits, sans discussion possible.

les espérances des candidats au ministère. Du très beau travail, qui ne pouvait être le fruit de l'improvisation. Le prétendu chantage au départ exercé sur elle par le ministre déchu n'était que poudre aux yeux[21]. Mais sur le moment personne n'y vit que du feu. Les plus avisés des mémorialistes – La Rochefoucauld, Montglat – ont compris seulement après coup que cette stupéfiante nomination était l'aboutissement de manœuvres souterraines très bien menées. Et en effet, Anne d'Autriche et Mazarin avaient partie liée pour affronter les turbulences d'un changement de règne qui promettait d'être difficile, tant était large le fossé séparant les options politiques héritées de Richelieu des attentes du pays.

L'héritage : état des lieux

Richelieu possédait au plus haut degré l'art de faire valoir ses mérites : « Sire, voici le dernier adieu. En prenant congé de Votre Majesté, avait-il dit à Louis XIII lors de leur ultime entretien, j'ai la consolation de laisser votre royaume dans le plus haut degré de gloire et de réputation où il ait jamais été, et tous vos ennemis abattus et humiliés[22]. » C'était se flatter beaucoup. Le bilan réel est beaucoup moins brillant. Richelieu n'a mené à son terme qu'un seul de ses grands desseins. Il a démantelé l'organisation paramilitaire qui permettait aux réformés de constituer une sorte d'État dans l'État. Mais il n'a réussi ni à réduire les grands seigneurs à l'obéissance, ni à venir à bout de la lutte contre la maison de Habsbourg.

Les grands n'ont pas accepté le renforcement de l'autorité royale, la mise en place d'une administration qui les écarte des organes de gouvernement et, par le biais des intendants, rogne leur pouvoir dans les provinces. Leurs dissidences, complots et révoltes armées ont jalonné son règne, renaissant de leurs cendres après chaque échec, en dépit de la brutalité d'une répression sans pitié. Le sang répandu sur les échafauds transformait les rebelles en martyrs, appelant la vengeance et suscitant des vocations. Personnellement, le cardinal n'a échappé que de justesse à la conjuration de Cinq-Mars. Le roi l'a soutenu, *in extremis*. Mais le grand pardon, entraînant le retour massif des exilés, a éveillé chez ceux-ci l'espoir d'un retour en arrière, qui leur rendrait l'influence perdue. Pour l'héritier de Richelieu, la tâche s'annonce rude.

La lutte contre les Habsbourg semble, elle, en bonne voie. Depuis deux ans, Madrid et Vienne essuient défaites sur défaites. Certes. Mais l'Espagne, atteinte dans son orgueil, ne cédera qu'à bout de ressources. Or, la perspective d'une longue minorité en France lui ouvre de vastes espérances. Un pouvoir faible, par nature, une régente espagnole qui passe pour très attachée à son pays natal, une opinion majoritairement hostile à la guerre : tout devrait concourir à la signature rapide d'une paix blanche, conforme à ses vœux. Le grand dessein de Richelieu est en passe de sombrer sans ressource avec le dernier souffle de vie de Louis XIII. Une des grandes faiblesses de sa politique est qu'il n'est jamais parvenu à en démontrer la nécessité. Il s'est engagé dans le conflit indirectement, comme à la dérobée, afin de ne pas heurter les convictions hispanophiles de Marie de Médicis et du parti dévot. Il a dû jeter le masque en 1630, lors de la journée des Dupes. Mais il n'a jamais réussi à justifier vraiment aux yeux du public qu'on sacrifiât les indispensables réformes intérieures à une politique étrangère apparemment contestable. À la guerre « couverte » a succédé, en 1635, la guerre ouverte, entraînant un terrible tour de vis fiscal. Elle n'en est que plus mal comprise, on s'en doute.

Pour des raisons qui tiennent aux guerres de religion et à leurs séquelles, un bon nombre de Français ne se résout pas à voir dans l'Espagne un pays *ennemi.* Un siècle durant, elle est intervenue dans les troubles intérieurs en France, comme alliée naturelle des catholiques. Les souverains successifs eux-mêmes ont oscillé face à elle entre l'hostilité, la solidarité ou la neutralité. Quel peut être dans ces conditions le sens du conflit? Les grands qui affrontent ses troupes sur les champs de bataille de Flandre sont les mêmes qui traitaient avec elle pour éliminer Richelieu et ils sont prêts à recommencer pour éliminer Mazarin. Ils entretiennent des agents auprès d'elle à Bruxelles, pour s'y ménager un refuge en cas de besoin. Le fait qu'on négocie parallèlement aux combats encourage l'idée qu'aucun enjeu vital n'est en cause. Elle fait à leurs yeux figure de partenaire dans une sorte de joute, un vaste tournoi à l'échelle européenne, en attendant la réconciliation. Quant aux militants du parti dévot, souvent issus de familles engagées naguère dans la Ligue et très nombreux dans la noblesse de robe, ils jugent impie cette guerre fratricide. S'en prendre à la très catholique Espagne est pour eux se tromper d'adversaire et faire le jeu de l'hérésie – une opinion confortée par le recours à des alliés protestants et par l'insistance à leur faire place à la table des négociations.

Cette guerre, Mazarin, à la différence de Richelieu, n'en est pas responsable. Peut-être aurait-il hésité à s'y engager. Mais elle est là, elle fait partie de l'héritage. Il l'accepte, il l'assume – mieux que les Français. Il vient d'ailleurs. Il n'a pas le même passé, pas les mêmes souvenirs qu'eux. Il est certes un catholique sincère, et il fut hispanophile au départ. Mais l'expérience l'a instruit sur les ambitions de l'Espagne. Il a pu voir à l'œuvre, en Italie du Nord, ses manœuvres pour grignoter peu à peu le terrain aux dépens des États indépendants. Il a compris la menace que font peser sur tous ses voisins ses prétentions hégémoniques. Son patriotisme italien teinte d'une coloration passionnelle sa conviction, raisonnable et raisonnée, qu'il faut mener la lutte jusqu'à la victoire décisive. Il sait aussi que reculer au milieu du gué équivaudrait à une défaite. La France en sortirait beaucoup plus affaiblie que si elle s'était bornée, au départ, à s'abstenir. Il n'a donc pas le choix. Par une singulière ironie du sort, lui qui a commencé sa carrière comme apôtre de la paix et a toujours préféré la négociation à l'affrontement, se voit contraint de poursuivre une guerre qui se déroule sur quatre fronts – Flandre, Allemagne, Italie, Catalogne – et de la gagner. Et, par-dessus le marché, il lui faudra l'imposer à un pays qui n'en veut pas.

Il doit aussi, et c'est sa seconde mission, maintenir intacte l'autorité royale pour la transmettre sans partage à son filleul le moment venu. Autre tâche qui va au rebours des aspirations de toutes les forces qui comptent, haute noblesse, parlements, clergé, tous nostalgiques du bon vieux temps d'Henri IV, largement idéalisé dans leur souvenir, où la monarchie s'appuyait ou feignait de s'appuyer sur eux. À la suite des mutations accélérées du règne de Louis XIII, il incarne la continuité, tandis que la France aspire à une rupture, à un retour en arrière, avec virage à cent quatre-vingts degrés. Et pour compliquer encore sa tâche, il convient d'ajouter au passif de l'héritage la situation financière dramatique : le Trésor est à sec, l'État vit à crédit. La fiscalité, telle qu'elle est pratiquée, atteint des limites au-delà desquelles elle risque de devenir inefficace, et tout impôt nouveau exige d'être enregistré par le parlement de Paris, qui ne manquera pas d'y faire obstruction.

Assurément Richelieu ne laisse pas à son successeur un héritage en or. D'autant que la position personnelle de Mazarin est loin d'égaler la sienne. Celle du terrible cardinal-duc, haï, mais respecté, avait déjà souffert de la réprobation pesant sur la fonction de « principal ministre ». À la différence des autres membres des divers conseils, celui-ci n'avait pas d'existence officielle et, à la limite, pas de nom : il n'était qu'un de ceux que le roi appelait à le seconder. Cette très large délégation de pouvoirs, alors imposée par la multiplicité des tâches dans presque tous les États de grande taille, y était partout honnie. On consentait à obéir au roi, désigné par Dieu pour le représenter sur terre et doté par lui des lumières et des grâces nécessaires pour assurer le bonheur de son peuple. Ce roi était censé bénéficier des conseils de ses proches, appelés à siéger à ses côtés. Ses volontés étaient relayées dans le pays par divers intermédiaires – clergé, noblesse, magistrature –, qui lui faisaient connaître en retour les besoins et désirs de ses administrés. Que venait faire dans ce schéma idéal un intrus comme Richelieu, un usurpateur dont les volontés tyranniques se substituaient à celles de son maître ? Le fauteuil de premier ministre est donc un siège dangereusement éjectable, parce que son titulaire concentre sur sa tête toute l'impopularité de la politique menée en commun avec le roi et que sa survie dépend du bon vouloir de celui-ci qui, du jour au lendemain, peut l'exiler, l'emprisonner, voire l'envoyer à l'échafaud sans préavis. Mazarin, qui a vu Louis XIII tout près de sacrifier Richelieu à Cinq-Mars, est très au fait de la fragilité des premiers ministres. Ils ne survivent que si la qualité de leurs services les rend indispensables. Mais gare à l'échec : la disgrâce d'Olivarès, le tout-puissant ministre de Philippe IV, est venue au mois de janvier 1643 lui confirmer la validité de ses appréhensions.

Son sort repose donc entre les mains d'Anne d'Autriche. Mais il est loin de la contrôler. Les termes dont elle use pour parler de lui sont sans équivoque : elle recrute un bon *serviteur.* Il lui faudra conquérir, puis conserver sa pleine et entière confiance. Sur ce plan-là, il semble mieux loti que Richelieu qui, on le sait, a dû se battre toute sa vie pour régner sur « les quelques pieds carrés » du cabinet royal. Il compte sur son charme pour plaire à la souveraine. Réputée indolente, elle se déchargera sur lui du soin de gouverner. Mais a-t-il pris la mesure du danger que représente l'entourage? Anne d'Autriche, longtemps persécutée par Richelieu, a été la figure de proue d'une « cabale » hostile au ministre, dont les membres, éloignés par lui des affaires, attendent d'elle un dédommagement. De plus, elle ne doit son pouvoir qu'à la complaisance des princes du sang et à la complicité du parlement, qui estiment, les uns et les autres, s'être acquis par là des droits. La cause de Mazarin n'est donc pas gagnée d'avance. Il n'a d'autre ressource que de la bien servir. Mais il souffre en ce domaine d'un sérieux handicap. Car une régence passe pour une période transitoire où les détenteurs du pouvoir par délégation se bornent à expédier les affaires courantes en attendant la majorité du jeune roi. Et quand la régente est une femme, moins elle en fait, mieux cela vaut. Au lieu de s'abriter, comme Richelieu, derrière l'autorité d'un roi adulte et respecté, Mazarin risque de se trouver paralysé par l'inertie inhérente à la semi-vacance du pouvoir. D'ordinaire, cette situation transitoire dure peu. Mais cette fois, il y en a pour huit longues années avant que Louis XIV n'atteigne ses treize ans révolus. Et la guerre franco-espagnole, elle, n'attendra pas.

Mazarin s'est lancé dans cette aventure, bien que cumulant, de surcroît, tous les handicaps personnels. Un étranger de naissance obscure, fraîchement installé en France, seul, sans appuis familiaux, sans réseaux de clientèle, fort d'une dignité cardinalice arrachée au pape par Richelieu, mais mal en cour à Rome, méprisé des grands, suspect aux dévots, ne pèse pas lourd aux yeux d'une opinion pleine de préjugés nobiliaires et naturellement xénophobe. A-t-il pris l'exacte mesure des risques qu'il courait ? Une fois de plus – comme à Casal –, on est contraint de se poser la question : quelle fut la part d'instinctif, d'irrationnel dans un engagement aussi grave ? Sa carrière n'a rien de rectiligne, elle n'obéit pas à un programme fixé. Elle est jalonnée de hasards, d'occasions saisies au vol, d'impulsions, et elle bifurque soudain lorsque lui-même semble s'y attendre le moins. Il visait, pour autant qu'on puisse le savoir, la direction de la faction française au Sacré Collège. Puis on a l'impression que la maîtrise de son destin lui échappe. Quasiment banni de Rome, il se retrouve bras droit de Richelieu, puis de Louis XIII, tous deux moribonds, dans des conditions d'une extrême précarité. Durant ces deux années cruciales, il s'accommode du provisoire. Il sert fidèlement ceux qui l'ont sauvé et il travaille pour eux, de toutes ses forces, mais sans couper les ponts derrière lui. Pas de calculs de sa part, semble-t-il, ni de manœuvres pour se maintenir à tout prix. À plusieurs reprises, on l'a vu sincèrement tenté par un retour en Italie. Mais la mort de Richelieu, puis celle de Louis XIII, loin de ruiner sa carrière comme il pouvait s'y attendre, ont créé un grand vide qui l'a aspiré par le haut, jusqu'à le hisser au sommet, emporté presque malgré lui. Vient un moment, cependant, où il lui faut choisir. À quarante et un ans, il est en pleine force de l'âge et lesté d'expérience. Il prend, en connaissance de cause, la décision qui fait bifurquer son destin.

Lorsqu'il accepte d'entrer au service de la future régente et de son fils, il engage durablement son avenir. Jamais les risques n'ont été aussi grands, il le sait, mais jamais l'enjeu n'a été aussi formidable : c'est le moyen « d'être appelé à l'administration et comme au partage de l'autorité souveraine, qui nous rend d'abord comme les Dieux sur la terre[23]... » Il n'hésite pas. Il joue son destin à quitte ou double. S'il réussit, il peut devenir le Richelieu du nouveau règne et mener à bon port les entreprises laissées en souffrance. S'il échoue, il perd tout. Car cela voudrait dire rentrer à Rome en vaincu, en proscrit, en pestiféré. Et sur sa tête reste suspendue une épée de Damoclès redoutable : s'il arrivait malheur à la régente, c'est sa vie qui ne pèserait pas lourd dans la balance.

Quand a-t-il pris sa décision ? S'il en a fait confidence à son ami Bichi, nous n'en avons pas gardé trace. Mais on peut penser que l'honneur de parrainer Louis XIV, auquel il était loin de s'attendre, a été déterminant. Nous le savons superstitieux, sensible aux signes, confiant dans la providence, répugnant à coup sûr à violer un engagement d'ordre religieux. L'existence d'un lien spirituel, surnaturel, entre l'enfant et lui l'arrache à ses doutes, le force à relever le défi, l'enchaîne définitivement à la France et le condamne au succès – un succès qu'il croit possible, mais qu'il ne peut prévoir ni aussi difficile à obtenir, ni aussi complet. Le sort en est jeté. Dès ce moment-là, en tout cas, on le voit calculer, manœuvrer, bref se préparer au combat qu'il s'apprête à affronter.

Nous avons coutume de dire – par chauvinisme ? – que Mazarin a choisi la France. La vérité est qu'il a choisi de la servir. Mais il avait prévu de le faire à Rome, pas chez nous. En 1643, le renversement n'est pas de son fait. C'est la France qui le choisit. Ou plus exactement, le roi de France, suivi par la reine. Pas les Français. Eux ne sont pas d'accord. Il va en faire bientôt la douloureuse expérience.

DEUXIÈME PARTIE

SUR LA CORDE RAIDE

CHAPITRE SEPT

Un ministre à l'essai

Soudain hissé au poste le plus en vue, Mazarin avance à pas comptés, sur un terrain qu'il sait miné. Tous les observateurs sont convaincus qu'il ne tiendra pas. Comment la régente pourrait-elle le préférer durablement à « tant d'honnêtes gens », bien Français, qui ne demandent qu'à la servir ? Ils se méprennent d'autant plus volontiers sur ses chances de survie qu'ils prêtent à Anne d'Autriche la versatilité qui est, comme chacun sait, le propre de la gent féminine : à l'évidence, ce « caprice » lui passera vite. Il se garde bien de les détromper. Il joue de la précarité de sa situation. Son statut d'étranger le protège. Isolé, dépourvu de famille et de relations, c'est un homme « sans conséquence », sans poids ni pouvoir, insignifiant, inoffensif. Inutile de s'évertuer à l'éliminer : il tombera de lui-même, comme un fruit dont la saison est passée. La France entière, l'Europe même s'attendent à un renversement politique. Il lui faut se battre sur tous les terrains pour la continuité, et convaincre la reine, au coup par coup, qu'elle est une nécessité vitale. Car si elle est d'accord sur le principe, il n'est pas certain qu'elle mesure concrètement tous les changements qu'il lui faudra opérer dans sa conduite de tous les jours.

Si doué qu'il fût pour mener plusieurs affaires de front, il en avait tant sur les bras qu'il craignait d'en oublier. Il avait donc pris l'habitude de noter, sur de petits calepins à couverture noire, tout ce qui lui venait à l'esprit d'important. Il en avait toujours un dans sa poche. Il y consignait pêle-mêle des observations, des réflexions, des informations à retenir, des listes de choses à faire, mais surtout les grandes lignes de ce qu'il aurait à dire à la régente. Ne cherchons pas dans ces carnets des confidences sur les états d'âme de leur auteur. Ils n'ont rien d'un journal intime. Ils ne sont qu'un pense-bête étroitement lié à l'action quotidienne, qui serait pour nous d'un prix inestimable si le texte en était plus lisible. Hélas, son écriture ne s'était pas améliorée depuis le temps lointain où son père l'invitait à y veiller. Sur ces pages exiguës, il jetait à la diable, en lignes serrées, ses redoutables pattes de mouche. Pour son usage exclusif, bien sûr. Écrites à l'encre ou parfois au crayon, rédigées d'abord en italien, mêlé d'un peu d'espagnol, puis – à partir de 1648 seulement – dans un français incertain à orthographe fantaisiste, truffées d'abréviations, ces notes ne sont que partiellement déchiffrables, mais on peut en tirer, au fil des jours, de précieux coups d'éclairage sur sa démarche[1].

La guerre continue

Priorité à la politique étrangère. Mazarin redoute de voir se défaire tout le réseau d'alliances tissé par Richelieu. Un cadeau lui tombe du ciel. La fortune des armes offre à la France, comme pour marquer d'une pierre blanche l'avènement du jeune roi, une éclatante victoire. Misant sur le désarroi lié à l'agonie de Louis XIII, don Francisco de Melo de Braganza, gouverneur des Pays-Bas, en a profité pour pousser sa pointe dans les Ardennes. Il met le siège devant Rocroi, dont la prise lui ouvrirait la route de Paris. L'armée de secours française est commandée depuis peu par le duc d'Enghien, fils du prince de Condé, qui n'a pas encore vingt-deux ans. Volontaire à Arras, il a montré qu'il savait se battre, mais il fait ici ses débuts comme chef d'armée. On l'a donc flanqué par prudence d'un vétéran chevronné, le maréchal de L'Hôpital. À peine arrivés sur place, ils apprennent la mort du souverain. Réaction de l'état-major quasi unanime : on essaiera de jeter quelques secours dans la place, mais il n'est pas prudent de risquer une bataille rangée. Le jeune duc l'impose pourtant, en dépit de la supériorité numérique adverse, et il la gagne, de justesse. Après une audacieuse manœuvre d'encerclement par l'arrière, il écrase les bataillons de *tercios* groupés en carré compact et réputés invincibles. L'effet psychologique est considérable. L'Espagne avait perdu deux ans plus tôt son meilleur capitaine, le Cardinal-Infant, frère d'Anne d'Autriche. La France s'en découvrait un, jeune, ardent, qui promettait d'égaler les plus grands de l'Antiquité et des Temps modernes.

La paix est en vue ? Oui et non. Face à la France, plus riche et plus peuplée – vingt millions d'habitants, contre huit –, l'Espagne n'est pas en position de force. « Les Espagnols n'ont assez d'hommes ni pour équiper leurs vaisseaux, ni pour cultiver leurs terres », écrit l'ambassadeur anglais Hopton dans les années 1635[2]. Mais ils espèrent regagner sur le plan diplomatique ce qu'ils viennent de perdre sur le terrain. À Madrid, la mort de Louis XIII a été accueillie par une explosion de joie : « C'est une bénédiction de la divine providence, car elle amènera la paix. » Philippe IV en est sûr, sa sœur va traiter – à ses conditions à lui. Ses conseillers renchérissent : « Indubitablement, la dame reine de France possède encore le cœur avec lequel elle est née[3]. » Rocroi n'est que le baroud d'honneur d'un règne qui s'achève, la France d'Anne d'Autriche va s'incliner. Telle est aussi la conviction de ses alliés protestants – Suède et Provinces-Unies notamment. Mazarin a beau leur faire dire aussitôt que rien ne changera dans la politique étrangère française, il en faudrait davantage pour les rassurer. Il sait que seule la poursuite effective des hostilités y parviendra. On ne résistera pas à citer l'analyse de la situation qu'il fournit à son ami Bichi :

« Mes raisons les plus fortes furent que la victoire remportée à Rocroi serait attribuée aux ordres du feu roi ou à l'ardeur d'un prince jeune et avide de gloire qui commandait les armées, et au hasard, mais que, si l'on ne tirait aucun fruit de ce grand succès, on l'imputerait à la faiblesse de la régence et l'on dirait que dans la tombe du feu roi avait été aussi ensevelie toute vigoureuse résolution. Non seulement nos ennemis en seraient enhardis [...], mais de plus nos alliés, intimidés avec raison, songeraient à se mettre en sûreté en consentant à une paix particulière avec la maison d'Autriche, par laquelle ils étaient continuellement sollicités. Ils penseraient d'autant plus à se séparer de la France que, la voyant gouvernée par une reine sœur du roi d'Espagne, ils seraient persuadés que, si l'on ne profitait pas de la victoire, cela venait de l'attachement et de la sympathie que Sa Majesté avait pour sa maison et de quelque intelligence avec les ministres du roi son frère à l'effet de suspendre les hostilités[4]. »

On voit ici à plein ce qui fait la force de Mazarin : sa pénétration psychologique, sa capacité à épouser les pensées d'autrui. Comment parvint-il à faire partager son point de vue par la reine qui, un an plus tôt, faisait encore des vœux pour le succès de conjurés travaillant à une paix blanche ? À vrai dire, elle avait déjà fait une bonne partie du chemin. Contrairement à une opinion répandue, ses deux maternités ne suffirent pas à la rendre française d'un coup de baguette magique. France, Espagne sont pour elle, comme pour la plupart des contemporains, inséparables des êtres qui les incarnent. Elle est restée, des années durant, attachée à son pays d'origine parce qu'elle identifiait la France à Louis XIII, qu'elle n'aimait pas, à Richelieu, qu'elle haïssait. Tant qu'ils ont été en vie, son cœur a continué de battre pour l'Espagne. Elle commence d'évoluer lorsqu'il devient évident que tous deux vont disparaître à brève échéance. Mais c'est l'avènement de son fils qui parachève sa métamorphose. Elle est la mère du roi de France et la première de ses sujets. En s'agenouillant devant lui dans les minutes qui suivent la mort de son père, elle lui fait allégeance. La très forte charge symbolique attachée à la monarchie vient s'ajouter à l'amour maternel pour lui inspirer un dévouement absolu à l'enfant et à la France qu'il incarne.

Mazarin n'eut que peu à dire pour la convaincre que la grandeur future de Louis XIV exigeait la poursuite de la guerre. Tout au plus lui a-t-il fourni des raisons pour justifier le refus de rendre aux Espagnols les récentes conquêtes, en reprenant un thème cher à Richelieu. Loin de mener une politique d'agrandissement à leurs dépens, la France prétend seulement récupérer ce qu'ils lui ont ôté sous les prédécesseurs du roi, des places et des provinces qui lui appartenaient avant qu'elle ne fût affaiblie par le traité de Cateau-Cambrésis et les guerres de religion. L'argument résisterait mal au simple examen d'une carte. Mais il n'en fait pas moins son effet. Anne d'Autriche se rallie à la cause de la paix « durable, stable, et générale » telle que la préconise à son tour Mazarin, et elle souscrit aux moyens nécessaires pour l'obtenir.

Les grandes orgues du *Te Deum* pour Rocroi viennent tout juste de se taire et voici qu'on s'apprête à engager une nouvelle campagne. Dans quelle direction ? Plutôt que de poursuivre en Flandre, Mazarin propose le siège de Thionville, suscitant l'opposition unanime du Conseil : mieux vaut se fixer des objectifs plus modestes, la place est trop forte, on échouera. Mais c'est précisément parce que la place est forte qu'il l'a choisie. Car il a besoin à cette date, pour frapper l'imagination de toute l'Europe, d'un succès retentissant. Les risques sont considérables ? Sans doute. Mais avec le jeune capitaine dont le génie vient de s'affirmer, l'entreprise vaut d'être tentée. Seul contre tous, il l'emporte, parce que la reine se range à son avis. Et les faits leur donnent raison. Thionville capitule le 10 août, au bout d'un mois de siège. Sur sa lancée, le duc d'Enghien s'empare de Sierck. Les deux places verrouillent la vallée de la Moselle. Pari gagné : le retentissement en est énorme.

On doit battre le fer pendant qu'il est chaud. Il réactiva aussitôt les négociations. Que la chose fût bien claire : il relançait la guerre pour obtenir la paix ! Il fournit aux deux diplomates délégués à Münster, Abel Servien et Claude de Mesmes, comte d'Avaux, un document détaillé, la grande instruction du 30 août – largement reprise des travaux antérieurs menés en commun avec Richelieu –, qui leur fixait au cas par cas les limites de ce qui était négociable. Ligne générale : faire pression sur l'Empereur, pour le détacher de la coalition, et ne rien céder à l'Espagne, qui en est l'âme.

Déjà celle-ci avait compris qu'elle ne devait plus rien espérer d'Anne d'Autriche. Au lendemain de Rocroi, Philippe IV lui avait adressé un émissaire pour l'inciter à traiter. Don Diego de Saavedra, délégué au Congrès, possédait un sauf-conduit l'autorisant à traverser la France pour s'y rendre. Le chemin le plus court ne passant pas par Paris, il comptait y faire un détour en secret pour voir la reine. Mais Mazarin avait hérité de Richelieu une police efficace. À son arrivée à Bordeaux, au mois de juillet, don Diego se vit offrir une escorte pour l'acheminer tout droit jusqu'aux Pays-Bas. Honneur impossible à refuser ! Il dut reconnaître qu'il était chargé de transmettre à la reine les condoléances de la famille royale espagnole. On s'étonna. Il venait en si modeste équipage ? Et il ne comptait s'arrêter qu'un jour, juste le temps de lui baiser la main ? Pas question ! Une démarche de cette sorte méritait plus d'apparat. Il lui fallait soumettre son programme au Conseil. Don Diego était démasqué. Le Conseil décida que, vu l'état de guerre entre les deux pays, la régente, pour conserver la confiance de ses alliés, ne devait recevoir d'Espagne ni lettres, ni visites. Le messager qu'elle lui envoya pour mettre les points sur les *i* ne lui laissa aucun doute sur son entière adhésion aux vues de son ministre. Il s'accrocha, fit une nouvelle tentative, qui resta sans réponse. Il invita donc son maître à ne voir désormais dans sa sœur qu'une étrangère. Et en effet, dans les années qui suivent, la cause française n'a pas de meilleur soutien que la reine. Elle accueille les succès de nos armées avec un enthousiasme sans mélange. Au point que Mazarin devra parfois la rappeler discrètement à l'ordre, comme en août 1645, après la bataille de Nordlingen, très meurtrière : « Madame, tant de gens sont morts, qu'il ne faut quasi pas que Votre Majesté se réjouisse de cette victoire[5]. »

Faisons confiance à Mazarin, la diplomatie est son domaine. Sera-t-il aussi à son aise pour gérer les affaires intérieures ? Il a encore beaucoup à apprendre sur la société nobiliaire, mais il sait déjà qu'il en est mal accueilli. Or c'est le milieu dans lequel évolue quotidiennement la reine. À la différence de ses relations avec l'Espagne, qu'il a pu fixer une fois pour toutes, il se heurte là à une tâche plus difficile, parce qu'il doit surveiller, au jour le jour, les décisions qu'elle prend face aux demandes de ses « serviteurs » ou de ses « amis ». Incessamment sollicitée par les uns et par les autres, elle peut commettre, par pure bonté, des imprudences irréparables. Et il a grand peur d'autre part qu'elle ne finisse par prêter l'oreille à ceux qui se déchaînent contre lui.

Les forces en présence

Il y a dans le royaume des forces avec lesquelles il lui faut compter, au premier rang desquelles les grandes maisons princières. Les princes ont pris l'habitude, depuis le début du siècle, de pratiquer, face aux gouvernements affaiblis, un chantage permanent aux libéralités royales. On invoque un vague prétexte pour se fâcher, on se retire en province, on menace de prendre les armes, on les prend parfois pour de bon – et l'on exige, pour rentrer dans le devoir, des pensions, des gouvernements et des places. Cette pratique, sévèrement réprimée par Richelieu, menace de renaître avec la régence. Il est urgent d'apprécier le poids des différents participants à ce jeu pervers et de trouver les moyens d'y couper court. Qu'on nous permette de faire ici le point sur les plus importants d'entre eux, qui seront bientôt les acteurs de la Fronde. Et tout d'abord, sur les deux princes du sang, membres de droit du Conseil jusqu'à la majorité du roi. Ils sont intouchables. Ils auront donc droit, préventivement, à des égards proportionnels à leur pouvoir de nuisance, pour éviter des révoltes qui feraient tache d'huile.

Gaston d'Orléans, ayant dû faire son deuil de ses deux rêves – le trône, puis la régence –, ne donne désormais que peu de soucis. Après dix ans de complots, d'errances et d'émotions, il s'est assagi. Il se plaît aux parties fines, aux conversations libertines, aux amours passagères. Il passe pour savoir par cœur cent des plus étonnantes chansons à boire. Et surtout il joue, très gros jeu, si gros qu'il croule sous les dettes. Il ne manque pas de courage physique, quoi qu'on en ait dit – il se comporte bien à la guerre. Mais il n'a jamais eu d'autre ambition que celle que lui insufflait son entourage et n'a jamais mené aucune entreprise à son terme. Son irrésolution native est désormais confortée par un solide scepticisme. Il ne croit plus à grand-chose et surtout pas à l'action politique. D'ailleurs il n'y a plus personne auprès de lui pour l'y pousser. Les plus compromis dans l'affaire Cinq-Mars ont pris leurs distances. Il est gouverné par le servile abbé de La Rivière, prêt à n'importe quoi pour obtenir le chapeau de cardinal, que lui fait miroiter Mazarin. Rien à craindre non plus de sa mélancolique épouse qui, de grossesse en grossesse, ne parvient pas à lui donner le fils espéré, et qui se cloître frileusement dans leur palais du Luxembourg. Quant à la fille qui lui reste de son premier mariage, Anne-Marie-Louise, duchesse de Montpensier, la plus riche héritière de France, elle ne juge aucun parti digne d'elle en dehors de son cousin le roi. Mais comme elle n'a que dix-sept ans et lui cinq, elle se contente de déployer son humeur combative dans l'immense champ ouvert par les querelles de préséance. Rien de sérieux – pour l'instant.

La branche des Bourbon-Condé est plus fournie et beaucoup plus redoutable. À sa tête règne Henri II de

Bourbon, dit Monsieur le Prince, cousin issu de germain de Louis XIII. Né posthume en 1588, il avait traversé toutes les turbulences du règne précédent. D'un séjour de trois ans à la Bastille pour avoir trempé dans une révolte contre Marie de Médicis au temps de Concini, il avait tiré la conclusion qu'il valait mieux se rallier au pouvoir en place et lui extorquer tous les avantages possibles. Poussant jusqu'au génie l'art de monnayer sa non-participation aux complots, il avait rapidement gonflé son patrimoine, en se taillant une solide réputation d'avarice. Il accordait aux vertus héroïques juste ce qu'il fallait leur concéder pour ne pas paraître lâche. Seuls comptaient à ses yeux son intérêt et ses plaisirs. Il crut un instant contrôler la régence. Bientôt, lassé de présider un Conseil voué à entériner les décisions prises en amont, mécontent des grâces octroyées que son insatiable cupidité jugeait insuffisantes, il recourut au vieux procédé pratiqué avec succès du temps de Marie de Médicis. Il bouda la cour, se retira sur ses terres et, se croyant indispensable, attendit qu'on lui fît un pont d'or pour le ramener. Il en fut pour ses frais : rien ne vint. Une longue expérience des guerres civiles lui avait appris qu'il existait des limites à ne pas franchir. Il se résigna, comptant sur la jeune génération pour prendre la relève. Intelligent, cultivé, l'esprit mordant, c'était un sacripant cynique, toujours prêt à s'empiffrer, à s'enivrer, et qui, comme tant de ses pareils, avait viré du côté de Sodome. Ayant depuis longtemps jeté par-dessus bord tout souci des bienséances, il menait dans son château de Montrond la vie d'un seigneur féodal d'autrefois, tenant sa propre cour et dictant sa loi aux populations locales en échange d'une hautaine protection.

On lui avait fait épouser jadis la très jeune et très belle Charlotte de Montmorency, dont les coquetteries de fausse ingénue avaient fait faire tant de folies à un Henri IV plus que quinquagénaire. Elle le méprisait et le haïssait. Il ne lui aurait donné, dira-t-elle en guise d'oraison funèbre, que deux jours de bonheur, celui de son mariage, en la faisant princesse, et celui de sa mort, en la délivrant de lui[6]. Elle vivait à Paris auprès d'Anne d'Autriche, à qui la liait une profonde amitié.

Le couple avait trois enfants. L'aînée, Anne-Geneviève, possédait la beauté de sa mère : une chevelure d'un blond argenté et un teint de lis et de roses, un visage régulier illuminé par des yeux turquoise. Si l'on en croit le cardinal de Retz, « elle avait une langueur dans les manières qui touchait plus que le brillant de celles mêmes qui étaient plus belles. Elle en avait une, même dans l'esprit, qui avait ses charmes, parce qu'elle avait des réveils lumineux et surprenants[7] ». D'autres, moins indulgents, l'accusaient de « faire profession de bel esprit » et de « vivre en reine »[8]. Elle jouait en effet de son charme pour s'assurer dans la société de cour une prééminence qu'elle défendait jalousement.

Le second enfant qui leur vint ensuite était le garçon tant attendu, après la perte de trois autres emportés à la naissance ou en bas âge. Le jeune Louis fut donc l'objet de tous les soins paternels. Ayant décelé très tôt ses dons exceptionnels, mais aussi sa violence, le prince lui avait fait donner à Montrond une éducation à la fois rude et raffinée. Il en avait fait un athlète rompu à tous les exercices du corps : une vie saine et un entraînement physique bien dosé étaient venus à bout de la fragilité qui semblait le vouer lui aussi à une mort précoce. Mais, chose exceptionnelle dans son milieu, il avait également poussé son instruction. Au programme, philosophie, droit, histoire, mathématiques. L'adolescent, épris de supériorité dans tous les domaines, s'y prêtait volontiers. D'après Lenet, « il apprenait tout ce qu'on lui montrait avec une facilité merveilleuse[9] ». À vingt ans, il était un cavalier accompli, mais aussi un parfait homme de cour, excellant à la danse, à la paume et aux cartes et capable de converser avec les plus doctes. Il ne lui manquait guère que les vertus chrétiennes d'humilité, de charité et d'amour. Visiblement, on n'avait pas songé à les lui inculquer, les jugeant inutiles à un homme de son rang. Il tenait de son père une laideur puissante, agressive, qu'il ne cherchait pas à atténuer, un mépris des apparences, voire une propension à la saleté. « Son visage était d'une laide forme, dit Mme de Motteville ; il avait les yeux bleus et vifs, et dans son regard se trouvait de la fierté. Son nez était aquilin, sa bouche était fort désagréable, à cause qu'elle était grande et ses dents trop sorties ; mais dans toute sa physionomie il y avait quelque chose de grand et de fier, tirant à la ressemblance de l'aigle[10]. » Dans les premiers temps, il se satisfit de commander une des meilleures armées du roi et de cueillir les lauriers par brassées sur tous les champs de bataille du nord et de l'est. Il ne songeait pas encore à faire de la politique.

Un autre fils était né huit ans plus tard, prénommé Armand et titré prince de Conti, moins bien doué à tous égards. C'était un cadet et il avait la taille gâtée – entendez par là qu'il était bossu –, deux raisons dont chacune eût suffi pour l'orienter impérativement vers l'Église. Il était prêt à tout pour y échapper. Difficile du vivant de son père, qui ne permettait pas qu'on discutât ses volontés ! Celui-ci avait imposé à ses deux aînés des mariages purement intéressés. Le duc d'Enghien ne se consolait pas d'avoir dû, pour flatter le cardinal-ministre, convoler à vingt ans avec une de ses nièces, Claire-Clémence de Maillé-Brézé, à qui il fera payer cette mésalliance par une longue suite d'humiliations et d'avanies. Sa sœur Anne-Geneviève avait été donnée à un veuf de vingt-quatre ans son aîné, Henri d'Orléans, duc de Longueville, richement pourvu et pauvre en héritiers du premier lit. Elle ne pouvait pas remédier à la dégradation qu'avait entraînée ce mariage en lui coûtant son rang de princesse du sang. Elle décida d'échapper à ses servitudes en menant à l'écart de son époux une vie à sa convenance, c'est-à-dire fort libre. Mais à cette date, elle gardait encore de la mesure.

Au début de la régence, le patriarche tient fermement en main ses trois enfants, ne serait-ce que pour les empêcher de dilapider une fortune colossale dont les revenus se montent à un million et demi de livres par an. Nul ne mesure encore l'étendue de leur orgueil et de leur volonté de puissance. Mais la plus élémentaire prudence conseille de ne pas leur dispenser à la légère des faveurs propres à accroître un pouvoir déjà considérable. Mazarin prêcha une convaincue lorsqu'il mit en garde la reine contre Gaston d'Orléans et contre Condé. À quoi bon s'être efforcée d'affranchir sa régence de leur tutelle, si c'était pour leur livrer la moitié de la France sous forme de gouvernements ? On gagna du temps. On calma l'impatience de Monsieur en le couvrant d'or. On restitua à Madame la Princesse le domaine de Chantilly, confisqué à son frère le duc de Montmorency après son exécution. L'année suivante cependant, il fallut bien payer aux Condé les éminents services du duc d'Enghien : on joignit le gouvernement de Champagne à ceux de Bourgogne et de Berry, qu'ils détenaient depuis longtemps. Impossible de faire moins pour Gaston, lieutenant général du royaume. On ne lui rendit pas l'Auvergne, que lui avait ôtée la déclaration royale désormais caduque. Il obtint en échange le Languedoc, plus riche, mais plus éloigné de son apanage du Val de Loire. Par la suite, on veillerait à leur marchander les prébendes, en les dosant de manière à aiguiser la jalousie qui divisait les deux maisons, afin de les neutraliser l'une par l'autre.

Un troisième quémandeur s'était mis sur les rangs dès les premiers jours de la régence. Le duc de Bouillon avait compris, trop tard, que les craintes auxquelles il avait cédé étaient vaines : impossible d'exécuter le neveu de notre allié le stathouder des Provinces-Unies, le frère d'un de nos meilleurs capitaines, Turenne. Il se mordait les doigts d'avoir lâché Sedan. Le moment était venu de récupérer la place. Ne s'était-il pas engagé aux côtés de Cinq-Mars « pour l'amour de la reine », soutenait-il, afin de lui offrir une retraite contre les menées de Richelieu ? Elle lui devait réparation. Dans le flot des premières grâces, il s'en fallut de peu qu'elle ne cédât. Une folie ! Lui rendre sa principauté, c'était, comme l'observe Lefèvre d'Ormesson dans son *Journal*, avouer sa propre participation au complot[11]. C'était aussi donner quitus d'avance à tous les comploteurs à venir. C'était enfin rouvrir aux armées étrangères la voie d'invasion que constituaient les Ardennes et la vallée de la Meuse. Mazarin lui fit comprendre *in extremis* qu'une telle restitution porterait un très grand préjudice à l'État. Qu'on lui accorde n'importe quoi en échange, à une seule condition : loin des frontières ! Mais le duc, furieux, quitta la France pour se réfugier à Genève et finit par trouver un emploi en Italie, à la tête des troupes pontificales.

Lentement, la reine apprenait à dire non. Mais il s'agissait jusqu'ici de gens dont elle s'était toujours défiée. À la clientèle des Vendôme appartenaient au contraire la plupart de ceux qui avaient composé, du temps de Richelieu, ce qu'on appelait – sans aucune nuance péjorative – sa « cabale ». Les Vendôme, eux aussi, étaient de race royale, mais par la main gauche. Henri IV avait eu de sa maîtresse, Gabrielle d'Estrées, trois enfants qu'il avait légitimés, sans pour autant leur donner accès au trône. Il avait doté l'aîné, César, du gouvernement de Bretagne et lui avait fait épouser Françoise de Mercœur, la très riche héritière d'un des derniers princes lorrains engagés dans la Ligue. César de Vendôme « avait beaucoup d'esprit, et c'était tout le bien qu'on en disait », ajoute Mme de Motteville[12]. Il offrait sur le plan des mœurs le digne pendant de son cousin le prince de Condé, à cette variante près qu'il s'adonnait en plus, dit-on, au faux monnayage. Il avait trempé avec son frère Alexandre dans la première conspiration contre Richelieu, celle de Chalais, en 1625. Tous deux, dépossédés de leurs charges, avaient tâté de la prison. Alexandre y était mort, César, libéré, avait préféré mettre les eaux de la Manche entre le cardinal et lui. Il ne rentra d'Angleterre qu'avec la dernière fournée de proscrits précédant la mort de Louis XIII. Vieillissant, il jugea plus sage de confier à ses deux fils le soin de redorer le blason de leur maison. Très dissemblables l'un de l'autre, ils avaient moins d'esprit que leur père, mais faisaient profession d'être hommes d'honneur. L'aîné, Louis, duc de Mercœur, joignant une profonde piété à sa douceur naturelle, n'entra dans aucune intrigue et mena une vie au-dessus de tout éloge. Le second, François, duc de Beaufort, courageux, mais de très petite cervelle, avait la mine plus fière, il affichait de vastes prétentions, se croyait un grand avenir. À cette date, il faisait encore illusion. Pour paraphraser une formule du cardinal de Retz, disons que sa sottise n'était pas encore complètement développée. Leur mère, une très sainte femme, restée en France pendant les années noires, s'était réfugiée dans la dévotion.

Autour d'elle gravitaient des ecclésiastiques de haut rang, des militants de la Réforme catholique comme le Père Vincent de Paul, des dévots d'appartenance diverse, mais tous partisans d'une paix immédiate avec l'Espagne. Or ces dévots, d'abord favorables à Mazarin, éprouvaient désormais pour lui une animosité violente, à la mesure de leur déception : l'ancien nonce apostolique pour la défense de la paix avait imposé la poursuite des hostilités ! À toutes les « victimes » de Richelieu, avides de revanche, se joignait donc une autre catégorie d'ennemis, plus dangereux encore, parce que leur opposition était d'ordre idéologique et qu'aucune faveur ne pourrait les acheter. Ni Gaston d'Orléans, ni le prince de Condé – couverts de biens par la cour et d'ailleurs fort mécréants – ne pouvaient alors rassembler les mécontents sous leur bannière. Restaient les Vendôme. La piété de la reine, le crédit dont jouissait auprès d'elle l'évêque de Beauvais, son premier aumônier, la confiance qu'elle avait accordée au duc de Beaufort en le chargeant de protéger ses enfants lors de l'agonie du roi : autant de signes qui semblaient indiquer qu'ils avaient le vent en poupe. C'est donc autour d'eux que se groupèrent les mécontents de tout bord et c'est par eux que dégénéra le climat euphorique dans lequel avaient baigné les premières semaines de la régence.

De la « bonne régence » et de ses inconvénients

L'alliance entre la reine et Mazarin n'impliquait pas qu'elle lui laissât la totalité du pouvoir. À lui la politique extérieure, la gestion quotidienne des affaires, les questions techniques, bref tout ce qui demande de la compétence et du travail. Mais elle juge normal de se réserver la distribution des châtiments et des grâces, surtout dans son entourage. Ne le connaît-elle pas beaucoup mieux ? Ne sait-elle pas mieux que personne qui lui a « manqué » et qui a mérité sa reconnaissance ? Elle se prépare à bouleverser la répartition des emplois et des charges au gré de ses sympathies. Et c'est bien ce à quoi la poussent les anciennes victimes de Richelieu, qui espèrent s'enrichir des dépouilles des « créatures » du défunt cardinal. Mazarin devra donc lui faire comprendre qu'en ce domaine la politique a des raisons qui ne recoupent pas forcément celles du cœur.

Il s'efforça de limiter les dégâts, mais dut d'abord lâcher du lest en ce qui concernait le Conseil. Il n'avait pas pu en contrôler la composition. En dépit de la place prééminente qui lui avait été accordée, il n'y faisait pas ce qu'il voulait. Il avait pu conserver à son ami Michel Le Tellier une charge de secrétaire d'État, à la place de Sublet de Noyers, parce que c'était un homme nouveau, tout juste arrivé de l'armée d'Italie où il était intendant, et donc étranger aux intrigues du règne précédent. Mais Anne d'Autriche tenait à régler leur compte à ceux qui avaient mené l'enquête contre elle en 1637, lorsqu'elle fut prise en flagrant délit de correspondance interdite avec son frère le Cardinal-Infant. Les Bouthillier, père et fils, firent les frais de sa rancœur. Le père, sagement, démissionna. Le fils, Chavigny, se vit retirer les affaires étrangères et, si Mazarin lui sauva un strapontin parmi la foule des conseillers, sa disgrâce était manifeste. Restait le chancelier Séguier, celui qui, lors de l'affaire des lettres, s'apprêtait à porter sur elle une main sacrilège, lorsqu'elle l'avait devancé en tirant de son corsage la missive recherchée ! Elle le haïssait plus encore. Mais la chance le servit. Rétablir l'ancien titulaire, Châteauneuf, eût été tomber de Charybde en Scylla. Celui-ci se posait déjà en arbitre du nouveau règne. Ses prétentions et ses ambitions étaient immenses, ses capacités passaient pour l'être. Séguier, un pur opportuniste, avait toujours été au service du pouvoir un exécutant docile, d'un zèle touchant à la servilité. Il tira donc son épingle du jeu. Tel quel, ce ministère bigarré, composite, était voué à l'inefficacité. Le retour aux affaires étrangères de Brienne, un très ancien ami de la reine, et surtout la nomination de l'évêque de Beauvais comme conseiller d'État laissaient augurer un changement radical. Mazarin restait en retrait, feignant de s'en tenir à son domaine réservé, les négociations diplomatiques. Il attendait que la situation se décante.

Face à la marée montante des solliciteurs de moindre volée, il avait d'abord jugé opportun de céder. Selon lui, plaie d'argent n'était jamais mortelle. La reine tenait à savourer son pouvoir tout neuf en se livrant à de royales libéralités. Il la laissa faire. Ce fut une pluie de pensions, de charges et de faveurs. Il n'y avait plus que quatre petits mots dans la langue française : « La reine est si bonne[13] ! » Les toutes premières semaines de sa régence eurent comme un parfum de paradis. En de semblables circonstances, Marie de Médicis avait agi de même. Mais elle disposait d'un riche trésor de guerre amassé à la Bastille par les soins de Sully. Anne d'Autriche au contraire vit rapidement le fond des coffres de l'État. Quant aux charges, elles n'étaient pas en nombre illimité. Vint un moment où il fallut faire des arbitrages – ce qui fournit à Mazarin l'occasion de lui enseigner l'art de doser ses bienfaits.

Tant de gens avaient souffert, en même temps que la reine, de la « tyrannie » de Richelieu ! Ils prétendaient tous avoir souffert *pour elle* et se disaient ses *martyrs*. C'était quelquefois vrai, pas toujours. Ils avaient peuplé autrefois sa maison, avant que le cardinal-ministre ne vînt donner un grand coup de balai dans cette fourmilière d'intrigants. Chacun exigeait de retrouver la charge ou la fonction qu'il occupait alors. Or ces charges ou fonctions étaient détenues par de nouveaux titulaires. La logique voulait qu'on les dépossédât, le ressentiment aussi. La reine y était prête. Mazarin s'y opposa de toutes ses forces. Il dut batailler ferme pour sauver la famille et les principaux serviteurs de Richelieu. Comme toujours avec lui, on peut hésiter sur ses motivations. Générosité ou calcul ? Il doit son élévation au cardinal, il manifeste sa reconnaissance en protégeant ses proches persécutés. Et en même temps, il se les attache, il s'assure des partisans. Les mémorialistes optent toujours pour la version intéressée. Mais les deux sont-elles incompatibles ? Tout au long de sa vie, Mazarin parvient à faire coïncider son devoir et son intérêt. Est-ce un hasard ? N'est-ce pas au contraire le fruit d'un effort concerté pour concilier, dans la mesure du possible, morale et politique ? Tel est en tout cas le sens de la leçon qu'il donne à la reine dans ce cas particulier : l'Église vous interdit la vengeance, elle vous ordonne de ne pas accabler les malheureux ; et vous y gagnerez, ajoute-t-il, car ils vous serviront fidèlement. Est-ce par pure charité chrétienne, comme s'obstine à le croire la pieuse Motteville, ou est-ce aussi par politique ? Toujours est-il qu'elle entendit bien la leçon. Elle laissa le gouvernement du Havre à la duchesse d'Aiguillon, ce qui mit en fureur le futur La Rochefoucauld*, convaincu que la charge lui était due. Elle laissa l'Amirauté au duc de Brézé, ce qui mit en fureur le duc de Vendôme, qui espérait la récupérer en même temps que le gouvernement de Bretagne.

En fait, aucune solution n'était satisfaisante. Car les dépouilles des parents de Richelieu n'auraient pas suffi à satisfaire l'insatiable appétit des solliciteurs. On ne

* Pour simplifier, nous donnons dès maintenant ce nom au futur auteur des *Maximes*, bien qu'il eût été connu jusqu'à la mort de son père en 1650, sous le nom de prince de Marcillac.

pouvait que les mécontenter. Alors Anne d'Autriche et Mazarin biaisèrent. Ils firent des promesses dont ils remettaient l'effet à plus tard, en comptant que le temps les dispenserait de s'acquitter. Laissèrent-ils espérer les mêmes charges à plusieurs bénéficiaires ? C'est probable, tant il leur était difficile de coordonner leurs réponses. Faute d'en tenir le relevé exact, ils s'y perdaient eux-mêmes et les contradictions foisonnaient. De leur côté, les quémandeurs étaient prompts à interpréter les propos dans le sens qui leur agréait. Un *peut-être* tombé de la bouche de la reine ou du cardinal devenait un engagement ferme. Ensuite, ne suffisait-il pas de clamer très haut qu'ils avaient promis pour les obliger à tenir ? L'opinion n'eut pas tort d'imputer à Mazarin le recours aux moyens dilatoires. Sans lui, la reine aurait tout accordé. C'est de cette période que date le grief de mauvaise foi que reprennent en chœur tous les mémorialistes : « Il promit tout parce qu'il ne voulut rien tenir[14]. » À sa décharge, on doit dire que, s'il avait voulu tenir, il n'aurait pas eu grand-chose à promettre et aurait fait encore plus de mécontents.

Anne d'Autriche fit avec ses amies d'autrefois de pénibles expériences. Elle s'était toujours montrée très familière avec elles, et leur avait laissé prendre des libertés qu'elles prétendaient retrouver à l'identique. Un exemple. Elle détestait la gouvernante que Richelieu lui avait imposée pour ses enfants. Elle la congédia donc et offrit la charge à Mme de Sénecey, qui avait été sa dame d'honneur. Celle-ci accourut, mais refusa de se contenter d'un emploi qu'elle jugeait subalterne et exigea de récupérer, en plus, ses anciennes fonctions. La reine souhaitait y maintenir Mme de Brassac, qui, bien que mise en place par Richelieu, avait conquis sa sympathie dans les années difficiles. Elle finit par céder, à contrecœur. L'orgueilleuse Mme de Sénecey en conclut qu'elle allait faire la pluie et le beau temps à la cour : assaillie de visiteurs, elle les recevait sur un lit de repos, où elle resta « si longtemps appuyée sur ses coudes qu'ils en avaient été écorchés[15] ».

Marie de Hautefort, elle aussi, était revenue. Anne lui avait écrit, de sa propre main, qu'elle ne pouvait goûter de plaisir parfait que si elle le partageait avec elle : « Venez, ma chère amie, je meurs d'impatience de vous embrasser[16]. » Et pour le voyage, elle lui avait envoyé sa propre litière. Marie arriva, persuadée que leurs relations allaient reprendre le même cours qu'autrefois, lorsqu'elles trompaient l'ennui en raillant les ridicules de Louis XIII et de Richelieu. Son esprit acide, sa liberté de langage n'avaient rien perdu de leur force corrosive. Bref, avec toutes les marques extérieures du respect, elle conseillait, critiquait, tranchait de tout, sans comprendre que cette amitié impérieuse, un tantinet protectrice, qui faisait chaud au cœur de la reine délaissée, n'était plus de mise avec une régente investie des pleins pouvoirs.

Quant à La Porte, son cas était quasiment pathologique. Ancien portemanteau* de la reine, autrefois chargé de faire sortir du palais sa correspondance clandestine, il se flattait de l'avoir sauvée de la répudiation en refusant de parler, même sous l'horrible menace de la torture. Elle l'avait rappelé aussitôt qu'elle avait pu et en avait fait le premier valet de chambre de son fils. « Ver de terre amoureux d'une étoile », dirait-on volontiers si l'on ne craignait l'anachronisme, il lui vouait une adoration éperdue, possessive, qui, bien que dépourvue de toute espérance, le livrait à toutes les affres de la jalousie. Aux yeux des uns et des autres, Mazarin

* Officier chargé à l'origine de porter la queue du manteau de la reine et qui devenait souvent une sorte de factotum.

était l'intrus, l'usurpateur, le responsable du déplorable changement qu'ils constataient chez leur bien-aimée reine. Or ils trouvèrent bientôt une alliée de choix pour attiser leurs rancœurs, les pousser à l'action et coordonner leurs efforts.

Issue d'une des plus grandes familles du royaume, Marie de Rohan, duchesse de Luynes, puis de Chevreuse, avait été l'amie intime d'Anne d'Autriche aux alentours de leurs vingt ans. En ce temps-là, elle était jolie, friponne, éveillée, pleine d'idées saugrenues : impossible de s'ennuyer avec elle. Son premier crime, aux yeux de Louis XIII, fut d'avoir entraîné la reine dans une galopade à travers la grande salle du Louvre, qui se termina par une chute et une fausse couche. Il eut bientôt à lui reprocher infiniment davantage. Très vite séparée de son mari, elle affichait une liberté de mœurs qu'on hésitait à lui reprocher, tant elle lui était naturelle. Elle aimait l'amour, elle prenait son plaisir où elle le trouvait, et l'ardeur qu'elle y mettait contribuait sans doute, autant que sa beauté, à l'emprise qu'elle exerçait sur les hommes. Elle brûlait de faire partager à son amie Anne les joies dont la privait son morose époux. Elle entreprit, avec l'aide de l'Anglais qui était son bien-aimé du moment, de la jeter dans les bras du beau Buckingham. Et il s'en fallut de très peu qu'elle ne réussît ! Mais elle avait aussi d'autres passe-temps. Elle trompait Mme de Motteville quand elle lui disait « que jamais l'ambition ne lui avait touché le cœur, mais que son plaisir l'avait menée ; qu'elle s'était intéressée dans les affaires du monde seulement par rapport à ceux qu'elle avait aimés[17] ». Car elle aimait sinon la politique, du moins l'intrigue, qui y tenait alors de très près. Elle se trouva par exemple au cœur de divers projets qui, misant sur la mort du roi, visaient à remarier la reine avec son beau-frère. Contrainte de fuir, puis interdite de séjour en France, elle avait arpenté toutes les cours d'Europe, en cueillant dans chacune un nouvel amant, de préférence le roi. La liste de ses conquêtes ressemblait à un annuaire du Gotha. Elle en tirait un prestige qui la rendait plus désirable, mais aussi plus redoutable. Elle en tirait également des revenus. Car il faut bien vivre, quand on est séparée de son mari, lequel est d'ailleurs couvert de dettes. Sur son lit de mort Louis XIII, qui voyait proprement en elle une incarnation du diable, avait opposé à son retour un ultime veto.

Voici pourtant qu'elle prétendait revenir. Hispanophile par conviction et par intérêt, elle attendait son heure à Bruxelles, prête pour une rentrée qu'elle ne concevait que triomphale. Son programme était radical : chasse aux survivants de l'ère Richelieu, installation de Châteauneuf aux commandes, paix immédiate avec l'Espagne et – priorité des priorités – élimination de Mazarin. À Paris, les ennemis du ministre guettaient la réaction de la reine, qui servirait de test. Envoyé en éclaireur auprès d'elle, La Rochefoucauld en tira des propos peu encourageants : « Elle n'avait plus de goût pour les amusements qui avaient fait leur liaison dans leur jeunesse », elle savait par expérience « combien Mme de Chevreuse était capable de troubler par des cabales le repos de la régence », celle-ci « revenait sans doute avec un esprit aigri de la confiance qu'elle prenait au cardinal Mazarin, et dans le dessein de lui nuire ». Il insista, parla du scandale que créerait un pareil changement, osa la supplier « de considérer de quelle légèreté on la croirait capable, et quelle interprétation on donnerait à cette légèreté, si elle préférait le cardinal Mazarin à Mme de Chevreuse[18] ». Bien que très aigrie, la reine jugea plus prudent de céder, et le chargea d'aller à la rencontre de la duchesse pour lui prêcher la modération. On savait celle-ci vénale. Le cardinal tenta de l'amadouer par des gratifications. Mais elle espérait bien davantage du renversement de ministère qu'elle se faisait fort d'obtenir. Déjà elle promettait à ses amis charges et gouvernements. Quant aux subventions, elle en tirait à volonté des Espagnols.

Elle trouva auprès de la reine un accueil courtois, mais distant. N'obtenant rien ni pour elle ni pour ses amis, elle commença de s'impatienter. Elle ne tarda pas à s'allier aux mécontents pour tenter de se débarrasser du cardinal. Une campagne de dénigrement n'ayant pas suffi à inquiéter Anne d'Autriche, il fallut passer aux choses plus sérieuses. On ne vit pas d'autre recours que l'assassinat.

Le complot des « Importants »

Mazarin laissait fort sagement à Gaston d'Orléans et au prince de Condé la satisfaction de présider le Conseil, où l'évêque de Beauvais s'efforçait en vain de poser à l'homme fort. Bien qu'on eût fait demander pour lui à Rome un chapeau de cardinal, chacun pouvait constater que le crédit du brave prélat diminuait à vue d'œil. Les rieurs prétendaient que son seul emploi consistait désormais à dire le *Benedicite* et les *Grâces*. Le cardinal, lui, avait pris l'habitude de rejoindre la reine chaque soir, pour un entretien d'une bonne heure, qui fut très vite qualifié de « petit Conseil ». Leur conversation se déroulait en tête à tête dans le cabinet privé de la souveraine, toutes portes ouvertes, par bienséance. Ses femmes pouvaient les voir, pas les entendre. De quoi parlaient-ils donc ? Des affaires étrangères, assurément. Mais était-ce bien tout ?

Anne d'Autriche avait quarante-deux ans, « un âge affreux[19] », qui invite les dames à tourner la page, en renonçant aux attributs de leur féminité. Le veuvage, en la condamnant pour un temps aux robes et aux coiffes noires, lui avait facilité la transition : elle ne se mettait plus de rouge aux joues. Mais elle se résignait mal à abdiquer toute coquetterie. Elle était encore fière de ses célèbres mains, si fines et si blanches, et elle restait sensible aux hommages. Mazarin, lui, à quarante et un ans, était un fort bel homme, dans tout l'éclat de sa maturité, l'œil noir, une touffe de barbe à la royale, la moustache taillée en ailes de papillon. Comment empêcher la cour de se poser des questions ?

Les amies d'autrefois prirent l'initiative d'une campagne d'avertissements, bientôt relayée par La Porte. La reine avait eu l'imprudence de l'inviter, en tant que vieux serviteur, à lui signaler ce que l'on dirait d'elle, « pour s'en instruire et se corriger ». Interrogé, il fit d'abord quelques manières, puis se lança :

« Je lui dis donc que tout le monde parlait d'elle et de Son Éminence d'une manière qui la devait faire songer à elle ; que sa vertu l'avait mise où elle était, que sa bonne réputation l'avait défendue de ses ennemis, [...] et que si elle ne répondait pas à ce qu'on attendait d'elle, et qu'elle donnât sujet à ses ennemis de la décrier, elle verrait bientôt un grand changement, non seulement dans les esprits, mais dans les affaires. Elle me demanda qui m'avait dit cela. Je lui dis : “Tout le monde”, et que cela était si commun qu'on ne parlait d'autre chose. Elle devint rouge et se mit fort en colère, disant que c'était M. le Prince qui la décriait, et faisait courir ces bruits ; que c'était un méchant homme. Je lui répliquai que puisqu'elle avait des ennemis, elle devait bien prendre garde de leur donner sujet de parler : à quoi elle repartit que quand on ne faisait point de mal, on ne devait rien craindre. Je lui répondis que ce n'était pas assez, et qu'il fallait garder les apparences, parce que le public ne s'arrête pas à ce qui est, mais à ce qu'on dit[20]. » Après quoi, La Porte se permit de la menacer du sort de Marie de Médicis, « abandonnée de tout le monde » pour avoir « fait mal parler » d'elle et de Concini – un Italien, bien sûr.

Cette page offre un raccourci de tous les arguments invoqués tour à tour par une foule d'amis, le plus souvent dévots, qui ne lui voulaient que du bien. Tous les familiers de la reine semblaient s'être donné le mot. Les foyers d'incendie s'allumaient un peu partout : dames d'honneur, serviteurs et gouvernantes, confesseurs et directeurs de conscience, bénédictines du Val-de-Grâce, visitandines et carmélites distillaient la rumeur qui était dans l'air. Jouant de son autorité morale, le pieux évêque de Lisieux, Cospéan, qui passait pour un saint et appelait la reine sa « bonne fille », lui fit un crime de ses entretiens quotidiens avec son ministre. Vincent de Paul renchérit. Dans les couvents qu'elle avait tant de plaisir à visiter, elle n'entendait plus que réprimandes. Les bonnes religieuses, à qui l'on avait passé le mot d'ordre, entonnaient la même antienne. La prieure des carmélites l'accabla un jour de reproches qui la firent éclater en sanglots. Mais face à ce harcèlement, elle se révolta, forte de son innocence. Moins par attachement à Mazarin que pour des raisons de principe. On voulait l'empêcher d'employer les ministres de son choix, on prétendait la gouverner, on cherchait à confisquer une part de son autorité. C'était là un point sur lequel elle ne transigerait pas.

Devant l'échec des avertissements et des sermons, les conjurés passèrent aux menaces ouvertes. Écoutons encore La Porte : « Comme je voyais que tous ces discours fâchaient la reine, j'essayai de la détromper par une autre voie, et plus libre, et moins dangereuse : j'écrivis une lettre où je marquai généralement tous les bruits qu'on faisait courir d'elle, ce qu'elle devait faire pour les détruire, et les choses que je prévoyais devoir arriver si elle n'y donnait ordre. L'ayant fait copier d'une autre main, je la mis dans son lit, où elle la trouva en se couchant. Elle se mit fort en colère après l'avoir lue[21]... » Avouons qu'il y avait de quoi ! Encore ignorait-elle qui en était l'auteur. La Porte s'en vanta-t-il ? Le procédé semble avoir fait école. Des billets anonymes se mirent à circuler. Le chancelier en reçut un le sommant de se démettre. La reine en trouva un autre qui disait, plus brutal : « Si vous ne vous défaites du nouveau cardinal, on vous en défera. »

Les notes griffonnées au jour le jour dans ses *Carnets* attestent que Mazarin suivit de près, mi par les confidences de la reine, mi par ses informateurs, le déroulement de l'offensive et qu'il la prit très au sérieux. Son caractère concerté confirmait que l'enjeu en était la conquête du pouvoir. Mme de Chevreuse, aidée de Mme de Vendôme, servait d'agent de liaison. Le plus piquant de la situation était de voir tant de très pieuses personnes s'allier à la « Chevrette » – la moins qualifiée s'il en fut jamais – pour prêcher la vertu à la reine. Mais Mazarin savait bien que cette vertu était le moindre souci de ceux qui tiraient les ficelles, et il n'avait pas envie de rire.

Entre un projet d'assassinat et le passage à l'acte réside cependant une distance qui n'aurait peut-être pas été franchie si un incident de cour, dégénérant en une violente querelle entre deux clans, n'était venu servir de détonateur et fournir les exécutants. Depuis qu'il se croyait en faveur, le duc de Beaufort tenait le haut du pavé, traînant à sa suite une troupe d'amis pleins de morgue. S'ajoutant à leurs déceptions politiques, une sotte histoire de lettres perdues vint mettre le feu aux poudres. Mme de Montbazon, l'égérie de Beaufort, disputait à Mme de Longueville, l'héroïne du clan Condé, la palme de la beauté. Celle-ci, beaucoup plus jeune, l'emportait en grâce et en élégance. L'autre grande, sculpturale, affichait un port de déesse et une arrogance à proportion. Pour ce qui est de l'orgueil, toutes deux se valaient. Or au début du mois d'août, on trouva par terre chez Mme de Montbazon une lettre non signée et sans destinataire, où une femme « écrivait tendrement à quelqu'un qu'elle ne haïssait pas[22] ». Elle se fit un malin plaisir de l'attribuer à la duchesse de Longueville. Renseignements pris, il y avait erreur sur la personne. Mais l'affaire avait fait du bruit. Les deux clans en vinrent aux insultes et la reine, invitée à arbitrer, contraignit la coupable à d'humiliantes excuses publiques. Pour aider à composer la « harangue » qu'elle aurait à lire, à genoux, devant la princesse de Condé, on avait mobilisé Mazarin, en raison de son sens diplomatique. « Faisant l'affairé, il allait d'un côté à l'autre, pour accommoder leur différend, comme si cette paix eût été nécessaire au bonheur de la France, et au sien en son particulier[23]. » La chose paraissait ridicule en effet. Mais il advint pourtant que cette « momerie » eut des conséquences sérieuses.

Mazarin avait été délégué à l'hôtel de Condé en observateur. Il put entendre Mme de Montbazon débiter d'un ton rogue le petit discours imposé – on l'avait collé au dos de son éventail pour qu'elle ne pût y changer un seul mot. Tout son maintien proclamait : « Je me moque de ce que je dis. » Quelques jours plus tard, elle insulta la princesse et brava la reine dans le jardin de Renard, un coin des Tuileries servant de rendez-vous à la société élégante pour des promenades et des collations. La sanction tomba, immédiate. Elle reçut l'ordre de se retirer à la campagne. C'en était trop pour son chevalier servant. Beaufort décida d'en finir. Comment ? En éliminant le malheureux Mazarin, dont les talents diplomatiques avaient été mis en échec et qui n'en pouvait mais. Défendre l'honneur de Mme de Montbazon fournissait à cette noblesse frivole le prétexte idéal pour une entreprise dont le véritable objectif était politique.

Le duc et ses familiers, qui devaient aux grands airs qu'ils se donnaient le surnom d'*Importants*, parurent si risibles à leurs contemporains qu'on ne les prit pas au sérieux. On vit en eux des songe-creux jouant aux autres et se jouant à eux-mêmes la comédie de gens influents. L'on soupçonna même Mazarin d'avoir inventé de toutes pièces le complot qu'il leur prêta, pour en exciper afin de les disperser. À l'époque en effet, l'impuissance de l'enquête à produire des preuves encouragea le scepticisme. Mais les présomptions étaient accablantes et nous savons aujourd'hui par les *Mémoires* d'Henri de Campion, qu'il y eut bien projet d'assassinat. La maladresse des exécutants, le peu d'enthousiasme de certains d'entre eux, joints à la méfiance ou à la chance du cardinal, entraînèrent une cascade de ratés. Le récit qu'en donne Campion paraîtrait d'une irrésistible drôlerie si la vie d'un homme n'eût été en jeu[24]. Ce comploteur malgré lui se sentait dévoré de scrupules. Devait-on faire payer à Mazarin, qui n'avait montré jusqu'ici que douceur, « les violences de son devancier » ? Il consentit, par fidélité à son maître, à faire le guet pour donner le signal quand il le verrait sortir seul ou peu accompagné, mais il souhaitait de tout son cœur que le cas ne se produisît pas. Une première fois, il mangea la consigne. Les deux jours suivants, auprès du cardinal se trouvèrent le comte d'Harcourt, puis le duc d'Orléans. Cependant la présence d'une troupe d'hommes de main hantant les tavernes proches de son logis n'était pas passée inaperçue. Le dernier jour, on l'attendit aux Deux Anges, sur le quai proche du Louvre, mais il ne vint pas. Le complot était éventé, toute la cour en parlait. Beaufort nia l'évidence, refusa de s'enfuir, continua de plastronner, se rendit au Louvre où l'on n'eut pas de peine à l'arrêter, le 2 septembre. Il fut emprisonné dans le donjon de Vincennes. Il devait y rester cinq ans et, comme il fut impossible, faute de preuves, de lui faire son procès, il finit par s'ériger en victime.

Sur le moment, l'effet dans le public fut foudroyant. « Quand l'on vit que le cardinal avait arrêté celui qui, cinq ou six semaines devant*, avait ramené le roi à Paris avec un faste inconcevable, l'imagination de tous les hommes fut saisie d'un étonnement respectueux [...]. L'on se croyait bien obligé au ministre de ce que, toutes les semaines, il ne faisait pas mettre quelqu'un en prison, et l'on attribuait à la douceur de son naturel les occasions qu'il n'avait pas de mal faire. Il faut avouer qu'il seconda fort habilement son bonheur. Il donna toutes les apparences nécessaires pour faire croire que l'on l'avait forcé à cette résolution [...]. Enfin, il fit si bien qu'il se trouva sur la tête de tout le monde, dans le temps que tout le monde croyait l'avoir encore à ses côtés[25]. » Et comme il en profita pour renvoyer dans leur diocèse l'évêque de Beauvais et quelques autres et pour inviter les Vendôme à se retirer dans leurs domaines champêtres, l'opinion en conclut à un renforcement de l'autorité royale : « La reine est ici reconnue tellement souveraine que tout tremble *ad ejus nutum***. Le cardinal Mazarin *supremum potentiae locum occupat* », écrit le grincheux et pédant médecin Gui Patin[26]. Le peuple quant à lui fredonna : *« Il n'est*

* Retz raccourcit ici un délai qui fut en réalité de trois mois et demi.

** *Ad ejus nutum* : à son moindre signe de tête (formule souvent appliquée à propos de Jupiter). *Supremum potentiae locum occupat* : occupe le siège de la puissance suprême.

pas mort, il n'a que changé d'âge / Ce cardinal, dont chacun en enrage. » Richelieu semblait de retour.

Mais Mazarin ne persista pas dans cette voie. Loin de jouer au potentat, il s'appliqua à paraître tel qu'il était avant l'alerte. Bien que se sachant menacé, il s'était toujours abstenu de s'entourer d'une protection. Comme toutes choses chez lui, le mépris du danger participait de deux sources. Le courage lui était naturel, quoi qu'en aient dit les Français qui croyaient cette vertu réservée à la noblesse. Il s'y ajoutait la conviction que laisser voir sa crainte est preuve de faiblesse, et encourage les agressions. Il refusa donc les gardes que la reine, bouleversée, tenta de lui imposer. Mais la prudence ne perdit pas ses droits pour autant. Il recruta comme valets de pied quelques vigoureux soldats de son régiment italien, qui dissimulaient sous leur livrée des poignards bien aiguisés. Il n'aura ses gardes et ses mousquetaires que plus tard, lorsque sa situation sera suffisamment assise pour que la chose passe pour marque d'honneur et non pour précaution.

En même temps, il s'employait à préserver l'avenir. On se souvient qu'en 1639, Louis XIII lui avait accordé des « lettres de naturalité », assez restrictives, lui permettant de détenir en France des bénéfices ecclésiastiques. Au mois d'octobre 1643, il en obtint de nouvelles, d'une portée bien plus large. Il pouvait craindre en effet de se voir opposer un édit de 1616, promulgué alors contre Concini, qui interdisait aux étrangers, sauf dérogation, l'accès à toute fonction publique. Mieux valait obtenir d'avance cette dérogation plutôt que d'avoir à la solliciter un jour dans l'urgence. Les nouvelles lettres patentes constituaient un panégyrique en règle. Elles énuméraient les inestimables services rendus au feu roi et à la reine régente et rappelaient ses multiples marques d'allégeance à son pays d'accueil, pour conclure en lui accordant tous les droits et privilèges dont jouissent les natifs du royaume. Ce qui incluait, implicitement, les fonctions ministérielles. Le voilà donc Français d'adoption, sur le plan juridique[27]. Mais au lieu de publier ces lettres en les faisant enregistrer par le parlement, il les garda en réserve. Inutile de laisser voir trop tôt vers quoi s'orientaient ses ambitions. Il avait encore trop d'affaires essentielles à régler pour prendre le risque de fournir des armes à ses détracteurs.

En à peine plus de temps que prévu – six mois au lieu de trois – le ministre de transition avait brillamment transformé l'essai. Il n'était plus *Mazarin*, tout court, ni même *le cardinal Mazarin* : on l'appelait désormais *Monsieur le cardinal*.

CHAPITRE HUIT

« Monsieur le cardinal »

Moins de six mois après son arrivée, pourtant fort discrète, à la tête du ministère, on a donc tenté de l'assassiner ! Pour Mazarin, l'avertissement est rude. Il lui confirme que son statut a changé : il occupe désormais la première place. Il doit affronter les responsabilités et les risques inhérents au pouvoir suprême, bien qu'il ne le détienne que par délégation, des mains d'une régente qui n'en dispose elle-même que par délégation, à titre provisoire, et qui ne prétend pas l'exercer. Un pouvoir fragile, donc, et qui s'exerce à contre-courant. L'opinion, en se refusant à prendre au sérieux le complot des *Importants*, en le traitant comme un incident mineur, voire en l'attribuant à un coup monté du ministre pour se débarrasser de Beaufort, a fait apparaître l'ampleur du mépris dont celui-ci est victime. Malheur aux faibles ! Pour s'imposer, il va devoir montrer les dents, jouer un nouveau personnage, organiser la contre-attaque en diversifiant les moyens.

Il a toujours été jusqu'alors au service de plus puissants que lui, qui lui laissaient une large part d'initiative, mais assumaient les décisions. Il lui faut apprendre à commander. Il exerçait naguère, aux côtés de Louis XIII et de Richelieu, une influence modératrice, qui lui avait valu bien des amis. À présent, voici qu'au contraire les rôles sont renversés. Il s'en lamente dans ses *Carnets.* La régente distribue les faveurs à tout va et c'est lui qui fait le gendarme. Il doit renoncer à l'espoir de conquérir les gens par son aménité. La métamorphose ne va pas de soi pour quelqu'un qui est naturellement obligeant et préfère la négociation à l'affrontement. Elle entraîne chez lui une tension, une surveillance de tous les instants, qui lui ôtent une partie de ses moyens. Certes il n'a jamais été homme à se livrer totalement, mais il aimait se laisser aller au plaisir d'une conversation détendue avec des interlocuteurs à l'unisson. Il était même capable de faire rire le triste Louis XIII. Mais parmi des courtisans qui ne respirent que le mépris ou la haine, son charme s'étiole, faute d'un climat favorable. Il se maîtrise, son comportement est parfait, mais d'une perfection qu'on sent si contrôlée, si peu naturelle, qu'on ne manquera pas de la taxer d'hypocrisie – alors qu'il tente, tout simplement de se protéger. C'est qu'il est entré, seul, dans l'arène aux fauves, et que son sort dépend d'un seul geste de celle qui trône en haut lieu.

Un conseilleur officieux lui expliquait un jour qu'en promettant « la même chose à cent personnes et ne la pouvant donner qu'à une seule, il en désobligeait quatre-vingt-dix-neuf », sans compter la centième, qu'il faisait attendre trop longtemps. Il lui cloua sèchement le bec : « Que les Français s'accoutument à ma manière d'agir, car je ne me veux pas accoutumer à la leur. Quand j'aurai* le roi et la reine pour moi, ils seront tous mes amis ; et si je tombais dans leur disgrâce, je n'aurais plus que faire d'eux, parce que je ne demeurerais pas en France ; et si j'y demeurais, ceux que j'aurais le plus

* *Quand j'aurai* : « tant que j'aurai ».

obligés seraient mes plus grands ennemis[1]. » Tout est dit : en attendant que le roi grandisse, il ne dispose que d'un seul atout, la reine.

L'« amitié » d'une reine

L'attaque contre Mazarin était partie de l'entourage d'Anne d'Autriche. L'arrestation de Beaufort ne suffit pas à y mettre fin. Un bon nombre de ses adversaires, qui n'avaient pas trempé dans le projet d'assassinat, ne désespéraient pas de l'éliminer en douceur en détachant de lui la régente. Les pressions amicales continuèrent, les lettres anonymes aussi. Il en a facilement identifié la source. Ce sont des « dévots », militants ou sympathisants du grand mouvement de la Réforme catholique. D'obédience diverse, selon les ordres religieux auxquels ils sont liés, ils ont en commun un même désir de faire prévaloir l'ordre spirituel sur l'ordre temporel, et donc de soumettre la politique à la religion. Ils cherchent à investir la société en profondeur par le biais d'œuvres éducatives ou caritatives. Quelques-uns d'entre eux, groupés dans une association secrète, la Compagnie du Saint-Sacrement, tentent d'exercer une surveillance effective sur les mœurs. Richelieu, issu de leurs rangs, s'était violemment heurté à eux du jour où il avait décidé de s'opposer aux ambitions des Habsbourg. Nul doute qu'il n'ait éclairé son disciple sur le danger qu'ils constituaient pour son grand dessein. Dans les derniers mois du règne de Louis XIII, ils avaient cependant misé sur ce cardinal italien, en raison de son passé de nonce apostolique. Ils avaient célébré ses mérites auprès de la future régente. Leur déconvenue fut aussi vive que rapide : le nouveau venu n'était pas leur homme.

Mais ils croyaient tenir la reine par le biais de sa piété. Le premier effort de Mazarin fut de la leur arracher. Tâche difficile. Autrefois, durant les années où la cour suintait l'ennui, les visites aux églises et aux couvents avaient constitué ses seules sorties, lui fournissant à la fois un divertissement et un moyen d'échapper à la surveillance. À partir de 1637, on lui refusa le droit d'y aller. À peine régente, elle s'empressa d'y courir. « Pendant la première année de son veuvage, elle visita soigneusement toutes les églises de Paris, et, comme il n'y a guère de jours qui n'aient leur fête particulière en quelques-unes, elle observait de se trouver à toutes[2]. » Elle renoua dans les couvents avec de vieilles habitudes. Elle aimait l'atmosphère feutrée, lénifiante et suave qui régnait à l'intérieur de la clôture ; elle écoutait distraitement les papotages des bonnes religieuses aux petits soins, en savourant les gâteaux ou le chocolat préparés pour elle. Les *Carnets* témoignent de l'exaspération de Mazarin devant l'emprise insidieuse qu'exerçait sur son esprit la fréquentation trop assidue des maisons religieuses, pour le plus grand dommage de ses fonctions politiques : « Dieu est partout, et la reine peut le prier dans son oratoire privé. » Pour contenir dans de justes bornes ses exercices de piété, il invoque le devoir d'État : Dieu lui a confié « le gouvernement du royaume et l'éducation du roi [...] ; un moment donné par elle à ce devoir suprême est plus agréable à Dieu que des heures entières de prières, de visites aux églises, de sermons et de vêpres ». En somme, le temps qu'elle passe en dévotions est volé à son fils. L'argument est fort. Mais ce n'est pas à coups d'arguments qu'on peut combattre l'attrait exercé sur elle par les couvents. C'est en lui fournissant l'équivalent de ce qu'en réalité elle va y chercher : de l'amitié et des divertissements.

Très rares sont les souverains capables de porter seuls le poids de la solitude inhérente à l'exercice du pouvoir. Ils aspirent donc à l'amitié. Elle peut être jointe à l'amour, elle peut aussi en être dissociée. Mais elle entraîne toujours des interférences entre la sphère privée et la sphère publique. Et lorsque le roi, renonçant à gouverner lui-même, délègue une part de son autorité à un principal ministre, elle risque de compliquer beaucoup la tâche de celui-ci. Car il est fréquent que le favori ou la maîtresse entrent alors en concurrence avec lui. Mazarin a pu observer de près les ravages de ce type de rivalité dans le triangle formé par Louis XIII, Richelieu et Cinq-Mars. Il comprend combien il est dangereux de laisser ses ennemis accaparer l'affection de la reine. Elle est sentimentale, elle ne peut se passer d'ami(e). Il devra tenir lui-même auprès d'elle le rôle qu'il ne veut pas voir dévolu à d'autres, donc assurer à ses côtés une présence continue, prendre en charge ses occupations quotidiennes, et notamment ses plaisirs, enfin se rendre aussi indispensable dans la marche de sa maison qu'il l'est déjà dans la direction des affaires. En somme, partager sa vie. Pas de trop près cependant, par bienséance – un équilibre qui se révélera difficile à trouver.

Les *Carnets* attestent qu'il choisit délibérément de placer ses relations avec elle sur le mode affectif. Le ton qu'il adopte à l'égard d'Anne d'Autriche n'est pas d'un ministre à sa souveraine, mais d'un féal qui a tout sacrifié pour la servir et qui la supplie de bien vouloir se fier à lui : « Au nom du Ciel, que Sa Majesté déclare ce qu'Elle veut [...]. Si S.M. estime ma capacité, qu'Elle me croie : les faits lui apprendront si je l'ai bien conseillée. Si Elle n'a pas confiance en moi, qu'Elle en choisisse un autre, et suive ses conseils ; cela vaut mieux que de chanceler dans toutes ses résolutions. Quand j'ai l'honneur de lui dire mon sentiment, Elle doit au moins être bien sûre que c'est toujours sans passion et avec un vrai zèle[3]. »

En ce printemps de 1643, dans les premières semaines de la régence, il craint de la voir céder aux pressions de ceux qu'elle croit ses amis, il la sent sur le point de lui échapper. Elle garde certaines distances, elle ne lui dit pas tout. Mais, objecte-t-il, pour être efficace, un dévouement tel que le sien exige en retour une entière franchise de sa part : « Je suis au désespoir de n'avoir pas toujours été à Elle ; on doit me le pardonner, étant bien résolu d'être à Elle éternellement à l'avenir, sans demander d'autre permission que de la servir à son gré. [...] Elle fait plus d'une chose sans moi : cela est contraire à l'amitié. [Celle-ci] oblige à communiquer toutes choses, et c'est ainsi que je pourrai croire avoir gagné son cœur ; cependant, S.M. ne me communique que les affaires d'État[4]. »

Dès l'automne, il a partie gagnée. À quelque chose malheur est bon. La campagne de dénigrement, puis l'assassinat manqué ont eu des conséquences contraires aux intentions de leurs auteurs. Ceux-ci ont perdu l'estime de la reine. Le complot des *Importants*, qui l'a révoltée, lui a ouvert les yeux, justifiant, *a posteriori*, toutes les mises en garde que Mazarin avait prononcées à leur égard. Elle s'attache d'autant plus à lui qu'on s'en est pris à sa vie, elle se fait un devoir de le protéger. Elle ne supporte plus les remarques acerbes de ses amies : Marie de Hautefort, puis Mme de Sénecey paieront bientôt d'un exil leur incapacité à comprendre cette réaction. Mazarin, lui, passe de plus en plus de temps avec elle, tissant des liens propres à consolider cette victoire.

À l'évidence, cette prise en main de la reine s'inscrit dans une démarche politique. Les propos cités ci-dessus ne sont pas des cris du cœur, surgis au cours de pathétiques entrevues, ainsi que nous aimerions le croire. Ils figurent dans les *Carnets*, sans doute comme canevas préparatoires aux entretiens qu'il aura avec elle. Ils sont donc calculés ? Bien sûr. Rien chez lui n'est totalement exempt de calcul. Mais à la différence de la plupart des gens, qui aiment à se croire désintéressés, il est trop lucide pour se leurrer lui-même sur les diverses composantes de son attitude, qui part d'ailleurs d'un sentiment très respectable. Il est résolu à servir de toutes ses forces le petit roi son filleul, la régente et la France. Il n'y parviendra qu'avec l'appui sans faille d'Anne d'Autriche. S'il lui faut, pour le gagner, s'adresser à son cœur en même temps qu'à son intelligence, pourquoi le lui reprocher *a priori* ? Tout dépend de l'usage qu'il en fera. De plus, en lui proposant l'amitié dont elle est assoiffée, il n'est pas certain qu'il lui mente. Car, on va le voir, les entretiens quotidiens créent peu à peu entre eux une forme d'intimité à laquelle ils se laissent prendre tous deux.

Leur amitié emprunte une route que Mlle de Scudéry ne songera pas à tracer sur la *Carte du pays de Tendre*, celle de la complicité intellectuelle et de la solidarité dans l'action. Pour la première fois, Anne d'Autriche a affaire à quelqu'un qui la comprend, qui ne lui reproche pas ses ignorances ou ses erreurs, qui compatit à ses scrupules. Elle ne sait pas gouverner. En l'éduquant, il la rassure. Il lui mâche la besogne, débrouille pour elle la complexité des affaires, lui propose une ligne de conduite – toujours assortie d'explications –, lui prépare ses discours, lui souffle ses répliques. Sa sagacité prévoit les arguments qu'on lui opposera, les pressions qu'on exercera et, d'avance, il organise la parade. Mais il reste dans l'ombre sans empiéter sur ses prérogatives, il lui laisse l'apparence de la décision, et même plus que l'apparence, puisque, une fois qu'il l'a convaincue, la décision est sienne – ainsi qu'on a pu le voir pour la poursuite de la guerre. Auprès de ce remarquable pédagogue, les choses les plus compliquées se font simples. Elle, toujours prête à douter de ses capacités, prend de l'assurance, elle se découvre, grâce à lui, des aptitudes nouvelles, elle se sent devenir intelligente – et elle le devient en effet. La confiance est bientôt au rendez-vous, une confiance totale. Dans ses capacités. Dans sa fidélité.

Les mauvaises langues de la cour, qui ont repéré la manœuvre, ne veulent voir dans son succès que le fruit d'une stratégie cynique. Mais, s'il est aisé de feindre au coup par coup, dans des cas isolés, il est quasiment impossible de jouer la comédie du sentiment, jour après jour, surtout avec une femme aussi fine qu'Anne d'Autriche. D'autant que Mazarin n'a aucune raison, au contraire, de se défendre contre sa propre inclination. Il est également très seul, et très détesté de surcroît. Il lui est précieux de sentir que la reine lui rend justice et lui porte affection. Et puis, il prend plaisir à la former, s'attache à cette élève si docile et si douée. Il y a du Pygmalion en tout homme. Comment pourrait-il ne pas être sensible au besoin qu'elle a de son appui, flatté des progrès qu'il lui fait faire, ému de l'admiration qu'elle lui porte et de l'ardeur qu'elle met à le défendre ? Seulement, il ne peut y avoir chez lui d'abandon sans réserve, parce qu'il la sait en butte à des pressions continues et qu'il connaît les points par lesquels on peut l'atteindre : sa piété et son amour maternel. Il restera toujours sur ses gardes, multipliant les attentions pour elle et veillant à écarter les rivaux.

Il existe donc entre eux, incontestablement, un lien affectif. Sont-ils prêts pour autant à tomber dans les bras l'un de l'autre ? Il faudrait pour cela qu'il fût prêt à lui ouvrir les siens, et réciproquement. On peut douter qu'ils en aient eu la tentation. Ils n'avaient vingt ans ni l'un ni l'autre. En ce qui le concerne, il est peu probable qu'une pulsion irrépressible l'ait saisi pour cette femme mûrissante déjà sur le retour. D'ailleurs face à ses désirs, il avait toujours montré jusque-là une remarquable maîtrise de soi. De plus, il n'ignorait pas – l'histoire regorge d'exemples – qu'un homme placé sous la dépendance d'une femme au sens politique du terme, ne peut en faire sa maîtresse, au sens ordinaire, qu'au prix de très grands dangers.

Les obstacles ne manquaient pas pour en détourner également Anne d'Autriche. Celui de l'âge d'abord, qui, pour être psychologique, n'en était pas moins très puissant. À cette époque, le poids des usages la poussait de gré ou de force vers la dévotion, comme substitut à l'amour. Seules continuaient de pratiquer la galanterie celles qui y étaient ancrées depuis toujours, comme la duchesse de Chevreuse – un cas ! Anne d'Autriche fut-elle tentée de passer soudain de l'amitié amoureuse à des plaisirs plus substantiels ? La « Chevrette » a affirmé à Retz qu'elle « n'était espagnole ni d'esprit, ni de corps ; qu'elle n'en tenait que la coquetterie, au souverain degré[5] » – pour parler clair, qu'elle était frigide. Après une expérience conjugale désastreuse, il était peu probable qu'elle fût prête à braver inhibitions et interdits pour tâter de l'amour charnel à quarante ans bien sonnés. Car un autre obstacle s'y opposait. Elle était, on l'a vu, profondément pieuse, d'une piété très formaliste, qui lui imposait de respecter scrupuleusement les règles imposées par l'Église. Elle a pris l'habitude de communier tous les dimanches et jours de fête, après s'être confessée la veille. On l'imagine mal avouant tous les samedis avoir péché contre le sixième commandement, ou plus mal encore faisant chaque dimanche des communions sacrilèges. Quant à trouver de la complaisance auprès de ses confesseurs, il n'y fallait pas songer : ils étaient espagnols. Elle ne s'y serait d'ailleurs pas prêtée. On peut la croire quand elle affirme à Mme de Brienne que son affection pour Mazarin, bien que très tendre, ne doit rien aux sens[6]. Il n'y a entre eux qu'une « liaison intime d'esprits[7] ». Elle brave le qu'en-dira-t-on avec d'autant plus de crânerie qu'elle n'a rien à se reprocher. Le défi qu'elle lance aux commérages est présomption d'innocence et l'injustice des attaques l'attache à lui d'un lien que renforce l'orgueil blessé.

Leur relation débute donc vers la fin de 1643 sous la forme d'une de ces amitiés amoureuses dont nos ancêtres du XVIIe siècle savaient adoucir l'automne de leur vie. Elle se teintera peu à peu d'une tendresse qui se laisse voir à de petits riens, comme ce joli détail noté au vol par Lefèvre d'Ormesson : un jour, dans un passage encombré, quelqu'un marcha sur sa robe ; « elle se retourna avec furie, mais, voyant que c'était M. le cardinal, elle lui sourit[8] ». Merveilleux sourire, qui vaut tous les mots du monde ! Leur attachement se renforcera au fil des années et des épreuves partagées, sans dépasser cependant certaines limites. Elle resta comme prisonnière de l'image irréprochable qu'elle avait donnée au départ, face aux attaques. Trahir cette image eût été se trahir elle-même. Elle fut donc fidèle jusqu'au bout à ses dévotions hebdomadaires.

D'ailleurs, si par hasard le démon de midi était venu la troubler, il est certain que deux raisons, au moins, auraient détourné Mazarin d'en profiter. L'une tient à elle. Il eût été très imprudent de lui créer des troubles de conscience qui, ses confesseurs aidant, risquaient de la détourner de lui, alors qu'au contraire elle est disposée à le défendre avec d'autant plus d'acharnement qu'on la calomnie. Quant à l'hypothèse d'un mariage secret, parfois avancée par ceux qui cherchent à ménager les convenances, elle ne résiste pas à l'examen, car dans ce cas, Mazarin aurait dû renoncer à la pourpre, sans laquelle il serait redevenu le chétif *signor Giulio.* L'autre motif d'abstention, plus puissant encore, tient à l'enfant. Le jeune roi, ce qui est rare dans les familles royales, vit en étroite symbiose avec sa mère. Il est petit, il grandira. Vite. Il y a des choses que les enfants sentent et pardonnent mal. Et le sort de Concini, dont on ne cesse de menacer Mazarin, suffirait à lui rappeler que les faveurs trop marquées d'une régente à l'égard d'un favori* peuvent indisposer fortement un roi adolescent.

À quoi donc est due cette suspicion tenace, cette obstination à jeter Mazarin dans le lit d'Anne d'Autriche ? La perspective de devenir l'amant de la reine est si flatteuse que la plupart des hommes ont de la peine à concevoir qu'il n'en ait pas eu la tentation. Une assurance confortée par la conviction, très masculine, que c'est le plus sûr moyen de tenir une femme. Cette conviction est renforcée chez les historiens par la lecture des mémorialistes, tous hostiles à l'usurpateur étranger, et par celle des mazarinades. Ce tombereau d'ordures doit bien contenir une parcelle de vérité – n'est-ce pas ? –, puisqu'il n'y a pas de fumée sans feu. Dans la balance des témoignages, la loi du nombre pèse en faveur d'une liaison – ce qui ne l'empêche pas d'avoir tort. Mais cette accusation n'aurait pas bénéficié d'une si large créance sans la personnalité du cardinal, qui ne cadre pas avec les idées reçues, ne correspond à aucun modèle, et dont

---

* Il est pratiquement certain que Concini ne fut pas l'amant de Marie de Médicis. Mais il passait pour l'être. Et le mépris dans lequel il tenait le jeune Louis XIII entretint le ressentiment de celui-ci à son égard.

l'évidente complexité aiguise la curiosité : un homme venu d'une autre planète, riche d'expérience et lesté d'un passé qui invite aux conjectures.

L'énigme Mazarin

Anne d'Autriche, bien qu'elle passe encore pour belle si l'on en croit le chœur des courtisans, a pris avec les années un double menton et une corpulence de matrone peu propres à éveiller les élans incontrôlés. Quant à Mazarin, il n'a pas la réputation d'un coureur de jupons, c'est le moins qu'on puisse dire. Depuis qu'il est en France, il a fait preuve d'une remarquable retenue. Pas de maîtresses avouées, pas de débauches clandestines, rien. Les contemporains n'ont rien trouvé. De quoi désespérer les fouilleurs de poubelles. Il est chaste. Il le restera jusqu'à sa mort. La confiance de la reine est à ce prix.

Pourquoi ne le serait-il pas, dira-t-on ? Il appartient à l'Église et, en ces temps où la libération sexuelle n'était pas encore élevée à la hauteur d'un impératif, il ne manquait pas d'ecclésiastiques pour respecter leur vœu. Seulement, Mazarin, qui d'ailleurs n'a pas prononcé ce vœu, n'offre nullement le profil d'un ascète détaché des biens de ce monde, ni d'un pieux pasteur soucieux de ses ouailles. En dépit de la pourpre, il n'a ni l'apparence, ni le comportement, ni le langage, à quoi se reconnaissent entre eux les dévots. Au lieu de chercher à se fondre dans leur troupe, il met presque de la provocation à s'en distinguer. Rien ne peut le faire renoncer à un style de vie dont l'élégance est une composante essentielle. Loin de tenir son corps pour une misérable guenille qu'il est bon de négliger, il est d'une propreté rigoureuse et soigne sa tenue. Il se contente à l'église des gestes normalement attendus d'un bon catholique, en se gardant de toute piété ostentatoire. Il n'a point honte d'aimer les plaisirs de la vie. Bref, il offrirait l'image d'un prélat de cour inoffensif si l'on ne percevait en lui une intelligence aiguë, sans cesse aux aguets. Brillant causeur, joyeux convive, joueur, railleur, mordant parfois, il sait être, aussi, d'une exquise courtoisie – trop poli pour être honnête. On le redoute, on ne peut s'empêcher de soupçonner sous la surface lisse des profondeurs inconnues. Mme de Motteville, pour le décrire, s'empêtre de contradictions, ne le louant qu'à regret, lui marchandant les qualités faute de pouvoir lui trouver des défauts, incapable de le ranger dans une catégorie familière.

Bien qu'il n'en escompte aucun résultat direct, il ne cherche pas à amortir sa séduction naturelle. Dans une cour hostile, cancanière, tout occupée de galanterie, cette séduction est d'autant plus suspecte qu'elle s'exerce dans le vide. Car elle n'entre pas dans le jeu bien codé de la parade amoureuse, où chacun dispose d'un éventail de réponses. S'adressant à tous et toutes, sans visée précise et sans appel à réciprocité, elle inquiète parce qu'on ne sait comment s'en défendre. La pieuse Motteville ne serait pas loin d'y voir un don du diable. Une chose est sûre, en tout cas : elle est soigneusement contrôlée. C'est un effort qui doit coûter à un homme accoutumé depuis toujours à plaire spontanément. Désormais, il se sait guetté, il reste visiblement sur ses gardes. Et lorsqu'on le provoque, il s'abstient de pousser son avantage. Il semble avoir échangé avec Mmes de Chevreuse et de Guéméné quelques passes de galanterie verbale à fleurets mouchetés, sans jamais leur donner prise sur lui. « Elles en concluent que je suis impuissant », ironise-t-il dans ses *Carnets*. D'autres recourent à une explication différente, fondée sur les préjugés anti-italiens – une explication que la reine elle-même aurait fournie, si l'on en croit les *Mémoires* de La Porte : « Un jour, comme Mme d'Hautefort lui disait que M. le cardinal était encore bien jeune pour qu'il ne se fît point de mauvais discours d'elle et de lui, Sa Majesté lui répondit qu'il n'aimait pas les femmes, qu'il était d'un pays à avoir des inclinations d'une autre nature[9]. » On n'est pas obligé de croire, sur la foi du seul La Porte, qu'Anne d'Autriche ait proféré cette sottise – car c'en était une de le dire, que la chose fût vraie ou non ! Mais il flotte sur Mazarin une rumeur d'homosexualité trop tenace pour qu'on puisse éluder la question. L'allégation rencontra d'abord du crédit auprès des défenseurs de la reine, qui espéraient la protéger par là de tout soupçon, sans se douter que les pamphlets de la Fronde la reprendraient pour aggraver leur cas à tous deux, en les accusant de recourir aux pratiques de Sodome – calomnie toute gratuite, fondée sur les mœurs supposées du cardinal.

Est-il possible aujourd'hui aux historiens de savoir ce qu'il en était ? Les documents ne livrent rien de solide. Pas un nom à accoler au sien. On ne lui connaît aucune liaison, ni féminine, ni masculine. Bien qu'il professe, comme Richelieu, la misogynie de principe propre à son état, il sait apprécier la compagnie des dames, du moins lorsqu'elles sont aimables. Le récit de ses voyages inciterait même à voir en lui un émule de don Juan, tant on lui prête d'adoratrices partout où il est passé : il a laissé chez les femmes de Madrid, de Casal, de Turin et d'ailleurs le souvenir du plus galant cavalier. Mais si l'on excepte la fille du notaire espagnol qu'il aurait failli épouser, selon une anecdote controuvée, on ne lui attribue aucune maîtresse, même pas – le calendrier l'exclut – la cantatrice Leonora Baroni. Alors, un homme ? Pas davantage. Certes son passé italien reste plein de zones d'ombre parce que, étant peu connu, il attirait peu l'attention. Mais, pour autant qu'on le sache, il n'y a rien à lui reprocher. On peut seulement invoquer contre lui ses fréquentations. Dans la Rome baroque, où les églises se drapent de tentures de marbre prêtes à flotter au moindre souffle de vent, où l'agonie des saints prend sous le ciseau du sculpteur des allures d'extase, où le théâtre s'enchante des échanges d'identité et où l'opéra fait un triomphe aux castrats, il a beaucoup fréquenté les artistes, chez qui la licence était grande. Plus récemment, sa réputation a souffert, par ricochet, des frasques de son ancien patron, le cardinal Antoine, « dont la faveur, dira Retz, ne s'acquérait pas, en ce temps-là, par de bons moyens[10] ». Pourtant, c'est seulement après son départ qu'Antoine était tombé sous la coupe d'un jeune sopraniste d'une rare insolence, à qui il laissait faire la pluie et le beau temps chez lui, au grand scandale de toute la ville. On devrait plutôt porter à son crédit le fait que le benjamin des Barberini n'ait pas commis trop de bêtises quand il était son *maestro de casa.* Et sur son compte à lui, rien.

Comment expliquer cette abstention de la part d'un homme si évidemment attirant ? Il faut sans doute remonter à son adolescence, à ces années troubles où, au sortir du collège, garçon trop doué et trop beau, il plongea dans une *dolce vita* qui excédait de loin les ressources familiales. Il se dissipa, nous dit-on, et ses parents, pour l'empêcher de gâcher ses dons et le soustraire à « ses mauvaises habitudes », l'expédièrent en Espagne. À son retour, on le mit à l'étude, en vue d'une carrière dans l'administration pontificale. Il n'était ni cardinal neveu, ni fils d'une antique maison noble. Il ne pouvait s'assurer la faveur du pape que par une conduite exemplaire. Entre l'amour et l'ambition, il opta pour cette dernière, sacrifiant sa vie privée à la vaste partie qu'il espérait mener sur le théâtre du monde. Avait-il d'ailleurs le choix ? Il finira par y trouver des avantages. Pas de liens superflus, de boulets à traîner, de temps perdu en intrigues et en querelles. Disponibilité, liberté. La séduction qu'il exerce, sans la pousser à son terme, lui procure malgré tout, sur le plan de la vanité, une bonne part des satisfactions que les hommes cherchent dans la « victoire » remportée sur une femme : pour collectionner ces succès-là, il lui suffirait de vouloir. Les refus sont siens. Mais comme c'est un passionné, il transfère ses désirs vers d'autres objets – la musique et les arts plastiques par exemple, ou la conquête du pouvoir –, dont il tire à l'évidence des jouissances supérieures. Quant à sa vie intime, elle sort du champ de l'histoire. Un mot pour en finir sur le sujet : un tel comportement suppose une persévérance, une puissance de volonté, une maîtrise de soi assez extraordinaires, que confirme assez tout ce que nous savons de lui.

Ce ne sont là que suppositions gratuites ? Certes. Mais elles invitent à voir sous un autre angle certaines de ses attitudes. Son regard sur la sexualité apparaît non pas comme en deçà, mais comme au-delà de l'expérience usuelle. Il a rapporté de ses années romaines une absence totale de préjugés, une parfaite indifférence à l'égard des comportements sexuels, le refus de prendre en compte les mœurs ou même, plus généralement, les considérations d'ordre éthique dans les jugements qu'il porte sur les hommes. « Il semblait n'estimer aucune vertu et ne haïr aucun vice, note Mme de Motteville. Il paraissait n'en avoir pas un : il passait pour un homme habitué à l'usage des vertus chrétiennes, et ne témoignait point en désirer la pratique[11]. » Il apprécie chez les meilleurs l'intelligence et la fidélité. Les autres, il les accepte tels qu'ils sont et, en bon politique, n'hésite pas à se servir d'eux s'ils lui paraissent utiles. De tels traits le placent en porte à faux face aux dévots obsédés de morale, qui se refusent à lui faire un mérite de ses mœurs irréprochables. Ils contribuent à le faire percevoir comme un être à part et, on le verra bientôt pendant la Fronde, ils l'exposent à tous les soupçons.

La « maison » de la reine

Dans les premiers mois de la régence, Mazarin omit de se soucier de son image. Accoutumé aux négociations feutrées, il répugnait à se mettre en avant, il préférait la discrétion. L'ostentation lui paraissait une faute de goût. Il supportait mal les cérémonies d'apparat et les harangues creuses, grandes dévoreuses d'un temps qu'il eût voulu consacrer aux affaires de l'État. Le poids en reposait totalement sur ses épaules en effet, et comme il avait alors peu de collaborateurs qui joignissent la compétence à la fidélité, il s'acharnait à tout contrôler lui-même, au prix d'un effort exténuant : « Comme il était infatigable dans le travail, qu'il voulait faire les charges de tous les secrétaires d'État, qu'il ordonnait des finances, et qu'enfin il voulait connaître de tout, il était continuellement si occupé qu'il était impossible de le voir[12]. » Il avait toujours préféré le dialogue aux envolées oratoires ou même aux simples exposés techniques. Il tenait d'autant moins à présider le Conseil, où son accent italien très marqué le mettait mal à l'aise, qu'il ne s'y traitait rien d'important qui ne fût décidé à l'avance entre la reine et lui. Lorsqu'il le fit pour la première fois, en l'absence des deux princes du sang partis pour Fontainebleau fêter la Saint-Hubert, « il se trouva d'abord étonné*, ne sachant l'ordre du Conseil et ne sachant les noms ; il ôtait à chacun son chapeau et paraissait ne rien entendre aux affaires de finances[13] ». Bref, il n'avait pas les manières convenant à un premier ministre de Sa Majesté.

Il n'avait pas cru devoir renoncer à la simplicité qui caractérisait jusqu'alors son comportement et son mode de vie. Le résultat ? Au lieu de l'en estimer, on le méprisa. On ne le prit pas au sérieux. « L'on voyait sur les degrés du trône, d'où l'âpre et redoutable Richelieu avait foudroyé plutôt que gouverné les humains, un successeur doux, bénin, qui ne voulait rien, qui était au désespoir que sa dignité de cardinal ne lui permettait pas de s'humilier autant qu'il l'eût souhaité devant tout le monde, qui marchait dans les rues avec deux petits laquais derrière son carrosse[14]. » Son extrême courtoisie passa pour servilité et l'on ne manqua pas de l'attribuer à la bassesse supposée de ses origines. On vit en lui, ajoute Retz, « l'original de *Trivelino principe* » – un valet de comédie italienne**.

Il comprend assez vite cependant que, pour s'imposer, il lui faut afficher une position ne laissant aucun doute sur son poids en haut lieu. Il dose avec soin ses apparitions publiques. Il accompagne la reine au *Requiem* des quarante jours de deuil, au *Te Deum* pour la prise de Thionville, aux vêpres le jour de la fête de saint Louis, en l'église des jésuites. Mais surtout, il s'installe dans un local mieux adapté à son

---

* Au sens très fort : *ahuri, frappé de stupeur*.

** *Trivelin sur le trône*. Retz a-t-il inventé cette référence ? Aucune *commedia dell'arte* connue ne porte exactement ce titre, mais beaucoup de ces comédies d'improvisation n'ont pas été répertoriées. En revanche, le personnage de Trivelin – valet gourmand, poltron, ignorant mais rusé, arrogant mais servile, souple comme l'anguille et maître en fourberies et impostures – jouissait alors, grâce au talent de Domenico Biancolelli, d'une très grande popularité.

nouveau statut et plus proche de la reine. Comme l'a brillamment démontré Claude Dulong, le projet d'un double déménagement a été mûri dans les semaines précédant la mort de Louis XIII, lorsque fut scellée en secret leur alliance. Anne n'aimait pas le vieux Louvre, sombre, incommode, entouré de fossés nauséabonds, étouffé par un réseau d'îlots d'habitations aux rues étroites, à peine égayé de quelques massifs étriqués sur les bords de Seine. Dès qu'elle eut connaissance du testament de Richelieu, qui léguait au roi son palais, elle projeta de s'y installer. La demeure moderne, aérée, fonctionnelle, qu'il s'était fait bâtir en face du Louvre, se prolongeait au nord, vers l'arrière, par un vaste jardin, plus propice aux promenades et aux jeux de ses enfants*. Dans ce lieu vierge de tout passé royal, elle pourrait redistribuer l'espace à sa guise et le redécorer à son goût. Les indispensables travaux retardèrent son installation jusqu'au début octobre.

Mazarin, lui, avait toujours vu à Rome le cardinal neveu loger à proximité du Saint-Père, pour d'évidentes raisons d'efficacité. Il lui parut encore plus important, en raison des influences rivales s'exerçant sur la reine, de se tenir au plus près. Il décida donc de quitter son logis de l'hôtel de Clèves, proche de l'Oratoire, et loua l'hôtel Chevry-Tubeuf, au coin de la rue Vivienne et de la rue des Petits-Champs**. Seule cette dernière rue, encore campagnarde, le séparerait alors des jardins du Palais-Royal, qu'il pourrait sans danger gagner à pied ou en chaise à porteurs, par une petite porte percée tout exprès, où veillaient des gardes. Il entreprit aussitôt dans son hôtel des travaux, qui se poursuivront au fil

* Le Palais-Cardinal devint alors le Palais-Royal, nom qu'il a conservé depuis.

** C'est notre actuelle Bibliothèque nationale de France, site Richelieu.

des années, englobant peu à peu tout le pâté de maisons. Faute d'obtenir la venue de Pierre de Cortone, il confia à un de ses élèves, Romanelli, le soin de la décorer à fresques*. Mais il n'y séjourna pas puisque, bientôt, la reine l'installa auprès d'elle. Il en fit dès lors un lieu de prestige regorgeant d'œuvres d'art, une vitrine à faire admirer aux visiteurs.

Ce second déménagement eut pour origine une sérieuse maladie, une fièvre tierce et double tierce, qui le tint au lit lors du séjour automnal de la cour à Fontainebleau en 1644. « La reine, conte Goulas, fut assez troublée de cet accident et le témoigna bien au malade et à tout le monde. Elle ne manquait point de le visiter tous les jours, par une galerie de communication entre son appartement et le sien ; elle envoyait savoir à tout moment de ses nouvelles ; elle ne se lassait point d'être auprès de lui, et souvent y demeurait jusques à l'ennuyer, et l'on dit qu'il le lui laissa entendre une fois et qu'elle n'en voulut rien croire ; et comme on lui assura que c'était tout de bon, elle répondit qu'on se l'imaginait ainsi, et qu'il devait être plus satisfait de la voir auprès de lui et qu'elle l'entretînt agréablement que de n'avoir à parler qu'à des médecins et à des valets[15]. » N'a-t-elle pas songé que le cardinal, dévoré de fièvre, avait peut-être envie de silence ? Si, bien sûr : elle a donné ordre aux gardes de ne pas battre le tambour, comme lors d'une maladie du roi. Mais elle a trop envie de lui parler pour le laisser tranquille. Cet isolement relatif lui fait mesurer le prix de sa présence. Accoutumée à le consulter en toutes choses, elle ne peut plus se passer de lui et pas seulement pour traiter des affaires de l'État. Amoureuse ? Assurément, mais

* Il n'en reste aujourd'hui que la galerie dite Mazarine, qui permet de s'en faire une idée.

en tout bien tout honneur, comme le prouve la décision qu'elle prit, au mépris des convenances, de le loger sous son propre toit.

Dès son retour, elle expliqua au Conseil que la santé du cardinal et les attaques contre sa personne exigeaient des précautions. En l'accueillant au Palais-Royal, elle lui éviterait la longue traversée des jardins, tandis qu'elle-même pourrait conférer plus commodément avec lui de ses affaires. Elle lui fit aussitôt préparer un logement. L'étage noble du bâtiment principal, au fond de la cour, comportait deux ailes reliées par une vaste galerie vitrée. Elle s'était réservé l'aile droite, juste derrière le théâtre, et son fils cadet occupait quelques pièces à la suite des siennes. Elle avait donné au jeune Louis XIV les appartements qu'avait habités Richelieu dans l'aile gauche. On ne sait pas au juste où elle installa Mazarin, tant les lieux ont été remaniés par la suite. Mais il est certain qu'une galerie plus petite assurait entre elle et lui une circulation discrète. L'« applaudissement » du Conseil n'empêcha donc pas les mauvaises langues de dénoncer soit la couardise du cardinal, soit ses relations suspectes avec la reine. Elle se moqua du qu'en dira-t-on et, en dépit des avertissements, le nouvel hôte du Palais-Royal prit possession de sa chambre le 23 novembre.

Bien que Mazarin ait programmé de longue date son installation à proximité de la reine, il paraît peu probable qu'il ait projeté de partager sa demeure. Car rien ne laissait prévoir, au début de la régence, que son emprise serait aussi forte, au point de créer chez elle une manière de dépendance. Un tel succès a d'ailleurs son revers. Comme il l'a expérimenté à Fontainebleau, l'amitié d'Anne d'Autriche peut aisément devenir envahissante et lui valoir une servitude de tous les instants. Curieuse relation que la leur ! L'abîme qui les sépare –

elle régente et lui humble serviteur – fait que, tout en la gouvernant entièrement, il reste à la merci du moindre mouvement d'humeur de sa part ou de la moindre crise de conscience. Toute atteinte à cet équilibre fragile peut être redoutable. À lui de veiller à le préserver.

On ne sait s'il s'est installé au Palais-Royal avec une joie sans mélange ou avec quelque appréhension. Mais il est clair qu'il s'employa au plus vite à exploiter la situation. « Il n'y a rien de si fâcheux que d'être le ministre d'un prince dont l'on n'est pas le favori, notera le cardinal de Retz, parce qu'il n'y a que la faveur qui donne le pouvoir sur le petit détail de sa maison, dont l'on ne laisse pas d'être responsable au public, lorsque tout le monde voit que l'on a ce pouvoir sur des choses bien plus considérables que les domestiques[16]. » Le mémorialiste aurait pu ajouter que les intrigues domestiques peuvent être plus redoutables aux ministres que les complots. Mazarin savait que l'entourage d'Anne d'Autriche était loin d'être nettoyé de tous ses ennemis. Il ne pouvait rien contre les gens en place. Il s'assura au moins la haute main sur les recrutements à venir en se faisant octroyer la charge de surintendant de sa « maison » au mois de mars 1645. Il put ainsi la peupler peu à peu de serviteurs qui ne lui fussent pas hostiles. Mais il découvrit bientôt une autre offensive, plus insidieuse, menée par l'irréconciliable La Porte. Renonçant à convaincre la reine des turpitudes de son ministre, celui-ci concentrait ses efforts sur le petit roi.

L'enfant venait d'avoir sept ans et selon l'usage, on l'avait retiré des mains des femmes. Il était confiant et candide. Le soir, quand il avait peur, il invitait La Porte qui, en sa qualité de valet de chambre, couchait auprès de lui, à mettre sa tête sur l'oreiller à côté de la sienne, et il lui arrivait d'aller se glisser dans son lit s'il s'éveillait dans l'obscurité. Pour s'endormir, les contes de Peau d'Âne de ses nourrices lui manquaient. La Porte prit l'initiative de les remplacer par la lecture de l'*Histoire de France* de Mézeray. Ignorant que l'auteur fût un apologiste des « anciens usages » de la monarchie avant sa dérive absolutiste, la reine n'y vit pas d'inconvénient. Mais la lecture s'accompagnait de leçons de morale. De fil en aiguille le valet de chambre s'immisça dans l'éducation de l'enfant, blâmant la façon dont on l'élevait, trouvant à redire à ses études comme à ses jeux, dénonçant « le peu de soin qu'on prenait d'en faire un honnête homme ». Tant et si bien que Mazarin l'invita fermement à s'en tenir à ses fonctions et à laisser les précepteurs désignés faire leur travail. Alors il passa à l'attaque. Il frappait « de petits coups si à propos » que le roi en conçut bientôt « la plus vive aversion contre le cardinal », il lui soufflait des observations malveillantes, il encourageait chez lui la dissimulation. Avec une stupéfiante inconscience, il se fait gloire dans ses *Mémoires* d'avoir instillé en cet enfant, méthodiquement, la haine qui le dévorait lui-même[17].

Dans ces conditions, la nomination de Mazarin comme surintendant de l'éducation de Louis XIV et de son frère, le 15 mars 1646, fait figure de mesure de salubrité. Il put réduire l'influence de La Porte, mais non l'écarter : son dévouement passé le sauva. Il faudra, beaucoup plus tard, un incident grave pour le faire congédier. Quant à Mazarin, cette nouvelle fonction, prestigieuse, venant s'ajouter aux autres, acheva de lui mettre entre les mains toutes les affaires privées de la reine. Mais ce n'était pas une sinécure, loin de là. En la lui conférant, Anne d'Autriche en a souligné le sens symbolique : « J'ai cru, dit-elle, que ce choix était comme enfermé dans l'honneur que le feu roi, mon seigneur, lui avait fait de vouloir qu'il fût son parrain[18]. » Au fil des années, il suivra de très près la formation du petit roi et s'efforcera de remplacer auprès de lui, dans la mesure de ses moyens, le père disparu.

Enrichissement

La montée en faveur de Mazarin s'est accompagnée très vite d'une amélioration sensible de son train de vie. Il a compris que le faste était, pour l'image d'un premier ministre, aussi important que le travail accompli dans le secret de son cabinet. Personne, à l'époque, ne songeait à faire un mérite à celui-ci de la modestie de sa fortune. On aurait plutôt conclu à son incapacité : s'il ne savait pas gérer ses propres biens, comment pourrait-il gérer ceux du pays ? Au contraire, en affichant une richesse de bon aloi, reflet de celle de son maître, il lui faisait honneur. Mazarin entreprit donc de s'enrichir. Les contemporains furent frappés de ses talents en ce domaine. Nous savons aujourd'hui, notamment par les savantes recherches de Claude Dulong, qu'ils ne connaissaient que la partie émergée d'un iceberg dont les profondeurs sont encore loin d'être totalement explorées[19]. C'en était assez cependant pour alimenter une littérature satirique qui tenait là un thème à succès assuré. Haro sur le voleur, le brigand de Sicile, qui « porta le filoutage dans le ministère[20] » et réduisit le pauvre peuple à la misère. Il ne s'est jamais remis de la triste réputation de prévaricateur éhonté que lui ont faite mazarinades et mémoires et qu'ont reprise en chœur les historiens. Si en effet l'on passe en revue les divers moyens dont il usa pour faire tomber une pluie d'argent dans son escarcelle, le verdict est sans appel. Mais si l'on se demande dans quelles conjonctures il l'a fait et à quelles fins, on lui découvre pas mal de circonstances atténuantes. Il faut pour cela partir non pas du résultat – trente millions de livres à son décès[21] –, mais du point de départ et examiner l'évolution d'un processus, scandé par deux événements charnières, l'accès au ministère et l'exil imposé par la Fronde en 1651.

Il n'avait pas attendu d'être ministre pour commencer de mettre du foin dans ses bottes. Les moyens employés sont ceux dont dispose normalement un particulier avisé, le crédit, le prêt à intérêt et le commerce. Mais, direz-vous, pour placer de l'argent, il faut en avoir et, d'autre part, chacun sait bien qu'on ne prête qu'aux riches. Oui et non : on prête aussi aux futurs riches, ou supposés tels. L'achat de son palais romain, la dot de ses sœurs reposent sur des chèques en blanc tirés au protégé de Richelieu. Et l'on peut très bien emprunter de l'argent à un taux modique par voie amicale, pour le placer à un taux plus élevé, quitte à partager les bénéfices avec le prêteur initial. Les opérations financières parviennent ainsi à s'autofinancer par une cascade d'emprunts et de prêts jumelés.

Mazarin a d'autre part, comme beaucoup de ses compatriotes, le sens du commerce. Partout où il passe, il s'enquiert de ce qui est à vendre, compare les prix, achète s'il y a espoir de gain. Comme il circule beaucoup en Europe, il finit par bien connaître les diverses ressources locales. Ainsi le voit-on organiser, à une modeste échelle, des flux de produits méditerranéens vers Paris. Anticipons un peu, pour n'avoir pas à y revenir. Avec le temps, et une fois ministre, il va amplifier et diversifier ces circuits en s'appuyant sur des agents spécialement recrutés pour leurs compétences. Ses consignes : ne pas s'entêter sur un objet trop cher, discuter âprement des prix et surtout guetter les occasions. S'il s'agit de marchandises pondéreuses, pour éviter les frais de transport, les entreposer sur place en attendant des jours meilleurs : c'est ainsi que dormira pendant des années à Turin un stock d'armes à son nom, dont il a quasiment oublié l'existence. Il préfère évidemment les matières présentant une forte valeur par rapport à leur poids et à leur volume, les objets d'art, mais surtout les pièces d'orfèvrerie et les pierreries. Son mandataire attitré en ce domaine, l'abbé Mondin, un Piémontais, veille à la qualité. Et l'on raffine, on dissocie le lieu d'achat des pierres brutes du lieu où elles sont travaillées : il faut acquérir au Portugal les diamants provenant du Brésil, mais les faire monter à Anvers, qui possède les meilleurs joailliers d'Europe. Il prend aussi sa part dans des entreprises commerciales de plus vaste envergure, par exemple comme surintendant d'une certaine Compagnie du Nord, « pour la pêche et fonte des baleines et chiens de mer » dont on fait fondre la graisse pour tirer de l'huile.

Ce sont là des activités tout à fait licites, auxquelles il ne cessera jamais de recourir. Mais elles font l'objet, en France, d'une forte réprobation de principe. Le sens de l'économie sent la bourgeoisie besogneuse. Le négoce est une tâche roturière, méprisée des nobles. Quant au prêt à intérêt, il reste interdit par l'Église catholique, qui fulmine périodiquement sur ce thème. Un interdit constamment tourné, mais par des voies indirectes, d'où le fait que la plupart des banques soient tenues par des protestants, des juifs – ou des catholiques issus de la péninsule italienne, qui a depuis longtemps renoncé sur ce point à l'hypocrisie qui prévaut encore en France. Il n'empêche : de la part d'un cardinal romain, le trafic de marchandises et le prêt à intérêt risquent de faire très mauvais effet. C'est une des raisons qui le poussent à les dissimuler, en recourant à des prête-noms.

Son arrivée au ministère change la donne, parce qu'elle ouvre à ses appétits financiers une masse de possibilités nouvelles, mais aussi parce qu'elle en modifie la finalité. Jusque-là, il ne songeait qu'à se constituer une confortable pelote, en homme qui a longtemps tiré le diable par la queue et qui tient à assurer ses vieux jours. Désormais, il lui incombe un rôle de représentation et de mécénat. Il y voit l'occasion d'initier les Français aux merveilles de l'art baroque romain, dont l'hôtel Tubeuf devient la vitrine*. Il y installe sa galerie de tableaux et de statues, encore modeste, mais qui s'enrichira au fil des années, ainsi que sa bibliothèque de livres anciens et rares, dont il ouvre l'accès à tous les savants qui souhaitent en profiter. Sa passion de collectionneur éclairé absorbe une bonne part de ses revenus.

Mais son plus gros souci tient aux impératifs de la politique qu'il mène. Il n'est pas question d'exposer ici le mode de financement de l'ancienne monarchie, d'une inextricable complexité. Mais il faut rappeler que ce système, conçu pour les temps de paix – et encore ! – était incapable de fournir de quoi faire face à une guerre de longue durée. L'augmentation des impôts se heurtait à la résistance des assujettis, qui avaient mal supporté leur triplement en l'espace de dix ans sous Richelieu. Le roi recourait alors à des moyens dits extraordinaires,

* Signalons un détail typique de ses méthodes. Il reste locataire de cet hôtel et c'est sous le nom et aux frais de son propriétaire qu'il fait procéder à des agrandissements et à des embellissements considérables. Il ne l'achètera qu'en 1649, lorsque la Fronde aura créé à Tubeuf des ennuis financiers. Comment s'est-il acquitté ? Tubeuf ayant dans la maison de la reine d'importantes fonctions (jardins), il est probable que sa rémunération a été gonflée en conséquence.

le plus souvent des ventes d'« offices* », aliénant ainsi des miettes de son autorité, négligeables en apparence, mais qui, en s'agglutinant, finissaient par engendrer des groupes de pression redoutables. Et comme cela ne suffisait pas, il ne lui restait que deux solutions, le recours à l'emprunt et la mise en *ferme* des rentrées fiscales à venir**. L'État vivait à crédit et lorsque Mazarin prit le pouvoir, deux années de recettes attendues étaient déjà dévorées d'avance.

Pas question de tenter la moindre réforme avant le retour de la paix. Les besoins entraînés par la guerre étaient immenses. Composées de mercenaires, les troupes se débandaient si elles n'étaient pas payées, en espèces trébuchantes, bien sûr. Or le Trésor, ou comme on disait alors l'Épargne, était toujours vide, non seulement pour cause d'endettement, mais par suite des problèmes de manutention. N'oublions pas que tous les versements se faisaient en numéraire. Plutôt que de transporter des tonnes de monnaie métallique à travers le pays jusqu'à Paris pour les redistribuer ensuite, on réaffectait aussitôt sur place le produit des impôts aux dépenses nécessaires. L'Épargne se bornait à comp-

* On appelle *offices* une certaine catégorie de charges, le plus souvent judiciaires ou administratives, que le roi vendait. Les titulaires en étaient inamovibles. Un dispositif légal, dit *paulette*, leur permettait, moyennant le paiement d'une indemnité annuelle, de transmettre leur charge à leurs héritiers. Ils pouvaient aussi revendre leur charge, qui se négociait comme n'importe quel autre bien. Les gouvernements de provinces ou de places fortes n'étaient pas des offices, mais des charges conférées par le roi et, en principe, révocables. Mais les titulaires, tous issus de la haute noblesse, étaient si puissants qu'ils se constituaient en dynasties et qu'on ne pouvait les déposséder que pour faute très grave.

** Méthode consistant à se faire avancer par des financiers le montant escompté de tel ou tel impôt, en leur laissant ensuite le soin de se rembourser auprès des contribuables. Autrement dit, c'était une forme déguisée d'emprunt, sans taux fixé.

tabiliser l'entrée et la sortie de sommes dont elle ne recevait que les surplus. Et les circuits bureaucratiques étaient d'une telle lenteur qu'il fallait un temps infini pour en obtenir un paiement. Il y avait bien les « ordonnances de comptant », qui obligeaient les trésoriers à verser aussitôt et sans contrôle la somme exigée, mais elles rencontraient leur limite dans la détresse chronique du Trésor. Par conséquent, seuls des financiers professionnels, généralement groupés en consortiums, pouvaient avancer rapidement au roi de l'argent frais à la demande. Il se trouvait à leur merci.

Devant cette situation, Mazarin réagit non en gestionnaire, mais en politique. Aux recettes de s'aligner sur les dépenses et non l'inverse ! Il ne cherche pas à équilibrer les comptes, mais à disposer en permanence de l'argent dont il a besoin. Il le lui faut vite, quand il s'agit de payer les soldes en retard. Il le lui faut sans laisser de trace, quand il s'agit de rémunérer discrètement des services rendus. Et Dieu sait qu'il en a, des gens à rémunérer ! Sur le plan extérieur d'abord. La France finançait une foule d'alliés, grands et petits. Autour des princes gravitaient une nuée d'intermédiaires parfois très haut placés, qui ne dédaignaient pas cadeaux ou gratifications. Les archives nous ont livré l'histoire d'un certain collier de perles fines destiné à l'épouse du stathouder de Hollande, qui fit l'objet de marchandages infinis. Sur le plan intérieur ensuite. Richelieu, fermement adossé à Louis XIII, avait maintenu le pays dans l'obéissance par la crainte. Mazarin n'a pratiquement que des ennemis et aucun autre moyen de se les concilier que de les acheter. Pas les très grands, dont l'orgueil considère les faveurs comme un dû et qui ne lui en savent aucun gré, mais des foules de gentilshommes de moyenne volée, des filles d'honneur, des magistrats. Il se crée parmi eux une clientèle à coups de gratifications et de pensions. Tout cela, qui relève de ce que nous appelons les fonds secrets, ne peut évidemment apparaître dans les comptes officiels de l'Épargne, ni être soumis à vérifications. Mazarin, pour y subvenir, est donc amené à se constituer un trésor de guerre dont il garde la libre disposition. L'argent s'accumule chez lui, ou sur des comptes qu'il possède auprès de ses banquiers italiens, notamment les Cantarini, sous son propre nom ou sous celui de ses affidés, par exemple l'abbé Mondin.

Sur l'utilisation de ces fonds, nous ne savons pas grand-chose. Nous connaissons le nom de certains « pensionnés » quand leur pension est prise sur les revenus d'un bénéfice ecclésiastique, ce qui est le cas de Mondin. Mais l'essentiel, par définition, restait dans l'ombre. Nous n'en avons l'écho que globalement, lorsque Mazarin réclame le remboursement des sommes qu'il a avancées pour les besoins de l'État. Vrai ? Faux ? Comment le dire ? La reine lui avait abandonné l'entière gestion de ses finances personnelles et des finances publiques. D'où un régime de vases communicants, dans lequel personne, pas même lui, ne peut faire le départ exact entre ce qui relève des différents postes. Une chose est sûre, c'est que la détresse du Trésor va croissant et que ses comptes personnels s'arrondissent. Mais il est exact aussi que les troupes sont payées à temps et que les armées, on le verra, remportent des victoires.

Le commerce, on s'en doute, n'est pas seul à alimenter le trésor personnel de Mazarin. Il va sans dire que les différentes charges qu'il détient comportent des rémunérations à ajouter aux bénéfices ecclésiastiques dont il dispose. Mais leur montant cumulé ne suffirait qu'à peine à assurer son train de vie. Il faut y joindre les cadeaux et gratifications dont Anne d'Autriche le couvre, soit sous la forme de dons en numéraire, soit en lui cédant une source de revenus réguliers, comme l'espèce de tribut que verse la Franche-Comté pour qu'on respecte sa neutralité, ou occasionnels, comme la rançon d'un prisonnier de guerre de haut rang. Rien à redire, sinon sur l'importance des sommes ainsi allouées. Mais après tout, la reine est libre de ses dons et les services de Mazarin, qui travaille pour elle d'arrache-pied, valent bien, outre son salaire, ce que nous appellerions des primes au mérite. Lorsque, en 1646, la mort du duc de Brézé libère l'Amirauté, autrement dit la surintendance des mers, elle la garde à son nom, mais laisse à Mazarin le quart, puis le tiers de toutes les prises dans la guerre de course – autrement dit des marchandises saisies sur les navires ennemis arraisonnés. Une source de revenus considérables, dont avait joui avant lui Richelieu.

D'autres rentrées ont une origine moins avouable. Mazarin n'innove pas, il se contente de reprendre à son compte des pratiques courantes. L'usage voulaït que les services rendus fussent accompagnés de cadeaux, selon des modalités quasi officielles. Il en allait ainsi des présents aux juges, dûment tarifés et réglementés, connus sous le nom d'*épices*. Le chancelier Séguier prit l'habitude de faire payer tous les actes qui lui passaient entre les mains. Mazarin suivit son exemple. Il empocha de ceux qui sollicitaient des charges ce qu'on appelait des *donatifs* et que nous nommerions commissions, pots-de-vin ou bakchich. Il suivait de très près, lors des opérations militaires, la question des subsistances. Il s'aperçut que la gratte était de règle sur les fournitures et, faute de pouvoir l'éradiquer, il ne manqua pas d'en prélever sa part. Il entra d'autre part dans des groupements de financiers qui prêtaient à l'État, à des taux parfois usuraires, ou qui assumaient la ferme de certains impôts. Il avait alors un pied d'un côté et un pied de l'autre. L'avantage pour ses associés était l'assurance que leurs avances seraient remboursées sur de bonnes « assignations* », autrement dit sur des rentrées solides. De son côté, l'État était sûr que les banquiers ne lui refuseraient pas le crédit.

Ce ministre étranger et roturier gère les finances royales d'une manière assurément peu orthodoxe, mais qui ne manque pas d'efficacité. Des scrupules ? Il n'en a guère. Le souvenir des rebelles se ruant à la curée après la mort de Louis XIII suffirait à lui donner bonne conscience. Mais il s'abstient, par décence ou par prudence, de se montrer aussi gourmand qu'eux. Il n'a pas sollicité d'implantation territoriale – pas encore. Ni gouvernement de province, ni gouvernement de place. Il pourra clamer son désintéressement. Sans doute n'est-ce pas la seule raison. Il sait bien qu'il n'a pas, pour l'instant, la clientèle nécessaire pour tenir et gérer en son nom un territoire. Instruit par l'expérience, il y viendra. Dans l'immédiat, il préfère accumuler du numéraire et des joyaux, aisément transportables. Mais un capital qui ne rapporte pas s'use vite dès qu'on y puise. À la veille de la Fronde, sa situation financière est brillante, mais peu solide. Que surviennent des troubles, que se tarissent ses sources de revenus et il se retrouvera démuni, du jour au lendemain.

C'est une fortune de joueur, très fluctuante. Il se complaît dans ces complications inextricables, qui offrent toujours une issue. Ne croyons pas qu'il les maîtrise pleinement. Il garda toute sa vie l'horreur du formalisme, de la bureaucratie, de la routine. Il n'était pas homme à inventorier ses biens et à les disposer sur deux

* Les différents emprunts n'étaient pas gagés sur l'ensemble des ressources de l'État, mais « assignés » au coup par coup, sur telles ou telles ressources attendues, dont certaines étaient sûres et d'autres très aléatoires.

colonnes en *doit* et *avoir*. D'ailleurs son patrimoine ne cesse d'évoluer, il cède une abbaye par-ci, il revend une charge par-là, au coup par coup, au hasard des besoins. Le joyeux désordre qui règne dans ses papiers n'est pas dû seulement au désir de dissimuler des irrégularités. Il tient à son indifférence aux détails, du moment que l'essentiel est assuré : l'argent est là quand il en a besoin. Il ne l'enfouit pas dans un bas de laine, il le fait tourner – comme le joueur qui remet en jeu ses gains. L'argent n'est pas une fin en soi, il n'est qu'un moyen, un instrument politique, une source de prestige, mais aussi, par le biais des œuvres d'art, une source de plaisirs – des plaisirs non pas égoïstes, mais qu'il veut partagés.

L'amour de la musique

Mazarin a beau s'être donné à la France, il n'en a pas moins le mal du pays. Les objets d'art, bibelots, tableaux, et bientôt les peintres appelés pour décorer son hôtel l'aident à tromper sa nostalgie. Mais il est une chose qui lui manque par-dessus tout, la musique. Combien les airs de cour lui paraissent froids à côté de ce qu'il a entendu chez lui. Il s'est appliqué à faire évoluer le goût des amateurs avertis qu'étaient Louis XIII et Richelieu en leur fournissant des recueils d'airs italiens. Il n'a cessé, depuis son arrivée, de se tenir par correspondance au courant de l'actualité musicale à Rome. Il espère que l'osmose s'établira, grâce aux nombreux Français en séjour temporaire là-bas : à l'automne de 1642, une compétition entre deux opéras montés l'un chez le cardinal Antoine, l'autre chez l'ambassadeur de France, s'est terminé, lui écrit Hugues de Lionne, par la victoire de ce dernier, parce que l'action sérieuse y était entrecoupée d'intermèdes comiques. Dès le début de l'année suivante, il songe à faire venir une troupe italienne pour donner une comédie en musique, mais la maladie et la mort de Louis XIII l'obligent à ajourner le projet. À peine est-il au pouvoir qu'il le relance et l'amplifie.

L'avidité des Parisiens pour les spectacles l'y encourage. Grands seigneurs et simples bourgeois aspirent à se détendre après la cure de mélancolie que leur a infligée la fin du règne de Louis XIII. Une chance à saisir : les festivités sont le meilleur antidote aux complots. En la matière, la reine elle-même a un sérieux arriéré à rattraper. Longtemps frustrée par sa claustration à Saint-Germain-en-Laye, elle éprouve une intense fringale de divertissements. Elle n'a pas attendu la fin de son année de deuil pour renouer discrètement avec les spectacles, en invitant des troupes à jouer en privé dans la petite salle du Palais-Royal. Elle pouvait gagner sa tribune sans être vue par un escalier proche de sa chambre. Elle s'y installait, d'abord cachée parmi ses suivantes, puis dissimulée derrière des jalousies posées à l'initiative de Mazarin, au début de 1644, pour qu'elle puisse voir la comédie. À l'occasion, elle y menait son fils. La comédie – c'est-à-dire le théâtre en général –, ce peut être, comme tient à le souligner Mme de Motteville, « les belles pièces de Corneille dont la morale pouvait servir de leçon à corriger le dérèglement des passions humaines[22] ». Mais c'est aussi la réjouissante *commedia dell'arte*, dont les *lazzi* parfois fort lestes soulèvent l'ire des dévots. Les troupes italiennes installées à Paris tiennent alors le haut du pavé. La reine, sage mais sans pruderie, les applaudit d'autant plus volontiers que leurs facéties ont le don de faire rire aux larmes le petit roi. Toute la ville en raffole, au grand dam de leurs confrères français furieux de cette concurrence. Un flux continu de nouveaux venus en provenance de la péninsule irrigue le monde des spectacles parisiens. Mazarin se glisse donc dans le sillage de la mode quand il entreprend à son tour d'importer des artistes venus de Rome. Mais il s'agit de tout autre chose que de pièces improvisées sur canevas.

Il n'est pour lui de théâtre que chanté. Il a assisté à la naissance de l'opéra romain, spectacle total envoûtant les yeux et les oreilles, abolissant le réel, transportant le spectateur dans le monde imaginaire des héros et des dieux, des magiciens et des fées, lui offrant une joie quasi surnaturelle. Le chant seul peut à la rigueur accomplir un tel miracle, si l'on s'adresse aux meilleures voix. C'est par lui que Mazarin commence l'initiation d'Anne d'Autriche. Il dépense des prodiges d'énergie et des sommes considérables pour se faire prêter les chanteurs les plus réputés. Car tous sont liés par des contrats officiels ou officieux à des patrons qui n'entendent pas céder leurs vedettes. Ni le pape, ni son neveu Antoine, grand ordonnateur des fêtes romaines, ne sont disposés à se priver de leurs interprètes favoris, ni de leurs compositeurs, ni de leurs metteurs en scène et décorateurs. Mais Mazarin est tenace et sa passion pour la musique dévorante. Tout au long de sa carrière courent en parallèle, dans les archives, des échanges épistolaires nourris sur l'avenir de l'Europe et d'autres sur la venue en France d'un compositeur, d'une diva ou d'un castrat. Au lieu de faire la grimace et de juger cette passion dérisoire, mieux vaut voir dans la musique un ballon d'oxygène vital, qui lui permet de supporter le déracinement, ainsi que l'extrême tension et l'extrême solitude, inévitables compagnes des plus hautes responsabilités.

La mi-décembre 1643 voit arriver à Paris le chanteur et harpiste Marco Marazzoli, dont les prestations passent quasiment inaperçues, sans doute parce que le deuil officiel n'est pas terminé. L'année suivante au contraire Leonora Baroni fait sensation. Depuis le temps où Mazarin plaidait auprès d'elle la cause de l'amoureux cardinal Antoine, de l'eau a coulé sous les ponts du Tibre. À l'apogée de sa gloire, la diva veille plus que jamais sur une réputation qui ne souffre pas d'un partage entre un mari impresario et un protecteur amant, Camillo Pamfilio, neveu d'un cardinal aspirant à la tiare. Surtout ne pas la confondre avec une courtisane vendant ses faveurs ! Il lui suffit de vendre son chant, à très haut prix. Une fois le consentement de son patron obtenu et sa très large rémunération fixée, elle se fit encore prier. Craignant « pour son honneur », elle ne voulait pas être l'invitée du seul Mazarin. Elle exigea – et obtint – une invitation officielle de la régente. Au grand scandale de la cour, celle-ci lui réserva un accueil de princesse, lui accorda l'entrée de ses appartements à toute heure, l'admit parmi ses femmes, la couvrit de bijoux et la combla de présents. Elle avait été conquise dès la première audition, fascinée par cette voix étrange aux accents passionnés, si différents des douceurs distillées par les chanteurs français, qui vous remuait le cœur et vous prenait aux tripes à la fois. Elle l'emmena lors de son séjour estival de Rueil, chez la duchesse d'Aiguillon, et les soirs de canicule, lorsque tous venaient goûter le frais dans le parc, la voix pure de la Leonora, s'élevant dans l'ombre des arbres, donnait un avant-goût des harmonies célestes.

Mazarin, lui, prétendait traiter avec elle d'affaires politiques : la santé du pape déclinait, on aurait bientôt un conclave. Surprenante idée, à nos yeux, que de faire jouer l'influence d'une cantatrice dans une élection pontificale ! L'efficacité n'en put être démontrée, car Anne d'Autriche avait tant insisté pour retenir la chanteuse que le conclave se déroula en son absence et, comme on le verra plus loin, à notre détriment. Elle rentra en hâte lorsque fut élu l'oncle de son protecteur, mais Mazarin conserva avec elle d'amicales relations épistolaires et elle rendit de grands services à la cause française à Rome.

Sur le lot de chanteurs affluant d'Italie dans ces années 1644-1645, un autre se détache nettement, tant pour ses dons musicaux que pour ses talents diplomatiques. Car le castrat Atto Melani exerça effectivement au service de Mazarin un rôle d'agent secret attesté par les documents. À son arrivée en France, il avait dix-huit ans et demi, une réputation déjà bien établie, grâce à une voix puissante et pure, avec une aptitude à changer de timbre autorisant toutes les nuances et des connaissances techniques lui permettant de varier l'ornementation en virtuose. Il ne fit alors qu'un court séjour à Paris, le temps de participer, fin février 1645, à une comédie musicale jouée en petit comité devant la cour, sur laquelle nous ne savons à peu près rien. Il repartit, mais pour revenir bientôt, et souvent. C'est seulement lors du carnaval suivant, dès le mois de décembre, que Mazarin se risqua à offrir au public français, sur la scène du Petit-Bourbon, un exemple de ce que pratiquait l'Italie au théâtre, *La Finta Pazza**, créée à Venise quatre ans plus tôt.

Le livret s'inspirait de la légende d'Achille adolescent caché par les soins de sa mère, sous des habits féminins, parmi les filles du roi de l'île de Scyros, y menant avec l'une d'elles une idylle très poussée et trahissant finalement son identité devant un poignard qu'Ulysse avait mêlé à une corbeille de colifichets. Cet épisode était assez connu pour que le spectateur ne fût pas tout à fait perdu dans les déguisements, feintes et

* *La Fausse Folle*, musique de Francesco Sacrati sur un livret de Giulio Strozzi.

rebondissements qui se succédaient à un rythme effréné. Par égard pour lui, on avait remplacé les récitatifs par des dialogues parlés, sans qu'il y comprît grand-chose. Il écouta à peine la musique. L'essentiel du spectacle était pour les yeux. Mazarin avait fait venir un des plus célèbres metteurs en scène d'Italie, le « grand magicien » Giacomo Torelli, incomparable expert en « machines ». Cinq décors successifs : une allée de cyprès, donnant l'illusion de la perspective bien que la scène n'eût que quatre ou cinq pieds de profondeur ; un port, censé être celui de Chio, mais où les Parisiens purent reconnaître, en toile de fond, la pointe de l'île de la Cité, avec le Pont-Neuf et la place Dauphine, « admirablement représentés », là où les Vénitiens avaient eu droit à la *piazzetta* et à l'église Saint-Marc ; une ville, un palais, un jardin. L'aurore s'élevait de terre sur un char qui prenait en traversant la scène « une vitesse merveilleuse », quatre zéphyrs en faisaient autant. L'action était entremêlée de plusieurs ballets, l'un d'ours et de singes, un autre d'autruches et de nains, un autre encore d'Éthiopiens et de perroquets – qui semblent avoir enchanté le petit roi[23].

Envisagée comme un tout, la pièce, trop étrangère aux habitudes mentales des Français, trop échevelée, trop baroque, n'emporta pas l'adhésion. Mais les décors et les machines fascinèrent, au point qu'on jugea bon d'en conserver le souvenir dans des gravures. Et le public en redemanda. Il se produisit alors un phénomène qui n'est pas sans analogie avec ce qui se passe aujourd'hui dans nos théâtres, dotés eux aussi d'une machinerie aux ressources inépuisables. Quand on dispose de moyens techniques, pourquoi ne pas s'en servir ? Introduites sur la scène française par Mazarin, les machines s'y fraieront un peu plus tard une voie, sensiblement différente de celle qu'avait prévue celui-ci. Car elles n'étaient à ses yeux qu'un moyen, au service d'un spectacle total dont l'essence était la musique.

C'est sans doute pour se donner un pur plaisir – et pour offrir ce plaisir à la reine – qu'il fit représenter au début de l'année suivante dans la petite salle du Palais-Royal, devant un auditoire restreint et avec une mise en scène réduite, l'*Egisto* de Francesco Cavalli. Et tant pis pour les grincheux insensibles à la beauté du chant, qui crurent y mourir d'ennui et de froid ! Mazarin sait la reine conquise. Lorsque le curé de Saint-Germain-l'Auxerrois, relayé par Vincent de Paul, multiplie les pressions pour la faire renoncer au divertissement impie qu'est le théâtre, il lui suffit d'opposer à leurs injonctions l'avis contraire de quelques théologiens de Sorbonne pour la rassurer, car il la sait gagnée d'avance, en bonne Espagnole fille du Siècle d'Or. Opiniâtre comme toujours, il ne désespère pas de convertir aussi l'ensemble des Français à l'opéra italien. Déjà il prépare pour l'année 1647 le brillant spectacle qui devrait les séduire sans réserve.

Une moisson de victoires

Les accents célestes de la Baroni n'ont pas fait taire le grondement des armes. Sur tous les fronts, l'effort de guerre continue, bien que les travaux du Congrès pour la paix aient commencé en Westphalie au printemps de 1644. Mazarin en est le maître d'œuvre. La stratégie relève de lui. Elle n'est pas facile à mener, parce qu'elle repose sur des armées distinctes, opérant sur des terrains divers, et à qui les difficultés de communication confèrent nécessairement une part d'initiative. Ces armées sont confiées à de grands seigneurs qui, trop souvent, aspirent à les commander en raison de leur rang plus que de leurs aptitudes. Les plus jeunes cherchent l'exploit qui leur vaudra la gloire et un bâton de maréchal. Les vétérans tendent à s'endormir sur leurs lauriers. Tous se jalousent férocement, se surveillent, se tirent dans les jambes au besoin. L'usage de partager entre eux les responsabilités, sous la forme d'un service alterné, dit « par quartiers », ne facilite pas la cohérence des manœuvres. Mazarin peine à coordonner leur action. Face à eux, il souffre d'une faiblesse congénitale à laquelle échappait Richelieu : homme d'Église, mais surtout étranger et roturier, il n'est pas des leurs. Il a beau multiplier les égards, les bombarder de lettres de félicitations à la moindre victoire, excuser leurs échecs, enrober ses injonctions sous des fleurs, le mépris perce aisément chez eux à la moindre contrariété. Ils lui dénient toute compétence et répugnent à lui obéir. De colère, Gassion aurait même jeté par terre publiquement une de ses dépêches, disant qu'il « voulait faire le général, mais qu'il n'y entendait rien[24] ».

Les militaires, toujours et partout, ont horreur d'être commandés par des civils. Mais entre Mazarin et eux existe, de surcroît, un grave désaccord sur le fond. Il ne raisonne pas comme eux et n'a pas les mêmes objectifs. Certes, quand il le faut, ils se battent bien et se font tuer héroïquement, payant sans marchander « l'impôt du sang ». Mais les enjeux du conflit leur échappent. Mazarin, lui, sait que les guerres ne se gagnent pas seulement sur le terrain, mais dans la tête des adversaires. Aux considérations d'ordre militaire se joignent toujours chez lui des visées politiques. Il laisse sagement aux généraux le soin de choisir leur tactique au jour de la bataille. Mais il tient à définir la stratégie. Or cette stratégie exige qu'on ne pousse pas trop loin les opérations, qu'on se garde d'écraser l'ennemi, si l'on veut édifier ensuite avec lui une paix durable excluant tout désir de revanche. Il guette donc l'instant où cet ennemi est prêt à composer. Il n'hésitera pas à suspendre une offensive victorieuse dès qu'il jugera ce but atteint – à la grande déception des militaires qui, eux, veulent toujours poursuivre sur leur lancée.

Avec les alliés, les divergences de vues sont encore plus profondes. Bien que largement subventionnés par nous, les Suédois poursuivent en Allemagne une politique propre. Dans un double souci d'expansion territoriale et d'expansion religieuse, ils rêvent d'y établir sous leur contrôle une vaste fédération protestante. Ils se heurtent cependant à certains États réformés qui refusent leur tutelle, comme le Danemark. Quant aux États catholiques, tous leur paraissent bons à conquérir ou à piller, qu'ils soient alliés à l'Autriche, comme la Bavière, ou protégés par la France, comme la Pologne et de nombreuses principautés rhénanes. Le gros souci de Mazarin est donc de circonscrire le conflit allemand aux seules régions permettant de frapper l'Empereur dans ses forces vives. Il a dû rappeler fermement aux Suédois que les subsides français étaient exclusivement destinés à la guerre contre les Habsbourg et les sommer de mettre fin au conflit qui les opposait aux Danois : le traité de Brömsebrö, signé sous sa médiation, est une des digues élevées pour contenir leurs appétits. Le mariage de la princesse française Louise-Marie de Gonzague avec le roi de Pologne en est une autre. Inversement les alliés néerlandais, eux, demandent à être stimulés. Si le stathouder Frédéric-Henri d'Orange-Nassau semble disposé à poursuivre la guerre, la grande bourgeoisie marchande des riches provinces maritimes aspire à retrouver, avec la paix, sa prospérité commerciale traditionnelle. Hélas, il n'existe pas de remède à un défaitisme fondé sur d'aussi puissants motifs d'intérêt.

Si la France remporte des succès considérables en dépit de ces handicaps, c'est grâce aux choix stratégiques de Mazarin et, sur le terrain, à l'action conjuguée des deux hommes de guerre exceptionnels que sont Turenne et le duc d'Enghien. Faute de pouvoir vaincre ensemble les deux têtes de la coalition dirigée contre la France, Mazarin décide de les dissocier. Le maillon faible étant l'Autriche, c'est sur elle qu'il dirige le plus gros de l'effort militaire. Il laisse donc en Flandre, pour y fixer les Espagnols, des armées qui poursuivent le jeu illusoire consistant à assiéger, à prendre, à perdre et à reprendre, sans résultat décisif, les diverses places qui forment guirlande sur la frontière du nord. C'est l'occasion de satisfaire sans trop de risques Gaston d'Orléans, qui regarde d'un œil noir les triomphes de son cousin d'Enghien et réclame les moyens de se couvrir lui aussi de gloire. Appuyé par divers auxiliaires chevronnés, il aura la joie de prendre Gravelines, Mardick et Courtrai. Mais la plus lourde tâche est confiée à Turenne, lieutenant général de l'armée d'Allemagne depuis la fin de 1643. Le duc d'Enghien sera employé ici ou là en fonction des besoins, d'abord pour appuyer la campagne d'Allemagne, puis, en 1646, pour soutenir celle de Flandre.

Par un miracle – qui ne durera guère –, Turenne et son futur rival s'entendent non seulement entre eux, mais avec Mazarin. Âgé de dix ans de plus et doté d'états de service autrement fournis, Turenne bénéficie auprès d'Enghien d'un prestige légitime, d'où la jalousie est exclue parce que le jeune duc, très persuadé de son génie, ne doute pas de l'égaler et même de le surpasser plus tard. Or Turenne, excellent connaisseur de la situation outre-Rhin, souscrit à l'objectif proposé : faire porter l'essentiel de l'effort sur l'Empereur et sur son allié bavarois, maillons faibles de la coalition austroespagnole. De plus, il est l'ami de Mazarin qu'il a connu en Italie, au temps de Casal. Bien loin de le mépriser, il connaît ses compétences en matière militaire et sait aussi qu'il peut compter sur lui pour l'intendance. A-t-il besoin de fonds d'urgence, comme en janvier 1644, pour payer ses troupes ? il reçoit aussitôt une voiture chargée des espèces nécessaires. De subsistances ? il en obtient rapidement. Cette très grande confiance, dont témoigne la correspondance échangée entre les deux hommes, permet au cardinal de se décharger sur lui de la réorganisation de l'armée et de lui laisser l'initiative sur le terrain pour le détail des opérations. Quant au duc d'Enghien, son appui sera décisif dans un bon nombre de rencontres, grâce à son extrême mobilité et à sa capacité d'adaptation au cours des combats.

En dépit de quelques accrocs, les victoires s'accumulent. Le long du Rhin les villes et les places – Philippsbourg, Mayence, Landau, Trèves – tombent les unes après les autres. Après avoir été battus en août 1644 devant Fribourg-en-Brisgau par Turenne et Enghien, les Bavarois subissent l'année suivante une défaite écrasante à Nordlingen, où ils perdent leur meilleur général, le comte de Mercy. La partie est gagnée sur la frontière de l'est, où la France tient solidement la rive gauche du Rhin et contrôle le fleuve. Le duc d'Enghien est alors expédié en Flandre, où il termine la campagne par la conquête de Furnes et surtout de Dunkerque, cependant que, dans le sud, la prise de Salses contraint les Espagnols à évacuer totalement le Roussillon. L'effort militaire a payé. Mazarin n'a pas manqué, suivant l'exemple de Richelieu, d'orchestrer ces victoires par une intense propagande. *Te Deum* avec exhibition de drapeaux pris à l'ennemi, récits exaltant le courage de nos héros dans la *Gazette*, diffusion d'estampes de colportage montrant l'ennemi espagnol sous les traits d'un grotesque capitan de comédie, tout est fait pour aviver le sentiment national. Pour un peu, esprit de compétition aidant, la guerre deviendrait populaire. En tout cas, nul ne songe plus à déplorer qu'elle ait été engagée. À la fin de 1646, Mazarin, solidement établi à la tête du pays, est plus puissant qu'il ne l'a jamais été.

Mais deux dangers redoutables l'attendent au tournant. L'un est la conviction généralement partagée qu'après de telles victoires, le conflit ne peut plus durer. C'est fini, on est entré dans la dernière ligne droite, qui mène à la paix. On la voit d'ici. Elle est pour demain. Qu'elle manque au rendez-vous, et ce sera le désastre. L'autre danger est que les services rendus méritent salaire. Non seulement Turenne espère un « établissement » brillant pour lui-même, mais il escompte qu'une large « récompense » viendra effacer pour son frère la perte de Sedan, tout en rêvant peut-être, secrètement, à une restitution. Quant au duc d'Enghien, nul ne sait au juste ce qu'il demandera, pas même lui. Mais la mort de son père, qui le fait prince de Condé au lendemain de Noël 1646, le met en possession de ses titres et charges et de son immense fortune. Autant de moyens qu'il pourra mettre au service d'une insatiable volonté de puissance, que la prudence paternelle ne sera plus là pour tempérer.

CHAPITRE NEUF

La paix manquée

Mazarin lui aussi a cru la paix à portée de la main. Il a espéré la saisir. A-t-il poussé imprudemment les négociations ? Il y avait urgence : la crise financière s'aggravait. Et au moment où la guerre exigeait un effort accru pour porter à l'ennemi des coups décisifs, le pays se braquait – on le comprend ! – contre toute ponction fiscale nouvelle. Dès le début de la régence les grands corps constitués, magistrature et clergé, avaient donné des avertissements très clairs. Mazarin était prévenu. Il aurait à faire face à une obstruction systématique de leur part. Et il devrait affronter l'hostilité générale s'il ratait l'occasion de mettre fin au conflit.

Le parlement de Paris

Contrairement à ce qu'on croit communément, les rois de France, bien qu'*absolus* – c'est-à-dire ne devant de comptes à personne qu'à Dieu –, n'étaient pas libres de faire n'importe quoi. Certes ils détenaient seuls les trois pouvoirs – législatif, exécutif et judiciaire – que les États modernes s'appliquent à séparer. Mais les lois qu'ils promulguaient avaient en s'accumulant au fil des ans fini par former un bloc massif, solide, qui palliait l'absence de Constitution écrite et limitait leur liberté d'action. Selon la brillante formule du cardinal de Retz, ils n'avaient pas « cru s'abaisser en s'y liant eux-mêmes, semblables à Dieu, qui obéit toujours à ce qu'il a commandé une fois[1] ». Cela, c'était la théorie. N'exagérons rien : le fonctionnement d'un royaume exigeait plus de souplesse que le mouvement des planètes. Certaines lois dites « fondamentales » étaient intangibles. Pas les autres. Mais dans la pratique l'activité législative des souverains se trouvait bridée par l'existence d'une sorte de conservatoire des lois, le parlement de Paris. Nous l'avons vu intervenir naguère lors de l'annulation du testament de Louis XIII. Il se prépare désormais à jouer un rôle déterminant dans le conflit qui s'annonce. Autant faire plus amplement connaissance avec lui.

Ne nous y trompons pas. Il n'a rien de commun avec ce que nous entendons aujourd'hui par le terme de parlement, une assemblée représentative élue. La monarchie dispose bien de quelque chose qui y ressemble, les États généraux. Mais ils ont pour seule fonction de faire connaître au roi leurs vœux et doléances. Et surtout, celui-ci les convoque quand il juge en avoir besoin, hors de toute périodicité – autant dire le moins possible*. Le parlement de Paris, tout comme ceux des principales provinces, est un *tribunal*, situé au sommet de la hiérarchie judiciaire – l'équivalent d'une cour d'appel –, juste en dessous du roi, juge suprême. D'où le nom de *cour souveraine*, qu'il partage avec d'autres, la Chambre des comptes, la Cour des aides et aussi le Grand Conseil. Mais à la différence de ses homologues provinciaux, il est seul chargé d'une tâche spécifique.

---

* Ils ne seront jamais réunis entre 1614 et 1789 !

Il lui faut *vérifier* que les édits et ordonnances qu'on lui soumet ne sont pas contraires à la législation en vigueur, puis les *enregistrer*, faute de quoi ils ne sauraient être exécutables. Il est habilité à *expliquer* les édits, c'est-à-dire à en spécifier le domaine d'application. Il n'a pas le droit d'en changer la teneur, mais peut solliciter les modifications souhaitées, par le biais de *très humbles remontrances*, renouvelables après un premier refus. En revanche, si le roi vient en personne présider une séance, alors nommée *lit de justice*, l'enregistrement automatique est de règle.

Cette procédure donne au parlement un droit de regard en matière législative. Elle avait été créée tout exprès pour l'associer à la promulgation des mesures désagréables et dévier ainsi sur lui une part du mécontentement. Mazarin a pu lire au chapitre XIX du *Prince* quelles précieuses ressources elle offrait à celui-ci, selon Machiavel. Mais il s'agit d'une arme à double tranchant, car elle suppose que le roi tienne fermement en main son parlement. Ce n'est plus le cas depuis que la vénalité des offices, inaugurée dès le règne de François Ier, a rendu les magistrats propriétaires de leur charge, leur accordant même, grâce au paiement d'une taxe nommée *droit annuel* ou, familièrement, *paulette*, l'autorisation de la transmettre à leurs héritiers. À l'abri du droit de propriété, qui les rend pratiquement inamovibles tant il serait coûteux de les rembourser, ils se croient tout permis. Ceux de la *Grand-Chambre*, les plus âgés et les plus riches, sont partagés entre modérés et contestataires. Plus jeunes et plus turbulents, ceux qui peuplent les cinq chambres des *Enquêtes* et les deux chambres des *Requêtes* sont tous enclins à l'affrontement. Mais ni les uns ni les autres ne remettent en cause une monarchie à qui les lient l'ambition, puisque les charges de « robe » anoblissent*, l'intérêt, puisque beaucoup d'entre eux sont partie prenante dans le circuit des prêts consentis à l'État, mais aussi, bien souvent, la fidélité et la foi chrétienne. Résolument conservateurs, nostalgiques d'un passé illusoire où leurs aînés auraient joui d'une plus large influence, ils ne souhaitent pas abattre le roi, mais le contrôler, pour le plus grand bien du peuple, dont ils se disent les défenseurs. Il est trop simple de dénoncer leur volonté de puissance et leur égoïsme. Il y a parmi eux beaucoup d'hommes de conviction, parfaitement désintéressés, qui éprouvent devant la misère des pauvres gens une commisération sincère et préconisent pour y remédier la signature immédiate de la paix. Ceux-là appartiennent de près ou de loin à la mouvance dévote, qui s'est opposée si fort à Richelieu et que Mazarin retrouve en travers de sa route.

Pour paralyser l'action du ministre, les magistrats n'ont que l'embarras du choix. Le plus simple est de perdre du temps. Ils consacrent à la vérification des nouveaux édits une scrupuleuse minutie. Après quoi le jeu des remontrances réitérées leur permet de faire traîner les choses à plaisir. Enfin l'automne leur apporte à l'époque des vendanges six bonnes semaines de vacances, du 1er septembre jusqu'à la Saint-Martin, le 11 novembre. Ils peuvent aussi jouer de la publicité des séances pour alerter l'opinion. Pour comprendre leur comportement face aux édits royaux, il faut se souvenir que leur tâche ordinaire consiste à régler des procès, à porter un verdict sur des litiges. Donc, ils en délibèrent. La règle veut que chacun *opine*** tour à tour, si possible en motivant son avis. Certains d'entre eux aiment parler,

* La plupart des charges n'anoblissaient qu'à la seconde génération.

** À l'époque, le verbe *opiner* ne signifie pas « approuver », mais « donner son avis », qu'il soit positif ou négatif.

dans un langage volontiers redondant, orné de citations latines et de références classiques, chargé d'envolées rhétoriques, mais nul ne se permet de les interrompre. Après quoi l'on passe au vote, l'on compte les suffrages et l'on en tire la conclusion. Or l'exercice de la justice doit être public. Donc les séances sont ouvertes. Certes il faut montrer patte blanche pour y assister du haut des lanternes – petites loges vitrées surplombant la Grand-Chambre. Mais tout le monde peut accéder à l'immense Grande Salle – dite « des pas perdus » dans notre actuel Palais de justice –, où se répand aussitôt l'écho de ce qui se passe de l'autre côté de la double porte. Un écho bientôt répercuté jusque dans les rues de l'île de la Cité, le vieux cœur de Paris battant à l'ombre de la cathédrale.

Pour vérifier les édits royaux, les magistrats adoptent la démarche qui leur est habituelle. On leur demande seulement un avis technique sur la compatibilité des mesures préconisées avec l'ensemble de la législation, mais ils admettent mal que la décision leur échappe. Ils abordent l'examen des édits avec leur mentalité de juges, comme si le roi était demandeur dans un procès sur lequel ils auraient à statuer souverainement. Ils portent sur ses projets une appréciation sanctionnée par un vote qu'ils estiment décisoire et matérialisent par un *arrêt* dûment enregistré. Et si le roi décide de passer outre, ils s'indignent que son intervention en lit de justice entrave « la liberté des suffrages », autrement dit les empêche de faire prévaloir leur avis sur le sien. La présence occasionnelle sur leurs bancs des principaux pairs laïcs et ecclésiastiques, qui y jouissent par tradition du droit de séance, enfle leur vanité. Le parlement de Paris, bien que dépourvu de pouvoir politique, en profite pour s'attribuer un rôle de médiateur que personne ne remplit, faute d'institutions appropriées. Et la publicité des débats fait de lui une formidable caisse de résonance pour toutes les récriminations, un fournisseur d'arguments dûment motivés pour tous les contestataires. Et Dieu sait qu'en matière d'impôts, les contestataires ne manquent pas !

Louis XIII, ayant eu maille à partir avec lui, pour des mesures fiscales ou des créations d'offices*, usa de la manière forte. Il multiplia les lits de justice et cassa les arrêts illégaux. Pour sanctionner les opposants notoires, il se contenta d'abord de la relégation, comptant sur le séjour prolongé dans une modeste ville de province pour calmer les plus excités. Puis en 1641, il frappa brutalement, interdisant au parlement toute contestation et surtout exilant six récalcitrants et supprimant leurs charges sans prévoir d'indemnisation. Il eut la paix jusqu'à la fin de son règne. Mais l'humiliation marqua durablement les magistrats. Ils ne pardonnèrent jamais à la monarchie de leur avoir ôté le rôle de médiateurs qu'ils prétendaient jouer entre elle et ses sujets.

Mazarin héritait donc, avec eux, d'une situation grosse de conflits. Le grand pardon accompagnant le changement de règne avait ramené les exilés. La régence leur offrait une occasion de revanche. Ils étaient là, lors de la séance où Anne d'Autriche mendia leur appui pour obtenir les pleins pouvoirs. L'un d'entre eux, le président Barillon, osa demander la « permission, au nom du parlement, de pouvoir s'assembler pour voir les moyens de secourir l'État et faire des remontrances sur la conduite qu'on avait observée dans les affaires par le passé » – autrement dit le droit de s'associer au gouvernement et de le censurer. Les conseillers aux enquêtes lui firent chorus en opinant : « *De l'avis de*

---

* Lorsque le roi créait, pour les vendre, un certain nombre de charges de judicature, il faisait baisser en proportion la valeur des charges existantes.

M. Barillon[2]. » Mazarin y vit un mauvais présage pour les relations futures de la reine avec les magistrats : « Elle leur avait fait trop d'honneur de les mettre au-dessus des volontés du feu roi, et de leur donner pouvoir d'ordonner une chose de si grande conséquence[3]. »

Ses appréhensions se trouvèrent justifiées très vite. Les incidents se multiplièrent au parlement, en dépit des efforts de conciliation du premier président, Mathieu Molé*. Mars 1645 marqua un degré de plus dans l'affrontement, parce que, pour la première fois, le conflit descendit dans la rue et parce que la reine réagit avec vigueur. Il faut dire que la pression fiscale modifiait peu à peu ses cibles. Écrasée par le triplement de la taille depuis l'arrivée au pouvoir de Richelieu, la paysannerie devenait insolvable. Certes il suffisait de faire donner la troupe et de pendre quelques meneurs pour venir à bout des diverses jacqueries qui éclataient chaque année dans les campagnes. Mais comment pressurer davantage des gens qui peinaient à survivre ? Impossible d'extorquer de l'argent à ceux qui n'en avaient pas. Ceux qui en avaient, en revanche – noblesse, clergé, habitants des grosses villes – bénéficiaient d'une exemption dont la justification n'était pas toujours évidente. L'équité autant que l'efficacité commandait de les faire payer. Mais c'était se heurter à forte partie.

Mazarin posa le principe, mais en confia l'application à un compatriote, avec qui il s'était lié d'amitié autrefois lors d'un séjour à Turin. Michel Particelli d'Émery, issu d'une famille de commerçants et de banquiers lucquois installée à Lyon depuis deux généra-

---

* Toujours issu de la Grand-Chambre, le premier président, qui dirigeait également l'ensemble du parlement, était choisi directement par le roi et révocable sans préavis. Il jouait donc un rôle modérateur.

tions, avait quitté sa ville natale pour tenter sa chance dans l'administration. Un riche mariage dans les milieux d'affaires et l'achat d'une charge de contrôleur des finances lui assurèrent une position que conforta bientôt son évidente compétence. À lui le soin de procurer à l'État les ressources nécessaires. Doué d'une imagination fertile, il multiplia les initiatives qui firent de lui la bête noire des Parisiens.

Il tira d'abord des archives un édit vieux d'un bon siècle, dit du *toisé*, interdisant la construction de maisons hors les murs de la ville, dans les limites nécessaires à sa défense. Au fil des ans, cette mesure avait perdu tout sens et les zones concernées s'étaient couvertes de bâtiments. Pas question de les détruire, bien entendu. Mais les contrevenants furent frappés d'une taxe qui atteignait, en cascade, une masse de gens de tous milieux, car les propriétaires la répercutaient sur les locataires. La mesure aurait dû échapper au contrôle du parlement, puisque l'édit avait bien été enregistré cent ans plus tôt : il s'agissait seulement de modalités d'application. Ce tour de passe-passe indigna les jeunes magistrats des Enquêtes, qui prirent feu et flammes pour les victimes. Ils avaient la partie belle : spontanément ou excitées en sous-main, des femmes du menu peuple, menacées d'expulsion, s'ameutaient, se répandaient dans les rues, allant jusqu'à envahir la Grand-Chambre. Ils firent pression sur leurs collègues pour obtenir une réunion plénière du parlement, toutes chambres assemblées, espérant ainsi noyer sous le nombre leurs aînés plus rassis et entraîner la compagnie tout entière dans une épreuve de force avec la reine et son ministre.

Anne d'Autriche réagit avec violence. Son autorité était en jeu. Aux Enquêtes, certains n'avaient-ils pas osé, l'année précédente, déclarer illégale la procédure du lit de justice en période de minorité ! Il est vrai que, si l'on en omettait la dimension symbolique, il y avait quelque absurdité à penser qu'un bambin à la bavette pouvait, par sa seule présence, imposer à la compagnie des volontés sans rapport avec son âge. Mais si l'on commençait à toucher aux symboles, toute l'idéologie monarchique risquait de s'effilocher rapidement. Mazarin se garda donc d'entrer dans l'épineux débat sur les droits respectifs de la régente et du parlement. On convoqua au Palais-Royal des délégués de chaque chambre. Le chancelier Séguier leur administra une volée de bois vert en les sommant de rentrer dans leur devoir et de s'en tenir à leurs fonctions judiciaires. Comme il parlait de *cabale*, la reine intervint : « Dites intelligence avec mes ennemis, je le sais bien. » Elle s'emporta jusqu'à apostropher l'un des présidents : « Taisez-vous, je vous connais », et usa du terme de *vieux fol*[4].

Le lendemain, trois d'entre eux étaient assignés à résidence dans différentes villes de province. Le président Barillon, lui, était arrêté et envoyé à Pignerol. La reine refusa de justifier cette exceptionnelle sévérité. Il l'avait méritée, voilà tout ! On peut tenter une explication. Opposant de longue date à la politique de Richelieu, Jean-Jacques de Barillon, homme d'une parfaite intégrité, exemplaire à bien des égards, était un membre militant du parti dévot, en liaison étroite avec la famille Arnauld. Il avait pour frère aîné un des fondateurs de la Compagnie du Saint-Sacrement*. Contre lui les mesures d'exil restaient sans prise : « Nous ne savons plus où l'envoyer, parce qu'en quelque lieu qu'il aille, il est reçu en triomphe », se lamentait Séguier[5]. L'enfermement dans une citadelle lointaine, isolée, visait moins à le faire plier qu'à faire un exemple à travers sa

* Sur cette Compagnie, voir p. 297, 655-656.

personne et surtout à le couper des réseaux dont il était l'une des figures marquantes. On pensait qu'il s'y ferait oublier. Pas de chance : il y mourut cinq mois plus tard. On avait offert aux magistrats un martyr.

Mazarin n'avait pas les moyens de faire face à une révolte générale du parlement. Il transigea donc, en tâchant de donner aux concessions l'apparence de grâces librement octroyées. La reine rappela les trois exilés, elle retira l'édit du *toisé* ainsi que celui des *aisés** qui avait été proposé peu après. Mais elle le fit, le 7 septembre 1645, à l'occasion d'un lit de justice, affirmant par là même la légitimité de cette procédure. Reculade, oui. Défaite à plates coutures ? non. C'était le prix à payer pour conserver l'appui de la Grand-Chambre contre les Enquêtes. Diviser pour régner : tout plutôt que de laisser le parlement se regrouper en une assemblée plénière incontrôlable. Le scénario se reproduira à plusieurs reprises, toujours le même : pression des jeunes sur les anciens, pour les entraîner dans la lutte. Tant que la Grand-Chambre tiendra, le pire sera évité. D'où des flottements, qui ont pour effet pervers d'affaiblir le ministre et donc d'encourager indirectement la révolte. Mais avait-il les moyens de faire mieux ? Il louvoyait au milieu des écueils, attendant son heure, face à des ennemis qui ne manquaient pas non plus de mauvaise foi.

L'Assemblée du clergé de 1645

Où trouver de l'argent ? Le clergé, très riche, offrait une autre source de financement. Il bénéficiait depuis

* Comme son nom l'indique, une sorte d'emprunt forcé sur les « riches ».

une date relativement récente d'une exemption fiscale toujours susceptible d'être remise en cause. Il avait toutes raisons de craindre la création d'une taxe sur les revenus, qui frapperait lourdement ses innombrables biens fonciers et permettrait au fisc de mettre le nez dans ses affaires. Car si le roi, en théorie, ne devait attendre de lui que ses prières, il était habilité, en cas de nécessité, à lui demander de participer financièrement à la défense du royaume ou au combat contre les infidèles et les hérétiques. Le clergé préféra prendre les devants en offrant spontanément sous le nom de *don gratuit* une subvention appelée à devenir permanente et il s'organisa pour en conserver la maîtrise. D'où la création d'une administration très sophistiquée. Tous les dix ans, des élections à plusieurs échelons fournissaient une assemblée qui se réunissait pour fixer le montant global du don et pour le répartir entre les provinces ecclésiastiques. Dans l'intervalle, une réunion partielle avait lieu à mi-parcours et des agents permanents, également élus, veillaient le reste du temps à faire appliquer les décisions. Très vite, le champ d'action de ces assemblées dépassa le domaine proprement fiscal pour traiter des affaires de l'Église de France. Recueillant les doléances des fidèles, elles étaient prêtes à s'arroger le rôle politique qu'auraient dû jouer les États généraux si on les avait réunis. Les prélats y voisinaient avec des hommes de rang plus modeste. On y comptait de fortes personnalités, et pas le moindre incompétent. Le clergé pouvait grâce à elles faire front uni face au roi[6].

L'échéance décennale tombait en 1645, à un moment providentiel pour les finances du royaume. Mais il fallait manœuvrer avec précaution. Mazarin « prépara » les élections, entendez par là qu'il fit connaître, dans les diocèses, les noms des candidats qui avaient la préférence du roi. Il n'innovait pas, c'était l'usage. Le succès fut inégal. Il aura dans l'assemblée de solides appuis, mais devra faire face à quelques indociles très déterminés. Il compte pour calmer les ardeurs sur une botte secrète. La mort des titulaires vient en effet de libérer deux évêchés ou archevêchés et quatorze abbayes. « Surseoir à la collation des bénéfices durant toute l'Assemblée, note-t-il dans ses *Carnets*, pour laisser de l'espoir à tous. » « C'est un bouquet qu'on leur veut faire sentir », ajoute plus crûment l'un de ses serviteurs. Il ménage leur susceptibilité, flatte leur amour-propre. Lorsque les nouveaux élus se rendent en corps au Palais-Royal pour l'audience royale, il les salue d'abord comme ministre, juste après la famille royale. Mais aussitôt, il change de camp et vient se placer parmi eux, comme cardinal. Il est des leurs.

Ni les égards, ni le parfum des bénéfices escomptés ne purent cependant prévenir une attaque en règle contre son prédécesseur. L'impitoyable répression de Richelieu n'avait pas épargné les prélats, souvent coupables de sympathie, voire de complicité, face aux révoltes nobiliaires où trempaient jusqu'au cou leurs frères et leurs cousins. Six d'entre eux avaient été destitués et exilés « avec des circonstances atroces[7] ». L'Assemblée exigea leur réhabilitation et convia aussitôt ceux qui se trouvaient sur place à venir siéger, sans mandat électif, auprès de leurs confrères. Grave camouflet pour le gouvernement, qui se fâcha, mais fut contraint de reculer devant un vote unanime des représentants du clergé.

La question du don gratuit provoqua moins de tensions. Chaque partie joua son rôle, rituellement, tout en sachant qu'on s'accorderait. L'Assemblée rappela que les conditions pour exiger ce don n'étaient pas réunies : on ne se battait ni contre les Turcs, ni contre les hérétiques et la patrie n'était pas en danger. En consentant à subventionner les alliés suédois et hollandais, notoirement réformés, les députés ne se rendraient-ils pas « coupables, devant Dieu et devant les hommes, d'avoir contribué à la propagation de l'hérésie et à la diminution de la religion catholique » – on ne pouvait mieux dire ! Après ce baroud d'honneur, on passa aux choses sérieuses. Le surintendant d'Émery décrivit en termes pathétiques la détresse financière de la régente, dont les revenus à venir étaient déjà obérés pour deux ans. Il demanda dix millions. Les députés se récrièrent. Mais ils se savaient exposés à voir rogner, en divers domaines, leur immunité fiscale. On ergota. On transigea. Le contrat fut finalement fixé à quatre millions.

Mazarin ne s'en tirait pas trop mal. Mais pendant les quatorze mois que dura l'Assemblée, et qu'elle consacra à traiter une masse de questions touchant les affaires ecclésiastiques, il avait pu prendre la mesure de sa puissance. L'esprit de corps, la cohésion, le souci de préserver les prérogatives de l'Église avaient prévalu sur toutes ses tentatives pour y porter la division. Et quand il parlait d'une seule voix, le clergé de France était redoutable. L'Assemblée marqua également l'entrée en scène d'un des principaux meneurs des conflits à venir : Jean-François-Paul de Gondi, passé à la postérité comme écrivain sous le nom de cardinal de Retz*. Aux tout premiers jours de la régence, la reine l'avait nommé coadjuteur de son oncle, l'archevêque de Paris, avec future succession. Une promotion due, selon l'intéressé, à quelques anecdotes flatteuses rapportées

---

* Pour simplifier, nous l'appellerons Retz aussi bien comme acteur de l'histoire que comme auteur des *Mémoires*, bien qu'il n'ait porté ce nom qu'au début et à la fin de sa carrière ecclésiastique (l'abbé, puis le cardinal de Retz). Entre-temps personne ne l'appelait Gondi, comme le font les historiens actuels. On le désignait, selon l'usage, par son titre : *monsieur le Coadjuteur*[8].

sur son compte au roi Louis XIII. Mais les instances familiales avaient pesé bien davantage. Militants très actifs de la Réforme catholique, ses parents avaient été liés à Bérulle et aux Marillac, dont ils partageaient les options politiques. Vincent de Paul fut le directeur spirituel de sa très pieuse mère. Après la mort prématurée de celle-ci, son père entra dans les ordres, à l'Oratoire. Sa tante veuve, la marquise de Maignelais, faisait partie du petit groupe de dévotes qui, avant la mort du roi, orientait les distributions d'aumônes de la reine. Un oncle et une autre tante, le couple Du Fargis, appartenaient aux réseaux hispanophiles. Mazarin, mis en garde par Richelieu contre une famille qu'il jugeait dangereuse, n'avait pu empêcher sa nomination, intervenue trop tôt. Mais ses *Carnets* témoignent de l'antipathie que lui inspire l'activisme caritatif de « la Maignelais » et de ses amis.

Le jeune Jean-François-Paul, aventureux, batailleur, coureur de jupons, avide de goûter à tous les biens de ce monde, ne semblait pas du bois dont on fait les archevêques. Mais sa position de cadet le vouait à l'Église, avec d'autant moins de recours qu'il fallait conserver à sa famille un siège épiscopal qu'elle détenait depuis trois quarts de siècle. Les dévots, cherchant à pousser leurs pions à la mort de Louis XIII, lui en firent une obligation morale : il serait leur homme à la tête du diocèse de Paris, avec pour consolation les vastes perspectives politiques qui semblaient s'ouvrir à son ambition. À trente ans, il s'était résigné, sans vocation, à une carrière imposée. Il la voulait éclatante.

Il siégea à l'Assemblée de 1645 comme suppléant de son oncle malade. Trois de ses interventions y furent relevées. Le hasard d'un tirage au sort fit qu'il dut opiner en premier, après l'ouverture, sur la question des évêques exilés par Richelieu. Il ne fit que rapporter le point de vue de ses collègues, comme le prouve le vote unanime qui suivit. Mais la reine y vit une offense personnelle, une marque d'ingratitude de la part d'un homme qui lui devait sa coadjutorerie. Elle le fit convoquer, lui passa une algarade, le renvoya à Mazarin, qui renchérit. Tous deux exigeaient de sa part une rétractation publique. Il s'y refusa. Le lendemain, les explications de l'évêque d'Arles apaisèrent le différend : un trait fut tiré sur l'affaire. Mais ni la reine ni Mazarin n'oublièrent qu'ils avaient dû s'incliner. Il eut beau prendre ostensiblement le parti du gouvernement dans les discussions sur le don gratuit, il en aurait fallu davantage pour effacer la blessure. Et dans la harangue de clôture, qui lui incomba également, il ne put se dispenser de quelques allusions à la réhabilitation des victimes de Richelieu, qui contrebalancèrent les éloges dont il couvrit la régente et son ministre. Cette Assemblée fut, écrira-t-il, « l'écueil de [s]a modeste faveur[9]. » Disons surtout que Mazarin en savait trop sur ses origines et en avait déjà trop vu sur son caractère pour ne pas pressentir en lui un adversaire, voire un rival.

Bras de fer avec le Saint-Siège

Souvent donné pour moribond, le pape Urbain VIII avait fini par rendre l'âme à la fin de juillet 1644. Ayant régné trop longtemps, il laissa peu de regrets. Son successeur pencherait-il vers la France ou vers l'Espagne ? De part et d'autre on se prépara[10]. L'usage autorisait les « couronnes » à émettre des vœux et à proférer des exclusions. Mazarin se sentait concerné à un double titre : « Il désirait un pape incliné à la France, écrit le Vénitien Nani, mais aussi un pape qui fût de ses amis particuliers, comme Bentivoglio, Sacchetti et Altieri, devinant combien ce pontife pourrait contribuer à sa grandeur en soutenant son crédit auprès du clergé du royaume, en menaçant des foudres sacrées ceux qui voudraient entreprendre contre sa personne et finalement, s'il devait quitter le ministère, en l'accueillant à Rome avec honneur. » Dans ce tiercé, bientôt réduit à une paire puisque la santé de Bentivoglio chancelait*, ses préférences allaient à Giulio Sacchetti, un de ceux qui avaient patronné ses premiers pas dans la carrière diplomatique. Il enjoignit donc à notre ambassadeur, le marquis de Saint-Chamond, de le présenter comme candidat de la France. En face, les Espagnols soutenaient le leur, Giambattista Pamfilio. Mazarin ordonna à ses partisans de s'opposer à lui « par toutes les voies qu'ils aviseraient, d'abord en secret, mais ouvertement pourtant s'il était nécessaire d'en venir là ».

Des appuis, il n'en avait pas beaucoup sur place. À l'extérieur du conclave, l'activisme brouillon de son frère Michele était plus redoutable encore que l'inertie de Saint-Chamond. À l'intérieur, il disposait d'un ami intelligent et sûr, le cardinal Bichi. Mais celui-ci n'avait pas auprès de ses collègues le poids des deux neveux du défunt. Or les deux Barberini, tremblant pour leur avenir, songeaient surtout à rejoindre le camp du vainqueur. L'aîné, Francesco, se réfugiait dans l'attentisme. C'est le cadet Antoine qui, en tant que « protecteur de France » – on venait de lui augmenter sa pension –, devait défendre les positions françaises. Et comme il était à couteaux tirés avec la famille Pamfili, Mazarin comptait sur lui pour dresser contre le candidat espagnol un barrage qui le dispenserait de se découvrir lui-même. Un mois durant, le Sacré Collège vota en vain, deux fois par jour, sans que Sacchetti, quoique placé en

* Il mourut pendant le conclave.

tête, pût jamais atteindre l'indispensable majorité des deux tiers. Confinés dans leur clôture pendant l'accablante canicule estivale, les cardinaux s'exaspéraient. La faction espagnole répandit gratifications et promesses. Et surtout, elle fit le siège du cardinal Antoine et parvint à le retourner. Il faut dire qu'il redoutait très fort un déballage sur les causes de son animosité pour le candidat espagnol*. On le persuada qu'il n'aurait rien à craindre de Pamfilio. La chaleur persistait, la maladie commençait à frapper. L'épreuve était rude, la moyenne d'âge élevée. On n'attendit pas l'arrivée des ultimes consignes réclamées d'urgence à Paris. Le 15 septembre Pamfilio, élu à une large majorité, devenait le pape Innocent X.

Autant le dire tout de suite, il n'a pas laissé dans les annales de la papauté un souvenir impérissable. Nul n'attendait de lui une politique personnelle, surtout pas les Espagnols, qui l'avaient choisi à dessein. À soixante-dix ans, il affichait une santé vigoureuse. Ses mœurs frugales, ses manières rugueuses lui valaient une réputation d'honnêteté, qui palliait la médiocrité de son intelligence et l'inconsistance de son caractère. Il avait l'art de prodiguer à volonté larmes et bonnes paroles, mais se refermait comme une huître dès qu'on lui demandait une décision. Amoureux de sa tranquillité, il était disposé à se décharger du plus gros de sa tâche sur les cardinaux Spada et Panciroli, tous deux ennemis jurés de Mazarin. Quant à sa maison, elle était gouvernée par sa belle-sœur, la signora Olimpia Maidalchini, une des plus redoutables femmes d'affaires qu'ait connues la

* Gravement insulté sur ses mœurs par un de ses mignons, neveu de Pamfilio, il l'avait chassé de sa maison. L'assassinat du jeune homme, survenu quelque temps après en Allemagne et jamais élucidé, passait pour avoir été commandité par lui si l'on en croit les *Mémoires* de Goulas.

Rome pontificale, qui réussit à faire scandale par la rapacité avec laquelle elle tondait les postulants à quelque charge que ce fût. De notoriété publique, elle exerçait sur le nouveau pape une emprise telle que Bichi s'exclama, en voyant les votes s'orienter vers lui : « Nous allons faire une papesse[11]. »

La nouvelle de son élection provoqua chez Mazarin une vive contrariété, à laquelle l'opinion attribua malignement la fièvre qui le tint au lit quinze jours à Fontainebleau. Sans préjuger des dangers qu'elle faisait peser sur les relations internationales à venir, cette élection était, pour lui-même et pour la France, un camouflet que la propagande espagnole ne manqua pas de monter en épingle. Il réagit donc vivement. Il révoqua Saint-Chamond et l'assigna à résidence sur ses terres. Il retira à Antoine Barberini son brevet de protecteur et le contraignit d'ôter les armes de France au fronton de son palais. Mais il tenta d'amadouer le nouveau pontife par des félicitations chaleureuses que celui-ci feignit de prendre pour bonnes. Tous deux, évitant les attaques frontales, se servirent alors des Barberini comme d'une balle de jeu de paume qu'ils se renvoyaient tour à tour au gré de leurs intérêts. Ils partageaient ce sort avec le remuant Michele Mazarin, que sa quête éperdue d'un chapeau de cardinal rendait accessible aux pressions de toutes sortes. Les uns et les autres n'étaient que les enjeux apparents – et dérisoires – d'un conflit où se jouait l'avenir politique du ministre.

La comédie se déroula en plusieurs actes. Tout d'abord, considérant les sanctions contre les Barberini comme offensantes à son égard – ce qui n'était pas faux –, Innocent X somma Mazarin de leur rendre leurs prérogatives. Celui-ci répondit par un refus hautain, mais engagea un marchandage par la voix d'un nouvel ambassadeur. Si le pape faisait un geste, par exemple en accordant la pourpre à son frère, pour bien montrer qu'il était « le père commun des fidèles » et non le serviteur exclusif de l'Espagne, les choses pourraient s'arranger. « Est-il vrai, comme on me l'a dit, déclara le pontife, que Sa Majesté désire offrir une abbaye à mon neveu ? » Que faire, sinon lui concéder aussitôt, d'avance et sans contrepartie assurée, celle de Corbie, d'excellent rapport. Alors le visage du Saint-Père se rasséréna et sembla rajeunir de dix ans, et son éloquence redoubla pour mieux faire ses remerciements en disant : « Vous avez été les premiers à nous gratifier. » Mais il n'en poursuivit pas moins sa politique pro-espagnole, créant d'un coup huit cardinaux, tous du même bord, et traitant la France de quantité négligeable. Dans ce climat, l'envoi d'une rose d'or à la reine, en hommage traditionnel à sa vertu, parut une insulte à la destinataire, qui reçut très mal l'envoyé chargé de la lui remettre. Et Mazarin confia à ses *Carnets* qu'il avait failli la lui faire refuser : « Examiner s'il convient de recevoir des fleurs de qui nous donne des fruits si amers. Aux Espagnols les effets et les fruits, à nous les paroles et les fleurs[12]. »

Son prestige était atteint dans ce qu'il avait de plus solide, ses talents de diplomate. Rome fit des gorges chaudes de sa défaite. On le jugea perdu : la France allait le chasser honteusement. Innocent X crut pouvoir cesser les ménagements. Il avait été fait pape sans les Français, clamait-il, il se conserverait bien sans eux. Pour couronner l'entreprise, il s'en prit soudain aux Barberini. Il les dépouilla de leurs charges et fit mettre leurs biens sous séquestre en attendant le résultat d'une enquête sur leurs exactions, qui promettait d'être impitoyable. Certes ils n'étaient pas blancs comme neige et la longueur du pontificat de leur oncle leur avait donné le loisir d'accumuler beaucoup plus de richesses qu'il n'était décent. Mais le souci de moraliser l'administration n'était pas la préoccupation dominante du pontife. Il voulait faire à travers eux un exemple, décourager ceux qui seraient tentés de servir la France, désormais incapable de protéger ses amis. Mazarin pouvait-il laisser passer cette nouvelle insulte ? Jamais on ne l'avait vu dans une telle colère. Il infligea au nonce Bagni, par la bouche du chancelier, une violente tirade dénonçant la soumission du Saint-Siège aux Espagnols et la haine du pape contre sa personne. Il se savait vulnérable : ne disait-on pas qu'il sacrifiait les intérêts du pays à l'obtention d'un chapeau pour son frère ? Il fit imprimer et diffuser ce texte en France et en Italie pour prévenir l'opinion en sa faveur. En lieu et place du cardinalat, il fit attribuer à Michele l'archevêché d'Aix-en-Provence – ce qui présentait l'avantage annexe de l'éloigner du foyer des intrigues romaines. Et, en dépit de leur récente trahison, il ouvrit tout grands les bras aux Barberini affolés. Leur ancien protégé devenait leur protecteur – grande satisfaction pour l'amour-propre de celui-ci.

Craignant pour leur sécurité, les deux cardinaux et leur frère Taddeo quittèrent clandestinement la ville à la fin de 1645. Ils arrivèrent à Paris, Antoine au début de janvier, les deux autres en mars. Mazarin leur réserva un accueil princier et leur accorda, pour survivre, une dotation prise sur un fonds, celui des *annates**, qui aurait dû normalement revenir au Saint-Siège. Le pape répliqua par une bulle menaçant de confiscation de ses biens, de privation de ses dignités, voire d'excommunication tout cardinal s'absentant de Rome sans son accord. La mesure risquait d'atteindre, par ricochet, non seulement Mazarin, mais l'ensemble des cardinaux français. Tandis que les juristes fourbissaient contre elle leurs

* Redevance due au Saint-Siège à chaque changement de titulaire d'un bénéfice.

arguments, Mazarin mettait au point une riposte plus vigoureuse.

Il eut beau multiplier déclarations et manifestes, l'opinion comprit mal. On s'étonnait : « La fortune est bien extraordinaire, observait Olivier Lefèvre d'Ormesson, de recevoir en France et de prendre la protection contre le pape du cardinal Barberini, qui a toujours été protecteur d'Espagne, du cardinal Antoine qui nous a trahis pour faire ce pape-ci, enfin de toute une famille qui nous était ennemie déclarée il n'y a qu'un an[13]. » À sa décharge, Mazarin expliquait à l'ambassadeur de Venise « que les princes n'ont ni amour ni haine, mais que leurs intérêts sont la règle de leurs affections, et que de la même main ils frappent et embrassent tour à tour[14] ». Mais c'était là une leçon trop éloignée de la morale courante pour que les Français fussent à même de l'entendre.

Une riposte armée : la guerre contre les Présides de Toscane

L'élection d'Innocent X atteignait Mazarin dans ses intérêts, mais aussi dans ses affections : dans son amour pour l'Italie. Ainsi le Saint-Siège allait à nouveau trembler au moindre froncement de sourcils de Madrid et suivre ses injonctions au doigt et à l'œil. Il aurait donc lutté en vain, au service d'Urbain VIII, pour assurer aux États d'Italie du Nord une relative indépendance. Il aurait sauvé Casal pour rien. Une grosse bouffée d'amertume l'envahit. Contrairement à ce qu'on croit souvent, il n'a rien d'un parangon de froideur. Il a des passions très vives, dont il parvient à maîtriser les manifestations, au prix d'une tension de tous les instants, épuisante faute d'exutoires. Face aux provocations répétées d'Innocent X, il laisse éclater son indignation véhémente. Et, faute d'accommodement par les voies diplomatiques, il recourt aux grands moyens, une campagne militaire dirigée contre l'Espagne, mais sur un terrain assez proche de Rome pour que le grondement du canon franchisse les murs épais des palais pontificaux. « Le territoire ecclésiastique ne sera pas envahi, assure le Vénitien Nani, il s'agit seulement d'inspirer aux Romains une peur salutaire[15]. »

Ce que Nani ignore, ce que tous ignorent, et que nous ont révélé les documents d'archives, c'est que cette expédition s'inscrit dans un vaste projet d'ensemble, visant à expulser les Espagnols d'Italie. Rien que cela ! Il y a longtemps que Mazarin en rêve, depuis l'époque où il les a vus à l'œuvre à l'occasion des affaires de Mantoue. Desserrer l'étreinte espagnole sur l'Italie était son objectif premier, bien avant que Richelieu ne l'associe à la poursuite d'un second objectif, identique, pour la France. Avec sa montée au pouvoir à Paris, ses priorités se sont inversées. Mais lorsque se profile, sur les fronts du nord et de l'est, la perspective d'une victoire, il est repris par la tentation italienne. Il voit grand, et loin. Il raisonne à l'échelle européenne – autant dire à celle du monde. Pour lui tout se tient. La paix ne peut être que générale. Elle ne sera durable que si l'on arrache aux grandes puissances leurs possessions extérieures, pour leur ôter toute ambition hégémonique, et si l'on garantit face à elles l'indépendance des États de moyenne et petite dimension. Telle est la règle de sa diplomatie en Allemagne. Il veut aussi l'appliquer à l'Italie. L'Espagne détient deux grosses portions de la péninsule, le Milanais et le royaume de Naples. Pas question de lancer une offensive dans le nord, qui a déjà payé à la guerre un lourd tribut et où Venise et la Savoie servent de sentinelles. En revanche, Naples, très rétive à la domination espagnole, lui semble offrir une cible toute désignée. Il envisage donc à cette fin une offensive de grande envergure. Dans le secret le plus strict bien sûr, plus encore sur le plan intérieur qu'à l'égard des ennemis, car il sait que l'opinion ne le suivrait pas.

Ouvrir un front supplémentaire, alors qu'on se bat en Flandre, en Allemagne et, accessoirement, en Catalogne, depuis que la province révoltée contre les Castillans s'est donnée à Louis XIII ? Les Français n'y étaient certes pas disposés. Mais ils ont l'épiderme chatouilleux et un vieux fonds de gallicanisme les rend indociles à l'égard de la papauté. Ils souscrivent donc volontiers à une démonstration militaire ponctuelle, pour rappeler au pape qu'il ne doit pas nous insulter impunément. La cible est bien choisie. À quelques lieues de la frontière des États pontificaux, l'Espagne détient, sous le nom de Présides de Toscane, un certain nombre de points d'appui que le Grand-Duc lui a concédés dans une région côtière inhospitalière. Elle y dispose de ports et de places fortifiées, qui constituent des relais essentiels dans ses communications avec le Milanais. S'en emparer présenterait un double avantage : faire sentir au pape le poids de la présence française, mais aussi empêcher le transit de renforts espagnols vers les Pays-Bas, via le Milanais*.

* Rappelons que le problème des communications avec les Pays-Bas était crucial pour l'Espagne. La flotte hollandaise, très puissante, tenait le Pas-de-Calais, interdisant l'accès maritime par le nord. Seule solution, passer par l'Italie. Pas par Naples, car il aurait fallu ensuite traverser les États du pape, censé neutre. On débarquait donc dans les Présides, on traversait la Toscane et Gênes, pays amis. Du Milanais on passait en Franche-Comté – possession espagnole – par un étroit couloir le long du Jura. Restait ensuite la vallée du Rhin, que bloquaient les places conquises par Turenne et Condé. Quant au détour par l'Allemagne, il devenait plus hasardeux de jour en jour. Voir la carte, p. 886.

La direction de la campagne fut confiée au prince Thomas de Savoie. Pas seulement pour faire une fleur à nos alliés de Turin. Ni non plus pour suppléer les généraux français, peu enclins à s'éloigner de leur terrain habituel. La vraie raison, secrète, est que le prince est destiné à prendre le pouvoir dans Naples reconquise. Mazarin avait pesé longuement la question. Il les connaissait bien, ces Napolitains toujours prêts à se rebeller : ils ne supporteraient pas le joug d'un souverain étranger. Il savait aussi que leurs grands seigneurs se jalousaient trop pour tolérer l'élévation de l'un d'entre eux. La solution était donc de leur fournir, choisi parmi les cadets des familles régnantes, un roi tout neuf, sans autre territoire, qui serait heureux de les gouverner et qu'ils adopteraient. Dès la prise des Présides, la flotte devait mettre le cap sur Naples, y prendre en défaut les défenses surprises et y implanter ce nouveau roi, dans l'enthousiasme général. N'était-ce pas vendre un peu vite la peau de l'ours napolitain ? Nul ne sait cependant comment il aurait réagi, car l'entreprise avorta beaucoup plus tôt.

Mazarin, qui connaissait le terrain, avait programmé la campagne avec une précision méticuleuse et établi le calendrier. Très insalubre, la région des *maremmes* exhalait dès les premières chaleurs des miasmes pestilentiels. Il fallait donc partir tôt dans l'année et aller vite, pour que l'armée n'ait pas à s'attarder dans les marécages. On devait cependant, avant de se porter sur Orbitello, neutraliser les petites places proches de la côte. Hélas, l'expédition quitta Toulon trop tard, le prince Thomas, piètre stratège, négligea d'assurer ses arrières, la garnison espagnole se défendit, il perdit du temps, s'enlisa et, le mois de mai arrivant, maladies et désertions firent fondre son armée comme neige au soleil. La flotte, qui devait soutenir les troupes terrestres, n'osa s'approcher, par crainte de s'échouer. À la mi-juin, elle affronta courageusement les vaisseaux ennemis venus à la rescousse, les repoussa et les mit en déroute. Mais son chef, le duc de Brézé, un excellent amiral déjà titulaire, à vingt-cinq ans, de plusieurs victoires, fut tué d'un coup de boulet en pleine tête. Au lieu de pousser leur avantage, ses seconds, démoralisés, se hâtèrent de rejoindre leur port d'attache. Un mois de combats d'arrière-garde ne suffit pas, sur terre, à rétablir la situation. Le siège fut levé à la mi-juillet. Le prince s'enfuit avec la cavalerie en direction de la Savoie. Quelques navires récupérèrent les débris de l'infanterie survivante, mais l'artillerie et les bagages furent perdus.

Prompte à se retourner contre les vaincus, l'opinion française imputa ce désastre aux ambitions personnelles de Mazarin. Le *Journal* d'Olivier Lefèvre d'Ormesson se fait l'écho des récriminations : c'était « sa guerre », « une entreprise faite seulement pour montrer au pape son autorité en France et prendre la protection des Barberini, mais qui ne réussirait qu'à sa honte, parce qu'il avait envoyé là de bonnes troupes qui eussent bien servi ailleurs et qui périrent devant Orbitello, non seulement par la résistance des ennemis, mais par la corruption de l'air, où les habitants ne peuvent vivre[16] ». Les dévots ajoutaient qu'il était impie de faire la guerre au pape, même par Espagnols interposés, et que Dieu l'en punirait.

Pour comble de disgrâce, l'épisode valut au ministre une grave pomme de discorde avec la maison de Condé. Car la mort du duc de Brézé libérait la charge capitale qu'on appelait l'Amirauté, autrement dit la surintendance de toute la marine française. Or sa sœur était l'épouse du duc d'Enghien, lequel argua que l'Amirauté lui revenait, par héritage familial. C'eût été de la folie de joindre à des possessions déjà considérables une charge qui lui aurait donné la maîtrise des mers, assortie de revenus considérables. Quant à la donner à un autre postulant, le duc de Vendôme par exemple, il n'y fallait pas songer, sous peine de se brouiller à mort avec tout le clan Condé. Mazarin poussa donc la reine à se la réserver personnellement. De quoi fermer la bouche aux exclus et apporter quelques ressources supplémentaires au Trésor, ainsi qu'à ses finances personnelles. Mais la ficelle était grosse et l'artisan des récentes victoires, se jugeant mal payé de ses services, en garda gros sur le cœur. Les espions au service du cardinal font état de pourparlers entre Gaston d'Orléans et le prince, où fut même agité un projet d'assassinat.

Il en aurait fallu davantage pour décourager Mazarin. Il remit aussitôt en chantier une nouvelle expédition vers un autre point des Présides de Toscane. Menée, sous l'autorité nominale du prince Thomas, par des généraux expérimentés, elle se fixa pour objectif des ports fortifiés situés un peu au nord d'Orbitello, moins malsains, mais tout aussi stratégiques, sur l'île d'Elbe et sur la côte lui faisant face. Le succès fut rapide et complet. En l'espace d'un mois, les forces françaises s'emparèrent de Piombino sur la terre ferme et de Porto-Longone sur l'île. Le 29 octobre, tout était terminé. En France, Mazarin fit sonner très haut cette victoire, qui, suivie de peu par la prise de Dunkerque, remonta heureusement sa cote de popularité. Quant à ses projets sur Naples, il se garda bien d'en souffler mot. Dans l'immédiat, la saison était trop avancée, et peut-être éprouvait-il quelques doutes sur les capacités du prince Thomas à les mener à bien.

À Rome, l'effet fut foudroyant. Dans les jours qui suivirent, Innocent X annula les poursuites contre les

Barberini, les autorisa à rentrer et leur restitua charges et possessions. Il accorda bientôt à Mazarin lui-même un indult le dispensant de faire le voyage *ad limina* pour recevoir de ses mains les insignes de son cardinalat. Sept ans après, il était grand temps ! Mais l'intéressé se doutait bien qu'Innocent X gardait une dent contre lui. Si jamais les choses tournaient mal en France, il n'avait rien à espérer de Rome. Il se battait donc le dos au mur.

Mazarin avait sauvé ses amis et anciens bienfaiteurs – un acte généreux à porter à son crédit. Il s'occupa, dans la foulée, de renforcer la position de sa propre famille. Au printemps de 1644, il avait perdu sa mère. Mal consolée de son absence prolongée, elle suivait de loin son ascension, guettant les nouvelles : « Chaque fois que je reçois des lettres ou un avis de Votre Éminence – car la pieuse femme n'osait plus nommer son fils autrement –, il me semble que se prolongent pour moi dix ans de vie[17]. » Elle n'eut pas la joie de le revoir avant de mourir. Il la pleura discrètement, en privé, mais confia à la duchesse de Savoie : « C'était une des plus grandes pertes que je pouvais faire[18]. » Il n'en fallait pas pour autant laisser son père vieillir dans la solitude. Il s'occupa de le remarier, en haut lieu si possible. On lui proposa un parti brillant, dans une des plus nobles familles de Rome, mais endettée jusqu'au cou. À vrai dire la jeune Portia Orsini, dix-sept ans, n'accepta le vieillard que faute de mieux. Elle rêvait d'une transplantation à Paris qui lui ouvrirait les portes de la cour. Elle fut déçue : c'est à Rome que le cardinal prétendait faire briller le pauvre Pietro. Mais comme elle était bien élevée et fort pieuse, elle fut pour celui-ci une bonne épouse et le soigna jusqu'à la fin.

Mazarin voulait en revanche introduire en France la jeune génération, c'est-à-dire ses neveux et nièces, afin qu'ils y fissent souche. C'était pour lui une quasi-obligation, à la fois du côté de Rome, où l'on n'eût pas compris qu'il ne fît pas profiter les siens de sa fortune, et du côté de la France où il manifesterait ainsi sa volonté de s'intégrer dans sa nouvelle patrie en s'y créant, par alliance, une parentèle autochtone. Un premier contingent de trois nièces et d'un neveu, arrivé en septembre 1647, n'était qu'un ballon d'essai permettant de tâter le terrain. Indifférence affectée de la part de l'oncle, sympathie marquée de la reine pour ces enfants, au demeurant charmants, curiosité soupçonneuse de la part des courtisans : nul ne savait encore si la greffe prendrait.

Quant au combat que Mazarin mena pour procurer la pourpre à son frère, que ses douteux mérites ne qualifiaient pas vraiment pour cet honneur, ce n'est pas son principal titre de gloire. Il est probable que, si cela n'avait dépendu que de lui, il se serait abstenu de le solliciter. Mais après toutes les démarches entreprises à Rome par le remuant dominicain, ne pas soutenir ses prétentions risquait de passer pour une marque de faiblesse. Plus le pape se faisait tirer l'oreille, plus il se devait d'insister. Il poussa donc les feux, cracha au bassinet de la signora Olimpia les offrandes nécessaires. Il finit par obtenir gain de cause au bout d'un an, sans joie, excédé des prétentions insatiables de ce cadet qui ne lui valait que des ennuis, bien qu'il l'eût fait entre-temps vice-roi de Catalogne. Dans une lettre à leur père, il aura sur lui, un peu plus tard, des mots émouvants et cruels : « Je me trouve si ému et irrité de sa façon de procéder, sans respect pour la reine, sans souci de sa réputation et sans amour pour moi, que je ne sais quelle résolution prendre. Puisque je ne puis pas ne pas être son frère, le mieux sera, je crois, que je ne sois plus son ami[19]. » Michele lui rendra au mois d'août de cette même année 1648 le grand service de mourir, sans laisser de regrets.

Un festival d'opéra italien : l'Orfeo de Luigi Rossi

Jamais Mazarin ne s'était montré si italien qu'au cours de cette année 1646. Était-il très prudent de sa part de choisir le carnaval de la saison suivante pour présenter au public français un spectacle en forme de manifeste, afin de le convertir aux beautés de l'opéra de son pays ? De toute façon, les choses étaient lancées. Le recrutement des artistes avait été facilité par les déboires des Barberini. Le cardinal Antoine, qui ne pouvait se passer de ses musiciens, les avait fait suivre. Son secrétaire particulier, l'abbé Francesco Buti, qui l'accompagna dans sa fuite, était aussi poète et librettiste. Il s'attela aussitôt à rédiger le texte de la pièce dont rêvait Mazarin – non pas une comédie parlée entremêlée de chant, mais un vrai opéra, où tout, récitatifs et arias, serait chanté. La musique, serait confiée au *musico de camera* d'Antoine, Luigi Rossi, qui le rejoignit à Paris à la mi-juin, ainsi que le reste de la troupe recrutée outre-monts. À la fois compositeur et chanteur, Rossi approchait alors de la cinquantaine. D'abord formé à Naples, il avait fait l'essentiel de sa carrière à Rome, où sa notoriété s'était changée en célébrité lorsque sa cantate sur la mort de Gustave-Adolphe avait fait le tour de l'Europe. Mazarin, aux petits soins, veilla lui-même à faire installer les artistes dans des logements confortables et à assurer leur rémunération.

Le choix se porta sur la légende d'Orphée, assez familière au public, dans ses grandes lignes, pour qu'il ne fût pas dépaysé. Mais elle fut traitée à la mode baroque telle qu'on la pratiquait à Rome, à grand renfort de péripéties, et d'intermèdes mêlant le comique au tragique. Il y fallait aussi des changements de lieu permettant au magicien Torelli de multiplier les décors. Le résultat fut une intrigue époustouflante, où Vénus suscitait à Orphée un rival en la personne d'Aristée, fils de Bacchus, et tentait de détacher Eurydice de son époux, tandis que Junon, au contraire, encourageait la foi conjugale. C'est en cherchant à échapper à un rapt que la malheureuse Eurydice était piquée par un serpent venimeux. L'action se poursuivait aux Enfers, un désert de rochers et de cavernes ténébreuses, où l'ombre de la jeune femme apparaissant à Aristée le rendait fou. Survenait alors Orphée, qui tentait en vain d'apitoyer les Parques, mais finissait par attendrir Pluton. Un bon point cependant en faveur de l'abbé Buti : il n'avait pas édulcoré la légende par un dénouement heureux. S'étant retourné pour regarder son épouse avant d'être hors du royaume des ombres, Orphée la perdait à nouveau, irrémédiablement. Il ne lui restait plus qu'à s'offrir aux coups des Bacchantes vengeresses, qui le déchiraient. L'épilogue apportait tout de même un réconfort. Faute de goûter sur terre le bonheur conjugal, Orphée se voyait décerner l'immortalité par Jupiter : « Sur quoi les acteurs firent retentir un hymne mélodieux dont le sens était que la vertu parfaite se doit entièrement détacher de la terre et n'attendre sa récompense que du Ciel[20]. » Si avec cela les dévots se plaignaient encore de l'immoralité du théâtre, c'est qu'ils étaient bien difficiles.

En dépit de quelques intermèdes bouffons et de ballets où s'ébattaient bergers, satyres ou monstres d'Enfer, la pièce visait surtout à émouvoir. Rossi apprit en cours de composition la mort de sa femme, qu'il avait laissée en Italie. Son chagrin se refléta, dit-on, dans les plaintes du malheureux Orphée, qui arrachèrent à la salle des torrents de larmes. Le rôle-titre, écrasant, était brillamment tenu par Atto Melani. Bien qu'aucune gravure ne nous en ait été transmise, nous savons que les décors, conçus dans le même esprit que ceux de la *Finta Pazza*, remportèrent tous les suffrages. La musique, que nous sommes mieux à même de goûter aujourd'hui, est superbe. Mais elle était trop déroutante pour plaire au public français, qui, de plus, habitué aux spectacles faisant alterner scènes parlées et arias, s'agaçait de ne rien comprendre aux dialogues chantés. On avait bien, selon l'usage, distribué dans la salle le texte du livret, mais il était en italien. Lorsque l'abbé Buti suggérera plus tard à Mazarin de faire chanter les opéras en français, celui-ci répondit « qu'il ne faisait pas ces choses tant pour le public que pour le divertissement de Leurs Majestés et pour le sien, et qu'ils aimaient mieux les vers et la musique italienne que française[21] ». Il était un connaisseur trop averti pour ignorer combien il est périlleux de briser l'accord originel entre la langue d'un livret et la musique. Mais il signifiait aussi, par sa réponse, que l'opéra était un spectacle de cour et qu'il appartenait aux souverains de donner le ton et de se poser en maîtres du goût[22].

La pièce fut d'ailleurs jouée au Palais-Royal, chez le roi, et non au Petit-Bourbon chez les comédiens italiens. On comptait en faire le clou du carnaval, en janvier et février. Mais les décors n'étaient pas prêts. Le carême approchait, il fallut se hâter. La première représentation eut lieu le samedi 2 mars 1647, devant une salle comble. Elle durait six heures ! On essuya les plâtres : les machines, mal réglées, eurent quelques ratés, qui ne suffirent pas à tempérer l'enthousiasme général. La reine avait dû quitter la salle, sur le coup de minuit parce qu'elle se préparait à communier à la messe matinale. Le lendemain, elle put assister d'un bout à l'autre à la seconde représentation, qui fut parfaite. Le lundi, dans la même salle, le spectacle fut remplacé par un bal qui resta célèbre dans les annales. Le décor était celui des noces d'Orphée et d'Eurydice. Mais, sur un vaste plancher monté par Torelli entre la salle et la scène, les invités se substituaient aux bergers de la pièce, pour danser au son des vingt-quatre violons perchés sur une machine descendue du ciel. L'*Orfeo* bénéficia d'une troisième représentation le mardi gras, après quoi la cour plongea dans les austérités du carême, dont la reine n'osa pas violer l'interdit.

Quelques esprits chagrins, peu sensibles à la musique, prétendirent s'être ennuyés. À peu près inconnus en France les castrats inspirèrent de la gêne – les châtrés, disaient brutalement les hommes, tandis que les dames usaient d'un euphémisme précautionneux, les « incommodés ». Mais dans l'ensemble, l'émerveillement prévalut et les reprises de la pièce, après Pâques, eurent un succès éclatant. C'est seulement plus tard, pendant la Fronde, qu'on s'avisa de dénoncer le coût d'un spectacle aussi fastueux, en ces temps de pénurie. Le pauvre *Orfeo* fut à nouveau déchiré, dans les pamphlets cette fois. Scarron se contenta d'un calembour l'assimilant au dieu du sommeil, Morphée, « puisque tout le monde y dormit[23] ».

Châteaux en Espagne…
ou aux Pays-Bas espagnols

La musique de Luigi Rossi parvint-elle, le temps d'un spectacle, à faire oublier à Mazarin la déception qu'il venait de subir en politique étrangère ? On savait désormais inévitable la défection des alliés néerlandais, l'Espagne allait donc disposer de forces accrues pour continuer la lutte, tous les espoirs de paix s'envolaient. Mais comment aurait-il pu prévoir qu'on le tiendrait pour unique responsable de l'échec et – pis encore ! – qu'on attribuerait la poursuite de la guerre à son ambition et à sa cupidité ? Disons-le tout de suite. C'était sous-estimer gravement ses capacités d'homme d'affaires que de penser qu'il ne saurait trouver, en cas de paix, d'autres moyens de s'enrichir que la gratte sur les fournitures militaires. Quant à l'idée que seule la guerre justifiait son maintien au pouvoir, parce qu'elle rendait indispensables ses compétences en politique étrangère, elle se fondait à la fois sur une conception simpliste des tâches de gouvernement et sur la conviction erronée qu'il ne comprenait rien aux affaires intérieures françaises. On oubliait d'autre part qu'en prolongeant délibérément la guerre pour son seul profit, il risquait de s'aliéner Anne d'Autriche qui, elle, souhaitait passionnément la paix. Aurait-il pu, sans danger, lui mentir à longueur d'année sur un sujet aussi sensible, alors que subsistaient auprès d'elle des amis pleins de zèle pour la cause de son pays natal ? On la tenait pour une incapable, entièrement asservie à lui par sujétion amoureuse. On avait tort. Aujourd'hui les historiens ont renoncé à imputer à Mazarin une volonté délibérée de prolonger la guerre. Le débat se concentre donc sur ses imprudences, ses erreurs, ses fautes politiques éventuelles, autour de la question clé : eut-il en main, à cette date, les moyens de mettre fin au conflit et les gâcha-t-il par maladresse ?

Quand on parle de cette paix, il convient de préciser. Tous les belligérants la veulent, bien sûr – ils sont tous à bout de forces. Mais pas aux mêmes conditions. Tout dépend de ce qu'ils sont prêts à sacrifier pour l'obtenir. Et, bien sûr, l'ampleur de ces éventuels sacrifices varie au gré de la fortune des combats. Pour en traiter, les plénipotentiaires réunis en Westphalie cheminent avec une lenteur désespérante. Les tenants de Rome ayant refusé de côtoyer les hérétiques, on les a parqués séparément, les catholiques à Münster, les protestants à Osnabrück, distante de quarante-cinq kilomètres. Mais comme il faut bien accorder les violons, d'incessantes navettes courent la poste entre les deux villes. Les délégués ont aussi à rendre compte à leurs mandants et à recevoir leurs instructions, d'où des allées et venues entre le siège du Congrès et les différentes capitales. Et il se trouve bien souvent que les nouvelles militaires rendent caduques telles ou telles décisions avant qu'elles ne soient parvenues aux plénipotentiaires. Ceux-ci disposent donc d'une certaine part d'initiative, avec des risques de malentendus et de fausses manœuvres. Mazarin s'efforce de limiter celle de nos deux représentants, qui se chamaillent sans arrêt pour des questions de préséance. D'où des instructions impératives, adressées à tous deux, qui leur laissent peu de latitude. Mais plus on écrit, plus se multiplient les risques de fuites, organisées à grande échelle grâce à des secrétaires soudoyés. Tel est le cadre dans lequel se déroulent les négociations.

Que ce soit bien clair au départ : Mazarin peut obtenir la paix du jour au lendemain. Il lui suffirait pour cela de renoncer à toutes les conquêtes récentes. Comme il n'y consent pas, on peut légitimement lui reprocher de l'avoir rejetée. L'Espagne, de son côté, ne voulant rien rabattre de ses prétentions, on pourrait dire, symétriquement, qu'elle aussi la refuse. Mais la question ne se pose pas en ces termes pour elle, car l'orgueil national lui interdit de *demander* la paix – signe d'infériorité. Elle ne peut qu'offrir de l'*octroyer* aux autres. Et tant pis pour ceux qui n'en veulent pas : c'est leur faute. Elle a la chance de ne pas se heurter, comme Mazarin, à une opinion publique réclamant à grands cris une paix dont nul ne se demande en quoi elle consistera. Elle lui fait donc des propositions en l'air et exploite le mécontentement créé par ses refus grâce aux relais que lui procurent en France les milieux qui lui sont hostiles. Bref, elle joue habilement des procédés d'intoxication dont elle a jadis usé avec maestria durant les guerres de Religion.

En 1645, Philippe IV parla de réconciliation et offrit en gage la main de l'infante Marie-Thérèse pour le roi. Née de son mariage avec la défunte Élisabeth de France, sœur de Louis XIII, la fillette était deux fois cousine de Louis XIV. La providence semblait avoir destiné ces enfants l'un à l'autre en les faisant naître à un an de distance, le garçon étant l'aîné. N'était-ce pas ainsi que Marie de Médicis avait réglé jadis le différend franco-espagnol, par le double mariage croisé de leurs parents ? Conçu pour toucher le cœur d'Anne d'Autriche, le projet visait trop évidemment à couper dans leur élan les offensives victorieuses de la France dans le nord et en Allemagne. Il ne fut même pas discuté des conditions du contrat. La reine répondit que les enfants étaient trop jeunes pour l'instant. Mais l'idée fit son chemin.

Au début de l'année suivante, après une nouvelle moisson de victoires, et voyant l'Empereur disposé à nous abandonner l'Alsace, Mazarin crut le moment venu de traiter avec l'Espagne, en lui proposant d'échanger la Catalogne contre les Pays-Bas. Y fut-il poussé par Servien, lui-même victime de suggestions captieuses ? Se laissa-t-il emporter par son imagination ? Certaines instructions à ses plénipotentiaires s'animent d'un lyrisme inattendu :

« L'acquisition des Pays-Bas espagnols formerait à la ville de Paris un boulevard inexpugnable, et ce serait alors véritablement qu'on pourrait l'appeler le cœur de la France et qu'il serait placé dans l'endroit le plus sûr du royaume, puisque l'on aurait étendu les frontières jusques à la Hollande, et du côté de l'Allemagne, qui est celui d'où l'on peut beaucoup craindre, jusques au Rhin par la rétention de la Lorraine et de l'Alsace et par la possession du Luxembourg et du comté de Bourgogne*. En second lieu ce serait sortir avec tant de fruit et de réputation de la présente guerre, que les plus malins seraient bien en peine d'y trouver à redire ; tant de sang répandu et de trésors consommés ne pourraient plus être tenus par les plus critiques que fort bien employés, quand on verrait annexés à cette couronne tout l'ancien royaume d'Austrasie et des provinces entières dont la seule possession a donné autrefois moyen à des princes particuliers, qui en étaient les maîtres, non seulement de résister à la France, mais de la travailler au point que chacun sait[24]. »

Mazarin a réponse à toutes les objections. On sait les Anglais très hostiles à la présence d'un État puissant sur les côtes faisant face à l'embouchure de la Tamise. Mais « c'est aujourd'hui ou jamais la vraie conjoncture de faire réussir une pareille chose, sans y trouver leur obstacle : leurs armes ont tant d'occupations domestiques qu'elles ne peuvent prendre intérêt au-dehors ». Car la guerre civile entre Charles Ier et ses sujets révoltés bat son plein. Reste la réaction probable des Provinces-Unies. Le traité d'alliance de 1635 prévoyait, après conquête, un partage des Pays-Bas. Mais la main de l'infante permettrait de faire d'une pierre deux coups :

---

* La Franche-Comté, résidu des territoires de Charles le Téméraire, qui était restée possession espagnole. L'Austrasie ou royaume de l'Est avait été affectée en héritage à un des quatre fils de Clovis. Elle comprenait, sur le flanc est du royaume de France, diverses provinces qui ne coïncident que partiellement avec celles qu'évoque ici Mazarin.

elle ménagerait la susceptibilité espagnole en déguisant du beau nom de dot la cession des Pays-Bas. Et, dans ce cas, pourquoi les partager ? « Il y a grande différence entre chasser les ennemis des Pays-Bas par la force ou y entrer en faveur d'un mariage et de l'échange d'une grande province [...]. MM. des États ne pourraient pas avec justice prétendre de profiter sur une chose où ils ne mettent rien du leur... » On pourrait leur céder, à la rigueur, Anvers et sa province, afin qu'ils n'aient plus à redouter sa concurrence pour Rotterdam.

Mazarin voguait en plein rêve et le réveil fut rude. Les châteaux illusoires s'effondrèrent comme des dominos.

Le projet matrimonial d'abord. Au mois d'octobre 1646, on apprit la mort du prince des Asturies, Balthazar-Carlos, fils unique de Philippe IV, appelé à lui succéder. Et puisque, à défaut de garçons, les filles pouvaient accéder au trône, Marie-Thérèse devenait l'héritière des innombrables possessions paternelles. Accorder sa main à Louis XIV équivaudrait à livrer l'Espagne à la France. Impensable ! Où trouver, alors, un parti digne d'elle ? À Vienne, bien sûr. Mazarin voyait donc se profiler à l'horizon la réunion dans une même main, comme au temps de Charles Quint, de toutes les possessions des Habsbourg, assorties de la couronne impériale. Un vrai cauchemar !

S'évanouit ensuite l'espoir d'une victoire militaire sur l'Espagne en Méditerranée. Offrir la Catalogne comme monnaie d'échange était une bien belle idée. Encore aurait-il fallu la tenir, cette Catalogne ! Or les Espagnols y occupaient des places clés, dont le port de Tarragone et surtout la forteresse de Lérida, verrou vital sur la route menant en Aragon. Une armée s'y était déjà cassé les dents et l'on avait sanctionné son médiocre chef, le maréchal de La Mothe-Houdancourt, lorsqu'on y envoya, en 1646, le comte d'Harcourt, héros des campagnes d'Italie. Mais il fut impossible de la prendre d'assaut : les fortifications s'appuyaient sur un socle rocheux si dur que les sapeurs ne parvenaient pas à creuser leurs mines. Bien pourvue en vivres et munitions, la place pouvait tenir longtemps. D'Harcourt, lui aussi, renonça. Alors Mazarin y expédia Condé, à qui rien ne résistait. Arraché à son terrain habituel, le prince partit bien décidé à en venir à bout très vite. Mais comme les autres, il piétina. La chaleur était déjà forte. Son homologue espagnol, pour le narguer, lui envoyait chaque soir deux petits serviteurs muets, chargés de glace et d'eau de cannelle, « pour le rafraîchir de la fatigue du jour[25] ». Il s'employait aussi à débaucher son armée, composée en majeure partie de gens du pays. Chose facile : après douze ans d'une présence française qui leur avait valu douze ans de guerre, les Catalans en venaient presque à regretter la domination castillane. Et le projet d'échange leur avait prouvé qu'ils n'avaient plus rien à attendre de la France. Condé, à son tour, dut lever le siège. Il rentra furieux, accusant Mazarin de lui avoir marchandé les moyens, et les chansons grivoises qui coururent sur son échec ne firent rien pour améliorer son humeur*.

Quant à Naples, une rébellion locale y devança les plans de conquête de Mazarin. Après un bref passage au pouvoir de Masaniello, l'humble pêcheur qui avait mené la révolte, les Napolitains se cherchèrent un roi. Le duc de Guise se trouvait à Rome par hasard, pour faire annuler son mariage. Invoquant des droits ancestraux sur la couronne de Naples, il s'offrit à eux et, passant outre à l'interdiction royale, il y débarqua

* L'une d'entre elles notamment, qui disait que « Son dada / Demeura court à Lérida ».

en triomphe. Mais il se montra incapable d'y rétablir l'ordre. Mazarin, sachant la cause perdue d'avance, ne le soutint que mollement par l'envoi de quelques navires. Les Espagnols reprirent la ville sans difficulté. Ils retinrent le duc en captivité à Madrid pendant quatre ans – sans que le cardinal se démenât pour son retour.

Pour couronner le tout, les Provinces-Unies nous lâchèrent. Il y avait longtemps que l'alliance battait de l'aile. Seul le stathouder, appuyé sur la noblesse terrienne, nous soutenait. Mais l'imminence de sa mort laissa le champ libre aux puissants négociants hollandais. Très habilement, l'Espagne joua auprès de ses anciennes provinces rebelles une dernière carte, décisive. Elle leur offrit ce qu'elles revendiquaient en vain depuis un siècle et avaient conquis en fait, mais pas en droit, leur indépendance. Avec, en prime, une langue de territoire le long de leur frontière méridionale et, cerise sur le gâteau, la promesse de fermer les bouches de l'Escaut, afin d'étouffer le port d'Anvers. Les Pays-Bas espagnols, déjà ravagés par des années de guerre, se voyaient sacrifiés aux Hollandais. Sans attendre la signature officielle, les troupes néerlandaises se retirèrent du champ de bataille dès le début de 1647. Les effets de cette défection se firent sentir aussitôt : les chances de l'Espagne remontaient. Le plénipotentiaire autrichien, en pourparlers pour une paix séparée avec la France, fit marche arrière, déclarant ne pas vouloir traiter sans ses collègues madrilènes. Et Philippe IV, désormais sûr que nous n'avions plus les moyens de négocier en position de force, s'offrit le luxe de renvoyer la balle à sa sœur, faisant d'elle l'arbitre de la paix et prétendant lui remettre tous ses intérêts – sans autre précision, bien entendu. Anne d'Autriche fut tentée. Auprès d'elle des amis zélés redoublèrent d'efforts pour ruiner le crédit de Mazarin. Et celui-ci trembla si fort que, pour la soustraire aux pressions, il l'emmena à Compiègne sous prétexte d'inspection. Elle comprit la manœuvre, elle tint bon. Mazarin demeura maître de la politique française et continua la guerre. Mais, faisant suite à ses ambitieux projets, qui avaient filtré, et à ses déboires militaires en Méditerranée, l'offre espagnole causa dans l'opinion des dégâts irréparables.

Il était tombé dans un piège, en partie par sa faute, pour être allé trop vite, trop loin, et pour avoir trop amplement dévoilé ses batteries. Les lettres citées plus haut dégagent sa responsabilité morale. Ce n'est pas par intérêt personnel qu'il avait raté la paix. Par imprudence tout au plus. Mais il faut souligner que, quoi qu'il fît, la défection des Hollandais était inévitable, dès l'instant que l'Espagne offrait de traiter à *leurs* conditions. Madrid n'y perdait rien, il y avait belle lurette que les Provinces-Unies ne lui obéissaient plus. Il lui fallait juste digérer une légère blessure d'amour-propre, dans l'espoir de n'avoir pas à en subir de plus graves. Débarrassée à bon marché du boulet qu'elle traînait depuis des années, elle avait les mains libres pour continuer la lutte.

Un sursaut et une demi-victoire

Mazarin ne désespérait pas, pourtant, de gagner la partie. Négocier avec Madrid se révélant illusoire, il souhaitait pousser les feux sur le terrain. Tout en poursuivant la campagne de Flandre, il avait entrepris de rendre à l'Espagne la monnaie de sa pièce en lui ôtant ses alliés germaniques. Faute de moyens pour les séduire, il fallait les contraindre à se retirer du conflit. Les deux meneurs du jeu, l'Empereur et le duc de Bavière, ne pouvaient se passer l'un de l'autre.

Mazarin s'employa donc à les diviser en faisant craquer le plus vulnérable des deux, le Bavarois. Les Suédois étaient restés fidèles à la France. Leurs troupes, conjointement à celles de Turenne, furent lancées sur la malheureuse Bavière, qu'elles pillèrent consciencieusement, méthodiquement, tout au long de l'été et de l'automne 1646, jusqu'aux portes mêmes de Munich. Maximilien cria grâce. Le Suédois Wrangel projetait de l'écraser. Mazarin s'y opposa et sa solution prévalut. Il lui accorda un armistice, qui fut signé à Ulm le 13 mars 1647. Les militaires lui en voulurent : il les avait empêchés de finir le travail.

Et très vite, les événements semblèrent leur donner raison. Car dès la signature de la paix avec les Provinces-Unies, le 30 janvier 1648, l'Espagne s'était retirée de Münster en claquant la porte à grand bruit, proclamant ainsi sa volonté de continuer le combat. Dans son camp, un peu d'espoir revint et Maximilien se remit en campagne. Quelle folie de l'avoir laissé se refaire pendant l'hiver ! pensait Turenne. Mais cette fois-ci, il n'en réchapperait pas. Les troupes franco-suédoises remportèrent à Zusmarhausen le 17 mai 1647 une écrasante victoire. La Bavière fut totalement envahie. Les Suédois se ruèrent sur la Bohême, faisant même une incursion ravageuse dans le château royal de Prague, tandis que Turenne louchait vers Vienne. Ils marchaient vers le triomphe intégral lorsque Mazarin coupa court à leurs ambitions : une paix séparée était en vue.

Pour le cardinal, la victoire est un moyen et non une fin. Ses vues sont larges et profondes, mais en désaccord quasi total avec les idées qui prévalent de son temps. La plupart des souverains rêvent de s'agrandir et visent à l'hégémonie. Or il pense, au contraire, que la paix ne peut être maintenue que par l'équilibre entre des puissances de poids équivalent, dont les ambitions se neutralisent – une conception familière pour nous, mais très mal comprise à l'époque. D'autant que dans le cas de la guerre de Trente Ans, des impératifs religieux se mêlent aux ambitions politiques. L'idée même d'un équilibre entre États catholiques et États réformés paraît sacrilège aux militants de la reconquête sous la bannière du pape et de l'Empereur. Inversement, les Suédois rêvent d'une vaste fédération protestante. Mazarin, lui, veut figer la situation en Allemagne telle qu'elle est, partagée à peu près par moitié entre les deux confessions* – un gage de stabilité. Il lui faut donc freiner la poussée suédoise, qui risque de déséquilibrer l'ensemble. C'est pourquoi il fait preuve, face à Maximilien, de ce que Turenne taxe de faiblesse. C'est pourquoi il coupe court à une éventuelle campagne sur Vienne. C'est pourquoi il s'applique, paradoxalement, à empêcher les militaires d'en faire trop !

Il a d'ailleurs deux autres raisons de ménager l'Autriche et la Bavière. La première est politique. Elles sont le seul rempart de l'Europe contre la menace ottomane. Les Turcs tiennent tous les Balkans jusqu'à l'Adriatique. Ils occupent la majeure partie du royaume de Hongrie, dont la couronne appartient aux Habsbourg. Qu'ils s'emparent de Vienne, comme ils tenteront de le faire en 1683 : ils risquent de déferler sur toute l'Europe. La seconde est personnelle. Mazarin dirige un pays catholique et il est cardinal de la Sainte Église : il ne peut sans scandale laisser le catholicisme perdre du terrain en Allemagne. Qu'il fasse la part du feu en confirmant aux réformés la possession de ce qu'ils ont déjà suffi à le rendre suspect. Il lui faut donner des

---

* Les protestants sont eux-mêmes subdivisés entre une majorité luthérienne et une forte minorité calviniste – ce qui devrait limiter les tentations de rapprochement politique.

gages à l'opinion en obtenant pour les catholiques allemands un maximum d'avantages. Romain, attaché à la foi de son enfance, baignant depuis toujours dans le climat de la Contre-Réforme, on peut penser qu'il le fait de très bon cœur*.

Le sac de nœuds allemand se dénoue à Münster, pendant l'été 1648. Mazarin y dispose de deux atouts. L'un ne tient pas à lui. C'est le départ des Espagnols. Ils ne sont plus là pour peser en coulisses sur les envoyés des autres États. Les absents ont toujours tort. Sans eux, les pourparlers se font plus libres. L'autre atout est le fruit d'une de ses visées à long terme. Lorsque fut conçu le congrès de Westphalie, Philippe IV et son cousin de Vienne auraient souhaité y limiter les pourparlers aux trois puissances catholiques. À deux contre la France, ils auraient eu la partie belle. Mais celle-ci imposa la présence de ses alliés, Suédois et Néerlandais. S'y ajoutèrent alors les alliés de la partie adverse. Et comme tous les États de l'Empire avaient été concernés par le conflit, soit comme participants, soit comme victimes, il fut finalement convenu que tous y seraient représentés. Tous ? Ils étaient plusieurs centaines, quelques gros, des moyens, beaucoup de petits, qui envoyèrent finalement cent quarante-cinq représentants, également répartis entre les confessions, à une unité près. Collectivement désignés sous le nom de Corps germanique, ils avaient obtenu le droit de voter sur les principaux points en débat. C'était une machine très lourde, dont l'Empereur pensait qu'elle ferait traîner à l'infini les débats. Il n'oubliait qu'une chose : tous étaient également excédés d'une guerre qui, depuis trente ans, avait rongé l'Allemagne jusqu'à l'os.

---

* Il parvient notamment, en faisant créer un huitième Électorat, à conserver la majorité aux catholiques dans le collège chargé d'élire l'Empereur.

Mazarin manœuvra superbement. La France, se faisant la protectrice des petits contre les gros, défendait les « libertés allemandes », autrement dit l'indépendance de la multitude d'États qui la composaient. En échange de ses services, elle ne leur demandait rien, aucune cession territoriale. Elle pouvait se le permettre : les terres qu'elle convoitait étaient des biens propres de la famille de Habsbourg. Elle n'attendait d'eux qu'une chose : qu'ils fissent pression sur leur suzerain, l'Empereur, pour l'amener à signer la paix. Ce à quoi ils s'employèrent de très bonne grâce. Le représentant autrichien, pris de court, ne savait plus où donner de la tête. On n'entrera pas ici dans le détail des tractations complexes qui conduisirent peu à peu Ferdinand III à accorder satisfaction à la France. Il se débattit longtemps et ne céda que lorsque le Corps germanique menaça de signer la paix sans lui. Un tel désaveu de son autorité aurait achevé de ruiner son prestige, déjà bien entamé. Mazarin avait joué avec succès l'Empire contre l'Empereur. Battu militairement, déconsidéré politiquement, celui-ci se résigna.

Le bilan des traités de Westphalie fut parfois jugé modeste pour la France. Elle dut rendre tout le terrain conquis au-delà du Rhin. Elle n'y gagna guère que l'Alsace, arrachée aux Habsbourg, mais d'où étaient exclues une foule de seigneuries et de villes libres dont Strasbourg. Restait une sorte de tissu fort lâche tout piqueté de trous, propre à nourrir des contestations sans fin. Mais c'était un début et la région était soustraite à l'Empereur. En revanche – ce qu'on ne manqua pas de reprocher à Mazarin* – il avait fallu sacrifier la Lorraine

* Il était « inexcusable », dira Brienne, d'avoir négligé les droits du roi, étant « aussi peu instruit de nos coutumes que ceux qu'il y employait étaient peu versés dans la signification des termes ». Ce dernier trait vise Hugues de Lionne, que Brienne détestait.

sur l'autel des libertés germaniques. Censée relever de l'Empire, elle fut restituée à son duc, contrairement aux consignes formelles laissées par Richelieu. Mais parsemée de places attribuées à la France en pleine possession et tenue d'accorder à celle-ci libre passage vers l'Alsace, elle perdait, de fait, son indépendance. Enfin, résultat capital, le traité consacrait, sous le beau nom de *Libertas Germaniae*, le morcellement de l'Allemagne, interdisant à l'Empereur d'y réaliser l'unité à son profit et le vouant à n'être plus, selon le mot de François Bluche, que « l'auguste président d'une immense anarchie[26] ». Un blocage sacralisé par la signature solidaire des membres du Corps germanique, qui soulagea la France, pour un siècle, de toute menace de ce côté-là.

Mazarin savait cette paix fragile. La guerre contre l'Espagne continuait. Que la fortune des armes tournât en sa faveur et Ferdinand III, faisant fi des traités, reprendrait la lutte. Mais surtout, la tension montait en France. En quittant la Westphalie, les Espagnols avaient déclaré, en substance : « Nous avons offert aux Provinces-Unies, à des conditions très avantageuses » – ce qui était vrai –, « une paix qu'elles ont acceptée ; nous avons fait une offre analogue à la régente de France, que Mazarin lui a fait refuser. » Ils n'avaient pas parlé « de conditions très avantageuses » : les relais qu'ils possédaient dans l'opinion française se chargèrent d'établir le parallélisme trompeur. Rentrant de Münster, les négociateurs, comme le comte d'Avaux et le duc de Longueville, soucieux de faire oublier leurs propres maladresses, renchérissaient. Ce fut un cri quasi unanime : ce ministre de malheur, ce maudit Italien, a délibérément prolongé la guerre. Assurément, répétait-on, la France ne manquait pas de gens capables de gouverner bien mieux que lui. En novembre 1647, lorsque Louis XIV, atteint de la variole, fut pendant quelques jours donné pour perdu, les conseillers de Gaston d'Orléans tirèrent des plans d'avenir : Monsieur serait régent ou même, si par miracle le petit Philippe mourait aussi, il monterait sur le trône. On alla jusqu'à boire à la santé de Gaston Ier et l'on commença de se partager les charges pour le jour tout proche où l'on verrait nager dans la prospérité la France enfin réconciliée avec sa sœur l'Espagne. Et à l'idée de se voir à nouveau l'arbitre d'une régence, le parlement se sentait pousser des ailes. Mazarin put craindre que ne se brisent non seulement sa carrière, mais la grande œuvre à laquelle il vouait tous ses efforts depuis des années.

Louis XIV et son frère ne moururent pas et Mazarin resta premier ministre. Mais ni les soins qu'il mit à faire sonner ses succès diplomatiques en Allemagne, ni la victoire de Condé sur les troupes espagnoles à Lens ne purent contrebalancer la déception produite par la prolongation du conflit, dont on le jugeait responsable, pour les plus mauvaises raisons. Battue sur le terrain militaire, Madrid venait, en activant les réseaux hispanophiles français, de gagner la guerre psychologique. Le 24 octobre 1648, le jour même où l'on signait en Westphalie des traités si favorables aux intérêts de la France, Anne d'Autriche et son ministre capitulaient devant les exigences du parlement de Paris, instigateur d'une rébellion qui allait durer cinq ans. La Fronde avait commencé.

Le pape Urbain VIII (Maffeo Barberini),
sous le patronage de qui Mazarin entra dans la diplomatie.
Portrait par le Bernin, Rome, Galleria del Palazzo Barberini.

Anne d'Autriche en adoration devant son fils, le futur Louis XIV, vers 1640.
École française du XVIIe siècle, Châteaux de Versailles et de Trianon.
Photo RMN / © Droits réservés

Portrait équestre de Louis XIV adolescent,
tel qu'il s'offrait à l'admiration de ses armées et de ses peuples.
Tableau attribué à Jean Nocret, Châteaux de Versailles et de Trianon.
Photo RMN / © Gérard Blot

Gaston d'Orléans, « l'homme du monde le plus faible,
et tout ensemble le plus défiant et le plus couvert » (Retz).
École française du XVIIe siècle, Musée de Blois.

Louis II de Bourbon, dit le Grand Condé, en tenue de guerre :
laideur puissante et profil d'aigle.
Portrait par Van Egmont Justus, Chantilly, Musée Condé.
Photo RMN / © René-Gabriel Ojéda

Le mariage mystique de sainte Catherine, par Antonio Allegri, dit le Corrège, un des tableaux préférés de Mazarin qu'il réussit à soutirer au cardinal Antoine Barberini. Aujourd'hui au musée du Louvre.

Photo RMN / © René-Gabriel Ojéda

Marie Mancini, celle pour qui Louis XIV faillit compromettre la paix des Pyrénées.
Portrait par Jacob-Ferdinand Voet, Musée de Berlin.

Mazarin en 1661, peu avant sa mort, par Pierre Mignard :
un regard profond, un visage triste, marqué par la maladie et le poids du pouvoir.
Chantilly, Musée Condé.

CHAPITRE DIX

La révolte des juges

La révolte des juges prit Mazarin de court. Il n'est pas sûr, pourtant, qu'il ait péché par imprévoyance, comme nous sommes tentés de le croire au vu de la suite. À l'automne de 1647, la situation intérieure restait calme. Dans un essai de bilan rédigé au début du mois d'octobre, André d'Ormesson, comparant l'état de la France à celui de ses voisines, concluait que le royaume, accru de toutes les provinces, villes et places conquises depuis 1635, était le plus florissant de tous. Il ajoutait cependant : « Mais l'avenir est incertain et en la main de Dieu[1]. » Pressentiment ou simple clause de style ? on ne sait. Anne d'Autriche, elle, se montrait optimiste. Au soir de la Saint-Sylvestre, elle confia à Mme de Motteville « qu'elle avait de la joie d'entrer dans une nouvelle année, parce qu'en celle qui était passée elle n'avait eu que du mal, peu de bons succès à la guerre, et beaucoup d'inquiétude par la maladie de ses deux enfants qu'elle avait pensé perdre[2] ».

Mazarin, lui, avait plus de soucis qu'il ne voulait bien lui en avouer, mais il ne se décourageait pas. Tous ses regards se portaient vers l'Allemagne, où une ultime campagne, pensait-il, viendrait à bout des résistances de l'Empereur et l'amènerait à la table des négociations en Westphalie. Son calcul, on l'a dit plus haut, se révéla exact. Une fois débarrassé des adversaires germaniques, il se croyait en mesure d'obliger militairement l'Espagne à en passer par ses conditions. Pour soutenir cet ultime effort de guerre, qu'il voulait décisif, il avait besoin d'un peu de temps et surtout de beaucoup d'argent. Où le prendre ? Affermés à des traitants, les revenus des impôts escomptés pour les trois années à venir étaient déjà mangés. Le Trésor était vide, la dette de l'État vertigineuse et le crédit dispendieux. Or, c'est le moment que choisit le parlement pour lui couper toute nouvelle source de financement. Enclenchée par les magistrats dans les premiers mois de 1648, puis relayée par les plus grands seigneurs du royaume, cette révolte plongea la France, cinq années durant, dans une sanglante anarchie qui retarda de onze ans la victoire espérée et faillit coûter au ministre désormais honni sa carrière et peut-être sa vie.

Le feu aux poudres

Il est quasi obligatoire, lorsqu'on aborde cette période de sa carrière, de dénoncer les maladresses et les erreurs de Mazarin. Et de reprendre un thème cher aux mémorialistes : « ignorantissime de nos usages » – entendez par là l'ensemble des lois non écrites qui règlent nos institutions et nos comportements –, il s'engageait imprudemment dans des démarches vouées à l'échec parce que heurtant « le droit des gens ». Faut-il les en croire ? Après huit ans de séjour en France, son intelligence et sa pénétration ont eu largement le loisir de percer à jour la psychologie des Français. Quoi qu'en ait dit Retz[3], il ne s'aventure pas en aveugle sur un chemin bordé de précipices : il essaie seulement de trouver le point de passage le moins dangereux. Car ne pas avancer serait suicidaire : faute d'argent, la guerre serait perdue. Mais, en bon héritier des réseaux d'informateurs de Richelieu, il ne méconnaît pas les griefs accumulés.

Les causes de la Fronde sont bien connues. Les plus immédiates tiennent à la fiscalité. L'alourdissement des impôts entraîné par la guerre mettait la paysannerie à la merci du moindre caprice climatique et se répercutait, sous forme de manque à gagner, sur tous les possesseurs de terre. Puis les efforts pour ponctionner les privilégiés, touchant de plein fouet la capitale, avaient fait monter l'exaspération. Mais celle-ci se greffait sur un malaise plus ancien et plus profond. La France avait très mal vécu le renforcement de l'autorité royale opéré par Louis XIII et Richelieu. Imposé par le poids des puissances avoisinantes, le passage d'une monarchie quasi patriarcale où le roi n'était que le *primus inter pares*, à un État centralisé cherchant à étendre son emprise sur tout le territoire, exigeait des Français un douloureux effort d'adaptation. En prenant directement en main, par l'intermédiaire des intendants, une partie de l'administration du royaume, la monarchie réduisait le rôle de la noblesse dans les provinces et atteignait dans leurs pouvoirs et leur statut social les membres des corps intermédiaires, détenteurs d'offices de judicature ou de finances. Trop rapides et trop brutales, les mutations étaient d'autant plus mal supportées que le gouvernement les imposait « par autorité et non par concert ». Sans aller, comme Retz, jusqu'à accuser Richelieu d'avoir formé, « dans la plus légitime des monarchies, la plus scandaleuse et la plus dangereuse tyrannie qui ait peut-être jamais asservi un État[4] », la plupart des Français déploraient la disparition de l'ordre ancien – largement imaginaire – où les volontés du souverain, inspirées par Dieu, coïncidaient miraculeusement avec les aspirations de son peuple. Hélas, Dieu n'inspirait guère les régentes, et pas du tout les premiers ministres ! Tout cela, Mazarin le savait parfaitement. Mais, en bon diplomate, il espérait désamorcer les risques d'affrontement en louvoyant.

S'il commit une erreur, c'est peut-être en se trompant d'adversaire au départ. Le souvenir de trois décennies de révoltes nobiliaires l'incitait à se méfier avant tout des grands seigneurs aux appétits insatiables et aux imprévisibles foucades. Il ne prêta pas assez d'attention au parlement. Nul n'aurait d'ailleurs imaginé, à l'époque, que ce corps très conservateur, gardien du droit, féru de légalité, traditionnellement attaché à une monarchie à laquelle il devait son élévation sociale, pût prendre l'initiative d'une rébellion. Mazarin pensait le voir poursuivre sa tactique de harcèlement ponctuel, mais comptait que le maniement alterné de la carotte et du bâton suffirait à calmer les accès de mauvaise humeur de ces messieurs à longue robe. Comment aurait-il pu prévoir que l'offensive des juges contre sa politique prendrait une telle ampleur ? Eux-mêmes en furent les premiers surpris, y compris les meneurs, très embarrassés de leur périlleux triomphe. À examiner les événements de 1648, l'impression qui prévaut est celle d'un engrenage où les passions eurent plus de part que la raison. On est donc amené à se demander pourquoi et comment la guerre d'escarmouches rituelles qui opposait depuis trois ans le parlement à la régente et à son ministre se transforma soudain, au début de 1648, en attaque frontale.

À l'origine des crises de cette espèce, on trouve souvent un détonateur minime, qui tombe au bon moment sur un terrain prédisposé, comme une allumette enflamme un baril de poudre. Au mois de décembre 1647, Particelli, promu surintendant aux finances six mois plus tôt, sentait son imagination fiscale se tarir.

Convaincu que toute taxe supplémentaire serait refusée, il eut recours à un de ces expédients familiers dont les rois usaient en désespoir de cause : la vente d'offices. Dans ce domaine aussi, on était à court d'invention : trouverait-on toujours des gogos pour acheter un titre de contrôleur de perruques ? Les charges de pacotille rapportaient peu. Mieux valait créer de nouveaux titulaires à l'intérieur des corps existants, en imposant aux anciens un partage des honneurs, des tâches et des revenus – évidemment accueilli avec la plus grande mauvaise humeur. La méthode n'était pas nouvelle : depuis belle lurette, les détenteurs pléthoriques de telle ou telle fonction étaient voués à servir « par semestre » ou « par quartier ». Il y avait un hic cependant : où faire porter l'opération ? Le corps des maîtres des requêtes, auquel décida de s'en prendre Particelli, était formé de très importants personnages dont les offices valaient fort cher : l'affaire serait rentable. Bien qu'ils eussent le droit de siéger à la Grand-Chambre, ils n'y exerçaient pas leurs activités. Ils étaient attachés au roi, à qui ils rapportaient les causes relevant de sa justice personnelle*, qui échappaient aux tribunaux ordinaires. De plus le souverain avait coutume de choisir parmi eux ses intendants. On pouvait espérer qu'ils se montreraient solidaires du gouvernement, dont ils se trouvaient si proches. Et comme leurs fonctions leur valaient une certaine animosité de la part des autres cours, on pensait que le parlement ne les soutiendrait que mollement.

* Rappelons ici que la fonction première du roi de France était à l'origine de rendre la justice. Il pouvait le faire lui-même et trancher sans autre avis, dans le cadre de sa justice dite « retenue ». Il pouvait aussi – c'était le cas le plus fréquent, de beaucoup – déléguer ses pouvoirs à des tribunaux, dont il restait maître cependant de casser les décisions. Le tout, bien sûr, dans le respect des lois divines et humaines, sans quoi l'on fût tombé dans la « tyrannie ».

Le moment semblait bien choisi, car l'ensemble des magistrats attendait de la bienveillance de la régente le renouvellement de la *paulette*. Le montant de la taxe assurant la transmission héréditaire de leurs charges devait en effet être renégocié tous les neuf ans et l'échéance tombait le 31 décembre 1647. Le souverain pouvait en alourdir le montant ou – cas extrême – la supprimer, de sorte qu'à la mort d'un titulaire, les sommes investies dans sa charge seraient perdues. Rien de tel qu'une éventualité de ce genre pour rendre raisonnables les plus exaltés. Tout permettait d'espérer que la nouvelle création d'offices se réglerait, selon un scénario bien rodé, par des plaintes suivies d'un accommodement.

Partant de cette hypothèse, Particelli avait vu grand. Aux soixante-douze maîtres des requêtes en place, il proposait d'en ajouter, d'un coup, vingt-quatre. Il demandait le plus pour obtenir le moins. À l'évidence, il misait sur douze. Il y aurait matière à discuter. Mais, ô surprise, la perspective de devoir partager avec un tel contingent de collègues prestige, fonctions et commissions rémunératrices, et la certitude de voir baisser d'autant la valeur vénale de leur propre charge dressèrent comme un seul homme les magistrats visés. Ils se mirent en grève, bloquant un des rouages de l'organisation judiciaire. Mazarin, comme prévu, réduisit à douze le nombre des nouveaux offices, mais programma, pour en faire enregistrer la création, un lit de justice où l'on passerait également, en bloc, une fournée d'édits fiscaux. Et aussitôt, les esprits s'enflammèrent dans l'ensemble des cours souveraines.

Quelle mouche a piqué tous les gens de robe ? Pourquoi renoncent-ils soudain au petit jeu de l'obstruction légale et des marchandages, qui leur a permis, depuis trois ans, de rendre inopérants la plupart des édits proposés par la cour, pour se lancer dans une fuite en avant à l'issue incertaine ? Autrement dit, sur quel terrain est tombée l'allumette ? On interprète d'ordinaire la Fronde comme une réaction purement égoïste des privilégiés, prenant prétexte du « bien public » pour tenter de se soustraire à la contribution qu'on exige d'eux et pour récupérer les prétendus « privilèges » dont on les a dépouillés. Ce n'est pas faux, bien sûr : il déplaît à messieurs du parlement de voir leurs charges se déprécier ou de payer des taxes pour faire pénétrer dans Paris les produits de leurs propres domaines campagnards. Ces motifs expliquent, en partie, leur révolte, mais n'en épuisent pas le sens. Car cette révolte n'aurait pas pris une forme aussi violente ni entraîné une adhésion aussi large, si elle n'avait eu des implications plus profondes, d'ordre à la fois politique et religieux.

D'une manière générale, le seuil de tolérance face à la pression fiscale dépend non seulement de son taux, mais de la destination des sommes collectées. On supporte de moins mauvaise grâce des impôts qu'on juge bien employés. Les Français ont renâclé, mais payé, tant que l'Espagne a été perçue comme une menace grave. L'année de Corbie – 1636, l'ennemi aux portes de Paris – a longtemps marqué l'imaginaire collectif. Mais les récentes victoires en ont atténué le souvenir et les ouvertures faites par Madrid ont accrédité l'idée que la guerre est désormais injustifiée. De là à conclure qu'il n'est plus besoin de la financer, il y a un pas que franchissent sans hésiter tous ceux qui voient dans l'argent ainsi épargné le moyen de soulager la misère très réelle d'une partie de la population. Il y a donc un lien direct entre l'aspiration à une paix immédiate et l'entreprise de démantèlement du système fiscal qui se met en place au début de 1648. Mazarin est en quelque sorte victime de ses relatifs succès : les Espagnols sont moins menaçants, on peut s'entendre avec eux.

Comment persuaderait-il l'opinion qu'ils sont encore à craindre ?

Jamais, on l'a dit, les milieux dévots ne se sont accommodés du tour pris par la politique étrangère de Richelieu, reconduite par son successeur. Depuis des années, ils attendent qu'on mette un terme au conflit fratricide qui oppose la France à l'Espagne. L'occasion se présente de faire prévaloir leur point de vue. Les Espagnols ont proposé la paix, une paix qu'une adroite campagne de désinformation a réussi à faire présenter comme avantageuse pour la France. Des années plus tard, Mme de Nemours n'écrit-elle pas, à tort, qu'ils « consentaient que nos conquêtes nous demeurassent[5] » ? Leur coup de génie a été de faire porter à Mazarin la responsabilité du refus. Et ils ont laissé la balle dans le camp français. Bien qu'ils se soient retirés de Westphalie, leur offre demeure valable : à la régente d'y répondre. Mazarin étant notoirement intraitable, c'est sur elle que vont porter les pressions. Et si l'on ne peut la convaincre de traiter, on s'abstiendra de lui fournir les moyens de financer la guerre. Bien entendu, rares sont les esprits assez hardis pour pousser ce raisonnement jusqu'à son terme. L'attachement à la monarchie reste si vif que l'idée de s'en prendre à l'autorité royale fait reculer la plupart. Mais il suffit, pour justifier l'intervention des bons Français, de pointer du doigt les mauvais conseillers qui conduisent le pays au désastre. Sans Mazarin, la reine serait de cœur avec tous les pieux amis qu'elle a commis la folie d'évincer à son profit. C'est en toute bonne conscience que bon nombre de magistrats s'efforcent de miner l'influence qu'il exerce sur elle, pour la ramener à une hispanophilie dont elle n'aurait jamais dû s'écarter. La lutte qui oppose le parlement à la cour en ce premier semestre de 1648 dépasse donc très largement les intérêts catégoriels des participants. Elle a pour enjeu caché, à travers les questions fiscales, le choix décisif entre la poursuite de la guerre et la paix immédiate avec l'Espagne.

Aussi a-t-on tort de s'étonner que l'étendard de la révolte ait été levé par les magistrats, catégorie sociale réputée docile. La noblesse d'épée, dont le métier consiste à faire la guerre, s'accommodait d'une situation qui lui permettait de se couvrir de gloire, bien que ce fût parfois à titre posthume. Parmi la noblesse de robe, au contraire, se recrutaient les gros bataillons du parti dévot, très actifs dans les œuvres de charité. Leurs contacts fréquents avec la misère, lourdement accrue par deux mauvaises récoltes, leur fournissaient des arguments supplémentaires pour s'insurger contre une politique aussi pernicieuse sur le plan humain que sur celui de la foi. On trouve sans surprise, engagées à leurs côtés dans le plaidoyer pour la paix, des personnalités aussi respectables et désintéressées que Vincent de Paul ou un bon nombre de curés de Paris. On a grand tort, également, de s'étonner que la signature des traités de Westphalie n'ait pas contrebalancé dans l'opinion l'échec des négociations avec l'Espagne. Car ces traités, que nous jugeons *a posteriori* si bénéfiques pour la France, parurent alors désastreux aux catholiques, parce qu'ils consacraient le partage confessionnel de l'Allemagne. Le pape tempêtait contre « la détestable paix de Germanie », qui livrait la moitié du pays aux protestants. Paralyser la poursuite d'une aussi déplorable politique en la privant de financement pouvait passer pour une œuvre pie. Bref, les tenants de la paix ne manquaient pas d'excellentes raisons pour justifier, contre les édits « bursaux », un acharnement qui présentait l'avantage accessoire de protéger leur portefeuille d'une ponction douloureuse. Ils avaient le sentiment de défendre une bonne cause, qui leur conférait une légitimité. Et, de façon contagieuse, la conviction inlassablement ressassée que l'État était mal dirigé avait fini par s'implanter même dans des esprits étrangers à toute considération religieuse, et elle inhibait chez tous le respect dû à l'autorité de la régente. Bientôt chacun se sentit le droit – que dis-je ? le devoir – de remédier aux maux qui rongeaient le pays.

Durcissement du conflit

Le lit de justice du 15 janvier 1648 se déroula dans un climat d'extrême tension, au point que le petit roi de neuf ans en oublia la phrase rituelle invitant le chancelier à parler en son nom et se mit à pleurer. L'avocat général Omer Talon, homme d'une probité et d'une piété irréprochables, se laissa emporter dans sa harangue à des envolées oratoires d'une surprenante hardiesse. Certes il préconisa finalement, comme sa fonction l'y obligeait, l'enregistrement des édits*. Mais le reste de son discours prit l'allure d'un réquisitoire contre la régente. Il dénonça son recours répété aux lits de justice, qui interdisent tout débat et paralysent la « liberté des suffrages ». Il en appela au jeune roi des abus de pouvoir commis en son nom :

« Vous êtes, Sire, notre souverain seigneur ; la puissance de Votre Majesté vient d'en haut, laquelle ne doit compte de ses actions, après Dieu, qu'à sa conscience ; mais il importe à sa gloire que nous soyons des hommes libres, et non pas des esclaves ; la grandeur de son État et la dignité de sa couronne se mesure par la qualité de ceux qui lui obéissent. » Enfin, après avoir évoqué la misère

---

* Au XVIIe siècle, comme aujourd'hui, les avocats généraux, assistants du procureur, représentaient auprès des tribunaux le ministère public et y défendaient donc les intérêts du souverain.

des paysans, réduits à coucher sur la paille pour entretenir le luxe de Paris – « ces malheureux ne possèdent aucuns biens en propriété que leurs âmes, parce qu'elles n'ont pu être vendues à l'encan » –, il osa interpeller personnellement Anne d'Autriche : « Faites, Madame, s'il vous plaît, quelque sorte de réflexion sur cette misère publique dans la retraite de votre cœur ! Ce soir, dans la solitude de votre oratoire, considérez quelle peut être la douleur, l'amertume et la consternation de tous les officiers du royaume, qui peuvent voir aujourd'hui confisquer tout leur bien sans avoir commis aucun crime ; ajoutez à cette pensée, Madame, la calamité des provinces, dans lesquelles l'espérance de la paix, l'honneur des batailles gagnées, la gloire des provinces conquises, ne peut nourrir ceux qui n'ont point de pain, lesquels ne peuvent compter les myrtes, les palmes et les lauriers entre les fruits ordinaires de la terre[6]. »

Impossible de ne pas voir, dans la pieuse retraite solitaire à laquelle il conviait la reine, une invitation à fuir les conseils de son ministre : au lieu de bercer le peuple, comme lui, d'un chimérique espoir de paix, sa conscience lui dicterait à coup sûr de mettre fin à tous les maux du royaume en signant une vraie paix, immédiate. Il était clair que les dévots, par sa bouche, reprenaient l'offensive. L'appel aux sentiments religieux d'Anne d'Autriche était habile. L'évocation pathétique de la misère du peuple l'émut et Mazarin trembla. Il contre-attaqua en faisant appel à son orgueil. « Il lui fit la guerre, dit Mme de Motteville, de ce que Talon l'avait renvoyée dans son oratoire[7] » : pour qui se prenait-il donc, ce robin, à oser lui donner des leçons ? Et la colère l'emporta chez elle, au grand regret de sa sentencieuse dame de compagnie, qui partageait le point de vue de l'avocat général. Le lendemain, elle manda les maîtres des requêtes au Palais-Royal et les reçut en grand apparat. Tandis que le chancelier, selon l'usage, les haranguait avec sévérité, elle ne put se contenir, elle l'interrompit pour leur dire « qu'ils étaient de plaisantes gens de vouloir borner l'autorité du roi, et qu'elle leur montrerait bien qu'il pouvait de nouveau créer telles charges qu'il lui plairait[8] ». Séguier reprit la parole pour leur enjoindre de suspendre leur action et leur ordonna soit d'apporter à la reine le papier qu'ils avaient, dit-on, signé entre eux, où ils se promettaient un secours mutuel, soit d'attester tous par écrit qu'ils ne l'avaient point fait. Ils s'en allèrent bien décidés à se défendre. Dès le lendemain, ils se présentèrent au parlement pour s'opposer à l'enregistrement de l'édit qui les concernait et celui-ci, trop heureux de l'occasion qui lui apportait un tel renfort, déclara leur opposition recevable.

Remettre en cause un édit présenté en lit de justice ! C'était un nouveau pas sur le chemin de la rébellion. Mais comment ramener les magistrats à l'obéissance ? Faute de pouvoir se passer d'eux en matière financière, il aurait fallu avoir des troupes pour intimider les récalcitrants. Or les quelques gardes dont disposait la reine suffisaient tout juste à sa protection immédiate. À Paris, la police était assurée, sous les auspices de la municipalité, par des milices bourgeoises dont les sympathies penchaient du côté du parlement. Les opposants se savaient les plus forts. En s'abandonnant à la colère, la reine n'avait fait que renforcer leur détermination. Une fois de plus, elle dut se résigner, pour sauver la face, à autoriser ce qu'elle ne pouvait empêcher. Elle fit amende honorable auprès du parlement, reconnaissant qu'elle s'était trompée en lui déniant le droit de remontrances après un lit de justice, mais elle tenta de limiter les dégâts en lui ordonnant « de ne pas passer outre et de ne plus s'assembler à l'avenir[9] ». Les magistrats la payèrent de promesses qu'ils s'empressèrent de violer.

Encouragés par l'évidente impuissance de la cour, ils s'enhardissaient de jour en jour et, pendant ce temps, l'exercice normal de la justice était suspendu, les procès en souffrance s'accumulaient.

Il serait fastidieux d'énumérer ici les épisodes de la guerre de procédure qui opposa le parlement à la cour sur la fiscalité ou les créations d'offices. Les magistrats modifiaient le texte des édits, la reine les convoquait pour une semonce, sévissait contre quelques meneurs, puis annulait ses sanctions et transigeait, prenait à son compte certaines de leurs requêtes et exigeait d'eux en échange la promesse de s'en tenir à leurs seules activités judiciaires. Trois mois durant, elle réussit à les maintenir dans les bornes de la légalité. Elle les mit un jour au pied du mur en leur demandant s'ils pensaient avoir le droit de modifier des édits royaux : s'ils disaient *oui*, ils entraient en rébellion déclarée ; s'ils disaient *non*, ils se liaient les mains et se condamnaient à laisser passer tous les édits. Ils n'osèrent pas la braver, ils reculèrent. Mais ce ne fut que partie remise.

À la fin avril, il fallut bien soulever la question de la paulette, provisoirement suspendue, qui concernait tous les magistrats du royaume. Mazarin – car on devine sa main derrière celle de Particelli – crut bon d'innover : le montant de la taxe ne serait pas modifié, mais les bénéficiaires seraient contraints d'abandonner quatre années de leurs gages*. Autant d'économisé pour le Trésor ! Mais il n'oubliait pas la vieille règle consistant à diviser l'adversaire : les membres du parlement se voyaient

---

* La paulette se montait à un soixantième de la valeur vénale de la charge – à payer chaque année. Les gages étaient non pas le salaire des magistrats, mais une sorte de rente : les intérêts du capital qu'ils avaient versé à l'État pour l'achat de leur charge. Comme la valeur des charges variait au fil du temps, on devine la complexité des calculs.

exemptés de cette ponction. Il avait compté sans l'esprit de corps, très puissant chez des gens liés entre eux par de multiples solidarités familiales, qui se côtoyaient au Palais de justice, et dont les fonctions étaient entourées d'une large publicité. Il obtint le résultat inverse : le 13 mai, les quatre cours souveraines* signaient l'*arrêt d'union*, qui les constituait en assemblée délibérative unique. Elles basculaient ouvertement dans l'illégalité.

La riposte fut rapide et brutale : la cour abolit la paulette. La reine indignée fit tancer les rebelles par le chancelier : « Faire de quatre compagnies une cinquième sans ordre du roi et sans autorité légitime, la reine prétend que c'est chose sans exemple et sans raison, que c'est une espèce de république dans la monarchie, l'introduction d'une puissance nouvelle, dont les conséquences peuvent être dangereuses et préjudiciables à l'ordre du gouvernement public[10]. » À cette date, une accusation de cet ordre vaut collusion avec le diable. Tout près, en effet, de l'autre côté de la Manche, les Anglais ont renversé leur roi, proclamé la république, ils retiennent prisonnier le malheureux Charles Ier, qu'ils s'apprêtent à faire passer en jugement. À Paris, le temps des concessions semble donc terminé. L'arrestation de quatre membres du Grand Conseil et de deux conseillers de la Cour des aides, puis la cassation de l'arrêt du 13 mai semblent indiquer que la régente opte pour la manière forte. Mais a-t-elle les moyens de se faire obéir ? Et qu'en pense son principal conseiller, dont le nom n'apparaît guère dans les témoignages sur ce conflit, sinon à titre de figurant ?

---

* Le Parlement, la Cour des aides, la Chambre des comptes et le Grand Conseil (une manière de Cour suprême).

Les silences de Mazarin

Que fait donc Mazarin pendant qu'Anne d'Autriche ferraille avec le parlement ? Il ne fait rien, ou le moins de choses possible. En tout cas rien d'apparent. Il se sait visé et se tient en retrait, mais il continue de diriger les affaires en sous-main, tout en se protégeant derrière ce que nous appellerions des fusibles. Mais conserve-t-il totalement le contrôle d'une situation ainsi gérée par personnes interposées ?

Jamais on ne le voit intervenir face aux délégués du parlement en présence de la reine. C'est elle qui détient la souveraineté. Le rôle de porte-parole revient de droit au chancelier, qui débite docilement réprimandes et mesures de rétorsion. Il ne constitue qu'un écran bien transparent, tant est notoire sa réputation de servilité. Nul ne s'y trompe : il est la voix de son maître. Il reste que les paroles désagréables sont proférées par un autre que Mazarin. De même, en matière financière, celui-ci se contente de superviser l'activité de Particelli, tout en lui laissant une large initiative dans ses applications, car il conserve son aversion native à l'égard des questions juridiques ou comptables. Mais cette ignorance affichée lui permet de rejeter sur son subordonné la responsabilité des fausses manœuvres et de faire marche arrière, là aussi, sans perdre la face. L'intéressé s'y est-il trompé, s'est-il cru promis à un rôle de premier plan ? Les observateurs firent état dès février de tensions entre les deux hommes, estimant que l'un des deux devait nécessairement périr sous peu. Effectivement, le fusible sautera moins de six mois plus tard : Particelli sera congédié sans ménagement.

Mazarin se sent de taille à maîtriser les comparses. De vraies difficultés peuvent en revanche survenir avec la reine. Non qu'Anne d'Autriche soit désormais tentée d'écouter les sirènes dévotes. La rébellion du parlement l'a atteinte au vif et confortée dans sa résolution. Pas question de céder ! Il en est ainsi dès qu'on la contredit en face. Elle est donc pleinement d'accord avec son ministre sur l'objectif majeur : transmettre au jeune Louis XIV l'autorité royale intacte. Mais ils divergent sur les moyens, du fait qu'ils vivent le conflit de façon très différente. De tempéraments opposés, il est aussi patient qu'elle est prompte, aussi maître de lui qu'elle est impulsive. Ils n'ont pas les mêmes réactions. Plus attachée que lui aux principes, elle se montre intransigeante et cassante, tandis qu'il préfère, lui, un mélange de souplesse et de fermeté. Chaque nouveau refus d'obéissance, chaque nouvel empiétement sur son domaine réservé sont pour elle une blessure, une offense, qui demande aussitôt vengeance : tel est le mot qu'elle a sans cesse à la bouche. Au contraire, rien n'est plus étranger à Mazarin que l'esprit vindicatif. « Il n'avait pas de peine à pardonner, concède Mme de Motteville, et, trouvant qu'il y en avait beaucoup à soutenir une mauvaise affaire, il choisissait toujours de sortir de ses embarras par la porte honorable de l'humanité et de la réconciliation[11]. » Moins pour des raisons morales, sans doute, que par politique. Plutôt que de punir le coupable, mieux vaut l'amener à résipiscence. Et seul compte à ses yeux le résultat obtenu.

Sur l'agitation parlementaire, il raisonne à long terme. Les magistrats ne peuvent que perdre la partie, pour cause d'incompétence. Ils montreront vite leurs limites. Peu importent donc, à ses yeux, les concessions qu'ils arrachent. Aucune mesure n'est irrémédiable. Ce qu'un édit royal a fait, un autre édit peut le défaire : tel est un des principes de base de la monarchie. Les élucubrations de ces politiciens en chambre seront balayées le jour où le gouvernement disposera de la force. Et ce jour ne saurait tarder : dès l'automne, la suspension des hostilités rendra disponibles les troupes actuellement massées sur le front de Flandre. Il suffit donc d'attendre, en essayant de calmer le jeu et de contenir les trublions pour éviter tout dérapage.

Entre la reine et lui, il instaura un jeu de rôles : à elle le discours autoritaire, à lui les adoucissements. Muet lors des séances publiques, il intervient volontiers dès qu'il est question de négocier. Mais il n'y est pas toujours à l'aise. Son passé de diplomate l'a accoutumé à des interlocuteurs sensés, comprenant à demi-mot et disposés à des concessions réciproques, et non à des exaltés intraitables sur qui aucune argumentation n'a de prise : « C'est étrange, s'étonne-t-il, que, en traitant avec l'Empereur et le roi d'Espagne, on le fasse civilement, quoique nous soyons en guerre, et que [...], avec le parlement, après avoir, de quarante articles, relâché, à leur satisfaction entière, les trente-neuf, on insiste pour le dernier, comme si de rien n'était; qu'on nous brave dans le parlement, et [qu']on en vienne [... à] traiter ceux qui servent le roi d'empoisonneurs et de méchants conseillers[12]. » Face aux torrents d'éloquence bardés de références historiques, il manque par trop de compétence et de conviction pour rester sur le même terrain. Il lui arrive aussi de perdre patience et de rabaisser leurs prétentions en usant de termes familiers. À trois représentants du Grand Conseil, il se dit prêt à intervenir auprès de la reine pour faire libérer leurs confrères arrêtés* : « qu'il s'y emploierait, comme, pour obtenir de Dieu quelque grâce, on avait recours aux saints;

---

* Ils ont été arrêtés ou exilés. C'est leur retour parmi leurs pairs que propose Mazarin, à condition qu'il soit humblement sollicité et non exigé.

que la cour était un paradis dont il était l'un des saints; mais que la reine ne le leur accorderait jamais par voie d'union; qu'il ne fallait point alléguer les exemples passés, parce que la reine leur défendait présentement toute assemblée; que la reine pouvait commander en son royaume; et que, quoique l'on eût porté jusques à présent des glands aux collets, néanmoins, si elle les avait défendus, l'on n'en pourrait plus porter[13] ». Représenter l'autorité royale par des comparaisons aussi simplistes était assurément maladroit. Accommodée à la sauce burlesque, la métaphore des glands fera la joie des pamphlétaires.

D'une manière plus générale, il y a entre le ministre et les magistrats un fossé qui tient au langage. Il ne se place pas sur le même registre qu'eux. À leur prolixité et à leur emphase creuse, qui l'exaspèrent, il répond par une ironie subtile, où ils voient une marque de mépris. Mais il reste handicapé par un accent italien tenace. En milieu amical, il pouvait s'en excuser d'un sourire : « Ma langue n'est pas si bonne française comme mon cœur[14]. » Mais face à des adversaires, sa diction ne peut échapper au ridicule. On fit des gorges chaudes de son incapacité à prononcer la voyelle *u*, l'arrêt *d'union* devenant dans sa bouche arrêt d*'oignon.* Décidément, entre Mazarin et ces Messieurs des cours souveraines, les échanges se font mal. Il ne trouve pas le ton juste pour leur répondre.

La reine non plus ne trouve pas le ton juste. Et c'est une des raisons pour lesquelles leur attelage tire à hue et à dia. Il faut dire à la décharge d'Anne d'Autriche qu'elle se trouve soumise à une tension terrible. Auparavant, présider le Conseil ou arbitrer les querelles entre grandes dames n'exigeait d'elle qu'un effort limité. La voici projetée sur le devant de la scène, presque chaque jour, dans l'exercice de son pouvoir souverain violemment contesté. C'est à elle que les délégations de magistrats demandent audience ou, inversement, c'est elle qui les convoque pour des réprimandes. La sagesse voudrait qu'elle reste calme et garde le silence, en laissant parler son chancelier. Mais elle ne peut se contenir et des mots lui échappent, qui n'ont certes pas été concertés. Elle crache sa rage en paroles insultantes, qui enveniment ses relations avec eux, durcissent leur révolte et compromettent le rôle lénifiant que prétend jouer ensuite Mazarin. Exaspérée, elle refuse parfois de les recevoir ou leur impose des attentes humiliantes. Si elle leur jette « des roses à la tête », c'est avec l'intention de les leur faire payer très cher[15]. Elle rêve de les emprisonner tous ! L'alternance de concessions et de brimades ne fait qu'encourager les rebelles, qui y voient à juste titre une marque de faiblesse. Sa hargne et sa colère deviennent proverbiales. Deux harengères se querellant, on entendit l'une dire à l'autre : « Tu parles en pie-grièche, comme la reine fit aux maîtres des requêtes. » Il lui arrive même de s'en prendre publiquement à Mazarin avec tant de violence qu'il en est réduit à déclarer : « Enfin, Madame, je vois bien que j'ai déplu à Votre Majesté. J'ai mal réussi dans le dessein que j'ai toujours eu de la bien servir. Il est juste que ma tête en réponde[16]. » En fait, elle est à bout de nerfs, à bout de forces, si épuisée qu'au mois de juin, elle éclate en sanglots en plein Conseil. Un soir où le cardinal, lui voyant mauvais visage, la prie de prendre garde à sa santé, elle répond qu'elle ne se soucie pas de mourir, vu le mauvais état de ses affaires.

Placé en porte à faux, Mazarin est contraint, pour lui complaire, de souscrire à des sanctions qui frappent les meneurs supposés. Il les sait inefficaces, voire inapplicables : elles ont pour seul effet de souder autour d'eux l'ensemble de leur corps. Et lorsqu'on se résigne à les annuler, c'est à lui qu'il incombe de donner au raccommodement des airs de complaisance octroyée dont personne n'est dupe. Il en subit les effets pervers. C'est toujours lui qui cède, ce qui lui vaut la réputation d'être « timide » – nous dirions timoré – et lâche. Une réputation tenace, que les faits ne parviendront pas à démentir. Les magistrats savaient, prétend Mme de Nemours dans ses *Mémoires*, que, « pour pouvoir déterminer le Cardinal à ce qu'on désirait de lui, il ne fallait que le maltraiter et le menacer. […] Il fallait s'en faire craindre, puisqu'on le menaçait rarement sans succès. Et c'est ce qui en donna tant aux premières guerres de la Fronde, et ce qui fit trouver tant de facilité à l'amener à ce qu'on en désirait[17] ». Difficile de se tromper plus lourdement sur le compte de celui qui avait arpenté l'Italie ravagée par la peste et la guerre et s'était jeté entre les combattants à Casal. Il cédait non par faiblesse, ni par peur, mais par tactique, bien décidé à renverser la situation le jour venu.

L'escalade

L'arrêt d'union prévoyait la désignation de trente-deux représentants, quatorze du parlement et six de chacune des trois autres cours. On n'avait pas manqué de procurer un local à cette nouvelle chambre : elle devait siéger dans la salle dite Saint-Louis, d'où son nom. Jusque-là, grâce à la répartition astucieusement dosée des vexations et des privilèges, les quatre cours avaient agi en ordre dispersé. Il était évident que, réunies, elles risquaient de quitter le terrain des revendications catégorielles pour s'en prendre à l'ensemble de la fiscalité. Cependant, effrayés par leur propre audace, les magistrats n'osèrent pas passer tout de suite de la théorie à la pratique. Ils repoussèrent au mois de juin la mise en place de la chambre Saint-Louis, dont l'objectif déclaré était seulement de régler la question de la paulette.

Mazarin put donc espérer, un temps, les engluer dans leurs affaires propres et faire avorter le projet. Il souffla à la reine de faire la part du feu. Elle fit dire au parlement, explique Retz, que « comme cette union n'était faite que pour l'intérêt particulier des compagnies, et non pas pour la réformation de l'État, comme on le lui avait voulu faire croire d'abord, qu'elle n'y trouvait rien à redire, parce qu'il est toujours permis à tout le monde de représenter au roi ses intérêts, et qu'il n'est jamais permis à personne de s'ingérer du gouvernement de l'État[18] ». La cour y trouvait deux avantages. Tout d'abord, le moyen de gagner du temps. Comme il fallait bien régler les questions touchant à la situation des magistrats, la déclaration de la reine fournit à ceux-ci de quoi occuper des journées entières – à recenser tous les précédents fournis par les archives, puis à discuter de la réponse à donner aux édits royaux –, avec la complicité tacite du premier président Molé, qui s'entendait à faire traîner les débats. Ensuite, cette déclaration tendait à les déconsidérer auprès de l'opinion en réduisant leur démarche à la défense d'intérêts égoïstes : l'idée fit son chemin, souterrainement, dès l'année suivante. Elle prévaut encore aujourd'hui chez beaucoup d'historiens.

Dans l'immédiat cependant, la manœuvre fit long feu. Le 15 juin, non sans hésitations, le parlement franchit le Rubicon : il vota, par 97 voix contre 65, la mise en place de la chambre Saint-Louis. Et dès lors, le mouvement s'emballa. On n'entrera pas ici dans le détail des mesures préconisées par cette chambre et entérinées par le parlement. Il suffit de savoir que toutes tendaient à conférer à ce dernier l'entière maîtrise des finances du royaume et à priver le roi des intendants sur qui il s'appuyait pour neutraliser les féodalités locales d'épée ou de robe. Il s'y ajoutait la suppression des lettres de cachet qui, en interdisant les arrestations arbitraires, visait à prémunir les magistrats contre les sanctions menaçantes : renonçant à en généraliser le bénéfice, ils consentirent en effet à en faire une sorte d'immunité parlementaire avant la lettre, réservée à eux seuls. De fil en aiguille, la souveraineté changeait de mains.

Révolutionnaires, ces juges autoproclamés législateurs ? Que non ! Ils se voulaient seulement restaurateurs de la monarchie tempérée d'autrefois. Républicains ? Encore moins. Leur rejet de la régente et de son ministre n'a d'égal que leur vénération pour l'enfant-roi, dépositaire de toutes les valeurs traditionnelles. Mais il y a des mouvements qui dégénèrent, échappant à tout contrôle. Ces hommes accoutumés à la routine de la justice ordinaire se voient soudain offrir une tribune et se croient en charge des destinées du pays. Ils s'exaltent. Ils parlent, on les écoute, ils s'écoutent parler et se grisent de leur propre éloquence. Or leur parole et leur pensée sont filtrées par leur culture, essentiellement latine. Ils trouvent dans l'histoire romaine un inépuisable vivier de grands hommes à imiter et chez Cicéron un vaste répertoire de formules utilisables *ad libitum.* Imprégnés par osmose d'une sensibilité sinon républicaine, ou du moins hostile à l'autorité sans partage, ils se prennent pour le sénat de l'ancienne Rome et certains s'érigent en tribuns du peuple. Et leur discours, répercuté d'une chambre à l'autre, monte d'un ton et se durcit à chaque étape du va-et-vient.

À ce jeu, les modérés sont toujours perdants. Au parlement, la vedette appartient à un des plus radicaux, Pierre Broussel, soixante-douze ans, en qui Retz, féroce, ne voit qu'un « bonhomme vieilli entre les sacs, dans la poudre de la grand-chambre, avec plus de réputation d'intégrité que de capacité[19] ». En réalité il était loin d'être stupide et conservait une remarquable verdeur. L'extrême simplicité de sa vie, proche de celle de ses voisins dans le lacis de rues étroites entourant Notre-Dame, lui valait auprès des bonnes gens un prestige confinant à la vénération. Il se rendait à pied au Palais – à vrai dire tout proche –, échangeant au passage un mot avec l'un ou l'autre et répandant quelques aumônes, l'oreille accueillante aux doléances et aux demandes de secours. Mais son succès auprès de ses collègues tenait à ses qualités d'orateur et à ses redoutables talents de manœuvrier. Il ne s'était pas fait déléguer à la salle Saint-Louis, se jugeant plus utile à la Grand-Chambre, où se prenaient les décisions en dernier recours.

Le gouvernement ne put que plier sous la tourmente, au grand désespoir de la reine contrainte d'approuver, *sous son bon plaisir*, des mesures qui lui faisaient horreur. Gaston d'Orléans s'offrit comme médiateur. Il était séduisant, brillant, savait se montrer cordial, ouvert au dialogue, et il parlait fort bien en public. Il ne dédaignait pas de se rendre au Palais de justice pour négocier et lorsqu'il invitait des délégués à le rencontrer chez lui, au Luxembourg, il les traitait bien. Il se découvrait des talents politiques et cultivait avec un plaisir non dissimulé sa popularité naissante. Mais il ne partageait ni l'intransigeance de sa belle-sœur, ni son indignation devant les exigences du parlement. Il avait lui aussi souffert de la « tyrannie » de Richelieu et rêvait d'une monarchie plus tolérante. Bien qu'il eût fini par comprendre que les ambitions espagnoles menaçaient la France, il conservait de la sympathie pour Bruxelles, qui lui avait servi si souvent de refuge et où la plupart de ses conseillers avaient encore des attaches. Il préférait oublier qu'il avait signé un traité avec Madrid lors du complot de Cinq-Mars. Il avait vu autour de lui et opéré lui-même tant de volte-face, qu'il en tirait un scepticisme désabusé le portant au laxisme. Ses interventions n'aboutirent donc qu'à multiplier les concessions, sans qu'il eût pu obtenir en échange le renoncement des magistrats à leurs assemblées. Le 31 juillet, un lit de justice entouré d'une extrême solennité consacra la capitulation de la cour. Toutes les exigences de la chambre Saint-Louis étaient satisfaites.

Mazarin marque un point et continue d'attendre

Parmi ces propositions, il en était une que Mazarin ne pouvait laisser passer sans réagir. Dès qu'il en avait connu le contenu, il s'était employé, sans attendre l'inévitable consécration du lit de justice, à y faire face. Dans leur zèle à pourchasser les « abus » en tout genre, les magistrats s'en étaient pris aux financiers, à ces prêteurs professionnels dont le crédit était indispensable à l'État. Ils décidèrent de les poursuivre et de confisquer leur fortune. Faire rendre gorge aux profiteurs ! Tout au long de histoire, l'idée resurgit régulièrement en période de disette financière. Il en est peu qui soient aussi propres à enflammer les populations. Broussel se montrait le plus virulent contre ces affameurs, ces sangsues. Quelques-uns de ses collègues, notoirement liés aux financiers par leurs alliances familiales ou par leur participation aux prêts, riaient jaune, mais se taisaient sous le regard soupçonneux des autres. Impossible, donc, d'arrêter la machine montée contre les « partisans* ». Mais comme ils restaient à cette date la seule

* Ainsi nommés parce qu'ils prenaient les impôts en *ferme* ou, comme on disait aussi, en *parti* (voir *supra*, p. 322).

source d'argent frais, consentir à leur perte aurait ruiné à jamais la politique de Mazarin. Toute considération d'intérêt personnel mise à part, il s'employa donc à les sauver. D'abord il fit sauter un fusible en sacrifiant aux opposants le surintendant Particelli. La perte était légère : très impopulaire, usé, celui-ci ne pouvait plus rendre aucun service. Signal ambigu, à la fois inquiétant et rassurant, il le remplaça par un militaire, le maréchal de La Meilleraye, qui s'était illustré sous Richelieu en réduisant à l'obéissance le parlement de Bretagne, mais que son incompétence notoire en matière fiscale rendait peu suspect d'initiatives sur ce point. Et, ne pouvant empêcher le parlement de mettre en accusation les financiers, il parvint à les soustraire à sa juridiction directe en obtenant la création d'une chambre spéciale, qui mettrait du temps à se former et échapperait à l'excitation générale.

D'autre part, il exploita adroitement l'imprudente démarche des magistrats trop zélés, qui venaient de faire la démonstration de leur myopie politique. Dénoncer les abus, c'est louable et c'est facile. Tous ceux que prétendit corriger la chambre Saint-Louis étaient réels et très regrettables. En revanche, y remédier était plus délicat. Car il ne suffit pas de prendre le contre-pied d'une série de pratiques choquantes pour édifier un système viable. Dans un ensemble où tout se tient, chaque atteinte portée à un élément en dérègle d'autres. En réduisant la taille d'un quart, en supprimant toutes les taxes, en annulant la vente de nouveaux offices et en persécutant les gens de finances, les récentes mesures tarissaient toutes les rentrées d'argent et condamnaient le gouvernement à la banqueroute. On ne pouvait offrir à Mazarin plus belle occasion. Il s'en saisit et ne manqua pas d'en rejeter la responsabilité sur les apprentis sorciers du parlement. Il consacra à payer les troupes le peu d'argent qui restait. Mais il suspendit le versement des gages des officiers* et il retarda ou annula celui des intérêts dus par l'État à ses créanciers.

Même partielle, la banqueroute touchait beaucoup de monde. Les créanciers ? Il y en avait de toute condition et d'inégale fortune. Auprès des plus puissants, à qui il venait d'épargner le pire en les soustrayant à la juridiction du parlement, il négocia une réduction des intérêts, dont le taux passa de 15 à 6 % : plaie d'argent leur parut moins grave que la prison. Mais ils répercutèrent la baisse sur tous ceux qui avaient mis de l'argent dans les prêts par leur intermédiaire, et ceux-là, grands seigneurs ou riches robins, moins directement menacés dans leur sécurité, trouvèrent la pilule amère. L'État avait coutume d'autre part de lancer dans le public des emprunts sous forme de titres de rentes – un équivalent de nos obligations. Il inspirait si peu confiance qu'il se dissimulait derrière la Ville de Paris, qui lui servait de prête-nom. Les rentes de l'Hôtel de Ville offraient des intérêts moins élevés que ceux consentis aux professionnels, donc elles étaient moins ruineuses pour le Trésor. Elles étaient très recherchées par des gens modestes, qui s'assuraient ainsi des revenus réguliers – du moins quand l'État voulait bien honorer les quatre quartiers annuels. Elles attiraient aussi de gros prêteurs, qui spéculaient parfois sur la revente des titres. En supprimant certains quartiers et en remettant à plus tard le paiement des autres, la banqueroute partielle de la mi-juillet frappa toutes les catégories sociales. Elle lésait des gens modestes ? Certes. Mais Mazarin les savait moins à plaindre que les paysans. Et la situation du pays n'incitait pas à l'apitoiement. L'opération fut doublement rentable : la dette publique s'en trouva allé-

* Au sens administratif et non militaire : les détenteurs d'offices.

gée d'une cinquantaine de millions et les membres du parlement qui avaient part aux prêts commencèrent à mesurer les inconvénients de la révolte. Quant aux petits prêteurs, il leur faudra un peu de temps pour organiser une protestation.

Mais que pouvait-on dire quand la cour elle-même affichait sa détresse ? « La reine, dit Mme de Motteville, fut contrainte d'emprunter de l'argent de quelques particuliers et de mettre les pierreries de la couronne en gage. La cuisine du roi se vit renversée ; et, pour payer les Suisses [...], il fallut que le ministre mît de gros diamants en pension et que quelques-uns de ses amis lui prêtassent ce qu'il fallut de reste pour cet effet[20]. » Les Suisses, notoirement accoutumés à des délais ? ou plutôt les mercenaires engagés en Flandre et en Allemagne, qui refusaient de marcher faute de solde ? Peu importait : l'essentiel était de montrer que chacun consentait à des sacrifices. Mais on doit noter ici que, tout au long de cette crise, Mazarin ne tente pas de pressurer davantage les paysans, le menu peuple. Mieux : il profite de la banqueroute pour effacer les arriérés de taille des petites gens. Cette mesure ne coûte rien : il les sait incapables de payer. Mais elle leur ôte la crainte d'avoir à payer plus tard : précieux soulagement. C'est un geste de compassion, de la part d'un homme qui a connu le poids des dettes.

Dans tout cela, on devine sa main. Mais il restait en retrait. Au milieu de cette agitation, il s'appliquait à mener une existence paisible, comme si rien de grave ne se passait. Jamais il n'avait paru aussi calme. « On a toujours remarqué, notait Mme de Motteville, que ce ministre affectait d'être gai quand les affaires allaient mal, pour montrer qu'il ne s'étonnait* point ; et triste

* *S'étonner*, au sens fort : s'inquiéter, s'affoler.

quand elles allaient bien, pour faire voir qu'il ne s'emportait pas dans la joie et la prospérité[21]. » L'évasion de Beaufort en offrit un exemple frappant. Le duc, qui croupissait à Vincennes depuis cinq ans, s'évada le dimanche de la Pentecôte en plein midi, grâce à un complice, à la barbe de ses gardiens occupés à festoyer. Il s'y comporta avec hardiesse et panache. Il refusa de tuer le geôlier en chef et se contenta de le ligoter et de le bâillonner avant de dévaler dans le fossé, de l'autre côté duquel des cavaliers amis l'attendaient avec une échelle de corde. Il avait insisté pour laisser passer son sauveur le premier, car celui-ci jouait sa tête, tandis que lui-même ne risquait que sa liberté. Il devint le héros du jour. Mazarin était occupé à une partie de piquet lorsqu'on lui annonça la nouvelle. Après la première surprise, il dit : « Il a eu raison ; j'en aurais fait autant si j'eusse été à sa place », et il redemanda des cartes pour continuer à jouer[22].

Comme pour justifier sa sérénité, un message arriva le lendemain, 1er juin, annonçant l'écrasante défaite infligée aux Austro-Bavarois par Turenne à Zumarshausen. La guerre gagnée en Allemagne, l'Empereur contraint de traiter : il y avait là de quoi le consoler des échecs subis sur le plan intérieur, qu'il estimait réversibles. En Italie du Nord et en Catalogne, les résultats étaient décevants. Il avait maintenant le plus grand besoin d'une victoire en Flandre. Il put retirer des places rhénanes, désormais à l'abri de toute attaque, le plus gros des troupes du baron d'Erlach et il les envoya renforcer celles de Condé sur la frontière du nord. La guerre de sièges s'y éternisait. Soldats et généraux la préféraient aux batailles rangées, les uns parce qù'elle était moins meurtrière, les autres parce qu'elle leur permettait d'ajouter à leur palmarès des succès flatteurs. La région comportait tout un chapelet de places fortes, d'inégale importance. Il y en avait pour tous les appétits. On en trouvait toujours de mal défendues. La difficulté n'était pas de les prendre, mais de les conserver. Car les deux adversaires, n'ayant pas assez de troupes pour les tenir, passaient leur temps à dégarnir l'une pour renforcer l'autre. Ils se les échangeaient donc, en un jeu stérile, sans résultats décisifs. Mais aucun des deux ne se sentait assez fort pour jouer son va-tout dans une bataille.

À la mi-juillet, Condé fit une visite éclair à Paris, probablement sur ordre. Rien ne filtra de l'entretien privé qu'il eut le soir même avec la reine et le cardinal. Les contemporains supposèrent, au vu de la suite, que celle-ci voulait s'assurer son soutien pour mettre à la raison le parlement. Peut-être. Mais l'essentiel porta sur la situation en Flandre. À la différence de ses collègues, Condé, sûr de lui, s'impatientait de l'enlisement du conflit. Il partageait avec Mazarin le goût du risque calculé. Avec le renfort des mercenaires d'Erlach, il se déclara prêt, malgré l'infériorité numérique, à affronter l'armée espagnole. Il lui restait à obtenir l'accord de Gaston d'Orléans, à qui la lieutenance générale du royaume donnait la haute main sur les opérations militaires. Or celui-ci, jaloux de son jeune cousin et rendu soupçonneux par sa venue inopinée, risquait de se faire tirer l'oreille. Le prince sollicita donc de la reine elle-même l'autorisation formelle de livrer bataille. Mazarin insista pour qu'elle lui fût accordée. De la part d'une femme, d'une régente, était-ce légal ? On éluda la question et lorsque Gaston fut mis devant le fait accompli, l'ampleur de la victoire lui ferma la bouche.

Plus encore que ses précédents succès, les péripéties de ce combat mirent en évidence les capacités militaires de Condé. Le gros des forces espagnoles avait pris position sur la hauteur autour de Lens. En feignant de se replier pour éviter la rencontre, il réussit à les attirer dans la plaine, en deux vagues successives. Abandonnant l'ordre de marche, ses troupes se rangèrent aussitôt en bataille et, après une furieuse mêlée, elles mirent en déroute la cavalerie ennemie. Plutôt que de se laisser tailler en pièces, l'infanterie finit par se rendre. Le général Beck, blessé et fait prisonnier, refusa, lui, de se laisser soigner et mourut de ses blessures. L'artillerie et les bagages tombèrent aux mains des Français, ainsi que cent vingt étendards, dont certains étaient demeurés intouchables durant trois quarts de siècle. Le prince avait réédité son exploit de Rocroi, confirmant que ses victoires ne devaient rien au hasard et tout à son génie. Sa gloire atteignit alors des sommets. Et Mazarin se prit à espérer : « On doit croire que ce grand succès [...] rendra les Espagnols plus traitables qu'ils n'ont été jusqu'ici sur le fait de la paix, et il se pourra bien faire que le comte de Peñaranda prenne plutôt la résolution de retourner à Münster que d'aller exercer l'ambassade de Rome[23]. »

Ce grand succès donnait à croire que le moment était venu de briser la révolte du parlement, de rétablir l'autorité royale partie en lambeaux et de relancer la perception des impôts, que le peuple avait cessé de payer. Mazarin cependant hésitait. Ne valait-il pas mieux poursuivre l'avantage militaire en Flandre et attendre, pour mettre à la raison les magistrats, de disposer de l'armée du nord ? C'était l'affaire d'un mois, ou guère plus. Mais pouvait-il exiger de la reine, épuisée et exaspérée à la fois, qu'elle attendît encore un mois ? Nous autres historiens avons tendance, par une illusion rétrospective, à lui prêter un pouvoir sans limites sur Anne d'Autriche. Or, on ne doit pas l'oublier, c'était loin d'être le cas. Elle est la reine, et il n'est que son serviteur, qu'elle peut renvoyer d'une chiquenaude. Certes, elle a en lui une très large confiance, fondée sur ses remarquables succès. Mais cette confiance survivra-t-elle toujours aux échecs qu'il accumule depuis quelque temps ? Il risque, en lui prêchant une fois de plus la patience, de s'attirer sa désaffection. Il se sait en danger. Ses collègues le savent aussi, qui voient poindre l'occasion de le supplanter.

Grâce à la victoire de Lens, la reine croyait tenir sa vengeance. Elle déplorait l'attentisme de son ministre, regrettait de n'avoir pas sévi dès le départ. En cas d'émeute, disait-elle, le régiment des gardes suffirait pour rétablir l'ordre et tant pis si l'on pillait vingt ou trente maisons, ce serait le prix de la désobéissance. Tous les flatteurs firent chorus. L'ancien bras droit de Richelieu, notent les *Carnets*, fut un des plus ardents à prôner la sévérité : « Personne n'a animé la reine à prendre sa résolution [autant] que M. de Chavigny, lui disant, entre autres choses, que, du temps de feu M. le cardinal, on menait les choses d'une autre façon, et que Sa Majesté serait en mauvais état si [elle] ne faisait pas un coup d'autorité. » Il tenta de circonvenir Mazarin, tantôt en lui affirmant que l'entreprise n'offrait aucun péril, tantôt en lui insinuant qu'il perdrait en s'y opposant les bonnes grâces de la reine. Celui-ci, dit Goulas, ne se résigna qu'à la dernière extrémité à suivre l'avis général, qui optait pour la violence[24]. La décision fut prise d'arrêter trois des agitateurs les plus virulents – Blancmesnil, Charton et Broussel – et d'en exiler trois autres.

L'explosion

Pour s'assurer de la personne des trois meneurs, il fallait agir avec célérité et surtout discrétion. Un *Te Deum* devait être chanté le mercredi 26 août à Notre-Dame pour rendre grâces à Dieu de la victoire. Mazarin suggéra de procéder à l'opération à l'issue de la cérémonie : le déploiement de troupes prévu pour la circonstance permettrait d'étouffer toute velléité de résistance. En dépit de la joie, il subsistait dans l'air quelque inquiétude. La veille, Paul de Gondi, qui dirigeait le diocèse en l'absence de son oncle, avait prononcé dans l'église des jésuites*, en présence de toute la cour, un *Panégyrique de Saint Louis* fort pompeux, qui passa pour subversif parce qu'il y plaida pour la paix et le soulagement des peuples. Il officia dans la cathédrale sans incident. Mais à la sortie, des magistrats remarquèrent que les gardes postés pour faire la haie au cortège du roi demeuraient sur place après son départ. Ils prévinrent leurs collègues restés à l'intérieur et ce fut le sauve-qui-peut : « L'église n'avait pas assez de portes pour les laisser sortir », ironisa Mme de Motteville. Ils plongèrent dans la foule et se perdirent dans les ruelles adjacentes.

Des trois personnages visés, l'un, Blancmesnil fut pris, l'autre, Charton, s'enfuit en sautant le mur de son jardin. Broussel méfiant, n'avait pas assisté à la cérémonie. Chez lui, en tenue d'intérieur et pantoufles, il terminait son dîner au milieu de sa famille quand le lieutenant des gardes de la reine se présenta muni d'une lettre de cachet. Il se troubla, déclara qu'il n'était pas en mesure d'obéir aussitôt, qu'il avait pris médecine et demandait du temps**. Comminges n'osa refuser au vieillard un modeste délai, que la servante mit à profit pour ameuter la population en hurlant par la fenêtre. Lorsqu'il rejoignit avec son prisonnier le carrosse et

* Saint-Louis-des-Jésuites. Le 25 août était le jour de la fête du saint roi.

** Traduction triviale : il avait pris un clystère, qu'il lui fallait évacuer !

les gardes qui attendaient au bout de l'étroite rue du Port-Saint-Landry, tout le quartier était en ébullition. Le cocher parvint à s'extraire de la foule grondante, mais, en arrivant sur le quai, il versa. Comminges et ses hommes durent encaisser insultes et menaces jusqu'au moment où une voiture empruntée à un passant les tira provisoirement d'affaire. Enfin l'arrivée de renforts avec un solide véhicule permit d'emmener Broussel à Saint-Germain, première étape avant un lieu de détention dans une place forte – probablement Sedan.

La population de la Cité vivait et travaillait en symbiose avec les deux hauts lieux de l'île, la cathédrale et le Palais de justice : avocats, greffiers, commerçants, artisans, domestiques tiraient des clercs et des robins l'essentiel de leurs ressources. L'édit du tarif, en taxant notamment le vin, les avait touchés au vif. Ce sont eux, gens de petite et moyenne bourgeoisie – et non pas des miséreux – qui se dressèrent en masse contre l'atteinte portée à leur protecteur et « père », Broussel, dont le cheval de bataille était la lutte contre les impôts. Le mouvement fut spontané et, les rumeurs gonflant, il fit bientôt tache d'huile sur la rive droite, dans le secteur populeux des Halles. Vers cinq heures, toute la ville était en émoi. Il faut ici se rappeler qu'à Paris les habitants étaient accoutumés à se protéger eux-mêmes et que le maintien de l'ordre y était assuré par des milices bourgeoises étroitement liées à leur quartier. Les Parisiens étaient de cœur avec le parlement, mais comme une émeute est souvent synonyme de pillages, ils se mirent en défense. Les boutiques baissèrent leurs rideaux et l'on tendit les chaînes qui, d'ordinaire enroulées sur des tambours à chaque carrefour, permettaient au moindre danger d'isoler un pâté de maisons et d'y interdire la circulation. Des hommes en armes y contrôlaient les allées et venues des piétons. Nulle volonté chez eux d'agresser qui que ce fût. Mais en paralysant tout mouvement de troupes, ils rendaient impossible la dispersion de la foule, vers qui penchait leur sympathie.

Où aurait-on pris d'ailleurs des troupes pour la disperser ? Tous les gardes disponibles, regroupés en hâte autour du Palais-Royal, n'auraient pas suffi à le défendre en cas d'attaque. Pourtant la reine accueillait les nouvelles avec légèreté, presque avec joie, comme si le fait d'avoir repris l'initiative dans le conflit desserrait l'étau qui l'étouffait. Autour d'elle, ses familiers faisaient chorus. Mazarin, plus lucide, affectait le calme. Deux témoins tentèrent de leur ouvrir les yeux. En vain. On lira dans les *Mémoires* de Mme de Motteville une version succincte des scènes qui se jouèrent alors, et dans ceux de Retz leur brillantissime orchestration[25]. Le coadjuteur ne manquait aucune occasion de se rendre important. À toutes fins utiles, il décida d'aller proposer ses services à la cour et sortit en rochet et camail au milieu de la foule qui clamait *Broussel ! Broussel !* Il rencontra en chemin le maréchal de La Meilleraye, dont les gardes perdaient pied sous les injures et les jets de pierres. Ils convinrent d'aller ensemble alerter la reine. Elle les reçut froidement et leur prêta une oreille distraite. En entendant traiter « l'émotion* » de bagatelle, le maréchal s'emporta, le coadjuteur en certifia la gravité. Le cardinal sourit malignement, la reine se mit en colère et sa voix, comme souvent dans ce cas, s'éleva en fausset : « Il y a de la révolte à s'imaginer qu'on se puisse révolter ; voilà les contes ridicules de ceux qui la veulent. L'autorité du roi y donnera bon ordre. » Mazarin sentit qu'elle allait trop loin, il proféra quelques paroles lénifiantes et elle se reprit. Ainsi

* *Émotion*, au sens d'« émeute ».

lui fallait-il, constamment, la surveiller et la retenir au bord de l'insulte irréparable.

De nouveaux messagers apportèrent confirmation. Comme Mazarin l'invitait à donner son avis, Guitaut, un vieux et fidèle serviteur de la reine, parla « de rendre ce vieux coquin de Broussel, mort ou vif ». Retz intervint : « Le premier ne serait ni de la piété, ni de la prudence de la reine ; le second pourrait faire cesser le tumulte. » La reine rougit de colère : « Je vous entends, monsieur le coadjuteur ; vous voudriez que je donnasse la liberté à Broussel : je l'étranglerais plutôt avec ces deux mains. » Et sur ces mots, elle les lui porta presque au visage en ajoutant : « Et ceux qui… » Une fois de plus, Mazarin s'interposa et, de quelques mots murmurés à l'oreille, il parvint à la calmer. Et pour finir il joua au prétendu médiateur un tour de sa façon. Rien ne serait décidé avant le lendemain. Mais dans l'immédiat, on ferait savoir au peuple que la reine lui accordait la liberté de Broussel pourvu qu'il se séparât et cessât de le demander en foule. Or nul ne pouvait plus agréablement ni plus efficacement lui porter cette parole que le coadjuteur. Bref, on chargeait celui-ci de diffuser une promesse qui serait sans aucun doute désavouée. Il vit le piège, il s'en défendit, demanda un engagement écrit, déclara qu'il n'avait pas le crédit nécessaire. Rien n'y fit. La reine se retira. Tous s'écrièrent : « Rendez le repos à l'État ! […] Il n'y a que vous qui puissiez remédier au mal ! » Il ne lui restait plus qu'à se laisser pousser jusqu'à la rue, en réfléchissant aux moyens de limiter les dégâts.

Il y avait à peine fait quelques pas qu'il tomba sur La Meilleraye, dont les gesticulations intempestives avaient irrité la foule au lieu de l'apaiser. Pistolets, mousquets, hallebardes – datant souvent des guerres de la Ligue –, étaient sortis des caves et des greniers. Il y eut des affrontements, des coups de feu tirés, des blessés, quelques morts. Nous laisserons à Retz la responsabilité de la suite du récit, où il conte comment, par une diversion bien menée, il permit au maréchal et à ses gardes de s'échapper et comment il obtint ensuite, en alternant menaces et flatteries, que le peuple déposât les armes. Convaincu d'avoir sauvé la ville du pillage, il s'en alla au Palais-Royal recueillir les remerciements qu'il pensait mériter. Il s'y heurta au scepticisme de la reine : « Si [le peuple] a été aussi furieux que l'on me l'a voulu faire croire, comment se serait-il pu adoucir en si peu de temps ? » Elle le congédia sur le mode ironique : « Allez vous reposer, monsieur, vous avez bien travaillé. » Mazarin, cette fois, n'avait pas cherché à la calmer. La cause était entendue, il savait tout replâtrage vain. Dans ses *Mémoires*, Retz attribue sa décision de rompre avec la reine aux gorges chaudes dont elle se régala à ses dépens ce soir-là. Disons que, libéré du devoir de reconnaissance que lui imposait sa nomination comme coadjuteur, il assuma dès lors ouvertement les positions qu'il défendait depuis longtemps en sous-main.

Barricades

Même au plus fort des séditions, les gens n'aiment pas à « se désheurer ». Ils s'étaient égosillés toute la soirée. Avec la nuit venaient la faim et la fatigue. Il était temps de souper et d'aller se coucher. La cour crut en être quitte. Ne restaient plus dans les rues que les milices veillant sur les chaînes tendues. Entre elles cependant, des rumeurs alarmantes circulaient. Broussel était toujours détenu, on redoutait des mouvements de troupes, un arrivage de munitions. Il fallait se protéger. Ô surprise ! Le lendemain au réveil, la ville était couverte de barricades. On en compta plus de douze cents. Le souvenir de celles de 1588, qui avaient failli coûter son trône à Henri III, était encore vivace dans la mémoire collective. On n'avait pas oublié comment les édifier. Il suffisait d'appuyer sur les chaînes, de part et d'autre, des tonneaux lestés de détritus, des poutres, des planches, des pavés ou des moellons et de combler les interstices avec tout ce qu'on avait sous la main. La technique n'a guère changé au cours des âges, à ceci près que nos rues sont plus larges, qu'elles ne comportent pas de chaînes et que nous disposons rarement de tonneaux. Bien que rudimentaires, celles de nos aînés étaient à l'épreuve des mousquetades.

Au petit matin, le chancelier fut invité à se rendre au parlement pour le sommer de mettre fin aux désordres. Il dut quitter son carrosse bloqué par les barricades, tenta de continuer à pied. Il était haï pour avoir été l'instrument de la justice de Richelieu. Il fut reconnu et poursuivi par une meute criant à la mort, qui parlait de le démembrer afin d'exposer les morceaux sur les places publiques, comme on faisait naguère pour les grands criminels. Il se jeta dans l'hôtel de Luynes, où une vieille servante se hâta de le cacher dans un réduit discret. Faute de le découvrir, la foule pilla l'hôtel.

Anne d'Autriche ouvrit l'œil à neuf heures, pour apprendre la fâcheuse aventure advenue à son chancelier. Par la fenêtre, elle put constater qu'une barricade était dressée rue Saint-Honoré à quelques pas des sentinelles de son régiment des gardes. Elle était de fort méchante humeur lorsque les magistrats du parlement vinrent lui demander la liberté de Broussel. Elle refusa et leur tourna le dos. Le président Molé courut après elle, suppliant. Elle leur mit alors en main le marché que lui avait soufflé Mazarin. Qu'ils s'engagent à ne plus délibérer sur la déclaration du 31 juillet et qu'ils cessent de s'assembler pour traiter des affaires de l'État ! Ensuite seulement, elle leur rendrait leurs prisonniers. Mais ils furent eux aussi immobilisés par les barricades sur le chemin du Palais de justice, un émeutier empoigna Molé par sa longue barbe, parla de le prendre en otage : on le tuerait si Broussel ne revenait pas au plus vite. Les malheureux regagnèrent donc le Palais-Royal. Mazarin, impassible, cachait son inquiétude. La reine, chapitrée par lui, dut capituler : contre la promesse que le parlement cesserait ses délibérations jusqu'à la Saint-Martin*, elle accorda la grâce immédiate des prisonniers et des exilés.

La nuit qui suivit fut encore agitée et trouée de coups de feu. Selon Goulas, Mazarin, ne pouvant concevoir la violence des insultes contre la reine et lui, désira s'en éclaircir lui-même : « Il se déguisa et passa par quelques barricades, où il entendit pis qu'il ne lui avait été rapporté. Je ne sais s'il est vrai, ajoute le mémorialiste, mais je sais qu'il ne pouvait plus hasarder**. Quelques-uns m'assurèrent qu'il ne s'était point exposé, qu'il avait seulement changé d'habits pour évader sans être connu, en cas que le peuple envahît le Palais-Royal et entreprît d'arrêter le roi[26]. » Les deux hypothèses ne s'excluent pas. Mme de Motteville confirme seulement qu'il ne se coucha pas[27]. Il resta habillé, botté, prêt à monter à cheval. Il y avait un corps de garde chez lui, un autre à sa porte et, dans son écurie, un grand amas de mousquets. Au bois de Boulogne quelques cavaliers l'attendaient pour l'escorter hors de Paris en cas de besoin. Il aurait confié plus tard, en italien, à un de ses serviteurs que « pour tout le royaume de France, il ne voudrait pas passer une nuit pareille à celle qu'il avait

* Date de la rentrée judiciaire, après les vacances automnales.
** Risquer davantage.

eue ». Oui, il avait eu peur. N'était-il pas honnête d'en convenir ? Et n'était-il pas sage de prendre ses précautions ?

Broussel fit un retour triomphal le vendredi. Il y eut encore quelques échauffourées sporadiques et, dans la nuit qui suivit, le Palais-Royal put craindre d'être attaqué. Mais dès le dimanche, Paris avait repris son visage des meilleurs jours. Au parlement, les juges ont gagné la première manche. Anne d'Autriche vient de descendre une marche de plus sur la pente fatale des abandons de souveraineté. N'ont-ils pas raison, ceux qui reprochent à Mazarin de lui avoir prêché trop longtemps la patience ? Autour de lui, il sent s'aiguiser les convoitises : beaucoup estiment que sa succession est ouverte. Il est désormais bien décidé à reprendre la main.

CHAPITRE ONZE

Le siège de Paris

On sort toujours amoindri d'un échec. Celui que vient de subir le gouvernement a été spectaculaire. L'affront est tel, note Mazarin dans ses *Carnets*, qu'Anne d'Autriche doit, à quelque prix que ce soit, ressaisir l'autorité pleine et entière, sans quoi la France perdra les bénéfices de treize ans de guerre et sera méprisée de toute l'Europe. Mais il souligne aussi à quel point il est lui-même menacé :

« Le parlement a fait les fonctions de roi et le peuple lui a déféré entièrement ; il a donné au roi Broussel pour associé ; il a pris les armes pour le faire rendre, et il ne les a posées qu'après son retour, par arrêt du parlement ; il a fait des barricades contre le Palais-Royal, a parlé impudemment de la reine et de moi ; il a fait, beaucoup de jours, des propositions insolentes et inouïes, soit pour s'assurer du roi, soit pour me chasser et mettre la reine dans un monastère. Diverses personnes du parlement ont offert ou fait offrir la régence à Monsieur et ont flatté avec ma place l'abbé de La Rivière[1]… »

Le conflit entre la cour et le parlement se double en effet d'une lutte pour le pouvoir à l'intérieur du Conseil, et les deux vont interférer. Mazarin, qui avait réussi durant tout l'été à se tenir à l'abri des coups, devient la cible d'une violente campagne visant à l'éliminer. Il mène donc le combat intérieur sur un double front, tout en essayant de sauver ce qui peut l'être en politique étrangère.

Règlements de comptes

Le parlement, en dépit de ses promesses, ne cessait de harceler la reine avec de nouvelles exigences. « On voyait clairement, dit Mme de Motteville, que certaines personnes étaient d'intelligence avec les principaux de cette compagnie pour les faire agir, et leur inspirer cet esprit de rébellion qui causait alors tant de mal à la France. Châteauneuf et Chavigny furent soupçonnés par le cardinal d'être les deux pôles sur lesquels cette grande entreprise était fixée ; et il est à croire qu'il ne se trompait pas[2]. » Âgé de soixante-huit ans, le premier, ancien garde des sceaux, avait survécu à des années de disgrâce. Dix ans de détention dans la forteresse d'Angoulême sur ordre de Richelieu n'avaient nullement émoussé sa morgue, ni sa conviction que le poste de premier ministre lui revenait. De sa maison de Montrouge où il s'était retiré après l'amnistie de 1643, il entretenait, à toutes fins utiles, le vaste réseau de ses relations. Le second, de la même génération que Mazarin, était encore plus dangereux. Homme de confiance de Richelieu, il avait accueilli avec chaleur le transfuge italien venu chercher protection en France, mais s'était vite offusqué de ses trop brillants succès. L'animosité de la reine, qui lui imputait la rédaction du testament de Louis XIII, l'aurait entièrement écarté des affaires si son ancien obligé, par bonté ou par prudence, ne l'avait fait maintenir au Conseil pour sauver les apparences, mais sans responsabilités importantes.

Une telle atteinte à ses ambitions, une telle blessure à son amour-propre le faisaient crier à l'ingratitude. À quoi Mazarin répondait que seule l'arrogance de l'intéressé l'avait forcé de manquer à ce qu'il confessait lui devoir.

La haine est d'autant plus vive lorsqu'elle succède à l'amitié. Lors du débat sur l'opportunité d'arrêter Broussel, elle est apparue sans aucun voile. Or l'échec de l'opération a frappé lourdement Chavigny : adieu l'espoir de jouer les hommes forts auprès de la reine ! Elle lui tient rigueur du désastre. D'autre part, en s'attaquant à Mazarin, il s'est attiré son ressentiment. Il le connaît trop bien pour être dupe de sa prétendue timidité. Il ne croit pouvoir trouver son propre salut que dans l'offensive, en tirant à boulets rouges sur le ministre. Tout d'abord, se dédouaner de toute responsabilité dans l'échec. Il confie à son beau-père le soin de conter à sa manière la séance du Conseil qui en décida : au préalable, Mazarin « avait échauffé extrêmement la reine » pour la résoudre à châtier le parlement et circonvenu les autres participants pour qu'ils fussent du même avis, puis il avait laissé prévaloir la solution forte sans paraître s'en mêler, tandis que Chavigny, lui, s'y opposait vigoureusement, « prévoyant bien ce qui en était arrivé »[3].

Dès l'instant que le nom de Mazarin est lancé, les rumeurs se propagent d'elles-mêmes. Tous les on-dit trouvent preneurs. En dépit de la misère du royaume, on l'accuse d'avoir fait transférer en Italie des sommes fabuleuses : vingt-neuf millions seraient déposés à son nom à Venise. On le soupçonne de s'entendre avec le Turc, pour lui livrer l'Europe. Mais surtout, on fantasme sur sa cruauté supposée et sur le sort réservé à la capitale rebelle. N'avait-il pas convoqué à Saint-Germain le bourreau qui aurait dû pendre Broussel si le duc d'Orléans ne s'y était opposé ? Des astrologues annoncent une nouvelle Saint-Barthélemy pour le 8 septembre, fête de Notre-Dame. En prévision de l'assaut, la reine aurait fait limer les chaînes des rues. Une dizaine de commerçants et bourgeois s'en vont un jour trouver l'intendant de la maison de Mazarin pour lui demander : « Qu'est-ce que Paris a fait à M. le cardinal, qui est résolu de le perdre, de le saccager et brûler ? »

Chavigny se sentait soutenu. Il appartenait à la clientèle de Condé. Mais surtout, issu d'une famille de robins, il avait beaucoup d'amis au parlement, notamment parmi les plus exaltés. Il se posa en successeur déclaré, il multiplia les visites. Il dominait son humeur cassante et se faisait civil, humble, révérencieux, donnant raison à tout le monde, approuvant les prétentions de tout un chacun, et affectant de plaindre le pauvre cardinal qui s'obstinait à ne pas suivre « les bonnes maximes ». Il incitait les frondeurs à la fuite en avant en jouant sur leur crainte des représailles : « La maxime principale de laquelle on se sert pour animer Bruxelles*, Viole et autres, et échauffer tout le parlement, note Mazarin[4], est de leur imprimer que, après avoir offensé la reine et moi au point qu'ils ont fait, [ils] ne sauraient trouver sûreté que dans le changement du gouvernement présent ; qu'ils ont fait trop de chemin pour en demeurer là et n'achever pas la carrière, puisque ne le faisant pas leur perte était inévitable, au lieu que, un autre [entrant] à ma place accommoderait tout, et le parlement pourrait prendre toute assurance de lui. » Bref, une forte cabale se mettait en place au parlement pour l'abattre avant de consentir au moindre accommodement avec la cour.

---

* Broussel.

Comment organiser dans ces conditions l'expédition punitive à laquelle la régente était plus que jamais décidée ? Il fallait avant toute chose ôter du Conseil et mettre hors d'état de nuire celui qui venait de passer à l'ennemi. La double démarche supposait que la cour fût hors de portée des mutins. D'où un plan en trois étapes. D'abord, quitter la capitale. Ensuite, arrêter Chavigny. Enfin, assiéger Paris. Pour cette troisième étape, rien ne pressait, Condé en avait encore pour un bon mois à guerroyer en Flandre.

Un coup pour rien

Surtout, que la sortie de Paris n'ait pas l'air d'une fuite, avait bien spécifié Mazarin. « Le 12 septembre, conte Mme de Motteville, la reine dit tout haut qu'elle voulait aller faire un petit voyage à Rueil, seulement pour faire nettoyer le Palais-Royal, qui avait besoin d'être purifié[5]. » Le lendemain, à six heures du matin, le cardinal monta en carrosse avec le jeune roi et une suite très modeste. Une bande d'excités tenta en vain de les arrêter. Il eut peur pour la reine, restée à Paris afin de donner le change, et lui fit dire de partir au plus vite. Elle s'en tint cependant à son projet initial. Elle prit soin de se montrer lors d'une visite à ses amies les religieuses du Val-de-Grâce et ne se mit en route que dans l'après-midi. Pourquoi aller à Rueil ? Pour profiter de l'hospitalité offerte par la duchesse d'Aiguillon, installée dans le vaste château hérité de Richelieu. Elle pouvait s'y rendre impromptu, elle trouverait sur place toutes les commodités nécessaires, pour elle et pour une partie de la cour, qui s'y regroupa dans les jours qui suivirent.

Mazarin attendait ce départ pour déblayer le terrain en éliminant Chavigny, auquel, pour faire bonne mesure, il adjoignit Châteauneuf. La reine ne les aimait ni l'un ni l'autre. Dès son arrivée à Rueil, elle pria ce dernier de se retirer en province. Quant à Chavigny, on pouvait lui reprocher une faute notoire. Il avait si mal rempli ses fonctions de gouverneur de Vincennes que Beaufort s'en était échappé avec la facilité que l'on sait. C'est là que l'atteignit, le 18 septembre, la lettre de cachet portant sa condamnation et il n'eut que quelques pas à faire pour remplacer aussitôt, comme captif, le prisonnier évadé avant d'être expédié au Havre. L'opération n'était pas sans danger pour Mazarin. En écartant les deux hommes, il savait qu'il dresserait contre lui ce qu'on appelait alors leurs « cabales » et que nous nommerions plutôt leurs réseaux. Mais entre deux maux, il avait cru choisir le moindre.

Les intentions de la cour étaient claires : elle se préparait à reconquérir la capitale. Condé la rejoignit le 20 septembre et il fut accueilli comme « le restaurateur des affaires, le vengeur des rébellions passées, l'Hercule qui étoufferait tous les monstres[6] » Les Parisiens s'affolèrent. En prévision d'un siège, ils se ruèrent sur les denrées alimentaires. Les riches tentèrent de transporter à la campagne leurs biens les plus précieux, à la grande fureur du peuple, qui se mit à guetter les convois et à les piller. L'édit du tarif, renchérissant le vin, exaspérait la population. De faux bruits couraient, avivant l'anxiété, encourageant les exactions. Loin de calmer les magistrats, l'imminence prévisible de l'assaut déclencha un surcroît de revendications, avivées par la pression de la rue – comme si de nouveaux édits extorqués avaient le pouvoir magique de détourner le châtiment.

Sous couvert de modération, Mazarin avait réussi jusqu'alors à se protéger. Mais l'élimination de ses deux rivaux prouva qu'il n'était pas inoffensif et tenait encore les rênes du pouvoir. C'est donc sur lui que se concentra soudain le tir. Le 22 septembre, lors de la séance du parlement qui suivit l'arrestation de Chavigny, les amis de celui-ci entamèrent la lutte. Pour la première fois il fut « nommé », c'est-à-dire pris à partie personnellement, sous son nom, et pas seulement critiqué en tant que ministre*. Le président Viole protesta d'abord contre les emprisonnements arbitraires. Puis le président de Blancmesnil enchaîna, disant « qu'il fallait aller à la source du mal pour le guérir ; que tous les malheurs qui étaient arrivés venaient de la mauvaise administration du cardinal Mazarin qui, étant étranger et portant peu d'affection à la France, ne se souciait pas de tout perdre, pourvu qu'il vînt à bout de tous ses desseins et qu'il se sauvât ». Il proposait donc, pour y remédier, de renouveler l'arrêt interdisant le ministère aux étrangers « sur peine de la vie », édicté en 1617 pour éviter que ne se reproduise le cas Concini. À quoi le président de Novion fit écho, en ajoutant « qu'il était étrange de se voir ainsi maîtriser par un étranger, que la fortune plutôt que son extraction avait mis au-dessus de la roue** ; que la France était assez remplie de grands hommes, sans appeler des gens inconnus de son étoffe[8]... » C'était empiéter un peu plus sur les prérogatives du roi que de prétendre circonscrire ainsi le choix de ses ministres.

Le parlement envoya une délégation à Rueil pour prier la reine de ramener le roi à Paris et pour inviter les princes du sang à la délibération du lendemain. Elle se montra suave, feignit la surprise, se plaignit qu'on lui disputât le privilège dont jouissent tous les particuliers, qui est de pouvoir librement profiter des beaux jours où bon leur semble, rappela que c'était l'usage à

---

* MM. Viole et Novion « parlèrent fort et nommèrent le cardinal Mazarin, qui jusqu'alors avait été épargné[7] ».

** La *roue* de la fortune, bien sûr, qui l'avait hissé au plus haut.

cette date de nettoyer le Palais-Royal et déclara qu'elle rentrerait quand il lui plairait. Elle assura le parlement de sa bienveillance à condition qu'il cessât d'outrepasser ses pouvoirs[9]. Gaston d'Orléans déclina son invitation en se déclarant solidaire de sa belle-sœur : « s'il en usait autrement, ce serait une tache pour lui[10] ». À sa suite Condé – imité par son frère Conti – reprit la même formule.

Mazarin a assisté, muet, impassible, à l'ensemble de la scène. Allons, tout s'est bien passé, la reine ne s'est pas mise en colère et les princes n'ont pas cédé. Il peut respirer. Car il sait que son sort, autant que celui du parlement, est entre les mains des deux princes. On ne peut disposer de l'armée qu'avec leur assentiment à tous deux. S'ils tiennent bon, la Fronde sera vaincue en quelques semaines. Oui, mais leur appui est loin d'être acquis à la reine et leur soutien au ministre est plus que douteux. Longtemps, ils avaient apprécié la déférence de celui-ci à leur égard et s'accommodaient de sa prétendue faiblesse. Mais ils n'ont pour lui aucune estime, et encore moins d'amitié. Si la campagne déchaînée contre lui venait à en faire un obstacle à l'accommodement, ils n'hésiteraient pas à le laisser choir, pour apaiser les esprits et trouver à ses dépens une solution. Dans ce cas, parviendraient-ils à convaincre la reine ? Mazarin prend les devants, use de l'exemple anglais pour lui prouver que rois et premiers ministres ont partie liée : le souverain britannique, qui avait cru acheter la paix en sacrifiant le sien, Strafford, et en le livrant au bourreau, se trouvait aujourd'hui menacé du même sort. Anne d'Autriche tiendra, il en est presque sûr. Mais il va devoir s'habituer à voir son renvoi figurer en bonne place parmi les exigences du parlement.

La valse-hésitation des princes

De loin, Condé s'était indigné contre la pusillanimité du cardinal. Il semblait résolu à sévir au plus vite. Lorsqu'il fut sur place, il changea d'avis. Nous ne connaissons pas le détail des tractations qui le firent renoncer à une intervention militaire immédiate. Il était très courtisé. Il rencontra secrètement le coadjuteur dès son arrivée. Celui-ci prétend l'avoir mis en contact avec les chefs de file de l'opposition parlementaire, Broussel et Longueil, pour arrêter avec eux les moyens de se débarrasser de Mazarin et de modifier les orientations politiques[11]. Vrai ? faux ? Les *Carnets* confirment que le ministre lui imputait, pour partie, le retournement du prince. S'y ajoutèrent l'influence du duc de Longueville et celle du duc d'Orléans, qui penchait toujours pour la négociation. Le résultat ? Une série de conférences, pour lesquelles la cour dut renoncer à l'hospitalité de la duchesse d'Aiguillon et se transporta à Saint-Germain. La contestation y repartit de plus belle. La caution des princes redoublait l'audace des magistrats. Ceux-ci n'hésitèrent pas à infliger au cardinal un rude camouflet en l'excluant des débats. Ils s'appliquèrent à mettre en forme les résultats acquis et s'efforcèrent d'obtenir de nouvelles concessions. En multipliant les arrêts, qu'ils ne manquaient pas d'enregistrer, ils tentaient de se convaincre que les mesures ainsi arrachées auraient valeur de lois intangibles. Les pourparlers se prolongeaient et la cour perdait du terrain.

Mazarin réagit. Il incita la reine à ramener les princes dans son camp, surtout le plus énergique d'entre eux, Condé. À vrai dire, les magistrats lui facilitèrent la besogne. L'impétueux capitaine sortait des conférences exaspéré par leur formalisme, leur étroitesse de vues, leur sottise et leurs outrances, indigné par leur arrogance aussi et leurs prétentions ridicules. Qu'ils retournent à leur médiocrité première ! Sa place à lui était aux côtés des siens. Aux instances renouvelées du coadjuteur, il répondit « qu'il ne pouvait se résoudre à devenir le général d'une armée de fous [...] ; qu'il était prince du sang ; qu'il ne voulait pas ébranler l'État[12] ». Cet écœurement cependant n'aurait peut-être pas suffi à le convaincre d'agir, si Anne d'Autriche ne s'était efforcée de se l'attacher en misant à la fois sur sa vanité d'homme et sur sa volonté de puissance. Elle tint à cette fin des propos dictés dans les moindres détails par Mazarin, dessinant en creux un rôle d'homme providentiel tout propre à être rempli par le héros de Lens.

Les *Carnets* nous offrent le livret de cette comédie préparée avec soin :

« Il faut que la reine se souvienne de se plaindre de moi particulièrement à M. le Prince, de m'être relâché, et qu'une telle conduite ne fait pas augmenter son affection ; qu'il faut qu'elle prenne mieux ses mesures à l'avenir, ayant reconnu en beaucoup de personnes qu'elles considèrent plus de faire une chose désagréable au parlement qu'au roi ; que si les hommes lui manquent, et jusques au cardinal, que Dieu l'aidera et ne permettra pas que les mauvais traitements qu'elle a reçus, et en l'autorité du roi [...] et en sa personne [...], que tout cela demeure impuni ; et qu'elle pourrait avoir un ministre qui [s'intéressât] davantage en les offenses qui la regardent que je n'ai fait[13]. »

Quel gentilhomme eût résisté à l'appel d'une princesse abandonnée aux injures de ses ennemis ? Toute la tradition chevaleresque incitait Condé à voler à son secours. D'autant qu'il y avait aussi une prime à la clef : non pas, comme dans les romans, la main de l'héroïne, mais la perspective de devenir « l'arbitre du cabinet » en y plaçant des gens à sa dévotion. Ces thèmes étaient également destinés à Monsieur, certes plus pacifique que son cousin, mais qui avait, lui, un premier ministre de rechange sous la main : l'abbé de La Rivière, qui, depuis des années, dirigeait toutes ses affaires, se voyait d'autant mieux à la place de Mazarin qu'un chapeau de cardinal avait été demandé pour lui à Rome.

La ruse était si grosse qu'elle n'échappa pas à Mme de Motteville. Elle fonctionna cependant et les deux princes se rallièrent au projet de réduire Paris par les armes, au moment même où ils s'apprêtaient à cautionner de leur médiation une énième victoire du parlement. La reine en effet les a dûment prévenus qu'elle n'a pas l'intention de respecter les édits qu'elle va devoir signer malgré elle. Sur les conseils de Mazarin, elle a recours à la très ancienne procédure qui veut que, pour pouvoir invoquer la nullité d'un serment, on l'ait *au préalable* certifié issu de la contrainte : « Comme ce qu'on accorde au parlement est du tout extraordinaire et impossible à lui tenir sans abolir la meilleure partie de la royauté, Sa Majesté n'entend pas l'exécuter, quand le temps sera propice pour le déclarer, et dire qu'elle y a été forcée*[14]. » Ce genre de démarche se fait d'ordinaire devant notaire, mais les notaires étant de cœur avec le parlement, elle prit à témoin son beau-frère et son cousin de la violence qui lui était faite : « Il fut arrêté qu'ils feraient ensemble un concordat où la reine déclarerait pour la décharge de sa conscience, ou plutôt pour réparer sa gloire et son honneur, que c'était à la prière des princes et à la nécessité présente de l'État qu'elle s'était résolue d'accorder au parlement les choses qu'il avait demandées[15]. » Gaston d'Orléans et Condé ne pouvaient donc ignorer

* Elle a recouru à une démarche du même genre avant de jurer qu'elle respecterait le testament de Louis XIII (cf. *supra*, p. 236-237).

qu'Anne était bien décidée à renier sa parole. Et qui ne dit mot consent.

Il reste que la déclaration du 24 octobre est dure à digérer pour la régente et pour son ministre. Toutes les décisions du 31 juillet sont confirmées, voire complétées, notamment par une mesure accordant aux magistrats une immunité totale et une autre stipulant qu'aucun sujet ne serait traité criminellement que selon les formes prescrites par les lois du royaume, c'est-à-dire que nul ne serait maintenu en prison sans jugement. Le premier bénéficiaire en est Chavigny, qui fait un retour triomphal à Paris. Seule la remise en vigueur de l'arrêt de 1617 contre le ministère des étrangers a été repoussée : maigre consolation pour Mazarin. Sur tout le reste, la victoire du parlement est complète, elle consacre un véritable transfert de souveraineté en sa faveur. Anne d'Autriche se ronge de tristesse devant cet « assassinat commis contre l'autorité royale » et gémit que son fils n'aura pas plus de pouvoir que le roi d'un jeu de cartes[16]. Mazarin, lui, enrage de voir que la signature des traités de Westphalie, ce même 24 octobre, passe inaperçue des Français, alors qu'ils devraient lui tresser des couronnes : « Vous m'avouerez, écrit-il à Servien le 30 octobre, qu'il faut une passion à l'épreuve et un zèle tout extraordinaire pour redoubler, comme je le fais, mes soins pour le service du public, lorsqu'il me traite si mal dans un temps où il me semble pouvoir dire sans vanité qu'il tire quelque fruit de mes peines[17]. » Mais loin de se décourager, il persévère. Au moment même où la cour, n'ayant plus de prétexte à rester à la campagne, se résigne à regagner Paris, il commence de remettre en chantier l'investissement de la capitale.

C'est alors que surgit un nouveau contretemps. Condé, en tant que chef de famille, impose à ses cadets une autorité cassante. Le jeune Conti, dix-neuf ans, rêve d'une carrière militaire dont l'écartent sa taille « gâtée » et l'usage de vouer à une carrière ecclésiastique les puînés des grandes maisons. Or Condé veut l'engager au plus tôt dans l'Église – pour éviter, murmurent les mauvaises langues, d'avoir à partager avec lui l'héritage paternel. La pourpre cardinalice lui semble un moyen propre à faire passer la pilule. Il demande donc que le chapeau réservé à la couronne de France soit sollicité en son nom. Fureur du duc d'Orléans : le chapeau en question est promis de longue date à son favori. À l'évidence, l'abbé de La Rivière, de fort modeste origine, ne pèse pas lourd en face d'un descendant de saint Louis. Mais son éviction est un camouflet pour son maître qui est, lui, d'un rang plus élevé que Conti.

Monsieur jeta d'abord feu et flammes, il bouda une quinzaine de jours, retranché dans son palais du Luxembourg, où il se vit courtisé par tous les mécontents du royaume. « Il dit un jour devant tout le monde que la reine était une ingrate, que son ministre était un fourbe, et qu'il manquait de parole à ses amis[18]. » Il menaça de faire cause commune avec le parlement. Et Condé se frottait les mains en se voyant déjà maître absolu du cabinet. Cependant, la querelle des deux maisons princières, qui partageait la cour, ne pouvait se prolonger sans dommages. L'abbé fut assez sage pour comprendre qu'il devait se retirer. Il fut de ceux qui poussèrent à l'accommodement et il obtint, comme lot de consolation, d'entrer au Conseil avec le titre de ministre d'État. Enfin, pour venir à bout de la mauvaise humeur de son beau-frère, la reine fit les premiers pas, elle se rendit au Luxembourg sous prétexte de visite à sa femme qui venait de mettre au monde une fille – une de plus ! Elle le cajola, l'amusa, l'attendrit. Il avait toujours éprouvé quelque amitié pour elle. Il savait la réconciliation indispensable. D'ailleurs, à feindre d'avoir la goutte, il commençait à s'ennuyer et regrettait les tables de jeu du Palais-Royal, plus animées que les siennes. Il ne demandait qu'à sortir d'affaire honorablement. Les deux princes se retrouvèrent donc d'accord pour entamer le combat contre le parlement, dont les chicanes récurrentes sur le non-respect des édits finissaient par lasser leur patience. La reine allait désormais « ne plus parler à ses peuples que par la bouche de ses canons[19] ». Restait à déterminer une stratégie.

Branle-bas de combat

Il y avait désormais urgence. Le mois de décembre tirait vers sa fin, avec son lot de fêtes suspendant toute action militaire. Le calendrier n'offrait plus pour l'opération projetée qu'une fenêtre très étroite. Dès la mi-mars, le retour des beaux jours lâcherait à nouveau les Espagnols sur la Picardie. Le sort de Paris devait être réglé en deux mois.

Au Conseil, les avis furent partagés. Le maréchal de La Meilleraye préconisa une méthode expéditive, celle du rouleau compresseur. Jumelé à la Bastille toute proche, l'Arsenal, dépôt d'armes et de munitions, servirait à la fois de refuge au gouvernement et de base pour des attaques de nettoyage méthodique lancées à grand renfort d'artillerie contre tous les quartiers rebelles. Condé fut tenté de se rallier à ce plan, qui aurait permis d'en finir très vite. Mais à quel prix ! Il eût laissé la ville jonchée de cadavres et couverte de ruines et creusé entre la régente et ses sujets un fossé difficile à combler. Même Henri IV, au sortir de trente ans de guerres civiles, n'avait pas voulu infliger cette épreuve à Paris la Ligueuse. Mazarin reçut, pour s'y opposer, l'appui de Gaston d'Orléans. Il fit prévaloir l'autre solution, lui couper les vivres. L'approvisionnement de la capitale dépendait étroitement de la campagne environnante. Les abattoirs, les moulins, les fours à pain se trouvaient hors des murs. Qu'on empêche les boulangers de Gonesse et les bouchers de Poissy de livrer leur marchandise, la ville ne tiendrait pas huit jours. Les plus pessimistes portaient leur évaluation jusqu'à quinze. Bref, les délais parurent tenables et l'on se mit à faire la liste des points de passage qu'il faudrait occuper. À la vérité, Condé ne disposait pas des effectifs nécessaires pour un siège en règle. Le blocus ne pourrait être étanche. Mais on comptait qu'une famine partielle suffirait à démoraliser le peuple et à le détacher du parlement. Qu'en pensait Mazarin ? De toute façon, il n'avait pas le choix. S'il ne profitait pas de ces deux mois d'hiver, l'affaire était remise à un an et il n'aurait pas les moyens de tenir jusque-là.

Il était urgent de quitter la ville, car la population avait tiré la leçon de la fausse sortie antérieure. Elle tenait à garder le roi dans ses murs, comme garant de sa sécurité. Comprenant qu'un départ préluderait à une offensive, elle commençait de surveiller de près les occupants du Palais-Royal. Sous peu, ils ne pourraient plus faire un pas sans risquer l'émeute. Pas question, donc, de partir en plein jour, comme en octobre. Et pas question, non plus, de rater son coup ! Un grand luxe de précautions présida à la mise au point de l'évasion. On choisit la nuit du 5 au 6 janvier, où les Parisiens dormiraient du sommeil du juste après avoir joyeusement fêté l'Épiphanie. Outre la reine, le cardinal et les deux princes du sang, seuls étaient dans le secret le chancelier, les maréchaux de La Meilleraye et de Gramont, plus deux auxiliaires, La Rivière pour Monsieur et Hugues de Lionne pour Mazarin. C'est dans la soirée seulement que les autres participants furent priés de se tenir prêts pour une équipée dont ils ignoraient la destination. Le lieu et l'heure du rendez-vous ne leur seraient dévoilés qu'au dernier moment.

Pour détourner tous soupçons, nul ne devait rien changer à ses habitudes. La reine porta à son comble l'art de la dissimulation, acquis jadis lorsque pesait sur elle la suspicion de son époux. Elle fut parfaite. Elle passa l'après-midi dans son petit cabinet à regarder jouer le roi. Le soir venu, elle invita Mme de Motteville et deux autres de ses femmes à partager avec elle et ses enfants le traditionnel gâteau à fève, coiffa de bonne grâce la couronne de carton, réclama de l'hypocras et consentit à y tremper ses lèvres, tandis qu'on criait : *La reine boit !* Elle parla longuement de son emploi du temps du lendemain. Elle rit de bon cœur des bruits de départ qui couraient la ville. Bref, elle parut si naturelle et si détendue que ses compagnes, en dépit de quelques allées et venues insolites, s'y trompèrent. À minuit, elle les congédia et fit mine d'aller se coucher. À trois heures du matin, elle fit éveiller ses fils, monta avec eux dans un carrosse qui attendait derrière le Palais-Royal, à la porte du jardin, et parvint sans encombres au Cours-la-Reine, où était fixé le rendez-vous.

De son côté le cardinal, ayant chargé des gens à lui d'évacuer ses nièces et ses biens les plus précieux, était allé souper et passer la soirée chez le maréchal de Gramont, autour d'une table de jeu, en compagnie de Gaston d'Orléans et de Condé. Les deux princes s'esquivèrent plus tôt que de coutume, pour aller mettre leur famille en état de partir. Mazarin, lui, demeura ostensiblement à manier les cartes en attendant l'heure de gagner directement le Cours. La reine l'y rejoignit, rayonnante de joie, au milieu de cavaliers piaffant et de grandes dames ahuries, encore barbouillées de sommeil, arrachées à leurs lits sans avoir eu le temps de faire préparer leur bagage et se rongeant de questions. Autour d'eux, la foule grossissait à vue d'œil, car tous les membres de leurs maisons s'efforçaient de fuir et faisaient passer à leurs amis la consigne alarmiste : tout plutôt que de partager le sort atroce promis à la capitale et de s'exposer aux représailles des Parisiens.

On fit le décompte des partants de haut rang. Seule manquait à l'appel la duchesse de Longueville, qui avait fait invoquer par sa belle-mère l'excuse d'une grossesse avancée. On se mit donc en route dans des carrosses bondés, où l'on se disputait les places les moins exposées au vent. Destination : Saint-Germain-en-Laye. Une bien rude épreuve y attendait les fuyards. Au temps où les rois avaient la bougeotte, il n'était pas possible de leur offrir un cadre digne d'eux dans les multiples châteaux qui leur servaient de « reposoirs ». D'où l'usage, qui s'était conservé, de transporter avec eux leur mobilier. La transhumance annuelle vers Fontainebleau ou Compiègne, par exemple, entraînait une lourde intervention des services d'intendance. Mais cette fois-ci, pour préserver le secret, il avait fallu y renoncer. Le froid n'était pas trop vif, depuis trois jours les gelées faisaient place à la pluie. Mais à Saint-Germain les fugitifs ne trouvèrent qu'un château vide resté glacial, « sans lit, sans officiers, sans meubles, sans linge, et sans rien de tout ce qui était nécessaire au service des personnes royales et de toutes les autres qui les avaient suivies[20] ». Cependant, avec son sens pratique habituel, Mazarin avait eu la précaution de faire sortir discrètement de Paris, quelques jours plus tôt, quatre petits lits de camp. L'un servit à la reine, l'autre au roi, le troisième à son frère, le jeune Monsieur. Quant au quatrième, il se le réserva sans scrupules. Il n'en avait pas prévu pour Condé, accoutumé à coucher à la dure sur les champs de bataille, ni pour Gaston d'Orléans, plus attaché à son confort, qui s'en passa comme les autres. La duchesse d'Orléans dut se contenter d'une botte de paille et Mademoiselle sa belle-fille aussi. En quelques heures, granges et fenils furent dévalisés, on se disputait à prix d'or la paille, qui vint très vite à manquer.

L'aube les tira du sommeil moulus, de très méchante humeur. Au milieu des lamentations générales, Anne d'Autriche, sûre de tenir sa vengeance, affichait une joie insolente[21]. Elle se voyait déjà au bout de ses peines. Mais les choses ne se passèrent pas tout à fait comme prévu.

Le peuple

L'objectif de Mazarin était simple. Il espérait isoler le parlement, où se trouvaient les meneurs de la rébellion, en le séparant des autres cours souveraines et surtout du peuple. En frappant vite et fort, et avec un peu de chance, on pourrait peut-être même faire l'économie du blocus. Les autorités municipales avaient fait savoir secrètement à la cour qu'elles désapprouvaient l'obstination des magistrats et souhaitaient l'apaisement. Or, ce sont elles qui commandaient aux milices chargées de maintenir l'ordre dans la capitale. C'est donc à elles que fut adressée une lettre explicative signée du roi et datée du mardi 5 janvier, qui leur fut remise le lendemain matin, alors que se répandait dans la ville consternée la nouvelle du départ de la cour.

« Très chers et bien aimés, leur disait-il, étant obligé, avec un très sensible déplaisir, à partir de notre bonne ville de Paris cette nuit même pour ne pas demeurer exposé aux pernicieux desseins d'aucuns officiers de notre cour de parlement de Paris, lesquels ayant intelligence avec les ennemis déclarés de l'État, après avoir attenté contre notre autorité par diverses rencontres, et abusé longuement de notre bonté, se sont portés jusques à conspirer de se saisir de notre propre personne, nous avons bien voulu, de l'avis de notre très honorée Dame et Mère, vous donner part de notre résolution, et vous ordonner, comme nous faisons très expressément, de vous employer en tout ce qui dépendra de vous pour empêcher qu'il n'arrive rien à notre dite ville qui puisse en altérer le repos, ni préjudicier à notre service… » Suivait la promesse aux Parisiens qu'ils ne recevraient que « bons et favorables traitements » s'ils continuaient de se montrer bons et fidèles sujets[22]. Trois autres lettres, de la reine, de Gaston d'Orléans et de Condé, confirmaient la teneur de celle-là.

L'accusation était lourde. Était-elle fondée ? Le projet d'écarter Anne d'Autriche et de confier la régence à son beau-frère avait assurément été évoqué dans les milieux frondeurs, mais c'était sans doute extrapoler un peu que de leur prêter l'intention de s'emparer du jeune roi. Le prévôt des marchands était dans ses petits souliers lorsqu'il dut en communiquer le texte aux membres de la Grand-Chambre, assemblés en toute hâte. Il voyait bien qu'il allait être pris entre la cour et le parlement. Dans l'immédiat, celui-ci se borna à voter des mesures de sûreté : stocker des vivres et contrôler les portes.

Le lendemain, le lieutenant des gardes de la reine apporta au parlement un message lui enjoignant de se transporter aussitôt à Montargis – une sentence d'exil collective destinée à le couper du milieu qui le soutenait. Résister à un tel ordre était grave. Si certains obéissaient, les récalcitrants ne pourraient plus parler au nom de tout leur corps. Pour gagner du temps, les magistrats refusèrent d'ouvrir le paquet où étaient spécifiées les volontés royales et, feignant de les ignorer, décidèrent d'envoyer les « gens du roi* » à Saint-Germain pour demander des éclaircissements sur l'accusation « calomnieuse » portée contre eux. La reine refusa de les recevoir. De leur côté, les autres cours avaient été sommées de quitter Paris soit pour Mantes, soit pour Orléans. Leurs délégations furent reçues poliment parce qu'elles se montrèrent dociles. De là à déménager pour de bon cependant, il y avait loin. Le Grand Conseil se contenta de se mettre en grève.

Le lendemain 8 janvier, en apprenant que la reine avait brutalement renvoyé ses délégués sans les entendre, le parlement jeta les hauts cris. Il répliqua par des remontrances qui démentaient leur qualificatif de « très humbles » et contre-attaqua en s'en prenant directement à Mazarin. Écarté une première fois la veille, l'avis passa à l'unanimité moins une voix que le cardinal, « étant notoirement auteur des désordres de l'État et du mal présent », était déclaré « perturbateur du repos public, ennemi du roi et de son État », et qu'il lui était enjoint de se retirer de la cour le jour même et du royaume dans la huitaine, après quoi tous avaient ordre de « lui courre sus », et défense était faite à quiconque de le recevoir[23]. C'était une déclaration de guerre. Et, en dépit des efforts du président Molé pour imposer un temps de réflexion, il fut décidé de recruter des troupes pour défendre la ville et de lever des fonds pour les financer.

Comment en était-on arrivé là ? La reine comptait sur le prévôt des marchands et les échevins pour faire passer son message. Elle leur déclara qu'elle aimait le peuple de Paris et ne lui voulait point de mal ; il suffisait que le parlement obéît et elle ramènerait son fils à

* Le procureur et les deux avocats généraux, porte-parole normaux de la cour auprès du parlement.

Paris : « Le parlement sortant par une porte, elle entrerait par une autre[24]. » Mais avaient-ils les moyens de se faire entendre ? Ils s'étaient beaucoup avancés en affirmant que les Parisiens se désolidarisaient du parlement. Seuls les gros artisans et commerçants, pensant à la prospérité de leurs affaires, mesuraient les dangers de la situation. Mais le bureau de ville ne tenait pas l'ensemble des milices, et encore moins le petit peuple qui, enivré de sa victoire du 26 août, ne rêvait que d'en découdre. Le 9 janvier, le prévôt des marchands tenta de défendre ses prérogatives contre les magistrats, il se fit traiter de « vendu », faillit être jeté à la rivière et ne se tira des griffes des émeutiers qu'en prêtant serment de fidélité au parlement. Dans la ville saisie de frénésie, les rues retentissaient d'imprécations contre la reine et son ministre. Pris de panique, les gens liés à la cour tentèrent de s'enfuir. Mais on montait la garde, on exigeait des passeports. On refoulait en les molestant les dames déguisées en paysannes qui tentaient de partir à pied. On arrêtait et on pillait toute voiture soupçonnée de faire sortir des bagages. On avait pris possession sans résistance de l'Arsenal et de la Bastille, et en ces lieux naguère redoutables, les femmes s'étaient approprié les jardins. On allait gagner, c'était sûr !

Les grands

Cet optimisme n'était pas tout à fait spontané et la rapidité de la riposte prouvait qu'elle avait été concertée. Deux personnages s'employaient depuis trois mois à rassembler dans une entreprise commune tous les ennemis du cardinal.

L'un était le coadjuteur de l'archevêché qui, ulcéré d'avoir vu son entremise repoussée lors de l'émeute du

26 août, gardait encore sur le cœur de s'être vu refuser le gouvernement de Paris, qu'il avait eu l'extravagance de solliciter. Il disposait, relayée par les curés à sa dévotion, d'une vaste clientèle populaire. À lui la charge de chauffer l'opinion et de l'alimenter en mots d'ordre. Il avait eu beau jeù de faire décrier les pratiques financières en vigueur par une assemblée d'ecclésiastiques, qui rappela que l'Église catholique interdit le prêt à intérêt, quel qu'en soit le taux. La cour le savait dangereux, aurait voulu le tenir à l'œil. Elle lui ordonna, dès le 6 janvier, de rejoindre Saint-Germain. Il fit mine d'obéir :

« Je fis mettre mes chevaux au carrosse, je reçus les adieux de tout le monde, je rejetai avec une fermeté admirable toutes les instances que l'on me fit pour m'obliger à demeurer ; et, par un malheur signalé, je trouvai, au bout de la rue Neuve-Notre-Dame, Du Buisson, marchand de bois, et qui avait beaucoup de crédit sur les ports. Il était absolument à moi ; mais il se mit ce jour-là en mauvaise humeur. Il battit mon postillon ; il menaça mon cocher. Le peuple, accourant en foule, renversa mon carrosse ; et les femmes du Marché-Neuf firent d'un étau* une machine sur laquelle elles me rapportèrent, pleurantes et hurlantes, à mon logis[25]. » Est-il besoin de dire que les excuses qu'il adressa à Saint-Germain ne trompèrent personne ? Il restait à Paris pour mener la charge contre Mazarin.

Le prétexte invoqué par la duchesse de Longueville pour ne pas suivre la cour – une grossesse de huit mois – était plus plausible. Toute sa famille soutenait alors la cour, rien ne la prédisposait à s'engager aux côtés de robins qu'elle méprisait. Rien, sauf un esprit aventureux et romanesque et des tensions familiales d'une

* Un étal.

déconcertante complexité. On n'essaiera pas d'élucider ici les arcanes de la relation ambiguë l'unissant à ses deux frères, Condé et Conti, à laquelle les contemporains ont prêté, abusivement, un parfum d'inceste, en raison de la violence propre à tous trois, qui exacerbait chez eux les sentiments d'affection ordinaires et les muait en haine à la moindre fêlure. À cette date, elle croit avoir à se plaindre de l'aîné, dont l'autoritarisme s'aggrave depuis qu'il est chef de sa maison. Il faut dire que la belle au charme ensorcelant a très vite rejeté le joug conjugal. Le vieux duc, de vingt-quatre ans plus âgé, en a pris son parti, pour autant que ses infidélités ne nuisent pas aux deux prétentions qu'il nourrit. Il voudrait, d'une part, obtenir le titre de prince du sang comme descendant de Dunois – le fameux bâtard d'Orléans, compagnon de Jeanne d'Arc –, de l'autre, se faire attribuer les deux places fortes du Pont-de-l'Arche et du Havre, qui parachèveraient sa mainmise sur la Normandie, dont il est gouverneur. Son épouse partage ses ambitions et s'efforce de les servir, moyennant quoi il la laisse libre de ses amours.

En 1648, il y a auprès d'elle deux hommes à sa dévotion. L'un est son amant en titre, le prince de Marcillac – futur duc de La Rochefoucauld –, qui est le père de l'enfant qu'elle attend. Or cet ancien « martyr » d'Anne d'Autriche attribue, non sans raison, à Mazarin le virage politique qui l'a écarté du pouvoir lors de la régence et il rumine sa rancœur depuis cinq ans. L'autre est son plus jeune frère, Conti, alors âgé de dix-neuf ans, qui lui voue un attachement passionné, qu'elle cultive en jouant de la jalousie que leur inspire à tous deux leur aîné trop fêté. Du côté de la cour, l'avenir des deux hommes semble bouché. Pour Conti, la pourpre qui lui déplaît. Aucun emploi pour Marcillac. Ils n'ont rien à perdre et tout à attendre de la guerre civile qui se prépare et dans laquelle elle pourra, elle-même, jouer les héroïnes. Vers la mi-décembre, elle a donc accueilli avec joie les avances du coadjuteur et tous deux ont mis au point, avec divers amis, un plan de campagne. Son rôle ? Gagner à la cause du parlement une partie de la noblesse – la vraie, celle d'épée.

Ils n'étaient pas seuls à penser qu'il y avait là des places à prendre. Le duc d'Elbeuf – un cadet de la maison de Lorraine – les devança. Il quitta Saint-Germain en secret et débarqua au Palais de justice dans la journée du 9 janvier pour offrir des services qui furent agréés, au grand dépit des conjurés. Mais la nuit suivante, Conti et Longueville s'échappèrent à leur tour, suivis d'une partie de leur clientèle. Ils se présentèrent eux aussi au parlement, où Conti, en tant que prince du sang, put disputer à Elbeuf l'honneur de commander les troupes parisiennes. L'élan était donné, l'exemple fut suivi, tous ceux que Mazarin avait sanctionnés ou simplement mécontentés affluèrent. On vit arriver d'importants personnages, le duc de Bouillon, le duc de Beaufort, le maréchal de La Mothe, entraînant dans leur sillage une foule de comparses. La moitié de la cour se regroupa à Paris et Mazarin trembla que Condé lui-même ne bascule.

Ses vieilles craintes se trouvaient confirmées, la révolte nobiliaire qu'il redoutait depuis toujours, était là, plus inquiétante encore que celle des juges, car les nobles, eux, étaient armés. Selon un scénario bien connu, ils allaient s'engouffrer en masse dans la brèche ouverte, sûrs d'en tirer avantage en monnayant à la fin leur soumission. Leur « parti » – tel est le nom que lui donnent les *Mémoires* de Retz – souffrait cependant de deux handicaps. Il regorgeait de généraux, mais il manquait cruellement de piétaille. D'autre part, ces généraux se jalousaient si fort qu'ils exigèrent de commander chacun à son tour, d'un jour à l'autre – une méthode qui avait fait ses preuves négatives dans les meilleures armées d'Europe et qui ne pouvait là qu'être désastreuse. Un élément de plus vint réconforter le ministre : Condé prit la défection de son frère et de sa sœur comme une trahison à son égard et son ardeur au service de la reine s'en trouva décuplée. Non, la partie n'était pas perdue. À condition toutefois qu'elle ne se prolonge pas trop longtemps. Or elle menaçait de durer. L'intimidation ayant échoué, il ne fallait plus compter que sur la famine. Mais depuis la fausse sortie du mois de septembre, les Parisiens prudents s'étaient prémunis, leurs greniers et leurs celliers étaient pleins. Tous les couvents avaient emmagasiné du blé en suffisance pour dépanner ceux qui n'avaient pu faire de provisions, faute de moyens. Bref, la ville s'était préparée à soutenir un siège et ses dirigeants savaient, eux aussi, qu'il leur suffirait de tenir jusqu'au printemps.

La victoire en chansons

L'euphorie des Parisiens dura exactement un mois, entretenue, entre autres, par le coadjuteur, metteur en scène de grand talent. Le siège de la ville coïncidait avec la période consacrée d'ordinaire aux festivités du carnaval. Comme pour compenser auprès du public le déficit de divertissements habituels, la Fronde se fit spectacle. Pour démultiplier les effets, on fit entrer tour à tour et pas ensemble les généraux venus proposer leurs services. Afin de prévenir tout soupçon de collusion avec les membres de sa famille restés à la cour, le duc de Longueville offrit comme otages, pour gages de sa parole, « les deux personnes qui lui étaient les plus chères », sa femme et sa fille, auxquelles vint bientôt se joindre la duchesse de Bouillon. Ces dames logeraient à l'Hôtel de Ville. On les y conduisit en triomphe, dans un grand déferlement de liesse populaire : « Elles tenaient chacune un de leurs enfants entre leurs bras, qui étaient beaux comme leurs mères. La Grève était pleine de peuple jusques au-dessus des toits ; tous les hommes jetaient des cris de joie ; toutes les femmes pleuraient de tendresse[26]. »

L'Hôtel de Ville devint alors un des hauts lieux de la scène parisienne. Les généraux y venaient déposer auprès des dames l'hommage de leurs victoires, ou de ce qui en tenait lieu. Car, se gardant d'affronter les troupes du roi, ils tiraient gloire du moindre convoi de vivres acheminé à bon port ou de la moindre escarmouche. On vit ainsi Noirmoutier et les siens débarquer un jour dans la chambre de Mme de Longueville en tenue de combat. « Ce mélange d'écharpes bleues, de dames, de cuirasses, de violons, qui étaient dans la salle, de trompettes qui étaient dans la place, donnait un spectacle qui se voit plus souvent dans les romans qu'ailleurs », conte Retz[27]. Voilà qui était autrement excitant que les *Te Deum* officiels : on se serait cru dans un épisode de *L'Astrée.*

De son côté, le duc de Beaufort jouait sur un autre registre. À défaut de lui donner plus de bon sens, sa prison, dit Retz, lui avait donné plus de réputation. Petit-fils d'Henri IV, le tant regretté, il avait mené à bien une évasion audacieuse comme on n'en voit que dans les romans. Avec ses grands cheveux bien longs et bien blonds, il paradait dans les quartiers populaires où son langage lui garantissait le succès : il parlait en effet comme on parle aux Halles, dont il fut bientôt surnommé le roi[28].

Les Parisiens avaient de quoi rêver, on leur offrit aussi de quoi rire. Depuis quelques années la veine burlesque, parodiant les œuvres les plus célèbres, séduisait des publics divers. Le lexique familier et l'octosyllabe sautillant utilisés par Scarron dans son *Virgile travesti* parurent très propres à évoquer, sur le mode de la dérision, les vicissitudes et les ridicules du présent. Il ne trouvera que rétrospectivement, deux ans plus tard le nom de *mazarinades*, qui reste attaché à ce type d'écrits. Mais le siège de Paris en avait déjà vu éclore plus d'un millier. Les libraires poussaient à la roue, car il existait un public prêt à débourser quelques liards pour se régaler de ces fascicules qu'on se passait de main en main, qu'on lisait en commun à haute voix et qu'on pouvait parfois chanter sur un « timbre » bien connu. Il y eut donc une large part de spontanéité dans ces libelles, qui débordaient le cadre des clientèles politiques. Tous n'étaient pas forcément violents. *L'Agréable Récit des Barricades,* par exemple, est une spirituelle parodie de l'*Iliade* sans grande méchanceté. Mais le coadjuteur, qui avait à sa solde les meilleurs poètes satiriques, orienta très vite le tir sur Mazarin.

Celui-ci avait chargé son bibliothécaire, Naudé, de les collecter pour son compte. Il avait lui-même assez d'esprit pour en goûter l'éventuelle qualité et il affectait d'en rire. Il voyait sans déplaisir se multiplier les « triolets » chansonnant les travers des chefs frondeurs, « le brave monsieur de Bouillon », toujours « incommodé de la goutte » lorsqu'il fallait se battre, ou le coadjuteur « faisant le brave à cheval » et « vendant sa crosse pour une fronde ». Mais bien que Mme de Motteville le crût mithridatisé contre les injures, ses *Carnets* et sa correspondance attestent qu'il souffrait vivement des attaques personnelles. Hélas, il n'avait pour y répondre aucune plume à la hauteur. Il avait négligé de reprendre à son compte la politique de dirigisme littéraire pratiquée par Richelieu. Les arts plastiques et la musique comptaient pour lui davantage. Il manquait de temps pour s'intéresser à la littérature française du moment, qu'il jugeait frivole. Il avait lésiné, à tort, sur les pensions accordées aux gens de lettres. Il est vrai aussi qu'il manquait d'argent pour subventionner tous les quémandeurs. Bref, il dut subir un déluge d'insultes, dont beaucoup rejaillissaient sur la reine.

Les attendus qui accompagnaient les arrêts du parlement s'en tenaient jusqu'alors à des griefs sur son statut d'étranger, sa méconnaissance de nos usages, son refus de signer la paix avec l'Espagne, son enrichissement, bref ils conservaient un semblant de fondement. Désormais, les libelles s'en prennent à sa personne, de façon gratuite, avec une violence inouïe assortie de menaces. On évoquera ici les plus célèbres, publiés sans nom d'auteur pendant le siège de Paris, mais attribués sans l'ombre d'un doute à deux des meilleurs écrivains satiriques du temps. De Scarron, *Le Passeport et l'Adieu de Mazarin*, longue litanie de ses prétendus défauts – notamment le raffinement de ses goûts – invite seulement à le chasser. Il paraît presque inoffensif à côté du *Ministre d'État flambé* de Cyrano de Bergerac, qui s'en prend à ses mœurs supposées et le voue pour finir à la potence et à la damnation éternelle.

La pratique actuelle de la satire politique, qui conserve au moins dans la forme une certaine retenue, ne nous a pas préparés à la crudité de langage de nos aînés, qu'autorisait le joyeux défoulement du carnaval. Mais ce qui est grave, dans le cas de Mazarin, c'est que les pamphlets véhiculent des calomnies qui, à force d'être répétées, prennent l'allure de vérités. Ainsi Gui Patin, bourgeois aisé, très cultivé, membre de l'Académie de médecine, est incapable de parler du cardinal – à qui il n'a rien à reprocher lui-même – autrement que comme un gredin de Sicile, un « pantalon de longue robe, [un] comédien à rouge bonnet, cause de tous nos maux et de la ruine de la France[29] ». Toute une série d'imputations caricaturales s'agglutinent et se coagulent en une image dont il devient prisonnier et qui lui collera à la peau tout au long des siècles.

Ce sont là des conséquences à long terme, mal mesurées sur le moment. Il en était d'autres immédiates, au contraire, et qui jouèrent en sa faveur. Ce déchaînement verbal inhibe le jugement chez les frondeurs ivres de mots, à qui les calembours, caricatures et insultes tiennent lieu de réflexion. Il les dispense de regarder la réalité en face. On ne combat pas le roi, on lutte contre Mazarin, qui l'a « enlevé » et le retient captif. La régente ? Au pire, on fait d'elle la complice de son ministre, asservie à lui par la sensualité. Au mieux, on la dit ensorcelée et prisonnière elle aussi. On se berce donc de l'illusion qu'il suffit de chasser l'intrus pour remédier à tous les malheurs. Mais la réalité, très vite, va se charger de faire voler en éclats cette illusion et avec elle, l'alliance qui unissait les grands seigneurs, les magistrats et le peuple de Paris dans une même haine contre le ministre. « Chasser le Mazarin » était un slogan rassembleur, pas un programme politique.

Le « catholicon d'Espagne »

Mazarin n'avait aucun doute sur l'issue du blocus de Paris : les assiégés ne tiendraient pas. Ils avaient résisté à l'inondation qui, à la mi-janvier, avait noyé le centre de la ville sous les eaux de la Seine débordée, transformant l'île de la Cité en petite Venise. Mais une rude gelée avait suivi. Le fleuve roulait des glaçons. La terre meuble était devenue dure comme de la pierre. Les vivres commençaient à manquer, le bois aussi. Bien que les paysans prissent des risques énormes pour apporter du blé ou de la viande qu'ils vendaient à prix d'or, la pénurie se faisait sentir, les plus pauvres souffraient. Cependant, ce ne fut pas la famine menaçante, mais les échecs qui eurent raison du contre-gouvernement mis en place par le parlement.

Constituer une armée ne s'improvise pas. Les volontaires n'y suffisant pas, on prit tout ce qu'on trouva. On recruta parmi les ouvriers réduits au chômage par la paralysie de la vie économique ou les paysans chassés de leurs villages par les troupes de Condé. Ces gens, il fallait les équiper et les payer. Et en plus, il fallait assurer la bonne marche de tous les services. Les frondeurs se trouvèrent contraints, pour financer la guerre dans laquelle ils s'étaient lancés à la légère, de faire très exactement ce qu'ils reprochaient au cardinal, c'est-à-dire de suspendre le paiement des rentes et de lever de nouveaux impôts. Ils s'étaient d'abord taxés eux-mêmes – ne fallait-il pas donner l'exemple ? –, puis ils avaient taxé les bourgeois aisés, ordonné à chaque maison d'équiper un cavalier, et les plus zélés avaient ostensiblement offert leur vaisselle d'argent. La chasse aux trésors cachés de Mazarin et de ses partisans créait un détestable climat de délation sans donner de résultats appréciables. On lança un arrêt de saisie sur tous ses biens, on perquisitionna chez deux de ses mandataires, le banquier Cantarini et l'abbé Mondin. On inventoria le contenu de sa maison, estimé à 900 000 livres – sans compter la bibliothèque qu'on ne vendra pas – pour l'instant – et qu'on réserve pour le roi et le public, sous la garde de Naudé. En février, la foule se pressait aux abords de sa maison, où ses meubles étaient mis à l'encan. Mais les protestations de ses créanciers firent suspendre l'opération, de sorte qu'on y vendit peu de choses et que les fruits en furent décevants[30].

Cependant le zèle révolutionnaire retombait. Un sermon virulent du coadjuteur, le 25 janvier, arracha des larmes aux femmes de l'assistance, mais il en aurait fallu davantage pour emplir les caisses et les espoirs s'effritaient. Car, sur le terrain, tout allait mal. Condé n'essayait pas d'encercler la ville, mais il verrouillait peu à peu tous les points d'accès vitaux, notamment les gros bourgs qui tenaient les ponts sur la Seine et sur la Marne. Interdisant ainsi le recours aux gros convois, il vouait les porteurs de vivres à un travail de fourmis, dans des hottes, à dos d'hommes et il les faisait jeter dans la Seine glacée quand ils étaient pris. Et comme ses troupes avaient elles aussi besoin de nourriture et de fourrage, il les laissait dévaster les campagnes. Par là, il comptait de surcroît dissuader les villageois de soutenir les rebelles et démoraliser les bourgeois parisiens – dont beaucoup de magistrats – en ravageant leurs maisons de plaisance. Si Paris ne souffrait pas trop, l'Île-de-France payait, elle, un terrible tribut à la guerre civile.

Les frondeurs tentèrent de desserrer l'étau. Fin janvier, ils échouèrent à reprendre Corbeil, par où arrivaient les blés de Beauce. Ils tenaient encore Charenton, une des portes d'accès de la Brie. Ils perdirent la ville le 8 février, lors du seul vrai combat mené par leurs troupes. La preuve y fut donnée qu'à part quelques nobles, capables de se faire tuer pour l'honneur, leur armée était faite de pauvres bougres que la seule vue de mercenaires aguerris faisait détaler comme des lapins. On ne métamorphose pas en soldats des malheureux sans aucune expérience militaire. À la mi-février, Vincent de Paul, mandaté par les milieux dévots, alla à Saint-Germain implorer la pitié de la reine et du cardinal pour les victimes du conflit. Mais comme il proposait pour seule solution à leur misère le retrait volontaire du cardinal, il fut fermement éconduit et n'y gagna que la rancune de l'intéressé. Chez les frondeurs, la chute de Brie-Comte-Robert sonna le glas des espoirs militaires. La guerre était perdue pour eux, à moins qu'ils ne trouvent une assistance extérieure.

Cette crainte obsédait Mazarin depuis le début du siège. Les appuis pouvaient leur venir de deux côtés, des Espagnols ou de province. La seconde hypothèse lui donnait des sueurs froides. Le parlement de Paris avait fait appel à la solidarité de ses homologues provinciaux. Il n'avait guère trouvé d'écho qu'à Bordeaux et à Aix, où quelques nobles le soutenaient. Mais Provence et Aquitaine étaient loin. Le seul vrai danger résidait pour la cour en Normandie. Car si la Normandie toute proche se révoltait, Saint-Germain serait menacé par l'arrière et pris en étau. Lorsque son gouverneur, le duc de Longueville, quitta Paris le 20 janvier pour aller la soulever, le cardinal tenta d'y parer. Il ne réussit pas à l'empêcher d'entrer dans Rouen et d'y faire triompher le parti de la Fronde. Mais le comte d'Harcourt, qui commandait au Pont-de-l'Arche, tint bon, bloquant la route vers la capitale, et il réussit ensuite à fermer au duc la plupart des accès à la mer. Les frondeurs durent se rendre à l'évidence : aucun secours ne leur viendrait de Rouen. Restaient les Espagnols, qui leur tendaient obligeamment la main.

Mazarin, obstiné, n'avait jamais suspendu les négociations avec eux. Sans illusions pour l'instant. Au lendemain des barricades, ils avaient bu à la santé de Broussel, qui les dédommageait de leur défaite de Lens. À ses avances répétées, ils avaient répondu que les conditions antérieures n'étaient plus de saison et avaient rehaussé la barre d'un bon cran. Ils misaient sur les appuis que leur procuraient en France même les vieilles solidarités confessionnelles ou familiales et aussi leurs fameux doublons d'or, drogue magique largement répandue pendant la Ligue et que la *Satyre Ménippée* avait alors surnommée le « catholicon d'Espagne ». Les soupçons florissaient. Mazarin s'étonnait que les défenseurs de certaines places assiégées capitulent un peu trop vite. Informé que le maréchal de Rantzau s'était vu offrir quatre ou cinq cent mille écus en échange de la livraison de toutes celles de Flandre, il le fit arrêter préventivement, sans attendre d'avoir vérifié si celui-ci y avait donné suite. Mais il ne pouvait rien pour empêcher les Parisiens d'ouvrir leurs portes aux Espagnols.

Ceux-ci avaient au sein du dispositif frondeur deux relais, le coadjuteur et le duc de Bouillon. Le premier aurait souhaité ne faire appel à eux qu'en dernier recours et, si possible, sans trop se compromettre. Le second, entièrement acquis à leur cause, comptait sur eux pour reprendre Sedan et s'y tailler, au carrefour de la France, des Pays-Bas et de l'Allemagne, une principauté indépendante qui eût fait de lui le partenaire obligé de tous. C'est par lui et par son épouse, une Flamande née Éléonor de Bergh, que transitaient les consignes en provenance de Bruxelles. Inspiré de la conjuration de Cinq-Mars, le projet consistait à passer par-dessus la tête du souverain légitime pour traiter directement avec l'Espagne d'une paix à la convenance de celle-ci. Pour qu'il fût crédible, il fallait en France une autorité de rechange. Du temps de Louis XIII, ç'avait été son frère Gaston d'Orléans. Désormais, le seul acteur possible pour remplir ce rôle était le parlement de Paris.

À la mi-février, un ballon d'essai fut lancé en ce sens. Il fut convenu que l'archiduc Léopold enverrait un moine bernardin en ambassadeur officieux pour tâter le terrain. Les chefs frondeurs le prirent en charge et lui préparèrent le discours qu'il aurait à tenir au parlement. Première difficulté, l'y introduire. Huit jours plus tôt, sous un prétexte spécieux, la compagnie avait fermé sa porte au nez d'un héraut mandaté par la reine. L'idée de recevoir un envoyé du roi d'Espagne souleva une protestation indignée du président de Mesmes à l'adresse de Conti : « Est-il possible, Monsieur, qu'un prince du sang de France propose de donner séance sur les fleurs de lis* à un député du plus cruel ennemi des fleurs de lis[31] ? » Rien n'y fit, l'Espagnol obtint son entrée et put présenter les offres de service de son maître. Laissons ici aux esprits curieux de détails le soin de lire dans les *Mémoires* du cardinal de Retz le récit de cet épisode et des discussions qui suivirent et contentons-nous d'en tirer les résultats. Loin de rallier le parlement à l'idée de traiter avec Madrid, l'apparition du bernardin réveilla en eux la fibre patriotique assoupie. Un Espagnol en chair et en os, devant eux, chez eux, ce fut tout de même pour beaucoup un scandale. Convaincre la reine de signer la « paix générale » était une chose, la signer à sa place, contre son gré, en était une autre, d'autant plus grave que cette signature impliquait une alliance militaire avec l'ennemi. Comment gagnerait-on en effet la guerre civile, sinon en ouvrant Paris aux forces espagnoles ? Les grands seigneurs initiateurs du projet durent se rendre à l'évidence : les gens de robe avaient d'autres façons de penser et de sentir. Chez les uns, la fidélité aux personnes, avec pour corollaire le droit de se venger en cas d'offense, passait avant le sentiment national : ce n'était pas trahir à leurs yeux que de changer de camp, même en temps de guerre. Au

* Le tissu revêtant les murs et les sièges de la Grand-Chambre était parsemé de fleurs de lis.

contraire, la culture des magistrats nourris de Cicéron, de Tite-Live et de Tacite, que nous avons vu jouer un peu plus tôt contre l'absolutisme, renforce chez eux le patriotisme et flétrit la collusion avec l'ennemi. Ils ne suivent plus les meneurs. Désormais décidé à hâter les négociations avec la cour, le premier président Molé sait qu'il ne sera pas désavoué par ses collègues s'il obtient une rentrée en grâce qui leur sauve la face.

Le duc de Bouillon et le coadjuteur ont compris que la fracture est profonde. On abrégera ici leurs interminables débats, que nous relate longuement celui-ci dans ses *Mémoires.* Aucun espoir de s'abriter derrière le parlement pour traiter avec l'Espagne et encore moins d'obtenir son aval pour introduire les Espagnols dans Paris. Bouillon ne voit pour le neutraliser d'autre recours qu'une émeute populaire. Prendre la tête d'un gouvernement insurrectionnel appuyé sur l'Espagne et mener grâce à ses troupes la guerre contre celles du roi ? Une rébellion aussi radicale fait hésiter Retz, hanté par l'exemple des chefs de la Ligue, à qui un choix analogue avait coûté fort cher. A-t-il les moyens, d'ailleurs, « d'opprimer le parlement par le peuple » ? Le peuple, lui aussi, en a assez de la guerre, qu'il s'agisse des propriétaires ponctionnés par les taxes, des commerçants aisés privés de leur clientèle ou des traîne-la-faim enrôlés dans l'armée, qu'on rétribue d'une aumône. Adieu donc, le recours à l'Espagne !

Le temps avait fait son œuvre. À la fin de février, les privations, les désordres et l'évidente inégalité des forces avaient eu raison des Parisiens. Il restait cependant aux frondeurs une carte maîtresse, porteuse de leurs derniers espoirs, Turenne. Mais l'habileté de Mazarin la leur fit sauter des mains.

La « conduite extravagante de M. de Turenne »

Dans les tout premiers jours de mars, le duc de Bouillon communique au coadjuteur une excellente nouvelle. Son frère, Turenne, se rallie à la Fronde, il va venir libérer Paris à la tête de ses troupes. Est-ce bien sûr ? Comment peut-il s'aviser de « se déclarer contre la cour étant général de l'armée du roi ? » : en rédigeant ses *Mémoires* vingt-cinq ans plus tard, Retz continue de s'étonner devant « une action sur laquelle [...] le Balafré et l'amiral de Coligny auraient hésité[32] ». Car il s'agit bien là d'une trahison, au sens où l'entendait l'éthique aristocratique. Une trahison non pas à l'égard de la patrie, mais à l'égard du souverain, à qui il a juré fidélité en acceptant la fonction octroyée. Plus grave encore, une trahison à deux degrés, puisqu'il prétend entraîner à sa suite des officiers et des soldats qui ont, eux aussi, passé contrat avec le roi. Mais, si stupéfiant qu'il soit pour Retz, le retournement de Turenne n'est pas une surprise pour Mazarin, qui le sentait venir depuis plusieurs mois.

Les deux hommes se connaissent bien. En 1639, ils ont travaillé ensemble à rétablir la paix au Piémont, sur ordre de Richelieu. Depuis 1643, où Turenne a pris le commandement de l'armée d'Allemagne, ils ont étroitement collaboré à la mise au point de la stratégie et à l'organisation matérielle des campagnes. Leur correspondance, très fournie, témoigne de relations confiantes, voire amicales, même s'ils ne s'accordent pas toujours sur la suite à donner aux victoires*. Mazarin devrait donc pouvoir compter sur lui. Mais il sait où le bât le blesse. Turenne est un cadet d'une maison très ancienne, mais pas très riche. Il est vicomte, l'aîné est

* Voir *supra*, p. 379-381.

duc. À la différence de celui-ci, il est resté fidèle à la foi calviniste inculquée par sa mère. La voie ecclésiastique lui étant fermée, il ne peut espérer se faire un nom et se trouver un « établissement » qu'à la pointe de l'épée, au service d'un souverain. Après quelques années d'apprentissage auprès de son oncle néerlandais, il est entré au service de la France et y a gravi rapidement les échelons : il est avec Condé le meilleur de nos capitaines. C'est un homme de guerre dur, fier, ambitieux, mais droit. Loin de jalouser son frère, il met son point d'honneur à le défendre, au risque de se compromettre, même quand celui-ci fait des sottises – ce qui arrive souvent. Bref, il est écartelé entre l'obligation de fidélité au roi et le devoir de solidarité familiale – un sentiment que Mazarin est très à même de comprendre.

À la fin de 1648, divers éléments se conjuguent pour alimenter sa mauvaise humeur. Il a pris ses quartiers d'hiver en Souabe avec ses Weimariens*. Fatigué après deux campagnes exténuantes, il est déçu de n'être pas encore payé de ses services et tarabusté par son frère mécontent du peu qu'on lui propose en échange de Sedan. Mazarin, le sentant amer, lui offre l'Alsace. Il refuse : aucune place forte n'y est disponible et, sans place, « c'est fort peu de choses ». Au début décembre, il commence à penser que le ministre est perdu, qu'il n'y a rien à attendre de lui et il prend ses distances. Comme il est homme d'honneur, il respecte le code aristocratique qui exige qu'on dénonce les liens antérieurs avant de changer de camp. Il s'y prend même à deux fois. Une mise en demeure d'abord : « J'écris à M. le cardinal Mazarin avec de grandes plaintes du malheur où est notre maison et que j'attends le remède promis

* Les mercenaires allemands de Bernard de Saxe-Weimar, recrutés après sa mort par la France, formaient le plus gros de l'armée d'Allemagne.

pour continuer à m'obliger d'être son serviteur. » Puis un avis de rupture, transmis par un messager : « Je ne peux plus être serviteur de M. le cardinal[33]. » Dans le langage du temps et compte tenu des circonstances, c'est une déclaration de guerre.

Mazarin fut sans doute blessé de sa volte-face, mais ne lui en tint pas rigueur. Il tenta d'abord l'impossible pour le ramener. Il lui accorda tout ce qu'il pouvait souhaiter : le gouvernement de Haute et Basse-Alsace, la place de Philippsbourg, les baillages de Haguenau et de Thann et, puisque la guerre s'achevait en Allemagne, il lui promit, par une longue lettre personnelle, qu'il commanderait l'année suivante l'armée des Pays-Bas. Par précaution cependant, il prévint les officiers allemands que Bouillon était passé à la Fronde. Pour le cas où Turenne serait tenté de le suivre, « je suis assuré, leur écrivit-il, que non seulement vous n'adhérerez point à ce qu'il voudrait entreprendre contre le service du roi, mais que vous vous y opposerez de tout votre pouvoir, sachant bien que la nation allemande est trop jalouse de son honneur [...] pour encourir jamais le blâme d'une tache si noire à votre réputation ». Pourtant, il espérait encore. Il envoya au maréchal un coreligionnaire, Henri de Ruvigny, avec qui il le savait lié d'amitié. « Je lui ai dit plusieurs particularités de grande importance pour vous les communiquer, écrivait-il dans la lettre d'introduction, et, sachant à quel point vous l'aimez et l'estimez, je n'ai point fait de difficultés de lui ouvrir le fond de mon cœur pour tout ce qui vous regarde. » Mais Turenne était trop engagé de l'autre côté pour reculer et la démarche échoua. Bouillon, appuyé sur l'armée d'Allemagne, se voyait déjà en état de se faire donner la moitié du royaume.

Alors, mais seulement alors, Mazarin usa des grands moyens. Comme tous les soldats, les Weimariens attendaient en vain leur solde depuis deux ans, d'autant plus anxieux que la paix de Westphalie risquait de les réduire au chômage : les souverains allemands débauchaient à tour de bras. Il expédia auprès de leurs officiers son banquier Barthélemy Hervart, qui leur rappela leurs engagements à l'égard du roi et leur interdit d'obéir à Turenne. Et il assortit cette fois l'appel à leur honneur d'arguments sonnants et trébuchants – 300 000 écus en bonne monnaie palpable. Il leur promit en outre le paiement des arriérés de solde et leur garantit que la France les garderait à son service. D'où sortait l'argent ? On ne le sait pas au juste. C'est face à des urgences de cette sorte que les acrobaties financières de Mazarin se montraient irremplaçables.

Le résultat ne se fit pas attendre. Tous les régiments, sauf un, rejoignirent tour à tour le baron d'Erlach, gouverneur de Brisach, qui se fit un plaisir de les y accueillir. Le 8 ou le 9 mars, Turenne abandonné quitta Tübingen et s'enfuit vers la Hollande. Il n'emmenait avec lui que cinquante officiers et cent chevaux de son train[34]. Son ralliement officiel à la Fronde n'avait duré que quatre ou cinq jours.

La paix de Rueil

Le parlement, désormais, ne songeait qu'à sortir honorablement d'un conflit perdu. Connue à Paris le 19 février, l'exécution de Charles Ier avait vivement frappé les imaginations. Ainsi les Anglais avaient osé aller jusqu'au bout ! La France, elle, s'était contentée d'assassiner deux de ses rois et en gardait mauvaise conscience. Il ne fallait pas jouer avec le feu. Les analogies entre les deux rébellions, celle de Londres et celle de Paris, donnaient à réfléchir : un désaccord sur la fiscalité dégénérant en conflit de pouvoir, un ministre sacrifié, une guerre civile. Il ne manquait pas au parlement d'esprits solides décidés à arrêter la machine avant qu'elle ne dérape. On le savait, le sort tragique de son beau-frère britannique achevait de convaincre la reine que l'abandon du cardinal entraînerait sa déchéance et la mise en tutelle de son fils ; elle était persuadée, comme il le lui répétait depuis des mois, « qu'en le soutenant, elle rétablirait l'autorité royale, et empêcherait qu'on ne lui ôtât la régence[35] ». Dans ces conditions, était-il prudent, pour chasser Mazarin, de mettre la monarchie en péril ? À la fin février, l'avis finit par prévaloir au parlement qu'il fallait entamer des négociations avec la cour. Mais la délégation, emmenée par Mathieu Molé et le président de Mesmes, comportait à leurs côtés assez de frondeurs résolus pour laisser prévoir un maximum de difficultés.

Le siège de la conférence fut fixé à Rueil. Les pourparlers traînèrent un long mois, tant les positions respectives se trouvaient éloignées. La reine voulait imposer aux magistrats une capitulation humiliante. Ceux-ci exigeaient pour préalable la disgrâce de Mazarin et, en attendant, refusaient le moindre contact avec lui. Comment régler ce dernier point ? Mazarin fit mine de se sacrifier au bien du royaume, mais la solution trouvée porte sa marque. Elle calque en effet celle qui avait permis, en Westphalie, de faire négocier, sans se rencontrer, catholiques et protestants. Les magistrats seraient dans une salle et le ministre dans l'autre et les secrétaires feraient la navette. Après coup, il est permis d'en rire, mais personne n'y songea sur le moment.

On n'entrera pas ici dans le détail des marchandages qui amenèrent les deux parties à des vues plus raisonnables. Le parlement parla d'abord très haut. Considérant comme acquises les prérogatives consacrées par les édits de l'année précédente, il réclamait le 6 mars la fin du blocus et le retour du roi dans la capitale, mais il se mêlait de politique étrangère, prétendant prendre part aux négociations de paix avec l'Espagne, tenues pour imminentes : « Leurs Majestés seront aussi très humblement suppliées, pour parvenir à la paix générale, de vouloir députer des personnes de probité et suffisance, entre lesquelles il leur plaira choisir aucuns* officiers du parlement[36]. » La réponse de la reine, c'est-à-dire de Mazarin, relève l'insolence des magistrats en des termes d'une merveilleuse ironie : « Sur la seconde [demande], Sa Majesté l'accorde très volontiers et ne fera rien en cela qu'elle n'ait pratiqué par le passé, ayant employé à la négociation de la paix à Münster MM. d'Avaux et Servien, qui sont personnes de suffisance éprouvée ; que si les Espagnols veulent traiter à Münster ou sur la frontière – à quoi la fin des désordres présents contribuerait beaucoup, le parlement obéissant – Sa Majesté y enverra ses députés et fera l'honneur à la compagnie de choisir quelqu'un de son corps[37]. »

À Paris, l'union qui avait présidé à la mise en défense de la ville vole en éclats. Magistrats et généraux s'accablent mutuellement de reproches. Tous songent à leur propre « accommodement » avec la cour. Le parlement siège sous la menace incessante des « émotions » populaires. Spontanées ou organisées par les généraux ? Les deux à la fois sans doute. Les bourgeois aisés souhaitent le retour à l'ordre, mais les petites gens exhalent en invectives et en menaces leur colère contre tous ceux qu'ils jugent responsables de leurs maux. Il n'est pas difficile, alors, d'orienter cette colère contre une cible ou une autre, notamment contre « le Mazarin », bouc émissaire tout trouvé. Pour mainte-

* *Aucuns* : quelques.

nir la pression en effet, la cour refuse de livrer passage aux convois de ravitaillement.

On discute ferme, de part et d'autre, dans les premiers jours de mars. Puis la solution s'impose, venue de l'extérieur. La cour cède sur l'essentiel. Car avec le retour des beaux jours se précise la menace d'une invasion espagnole, renforcée par l'appui d'une partie de la noblesse frondeuse. Le duc de Noirmoutier sert de guide à l'armée ennemie, qui a quitté Bruxelles le 6 mars et s'enfonce dangereusement en Picardie. D'où la nécessité pour Mazarin de traiter d'urgence, afin de libérer les troupes du blocus pour la repousser. « La vérité de la chose, explique Lionne à Servien dans une lettre du 13 mars, est qu'il a fallu conclure à cause de la venue de l'archiduc, dont l'avant-garde était déjà arrivée dans le royaume, et l'on avait grand sujet de soupçonner que le gouverneur de Soissons n'eût promis au parlement de lui donner le passage sur l'Oise, de telle sorte qu'il fallait de nécessité lever le siège [...]. Sans cet incident de l'arrivée de l'archiduc, on ne se serait point relâché du châtiment, ou au moins de l'exil des factieux[38]... » De son côté le parlement, trompé dans son espoir du secours de Turenne et voyant au contraire l'armée d'Erlach marcher sur Paris, rabattait beaucoup de ses prétentions initiales. Le 11 mars, le premier président et le président de Mesmes signèrent donc, de leur propre initiative, une sorte de paix blanche qu'ils se chargèrent de faire enregistrer, non sans peine, par leurs collègues.

Les généraux tentèrent de s'y opposer par la force, tout en cherchant en sous-main à s'y faire inclure. Des émeutiers exigèrent qu'on brûlât le texte du traité, sous prétexte qu'il portait la signature du ministre honni. Trois semaines de discussions, de manœuvres, de violences aboutirent enfin à la conclusion de la paix dite de Rueil, le 1er avril. Il était temps. Le 17 mars, les Espagnols avaient atteint Pontavert, sur l'Aisne. Devant une contre-attaque vigoureuse, ils n'insistèrent pas et firent demi-tour dès le 22.

Signée dans l'urgence, la paix semblait ramener les adversaires à la situation d'avant le siège : annulation de toutes les mesures prises par le parlement depuis lors, en échange d'une amnistie générale pour tous les actes délictueux commis pendant cette période. Les nobles complices du parlement avaient tenté, comme de coutume, de monnayer leur soumission, exigeant places et gouvernements avec une impudence qui indigna Mme de Motteville : « Ils demandaient toute la France[39]. » Mazarin se fit un malin plaisir de publier leurs prétentions, afin de les discréditer. Mais, sans céder sur l'essentiel – Bouillon ne récupéra pas Sedan –, il dut lâcher pas mal de lest, pour désarmer les plus dangereux. Après quoi la cour partit passer l'été à Compiègne, où il put enfin prendre un peu de repos. Depuis le début de l'année, il n'avait pas dormi plus de quatre heures par nuit[40].

L'agitation mit longtemps à s'apaiser dans Paris, où les différentes factions se disputaient les clientèles. Les libelles continuèrent d'y pulluler, comme hannetons au printemps. Paru en juillet, l'un des plus orduriers, *La custode du lit de la reine qui dit tout**, s'en prenait aux relations supposées d'Anne d'Autriche et de Mazarin, les accusant de sacrifier ensemble « au vice d'Italie ». L'imprimeur, condamné à la potence, fut arraché aux argousins par la foule ameutée. En l'absence du roi, la ville s'enfonçait dans l'anarchie. La reine attendit pour y revenir que les principaux frondeurs fussent allés la saluer, elle et son ministre, faisant ainsi acte de soumission.

* *Custode* : rideau de lit.

Le 18 août, la cour regagna enfin la capitale en grande pompe, au milieu de l'allégresse générale. On ne voyait guère la souveraine, installée dans le fond du carrosse royal. À l'une des portières paradaient le roi, son jeune frère et son oncle, le duc d'Orléans ; à l'autre, le prince de Condé et Mazarin. Celui-ci faisait figure de revenant. On le regardait comme si on ne l'avait jamais vu, note Mme de Motteville. Loin de se cacher, il s'affichait, souriant, cible aisée offerte à un éventuel tireur. Mais ô miracle, tous, en bénissant le roi et la reine, le couvraient d'éloges. « Les uns disaient qu'il était beau, les autres lui tendaient la main et l'assuraient qu'ils l'aimaient bien, et les autres disaient qu'ils allaient boire à sa santé » pour leur avoir ramené le roi. La vérité de l'histoire oblige à dire qu'il leur avait fait distribuer de quoi satisfaire les piliers de cabaret les plus exigeants : « C'est pourquoi ils juraient qu'il était bon homme, et disaient qu'ils avaient été trompés quand ils avaient tant crié contre lui[41]. » Il fit huit jours plus tard une contre-épreuve plus objective, en se promenant avec une faible escorte dans le quartier très populeux de la rue Saint-Antoine. Il n'y reçut, si l'on en croit l'ambassadeur vénitien, que témoignages de sympathie. Une page était tournée. Mais il était trop averti pour croire les troubles terminés.

Le bilan de ce trimestre d'affrontements est-il totalement neutre, comme on le dit souvent ? Se retrouve-t-on au même point qu'à la fin de 1648 ? Pas tout à fait, car les rapports de force ont changé. Certes, la reine n'a pas réussi à tirer vengeance du parlement. Celui-ci s'est vu confirmer ses acquis législatifs de l'année précédente. Il fait figure de vainqueur. Mais elle a marqué un point : il s'en tiendra désormais à ses tâches judiciaires et ne se mêlera plus de réformer l'État. Il interviendra, à titre de tribunal, dans des procès hautement politiques. Certains de ses membres s'engageront, à titre individuel, dans la subversion. Mais il sort de la crise profondément divisé. Jamais plus il ne s'opposera, en tant que corps, à l'autorité royale. De leur côté, les Parisiens, une fois l'excitation retombée, se sont réveillés avec la gueule de bois. Ils ne sont pas près de se battre de nouveau pour les grands, ni même pour le parlement. Les factions parviendront à recruter parmi le peuple des équipes d'agitateurs, mais chez les gens aisés, de moyenne bourgeoisie – tous ceux qui peuplent les milices – le désir d'ordre, de paix, de sécurité prévaudra.

Quant à Mazarin, il s'en tire beaucoup mieux que prévu. Chacun jugeait sa disgrâce assurée. On avait fait de son éviction une condition non négociable. Or il est toujours là, il reste au pouvoir, il a bien l'intention de continuer à gouverner. La preuve ? Comme il est persévérant, il a pris soin de faire inscrire dans le traité une chose essentielle, que le parlement lui refusait depuis l'été précédent : l'autorisation d'emprunter auprès des financiers l'argent nécessaire pour faire face aux besoins les plus urgents – douze millions de livres seulement, au denier douze, soit 8,33 %. Mais l'essentiel est que le recours aux prêts soit de nouveau admis. Il aura de quoi remettre en route la machine administrative, en attendant que rentre le fruit des vrais impôts, ceux qu'on va devoir payer au roi. De quoi financer, aussi, la nouvelle campagne qu'il vient de lancer contre l'Espagne sur la frontière du nord.

Pour la régente et son ministre, le pire a donc été évité. La révolte des juges est finie. Mais il s'est greffé sur elle une rébellion nobiliaire du type le plus traditionnel. Tous les participants, de quelque bord qu'ils eussent été, en tirent à la fois encouragement, parce qu'une pluie de faveurs s'est abattue sur eux, et mécontentement, parce qu'ils n'ont pas obtenu autant qu'ils l'espéraient. Ce genre de situation exige qu'on achète les opposants, mais à plus forte raison qu'on rémunère largement les alliés – au risque, peut-être, de se faire dévorer par eux. Car il est des alliés dangereux, aux appétits plus redoutables que les pires ennemis. La volonté de puissance de Condé est immense. Sauveur du royaume, du roi, de la reine et de Mazarin, il s'apprête à leur présenter la facture. Mais ce dernier est bien décidé à ne pas honorer sa dette.

CHAPITRE DOUZE

La rupture avec Condé

Seize mois après son éclatante victoire de Lens, dix mois après la fin d'une guerre civile menée pour le compte de la cour, Condé prenait le chemin d'un cachot dans le donjon de Vincennes. L'événement stupéfia. Comment en était-on venu là ? Certes il devenait insupportable. Les mémorialistes du temps se sont étendus à plaisir sur ses prétentions démesurées et sur les insultes dont il abreuva le ministre. L'image qui ressort de leurs récits est celle d'un Mazarin passif, soucieux de préserver à tout prix l'impossible entente et avalant les couleuvres avec une insigne veulerie. Il n'en serait venu aux mesures énergiques qu'*in extremis*, lorsque les insultes atteignirent la reine. Mais l'examen des diverses mesures qu'il prit durant l'été et l'automne 1649 suggère au contraire qu'il a perçu très vite en Condé un danger, non seulement pour lui-même, mais pour l'autorité royale et qu'il était décidé, dès la paix de Rueil, sinon à l'incarcérer, du moins à rabattre son envol. Deux questions se posent alors : pourquoi ? et comment ? Car c'était s'en prendre à beaucoup plus fort que lui. Les risques étaient énormes. Il ne les eût pas affrontés si les enjeux n'avaient été, eux aussi, énormes. Fallait-il que la menace fût grave pour que, contrairement à toutes ses habitudes, il se résolût à donner priorité à la politique intérieure sur la guerre contre l'Espagne ! Était en jeu, à travers le cas à la fois exemplaire et limite de Condé, rien moins que le statut de la noblesse d'épée dans le royaume.

La partie se déroula en trois manches. Le ministre gagna la première, perdit la seconde et sortit de la troisième avec tous les atouts pour gagner la belle.

Un soutien coûteux

Le prestige de Condé, alors au zénith, est très difficile à entamer. Ses adversaires mêmes ne peuvent s'empêcher de l'admirer. Il incarne au suprême degré le type de héros qu'exaltent romanciers et dramaturges. Comme chez le Cid, la valeur n'a pas attendu chez lui le nombre des années et il a, jusqu'ici, bien servi son souverain. Depuis Rocroi, les écrivains le comblent de dédicaces flatteuses, mendiant ses largesses d'autant plus avidement que Mazarin a eu l'imprudence de les réduire à la portion congrue. Au seuil de la trentaine, il poursuit sur sa lancée glorieuse, couvert des lauriers arrachés à l'ennemi. Tous les jeunes nobles se disputent l'honneur de servir sous ses ordres, avec l'espoir d'être distingués par lui. Grand pourvoyeur de gloire et de rêve, il a le charisme des meneurs d'hommes. La brutalité aussi, mais elle fait partie de son personnage : la morale aristocratique ne conçoit d'autre force que celle qui s'affiche. La médaille a de nombreux revers, mais ils passent pour la rançon de la valeur héroïque et l'on préfère pour l'instant les oublier.

En menant le siège de Paris, il a sauvé la mise à la régente et à Mazarin. Ceux-ci n'auront rien à lui refuser. C'est ainsi qu'il raisonne, en grand feudataire accoutumé à traiter d'égal à égal avec le souverain. C'est ainsi que raisonnent aussi la plupart des nobles qui, contre lui, se sont jetés dans la Fronde. Ils se rallient en masse au maître de demain. Qui mieux que lui pourra faire aboutir leurs prétentions ? Le prince accueille à bras ouverts ces égarés qui rejoignent enfin le camp qu'ils n'auraient jamais dû quitter. En se rangeant à nouveau sous sa protection, ils effacent l'offense qu'avait constituée leur défection. La duchesse de Longueville se jette dans ses bras avec autant d'emportement qu'elle l'avait honni six mois plus tôt. Elle entraîne à sa suite son mari, son amant du moment, Marcillac, son plus jeune frère, Conti – un peu jaloux cependant –, et toute sa cour d'admirateurs. Autour de lui se regroupe la très vaste clientèle traditionnelle de la maison de Condé, ainsi que d'éternels mécontents comme le duc de Bouillon.

Le prince, dit-on, ne réclame que la juste rémunération de ses services. Sur ces services, Mazarin aurait beaucoup à dire. Loin de voir en lui un sauveur, il le juge responsable du demi-échec du siège, car ses tergiversations de l'automne 1648 ont retardé de plus de deux mois l'investissement de la ville : « Sans cela, Paris et le parlement étaient contraints de se rendre la corde au cou et de subir la loi que Sa Majesté leur eût voulu prescrire[1]. » Condé ne sera jamais pour le roi qu'un serviteur indocile et peu fiable. Il n'en fait qu'à sa tête, dans laquelle Dieu seul sait ce qui se passe. Il n'est pas disposé, en tout cas, à subordonner son action aux directives d'une régente présumée incompétente et de son favori, un parvenu italien qui ne mérite que mépris.

Sur ses prétentions, Mazarin est encore plus réservé. Que vise Condé ? Le pouvoir. Certes pas pour l'exercer. Il n'a aucune envie de diriger le royaume. Ce qu'il veut, c'est ne rencontrer aucun obstacle à ses désirs, ne dépendre de personne, être le chef d'un clan tout-puissant et tenir entre ses mains le sort de tous. Devant les progrès de l'autorité royale, c'est le rêve secret de tous les grands, nostalgiques du temps où leurs ancêtres étaient maîtres absolus dans leurs fiefs. Il leur faut pour cela être en mesure de se faire craindre. À défaut de *vassaux*, ils ont des *fidèles*, qui leur *appartiennent*, prêts à les servir en toutes circonstances, même dans la révolte, en échange d'une protection globale, qui implique la prise en charge de leur carrière et celle même de leur vie privée. L'ensemble revêt la forme d'une pyramide, la volonté du maître se répercutant de proche en proche, du haut en bas de la hiérarchie. On reconnaît donc un très grand seigneur à l'ampleur et à la qualité de sa clientèle. Ces réseaux sont très solides à la base, mais beaucoup plus volatils au sommet, comme l'ont montré les récentes turbulences. Condé doit donc distribuer faveurs et prébendes, pour retenir les siens et s'assurer de nouvelles recrues.

Si l'on y regarde de près, le roi ne se comporte pas autrement. Il trouve normal qu'on ne le serve pas gratis et que chacun estime avoir droit à rémunération. Il en existe tout un assortiment, allant des charges hautement honorifiques et lucratives jusqu'aux plus modestes gratifications. Ces charges sont des *commissions* révocables. Mais les bénéficiaires tendent à les considérer comme un bien propre et même héréditaire, puisque le roi en concède parfois la *survivance* à leur fils : elles sont « dans leur famille » et doivent y rester. Le problème, c'est que Richelieu a profité des multiples révoltes pour opérer une redistribution des grandes charges, avec pour résultat que plusieurs familles prétendent avoir des droits sur les mêmes. Mazarin, quelque solution qu'il adopte, est donc assuré de faire des mécontents.

En revanche, il pourra jouer de ces compétitions pour diviser ses adversaires.

Assurément, il préférerait attendre pour trancher que la situation se décante. Le temps perdu en négociations est désormais pour lui du temps gagné. Comme il voudrait voir vieillir Louis XIV ! L'œil rivé sur le calendrier, il compte les jours qui le séparent de la majorité, fixée pour les rois à treize ans depuis Charles V*. Adieu Conseil de régence ! Plus besoin de l'aval de Gaston d'Orléans et de Condé, la volonté du jeune monarque suffira. Hélas, il y a encore deux ans à passer. Et les appétits de Condé sont tels que, si on lui cède, il détiendra alors tous les leviers du pouvoir. Face à une pareille montée en puissance, il ne reste à Mazarin que deux options, se soumettre ou engager le combat. S'il se soumet, il est perdu, le prince l'expulsera d'une chiquenaude. S'il engage le combat, qui sait ? Il vaut la peine d'essayer.

Une victoire sur Condé ne lui apporterait pas seulement le salut personnel. Elle contribuerait aussi, à travers un exemple illustre, à la mise au pas des grands seigneurs indociles, prêts à passer à l'ennemi à la moindre contrariété, qui ont troublé de leurs rébellions la première moitié du siècle. Richelieu n'avait pu y parvenir, en dépit d'une impitoyable répression. Il coupait une tête, il en surgissait dix autres, qu'exaltait le devoir de vengeance. Mazarin, lui, a sa méthode, tirée de son expérience internationale. Pour venir à bout de ces révoltés, il faut en faire, non des martyrs – destin héroïque appelant revanche –, mais des vaincus. Il faut les dépouiller de leur prestige en les acculant à l'échec.

* La majorité ordinaire est fixée à vingt-cinq ans. L'ordonnance de Charles V, en 1374, visait à écourter les régences, sources d'instabilité.

Il faut aussi rendre honorable et gratifiant, par contraste, le service du roi. De ces deux tâches de longue haleine, il accomplira la première, laissant à son filleul le soin de parachever la seconde selon son style propre.

Provocations croisées

Mazarin ne peut pas engager le fer avec le prince si une entente paraît possible avec lui. Il n'y croit guère. Mais il est indispensable d'en faire la démonstration publique. Enivré de sa gloire et incapable de supporter désormais le moindre obstacle à ses désirs, Condé semble oublier les sages leçons de son père, qui avait trouvé, en se ralliant à Richelieu, le moyen de relever une maison ruinée par des décennies de participation aux guerres civiles. Le vieux renard en avait tiré le maximum, tout en sachant ne pas aller trop loin. Oui, mais son fils a en face de lui non des maîtres puissants, mais un pouvoir vacillant, prêt à tout céder. Il ne résiste pas à la tentation d'exiger toujours plus, puisque tout semble permis. Face à lui, Mazarin ne fait pas le poids. Pour contrer un adversaire de ce genre, il sait, en joueur éprouvé, que la meilleure tactique est de le pousser à la faute. Que le prince lâche la bride à son insatiable ambition et à son insupportable orgueil, et la brillante médaille se retournera d'elle-même, laissant apparaître le danger qu'il représente pour la paix du royaume et l'autorité du roi. Alors, il sera possible de sévir, sans être taxé d'ingratitude et à la satisfaction secrète de toutes les victimes de ses excès. Le reste de l'année 1649 est donc ponctué d'une série de démarches qui, toutes, constituent à l'égard du prince des provocations, souterraines ou flagrantes. Il aurait voulu le mettre hors de lui qu'il ne s'y serait pas pris autrement.

L'affrontement qui se prépare donne soudain du prix à ceux des anciens frondeurs qui ont refusé de se soumettre. Deux d'entre eux se sont fait remarquer à Compiègne par leur refus de saluer Mazarin. Le coadjuteur, patron d'un groupe assez hétérogène de parlementaires et de curés, a tenté désespérément de s'opposer au traité. Sachant qu'il n'a pour l'instant aucune chance de réaliser son rêve – obtenir la pourpre qui lui permettrait d'accéder au ministère –, il refuse d'émettre la moindre requête, préférant maintenir dans Paris un « levain de parti », en attendant des jours meilleurs. Il n'a pas de peine à entraîner dans son sillage le duc de Beaufort, que ses succès auprès des harengères du carreau des Halles dissuadent de tout accommodement avec les affameurs de la ville. Tous deux repoussent donc les avances visant à les réconcilier avec la cour et tentent de rallier autour d'eux les irréductibles qui ne pardonnent pas à Condé d'avoir permis au cardinal de se maintenir. Leur parti, que mène le coadjuteur, est dénommé la « vieille Fronde ». Durant l'été, les plus turbulents d'entre eux ont agressé les amis du prince, chez un restaurateur à la mode, en renversant les plats et en cassant les violons sur la tête des dîneurs. Mazarin tire indirectement bénéfice de ces dissensions. Mais s'il leur prenait l'envie de s'allier à Condé, ce serait sa perte assurée. Il essaie donc de les fixer.

Un allié lui tombe du ciel. Le père de Beaufort, César de Vendôme, que l'expérience a dégoûté de la subversion, aperçoit un moyen de rentrer en grâce et d'en tirer un large profit. Son fils aîné, Louis de Mercœur, homme pondéré, pieux et sage, réprouve les désordres de son cadet et se dit prêt à soutenir le ministre. César sollicite donc pour lui, en gage d'alliance, la main de Laure Mancini, l'aînée des nièces du cardinal. Certes Beaufort continue de fronder, mais Mazarin y gagne un moyen de pression sur lui, dont il ne manquera pas d'user. Et les sarcasmes dont Condé abreuve alors les Vendôme – peu regardants sur les mésalliances* – a pour effet de creuser encore le fossé qui les sépare.

Le retour de Mme de Chevreuse relève, lui, d'une stratégie délibérée pour affaiblir le prince. À peine tirée par Anne d'Autriche de l'exil auquel l'avait condamnée Louis XIII, l'incorrigible intrigante s'était compromise en compagnie des *Importants.* Elle séjournait depuis à Bruxelles, aux frais des Espagnols, coordonnant de là-bas leurs négociations avec les frondeurs. Elle se juge couverte par l'amnistie et prétend rentrer en France. Mais pour plus de sûreté, elle fait offrir ses services à la cour. C'est une recrue de choix. Par son mariage, elle appartient à la branche cadette de la maison de Lorraine, de tout temps hostile aux Condé. Elle voue de plus une haine solide à la duchesse de Longueville, dont elle n'a jamais supporté la prétention à éclipser toutes les autres femmes. Après cinq ans d'absence, il ne lui reste pas trace de la légendaire beauté qui a jeté tour à tour dans ses bras rois et ministres de divers pays ; mais son esprit n'a rien perdu de sa vivacité et, si elle laisse désormais à sa fille le soin de séduire, elle se réserve le maniement des intrigues tous azimuts. Auprès de la reine, elle peut bientôt se porter garant du coadjuteur, dont la jeune Charlotte est devenue la maîtresse. Moyennant quoi Mazarin pense maintenir la division, vitale pour lui, entre les deux clans.

Déjà il a entrepris de miner l'attraction qu'exerce Condé sur la noblesse, en l'écartant de la campagne militaire qui s'ouvre. Il lui refuse, ou il l'amène à refuser le commandement des armées, le privant d'une source de gloire personnelle et l'empêchant aussi d'exercer son

---

* Ils sont issus de la liaison entre Henri IV et Gabrielle d'Estrées.

ascendant direct sur les jeunes combattants. Il ne peut confier ce commandement à Turenne, à qui il l'a pourtant promis, mais qui a démérité depuis. En fait, il aimerait disposer d'un contingent de généraux de condition moyenne, moins gourmands de faveurs et plus dociles, qui lui sauraient gré de les promouvoir. Hélas, le comte d'Harcourt, qui a bien servi en Normandie pendant la Fronde, n'a pas le coup d'œil d'aigle de Condé, ni l'attention aux détails qui fait sa force. Le siège de Cambrai, entrepris le 24 juin, se solde par un échec stupide. Les auxiliaires allemands ayant mal gardé l'ouverture de la circonvallation destinée à faire entrer le fourrage, les Espagnols ont jeté dans la place un renfort de 2 000 hommes et d'Harcourt s'est retiré, le 3 juillet, sans avoir combattu. Une lourde déception pour Mazarin, un prétexte à sarcasmes pour Condé, qui n'a jamais supporté de collaborer avec lui dans le domaine militaire, ne fût-ce que pour les questions d'intendance.

Le ministre n'en est que plus résolu à lui tenir la dragée haute dans la distribution des gouvernements. Il lui a accordé trois forteresses prises au duc de Lorraine, Stenay, Jametz et Clermont-en-Argonne. Il a négocié pour lui, en vain mais sincèrement, semble-t-il, l'achat de la principauté de Montbéliard. Détenant déjà la Bourgogne et la Champagne d'un côté, le Berry et le Bourbonnais de l'autre, plus une mosaïque de domaines diversement répartis, le prince régnait sur une importante portion du royaume. Mais il voulait davantage. Il n'avait pas renoncé à revendiquer pour lui-même l'Amirauté, naguère détenue par son beau-frère de Maillé-Brézé, bien qu'il ne cessât de récriminer contre son mariage forcé et qu'il traitât sa femme comme un chien. Mais il ne pouvait invoquer un manquement de parole, s'étant toujours heurté à une fin de non-recevoir. En revanche, les prétentions de son autre beau-frère, Longueville, sur la place du Pont-de-l'Arche, clef d'accès à la Normandie, étaient mieux fondées. Il somma Mazarin de s'exécuter sur ce point. La démarche était habile. Elle réactivait une accusation récurrente contre le ministre, qui « promettait tout, dira Retz, parce qu'il ne voulait rien tenir », et comptait les paroles pour rien[2]. En outre elle donnait au prince les apparences du désintéressement. En réalité, le refus d'une charge demandée pour autrui lui était aussi insupportable qu'un déni personnel, sinon plus, parce qu'il sapait les espérances que mettaient en lui ses fidèles et portait atteinte à son image d'intercesseur tout-puissant. S'il ne pouvait pas leur procurer tout ce qu'ils désiraient, c'est qu'il avait trouvé son maître. Il parlait de Mazarin comme d'un esclave, qui ne pouvait rien lui refuser[3]. Il lui déplaisait donc fort d'être démenti et il se plaignait hautement de la déloyauté du cardinal.

Non sans abus, si l'on en croit les explications fournies par le duc de Rohan à un serviteur de Condé, Lenet, qui prenait sa défense : « Que le prince s'était trop précipité en donnant au duc de Longueville une parole qu'il n'avait pas reçue du cardinal Mazarin ; que le mépris qu'il avait pour lui avait persuadé qu'il le porterait à point nommé à déférer à toutes ses volontés ; que sur ce fondement il s'était engagé à promettre ce qu'on lui refusait à présent, parce qu'on ne le lui avait jamais promis, et que se trouvant réduit à l'extrémité, ou de manquer au duc de Longueville, ou de rompre avec le cardinal, il avait pris ce dernier parti[4]... » Bref, Condé avait présumé de son pouvoir. Selon Brienne, Mazarin avait seulement dit qu'il en parlerait à la reine, ce qui, en langage diplomatique, est une façon polie d'éluder. Mais le prince tint la chose pour acquise[5]. Ajoutons aussi que, d'une manière générale, les promesses étaient liées à un engagement de service et donc révocables en cas de défaillance. Or le duc de Longueville était loin d'avoir joué franc jeu avec Mazarin. Certes celui-ci n'hésitait pas à user de l'équivoque pour éconduire les quémandeurs et à se dédire au besoin. Mais dans cette période trouble où « les choses étaient si brouillées qu'il était difficile de discerner qui était ami ou ennemi[6] », la palme de la mauvaise foi ne lui est pas exclusivement réservée, les promesses non tenues sont le fait de tous les acteurs.

Formellement promis ou pas – qui le sait ? – le refus du Pont-de-l'Arche fit sortir Condé de ses gonds. Il commit la faute qu'attendait Mazarin. Mieux même : dans la foulée, il lui en offrit bientôt trois autres, sur un plateau, s'en prenant à lui, puis à la reine, de façon si outrageante et se livrant à de tels abus de pouvoir qu'il retourna l'opinion contre lui. En sous-estimant l'adversaire, il donna tête baissée dans le piège préparé pour lui.

Le piège

Quand Condé découvrit les clauses du contrat de mariage de Laure Mancini, sa colère n'eut plus de bornes. Promettre l'Amirauté aux Vendôme* équivalait à agiter un chiffon rouge sous le nez d'un taureau furieux. La date du mariage était fixée, les invitations

* César de Vendôme avait eu autrefois la haute main, en tant que gouverneur de Bretagne, sur les affaires maritimes de la province, parce que l'Amirauté était alors divisée en plusieurs secteurs. Depuis que Richelieu l'avait centralisée et concentrée en ses mains, ou en celles de son neveu de Maillé-Brézé, elle était devenue une charge d'une importance capitale. C'est pourquoi Condé la réclame à cor et à cri. En 1646, Mazarin a conseillé à la reine de la conserver. S'il propose de la donner au duc de Vendôme, avec survivance pour son fils Beaufort, c'est qu'il a un urgent besoin d'appuis. Le duc de Mercœur devait devenir vice-roi de Catalogne.

étaient prêtes lorsque, le 14 septembre, il se refusa à signer le contrat comme le voulait l'usage et se livra contre le cardinal à une violente sortie. Devant un nouveau refus du Pont-de-l'Arche, il déclara, en pestant, qu'il ne le verrait jamais en particulier et ne le saluerait jamais plus, où qu'il le rencontrât. Par-delà son ministre, Condé offensait la reine, qui détenait le privilège d'attribuer les gouvernements à son gré. Il se mettait dans son tort. Comme il avait de l'esprit et goûtait fort la raillerie acerbe, il y joignit l'insulte. Il salua Mazarin d'un quolibet en forme de « contre-vérité » – « Adieu, Mars ! » – qui rappelait ses mécomptes lors du siège de Cambrai[7]. Il lui aurait également adressé une missive portant une suscription, *All'illustrissimo signor facchino*, qui se passe aisément de traduction.

Ce n'était pas une surprise pour Mazarin, qui n'attendait que cela. Avait-il prévu cependant tous les rebondissements de l'affaire? La reine fit une démarche d'apaisement, en priant le duc d'Orléans de jouer les médiateurs. Celui-ci ne partageait pas à l'égard de Mazarin les préventions de la plupart des grands. Il appréciait en connaisseur la table du cardinal, une des meilleures de Paris; en homme d'esprit, il goûtait sa conversation, brillante et libre; il raffolait des soirées où son hôte variait les jeux – ne l'accusait-on pas d'en avoir importé un d'Italie, à moins qu'il ne l'ait inventé, le *hoc*, auquel on attacha son nom ? – et consolait son partenaire de ses pertes en les faisant éponger par le Trésor. La fréquentation de Condé était loin de lui offrir l'équivalent et il supportait mal l'ombre que lui portait son cousin en accaparant le premier rang. Il tenait donc beaucoup au *statu quo.* Son plus proche conseiller, l'abbé de La Rivière, qui lui aussi rêvait d'un chapeau rouge et avait besoin pour cela de neutraliser la candidature de Conti, le poussait à apaiser la querelle. Il s'entremit donc volontiers pour un replâtrage. Le prince et le cardinal durent se promettre publiquement amitié. La reine avait lâché le Pont-de-l'Arche et accordé diverses concessions. Le mariage de Laure Mancini était ajourné.

Le 17 septembre, Monsieur s'invita à souper chez le prince, en annonçant qu'il y amènerait Mazarin. Condé, contraint de s'incliner, en profita pour montrer « de quelle manière il avait l'intention de vivre » désormais avec lui. « Il ne lâcha pas une parole, confirme Lenet, qui ne fut une manière de brocard contre le cardinal, de qui l'air mélancolique nous fit juger à tous qu'il les ressentait vivement[8]. » Bientôt, il ne put s'empêcher de pousser son avantage. Le 2 octobre intervint entre les deux hommes un échange de billets signés, dont le texte original fut déposé entre les mains du président Molé. En échange de la protection que lui garantissait Condé, le cardinal s'engageait à déférer à son avis pour toutes les nominations aux principales charges, y compris dans l'Église, à ne prendre aucune décision importante sans son aval, à ne marier ses neveux et nièces qu'avec son consentement et à soutenir partout et toujours ses intérêts. Autant dire une abdication complète, à laquelle il s'astreignait solennellement par serment.

Trop, c'est trop. À force de tirer sur la corde, il arrive qu'elle casse. Comment le prince put-il être dupe d'un engagement si outré ? Mme de Longueville s'inquiéta. À son frère qui lui disait d'un air riant et railleur : « Le Mazarin et moi ne sommes plus que deux têtes dans un bonnet », elle répliqua : « Je prie Dieu que vous ne perdiez pas tous vos amis et votre crédit, que l'abbé de La Rivière ni M. le duc d'Orléans ne vous rendront pas, et encore moins le cardinal et la reine[9]. » Elle parlait d'or. Cette trop prompte réconciliation ruinait tout espoir d'une alliance avec la vieille Fronde. Car le coadjuteur, prêt à se joindre au prince pour sonner l'hallali contre un adversaire qu'il comptait remplacer, avait soudain compris que leurs objectifs divergeaient. Condé ne voulait pas éliminer Mazarin, mais le maintenir à sa botte et faire de lui son laquais. Il ne se battrait sûrement pas pour installer à sa place un homme comme l'ambitieux prélat, intelligent, énergique et doté d'une clientèle solide. Les frondeurs tirèrent la leçon de l'épisode : le prince s'était moqué d'eux et les avait sacrifiés à ses intérêts. Mme de Chevreuse se chargea de leur démontrer qu'ils avaient davantage à espérer de Mazarin dans l'immédiat.

Personne ne sut alors le dessous des cartes. Nous ne le connaissons que par une étonnante lettre d'Anne d'Autriche à Mazarin, retrouvée dans les archives du ministère des Affaires étrangères[10] :

« Mon cousin, reconnaissant que tant de bienfaits extraordinaires dont j'ai comblé le prince de Condé n'ont pu suffire pour l'obliger à vivre envers moi comme il doit, et qu'il est important de trouver quelque autre moyen de fixer cet esprit et de lui ôter surtout le soupçon qui lui reste, que vous ne puissiez oublier facilement la dernière boutade qu'il vient de faire sur le Pont-de-l'Arche ni l'étrange procédé qu'il a tenu envers vous, je juge absolument nécessaire que, pour parvenir à cette fin qui est de la dernière conséquence pour le service du roi, vous ne fassiez point difficulté de lui promettre l'amitié et l'étroite liaison qu'il témoigne souhaiter d'avoir avec vous… » Suivait la recommandation expresse de cacher ce pacte au duc d'Orléans, qui pourrait s'inquiéter de voir se rompre au profit de son cousin et rival le délicat équilibre des forces : « Ce que vous promettriez en cette occurrence ne peut vous engager à rien contre lui, en cas qu'il eût à l'avenir quelques démêlés avec mon dit cousin, puisque je prendrai toujours le parti de mon frère envers et contre tous, et que vous avez une première et principale obligation envers moi qui vous dispense de toutes les autres, quand elles y sont contraires. »

On reconnaît ici la prose de Mazarin, emberlificotée à souhait quand il s'agit de noyer le poisson. Non, ce n'est pas, comme on le croit souvent, parce qu'il répugne à une humiliante soumission qu'il a sollicité un ordre écrit. C'est pour frapper de nullité, par avance, le serment qu'il s'apprête à prononcer : il ne le prêtera que sur injonction expresse de la reine, donc sous la contrainte. Et les ordres de celle-ci – qui, elle, n'a pas juré amitié à Condé ! – viendront le cas échéant le délier de tout autre engagement. En outre, la docilité qui lui est prescrite est présentée pour ce qu'elle est, un leurre, destiné à endormir la méfiance du prince. Apparaît donc en filigrane dans ce texte la décision de mettre fin à ses agissements par la force – d'où le silence exigé à l'égard de Gaston d'Orléans. Et comme il s'agit d'une décision grave, il n'y manque même pas la justification suprême : elle est indispensable au service du roi.

Les contemporains, qui n'en eurent pas connaissance, purent croire à une capitulation en rase campagne du cardinal. On ne voyait alors en lui, dit Mme de Motteville qu'un « rebut de la fortune[11] ». « Les railleries qu'on faisait contre lui étaient publiques; les rues comme les cabinets retentissaient des couplets que l'on chantait pour le rendre ridicule[12]. » Il subissait ces avanies en silence, mais il les somatisait, comme nous disons aujourd'hui : « Le cardinal Mazarin est au lit, fort malade, écrit Gui Patin le 24 septembre : les uns disent que c'est la goutte, les autres que c'est le regret qu'il ressent en l'âme *abeuntis fortunae** et du danger où il se voit, ayant pour ennemi le prince de Condé[13]. » Loin

* Le regret du *naufrage de sa fortune*...

de se décourager cependant, il préparait en secret sa revanche. Mais il s'en fallut encore de deux mois pour que l'opinion fût prête à accepter son coup d'audace.

Condé s'enferre

Trois incidents successifs achevèrent d'aliéner ce qu'il restait de sympathies à Condé. Le premier fut l'affaire dite des tabourets. En présence de la reine, tout le monde se tenait debout, sauf les princesses du sang, qui jouissaient de chaises à dossiers, et quelques dames très titrées, nommément désignées, qui avaient droit à des tabourets. L'usage d'un de ces modestes sièges était donc un privilège envié, pour des raisons de confort sans doute, mais surtout parce qu'il attestait un rang très élevé. Condé se mit en tête d'en faire bénéficier une de ses protégées, Mme de Pons, que rien ne qualifiait pour une pareille promotion. Sa sœur fit proposer, dans la foulée – pour la consoler de son infortune ? – l'épouse de son amant avoué. Il s'y glissa le nom de quelques autres dames, dont la liste importe peu. Et, pour faire bonne mesure, s'y ajouta la revendication du duc de Bouillon, qui voulait être traité en prince étranger, comme héritier de Sedan, fief d'Empire – une prétention déjà discutable avant qu'il n'ait dû abandonner la place au roi de France après la conjuration de Cinq-Mars. Mais il y tenait d'autant plus que ses droits étaient plus douteux.

Ne relevant que des apparences, la chose parut d'abord sans gravité à la reine, qui fit mine d'y consentir. Mais dans cette société strictement hiérarchisée, tout changement indu déchaînait des perturbations ravageuses. La marquise de Pons passait par-dessus la tête de tant de nobles dames qu'il aurait fallu pour satisfaire celles-ci décupler le nombre de tabourets. Encouragée en sous-main par le cardinal, ravi, la majeure partie de la noblesse se dressa donc en tempête contre cette initiative et la reine, on s'en doute, accéda volontiers à sa requête. Condé fit mine de s'associer de bonne grâce au « renversement » des tabourets injustement accordés. Mais il y gagna le mécontentement de ses amis, humiliés d'avoir été rebutés et la défiance de tous les autres, inquiets de la désinvolture avec laquelle il se moquait de leurs prérogatives.

Fin novembre, il se livra à un grave affront, qui atteignit directement Anne d'Autriche. Elle avait parmi ses familiers, comme officier des gardes du corps de son fils, le baron de Jarzé, un jeune écervelé, assez imprévisible, mais fort dévoué, dont les extravagances l'amusaient. Il participait à l'occasion aux parties fines menées par l'escouade de *petits-maîtres* qui papillonnaient autour de Condé, ceux que Tallemant des Réaux appelle sa « cabale garçaillère et libertine », bravant les interdits par goût de la provocation[14]. Il jouait auprès d'elle les chevaliers servants et elle tolérait avec un sourire des hommages sans conséquence qui lui permettaient de se croire encore séduisante malgré les années. Mais lorsqu'il se permit de faire déposer sur son lit une vraie lettre d'amour, elle y vit une insulte et se fâcha. Elle n'avait pas tort. Si l'on en croit Mme de Motteville, Jarzé avait été encouragé par les conversations qui se tenaient chez le prince : on y disait « qu'une femme espagnole, quoique dévote et sage, se pouvait toujours attaquer avec quelque espérance », et on voyait dans une nouvelle idylle le moyen de supplanter Mazarin[15]. Averti de la machination, celui-ci lui dicta sa réponse ; on en trouve le texte dans les *Carnets*, conforme aux paroles que reproduit sa biographe : « Vraiment, Monsieur de Jarzé, vous êtes bien ridicule. On m'a dit que vous faites l'amoureux. Voyez un peu le joli galant ! Vous me faites pitié : il faudrait vous envoyer aux Petites-Maisons*. Mais il ne faut pas s'étonner de votre folie car vous tenez de race[16]. » Jarzé quitta la cour sous les éclats de rire et l'affaire en fût restée là, si Condé, sous prétexte qu'on avait omis de lui demander son consentement, n'avait pas exigé la réintégration de son protégé, avec des excuses. Il alla jusqu'à proférer des menaces en cas de refus. La reine céda, mais ne pardonna pas.

Une dernière faute vint s'ajouter à toutes celles que le prince avait déjà commises. À la fin de décembre, on apprit soudain que Mme de Pons venait d'épouser secrètement le duc de Richelieu. Manœuvre grossière, énorme camouflet à l'autorité royale. Le marié n'avait que dix-huit ans, son épouse, une veuve déjà munie d'enfants, en avait trente-trois – un écart qui, dans ce sens, passait pour rédhibitoire. Le jeune duc, petit-neveu du cardinal, était l'héritier du nom, du titre et des biens de sa lignée. Il était commandant général des galères et gouverneur du Havre, sous la tutelle de sa tante la duchesse d'Aiguillon. En 1643, celle-ci avait été sauvée de la disgrâce par Mazarin et elle lui vouait, ainsi qu'à la reine, une vive reconnaissance. Or la place du Havre manquait au duc de Longueville pour parachever sa mainmise sur la Normandie. Faute de pouvoir la faire ôter à Mme d'Aiguillon, Condé avait trouvé avec ce mariage le moyen de s'en emparer. La duchesse, sans défiance vu la différence d'âge, ouvrait largement ses portes à la jeune veuve et celle-ci, aimable, gracieuse, enflamma d'une passion romanesque le cœur du garçon. Il s'échappa la veille de Noël, sous prétexte d'une partie de chasse, pour aller convoler à l'insu de sa tante

* Les Petites-Maisons étaient un hôpital pour les fous.

dans le château de Trie, appartenant à la duchesse de Longueville. Condé, qui patronnait la cérémonie, lui permit de passer une nuit dans les bras de son épouse pour faire obstacle à une éventuelle demande d'annulation, puis lui enjoignit de gagner le Havre au grand galop pour s'assurer personnellement la possession de la place, puisque son état d'homme marié l'émancipait de la tutelle de sa tante.

Averti, Mazarin s'irrita et la duchesse d'Aiguillon cria au rapt. D'après la loi, cette union, contractée par un mineur contre le gré de sa tutrice, était nulle de plein droit. D'autre part, les affaires familiales des ducs et pairs requéraient l'aval du roi. Le plus urgent était, dans l'immédiat, d'empêcher Condé de s'emparer du Havre. La reine envoya le capitaine de ses gardes, de Bar, pour en prendre possession en son nom. Mais celui-ci arriva trop tard. Le jeune duc, qui avait déjà reçu le serment de fidélité de la garnison, lui en fit interdire l'entrée. Ayant réussi cependant à pénétrer jusque dans la citadelle, de Bar parvint à le voir, exhiba l'ordre royal qui lui enjoignait de quitter la place. En vain. Le duc refusa de la rendre. Mais Condé n'en tira pas le bénéfice escompté : il ne l'obtint pas non plus. Anticipons un peu. Dès le lendemain de l'arrestation du prince, le jeune Richelieu comprit que son intérêt autant que son devoir lui conseillait de servir le roi. Il refusa d'ouvrir ses portes à Mme de Longueville. Mazarin s'entremit pour son retour en grâce et il chargea Le Tellier d'amadouer la vindicative duchesse d'Aiguillon, qui n'avait pas renoncé à porter l'affaire en justice. Le duc restait méfiant, craignant pour sa liberté. Quel meilleur moyen de le rassurer que d'accorder le tabouret à sa femme, visible preuve que sa faute était oubliée ? Nous avons peine à le croire : c'est sur ce point que la vieille dame batailla le plus. Au bout du compte, la petite marquise de Pons échappa à la menace d'un couvent et eut la joie de se retrouver duchesse, dotée d'un tabouret parfaitement légitime. Mais le destin, soucieux pour une fois de faire triompher la morale, fit que ce mariage ne fut pas heureux.

Le vrai coupable n'était pas le naïf jeune homme qu'on avait manipulé, mais, bien entendu, Condé. Il semblait désormais capable de tout. La coupe était pleine. L'indignation de la reine était à son comble et une bonne partie de l'opinion la partageait.

Veillée d'armes

Une ténébreuse affaire contribua à endormir la défiance du prince et assura définitivement à Mazarin l'appui des frondeurs. En dépit des mises en garde de Mme de Chevreuse, ceux-ci ne désespéraient pas de rallumer l'action judiciaire contre le ministre en exploitant la colère des petits épargnants frustrés de leurs revenus. Le 11 décembre, le coadjuteur avait monté avec l'aide du syndic des rentiers, Guy Joly – qui deviendra plus tard son secrétaire –, un faux attentat destiné à ameuter le peuple. Joly troua son pourpoint, se fit une égratignure au bras, on tira un coup de pistolet en l'air, tandis que des compères menés par le marquis de La Boulaie criaient au meurtre. Se prétendant visé, lui aussi, le président Charton, un complice, courut au Palais de justice pour tenter d'émouvoir ses collègues. Mais l'affaire fit chou blanc : ni le parlement ni le peuple ne bougèrent.

Au soir du même jour, en revanche, eut lieu un autre attentat, aussi suspect que le précédent, mais qui souleva d'énormes vagues : car la cible en était M. le Prince. Vers midi, un billet l'avertit qu'il était menacé. Des bruits alarmistes couraient. Il proposa d'aller réprimer l'agitation, puis, sur les conseils de la reine et de Mazarin, il opta pour une manière de test et envoya dans les rues plusieurs carrosses avec des gens portant sa livrée. L'attaque eut lieu sur le Pont-Neuf, elle blessa ou tua un de ses domestiques, les agresseurs s'enfuirent sans être identifiés. Comme celle du matin, elle sentait à plein nez le coup monté. L'idée prévalut qu'elle provenait de même source. Condé resta convaincu que c'était l'œuvre des frondeurs, qui ne lui pardonnaient pas d'avoir mené contre eux le siège de Paris.

Mais quelques doutes subsistaient dans les esprits avertis. Le vieux précepte invitant à regarder à qui profite le crime pointait tout droit sur Mazarin : la mort de Condé imputée aux frondeurs l'eût débarrassé de l'un et des autres. Telle est la thèse que soutiendront dans leurs *Mémoires* La Rochefoucauld, Lenet et, avec un bémol important, le cardinal de Retz. Ils cherchent ainsi à se dédouaner eux-mêmes. Mais la thèse ne tient pas, puisque Mazarin lui-même a dissuadé Condé de s'aventurer dans les rues. On peut tout au plus le rendre responsable d'un faux attentat permettant de dresser le prince contre les frondeurs. Mais, d'après les *Carnets*, le cardinal semblait croire au contraire à une entreprise de ces derniers aux abois, décidés à « brouiller les affaires » par un meurtre au plus haut sommet : « Je suis averti de plusieurs endroits que je prenne garde à moi [...]. La reine doit prendre garde à elle et ne sortir que fort bien accompagnée. Son Altesse Royale tout de même et M. le Prince et son frère. [...] On a bu en divers lieux à la santé de Cromwell [...]. Chez le comte de Fiesque, on tient discours les plus méchants et séditieux du monde, concluant que d'une façon ou d'autre, il fallait se défaire de moi[17]. » Qui croire ? L'ambassadeur vénitien avance, lui, une autre hypothèse : l'auteur de l'attentat serait Condé lui-même, afin de l'attribuer au cardinal et de prouver sa cruauté et sa perfidie. Le bon Morosini a vraiment beaucoup d'imagination ! Résignons-nous, dans le doute, à n'incriminer personne. Mais le résultat, lui, est très clair : Condé poursuit en justice le coadjuteur et ses amis pour tentative d'assassinat. Ceux-ci n'ont d'autre ressource, pour l'instant, que de se jeter dans les bras de Mazarin.

Depuis trois mois, la duchesse de Chevreuse le leur prêchait. Tout alla très vite. Retz a fourni un récit fort romanesque de sa première visite nocturne au Palais-Royal. Contrairement à ce qu'il feint de croire, la convocation de la reine ne recelait aucun piège : elle avait trop besoin de lui. Un serviteur le prit à minuit au cloître de Saint-Honoré et le mena, par un escalier dérobé, dans le petit oratoire où elle l'attendait. « Elle me témoigna, raconte-t-il, toutes les bontés que la haine qu'elle avait contre M. le Prince lui pouvait inspirer, et que l'attachement qu'elle avait pour M. le cardinal Mazarin lui pouvait permettre. Le dernier me parut encore au-dessus de l'autre[18]. » Le cardinal la rejoignit alors pour débattre du prix de ses services. Ils le comblèrent de promesses, qu'il prétend avoir repoussées noblement. Il était trop tôt pour la pourpre, elle passerait pour le salaire de la trahison. Il se contenta de solliciter un gouvernement militaire pour l'un de ses amis et suggéra que la surintendance des mers serait d'un merveilleux effet pour ramener le duc de Beaufort. « Elle a été promise au père et au fils aîné », protesta le cardinal. « À quoi je lui repartis que le cœur me disait que le fils aîné ferait une alliance qui le mettrait beaucoup au-dessus de la surintendance des mers. » Et Mazarin, avec un sourire, promit d'y songer. Il n'est rien de tel que la nécessité pour rapprocher deux ennemis et tous deux s'entendaient à vêtir d'élégance les marchandages triviaux.

Le coadjuteur retourna au Palais-Royal à plusieurs reprises et l'on commença à parler dans Paris de ces entrevues, qu'on prenait pour une simple venue à résipiscence de sa part. Il s'y rendait en habit de cavalier, déguisé. Le bruit en vint aux oreilles de Condé, qui interrogea Mazarin. Celui-ci s'en tira par une plaisanterie, disant « que ce serait une chose fort plaisante de [le] voir avec de grands canons, un bouquet de plumes, un manteau rouge et l'épée au côté ; et qu'il promettait à Son Altesse de le réjouir de cette vue, s'il prenait envie à ce prélat de le visiter en cet équipage[19] ». Le prince avait d'ailleurs d'autres soucis. Il croyait obtenir aisément la condamnation de ses prétendus agresseurs. Mais à sa grande surprise, l'instruction traînait, faute de preuves, les seuls accusateurs étaient des « témoins à brevet », autrement dit des indicateurs professionnels, le dossier restait vide. Il s'impatientait, tempêtait, menaçait, sûr de son droit, cherchant la faille du côté du parlement, furieux des succès que s'y taillait l'éloquence éprouvée du coadjuteur. Il ne soupçonna pas une seconde que la reine avait décidé de l'arrêter, lui, et à titre de précaution, son frère Conti et son beau-frère Longueville.

Pour une mesure aussi grave, l'assentiment de Gaston d'Orléans était indispensable. Il fallait obtenir son accord à l'insu de La Rivière, qui travaillait pour Condé. On fit flèche de tout bois pour le dresser contre son conseiller, dont le soutien du prince avait décuplé l'ambition et la cupidité. Il était pour lors amoureux, selon son habitude, d'une des filles d'honneur de sa femme. L'élue du moment, fort sage, s'était dérobée à ses poursuites en se réfugiant au carmel, sur les conseils de La Rivière. Jouant les entremetteurs, Mazarin n'hésita pas à promettre au duc que Mme d'Aiguillon dissuaderait les carmélites de la garder. Mais surtout il lui apporta la preuve que l'abbé lui cachait ses tractations avec Condé. La reine le cajola, il céda. Et il sut se taire. On a peine à imaginer le degré de tension qui devait régner le soir quand ils se réunissaient tous chez l'un ou chez l'autre autour d'une table de jeu. La dissimulation est, dit-on, une vertu nécessaire aux rois. Le petit Louis XIV serait décidément à bonne école.

Une fois de plus Anne d'Autriche tint à protéger Mazarin contre d'éventuels reproches ou représailles, grâce à une longue lettre qu'elle lui adressa : « Je vous déclare que ma dernière et absolue volonté est de m'assurer de la personne desdits princes sans plus de délai, croyant qu'il n'y a point d'autre voie que celle-là de pouvoir sauver la couronne du roi mon fils, et je vous écris ce mot principalement pour vous dire que, non seulement il serait inutile de me parler davantage pour me détourner de cette résolution, mais que vous me désobligeriez sensiblement et que ce serait me donner lieu de concevoir quelques soupçons contre votre fidélité même[20]. »

Elle ne mentait pas, assurément, en assumant la décision, mais elle gauchissait la vérité en prêtant des réticences à Mazarin, car on peut être certain qu'il était d'accord. Comme la précédente, c'est là une lettre « ostensive », comme on disait alors : sinon, pourquoi lui écrire alors qu'elle le voyait tous les jours ? La suite des événements fit qu'il n'eut pas à y recourir pour se justifier. Elle resta donc enfouie, comme la première, dans les archives du Quai d'Orsay.

L'arrestation

Restait à passer à l'action. La date fut fixée au 18 janvier. Il n'était pas question, à cette époque, d'arrêter un grand seigneur dans sa maison, remplie de serviteurs et de gardes, ni même dans la rue où il ne se déplaçait qu'entouré d'une troupe de gentilshommes prêts à tirer l'épée, sans compter les laquais. On ne pouvait le faire que chez le roi, où nul n'avait le droit de pénétrer armé. Il n'était pas très difficile d'en attirer un. Mais trois à la fois ! La plus élémentaire prudence voulait, en période de troubles, que les chefs d'une même famille s'abstiennent de se trouver ensemble aux endroits les plus exposés. Mais la reine les invita tous trois pour des affaires différentes, comme si le hasard seul avait fait que ces affaires fussent traitées le même jour. Le prince de Condé, ébloui d'orgueil, se fiait à l'apparente servilité du ministre, qui venait de lui renouveler deux jours plus tôt la promesse de défendre partout et toujours les intérêts de sa maison. Il n'imagina pas une seconde qu'on pût s'en prendre à lui. On n'eut pas de peine à trouver un prétexte pour inviter son frère. Le duc de Longueville, lui, eut quelques soupçons. Mais, comme il avait réprouvé ouvertement les excès de son beau-frère, il crut n'être pas menacé.

Tous trois se retrouvèrent donc au Palais-Royal. Ils saluèrent la reine qui, se disant souffrante, se reposait étendue sur son lit, avant de présider le Conseil. Puis ils passèrent dans un cabinet voisin en attendant l'arrivée des autres participants. Gaston d'Orléans s'était fait porter malade, mais l'abbé de La Rivière était là. Mazarin se chargea de l'écarter sous un prétexte quelconque. Les princes se trouvèrent seuls. Surgit alors le petit roi chargé d'un message : « Maman dit qu'on doit aller dans la galerie. » Ils s'y rendirent sans la moindre inquiétude. Mais la reine, au lieu de les rejoindre, s'enferma avec son fils dans son oratoire et lui ordonna de prier Dieu très fort pour que tout se passe bien. À sa place parut Guitaut, qui annonça fort poliment aux trois hommes qu'ils étaient en état d'arrestation. La première réaction de Condé fut l'incrédulité. Puis il s'indigna, demanda à parler à la reine, au cardinal, se heurta à des refus. Il ne restait plus qu'à obéir. On les fit sortir par la porte du jardin où une escorte de cinquante chevaux, commandée par Miossens, futur maréchal d'Albret, les attendait. Ô ironie, Mazarin avait demandé à Condé de fournir cette escorte, destinée, disait-il, à arrêter un de ses agresseurs présumés ! Le convoi prit la route de Vincennes. En chemin, le carrosse s'embourba et versa, comme tant d'autres, sur ces chemins troués d'ornières. Le prince songea à s'enfuir, il sonda Miossens : « Si tu voulais… – Je suis serviteur du roi », répliqua le garde. « Je ne vous prie de rien », trancha Condé. Le cortège atteignit sans encombres le vieux château et déposa ses prisonniers dans une chambre du donjon, froide et nue, qu'on avait oublié de meubler. « Voilà un beau coup de filet, commenta Monsieur ; on a pris un lion, un singe et un renard ! », tandis que Mme de Motteville louait le ministre de son habileté et souhaitait un favorable succès à sa hardiesse[21].

Le programme prévu comportait cependant un accroc. On avait raté Mme de Longueville, absente de chez elle quand les gardes s'y présentèrent. Elle eut le temps de s'enfuir vers la Normandie, flanquée du prince de Marcillac, mais on avait pu prendre quelques serviteurs du prince, parmi les plus actifs. Les Parisiens, qui n'avaient pas oublié les misères du siège, firent des feux de joie. L'abbé de La Rivière, constatant que son maître lui avait caché le projet d'arrestation, comprit que le temps de sa faveur était terminé. Il prit les devants, demanda son congé. Adieu la pourpre, adieu le ministère ! il terminera ses jours à la campagne. Très vite – trop peut-être ? – un non-lieu fut rendu en faveur du coadjuteur et de ses coaccusés dans l'affaire de l'attentat ; mais il est vrai qu'on n'avait rien de solide contre eux. Le petit roi et sa mère purent respirer. Mazarin retrouva sa liberté d'action. Ce « coup d'État », prouvant qu'il était capable d'énergie, redonna du lustre à son image ternie par quatre mois d'apparente servilité. Il fit sonner bien haut sa victoire auprès des souverains étrangers : alliés ou ennemis devaient savoir qu'il fallait encore compter avec lui.

Avait-il la présomption de croire que tout allait pour le mieux ? Il n'ignorait pas que deux menaces pesaient sur lui. D'une part, il ne pourrait garder indéfiniment en prison un prince du sang couvert de gloire, uniquement coupable d'ambition et d'insolence. On n'était plus au temps où Louis XIII et Richelieu disposaient à la fois des armes et des lois. La clientèle nobiliaire des princes se préparait à la lutte sur le terrain. Au parlement leurs amis, extrapolant les récentes déclarations royales, allaient exiger qu'on leur fît leur procès au plus vite. D'autre part, il savait les frondeurs peu sûrs, toujours animés par l'espoir de l'évincer. Il lui faudrait récompenser leurs services, mais sans leur accorder trop de pouvoir. Le coadjuteur avait consenti, par décence, à un certain délai avant de se voir attribuer le chapeau rouge libéré par l'emprisonnement de Conti et la disgrâce de La Rivière. Mais combien de temps consentirait-il à attendre ? Plutôt que de se ronger les sangs à la pensée d'un avenir incertain, Mazarin choisit de s'attaquer aux questions qui, elles, réclamaient une intervention urgente.

L'agitation menaçait de gagner le reste de la France. Déjà en Provence et en Guyenne, des conflits entre parlements locaux et gouverneurs dégénéraient dangereusement. D'autres provinces risquaient de se déclarer pour les princes, la Bourgogne, où leur implantation était ancienne, et la Normandie, que Mme de Longueville cherchait à soulever. Les deux frères La

Tour d'Auvergne apportaient leur soutien aux captifs : tandis que Turenne se chargeait de tenir la frontière nord-est, avec la forteresse de Stenay, Bouillon, appuyé par La Rochefoucauld s'efforçait de rassembler en Poitou toute la noblesse du Sud-Ouest. Le ministre avait répliqué en révoquant les gouverneurs rebelles et en les remplaçant par des fidèles, mais cette redistribution risquait de rester lettre morte si on ne l'appuyait pas sur le terrain. Mazarin entreprit donc d'aller remettre de l'ordre en province sans laisser aux foyers de résistance le temps de s'étendre. Il misait sur la douceur, si possible, avant de recourir à la force.

La pacification des provinces

L'année 1650 fut entièrement consacrée à des expéditions pacificatrices. Mazarin eut l'habileté d'y associer la régente et ses fils de façon à leur donner l'apparence d'une de ces tournées de prestige chères au siècle précédent, qui entretenaient la ferveur monarchique chez les braves gens ne connaissant du roi qu'un profil sur une pièce de monnaie – quand ils avaient la chance d'en posséder une. Accompagnées de fêtes, ces visites offraient aux fidèles sujets la joie de voir leur souverain une fois dans leur vie et celui-ci en profitait pour arbitrer les conflits locaux et pour extorquer aux villes traversées quelque contribution exceptionnelle. Mazarin n'y manqua pas, on s'en doute.

Ce voyage présentait aussi à ses yeux un autre avantage, souvent sous-estimé parce qu'une tradition remontant aux mémorialistes a accrédité l'idée qu'il avait très mal rempli auprès de son filleul son rôle d'éducateur. À la base de cette conviction il y a, outre le mépris et la haine qu'on lui portait, un fait incontestable. Il n'a pas usé des méthodes préconisées par les traités sur l'éducation des princes chrétiens. Il a laissé à sa mère le soin de lui inculquer la piété, par l'exemple plutôt que par l'enseignement. Pour le reste, il l'a soustrait au bourrage de crâne livresque, voulant faire de lui une tête « bien faite » plutôt que « bien pleine », soucieux surtout de le préparer au métier de roi. Et il estime que ce métier exige des travaux pratiques. Un fort en miniature édifié dans le jardin a enseigné à l'enfant l'art des fortifications et des sièges. Dès l'âge de onze ans, il assiste au Conseil des affaires. La campagne de pacification est l'occasion de lui faire découvrir son royaume, de lui apprendre à se comporter face à l'infinie diversité de ses sujets, de l'initier aussi à la vie militaire.

Faute de posséder le don d'ubiquité, Mazarin ne pouvait être partout, en province et à Paris. Il n'était pas mécontent de s'éloigner des turbulences de la capitale. La présence continue de ses gardes et la proximité des troupes que commandait le comte d'Harcourt rassuraient la reine, plus sereine en campagne que dans l'indéfendable Palais-Royal. Lui-même sentit s'éloigner la menace d'un coup de poignard. Mais il savait bien que dans le chaudron parisien bouillonnait un magma d'intrigues, d'ambitions et de haines toujours susceptible de déborder. La reine confia à son beau-frère le soin de le tenir sous contrôle. Mais Gaston, même assisté – et surveillé – par le fidèle Le Tellier, ne se laisserait-il pas circonvenir ? On organisa donc non pas une tournée en continu, mais une série d'expéditions disjointes, coupées de brefs séjours à Paris. Beaucoup plus légère que celle de Catherine de Médicis, la caravane royale y gagna en souplesse et en mobilité. Mazarin, d'autre part, prit par rapport à elle quelque distance. S'écartant du noyau formé par la reine et le petit roi, il allait et venait, poussant des pointes à droite et à gauche, débordant largement l'itinéraire principal, ratissant le maximum de terrain dans un minimum de temps.

L'ordre des opérations fut fixé en fonction de la difficulté croissante. Il fallait commencer par des succès, qui auraient valeur d'exemple. Le 1er février, lorsque la cour mit le cap sur la Normandie, la cause était déjà entendue. Loin de répondre à l'appel de Mme de Longueville, les autorités locales, exaspérées par sa morgue et par l'arrogance de son mari, refusaient de l'abriter. Le parlement de Rouen en avait fait aviser Mazarin, l'assurant de sa loyauté. Parmi la clientèle nobiliaire de Condé, beaucoup étaient rebutés par la violence et la versatilité du duc. Bien que tenus par les liens de fidélité, certains gouverneurs de places nommés par lui n'avaient guère envie de le suivre dans une prise d'armes aventureuse. La présence du roi en personne leur servit d'excuse pour ouvrir leurs portes. On se presse pour le voir. Il est jeune, il est charmant, il accueille les acclamations avec un mélange souverain de dignité et de grâce. « Jamais peuple, écrit Mazarin à Le Tellier, n'a témoigné plus de joie à la vue de son prince[22]. » Les deux gouverneurs qui firent mine de résister durent céder à la pression des populations. Celui du Pont-de-l'Arche rendit la place au comte d'Harcourt. Celui de Dieppe, qui avait accueilli Mme de Longueville dans sa citadelle, la pressa de fuir lorsque les bourgeois livrèrent leur ville aux troupes royales. Après quelques errances en pays de Caux dans l'attente d'un navire anglais, elle finit par gagner Rotterdam, d'où elle rejoignit Turenne à Stenay. Son chevalier servant, devenu duc de La Rochefoucauld par la mort de son père, galopait vers le Poitou pour y organiser les funérailles – belle occasion d'y rassembler ses amis.

Le 9 février, la révolte était terminée. En l'espace d'une semaine, la cour avait rétabli son autorité sur la Normandie, sans faire parler les armes. Le lendemain, une subvention de 300 000 livres lui fut votée par le parlement de Rouen, trop heureux d'avoir échappé à la fois aux ravages de la guerre et aux châtiments redoutés. Mazarin avait accordé une amnistie de plus, une parmi bien d'autres. On le savait peu sanguinaire. Mais les contemporains – et beaucoup d'historiens à leur suite – y virent un signe de faiblesse plutôt que de bonté. Et il est vrai que s'il avait voulu mettre en prison tous ceux qui avaient trempé, à un moment ou à un autre, dans la Fronde, toutes les forteresses du royaume n'y auraient pas suffi et l'on aurait manqué de gardiens pour les surveiller. Mais il aurait pu exercer des représailles sur les biens des coupables. Or il en a usé le moins possible. Car ses amnisties ont une éminente fonction politique. Jumelées à une tournée royale qui rappelle aux peuples qu'ils ont à choisir, non entre Condé et la régente ou son ministre, mais entre Condé et leur souverain mandaté par Dieu, elles visent à dire aux fidèles des princes : vous ne risquez rien à vous rallier au roi, votre intérêt comme votre devoir vous commandent de le servir.

La cour s'attarde à Rouen jusqu'au 20 février. Elle est accueillie à Paris le 22 par les récriminations des frondeurs réclamant leur dû. Mazarin leur lâche quelques os. Il laisse au fils de Broussel le gouvernement de la Bastille. Il ôte les sceaux à Séguier pour les confier à l'ami et ancien amant de la duchesse de Chevreuse, Châteauneuf. Il sait que celui-ci lui est hostile, mais son âge – soixante-dix ans passés – fait espérer que le temps se chargera de l'éliminer. Et d'ici là, il fera contrepoids à son complice, le coadjuteur, qui vise les mêmes objectifs, la pourpre et le ministère. En revanche, les nouvelles de la frontière de Champagne sont bonnes. Les Espagnols ont dû abandonner quelques places. Turenne et Mme de Longueville ne disposent là-bas que de Stenay. La caravane royale peut reprendre la route dès le 5 mars : destination, la Bourgogne.

Cette campagne-là risque d'être un peu plus rude que celle de Normandie. La maison de Condé y est fortement implantée depuis des années. Aussi Mazarin a-t-il pris soin de faire préparer le terrain avant d'y emmener le roi. Ô miracle, là aussi la dynamique du ralliement a commencé de jouer parmi les populations et la noblesse y est divisée. Le duc de Vendôme, nommé gouverneur en lieu et place du prince destitué, a pu entrer sans peine dans Dijon avec l'appui du marquis de Tavannes. Les États votent sans trop rechigner les 800 000 livres nécessaires pour financer la remise en ordre de la province. Reste un point noir, la forteresse de Bellegarde, sur la Saône, où vient de s'enfermer avec une solide garnison et d'abondantes provisions le comte de Tavannes, neveu du marquis mais de parti adverse. Les royaux ont d'abord à subir trois semaines de pluies diluviennes, la rivière gonfle, noyant les champs et transformant la place en île. Dès la décrue, à la fin mars, on entame les opérations de siège, surveillées par Mazarin en personne, qui essuie quelques arquebusades. Vers la mi-avril, les assiégés demandent à traiter, mais ils avancent des exigences extravagantes. Le cardinal décide alors de recourir à ce que nous nommerions l'action psychologique : il propose à la reine d'y amener le roi, dans l'espoir d'avoir promptement la place sans aucune effusion de sang.

Le 9 avril, Louis XIV reçut donc, à onze ans et demi, son baptême du feu, un baptême sans grand danger, à vrai dire, puisque les assiégés, aussitôt avertis de sa présence, décidèrent de suspendre les tirs toute la journée. Les quelques salves essuyées par l'escorte de Mazarin furent imputées à l'ivresse et donnèrent lieu à des excuses. Vêtu en cavalier, le jeune roi avait grande allure et il affichait à portée des canons ennemis une intrépidité de bon augure. « Tous les soldats témoignèrent tant de joie de la présence de Sa Majesté et en donnèrent des marques si éclatantes, jetant leurs chapeaux en l'air et faisant retentir toute la campagne des acclamations de *« Vive le Roi ! »*, que cela causa un grand affolement parmi ceux de Bellegarde, lesquels pourtant, ayant mis toutes leurs troupes sur leurs bastions, répondirent avec les mêmes cris et firent des décharges de leur mousqueterie et artillerie pour saluer le roi[23]... » Dépouillée de ses horreurs, la guerre prenait des allures de fête. L'enfant en ressentit une vive exaltation, qui le marqua pour la vie. Quant aux gens de guerre, il avait fait leur conquête.

Sa présence coupa court aux rodomontades des assiégés, qui renoncèrent à se faire tuer jusqu'au dernier : il n'y a pas de honte à s'incliner devant le roi. Ils avaient proposé de se rendre au bout de trois semaines si Turenne ne les délivrait pas d'ici là. Réduit à dix jours par Mazarin, le délai était trop court pour la venue d'un quelconque secours, mais il leur permettait de sauver la face. L'accord fut conclu le 11 avril. Amnistie complète pour tous, même pour le comte de Tavannes, qui conservait ses fonctions de bailli à Dijon. Les soldats recrutés par Condé étaient invités à reprendre du service, s'ils le souhaitaient, dans l'armée du roi, ce dont profitèrent aussitôt 800 cavaliers. Une telle mansuétude était si étrangère aux mentalités du temps que le cardinal crut devoir s'en expliquer dans une longue lettre au duc d'Orléans. Il y invoque les avantages stratégiques d'une issue rapide, les économies de temps et d'argent, la fatigue évitée aux soldats, mais glisse sur l'essentiel, l'effet magique opéré par la présence du roi. Inutile d'attirer l'attention de Monsieur sur ce que préfigure l'apparition publique de celui-ci dans son rôle de chef des armées. Il y a bien assez de gens dans son entourage pour lui murmurer que dans moins de seize mois, sa lieutenance générale prendra fin.

Forte de ce succès, la cour regagna la région parisienne et passa le plus clair du mois de juin à Compiègne, d'où Mazarin prétendait surveiller les opérations militaires. Le danger était grand : Turenne et Mme de Longueville, solidement retranchés dans Stenay, n'avaient pas hésité à signer avec les Espagnols un traité en bonne et due forme. Le maréchal se décida-t-il à sauter ce pas pour les beaux yeux de la duchesse ? L'opinion fut d'autant plus portée à le croire qu'ils étaient seuls à gouverner la place, loin des autres chefs du parti. En l'absence de son amant en titre, la belle était libre. « Le bénéfice n'était pas vacant, mais il n'était pas desservi », comme le disait plaisamment Retz, qui avait songé un peu plus tôt à profiter lui-même d'une vacance analogue[24]. Cependant les historiens, moins romanesques, croient plutôt que Turenne suivit, une fois de plus, le chemin tracé par son frère pour la défense de leur maison.

Peu importaient à Mazarin, en tout cas, les causes de cette nouvelle dissidence. Il se souciait surtout de ses suites immédiates. À la fin de juillet en effet l'archiduc se remit en campagne. Bientôt ses troupes, jointes à celles de Turenne et commandées par lui, conquirent en Champagne et en Picardie quelques places, certes mineures, mais dont la perte était de mauvais augure. La reine émit une déclaration proclamant Bouillon, Turenne, Mme de Longueville et La Rochefoucauld « perturbateurs du repos public, rebelles, ennemis de l'État et criminels de lèse-majesté au premier chef » – ce dont les intéressés se moquaient bien. Mazarin, lui, alla inspecter les places frontières et encourager leurs gouverneurs. Mais il ne modifia pas son programme. Il fallait avant tout prévenir les efforts des rebelles pour soulever le Sud-Ouest. Pour les Espagnols, on verrait plus tard.

Le 4 juillet, la cour partit donc pour la Guyenne.

Une province récalcitrante

En Guyenne, la magie n'opéra pas. Après avoir été longtemps le fief des puissants ducs d'Aquitaine, la province était passée pour trois siècles aux mains des rois d'Angleterre. La prospérité de sa capitale reposait sur l'exportation de ses vins. La ville, qui écoulait outre-Manche la majeure partie de sa production, ne se consolait pas d'avoir dû troquer, en 1453, le joug léger d'un souverain lointain contre son rattachement au royaume de France. Elle ne partageait pas le loyalisme monarchique si vivace dans les autres régions. Ombrageux, fiers de leurs traditions, épris de liberté, les Bordelais montraient à l'égard de tout ce qui venait de Paris une défiance instinctive qui, lorsqu'il s'agissait d'impôts, tournait à la fureur. Les mesures fiscales des deux cardinaux-ministres avaient entraîné une agitation endémique à laquelle le gouverneur répondait avec brutalité. C'est donc sur un conflit local entre le duc d'Épernon et ses administrés que vint se greffer l'épisode frondeur.

Mazarin avait d'abord soutenu le duc. Parce qu'il songeait à marier une de ses nièces avec son fils, dirent les contemporains. Peut-être. Mais ses projets de mariage variaient souvent et il savait bien que le meilleur moyen de les faire aboutir était de vaincre la Fronde, après quoi il n'aurait que l'embarras du choix –

ce qui advint. Les considérations politiques primaient donc. Alors qu'en Provence il soutenait le parlement contre le gouverneur, condéen notoire, en Guyenne, il soutint le gouverneur contre le parlement inféodé à Condé. Mais Épernon était haï du menu peuple de Bordeaux.

Cet élément joua, sans aucun doute, dans l'esprit du duc de Bouillon lorsqu'il prit la direction du combat pour la délivrance des princes. La Normandie perdue, la Bourgogne perdue, il ne restait plus au parti que Stenay, sur la frontière nord, et Montrond, en Berry. Le duc rassembla en hâte ses partisans dans le Centre-Ouest, où il possédait de vastes domaines et où La Rochefoucauld avait lui aussi ses terres familiales. Il y fut rejoint par la jeune épouse du prince et son fils aîné, évadés de Montrond où ils étaient astreints à résidence. La noblesse locale avait largement répondu à son appel. Il avait formé une armée assez étoffée – 6 000 fantassins, 1 000 cavaliers. Mais ni le village de Turenne*, ni celui de Verteuil ne pouvaient servir de base arrière à des opérations militaires d'envergure. Il lui fallait une ville hostile à Mazarin, protégée de solides remparts et dotée de ressources suffisantes pour supporter un siège. Bordeaux remplissait ces trois conditions et offrait en plus, par le fleuve, la possibilité de recevoir des secours d'Espagne. Il se mit donc en marche, bouscula sans peine les maigres troupes du duc d'Épernon, et se présenta devant la ville à la fin mai.

À vrai dire, les Bordelais n'étaient pas tous enchantés d'ouvrir leurs portes à des rebelles en armes. Les jurats** y étaient hostiles, ainsi qu'une partie du parlement. Mais comment refuser d'accueillir une épouse

* Turenne est ici le nom du lieu dont le vicomte tirait son titre.
** Membres de la municipalité, dite *jurade*.

éplorée et son enfant ? En l'absence du gouverneur, resté en campagne, la pression populaire en décida et, nécessairement, l'armée entra à leur suite. Lorsque la caravane royale, après avoir serpenté quatre semaines durant sur des routes brûlées de soleil, arriva à Libourne le 1er août, elle avait sur les condéens deux mois de retard. Deux conflits s'entremêlaient : celui des Bordelais avec leur gouverneur et celui de la cour avec les partisans des princes. On aurait pu négocier à l'amiable le retrait de l'un contre l'expulsion des autres. Les notables de la ville y auraient souscrit bien volontiers. Mais ils n'osaient prendre le risque d'une émeute. De son côté, Mazarin aurait sans doute consenti à écarter d'Épernon, avec compensation honorable, s'il avait obtenu en échange la soumission de Bordeaux. Hélas ! Gaston d'Orléans avait pris les devants à la légère. Il avait cédé aux plaintes des délégués bordelais appelant au secours leurs collègues du parlement parisien et s'était permis de destituer le gouverneur, sur leur promesse de faire partir la princesse de Condé, Bouillon et La Rochefoucauld – une promesse que chacun les savait incapables de tenir.

L'indignation de la régente et de Mazarin fut à son comble. Sanctionnant celui qui avait servi le roi et approuvant ceux qui lui avaient résisté, la mesure était injuste moralement et stupide politiquement, elle ne pouvait qu'encourager la rébellion. Il fallut l'entériner pourtant : le duc d'Orléans détenait légalement l'autorité à Paris en l'absence de la régente. Mais la contrariété de Mazarin dépassait largement le cadre des affaires bordelaises. Monsieur s'était engagé à ne prendre aucune initiative. Or la destitution d'Épernon en était une, et grave. Elle confirmait les informations qui parvenaient au ministre depuis quelque temps : soustrait à l'influence d'Anne d'Autriche, son beau-frère, grisé par l'exercice du pouvoir, se sentait pousser des envies d'indépendance ; et il était visiblement manœuvré par quelqu'un, qui ne pouvait être que le coadjuteur. Il était peu sage de lui abandonner Paris trop longtemps. Il fallait donc crever, au plus vite, l'abcès bordelais.

Bordeaux voulait la guerre, il l'aurait. L'armée royale ne pouvait disposer du vieux Château-Trompette, forteresse massive édifiée sur son flanc nord par Charles VII après la rébellion de 1453, qui, contrôlant la ville et le fleuve, avait longtemps découragé les soulèvements : très délabré, il était devenu inutilisable. Les opérations s'appuyèrent donc sur les diverses places qui au nord et au sud, jalonnaient le cours de la Garonne et de la Dordogne. Ce fut une vraie guerre, sanglante, rudement menée de part et d'autre, avec des sièges, des assauts meurtriers, des coups de colère très insolites chez Mazarin. On condamna à la potence le commandant de la place de Vayres, qui, bien que la tenant du roi, avait refusé de la lui rendre. Les représailles de Bouillon, qui fit pendre un innocent tiré au sort parmi les prisonniers, enflammèrent la rage dans les rangs royaux. Aucun des deux partis ne dominait. Les assiégeants ne purent forcer les défenses de Bordeaux. Mais la ville ne parvint pas à desserrer l'étau, les secours promis par les Espagnols se firent attendre et furent dérisoires. La situation risquait de pourrir, des deux côtés. La solution boiteuse qui s'imposa fut dictée par les circonstances.

Les Espagnols profitaient de la guerre de Guyenne qui fixait nos troupes pour tenter de reprendre une à une les places fortes perdues. Turenne, qui marchait avec eux, projetait de libérer les princes par un raid éclair sur Vincennes. Son avant-garde atteignit un jour La Ferté-Milon, semant la panique dans la capitale. La riposte de la cour fut leur transfert à Marcoussis, près de Rambouillet, dans un solide château séparé des régions où sévissait Turenne par deux obstacles sérieux, la Seine et la Marne. Alors l'Espagne recourut à l'action psychologique. L'archiduc Léopold-Guillaume offrit au duc d'Orléans de traiter avec lui de la paix générale. Dans le même temps, des affiches apposées sur les murs de Paris dénonçaient Mazarin comme fauteur de guerre et invitaient à le pendre. L'idée d'être l'artisan de la paix flattait la vanité de Gaston, mais il hésitait, bien conscient de n'avoir pas qualité pour traiter par lui-même. Il se résigna à solliciter l'autorisation de la reine, non sans avoir préalablement donné son accord de principe et désigné des négociateurs. Il avait donc mordu à l'hameçon. On imagine aisément la colère d'Anne d'Autriche. Mais que faire ? Le désavouer, après la publicité faite autour de cette offre, alimenterait la campagne contre le ministre. Elle feignit donc de l'approuver et l'invita à poursuivre en son nom à elle. Alors l'archiduc, devant l'échec de la manœuvre, rompit brutalement.

Quelle mouche avait donc piqué le duc d'Orléans pour qu'il se mît à prendre de telles initiatives ? Le Tellier, chargé par Mazarin de le surveiller, signala qu'il lui échappait : le coadjuteur s'était emparé auprès de lui du rôle de conseiller libéré par la disgrâce de La Rivière. C'était tomber de Charybde en Scylla, car l'ambitieux prélat surclassait de loin l'obséquieux abbé en audace, en intelligence et en énergie. Seule la reine pouvait reprendre de l'ascendant sur son très influençable beau-frère, mais pour cela, il fallait rentrer à Paris et donc sortir au plus vite du guêpier bordelais. Le moment était opportun. Dans la ville assiégée, les ardeurs avaient faibli. Les plus déterminés voyaient avec terreur la saison s'avancer. Les raisins mûrissaient. S'ils ne pouvaient pas accéder à leurs vignes, la récolte serait perdue – argument sans réplique. Ils se rallièrent à la paix, d'autant plus volontiers que la cour se montra d'une mansuétude inespérée. Amnistie pour tous, même pour la princesse de Condé et les ducs de Bouillon et de La Rochefoucauld, autorisés à se retirer sur leurs terres sur promesse de déposer les armes. Débarrassés de leur impérieux gouverneur, les habitants de la ville rebelle purent s'adonner sereinement à leurs vendanges. L'accueil qu'ils réservèrent à la cour lors de son entrée resta pourtant froid et le parlement bouda ostensiblement le ministre.

Le semi-échec de Guyenne occultait les brillants résultats acquis en Normandie et en Bourgogne. Certes le feu couvait en Languedoc et la Provence se débattait entre deux partis hostiles. Mais rien d'urgent n'y appelait Mazarin, qui renonça à y aller. C'est à Paris que la situation se gâtait. Le duc d'Orléans lui-même, soumis à des pressions contradictoires, réclamait le retour des souverains. Le 15 octobre, la cour se mit en route pour regagner la capitale.

Incertitudes

Les trois mois qui suivent donnent l'impression d'un intense flottement. À croire que Mazarin ne sait plus ce qu'il fait, tant varient, d'un jour à l'autre, les projets qu'il confie à ses *Carnets* ou les démarches qu'il accomplit. C'est qu'il tente de s'adapter aux circonstances, lesquelles ne cessent d'évoluer. Il est sur la défensive. Près d'un an à tenir, encore ! Il préférerait en faire le moins possible, attiser entre ses adversaires une discorde qui les neutralise les uns par les autres et atteindre sans encombres le jour béni qui mettra fin à la régence et libérera la reine de la tutelle du duc d'Orléans et du prince de Condé. Hélas ceux-ci, de leur côté, ont compris qu'ils y perdront leurs moyens d'action légaux, et les récents succès de la tournée du petit roi en province leur ont prouvé qu'ils n'auront plus l'appui du pays. Aucun d'entre eux ne songe cependant à remettre en cause la monarchie. Qui tient le roi tient le pouvoir. Chacun se fait fort de diriger l'enfant à sa guise, pour peu qu'on écarte de lui son mentor actuel, le parvenu italien qui le dirige, lui et sa mère. Mais chacun hésite encore sur la manière de s'y prendre : le chasser, ou l'asservir ? Condéens et vieille Fronde continuent donc de négocier avec lui, pour tenter de lui extorquer le maximum d'avantages, au détriment du parti adverse. Mais en même temps, ils commencent à se dire qu'ils auraient intérêt à s'unir pour l'abattre.

Des circonstances imprévues firent alors perdre à Mazarin un temps précieux et lui causèrent de très graves soucis. La reine tomba malade. Elle avait quitté Bordeaux déprimée, ulcérée d'une paix ressentie comme une défaite. À son chagrin et à un rhume contracté avant de partir vinrent s'ajouter divers malaises imputables aux troubles de la ménopause[25]. Elle souffrait d'être brinquebalée en carrosse sur de mauvaises routes et logée dans d'inconfortables hôtelleries. Exténuée de fièvre, elle dut faire halte une douzaine de jours à Amboise, où les médecins lui infligèrent quatre saignées. Sa vie était-elle en danger ? Mazarin ne fit de confidences à personne, mais on peut être sûr qu'il trembla. Dès qu'elle se sentit un peu plus forte, elle repartit. Lorsqu'elle atteignit Fontainebleau, elle était encore fatiguée, mais elle avait retrouvé assez d'énergie pour y convoquer son beau-frère et reprendre sur lui son ascendant habituel. L'essentiel était sauf. Elle se reposa encore une semaine, avant de regagner Paris le 15 novembre. Mais jusqu'à la fin du mois, elle alla de rechute en rechute et de saignée en saignée, ravivant les angoisses du cardinal et lui interdisant toute mobilité.

Il s'appliqua à faire face au plus pressé. La question la plus brûlante concernait le sort des princes emprisonnés. Il était clair qu'on ne pourrait les garder prisonniers jusqu'à la majorité du roi, comme il l'espérait. Dix mois de captivité avaient suffi pour faire oublier les griefs et les transformer en victimes. Tout en poursuivant leur libération par les armes, leurs partisans avaient amorcé une campagne pour leur concilier l'opinion. Les diverses déclarations arrachées au roi en 1648 n'interdisaient-elles pas de maintenir les gens en prison sans jugement ? Au cours de l'été, Madame la Princesse douairière s'était présentée en larmes au parlement en implorant justice pour ses fils. Monsieur, non sans peine, y avait coupé court en l'assignant à résidence dans un de ses châteaux. Mais elle avait ému. Sa bru, tenant son enfant dans ses bras, avait renouvelé l'exploit à Bordeaux. Les magistrats, qu'ils fussent parisiens ou provinciaux, n'allaient pas manquer pareille occasion d'intervenir à nouveau dans l'arène politique, en position d'arbitres entre les différentes cabales. Bref, les pressions se faisaient si fortes que Mazarin dut se résigner à l'idée de libérer les princes. Restait à en fixer les conditions. Disons-le crûment, ils devenaient des otages à monnayer. Pas en argent, bien sûr. Pour prix de leur liberté, il exigeait que leurs partisans déposent les armes et dénoncent leur traité avec l'Espagne et qu'eux-mêmes consentent à ne retrouver leurs charges et gouvernements qu'après la majorité du roi. C'était demander beaucoup !

Pour en discuter, il fallait les tenir, et les tenir ferme. Marcoussis était-il assez sûr ? Visiblement, d'autres songeaient aussi à les libérer, à leur bénéfice. Lorsqu'il vit les frondeurs proposer de les installer, pour plus de sûreté, à la Bastille – qui avait pour gouverneur le fils de Broussel ! –, il comprit que les deux partis s'apprêtaient à négocier, sur son dos, un partage du pouvoir.

Son premier geste, à Fontainebleau, fut donc d'ordonner, en dépit des imprécations conjointes de la vieille Fronde et des condéens, leur transfert dans la citadelle du Havre, sous la garde d'un fidèle maréchal de camp, de Bar. Et il entama avec eux des négociations que le prince éluda, espérant mieux.

Sur ces entrefaites, la démarche que fit auprès de lui Mme de Chevreuse tomba au plus mal : elle réclamait le chapeau de cardinal promis au coadjuteur, en échange de l'aide apportée à l'arrestation des princes. Certes. Mais la qualité des services rendus depuis justifiait-elle cette faveur ? On n'ouvrira pas ici un débat dans lequel il y eut mauvaise foi de part et d'autre. Toujours est-il que Mazarin prit le risque de refuser, plutôt que d'accorder à un futur archevêque de Paris, chef de file du parti dévot, une dignité qui lui conférerait un pouvoir redoutable. Cousu de fil blanc, le détour consistant à faire prononcer le refus par le reste du Conseil fut pour la victime une blessure de plus : on s'était moqué publiquement de lui[26]. Le coadjuteur refusa hautement l'aumône d'une abbaye. Et il décida de passer avec armes et bagages du côté des princes, entraînant dans son sillage ce qui restait de la vieille Fronde.

Mazarin ne s'en émut pas trop. Au début décembre, la reine allant beaucoup mieux, il retrouvait sa liberté de mouvement. Il décida de monter une opération contre les armées ennemies qui patrouillaient entre Picardie et Champagne.

La victoire de Rethel

Une victoire militaire aurait l'avantage de stopper l'avance de l'archiduc, mais aussi de redorer son propre blason. Il concentra l'effort sur un point précis, la place de Rethel, sur l'Aisne, au nord-est de Reims, dont Turenne s'était emparé au mois d'août. Il prépara l'opération avec le plus grand soin et y mit le prix, dans tous les sens du terme. Il regroupa les forces dont il disposait, celles qu'il trouvait sur place et celles qu'il ramenait de Guyenne. On abordait l'hiver. Pour les protéger du froid, il fit distribuer aux soldats des casaques matelassées et il réchauffa leur ardeur en exhibant l'argent de leur solde. Chaque soir il nourrit et abreuva les officiers à sa table[27]. En compagnie du marquis de Puységur, il étudia longuement, sur plans, la topographie des lieux et approuva la tactique adoptée. Comme il l'espérait, la place, mal défendue par une faible garnison, ne tint que cinq jours. L'on murmura aussi que l'officier italien qui la commandait n'avait pas été insensible à une discrète gratification. Lorsque Turenne arriva à la rescousse, appuyé d'un fort contingent espagnol, il était trop tard.

Mais Mazarin ne s'était pas donné toute cette peine pour reconquérir une place mineure. Il voulait une bataille décisive, il l'eut. Elle se déroula le 15 décembre près du village de Sommepy, à trente-cinq kilomètres de Rethel dont elle porte pourtant le nom dans l'histoire. Le cardinal était là, rageant qu'une crise de goutte l'empêchât de se rendre sur le terrain. Montrant à Puységur son pied fort enflé et fort rouge, il se lamenta : « Sans ce cruel mal, j'irais avec vous autres[28]. » C'est au maréchal du Plessis-Praslin qu'il confia le commandement. Les forces étaient équilibrées en nombre total, 12 000 hommes de chaque côté, les Français ayant plus d'infanterie, les autres de cavalerie. Installé sur une hauteur, Turenne pouvait refuser le combat et miser sur la lassitude de ses poursuivants : « Il eût pu faire après ce qu'il eût voulu[29]. » Mais confiant dans sa supériorité et prenant une fausse manœuvre de l'armée adverse pour un début de panique, il descendit dans la plaine. Il y subit une défaite sans appel. Son infanterie fut taillée en pièces. Ses officiers furent pris en grand nombre et lui-même, son cheval tué sous lui, ne s'échappa que de justesse. Son collègue espagnol, don Estevan de Gamarre, fut fait prisonnier. L'humiliation de celui-ci fut à son comble lorsque le cheval de Puységur, qui avait le ventre vide depuis deux jours, se permit de cueillir au passage sur son chapeau – tout un symbole – la touffe de paille qui servait de signe de ralliement aux troupes condéennes[30]. L'armée royale s'empara d'une large brassée de drapeaux et d'étendards. Il y avait des victimes aussi dans l'armée française, dont le fils aîné du maréchal Du Plessis. Mazarin eut les mots de compassion qu'il fallait pour les morts et, toujours plein de sens pratique, fit porter à l'infirmerie pour les blessés une grande voiture de pain, de vin, de linge et de médicaments, accompagnés de chirurgiens. Et il couvrit d'éloges, dans ses dépêches, les officiers qui avaient été les artisans de la victoire. Mais chacun savait qu'elle était également sienne, rendue possible par la qualité de la préparation logistique. À Paris, la nouvelle eut un retentissement prodigieux. Le coadjuteur et ses amis, qui venaient tout juste, on le verra, de retourner leur veste, durent cacher leurs larmes pour assister au *Te Deum* que la reine fit célébrer à Notre-Dame.

Mazarin terminait l'année superbement, ayant rempli la plupart de ses objectifs. Il avait éteint dans les provinces les foyers les plus dangereux. Il venait, à Rethel, de mettre à mal le prestige de Turenne, d'anéantir le potentiel militaire du parti des princes et de tuer les espérances que les Espagnols fondaient sur eux. Il avait donné la preuve, inattendue mais éclatante, de ses capacités sur ce terrain. Lui-même voyait plus loin. Il comprenait qu'il n'aurait les mains libres que le jour où il ne serait plus tributaire, pour la conduite des armées, de grands seigneurs hautains et indociles. Il se promit d'avoir ses propres troupes et surtout ses propres généraux. D'où la promotion, parmi des nobles de moyenne volée, d'une pléiade de maréchaux qui lui devraient tout et le libéreraient des alliés déloyaux.

Parmi ses adversaires, la menace ne passa pas inaperçue. Maître de troupes en mesure de combattre, il deviendrait indéracinable. La libération de Condé parut d'autant plus urgente. Faute de l'obtenir par les armes, on allait l'extorquer à la reine par la pression conjuguée de toutes les forces du royaume. La trop belle victoire de Rethel eut donc pour effet de déclencher l'union sacrée contre Mazarin. La machine destinée à l'abattre politiquement se mit en marche et le compte à rebours commença. Il ne fit rien pour y remédier. Par ignorance, disent les uns, par présomption, disent les autres. Par impuissance, peut-être. Que pouvait-il en effet ? Inlassablement, il continuait de négocier. On lui posa des ultimatums*. Des avertissements lui vinrent, l'invitant à s'allier à l'un ou à l'autre parti. Sa vie même semblait menacée. Il refusa de céder. Mais il hésita sur la conduite à tenir. Il eût préféré rester hors de Paris, en faire sortir le roi et entreprendre à nouveau le siège de la capitale avec la Normandie pour base. Hélas, la santé d'Anne d'Autriche ne permettait pas qu'on lui impose pareille épreuve.

Courageusement, il fit front, décidé à en découdre avec ses ennemis.

« Mais, précisait-il, si l'on veut que j'aille à Paris pour commencer une négociation, pour plâtrer les

---

* Ultimatum des condéens, par exemple : « Tout ce qu'on pouvait faire était de lui donner vingt-quatre heures pour résoudre s'il lui était plus avantageux de s'unir à M. le Prince pour perdre les frondeurs ou de voir M. le Prince uni aux frondeurs pour le perdre lui-même[31]. »

affaires et témoigner de la faiblesse, [...] il vaut mieux mille fois pour l'État et pour moi que la reine [...] m'envoie me retirer en quelque lieu, voulant, avant que je retourne, voir clair dans les intentions de son altesse royale*. [...] Je crois, ajouta-t-il, que les méchants et les brouillons m'appréhenderont davantage hors de Paris, s'ils sont d'ailleurs persuadés que la reine n'est pas capable de changer les bonnes volontés qu'il plaît à Sa Majesté avoir pour moi[32]. »

Il se décida cependant à rentrer le 31 décembre. Il fut « fort bien reçu de la reine et du peuple, qui s'assembla dans les rues pour le voir passer ». Il crut avoir gagné son pari. Anne d'Autriche s'employa à le réconcilier avec Monsieur, qui se fit un peu tirer l'oreille, mais finit par s'y prêter[33]. Il put penser que celui-ci, répugnant aux actions hardies, continuerait d'apporter au pouvoir royal, par défaut, un soutien fragile mais décisif. Il se trompa. L'improbable, l'incroyable défection de Gaston d'Orléans causera bientôt sa chute.

---

* *Son altesse royale* désigne ici le duc d'Orléans.

CHAPITRE TREIZE

La chute et le rebond

L'assaut contre Mazarin fut décidé par le coadjuteur dès le refus du cardinalat. Il activa aussitôt ses réseaux de propagande. L'opinion quasi unanime souhaitait la libération des princes. L'astuce fut de lui associer l'éviction du ministre. L'offre captieuse de l'archiduc avait réveillé l'aspiration à la « paix générale ». Si la guerre continuait, à qui la faute ? L'accusation faisait mouche, parce qu'elle était en partie fondée : Mazarin ne voulait pas d'une paix bradée. Mais on lui prêtait des motifs intéressés, les insultes fleurissaient à nouveau contre le larron, pipeur, voleur, coupeur de bourses, et des placards invitaient à le pendre. Dans les rues, des criailleurs prenaient à partie quiconque passait pour le soutenir. On le rendit responsable de tous les maux du pays. Et comme chacun jugeait avoir motif à se plaindre de lui, tous étaient disposés à croire qu'il suffirait de l'éliminer pour que tout rentrât dans l'ordre. Ses origines étrangères faisaient de lui un bouc émissaire idéal. À partir du mois de décembre, chaque séance du parlement fournit à l'un ou l'autre des magistrats l'occasion d'appuyer sur ce thème, pour échauffer le climat.

Condéens et frondeurs, également hostiles au ministre désormais, continuaient cependant de faire cavaliers seuls. Les princes se défiaient du coadjuteur, qui avait contribué à leur emprisonnement. Mais la défaite de Rethel les avait mis en position de faiblesse. Faute de s'entendre avec la cour, ils se résignèrent à enterrer la hache de guerre avec leurs adversaires de la veille et à se servir d'eux. L'union fut l'œuvre de la princesse Palatine. Anne de Gonzague était la seconde fille du duc de Mantoue, pour la défense duquel Louis XIII s'était jadis engagé dans le conflit italien. Faute de trouver un parti royal comme son aînée devenue reine de Pologne, elle avait mené une jeunesse agitée et fini par épouser un prince Palatin détrôné, qui la laissait vivre à Paris sous couleur d'assurer sa fortune. Dans sa maturité épanouie, elle était séduisante, « galante » dans tous les sens du terme, mais elle tranchait sur les autres amazones de la Fronde par une intelligence hors du commun. Sa capacité politique, dira Retz avec son emphase coutumière, égalait celle d'Élisabeth d'Angleterre[1]. Aussi dépourvue de préjugés que son homologue de l'autre clan, Mme de Chevreuse, elle aimait l'intrigue pour elle-même, pour le plaisir de manipuler les hommes. Mais comme la duchesse, elle ne travaillait pas gratis. Car son époux désargenté lui laissait, avec sa liberté, la charge d'assurer sa subsistance. Ses amitiés du moment l'avaient engagée au service des princes, mais c'est auprès de la reine qu'elle espérait se procurer plus tard, grâce à eux, une charge brillante et rémunératrice.

Mazarin n'avait aucun motif de se défier d'elle. Il ne sut rien du travail de fourmi qu'elle accomplit pour apaiser les rancœurs, ménager les susceptibilités et mettre au point un texte acceptable par tous. Encore dut-elle pour cela s'en tenir à des clauses très générales. Le traité que signèrent les mandataires des deux partis promettait une action commune pour la libération des princes et l'éviction du ministre, assortie d'une foule de garanties contre une éventuelle défection qui prouve que la défiance restait vive[2]. D'autres accords, concernant le rôle que tiendrait chacun dans le gouvernement constitué ensuite et les liens qui seraient noués entre les familles, donnèrent lieu à des traités privés, qu'on dissimula prudemment à ceux qui auraient pu les contester : ainsi du projet de mariage entre le prince de Conti et la fille de Mme de Chevreuse, clef de l'adhésion de la duchesse. L'ensemble ne fut au point que vers la fin de janvier, et c'est alors que Mazarin en eut vent, sans précisions.

Pour réussir, l'opération exigeait le soutien du duc d'Orléans. Ses fonctions de lieutenant général du royaume lui donnaient autorité sur les forces armées et la délégation de pouvoir exercée durant l'été lui avait valu auprès du parlement un éminent prestige. « Il était si grand par lui-même, et alors si considérable, qu'on peut presque dire qu'il était aussi absolu en France que s'il eût été le roi[3]. » Le sort de Mazarin se trouvait donc entre les mains de cet homme dont tous les contemporains ont souligné l'incapacité à prendre une décision par lui-même et à s'y tenir.

Les hésitations de Monsieur

Vers qui pencherait Monsieur ? Tout au long de janvier se déroula en coulisses une âpre lutte entre la reine et Mazarin d'un côté, le coadjuteur de l'autre, pour s'en assurer le contrôle. Le cardinal eut avec lui au début du mois, en secret, une longue conversation aigre-douce, nourrie de reproches réciproques. Le lendemain, une autre se passa mieux. Gaston alla le voir, lui dit « qu'il voulait oublier pour toujours ce qui avait pu lui déplaire, et que son dessein était de vivre comme par le passé[4] ». Pour le regagner, la reine se disait prête à une concession infiniment flatteuse : le mariage de sa fille aînée, Mlle de Montpensier, avec le jeune roi. La Grande Mademoiselle, qui avait hérité de sa défunte mère la plus grosse fortune de France, ne trouvait nul autre époux digne d'elle et caressait l'espoir de se voir reine, bien qu'elle eût onze ans de plus que lui. Mais le duc était trop fin pour ne pas savoir que beaucoup d'eau risquait de couler sous les ponts d'ici là. Il refusa obstinément de congédier le coadjuteur, qui dirigeait alors toutes ses démarches.

Chez lui, au Luxembourg, il était l'objet d'un harcèlement constant pour qu'il se déclare contre le ministre. Les frondeurs étaient hantés par la crainte de voir se reproduire le scénario du début de 1649 : Mazarin allait emmener le roi hors de Paris et entreprendre le siège de la capitale, en conservant les princes comme otages. Tel était bien, on l'a vu, le projet de Mazarin – irréalisable tant que la reine ne serait pas pleinement rétablie. Elle passa la plus grande partie du mois de janvier étendue, se remettant peu à peu, mais jouant de sa maladie pour reporter à plus tard la réponse aux sollicitations. Vers elle convergeaient en effet des pressions diverses en faveur de la liberté des princes. Des nobles de moyenne volée affluaient à Paris et la réclamaient à grands cris. L'assemblée quinquennale du clergé, réunie pour les affaires courantes, invoquait la candidature du prince de Conti à la pourpre pour qu'il fût déféré aux tribunaux ecclésiastiques. Le parlement, où l'union des deux frondes disposait d'une solide majorité, se faisait plus pressant. Le président Molé lui-même, naguère fidèle soutien de la reine, avait changé de camp.

Lors de sa visite du 20 janvier au Palais-Royal, il termina sa harangue en faveur des prisonniers par des menaces : « Que si leur infortune ne finit pas bientôt, les pierres qui les tiennent enfermés parleront si haut que les passants les entendront, en porteront les voix plaintives par toute la France et réveilleront la douleur de tous les bons Français, qui feront tant de bruit que les efforts en seront à redouter et qu'il est à craindre que, de ce coup hardi, le contrecoup ne retombe sur Vos Majestés » et il concluait : si la reine n'y donne ordre promptement, « le zèle, le soin et la fidélité que nous devons à la conservation de l'État et au service du roi nous contraindront d'y mettre nous-mêmes la main et d'y employer toutes nos forces pour empêcher la chute de cette couronne[5]. » Mazarin, debout auprès du lit où était étendue la reine, avait écouté impassible. Le petit roi, lui, bouillait de colère : « Maman, s'écria-t-il ensuite, si je n'eusse point cru de vous fâcher, j'eusse par trois fois fait taire et sortir le premier Président[6]. »

Comme beaucoup d'esprits irrésolus, Monsieur s'était toujours montré très sensible aux mouvements d'opinion. Redoutant de rester à la traîne et de voir fondre sa popularité, il tentait de suivre le flot. La convergence des démarches de toutes sortes en faveur des princes influa sur lui autant que les objurgations de sa femme et de son mentor. Il fallait qu'il fît comme tout le monde. Dans les derniers jours de janvier, il céda. Coincé par ses amis entre deux portes, il parapha le traité qui le liait à Condé, « comme il aurait signé la cédule du sabbat, s'il avait eu peur d'y être surpris par son bon ange[7] ».

Restait à le contraindre de rendre son ralliement public. Le coadjuteur obtint de déclarer de sa part au parlement qu'il croyait la liberté des princes nécessaire au salut de l'État. Le soir même de ce 1er février, la reine le convoqua, l'accabla de reproches. Mazarin reprit l'argument selon lequel s'en prendre aux ministres équivalait à s'attaquer aux rois et il évoqua de nouveau le cas de Charles Ier d'Angleterre, comparant les apprentis sorciers du parlement « aux Fairfax et aux Cromwell » qui, après avoir obligé le souverain à sacrifier Strafford, avaient fini par traîner celui-ci jusqu'à l'échafaud. Que le ton ait été doux ou violent*, c'était assurément une très grosse maladresse, que les frondeurs ne se firent pas faute d'exploiter. Les choses, dès lors, se précipitèrent.

Gaston, furieux, claqua la porte et refusa d'assister désormais au Conseil. Le 3 février, il envoya le coadjuteur rapporter au parlement l'assimilation injurieuse aux régicides anglais. Le 4 il s'y aventura lui-même, sous les acclamations. Une contre-attaque dirigée par la reine contre le coadjuteur fit long feu et l'on vota à une très confortable majorité qu'elle serait suppliée de libérer les princes et de se séparer de son ministre. Gaston déclara qu'il refuserait, non seulement de participer au Conseil, mais d'aller au Palais-Royal tant que Mazarin y serait. Terrifié par sa propre audace, il craignait, disait-il, pour sa sécurité. Certes le palais regorgeait de gardes solidement armés, pour protéger le roi, mais nul ne songeait à assassiner Gaston, ni même à l'arrêter. Sa peur se serait sans doute dissipée si ses conseillers ne l'avaient entretenue, pour empêcher la reine de reprendre son ascendant sur lui. Elle se fit humble, elle le supplia, elle lui offrit, bien que malade, d'aller elle-même le voir au Luxembourg. En vain. Il refusa toute rencontre. Il enjoignit aux maréchaux, aux gardes, à la milice, de ne recevoir d'autres ordres que les siens et il invita le parlement à exiger, en son nom, le renvoi de Mazarin. Bafouant l'autorité de la régente, il se comportait en souverain.

---

* L'incident est rapporté par tous les mémorialistes, en des termes qui varient selon leur appartenance politique.

Elle résista aussi longtemps qu'elle le put. Mais un climat insurrectionnel se développait dans Paris, mettant la vie du cardinal en danger. Il hésita. Faire venir des troupes et se défendre sur place lui parut trop hasardeux, tant pour elle que pour lui. Il décida donc de quitter la capitale au plus vite, en attendant qu'elle fût en état de le suivre.

La « retraite » de Mazarin

En fonction de leurs sentiments personnels, les commentateurs ont coutume de présenter son départ comme une fuite piteuse ou au contraire comme un exil calculé. La vérité est qu'il tint des deux : fuite parce que la date n'en fut pas choisie et qu'il n'en put organiser à son gré les étapes, éloignement calculé parce qu'il n'a jamais envisagé un seul instant de ne pas revenir. Le terme le mieux approprié est celui dont on usa à l'époque : une « retraite », au sens militaire du terme, un recul imposé par les circonstances, qui maintient l'avenir ouvert.

Au soir du 6 février, Mazarin vint donc prendre congé de la reine, qui « ne laissa apercevoir aucune altération dans son visage », bien qu'elle pût croire, ajoute Mme de Motteville, « que ce serait la dernière fois qu'elle le verrait »[8]. Oh non, Anne d'Autriche ne croyait rien de tel. Elle ne tremblait intérieurement qu'à l'idée des risques qu'il allait courir pour sortir de Paris, sillonné de patrouilles hostiles. Mais elle comptait le rejoindre très vite. Il aurait préféré qu'elle se joignît à lui avec le roi, comme en 1649, mais l'étau se resserrant autour de lui le contraignit d'anticiper. Si bien remise qu'elle fût désormais de sa maladie, il ne pouvait envisager de la transférer dans un château vide sans un minimum de préparatifs. Revêtu d'une tenue de cavalier, casaque rouge, manteau gris, chapeau à plumes en tête, il se glissa à pied hors du Palais-Royal et gagna la porte de Richelieu, où l'attendait une solide escorte. Il avait, disait-on, envoyé vers les autres portes des serviteurs vêtus à l'identique, pour tromper d'éventuels poursuivants.

> Le cardinal, lundi, la nuit,
> Fit sa retraite à petit bruit,
> Et sortit par l'huis de derrière,
> La lune servant de lumière,

conte la *Muze historique* du samedi suivant, accompagnant son récit d'un burlesque adieu au Palais-Royal, où Mazarin se reproche sa « trop grande bonté ». « Toutefois, prenons patience », disait-il en terminant. Il espérait encore que la reine réussirait à regagner son beau-frère. Il parvint sans encombres à Saint-Germain, où il se mit en devoir d'accueillir les souverains. Il avait même emporté, sous leur nom, les bijoux de la couronne, qu'il restitua dès que l'échec fut patent.

Loin de réjouir les conjurés, la « fuite » du cardinal les consterna. Ils avaient compris la manœuvre. Ne pouvant rien contre lui, ils multiplièrent les pressions sur la malheureuse Anne d'Autriche. Dénonçant sa duplicité, le duc d'Orléans refusait toujours de la rencontrer et menait la danse. Elle devait d'abord bannir Mazarin du royaume et s'engager publiquement à ne pas le rappeler. Le 9 février, le parlement rendit un arrêt redoutable : « Qu'en conséquence de ladite déclaration du roi et volonté de la régente, dans le quinzième jour de la publication du présent arrêt, ledit cardinal Mazarin, ses parents et domestiques étrangers videraient le royaume de France, terres et places de l'obéissance du roi ; et, faute de ce faire, ledit temps passé, serait contre eux procédé extraordinairement, permis aux communes et tous autres de leur courre sus, sans qu'ils puissent revenir pour quelques prétexte, cause, emploi et occasion que ce soit ; et défenses faites, ledit temps passé, à tous gouverneurs de provinces, maires et échevins de ville, et autres sujets du roi, de les retirer et recevoir[9]. » Cela revenait à encourager, dans tout le royaume, une véritable chasse à l'homme.

Ce même soir 9 février, la reine se prépara donc à s'enfuir avec ses fils. Difficile de tromper la vigilance d'une ville entière. Elle eut beau se plaindre aux magistrats municipaux des bruits mensongers qui couraient sur son départ, elle ne parvint pas à désarmer la méfiance. On ne sait au juste qui vendit la mèche. Mais l'information précise semble être issue de son entourage, dont une bonne part était hostile à une sortie jugée aventureuse*. On connaît la suite, brillamment contée par le cardinal de Retz[11] : grand branle-bas au Luxembourg, hésitations de Monsieur, interventions de Madame, de Mademoiselle et du coadjuteur pour mobiliser les milices. Le capitaine des gardes envoyé au Palais-Royal pour s'assurer de la présence du roi, y pénétra suivi de quelques curieux. L'enfant, tout habillé sous ses draps, feignit le sommeil tandis que les bonnes gens, attendris, se retiraient sur la pointe des pieds. La reine tint conversation avec deux d'entre eux une partie de la nuit, pour détourner les soupçons. Mais le lendemain, elle se trouva prisonnière[12]. Un mois durant, tant que le cardinal fut en France, elle resta confinée dans son palais sous surveillance, hors d'état de mettre à

* Aux origines diverses attribuées à la fuite M. Laurain-Portemer en ajoute une, imprévue : le petit roi, lorsque le maréchal de Villeroy, son gouverneur, l'invita à se déshabiller pour se coucher, répondit : « Ce soir, Maman ne veut pas. » Le maréchal comprit et prévint le duc d'Orléans[10].

exécution l'évasion qu'elle méditait. Il dut se résoudre, pour se soustraire aux effets de l'édit, à quitter le pays.

Les chemins de l'exil

Il ne prit pas le plus court chemin. Il fila d'abord vers Le Havre, accompagné par une troupe d'une centaine de cavaliers. Avant son départ, il avait envisagé avec Anne d'Autriche toutes les hypothèses, même les plus défavorables – du moins le croyait-il. Si elle ne pouvait le rejoindre, elle devait rejeter toutes les instances en faveur des princes. Lui seul détiendrait les clefs de leur prison. Un document dûment signé d'elle lui donnait carte blanche pour traiter avec eux et enjoignait à leur gardien de lui obéir en tous points. Il espérait donc négocier en position de force. Hélas, la reine prisonnière, menacée de se voir enlever son fils, fit des merveilles pour se défendre, mais elle eut beau se débattre et pleurer tout son soûl, elle dut s'incliner. Le 10 février, une délégation officielle se mit en route pour aller libérer les princes, sans conditions. Mazarin, prévenu, ne disposait plus que d'une seule carte : la gagner de vitesse, pour se donner le mérite, au moins apparent, de les avoir relâchés de son plein gré.

Aurait-il pu exiger d'eux des contreparties ? C'est ce qu'il laisse entendre à un de ses agents dans les jours qui suivent : « Il ne tenait qu'à moi de les arrêter encore deux ans prisonniers, ou pour le moins tant que le roi et la reine auraient été dans Paris[13]. » Deux ans ? sûrement pas. Mais, comme la lettre de la reine ordonnait à leur gardien, de Bar, de lui obéir en toutes choses, quelque autre ordre postérieur qu'il reçût, il pouvait envisager de s'enfermer au Havre avec sa troupe et de tenir la dragée haute à ses prisonniers. Avait-il songé aux représailles qu'un tel coup de force aurait values à la reine ? On espère que cette seule idée aurait suffi à lui faire écarter le projet. Tout cela reste d'ailleurs du domaine des suppositions, puisque la question ne se posa pas. Il arriva le premier au Havre, mais s'y heurta à un obstacle imprévu. Soupçonnant un projet de ce genre, la duchesse d'Aiguillon, à qui appartenait la place, avait fait promettre à de Bar de la lui garder soigneusement. Celui-ci réserva donc à Mazarin les honneurs dus à son rang, il salua son arrivée de bruyantes salves d'artillerie, mais, en lui faisant mille excuses, il refusa l'entrée à son escorte.

Seules deux personnes accompagnèrent le cardinal dans la citadelle. Autant faire vite : il n'y avait plus rien à négocier. Les princes le savaient. Il entra sans façon dans leur chambre en tenue de voyage, les salua, leur fit lire la lettre de la régente qui lui donnait pleins pouvoirs. Il déclara alors à Condé qu'il lui rendait la liberté sans conditions, lui demandant seulement son amitié pour le roi, la reine et lui-même. Celui-ci, très grand seigneur, remercia et protesta de son dévouement au service des souverains et de son attachement pour le cardinal. Tous avaient très bien joué leur partie. Allaient-ils se séparer sur cette comédie ? Il n'était que dix heures du matin, personne n'avait mangé. Ils se mirent à table ensemble, ce qui détendit un peu l'atmosphère. Mazarin eut ensuite avec Condé de longs entretiens dont peu de chose filtra. Après quoi il l'accompagna jusqu'à son carrosse en lui prodiguant des marques de respect que le prince accueillit d'un éclat de rire. Et tout Paris fit des gorges chaudes de sa déconfiture.

Il n'avait assurément pas la naïveté de croire que Condé lui saurait gré de sa libération. Mais en prenant les devants, il empêchait les autres partis de s'en prévaloir. Il sauvait les apparences. Arrondir les angles, ne jamais rompre les ponts, quel qu'en soit le prix pour l'amour-propre : telle est sa règle d'or. Il avait tiré du prince des mots aimables, des promesses en l'air, sans consistance aucune pour l'instant, mais fondement possible pour une future réconciliation. Il avait en effet posé des jalons pour l'avenir, en lui laissant entendre que la reine était disposée à lui faire désormais confiance. C'était l'inviter, implicitement, à se séparer des frondeurs. Ce faisant, il n'avait pas tout à fait perdu son temps.

Avant de trouver un point de chute, il erra un bon mois, en plein hiver, dans des conditions difficiles. Pas au hasard cependant. Il fit la tournée des places où il avait installé des hommes à lui. Dieppe, puis Doullens lui firent bon accueil. À Péronne, où il récupéra son neveu et ses nièces, qu'Anne d'Autriche avait réussi à faire sortir de Paris, il fut reçu en ami. Ses ennemis craignirent alors qu'il ne s'incrustât et la reine, sous la contrainte, dut lui enjoindre de quitter le royaume. Sa réponse fut « assez belle, dit Mme de Motteville, pour être louée publiquement ». Il s'inclinait devant l'ordre reçu, tout en soulignant le scandale que constituait son expulsion :

« J'eusse bien souhaité, Madame, disait-il notamment, de cacher aux étrangers le mauvais traitement que je reçois, pour empêcher que le blâme n'en rejaillisse sur une nation que j'ai toujours honorée et chérie avec tant de tendresse ; mais quand ils me verront errant parmi eux, avec les personnes qui me sont plus proches, pour chercher un abri, ils auront quelque sujet de s'étonner qu'un cardinal, qui a l'honneur d'être parrain du roi, soit traité de cette sorte, et que vingt-deux ans de service fidèle ne lui aient pu acquérir une retraite sûre en quelque coin du royaume, dont les limites ont été assez notablement étendues par ses soins[14]. »

Où aller? Pas en territoire espagnol, bien sûr, puisqu'il veut vivre et mourir français. Pas chez nos alliés : la plupart sont hérétiques. En Piémont peut-être : mais par quelles voies y parvenir? Une destination en tout cas est exclue, celle que préconisent ses détracteurs, qui veulent le renvoyer d'où il est venu, à Rome. Il a en effet les meilleures raisons de redouter l'accueil d'un pape dont il a tenté de contrarier l'élection et contre qui il a monté l'expédition des Présides de Toscane. Une offensive se développe au parlement, avec l'appui de Gaston d'Orléans, pour le faire juger par un tribunal romain, puisque la pourpre le soustrait à toute autre juridiction. Lourde menace. Aux griefs français, explique le nonce, le pontife ajoutera une accusation bien plus grave, sa politique étrangère contraire aux intérêts du catholicisme. Or les arguments ne manquent pas contre lui. Il n'est toujours pas en règle avec les canons de l'Église, n'étant jamais allé à Rome pour recevoir les insignes de sa dignité, n'étant toujours pas prêtre et manquant à l'obligation de résidence : toutes infractions qui permettraient, si le pape lui retirait les *indults*, de le destituer du cardinalat[15]. C'eût été le réduire à rien. Il trembla si fort qu'il envisagea sérieusement de prendre les ordres. En fait Innocent X, prudent, choisit l'attentisme. Lorsque Mazarin lui écrivit pour se plaindre de ses malheurs, il l'exhorta, en un beau latin ronflant, à la patience chrétienne et l'invita à « sacrifier ses avantages particuliers au bien public[16] ». Mais il ne fit rien contre lui. « Tant que Votre Éminence sera sous le patronage de Leurs Majestés, lui écrit de Rome Benedetti, le pape observera de loin vos aventures[17]. »

Tout en cherchant un point de chute à l'étranger, il continua sa tournée des places frontalières. La Fère, Rethel, Bar-le-Duc, Clermont-en-Argonne l'assurèrent de leur dévouement. Apprenant que l'Électeur-archevêque de Cologne lui offrait l'hospitalité, il mit le cap sur Sedan, où Fabert et d'autres gouverneurs amis le pressèrent en vain de s'enfermer. Il refusa et se soumit à l'édit de proscription. Mais les terres de l'Électeur étaient enclavées dans les Pays-Bas espagnols. Il dut donc demander un passeport pour les traverser. Il attendit la réponse à Bouillon, propriété de l'évêque de Liège, sans oser mettre un pied hors du bourg, par crainte qu'on ne vînt l'enlever. Les Espagnols, munificents, le traitèrent en chef d'État. Ils lui envoyèrent une escorte et lui ménagèrent tout au long du chemin les honneurs les plus marqués. À Juliers, terme du voyage, il trouva la garnison sous les armes et tous les canons de la citadelle tirèrent pour le saluer. Fierté et mélancolie : il rencontrait chez l'ennemi l'estime et les égards que lui refusaient ceux qu'il avait si bien servis.

L'escorte était commandée par un diplomate, don Antonio Pimentel – celui-là même qui avait tenté en 1649 de pousser Bouillon et le coadjuteur à s'allier avec l'Espagne. L'archiduc, bon connaisseur des hommes, savait le prix de Mazarin et l'avait chargé de le débaucher. « Il m'a rebattu diverses fois que, dans tous les États du roi, son maître, j'y serais dans une entière sûreté, et que les ministres du roi d'Espagne l'avaient fort mal servi, en Italie, de ne m'engager pas […] à son service[18]. » Il n'était pas français. Pourquoi, comme les *condottiere* entrepreneurs de guerre, n'abandonnerait-il pas des employeurs méconnaissants ? Il éluda poliment, mais fermement.

L'accueil de l'Électeur-archevêque fut chaleureux. Il mit à sa disposition une de ses résidences de campagne située à Brühl, à deux lieues de Cologne et de Bonn. Le fugitif trouva une maison bien meublée, bien approvisionnée, bien pourvue en domesticité. Il était parti en catastrophe, sans bagages. Ses serviteurs réussirent, en dépit des milices qui fouillaient les voitures, à lui faire parvenir le nécessaire pour lui et les siens et ils s'employèrent à dissimuler, avec la complicité de la reine, ce qu'ils purent sauver de ses biens. Après deux mois d'errances, il put enfin souffler, dans un havre sûr. Il lui restait à éviter de s'y laisser oublier.

Une élève très douée

Condé fit à Paris une rentrée triomphale, accompagnée d'autant de feux de joie qu'en avait suscités quelques mois plus tôt son arrestation. Il serra Monsieur sur son cœur et tous deux s'installèrent aux commandes, contraignant la reine à entériner leurs décisions. Dans les premières semaines, elle eut grand peur. On projetait de prolonger la régence en reportant de treize à dix-huit ans la majorité de Louis XIV. Elle-même en serait exclue, au bénéfice de Gaston d'Orléans. Les princes s'offriraient ainsi cinq ans de sursis – de quoi réduire à néant toutes les mesures mises en œuvre depuis Richelieu. Ce n'est pas ici le lieu de débattre sur ce qui en serait advenu pour la France. Disons simplement que cela signifiait pour Anne d'Autriche une durable mise à l'écart et pour le cardinal une exclusion définitive. D'où les deux recommandations primordiales que celui-ci lui fit donner : protéger le roi contre toute tentative d'enlèvement et dissocier la coalition.

Elle n'était pas abandonnée de tout et de tous. Mazarin avait mis en place au gouvernement et dans sa maison des hommes recrutés par lui. Ses trois fidèles, Le Tellier, Servien et Lionne, y conservaient leurs fonctions. Des amis moins voyants la conseillaient aussi dans l'ombre. Mais pour la première fois, elle se trouvait privée du soutien quotidien de son maître à penser.

Il n'était plus là pour débroussailler les questions et lui dicter les réponses. Doutant d'elle-même, elle s'affolait. Dès qu'il fut installé à Brühl, il chercha donc à se procurer les moyens de la diriger par correspondance, soit en lui écrivant directement, soit en lui faisant transmettre ses consignes par Lionne ou Servien. Ses premières lettres consistent en *vade-mecum* politiques, mises en garde contre les adversaires les plus redoutables – le coadjuteur notamment –, mais aussi préceptes d'ordre général. C'est dans le Mémoire accompagnant celle du 12 mai que se trouve la recommandation souvent citée : « Il ne faut pas que Sa Majesté ait aucun scrupule de se raccommoder avec des gens qui lui ont fait du mal et qu'elle a juste sujet de haïr et de perdre, car les princes les plus sages en ont usé mille fois de la sorte, quand le bien de leur service l'a ainsi voulu. La règle de leur conduite ne doit jamais être la passion de la haine ou de l'amour, mais l'intérêt et l'avantage de l'État et le soutien de leur autorité[19]. »

Mais les principes sont une chose, la gestion des affaires au quotidien en est une autre. Il se heurta à un obstacle majeur, les délais. Il fallait au grand minimum trois jours pour aller de Paris à Brühl, mais en moyenne plutôt six ou sept. Pour éviter que ses messagers ne fussent repérés et arrêtés, il les faisait passer par des chemins détournés qui allongeaient le trajet, avec des relais auprès de Fabert à Sedan ou auprès de ses banquiers flamands ou wallons. Le chiffrage et le déchiffrage des lettres exigeaient l'intervention de secrétaires spécialisés. On ne s'étonnera pas, dans ces conditions, que son dialogue avec la reine ait présenté quelques dissonances. Face à des situations très fluctuantes, ses observations sont périmées avant d'atteindre leur but. Plus grave encore : il lui manque, pour prendre la mesure du souhaitable et du possible, la perception des impondérables, qui ne se peut acquérir que sur place. Quand il s'indigne que le roi ait dansé dans un ballet, au lieu de s'enfermer dans un silence hargneux, quand il conseille à la reine de harceler le parlement de ses plaintes et d'y traîner ses fils en larmes pour apitoyer les magistrats, il se trompe sur l'état d'esprit des uns et des autres ; c'est en faisant face avec dignité qu'elle a le plus de chances de retrouver son crédit.

Isolé à Brühl, privé de moyens d'action, il se lamente à l'idée que les Espagnols vont profiter de sa mise à l'écart pour reprendre l'offensive. Par chance, ils sont à bout de forces et ne songent qu'à se refaire en attendant que les agitateurs français tirent pour eux les marrons du feu. C'est à Paris qu'il faudrait agir. Son impuissance l'exaspère. Lui, qui travaillait quinze heures par jour à de multiples affaires, supporte mal le vide des journées passées à guetter le courrier. Il enrage d'en être réduit à utiliser l'incommode détour de l'écrit, tant il est sûr qu'il persuaderait plus « avec deux paroles qu'avec cinquante lettres et la mission d'autant de gentilshommes ». Il se ronge d'ennui et d'inquiétude. Son esprit soupçonneux n'épargne pas ses fidèles. Il en veut à Le Tellier d'avoir conseillé à la reine certaines concessions, pourtant inévitables. Lorsque, pour l'avoir sous la main, elle ose proposer à Lionne un logement au Palais-Royal, dans l'aile qui était la sienne, il y voit le signe qu'on songe à le remplacer. Bref, Mme de Nemours n'a pas tort d'affirmer que, tout au long de ces mois de séparation, « la reine et lui agirent peu de concert et furent souvent peu satisfaits l'un de l'autre[20] ».

Mais on n'a pas tort non plus de soutenir que, du fond de son exil, il ne cessa de gouverner la France. « L'esprit du cardinal régnait toujours dans le Conseil[21]. » Car Anne d'Autriche, bien que contrainte à improviser, appliqua la ligne politique qu'il lui avait tracée et elle s'en tira superbement. À vrai dire, le mérite ne lui en revient pas tout entier : elle dut beaucoup au concours – involontaire – que lui prêtèrent ses ennemis. Dès que Mazarin eut passé la frontière, l'étau se desserra autour du Palais-Royal et elle retrouva sa liberté de mouvement. Elle ne parvint pas à regagner son beau-frère. Après son coup d'éclat, cet éternel indécis, gonflé à bloc par ses conseillers, ne voyait de salut que dans la fuite en avant. Il redoutait la guerre civile. Il en voulait à Mazarin d'avoir été à l'origine de démarches qui risquaient d'y conduire. Aussi s'acharna-t-il contre lui, comme si son absence devait le préserver désormais de pareils dangers. Mais il n'était pas prêt à se lancer dans de nouvelles aventures. Le projet d'ôter la régence à la reine pour la lui confier durant une rallonge de cinq ans le flattait certes, mais l'inquiétait aussi et lui inspirait des scrupules. Quant à Condé, il n'avait aucune envie de conférer à son cousin un pouvoir qui eût risqué de contrebalancer le sien. Le projet fit donc long feu. En dépit des efforts du coadjuteur, on se grisa de violences en paroles, mais on se garda de passer aux actes. Pour la reine, les deux risques majeurs étaient conjurés.

Les coalisés de la veille commencèrent de se chamailler. Anne d'Autriche, olympienne, versait de l'huile sur le feu. Les deux princes s'aperçurent assez vite que toucher à la majorité du roi risquait de déstabiliser profondément le régime. Car chacun croyait avoir son mot à dire sur le fonctionnement du Conseil dans la nouvelle régence. Les nobles provinciaux réunis à Paris en assemblée réclamaient la réunion des États généraux et proposaient d'établir un gouvernement collégial permanent où siégeraient des représentants des trois ordres. À quoi le parlement s'opposa avec véhémence, puisqu'un tel système l'eût supplanté dans son rôle de médiateur entre le roi et ses peuples. La reine, elle, promit de réunir les États, mais après le treizième anniversaire de Louis XIV, ce qui leur interdirait de prolonger la régence. Elle discuta beaucoup sur la date et sur le lieu, ce qui gagna un temps précieux et permit de renvoyer les nobles dans leurs provinces pour élire leurs délégués à des États qui ne se tiendraient jamais. Le parlement proposa, pour se prémunir contre le retour de Mazarin, d'exclure à tout jamais du Conseil les étrangers, et quelques irréductibles prétendirent leur adjoindre les cardinaux, parce qu'ils prêtent serment au pape. Cette dernière mesure, provenant des condéens, visait clairement le coadjuteur. La reine feignit d'y souscrire*, ravie de voir le clergé dressé comme un seul homme contre les magistrats : la mesure fut retirée.

Condé, cependant, s'occupait à faire nommer ses clients à tous les postes de responsabilité et à puiser dans les coffres de l'État de quoi reconstituer son armée. Et du haut en bas de la machine administrative, son prestige était tel qu'il rencontrait peu de résistance[23]. En revanche, le chapeau promis au coadjuteur ne figurait pas parmi ses priorités. Monsieur s'aperçut que le pouvoir lui échappait et que son titre ronflant de lieutenant général du royaume n'était qu'une coquille vide. C'est le moment que choisit la reine pour lui porter un coup décisif. Elle s'inspirait d'un précepte de Mazarin, préconisant, pour faire éclater une coalition composée de deux partis inégaux, de favoriser, non point le plus faible, mais le plus fort, afin de réduire l'autre à merci.

Le lundi saint 3 avril, en se rendant au Palais-Royal pour le Conseil, Monsieur eut la surprise d'y trouver

* P. Blet souligne que la déclaration contre les cardinaux ne comportait aucune des formules ordinaires de l'autorité royale, ce qui voulait dire que la cour ne songeait qu'à l'annuler[22].

Chavigny, ennemi de Mazarin certes, mais condéen notoire. Il se plaignit de n'avoir pas été consulté. « La reine lui répondit crânement qu'il avait fait bien d'autres choses sans elle. » Elle ôta ensuite les sceaux à Châteauneuf pour les confier au premier président Molé, lui aussi partisan de Condé. Lorsque les frondeurs sollicitèrent l'appui du prince pour s'opposer par la force à cet intolérable « coup d'État », ils se heurtèrent à une dérobade ironique : le vainqueur de Rocroi ne se sentait pas doué pour la « guerre des pots de chambre[24] ». Triomphant, il jugeait n'avoir plus aucun besoin de ses alliés. Mme de Longueville, qui, rentrée à Paris, y tenait le haut du pavé, poussait les hauts cris à l'idée de voir son frère cadet, Conti, épouser une femme aussi belle, mais plus jeune et plus titrée qu'elle, qui lui disputerait la prééminence. On fit savoir au fiancé que sa promise était la maîtresse du coadjuteur – ce qui était à vrai dire de notoriété publique. La cérémonie était prête, les invitations lancées, lorsque Condé rompit avec une insigne grossièreté. Inutile de dire que la duchesse de Chevreuse ne pardonna pas : elle fit aussitôt des offres de service à la cour.

La rupture entre les deux Frondes était consommée. Mais n'avait-elle pas été payée trop cher? Mazarin s'inquiéta lorsqu'il apprit que Condé avait pu troquer la Bourgogne contre la Guyenne et réclamait pour son frère la Provence – de quoi se constituer à eux deux un vaste fief prenant la France en écharpe. Comme prévu, le prince se montrait plus arrogant que jamais. Il exigea le départ du trio Le Tellier, Lionne et Servien, qu'on appelait les « sous-ministres ». Il eut gain de cause, mais l'éviction de Chavigny compensa en partie leur départ – match nul. Croisant l'équipage du roi sur le Cours-la-Reine, il se permit, au mépris de tous les usages, de le saluer de la portière de son carrosse, sans en descendre. Il bouda la cour. Il en fit tant que, dans l'opinion, le vent tourna. Le moment était venu de reprendre la main. La reine fit porter au parlement un violent réquisitoire contre lui et décida, sur les conseils de Mazarin, de lui opposer le coadjuteur.

Nul n'était plus apte qu'elle à jouer de son charme auprès du trop galant prélat. De même que deux ans plus tôt, il se rendait à minuit dans son petit oratoire, mais cette fois Mazarin n'était pas là. On lira dans ses *Mémoires* les scènes extraordinaires au cours desquelles il croyait la séduire, alors qu'elle le roulait dans la farine[25]. Elle lui promit le chapeau pour de bon, moyennant quoi il consentit à disputer le pavé de Paris au prince. Le 21 août, le Palais de justice fut le cadre d'un affrontement homérique entre les deux partis, qui faillit coûter la vie au coadjuteur, la tête prise entre les deux battants d'une porte tandis que les amis de La Rochefoucauld brandissaient sur lui leurs poignards. On évita de justesse un massacre général. Mais Condé, se sentant perdre le contrôle de la situation, prit peur. On peut être intrépide sur le champ de bataille et redouter la prison ou le guet-apens. Il se retira dans son château de Saint-Maur et s'abstint de paraître au Palais-Royal. Et Anne d'Autriche atteignit enfin le jour tant espéré où son fils, déclaré majeur, accéda à la plénitude de son autorité, la laissant gouverner librement en son nom. En naviguant sans faiblir au milieu des écueils, elle s'était montrée la digne élève de son maître.

Louis XIV était né le 5 septembre 1638. La proclamation de sa majorité eut lieu devant le parlement le 7 septembre 1651, au milieu de l'allégresse générale. Il manquait à la fête deux absents notoires. Condé – insulte inouïe – refusa d'y paraître en invoquant sa sécurité. Mazarin, lui, aurait bien aimé y être, mais il continuait de ronger son frein à Brühl, en attendant qu'on le rappelle.

Loin des yeux, loin du cœur ?

« Elle voudrait bien ravoir son Mazarin », telle était la conviction prévalant dans l'opinion[26]. Le départ du cardinal n'avait donc pas mis fin à la campagne de libelles qui faisait rage depuis le début de l'année. En février parut la fameuse mazarinade que Scarron peaufinait depuis plusieurs mois et qui donna son nom au genre tout entier. D'une violence qui n'a d'égale que sa trivialité ordurière, elle reprend tous les griefs habituels, en mettant l'accent sur les mœurs. L'envolée finale, d'une verve époustouflante, vise très au-dessous de la ceinture :

> Sergent à verge de Sodome
> Exploitant partout le Royaume,
> Bougre bougrant, bougre bougré,
> Et bougre au suprême degré,
> Bougre au poil et bougre à la plume,
> Bougre en grand et petit volume,
> Bougre sodomisant l'État
> Et bougre du plus haut carat[27]…

Nul n'imagine en effet que celui qu'on traite d'« étalon de cour[28] » ait pu acquérir sur la reine une telle emprise autrement que par des prouesses sexuelles suspectes. Mais on en conclut que la séparation devrait suffire à la détacher de lui. Nul amant n'est irremplaçable. La Rochefoucauld disait à Condé qu'elle avait « un grand attachement pour le cardinal, mais qu'après tout il n'était pas indissoluble ; qu'il arrivait tous les jours du dégoût entre les personnes les mieux engagées[29] ». Mme de Chevreuse avait toujours soutenu « qu'il n'y avait qu'à éloigner le cardinal Mazarin de la reine et que, la connaissant comme elle faisait, elle était assurée que sitôt qu'elle ne le verrait plus, elle l'oublierait[30]. » Monsieur ajoutait qu'elle était une « femme d'habitude », dans l'esprit de laquelle il n'était pas difficile de s'insinuer, pour peu qu'on la côtoyât tous les jours[31].

Tous se trompèrent. Sur les sentiments respectifs de la reine et du cardinal, nous autres historiens en étions réduits, jusqu'à cette date, aux seules conjectures. Leur séparation nous offre, par chance, des documents. Une chance toute relative. De leur très abondante correspondance ne subsistent que des fragments de dialogue décalés. Lors de ce premier exil un large lot de lettres de Mazarin a surnagé, mais celles de la reine ont disparu. En revanche, nous conservons d'elle onze lettres autographes, scellées à la cire rouge avec des rubans roses, qui s'échelonnent de 1653 à 1660[32] ; mais il nous manque alors les réponses. Reste que leur confrontation ne laisse aucun doute : leur relation est assurément d'ordre affectif et postule la réciprocité.

De Brülh, 11 mai 1651, réponse à une lettre d'Anne d'Autriche :

« Mon Dieu, que je serais heureux et vous satisfaite si vous pouviez voir mon cœur, ou si je pouvais vous écrire ce qu'il en est, et seulement la moitié des choses que je me suis proposé. Vous n'auriez pas grand peine, en ce cas, à tomber d'accord que jamais il n'y a eu une amitié approchante à celle que j'ai pour vous. Je vous avoue que je ne me fusse pu imaginer qu'elle allât jusqu'à m'ôter toute sorte de contentement lorsque j'emploie le temps à autre chose qu'à songer à vous : mais cela est, et à tel point qu'il me serait impossible d'agir en quoi que ce pût en être, si je ne croyais d'en devoir user ainsi pour votre service.

« [...] Ah ! que je suis injuste quand je dis que votre affection n'est pas comparable à la mienne ! Je vous en demande pardon et je proteste que vous faites plus pour moi en un moment que je ne saurais faire en cent ans : et si vous saviez à quel point me touchent les choses que vous m'écrivez, vous en retrancheriez quelqu'une par pitié, car je suis inconsolable de recevoir des marques si obligeantes d'une amitié si tendre et constante, et d'être éloigné.

« [...] Je songe quelquefois s'il ne serait pas mieux pour mon repos que vous ne m'écrivissiez pas, ou que, le faisant, ce fût froidement ; que vous me dissiez [...] que j'ai été bien fou à croire ce que vous m'avez mandé de votre amitié, et que, enfin, vous ne vous souvenez plus de moi comme si je n'étais au monde. Il me semble qu'un tel procédé me guérirait de tant de peines et de l'inquiétude que je souffre, et adoucirait le déplaisir de mon éloignement. Mais gardez-vous bien d'en user ainsi ! Je prie Dieu de m'envoyer la mort plutôt qu'un semblable malheur, qui me la donnerait mille fois le jour : et si je ne suis pas capable de recevoir tant de grâces, il est toujours plus avantageux de mourir de joie que de douleur[33]. »

Ah ! qu'en termes galants ces choses-là sont dites ! Un pareil langage ne respire pas la sensualité, mais le romanesque. « Affection, amitié... » Peut-on parler d'amour ? Les intéressés se gardent de prononcer le mot. Ils usent d'une phraséologie empruntée à la littérature galante. Ils se meuvent dans un univers de fiction qui suffit à combler la sentimentalité d'Anne d'Autriche, si longtemps rebutée par la brutalité masculine. On y sent affleurer les thèmes familiers de la tradition courtoise, la douleur des amants séparés, le rappel des moments de bonheur passés ensemble et, par-dessus tout, l'humble soumission du chevalier servant à sa dame. C'est l'époque, ne l'oublions pas, où l'*Astrée* sert de livre de chevet de toute une génération, où le gentil Voiture est la coqueluche des salons et où la belle Julie d'Angennes fait patienter son prétendant quatorze ans avant de se résoudre à l'épouser. Mais pour une fois, le prétendu pouvoir souverain de la femme sur son adorateur n'est pas seulement un artifice littéraire. Anne d'Autriche peut vraiment, d'un seul mot, rejeter Mazarin au néant. En soulignant sa dépendance, en remettant son sort entre ses mains, il lui souffle ses devoirs : dans les romans, une dame se doit de protéger son féal. Anne d'Autriche s'installe avec délices dans ce rôle qui lui permet d'assumer en tout bien tout honneur et en toute bonne conscience le sentiment qu'elle lui porte, profond, possessif, qui ressemble tant à de l'amour, sexualité mise à part. Loin de l'éloigner de lui, la séparation a creusé un vide, un manque, qu'elle est bien décidée à combler.

Il est malaisé de se maintenir continûment sur ce registre et la reine ne manie pas avec autant de virtuosité l'antithèse ou l'hyperbole. Comme si les mots étaient impuissants à traduire la force du lien qui les unit, tout un jeu de signes – étoile à huit pointes, ligne verticale hachée de trois horizontales, S majuscule barré obliquement* – vient se substituer dans les dernières lignes aux formules conventionnelles. Leurs lettres s'en trouvent à la fois allégées – quel gain de temps ! – et dotées pour eux seuls, comme tout texte ésotérique, d'une aura magique. Comme d'autre part ils parlent d'eux à la troi-

* Ce symbole de fidélité amoureuse, d'origine espagnole, se nommait *fermesse*. Le mérite d'avoir étudié ce jeu de symboles revient à Claude Dulong, dans ses diverses publications.

sième personne et que les noms propres se cachent sous des nombres ou des termes métaphoriques, le résultat est un redoutable charabia que l'historien peine à élucider. En revanche, il saute aux yeux que, sous la plume de Mazarin, ce fatras sentimental sert d'habillage à des messages politiques très précis.

Il ne perd jamais de vue ses intérêts. La plainte élégiaque s'entremêle de conseils, de mises en garde contre ses ennemis, d'appels au secours, voire de reproches. Le désir de la revoir ne dissimule qu'à peine celui d'être rétabli dans ses fonctions. Se pose donc une fois de plus l'insoluble problème de sa sincérité. Un homme d'une intelligence aussi aiguë, aussi lucide, ne peut pas ignorer qu'en se prêtant à son jeu, il manipule Anne d'Autriche. Mais cela ne l'empêche pas forcément d'éprouver pour elle une affection réelle, fondée sur leur solidarité dans les épreuves, et qui ressemble à un compagnonnage. Elle-même est-elle dupe, d'ailleurs ? Le détour par la fiction romanesque leur évite de poser certaines questions. Que sont-ils l'un pour l'autre ? Leur relation, si l'on tentait de la définir, d'en préciser les contours, de la *nommer*, risquerait de voler en éclats. Mazarin, maître du non-dit, prince de l'ambiguïté, en use avec une maestria où l'on peut voir un signe de sagesse, tout autant que de duplicité.

Le « Confident »

Ceux qui se focalisent sur les sentiments de la reine pour Mazarin tendent à oublier qu'il s'agit maintenant d'une relation à trois. Depuis toujours le petit roi vit en étroite union d'esprit et de cœur avec sa mère. Elle n'a pas tenté de l'enfermer dans un cocon protecteur. Il a vécu avec elle les péripéties de la Fronde et ne s'est pas privé d'émettre à leur sujet des opinions enfantines, certes, mais vigoureuses. Il n'avait pas dix ans lorsque l'annonce de la victoire de Lens lui arrache cette réflexion : « Messieurs du parlement seront bien fâchés ! » De ses fenêtres, il a pu apercevoir les barricades et entendre tirer les coups de mousquet. Il a vécu la fuite à Saint-Germain dans la nuit et le froid. Avant l'arrestation des princes, sa mère lui en a expliqué les enjeux et l'a associé aux prières qu'elle faisait pour le succès. L'année suivante, il a pleuré de rage face à Bordeaux révolté. En février 1651, il a eu le courage, quand les émeutiers défilaient à son chevet, de feindre le sommeil sans broncher. Il ressent vivement les affronts et s'en indigne. Au retour du Cours-la-Reine, où Condé, le croisant, s'est abstenu de le saluer, il s'est déclaré « marri » de n'avoir pas eu ses gardes avec lui, « parce que le prince aurait eu grand peur ». Et il demande tout de go à Gaston d'Orléans, à la fin août 1651 : « Mon bon oncle, il faut que vous me fassiez une déclaration si vous voulez être de mon parti ou de celui de M. le Prince[34]. » Rude école, à laquelle s'ajoute l'initiation politique et militaire assurée par le cardinal. Il témoigne, à treize ans, d'une maturité très au-dessus de son âge et manifeste une maîtrise de soi très remarquable chez un adolescent.

Rien d'étonnant, donc, qu'il soit partie prenante dans la correspondance qu'entretient Mazarin avec la reine. Sans y intervenir personnellement, il y figure toujours en arrière-plan, avec pour nom de code « le Confident » – tout un programme. Anne d'Autriche lui communique la substance des informations qu'elle reçoit. Le cardinal ne manque jamais de demander de ses nouvelles et de lui faire transmettre des messages affectueux : « Je vous prie d'embrasser de ma part le Confident, et lui dire mille choses de la passion que j'ai pour lui[35]. »

Les réponses de la reine au cours de cette période ont disparu, mais des lettres plus tardives montrent que le jeune roi partageait son attachement pour Mazarin. Rien ne permet de penser que la sollicitude de celui-ci pour son filleul ne soit pas sincère, ainsi que le prouveront leurs relations ultérieures. Mais il s'y mêle, comme toujours avec lui, des préoccupations d'actualité. Il a une longueur d'avance sur ses adversaires. Il anticipe. Alors que Gaston d'Orléans continue de tenir son neveu comme quantité négligeable, il le traite, lui, en roi. En février au lendemain de sa fuite, il notait déjà dans ses *Carnets* : « Que la reine me fasse écrire par le roi qu'il ne m'abandonnera pas[36]. » Au long de son exil, il renouvelle ses appels. Que le Confident fasse cas de lui et s'y fie, qu'il sache bien qu'il est prêt à mourir mille fois pour lui[37] ! Ce n'est pas tout de posséder le cœur de la reine. On a trop agité devant lui le spectre de Concini pour qu'il oublie qu'un jeune roi négligé peut, sur un coup de tête, renverser un destin. Il tient à obtenir, pour son retour, l'aval exprès de Louis XIV.

Un retour sans cesse différé

La majorité du roi ne laissait à Condé que deux options, se soumettre ou plonger dans la guerre civile. Il se cabra devant l'échec. L'orgueil, le dépit, les pressions de sa sœur et des plus irréductibles de ses amis, joints à la crainte de la prison, eurent raison de ses hésitations. Il choisit la fuite en avant. Il se savait impopulaire à Paris. Il mit le cap sur le Sud-Ouest. Sa rébellion promettait à la reine de nouvelles épreuves. Mais en quittant la capitale, il lui offrait un précieux cadeau : il lui fournissait un prétexte pour en sortir – ce à quoi elle aspirait en vain depuis huit mois. Le 27 septembre, elle se lança à sa poursuite, accompagnée de l'armée. Elle abandonnait dans Paris, livrés à eux-mêmes, Gaston d'Orléans qui, fort de l'appui du parlement, prétendait imposer sa médiation, et le coadjuteur, qui, compromis par l'annonce de sa candidature officielle à la pourpre, était réduit à jouer dans l'ombre les agitateurs. Elle était libre. Libre de rappeler Mazarin ? La chose n'allait pas de soi.

En perdant la régence, Anne d'Autriche, paradoxalement, gagnait un surcroît de pouvoir. « Je désire qu'après moi vous soyez le chef de mon Conseil », a déclaré solennellement Louis XIV. Elle exercerait l'autorité au nom d'un souverain faisant déjà figure de maître. Soudain projeté sur le devant de la scène, l'adolescent y a joué son rôle à la perfection. Pas une fausse note. Sur le trajet qui le conduisait au Palais de justice, sa beauté, sa grâce naturelle, son maintien aisé, sa maîtrise de cavalier exercé, la courtoisie avec laquelle il saluait la foule d'une virevolte de son chapeau, lui ont conquis tous les cœurs. Les magistrats du parlement n'ont pas manqué de noter, eux, avec quelle hauteur il repoussa sans la lire la lettre que lui présentait Conti de la part de son frère : premier prince du sang ou pas, l'absence de Condé était inexcusable. La subversion revêtait soudain des couleurs moins séduisantes.

Il en faudrait davantage, cependant, pour réhabiliter Mazarin. On n'efface pas, d'un coup, les préventions enracinées par des années de campagnes acharnées. La haine contre lui flambe encore. Un mois plus tôt, le duc de Mercœur qui, par amour pour Laure Mancini, a épousé la jeune femme*, s'est vu poursuivi devant

* Le mariage eut lieu en secret. La date en est incertaine, car il prétendit, pour sa défense, l'avoir épousée avant le départ de Mazarin, donc avant la condamnation de celui-ci. Il est avéré, en revanche, qu'il se rendit auprès d'elle à Brühl.

le parlement pour collusion avec un ennemi de l'État. L'exilé a très peu de partisans déclarés. En revanche, son absence encourage des ralliements qui, sans cela, passeraient pour retournements de veste : on n'abandonne pas Condé pour Mazarin, on s'incline devant le roi. Tous ceux qui ont le nez creux commencent à prendre leurs distances avec l'incorrigible rebelle.

Le cas de Turenne est à cet égard exemplaire. Seul le désir tenace de récupérer Sedan l'a poussé, par deux fois, à suivre son frère dans la révolte. Rethel leur a ouvert les yeux. Ils ne peuvent compter sur l'Espagne, à qui ils n'ont plus rien à offrir. Ils sont mûrs pour accepter les compensations que la cour n'a cessé de leur proposer en vain pour leur place forte perdue. Mazarin n'avait jamais cessé de négocier avec eux, convaincu qu'il fallait se les attacher, l'un, parce que son intelligence politique le rendait redoutable et qu'il valait mieux l'avoir avec soi que contre soi, l'autre pour d'évidentes raisons militaires. Une très ancienne complicité le liait à Turenne, née en Italie et fortifiée par les campagnes d'Allemagne menées de conserve. Ils se connaissaient bien et s'estimaient. Très éloignés de partager le mépris général pour le ministre, édifiés par le succès des campagnes de pacification de 1650, les deux frères ne jugeaient pas perdu d'avance le combat qu'il menait contre Condé. Au printemps de 1651, voyant le prince triomphant les oublier dans la distribution des faveurs et des places, ils choisirent de se rallier. La reine y mit le prix : ils obtenaient enfin le rang tant désiré de princes étrangers et recevaient en échange de Sedan les duchés d'Albret et de Château-Thierry, les comtés d'Auvergne et d'Évreux. Turenne, rompant avec les Espagnols, bénéficiait d'une amnistie et se voyait promettre le commandement d'une des deux armées royales. Au début mai, il lâcha le parti condéen et rentra discrètement à Paris, pour attendre et voir venir. Prudence, prudence : il ne reprendra effectivement du service qu'au début de l'année suivante, après le retour de Mazarin.

Car le sort de l'exilé reste en suspens. Il avait d'abord avalé comme autant de couleuvres nécessaires tout ce que la reine avait dû faire ou laisser faire contre lui : poursuites, condamnations, promesses de ne jamais le rappeler. C'est sur ses conseils qu'elle en usait ainsi, pour endormir ses ennemis jusqu'à la date fatidique de la majorité. Le roi annulerait ensuite tout cela d'un trait de plume. Mais, lorsque s'impose la certitude qu'elle va gagner la partie, il commence à s'inquiéter et trouve qu'elle en fait trop. Était-il indispensable, le 5 septembre, d'accompagner l'amnistie accordée à Condé par crainte de le voir troubler la cérémonie d'une déclaration contre le cardinal, en forme de réquisitoire, qui récapitulait tous les griefs antérieurs et le vouait au bannissement à perpétuité ? Juridiquement, cette déclaration ne valait rien, puisque la majorité du roi faisait table rase des mesures antérieures. Mais Mazarin, à qui la nouvelle parvint le 26, fut désespéré de ce désaveu public, assorti, pour faire bonne mesure, du dessein de le renvoyer à Rome. Il explosa :

« J'ai pris dix fois la plume pour vous écrire, sans l'avoir pu, et je suis si hors de moi du coup mortel que je viens de recevoir, que je ne sais pas si tout ce que je vous pourrai dire aura ni rime ni raison [...]. Le roi et la reine, par un acte authentique, m'ont déclaré un traître, un voleur public, un insuffisant et l'ennemi du repos de la chrétienté. » Il se plaît à croire, continue-t-il, que la reine n'est pour rien dans le texte publié sous son nom et qu'elle en aura du regret. « Mais, ajoute-t-il, cela n'empêchera pas, si elle n'a la bonté d'y apporter un prompt remède, que, dans quinze jours, toute l'Europe ne soit persuadée que le cardinal Mazarini est le plus abominable de tous les hommes et, qu'étant attaqué dans la partie la plus sensible, si je ne vois pas lieu de mettre mon honneur à couvert, je ne choisisse la mort. [...] Plût à Dieu qu'il me fût permis de faire imprimer vos dernières lettres [...], mais il faut, pour mon malheur, que cela soit secret et que la déclaration soit vue de toute la terre[38]. » Il se disait prêt à renoncer à la pourpre et à se retirer des affaires pourvu que son honneur fût lavé.

Ne soyons pas dupes des grands mots. Non, il ne se suicida pas et il n'envisagea pas une seconde de renoncer au ministère ou au cardinalat. Comme le lui assura un de ses agents, la reine avait veillé à ce que la déclaration infamante passât aux oubliettes : il n'en fut plus jamais question. Mais il avait pu mesurer combien sa situation était précaire. Il sentait que, depuis quelque temps, elle éludait la question de son rappel. Au sein même du Conseil, certains, comme l'insubmersible Châteauneuf, le lui déconseillaient parce qu'ils espéraient recueillir les dépouilles de l'absent. D'autres, mieux intentionnés, l'en dissuadaient, par crainte que son retour ne recrée entre ses ennemis l'union si péniblement brisée. Profitant du vide qu'il avait laissé, de bonnes âmes pieuses, telle la duchesse d'Aiguillon, tentaient de retrouver sur elle leur emprise d'autrefois. Chaque point qu'elle marquait contre Condé fournissait des armes aux adversaires du retour. On lui disait qu'il serait criminel de mettre en danger une paix civile encore fragile pour les beaux yeux d'un favori dont l'expérience montrait chaque jour qu'elle était capable de se passer. On faisait appel à sa conscience. On l'invitait à sacrifier son ministre à l'intérêt supérieur de son fils. Et Mazarin avait beau répéter, exemple anglais à l'appui, qu'un tel sacrifice serait désastreux, il lui arrivait de douter.

Une fois la majorité acquise, l'argumentaire se nuança et s'adapta. Il était trop tôt. Paris s'agitait encore. Puisqu'elle s'en était tirée très bien sans lui, pourquoi le faire revenir, au risque de provoquer de nouvelles violences ? Il fallait attendre l'entière défaite de Monsieur le Prince – autant dire les calendes grecques. À quoi l'on ajoutait, pour faire bonne mesure, les risques mortels auxquels s'exposerait le cardinal en s'aventurant dans un pays qui le vouait aux gémonies. Sur le principe de son retour, elle ne céda jamais. Mais elle tardait à fixer une échéance[39]. Il sentit que le temps jouait contre lui. Il décida de prendre les devants et d'organiser lui-même son voyage, tandis que ses amis – notamment le maréchal Du Plessis-Praslin – s'employaient à obtenir de la reine et du roi un ordre explicite. Maître de la date, il reprenait la maîtrise des événements.

Les retrouvailles

Au sortir de Paris, la reine avait hésité sur la direction à prendre. Nettoyer la frontière du nord en reprenant Stenay, ou tenter de réduire d'abord la rébellion dans le Sud-Ouest ? La seconde option prévalut et le trajet se passa sans encombres. À Bourges, les habitants avaient ouvert leurs portes au roi et contraint à la fuite Condé et ses proches. Laissant à Palluau le soin d'assiéger la place forte condéenne de Montrond*, la cour continua sa route vers Poitiers, où elle s'arrêta. De là, le comte d'Harcourt était à même de lancer des attaques contre les puissantes positions adverses en Saintonge. Rude entreprise. Bien implanté à Bordeaux où il était

* La place tiendra près d'un an, sans conséquences sérieuses sur le cours des événements.

arrivé le 22 septembre, le prince comptait en outre sur le secours du roi d'Espagne, avec qui son fidèle Lenet était parti négocier un traité en bonne et due forme, et sur l'appui de la capitale, où l'imminence du retour de Mazarin avait, comme prévu, relancé l'agitation. Sur le terrain la lutte parut tourner d'abord en sa faveur, tandis qu'à Paris, le parlement refusait d'enregistrer la déclaration royale lancée contre lui.

Mazarin choisit de rentrer non pas en catimini, mais la tête haute. Officieusement, le roi et la reine lui avaient fait savoir qu'ils l'attendaient. Mais il prit le temps nécessaire pour recruter et armer un contingent de 6 000 hommes. Avec quel argent ? Depuis son départ, il n'avait cessé de crier misère. Ce qu'il avait pu emporter en espèces ou sous forme de pierreries fondait à vue d'œil. Le séquestre mis sur ses biens le privait de ses revenus habituels. Il se résigna à vendre certaines de ses charges. Mais il se sentait très menacé. Ses créanciers se bousculaient pour exiger remboursement, le parlement épluchait ses comptes dans l'espoir de lui faire dégorger ses « voleries » et poursuivait ses banquiers, que leurs origines italiennes rendaient suspects. Il pria Le Tellier de lui procurer un homme habile, capable de les aider dans la mise au net de ses inextricables affaires. Colbert se révéla dans cette tâche une perle rare. Il demanda des délais, obtint, grâce à Nicolas Fouquet, procureur général au parlement, qu'on lui communique une copie – faite à la main, bien sûr – de la montagne de pièces constituant le dossier. Moyennant quoi il eut tout son temps pour « ajuster » les comptes défectueux et se trouva en mesure de soutenir que le cardinal, pauvre victime, s'était ruiné au service de l'État[40].

Les efforts de Colbert ne remplissaient pas pour autant son escarcelle. C'est la reine qui lui permit de tenir. Non seulement elle continua de lui faire servir les appointements liés à ses fonctions dans sa maison, mais elle reprit à son nom certaines de ses charges et lui en sauva le revenu. Elle le laissa disposer de nominations qui lui valurent de confortables « donatifs ». Il dut cependant y mettre du sien. Il engagea ses biens pour obtenir des crédits. Sa trésorerie était à sec lorsqu'il quitta Brülh. Mais l'enjeu valait qu'il risquât la mise.

Lorsqu'il fut prêt, il sollicita un ordre formel. Il ne rentrait pas en simple particulier, retour d'exil. Il entendait reprendre ses fonctions à la tête du ministère. « Je vous prie de faire en sorte que j'aie une lettre de 21, par laquelle il me die qu'il remet entièrement à moi de faire ce que je voudrai* », écrit-il dès le 19 septembre[41]. Il réclame « un pouvoir en bonne forme pour faire des levées dedans et dehors le royaume et obtenir des logements pour ses troupes[42] ». Et il répète le 2 décembre : « Il faudra que le roi me laisse faire. » Il avait déjà pris position près de la frontière lorsque lui parvint, à Dinant, la lettre officielle datée du 13 décembre lui enjoignant de conduire son armée sur les bords de Loire. Il avait compris enfin l'importance de l'opinion. Il savait combien les populations étaient lasses d'un duel entre grands seigneurs qui ne leur apportait que misères. Il lança dans les provinces qu'il devait traverser un manifeste destiné à se les concilier. Elles ne s'opposeraient pas à son passage. Seule la capitale écumait de colère. Le 29 décembre, le parlement mit sa tête à prix et décréta que la prime en serait financée par la vente de sa bibliothèque. Pris d'une grande fureur dévastatrice, il refusa de procéder à une cession globale, pour laquelle Naudé aurait eu un amateur amical. Il la brada par lots, par « paquets », à des tarifs dérisoires, non en vue du profit,

* D'après le code, le nombre 21 désigne le roi.

mais pour la dépecer et la mettre en pièces – faute de pouvoir faire subir à son propriétaire, désormais hors de portée, le sort ignominieux que lui promettaient les pamphlets. Ce fut une sorte de meurtre symbolique, dont il souffrit presque charnellement et qui le marqua*.

Dans l'immédiat il se contente de contourner Paris. De Dinant, il se rend à Bouillon, franchit la frontière la veille de Noël et trouve à Sedan le maréchal d'Hocquincourt, qui lui amène un renfort de 3 000 hommes. Faute de passer les fêtes avec la reine, et sous-estimant le temps nécessaire au voyage, il l'invite à savourer en imagination la joie des retrouvailles : « Tout périra ou je vous verrai dans quinze jours. En disant cela, je suis hors de moi. Songez, je vous prie, à ce qui arrivera quand 26 verra 22. Je ne vous en dirai davantage, car vous savez le reste à cause de ⧧ et de ✳, qui sont en une parfaite amitié ensemble, nonobstant ce qu'on a fait pour les brouiller[44]. »

Rethel, Épernay, Arcis-sur-Aube : la troupe avance à marches forcées. À Pont-sur-Yonne, les deux magistrats délégués par le parlement pour lui interdire le passage de la rivière détalent piteusement devant sa cavalerie, l'un parvient à s'enfuir, l'autre est fait prisonnier. Il passe la Loire à Gien, continue sur Loches. Le 29 janvier 1652, il rejoint la cour à Poitiers. L'accueil

* « Hier, écrivait Naudé à Mazarin le 31 janvier, […] on vendit les Hérétiques au nombre de cent quatre-vingt quinze in fol. à cinquante sols la pièce ; ce matin l'on a vendu tous les livres de Philosophie in fol., excepté tous les interprètes grecs avec leur version latine, que M. Pithou s'est fait adjuger ; et après dîner l'on a commencé le Droit, qui pourra durer jusqu'à demain au soir ; ce qu'étant fait on expédiera la médecine samedi, et tout le reste au premier jour de la semaine prochaine, et ainsi cette bibliothèque aura été vendue un mois durant et paquet à paquet… » Et Mazarin, accablé, répondait : « Je vous avoue que je n'aurais pas cru les Goths, les Vandales et des nations encore plus barbares capables d'un procédé pareil[43]… »

est plus que chaleureux. Louis s'est dérangé pour aller à sa rencontre à une lieue de la ville en compagnie de son jeune frère, tandis que la reine, accoudée à une fenêtre, guette son apparition. Gestes hautement symboliques, porteurs d'un message très fort. Transmission de pouvoirs. Anne d'Autriche s'efface, laissant place à son fils. Mazarin est rentré parce que Louis XIV l'a voulu, il tire de ce choix une légitimité nouvelle. Tous ceux qui ont naguère cherché à dresser l'enfant contre le favori de sa mère, tous ceux qu'a bercés l'espérance que sa majorité changerait la donne en sont pour leurs frais. Le respect et la confiance du jeune garçon lui sont acquis. Le message est passé vite : dès le 2 février, on voit arriver à Poitiers Turenne et Bouillon, offrant leurs services sans conditions.

En dépit du ton des lettres échangées, il est impossible que Mazarin soit devenu, à cette date, l'amant d'Anne d'Autriche. Il n'est pas fou. Ce n'est pas à elle qu'appartient l'avenir, mais à son fils, il le sait bien. Pourquoi prendrait-il le risque de l'entraîner dans une liaison ? Avec ses cinquante ans bien sonnés, son embonpoint, sa dévotion superstitieuse, on la voit mal se jeter dans ses bras autrement que pour des démonstrations de tendresse. Plus encore que par les épreuves traversées et par une commune sollicitude pour le petit roi, ils sont unis, lui a-t-il écrit à la fin du mois d'octobre, « par des liens, que vous êtes tombés d'accord plus d'une fois avec moi qu'ils ne pouvaient être rompus ni par le temps, ni par quelque effort qu'on n'y fît[45] ». Mazarin, investi de son parrainage, remplace auprès de Louis le père disparu et lui tient lieu de l'oncle que Gaston d'Orléans n'a pas su être. Ils forment à leur manière une famille, plus forte et plus solide que ne le sont d'ordinaire les familles royales. Tous trois restent étroitement liés, mais l'équilibre entre eux est modifié.

L'adoubement de son fils voue Anne d'Autriche à un effacement progressif, qu'ont bien observé les contemporains[46]. Tant que vivra Mazarin cependant, elle ne cessera jamais d'assister au Conseil et conservera une apparence de pouvoir. Mais c'est au service de Louis XIV et en son nom que le cardinal gouverne désormais le royaume.

CHAPITRE QUATORZE

La reconquête

L'annonce du retour de Mazarin promettait des turbulences. Elle suscita l'inquiétude et la réprobation de tous ceux qui, sans lui être hostiles, estimaient qu'on se passait fort bien de lui et comptaient sur le temps pour apaiser les conflits. La coalition adverse, si péniblement démantelée, allait se reformer. Le fait qu'il recrutait des troupes montrait qu'il s'apprêtait à l'affronter sur le terrain. La guerre civile allait reprendre.

Elle reprit en effet, plus longue, plus étendue dans l'espace et plus cruelle que lors des précédents épisodes. Les ravages qu'elle opéra en Île-de-France engendrèrent une misère si atroce qu'on est en droit de se poser la question : le rétablissement du ministre valait-il le prix dont le payèrent les malheureuses populations* ? Les historiens font donc volontiers chorus avec les mémorialistes pour blâmer le cardinal. Que ne s'est-il sacrifié au bien du royaume ou, du moins, que n'a-t-il attendu que les troubles fussent apaisés en Guyenne pour faire une rentrée discrète ! « Il est très

* Il se trouve qu'on dispose de multiples témoignages sur la situation en Île-de-France, grâce aux nombreuses institutions charitables qui tentèrent d'y remédier[1].

probable, écrit par exemple Kossmann, que la guerre civile suscitée volontairement par le gouvernement se serait assoupie lentement et sans trop de secousses en aboutissant à un accommodement […] si Mazarin ne fût rentré en France[2]. » Le reproche porterait à plein, certes, si son sort avait été seul en cause. Mais le conflit dépassait largement sa personne. Il était convaincu, non sans raison, qu'un replâtrage de plus avec les rebelles ne serait pour eux qu'une incitation à reprendre bientôt les armes, pour exiger toujours davantage. Il jugeait le moment venu de mettre un terme définitif aux révoltes nobiliaires. Son retour ne fut donc que la dernière phase de l'affrontement entamé deux ans plus tôt entre Condé et le pouvoir royal pour le contrôle des rouages de l'État – un affrontement dont il n'avait sans doute prévu ni la durée ni la violence.

Des enjeux capitaux

Ni Mazarin ni Condé n'aiment la guerre civile. Ils en mesurent l'un et l'autre les dangers. Ils hésitent à s'y lancer et ne le font pas de gaîté de cœur. Mais ils y sont acculés, au terme d'une escalade qui a durci les positions. Le prince, on ne le soulignera jamais assez, ne se bat pas pour chasser Mazarin, mais pour s'assurer des prérogatives qui feraient de lui le véritable maître du royaume. Il a cru les tenir à deux reprises : après le siège de Paris, à l'automne de 1649, puis tout récemment, au mois d'avril, lors du remaniement ministériel du lundi saint. Par deux fois, elles lui ont été retirées. Cette fois-ci, il espère bien ne pas manquer son coup. S'il prend les armes, c'est pour être en mesure d'imposer ses volontés à la reine et au jeune roi, qu'il traite comme quantité négligeable. Parallèlement aux combats se déroulent donc, tout au long de l'année 1652, des négociations en vue d'un « accommodement » satisfaisant pour lui et pour ses amis. Si l'on veut se faire une idée de ses exigences, telles qu'il les fit présenter à Mazarin au printemps, qu'on se reporte au document reproduit par La Rochefoucauld dans ses *Mémoires*[3]. Il y en a vingt et une, formulées sur un ton qui n'admet pas de réplique. L'une d'elles est certes l'éloignement du ministre, mais à titre provisoire. « Moyennant tout ce que dessus, est-il dit en effet pour finir, on promet de poser les armes, et consentir de bonne foi à tous les avantages de M. le cardinal Mazarin, à tout ce qu'il pourra faire pour sa justification, et à son retour même dans trois mois... » La reine, le roi ? Il n'en est pas soufflé mot. Seuls sont en lice M. le Prince et le cardinal et, comme aucun d'eux « n'avait de prétentions limitées » et que chacun « croyait toujours pouvoir obtenir davantage », ajoute le mémorialiste, ils ne trouvèrent jamais le moment de résoudre un traité et de le conclure.

Et pour cause ! Car Mazarin est décidé à en finir avec les marchandages. Avec Condé, aucune entente n'est possible : « Il est extrêmement difficile de vivre quinze jours en bonne intelligence avec lui sans se porter aveuglément à tout ce qui lui plaît[4]. » Un tel comportement bafoue les fondements mêmes de la monarchie. Il faut donc crever l'abcès, lever l'hypothèque que font peser sur le royaume les prises d'armes répétées, suivies de chantage à la soumission. Le prince veut qu'on lui cède tout ? On ne doit rien lui céder. On doit lutter jusqu'à obtenir une soumission complète, qui le remette à sa place, celle de premier serviteur de la couronne. L'exilé n'a donc pas tort de soutenir que son refus de s'effacer n'est pas nuisible aux intérêts du roi, au contraire : le prince serait l'unique bénéficiaire de son éviction*.

Il y a plus. Aux raisons de politique intérieure, qui avaient déterminé l'arrestation de Condé en 1650, s'en ajoutent désormais d'autres, plus graves encore. Il prétend s'approprier les prérogatives régaliennes en politique extérieure. Depuis deux ans, ses fidèles pactisent avec l'Espagne. Il y a envoyé l'un d'eux, Lenet, pour négocier un traité en bonne et due forme, qui sera effectivement signé le 6 novembre. En échange d'un apport en argent et en hommes, il promet à Philippe IV de conclure au plus vite la « paix générale », aux conditions souhaitées par Madrid. Il n'a pas qualité pour le faire, bien sûr, mais si la fortune des armes lui sourit, comme il n'en doute pas, le petit roi devra en passer par là. Un désastre ! Sa victoire scellerait l'échec de la politique inaugurée par Richelieu, dont Mazarin a assumé l'héritage. Elle ruinerait les fruits de vingt années d'efforts, elle consacrerait l'abandon du double objectif qu'ils s'étaient fixé, mettre fin aux révoltes nobiliaires et couper court aux ambitions hégémoniques de l'Espagne. Pour y parer, une guerre civile, si cruelle qu'elle soit, n'est aux yeux de Mazarin qu'un moindre mal. Il s'y résout sans hésiter, bien décidé à la prolonger jusqu'à un résultat qu'il veut définitif. Une fois de plus, contre Condé tout comme contre l'Espagne, il endosse malgré les clameurs des sirènes pacifistes le rôle de fauteur de guerre, en vue d'une paix stable, sûre, durable – celle qu'il léguera en effet à Louis XIV.

En ce début d'octobre 1651, il ne met pas en doute la vive animosité de la reine contre Condé et sa volonté

---

* « Je trahirais mon honneur, celui de Leurs Majestés et leurs intérêts si je voulais m'anéantir à un tel point que de dire […] que, plutôt que de fâcher M. le Prince, la reine me doit sacrifier […]. Il n'y aurait ni l'État, ni la reine, ni moi qui en tirassent aucun avantage, mais seulement M. le Prince[5]. »

de châtier son insolent mépris. Mais il craint qu'elle n'en ait pas les moyens. Car, dans le Sud-Ouest, le rapport des forces semble lui être défavorable. Que se passerait-il si le prince menait contre Poitiers un coup de main victorieux ? Mieux vaut ne pas penser à cette improbable éventualité ! Le risque le plus probable est de le voir conquérir en Aquitaine suffisamment de terrain pour devenir inexpugnable et extorquer ensuite des concessions difficilement révocables puisque accordées par un roi majeur. L'entourage de la reine, hostile ou timoré, est tout disposé à y prêter la main. Mazarin en tire trois conclusions. Afin de priver Condé de son principal moyen de pression, il faut briser son appareil militaire et donc amener à la reine des renforts. Il y a urgence à le faire, au cours de l'hiver, tant que l'aide promise par l'Espagne n'est pas encore opérationnelle. Enfin, il se juge seul capable de mener à bien le combat qui se prépare, car il est seul à voir assez loin pour en apprécier les véritables enjeux et assez déterminé pour en affronter les risques immédiats.

Un choix stratégique

Les mois d'automne lui apportèrent un soulagement. Contre toute attente, la situation s'était renversée en Saintonge. Les opérations, d'abord favorables à Condé, tournaient à l'avantage du roi. Le héros mythique de Rocroi et de Lens fut repoussé par le comte d'Harcourt jusqu'au sud de la province. Car, après le désastre de Rethel, où ses partisans avaient vu écraser leurs meilleurs régiments, il ne disposait que de jeunes recrues engagées sur place. « Et le plus grand capitaine du monde [...] connut, ou plutôt fit connaître [...] que la valeur la plus héroïque et la capacité la plus extraordinaire ne soutiennent qu'avec beaucoup de difficulté les nouvelles troupes contre les vieilles[6]. » La perte de prestige qui s'ensuivit détourna bientôt de lui un certain nombre d'opportunistes, qui se réfugièrent dans l'attentisme. Quant aux populations des villes concernées, elles penchaient toujours du côté du roi. Le cardinal y gagna un sursis, qui lui permit de renforcer ses propres préparatifs militaires et de faire nettoyer la Champagne des quelques Espagnols qui s'y accrochaient, avant d'entreprendre sa marche triomphale vers Poitiers. Il y gagna aussi un surcroît de considération : il revenait en maître. Voyant la première place lui échapper, le vieux Châteauneuf préféra se retirer de lui-même, en espérant des jours meilleurs.

Car, si tout allait bien en Saintonge, Paris basculait dans la subversion. Non que la ville, qui n'a pas oublié le siège, soit vraiment favorable à Condé : il ne dispose que de quelques partisans au parlement et d'agitateurs stipendiés. Elle est entre les mains de Gaston d'Orléans et du coadjuteur. Or l'un et l'autre envisagent avec inquiétude le retour du cardinal, prélude à une remise en ordre du royaume. Monsieur en a trop dit et trop fait contre lui pour revenir en arrière sans perdre la face. Le 24 janvier, il signe avec le prince un traité d'alliance, en dépit des mises en garde de son conseiller, très compromis par sa candidature à la pourpre, et qui a tout à craindre de celui qu'il a bravé publiquement. Tous deux trouvent dans la menace de guerre civile un excellent fonds de commerce, qui leur permet de s'opposer au rétablissement de Mazarin et de se refaire une santé à ses dépens. Le petit peuple de Paris, chauffé à blanc depuis des mois par des avalanches de pamphlets, excité par certains curés amis du coadjuteur, flatté par les égards que lui prodigue le duc de Beaufort, « roi des Halles », stimulé au besoin par quelques distributions d'écus, est toujours prêt à vociférer contre le gredin de Sicile, auteur supposé de tous ses maux. Monsieur, bien qu'il ne soit plus rien depuis que le roi est majeur, n'hésite pas à donner des ordres aux magistrats ou à la municipalité. Il tente d'exercer un contre-pouvoir, appuyé sur la rue. Les bourgeois aisés, les commerçants et artisans, dont les affaires périclitent, sont réduits au silence. Les partisans du cardinal, surnommés par dérision des *mazarins*, sont pris à partie dans des « émotions » – mini-émeutes ciblées – qui entretiennent dans la ville un climat délétère. Lorsque la reine invite le premier président Molé et le surintendant des finances à la rejoindre avec l'ensemble de leurs services, c'est avec soulagement qu'ils répondent à son appel, privant d'organes essentiels le contre-gouvernement de Monsieur.

Autour d'elle, on hésite sur la stratégie à adopter. Bordeaux ou Paris ? Condé ou Gaston d'Orléans ? Sur quel point faut-il faire porter l'effort en premier lieu ? Les avis sont partagés. La plupart préconisent de continuer sur la lancée, de terminer le nettoyage du Sud-Ouest avant de remonter vers le nord. Mazarin est d'avis contraire. Il faut profiter, pour ramener Paris à l'obéissance, du moment où Condé est occupé ailleurs et où l'Espagne n'a pas encore entamé sa campagne de printemps. On peut espérer que Monsieur, qui ne dispose que de peu de troupes, n'osera pas s'opposer au roi et s'inclinera. L'opération semble jouable, à condition de faire vite. Sur le principe, il n'a pas tort, la Guyenne, réduite à la défensive par le comte d'Harcourt, peut attendre. Mais il sous-estime la capacité de réaction de Condé et néglige les accidents de parcours éventuels.

La compétition pour Paris

De Poitiers, la cour mit d'abord le cap sur Saumur, où elle arriva le 7 février. Elle y fut retenue près d'un mois par la rébellion d'Angers, qu'il lui fallut reconquérir pour assurer ses arrières. Elle se remit en route pour Paris le 7 mars. On venait d'apprendre que le duc de Nemours avait amené à Gaston le renfort d'un contingent belgo-espagnol. Le temps pressait. Devant Orléans, nouvel embarras. Bien qu'appartenant à l'apanage de Monsieur, la ville ne demandait qu'à ouvrir ses portes au roi. Mais Mlle de Montpensier arracha à son père l'autorisation d'y jouer les héroïnes. Avec la complicité de quelques bateliers soudoyés, elle se glissa dans la place par une poterne ordinairement condamnée, fit battre le tambour, lança une proclamation et réussit à persuader le conseil de ville d'éconduire Molé venu demander accès pour le souverain. Comme les habitants s'opposèrent résolument à y laisser entrer les troupes condéennes, il ne résulta de ce bel exploit que des gravures populaires exaltant l'intrépidité de cette nouvelle amazone. Mais la cour avait dû changer d'itinéraire et perdre encore quelques jours.

En Guyenne, le prince, battu devant la petite place de Miradoux, reçu à coups de mousquets par les habitants d'Agen retranchés derrière des barricades, s'entêtait, rendu enragé par ces échecs. Cependant il finit par comprendre ce que lui serinaient les courriers en provenance de Paris : c'est là-bas qu'allait se jouer l'essentiel. Il réunit une dizaine de compagnons, se munit avec eux de faux passeports et de vêtements tout simples, et se lança à bride abattue dans une chevauchée digne de passer au répertoire des records. Voyageant jour et nuit, la petite troupe franchit en sept jours plus de cent vingt lieues. Hommes et chevaux fourbus arrivèrent le 1er avril à Lorris, près d'Orléans, où ils trouvèrent les éléments avancés de l'armée recrutée par le duc de Nemours, bientôt rejoints par les troupes de Monsieur.

On l'attendait à Paris, pour galvaniser les énergies. Il fit mieux. Il s'empara de Montargis par surprise, puis rebroussa vers le sud. En génial improvisateur, il profita de ce que le maréchal d'Hocquincourt, ignorant sa présence, avait dispersé ses troupes en cantonnement dans les villages environnant le bourg de Bléneau. Ce ne fut pour lui qu'un jeu de les tailler en pièces au soir du 6 avril. Il ne lui restait plus qu'à marcher sur Gien, où séjournait la cour. Les souverains eussent été à sa merci sans la présence d'esprit et l'habileté tactique de son vieux rival de toujours, Turenne. Quittant Briare où il était cantonné avec l'autre moitié de l'armée, le maréchal se porta nuitamment à sa rencontre et lui tendit un piège en dissimulant ses hommes derrière un petit bois. À l'arrivée des troupes adverses, il fondit sur elles à l'improviste, tandis que son artillerie, placée sur une hauteur balayait la route, creusant dans leurs rangs de vastes ravages. Il avait sauvé le roi, la reine et Mazarin.

Les condéens se prévalurent à Paris de cette prétendue victoire, mais le prince y avait subi de lourdes pertes, sans en tirer aucun bénéfice. Dépité, il quitta son armée et s'en alla dans la capitale tenter d'obtenir sur le plan politique les succès que lui refusaient les opérations militaires. La rumeur murmurait aussi qu'il aspirait à retrouver sa maîtresse, la belle Angélique de Montmorency-Boutteville, fort galante veuve du duc de Châtillon. Il eut grand tort. Turenne reçut pour double consigne de protéger la cour et de harceler les restes de l'armée condéenne. À la fin avril, il parvint sans encombres à amener la première au château de Saint-Germain, solidement fortifié. Il alla alors investir la seconde dans Étampes, où elle s'était retranchée. Mazarin tenta d'y renouveler la mise en scène qui avait été si efficace à Bellegarde. Mais les assiégés, avertis de la présence du roi, n'en continuèrent pas moins leurs canonnades. Turenne essaya de prendre la place d'assaut, n'y parvint pas et dut se contenter de la bloquer. En taillant en pièces tous les imprudents qui tentaient d'en sortir, il l'affaiblissait peu à peu.

Comme jadis Hannibal dans les délices de Capoue, Condé s'attardait à Paris dans les bras de sa belle. Il ignorait que l'amazone en question, fort avide d'espèces trébuchantes, ne crachait pas sur les subsides versés par Mazarin pour fixer son amant. Il est juste de dire que le prince s'efforçait aussi, à grands coups de libelles et de manifestations commandées, de contraindre le parlement à exiger le départ du cardinal. Il se croyait toujours en mesure de poser ses conditions*. Mais en matière de négociations, il n'était pas de taille à se mesurer à un ministre orfèvre en la matière. Celui-ci le lanternait à plaisir, se payait le luxe de ridiculiser ses émissaires en les obligeant à traiter publiquement avec lui, à l'encontre de leurs instructions ; et il leur jouait la comédie, « suppliant le roi, à mains jointes de lui permettre qu'il pût s'en retourner en Italie[7] ». Il cherchait à gagner du temps, espérant qu'un engagement décisif permettrait à Turenne de détruire l'armée adverse.

Par malheur, un troisième larron déboula sur les lieux – et dans son cas le terme de larron ne doit pas être pris seulement au sens métaphorique ! Depuis l'occupation de son duché par la France, Charles IV de Lorraine s'était fait entrepreneur de guerre, vendant au plus offrant les services de ses troupes, sans distinction

* C'est de cette période que date le texte de La Rochefoucauld évoqué *supra*, p. 557.

de parti. Mais, soucieux de ne pas tuer la poule aux œufs d'or, il ne les engageait qu'en cas de nécessité absolue. Plutôt que de se battre pour un client, il jugeait beaucoup plus rentable de faire payer son retrait par l'adversaire menacé. Indifférent au sort des territoires traversés, il promenait à travers l'Europe une bande de pillards sans foi, ni loi, ni attaches, mais très fidèles à un employeur aussi accommodant, qui traînaient avec eux tout leur bien – femmes, enfants, valetaille et chariots ployant sous les dépouilles volées. Et si l'on en jugeait par les ravages opérés, les vétérans de Turenne faisaient à côté d'eux figure d'enfants de chœur.

Ce rusé personnage, haut en couleur, plein d'esprit, mal embouché et cynique, était censé travailler pour l'Espagne, mais devait à sa qualité de frère de la duchesse d'Orléans ses entrées au palais du Luxembourg. Il y paradait d'un air goguenard, pendant que son armée, campée en bordure de la forêt de Sénart, écumait méthodiquement les environs. Il était facile à approcher, mais s'entendait en marchandages. Pour obtenir son départ, il en coûta à Mazarin deux bonnes semaines de discussions et quelques importants débours. Tous poussèrent un gros soupir en le voyant tourner les talons le 16 juin. Mais sa présence avait contraint à lever le siège d'Étampes. Libérées, les troupes condéennes se dirigèrent alors vers Paris, talonnées par celles de Turenne. Dans la capitale où redoublaient les tensions, le désir de voir le roi rétablir l'ordre se faisait plus vif. La cour s'en rapprocha, pour être à même de profiter d'un mouvement populaire en sa faveur. Elle s'établit à Saint-Denis, tandis que, sur le terrain, les deux armées se préparaient à l'affrontement.

Le dernier exploit de Mademoiselle

Condé rejoignit ses troupes à Saint-Cloud. Il se savait trop faible pour affronter celles du roi. Il décida de se retrancher en lieu sûr, du côté est, pour y attendre les secours en provenance des Pays-Bas espagnols. Il jeta son dévolu sur la presqu'île que forme le confluent de la Seine et de la Marne à côté de Charenton. Au soir du 1er juillet, il passa la Seine avec son armée, parvint jusqu'aux remparts et sollicita, à deux ou trois portes, l'autorisation de traverser la ville. Mais les gardes lui en refusèrent l'accès. Il entreprit alors de la contourner par le nord, en longeant l'enceinte. Turenne, de Saint-Denis, se préparait à l'intercepter au passage. Il avait divisé son armée en deux corps, un sur chaque rive, pour le prendre en tenailles. Averti de la marche du prince par un billet de Mazarin, lequel tenait l'information du procureur général Fouquet, il se mit en route aussitôt, mais ne put l'arrêter, faute de disposer en temps utile du second corps, que commandait le maréchal de La Ferté. En dépit de quelques combats d'arrière-garde, Condé parvint à atteindre le faubourg Saint-Antoine, où il se retrancha. Trois routes convergeaient vers la vaste esplanade précédant la porte, que gardait, du côté intérieur, la puissante forteresse de la Bastille. Par un coup de chance, il y trouva, encore debout, les barricades que les habitants avaient dressées pour se protéger contre les Lorrains. Elles s'appuyaient sur les maisons, très denses en ce faubourg commerçant, et desservies par un lacis de ruelles. Pas question d'une bataille rangée, donc, en terrain découvert. Un combat de rues, de l'espèce la plus redoutable, qui s'engagea à neuf heures du matin, le 2 juillet, sous un soleil torride.

Le sentiment que se jouait l'avenir du royaume était si poignant qu'Anne d'Autriche, réfugiée au carmel de

Saint-Denis, s'abîma en prières, comme toujours en pareil cas. Mais cette fois-ci, son fils ne s'était pas joint à elle. En compagnie du cardinal, il observait les lieux du haut de la butte de Charonne – à l'emplacement actuel du Père-Lachaise. Dans les deux camps, la fine fleur de la noblesse était là. Parmi les royaux, un tout jeune colonel de quinze ans, qui partageait d'ordinaire les jeux du roi, menait à l'assaut le régiment qu'on venait de lui confier : Paolo Mancini, le neveu préféré de Mazarin, celui en qui la famille prétendait le reconnaître et dont il souhaitait faire son héritier. Longtemps indécis, le combat fut très meurtrier, tant la présence de Louis XIV, jointe à l'importance de l'enjeu, incitait les uns et les autres à prendre des risques fous. Au bout de cinq heures, nul ne pouvait augurer de l'issue.

C'est alors que se produisirent deux coups de théâtre successifs – de sens contraire. Le maréchal de La Ferté rejoignit enfin Turenne avec des troupes fraîches, et surtout de l'artillerie. Le sort de Condé semblait scellé. Acculée au mur d'enceinte, son armée, prise en enfilade au centre sous le feu de la canonnade et pressée en tenailles sur les flancs par les nouveaux venus, était condamnée. Déjà, sur les hauteurs de Charonne, on criait victoire lorsque soudain, comme sur la scène au dénouement d'une pièce à machines, on vit s'ouvrir les lourds vantaux de la porte Saint-Antoine, permettant aux vaincus de s'y engouffrer. Puis, dans un vacarme assourdissant, des boulets se mirent à pleuvoir sur leurs poursuivants et la plate-forme supérieure de la Bastille se voila de fumée. Impossible, incroyable ? Et pourtant ! Tournant leur tir vers le faubourg, les canons de la forteresse semaient le désordre dans les troupes royales, tandis que la porte se refermait derrière les condéens sauvés.

L'auteur de ce miracle n'était autre que Mademoiselle, la fille aînée de Gaston d'Orléans. Elle se trouvait auprès de son père lorsque des condéens vinrent avertir celui-ci du désastre et le supplier de faire ouvrir la porte aux débris de l'armée en déroute. Il se récusa sur de mauvais prétextes, n'osant prendre parti, se défaussant. Indignée, elle finit par lui arracher un ordre signé, enjoignant au gouverneur de Paris et au commandant de la Bastille de lui obéir comme à lui-même. Le premier commença par refuser, puis, sous la menace d'une émeute, autorisa l'ouverture de la porte. Une fois sur place, constatant que les troupes de Turenne allaient s'engouffrer derrière les fuyards, elle prit alors l'initiative de faire tirer les canons pour les arrêter. Elle n'eut pas de peine à convaincre le commandant : c'était le fils du vieux Broussel, tout acquis au prince.

Aucune réflexion politique chez elle. Le sens de la solidarité nobiliaire et le goût du romanesque se sont conjugués pour lui inspirer ce geste qui n'eût pas déparé un récit de chevalerie. Toute sa vie, elle se berça de ce souvenir exaltant : elle seule, une femme, avait sauvé Monsieur le Prince et son armée. Elle s'étonna, sans plus, d'avoir du même coup fait entrer dans Paris les troupes espagnoles – ce dont bien des Parisiens s'étaient indignés. Quant à l'idée que ce nouvel exploit eut pour conséquence de retarder de plusieurs mois le dénouement et valut aux habitants de la capitale quelques-unes des journées les plus atroces de leur existence, elle semble ne l'avoir jamais effleurée. Quelques boulets dirigés sur son ordre vers l'entourage du roi inspirèrent à Mazarin une remarque qui fut consignée par les contemporains avec son accent : « Cé coup dé canon a toué lé mari de Mademoiselle », voulant dire par là qu'elle perdait toute chance d'épouser son cousin, si tant est qu'elle en eût jamais eu.

Mais la fin de la soirée ôta au cardinal toute envie de plaisanter. À Saint-Denis, dans l'abbaye transformée en hôpital, où s'activaient Anne d'Autriche et ses dames, figurait parmi les blessés le jeune Paolo Mancini. Il était tombé en combattant « comme un lion », grièvement atteint d'une mauvaise plaie au bas-ventre, disent les uns, en haut de la cuisse, disent les autres. Les chirurgiens, cependant, réservaient leur pronostic. Lui consacrant tout le temps qu'il pouvait soustraire au soin des affaires, pourtant pressantes, son oncle passa dans les affres les deux semaines où il lutta contre la mort. Lorsque la cour quitta Saint-Denis pour Pontoise le 17 juillet, on le disait à l'agonie, rongé par la gangrène. Le voyage l'acheva. Il mourut le lendemain matin, non sans avoir eu l'ultime joie de voir Louis XIV en personne lui apporter sa nomination au grade de capitaine-lieutenant des chevau-légers de sa garde. Celui-ci, brutalement confronté à la face sombre de la guerre, partagea quelques jours le chagrin de son parrain, puis oublia. Mais Mazarin, très profondément atteint, ne se consola pas de cette perte. Il en voudra toujours obscurément à son autre neveu, Philippe, de remplacer si mal le gentil Paoluccio disparu.

Terreur dans la capitale

La venue de soldats en armes – qu'ils fussent amis ou ennemis – était toujours promesse de troubles et d'exactions. Les grandes villes veillaient à les tenir au-dehors et se chargeaient d'assurer le maintien de l'ordre à l'intérieur. L'entrée des condéens, même en piteux état, consterna donc la majorité des Parisiens. Les ravages récents subis par les campagnes environnantes n'étaient pas faits pour les rassurer. Venus chercher refuge à l'intérieur des remparts, des paysans ayant tout perdu avivaient la psychose par leurs récits d'horreur. Le gouverneur et les autorités municipales n'avaient pas caché leur réprobation et n'avaient cédé à Mademoiselle que sous la menace. Condé décida aussitôt de dessaisir les récalcitrants et de les remplacer par des hommes à lui.

Il ne perdit pas de temps. Les principaux notables furent convoqués à l'Hôtel de Ville le 4 juillet. Dès le matin, des agitateurs sillonnaient les rues, pourchassant quiconque penchait pour le cardinal ou simplement, comme Gaston d'Orléans, montrait trop de mollesse dans son soutien à Condé. Bientôt il fallut, pour pouvoir circuler en sécurité, « se déclarer non *mazarin*, en portant sur la tête un bouquet de paille. Ceux et celles qui n'en avaient pas étaient arrêtés par la canaille avec menaces de mort ». Même les chevaux des carrosses en avaient, tous les soldats de la garde bourgeoise en faction à l'Hôtel de Ville en arboraient à leur chapeau ou à leur mousquet et on en distribuait aux notables à leur entrée, en leur disant : « Point de Mazarin[8] ! » La place de Grève, noire de monde, grondait. C'est donc sous une intense pression que s'ouvrit l'assemblée, en l'absence des princes, à trois heures de relevée. Ils étaient là près de quatre cents, tous qualifiés par leurs fonctions – magistrats, membres du bureau de ville, représentants des six corps de métiers, responsables des quartiers, gens d'Église –, d'opinions diverses, mais issus de la bonne bourgeoisie et peu amis du désordre.

On lut d'abord une lettre du roi, marquée au sceau de la modération propre au cardinal. Il se plaignait que la ville eût donné retraite aux troupes des princes, mais en imputait la responsabilité à la seule « canaille » et promettait à sa bonne ville que l'approvisionnement en blé se ferait comme à l'ordinaire. Sur quoi le procureur conclut que l'unique remède à leurs maux était de députer vers le roi, pour le supplier de revenir à Paris. Tout ce que purent tirer de lui les cris hostiles fut qu'on en exclurait le cardinal. Visiblement l'assemblée ne se laissait pas manipuler. Les princes, qui comptaient rallier à leur camp les autorités municipales, en étaient pour leurs frais. Informés de l'échec, ils firent une brève apparition vers cinq heures pour remercier les Parisiens de leur accueil et les inviter à réclamer le départ de Mazarin, indispensable à la paix. En quittant la salle, ils laissèrent à un de leurs affidés le soin de dire à la foule que « ces Messieurs assemblés » tardaient à leur accorder l'union promise et que, partant, « c'était au peuple à faire ce qu'il aviserait là-dessus » – en clair, une invitation à l'émeute.

Une émeute est toujours susceptible de dégénérer. On ne sait si le cours de celle qui s'ensuivit fut entièrement programmé par les condéens ou s'il leur échappa et, dans ce cas, à quel moment. Il est assuré, en tout cas, que nombre de leurs soldats, en tenue civile, se trouvaient postés dans les maisons avoisinantes ou mêlés à la foule, l'exhortant à crier qu'il fallait égorger et brûler tous les *mazarins*. L'assemblée, menacée, fit fermer les portes, déchaînant la fureur au-dehors. On s'empara de poutres, dont on se fit un bélier pour enfoncer la plus grande. Comme elle tenait bon, ainsi que les deux petites, on les garnit de paille et de fagots arrosés de poix fondue, qu'on enflamma. Entre-temps, un coup de pistolet tiré d'une maison avait déclenché une fusillade nourrie contre le bâtiment. À l'intérieur, ce fut la panique. Chacun tenta de s'enfuir ou de se cacher, tandis que, par les portes enfin brisées, la foule se ruait pour massacrer et piller. En plein tumulte, quelques notables complices, restés sur place, s'étaient hâtés de faire voter à la sauvette l'union de la Ville et des princes. Condé avait obtenu ce qu'il voulait, mais à quel prix !

Tous ces grands seigneurs achevèrent de se déshonorer par leur indifférence affichée. D'une fenêtre de la place, Beaufort assista au drame sans intervenir. Monsieur, puis Condé se récusèrent, alors que leurs serviteurs eux-mêmes, horrifiés, les pressaient de venir rétablir l'ordre. C'est seulement à onze heures du soir que le « roi des Halles » consentit à se joindre à la Grande Mademoiselle pour y aller. Des tonneaux de vin opportunément mis en perce à l'autre bout de la place de Grève leur permirent d'éloigner les émeutiers du bâtiment, d'où ils purent tirer les survivants. On releva sur place une trentaine de cadavres, bilan auquel il faudrait ajouter ceux qui avaient été précipités dans la Seine, qu'on évalue entre cent et deux cents. Mais les trois bêtes noires des princes, « recommandés par eux au sacrifice[9] » – le gouverneur, le prévôt des marchands et le président de Guénégaud – s'en tiraient sains et saufs, non sans avoir eu grand peur.

La sanglante victoire de cette « Journée des Pailles », comme on la nomma, fut pour le parti de Condé un « coup de massue » dont il ne se releva pas[10]. Entre les Parisiens et lui, le divorce fut consommé. Certes nul ne put l'empêcher de remanier à son gré l'administration de la ville, qu'il tenait par la terreur. Beaufort en fut nommé gouverneur et Broussel prévôt des marchands. Mais son autorité ne s'étendait guère au-delà des faubourgs. Son armée, très affaiblie, ne lui permettait pas d'affronter celle de Turenne. Maître de la capitale, il en était prisonnier, entouré d'une population épuisée de souffrances qui, de jour en jour, le haïssait davantage.

Un exil stratégique

La cour, de son côté, n'avait pas les moyens d'investir militairement la ville et moins encore de la reconquérir rue par rue – ce qui eût été politiquement désastreux. La sagesse conseillait de miser sur le pourrissement et d'attendre que le chaudron parisien implose. Cependant, Mazarin, redoutant de nouveaux contretemps, souhaitait en finir au plus vite. D'où diverses mesures dont la convergence devait hâter le processus.

La première : travailler l'opinion. C'était là une œuvre de longue haleine, dont il aurait dû s'occuper plus tôt. Il songea à recourir à la littérature polémique. Naudé s'était attelé, avec l'aide de Lionne, à un vaste mémoire justificatif intitulé, par une antiphrase ironique, *Les Crimes du Cardinal.* Hélas, ils n'étaient pas de taille à rivaliser avec les professionnels enrôlés par le coadjuteur ou les princes. Trop long, trop lent : leur texte, terminé après la bataille, ne sera pas publié. Colbert avait d'emblée signalé l'inanité de l'entreprise. Ce n'est pas par la plume qu'on entreprit d'alerter l'opinion, mais par des gens bien implantés, pratiquant le bouche à oreille avant de passer à la vitesse supérieure au moyen de ligues et de manifestations. Au-dessus d'eux et coiffant plus ou moins leurs activités, des agents d'apparence anodine, informateurs et au besoin provocateurs, qui ne dépareraient pas nos actuels services secrets. Un des plus remarquables fut l'abbé Basile Fouquet, frère cadet du procureur Nicolas, simple tonsuré – pour cause de bénéfices ecclésiastiques –, qui menait la vie d'un petit marquis, l'épée au côté, hardi, effronté, charmeur, jouisseur, à l'aise dans tous les milieux, où il se glissait comme une anguille, dont la vive intelligence, l'imagination féconde et l'absence de tout scrupule faisaient un homme très propre à monter des coups tordus.

À eux tous, ils se montreront le moment venu d'une remarquable efficacité.

Il fallait ensuite déconsidérer l'administration fantoche mise en place par Condé en lui opposant son pendant légitime. La cour, installée à Pontoise, ordonna donc au parlement de l'y rejoindre, faute de quoi les récalcitrants verraient leur charge supprimée. La recette n'était pas neuve, mais il était prudent de n'en user qu'à bon escient, face à des chambres divisées – ce qui était le cas. L'injonction ne fut d'abord respectée que par quelques magistrats, qui réussirent à sortir de Paris à leurs risques et périls. Mais de treize qu'ils étaient, ils passèrent bientôt à une trentaine. C'en était assez pour que le « parlement de Pontoise » pût casser les arrêts de son homologue parisien et enregistrer les édits voulus par le roi. Et, à mesure que s'intensifiaient les violences, l'exemple fut suivi, la capitale commença à se vider de ses notables.

Enfin, Mazarin monta un scénario spectaculaire : il se fit congédier officiellement, pour ôter tout fondement à la rébellion des princes. Cette idée-là non plus n'était pas nouvelle. Depuis son retour de Brühl, il n'avait cessé de subir des pressions en faveur d'un départ qui arrangerait tout. Il n'avait pas apprécié que Nicolas Fouquet, un de ses alliés depuis le début des troubles, se fût permis de l'y inciter. C'est qu'au printemps encore, il n'était pas sûr de pouvoir en revenir. Mais à la fin de l'été, la décomposition avancée du parti condéen lui permettait d'envisager sans grands risques une retraite stratégique promettant d'être brève. Nul ne se trompa d'ailleurs à la comédie qui se joua. C'est le parlement de Pontoise qui se chargea de solliciter très respectueusement sa mise à l'écart. Le roi y consentit de fort bonne grâce, puisque Mazarin lui-même l'en suppliait. Mais les attendus dont il accompagna son accord, le 12 août, constituaient un panégyrique propre à mettre beaucoup de baume sur les blessures infligées par sa déclaration de l'année précédente. Rappelant les persécutions dont il avait été victime et « résolu à ne pas souffrir plus longtemps l'oppression d'un innocent », il lui rendait pleinement justice ; mais, dans le cas présent, ne voulant rien omettre de ce qui pourrait rétablir la tranquillité dans son royaume, il cédait à ses instances pressantes et lui permettait de se retirer, se privant « avec regret d'un ministre qui l'avait toujours servi avec beaucoup de passion et de fidélité[11] ».

L'effet d'annonce commençant d'agir sur l'opinion, l'intéressé ne se pressa pas de partir et il s'attarda en chemin. Car il avait eu raison de ne pas s'endormir sur les récents succès. En désespoir de cause, Condé, une fois de plus, appelait les Espagnols à son secours. Et l'archiduc, inquiet de voir se profiler le terme d'une guerre civile qui lui était si profitable, se décida à une manifestation de force. Le comte de Fuensaldagne, flanqué de l'inévitable duc de Lorraine acheté pour la circonstance, s'avança jusqu'aux alentours de Laon à la tête de 25 000 hommes. L'armée royale n'en comptait que huit. La cour, installée à Pontoise sous la protection de Turenne, passa quelques jours dans les transes. Mais l'archiduc souhaitait seulement entretenir les dissensions en France pour reconquérir tranquillement toutes les places perdues naguère. Il remonta vite vers Dunkerque, dont il ne tarda pas à s'emparer. Il laissait aux Lorrains, grossis de quelques Wurtembourgeois, le soin de fixer les troupes royales en Île-de-France.

Charles IV était donc de retour pour un nouveau tour de piste. Mazarin eut pour premier objectif de se débarrasser de lui. Parti de Paris le 19 août, il fit une longue étape à Château-Thierry, négociant pied à pied avec un partenaire aussi coriace et retors que lui. Isolé en milieu ennemi, il faillit être pris comme otage, il proposa des concessions, obtint des promesses qui ne furent pas tenues. Les Lorrains s'incrustèrent, se dérobant au combat face à Turenne, mais permettant à Condé de faire des sorties en forme de coups de poing qui lui donnaient l'illusion d'être encore en mesure d'imposer au roi ses exigences. Seule la famine les chassera, lorsque la campagne, rongée jusqu'à l'os, sera incapable de nourrir hommes et chevaux. Leur présence incitait Mazarin à ne pas couper les ponts avec le prince. Obsédé par les revers subis face à l'Espagne, il ne partageait pas l'optimisme de la reine, qui, voyant grossir dans Paris le parti royal, le taxait de faiblesse. Il s'en excusa très humblement dans une lettre où perce l'amertume : « Je ne veux entrer en aucune contestation ; je suis coupable puisque vous le croyez. Je vous demande mille pardons des fautes que vous voulez que j'aie commises ; mais j'aurais grande peine de m'en corriger, ne les connaissant point[12]… »

Dissentiments mineurs, qui ne portaient que sur le calendrier. Mazarin n'avait pas poussé les feux aussi loin pour céder maintenant aux exigences de Condé. Mais il croyait encore utile de l'endormir en parlementant, tandis que la reine jugeait le moment venu de porter l'estocade. Dans le parti des princes, l'optimisme cédait la place à une nervosité explosive. Le 30 juillet, pour un simple conflit de préséance, nourri à vrai dire d'anciennes jalousies, un duel avait opposé Beaufort à son beau-frère Nemours, couché raide mort au premier assaut. L'hostilité des Parisiens croissait de jour en jour contre les intrus. Certes, la ville avait obtenu que le gros de leurs troupes fussent cantonnées hors des remparts, mais les ravages qu'elles opéraient dans les faubourgs touchaient tout le monde, les riches à travers leurs propriétés de campagne, les pauvres par la raré-

Mazarin jeune en habit de cavalier, dessin de Dumonstier, vers 1632. Coll. part.

Mazarin à Casal : l'irruption de Mazarin brandissant son chapeau
entre les deux armées prêtes à s'affronter (image tirée de Nicolas L'Escalopier,
Douze tableaux du roi, de la reine Anne d'Autriche et de l'éminentissime cardinal Jules Mazarin, exposés sur des arcs de triomphe après le sacre de Sa Majesté, en 1654).
Bibliothèque mazarine. *Photo BM / © Suzanne Nagy*

Richelieu, buste exécuté à distance par le Bernin, d'après des dessins, et offert au cardinal par Mazarin.
Mais Richelieu, loin de partager l'admiration de son disciple pour le célèbre sculpteur, ne se reconnut pas dans cette image par trop « baroque ».
Musée du Louvre. *Photo RMN / © Hervé Lewandowski*

D'un cardinal à l'autre : une parfaite continuité.
Dans cette gravure, datée de 1642, Louis XIII, transmettant le pouvoir à son fils, confie l'enfant à Richelieu. L'édition de 1643 conserve la même gravure, à ceci près que le visage de Mazarin se substitue à celui de Richelieu.
(Frontispice du livre de Sébastien de Senlis, *Le Flambeau du Juste.*)
BnF, Estampes. *Cliché BnF*

Chrétienne de France, duchesse de Savoie,
la très galante fille d'Henri IV.
BnF, Estampes. *Cliché BnF*

Le cardinal Antoine Barberini,
dont Mazarin partageait la passion pour les beaux-arts et la musique.
BnF Estampes. *Cliché BnF*

Turenne

Retz

Colbert

Fouquet

Versailles, Châteaux de Versailles et de Trianon.
Photos RMN / © Gérard Blot

1

La Iustice auec la Fronde
Ont mis à bas le Mazarin,
Et du Tyran de tout le monde
Elle l'en a fait le faquin.

3

Ce grand Condé qui l'enuisage
En receuant la liberté ;
Il ne peut plus (dit il) *ie gage*
Nous tenir en captiuité.

La March
gravure frondeuse évoquant la « fuite

2

Il ſort de Paris la grand' Ville,
'uyant la fureur des Bourgeois,
Et ie penſe qu'à cette fois
Il ne fut pas trop mal habille.

4

'oyez vous ce ch tif cancre
i laiſſe tomber ſon argent,
Et l'ombre du Mareſchal d'Ancre
Qui luy fait p'us peur qu'vn Sergent.

azarine,
: Mazarin en février 1651. BnF Estampes.

Le Pressoir des Partisans, gravure frondeuse.
Les financiers, soumis au pressoir, dégorgent l'or qu'ils ont indûment ingéré.
BnF Estampes. *Cliché BnF*

Louis XIV instruit par Mazarin.
À ses côtés, Anne d'Autriche, sous les traits de Minerve.
Frontispice de Pierre Daret pour un livre de Gomberville,
La doctrine des mœurs tirée de la philosophie et des stoïques, 1655.
Bibliothèque mazarine. *Photo BM / © Suzanne Nagy*

Landrecies aux pieds du roi Louis XIV
Comme sur toutes les gravures d
les Espagnols sont représentés de faço

55. Aux côtés du roi, Mazarin.
ropagande en faveur de la guerre,
ricaturale. BnF Estampes. *Cliché BnF*

L'Île des Faisans.
De part et d'autre de la Bidassoa sont représentées les deux délégations : on remarquera que celle de France est plus fournie que celle d'Espagne.
BnF Estampes.

Signatures de Mazarin et de don Luis de Haro au bas du traité des Pyrénées (7 novembre 1659).
Le cardinal, même à la fin de sa vie, signe encore Mazarini, à l'italienne.

Don Luis de Haro fermant le temple de la guerre
et Mazarin ouvrant celui de la paix, 1659.
BnF, Estampes. *Cliché BnF*

Portrait du cardinal Mazarin à l'entrée de la galerie mazarine,
gravure de Robert Nanteuil et Pierre Van Schuppen d'après François Chauveau,
illustration pour la thèse de Charles-Maurice le Tellier, 1659.
BnF, Estampes. *Cliché BnF*

faction des approvisionnements. Le pillage des deniers royaux n'ayant pas suffi à renflouer leur trésorerie, ils imposèrent une taxe sur les portes cochères, mais le roi cassa l'arrêt en interdisant aux habitants d'obéir, « ce qui les fortifiait beaucoup dans le dessein que tous avaient de ne point payer[13] ». Faute d'argent, ils perdaient une part de la clientèle populaire qui leur fournissait des contingents d'émeutiers. Les agents royaux, au contraire, dispensaient libéralement les écus. On put bientôt, sans se faire agresser, substituer du papier à la paille, en signe de ralliement au roi. Le 24 septembre, à l'instigation de l'abbé Fouquet, près de 2 000 bourgeois, papillote au chapeau, manifestèrent leur rejet des princes. Paris clamait son désir de paix et réclamait à cor et à cri le retour de son souverain. Broussel se démit de sa prétendue charge de prévôt des marchands. Beaufort dut bientôt abandonner celle de gouverneur. L'administration légitime trouverait donc place nette. Les princes comprirent que la partie était perdue. Mais, comme le montrera un bref retour en arrière, ils espéraient encore s'accommoder à bon compte.

« Une amnistie sans exemple »

Dès que Mazarin fut installé à Bouillon, la mise en place de courriers rapides et sûrs lui permit de reprendre la main et de diriger avec efficacité toutes les démarches du roi. Les délais séparant les sollicitations et remontrances en provenance de Paris de leurs réponses suffisent à prouver qu'on a pris « le loisir de consulter l'oracle[14] ». Les gens avisés ne sont évidemment pas dupes et savent que son éloignement est un leurre : « Le Mazarin n'est qu'une manière de godenot*, qui se cache aujourd'hui et se montrera demain [...], mais le filet qui l'avance et le retire est celui de l'autorité royale, lequel ne se rompra pas sitôt apparemment[15]. » Car le raisonnement du roi est sans réplique : les princes ont dit et répété qu'ils n'avaient pris les armes que pour obtenir son renvoi ; il est parti, donc ils doivent déposer les armes. Et auprès du public, cet argument fait mouche.

Les princes se résignent à l'idée que Mazarin reviendra. Leurs gesticulations contre lui ne servent qu'à préserver les apparences. Ils ne cherchent plus qu'à sortir d'affaire sans dommages. Condé, on l'a vu, espère encore extorquer des concessions. Gaston souhaite simplement qu'on passe l'éponge. Il croit la réconciliation possible avec la reine. C'est donc lui qui se fait le porte-parole des rebelles en quête d'accommodement. Mais ils sont très loin du compte.

Pour couper court à leurs démarches, le roi avait pris les devants dès le 16 juin, dans sa réponse aux députés venus lui demander l'éviction du cardinal. Après avoir rappelé ses griefs contre Condé, il y déclarait qu'il ne permettrait à Mazarin de se retirer que si les princes s'engageaient à remplir certaines conditions, au nombre de douze, impliquant notamment une rupture définitive avec l'Espagne, le démantèlement de leur appareil militaire et la renonciation à leurs prérogatives. C'était les priver de tout pouvoir. Gaston protesta hautement : « Cet écrit était fabriqué par le cardinal Mazarin – ce qui était vrai ! –, lequel mal informé de la pratique de France – très bien informé au contraire ! – faisait des questions à des princes du sang par forme d'interrogatoire, ce qui ne s'était encore point vu... » Et il concluait que leur parole devait suffire[16].

---

* Une marionnette. Le *filet* : le fil.

Durant tout l'été, les princes ne prirent pas au sérieux ces conditions inacceptables. En annonçant qu'il consentait au départ du cardinal, le roi parut fléchir. Mais en même temps, il multipliait les déclarations dénonçant la duplicité de Condé, qui pressait les Espagnols d'envahir le royaume : « On aura peine à croire que l'intention du prince soit d'y rétablir le calme, qu'il publie dépendre de l'éloignement dudit sieur cardinal, en se servant pour l'obtenir de toutes les forces de l'Espagne, qui ne peuvent avoir d'autre intérêt ni d'autre but que d'y entretenir la division[17]. » De telles déclarations, largement diffusées, contribuaient à l'entreprise de reconquête de l'opinion.

Dès le 22 août, trois jours après le départ effectif du cardinal, Monsieur et Condé se déclarent prêts à poser les armes en échange d'une amnistie « en bonne et due forme [...], présupposant que sa sortie hors du royaume soit effective, et pourvu qu'il plaise à Sa Majesté de faire ce qu'il convient pour le repos de son État et ce qui s'est toujours pratiqué en de semblables occasions[18] ». Bref, ils se croient encore au temps où les prises d'armes se terminaient par des concessions ou, au pire, par le retour au *statu quo ante*. Mais le roi refuse de recevoir leurs lettres et d'accorder des passeports à leurs négociateurs : il n'y a plus rien à négocier. Il leur enjoint de déposer les armes *avant* de bénéficier de l'amnistie qu'il voudra bien leur accorder. Monsieur, qui lui fait dire qu'ils n'y consentiront qu'*après* l'avoir obtenue « en bonne et due forme », reçoit en guise de réponse une volée de bois vert dûment circonstanciée.

Le 26 août, le roi publie un *Édit d'amnistie* assorti de nombreux attendus. Il y sépare avec soin les comparses des meneurs. Pour rassurer les Parisiens, qui n'ont pas la conscience tranquille et à qui les princes font craindre des représailles, il tire un trait sur tout ce qui a été fait durant les derniers mouvements : « Voulons et nous plaît que le tout demeure nul et comme non advenu, et que la mémoire en demeure à jamais éteinte, supprimée et abolie… » En revanche, les chefs de la rébellion nommément désignés – Monsieur, Condé, Conti, la duchesse de Longueville –, ainsi que leurs plus proches compagnons, disposeront de trois jours pour se plier aux conditions exigées, qui n'ont pas changé d'un iota. Faute de quoi ils seront déchus de la grâce accordée par l'édit.

Ce texte fut pour les intéressés comme un coup de foudre. Gaston d'Orléans et Condé s'indignèrent devant « une amnistie sans exemple », et en réclamèrent une « dans les termes ordinaires », qui pût « établir les choses dans l'état qu'elles étaient auparavant ces mouvements[19] » – très précisément ce dont le roi, instruit par Mazarin, ne voulait plus. Les intéressés eurent de la peine, non seulement à l'admettre – ce qui se conçoit –, mais à le comprendre, tant étaient ancrées chez eux des habitudes ancestrales qui prenaient à leurs yeux valeur de loi. Le droit de débattre d'égal à égal avec le souverain, le devoir de révolte au cas où ils jugeaient celui-ci indigne, la priorité donnée aux intérêts de leur maison sur ceux du pays, tous ces comportements, reliquats de l'indépendance dont jouissaient au Moyen Âge les grands féodaux, s'appuyaient sur une morale ayant ses propres règles et ses propres exigences – honneur, droiture, courage – dont le théâtre de Corneille offrait l'illustration. Il leur fallait désormais adopter d'autres manières de sentir, de penser et d'agir : une révolution intellectuelle et morale difficile à faire prévaloir. C'est pourquoi beaucoup de documents issus de la cour pendant cette période évoquent en détail, dans un long ressassement qui nous semble inutile, toute l'histoire de Condé durant la Fronde : il s'agit de montrer, preuves en main, que le prince n'avait cessé de trahir la morale même dont il se réclamait. Une rude entreprise de pédagogie politique, qui exigeait qu'on s'y reprît à plusieurs fois.

Aucun des princes concernés ne respecta l'ultimatum. Condé n'envisagea pas une seconde de se soumettre. La perspective d'une capitulation sans conditions révoltait son orgueil. « Il avait le cœur si grand qu'il ne put jamais se résoudre à dépendre du cardinal Mazarin[20]. » Il songea d'abord à poursuivre la lutte en Guyenne, où il avait laissé son frère et sa sœur. Mais il apprit bientôt que sa citadelle de Montrond, son sanctuaire, assiégée depuis un an et réputée imprenable, avait dû se rendre le 1er septembre, à bout de vivres et de munitions – une lourde perte sur le plan symbolique. Il hésita plus d'un mois encore. Chaque jour qui passait voyait fondre ce qui lui restait de troupes. Déposer les armes ? Il n'en avait plus. Le 13 septembre, il quitta Paris avec son dernier carré de fidèles, il rejoignit Charles IV qui remontait vers le nord et, dans la plus pure tradition des grands vassaux rebelles, il s'en alla aux Pays-Bas s'offrir à l'archiduc. Il se préparait à mettre, six ans durant, son génie militaire au service de l'Espagne. Gaston d'Orléans, demeuré à Paris, oscillait entre la crainte d'une arrestation et l'espoir d'un pardon de dernière minute. Il s'illusionnait. Des sentences d'exil le frappèrent, lui, sa fille aînée, onze des magistrats les plus compromis et divers serviteurs des princes. Tous devaient avoir disparu de la capitale avant le retour du souverain. Gaston ne s'inclina qu'à la dernière extrémité ; il finit par se retirer dans son apanage de Blois, où il passa les huit années qui lui restaient à vivre.

Paris était-il vraiment purgé des factieux ? Trop de mauvais souvenirs hantaient les mémoires pour que la cour s'y hasardât sans crainte. On multiplia donc les précautions. Au lieu de regagner le trop vulnérable Palais-Royal, le roi s'installerait à l'abri des fossés et des murs épais du vieux Louvre. Fixée au 21 octobre, la date de sa venue ne fut annoncée que deux jours plus tôt. Arrivant de Saint-Germain, il entrerait par la porte de la Conférence, réduisant ainsi au strict minimum le parcours à l'intérieur de la ville, et c'est au Louvre même et non au Palais, selon l'usage, qu'il tiendrait le lendemain son lit de justice. Le peuple fut « dispensé de la peine et du soin » de lui faire une « entrée » – ce qui l'eût contraint à parcourir les rues. On l'invita simplement à venir au-devant de lui, sans cérémonie, sur le Cours-la-Reine, vaste espace découvert où furent postés de forts contingents de gardes.

Mais les inquiétudes étaient vaines. Le retour fut triomphal. Finie la régence ! Place au jeune roi ! Il s'avançait à cheval, accompagné de son cousin Charles II d'Angleterre et du prince Thomas de Savoie, précédant le carrosse où se trouvait sa mère. « Depuis Saint-Cloud jusqu'à Paris, tout le chemin était bordé de peuple ; mais à l'entrée du cours la foule augmenta tellement qu'on ne pouvait passer [...]. Quand il fut dans la rue Saint-Honoré, les acclamations augmentèrent : toute la rue était pleine, et les fenêtres si remplies de gens de toutes sortes de qualités, que ceux qui n'y pouvaient tenir montaient sur les toits des maisons et sur les gouttières, pour participer à la joie publique. Les gardes ne pouvaient empêcher la populace d'approcher ; et même une harengère les força, et alla embrasser la botte de Sa Majesté[21]. » Toute la nuit, la ville brilla de la lueur des feux de joie.

Restait à couper court aux velléités de résistance qui couvaient encore. Le lit de justice du lendemain mit vigoureusement les choses au point. Il confirma les bannissements, invita – en vain – les derniers princes rebelles à se soumettre à l'amnistie, annula tous les arrêts illégaux pris depuis la translation des magistrats à Pontoise, et surtout interdit au parlement « de prendre à l'avenir aucune connaissance des affaires de l'État et des finances ». Condé et ses proches n'ayant pas saisi la dernière perche tendue, une ultime déclaration les dénonçait, le 13 décembre, comme « perturbateurs du repos public et traîtres à leur patrie », les dépouillait de leurs charges et dignités, confisquait leurs biens et donnait ordre à tous de leur « courir sus » – et Mazarin dut savourer cet écho ironique à celle qui l'avait frappé, lui, l'année précédente. La Fronde était finie, ses conquêtes annulées, l'autorité monarchique rétablie dans la plénitude de ses droits théoriques, plus puissante qu'elle n'avait jamais été de fait.

Le principal artisan de cette victoire n'avait pu partager la joie des souverains, puisque le scénario mis en place, fondé sur son départ, lui interdisait d'assister au dernier acte. Mais Louis XIV n'attendit que quatre jours pour l'inviter officiellement à revenir : « Mon cousin, vous avez désiré vous retirer d'auprès de moi pour satisfaire à l'opinion de ceux qui avaient estimé que votre éloignement avancerait le repos de mon État et apaiserait les troubles dont il est agité ; en quoi vous avez, par un zèle tout à fait extraordinaire et louable, préféré l'intérêt de mon service à votre fortune particulière. [...] Il ne serait pas raisonnable que, pour plaire à des esprits obstinés dans le dessein de continuer la guerre et qui se sont si ouvertement déclarés ennemis de leur patrie, je me privasse plus longtemps de vos bons conseils et de l'assistance que je puis recevoir de vous. [...] Quoique mes affaires aient un extrême besoin de vous et que j'aie impatience de vous voir arriver, je désire, sur toutes choses, que vous preniez bien garde à la sûreté de votre voyage et, lorsque vous serez près de moi, vous reconnaîtrez que votre absence n'a point apporté d'altération à l'affection que j'ai toujours eue pour votre personne, ni au ressentiment* qui me demeure des grands et signalés services que vous m'avez rendus, priant Dieu cependant qu'il vous ait, mon cousin, en sa très sainte et digne garde[22]. »

Mazarin, pourtant, jugea utile de différer son retour trois mois durant, en dépit des tendres reproches d'Anne d'Autriche, qui le bombardait de lettres chaque jour : « Vous savez bien que le service du roi m'est bien plus cher que ma propre satisfaction ; mais je ne puis m'empêcher de vous dire que je crois que, quand on a de l'amitié, la vue de ceux que l'on aime n'est pas désagréable, quand ce ne serait que pour quelques heures[23]... » Il avait deux choses importantes à faire : briser la résistance du coadjuteur et mettre l'armée de Champagne en état d'affronter les troupes espagnoles qui, sous la direction de Condé, avaient repris l'offensive.

L'arrestation du cardinal de Retz

On se souvient que la reine avait dû promettre au coadjuteur, pour obtenir son appui contre le prince, que la France demanderait pour lui à Rome un chapeau de cardinal. La cour propose, le pape nomme. Vu la lenteur propre à la bureaucratie pontificale, il pouvait s'écouler entre les deux un laps de temps considérable, durant lequel la proposition restait révocable. Mais il aurait été trop dangereux de la révoquer tant que durait la guerre civile. Notre ambassadeur à Rome eut donc pour consigne de retarder la promotion et d'en détour-

* *Ressentiment*, au sens ancien de « sentiment de reconnaissance ».

ner le pape en jetant le plus possible de suspicion sur le candidat*. La tâche était malaisée. Innocent X détestait Mazarin et ne demandait qu'à promouvoir son adversaire. Un des meilleurs spécialistes de Retz au XIXe siècle a consacré deux volumes entiers aux démarches menées par l'intéressé pour circonvenir l'entourage du pontife[24]. La distribution de cadeaux relevait assurément de la simonie. Mais il ne pouvait s'en dispenser, sous peine de voir son dossier s'enliser dans les bureaux, et ses prodigalités restèrent raisonnables, faute de ressources pour offrir davantage. Innocent X finit par se décider. Le suspens s'acheva le 19 février, la nouvelle parvint à Paris le 1er mars et le coadjuteur prit aussitôt le nom de cardinal de Retz.

C'était là un échec pour Mazarin. Dans l'immédiat, les inconvénients restaient mineurs. Le nouveau promu, ne pouvant plus poser à l'adversaire irréductible, s'était retranché dans l'archevêché transformé en arsenal, en attendant la fin des troubles. Et lorsque Paris avait nettement basculé en faveur du roi, il avait essayé de prendre en marche le train du ralliement, en conduisant à Compiègne une vaste délégation d'ecclésiastiques pour implorer son retour. Il avait tenté, aussi, de sauver Monsieur, sur qui il misait pour l'aider à se maintenir. L'exil de son ancien protecteur était pour lui de mauvais augure. Cependant, il continuait de parader, non sans crânerie, comptant que la pourpre, jointe aux appuis dont il jouissait dans l'Église, lui permettrait de surnager.

Rien de tangible à lui reprocher. Depuis la demande de chapeau en sa faveur, il s'était tenu à carreau. Aussi n'était-il pas nommé dans l'amnistie conditionnelle accordée aux plus compromis. Il se trouvait inclus dans

* On verra plus loin comment (chap. 16, p. 660-661).

l'immense foule de tous ceux dont le roi avait choisi d'effacer les fautes. Pourquoi Mazarin s'en prit-il à lui à cette date, au risque de soulever une tempête dans l'Église ? Pour régler un vieux compte à un rival qui prétendait lui disputer le ministère et pour prévenir les menées d'un incorrigible intrigant, nous dit-on. Peut-être. Mais rien ne pressait. La raison déterminante fut la crainte de le voir accéder sous peu à la tête du diocèse de Paris. Par elle-même, la pourpre confère du prestige, mais pas de pouvoir, à moins d'être accompagnée d'une importante fonction. Paul de Gondi n'avait agi jusqu'alors qu'en lieu et place de son oncle, archevêque en titre, dont on pouvait au besoin lui opposer les décisions. Mais lorsque la reine, au tout début de la régence, lui avait accordé la coadjutorerie sous la pression de ses amis dévots, elle avait eu l'imprudence de lui assurer la « future succession ». À la mort du titulaire, il le remplacerait aussitôt. Et en cardinal archevêque de Paris, il deviendrait redoutable. Or, à près de soixante-dix ans, son oncle, rongé dans sa retraite angevine par une très ancienne syphilis, déclinait sérieusement. Le problème qui se posait à Mazarin était donc le suivant : comment barrer à Paul de Gondi la route de l'archevêché ?

Impossible de casser sa nomination : le concordat de 1516 donnait au roi le pouvoir de choisir les grands dignitaires de l'Église – privilège considérable –, mais une fois nommés, ils étaient inamovibles. Que faire ? L'abbé Fouquet proposa au roi, dit-on, une solution expéditive – un enlèvement suivi d'assassinat – qui fut écartée. Mazarin, averti, pria son agent de s'abstenir de pareilles extravagances. On envisagea d'abord de l'éloigner, en attendant de trouver une solution. Le grand vent de panique soufflant sur les vaincus après le retour du roi parut propice à un marché d'apparence honnête. On lui proposa un purgatoire de trois ans à Rome. Il pourrait y servir les intérêts français et échapperait momentanément à la meute de ses créanciers. C'était une voie de garage, bien sûr, celle que les frondeurs réservaient naguère à Mazarin. Il vit le piège, il tergiversa, crut pouvoir poser des conditions. Ses amis, plus sages, lui conseillèrent d'accepter. Mais il était trop tard : son refus initial attestait qu'il n'avait pas renoncé à la lutte. Ce serait donc la prison.

Réflexion faite, Mazarin mesurait bien la gravité d'une telle mesure. Une pareille entorse à la solidarité cardinalice lui aliénerait le clergé de France, elle indignerait le pape et le Sacré Collège. Aussi laissa-t-il au souverain le soin d'effectuer l'arrestation. Retz se défiait, ne sortait que fortement accompagné, s'abstenait d'aller rendre à Leurs Majestés les hommages imposés par les convenances. S'impatientant, le roi donna à son exempt l'ordre signé de sa main de le prendre « mort ou vif ». On n'eut pas à en venir à ces extrémités. Le 19 décembre le nouveau cardinal, sur la foi d'avis rassurants, s'aventura au Louvre pour la visite trop longtemps différée et se jeta dans la gueule du loup. Louis XIV prit plaisir un instant à se jouer de lui avant de le livrer à ses gardes, qui le conduisirent à Vincennes. Absent de Paris depuis quatre mois, Mazarin réussit à paraître étranger à l'opération. Selon son habitude, il se fit adresser *a posteriori* par Anne d'Autriche une lettre le déchargeant : c'était elle, et elle seule, qui avait pris, contre l'avis de son ministre, cette décision indispensable.

Mais nous savons, nous, par les documents d'archives, qu'il a non seulement approuvé, mais ordonné et dirigé à distance l'arrestation. Il use dans la plupart de ses lettres de périphrases, en évitant les mots compromettants, mais il lui arrive de devoir préciser, à l'intention de correspondants peu subtils. C'est le cas d'une longue dépêche adressée à Servien et à Le Tellier, où il met au point le détail des mesures à prendre et où il avoue : « Il est vrai que je ne me suis pas servi du mot d'*arrêter*, me semblant que la bienséance ne me le permettait pas ; mais j'ai dit la même chose en des termes aussi significatifs[25]. » Le Tellier, qui avait reçu l'ordre de brûler cette dépêche, répondit qu'il avait obéi, mais en réalité il conserva, non seulement l'original chiffré et signé du ministre, mais sa transcription en clair[26] !

Mazarin circulait en Champagne lorsque Retz se ravisa soudain. Il chargea son ami Vialart, évêque de Châlons, de lui remettre une lettre contenant son accord pour « l'emploi de Rome ». Mais la décision était prise et le compte à rebours commencé. Mazarin, pour n'avoir pas à lui opposer un refus, fit faux bond à Vialart qui, sur un avis trompeur, l'attendait à Châlons. Il put imputer l'arrestation à un malentendu de dernière minute. C'est à lui que revient, dans tout cet épisode, la palme de la duplicité. Mais depuis longtemps Retz lui fournissait des verges pour se faire battre. En voulant jouer au plus fin, il avait trouvé son maître. En revanche le ministre allait découvrir à ses dépens que le captif le valait largement en ténacité.

Un retour triomphal

Mazarin passa encore le mois de janvier à inspecter les troupes installées dans leurs quartiers d'hiver et put enfin regagner Paris. Il y fit un retour triomphal le 3 février. « J'admirai, s'exclame La Porte, l'inconstance des Français à l'égard du cardinal Mazarin, sur qui, après avoir bien crié *Tolle !* ils se tuaient à son retour pour aller au-devant de lui ; et ceux mêmes qui avaient été ses plus grands ennemis furent les plus empressés à se produire et à lui faire la révérence [...]. Tout le monde disait tout haut au roi et à la reine que toute la France était mazarine, et qu'il n'y avait personne qui ne tînt à gloire de l'être. J'étais dans le cabinet de la reine lorsque Son Éminence y entra : j'y vis, parmi tant de gens de qualité qui s'étouffaient à qui se jetterait à ses pieds le premier, un religieux qui se prosterna devant lui avec tant d'humilité, que je crus qu'il ne s'en relèverait point[27]. »

La Fronde est finie. Mazarin aurait-il pu l'éviter ? Peut-être, en renonçant à poursuivre la guerre contre l'Espagne. Mais ce n'est pas certain, tant le rapide renforcement de l'autorité royale heurtait les mentalités et les intérêts. La défaite de Condé sonne le glas des révoltes nobiliaires, qui avaient empoisonné toute la première moitié du siècle et dont Richelieu n'avait pu venir à bout. Pour avoir porté l'éthique aristocratique à son plus haut point d'incandescence, en bien comme en mal, le prince avait offert à Mazarin l'occasion unique de disqualifier, en sa personne, des comportements séculaires devenus incompatibles avec la bonne marche d'un grand État moderne. « Crise de croissance de l'absolutisme », selon le mot de Roland Mousnier, la Fronde n'aboutit qu'à renforcer l'étreinte que les révoltés avaient cru pouvoir desserrer. Mais avant que Louis XIV ne vînt parachever la métamorphose de l'État, il restait à Mazarin un bon bout de chemin à parcourir.

TROISIÈME PARTIE

LE POIDS DU POUVOIR

CHAPITRE QUINZE

Consolider sa position

« L'Éminentissime est vraiment tel, et aussi puissant que Dieu le Père au commencement du monde : *omnia quaecumque voluit fecit*[1]. » Il peut faire tout ce qu'il veut, il jouit d'un pouvoir sans limites, s'exclame Gui Patin un an après son retour. Telle est en effet l'apparence. La réalité est moins souriante. Certes, il a rendu la paix intérieure au royaume et ses deux plus redoutables adversaires, Condé et Retz, sont hors jeu, à défaut d'être écrasés. Mais l'esprit de rébellion couve encore sous la cendre et la guerre contre l'Espagne continue. Il reste beaucoup à faire pour que le respect de la loi arrive à prévaloir sur les volontés particulières. Et le bel optimisme qui l'a soutenu tout au long de sa carrière commence à s'étioler, sous le coup de la fatigue et des déceptions.

Nul n'est sorti intact de la Fronde. Elle laisse chez lui des cicatrices profondes. Il a gagné, oui. Mais il a failli perdre. À l'automne de 1651, il a pu se croire abandonné de tous – même de la reine. Il n'a aucune illusion sur les hommages intéressés qu'on lui prodigue. Les Français ont déversé sur lui tant d'insultes qu'il leur sera difficile de revenir sur leurs préventions : ils le supportent, mais ne l'aiment pas. Il émerge de l'épreuve plus défiant, plus dur et plus triste. Plus solitaire aussi. Il n'a jamais su déléguer les responsabilités politiques. Plus que jamais il tient à s'informer de tout, à tout contrôler, au moment même où reposent entre ses mains le sort de la France et celui de l'Europe entière. Lors de son retour, il n'a dépassé la cinquantaine que depuis quelques mois. Mais il s'est tué à la tâche et épuisé nerveusement. Il sent ses forces le trahir. Des ennuis de santé récurrents le rongent. Il ressent terriblement le poids du pouvoir et il est obsédé par la crainte de voir le temps, les moyens et les forces lui manquer pour atteindre les objectifs qu'il s'est fixés : le rétablissement de l'ordre en France et de la paix en Europe.

D'autant qu'il sait sa situation précaire. Qu'adviendrait-il de lui en cas d'importants succès espagnols ? En cas de retour de Condé ? De plus, une autre hypothèque pèse sur son action. Tandis qu'il vieillit, Louis XIV grandit. Chaque année qui passe rapproche le jour où il devra lui céder le pouvoir. Il le connaît assez pour savoir qu'il rejettera bientôt sa tutelle. La transition sera-t-elle harmonieuse ou conflictuelle ? S'agissant d'un adolescent, qui peut le dire ? Nous savons, nous, que le jeune roi le laissa gouverner jusqu'au bout. Nous imaginons donc Mazarin travaillant en toute sérénité. C'est oublier qu'il vivait, lui, avec la crainte de se voir retirer le pouvoir du jour au lendemain, s'il prenait fantaisie à son détenteur légitime de le réclamer. Quant au désastre qu'entraînerait la mort inopinée de celui-ci, mieux valait ne pas y penser. Il savait donc sa toute-puissance fragile. D'où la hâte, la fébrilité à mener à leur terme les tâches entreprises – la guerre notamment. D'où, en parallèle l'obsession d'assurer ses arrières, d'accumuler le plus possible d'alliances, de dignités et de biens en vue, au mieux d'une retraite paisible, au pire d'une disgrâce. Le double processus s'accéléra vers la fin, lorsque sa disparition prévisible, invitant à spéculer sur sa succession, créa autour de lui un irrespirable climat de fin de règne.

Sur ses huit dernières années, très remplies, au cours desquelles il mena l'action de front dans des domaines très différents, il n'est pas possible de suivre l'ordre chronologique en laissant le récit voltiger d'un sujet à l'autre. Il en manœuvrait tous les fils à la fois. Mais le lecteur, lui, se perdrait dans leur entrelacement. C'est donc tour à tour, pour plus de clarté, que seront évoquées les diverses tâches qu'il mena à bien : soumettre le clergé, gagner la guerre, marier le roi et imposer à l'Europe la paix générale. Mais il avait d'abord paré au plus pressé, pour le pays et pour lui-même.

Opérations militaires

Son premier souci fut évidemment de consolider la victoire, contre les forces qui restaient menaçantes, à l'extérieur comme à l'intérieur. Il était trop prudent pour s'endormir sur les lauriers fraîchement conquis. C'était un miracle que l'Espagne n'eût pas mieux profité, sur le plan militaire, de l'anarchie où avait plongé un temps la France. Elle manquait de ressources assurément, mais elle manquait aussi de grands capitaines, capables de desseins hardis. Voici qu'il lui en tombait un du ciel, parmi les plus remarquables. Le passage de Condé à l'ennemi imposait qu'on accordât la priorité à la protection du pays.

Le prince avait accompagné son départ d'une menace : « Les Parisiens souhaitent que le roi revienne, cela ne finira pas la guerre[2] » – la guerre étrangère, bien sûr, mais aussi celle qu'il menait contre Mazarin, indissociable de l'autre. L'impératif premier était donc de le priver de tout point d'ancrage sur le territoire français*. Une tâche que le cardinal avait confiée à Turenne avant de regagner Paris et qui fut accomplie avec succès, on l'a vu, au cours de l'hiver 1652-1653. Condé se retira aux Pays-Bas. Mais ses partisans tenaient encore Stenay et les Espagnols occupaient Rethel et Sainte-Menehould. Dans le sud du royaume, la Provence, proie de rivalités locales, avait été pacifiée sans trop recourir à la force grâce au doigté du duc de Mercœur. Mais la Guyenne, où avaient trouvé refuge le prince de Conti et sa sœur de Longueville, était en ébullition. Impossible d'attaquer Bordeaux, puissamment fortifié. On pouvait en revanche miser sur les dissensions intérieures. Car une étonnante insurrection populaire, s'inspirant des *Niveleurs* anglais, y imposait ses décrets égalitaires à la fois aux rebelles condéens et à la bourgeoisie locale. La chute de la ville n'était donc qu'une question de temps. Mais d'ici là elle immobilisait des troupes qui faisaient cruellement défaut à Turenne dans le nord, où se jouait le sort de la guerre.

Celui-ci souffrait face aux Espagnols d'une grave infériorité numérique. Il se contenta donc de les contenir en pratiquant le harcèlement. Fidèle à ses bonnes vieilles habitudes, l'archiduc répugnait au combat et préférait cueillir une à une les places frontalières. Mais, comme les deux adversaires ne cessaient, faute de ressources, de dégarnir l'une pour secourir l'autre, elles passaient de main en main, dans un jeu immuable et vain. Cette tactique avait depuis longtemps montré ses limites. Elle n'était pour les Espagnols qu'un moyen de gagner du temps, en attendant que la France s'effondre

---

* « Il est extrêmement nécessaire d'empêcher que M. le Prince hiverne avec un corps d'armée en France », écrivait Turenne à Le Tellier dès le 28 octobre 1652[3].

de l'intérieur. Mais la fin de la Fronde venait de porter un rude coup à cet espoir.

Condé le comprit. Il préconisa une offensive immédiate sur Paris. Mais ses nouveaux alliés ne l'entendaient pas de cette oreille. Habitué à commander en chef, il se heurta d'emblée au comte de Fuensaldagne, peu disposé à partager avec lui son autorité. De plus, l'archiduc n'avait aucune envie de lui offrir l'occasion d'une éclatante victoire. Qu'arriverait-il en effet, s'il écrasait les troupes du roi ? Mazarin, contraint de traiter, le rétablirait dans ses biens, charges et privilèges. Moyennant quoi, ayant reconquis en France la place qu'il ne se consolait pas d'avoir perdue, il s'empresserait de reprendre la lutte contre les Espagnols qu'il avait si bien étrillés à Rocroi et à Lens. Une méfiance très justifiée empoisonna donc leurs relations. Réduit à appliquer la stratégie décidée par d'autres, le prince se résigna à la guerre de sièges, dont il mesurait la vanité tout autant que Turenne. Épargnons ici au lecteur la liste des places prises et reprises au cours des trois années qui suivirent. Pour flatter l'opinion française, on fit mousser les succès. On les célébra par des *Te Deum*, on en diffusa des gravures à travers tout le pays, comme par exemple lors de la reddition de Landrecies entre les mains du jeune Louis XIV en 1655. Mais sans illusions. Victoires et défaites alternaient sur le terrain tout comme alternent dans la vie les hauts et les bas. Après un lourd échec devant Valenciennes en 1656, la reine déclara très posément « qu'il y avait de la présomption à croire qu'il n'y eût des victoires que pour nous ; que les prières des Espagnols devaient quelquefois obtenir des grâces du ciel, telles qu'il lui plaisait de les distribuer tantôt aux uns et tantôt aux autres, et qu'il ne fallait pas s'étonner*

* *S'étonner* : s'émouvoir, s'affoler.

de ces événements[4] ». Mais Mazarin, lui, songeait qu'il faudrait bien, un jour, briser le cercle vicieux qui vouait ce conflit à durer indéfiniment.

À ces combats stériles, la France gagna tout de même quelque chose. Condé, marginalisé, sans ressources, y perdit ce qui lui restait d'aura et vit fondre ses partisans. Après la reddition de Bordeaux, en juillet 1653, et la soumission de son frère et de sa sœur, il ne fut plus qu'un transfuge à la solde de l'Espagne et assujetti à son bon vouloir. Son heure était passée. Le champ était désormais libre pour Mazarin.

La reprise en main du pays

Comment rétablir l'ordre dans un royaume livré une année durant à l'anarchie sans susciter de nouvelle explosion ? Il fallait, en s'y prenant lentement et y mettant des formes, ne heurter personne de front. Ainsi en usa Mazarin, pour réactiver la perception des impôts, qu'avaient paralysée les troubles. Le parlement avait arraché, lors de la première Fronde, la suppression des intendants. Créés à la fin du XVIe siècle pour faire prévaloir l'autorité centrale dans les provinces, c'étaient des chargés de missions occasionnelles dépendant directement du roi. Sous Richelieu, ils étaient devenus permanents et avaient vu leurs pouvoirs largement étendus, au détriment des gouverneurs, magistrats et autres détenteurs d'offices. Ils avaient pour tâche, notamment, de superviser la collecte de la taille. Impossible de les rétablir en tant que tels. On les rebaptisa « commissaires départis pour l'exécution des ordres du roi ». On procéda au coup par coup, on en envoya ici ou là « en chevauchée » temporaire, selon les besoins, on réduisit leur programme au strict minimum – un minimum considérable. Mais ils continuèrent de se heurter à des résistances sporadiques.

Plus épineuse encore était la question des fonctions à pourvoir, qui mettaient en cause les appétits individuels. En ce domaine, satisfaire tout le monde relevait du tour de force. Accoutumés à la contestation systématique, les intéressés n'étaient pas prêts à renoncer aux marchandages qui avaient toujours accompagné les réconciliations. Mais, comme on avait choisi de concentrer les sanctions sur un petit nombre de têtes et de pardonner massivement aux autres, il y avait peu de dépouilles à récupérer et la grande redistribution ne semblait pas à l'ordre du jour. Les maréchaux artisans de la victoire ne voyaient pas venir les récompenses escomptées. Et ils s'irritaient des faveurs accordées à des ralliés de la onzième heure, comme le comte du Daugnon, gouverneur de Brouage, qui avait brillé par son attentisme, ou à des exclus du grand Édit d'amnistie, comme Conti et sa sœur, ou comme Beaufort, qui obtint l'Amirauté en dépit de tant d'années d'opposition virulente. Condamné à des arbitrages par le manque de moyens, Mazarin préférait consacrer l'argent à faire de nouvelles recrues. Il passait donc, à juste titre, pour payer très mal les siens.

Lorsqu'il transigeait, les résultats n'étaient pas meilleurs. On le vit bien lorsque la surintendance des finances se trouva libérée – une chance – par le décès de son détenteur. Deux candidats la revendiquaient, également qualifiés par les services rendus : un très ancien collaborateur, Abel Servien, qui avait mené sous sa direction les négociations de Westphalie, et le procureur général Nicolas Fouquet, qui, plus récemment, avait détourné de lui certaines des foudres du parlement. La fonction pouvant largement occuper deux hommes, Mazarin les nomma conjointement. Ce faisant, il les déçut tous les deux et leur mésentente le contraignit bientôt à les séparer.

Cette solide réputation d'ingratitude, qui lui collait à la peau dès avant la Fronde, lui valut quelques déboires avec de grands seigneurs, qui choisirent de prendre les devants et de s'adjuger eux-mêmes les récompenses qu'ils convoitaient. Pour comprendre la démarche des uns et des autres, il faut se rappeler que les gouvernements de provinces ou de places fortes, attribués gratuitement par le roi, ne pouvaient ensuite être retirés à leurs titulaires – sauf fautes gravissimes – qu'avec leur accord et moyennant une compensation substantielle. Mais comme, à la différence des offices, ils n'étaient pas héréditaires, le roi pouvait en disposer à nouveau à leur décès. Mazarin en profitait pour les faire mettre au nom de la reine ou au sien propre. Cette tactique permettait d'en faire longuement miroiter l'espoir aux yeux des ambitieux et d'en suspendre l'attribution jusqu'à ce qu'on ait trouvé l'homme de confiance approprié. En attendant, elle rapportait des revenus souvent importants – de quoi faire souhaiter que le provisoire se prolonge indéfiniment. De plus, tant que durait la guerre, l'intérêt du pays voulait que certaines places stratégiques demeurent entre les mains du roi ou du ministre, qui les faisaient administrer par des sous-ordres.

C'était le cas de La Fère, sur l'Oise, qui couvrait la capitale. Lorsqu'elle devint vacante au début de 1650, Mazarin se la fit réserver, mais il n'osa en prendre possession en pleine Fronde et la confia donc à un prête-nom, le marquis de Manicamp, qui s'engagea devant témoins à la lui restituer à la demande, sur simple présentation d'un « demi-louis rompu » dont il détenait l'autre moitié. Mais lorsqu'il fut prié de s'exécuter au nom de l'intérêt national, le marquis refusa, arguant que la place était en sûreté entre ses mains et que le cardinal pouvait la considérer comme sienne. Il exigeait pour s'en défaire un bâton de maréchal ou 150 000 livres. Mazarin lui retourna ironiquement sa réponse, mais il finit par céder et Manicamp toucha son indemnité.

L'autre incident du même type fut plus sérieux. Henri de Lorraine, comte d'Harcourt, dit *Cadet la perle* en raison de celle qu'il portait à l'oreille, appartenait à la maison de Guise, dérivée de celle de Lorraine. N'espérant aucun secours d'une famille notoirement désargentée, il avait cherché fortune dans la carrière des armes. Ses brillants succès en Italie du Nord, puis en Catalogne lui avaient valu, après les traités de Westphalie, le gouvernement de l'Alsace, nouvellement intégrée au royaume, avec la place de Philippsbourg – ce qui n'était pas rien. Durant la Fronde, après un bref passage chez les condéens, il avait commandé fidèlement les armées royales tout au long de la reconquête. En récompense il convoitait Brisach, sur la rive droite du Rhin, au niveau de Colmar. Aucune chance qu'on la lui accordât, il le savait : avec les deux places verrouillant le fleuve, l'une au nord, l'autre au sud, il eût été maître absolu de l'Alsace et en mesure de s'y tailler un État indépendant adossé à la Lorraine voisine.

Mazarin était en exil lorsque le gouvernement de Brisach s'était trouvé disponible. Il se l'était réservé, mais avait dû se contenter d'une promesse et il s'apprêtait en 1652 à en prendre possession. Harcourt le devança. Abandonnant sans préavis au mois d'août l'armée royale qu'il commandait devant Bordeaux, il fonça sur Brisach où des complices lui ouvrirent les portes et où les Espagnols lui proposèrent aussitôt leur soutien. L'affaire était désastreuse à un double titre. L'abandon de poste du comte désorganisait les opérations devant Bordeaux et, plus grave encore, la France courait le risque de perdre l'Alsace. Il n'était pas question de céder. Une démonstration militaire fut chargée d'intimider le coupable. Mais on se garda de l'attaquer avant d'avoir usé de moyens plus discrets. Comme avec l'armée de Turenne en 1649, des émissaires persuasifs armés de bonnes espèces sonnantes se chargèrent de débaucher la garnison des deux places, qui refusa de lui obéir. Pour le résoudre à quitter la citadelle, il fallut cependant entrer en négociations. Il vendit très cher son retrait. Amnistie, indemnités, énorme pension : l'enjeu en valait la peine. Mais quatre ans s'écoulèrent encore avant qu'il ne se décidât à échanger l'Alsace contre l'Anjou.

Un troisième incident analogue, concernant un autre fidèle, put donner à croire, en 1655, que les plus beaux jours de la Fronde étaient revenus. Inconsolée du départ de Condé, la duchesse de Châtillon, qui ne vivait que d'amour et d'intrigue, travaillait à lui gagner des recrues. Elle jeta son dévolu sur le maréchal d'Hocquincourt, qui gouvernait Péronne et Ham – deux places clés sur la ceinture protectrice de Paris. Elle n'eut pas de peine à le rendre éperdument amoureux. Il promit de livrer ses deux places au prince. Mais l'information tomba entre les mains de sbires de l'abbé Fouquet. Mazarin jugea inopportun de réveiller des nostalgies de guerre civile en ripostant militairement. Il opta pour la prise d'otage : il fit arrêter la duchesse et, par un trait de cet humour subtil qui lui était propre, il en confia la garde à l'abbé, connu pour être un de ses soupirants agréés. Tout Paris en fit des gorges chaudes, dont Mme de Sévigné répercuta l'écho jusqu'en Provence. Cependant le maréchal se déclarait prêt à tout pour faire libérer son « bel ange ». Mais son geôlier, qui gardait, lui, la tête froide, convainquit la duchesse d'informer Condé du fiasco. Il n'était pas possible, après ce coup d'éclat, de laisser

Hocquincourt à la tête des deux places. On négocia. Il fallut l'indemniser de prétendues avances faites pour le compte du roi. On ergota sur le chiffre, on transigea à la moitié. Pour ne pas pénaliser sa famille, qui n'était pour rien dans l'affaire, on transmit Péronne à son fils et Mazarin se contenta de reprendre Ham. Quant au maréchal, couvert d'un impérissable ridicule, il s'enfuit rejoindre Condé, dans l'armée de qui il trouvera la mort aux abords de Dunkerque.

Les vieilles habitudes ont la vie dure, ces trois épisodes en attestent : il n'est pas facile de renoncer à des façons de sentir, de penser, de raisonner, profondément invétérées. L'idée peine à s'imposer que la révolte ne paie plus et qu'on a intérêt à ne pas discuter les ordres du roi. Le ralliement des grands seigneurs reste sujet à caution. Ils s'inclinent de mauvaise grâce et s'estiment toujours brimés. Il suffirait d'une défaite grave pour que nombre d'entre eux reprennent les armes et soulèvent à nouveau les provinces. Seul Turenne, une fois réconcilié, ne donnera plus aucun signe de faiblesse. Qui sait, d'ailleurs, si l'incorrigible duc de Bouillon ne lui aurait pas insufflé une fois de plus la tentation de récupérer Sedan. La mort prématurée de ce frère, laissant au maréchal huit neveux et nièces à établir, lui ôta toute velléité de révolte. Mais son cas est l'exception qui confirme la règle. Mazarin se défiera toujours des grands.

On conçoit qu'il ait cherché de préférence ses auxiliaires dans la noblesse pauvre ou la bourgeoisie, gens sans prétentions, trop heureux de ce qu'il leur offrait. La plupart des serviteurs dont il fit la carrière en étaient issus et il les légua à Louis XIV, qui semble bien lui devoir sa propension à recruter, au mérite, des candidats sans naissance ni fortune – assurant ainsi un utile processus de promotion sociale. En outre, il avait un faible pour les aventuriers hardis et pleins d'esprit. Par exemple, il accueillit chaleureusement Gourville, un ex-serviteur de La Rochefoucauld et des princes, réduit au chômage par leur défaite. C'était un homme de sac et de corde, fécond en expédients, flirtant avec le danger aux marges de la loi, qui pouvait se targuer d'avoir pratiqué durant les années d'anarchie l'enlèvement contre rançon – à titre personnel ! – et le hold-up sur la recette des impôts – pour le compte des condéens. Mais il mettait au service de ses employeurs un dévouement sans faille et des talents de négociateur hors de pair et il leur demandait honnêtement son congé pour les quitter. Il possédait de surcroît une bonne humeur facétieuse, capable de faire rire le cardinal, qui, à cette date, en était tristement sevré. Il faut lire dans ses *Mémoires* le désopilant entretien qu'il eut avec lui, au sortir de la Bastille où celui-ci l'avait expédié pour le « guérir de sa mauvaise conduite ». « Après m'avoir écouté patiemment en souriant, il me fit juger que mon discours ne lui avait pas déplu ; il me dit : "Vous vous êtes donc un peu ennuyé à la Bastille ?" Je lui répondis : "Beaucoup, Dieu merci ; et j'ai bien résolu d'éviter tout ce qui pourrait m'y faire remettre." J'ajoutai que si Son Éminence voulait me faire l'honneur de m'employer à quelque chose, elle verrait combien son remède m'avait été salutaire[5]... » L'Éminence l'employa finalement à la perception de la taille en Guyenne, où l'astucieux personnage ne tarda pas à faire fortune et il n'eut pas à se plaindre de sa fidélité.

En dépit de la rancœur tenace des grands et avec l'aide d'un personnel largement renouvelé, les derniers soubresauts de la Fronde finirent donc par s'apaiser. Mais Mazarin n'en serait pas venu à bout s'il n'avait eu dans son jeu un atout d'une inestimable valeur, le jeune roi.

Parrain et filleul

Avant la Fronde, Mazarin s'était contenté de superviser l'éducation de son filleul, à travers les consignes données à son gouverneur et à son précepteur. Il veillait simplement à écarter de lui les influences jugées pernicieuses – entendez celles de ses adversaires politiques. Louis XIV, quoi qu'on en ait dit plus tard, ingurgita assez de latin pour s'attaquer aux *Commentaires* de César, il apprit un peu d'italien et d'espagnol et s'imprégna de l'histoire telle qu'on l'entendait alors, comme réservoir d'exemples moraux. Quatre ans de troubles étaient passés là-dessus, espaçant les leçons et plongeant l'écolier dans l'histoire en train de se faire, la vraie, pleine de bruit et de fureur. Il y avait gagné, en même temps que la vive conscience des dangers qu'elle comportait, une maturité précoce. Mazarin s'était efforcé de l'initier aux affaires en l'astreignant à assister à certaines séances du Conseil et il l'avait associé, on l'a vu, aux campagnes militaires. Une fois rétabli au ministère, il entreprit de mener personnellement son éducation.

Il avait compris depuis longtemps que l'enfant avait besoin, comme sa mère, d'une prise en charge affective, mais il n'était pas doué pour câliner les marmots balbutiants. Il commença de s'intéresser à lui au début de la Fronde, quand celui-ci se mit à réagir aux événements. Et peu à peu naquirent entre eux confiance et affection. Le lien spirituel, de parrain à filleul, se mua en un attachement quasi filial. « Un ministre qui m'aimait et que j'aimais… » dira plus tard Louis XIV[6]. En fait, chacun comble un vide pour l'autre. L'enfant n'a presque pas connu son père, dont Anne d'Autriche s'est abstenue d'entretenir la mémoire. On offre à son admiration Henri IV, mais une image d'Épinal ne remplace pas une présence vivante, cette présence que le valet de chambre La Porte s'était efforcé d'assurer au cours de ses premières années. Désormais le cardinal, auréolé de sa victoire, fait un substitut de père d'une tout autre qualité. Il lui ouvre les yeux sur le monde, le lui explique et lui apprend à le maîtriser, sans lui marchander pour autant une affection, qui n'a d'égale, affirme-t-il, que celle d'Anne d'Autriche[7].

Mazarin, on le sait, a l'esprit de famille. Il a toujours déploré que ni lui ni son frère ne pussent assurer la descendance et la transmission du nom. Il comptait sur son neveu Paolo, mort au combat à quinze ans. Aucun des autres enfants de ses sœurs ne lui est aussi proche que ce filleul dont il a la charge – celui-ci, pas l'autre, le cadet, toujours fourré dans les jupes de sa mère, celui-ci qui est roi et qui promet de s'en montrer digne, celui-ci, qui vaut la peine qu'on l'aide à s'y préparer. Car l'adolescent lui paraît remarquable. « Je crois fermement que nous en aurons satisfaction », écrit-il à la reine[8]. À Villeroy : « Il se mettra en chemin un peu tard, mais il ira plus loin qu'un autre. » Au maréchal de Gramont, qui le prétend faible, il affirme : « Vous ne le connaissez pas ; il y a en lui l'étoffe de faire quatre rois et un honnête homme[9]. » Mazarin trouve en lui le fils qu'il n'a pas eu.

Élever un roi mineur n'est jamais chose aisée, tant les égards de son entourage impriment en lui, dès l'âge le plus tendre, le sentiment de sa supériorité. Cependant il reste soumis à une autorité de tutelle. Mais quand ce roi est un adolescent majeur, légalement libre de ses actes, la tâche se révèle encore plus délicate. Louis XIV est dans sa quatorzième année – un âge charnière – lorsque Mazarin le retrouve après un an d'absences quasi continues. Leur relation est à reconstruire. Elle va s'édifier sur des bases nouvelles, qui excèdent de beaucoup le cadre strictement éducatif. Il s'agit d'une prise en charge totale. L'âge ingrat est défiant et rebelle. Nul ne peut tromper durablement un adolescent sur ses sentiments. Louis XIV sent que l'affection de son parrain est sincère. S'il la supporte, s'il la lui rend, c'est parce qu'il trouve auprès de lui écoute et encouragement. Comme sa mère, il doute de ses capacités et il est terrifié par l'ampleur de la tâche : la Fronde lui a fait découvrir, prématurément, la complexité et les risques du métier de roi. Sérieux, réfléchi, il a l'esprit analytique, la vivacité lui fait défaut. Mais il est curieux de toutes choses, avide de s'informer, de comprendre, il ne cesse de poser des questions. On ne saurait rêver élève plus réceptif.

Mazarin s'y prend avec lui comme naguère avec Anne d'Autriche. Très loin des programmes proposés par les traités sur l'éducation d'un prince, il procède à petits pas, à coups de leçons de choses appuyées sur du concret, des situations vécues. Il le fait parler, sans le heurter, il part de son point de vue, avant d'en venir aux explications. Et lorsque enfin les solutions s'imposent d'elles-mêmes, il lui laisse la joie de les formuler tout seul. En lui faisant confiance, il lui donne confiance en lui. Il pratique là, au rebours des maussades pédants de collège, une pédagogie d'une grande modernité – pédagogie de luxe, élitiste, vouée aux leçons particulières, qui vise à édifier la personnalité. Aux professionnels de l'éducation – des clercs – qui lui reprochent de mépriser leurs méthodes, il démontrera sur pièces, *in vivo*, comment on doit former un roi : triomphe du pragmatisme sur les modèles théoriques. Et il immunisera durablement son disciple contre les vertiges de l'abstraction.

Un tel enseignement, très stimulant, a pour rançon de n'être jamais terminé. Car les champs à explorer sont immenses et ne cessent de se renouveler. Pour les débroussailler, l'intelligence de Mazarin est inégalable. Certes Louis XIV progresse, il s'améliore. Mais il sait qu'il a encore infiniment à apprendre. Et il lui arrive de s'en impatienter. Il est le roi. La tentation de secouer le joug est d'autant plus forte qu'autour de lui on s'étonne de sa sujétion prolongée. N'est-il donc qu'un monarque « en peinture[10] » ? Une double offensive contre Mazarin reprend, menée d'un côté par les dévots de la génération de sa mère, de l'autre par de jeunes libertins de son âge. La première fit long feu, après la tentative de La Porte pour créer un scandale autour d'un incident mineur lié aux premières manifestations de la puberté chez l'adolescent*. Le venimeux valet de chambre fut disgracié, l'emprise de Mazarin sur le roi s'affirma, les pieuses amies ne purent que se rabattre sur Anne d'Autriche, en jouant sur son relatif effacement depuis que son fils occupait le devant de la scène.

Sur les tentatives pour débaucher l'adolescent, on est moins renseigné, par suite d'une consigne de silence. Dans son entourage figuraient quelques hardis compagnons, qui mettaient leur point d'honneur à braver tous les interdits, moraux et religieux. Parmi eux, Vivonne, le frère de la future duchesse de Montespan, et Philippe Mancini, un des neveux de Mazarin. Des beuveries, des plaisanteries sacrilèges, le tout sur fond de liberté sexuelle. De deux ans plus âgés, ils posaient aux hommes, face à l'adolescent de dix-sept ans encore innocent et ils l'incitaient à s'affranchir de toute tutelle. Rien de très nouveau, en somme, mais le temps des

---

* Disons ici, en substance, que le valet de chambre, ayant constaté sur les vêtements de l'adolescent les traces d'une éjaculation précoce, en avait conclu que Mazarin, chez qui il avait passé l'après-midi, s'était livré sur lui à un « attentat manuel » honteux, alors que celui-ci, comme l'aurait fait un père, s'était contenté de le rassurer sur un phénomène on ne peut plus naturel[11].

petits maîtres de Condé était passé. Lorsque Louis XIV, en 1655, manifesta, sur leur conseil, des velléités de se débarrasser de son ministre, l'intervention conjointe de l'intéressé et de la reine tua le projet dans l'œuf.

« Un prince accompli »

Mazarin sait que l'autorité d'un roi repose en grande partie sur l'image qu'il donne de lui. Ce n'est pas une découverte. Tout le rituel monarchique est fondé là-dessus. Mais la difficulté consiste à faire coïncider la personne du roi réel avec l'attente de ses sujets. En ce domaine, Louis XIV a la partie belle. La nature l'a gâté. Il est beau, il est grand, contrairement à ce qu'on a souvent répété. Comme sa mère, il jouit d'une santé à toute épreuve. Ce n'est pas un intellectuel, ni un homme d'intérieur. Il ne se plaît qu'à l'air libre et excelle à tous les exercices du corps. Pour être en phase avec sa noblesse, il a donc tous les dons nécessaires. Encore faut-il les cultiver et les faire valoir. Les activités que lui propose son mentor sont à double fin : parachever son éducation et peaufiner son image. Il sera, dit-il à Villeroy, « un prince aussi accompli que l'on eût vu depuis des siècles[12] », si l'on prend la peine de le bien former.

Le roi est le chef suprême des armées. Certes il a cessé de charger à la tête de ses troupes, au risque de se faire prendre bêtement comme François Ier à Pavie. Il ne dirige pas les opérations, il y a des maréchaux pour cela. Mais sa présence sur le champ de bataille est un élément essentiel pour le moral des troupes. À partir de 1653, Louis XIV accompagne régulièrement Mazarin lors des opérations militaires. Sa mère y consent en tremblant : « J'aime mieux ce qui est de sa gloire et de son service que mon contentement particulier[13]. » Il va de soi que le cardinal veille à ne pas l'exposer aux combats. Mais on le voit par exemple, au camp de Ribemont en juillet de cette année-là, partager la vie des officiers, assister aux exercices et participer aux conseils où l'on débat du plan de campagne. Un peu plus tard, au mois de novembre, on lui épargne les fatigues du siège de Sainte-Menehould, dans la pluie, la neige et le gel, mais on l'appelle au dernier moment, pour prendre possession de la place. Quoi de plus exaltant pour un garçon de quinze ans ? Il en redemande.

L'année suivante, le voici avec l'armée devant Stenay. La forteresse est redoutable, Anne d'Autriche voudrait qu'il la rejoigne à Sedan pour attendre en sécurité la fin du siège. Mais comment le priver du plaisir de voir expérimenter un nouveau canon, capable de tirer plusieurs coups sans être rechargé ? Sa résistance à l'inconfort lui vaut l'admiration des troupes, au point que le gazetier parisien Loret s'en émerveille :

> Peut-on donner trop de louange
> À ce roi, l'image des dieux,
> Qui préfère aux superbes lieux
> Des logis d'argile et de terre,
> Pour mieux réussir à la guerre,
> Et participer aux travaux
> Des soldats et des généraux…

On lui laissa la joie de recueillir la reddition de cette place, qui, ayant été si longtemps un sanctuaire condéen, faisait figure de symbole. Mais on le tint à l'écart des affrontements autour d'Arras, investi par une puissante armée espagnole, que Turenne contraignit non sans peine à battre en retraite. Les risques furent jugés trop grands. Il dut attendre l'été de 1655 pour repartir en campagne. « Le roi est infatigable, écrit Mazarin à la reine, il a marché toute la journée avec l'armée », puis il est allé visiter les gardes avancées d'un corps de troupe. « Il vient de retourner, et, ce que j'admire, il n'est pas las, après être resté quinze heures à cheval ; mais s'il continue de la sorte, il est impossible que ceux qui le suivent y puissent fournir. Toute notre espérance est qu'il se lassera à la fin[14]. » Et Mazarin souffre tout particulièrement, parce que ses cinquante ans sont moins alertes et parce qu'il lui faut courir derrière l'imprudent pour l'empêcher de faire des sottises. Encore un siège, encore une place prise, Saint-Guillain, démonstration de prestige lors d'une avancée en territoire ennemi*. Louis XIV a bien gagné cet hommage d'une des plus fines langues de la cour : Bautru le nomme « le plus soldat monarque de l'univers ». Aucun éloge à l'époque n'est plus flatteur.

Du point de vue éducatif, cette pratique discrètement aseptisée de la guerre présentait l'inconvénient de l'assimiler à un jeu, sans dangers, sans larmes et sans défaites. On sait que Louis XIV se reprochera plus tard de l'avoir trop aimée. L'époque le voulait ainsi, qui exaltait la gloire militaire, en un temps où la noblesse ne se voyait offrir d'autre métier que celui des armes. Le roi ne pouvait lui en imposer qu'en l'égalant sur ce terrain. C'est pourquoi, du point de vue politique, l'intrépidité du jeune Louis XIV fut d'une merveilleuse efficacité. Mais Mazarin eut la sagesse d'y joindre d'autres qualités, qui n'allaient pas toujours de pair avec les valeurs héroïques. Il apprit à son filleul à être ce qu'on appelait alors un « honnête homme », rassemblant en sa personne toutes les vertus propres à rendre harmonieuse la

* Saint-Ghislain, aujourd'hui en Belgique, à une douzaine de kilomètres à l'est de Mons.

vie en société. Un idéal esthétique et éthique fondé sur la retenue, la maîtrise de soi, le respect des bienséances, l'attention à autrui, le refus de l'excès, qu'il soit moral, comme la violence, ou culturel, comme la cuistrerie.

Dans cet idéal entrait la pratique de la danse, conçue depuis plus d'un siècle comme un cérémonial où la noblesse de cour se donnait à elle-même le spectacle de ses perfections. On n'avait pas le droit d'y être médiocre. Le bal, suite de pas de deux où des couples se succédaient au centre de la piste, exposés aux regards critiques, était une épreuve terrifiante. Le ballet de cour, réservé aux périodes de carnaval, cachait sous son exubérante fantaisie des mois de travail préparatoire rigoureux. École de discipline, tout comme l'escrime et l'équitation, la danse n'était pas, comme on l'a cru souvent, une activité de diversion visant à détourner le jeune roi de la politique, mais un moyen de faire de lui un prince accompli. Il y fut formé très tôt. Associé dès l'enfance aux concerts qu'affectionnaient sa mère et son parrain, il était bon musicien, touchait correctement le clavecin et sa guitare ne le quittait pas. Il raffola de la danse, au point de pouvoir à vingt ans, rivaliser avec les professionnels. Ses tout premiers ballets, en 1651 et 1652, furent gâchés par les événements. Aussi avait-on vu grand pour le carnaval de l'année suivante. Le *Ballet de la Nuit*, représenté le 23 février 1653, se voulait un spectacle total, incluant le monde entier, une énorme machine à quarante-cinq entrées qui fascina les contemporains par la richesse d'invention et la multiplicité des contrastes. Louis XIV, entre autres rôles, y joua celui du Soleil – un message politique, déjà, et un jalon pour l'avenir.

Il reste que le modèle proposé par les manuels de civilité italiens, français ou hispaniques, destinés à former les nobles seigneurs à la vie de cour, ne fournissaient pas au souverain le secret de concilier cette forme de perfection avec l'exercice indispensable de son autorité. Comme la plupart des garçons, Louis XIV était coléreux. Ses précepteurs pouvaient en témoigner, qui avaient arbitré, entre lui et son frère, d'homériques batailles de polochons. Sa première réaction était de sévir. Il apprit à se maîtriser, à réfléchir avant de décider. Mais, sauf nécessité justifiée, il ne revenait pas sur ses décisions. Mazarin avait trop pâti lui-même d'avoir été cent fois contraint de renoncer aux siennes, faute des moyens de les faire prévaloir. Il mit en garde son royal pupille sur les inconvénients des atermoiements. Louis XIV fit preuve très tôt de cette fermeté enrobée de courtoisie qui devait caractériser tout son règne.

Un exemple. En 1655, la guerre continuant de creuser le déficit, il fallut bien créer de nouveaux « édits bursaux » pour renflouer le Trésor. Comme de coutume, le roi se rendit au parlement pour les faire enregistrer selon la procédure ordinaire du lit de justice : exposé des motifs par le chancelier, lecture des textes, discours de l'avocat général concluant à leur adoption et simulacre de vote. L'affaire était close. Mais dans les jours qui suivirent, les magistrats, comme par le passé, se permirent d'en discuter et en exigèrent le réexamen. Mazarin conseilla d'y couper court au plus vite. Un nouveau lit de justice fut convoqué pour le 13 avril, afin que la Grand-Chambre fût au complet. Non, Louis XIV ne s'y rendit pas en tenue de chasse, un fouet à la main. Mais il est exact qu'il rompit avec les formes ordinaires. Il vint simplement dans son costume de tous les jours – justaucorps rouge et chapeau gris – et au lieu de s'en remettre à son chancelier, il prit lui-même la parole : comportement insolite, qui marquait une volonté de rupture avec les anciens usages. Et il parla sec, bref, calmement, mais d'un ton interdisant toute réplique :

« Chacun sait combien vos assemblées ont excité de troubles dans mon État, et combien de dangereux effets elles ont produits. J'ai appris que vous prétendez encore les continuer, sous prétexte de délibérer sur les édits, qui naguère ont été lus et publiés en ma présence. Je suis venu ici tout exprès pour en défendre la continuation et à vous, monsieur le premier président, de les souffrir ni de les accorder, quelque instance qu'en puissent faire les Enquêtes[15]. »

Il n'eut pas l'occasion d'opposer à une objection du premier président invoquant l'intérêt prétendu de l'État la célèbre réponse tant de fois citée : « L'État, c'est moi ! », pour l'excellente raison qu'il avait tourné les talons avant que la compagnie, consternée, ait trouvé la force de réagir.

Excellente démonstration politique, destinée à montrer que les temps changeaient. La leçon était un peu prématurée cependant. La situation menaçant de s'envenimer, Mazarin dut revenir aux bonnes vieilles méthodes. Il prodigua les paroles d'apaisement, il fit pleuvoir sur les magistrats les plus traitables une avalanche de gratifications, il menaça les plus excités d'un exil à Quimper-Corentin. Tout finit par rentrer dans l'ordre, sans qu'on eût à revenir sur les édits.

Amorcées durant la Fronde, ces années de formation sur le tas furent fécondes. Louis XIV a assimilé la pratique de son futur métier. Il a aussi découvert son royaume, non seulement dans sa diversité géographique, mais dans l'extrême variété de ses habitants. Il a également appris à se connaître, à se contrôler, à se mettre en valeur. C'est peu de dire qu'il joue son rôle à la perfection : il commence de s'identifier à ce rôle, comme il le fera jusqu'à la fin de sa vie. Pour l'instant, il répond merveilleusement à l'attente du pays. Roi guerrier, il offre à la jeune noblesse le parfait antidote du modèle qu'incarnait la veille encore Condé : l'intrépidité du prince sans sa brutalité – la médaille sans son revers. Son sacre, qui eut lieu à Reims le dimanche 7 juin 1654, fut une consécration politique autant que religieuse. On épargnera ici au lecteur le récit de la cérémonie, conforme en tous points au rituel. Mazarin n'y occupa, comme il se doit, qu'une place effacée. Mais chacun savait que les ovations montant vers le roi saluaient une victoire qui était également la sienne.

Charité bien ordonnée...

Durant son séjour à Brühl, Mazarin avait eu le loisir de méditer sur la fragilité de sa situation financière. Avant la Fronde, il avait surtout cherché à se procurer des revenus – les plus officiels étant la rémunération de ses services, sous forme de salaires afférant à ses diverses charges ou de gratifications accordées libéralement par la reine. Il détenait des abbayes en commende, qui pouvaient lui rapporter gros, mais il n'en était pas possesseur. Il n'avait pas de biens fonciers, de domaines, de terres. Une bonne partie de ce qu'il percevait passait dans sa collection d'œuvres d'art et dans sa bibliothèque. Pour les héberger, il avait agrandi et fait décorer à grands frais l'hôtel Tubeuf, qu'il se contentait encore de louer. Acheté à crédit, son palais romain était grevé d'hypothèques. Ses capitaux, il les plaçait dans les consortiums banquiers qui prêtaient au roi et il en touchait les dividendes et les plus-values. Bref, il spéculait. Il avait soin de conserver des liquidités en abondance, soit en numéraire, soit, selon les habitudes du temps, sous forme de pierres précieuses, plus aisément maniables et transportables.

C'était là une fortune très vulnérable, à laquelle la Fronde porta un coup dur. Les poursuites engagées à deux reprises par le parlement pour prévarication, en 1649 et 1651, avaient frappé d'opposition bon nombre de ses sources de revenus avouées. L'exil, en l'écartant du pouvoir, avait mis à mal ses ressources occultes – donatifs et commissions diverses – et ses banquiers étaient en faillite. Bien que la reine lui fît payer son dû pour les fonctions qu'il occupait dans sa maison, le reclus de Brühl voyait fondre ses réserves. Il disposait par bonheur de comptes à l'étranger. Lorsqu'il décida de forcer le sort en organisant lui-même son retour, il misa tout ce qu'il avait dans l'entreprise, il recruta à ses frais la petite armée qui lui permit de gagner Poitiers sain et sauf. Il ne reculait pas devant les risques, quand l'enjeu en valait la peine. Mais il se jura qu'on ne l'y prendrait plus. Jamais plus il ne se laisserait réduire « à la mendicité[16] » ! Il est facile d'ironiser sur ses gémissements de riche. N'oublions pas cependant que tout revers de fortune est douloureux et que celui-ci lui rappelait, toutes proportions gardées, de mauvais souvenirs. Au temps de sa jeunesse pauvre, il avait vu se dégrader le niveau de vie familial et avait fait l'expérience du glissement vers la misère. Lorsqu'il rentra vainqueur en 1653, il était résolu, en repartant quasiment de zéro, à pousser son enrichissement au maximum.

Charité bien ordonnée commence par soi-même. Mazarin tient à assurer sa sécurité. Nous savons, nous, qu'il termina sa vie au faîte du pouvoir, en laissant un magot énorme. D'où le sentiment qu'il n'avait aucun besoin d'accumuler tant d'argent et que seule une cupidité scandaleuse le poussait à s'engraisser alors que l'État était en détresse chronique. Mais lui, au contraire, se sent toujours menacé. Tout peut lui être ôté du jour au lendemain, sans préavis ni dédommagement. Et dans le meilleur des cas, quel statut aura-t-il, ministre honoraire, privé des ressources liées à sa fonction ? D'où, comme on le verra, un effort pour se procurer une fortune foncière, dont il ne s'était pas soucié avant la Fronde. C'est sa retraite qu'il prépare, en même temps qu'une assurance contre les aléas du sort.

Des scrupules ? Il n'en a plus aucun, si tant est qu'il en ait jamais eu. Mais jusqu'en 1648, il avait gardé une certaine décence, bornant son enrichissement à ce qui passait pour normal de la part d'un ministre contraint de tenir son rang. Si l'opinion le lui a reproché, c'est parce qu'il était étranger et de basse naissance et qu'il n'aurait donc pas dû avoir accès à ce pactole, dont Richelieu avait largement profité sans choquer personne. Mais précisément, l'injustice de ces reproches lui donne bonne conscience. On l'a insulté, spolié, traîné dans la boue. On l'a traité de voleur à la face de l'Europe entière. Mais qui a été plus ruineux pour le pays ? Lui, qui travaillait quinze heures par jour et 365 jours par an – pas par quartiers ! – en a tiré des avantages certes considérables, par des moyens parfois illicites. Mais si l'on faisait le compte de ce qu'avait coûté la révolte des magistrats et des princes, on aboutirait à un total exorbitant. Mazarin a tort, assurément, de feindre le désintéressement. Mais autour de lui, a-t-il vu beaucoup de gens désintéressés ? Il a perdu toute illusion en la matière. La course aux faveurs, aux charges, aux biens, la curée après chaque accommodement, la vénalité généralisée, ne l'incitent pas à la modération. Dans un régime où tous services appellent salaire, il mérite d'être bien doté.

A-t-il le sentiment de nuire à l'État en s'engraissant à ses dépens ? Sûrement pas. Il exploite les failles d'un désordre installé de longue date, qui finit à la longue par paraître normal. Certains comportements comme les prêts usuraires à l'État sont passés dans les mœurs, parce qu'ils répondent à un besoin. Ils ne paraissent pas plus coupables que ne l'est de nos jours la spéculation boursière par exemple. Puisque l'État est contraint, par force, d'offrir certaines facilités, pourquoi Mazarin n'en profiterait-il pas, plutôt que d'autres ? On l'aurait bien surpris en lui disant qu'il volait le roi lorsqu'il entrait pour partie dans des prêts à des taux abusifs ou lorsqu'il percevait son pourcentage sur les fournitures militaires. Car s'il ne l'avait pas fait, d'autres l'auraient fait à sa place, au même coût pour le Trésor. Mais le bénéfice serait allé se perdre dans les poches d'autrui. Bref, c'est le régime qui pervertissait tous ses acteurs.

Inutile donc, pour atténuer la responsabilité initiale de Mazarin, d'accabler Colbert, Fouquet ou tel autre collaborateur. Ils sont, comme lui, partie prenante d'un même système et seule varie leur plus ou moins grande dextérité à en profiter. Les financiers professionnels eux-mêmes, qui procuraient au roi un crédit au coût exorbitant, n'étaient pas tous des crapules et, de plus, ils commençaient de craindre sérieusement pour leurs biens et peut-être leur liberté : les pamphlets n'avaient cessé de réclamer qu'on leur fît rendre gorge. L'argent, rare, étant forcément cher, ils jugeaient impossible de baisser leurs taux. En revanche, ils préconisaient de vastes réformes. Pour éradiquer le mal, c'est-à-dire donner à l'État son autonomie financière, il fallait refondre entièrement la fiscalité. Mazarin en convenait volontiers. Mais politiquement, la saison ne s'y prêtait pas. On le vit bien en 1655, lorsque les édits bursaux présentés en lit de justice mirent le parlement au bord de la révolte. Toute mesure de grande ampleur était exclue tant que le pays traînerait le boulet de la guerre. Le cardinal se trouvait donc ramené à son objectif majeur, en finir au plus vite avec l'Espagne. Ce pour quoi il avait besoin de financement ! Ainsi se refermait le cercle vicieux.

Après la Fronde, Mazarin s'applique donc à s'enrichir méthodiquement. On ne reviendra pas sur les sources de ses revenus, qui restent ce qu'elles étaient. Mais il y a changement d'échelle et accroissement spectaculaire des résultats. Inutile de se voiler la face : il a pratiqué la prévarication, jusqu'à atteindre des sommets inégalés. L'autopsie, *post mortem*, de sa fortune conduit à une conclusion sans appel. D'où les contorsions de ses biographes les plus indulgents : quel dommage qu'il ait été malhonnête, c'est une tache qui ternit sa mémoire, mais il a tout de même sauvé la France ! En revanche, personne ne se demande s'il l'aurait sauvée en étant honnête. Or la réponse est évidemment non !

On n'insiste jamais assez sur la place qu'occupait l'argent dans ses préoccupations. En bornant le champ d'étude à l'inventaire de sa fortune, en décrivant par le menu ses diverses « voleries », on postule implicitement qu'il n'avait pas d'autre but que la possession. Il passe pour l'exemple type du profiteur qui use de son pouvoir pour s'enrichir[17]. Mais l'inverse est également vrai. Argent et pouvoir se renforcent mutuellement. Reste à savoir lequel était essentiel pour lui. L'ensemble de sa carrière ne laisse aucun doute : sa passion dominante est le pouvoir, le maniement des affaires et des hommes. Or l'expérience lui a appris que l'argent en est l'indispensable levier. C'est en lui coupant les ressources que les magistrats ont déclenché la Fronde, au grand dam de sa politique étrangère. Quatre années à vivre d'expédients ont suivi, au bout desquelles il a pu se croire perdu. S'il n'avait pas eu de quoi armer une troupe pour rentrer en France, c'en était fait de lui, de sa carrière, de toute l'œuvre accomplie jusque-là et de ses espoirs de paix durable en Europe. Durement échaudé, il pense que le pire est toujours possible. Il tient à s'assurer une masse de manœuvre confortable, permettant de faire face à toute éventualité – une sorte d'équivalent des réserves actuelles de la Banque de France ou de Fort-Knox –, à n'utiliser qu'en cas de nécessité absolue. Sa stratégie financière répond donc désormais à un double objectif, privé et politique : arrondir sa propre pelote, comme au temps de ses débuts, mais aussi s'assurer l'entière mainmise sur les fonds publics.

Il a toujours tenu à tout faire par lui-même. D'où le travail écrasant qu'il s'infligeait. Ses années d'épreuves l'ont rendu plus méfiant que jamais et en même temps plus convaincu que le sort de la France repose uniquement sur ses épaules. Il a toujours ramé à contre-courant, au rebours de ce que souhaitaient la majorité des Français, mais pour leur bien, il en est sûr. Il se juge seul capable de mener à son terme la compétition engagée contre l'Espagne. Ni orgueil ni présomption dans ce constat fondé en raison. De là à se croire indispensable et à s'en octroyer les moyens, il y a un pas, vite franchi. Après ces quatre années de guerre civile où les intérêts de l'État ont été si souvent bafoués, il prétend leur servir de rempart. Son retour au pouvoir s'accompagne d'un effort pour en maîtriser tous les leviers, notamment, bien sûr, les finances. Impossible de compter sur le Trésor public, éternel tonneau des danaïdes. À la limite, mieux valait qu'il fût vide, ou passât pour tel, afin de décourager les créanciers en quête de remboursement ou les solliciteurs en quête de prébendes. Gonfler ses revenus propres au détriment de ceux de l'Épargne devient une façon de protéger l'État contre ses dérives. L'argent lui paraît plus en sécurité sous son nom, dans des réserves qu'il est prêt à mettre à la disposition du roi. En somme, il vole celui-ci pour le mieux servir.

Ce raisonnement sans réplique suppose une confusion complète entre fonds publics et fonds privés. Mazarin était-il dupe de ses sophismes ? Ce n'est pas impossible. Jamais en tout cas il n'identifia plus étroitement l'intérêt de l'État au sien et jamais l'osmose entre les deux types de fonds n'atteignit un pareil niveau. En l'absence de banque d'État, il considérait que ses avoirs personnels en tenaient lieu, pour les cas de détresse aiguë. Il gouvernait alors la France en souverain absolu, il se comportait comme l'eût fait un roi pour les ressources et les dépenses, confondant volontiers sa cassette personnelle et le Trésor public. Lorsque « Messieurs des finances » se permettaient de grogner, il invitait son intendant à leur faire comprendre « qu'ils ne seraient pas moins les maîtres de ce fonds quand le bien de l'État et des affaires de Sa Majesté voudra[it] qu'on s'en serve à quelque dépense[18] ». Précisons qu'il ne s'y résolvait que lorsque tous les autres moyens avaient manqué, autrement dit le plus rarement possible. Entretemps, cette masse de manœuvre faisait boule de neige, grâce à la gestion avisée d'un serviteur hors pair qui, lui, ne confondait pas les comptes. Et, comme aucun accident grave ne le contraignit à l'amputer sérieusement, elle ne cessa de grossir jusqu'à sa mort, constituant alors la plus colossale fortune du siècle.

Il semble qu'elle ait dépassé ses prévisions et qu'il en ait éprouvé *in extremis* quelque embarras. Plutôt que de juger, d'après notre propre sensibilité, une responsabilité morale sur laquelle les confidences font défaut, on tentera ici de montrer que le mécanisme d'enrichissement mis en service au lendemain de la Fronde a fini par lui échapper et d'expliquer quand, pourquoi et comment il s'est emballé.

Un commis efficace
et un surintendant ambitieux

On se souvient qu'il avait entrepris, durant son premier exil, de faire remettre de l'ordre dans ses affaires personnelles. Objectif limité, qu'imposaient les poursuites diligentées par le parlement. En 1651, Le Tellier lui avait fourni, pour « ajuster » ses comptes, un de ses commis les plus sérieux, du nom de Jean-Baptiste Colbert, issu d'une famille champenoise enrichie dans le commerce et la banque. Fort compétent, mais discret jusqu'à l'effacement, celui-ci cachait pour lors ses ambitions en attendant de voir d'où soufflerait le vent. Il accepta sans joie sa nouvelle fonction : Mazarin ne semblait pas promis à un bel avenir. Il l'appelait familièrement le « patron » et ironisait sur ses négligences. Mais, face à une tâche dont la complexité eût découragé un autre, il se prit au jeu et montra un tel talent que le cardinal, en passe de revenir aux affaires, décida de se l'attacher.

Naguère Mazarin coordonnait lui-même, dans le plus grand désordre, les activités de ses mandataires. La mort de son prête-nom initial, l'abbé Mondin, et la faillite de ses banquiers italiens détruisirent ses anciens circuits. En 1653, tout était à reconstruire. Puisqu'il avait sous la main le serviteur idéal, il en profita pour lui confier une réorganisation générale. L'habile homme se permit de poser ses conditions : « Si j'ai toutes les qualités pour la servir, comme le choix que Votre Éminence a fait de moi doit le faire croire, la créance et la confiance qu'elle doit avoir en moi ne doit être ni partagée, ni disputée, ni contestée par aucune personne. » Pacte conclu et confirmé par Mazarin un an plus tard : « J'ai cinquante ans. J'ai eu plus de nécessités que je n'en ai à cette heure, et il n'a jamais été en mon pouvoir de faire aucun effort pour mettre mes affaires en bon état. Il faut que vous suppléiez où je manque, et que vous ne prétendiez pas exiger de moi certains soins qu'il n'est pas possible de donner à mes intérêts particuliers, que je suis en possession, il y a longtemps, et par mon naturel et par mon habitude, d'oublier pour les affaires publiques[19]. » Colbert fut donc promu « intendant des maisons et finances » du cardinal et doté pour l'assister d'une petite équipe nommée « conseil des affaires de Son Éminence », qui tiendrait registre de tout – enfin, de tout ce qui était avouable. Il avait carte blanche. Son point de vue sur les inconséquences de son patron ne changea pas, mais il en garda l'expression par-devers lui. Et, conscient que la confiance avait des limites, il prit soin de l'informer et de le consulter régulièrement.

Sous la direction de Colbert, les affaires de Mazarin se transformèrent en une formidable pompe à finances – d'autant plus active que le fidèle intendant y prélevait sa dîme au passage. Il en rationalisa l'organisation, selon une double démarche. D'une part, il s'attela, avec une patience de fourmi, à répertorier les sources de revenus éventuelles et à faire rentrer l'argent, sans pitié pour les débiteurs récalcitrants. D'autre part, il s'efforça de limiter les sorties. Il épluchait les bordereaux, lésinant sur les pensions ou dotations accordées, tranchant dans les frais inutiles, ne manquant aucune occasion de « ferrer la mule sur la dépense du roi* », comme on disait plaisamment alors. Il renâclait aux ponctions demandées

* Faire régler sur le compte du roi des dépenses personnelles.

pour le compte de l'État et s'appliquait, lorsqu'il avait dû s'y résoudre, à faire rembourser prioritairement par le Trésor les sommes avancées : les autres prêteurs attendraient. Il arrivait que Mazarin protestât, refusant par exemple de réclamer une créance due par la reine. Mais en général il laissait faire. Il y gagna la réputation d'avarice, qui eût bien mieux convenu à son factotum.

Hélas, le processus de renflouement de ses affaires n'était encore qu'amorcé lorsque Mazarin dut faire face, à la fin de 1654, à une grave carence du Trésor public. Il ne se faisait pas d'illusions : la fin de la guerre civile ne suffirait pas pour mettre un terme à la crise financière. Cependant il n'avait pas prévu qu'elle l'aggraverait. Certes les impôts commençaient à rentrer dans les caisses. Mais les mesures arrachées par le parlement en 1648 et toujours en vigueur imposaient à la trésorerie publique des règles très strictes, assorties d'un contrôle. Pas de nouveaux prélèvements, pas d'emprunts, sinon au taux légal, dérisoire, du denier 18, soit 5,55 %, pas de dépenses sans justification – ou si peu ! Adieu les « ordonnances au comptant », qui, sur simple signature du souverain, étaient honorées sans motif ni délai ! Le volume en était strictement limité. Appliqué brutalement, le désir légitime de moraliser les pratiques financières aboutissait par un effet pervers à paralyser le gouvernement. Le Trésor était vide, et pas près de se remplir à nouveau. Continuer de vivre à crédit ? Jusqu'à la Fronde, l'État, pourvu qu'il consentît à y mettre le prix, ne manquait pas de prêteurs, assurés qu'ils étaient de s'y retrouver largement. Désormais au contraire, ils se firent tirer l'oreille. Ils pouvaient y perdre, et beaucoup : le sort des banquiers de Mazarin, les Cenami et les Cantarini, abandonnés à leur détresse, avait de quoi les faire réfléchir. Peu de ressources, pas de crédit. À la fin de 1654, les deux surintendants en charge des finances officielles se montrèrent incapables de répondre à la demande.

Or la politique internationale menaçait de devenir fort coûteuse. Les Espagnols avaient intensifié la guerre et, on l'a vu, aucun résultat décisif ne semblait en vue. L'Empereur, inconsolé de sa défaite, songeait à reprendre le combat. Et pour comble de soucis, un nouvel acteur venait de faire son entrée sur la scène internationale. Cromwell qui, sous le nom de Protecteur, détenait en Angleterre tous les pouvoirs d'un roi, se préparait à jouer les arbitres entre les belligérants. Les occasions de dépenses, officielles ou occultes, allaient se multiplier.

Un réajustement monétaire permit de tenir six mois. Mais à la fin de 1654, les revenus des deux années suivantes, affermés à des traitants, étaient déjà mangés. On manquait d'argent pour payer les troupes. On touchait le fond. La veille de Noël, Mazarin en débattait avec les surintendants lorsque l'un des deux, Nicolas Fouquet, proposa ses services : la situation n'était pas désespérée, pourvu qu'on le laissât faire. En clair, qu'on le débarrassât de son collègue. Tandis que Servien, en honnête fonctionnaire, se trouvait affecté aux dépenses dûment comptabilisées, Fouquet se vit chargé des recettes – officielles, bien sûr, mais aussi clandestines, ce qui lui donnait la haute main sur les débours dissimulés du cardinal. « Il me laissait, dira-t-il plus tard pour sa défense, maître absolu d'accorder telles remises, donner tels intérêts et telles gratifications qu'il me plaisait et généralement tout ce que je jugerais à propos, pourvu qu'on en tirât les sommes indispensables[20]... » Carte blanche pour lui aussi : quelle marque de confiance ! Il eut à l'époque l'imprudence de s'en réjouir.

Pour Mazarin, c'était là une offre inappréciable. Il y trouvait, outre la solution aux problèmes de crédit dont souffrait le Trésor, la souplesse dont il rêvait pour sa gestion financière. Il supportait impatiemment la rigidité et la lenteur des procédures administratives. La France n'avait pas de banque d'État, mais elle jouissait d'une bureaucratie surabondante. Le maniement des fonds publics relevait d'agents propriétaires de leur charge, dont la vente répétée d'offices avait multiplié le nombre. Toute sortie d'argent, une fois programmée, exigeait la signature de sept ou huit d'entre eux. Comment faire face aux imprévus lorsqu'il fallait, au mieux, une bonne quinzaine entre l'ordonnancement d'une sortie et la mise à disposition des fonds correspondants ? Adieu la rapidité ! D'autre part, les dépenses étaient soumises à vérification *a posteriori* par la Chambre des comptes. Adieu la discrétion ! Pour disposer, sans délai, en tous lieux et à tous moments, hors de tout contrôle, des grosses sommes qu'exigeait sa politique, le ministre était donc voué à user de circuits parallèles. Il s'en voyait offrir un, qui allait fonctionner tout seul, sans qu'il eût à s'en occuper. Il aurait une paix royale ! Il obtiendrait des fonds quasi à volonté. En échange de quoi il s'abstiendrait de demander des justifications au magicien capable d'un tel miracle. On comprend qu'il l'ait invité à traiter par le mépris les critiques dont les Français se plaisent à accabler les financiers : « Quand saint Pierre serait surintendant, il ne serait pas à l'abri de leurs censures et de leurs médisances et il me semble que les gens sages comme vous doivent peu se mettre en peine de ce que disent les sots[21]…. » C'était une incitation non déguisée à pratiquer les financements illicites, à ses risques et périls.

Fouquet mit sur pied, en marge de la comptabilité officielle, un vaste réseau occulte fondé sur le crédit. Bien qu'il fût lui-même juriste et non financier, il était adossé par la famille de sa femme aux milieux bancaires. Il ne s'est pas engagé sans les avoir consultés. Ce n'étaient pas des naïfs : les prêts redevenaient rentables, puisque le maître d'œuvre disposait des moyens d'en ordonnancer le remboursement. Il avait du répondant. On lui prêta et il prêta lui-même. Mazarin n'eut pas le sentiment de lui tendre un piège. Ce n'était qu'une ingénieuse *combinazione*, où tous deux trouvaient leur compte. Car Fouquet, après tout, ne s'était pas porté demandeur pour rien. La surintendance, augmentée de diverses retombées, payait largement les services reçus pendant la Fronde. Ils étaient quittes.

Cette mise au point replace dans leur vraie perspective les relations de Mazarin et de Fouquet, fondées sur une communauté temporaire d'intérêts, mais où n'entre aucune forme d'amitié. Tout, au contraire, détourne de lui le cardinal – jusqu'aux traits qui les rapprochent. Même séduction, même raffinement, même goût du luxe et comme nous dirions, même standing : il pressent en lui un rival. Aux approches de la quarantaine, Fouquet a tout, la prestance, la fortune, une famille puissante et unie, un vaste réseau de relations d'affaires, des appuis secrets dans le parti dévot et l'amour des gens de lettres. Il lui manque la noblesse. Mais elle ne peut lui échapper, puisqu'il cumule les fonctions de procureur général auprès du parlement et de surintendant des finances auprès du roi. Il touche au pouvoir. Comme le proclame sa devise à l'emblème de l'animal éponyme, l'écureuil* : jusqu'où ne montera-t-il pas ? Durant la Fronde, il a misé sur le plus habile. Pas par sympathie, par appréciation correcte des forces. De treize ans plus jeune, il caresse l'espoir de lui succéder.

Mazarin ne s'en offusque pas, la menace n'est pas pour demain. Mais il n'a aucun scrupule à l'utiliser. Or il

* Dans la langue du Moyen Âge, un *fouquet* était un écureuil.

tire de ses services un avantage annexe considérable. Il n'a plus besoin de faire lui-même des avances au Trésor pour boucler les échéances urgentes. Le surintendant s'en charge et absorbe les à-coups. Quand les recettes font défaut, il engage son propre bien directement ou en garantie auprès d'autres prêteurs. Les réserves personnelles du cardinal, ainsi préservées des aléas, peuvent s'arrondir paisiblement sous l'œil sourcilleux de Colbert.

Fouquet eut le tort de ne pas prendre garde à ce commis effacé, tout de noir vêtu, à qui un visage renfrogné, des yeux creux, le poil sombre faisaient une mine austère et qui tramait avec lui une éternelle serviette de clerc de notaire. Colbert détesta aussitôt le grand bourgeois fastueux aux airs de seigneur. Mazarin ne s'en inquiéta pas, au contraire. Souvent confronté à des dissensions entre ses serviteurs, il jugeait sagement que tant qu'ils se surveillaient entre eux, ils ne se liguaient pas contre lui. Il ne tint donc aucun compte des accusations dont son intendant l'inondait sur le compte de Fouquet. Pourvu que ce dernier lui procurât de l'argent, rien d'autre n'avait d'importance. Et il laissa la bride sur le cou à l'un comme à l'autre. Il avait à vrai dire beaucoup plus important à faire.

Or Colbert avait ses propres ambitions, il voulait, lui, être surintendant* et il avait besoin pour cela de faire fortune. Il géra donc les fonds de son patron, dont il tirait ses propres profits, avec une âpreté insigne. Toutes ses opérations financières, dans le détail desquelles on ne peut entrer ici, tendaient à faire assumer par les services de Fouquet le maximum de sorties d'argent et à engranger au contraire le plus possible de rentrées,

* Louis XIV ayant supprimé la surintendance, il sera seulement intendant des finances.

notamment par le biais de créances réassignées*. Et quand par hasard il faisait des avances, il en exigeait le remboursement immédiat. La pompe fonctionnait donc au détriment du compte parallèle du surintendant, pour le plus grand bénéfice de la trésorerie entièrement privée du cardinal et de son acolyte. Et comme la tête de Colbert fourmillait aussi de vues prémonitoires, il se préparait pour le moment fatal où crèverait l'abcès. Il élaborait des projets de réforme de l'administration fiscale et réunissait un dossier accablant contre Fouquet, lequel fournirait à l'État, le jour venu, un incomparable bouc émissaire, en couvrant les autres coupables. La voie serait alors libre pour lui. Et c'est ainsi que Mazarin, sans l'avoir lui-même programmée – mais qui ne dit mot consent – se trouva à sa mort à la tête d'une indécente fortune.

De grands établissements

Si son statut d'étranger a d'abord servi Mazarin à ses débuts en France, il en a cruellement souffert pendant la Fronde. Pas de biens fonciers, de titres, d'assise territoriale ; pas d'attaches familiales : l'intrus était facile à expulser. Il s'applique donc, dès son retour au pouvoir, à consolider sa situation. En 1654, deux textes officiels, dûment enregistrés par le parlement et accompagnés d'attendus très élogieux sur les services rendus au roi,

---

* Il faut savoir que les prêts étaient gagés non sur le Trésor en tant que tel, mais sur telles ou telles recettes attendues, auxquelles ils étaient assignés. Certaines de ces assignations étaient illusoires, les recettes concernées ne rentrant jamais. Les détenteurs bradaient alors leurs titres à bas prix. On les rachetait et on se les faisait rembourser à leur valeur nominale, si on avait le pouvoir de les faire réassigner sur des fonds solvables.

viennent faire de lui un Français à part entière*. S'il donne au pays d'accueil des gages éclatants en y faisant venir sa famille, on peut noter cependant qu'il se garde de renier ses origines. Il voue à l'Italie un attachement viscéral. Un signe qui ne trompe pas : en dépit de la francisation facile de son nom, il continue jusqu'à la fin à signer *Mazarini.* Il recrute parmi des compatriotes sa domesticité et ses confesseurs. À Rome, il conserve son palais, occupé par son père. Il y maintient un agent très actif, Benedetti. C'est qu'il y voit un point de chute pour le jour où il devra quitter le ministère. Sur le trône de saint Pierre, la rotation est rapide. Son ennemi, Innocent X, ne sera pas éternel. Il suffira de veiller à ce que le suivant soit mieux disposé. D'ailleurs pourquoi ne serait-il pas lui-même le suivant ? L'idée commence à circuler, ici et là, que le pontificat lui offrirait une retraite glorieuse. Il est possible que Louis XIV ait envisagé cette solution, puisqu'il s'abstint d'exiger qu'il rompît avec Rome. La double nationalité n'existait pas à l'époque. À défaut de la fonder sur des textes, Mazarin la pratiqua de fait, jouant de son double statut avec sa dextérité coutumière.

En France, cependant, il lui fallait des implantations territoriales, sources de revenus, mais surtout de pouvoir, moyens de se constituer une clientèle, points d'appui et refuges en cas de troubles civils. Il commença d'accumuler les gouvernements. Lors de sa succession, on dénombrait l'Auvergne, la Haute et Basse-Alsace, avec les places de Brisach et de Philippsbourg, Haguenau, La Rochelle, assorti de l'Aunis, de Brouage, d'Oléron et de l'île de Ré, et enfin Vincennes. Certains de ces gouvernements lui permettent d'acquérir des terres,

* En février 1654, lettres de surannation et en mai, lettres de naturalité[22].

en Alsace par exemple, ou autour de La Fère. Mais ils n'apportent par eux-mêmes aucun gain en dignité. Or il rêve depuis longtemps d'une élévation qui l'égalerait aux grands du royaume, autrement que par le « cousinage » de convention que lui vaut la pourpre. Bref, il convoite la noblesse. Faut-il ironiser sur un caprice de parvenu ? Le poids des hiérarchies était si déterminant dans la société du temps qu'il a pu ressentir le besoin de voir son ascension officiellement consacrée.

Il voulait un duché, un vrai, pas un simple titre de duc à brevet, de troisième catégorie, un duché-pairie solidement ancré sur le sol français. Encore fallait-il qu'il y en eût un de disponible et qu'il eût les moyens de l'acheter ! Claude Dulong a fait un récit éblouissant et féroce des manœuvres, étalées sur quinze ans, qui lui permirent de s'emparer de ceux de Mayenne, de Nivernais et de Rethelois que possédaient les Gonzague[23]. On dira simplement ici que la France, qui avait beaucoup aidé politiquement et financièrement les Gonzague – lors de la succession de Mantoue, puis lors du mariage d'une de leurs héritières avec le roi de Pologne –, avait acquis sur eux d'importantes créances gagées sur leurs duchés. Il n'était pas anormal que ceux-ci lui reviennent. En revanche, c'est par une série de transferts d'une extrême complexité, orchestrés de main de maître par l'astucieux Colbert, que ces créances finirent par aboutir, en marge de la légalité, dans les mains de Mazarin. Celui-ci put dès 1654, faire valoir ses « droits » sur le duché de Mayenne. Il n'acquit celui de Nivernais qu'en 1659 et n'eut pas la jouissance de celui de Rethelois, que ses héritiers ne recueillirent que deux ans après sa mort. Peu lui importait.

Il avait obtenu, *in extremis*, la consécration personnelle dont il rêvait. Le 18 octobre 1660, le jeune roi lui confirma par lettres patentes « les titre, dignité, honneur, rang, séance et prérogatives de duc et pair », sous son patronyme de Mazarin. Il les accompagna d'un fabuleux panégyrique célébrant sa « grandeur d'âme », sa « patience héroïque », son « adresse et sa flexibilité d'esprit inconcevables », les « raisonnements d'une politique que lui seul a inventée et que personne n'imitera après lui », sans omettre d'y joindre son sens de l'économie et son « bon ménage » des deniers publics ! On peut sourire. Mais tous comptes faits, n'avait-il pas mérité ce titre de duc, bien plus que tant d'autres qui avaient si mal usé de ceux qu'ils avaient reçus en héritage ?

De brillantes alliances

Mazarin, homme d'Église, n'a pas d'enfants, mais il est doté d'une surabondance de neveux et nièces : trois garçons et sept filles. Pour aider ses sœurs à les établir, il les fait venir en France par fournées successives, lorsque leur âge permet de les produire dans le monde. Dès 1647, on l'a vu, il en a appelé quatre, les deux aînées, Laure-Victoire Mancini et Anne-Marie Martinozzi, âgées de douze ans, le petit Paolo Mancini, qui en a dix et sa sœur Olympe, neuf. L'une mariée, l'autre mort, il en reste deux qui partagent les jeux du roi, dont elles sont contemporaines. Suspendue un temps par les événements, la venue d'un gros contingent juste après la Fronde relève elle aussi de l'esprit de famille, mais assorti de considérations politiques. Pour être vraiment accepté dans un pays d'accueil, il faut prouver son intention d'y rester et le meilleur moyen d'assurer la transplantation est d'y faire souche. Faute de pouvoir s'en acquitter lui-même, Mazarin, en signe d'allégeance, appelle auprès de lui ses futurs héritiers. Il y gagnera en outre, grâce aux mariages des uns et des autres, d'être intégré à la noblesse française et de bénéficier du soutien d'une vaste parentèle, qui lui a tant manqué jusqu'alors.

Arrivent donc en mai 1653 les deux sœurs du cardinal, flanquées de quatre de leurs enfants, la cadette des Martinozzi, Laure, et trois Mancini, Marie, Philippe et Hortense. Celle-ci n'a que sept ans. Son oncle la trouvait trop jeune, mais sa mère ne voulut pas s'en séparer, pensant que le charme de la petite ferait merveille. C'est en effet une ravissante enfant, à la peau translucide malgré sa chevelure sombre, sans cesse à rire et à gazouiller. Pas comme Marie, qu'on juge laide parce que, à quatorze ans, elle est encore maigrichonne et qu'elle a un teint chaud de brune, une insolente, une révoltée, bref le mouton noir de la tribu. Quant aux deux cadets Mancini, Alphonse et Marianne, ils rejoignent le reste de la troupe en juin 1655.

Les plus âgées des filles furent mises aussitôt sur le marché du mariage. Mazarin n'eut que l'embarras du choix. Pour s'assurer sa faveur et pour décrocher une des mirifiques dots offertes, les candidats se bousculaient. Faute d'obtenir une nièce, certains songèrent même à se rabattre sur une de leurs mères. Jusqu'à la fin de sa vie, à mesure que les petites grandissaient, il les poussait comme des pions sur l'échiquier matrimonial, lançait des ballons d'essai, changeait de cible si un orgueilleux se dérobait, ou attendait de voir venir. Un des premiers à se porter preneur fut un des plus beaux partis de France. Conti, le propre frère de Condé, las de végéter dans la disgrâce, fit savoir qu'il « ne se souciait pas quelle nièce on lui donnerait » et n'avait d'autre vue que « d'épouser le cardinal[24] ». On lui offrit tout de même le choix entre deux. À Olympe, piquante mais laide, et que sa trop grande familiarité avec Louis XIV compromettait, il préféra la belle et douce Anne-Marie

Martinozzi. Il lui apporta en cadeau de noces, en même temps que le rang de princesse, une syphilis contractée en enterrant sa vie de garçon. Leurs enfants ne vécurent pas et ils terminèrent tous deux dans la dévotion une vie fort brève.

Sa sœur Laure eut mieux. Elle épousa l'année suivante le duc de Modène, Alphonse IV d'Este. Veuve sept ans plus tard, elle exerça la régence au nom de son fils mineur. Sa fille épousera Jacques II d'Angleterre, le dernier des rois Stuart. On remarquera au passage que Mazarin, toujours soucieux de sa double appartenance, étendait par là vers l'Italie son réseau familial. Il veillait à ne pas couper les liens. À la fin de 1654, son père, le vieux Pietro Mazarini, était mort. Il lui fit faire les obsèques convenant à la modestie de son rang, refusant toute pompe déplacée. Mais qui occuperait son palais romain ? Après le mariage de Laure, il laissa repartir sa mère, qui ne s'était jamais habituée à la vie parisienne. La continuité était ainsi assurée.

Au fil des années, les deuils alternèrent avec les mariages. Le 19 décembre 1656 mourut à Paris Girolama Mancini, la plus jeune sœur de Mazarin. Il l'assista dans ses derniers moments et accusa le choc : c'était sa génération à lui qui commençait à s'en aller. Mais le chagrin le plus vif lui vint de voir disparaître sa nièce préférée, Laure de Mercœur, l'incomparable. Elle n'avait pas vingt-deux ans, elle venait de mettre au monde son troisième enfant, lorsqu'on vint arracher le cardinal au ballet que dansait le roi. Elle mourut en quelques heures le 8 février 1657. Il sanglota sans retenue à son chevet et la cour trouva qu'il en faisait trop. Mais le mari de la jeune femme, inconsolable, entra dans les ordres et devint cardinal, puis légat du pape en France.

Moins d'un an plus tard, ce fut le tour d'un autre neveu, Alphonse, treize ans, qui poursuivait depuis son arrivée ses études chez les jésuites. Mazarin le connaissait peu, mais les appréciations de ses maîtres semblaient prometteuses. Un accident stupide lui coûta la vie lors d'un jeu entre collégiens à la veille de Noël. On le faisait sauter dans une couverture tenue aux quatre coins par des camarades : cela s'appelait *berner.* L'un d'eux laissa échapper son coin, la tête de l'enfant porta brutalement sur le sol. Les tortures que lui infligèrent médecins et chirurgiens ne parvinrent pas à remédier à sa fracture du crâne. Il mourut le 5 janvier 1658, au grand désespoir de Mazarin, qui espérait beaucoup de lui. Il ne lui restait plus comme héritier mâle que cet écervelé de Philippe, qui ne lui inspirait qu'une confiance limitée.

Olympe avait fait, en 1657, un mariage moins prestigieux que ses aînées. Eugène-Maurice de Savoie-Carignan, troisième fils du prince Thomas, était bien de maison quasi royale, mais cadet de cadet, sans grandes perspectives d'avenir. On releva pour lui le titre de comte de Soissons, qu'avait porté son grand-père maternel, et il fit en France une carrière militaire sans éclat. Le couple eut huit enfants. À vingt ans, le cinquième des garçons, répugnant à être d'Église, sollicita de Louis XIV un régiment, qui lui fut refusé. Il alla donc offrir ses services à Vienne. Connu sous le nom de Prince Eugène, il sera un des plus brillants capitaines des armées impériales, en même temps qu'un amateur d'art éclairé.

Le sort des autres nièces, plus jeunes, resta en suspens. On verra plus loin ce qu'il advint d'elles. À ce stade, c'était déjà un beau palmarès, propre à consoler le cardinal de toutes les avanies que lui avaient fait subir les Français. Il fut d'une dignité parfaite. S'il éprouva des bouffées d'amour-propre satisfait en voyant le prince de Conti mendier son alliance, il se garda de les laisser voir. Mais peut-être son absence d'illusions sur les hommes était-elle alors si puissante qu'il n'éprouvait plus face à eux qu'indifférence.

Un style de vie fastueux

Mazarin, un harpagon ? Comment peut-on le comparer au vieux grippe-sou de Molière, qui tient à marier sa fille « sans dot » et ne sert à ses invités qu'un insipide brouet ? Le cardinal couvre ses nièces d'or et il reçoit fastueusement. Sa table offre la meilleure chère de Paris : fruits et légumes frais cueillis dans ses jardins, viande et gibier provenant de ses terres, oranges expédiées tout exprès du Portugal, parmesan venu d'Italie, vins fins sélectionnés dans toute l'Europe, avec une prédilection pour les blancs de la vallée du Rhin ou de Toscane. Il est capable, lorsqu'il s'y met, d'une prodigalité sans mesure. Au cours du carême de 1658, il convia toute la cour dans sa galerie, remplie « de tout ce qu'on peut imaginer de pierreries et de bijoux, de meubles, d'étoffes, [...] de chandeliers de cristal, de miroirs, tables et cabinets ; [...] de vaisselle d'argent, de senteurs, gants, rubans, éventails ». Il en fit tirer une loterie où « chacun eut son fait », puisqu'elle ne comportait pas de billets blancs. Mais il avait laissé le hasard présider à leur répartition. Le gros lot, un diamant de 4 000 écus, échut à un simple sous-lieutenant des gendarmes du roi. Mlle de Montpensier se jugea heureuse d'en obtenir un qui ne valait que le tiers. « Cette galante libéralité, conclut-elle, fit beaucoup de bruit à la cour, et par tout le royaume et aux pays étrangers. Elle était extraordinaire, et je pense qu'on n'avait jamais vu en France une telle magnificence[25]. »

À mesure qu'il sent décliner ses forces et craint de voir le temps lui manquer, Mazarin éprouve une puissante envie de jouir encore de la vie, en même temps qu'une nostalgie poignante de son pays natal. Il a toujours eu des goûts de luxe. Il a trop fréquenté les palais romains pour s'accommoder d'un cadre de vie étriqué. Il a enfin les moyens de se procurer ce dont il rêve depuis l'adolescence, devenir un de ces grands seigneurs en robe pourpre, qui répandaient sur Rome une manne d'inépuisables merveilles. Ses références resteront jusqu'au bout italiennes. Son attrait pour l'art est indissociable du modèle fourni par les Barberini. Mais il revêt une intensité insolite. Ce qui était quasi routine chez les grandes familles cardinalices se colore chez lui de passion. Le qualifier d'amateur d'art – même si l'on fait de lui l'un des plus grands de son époque –, c'est suggérer qu'il s'agit d'une occupation annexe, en marge de la principale ; célébrer son mécénat, c'est mettre l'accent sur le résultat de ses efforts, au détriment de leur source. On omet ainsi le rôle que joue dans sa vie l'inlassable quête du beau. Or elle lui est consubstantielle. C'est un moyen de s'affirmer, de se réaliser, de s'accomplir, une éclatante revanche sur sa médiocrité originelle, une prééminence culturelle s'ajoutant à la prééminence politique et venant la conforter. Qu'il y mette un peu trop d'ostentation est incontestable. Mais dans cette société où les hiérarchies s'inscrivent dans le paraître, il est indispensable au ministre, accédant à la toute-puissance, d'exhiber en sa personne et en sa demeure les signes extérieurs de sa supériorité. Et ce peut être aussi – qui sait ? – le moyen de se poser en éventuel *papabile*, candidat à la tiare.

Une telle démarche l'incite à cultiver toutes les formes d'art. Mais elles lui inspirent un intérêt inégal. Il est des domaines où il s'implique relativement peu. Ce sont ceux, aussi, où domine moins l'italianisme. Ainsi des bâtiments, pour lesquels ses compatriotes pressentis lui ont fait faux bond. Il ne poussa les travaux qu'en fonction des besoins, lorsqu'il fit agrandir l'hôtel Tubeuf ou créer à Vincennes des appartements royaux. Mais les grands projets qu'il programma ne furent réalisés qu'après sa mort, comme le Collège des Quatre Nations, ou restèrent inachevés, comme l'église de Sainte-Anne-la-Royale, prévue pour les Théatins. Ainsi de la fameuse bibliothèque. Conçue à l'image de celles des cardinaux romains, elle offrait aux curieux et aux savants, à travers ses 50 000 volumes, un compendium de toutes les connaissances possibles. C'était un élément de prestige et non d'agrément, une vitrine destinée à proclamer son intérêt pour les choses de l'esprit. La vente aux enchères ayant permis d'identifier bien des acheteurs, il parvint après le pillage à en récupérer une bonne part et il la compléta, sans jamais toutefois atteindre le niveau d'avant le drame. Il y accueillait, à leur entrée, les ouvrages rares, fier de posséder un lot important de textes grecs, d'*hébraïca* et de pouvoir exhiber l'unique exemplaire chinois qui fût alors parvenu en Europe. Mais il ne la hantait guère. Il n'était pas grand liseur.

Sa vraie passion, on l'a vu, le portait vers la musique. Hélas, la Fronde a fait fuir les Italiens. Les Français ont profité de leur absence et de leur impopularité pour reprendre le dessus, non sans leur emprunter quelques recettes. Le vieux Boësset et son gendre Michel Lambert règnent avec quelques confrères sur la musique des ballets où brille désormais Louis XIV. Mazarin a compris, à travers l'expérience de l'*Orfeo*, qu'on ne peut sans précautions imposer l'opéra italien au public français. Pour l'instant, il s'accommode donc d'un compromis. Son librettiste, l'abbé Buti, se laisse convaincre de revenir. À défaut de Rossi, qui est mort, il recrute un de ses plus brillants élèves, Carlo Caproli, et convainc le machiniste magicien, Torelli, de tenter à nouveau l'aventure. Tous trois arrivent à Paris juste à temps pour monter le 14 avril, à la fin de la saison d'hiver 1654, les *Noces de Pélée et de Thétis*, un spectacle hybride, « comédie italienne en musique entremêlée d'un ballet sur le même sujet » – où le roi intervient dans quatre « entrées ». On y dansait sur des airs français, on y chantait sur des airs italiens. La musique en est perdue, mais le décor nous est connu par de superbes gravures, témoignant qu'une fois de plus, le public avait goûté avant tout les machines.

Bientôt confiés à Lully, qui perfectionne peu à peu le genre, les ballets annuels ne suffisent pas à satisfaire l'appétit de jouissances artistiques de Mazarin. C'est la peinture qui prend le relais. Il y est poussé par un double aiguillon, extérieur et intérieur, d'une part le besoin, pour les tableaux comme pour les livres, de proclamer son appartenance au clan très fermé des amateurs, d'autre part le désir d'en orner son cadre de vie.

La redécouverte, ou plutôt la remise en valeur de l'Antiquité, a entraîné un vif intérêt pour l'héritage des siècles passés, avec effet cumulatif en ce qui concerne les artistes d'hier ou d'avant-hier. Cessant d'être un ornement destiné à décorer églises et palais, la peinture devient un objet autonome, pour laquelle on édifie des lieux appropriés. Tout prince ou grand seigneur se doit d'avoir sa galerie de tableaux, à faire admirer à ses visiteurs. Il existe alors en Europe un marché de l'art très actif, quoique restreint à une étroite clientèle. On ne s'étonnera donc pas que Mazarin ait tenu à égaler en ce domaine les plus fervents collectionneurs. Les tableaux qu'il possédait avant la Fronde, ôtés de leurs cadres, roulés et entreposés dans le garde-meuble de la reine, avaient traversé la tempête sans dommage. Un décompte fait aussitôt après, en 1653, en dénombrait déjà 415. L'inventaire final en comportait 541. Au catalogue, les plus grands noms. Des Italiens surtout – Titien, Raphaël, Véronèse, le Caravage, le Corrège, Antoine Carrache, le Guide et le Guerchin. Des Flamands – Rubens, Van Dyck – souvent issus des collections de Charles Ier. Un Espagnol, le Greco. Un seul Français notable, Poussin, qui s'obstinait à préférer le séjour de Rome à celui de son pays natal. Avec ses parois couvertes de tableaux et son sol jalonné de statues et de bustes, la galerie du cardinal, telle qu'on l'aperçoit en enfilade sur une gravure bien connue, pouvait amplement rivaliser avec ses sœurs romaines et n'avait pas d'égale à Paris.

Voilà pour le paraître. Mais Mazarin n'habite pas sa galerie. Or il a un besoin vital de beauté autour de lui. Il n'apprécie guère la peinture isolément, peut-être parce qu'il ne l'a jamais pratiquée lui-même. Il n'est pas un vrai connaisseur, comme en musique. Il a besoin de consulter Mignard pour distinguer entre originaux et copies. Il a en revanche un coup d'œil infaillible pour distribuer les œuvres dans l'espace offert par les appartements. C'est qu'il a surtout vu travailler les peintres, non dans leur atelier, mais attelés aux plafonds du palais Barberini. Il perçoit les tableaux, associés aux fresques, comme des éléments de décor à intégrer dans un tout. Il s'en sert pour se construire un cadre de vie où se sentir bien. On aimerait savoir comment il opérait le tri entre les toiles destinées aux lieux de prestige et celles qu'il réservait pour ses locaux privés, mais les inventaires restent muets sur ce point. Tout au plus savons-nous que le portrait de Jansénius, qui servait à prouver aux visiteurs son esprit de tolérance, se trouvait dans la galerie, tandis qu'il avait réservé pour sa chambre *Le Mariage mystique de sainte Catherine* du Corrège. Le jeune Louis de Brienne conte comment il avait extorqué ce tableau au cardinal Antoine, sous prétexte que la reine le désirait très fort, puis se l'était fait donner par elle[26]. L'anecdote, non vérifiée, est vraisemblable : outre sa beauté intrinsèque, la *Sainte Catherine*, qu'il avait admirée jadis à Rome, avait le mérite de faire le pont, par-dessus les années, avec le temps où, jeune *maestro de casa*, il avait pu enfin se griser de l'enchantement du palais Barberini.

À la différence des tableaux, les fresques sont inamovibles. Destinées à être vues par beaucoup de gens et longtemps, celles de l'appartement d'été d'Anne d'Autriche au Louvre, confiées à Romanelli, tiennent compte de considérations politiques dans leur iconographie et, dans l'exécution, l'exubérance baroque y est tempérée. En réponse aux mazarinades, elles célèbrent les vertus de la reine – au premier rang desquelles la chasteté – et les mérites de son ministre. Nous ne savons, hélas, à peu près rien du décor dans lequel vivait le cardinal. Mais sa prédilection, contractée à Rome, pour la profusion, la variété, la mobilité, se manifeste dans les accessoires. En témoigne la présence dans ses collections d'une multitude de tapisseries et de tentures interchangeables selon les saisons, de meubles comme cabinets et guéridons, qu'on peut déplacer à volonté, de vases, de bibelots, d'objets insolites, toutes choses permettant de jouer sans cesse sur des harmonies renouvelées. En ce domaine aussi existait un très vaste marché, où les plus belles pièces se recommandaient à l'attention des amateurs par la rareté, la richesse de la matière, voire le prestige de leurs possesseurs antérieurs. À quoi s'ajoutaient, à la limite du monétaire et de l'œuvre d'art, les pièces d'orfèvrerie et les pierres précieuses, dont Mazarin était fou. Là encore, le tri s'opérait entre le tout-venant, voué aux cadeaux ou aux ennuis de trésorerie, et les merveilles qu'il gardait par-devers soi, dont les dix-huit diamants qui portèrent son nom. Les fleurons en étaient le Sancy et le Miroir du Portugal, reçus de la reine d'Angleterre en règlement de ses dettes, qui pesaient respectivement une cinquantaine et une petite trentaine de carats.

Mazarin ne se lasse pas de contempler, de palper, de caresser les merveilles accumulées. « Son Éminence, conte le jeune Brienne, n'avait point de plus grand plaisir qu'à ranger son garde-meuble et qu'à placer en symétrie, dans les armoires diverses dont il est plein, ses superbes buffets d'argent et de vermeil doré, ses vases de porphyre, de porcelaine de Chine ; ses cristaux et ses aigues-marines et mille autres raretés dont il faisait ses délices[27]. » Ayant renoncé à toute vie amoureuse, il demande à l'art de lui procurer des jouissances quasi sensuelles, évanescentes avec la musique, disponibles à la demande avec les objets. Plus il vieillit, plus il se réfugie dans ce monde parallèle, parmi des œuvres d'art soustraites aux ravages du temps, inaltérables.

C'est le moment aussi où la cadence de ses collectes s'emballe, pour les mêmes raisons que le rythme de son enrichissement. Surchargé de travail, il délègue. Depuis qu'il en a les moyens, la consigne est d'acheter massivement – en prenant soin toutefois de ne pas se faire voler. Il dispose désormais d'un nombre accru de rabatteurs, puisque le moindre diplomate en poste met son point d'honneur à lui signaler les « occasions » intéressantes. D'autre part on lui offre de tous côtés des cadeaux de grand prix. Les objets affluent, remplissant à ras bord ses « galetas » d'un ensemble où la quantité tend à faire oublier la très remarquable qualité, tant rémunération donne le vertige : 514 pièces d'orfèvrerie, 150 tapis, 56 montres et 10 horloges de table, 317 gemmes, 50 bagues d'or émaillées, etc.[28]. Or loin d'enrayer le mécanisme, il l'encourage. Pourquoi ne pas mettre un terme à cet afflux, qu'il cesse de maîtriser ? Quelque chose en lui se dérègle. Il continue d'entasser les choses contre toute raison, de façon compulsive, pathologique. Ne rien laisser échapper de ce qui passe à sa portée est un moyen de défier le vieillissement et de retarder l'échéance : il jouira de tout cela lorsqu'il aura le temps, une fois sa tâche terminée. Mais il sait bien, tout au fond de lui-même, que ce prétendu loisir lui sera intolérable et qu'aucune jouissance artistique ne comblera le vide creusé par la perte du pouvoir. Thésaurisation et « collectionnite » sont deux symptômes de l'angoisse qui l'habite en voyant s'approcher la retraite et la mort. Mais le destin miséricordieux lui accordera une dernière grâce : il lui épargnera de vieillir solitaire dans sa caverne d'Ali-Baba.

CHAPITRE SEIZE

Soumettre le clergé

Dans son effort de remise en ordre du royaume, Mazarin s'efforce de réduire un à un les noyaux de résistance. Il est venu à bout des révoltes nobiliaires. Il a ramené les parlements à leurs seules attributions judiciaires. Reste le clergé, qu'il n'a jamais réussi à se concilier. Certes en tant que corps, il n'a pas pris part à la Fronde. Mais, à titre individuel, beaucoup de ses membres y ont trempé. Il n'a pas caché son hostilité de principe à la poursuite de la guerre, source de ravages dont les œuvres caritatives lui ont montré les effets. En faisant arrêter l'archevêque désigné du diocèse de Paris, le ministre ne commettait-il pas une grave imprudence, deux ans avant la date où la renégociation du *don gratuit*, indispensable aux finances royales, allait ramener à Paris pour une assemblée décennale les représentants autorisés de l'Église de France ?

Une arrestation à hauts risques

À la différence de la noblesse, qui agit en ordre dispersé, le clergé est puissant et organisé. Son pouvoir spirituel lui confère une force à laquelle se sont heurtés, toujours et partout, la plupart des souverains. Certes, face à lui, le roi de France est plutôt mieux partagé que la plupart de ses confrères. D'abord, tenant ses pouvoirs directement de Dieu, il échappe à la juridiction du Saint-Siège sur tout ce qui n'est pas matière de foi. Nul – pas même le pape – ne peut le déposer ni délier ses sujets de l'obéissance qu'ils lui doivent. D'autre part, le concordat de 1516 lui a conféré, sous réserve de leur consécration ultérieure par le pontife, le privilège de nommer les évêques et les titulaires des principales abbayes, qui étaient auparavant issus d'élections internes. Il a donc la haute main sur le recrutement du haut clergé. Mais évêques et abbés, une fois en place, sont inamovibles. Car, comme tous les gens d'Église, ils ne sont justiciables que des tribunaux ecclésiastiques et ne peuvent être jugés que par leurs pairs, au terme d'un procès mené selon le droit canon. Pas question de laisser l'administration royale empiéter sur ces privilèges.

Pas question, non plus, de se soumettre aveuglément aux consignes venues de Rome. L'Église de France, dite « gallicane », bénéficie d'une relative autonomie par rapport au Saint-Siège. Elle conteste l'infaillibilité du pape et lui oppose l'autorité des conciles et surtout elle se défend âprement contre toute ingérence de Rome dans la gestion de ses affaires intérieures. Ainsi elle a refusé d'appliquer les mesures disciplinaires du concile de Trente. Ainsi elle n'accepte de laisser publier bulles et brefs qu'après enregistrement par le parlement. Louvoyant entre l'autorité du roi et celle du pape, elle jouit d'une marge de manœuvre dont elle use avec virtuosité.

L'élimination politique de Retz est-elle si importante aux yeux de Mazarin, pour qu'il se hasarde à affronter le clergé, toujours prêt, par principe, à défendre un des siens ? L'ancien frondeur a cessé d'être dangereux sur le terrain où il s'est exercé jusque-là, celui de l'agitation politique. Il n'est plus en mesure d'ameuter le parlement et le peuple, trop heureux du calme retrouvé. Mazarin, pour sa part, n'a plus grand-chose à en craindre, tant la reine et le roi sont irrités contre lui. Se laisse-t-il aller à tirer vengeance d'un homme qui a cherché à lui prendre sa place ? Ce serait humain, quoique contraire à ses principes. Mais il semble plutôt qu'un dessein politique plus vaste ait présidé à sa mise hors jeu.

Ce n'est pas au parlement ou sur le pavé de Paris, mais dans l'Église, que Retz est redoutable, ou le sera bientôt. Contrairement à ce qu'on lit ici ou là, il n'est pas déconsidéré. Les quolibets qui ont accueilli sa promotion au cardinalat, fruit des services rendus à la reine, sont oubliés : tout le monde ne songe qu'à se soumettre. S'ajoutant à son incontestable prestige personnel et à ses amitiés dans le parti dévot, la pourpre et, sous peu, l'archevêché de Paris vont faire de lui le chef de l'Église de France. À cette date, il n'y a en France que deux cardinaux. L'autre, Grimaldi, un Génois, ne quitte guère son archevêché d'Aix-en-Provence. Retz est le seul cardinal de naissance française et compétent dans les affaires du clergé français. Il saura se faire écouter de ses pairs et, chicaneur comme il peut l'être, il n'aura de cesse de soulever à plaisir toutes les questions épineuses. Il sera un empêcheur de gouverner en paix et un soutien pour tous les contestataires. Il est le type d'homme dont Mazarin ne veut à aucun prix à la tête de l'Église de France. En le frappant, il fera un exemple qui vaudra pour tous.

Entre le sort de Condé et celui de Retz, le parallèle saute aux yeux. À travers l'un, la cible de Mazarin était la noblesse. À travers l'autre, il vise le clergé. L'enjeu est la place de l'Église dans l'État et plus précisément le comportement que le pouvoir royal attend de ses membres. Ni l'un ni l'autre ne sont blancs comme neige, sans quoi l'exemple ne vaudrait rien. Mais les motifs invoqués pour leur arrestation sont si fragiles qu'on ne peut fonder sur eux un véritable procès. L'essentiel n'est pas ce qu'ils ont fait, mais ce qu'ils incarnent : la revendication d'indépendance des deux premiers ordres du royaume, poussée jusqu'à la pointe extrême où elle devient incompatible avec la survie de l'État.

L'arrestation de Retz était spécialement difficile à justifier sur le plan juridique. Les fautes, graves, publiques, qu'il avait commises durant la Fronde parlementaire, étaient effacées par deux amnisties générales, dont l'une toute récente. Mais surtout, la France avait sollicité pour lui le cardinalat et il venait de recevoir des mains du roi la barrette, insigne de sa nouvelle dignité. En le faisant arrêter, la cour n'allait-elle pas se déjuger ? D'autant qu'il s'était bien gardé, depuis que la reine en avait envoyé la demande à Rome, de faire quoi que ce soit qui pût lui être reproché. On n'avait rien contre lui, que son manque de servilité : il crânait. Fondés sur son passé d'agitateur, les motifs invoqués furent la nécessité de l'empêcher de « mal faire » à nouveau. Procès d'intention, arrestation préventive, donc, à fort parfum d'arbitraire, qui rappelait fâcheusement les méthodes de Richelieu : la cause serait difficile à plaider devant un tribunal ecclésiastique !

Mazarin le savait bien. Il n'avait pas prévu de le faire passer en justice, ni d'ailleurs de le garder captif très longtemps. Il pensait que quelques mois de détention et l'offre de riches prébendes suffiraient à lui arracher sa démission de la coadjutorerie. Il avait sous-estimé sa ténacité et sa capacité de résistance. Il a le même objectif que dans le cas de Condé et use de la même méthode, la prison, pour les faire céder et casser leur prestige. Il se heurtera à des difficultés analogues. Dans les deux cas, le combat, qui sembla d'abord perdu, finit à la longue par être gagné. *In extremis* avec l'un, à titre posthume avec l'autre.

Mais les péripéties de la lutte qu'il mena contre Retz ne sont intelligibles que si on les replace dans l'ensemble de sa politique religieuse. Car il exploita contre lui un autre conflit gravissime qui secoua le royaume, celui du jansénisme, et en liant les deux causes, celle de l'archevêque rebelle et celle des irréductibles « disciples de saint Augustin », il parvint à les neutraliser les uns et les autres. C'est donc à une plongée aux origines du jansénisme qu'est invité ici le lecteur.

Aux sources du jansénisme : morale et théologie

Le jansénisme se caractérise à la fois par une théologie et par une morale. Il doit son nom à un professeur à l'université de Louvain, qui, dans un très savant traité, prétendit exposer la doctrine de saint Augustin sur l'épineuse question de la grâce divine et du libre arbitre. Il doit son prestige à la haute exigence morale que préconisent et que mettent eux-mêmes en pratique ceux qui s'en réclament. Et, paradoxalement, la morale a précédé la théologie. Le grand élan qui, à l'aube du XVIIe siècle, inspira la Contre-Réforme, dite aussi Réforme catholique, s'accompagna, pour répondre aux critiques des protestants, d'une volonté de régénération de la vie chrétienne. Mais, sur la manière de s'y prendre, deux courants s'opposèrent : mystiques contre pragmatiques. Tandis que le cardinal de Bérulle et ses disciples recherchaient la conversion individuelle, assortie d'un approfondissement de la vie intérieure, les jésuites visaient la prise en main collective, ils tentaient de contrôler la vie quotidienne par le biais de réseaux associatifs, s'efforçaient de faire baigner les fidèles dans un climat de piété entretenu par des pratiques publiques de dévotion. Bref, ils voulaient instaurer une société chrétienne viable, imparfaite certes, mais assez structurée pour que les plus faibles fussent soutenus par la force de l'habitude et la pression de l'exemple. Pour la spiritualité d'un Bérulle, invitant chaque âme à s'abîmer dans l'amour du Christ, ce n'était rien moins qu'une perversion. Socialement, les deux courants n'étaient pas neutres. L'un était plutôt élitiste, l'autre s'adressait plus largement aux couches populaires. Certes tous deux, par l'intermédiaire des œuvres de charité notamment, s'efforçaient de développer la pratique religieuse dans le peuple. Mais ils donnaient à cette pratique une coloration différente. À l'indulgence des uns s'opposait l'intransigeance des autres : deux conceptions antagonistes de la vie chrétienne. Or les adversaires des jésuites étaient très combatifs et très doués pour ce que nous nommons la « communication ». Sous leur impulsion, le courant spiritualiste acquit dans la haute société une influence qui inquiéta Richelieu. Et bientôt la politique ne tarda pas à s'en mêler.

Parmi les personnalités de premier plan qui menèrent la lutte, les membres de la famille Arnauld se distinguèrent. Le premier à se faire remarquer fut un avocat prénommé Antoine, qui prononça dans les dernières années du XVIe siècle un violent réquisitoire contre la Société de Jésus. Mais son principal titre de gloire est d'avoir engendré vingt enfants – avec une seule épouse – et de leur avoir communiqué à tous la flamme du militantisme qui l'animait. Sur les vingt, dix survécurent, presque tous remarquables. Trois des quatre fils seront étroitement mêlés à toutes les querelles religieuses du siècle. Les six filles – dont l'aînée après veuvage – entrèrent en religion au monastère de Port-Royal-des-Champs, près de Chevreuse. C'est là que l'une d'elles, la Mère Angélique, conquit la célébrité en 1609, alors qu'elle n'avait pas encore dix-huit ans, lors de la fameuse « journée du guichet ». Les couvents, où l'on plaçait les filles qu'on n'avait pas les moyens de doter, étaient jusque-là des lieux de vie ouverts sur le monde. Mais la jeune abbesse, ayant décidé de rétablir dans sa rigueur première la règle de saint Benoît, arrêta ses parents au guichet d'entrée et leur refusa l'accès à l'intérieur de la clôture. Volonté d'accorder la pratique à la foi, mépris des biens et des grandeurs terrestres, priorité donnée à la vie spirituelle et au souci du salut : tout cela était dans l'air du temps. Mais Angélique, en théâtralisant le rétablissement de la clôture, fit de Port-Royal le phare de la nouvelle spiritualité – avec tous les risques afférents à cette publicité.

Richelieu, lors de sa montée au pouvoir, ne porta pas grande attention à Port-Royal. Il avait trop à faire pour s'imposer. Il se heurta à Bérulle qui, devenu le maître à penser de la reine mère, préconisait en politique étrangère un alignement total sur l'Espagne. Il fit le choix inverse – crucial – et l'emporta de justesse lors de la « journée des Dupes ». La mort l'avait opportunément débarrassé de Bérulle l'année précédente et l'exil mettait Marie de Médicis hors jeu. Mais il ne portait pas leurs amis dans son cœur, on le croit sans peine. Or c'est un bérullien pur et dur qui pénétra à Port-Royal au début des années 1630, comme prédicateur d'abord, puis comme confesseur et directeur de conscience : Duvergier de Hauranne, abbé de Saint-Cyran, un extraordinaire éveilleur d'âmes, dont l'action franchit très vite les frontières du monastère. C'était un homme de contrastes, « en qui l'eau et le feu se mêlaient[1] ». Le personnage fut et est encore discuté, parfois taxé d'illuminisme. Mais nul ne conteste son rayonnement.

Sa science théologique, sa fougue de polémiste, son désintéressement et la pureté de sa vie donnèrent à celui qu'on surnomma l'Oracle du Cloître de Notre-Dame une autorité morale qui dépassa les milieux cléricaux. Il fut le directeur de divers mondains, par qui son influence se répandit à la cour et à la ville, dans les ruelles et les salons. Il inquiéta. Il répandait un ferment de désagrégation contagieux. Il critiquait les institutions, les gens d'Église, le laxisme du clergé ; il incitait les grandes dames à bouder le théâtre et le bal, à restreindre le luxe de leur toilette ; il poussait des magistrats à quitter leur profession pour se faire solitaires au vallon de Chevreuse et à mettre leur plume au service de leur foi. Il souhaitait protéger les chrétiens des périls du monde et non les aider à s'en accommoder. Refusant de faire de l'obéissance au roi et de l'intérêt du pays un impératif majeur, il invitait ses disciples à mettre Dieu au centre de leur vie et à se soucier de leur salut éternel plutôt que de leur place ici-bas. En un temps où Richelieu tentait d'imposer une conception centralisatrice de l'État et d'en assurer la cohésion en incorporant les individus dans un tissu social à la trame serrée, Saint-Cyran prônait une vie en marge de la société, à contre-courant des valeurs officielles : enseignement dangereux. « C'était une disposition à se révolter contre le prince que d'être de la doctrine de Port-Royal », écrira un jésuite[2].

Richelieu n'avait besoin de personne pour comprendre que l'exigence d'absolu débouche aisément sur l'esprit de rébellion. Un autre élément concourait d'ailleurs à l'irriter contre Saint-Cyran. Celui-ci s'était lié d'étroite amitié avec Corneille Jansen, un professeur à Louvain qui avait été son condisciple en Sorbonne, et il entretenait avec lui depuis lors une correspondance régulière. Or en 1635 ce personnage, au nom désormais latinisé en Jansénius, avait dérobé quelques heures du temps qu'il consacrait à saint Augustin pour écrire un violent pamphlet, intitulé *Mars gallicus*, contre la politique étrangère de la France, qui osait s'allier aux puissances protestantes pour combattre la très catholique Espagne. Saint-Cyran fut donc emprisonné sur ordre du cardinal. On aurait évité bien des tragédies, professait celui-ci, en enfermant Luther et Calvin au lieu de les laisser prêcher à tous vents. Mais de son cachot de Vincennes, cinq ans durant, le captif, malade, moribond, continua de diriger les consciences, plus influent que jamais.

Entre-temps était paru enfin aux Pays-Bas, en juin 1640, deux ans après la mort de l'auteur, le grand œuvre auquel le maître flamand avait travaillé trois décennies. L'*Augustinus*, volumineux ouvrage de trois tomes, en latin, apportait au conflit qui opposait les disciples de Bérulle aux jésuites sa dimension théologique. Problème épineux s'il en fut, que de concilier la toute-puissance de Dieu et le libre arbitre de l'homme ! Le sujet alimentait la controverse depuis des siècles. Tout récemment, la croyance en la prédestination, négatrice de la liberté humaine, avait été pour beaucoup dans la condamnation de la Réforme. Jansénius rouvre le débat, en s'abritant derrière l'autorité de saint Augustin. Selon lui l'homme, irrémédiablement voué au mal par le péché originel, ne peut être sauvé que par la grâce souveraine que Dieu accorde gratuitement à qui il veut : ni la foi ni les œuvres n'y peuvent rien changer. Contre lui, les jésuites, se réclamant des thèses de leur théoricien Molina, affirment que Dieu accorde à chaque homme la grâce « suffisante » pour l'inciter à faire le bien : à lui d'y ajouter l'effort personnel indispensable pour la rendre « efficace » et donc assurer son salut.

Ce n'est pas ici le lieu de débattre de cette insoluble question. On prendra seulement acte de la naissance du jansénisme doctrinal. Indiscutablement, il flirtait avec l'hérésie. Et comme celle de Luther et de Calvin lui avait laissé de mauvais souvenirs, l'Église ne souhaitait qu'une chose, étouffer celle-ci dans l'œuf. On peut s'interroger, en revanche, sur les causes du succès mondain d'une doctrine aussi désespérante. La première, c'est qu'elle s'enracine dans le mouvement de rénovation morale et spirituelle qui la précède : la haute qualité des hommes qui la professent lui sert de garant. La seconde, c'est que les âmes éprises d'absolu ne peuvent s'empêcher de voir dans cette exigence intérieure la marque d'une élection ; et dès lors, cette certitude devient facteur d'élévation morale, puisqu'on doit s'en montrer digne – programme à la fois exaltant et gratifiant. Enfin l'effondrement progressif de l'éthique aristocratique suscite la quête d'un substitut. Dans une société où la gloire ne fait plus recette, le héros, chu de son piédestal, laisse la place au saint, ou du moins au « converti » – un virage que dénoncera méchamment La Rochefoucauld chez le cardinal de Retz : « Il s'éloigne du monde, qui s'éloigne de lui[3]. » Ce n'est pas par hasard, en effet, qu'on retrouvera dans la mouvance janséniste un bon nombre d'anciens frondeurs.

Mazarin joue l'apaisement

Lorsque Mazarin arriva au pouvoir, il était, en matière religieuse comme en matière politique, prisonnier de l'héritage de Richelieu. Mais il n'avait pas, à l'égard de

Port-Royal et des chefs de file du jansénisme, les réactions passionnelles de son prédécesseur, à qui Bérulle avait failli coûter sa carrière. En bon fils de la Rome des Barberini, il n'éprouvait aucune sympathie pour ces gens qui haïssaient la vie en général, le théâtre en particulier, et tous les biens de ce monde. Mais il les croyait moins dangereux, dans leur prédilection pour la retraite méditative, que les activistes du parti dévot qui couvraient de prétextes religieux leur appétit de pouvoir. Le sort lui avait fait quelques cadeaux en éliminant de la scène les principaux protagonistes. Libéré par Louis XIII deux mois après la disparition de Richelieu, Saint-Cyran n'avait pas tardé à rejoindre dans la mort son ami Jansénius. L'*Augustinus*, traité fort indigeste accessible aux seuls clercs, semblait promis à s'empoussiérer paisiblement dans l'ombre feutrée des bibliothèques universitaires ou conventuelles. On pouvait croire la page tournée.

Homme d'État plus que d'Église, formé à Rome au sein de la diplomatie pontificale plus préoccupée de questions temporelles que de théologie, Mazarin n'éprouvait que défiance pour les querelles idéologiques. Les points épineux du dogme ? Il convenait d'en parler le moins possible et surtout de ne pas laisser le débat sortir des cercles de spécialistes. La prison avait fait à Saint-Cyran une publicité fâcheuse. Les persécutions religieuses ayant toujours pour effet de multiplier les adeptes, il ne fallait y recourir qu'en cas d'extrême nécessité.

D'une manière générale, Mazarin se montre tolérant – anormalement pour l'époque – envers les divergences doctrinales. Non par indifférence religieuse – il reste sincèrement croyant –, mais par réalisme politique : on ne transforme pas les hommes par la force. Sans doute aussi sa double appartenance nationale et culturelle le rend-elle plus apte à comprendre et à accepter les différences. Lors de sa vice-légation en Avignon, il avait protégé contre les vexations et brimades les commerçants juifs, nombreux dans le comtat[4]. De même, il admet en France l'existence d'un certain nombre de protestants, dont il respecte la liberté de conscience, dès l'instant qu'ils ne troublent pas l'ordre public. Privé de son appareil politico-militaire par Richelieu, leur parti a disparu en tant que force politique. Encore sous le choc du siège de La Rochelle, ils se gardent de participer à la Fronde. Mazarin leur en sait gré et adoucit leur condition. Dès 1652, en abolissant, malgré les protestations du clergé, les limitations que Louis XIII avait apportées à l'application de l'Édit de Nantes, il leur rend, sur le plan civil, le statut que leur avait accordé Henri IV. Sept ans plus tard il leur écrit encore, à l'occasion d'un de leurs synodes : « Je vous prie de croire que j'ai une grande estime pour vous, étant de si bons et de si fidèles serviteurs du roi[5]. » Il ne se décidera à sévir contre eux, vers 1656-1657, que face à des abus opprimant les catholiques dans certaines villes du Sud-Ouest[6]. On compte dans son entourage un certain nombre de protestants, entre autres son plus fidèle banquier, Hervart, et il n'a jamais incité Turenne à se convertir, comme le fera Louis XIV.

Tolérance donc. Mais refus de laisser les gens d'Église s'immiscer dans les affaires de l'État. L'activisme dévot lui est suspect. Or cet activisme se déploie dans de multiples associations vouées à sauver les corps et les âmes. L'une des plus connues est la Compagnie du Saint-Sacrement, créée en 1639 avec l'approbation de Richelieu, dont l'action combine assistance aux pauvres et police des mœurs. Formée, à ce qu'on suppose, d'environ 4 000 membres, pour moitié laïcs et pour moitié ecclésiastiques, cette société secrète, structurée en petites unités autonomes agissant dans l'ombre, s'est étendue, en l'espace d'une dizaine d'années, à l'ensemble du territoire. On lui impute la responsabilité du « grand enfermement » consistant à parquer les mendiants dans des hospices. Mais la Compagnie n'est pas seule. De nombreuses congrégations sillonnent le pays, terre de mission à rechristianiser. Comment contrecarrer un si vaste mouvement, qui tend à imposer dans l'État la priorité du religieux sur le politique ? La seule chance de Mazarin, c'est que tous ces dévots ont très vite cessé de parler d'une seule voix et que leurs dissensions absorbent une bonne part de leur énergie. Inutile d'entrer ici dans le détail des conflits qui opposent le clergé séculier aux ordres réguliers, et les ordres réguliers entre eux, puisque tous se disputent les âmes à diriger et, le cas échéant, le pouvoir et les revenus afférents : dans ces questions triviales, au retentissement limité, le ministre se garde d'intervenir. En revanche, il est rattrapé de plein fouet par la querelle dogmatique issue de l'*Augustinus*, qu'il avait pu croire assoupie. Et cette querelle-là ne peut le laisser indifférent, car elle finit par enflammer la société tout entière. Mais elle présente pour le ministre l'avantage de fracturer le front uni des dévots, dont beaucoup, notamment les lazaristes avec Vincent de Paul et les sulpiciens avec Olier, se démarquent désormais des jansénistes.

« Un si grand feu en ce royaume[7] »

Loin d'apporter un apaisement, la disparition de Saint-Cyran prélude à une recrudescence d'activité de la part de ceux qu'on nomme désormais jansénistes. Car le flambeau est repris et brandi très haut par la famille Arnauld, enfants de l'avocat et collatéraux, regroupés autour de Port-Royal. Le monastère offre alors deux implantations. En 1625, la Mère Angélique a transplanté les moniales à Paris, au faubourg Saint-Jacques, pour des raisons de salubrité. Les bâtiments délaissés par elles aux Champs abriteront par la suite des « Messieurs » qui, sans faire profession monastique, ont choisi de fuir les grandeurs du monde : en 1637, un neveu d'Angélique, Antoine Le Maistre, à peine âge de vingt-neuf ans, fit sensation en renonçant pour s'y retirer à une brillante carrière de juriste au service du roi. Elles reviendront partiellement aux Champs en 1648, lorsque les solitaires auront assaini les étangs qui y répandaient une humidité pestilentielle et elles se partageront dès lors entre les deux séjours, en fonction des événements.

Ni les uns ni les autres ne renoncèrent à faire des conquêtes, au contraire. Mais on trouvait parmi eux, comme partout, des modérés qui préconisaient la discrétion et des exaltés, qui ne rêvaient que d'en découdre. L'aîné des Arnauld, Robert, dit d'Andilly, bel esprit, poète à ses heures, habitué de la Chambre bleue de la marquise de Rambouillet, plaidait pour la conciliation. Il répugnait encore à s'arracher au monde. Il prêchait la bonne parole dans les salons, vouant aux grandes dames une prédilection notée par Tallemant des Réaux et amicalement confirmée, beaucoup plus tard, par Mme de Sévigné : « Il avait plus d'envie de sauver une âme qui était dans un beau corps qu'une autre[8]. » La reine, qui, en bonne Espagnole, vomissait les jansénistes, avait un faible pour lui : « Quand on parle en général, avait noté Mazarin dans un *Carnet*, elle veut qu'on les extermine tous ; mais quand on lui propose d'en perdre quelques-uns, et qu'il faut commencer par M. d'Andilly, elle s'écrie aussitôt qu'ils sont trop gens de bien et trop bons serviteurs du roi. » Comme quoi le prosélytisme mondain pouvait avoir quelquefois du bon.

Mais c'est au plus pugnace de tous, le benjamin de la famille, vingtième enfant des Arnauld, qu'il appartint de lancer l'étincelle qui envenima la polémique. Il se prénommait Antoine, comme son père, dont la postérité le distingue en le qualifiant de « Grand ». Au départ, une simple conversation entre deux grandes dames. Mme de Guéméné expliqua à son amie Mme de Sablé, étonnée qu'elle refusât de l'accompagner au bal, que ce divertissement lui était interdit par son directeur les jours où elle avait communié. Le directeur en question était Saint-Cyran, qui lui avait remis à cet effet une *Instruction abrégée* sur l'usage des sacrements. Mme de Sablé communiqua ce texte à son propre confesseur, un jésuite, qui en blâma la rigueur. Le laxisme de celui-ci en matière de pénitence, sa complaisance pour une pratique routinière de l'eucharistie indignèrent Saint-Cyran. À la différence des jésuites, qui voyaient dans la communion le remède au péché et en recommandaient l'usage régulier, comme on prend médecine quand on est malade, il exigeait de ses pénitents une préparation préalable, afin de la mériter : plus on était pécheur, moins on devait s'en approcher. Déjà diminué par l'âge et les épreuves, il laissa au jeune Antoine Arnauld – vingt-cinq ans – le soin de répondre. Succès fulgurant. Le *Traité de la fréquente Communion*, paru à la fin août de 1643, vit son premier tirage épuisé en quinze jours. Sur le terrain, certes traditionnel, de la « dévotion facile », c'était une attaque frontale contre la Compagnie de Jésus d'une vigueur inégalée jusque-là – lourde d'orages à venir. Les jésuites, tout en pratiquant une guerre d'escarmouches, se mirent à préparer une riposte décisive.

Mazarin voyait sans plaisir les querelles religieuses quitter le champ clos des cercles religieux pour tomber dans le domaine public, nourrir des tirs croisés de factums et faire les beaux jours des conversations de salon. Il envisage d'abord d'envoyer Arnauld s'expliquer à Rome. Faire intervenir le pape dans un différend qui déchirait l'Église de France ! À quoi pense-t-il ? Devant l'indignation unanime du clergé, féru de gallicanisme, il ne peut que reculer. Il s'efforce alors de calmer le jeu, invitant les adversaires au silence. Un allié imprévu s'offre à lui en la personne du coadjuteur, futur cardinal de Retz. Celui-ci protège secrètement les jansénistes, auxquels son père est très lié. Mais il est trop averti des questions théologiques pour ne pas mesurer les ennuis que ne manquera pas de leur attirer leur doctrine sur la grâce. Il pense, comme le ministre, que le mieux à faire est de n'en point parler. Le pape Urbain VIII partage le même point de vue : une bulle interdit la lecture de l'*Augustinus* et menace d'excommunication ceux qui persisteront à en discuter. Le ministre espère y gagner la tranquillité.

Mais comment faire taire des adversaires aussi déterminés ? Le combat continue et les jansénistes grignotent du terrain. De nouveaux solitaires rejoignent les pionniers. L'initiative des deux Le Maistre – Antoine et son frère Isaac, dit de Sacy – en matière d'enseignement rencontre un franc succès. Nobles et bourgeois se pressent pour placer leurs fils dans leurs « petites écoles », où l'on parle un français très pur au lieu de jargonner en latin de cuisine et où fait merveille une pédagogie nouvelle, adaptée à l'âge et aux capacités de l'enfant. Or cet engouement atteint à la prunelle de l'œil les jésuites, dont les collèges ont détenu jusque-là le quasi-monopole de l'éducation dans la haute société. Bientôt, pour comble de malheur, voici que rivalisent les prédicateurs des deux camps pour prêcher non seulement dans les couvents, mais dans les églises parisiennes. Et il se trouve que les meilleures plumes et les voix les plus éloquentes sont toutes du même côté. Le seul reproche qu'on pût leur faire, dit Mme de Motteville, est « d'avoir appris aux femmes, dans un français si beau qu'il leur faisait quitter leurs romans, de si grandes difficultés sur lesquelles on a défendu d'écrire, et des cas de conscience dont il n'y a que des confesseurs qui doivent être instruits[9] ». Ils avaient conquis l'opinion. Le choc doctrinal était inévitable.

Les jésuites connaissaient bien le point faible de leurs adversaires. Ils attaquèrent sur le dogme. Ils prirent leur temps. En 1649, lors de l'accalmie qui suivit la paix de Rueil, Nicolas Cornet, syndic de la faculté de théologie de Paris, autrement dit la Sorbonne, dénonça cinq affirmations suspectes, censées résumer les thèses de l'*Augustinus*. Pour simplifier, disons qu'elles se ramènent à deux, niant la liberté humaine et l'universalité de la rédemption. Il ne lui fallut pas moins d'une année pour réunir la signature de quatre-vingt-cinq évêques, qui se joignirent à lui pour en appeler au pape. Pour donner une portée plus générale à la condamnation escomptée, le texte soumis à celui-ci ne mentionnait pas Jansénius. La réponse d'Innocent X n'arriva qu'en 1653, sous la forme de la bulle *Cum occasione*, qui déclarait les *Cinq Propositions* hérétiques. Mazarin s'en félicita pour deux raisons, l'une et l'autre politiques. D'une part, il en avait assez de voir le conflit autour du jansénisme troubler la paix des esprits. Désormais tout-puissant, il perdait patience et souhaitait crever l'abcès. D'autre part, il voulait régler au plus vite le sort de l'archevêché de Paris. Il tenait Retz en prison. Il le savait lié d'amitié avec les jansénistes. Il vit l'occasion de les associer dans un même procès et de se débarrasser d'eux et de lui d'un seul coup.

Pour tenter d'entraver la promotion de Retz, il avait déjà tenté d'invoquer ses attaches avec les austères disciples de saint Augustin. Difficile de faire passer pour l'un d'entre eux le galant prélat qui affichait ses maîtresses et se promenait dans Paris avec un poignard en poche ! Ses mœurs semblaient le disculper. Oui, mais sa doctrine ? Partisans de Condé et jésuites s'étaient chargés de faire courir à Rome des rumeurs accusatrices. Innocent X fut un instant ébranlé, au point d'exiger du candidat une déclaration écrite de non-jansénisme, que celui-ci réussit à éluder en feignant l'indignation face à un soupçon offensant[10]. L'animosité du pontife contre Mazarin l'emporta finalement sur ses doutes et il nomma le coadjuteur cardinal. Mais depuis lors, alerté par le nonce, il commençait de s'inquiéter sérieusement des progrès de la doctrine suspecte. Mazarin chargea notre ambassadeur de lui faire entendre que la France appuierait volontiers les poursuites contre la « secte », en échange de son appui pour contraindre Retz à la démission. Et pour preuve de sa bonne volonté, il promit de faire « recevoir » la bulle. Et dès lors les deux conflits se développèrent en parallèle, avec de nombreuses interférences, et ils furent tous deux fertiles en rebondissements.

Un prisonnier intraitable et des prélats récalcitrants

Le coadjuteur prisonnier était bien décidé à tenir bon. Incarcéré en plein hiver dans une chambre dépourvue de chauffage, il avait d'abord pensé qu'on voulait l'y faire mourir. Les cachots de Vincennes, de sinistre réputation, valaient, disait-on, leur pesant d'arsenic. Mais on n'était plus au temps de Richelieu, où l'insalubrité des étages inférieurs avait coûté la vie à d'illustres prisonniers. Il fut installé au second, où il n'eut à souffrir que du froid et des multiples brimades que lui infligeaient des geôliers astreints à ne pas le perdre de vue. Le temps du poison aussi était révolu et on le fit savoir. Lorsque Mazarin identifia un antidote dans les boîtes de prétendus médicaments qu'une cousine tentait de faire passer au captif, Anne d'Autriche s'indigna très fort. Servien eut beau suggérer, à la cantonade, qu'il serait tout simple d'y substituer un poison véritable, les petites boîtes passèrent à la poubelle. Mazarin ne voulait pas faire périr Retz, mais le faire plier. Et pour couper court aux rumeurs qui le disaient gravement malade, il fit adoucir le régime de sa prison.

Retz ne mourut donc ni de froid, ni de faim, ni d'ennui. Il attendait, non sans impatience, l'effet des protestations. Son père et son frère, exilés en province, inondèrent le pape et le Sacré Collège de suppliques les invitant à défendre en sa personne la pourpre bafouée. Les chanoines de Notre-Dame et les curés parisiens décidèrent de faire dire dans toutes les paroisses des prières de quarante heures et d'exposer le Saint-Sacrement pendant trois jours et ils arrachèrent à l'archevêque en titre – très jaloux de son neveu – un mandement invitant les fidèles à prier pour la liberté du prisonnier. Tous attendaient la réaction de Rome.

Comme on pouvait s'y attendre. Innocent X prit vivement la défense de Retz. Un mois tout juste après l'arrestation, il écrivit au roi pour se plaindre que fussent violés, en sa personne, « les droits des dignités les plus sacrées », la pourpre et l'épiscopat. Et, soulignait-il ironiquement pour finir : « Cette personne nous ayant été recommandée de votre part, après un authentique témoignage de toutes sortes de vertus, nous l'avons, par votre suffrage, élevé depuis peu à cette haute dignité de Cardinal[11]. » Mais lorsque le nonce Bagni vint plaider sa cause à la cour, il s'entendit répondre que Rome avait montré moins d'émotion lorsqu'on avait mis à prix la tête de Mazarin, lui aussi cardinal. Bagni aurait pu répondre que ce dernier, s'étant dérobé à la prêtrise et ne détenant aucune fonction dans l'Église, était moins cher au cœur du pontife, mais il se laissa congédier en silence. L'évêque d'Avignon, nommé nonce extraordinaire, fut alors chargé de prendre la relève. Les juristes l'avaient abondamment fourni en arguments pour obtenir, soit que Retz fût libéré, soit qu'il fût remis à son juge naturel, le pape. Ils avaient tout prévu, sauf que son voyage serait interrompu dès Valence par un ordre royal lui intimant de rebrousser chemin. L'irascible Innocent X eut beau jeter les hauts cris, il ne pouvait rien.

Assez vite cependant, il mit une sourdine à son zèle en faveur du captif. C'est que les avis sur sa collusion avec les jansénistes se multipliaient et qu'il avait besoin de Mazarin pour soutenir la procédure amorcée contre ceux-ci. Datée du 31 mai 1653, la bulle *Cum occasione* arriva entre les mains de Bagni un mois plus tard. Le ministre s'empressa de la faire recevoir et ordre fut donné aux évêques de la diffuser dans leurs diocèses. L'archevêque de Sens, Louis-Henri de Gondrin, ne manqua pas d'obéir, mais il en assortit la publication – en latin – d'une lettre pastorale – en français – disant à peu près le contraire. Sans nier le caractère hérétique des Cinq Propositions, il mettait en doute leur présence dans le livre de Jansénius et déplorait que la sentence n'eût pas été prononcée par un concile national, selon « l'ordre commun et l'ancienne tradition de l'Église ». Ainsi prit naissance la fameuse distinction entre le *droit* et le *fait*, qui allait alimenter durablement la polémique. Pour les jansénistes, le pontife, infaillible en matière de dogme, pouvait certes déclarer hérétiques les Propositions qui lui étaient soumises, mais il ne lui appartenait pas de dire si elles figuraient ou non dans l'*Augustinus*. Plus largement, se référant au christianisme des premiers temps, ils opposaient à la juridiction pontificale celle des évêques, successeurs des apôtres. Rébellion caractérisée contre l'autorité du pape. Injure pour celle du roi, qui le soutenait.

Mazarin espérait au moins quelque succès auprès de son prisonnier, qui semblait disposé à céder. Le nonce fut chargé d'apporter l'aval du Saint-Siège à la transaction proposée : en échange de sa démission, Retz recevrait de généreuses compensations financières et irait résider à Rome. L'intéressé refusa fièrement et fit imprimer et diffuser dans Paris le compte rendu de l'entrevue. Innocent X mesura-t-il combien ces pressions portaient atteinte à l'indépendance des prélats face au roi ? Il se remit à exiger pour lui la liberté pure et simple, s'écriant qu'il préférait le voir mort en prison plutôt que démissionnaire. La situation semblait bloquée lorsque, au printemps de 1654, intervinrent deux coups de théâtre.

La régente, on s'en souvient, avait eu l'imprudence, en élevant Retz à la coadjutorerie, de lui accorder la future succession. La mort de son oncle devait donc faire de lui, automatiquement, l'archevêque de Paris. Or depuis quelques mois, le vieillard n'avait plus qu'un souffle de vie. Faute d'arracher une démission à son neveu, Mazarin avait prévu une solution de rechange. En l'absence du successeur désigné, incapable – et pour cause – de prêter le serment de fidélité au roi qu'on exigerait de lui, le siège serait déclaré vacant et mis en régale*. Mais Jean-François de Gondi mou-

* C'est-à-dire que les pouvoirs spirituels seraient confiés à un grand vicaire et que les revenus de l'archevêché seraient perçus par le roi.

rut en pleine nuit, le 21 mars 1654, à quatre heures et demie du matin. Lorsque vers dix heures Le Tellier se présenta à Notre-Dame pour déclarer la vacance de la part du roi, il découvrit qu'il avait été devancé. Un émissaire du captif, muni d'une procuration en bonne et due forme, était venu à l'aube prendre possession de l'archevêché en son nom. Lorsque les chanoines, mandés au Louvre, entendirent le chancelier invoquer l'absence de serment au roi, ils répliquèrent que ce serment était une formalité séculière, qui n'affectait en rien la validité des procédures canoniques. Son mandataire avait prêté serment pour lui à l'Église, celle-ci n'en demandait pas davantage. Retz était bel et bien archevêque de Paris. Toutes les cloches de la ville carillonnèrent pour la circonstance et l'intrusion de la cour dans les affaires ecclésiastiques fut blâmée : on accusa la reine d'avoir « mis la main à l'encensoir[12] ». Pour la petite histoire, ajoutons que la procuration, antidatée afin de paraître antérieure à l'arrestation, avait été apportée au prisonnier pour signature par un notaire apostolique déguisé en tapissier.

C'était là un rude revers pour le gouvernement. Désormais Retz jouissait de la plénitude des droits épiscopaux et pouvait les déléguer à des grands vicaires de son choix. Les tentatives pour le déposséder porteraient atteinte à l'Église tout entière. Avec de pareils atouts en main, nul ne le croyait prêt à céder. Or huit jours plus tard, le 28 mars, nouveau coup de théâtre : il démissionnait ! Averti de son intention, Mazarin hésitait à y croire. C'était trop beau pour être vrai. En attendant d'y voir plus clair, il mit l'archevêché en régale et en fit saisir les revenus.

Un changement de prison

Le prisonnier affichait toutes les marques d'un profond abattement. « L'impatience, l'ennui, le chagrin et par-dessus tout la crainte des entreprises violentes qu'on pouvait faire sur sa personne » l'emportèrent. N'était-il pas question de l'expédier dans une lointaine forteresse de province, où tous s'empresseraient de l'oublier ? Déprimé, découragé, prêt à tout pour en finir, « il jeta, nous dit-on, sa démission à la tête des négociateurs[13] ». Voire ! Car l'acte qu'il signa comportait des clauses d'une extrême subtilité. Avant de le remettre en liberté, Mazarin exigeait, bien sûr, que sa démission eût été agréée à Rome et son successeur nommé. Or on pouvait se douter que le pape répugnerait à avaliser une mesure arrachée par la violence. En tout état de cause, vu la lenteur des procédures au Saint-Siège, la période transitoire risquait d'être longue. Retz demanda à bénéficier d'ici là d'un régime moins rigoureux et à obtenir des garanties contre un éventuel transfert. Il renonça donc à l'archevêché moyennant l'octroi de sept abbayes et s'engagea à aller à Rome, d'où il ne sortirait que sur permission royale. En attendant l'agrément du pape, on le retirerait de Vincennes et il serait placé sous la garde d'un personnage neutre, La Meilleraye, fidèle serviteur du roi et dévoué à Mazarin, mais également attaché aux Gondi par des liens familiaux. Dans le château de Nantes, dont le maréchal était gouverneur, il jouirait de tous les agréments possibles, hormis la liberté. Mais ce n'était pas tout ! Pour plus de sûreté, le premier président du parlement de Paris, Pomponne de Bellièvre, se portait solidairement garant d'une promesse du maréchal : le prisonnier ne pourrait être transféré dans un autre lieu de détention qu'avec son aval, sinon la violation de cette clause rendrait le contrat caduc.

Mazarin, méfiant, tenta de négocier, il demandait des garanties, un engagement des chanoines et des curés, des cautions, presque des otages – douze amis de Retz, personnellement responsables de son respect du traité. Il se résigna à céder par crainte du scandale et pour en finir avec cette dangereuse affaire, au moment où il s'apprêtait à relancer la campagne militaire d'été dans le nord. Dans les premiers jours d'avril, Retz partit donc pour Nantes sous la conduite d'une solide escorte. Sa promesse de ne pas chercher à s'évader concernait-elle le seul trajet ou avait-elle une portée générale ? On ne manqua pas de l'accuser plus tard de s'être parjuré. Mais il eut beau jeu de répondre qu'un tel engagement ne vaut qu'en l'absence de toute surveillance : un homme qu'on garde en est quitte. À Nantes, devenu l'attraction du lieu, il renoua avec la vie en société – divertissements, jeu, comédie, excellente chère et le reste. La maréchale de La Meilleraye et sa belle-sœur la duchesse de Brissac, qui avaient jadis été ses maîtresses, le regardaient sans trop d'aménité. Mais il rencontra, parmi les visiteuses accourues de toute la région, de belles dames plus jeunes et moins cruelles. Après quinze mois d'isolement, on pouvait croire qu'il se laisserait amollir par ces délices retrouvées.

Cependant les nouvelles de Rome n'étaient pas bonnes. Innocent X refusait, comme le lui demandaient les émissaires de Retz, de donner un consentement à formulation ambiguë, qui autoriserait une révocation ultérieure. « Je sais bien que mon agrément ne validerait pas une démission qui a été extorquée par la force : mais je sais bien aussi qu'il me déshonorerait, quand l'on dirait que je l'ai donné à une démission qui est datée d'une prison[14]. » La politique venait sur ce point renforcer la morale : que deviendrait l'autorité du Saint-Siège, si les rois se permettaient de déposer les évêques ? La situation menaçait de s'éterniser. Le métier de geôlier commençait à peser à La Meilleraye, très embarrassé de sa promesse. L'on reparla d'un transfert, vers Brest, et le maréchal avoua à son hôte indésirable « qu'il n'était pas d'humeur de faire la guerre au roi pour tenir sa parole[15] ». Celui-ci se voyait à nouveau promis, pour de longues années, à un cul-de-basse-fosse.

Cependant, sous le coup de la bulle pontificale, les jansénistes s'étaient tus, provisoirement. Mazarin jouit de quelques mois de répit, le temps de faire sacrer le roi à Reims et d'organiser les secours destinés à délivrer Arras assiégée par les Espagnols. Il se trouvait à Ham, occupé à coordonner les opérations, lorsque le 14 août, lui parvint un courrier de La Meilleraye lui annonçant que le prisonnier s'était évadé six jours plus tôt. Si maître de lui qu'il fût d'ordinaire, il entra dans une violente colère, hors de proportion, dit un témoin, avec les maux qu'on pouvait raisonnablement en attendre[16]. Il se reprit bien vite, renonça à sanctionner la négligence du maréchal et lui enjoignit de courir après le fugitif. Celui-ci avait aussitôt révoqué sa démission et envoyé le document en double exemplaire au chapitre de Notre-Dame, à charge d'en expédier un au pape. Dans le clergé parisien, l'annonce de sa fuite souleva « autant d'allégresse que si le prisonnier se fût sauvé des fers et de la fureur des barbares[17] ». La sanction tomba, immédiate. Les vicaires, chanoines et curés coupables d'avoir célébré l'événement furent éloignés de la capitale et une mesure d'exil frappa la famille et les serviteurs du fugitif.

Les informations reçues ensuite furent meilleures. Dévalant hardiment du haut des murs du château au bout d'une corde, Retz avait réussi le plus difficile. Mais une chute de cheval, lui brisant la clavicule, l'avait empêché de gagner Paris et de se claquemurer à l'archevêché comme prévu. Il se cachait dans les environs de Nantes. On apprit bientôt qu'après une étape à Belle-Île, il avait pris la mer dans une barque de pêcheurs, en direction du sud. Mazarin se rasséréna : il n'y avait que demi-mal. Et à la fin du mois d'août, la libération d'Arras, après l'éclatante victoire de Turenne, acheva de le réconforter. Le péril s'éloignait.

Ayant pris terre à Saint-Sébastien, Retz accepta, pour traverser l'Espagne d'ouest en est, la litière que le roi mit à sa disposition, mais refusa de lui faire allégeance. Il profita d'une de ses galères pour gagner l'Italie. Mais toutes les tentatives pour le convaincre de se rallier à lui furent vaines. Le 28 novembre, il arrivait à Rome, où Innocent X lui ouvrit tout grands les bras et lui remit en grande pompe le chapeau consacrant sa nouvelle dignité. Les lettres qu'il adressa au roi et à la reine pour protester de sa soumission lui furent retournées, non décachetées. Celle qu'il rédigea à l'adresse des Archevêques et Évêques de France fut imprimée et diffusée par les soins de ses amis. La riposte de la cour fut à la mesure de sa colère : elle fit brûler cette *Lettre* en place de Grève par la main du bourreau.

Mais la faveur de Retz à Rome fut de courte durée : le pape rendit l'âme le 7 janvier suivant. Mazarin n'avait pas envie de voir se renouveler, lors du conclave, la fâcheuse expérience de 1644. La « faction » française ayant désormais plus de poids dans le Sacré Collège, il espérait faire élire son candidat, Sacchetti, avec d'autant plus de facilité que la faction espagnole, qui n'en voulait pas, n'avait personne de valable à lui opposer. À tout hasard, il avait prononcé une « exclusion » contre le cardinal Chigi, à qui il avait eu l'occasion de se heurter lors des négociations de Münster. « Il n'a ni savoir, ni vertu solide, disait-il dans une note confidentielle, mais une simple littérature superficielle et pédantesque, et une apparence d'ecclésiastique qui n'est qu'illusion et grimace ; il a le cerveau rempli de fausses maximes, touchant les affaires du monde et les intérêts des princes chrétiens, d'autant plus dangereuses en sa personne qu'il a une présomption incroyable[18]... » Mais Sacchetti, bien qu'il sortît en tête dans tous les scrutins, s'aperçut qu'il n'aurait jamais les sept ou huit voix nécessaires pour atteindre l'indispensable majorité des deux tiers et il se retira. Mazarin, informé du mouvement qui se dessinait en faveur de Chigi, leva hâtivement son exclusion et vola au secours de la victoire. Le nouvel élu, désormais appelé Alexandre VII, le remercia de son « puissant concours ». Ils n'avaient d'illusions ni l'un ni l'autre, mais tous deux étant avant tout des politiques, ils étaient disposés à se ménager. Après l'hostilité tenace d'Innocent X, le ministre gagnait au change. Il allait avoir grand besoin de l'appui pontifical pour apaiser l'agitation qui secouait le clergé de France.

L'impossible procès

Se croyant sûr de la faveur du nouveau pape, dont il avait soutenu la candidature, Retz, de Rome, narguait ostensiblement le pouvoir royal. Raison de plus pour ne pas céder. Mazarin était bien décidé à ne jamais reconnaître ses droits sur l'archevêché de Paris. À défaut de démission, il souhaitait obtenir contre lui une condamnation légale. Oui, mais devant quel tribunal ? Au temps où il le tenait encore prisonnier, il en avait délibéré avec ses ministres. Un cardinal relevait du pape ? Soit. On demanderait à celui-ci de nommer des commissaires pour le juger. « S'il les accorde, disait Brienne, nous aurons ce que nous voulons, qui est de faire procéder contre le cardinal de Retz ; et, sur le refus de Sa Sainteté, le roi fera ce qui a été mis en usage par ses prédécesseurs, qui est de demander justice aux évêques de son royaume de l'un d'entre eux qui lui a manqué de fidélité. Les évêques s'y porteront ou en feront difficulté, soit pour être intimidés par le pape, ou par des considérations particulières qu'ils n'oseront déclarer. Le refus du pape à déléguer des juges sur les lieux, et celui que feront les évêques de France, mettront le roi en droit de renvoyer la connaissance de ce crime à son parlement[19]. »

Élémentaire ! Mais après l'évasion, une procédure aussi lente n'était plus de saison. Mazarin commit alors une imprudence : il chargea le parlement de Paris d'instruire le procès du fugitif, pour crime de lèse-majesté. Un tribunal laïc ! Quel scandale ! Une telle violation des règles souleva contre lui le clergé unanime. Il se retourna donc vers le pape. Alexandre VII abreuva de bonnes paroles Hugues de Lionne délégué tout exprès pour lui faire part de ses doléances. Il battit froid à Retz, se dérobant à toutes ses instances. Mais il ne fit rien ni pour, ni contre lui. Il ne tenait pas à s'engager dans ce guêpier juridique. Impossible en effet de confier le procès à des prélats romains : jamais le clergé français, fort des libertés de l'Église gallicane, n'y eût consenti. Mais choisir des prélats français, c'eût été avouer les limites de son autorité apostolique. Et d'ailleurs, ce droit même lui était contesté ; ni le roi ni le parlement n'avaient qualité pour lui demander de désigner les juges de Retz. Et l'épiscopat français, seul habilité à le faire, ne voulait à aucun prix lui donner accès à ce domaine réservé. « Ainsi, point de commissaires, point de procès », résumait l'abbé Yves Fouquet dans une lettre à son frère Nicolas[20].

D'ailleurs le dossier était-il plaidable? À Rome, Mazarin prétendait faire juger Retz sur l'ensemble de sa carrière, il bombardait le pape de réquisitoires sur ses activités subversives, mais aussi sur les turpitudes de sa vie privée – liste de ses maîtresses à l'appui. Mais le pape avait beau jeu de répondre : si c'était un sujet indigne, pourquoi avez-vous donc sollicité la pourpre pour lui? et pourquoi, tout récemment encore, lui avez-vous offert la charge d'ambassadeur à Rome en échange de sa démission? En France où il était couvert par les décrets d'amnistie, comment plaider au parlement la thèse de l'arrestation préventive sans poser publiquement d'inquiétantes questions sur la nature de l'autorité royale, à une date où elle n'était encore qu'imparfaitement rétablie?

Retz ne put donc jamais être jugé.

Un beau désordre dans le diocèse de Paris

Pour l'assister dans ses tâches, un archevêque disposait normalement de grands vicaires. Pendant les quelques mois que Retz passa en prison après la mort de son oncle, l'administration du diocèse fut assurée à ce titre par deux chanoines de Notre-Dame, Paul Chevalier et Nicolas Lavocat. Mais ils furent exilés après l'évasion et le chapitre fut sommé de nommer de nouveaux vicaires. De Rome, le fugitif contre-attaqua. Pour suppléer à l'absence des deux vicaires empêchés, il en nomma deux autres, des curés plutôt que des chanoines, choisis à dessein pour donner à son affaire le maximum de publicité, celui de Saint-Séverin, Alexandre de Hodencq, et celui de la Madeleine, Jean-Baptiste Chassebras. Tous deux amis des jansénistes, mais de tempérament opposé, ils étaient complémentaires. Hodencq, un diplomate, se fit agréer par la cour et parvint à assurer aux fidèles l'essentiel des services. L'autre, à peine nommé, choisit le combat et disparut. Pendant six mois, il ridiculisa la police de Mazarin, impuissante à le retrouver. Chaque matin, ses adjoints trouvaient ses instructions déposées sur l'autel de son église et lui répondaient de même. Le chef de la puissante corporation des bouchers, nommé Le Houx, profitait des habitudes matinales de ses garçons pour faire afficher les mandements de Retz, adornés d'une signature admirablement imitée par son frère, principal de collège. On se servait aussi « de gens affidés qui, marchant le soir dans les rues, portaient sur le derrière de leurs épaules des feuilles imprimées toutes enduites de colle, qu'ils appliquaient, en se retournant le corps et comme en passant, aux coins des rues et dans les places publiques[21] ».

Aux monitions de Retz, il ajoutait les siennes propres. La police faisait arracher ces textes et les brûlait ; il en resurgissait d'autres. On le disait réfugié à Port-Royal, ou même chez le nonce. Il se cachait en réalité dans le clocher de Saint-Jean-en-Grève, où on ne le découvrit jamais. Il était très aimé de ses ouailles. Le peuple prenait goût à ce défi courageux, à ce jeu de cache-cache où un simple curé narguait victorieusement la puissance publique. Il avait toute sa paroisse pour lui, et bien davantage. Était-ce le prélude à une « Fronde ecclésiastique » ?

Retz refusa toujours, en dépit de ses amis, de jeter sur le diocèse *l'interdit*, qui y suspendrait l'exercice des fonctions religieuses ordinaires. Il savait qu'il s'aliénerait le peuple s'il le privait de la messe et des sacrements. Il se contenta de déclarer nuls et invalides tous les actes dépendant du ministère épiscopal – et Dieu sait qu'il y en avait ! – accomplis à sa place par un autre prélat sans l'autorisation de ses grands vicaires. Étaient visées les dispenses de bans de mariage, les ordinations, les démissions, les réceptions de vœux, les permissions de manger des viandes défendues, les missions pour prêcher et pour confesser, et nous en passons. Le nonce lui-même, en refusant de recourir pour la cérémonie du jeudi saint à des huiles bénies par Mgr Auvry, évêque de Coutances, donna un exemple largement suivi et les prêtres se rabattirent sur celles qui restaient de l'année précédente. C'en était assez pour susciter dans le diocèse de Paris et, par contagion, dans l'Église de France un désordre de grande envergure.

Mazarin en était d'autant plus contrarié que se déroulaient les élections pour la grande Assemblée décennale du clergé, qui risquait de lui marchander sa contribution financière. Car il ne pourrait l'empêcher d'inscrire à son ordre du jour les deux questions brûlantes du moment : l'affaire de Retz et celle du jansénisme. Il n'avait pas réussi à contrôler à son gré les élections. À Rouen son candidat, Auvry, s'était vu récuser par ses confrères pour être intervenu dans le diocèse de Paris sans l'autorisation du titulaire. À Sens avait été élu l'indocile Gondrin, à qui son âge, son expérience et l'ancienneté de sa famille assureraient presque à coup sûr la présidence. Excédé par les résistances qu'il percevait dans l'épiscopat, le ministre demanda à Rome de nommer un suffragant pour gouverner l'archevêché – ce qui équivalait à en déposséder Retz. Démarche inouïe, qui violait les sacro-saintes libertés gallicanes ! Le pape, trop heureux qu'on lui offrît d'intervenir dans les affaires de l'Église de France, envoya aussitôt à Bagni un bref approprié. Mais, compte tenu de l'orage prévisible, il laissait au nonce le soin de choisir l'élu en accord avec le roi et il lui conseillait la prudence avant de le publier.

Bien lui en prit. Les députés du clergé, qui commençaient à affluer aux Grands-Augustins, s'enflammèrent : « Tout le clergé de France devait considérer ce bref comme un abîme, dans lequel toute l'autorité épiscopale serait anéantie et qui pourrait causer dans le diocèse de Paris les plus grands désordres et la plus grande confusion qui fût jamais arrivée dans aucune Église[22]. » Dans ces conditions, inutile de chercher un candidat : personne ne consentirait à se charger d'un telle commission. Le nonce fit volte-face. Il prétendit n'avoir pas reçu de bref, faisant, disaient les plaisantins, comme Polichinelle qui, en brandissant une lettre, affirme à la fois qu'il l'a et qu'il ne l'a pas. Mazarin se résigna à jeter du lest. Les semaines passaient. Bien que la plupart des députés fussent présents depuis quatre mois, l'Assemblée ne siégeait pas encore, car la cérémonie d'ouverture comportait une messe pour laquelle était requise l'autorisation de l'archevêque ou de son mandataire. Hodencq était tout prêt à la donner, mais Mazarin se refusait à la lui demander, puisqu'il lui déniait officiellement tout droit. Acculé à une impasse, il souscrivit à la suggestion de quelques prélats modérés : que Retz nomme un ou plusieurs vicaires, à choisir sur une liste établie par le roi. Le ministre y gagna l'assurance d'avoir un homme à lui à la tête du diocèse, mais il dut, sur le plan des principes, reconnaître la légitimité de Retz. C'était pour lui un échec notable.

Entre six candidats qu'il jugeait également détestables, Retz jeta son dévolu sur le plus effacé, André Du Saussay, qui prit ses fonctions dans les tout premiers jours de janvier 1656. Et chacun crut la paix revenue dans le diocèse de Paris. Il n'était que temps. L'affrontement entre jansénistes et jésuites venait de trouver un nouveau souffle et il prenait un tour aigu.

L'entrée en lice d'un nouvel acteur

Antoine Arnauld avait accepté de se taire sur les conseils de son frère aîné, mais il supportait mal de voir les jésuites profiter de son silence pour occuper le terrain. Au début de 1655, un incident d'ordre privé relança le conflit. Le marquis de Liancourt, qui ne faisait pas mystère de ses sympathies pour Port-Royal, était domicilié sur la paroisse de Saint-Sulpice, qui avait pour curé Jean-Jacques Olier. On y voyait d'un mauvais œil ses amitiés suspectes. Au début du mois de février, le vicaire à qui il se confessait le somma de renoncer à elles et, devant sa résistance, lui refusa l'absolution. Antoine Arnauld s'empara aussitôt de l'affaire, qui faisait grand bruit, et publia, pour laver le marquis de tout soupçon d'hérésie, une *Lettre d'un docteur de Sorbonne à une personne de condition*, à laquelle le Père Annat, jésuite confesseur du roi, répliqua par une *Réponse* d'une extrême violence. Arnauld revint à l'assaut avec une *Seconde Lettre à un duc et pair* – dédiée à un plus haut personnage encore, le duc de Luynes, fils de Mme de Chevreuse, retiré en compagnie de sa femme dans le petit château de Vaumurier qu'ils avaient fait bâtir tout exprès à côté du monastère des Champs. En dépit de son ampleur – 250 pages – et de la pesanteur du style, l'ouvrage, solidement argumenté, eut un succès considérable, qui incita ses adversaires à user des grands moyens. Ils obtinrent de la Faculté de théologie, autrement dit la Sorbonne, la réunion d'une commission spéciale pour l'examiner. Le rapport des forces faisait craindre une condamnation, qui tomba en effet, après d'âpres débats, le 31 janvier 1656. Arnauld, du même coup, était déchu de son titre de docteur de ladite Faculté. Mais entre-temps, les amis de Port-Royal avaient décidé d'en appeler à l'opinion.

Théologien émérite, polémiste hors pair, Arnauld n'avait pas la plume assez alerte pour intéresser le grand public aux subtils distinguos entre la grâce suffisante ou efficace. C'est alors que s'offrit un jeune savant d'une trentaine d'années, que ses recherches en mathématiques et en physique avaient déjà rendu célèbre et qui, « converti » depuis deux ans environ, s'était attaché à Port-Royal, où une de ses sœurs avait pris le voile. Le lecteur aura reconnu Blaise Pascal. Comme les « Messieurs » faisaient grise mine devant un projet de libelle péniblement élaboré par Arnauld, celui-ci leur concéda : « Je vois bien que vous trouvez cet écrit mauvais, et vous avez raison », puis, se tournant vers le néophyte, il ajouta : « Mais vous, qui êtes jeune, vous devriez faire [...] quelque chose »[23]. Pascal promit d'ébaucher un projet, mais le texte qu'il soumit bientôt à ses amis était si brillant qu'ils décidèrent de le faire imprimer au plus vite. Ainsi parut le 23 janvier 1656, sous le pseudonyme de Louis de Montalte, la *Lettre écrite à un provincial par un de ses amis, sur le sujet des disputes présentes de la Sorbonne*, que le public s'arracha aussitôt : « Elle fut lue par les savants et par les ignorants », car elle joignait l'agréable à l'utile : « On vit que [Montalte] forçait en quelque sorte les plus insensibles et les plus indifférents à s'y intéresser, qu'il les remuait, qu'il les gagnait par le plaisir, et que, sans avoir pour fin de leur donner un vain divertissement, il les conduisait agréablement à la connaissance de la vérité »[24].

D'autres *Provinciales* suivirent, au nombre de dix-huit, tout au long de l'année 1656 et au début de la suivante. L'accueil, chaque fois plus favorable, soutenait les énergies. À Port-Royal, on se partageait la tâche, les plus compétents réunissaient la documentation, Pascal la mettait en œuvre. À la fin du mois de mars, le miracle de la Sainte-Épine – une fistule lacrymale de sa jeune nièce Marguerite Périer guérie au contact d'un fragment de la « vraie croix » conservé au monastère – leur parut à tous une caution divine. Ils poussèrent les feux. Les quatre premières lettres, consacrées aux controverses sur la grâce, s'en tenaient au registre sérieux. Mais dès la cinquième, la cible changea. Pascal s'en prit au laxisme moral des jésuites : thème porteur s'il en fut jamais, pour lequel les traités des casuistes lui fournissaient une matière quasi inépuisable. Présentées sous forme de dialogues où le prétendu Montalte, sous prétexte de consulter un bon père sur des cas de conscience, amène celui-ci à proférer naïvement des énormités, elles donnent à ses critiques – féroces – un tour d'une irrésistible drôlerie. Le succès se transforma en triomphe.

Mazarin, en homme d'esprit, fut parmi les premiers à en rire de bon cœur. Contraint d'opter entre jansénistes et jésuites, il appuyait ces derniers, qui lui paraissaient moins nuisibles pour l'État. Il ne leur vouait pas pour autant une admiration sans réserves et il ne fut sans doute pas mécontent de les voir étriller. Eux aussi, après tout, avaient une lourde responsabilité dans la prolongation de la querelle. Mais les mérites littéraires de Pascal ne pouvaient le détourner de son objectif : ramener l'épiscopat au respect des lois. On le vit bien dans le sort réservé à Gondrin d'une part et à Retz de l'autre.

Retz mis en échec à Rome

Sur le nouvel occupant de la chaire de Saint-Pierre, Mazarin dut réviser très vite son jugement : Alexandre VII n'était pas un imbécile. « En somme, écrivait Ondedei six mois après l'élection, ce pape est plus fin que M. de Lionne et le cardinal Bichi* et nous serons forcés d'avouer, à la fin, que la sainteté et les artifices peuvent aller ensemble[25]. » En bons politiques, tous deux comprirent vite que leurs intérêts étaient liés. Le cardinal de Retz, qui escomptait la reconnaissance du pontife parce qu'il avait fait campagne pour lui, en fit la cruelle expérience.

Alexandre VII avait un motif puissant de ménager Mazarin. Il tenait à stopper l'extension du jansénisme, qui lui rappelait par trop les débuts de la Réforme. Aussi se garda-t-il de soutenir l'archevêque rebelle. Mais il ne pouvait sans scandale concourir à la condamnation d'un prélat de haut rang. Il décida donc de s'en débarrasser, en s'appliquant à lui faire comprendre, à coups de dérobades et d'avanies, qu'il ne ferait rien pour lui. L'intéressé en tira, dans les *Mémoires*, un récit d'un comique féroce. Mais sur le moment, il enragea. D'autant plus qu'à Paris, le grand vicaire qu'il avait choisi, faute de mieux, sur la liste imposée, ne tenait aucun compte de ses instructions et souscrivait à toutes les exigences de la cour. Le malheureux Du Saussay, désigné pour l'évêché de Toul, n'avait accepté cette fonction qu'à contrecœur et ne souhaitait que gagner au plus vite la paisible cité lorraine. Retz lui écrivit à deux reprises pour lui ordonner de prêter en son nom le serment de fidélité au roi : il ne reçut pas de réponse. La France avait choisi de l'ignorer. Exaspéré, il fit

* Les deux porte-parole de la France auprès de lui.

alors un coup d'éclat : il révoqua Du Saussay. L'acte, daté du 15 mai 1656, fut signifié à l'intéressé et affiché à la porte de toutes les églises de Paris. Il réintégrait dans leurs charges, pour administrer le diocèse, ses quatre fidèles, les deux que la cour avait exilés au lendemain de son évasion – Chevalier et Lavocat – et les deux qu'il avait nommés ensuite – Chassebras et Hodencq. La situation se trouvait ramenée à un an en arrière.

Mazarin, pour des raisons de principe, voulait obtenir du pape ou de l'Assemblée du clergé le rétablissement de Du Saussay. Mais celui-ci, affolé, s'empressa de demander l'autorisation nécessaire pour être sacré évêque de Toul. À qui ? À Chevalier, un des vicaires de Retz, seuls qualifiés par les canons de l'Église pour la lui donner dans le diocèse de Paris. C'était là reconnaître la légitimité de l'archevêque fugitif. Mazarin, écœuré, l'envoya se faire sacrer dans le diocèse de Chartres et renonça à miser sur lui. Chevalier se retrouva à la Bastille, Lavocat se cacha, Chassebras s'enfuit en province. Seul Hodencq, discret comme une ombre, continua d'expédier les affaires courantes.

De son côté, le pape, bien que furieux de n'avoir pas été prévenu, jouait la prudence. Une fois de plus, le nonce reçut trois brefs, à utiliser selon les circonstances, l'un confirmant Du Saussay dans sa charge, l'autre le nommant à nouveau, le troisième – avec nom en blanc – désignant un autre vicaire. Mais Bagni, sachant bien qu'une telle ingérence pontificale indignerait le clergé et voyant que l'heure de Du Saussay était passée, les garda par-devers lui. De Rome, Retz fulminait des lettres menaçantes. « Comme archevêque de Paris, il veut excommunier le cardinal Mazarin », s'exclamait en riant Gui Patin[26], mais ce ne sont que paroles en l'air, il ne peut rien. Il fallait bien, cependant, qu'il y eût dans le diocèse une administration légitime. Désormais assuré de l'appui pontifical, Mazarin céda, fit libérer Chevalier et, optant pour une solution moins spectaculaire, mais plus efficace, il reconnut officiellement Hodencq comme grand vicaire. Apparente victoire pour Retz, qui donna aussitôt son approbation. Mais, irrémédiablement brouillé avec le pape, il décida de quitter Rome et de plonger dans la clandestinité.

L'aggravation de l'offensive contre le jansénisme

Entre les incartades de Retz et le succès des *Provinciales*, l'humeur de Mazarin, qui avait alors bien d'autres soucis, ne s'était pas améliorée. Il avait hâte de mettre un terme à l'agitation dans l'Église, car la polémique sur les Cinq Propositions battait alors son plein. Hérétiques, certes, on l'admettait. Mais traduisaient-elles fidèlement la doctrine de l'auteur incriminé ? À l'Assemblée s'affrontaient deux redoutables controversistes, l'archevêque de Toulouse, Marca, soutenant que oui, et celui de Sens, Gondrin, affirmant que non. Au printemps de 1657, Mazarin charge Marca d'en finir. Il dispose alors d'un document essentiel. Dans une constitution promulguée un an plus tôt, en effet, Alexandre VII a renouvelé, en la précisant, la condamnation portée par son prédécesseur contre Jansenius. La bulle *Ad sacram Beati Petri sedem*, présentée à l'Assemblée le 14 mars 1657 et débattue les deux jours qui suivirent, met fermement les points sur les *i*, déclarant « que ces cinq propositions ont été tirées du livre [...] intitulé *Augustinus*, et qu'elles ont été condamnées dans le sens auquel cet auteur les a expliquées... » Le pape en interdit la lecture, ainsi que celle des ouvrages qui s'en réclament et il ordonne aux prélats de faire respecter sa décision, en s'assurant au besoin le secours du bras séculier[27].

Dans l'Assemblée où beaucoup de prélats aspiraient à un retour au calme après tant d'orages, Marca obtint sans trop de peine un vote favorable et, sur la lancée, on décida d'exiger de tous les ecclésiastiques la signature d'un formulaire exprimant leur soumission. Face à la conjonction du roi, du pape et de l'épiscopat français, le jansénisme doctrinal était condamné. Mgr Gondrin lui-même s'inclina. Il fit amende honorable pour le commentaire irrespectueux dont il avait accompagné la bulle d'Innocent X et déclara souscrire à la condamnation de Jansénius parce qu'il s'y sentait tenu en conscience. Ses amis en furent consternés, mais ils comprirent que le temps de rire était passé : la *Dix-huitième Provinciale*, qui était sous presse, parut le 24 mars, mais ce fut la dernière. La signature du formulaire sera l'occasion de combats individuels héroïques de la part de quatre évêques et des moniales de Port-Royal – des combats qui leur coûteront le prix fort –, mais la polémique publique sur la grâce était éteinte.

Gondrin manifesta une dernière velléité d'opposition à l'occasion de deux livres concernant les droits respectifs du clergé séculier et des ordres réguliers : qui, du pape et des évêques, devait en décider ? Il soutenait que ces derniers en étaient seuls juges, puisqu'ils tenaient leur magistère *immédiatement* de Dieu, et non par la médiation du Saint-Père. On ergota longtemps sur ce modeste adverbe. Le nonce supplia le roi d'interposer son autorité « pour empêcher la délibération de matières qui pouvaient déplaire à Sa Sainteté ». Le 7 avril 1657, Mazarin qui, en tant que cardinal, y avait droit de séance, déboula sans préavis aux Grands-Augustins à huit heures et demie du matin, alors que les membres commençaient tout juste à se réunir. Il fit à l'Assemblée une belle semonce sur la nécessité de maintenir l'union entre la France et le Saint-Siège et l'invita à remettre à plus tard une discussion inopportune. L'archevêque de Sens se permit de protester : le roi devait respecter la liberté des délibérations, ou trouver bon que chacun s'en retournât dans son diocèse. À quoi Mazarin répliqua « qu'il ne faisait pas lui seul toute la compagnie, qu'elle perdrait beaucoup par son absence, mais qu'elle ne laisserait pas de subsister sans lui ». Et, comme l'intéressé récriminait encore, il ajouta que son congé lui serait très aisément accordé, mais qu'alors, il lui faudrait « demeurer et ne demander pas à revenir ». Un pareil éclat, si contraire à l'habituelle courtoisie du ministre, fit sensation : Mazarin venait de renouveler, à l'égard du clergé, l'efficace démarche qu'il avait dictée à Louis XIV à l'égard du parlement.

Il eut droit à de chaleureux remerciements du nonce pour la réception de la bulle et pour cette dernière intervention. Le clergé était dompté. Chaque prélat savait désormais ce qu'il en coûtait de braver l'autorité royale. Les dissensions entre Mazarin et Innocent X lui avaient permis, longtemps, de préserver son indépendance en jouant de l'un contre l'autre. C'en était fini. Louis XIV pourrait, plus tard, à son gré, recourir au pape pour prévenir chez son clergé toute velléité de révolte ou, inversement, s'appuyer sur celui-ci en cas de conflit avec le Saint-Siège.

Le ministre s'abstint, sagement, de s'en prendre aux jansénistes modérés, qui ne souhaitaient que l'apaisement, rendant ainsi possible la future « Paix de l'Église ». Il ne tenta pas – comment eût-il pu faire, d'ailleurs ? – d'enrayer l'épidémie de « conversions » qui poussaient vers Port-Royal de belles dames aux approches de l'âge mûr. La marquise de Sablé s'était fait construire une maison adossée aux bâtiments de

Port-Royal rue du faubourg Saint-Jacques. Dans son salon se pressaient des frondeurs déçus, occupés à ciseler, en compagnie de La Rochefoucauld, des *Maximes* désenchantées, qui dénonçaient la corruption de la nature humaine. La duchesse de Longueville, elle, opéra une rupture plus radicale en s'en allant loger aux Champs, où elle racheta, par une conduite édifiante, les scandales qui avaient marqué sa jeunesse. Mazarin se borna à faire surveiller discrètement ces foyers dissidents où pouvaient encore couver des braises. Mais les rescapés de la guerre civile, loin de vouloir bouleverser le présent, ne songeaient qu'à se réinventer un passé flatteur en rédigeant leurs Mémoires. Ils n'étaient pas dangereux.

Retz l'était-il davantage, lui qui n'avait pas renoncé à la lutte ? Sous de faux noms, déguisé en cavalier, il erra sur les confins de la France, à l'affût d'un incident qui lui permettrait de rentrer. Il inondait le clergé de lettres ouvertes imprimées et diffusées comme des pamphlets, des morceaux d'éloquence passionnée, nourris de références à l'Écriture que lui procuraient ses amis. Mais il n'avait plus de pouvoir : son diocèse se passait fort bien de lui. C'était un survivant d'une époque qu'on préférait oublier. À tout hasard, Mazarin tenait à connaître sa marche. Il lança sur sa piste des hommes de main qui le suivaient à la trace, en Franche-Comté, en Allemagne et aux Provinces-Unies dans un jeu de cache-cache éprouvant pour le proscrit et ses quelques domestiques. Essayèrent-ils de le tuer, de l'enlever, comme le crut l'intéressé ? On ne sait. Mazarin avait trouvé contre lui une arme à l'effet différé, mais imparable. C'était, disait-il, « une place qu'il fallait prendre par famine et il ne fallait point se presser[28] ». L'arrestation de Retz, on s'en souvient, avait entraîné la saisie de ses revenus. Il sollicita auprès de l'Assemblée leur restitution. Sur les revenus d'un prélat mis en accusation et en attente de jugement, la jurisprudence ecclésiastique offrait deux options : selon l'une, la plus courante, ses revenus lui restaient dus, selon l'autre, dans les cas très graves, ils lui étaient confisqués en attendant le verdict. C'est la seconde que le ministre, à la suite d'un vote extrêmement serré, parvint à faire prévaloir. Comme chacun savait que le procès n'aurait jamais lieu, cela voulait dire que Retz ne toucherait jamais le moindre sol : sanction financière qui lui serait un jour ou l'autre fatale.

Le fugitif vécut des années durant aux frais de ses amis jansénistes, qui lui prêtaient libéralement, comptant que la disparition du ministre amènerait un jour une large amnistie et lui rendrait son siège épiscopal. Lourde illusion. On verra plus loin l'épilogue de son équipée. Mais on peut dire d'ores et déjà que sa perte était inévitable. Autour de sa personne se cristallisait la lutte du pouvoir temporel contre le pouvoir spirituel. La monarchie autoritaire qui était en train de s'installer ne pouvait pas tolérer l'irruption de l'Église dans la politique, surtout quand celle-ci, dépassant le stade des simples exhortations, conduisait un prélat de haut rang à armer sous son nom une troupe destinée à affronter celle du roi. Mazarin avait les meilleures raisons de faire un exemple en sa personne. La longue lutte que celui-ci mena ensuite pour sauver son archevêché ne fit qu'aggraver sa situation. Il trouva dans le clergé de très nombreux soutiens, non par sympathie, mais parce que prélats et curés défendaient à travers lui les très anciens privilèges soustrayant les ecclésiastiques à la juridiction royale. Sans aucun doute, il avait le droit pour lui, selon les « anciens canons ». Mais cela impliquait qu'en face d'un conflit grave avec le clergé, l'État se trouvait privé de tout recours. Ce sont donc les « anciens canons » et l'étendue de leur champ d'application qui étaient en cause dans ce conflit. Sous ses apparences juridiques, c'était une bataille politique, décisive, ayant pour enjeu les rapports de l'Église et de l'État. Cette bataille, l'Église de France était en train de la perdre, pour avoir systématiquement, depuis plus de vingt ans, préféré la solidarité confessionnelle à l'intérêt national et apporté son soutien à l'Espagne. La victoire que Mazarin s'apprête à remporter sur celle-ci, au prix d'une alliance qui fera scandale, consacrera la défaite du clergé français et scellera sa servitude.

CHAPITRE DIX-SEPT

Gagner la guerre

Après les traités de Westphalie, Mazarin pensait pouvoir remporter sans trop de peine la victoire sur l'Espagne. Mais la Fronde avait ruiné ses espoirs. La guerre de sièges était sans issue et la France n'avait pas les moyens, à elle seule, de mener une campagne décisive. De son côté, l'Espagne raisonnait de même. Et, au début de 1654, il y avait justement un allié potentiel disposé à mettre ses troupes au service du plus offrant. Après vingt ans de guerre civile, l'Angleterre, sous la main de fer de Cromwell, prétendait reprendre sa place dans le concert européen. L'enjeu, pour chacun des trois pays, était la possession de places côtières de Flandre.

Les places maritimes de Flandre

La côte flamande, dans ce qui est actuellement notre département du Nord, comportait trois ports, Calais, Gravelines et Dunkerque, qui étaient autant de places fortes, appuyées, sur la côte ou à l'intérieur des terres, par des postes militaires comme Mardick et des villages fortifiés comme Bergues ou Furnes. Depuis le milieu du XVIe siècle, la France tenait Calais, reconquis après deux siècles de domination anglaise. Mais les autres places relevaient du comté de Flandre, qui appartenait à l'Espagne. Et comme celle-ci possédait aussi l'Artois, l'accès à Calais consistait en une étroite bande de terrain entre la mer et la frontière artésienne. La France avait donc besoin d'élargir son emprise sur la région. Elle avait pris Arras en 1640. Puis, dans les premières années de la régence, elle s'était emparée, de Gravelines jusqu'à Furnes, de la bande côtière dont le fleuron était Dunkerque. Mais les Espagnols avaient profité de la Fronde pour reprendre toute la zone.

Ils tenaient passionnément à ces places qui apportaient une bouffée d'oxygène à leurs possessions des Pays-Bas, avec lesquelles leurs communications étaient difficiles. Depuis la paix de Westphalie, la voie terrestre, de Milan à Bruxelles, était devenue quasi impraticable. Restait la voie maritime. Mais ils manquaient de mouillages sûrs. Depuis la fermeture des bouches de l'Escaut, qui avait asphyxié Anvers, ils ne disposaient, sur cette côte sablonneuse bordée d'un cordon de dunes, que d'un seul port qui fût digne de ce nom, Ostende. La possession de Gravelines et de Dunkerque leur offrirait l'avantage de réduire sensiblement le trajet, dans sa partie la plus dangereuse. On comprend donc sans peine que, malgré les instances de Condé pour les pousser vers Paris, ils aient préféré prendre pour cible des opérations Arras et les places de la côte flamande.

Ces places intéressaient aussi les Anglais pour d'autres raisons. Ils gardaient la nostalgie du temps lointain où Calais leur servait de tête de pont pour défendre les armes à la main leurs droits dynastiques sur le royaume de France. Bien qu'ils aient renoncé à leurs prétentions territoriales, un point d'appui pouvait leur être utile au cas où ils interviendraient sur le continent, pour soutenir leurs coreligionnaires par exemple. Mais leurs objectifs essentiels étaient d'ordre économique. Car l'Angleterre, sortie des turbulences de la guerre civile, repartait à la conquête des très riches marchés ouverts aux compagnies maritimes. Premières victimes, les Hollandais, en qui les commerçants britanniques trouvaient de redoutables concurrents. Faute d'avoir consenti à une alliance qui les eût assujettis à leur rivale, ils se virent opposer l'Acte de navigation, en vertu duquel les marchandises de toutes sortes ne pourraient être importées en Angleterre que par des navires anglais, exception faite pour ceux des pays producteurs – lesquels, dans leur grande majorité, n'en avaient pas. L'Acte visait d'abord les Hollandais, spécialisés dans le métier de courtiers intermédiaires. Une brève guerre les contraignit à s'incliner. Mais les Anglais, s'érigeant en gendarmes des mers, souhaitaient disposer face à Douvres d'un port fortifié qui leur assurerait le contrôle absolu du détroit. À défaut de Calais, Dunkerque pourrait faire l'affaire. Qui, de la France ou de l'Espagne, était disposé à le leur offrir ?

Depuis 1651, les deux belligérants savaient l'alliance anglaise à vendre. La répulsion de Cromwell pour les papistes, réservée à l'usage interne, ne franchissait pas le Channel. En politique extérieure, il n'hésitait ni à se battre contre les Hollandais protestants ni à pactiser avec les puissances catholiques. Il ne cherchait que son avantage. Et dans un premier temps, il sembla plus disposé à traiter avec Madrid. Pour des motifs politiques d'abord. La veuve du malheureux Charles Ier, Henriette de France, réfugiée à Paris avec ses fils et ses serviteurs, y entretenait la haine contre l'usurpateur criminel. Londres, en réponse, ouvrit ses portes aux partisans de Condé révolté. Pour des motifs économiques ensuite. Face à l'Acte de navigation, qui les gênait beaucoup en effet, les marins français s'étaient lancés dans la « course », refusant de se soumettre aux contrôles et arraisonnant en représailles les navires de commerce britanniques. Ne confondons pas pirates et corsaires. Ils pratiquaient les mêmes activités, les uns à leur propre compte, les autres en partie liée avec leur gouvernement. Les Anglais ayant répliqué de même, on assista entre les deux pays à une guerre larvée, par corsaires interposés.

De tels handicaps paraissaient quasi impossibles à remonter pour la France. Mais elle n'avait pas le choix. Pour reconquérir les places côtières, il lui fallait l'appui d'une flotte alliée, qui bloquerait les secours et attaquerait par la mer. Les Hollandais désormais hors jeu, il ne restait que l'Angleterre. Or celle-ci se dérobait. Bien plus grave, elle semblait prête à s'allier à l'Espagne. Et dans ce dernier cas, la France allait perdre, à coup sûr, la guerre à laquelle elle avait tant sacrifié jusque-là. Les premières ouvertures faites par Mazarin en direction de Cromwell dès 1651 s'étaient soldées par un échec. Mais, par chance, le jeu restait ouvert. Car le « Protecteur », devenu tout-puissant, ne se contentait pas d'être reconnu et de voir rétablies les relations diplomatiques, il voulait du solide, autrement dit, plus que des promesses, la certitude de se trouver du côté du vainqueur. De sorte que Mazarin avait besoin de lui pour remporter la victoire définitive, mais qu'il lui fallait des succès préalables pour obtenir son appui. La partie lui parut jouable. Il s'ensuivit un extraordinaire ballet d'avancées et de reculades, assorti de marchandages que n'aurait pas désavoués le plus rusé marchand de tapis.

Mazarin et Cromwell jouent au plus fin

L'Espagne, plus désargentée encore que nous, offrait ce qu'elle avait, Dunkerque. Mazarin comprit qu'il ne pouvait faire moins. Dès 1652, il était résigné à sacrifier la place. L'ennui, c'est qu'il ne la possédait pas – enfin pas encore ! D'autres appellent cela vendre la peau de l'ours avant de l'avoir tué. Mais il comptait sur Cromwell, justement, pour aider à le tuer. En somme il se proposait d'acheter à crédit l'alliance anglaise. Le Protecteur fut avisé de l'offre, mais on comprend qu'il ait hésité. D'ailleurs il n'était pas pressé. Avant de s'aventurer dans le conflit international, il voulait achever de briser les résistances intérieures. Il éluda, chercha querelle à nos émissaires sous des prétextes divers. Il entretenait le suspens, dans l'espoir de faire monter les enchères, et il attendait l'issue des combats sur le continent. Mazarin, face à un interlocuteur plus dissimulé et plus retors que lui, s'impatientait.

En juillet 1654, Cromwell émit, à titre de ballon d'essai, des exigences inacceptables. L'éclatante victoire de Turenne devant Arras le mois suivant fit enfin pencher la balance. Il jugea préférable de miser sur la France. Cependant les discussions se prolongèrent une année encore. Mazarin proposait de régler le contentieux maritime en mettant fin à la course et d'indemniser les victimes. Mais pour nouer une alliance plus étroite, Cromwell, à qui l'on demandait de respecter dans Dunkerque la libre pratique du culte catholique, exigeait de vérifier que l'Édit de Nantes était bien observé en faveur de tous les huguenots français ! Son choix cependant était fait. Pour apaiser les mécontentements dans la bourgeoisie commerçante anglaise, il monta contre les riches colonies espagnoles une expédition maritime qui équivalait à une déclaration de guerre. Elle échoua devant Saint-Domingue, mais réussit à s'emparer de la Jamaïque. Les navires britanniques pourraient sans se gêner arraisonner les galions chargés d'or et d'argent indispensables à la survie économique de l'Espagne.

Les ponts étaient donc coupés entre elle et l'Angleterre, pour le plus grand soulagement de Mazarin. Cependant le traité de Westminster, signé le 3 novembre 1655, ne stipulait à proprement parler aucune alliance. Anglais et Français se promettaient paix, amitié et liberté de commerce et s'engageaient à ne plus assister les peuples ennemis ni les sujets rebelles. La France avait pris les devants en invitant les deux fils de Charles Ier à quitter le territoire. Le traité ne lui apportait pas d'aide positive, il valait avant tout comme signal, à destination des Espagnols : Mazarin espérait qu'après ce coup, ils ne seraient pas « aveuglés » au point de s'opiniâtrer à la guerre. Il ne voulait à aucun prix s'associer à la vaste ligue des États protestants que Cromwell rêvait de patronner. Aussi résista-t-il aux pressions de son neveu, le colonel Lockhart, envoyé tout exprès à Paris comme ambassadeur. Et il expédia secrètement Lionne à Madrid, pour tenter d'arracher la paix aux Espagnols – ce qui éviterait de livrer Dunkerque. Ils y semblaient disposés, mais les négociations achoppèrent, si étrange que cela nous paraisse, sur le sort à réserver à Condé*. Entre-temps, les échecs de la campagne précédente avaient entraîné à la tête des Pays-Bas un vaste coup de balai. L'archiduc fut remplacé par don Juan, fils naturel de Philippe IV, et Fuensaldagne par le marquis de Caracène. Ceux-ci mirent au point avec Condé la campagne de 1657, qui, à la fin de juillet, se solda pour les troupes françaises par un désastre sous les murs

---

* On y reviendra au chapitre 19.

de Valenciennes, dont elles tentaient de faire lever le siège. De quoi regonfler l'opiniâtreté des Espagnols et fournir à Cromwell les moyens de tenir la dragée haute à Mazarin !

Il fallut bien en passer sous ses fourches caudines. La méfiance était telle qu'on discuta pied à pied. Pas d'alliance globale, des accords strictement délimités – ce qui arrangeait plutôt le cardinal, peu désireux de lier son sort à celui du Protecteur. Par le traité de Paris, du 23 mars 1657, les deux pays s'engageaient pour un an seulement, à des fins précises : le siège de Gravelines et de Dunkerque. Après conquête, l'une reviendrait à la France, l'autre à l'Angleterre. Si Gravelines était conquise la première, elle serait remise aux Anglais à titre de gage, en attendant d'être échangée contre Dunkerque. Le Protecteur déclarait n'avoir aucune autre vue sur la Flandre que la possession de cette place. On n'entrera pas ici dans le détail des précautions prises pour assurer aux soldats anglais bon gîte, bonne nourriture et paiement régulier de leur solde – de quoi faire pâlir d'envie nos mercenaires allemands, soumis à des conditions de vie spartiates. Une clause secrète astreignait les deux pays à ne conclure aucune paix séparée.

Les contingents britanniques furent reçus avec égards, mais ils arrivaient trop tard pour mettre en œuvre les objectifs du traité. Dunkerque et Gravelines étaient si bien pourvues en nourriture et en munitions qu'il était vain d'espérer les réduire rapidement. Pour calmer les récriminations des Anglais, on parvint à prendre Mardick, un simple poste avancé, qui leur fut aussitôt remis en gage. Mais Cromwell ne se payait pas de cette monnaie. Il protesta qu'on employait ses soldats dans les Ardennes, sur d'autres terrains que celui que prévoyaient les engagements. Une année de perdue, donc ? Sur le plan militaire, oui. Mais pas sur le plan diplomatique.

« Une invention du diable »

Tant que la guerre se poursuivait avec l'Espagne, les conventions signées en Westphalie restaient fragiles. L'empereur Ferdinand III, mal résigné à sa défaite, s'efforçait de soutenir le combat de son cousin de Madrid. Il lui envoyait des troupes et tentait de débaucher les alliés italiens de la France. Celle-ci s'était portée garante du respect des traités. Ses diplomates reçurent mission de mettre en garde tous les princes et souverains d'Allemagne contre des entorses qui risquaient de réduire l'Empire « en l'état où il était du temps de Charles Quint ». La France, ne l'oublions pas, relevait elle-même du Saint-Empire pour les possessions qui lui avaient été attribuées en Alsace. Elle trouva bientôt l'occasion d'y intervenir directement. Ferdinand III mourut le 1er avril 1657. Il avait bien pris la précaution de faire élire son fils aîné roi des Romains, pour lui assurer automatiquement sa succession, mais celui-ci l'avait précédé dans la tombe. Son autre fils survivant, Léopold, héritier de ses biens patrimoniaux, n'avait pas eu le temps de recevoir la pré-investiture impériale. La couronne était donc à nouveau mise en jeu devant le collège électoral. Mazarin employa les quinze mois d'interrègne qui suivirent, d'abord à susciter – en vain – des compétiteurs au Habsbourg, puis à le lier par des engagements contraignants.

Il était à vrai dire très difficile de disputer l'Empire à la maison d'Autriche : autant valait « vouloir battre une grande flotte avec deux ou trois brigantins », écrivait Mazarin[1]. Les deux candidats qu'il fit pressentir se montraient peu chauds pour se lancer dans l'aventure. Il avança alors le nom de Louis XIV. Mais il recommandait dans ses instructions une extrême prudence : « Il faudra s'appliquer à cela avec grande retenue pour tout et grande modestie, témoignant que Sa Majesté n'a aucune ambition et n'y prétend pas, néanmoins qu'il cédera au conseil de ses amis, s'il n'y a autre moyen que celui-ci pour exclure la maison d'Autriche[2]... » Les inusables formules prêtent à sourire. Pour une fois, c'était presque vrai : il n'y tenait qu'à moitié, sachant pertinemment que Louis XIV avait des chances minimes et convaincu d'autre part qu'il aurait largement de quoi s'occuper chez lui. Mais cette candidature avait fait sentir aux princes d'Empire qu'il fallait compter avec un roi de France désormais adulte et sûr de lui, comme ils avaient pu le constater lors du séjour que celui-ci fit à Metz, tout exprès, à l'automne de 1657. Elle constituait aussi un message à l'intention de Léopold : il ne devait pas considérer la couronne impériale comme un dû. On allait la lui accorder, certes, mais assortie de conditions.

Quinze mois durant, la bière et les écus coulèrent à flots chez les sept Électeurs qui détenaient la clef du scrutin – le huitième étant le Habsbourg lui-même en qualité de roi de Bohême. On festoya beaucoup, on fraternisa avant de rouler sous la table et les petites transactions entre complices de beuveries s'en trouvèrent facilitées. « L'argent pour aider au bon succès de votre négociation sera fourni, écrivait le cardinal au maréchal de Gramont, quand je devrais pour cela rester en chemise ; mais il faut être assuré que ce qu'on y emploiera produira l'effet que nous souhaitons[3]. » Rassurons-nous. L'argent, meilleur rhétoricien que Cicéron ou Démosthène, fut donné « en telle sorte que personne n'a jamais touché qu'après avoir tenu la parole qu'il avait donnée[4] ». Mazarin n'y risqua pas sa chemise, mais il n'hésita pas en effet à puiser dans ses réserves pour financer cette campagne diplomatique, comme il l'avait fait l'année précédente pour payer les troupes mercenaires qui menaçaient de déserter après l'échec de Valenciennes. L'incomparable Colbert veillerait aux remboursements.

En marge des représentants officiels, il avait recours à des agents très divers, qui échappaient au soupçon. L'un d'eux était Atto Melani, le castrat réputé qui s'était illustré naguère dans le rôle-titre de l'*Orfeo* de Rossi. Il s'était découvert des talents de diplomate et une passion pour l'action clandestine. Quelle meilleure couverture que la profession de chanteur vedette ? Adulé de tous les mélomanes, il circulait de cour en cour à travers l'Europe, écoutant et observant, glissant un mot au passage. Il rendit à la France des services assez appréciables, notamment auprès de l'Électrice de Bavière, pour obtenir le titre de gentilhomme de la chambre du roi et se voir gratifier d'une modeste abbaye en commende. La dame ne parvint pas à convaincre son époux de se porter candidat, mais peu importait, les mois avaient passé, la situation était mûre pour qu'on en vînt au second stade de l'opération.

L'objectif de Mazarin était d'obtenir du Habsbourg, en échange d'une élection sans bavure, la promesse de respecter les clauses de Westphalie et notamment de ne pas intervenir dans les conflits entre la France et l'Espagne. Celui-ci prêta solennellement sur l'Évangile le serment requis, dit « capitulation », et fut élu empereur aussitôt, le 18 juillet 1658, sous le nom de Léopold Ier. Les Espagnols eurent tort de s'en réjouir, commenta Mazarin, car on travaillait, à Francfort, à prendre des mesures qui lui mettraient beaucoup de monde sur les bras, s'il s'avisait de manquer à sa parole.

Le nouvel empereur tomba de haut en effet quand il découvrit, moins d'un mois plus tard, la troisième phase de l'opération. Il faut savoir que, dès 1651, des princes de la région rhénane, très attachés à la paix de Westphalie, avaient organisé, à l'initiative de l'archevêque-Électeur de Mayence, une ligue défensive pour garantir leur indépendance. Composée à l'origine de sept participants seulement, mais de haut rang, c'était une structure ouverte appelée à attirer tous ceux qui refusaient de voir leur territoire servir de champ de bataille aux grandes puissances. Cette ligue intéressait au plus haut point Mazarin, mais il attendit pour intervenir que l'élection fût acquise. La diplomatie française en encouragea alors l'élargissement. Le 14 août, les ducs de Neubourg et de Brunswick-Lunebourg, le landgrave de Hesse et jusqu'au roi de Suède, sujet impérial pour ses terres allemandes, se joignirent au noyau primitif. Le lendemain, Louis XIV – au titre de ses possessions d'Alsace – offrait aussi son adhésion. Il apportait à la force dissuasive de la coalition le poids militaire de la France. Il fut bientôt rejoint par l'Électeur de Brandebourg et d'autres princes de moindre volée.

La principale originalité de cette *Ligue du Rhin*, dotée d'une armée modeste, mais point négligeable, était de réunir catholiques et protestants, dans un effort conjoint pour la sauvegarde de la tranquillité publique. Et comme chacun des participants jouissait du droit de conclure à son gré des alliances, pourvu que ce ne fût pas contre leur suzerain, elle consacrait durablement l'émiettement politique de l'Allemagne, ne concédant à la dignité impériale qu'un prestige sans pouvoir. Le nouvel élu ne s'y trompa pas et qualifia la Ligue d'« invention du diable ». Elle permettait aussi, accessoirement, d'ôter au Protecteur d'Angleterre toute chance de créer la vaste fédération protestante dont il rêvait : un avantage que rendra bientôt inutile la mort de celui-ci et le retour de la paix. Car, pendant que se jouait à Francfort le sort de l'Allemagne, la Flandre voyait se dénouer l'interminable guerre franco-espagnole, tirant un trait sur une rivalité séculaire. Un bref retour en arrière nous permettra d'évoquer les péripéties de cet été de 1658, que Mazarin avait vécues, lui, en concomitance.

La victoire, enfin !

Les accords de 1657 avec l'Angleterre ne valaient, on l'a vu, que pour un an. Lorsqu'il fallut les renouveler, au printemps suivant, les marchandages reprirent de plus belle. Qui a jamais vu un traité d'alliance spécifiant non seulement l'objectif choisi, à l'exclusion de tout autre, mais le calendrier à respecter pour l'atteindre ? Celui du 28 mars 1658 ressemblait à s'y méprendre à un contrat commercial. Il reprenait les engagements souscrits l'année précédente, mais y ajoutait des clauses nouvelles. Le siège de Dunkerque serait entrepris, du côté de la terre par la France et du côté de la mer par la flotte anglaise, entre le 20 avril et le 10 mai. Cette flotte assurerait l'approvisionnement de tous les combattants en nourriture et en munitions. Dans le cas où le siège n'aurait pas lieu, par défaillance d'une des parties, l'autre aurait droit au remboursement des dépenses engagées. Après la prise de Dunkerque et la remise de cette place aux représentants du Protecteur, la flotte anglaise serait mise à la disposition du roi de France pour le siège de Gravelines, lequel ne pourrait être entrepris après le mois de septembre 1658 ni avant le 20 mars 1659 – dates des marées d'équinoxe. Enfin une gratification d'un sou par tête était prévue pour les auxiliaires anglais, à distribuer discrètement pour éviter les plaintes des autres corps.

Bon gré, mal gré, et en dépit de quelques anicroches préalables, il fallut bien se plier à ce calendrier. Le 23 mai, Turenne prit position à Bergues, en vue du siège. Installé à Calais en compagnie du roi et de la reine, le cardinal se tenait au courant des opérations et, en liaison avec Le Tellier, il veillait à l'intendance. On a beaucoup blâmé son rôle de munitionnaire dans la fourniture des vivres et des armes. Il y prélevait à coup sûr son pourcentage. Mais comme il était très averti des prix, il savait où acheter au meilleur compte et obtenir des rabais. Il n'est donc pas sûr qu'au bout du compte, les finances royales y aient perdu. Et les approvisionnements, au moins, parvenaient à destination intacts, en temps voulu. Les travaux d'investissement furent difficiles. Noyé sous une pluie incessante, le terrain était peu praticable. Mazarin se plaignait de la lenteur des secours britanniques. Cependant, à Calais, le roi piaffait d'impatience et sa mère dut consentir à le laisser aller jusqu'à Mardick, en dépit des « incommodités ». « Il est toujours à cheval, s'informant de toutes choses et donnant lui-même des ordres pour avancer les travaux dans les endroits par où les ennemis pourraient jeter quelque secours dans la place[5] », écrit Mazarin. Traduisons qu'on le laisse jouer la mouche du coche pour sa plus grande satisfaction.

Le 13 juin, une armée espagnole de secours s'approcha de celle de Turenne, pensant renouveler l'exploit de Valenciennes. Mais le maréchal, prudent, avait assuré ses arrières en prévenant toute sortie des assiégés et il prit l'initiative de l'attaque. Et, pour le coup, les contingents britanniques, si grincheux dans la vie de garnison, montrèrent de quoi ils étaient capables. Face à l'aile droite des Espagnols, la pique à la main et la Bible en poche, ils escaladèrent la dune sous le feu de l'ennemi. À l'aile gauche, les troupes dirigées par Condé résistèrent mieux, mais finirent par se débander. La victoire française était complète. Elle est connue dans l'histoire sous le nom des Dunes au milieu desquelles elle se déroula. Et cette fois, l'Espagne ne s'en remit pas. Le 25 juin, Dunkerque capitula. Louis XIV y fit une entrée triomphale, puis la mort dans l'âme, il l'abandonna aux Anglais.

Il ne restait plus à Turenne qu'à nettoyer la région en enlevant aux Espagnols démoralisés les places de Bergues, Furnes et Dixmude.

La grande angoisse de Mazarin

Si Mazarin, dans l'euphorie de la victoire, était tenté d'oublier la fragilité de sa situation, le sort se chargea de la lui rappeler. Le mois de juillet 1658, commencé sous les meilleurs auspices, fut pour lui un des plus angoissants.

Louis XIV approchait de son vingtième anniversaire. En garçon athlétique, épris d'exercice physique et de plein air, rêvant de gloire aussi, comme on peut le faire à son âge, il s'était pris de passion pour la guerre, surtout quand elle était victorieuse. Impossible de l'arracher au terrain des opérations. Pour être mieux à même de suivre la poursuite de la campagne, il s'obstinait à demeurer à Mardick, écrasé de chaleur, où les conditions sanitaires étaient détestables. Le 30, il se plaignit d'être fatigué et il fallait assurément qu'il le fût pour que Mazarin parvînt à le convaincre de regagner Calais, auprès de sa mère. Les bulletins de santé envoyés par le cardinal à Turenne, et à Colbert, permettent de suivre l'évolution de sa maladie.

Les premiers jours, pas d'inquiétude : on en viendrait à bout « avec une saignée et un remède ». S'il n'était qu'un simple particulier, on n'y prêterait même pas attention. La cause n'en a pas été identifiée : on parla d'insolation ou d'infection due à la présence, autour de Mardick, de cadavres sans sépulture. En tout cas, la fièvre résistait aux soins et ne cessait de monter. Par moments, le malade se mettait à délirer. Dans la nuit du 6 au 7, on lui donna la communion, qu'il reçut avec une extrême dévotion. C'est alors qu'il prit à part son parrain pour lui dire : « Vous êtes un homme de résolution et le meilleur ami que j'aie. C'est pourquoi je vous prie de m'avertir, lorsque je serai à l'extrémité ; car la reine n'osera pas le faire par la crainte que cela n'augmente mon mal. » Il exigea de Mazarin une promesse formelle. « Je vous avoue, ajoute celui-ci, que cela me fit crever le cœur[6]. »

On battit le rappel des meilleurs médecins. Ils furent bientôt six, dont certains se détestaient, à palabrer au chevet du malheureux, à la grande contrariété du cardinal, sceptique. Mais comme l'inquiétude n'occultait jamais chez lui le sens pratique, il limita les dégâts en les persuadant de n'utiliser aucun remède sur lequel ils ne fussent d'accord tous les six. Cette mesure de bon sens n'épargna pas au pauvre Louis XIV un nombre de saignées, de vomitifs, de laxatifs et de lavements qui auraient eu de quoi épuiser l'individu le mieux portant. Mais il était jeune et la nature, en lui, résista. Dans la journée du 8 juillet, la fièvre commença de retomber et les crises s'espacèrent. Les hommes de l'art prirent acte de l'amélioration, « disant tous unanimement qu'ils n'eussent pas osé attendre un si bon effet de leur médecine ». Mazarin respira : au moins ne lui avaient-ils pas fait de mal ! Le 10 juillet, bulletin de victoire : « Je suis transporté de joie, écrivit-il à Turenne, de vous pouvoir dire que le roi est hors de tout danger[7]... » La convalescence fut rapide. Dix jours plus tard, la reine put quitter avec lui Calais pour Compiègne, où l'air salubre et le confort offert par le château achevèrent de lui rendre la santé.

Resté sur place pour diriger la suite des opérations, Mazarin voyait affluer des informations qui lui firent mesurer ce qu'il avait risqué. À Paris, le peuple se comportait très bien. Dans les églises, où avaient été décrétées des prières de quarante heures, il venait en foule demander à Dieu la guérison du jeune roi. Mais en plus haut lieu, on spécula sur sa disparition probable et son frère devint l'objet d'une sollicitude intéressée.

Monsieur, frère du roi

L'héritier du trône, Philippe d'Orléans, dit Monsieur, allait avoir dix-huit ans. Jusqu'ici, il n'a pas tenu beaucoup de place dans ce récit, tout simplement parce que Mazarin ne s'occupait pas de lui. C'était l'affaire de la reine. L'enfant était doux, caressant, aimable. Mais cette apparente docilité cachait une jalousie intense, d'autant plus vive que sa mère montrait une forte prédilection pour son aîné. Cette mère, il l'aimait passionnément et s'efforçait pour lui plaire de partager ses activités quotidiennes, la suivant sans se lasser dans les visites d'églises et de couvents, où les bonnes sœurs le gavaient de friandises. Moins vigoureux que son frère et plus petit – c'est lui qui rehaussera sa taille de chaussures à talons rouges –, il n'avait pas cherché à rivaliser dans les exploits physiques. Pour attirer l'attention, il disposait d'un atout : avec son teint pur, ses grands yeux sombres et ses boucles brunes, il était beau, d'une beauté délicate, fragile, féminine, qui faisait l'admiration des suivantes de sa mère : si les années ne l'abîmaient pas, il pourrait plus tard disputer le prix aux plus belles dames.

Anne d'Autriche ne s'en inquiéta pas. Il tenait dans son cœur la place de la fille qu'elle aurait aimé avoir. Elle ne chercha pas à réprimer sa coquetterie ni son goût pour les rubans, les parfums et les bijoux. Adolescent, elle le laissa fréquenter le plus jeune fils de Mme de Choisy, qui manifestait déjà des penchants affirmés pour le travesti. On aurait pu y prêter attention et s'occuper sérieusement de l'élever en homme. Mais il ne posait pas de problèmes : on ne se posa donc pas de questions. Plus tard, lorsque ses mœurs parurent au grand jour, les reproches rétrospectifs fusèrent. Mettons les choses au point. L'homosexualité était assez bien portée chez quelques grands seigneurs, sensibles au charme des beaux jeunes gens, et qui d'ailleurs n'en méprisaient pas pour autant l'autre sexe. Mais un fils de France dans le rôle inverse choqua. On en tint rigueur non à la reine, mais à Mazarin – censé présider, de par ses fonctions, à son éducation. Mlle de Montpensier n'hésite pas à accuser le cardinal d'avoir encouragé délibérément ses penchants, pour protéger Louis XIV des troubles que les cadets suscitaient trop souvent dans le royaume. Son ex-compagnon de jeu, l'abbé de Choisy, a fait chorus : « Tout cela se faisait par l'ordre du cardinal, qui voulait le rendre efféminé, de peur qu'il ne fît de la peine au roi, comme Gaston avait fait à Louis XIII[8]. » Beaucoup d'historiens ont repris cette accusation.

Rien ne dit cependant que l'éducation fût parvenue, en les contrariant, à modifier ses orientations sexuelles. Et rien ne prouve d'autre part que celles-ci, telles qu'elles étaient, le rendraient inoffensif. Le même abbé de Choisy témoigne de son endurance et de son courage au combat. En réalité, l'histoire passée montrait que les ennuis causés aux souverains par les cadets n'avaient rien à voir avec leurs mœurs. De deux choses l'une : ou ils étaient ambitieux et énergiques, et ils étaient dangereux par eux-mêmes, ou ils manquaient de volonté et ils étaient alors gouvernés par les ambitieux qui les entouraient. Dans les deux cas, les risques restaient identiques. L'ardeur conquérante de Gaston d'Orléans auprès des dames ne l'avait pas empêché, par faiblesse, d'être le jouet de ses conseillers, qui avaient de l'audace pour lui et pour eux. Comment les cadets auraient-ils supporté de gaîté de cœur un régime où leur aîné était tout, et eux, rien ? Ils étaient tout naturellement voués à attirer les amateurs de changement. Ce qui posait problème était leur place dans l'État. Rien n'était prévu pour eux, que la fonction de roue de secours en cas de décès du roi. Mais en attendant, ils n'avaient qu'à se faire oublier. Le reproche qu'on pourrait légitimement adresser à Anne d'Autriche et à son ministre est de n'avoir pas prévu pour Philippe des fonctions propres à l'occuper et à le mettre en valeur. Mais les institutions ne s'y prêtaient pas et Louis XIV, rétif à partager son autorité et sa gloire, s'y montra très peu disposé.

En tout cas, si Mazarin était assez naïf pour croire que la féminisation de Philippe le mettait à l'abri des influences subversives, les remous du mois de juillet 1658 suffirent à le détromper. Autour de celui qu'ils imaginaient déjà sur le trône, de jeunes loups se répartissaient les places. Ils conseillaient à l'adolescent de s'éloigner aussitôt de sa mère, d'emprisonner le cardinal et de faire main basse sur ses trésors. Celui-ci, instruit par la Fronde, ordonna à Colbert de transporter ses papiers et ses biens les plus précieux dans le fort de Vincennes et il y fit renforcer les garnisons, ainsi qu'à la Bastille. Sage prudence ou insigne lâcheté ? Chacun jugera. Il refusait cependant de se croire perdu. « S'il arrivait un malheur que j'appréhende plus que ma mort, écrivit-il à Turenne, je crois vous pouvoir dire, [d'après] tout ce que je vois, que l'état des choses ne changerait en aucune façon; car, quoique l'inclination de la reine serait de se retirer en ce cas, je suis assurée que Sa Majesté fera ce que j'aurai l'honneur de lui conseiller, et je crois que Monsieur serait entièrement résigné à ses volontés[9]. » Peut-être forçait-il un peu son optimisme, à l'intention du maréchal, afin que la campagne militaire en cours n'en fût pas affectée.

Tout finit bien, puisque le roi ne mourut pas. Mais la maladie du roi avait accru le malaise diffus qui travaillait le pays depuis l'échec de Valenciennes, engendrant des troubles sporadiques. À Paris, les amis du cardinal de Retz ne désarmaient pas. Sous l'influence des partisans de Condé, certaines provinces semblaient prêtes à se soulever. Mazarin dispersa l'entourage malveillant du jeune Philippe, exila les parents de Retz, fit pourchasser les condéens. Mais il en aurait fallu davantage pour apaiser l'agitation. Un hiver glacial, de la fin novembre 1657 à la fin février 1658, suivi d'un dégel brutal entraînant d'énormes inondations, avait ruiné les cultures dans de nombreuses régions. Provoquées par la misère, des révoltes secouaient les campagnes. Parfois, comme en Sologne, elles restaient purement paysannes. Les « Sabotiers » – non pas les fabricants de sabots, mais ceux qui n'avaient pas d'autres chaussures ! – réclamaient « que l'on rabatte quelque chose à la taille et que les liards aient libre cours dans les paiements[10] ». Parfois, comme en Normandie, les paysans rencontraient le soutien de la petite noblesse locale, qui subissait le contrecoup des mauvaises récoltes et qui avait un autre motif d'exaspération : l'administration royale avait entrepris de vérifier les titres nobiliaires des gentilshommes de trop fraîche date, afin de les assujettir à la taille.

Les provinces méridionales, elles – Languedoc et Provence –, s'agitaient pour des raisons d'ordre politique. Situées loin de la capitale, dotées d'assemblées élues, elles avaient toujours joui d'une relative indépendance. Les représentants de l'autorité royale s'y heurtaient à une forte opposition dès qu'ils tentaient d'y alourdir la fiscalité ou d'y imposer le logement de régiments en quartiers d'hiver. Les rivalités entre partis locaux fortement structurés fournissaient des troupes pour de brèves émeutes, essentiellement urbaines.

Le cas de Hesdin, en Artois, est typique de l'inquiétude ambiante. En 1658, le lieutenant qui y commandait en refusa l'entrée aux troupes royales et, sans faire pour autant allégeance au parti de Condé, s'y barricada, pour sa sécurité personnelle, attendant que la situation se décante. L'exemple était fâcheux, mais ne présentait que peu de danger. Les offres de dédommagement financier échouèrent, les menaces furent sans effet. Que faire ? Attaquer militairement la place serait coûteux en hommes et en matériel et risquait de susciter des mouvements de soutien. On laissa donc les choses en l'état. Mais Mazarin savait que l'autorité royale ne serait pas pleinement rétablie tant que se poursuivrait la guerre contre l'Espagne. D'où son désir d'en finir au plus vite, même au prix de quelques sacrifices. Dans un premier temps, il activa la campagne, puis il la suspendit lorsqu'il jugea disposer d'assez de cartes pour négocier.

Une fin de campagne triomphale

Après la victoire des Dunes, la prise de Bergues et la reddition de Dunkerque, la seule place en mesure de résister était Gravelines, très solidement fortifiée et protégée par des fossés qu'alimentaient les marées. Pour consoler Louis XIV, furieux que sa convalescence le tînt à l'écart, Mazarin s'efforça de lui faire vivre les péripéties du siège par correspondance, tout en continuant son éducation. Il fit même dresser à son intention un plan de la ville, sur lequel figurait l'emplacement des travaux d'investissement. Du côté de la mer, la présence de la flotte anglaise bloqua la place et Turenne parvint à tenir en respect les troupes espagnoles rescapées qui tentaient de la secourir. Il y avait beaucoup d'obstacles à franchir avant de parvenir au pied des remparts. Les travaux d'approche furent meurtriers et Mazarin ne manqua pas de déplorer les pertes. Lorsque tout fut prêt, les mines posées, les fourneaux prêts à être mis à feu, le commandant prit les devants et capitula, le 27 août.

Le reste de la campagne ne fut qu'une promenade militaire. Turenne cueillait une à une les places flamandes : Thielt, Oudenarde, Menin, Ypres, Commines, Ninove. Certaines résistaient quelques jours, d'autres lui ouvraient leurs portes à la première sommation. Il s'enfonçait chaque jour davantage dans les Pays-Bas espagnols, dont la conquête semblait à sa portée. Bruxelles, saisie d'épouvante, se préparait au pire. Il hésita entre l'aventure et la prudence, opta finalement pour ce dernier parti. Il passa la fin de l'année à consolider la frontière en fortifiant les places conquises, avant de prendre ses quartiers d'hiver. Il se tenait prêt pour la campagne de l'année suivante. Mais celle-ci aurait-elle lieu ? La parole était désormais aux diplomates.

Un général victorieux est toujours tenté de pousser son avantage. Turenne avait regretté, en 1648, que Mazarin eût arrêté brutalement l'élan qui lui aurait permis de prendre Vienne. La modération lui fut sans aucun doute conseillée à nouveau par le cardinal. La conquête des Pays-Bas n'entrait pas dans les plans que celui-ci élaborait depuis longtemps pour la paix en Europe. Il avait incessamment répété que la France, à la différence de l'Espagne, n'avait aucune visée impérialiste et qu'elle revendiquait seulement les zones indispensables à sa sécurité. Les places maritimes de Flandre entraient dans cette catégorie, le cas de l'Alsace était plus douteux, mais les Pays-Bas en étaient assurément exclus. Grisé par la victoire, il pouvait être tenté malgré tout – comme le fera Louis XIV – de dénoncer ses déclarations antérieures. Mais il savait que la présence des Français à Bruxelles serait à coup sûr un *casus belli* pour deux voisins redoutables, les Provinces-Unies et l'Angleterre. Les Hollandais préféraient avoir sur leur frontière méridionale une colonie espagnole mollement administrée à distance qu'un royaume riche et puissant. Les Anglais, assez mécontents déjà de voir la France leur disputer la prééminence dans la Manche, ne voulaient à aucun prix la laisser s'installer en mer du Nord, face à l'estuaire de la Tamise, débouché du port de Londres. Quant aux Flamands, ils étaient trop attachés à la relative autonomie que leur laissait Madrid pour tolérer de se soumettre aux efforts centralisateurs de l'administration française. Mazarin savait que s'emparer des Pays-Bas serait tenter le diable et s'exposer à une nouvelle conflagration. Ceux qui s'y risqueront, sous la Révolution, en feront à leurs dépens une expérience qui justifiera ses analyses.

La paix en vue

Le cardinal avait aussi des raisons personnelles d'en finir au plus vite. Il avait pris un très gros risque en s'alliant avec les Anglais. Encore fallait-il que ce risque fût payant. Il tenait enfin le moyen de traiter en imposant ses conditions. Il avait si souvent refusé, en alléguant qu'elles n'étaient pas remplies, qu'il ne pouvait cette fois-ci laisser échapper l'occasion. Il le devait à la reine. Il le devait au pays. Anne d'Autriche se reprochait toujours un peu, au fond d'elle-même, cette interminable guerre menée contre sa patrie d'origine. La maladie de Louis XIV, que l'on pouvait interpréter comme un avertissement du ciel, était venue réveiller ses remords. Elle avait donc fait le vœu, s'il guérissait, de conclure la paix au plus vite.

D'autre part, l'alliance anglaise avait valu à Mazarin une recrudescence d'impopularité. Il tint d'abord secrète la clause concernant Dunkerque. Mais il fallut bien la révéler lorsqu'on livra Mardick en gage. Une violente campagne orchestrée par les dévots se déchaîna. Bien que le traité prît soin de garantir le libre exercice du culte catholique dans les villes concernées, les protestations s'amplifièrent, retentissant jusqu'au Saint-Siège. Le nonce écrivit que la France accueillait en son sein un serpent venimeux. À Rome, se plaignait Mazarin, « la mauvaise volonté s'emporte jusqu'à dire que les religieuses de Mardick ont été violées et chassées, les églises rasées et les moines et catholiques séculiers chassés, quoiqu'il n'y ait jamais eu dans ce poste ni religieuses, ni églises[11] ».

Ce fut bien pis lorsque les fils de la reine d'Angleterre exilée durent quitter la France. À vrai dire, Henriette-Marie pesait très peu à la cour. Accueillie avec chaleur au début de la régence, elle avait lassé à la longue, comme tous les réfugiés à la charge de leurs hôtes. Lors du siège de Paris, la reine, oubliant de l'emmener dans sa fuite, l'avait abandonnée avec sa fille dans le Louvre déserté et privé de chauffage. Ses deux fils Charles, deuxième du nom, et Jacques l'avaient rejointe, grossissant sa petite cour où l'on broyait du noir depuis que l'exécution de leur père avait rendu très improbable un retour dans leur pays. Mazarin se méfiait de son militantisme catholique, qui avait coûté fort cher à son époux. Il ne l'aimait guère et elle le lui rendait bien. L'expulsion de ses fils lui fournit l'occasion d'exhaler sa rancœur. Certes le ministre s'était efforcé de tempérer la mesure en finançant l'installation de l'aîné à Cologne et envoyant le second servir dans une armée alliée en Italie. Dans ses *Mémoires*, celui-ci conviendra plus tard qu'il ne pouvait faire autrement. Mais sur le moment, cette expulsion fut très mal vécue par eux. Charles II signa un traité d'alliance avec l'Espagne et les deux frères combattirent aux Dunes dans les rangs adverses.

L'alliance du roi de France, fils aîné de l'Église, avec un hérétique, républicain et régicide, était par elle-même un objet de scandale pour les catholiques. La décision de lui abandonner une portion minime, mais lourde de symboles, de notre territoire, révolta le sentiment national. Au crime religieux s'ajoutait le crime politique. On imaginait déjà des hordes antipapistes déferlant de Dunkerque sur le reste du pays. Le cardinal de Retz, alors en fuite, ne laissa pas passer une si belle occasion. La *Très humble et très importante Remontrance au Roi sur la remise des places maritimes de Flandre entre les mains des Anglais* fut son dernier pamphlet et sans doute le meilleur, pour qui aime ce genre de littérature.

« Sire, Nous portons à Votre Majesté les sentiments de toute la France, ou plutôt ceux de toute l'Europe catholique, qui demande justice au plus chrétien des rois, de l'injure la plus atroce et de l'outrage le plus sanglant que l'Église ait peut-être jamais reçu depuis sa naissance. Est-il possible, Sire, que, sous le règne de

Louis XIV, on renverse, sur les frontières de la France, les autels que ses glorieux prédécesseurs ont cimentés de leur propre sang dans la Palestine ?... »

Il y en a trente-six pages de cette encre dans l'édition des Grands Écrivains[12]. Très admirée en son temps, cette éloquente diatribe contre Mazarin nous convainc moins, parce que le torrent d'éloquence qui habille des arguments souvent pertinents nous semble aujourd'hui ampoulé, et surtout, parce que la différence de ton entre les *Mémoires* et ce texte frappe celui-ci, par comparaison, d'inauthenticité : il sonne faux. À l'époque, Mazarin confia le soin de la contre-attaque à Lionne, qui n'avait pas le talent de Retz. Grands principes contre pragmatisme : ce ne pouvait être qu'un dialogue de sourds.

Ce sont les faits qui, au bout du compte, vinrent justifier le coup de dés hasardeux que fut l'alliance anglaise. Cromwell approchait de soixante ans, un âge avancé pour l'époque, laissant prévoir sa disparition à plus ou moins brève échéance. Il mourut en effet le 3 septembre 1658. Sur le moment, Mazarin s'en montra contrarié. C'était un peu trop tôt à son gré. Il était assez bien renseigné pour savoir que le régime instauré par sa poigne énergique ne lui survivrait pas. Devait-il soutenir dès maintenant les prétentions au trône de Charles II ? Il avait encore besoin des contingents de puritains britanniques pour une ultime campagne, si la guerre se prolongeait. Il opta pour l'utilité immédiate, au détriment des avantages à plus long terme, comptant sur le temps pour adoucir les rancœurs. Il eut raison. Il devait voir s'effondrer la république de Cromwell et Charles II retrouver son trône, le 8 mai 1660. Le pacte avec le serpent venimeux serait bientôt oublié. Restait, pour en perpétuer le souvenir, Dunkerque, abandonnée aux Anglais. Se reprochant d'avoir dû la céder,

Mazarin tenta, lors des troubles qui suivirent la mort de Cromwell, de se la faire restituer par la garnison anglaise. En vain. Mais il gardait bon espoir et la suite montrera qu'il avait vu juste.

Revenons à 1658. Au terme de l'ultime campagne de Turenne, le verdict des armes est impitoyable, la défaite espagnole sans appel. Le Milanais, faute d'argent et de renforts, est au bord de l'asphyxie et le Portugal vient de remporter une victoire dans l'Alentejo. Dans l'entourage de Philippe IV, ceux que nous appellerions des « faucons », notamment le premier ministre don Luis de Haro et le gouverneur des Pays-Bas don Juan d'Autriche, ont voulu croire jusqu'au bout à un retournement possible. À la fin novembre, ils en ont perdu l'espoir[13]. Mais Mazarin lui aussi est tenu de traiter. La solution ? Elle est inscrite dans les usages qui régissent à cette époque les relations entre souverains – tous étroitement apparentés. Le savoir-vivre diplomatique exige qu'on sauve la face au vaincu. De l'échec sur le terrain, plus rien ne doit paraître une fois la paix retrouvée. Il convient donc de donner à celle-ci l'apparence d'une réconciliation familiale. Et qu'y a-t-il de plus propice à une réconciliation qu'un mariage ? En l'occurrence on dispose de candidats sur mesure, Louis XIV et sa cousine l'infante Marie-Thérèse. L'issue est donc prévisible. Mais l'orgueil castillan répugne à solliciter la paix. Madrid attend que la France fasse les premiers pas – ce à quoi Mazarin, fort de sa victoire, se refuse.

Sans qu'il sache encore s'il faudra reprendre les armes au printemps suivant ou si l'on peut déjà les raccrocher, celui-ci aura besoin de tout l'hiver 1658-1659, pour négocier le mariage du roi et les conditions du futur traité de paix.

CHAPITRE DIX-HUIT

Marier le roi

En France comme en Espagne, Louis XIV et Marie-Thérèse, nés à quinze jours de distance en septembre 1638, avaient toujours paru destinés l'un à l'autre. N'était-ce pas là un signe de la providence, qui fournissait aux deux pays le moyen de sortir honorablement de leur guerre fratricide ? Ce mariage apparaissait donc en arrière-plan de toutes les négociations. Anne d'Autriche n'avait jamais cessé d'en rêver. Mais Philippe IV, lui, se trouvait paralysé par des soucis dynastiques.

Une héritière trop bien pourvue

Lors des mariages croisés de 1615, Philippe IV avait épousé Elisabeth de France, tandis que sa sœur Anne épousait Louis XIII. Cette première union, consommée un peu plus tard, avait été féconde en enfants morts dès la naissance ou en bas âge. Il faut dire que ses deux grands-pères, Philippe II et l'archiduc Charles d'Autriche, eux-mêmes cousins germains, avaient l'un et l'autre épousé une de leurs nièces. Les Habsbourg préféraient se reproduire en famille. L'obsession dynastique, jointe à l'ignorance des méfaits de la consanguinité, les conduisait à un repliement sur soi suicidaire.

En 1644, Élisabeth était morte, laissant seulement un fils, Balthazar-Carlos, et une fille, notre Marie-Thérèse. Deux ans plus tard, quand ce fils mourut à seize ans, il était déjà engagé. À qui ? À une cousine germaine, bien sûr, Marie-Anne d'Autriche, fille de l'empereur Ferdinand III, qu'on élevait auprès de lui en attendant qu'il eût l'âge de procréer. Sa disparition faisait donc de Marie-Thérèse l'héritière du trône et de toutes les possessions espagnoles – avec pour résultat qu'elle devenait très difficile à marier*. La solution autrichienne était séduisante. Mais la donner tout de suite à un de ses cousins de Vienne reviendrait à se priver d'un moyen de pression sur Anne d'Autriche, qui tenait tellement à l'obtenir pour bru. Philippe IV la gardait donc en réserve, en méditant sombrement sur l'avenir de sa dynastie.

Il n'existait pour lui qu'une solution, lui procurer des frères. Après cinq ans de veuvage, il prit en 1649 le parti de se remarier. Avec qui ? Avec une cousine ? Que non ! Son choix se porta sur la fiancée de son défunt fils, Marie-Anne, autrement dit sa propre nièce, âgée de quinze ans. Elle mit d'abord au monde une fille, qui survécut assez longtemps pour épouser son cousin Léopold** avant de mourir à vingt-deux ans. Ensuite, le dictionnaire de Moreri comporte un trou de sept années, sans doute meublé par des fausses couches ou des enfants morts au berceau, avant de signaler la naissance de Philippe Prosper en 1658. Un fils, enfin ! Marie-Thérèse cessait d'être l'héritière. Elle redevenait une monnaie d'échange dans le jeu diplomatique.

---

* Voir *supra*, p. 373.

** L'empereur Léopold Ier.

Vers la fin de cette décennie, les négociations pour la paix sont donc tributaires au moins autant des grossesses de la reine d'Espagne que des opérations militaires. En 1656, les deux motifs se conjuguent pour faire échouer l'ambassade de Lionne : le roi n'a pas encore de fils et la guerre n'est pas encore perdue, comme le confirme bientôt l'échec de Turenne devant Valenciennes. Madrid attend des jours meilleurs. Mais comme il est toujours bon de faire retomber sur Mazarin la responsabilité de la rupture, on l'impute à son refus de réintégrer Condé dans ses biens et charges – un point important certes, mais sur lequel on n'a pas amorcé de discussion. Mazarin, à cette date, était demandeur. En 1658 au contraire, après la victoire, il est bien décidé à laisser venir les Espagnols et à traiter avec eux lui-même. Et, comme le temps presse, il cherche un moyen d'aiguillonner leur proverbiale lenteur.

Le rendez-vous savoyard

Le roi avait vingt ans. Il était à marier, toute l'Europe le savait. Depuis sa maladie, la cour de France n'avait pas caché qu'elle souhaitait le voir assurer au plus vite la descendance. Lui-même le désirait. Il montrait depuis pas mal de temps un intérêt marqué pour les femmes. On avait d'abord toléré des amourettes, pourvu qu'elles restent dans les limites de « l'honnête galanterie ». Sa mère y veillait et l'accablait de leçons de morale. Était-il possible cependant de garder dans l'abstinence un garçon sain et vigoureux, au milieu d'une cour regorgeant de tentations. Mme de Motteville laisse entendre qu'Anne d'Autriche et son ministre n'étaient pas tout à fait d'accord sur ce point : ce dernier disait au roi, « pour s'insinuer dans ses bonnes grâces, que la reine sa mère avait trop de rigueur [...] et qu'il faisait bien de se divertir et de s'amuser[1] ». Le plus probable est que Louis bénéficia de la complicité tacite de son parrain pour des amours ancillaires discrètes. Une tradition invérifiable veut qu'il ait été déniaisé par une ancienne femme de chambre de la reine, Mme de Beauvais, dite Cathau la Borgnesse, bien trop âgée et défraîchie pour que le sentiment y prît aucune part. L'essentiel était qu'il ne se fixât pas et qu'il ne créât pas de scandale.

Toutes les princesses d'Europe rêvaient de ce roi jeune et beau. Mais Anne d'Autriche voulait l'infante et Philippe IV continuait d'hésiter. Il répugnait à lâcher, pour obtenir la paix, l'unique atout qui lui restât. Pour l'obliger à se déclarer, quel meilleur moyen que de laisser entendre que Louis allait en épouser une autre – en l'occurrence une princesse savoyarde ? La ruse employée par le cardinal est restée dans l'histoire sous le nom de « comédie de Lyon ». La cour se mit en route le 26 octobre, alors que Turenne guerroyait encore en Flandre. La raison officielle du voyage était de donner ordre aux affaires de Provence et de Languedoc, mais une pause était prévue à mi-chemin, pour une rencontre avec la duchesse de Savoie en vue d'un éventuel mariage entre Louis XIV et sa fille Marguerite. Philippe IV, informé *in extremis*, se serait exclamé, si l'on en croit une confidence ultérieure de Marie-Thérèse à Mme de Motteville : « *Esto no puede ser y no sera !* » – cela ne peut pas être et ne sera pas[2]. Et il aurait envoyé aussitôt don Antonio Pimentel à Lyon pour offrir à sa sœur l'infante et la paix. Cette version des faits, qui a longtemps prévalu, donne à Philippe IV le rôle peu flatteur d'une dupe tombée dans un piège[3]. Des historiens espagnols – orgueil castillan oblige – se sont penchés sur le calendrier de l'épisode pour montrer qu'il n'en était rien. La preuve ? L'envoi de Pimentel, parti de Madrid le 17 octobre, est antérieur à l'annonce du voyage de Lyon et la destination première du messager était la Flandre, via Paris. C'est donc spontanément que Philippe IV aurait pris l'initiative de proposer la paix.

Mais peut-on en conclure que l'hypothèse d'un mariage savoyard n'a pas influé sur sa décision ? Elle était dans l'air. Une rencontre avait été envisagée dès l'année précédente, et la duchesse de Savoie ne manquait pas de clamer haut et fort qu'elle comptait voir sa fille sur le trône de France. Du Milanais voisin, cette information avait assurément été transmise à Madrid. Mais Philippe IV a attendu pour réagir l'écrasement militaire de ses troupes et la naissance de son fils. Les mêmes causes produisant les mêmes effets, c'est à ce moment que Mazarin, de son côté, jugeait opportun de réactiver la menace savoyarde : la coïncidence n'a rien de surprenant. Donc, on admettra volontiers que Philippe IV ne s'est pas laissé imposer la paix par surprise. Il ne s'est pas jeté tête baissée dans un piège. Dont acte.

Mais Mazarin, quoi qu'on en dise, n'avait pas la moindre intention de conclure le mariage savoyard – surtout pas à cette date. L'idée qu'il se rendait à Lyon pour le conclure et qu'il dut, dans la hâte et l'improvisation, changer son fusil d'épaule à l'arrivée de Pimentel est insoutenable. D'abord, dans les affaires importantes, Mazarin, on l'a vu, n'improvisait jamais. Il préparait longuement ses coups et il avait toujours plusieurs fers au feu. La candidature savoyarde fut lancée très à l'avance, dès 1654 et reprise en 1657, en attendant que l'idée fît son chemin. Au début, il y vit peut-être un pis-aller. Mais à la fin de 1658, ce ne pouvait être qu'un leurre. Car, et c'est là une raison essentielle, Anne d'Autriche y était plus hostile que jamais. Comment y aurait-elle consenti, au moment même où l'Espagne, enfin vaincue, n'avait d'autre ressource que de faire la paix ? L'infante était désormais à portée de main, et elle aurait soudain choisi la rupture ? De plus, Mazarin savait bien que tout autre mariage, en prolongeant la guerre, eût été politiquement désastreux pour lui. On peut lui reprocher tout au plus d'avoir joué avec le feu en se livrant à l'égard de Philippe IV à cette provocation pour hâter le dénouement. Mais le risque restait mince, car l'Espagne était aux abois.

À Lyon, il y eut bien « comédie » et la principale victime en fut, non pas Philippe IV, mais la duchesse de Savoie, qui, à son insu, servit d'instrument à une manœuvre destinée à accélérer le mouvement. Il n'y avait dans le secret que le roi, la reine et le cardinal. Le premier joua son rôle à merveille. Il était doué et, pour des raisons que nous verrons plus loin, il se sentait euphorique. Anne d'Autriche, elle, mentait moins bien. Tout au long du trajet, elle feignit la résignation : « Si je pouvais avoir l'infante, disait-elle à Mlle de Montpensier, je serais au comble de la joie : mais ne le pouvant pas, j'aimerai tout ce qui plaira au roi[4]. » Elle se rongeait tout de même d'inquiétude. Heureusement, Mazarin eut de quoi la rassurer assez vite. Pimentel, censé se rendre aux Pays-Bas, sous prétexte d'affaires privées, avait demandé un passeport pour traverser la France. Passant par Paris, il devait en profiter pour saluer Anne d'Autriche. En apparence, rien de politique dans ce voyage. Mais lorsqu'il apprit, en cours de route, qu'elle s'acheminait vers le sud, il changea d'itinéraire et dut faire modifier son passeport en conséquence. On comprit donc qu'il était bel et bien chargé de mission. Il atteignit Lyon le 19 novembre, cinq jours avant l'arrivée de la cour de France et huit jours avant les Savoyards. Il s'y tint caché, mais avisa aussitôt Mazarin qu'il était porteur d'un message pour la reine. Le cardinal, qui n'attendait que cela, le fit installer sous un faux nom dans une annexe de son appartement. S'était-il réjoui trop vite ? Les entretiens secrets qu'il eut avec lui, presque chaque jour, à partir du 25 novembre, se révélèrent tout d'abord décevants. Pimentel n'était pas un négociateur autorisé, il venait simplement tâter le terrain et la lettre qu'il remit à la reine le 2 décembre n'était que de créance. Philippe IV offrait la main de l'infante, mais il ne sollicitait pas la paix : il réclamait une suspension d'armes d'un an pour en discuter. On lui fit observer que l'infante avait moins de prix, depuis qu'elle n'était plus héritière : elle devait pour le moins apporter la paix dans sa corbeille de mariage.

Faute d'un accord explicite, que faire avec les Savoyards ? Le programme des rencontres de Lyon, assorti de festivités et de bals, s'ouvrit donc comme prévu, dans un climat surréaliste. La duchesse Chrétienne crut son rêve réalisé, sa fille conservait des doutes. Le roi se montra charmant. Bien que tous fussent d'accord pour trouver la princesse Marguerite fort laide, il déclara que son teint « olivâtre » lui seyait bien et qu'elle avait de beaux yeux. Il s'aperçut qu'elle était pleine d'esprit, enjouée, mais aussi très fine, et qu'elle savait écouter ; il prit plaisir à bavarder avec elle comme avec une vieille connaissance. Anne d'Autriche jugea même qu'il en faisait trop et confia à son entourage qu'elle craignait que le roi ne se déclarât pour elle. Vrai ? faux ? On ne sait. Il est très probable en revanche que Mazarin mit délibérément en scène le dénouement de la comédie, pour lui donner l'air d'un coup de théâtre inopiné. Mme de Motteville le montre entrant dans la chambre où Anne d'Autriche s'abandonnait à la mélancolie, et lui disant en riant : « Bonnes nouvelles, Madame. — Eh, quoi ! serait-ce la paix ? — Il y a plus, Madame ; j'apporte à Votre Majesté et la paix et l'Infante[5]. » La reine respira et, dès le lendemain, son fils battit froid à la malheureuse Marguerite.

Cette présentation des faits donne à croire que la paix était acquise. En réalité, l'essentiel restait en suspens. Philippe IV, très habilement, n'offrait que le minimum, la main de l'infante. Il jouait sur du velours, tant il savait Anne d'Autriche attachée à cette union. Le sens de son message était : je suis prêt à entrer en négociations, mais vous devez me garantir que Louis XIV reste libre pour ma fille. D'où une exigence préalable, l'abandon du projet savoyard, en d'autres termes un engagement public en faveur du mariage espagnol. Donnant, donnant. En un sens, Mazarin, lui aussi, était piégé. Mais il n'y voyait pas d'inconvénient, au contraire. Il tenait seulement à être sûr de son fait. Comme Pimentel n'avait pas qualité pour traiter, les pourparlers traînèrent quelques jours. Mais on peut supposer qu'il était porteur d'instructions verbales, puisqu'il finit par inspirer confiance. Dès le 3 décembre, il écrivit à Madrid qu'il était arrivé à temps pour entraîner la rupture ou du moins la suspension du mariage savoyard. De son côté, le cardinal n'était pas mécontent : l'Espagne avait fait le premier pas – enfin ! – et l'on s'acheminait vers la paix. Mais il restait beaucoup de grain à moudre pour les diplomates. Pour s'assurer que Madrid ne romprait pas le contact, la France garda Pimentel comme garant – ou comme otage si l'on veut. Jusqu'à la signature d'un accord, le diplomate espagnol accompagnerait secrètement la cour dans ses déplacements et le cardinal pourrait discuter avec lui à son aise.

Il fallait annoncer aux Savoyards la ruine de leurs espérances. Le jeune duc, déjà, pressentant la chose, avait fait demi-tour furieux. Restait à apaiser la colère de la duchesse Chrétienne et à éponger ses pleurs.

Mazarin se faisait fort d'en venir à bout, sans compromettre la précieuse alliance savoyarde. Ils se connaissaient depuis si longtemps, il en savait si long sur elle et l'avait tant de fois secourue jadis. Une vraie amitié les liait. Il lui cacha, bien sûr, qu'il avait un peu tiré les ficelles. Il n'eut pas de peine à lui démontrer que l'affaire, telle qu'elle se présentait, n'avait rien d'humiliant. Face à l'infante d'Espagne, la petite Savoyarde ne pouvait que s'effacer. Il en allait de la paix générale, la décision s'imposait. La duchesse tempêta, se cogna la tête contre les murs, mais finit par s'incliner. Il lui promit que si ce mariage échouait, le roi épouserait sa fille et il la combla de cadeaux. On la revit bientôt, fort gaie, arborant « des pendants d'oreilles de petits diamants et d'or émaillés de noir[6] ». Marguerite, elle, montra plus de dignité et y gagna l'estime générale. Toutes deux quittèrent Lyon le 8 décembre, avec leur suite. La cour, flanquée de Pimentel, décida d'y passer les fêtes. Mazarin pensait consacrer entièrement les mois suivants à mettre au point avec lui les modalités du traité.

C'est alors que surgit sur le chemin de la paix l'obstacle le plus imprévu, qui faillit valoir au cardinal la disgrâce et la chute. Le roi était tombé amoureux, pour tout de bon. Et qui pis est, d'une de ses nièces.

L'éducation sentimentale du jeune roi

Née en 1640, Marie Mancini faisait partie du second contingent familial importé d'Italie – celui à qui furent épargnés les malheurs de la Fronde et qui trouva l'oncle Giulio au faîte de la faveur. Huit mois passés à se dégrossir en Provence chez sa sœur Laure de Mercœur, puis, après une brève présentation à la cour, dix-huit mois de séjour au couvent de la Visitation : la jeune personne, ayant appris les bonnes manières et parlant un excellent français, était apte à faire son entrée dans le monde et à y trouver, comme ses deux aînées, un brillant établissement. Elle fut d'abord peu courtisée. En ces temps où l'on ne prisait que blondeur, blancheur et rondeur, cette brune aux grands yeux sombres, à la peau mate, efflanquée comme on l'est souvent au sortir de l'adolescence, passait pour laide. Elle voyait avec dépit la toute mignonne Hortense accaparer les regards. Fut-elle vraiment mal aimée de sa mère ? Elle en était persuadée et réagissait par une agressivité qui envenimait leurs rapports. Elle devint le mouton noir de la famille. Son père, qui se piquait d'astrologie, prétendait avoir lu dans les étoiles qu'elle serait cause de grands malheurs et sa mère, à son lit de mort, recommanda au cardinal de l'enfermer dans un couvent tant elle était mauvaise. Mazarin, plus humain, n'en fit rien. Il eut lieu de s'en repentir.

Elle était intelligente et ambitieuse. Elle se promit de montrer qu'elle valait bien ses sœurs. À la Visitation, elle n'apprit pas seulement les bonnes manières. L'étude lui procura un moyen de s'affirmer. Elle s'y gava de lectures, sérieuses autant que frivoles. Les historiens et philosophes de l'Antiquité voisinaient sur sa table avec les romans ou les recueils de poésies. Elle-même tournait assez bien les vers pour mériter l'honneur de figurer dans le *Dictionnaire* où Somaize répertoriait la fine fleur des *Précieuses* – celles qui savaient se donner du *prix* sans tomber dans le ridicule. Lorsque son oncle la lança dans le monde, elle y fit fort bonne figure. On la fêta.

L'admission de ses neveux et nièces parmi les familiers du roi, qui peut nous surprendre aujourd'hui, n'avait rien que de très normal à l'époque et Mazarin n'eut pas à la solliciter : la reine se devait d'honorer son féal serviteur en accueillant sa famille – un honneur fécond en retombées diverses, qui préparait leur avenir. Mais, en bon politique, il en attendait aussi d'autres avantages. Ayant toujours rencontré une forte hostilité dans l'entourage d'Anne d'Autriche, il s'était efforcé de le neutraliser, sans y parvenir pleinement. Au moins se trouvait-il lui-même, grâce à une présence constante, au cœur de cet entourage. Le danger reparaissait, plus aigu, avec le roi. On ne pouvait le priver de compagnons de son âge. Comment contrôler toute cette jeunesse qui papillonnait autour de lui, vive, ardente, indisciplinée ? Les garçons l'incitaient à s'émanciper : à vingt ans, il acceptait encore d'obéir à sa mère et abandonnait à un ministre hors d'âge le pouvoir qui était sien ! Quand donc serait-il son propre maître ? Mazarin ne pouvait compter sur son unique neveu pour lui prêcher la docilité : Philippe donnait le mauvais exemple et il fallut l'exiler après une soirée de beuveries accompagnée de plaisanteries sacrilèges, lors du vendredi saint de 1659. Restaient les nièces, pour faire barrage aux jeunes candidates à la faveur royale et à leurs ambitieuses familles.

Pendant près de deux ans, Olympe avait rempli à merveille son rôle de garde-fou, mais elle avait choisi d'en sortir sagement, avant d'être trop gravement compromise. La place était libre. Lors du carnaval de 1658, le roi s'était mis à poursuivre une fille d'honneur du nom de La Mothe-Argencourt. Sa hardiesse croissait au rythme de ses convoitises. Il lui parla « comme un homme amoureux qui n'était plus sage : il lui offrit même, si elle voulait l'aimer, qu'il résisterait à la reine sa mère et au cardinal[7] ». Sur la capacité de défense de la belle, les avis des contemporains divergèrent. La question ne se posa pas, car leur manège fut découvert et les espérances de l'imprudente s'engloutirent dans un couvent, où l'on prétend qu'elle mena une vie « fort tranquille et fort heureuse ». Mais l'alerte avait été chaude et l'on comprend que Mazarin ne fût pas mécontent, dans les mois qui suivirent, de voir sa nièce Marie capter l'intérêt de son trop inflammable filleul.

Le début de leurs relations date de la maladie de Louis XIV. Le croyant à l'article de la mort, Marie, qui rêvait de marcher sur les traces de sa sœur Olympe, avait versé des torrents de larmes, tandis que d'autres, se croyant habiles, courtisaient déjà le successeur présumé. Il l'apprit, en fut touché. Elle était à Fontainebleau, où on l'emmena pour parachever sa guérison. Le vieux château de plaisance de François Ier, offrant de vastes échappées sur la forêt, avait toujours été accueillant aux amours. Louis, frustré des opérations militaires, s'ennuyait. Il s'aperçut qu'elle avait non seulement de l'esprit, mais de la culture. Or Mazarin, dans le programme éducatif qu'il avait tracé pour lui, avait omis de faire figurer les belles-lettres en général et la lecture des romans en particulier. Marie y suppléa. Elle lui ouvrit un univers imaginaire héroïque et galant dont il ne devait jamais se déprendre : celui des grandes épopées de chevalerie avec l'Arioste et le Tasse, celui des poètes maniéristes avec Marino ou Gongora, celui des romans précieux, de l'*Astrée* au *Grand Cyrus*, et celui de la poésie à la fois légère et sophistiquée dont s'enchantaient les salons à la mode. Elle lui prêtait des livres, elle lui récitait des vers. Fasciné, il l'accompagnait dans des chevauchées sylvestres ou des promenades en gondole sur le canal. Elle devenait de jour en jour plus séduisante, tant l'amour lui donnait d'éclat. Après les angoisses du mois de juillet, Anne d'Autriche, soulagée, voyait son fils reprendre goût à la vie.

Mais on remarqua bientôt l'empressement excessif qu'il montrait à l'égard de Marie. Pour le voyage de Lyon, elle choisit de se joindre au petit groupe de familiers qui préféraient chevaucher avec lui au grand air plutôt que de se faire ballotter dans un carrosse. Bientôt, lors du rendez-vous savoyard, des signes inquiétants apparurent. Elle s'oublia jusqu'à lui dire publiquement, en parlant de la princesse Marguerite : « N'êtes-vous pas honteux que l'on vous veuille donner une si laide femme[8] ? » Lorsque le mariage fut rompu, elle exulta. Les deux mois passés à Lyon leur offrirent des ressources inespérées. Aucune maison n'étant assez grande pour accueillir la reine et sa suite, on avait réparti les voyageurs tout autour de la place Bellecour, qui, comme on sait, est très vaste. Dans la journée, Louis la côtoyait chez sa mère, au couvent d'Ainay, où ils faisaient collation ensemble. Mais le soir venu, il la ramenait à son logis. « Au commencement, il suivait le carrosse, puis servait de cocher, et à la fin, il se mettait dedans. Les soirs qu'il faisait beau clair de lune, il faisait quelques tours dans Bellecour[9]. » La pauvre gouvernante de Marie, Mme de Venel, se tuait à les guetter et à leur courir après, mais elle ne pouvait pas les suivre jusque dans la voiture où ils se réfugiaient.

À leur retour à Paris, les festivités du carnaval battaient leur plein. Ils s'y immergèrent. Pour la première fois depuis des années, on dansait l'esprit tranquille et le cœur léger : la paix était en marche. Le *Ballet royal d'Alcidiane* fut le plus brillant depuis celui de la *Nuit*. Le roman fleuve de Gomberville, *Polexandre et la jeune Alcidiane*, foisonnait d'épisodes. Benserade en tira la substance de soixante-dix entrées – pas moins ! –, pour lesquelles il rédigea le livret. Lully fut chargé de la musique[10]. D'une année sur l'autre, le ton des ballets a changé. L'enfant royal a grandi, il goûte moins le mélange des tons et les intermèdes bouffons. Le climat du jour est à la galanterie héroïque. Impossible désormais de laisser se produire sur la scène des courtisans plus ou moins doués. La chorégraphie, savante, exige pour les grands rôles l'intervention de professionnels. À cette réserve que le roi, lui, est capable de faire aussi bien qu'eux : il offre à sa bien-aimée le spectacle de son triomphe. Que pensa Mazarin de ces innovations artistiques ? Le dialogue instauré par Lully entre la musique française et la musique italienne et l'effort – réussi – pour répondre aux diverses attentes du public parisien ne suffirent sans doute pas à le guérir de son incurable nostalgie : reverra-t-il un vrai, un pur opéra italien, comme il en a connu dans sa jeunesse ?

Une idylle inquiétante ?

Paris offrait aux amoureux moins d'occasions d'escapades que Fontainebleau ou Lyon, mais ils avaient gagné en hardiesse. Ils se moquaient ouvertement de Mme de Venel et lui jouaient des tours de collégiens, par exemple en lui offrant une prétendue boîte de friandises d'où s'échappèrent une douzaine de souris. Les assiduités de Louis auprès de sa belle se remarquaient d'autant plus que la jeune personne, grisée, faisait étalage de son pouvoir. Elle se tenait mal. « Elle le suivait en tous lieux, et lui parlait toujours à l'oreille, en présence même de la reine, sans que la bienséance ni le respect qu'elle lui devait l'en empêchât[11]. » Anne d'Autriche s'agaçait de cette obstruction, qui la coupait de son fils. Elle s'inquiétait aussi du qu'en-dira-t-on. Les courtisans commençaient à jaser ferme et la rumeur s'étendait. Au mois de mars fit halte à Paris le gouverneur des Pays-Bas, don Juan d'Autriche – un fils naturel de Philippe IV. Dans la suite du prince figurait une de ces « folles », dont la liberté de langage divertissait les souverains espagnols. Marie, irritée de l'entendre célébrer la blonde beauté de l'infante au détriment de ses propres attraits, exigea et obtint son renvoi. Le bruit en alla jusqu'au pape, qui demanda au chargé d'affaires français si le roi était chaste et pourquoi il portait tant d'affection à la nièce de son ministre ! Anne se mit à craindre que les échos de l'inconduite de son fils ne vinssent ternir l'image idéalisée qu'on donnait de lui à Madrid.

Elle tenta de le ramener à la raison. C'était plus facile à dire qu'à faire. Comme souvent chez les jeunes garçons trop longtemps dociles, la crise de révolte adolescente revêtait chez Louis XIV un tour aigu. Les réprimandes maternelles glissaient sur lui. Il prétendit, contre tous les usages, prolonger son ballet durant tout le carême. « La reine lui répondit qu'elle s'en irait au Val-de-Grâce pendant ce temps-là et qu'elle n'y voulait point être. Il lui dit qu'elle y pouvait aller. M. le cardinal les raccommoda, et le ballet ne fut point dansé[12]. » Mais elle avait compris qu'il ne lui appartenait plus. Arrachement inévitable et nécessaire. Mazarin déplora sans doute que sa nièce en fût l'occasion. Mais, à son habitude, il comptait sur le temps pour apaiser les passions. Il n'intervint pas. Il eut tort. Car les quelques mois qu'il laissa passer sans réagir fournirent après coup des armes contre lui.

Nous savons, nous, que Louis XIV voulut épouser Marie Mancini et qu'il fut difficile de l'y faire renoncer. Les mémorialistes du temps le savaient aussi lorsqu'ils prirent la plume. Leurs récits et leurs jugements sur cet épisode sont rétrospectifs, donc faussés par la connaissance de la suite. Et les préjugés qu'ils nourrissent contre Mazarin les conduisent à l'accuser d'y avoir prêté la main. Mais pour apprécier sainement sa responsabilité, il faut suivre le fil du temps et voir sur quelles données il peut raisonner dans les premiers mois de 1659. D'abord, ne l'oublions pas, il a autre chose à faire que de surveiller les amours de sa nièce. D'un côté, il gère l'ensemble des affaires du pays. De l'autre, il discute avec Pimentel des modalités du traité à venir et du mariage avec l'infante – pour lequel Louis XIV a donné son accord. L'hypothèse même que celui-ci songe à épouser Marie relève de l'impensable. Plus encore que l'infinie différence de condition, l'importance des enjeux politiques l'exclut du champ des possibles. Comment pourrait-il venir à l'idée du cardinal que son filleul, si sérieux, si mûr, à qui il inculque depuis toujours le sentiment de sa dignité et de ses devoirs, soit prêt à sacrifier à son prétendu bonheur la paix générale à laquelle aspire le pays ? En ce printemps où il va de bal en ballet et de fête en fête, il est probable que l'intéressé lui-même, tout à l'enivrement de l'instant présent, évite de se poser la question.

Lorsque Mazarin et Anne d'Autriche s'interrogèrent sur les dangers courus et sur les mesures à prendre, ils n'envisagèrent rien de tel. Tout donnait à croire que le roi s'apprêtait à faire de Marie sa maîtresse, si ce n'était déjà le cas. L'essentiel était de ne pas la laisser s'installer ouvertement dans la fonction de favorite. Mazarin rêvait pour elle, comme pour ses aînées, d'ascension sociale brillante, mais légitime. Anne d'Autriche ne voulait à aucun prix que l'infante se heurtât à une rivale en place. Décidés à écarter l'intruse, ils n'hésitaient que sur le choix du moment. Était-il urgent de porter le fer dans la plaie, au risque de piquer au vif le jeune roi ? Mieux valait peut-être laisser le temps faire son office. D'autant qu'il y avait un précédent, celui d'Olympe. Il avait beaucoup tourné autour d'elle, assez pour alimenter des commérages et susciter l'inquiétude. Peut-être lui avait-elle cédé – rien ne le prouve. Mais comme la plupart des idylles adolescentes, celle-ci s'était effilochée et son amoureux l'avait vu marier « sans douleur ni chagrin[13] ». On ne risquait donc rien à attendre un peu. En tant qu'oncle et tuteur, le cardinal, ayant sur Marie autorité entière, pourrait aisément se débarrasser d'elle le moment venu, soit en lui trouvant un époux complaisant, soit en l'enfermant dans un couvent, conformément aux dernières volontés de sa mère. Les Espagnols s'offusquaient de cette idylle ? De quel droit, tant que les négociations ne se concrétisaient pas dans un accord en bonne et due forme ? Face à leurs tergiversations, renvoyer Marie sans avoir tiré d'eux autre chose qu'un accord verbal, serait montrer pour la main de l'infante un empressement très nuisible aux marchandages. Mazarin jugea sans doute le *statu quo* préférable, non sans inviter sa nièce à plus de discrétion. Une fois le mariage confirmé par un traité, il aviserait.

La tentation ?

En ce début de juin 1659, la paix semble en bonne voie. Six mois durant, Louis XIV n'a élevé aucune objection au projet dont l'union avec l'infante est la clef de voûte. Il en était d'accord lors de la rupture avec la Savoie. Il a laissé Mazarin mener avec Pimentel, durant tout l'hiver, des négociations fondées sur ces bases. Les deux hommes ont signé, le 7 mai, une suspension d'armes, puis, le 4 juin, un traité préliminaire, aussitôt envoyé à Madrid pour ratification. Les principaux points sont acquis. Reste à en préciser certaines modalités, dont le cardinal est invité à débattre au plus haut niveau avec son homologue espagnol, don Luis de Haro. Il s'apprête à partir pour Saint-Jean-de-Luz, où est prévue la rencontre. Les convenances exigent la mise à l'écart de Marie. Le cardinal, qui s'en va vers la frontière, ne se soucie pas de la laisser à Paris, hors de sa surveillance. Elle partira donc avec lui, mais divergera à mi-parcours en direction de La Rochelle, où elle est assignée à résidence. Pour dorer un peu l'amère pilule, on lui accorde la compagnie de ses deux cadettes, Hortense et la petite Marianne.

Coup de théâtre : Louis XIV, bouleversé, s'oppose à son départ et déclare qu'il veut l'épouser. Il remet ainsi en cause tous les efforts menés jusque-là pour conclure la paix. Il renie la parole qu'il avait laissé donner à l'Espagne en son nom. Il se comporte en irresponsable. Décision catastrophique. Le calendrier ne laisse aucun doute sur la réaction de Mazarin : à ce stade des négociations, il ne pouvait que réagir violemment. Mais les contemporains, contraints de prendre acte de son opposition, s'obstinèrent à y voir une position de repli, après l'échec d'une ambitieuse manœuvre qui aurait fait de lui l'oncle du roi. Nul n'aurait pu résister, croyait-on, à pareille tentation, d'autant que Louis XIV était le maître et qu'il était plus facile de s'incliner que d'affronter sa colère. Tous font de lui, au moins pour un temps, le complice de sa nièce. S'était-il seulement contenté de sauter sur l'occasion ? Presque tous les mémorialistes, très hostiles, tirèrent argument de sa lenteur à réagir pour affirmer qu'il poursuivait cet objectif depuis longtemps et qu'il n'y renonça qu'à regret, devant l'opposition résolue de la reine.

À titre d'exemple, on empruntera ici à l'un d'eux – Mme de Motteville – un passage très souvent cité et trop souvent pris pour bon, typique du processus de dénigrement et où la qualité du style occulte la mauvaise foi[14].

« Il était esclave de l'ambition, capable d'ingratitude, et du désir naturel de se préférer à tous autres. Sa nièce, enivrée de sa passion et persuadée de l'excès de ses charmes, eut assez de présomption pour s'imaginer que le roi l'aimait assez pour faire toutes choses pour elle : de sorte qu'elle fit connaître à son oncle qu'en l'état où elle était avec ce prince, il ne lui serait pas impossible de devenir reine, pourvu qu'il y voulût contribuer. Il ne voulut pas se refuser à lui-même le plaisir d'éprouver une si belle aventure, et en parla un jour à la reine, en se moquant de la folie de sa nièce, mais d'une manière ambiguë et embarrassée, qui lui fit entrevoir assez clairement ce qu'il avait dans l'âme pour l'animer subitement à lui répondre ces mêmes paroles : “Je ne crois pas, Monsieur le cardinal, que le roi soit capable de cette lâcheté ; mais s'il était possible qu'il en eût la pensée, je vous avertis que toute la France se révolterait contre vous et contre lui ; que moi-même je me mettrais à la tête des révoltés, et que j'y engagerais mon fils*.” »

C'est superbement écrit. Mais la dame n'a évidemment pas assisté à la conversation entre Marie et son oncle qu'elle rapporte avec tant d'assurance. Et pas davantage à la prétendue altercation entre la reine et lui. Non, évidemment. Le cardinal, qui se défiait d'elle, n'aurait jamais parlé en sa présence. Et si par hasard il l'avait fait, jamais la reine ne se serait permis, devant elle, d'adresser à Mazarin une algarade aussi insultante – lui-même d'ailleurs étant beaucoup trop fin pour se mettre dans le cas de se l'attirer. Il crève les yeux que la narratrice se désole de devoir accorder au car-

---

* « Mon fils » désigne Philippe, son cadet.

dinal un mérite qu'elle voudrait réserver à la souveraine qu'elle idolâtre. Elle se pique d'honnêteté, elle n'a pas inventé totalement ces propos. Ils furent sans doute tenus par la reine, en substance, lorsque Mazarin l'informa des intentions de son fils. Car il est probable que le jeune roi en fit part tout d'abord au cardinal – tuteur légal de Marie – en lui demandant la main de sa nièce et en le priant de servir d'intercesseur auprès de sa mère dont il prévoyait la colère. L'embarras du cardinal s'explique aisément : la mission était délicate. Bien qu'il prît soin de dénoncer la « folie » du projet, la reine réagit vivement, partagée entre d'incrédulité et l'indignation. Sous le coup de l'émotion, elle rapporta probablement les grandes lignes de l'entretien à sa suivante, et celle-ci le reconstruisit, dans son récit, au gré de sa malveillance. Après son coup de griffe, elle put rendre hommage au cardinal, qui eut l'héroïsme, « malgré la force du sang et contre ses intérêts », d'écarter sa nièce, « pour payer les obligations infinies qu'il avait à la reine ». Mais c'est à l'énergique opposition de celle-ci que la France devait d'avoir échappé à une honte sans précédent.

Laissons les mémorialistes se bercer de leurs fantasmes haineux et ajoutons qu'au cours du psychodrame qui va suivre, lorsqu'il apparaît que le roi est bel et bien « capable de cette lâcheté », Anne d'Autriche ne soulève pas la France entière et qu'il lui arrive, par faiblesse pour lui, de compliquer la tâche de son ministre. Celui-ci montre au contraire une constante fermeté. Sur les efforts déployés pour le ramener à la raison, la correspondance qu'il entretint avec lui ne laisse aucun doute.

Sans vouloir diminuer son mérite, on conviendra qu'il n'avait nullement intérêt à un tel mariage. Qu'aurait-il gagné en devenant l'oncle du roi contre la volonté expresse de la reine et contre l'opinion majoritaire du pays ? Il n'avait rien de bon à attendre de cette nièce rétive, qui ne l'aimait pas, pensait ne rien lui devoir et prenait très mal ses réprimandes. Son avenir politique – si tant est qu'il en eût un, à son âge – était ailleurs. Sa gloire aussi, à coup sûr, et le souvenir qu'on garderait de lui. La conclusion de la paix et du mariage espagnol, au bénéfice de la France, démentirait toutes les calomnies et ferait de lui un homme d'État de stature internationale, respecté de tous, à l'égal de celui qui fut son initiateur, Richelieu. Ah non ! il n'allait pas laisser un caprice d'amoureux lui coûter peut-être sa situation, et à coup sûr détruire l'œuvre de sa vie entière ! D'où le caractère passionnel de l'affrontement qui l'opposa au jeune roi et dont il sortit vainqueur.

Mazarin joue son va-tout

Le combat, ponctué de rebondissements, dure un peu plus de trois mois. Pendant ces trois mois, on a trop tendance à l'oublier, pèse sur la tête de Mazarin la redoutable menace d'un renvoi. Du jour au lendemain – telle est la loi de la monarchie –, Louis XIV peut, sans explications, le congédier en le privant de ses fonctions et de ses biens. Et il ne manque pas autour de lui de jeunes voix pour l'y inciter. Or cette crise tombe au plus mauvais moment. Elle empoisonne la vie du ministre pendant la période cruciale où il doit se concentrer sur les négociations de paix et elle fournit aux Espagnols, bien informés, des raisons supplémentaires de prolonger les pourparlers, avec l'arrière-pensée de faire monter les enchères. Si l'on se souvient qu'il vieillit et que sa santé n'est pas bonne, on prendra la mesure de la tension qui pèse sur lui.

Dans un premier temps, le roi parut céder. C'est en vain qu'il supplia sa mère et son parrain, « à genoux[15] », de lui permettre d'épouser Marie. Réprouvant qu'il fît une chose si contraire à sa gloire, Mazarin alla-t-il jusqu'à déclarer « qu'il était maître de sa nièce et qu'il la poignarderait plutôt que de l'élever par une si grande trahison* »? Il est certain, en tout cas, qu'il refusa. « Il fallut enfin que le roi consentît à une séparation si rude. » La veille du départ, abattu de tristesse, il se rendit auprès de sa mère dans la soirée. Elle le prit à part et l'emmena dans son cabinet des bains, où ils demeurèrent une bonne heure en tête à tête. Il en ressortit « avec quelque enflure aux yeux ». « [Il] me fait pitié, confia-t-elle à sa dame de compagnie, il est tendre et raisonnable tout ensemble ; mais je viens de lui dire que je suis assurée qu'il me remerciera un jour du mal que je lui fais, et selon ce que je vois en lui, je n'en doute point[17]. » La séparation eut lieu le lendemain 22 juin, dans les larmes. Deux récits[18] prêtent à la jeune fille des mots tout simples – « Vous pleurez, et vous êtes le maître », ou « Ah ! sire, vous êtes roi et je pars ! » Racine les immortalisera bientôt, transposés dans la bouche de Bérénice : « Vous êtes empereur, seigneur, et vous pleurez ! », témoignant ainsi de l'émotion soulevée par ces adieux.

Tandis que le roi s'en allait à Chantilly tromper son affliction en s'exténuant à la chasse, Mazarin prenait la route de Fontainebleau en compagnie de Marie et de ses sœurs. Il crut pouvoir respirer. La première lettre qu'il envoya à son filleul, six jours plus tard, est un encouragement à persévérer dans ses bonnes résolu-

* Le récit est-il fiable ? La narratrice se trompe sur le lieu d'exil assigné à Marie, qui n'était pas, au départ, Brouage, mais La Rochelle[16].

tions : « Souvenez-vous, je vous conjure, de ce que j'ai eu l'honneur de vous dire plusieurs fois lorsque vous m'avez demandé le chemin qu'il fallait tenir pour être un grand roi, c'est-à-dire qu'il fallait commencer par faire les derniers efforts, afin de n'être pas dominé d'aucune passion ; car, quand ce malheur arrive, quelque bonne volonté qu'on ait, on est hors d'état de faire ce qu'il faut. Je vous parle avec la liberté que vous m'avez commandée, et je le ferai toujours, puisque vous n'avez aucun serviteur qui s'intéresse plus que moi à votre gloire et à vous voir le plus grand roi de la terre par les qualités personnelles, comme vous l'êtes par les royaumes que vous possédez (28 juin)[19]. »

Hélas, l'intéressé prétend le rassurer en se disant entièrement maître de ses passions – sauf une ! « C'est à proprement parler pour ne rien dire, gronde Mazarin ; car vous aurez toujours une passion qui vous dominera et vous direz ne pouvoir pas vaincre celle-là, et que vous serez maître des autres qui ne [vous] feront aucune peine. Je vous conjure donc de vous bien appliquer pour vous rendre maître de toutes (2 juillet). » Mais le destinataire de ces belles leçons ne fait pas mine de les mettre en pratique. Avant la séparation, il a arraché à la reine, en dépit des objections du cardinal, l'autorisation d'écrire à Marie – en principe sous contrôle. Un échange de lettres quasi quotidien alimente une passion attisée par l'absence. À Fontainebleau, où il a rejoint sa mère, Louis affiche une tristesse qui fend le cœur de celle-ci. Mazarin adjure alors son filleul de se reprendre : « La *confidente* m'a écrit l'état dans lequel elle vous a trouvé, et j'en suis au désespoir ; car il faut absolument que vous y apportiez du remède, si vous ne voulez être malheureux et faire mourir tous vos bons serviteurs. La manière dont vous en usez n'est nullement propre pour guérir, et si vous ne vous résolvez tout de bon à changer de conduite, votre mal empirera de plus en plus. Je vous conjure, pour votre gloire, pour votre honneur, pour le service de Dieu, pour le bien de votre royaume et pour tout ce qui vous peut le plus toucher, de faire généreusement force sur vous (6 juillet). »

Des deux obstacles qui s'opposaient à ses vœux, la reine était, Louis le sentait bien, le plus facile à ébranler. C'est donc sur elle qu'il fit porter son effort. Mazarin comprit vite qu'il essayait de la dresser contre lui. Il découvrit aussi, par sa police, que d'obligeants amis de son âge lui procuraient les moyens de correspondre sans contrainte avec sa bien-aimée hors de toute surveillance. Alors, tout en invitant Anne d'Autriche à surveiller ses fréquentations, il n'hésite pas à la taxer de faiblesse coupable pour son fils : « Je ne saurais assez dire mon déplaisir, voyant l'empressement du *confident* [à écrire] et qu'au lieu de pratiquer les remèdes qui pourraient modérer sa passion, il n'oublie rien de ce qui peut servir à l'augmenter, et, si vous lui donnez raison en ce qu'il fait, comme vous me le mandez [...], il sera toujours bien aise d'en user comme il fait par votre approbation, et en ce cas, on sera exposé à de très grands inconvénients, et peut-être de plus grande conséquence que vous ne croyez. Pour moi, je ferai mon devoir jusqu'au bout, et, si je vois que cela ne profite de rien, je sais bien à quoi ma fidélité, le zèle et la tendresse que j'ai pour le service et pour la réputation du *confident* m'obligeront, avec un désespoir qui me tourmentera tant que j'aurai de vie (10 juillet). »

Parmi les amis complices de cette idylle, le jeune Vivonne se révéla particulièrement dangereux. Il travailla, dit en termes voilés Mme de Motteville, à dénigrer sa mère auprès du roi et à « diminuer les sentiments de tendresse qu'il avait pour elle[20] » – traduisons qu'il lui laissa entendre qu'elle était mal placée pour le réprimander sur ses amours, n'étant pas elle-même à l'abri de tout reproche. Allusion à Buckingham – mais l'épisode datait de loin – ou à Mazarin lui-même ? Vivonne fut exilé, mais Louis XIV n'en devint pas plus docile, au contraire. Le cardinal le somma de rompre totalement avec Marie, le menaçant, s'il ne s'y résolvait pas, des pires catastrophes :

« Dieu a établi les rois pour veiller au bien, à la sûreté et au repos de leurs sujets, et non pas pour sacrifier ce bien-là à leurs passions particulières ; et quand il s'en est trouvé d'assez malheureux qui aient obligé par leur conduite la providence divine à les abandonner, les histoires sont pleines des révolutions et des accablements qu'ils ont attirés sur leur personne et sur leurs États. [...] Je tiens pour constant qu'on pourrait prendre à Madrid les résolutions que nous prendrions nous-mêmes en un cas pareil à celui-là. C'est pourquoi je vous supplie de considérer quelles bénédictions vous pourriez attendre de Dieu et des hommes si, pour cela, nous devions recommencer la plus sanglante guerre qu'on ait jamais vue. [...] Au cas où vous ne rentreriez pas dans le droit chemin, ajoutait le cardinal, je n'ai d'autre parti à prendre, pour vous donner cette dernière marque de ma fidélité [...], qu'à me sacrifier, et, après vous avoir remis tous les bienfaits dont il a plu au feu roi, à vous et à la reine, de me combler, me mettre dans un vaisseau avec ma famille pour m'en aller en un coin d'Italie passer le reste de mes jours et prier Dieu que le remède que j'aurai appliqué à votre mal produise la guérison que je souhaite plus que toutes les choses du monde (de Cadillac, 16 juillet). »

Mais, en dépit de cette belle envolée finale, le chantage au départ laissa de marbre le roi, qui savait bien que Mazarin ne pourrait emmener Marie de force et qui, de plus, s'abritait derrière les complaisances de la reine. Désespérée par sa froideur soudaine, celle-ci était prête à tout pour regagner son cœur. Il obtint d'elle la permission de continuer à correspondre avec Marie. Mazarin, très réprobateur, dénonça ironiquement son double jeu : « Vous me faites bien de l'honneur de me dire [...] que vous êtes plus résolu que jamais de suivre mes avis, mais dans le même temps, vous ne le faites pas. [...] Il faut conclure que j'aurai grand crédit dans votre esprit et que vous aurez la bonté de suivre mes avis, pourvu qu'ils soient conformes à vos sentiments. [...] Feindre de croire que je ne puis désapprouver le point de vue de votre mère est une dérobade : Cela s'appelle en bon français : éviter la question et donner le change. Vous êtes le maître de votre conduite, mais non pas de m'obliger à l'approuver (29 juillet). »

Bientôt, Anne d'Autriche commit une nouvelle maladresse. Lorsque la cour se mit en route pour la frontière espagnole, où devaient se dérouler les cérémonies du traité de paix et du mariage, le roi prétendit aller voir Marie à La Rochelle, comme on avait eu l'imprudence de le lui promettre avant que la crise ne prît un tour aigu. Mazarin tenta en vain de s'y opposer. Déjà la reine avait cédé. Pour donner à la rencontre un air anodin, on évita de modifier l'itinéraire du cortège : Marie et ses deux sœurs furent priées de venir rendre hommage aux souverains lors de leur passage à Saint-Jean-d'Angély. Les deux jeunes gens purent avoir plusieurs entretiens le 13, puis le 14 août. Bien entendu, ils se séparèrent plus amoureux que jamais.

Mazarin, consterné, adresse à son filleul le 28 août « une petite lettre de dix-huit pages qui ne lui plaira pas[21] », écrit-il à la reine – en fait une très longue semonce où il déverse sa colère. À Saint-Jean-de-Luz, les rumeurs courent et les Espagnols s'apprêtent à en jouer. Ce n'est plus le modeste Pimentel, mais don Luis de Haro, son homologue espagnol, qui lui pose, à dessein, des questions embarrassantes : « Personne n'ignore que vous cultivez un amour impossible et que vous n'éprouvez qu'aversion pour le mariage qu'on vous prépare. [...] Comment voulez-vous que je continue à mentir au premier ministre d'Espagne ? s'indigne-t-il. [...] Il est temps de vous résoudre et déclarer votre volonté sans aucun déguisement ; car il vaut mille fois mieux de tout rompre et continuer la guerre sans se mettre en peine des misères de la [nation] et des préjudices que cet État et vos sujets en recevront, que d'effectuer le mariage*, s'il n'a à produire que votre malheur et ensuite nécessairement celui du royaume ; et quoique je continue de faire ce qu'il faut pour avancer la chose, cela n'empêchera pas que je n'exécute ce que vous me commanderez là-dessus[22]. »

Ayant appris par Mme de Venel que la jeune fille, « très assurée de l'affection du roi », songe à devenir favorite en titre, Mazarin tente d'en appeler au sens de l'honneur de celui-ci : « Je sais que si vous êtes obligé à vous marier, elle prétend de rendre, pour toute sa vie, malheureuse la princesse qui vous épousera, ce qui ne pourra arriver sans que vous le soyez aussi et sans vous exposer à mille inconvénients qui en arriveront. [...] Je vous demande, comme aussi au sujet de votre passion, quel personnage prétend-elle de faire après que vous serez marié ? A-t-elle oublié son devoir à ce point de croire que, quand je serais assez malhonnête homme ou, pour mieux dire, infâme, pour le trouver bon, elle pourra faire un métier qui la déshonore ? »

Mais il a l'imprudence de se livrer à un violent réquisitoire contre sa nièce : « Sans cette passion, vous tom-

* Le *mariage* avec l'infante. Cf. deux lignes plus loin : *la chose.*

beriez d'accord avec moi, que cette personne a une ambition démesurée, un esprit de travers et emporté, un mépris pour tout le monde, nulle retenue dans sa conduite, et un penchant à faire toutes sortes d'extravagances, qu'elle est plus folle que jamais, depuis qu'elle a eu l'honneur de vous voir à Saint-Jean-d'Angély. » A-t-il perdu sa légendaire pénétration psychologique ? Il y a des vérités qui ne sont pas bonnes à dire à un amoureux ! On ne s'étonnera pas que la réponse à ses pressantes objurgations tienne, si l'on en croit les plaintes qu'il en fera bientôt à la reine, en deux mots sur un morceau de papier : « Je suis fâché contre vous. » Réaction puérile, digne d'un enfant gâté. Mais cet enfant gâté a vingt et un ans et il est roi de France. Osera-t-il le renvoyer ? Tout est possible.

Mazarin fait front et il joue son va-tout, le 1er septembre, en jetant sa démission dans la balance : « À mon égard, votre bonté ne vous a jamais permis ni de me parler ni de m'écrire jusqu'à présent comme vous le faites en ce rencontre. [...] Je signerai la paix et terminerai ma tâche. » Mais, ajoute-t-il, « je vous demande dès à présent de me faire savoir en quel lieu je devrai ensuite me retirer ; j'irai y finir mes jours dans un déshonneur que vous m'aurez infligé, ne demandant plus qu'à Dieu le moyen de vous servir encore et quand même, comme j'ai eu le bonheur de faire, trente ans durant, le roi votre père et vous, sans que vos armes et vos affaires aient perdu de la réputation pendant que j'ai eu l'honneur de les conduire*. »

Cette lettre n'est pas facile à interpréter. Essayons tout de même. « Je signerai la paix et terminerai ma

---

* Mazarin n'extrapole que peu en datant de Casal (1630) son passage au service de la France.

tâche » ne peut avoir à cette date qu'une signification. Au point où en sont les pourparlers, Mazarin ne peut que conclure le mariage espagnol. Il tient à son œuvre : il apportera aux Français la paix, s'il veut faire taire les calomnies qui font de lui depuis toujours, un fauteur de guerre. Mais si Louis XIV n'épouse l'infante qu'à contrecœur, il en surgira des calamités dont il ne veut pas être jugé responsable. À quoi peut-il penser? Évidemment, au maintien de Marie à ses côtés comme favorite en titre, qui briserait net la réconciliation souhaitée avec l'Espagne. C'est pourquoi, anticipant sur un éventuel renvoi, il jette dans la balance sa démission immédiate. Le 6 septembre, il explique à la reine qu'il se refuse désormais à rencontrer le roi. Il lui écrit à nouveau, sur un ton glacial, pour lui renouveler son obéissance en ce qui concerne la négociation, mais, « n'ayant pas le bonheur de [lui] plaire », il le renvoie à ses ministres pour toutes les affaires courantes – et Dieu sait qu'il y en a, des affaires courantes ! En somme, il se met partiellement en grève.

Anne d'Autriche prit peur et mesura les conséquences catastrophiques qu'aurait à cette date un tel retrait public. Elle raisonna son fils, qui commençait à s'inquiéter. Marie Mancini, perdant tout espoir de se faire épouser, prit le parti de céder : « Votre Éminence aura lieu d'être satisfaite de moi par la conduite que je tiendrai. J'ai prié le roi de trouver bon que je ne lui écrive plus et de faire aussi, lui, la même chose (3 septembre). » De son côté, Louis XIV, dans une lettre du 11 septembre, fit amende honorable auprès de son parrain et se dit résolu à surmonter sa passion. Mazarin avait réussi à le faire plier.

Derniers soubresauts

Abcès crevé, affaire réglée ? La reine et son ministre s'étaient peut-être réjouis un peu vite. Certes leur victoire était capitale sur le plan politique : Louis XIV consentait de bon gré à épouser l'infante. Les apparences étaient sauves, la paix ne souffrirait pas de cet intermède. Mais Mazarin ne tarda pas à découvrir que l'idylle se poursuivait de façon souterraine. Marie, prétendant que l'embryon de vie mondaine que lui réservait La Rochelle pesait à son chagrin, avait sollicité la permission de se retirer à Brouage, vieille forteresse isolée en bord de mer, dont le cadre convenait mieux à sa mélancolie. Pur prétexte. En fait, elle choisit Brouage parce qu'elle avait un allié dans la place. L'intendant qui l'administrait au nom de Mazarin, un nommé Colbert de Terron, cousin de l'autre, favorisait l'échange épistolaire. Vers la mi-octobre, son rôle fut découvert lors de l'envoi d'un petit chien, né de la propre chienne du roi, qui portait à son collier une inscription : « Je suis à Marie Mancini. » L'imprudent fut chassé, la démission du cousin refusée. Mais Mazarin en tira la leçon : il ne manquait pas de gens pour miser sur l'avenir, contre les tenants de la vieille garde. Il pouvait sévir contre tels ou tels complices, comme Philippe Mancini, qui, relégué à Brisach, parvint à s'en évader, fut repris et ramené dans la place forte sous surveillance renforcée. Il savait qu'il en surgirait toujours d'autres, prêts à servir le maître de demain.

Le servir dans quel but ? Les historiens, au vu de la suite, ne semblent guère s'être posé la question. Mais Mazarin se la posa, lui, assurément. Que pouvait espérer Marie, une fois acquis le mariage du roi avec l'infante ? À quoi tendaient leurs serments d'amour et de fidélité ? Ces serments n'étaient-ils que les derniers feux d'une passion se berçant encore de rêves ? Tout donnait à penser que les deux amoureux feignaient de plier provisoirement devant l'orage, mais qu'elle était d'accord pour accéder ensuite au statut de favorite : ils n'avaient fait que reculer l'échéance. Seule cette crainte explique les contre-feux assez sordides qui furent aussitôt allumés par Mazarin, avec l'approbation expresse d'Anne d'Autriche. Car celle-ci ne voulait à aucun prix d'une liaison qui compromît le « bonheur » de l'infante. Quant à lui, de quoi aurait-il l'air si, tout en mariant le roi, il lui donnait sa nièce pour maîtresse ? C'est à lui, plus encore qu'à elle, qu'on reprocherait de faire un métier déshonorant. Il fallait donc agir à la racine en tuant l'idylle elle-même.

Louis XIV est engagé. À Saint-Jean-de-Luz, Mazarin a paraphé en son nom le traité de paix et le contrat de mariage. Hélas, l'hiver arrive, la cérémonie est reportée au printemps suivant. Six mois creux, vides, pendant lesquels tout peut arriver. Visiblement il songe encore à Marie. Pour couper court aux intrigues de leurs amis communs, une seule ressource : combattre le mal par le mal, orienter vers une autre le cœur du roi. Vers qui ? Il ne fallait pas ouvrir la voie à n'importe quelle ambitieuse. On décida de ranimer ses sentiments pour Olympe Mancini. L'affaire, telle qu'on la découvre dans les lettres de Bartet, l'agent de Mazarin chargé de surveiller la cour en son absence, peut aisément être interprétée comme un sinistre marchandage destiné à jeter la jeune femme dans le lit du roi, avec la bénédiction d'un mari complaisant, trop heureux des faveurs promises[23]. Mais qu'aurait-on gagné à remplacer une maîtresse par une autre ? En réalité Olympe, devenue comtesse de Soissons, déjà mère de deux fils et enceinte d'un troisième, offrait alors beaucoup de garanties contre les appétits charnels de Louis XIV.

Rien ne prouve d'ailleurs, quoi qu'on en ait dit, qu'elle ait été sa maîtresse au temps de leurs amours d'adolescents. Mais il se plaisait en sa compagnie, car elle avait le don de l'amuser. Sa timidité native, entretenue par l'éducation, recherchait les prévenances féminines qui lui donnaient confiance en lui. Vive, familière, provocante au besoin, Olympe le mettait en valeur, à ses propres yeux et à ceux des autres. Toute sa vie, il sera de ces hommes qui sont toujours plus brillants lorsque la présence de femmes vient les stimuler.

Au long du voyage qui conduit la cour vers la Provence, Bartet charge donc l'aimable comtesse d'occuper le roi. Aux alentours de Toulouse, il peut se féliciter du résultat : « Le roi recommence de lui parler et de rire avec elle, et particulièrement d'y jouer plus qu'avec qui que ce soit. [...] Ils ont dîné tous les jours en tête à tête dans le carrosse sans en sortir. M. le comte de Soissons a aussi repris avec le roi son ancienne manière de lui faire la cour. » Bref, les habitudes sont revenues au point où elles en étaient avant que l'irruption de Marie, monopolisant le roi, n'eût relégué sa sœur dans une semi-disgrâce. Mais Olympe ne se plie à ce rôle qu'à contrecœur. Elle n'en discute pas le principe, mais elle pèche dans « l'exécution » : elle a souvent « l'esprit si froid et l'humeur si froide » que Bartet s'en plaint amèrement. Les promesses du cardinal durent faire bon effet cependant, puisque l'intéressée accueillit avec une merveilleuse reconnaissance les « bons offices » que celui-ci lui a rendus auprès du roi. Mais plus que les faveurs, ce qui l'incita à entrer dans le jeu fut le plaisir de tirer vengeance de Marie, qui n'avait pas manqué, en l'évinçant, de lui faire sentir son triomphe.

Nul ne trouvait à redire à ce retour en grâce. S'il avait suscité des commentaires, Mlle de Montpensier, qui faisait partie du voyage, n'aurait pas manqué de s'en faire l'écho. L'humeur et la santé de Louis XIV étaient bonnes, ses appétits sans doute discrètement satisfaits en coulisse. S'il pensait encore à sa bien-aimée, il n'en montrait rien. Restait cependant à s'assurer que la manœuvre remplissait bien, auprès de la jeune fille, l'autre face de son office. Car cette manœuvre visait surtout, en piquant la jalousie de la délaissée, à semer la discorde entre elle et son amoureux. La pitié qu'avait pu éprouver un instant Anne d'Autriche envers Marie s'était muée en haine lorsqu'on put craindre que celle-ci ne se maintînt comme favorite. Elle « ne se sentait pas de joie du réembarquement » du roi avec Olympe : « Elle serait encore plus aise, si les nouvelles en volaient jusqu'à Brouage. » Elle n'eut pas besoin de recourir pour ce faire à l'officieux Bartet. C'est Olympe elle-même qui prit un malin plaisir à s'en vanter auprès de son arrogante cadette – un prêté pour un rendu.

Marie, effondrée, implora la protection de son oncle. Comme la cour projetait de passer l'hiver dans le Midi, il lui proposa de s'installer avec ses deux jeunes sœurs à Poitiers, Chenonceaux ou Amboise ou, à la rigueur, de regagner Paris et il chargea Ondedei de lui parler de mariage. Piquée de la « trahison » du roi, elle ne dit pas non. Un très brillant parti, le prince Lorenzo Colonna, héritier de la noble famille chez qui le père de Mazarin avait servi jadis, prétendait à sa main. Elle refusa cet exil déguisé, elle ne voulait pas quitter la France. Mazarin feignit de s'incliner. Mais elle faisait désormais son entrée sur le marché du mariage. Elle choisit Paris, bien sûr, contre promesse d'y mener une vie exemplaire. Lourdement compromise, elle avait besoin de redorer sa réputation. Personne, à l'époque, n'aurait misé un sou sur sa vertu. La postérité, au contraire, prompte à accabler Olympe, crédite Marie d'une retenue fondée sur sa prétendue « fierté » – mais la fierté a-t-elle jamais empêché une femme de céder à une passion sincère ? – et sur le témoignage ultérieur de son époux, le prince Colonna, qui déclara l'avoir trouvée vierge, en dépit des rumeurs malveillantes – mais ne cherchait-il pas à préserver par là l'honneur familial ? Faute de document nouveau, on doit se résigner à ne pas savoir ce qui se passa entre elle et Louis XIV. Pour l'aider à remonter la pente, son oncle lui conseillait la discrétion. Mais il ne put s'opposer à ce qu'elle reçût des visiteurs de choix. Il dut tolérer la cour respectueuse que lui fit le jeune prince Charles de Lorraine, neveu du duc Charles IV, avant de trouver un prétexte à y couper court lorsque ce dernier se mit lui-même sur les rangs. Tout cela, au fond, n'était pas mauvais. Cela donnait du prix à l'intéressée. De quoi encourager la candidature italienne, qui présentait l'avantage de l'expédier à bonne distance de son amoureux mal guéri.

Elle apprit par son frère qu'au retour de Saint-Jean-de-Luz, le roi, laissant sa jeune épouse aux mains de sa mère, s'était échappé pour un bref pèlerinage à Brouage, en souvenir d'elle. D'une fenêtre de la rue Saint-Antoine, elle le revit en majesté, lors de son entrée solennelle dans Paris. Elle fut associée aux fêtes qui animèrent l'hiver 1660-1661. Mais son sort était scellé, elle serait princesse Colonna. La joie que lui inspira la disparition de son oncle – « Dieu merci, il est crevé ! » s'exclama-t-elle avec Hortense – ne changea rien à son destin. Quinze jours avant de mourir, il avait signé son contrat de mariage et elle dut quitter Paris peu après. Les années passèrent. Lorsque, beaucoup plus tard, fuyant son mari, elle prétendit revenir en France, elle se heurta d'abord à des refus, n'obtint enfin qu'une autorisation assortie de vagues compliments. Mais Louis XIV ne voulut jamais revoir celle pour qui il avait failli compromettre le brillant avenir que lui préparait Mazarin.

L'infante, elle, y gagna une année de relatif « bonheur », avant que le roi ne commence à prendre avec le contrat conjugal des libertés qui deviendront vite la règle. Les objurgations de sa mère n'y purent rien changer et le cardinal n'était plus là pour les appuyer. L'aurait-il fait d'ailleurs ? Le traité des Pyrénées avait procuré à la France une prééminence incontestée. La jeune reine remplissait son rôle, en assurant la descendance. Dès l'instant que le roi dirigeait les affaires et tenait ses maîtresses à l'écart de la politique, son parrain aurait sans doute fermé les yeux sur les indispensables dérivatifs.

CHAPITRE DIX-NEUF

Conclure la paix générale

La paix fut longue à venir. Entre la victoire des Dunes et l'arrivée de Pimentel à Lyon, plus de cinq mois s'écoulèrent. Il en fallut cinq autres jusqu'à l'armistice du 7 mai 1659. Prudemment, Mazarin avait ordonné à Turenne de ne pas licencier ses troupes et de rester en alerte à la frontière des Pays-Bas. Un mois plus tard, le 4 juin, il signait avec l'émissaire espagnol les préliminaires de paix, parfois connus sous le nom de traité de Paris. Les principales questions territoriales y étaient réglées, avec une minutie visant à prévenir toute forme de contestation. Restaient en suspens, entre autres choses, le sort de Condé et le contrat de mariage de l'infante. Pimentel sortit pour la première fois de l'ombre lors d'une brillante fête donnée par Lionne en son château de Berny. Il y fut fêté par tous, tant était grande la joie de voir enfin poindre la paix. Mais il n'avait pas qualité pour décider en dernier recours. C'est alors que fut organisée la rencontre de Saint-Jean-de-Luz entre les premiers ministres des deux pays. Entre Paris et Madrid, les échanges prenaient du temps. Mazarin dut partir sans avoir reçu la ratification des préliminaires : il poussa un soupir de soulagement lorsqu'elle lui parvint un mois plus tard, à son passage à Poitiers. Il arriva à destination le 28 juillet.

Il n'avait pas l'esprit tranquille. Il aurait préféré rester aux côtés du roi. Il laissait derrière lui le secrétaire d'État aux affaires extérieures, Brienne – un ennemi de longue date – qu'il avait refusé d'amener avec lui en invoquant son âge. Il avait également écarté le fils Brienne, trop jeune. Mais comme il l'aimait bien – ç'avait été un ami de son neveu Paolo –, il enroba son refus d'une plaisanterie. « Vous avez encore trop peu de barbe au menton pour être opposé aux moustaches espagnoles. » L'intéressé répliqua hardiment « que la barbe n'y faisait rien » mais qu'il laisserait croître sa moustache et l'aurait « dans peu de jours aussi copieuse que l'étaient celles des seigneurs espagnols ». Au lieu de se fâcher de l'insolence, Mazarin rit de bon cœur, lui fournit des explications satisfaisantes et y joignit un don de 2 000 écus, pour l'aider à digérer son chagrin[1]. Il pardonnait toujours la hardiesse, quand elle s'accompagnait d'esprit.

Mais la bonne volonté du jeune Brienne ne suffisait pas à le rassurer. Il n'avait à la cour, comme auxiliaire fidèle, que Michel Le Tellier. Le conflit qui l'opposait au roi sur Marie Mancini ponctua tout le trajet vers Saint-Jean-de-Luz et il battait son plein à son arrivée, quelques jours avant don Luis de Haro. Durant toute cette période, il vécut dans l'angoisse de ce que pouvait faire – ou ne pas faire – Louis XIV livré à lui-même. Tout à sa passion contrariée, celui-ci passait à écrire à sa bien-aimée un temps précieux qu'il dérobait aux affaires. Or celles-ci exigeaient son intervention, au moins en apparence, et Mazarin le suppliait d'y appliquer plus d'attention. Il doublait de missives à sa mère et surtout à Le Tellier les instructions qu'il lui adressait – par exemple, ne pas dégarnir les places du nord et ne pas laisser l'élite des officiers accompagner la cour dans son voyage vers le sud. Il recommandait qu'on lui lût plus d'une fois ses lettres et qu'on les lui commentât. Réduit à fournir de toutes questions deux versions parallèles, l'une, pour le roi, à la fois plus simple et plus détaillée, l'autre, pour Le Tellier, plus approfondie mais plus allusive, il gouvernait ainsi par personnes doublement interposées : tâche harassante et peu sûre. Mais il lui fallait bien s'en contenter. La malencontreuse idylle fut heureusement dénouée avant la rencontre, lui permettant de se consacrer entièrement aux négociations.

Il espérait venir à bout rapidement du traité, puisque l'essentiel avait été arrêté lors des préliminaires de Paris. Il pensait donc que le mariage suivrait de peu. À la différence de la plupart des mariages princiers, accomplis à distance, celui-ci prendrait la forme de retrouvailles familiales. Pour sceller leur réconciliation en unissant leurs enfants, Philippe IV et Anne d'Autriche, longtemps séparés par une guerre fratricide, se déplaceraient en personne. En prévision de la cérémonie, la cour quitta donc Paris en grande pompe, au début d'août. Mais Mazarin n'avait pas prévu que Pimentel serait disgracié, pour avoir montré trop de complaisance à ses exigences. Il trouva en don Luis de Haro un interlocuteur patient, retors et coriace, qui prolongeait les discussions à plaisir. Impossible de fixer la date du mariage. Le cortège royal dut s'arrêter à Bordeaux. Louis XIV, contraint de renoncer à épouser Marie, était d'humeur maussade. Il n'aimait pas cette ville, qui lui avait longtemps résisté. Alentour s'étendaient à perte de vue les précieux vignobles, jalousement protégés, interdisant toute chevauchée. Pas la moindre forêt où chasser le sanglier et le cerf. Il étouffait, il s'ennuyait, et les nouvelles ponctuellement envoyées par un Mazarin très en verve ne suffisaient pas à tromper son impatience. Mais celui-ci ne pouvait rien contre le flegme légendaire de ses partenaires, qui lui imposaient leur rythme.

Les négociations de l'île des Faisans

Les Espagnols n'étaient pas pressés. Ayant renoncé à reprendre la lutte sur le terrain militaire, ils n'avaient plus rien à perdre. La France ne pouvait en dire autant, compte tenu du mécontentement endémique qui régnait à l'intérieur et des difficultés que soulevaient ses alliés à l'extérieur. L'Empereur, cherchant à se soustraire aux servitudes imposées par la Ligue du Rhin, encourageait l'agitation en Allemagne. Philippe IV comptait sur ces divers ennuis pour rendre son interlocuteur plus souple et jugeait avec raison que le temps travaillait pour lui.

On s'était contenté jadis, lors des échanges de princesses avec l'Espagne, d'édifier sur la Bidassoa une plate-forme flottante reliée à chaque rive par un pont de bateaux. Cette fois, il fallut voir plus grand, en vue des diverses cérémonies. Selon l'usage, aucun des deux rois ne pouvait mettre un pied hors de son royaume – sauf en armes, à la tête de ses troupes. On choisit donc au milieu du fleuve une île, dite des Faisans, qui fut déclarée neutre après maintes controverses, et l'on convint qu'elle serait coupée en deux sur toute sa longueur par une frontière virtuelle. Elle fut desservie de chaque côté par un pont improvisé et on y aménagea un luxueux bâtiment de bois. Une vaste salle centrale, où l'intervalle entre les tapis faisait office de limite territoriale, était flanquée d'appartements clos, rigoureusement symétriques. Entre les deux diplomates, tout devait être marqué au sceau de la plus stricte égalité, mais Mazarin, pour bien montrer que la France restait riche, s'efforça d'en mettre plein la vue aux Espagnols.

Il arriva avec trente carrosses à six chevaux. Pour décorer la partie française de la grande salle, il avait tiré de ses collections quelques-unes de ses plus belles tapisseries. Mais il affectait l'indifférence pour ces bagatelles. Don Luis, pris de court, ne put que recourir à une solution de fortune – des couvertures de mulet, à vrai dire brodées d'or et frappées à ses armes – qui eut au moins le mérite de l'originalité.

On discuta longtemps sur le nombre et la qualité de leurs conseillers et sur le protocole qui réglerait leurs rencontres. Entre un prince de l'Église, Mazarin, et un grand d'Espagne, don Luis de Haro, le propre neveu d'Olivarès, comment décider des préséances ? Faute de parvenir à trancher, on renonça aux visites préalables et les conférences purent enfin s'ouvrir le 13 septembre. Chacun avait amené comme secrétaire un diplomate rompu aux négociations difficiles. D'un côté le très habile Hugues de Lionne qui avait déjà servi à Münster et venait de mener à Madrid, trois ans plus tôt, une négociation avortée sans qu'il y eût de sa faute. De l'autre un homme d'expérience, le vieux don Pedro Coloma, dont les années n'avaient pas entamé la vivacité d'esprit. À eux de régler les modalités d'application, à mesure que leurs maîtres posaient les principes.

Les clauses territoriales élaborées par Pimentel soulevèrent très peu d'objections. Le roi de France gardait les provinces conquises, au nord l'Artois – moins Aire-sur-la-Lys et Saint-Omer –, au sud le Roussillon et la Cerdagne, c'est-à-dire la partie septentrionale de la Catalogne. Il conservait sur la frontière du nord-est d'importantes places, assorties des territoires qui en dépendaient : Bergues, Bourbourg, Gravelines et Saint-Venant en Flandre, Landrecies et le Quesnoy en Hainaut, Damvilliers, Montmédy et Thionville en Luxembourg. En revanche, il dut restituer un certain nombre de places flamandes – Comines, Dixmude, Furnes, Menin, Audenarde et Ypres – et toutes celles qu'il détenait encore en Catalogne au-delà des Pyrénées. Il dut faire restituer au Milanais la place de Mortara, conquise par son allié, le duc de Modène. Mais la possession définitive de Pignerol ne lui était plus contestée. De plus, les droits sur l'Alsace qui lui avaient été accordés à Münster se voyaient solennellement confirmés. Pour lui, ces acquis, protégeant les principales frontières du royaume, étaient donc tout à fait considérables. Le traité des Pyrénées assurait à ceux de Westphalie la solidité qui leur manquait jusque-là.

Contrairement à ce que nous pourrions penser, la perte de ces territoires ne sembla pas émouvoir l'Espagne. À vrai dire, elle détenait tant de possessions éparses, disséminées à travers le monde, qu'elle avait de plus en plus de peine à les administrer. Faute d'une démographie suffisamment vigoureuse, il lui fallait choisir entre diverses priorités. Les provinces et places concédées ne mettaient pas en cause sa sécurité. Elle les passa par profits et pertes. En revanche, elle attachait une importance capitale au sort de Condé. Don Luis de Haro tenta de remettre en cause auprès de Mazarin les modestes concessions accordées par Pimentel. Ils étaient fins, tous deux, et hommes d'esprit. Leurs joutes verbales, telles que les rapporte le cardinal dans les comptes rendus qu'il adresse au roi et à la reine[2], témoignent de l'importance symbolique que revêtait aux yeux des deux parties le traitement réservé au prince.

Le sort de Condé

Anne d'Autriche et Louis XIV lui en voulaient mortellement non seulement de sa rébellion, mais des avanies qu'il leur avait infligées. Traître à sa famille, traître à son souverain, traître à sa patrie, il méritait à leurs yeux un châtiment exemplaire. Non point la mort – les princes du sang étaient sacrés et le temps des échafauds révolu –, mais la privation de tous ses biens, charges et dignités. Les Espagnols au contraire exigeaient qu'on lui rendît sans réserve ses prérogatives antérieures. Certes pas par sympathie. Ils souhaitaient se débarrasser de lui au plus vite. Il leur coûtait très cher et les abreuvait de son amertume. Oubliant qu'il « galopait sur des chevaux d'emprunt », il n'avait cessé de critiquer la stratégie de ses collègues espagnols ; il imputait maintenant à leur incompétence le récent désastre militaire. Mais ils étaient tenus par les engagements souscrits avec lui. Il s'était présenté à eux, non comme un fugitif en quête de protection, mais comme un prince autonome leur offrant son alliance. Ils avaient signé avec lui un traité spécifiant qu'ils feraient de son rétablissement en France une des conditions de la paix. Ils n'en démordraient pas, comme don Luis l'avait expliqué à Lionne deux ans plus tôt, avant de le congédier : « Nous avons premièrement regardé le point d'honneur et seulement en second lieu la conservation des États, parce que, sans l'honneur, tout État se perd à la fin et qu'avec l'honneur on peut espérer rentrer dans ceux qu'on a perdus[3]. » Sous ces nobles paroles se cachait le souci de leurs intérêts bien compris. Aussi Mazarin finit-il par faire avouer à don Luis que si l'Espagne lâchait un allié aussi prestigieux que Condé, elle n'en trouverait jamais plus aucun.

Prince autonome ou sujet rebelle ? À travers ce cas exemplaire, ce sont deux conceptions des rapports de la haute noblesse avec le pouvoir royal qui s'affrontaient – l'une inspirée du passé, l'autre annonçant l'avenir : deux époques. Le malentendu semblait sans issue.

Les attendus des conditions posées pour lui par les Espagnols tournaient au panégyrique. Mazarin s'indignait des euphémismes qui donnaient à sa rébellion l'air d'une équipée héroïque. Comment laisser dire, écrivait-il à Lionne, qu'il avait toujours souhaité la paix entre les deux couronnes et manifesté sa passion pour le service du roi, « lorsqu'il n'avait rien oublié pour lui ôter la couronne de dessus la tête, s'il avait pu » ? Leurs entretiens, tels que les rapporte le cardinal partagé entre l'indignation et le rire, tournaient au dialogue de sourds.

Ils cessèrent finalement d'ergoter sur le vocabulaire pour descendre aux questions concrètes et parler finances. Un prince du sang de la qualité de Condé pourrait-il tenir son rang en France sans places ni gouvernements ? disait l'un. Comme cinquante autres qui n'en avaient jamais eu, répondait l'autre : « Un prince du sang n'en pouvant souhaiter que pour faire du mal, on a grande raison de ne leur en donner pas. Car pour leur sûreté et pour recevoir des marques de respect de tous les Français, ils n'ont autre chose à faire qu'à bien vivre et [...] bien servir le roi, comme ils y sont obligés plus que tous les autres sujets. » Et il souligna que chez nous le sentiment national, désormais très vif, faisait « regarder avec horreur » toute liaison avec les étrangers.

Don Luis avança alors — pour de bon ou à titre dissuasif? – une solution inattendue : en désespoir de cause, Philippe IV concéderait à Condé la souveraineté de quelque province dépendant de sa couronne. L'intéressé ne se montrait pas chaud pour devenir roi de Sardaigne ou des deux Siciles*. Mais il pourrait s'accommoder de la Franche-Comté ou du Cambrésis,

* La Sicile proprement dite, accompagnée de la Calabre.

prélevé sur les Pays-Bas. Mazarin perçut aussitôt le danger. Condé ne cachait pas qu'il était las de l'exil et anxieux de rentrer. Il valait mieux l'avoir dedans que dehors. Lui refuser le retour et l'installer aux portes du royaume aurait attisé son appétit de vengeance, en ralliant à sa cause une bonne part de la noblesse, scandalisée. Autant signer un bail pour des années de guerre civile. Comme Mazarin s'y refusait, don Luis demanda, presque candidement, pourquoi le roi poursuivait le seul Condé de sa vindicte, alors qu'il ne tenait aucune rigueur à tant d'autres rebelles – dont Turenne. Le cardinal n'osa invoquer la nécessité de faire un exemple unique et éclatant pour prouver qu'en France la rébellion ne payait plus et il noya le poisson en rappelant les concessions accordées par l'Espagne à ses provinces révoltées.

Chacun s'étant livré à son baroud d'honneur, il fallut en venir aux accommodements. Mazarin avait pour unique souci d'ôter au prince les moyens de se constituer, comme naguère en Bourgogne et en Guyenne, des fiefs quasi indépendants. Plus encore que les gouvernements de provinces, ceux de places fortes, on l'a dit, en formaient l'ossature. Condé en possédait encore trois – Rocroi, le Catelet, ainsi qu'une autre plus petite – qu'il avait mises à la disposition des Espagnols. Mazarin en exigea la restitution, en échange de faveurs qu'il faisait sonner bien haut. En réalité, il savait bien qu'on ne pouvait refuser au premier prince du sang, si on l'autorisait à rentrer, tout ce qui relevait du paraître – ses biens, honneurs, dignités et privilèges. Mais il discuta pied à pied, s'appliquant à monnayer chaque concession. Puisque Philippe IV était prêt à récompenser son ex-allié par des cessions territoriales, pourquoi ne lui accorderait-il pas quelques places frontalières, dont celui-ci pourrait ensuite faire hommage à Louis XIV, en échange des grâces obtenues ? Don Luis saisit aussitôt l'intérêt de la manœuvre : l'Espagne ne cédait rien à la France, les apparences étaient sauves. Il proposa Marienbourg et Philippeville. Mazarin fit grise mine : il fallait au moins leur ajouter Avesnes, une des clefs du Hainaut. Et, pour montrer que la France, elle aussi, savait soutenir ses alliés, il demanda que Juliers fût rendu au duc de Neubourg. Comme l'autre se récriait, prétendait consulter son maître – ce qui prendrait au moins quinze jours ! –, il déclara ne plus vouloir discuter avec un partenaire sans pouvoir, qui n'avait pas, comme lui-même, la capacité de décision. Piqué au vif, don Luis céda.

Le cardinal avait fait de son côté quelques avances majeures. Condé conserverait un gouvernement. Non pas la turbulente Guyenne, mais la Bourgogne, où ses forteresses avaient été démantelées, avec pour seules places Dijon – dont les habitants ne l'avaient pas soutenu durant la Fronde – et Saint-Jean-de-Losne. Au lieu du gouvernement de Champagne, son fils le duc d'Enghien aurait la charge de grand maître de la maison du roi, qui avait naguère appartenu au prince. En prime, la reine consentait même à leur rendre le merveilleux domaine de Chantilly. Ils auraient de quoi y jouer les mécènes. Mais on prenait soin de leur arracher les griffes. Mazarin faisait d'une pierre deux coups. Tout en désarmant Condé, il faisait payer par l'Espagne, en bons et solides avantages, la rançon d'un pardon qui aurait pu être accordé gratis : « Ce que je puis dire avoir acquis à d'autant meilleur marché, écrit-il, que Monsieur le Prince, revenant en France, et témoignant, pendant cinq ou six mois seulement, d'avoir des sentiments conformes à son devoir pour le service du roi, Sa Majesté, de son mouvement, lui aurait donné ce qui lui est accordé par le traité, et même quelque chose de plus, avec autant de facilité que si ce n'avait été qu'une paire de gants[4]. »

La dot de l'infante

L'autre point en suspens était l'héritage de l'infante. Bien que sa jeune épouse lui eût donné un second fils, à vrai dire malingre et souffreteux, Philippe IV restait hanté par la crainte de voir l'Empire espagnol passer, faute d'héritiers mâles, entre les mains de Marie-Thérèse et donc de la France. Pour y parer, il y avait un précédent. Lors de son mariage, en 1615, Anne d'Autriche avait renoncé à ses droits sur la succession paternelle et reçu une dot en compensation. Mazarin tenta tout d'abord de faire dissocier de l'héritage les Pays-Bas et la Franche-Comté. Il n'y parvint pas. Mais lorsque don Luis prétendit ensuite que les places cédées par l'Espagne tiendraient lieu de dot, il protesta. Pas question ! C'étaient des conquêtes gagnées par les armes. Il tomba donc d'accord pour reproduire, jusque dans les termes, le contrat qui avait servi pour Anne d'Autriche.

Le texte mis au net par les soins d'Hugues de Lionne et de don Pedro Coloma comportait la liste – qui se voulait intégrale – de toutes les possessions espagnoles à travers le monde auxquelles renonçait l'infante. Comme on entrait dans les moindres détails, l'énumération occupait des pages et des pages. Veut-on un exemple de cette minutie ? La France s'était vu accorder le Roussillon et les *villages* de Cerdagne. Mais le petit bourg de Llivia, étant entouré de remparts, fut considéré comme une *ville* et donc exclu de la cession : c'est pourquoi il est resté – et il est encore aujourd'hui ! – enclave espagnole. Le montant de la dot fut le même qu'en 1615, mais on spécifia qu'il serait calculé en monnaie française, car le réal espagnol avait perdu en un demi-siècle la moitié de sa valeur. Une somme de 500 000 écus d'or – des écus de trois livres – fut donc accordée par Philippe IV à sa fille pour solde de tous comptes. C'était peu, au regard de ce qu'elle perdait, mais beaucoup pour les finances d'un pays au bord de la banqueroute.

Cette dot était payable en trois fois, la première échéance tombant « au temps de la consommation du mariage ». Hugues de Lionne fit remarquer que le contrat n'était pas équitable. La France abandonnait d'emblée tout droit sur la succession, sans que rien lui garantisse le paiement ultérieur de la dot. Il proposa de lier les deux clauses. Don Pedro Coloma, qui ne connaissait que trop la situation financière de son pays, mesura le danger et tenta de s'y opposer. Mais lorsque Lionne prit son air le plus innocent pour lui demander si par hasard l'Espagne songeait à renier sa parole, il dut céder, par fierté. On inscrivit donc au contrat que, « *moyennant* le paiement effectif fait à Sa Majesté Très Chrétienne, ladite Sérénissime Infante se tiendra pour contente et se contentera du susdit dot (*sic*), sans que par ci-après elle puisse alléguer aucun sien autre droit… »

On a beaucoup épilogué sur ce petit mot tout simple – *moyennant* — ouvrant la porte à tant de possibles. Sur le moment Lionne et son maître Mazarin s'en réjouirent vivement. L'avenir proche sembla leur donner raison. Lorsque s'accomplit le mariage, don Coloma était mort. Les ministres castillans, oublieux de ce détail ou convaincus qu'il en faudrait davantage pour freiner d'éventuelles ambitions françaises, n'honorèrent même pas le premier versement. Et en effet, Louis XIV aurait pu s'en passer puisque, pour justifier ses revendications territoriales en Brabant, il s'appuya de surcroît sur de prétendus droits *dévolus* à son épouse par les coutumes locales*. Et lorsqu'en 1700 la couronne d'Espagne échut à son petit-fils – au prix, d'ailleurs, d'une renonciation au trône de France –, ce fut par la volonté testamentaire de Charles II, le dernier des Habsbourg : le cousinage avait sûrement pesé dans le choix de celui-ci, mais pas le contrat de Marie-Thérèse. Juridiquement, l'additif astucieusement apporté par Lionne fut donc sans conséquences. Mais psychologiquement, il contribua sans doute à justifier dans l'esprit de Louis XIV les envies de conquêtes qui le poussaient spontanément vers les Pays-Bas. Et il n'en sortit rien de bon.

Le rendez-vous des mendiants

La paix dite des Pyrénées, qui fut enfin signée solennellement le 7 novembre 1659, affichait des objectifs très ambitieux. L'Europe entière avait été impliquée dans le conflit franco-espagnol. Mazarin et don Luis de Haro manifestèrent une même volonté d'y rétablir la paix. Engagés à l'égard de leurs alliés respectifs, ils tenaient le sort de ceux-ci entre leurs mains. Les conférences de l'île des Faisans prirent donc très vite la forme d'une sorte de congrès international pour la paix. Trois mois durant, diplomates et juristes travaillèrent d'arrache-pied. Le texte fleuve qui sortit de leurs efforts conjugués comportait cent quatre-vingts articles officiels, plus huit secrets. Ils avaient essayé d'éliminer le maximum de points de friction, mais de nombreuses questions restaient en suspens, soit qu'ils n'y aient pas prêté intérêt, soit qu'ils eussent choisi de les ignorer.

---

* D'où le nom de guerre *de dévolution* donné à celle qu'il entreprit en 1667.

Ils délibéraient sous la pression d'une nuée de solliciteurs, qui, par eux-mêmes ou par personne interposée, arguaient de leurs relations avec l'un ou l'autre camp pour en tirer des avantages ou espéraient seulement que, dans l'euphorie générale, une amnistie viendrait effacer leurs erreurs passées. « Fontarabie est devenu le rendez-vous de tous les mendiants de l'Europe », gémissait don Luis, et Mazarin lui répondait en souriant : « On ne peut douter de la fin de la comédie, puisque tous les acteurs paraissent sur le théâtre[5]. »

Pour quelques-uns, elle finit mal. Le cardinal de Retz n'eut pas l'occasion d'y faire à nouveau grande figure. Les démarches qu'il fit auprès de Condé et auprès du marquis de Caracène, gouverneur des Pays-Bas, pour tenter d'obtenir, dans le sillage du prince, sa réintégration à la tête du diocèse de Paris, se soldèrent par un échec. Don Luis de Haro écrivit au marquis de cesser tout commerce avec lui, « parce que le moindre ombrage que l'on donnerait de ce côté-là au cardinal Mazarin lui ferait rompre la paix[6] ». Pourquoi les Espagnols se seraient-ils mis en peine de lui ? Il leur avait certes rendu indirectement de grands services, mais avait toujours refusé de s'inféoder à eux. Ils ne lui devaient rien. Louis XIV et Mazarin, on s'en souvient, avaient voulu faire un double exemple, à l'intention de la noblesse et du clergé, en la personne du prince et de l'archevêque. Ayant dû céder pour l'un, ils se montrèrent plus intraitables pour l'autre. Retz, d'une bien plus modeste stature et soutenu par les indociles jansénistes, paya pour les deux. Il fut un des grands exclus du traité des Pyrénées.

Le duc de Lorraine en fut un autre. Son double jeu lui coûta cher. Chassé de ses États par Richelieu, il s'était mis, on s'en souvient*, au service des Espagnols. Mais

* Voir *supra*, chapitre 14.

au lieu d'engager ses troupes à leurs côtés, il en monnayait le retrait auprès de la France. Exaspérés, ils avaient fini par l'envoyer en captivité à Tolède et ses mercenaires avaient changé de camp. Mazarin consentit à solliciter sa mise en liberté et à lui rendre son duché, mais amputé du Barrois et il y ajouta des clauses qui réduisaient à rien son autonomie. On avait omis de le consulter. Il débarqua furieux à Fontarabie, criant et jurant, sans rien obtenir. Il refusa de souscrire au traité. Il résista plus d'une année entière. Mazarin finit par lui rendre le Barrois, à titre viager et comme fief dépendant de la couronne, mais il ne céda pas sur l'essentiel. Aux trois Évêchés, que la France tenait depuis longtemps, vinrent s'ajouter d'importantes places fortes – Clermont-en-Argonne, Stenay, Jametz, Sierck, Sarrebourg et Phalsbourg – qu'il refusa de restituer, et il fit démanteler Nancy. Enfin il obtint, pour assurer les communications avec l'Alsace, le droit de libre circulation à travers le duché. La Lorraine, ainsi prise en tenailles et parsemée d'enclaves françaises, devenait ce que nous appellerions aujourd'hui un « satellite ».

Les Portugais, eux, furent injustement sacrifiés. Un traité les liait à nous. Ils n'avaient pas eu l'occasion de nous apporter un soutien direct, mais le combat qu'ils menaient pour leur indépendance avait opportunément fixé une partie des forces espagnoles. Au premier mot que Mazarin prononça en leur faveur, don Luis se referma. La péninsule ibérique était pour lui chasse gardée, il menaça de rompre les pourparlers si la France insistait. Le cardinal dut promettre qu'il ne leur fournirait aucun secours. Il n'eut pas trop de remords. Il existait bien d'autres moyens de les aider par des voies détournées. Il s'y emploierait dès l'année suivante.

Les Anglais posaient des problèmes imprévus, car ils avaient un pied dans chaque camp, monarchistes d'un côté, républicains de l'autre. Pour don Luis, la ligne de conduite était claire : l'Espagne, en guerre avec Cromwell, s'était engagée à soutenir Charles II dans la reconquête de son trône, elle devait tenir ses promesses. La position de Mazarin était beaucoup plus inconfortable. Il s'était allié aux républicains, leur appui lui avait valu la victoire. Il devait logiquement défendre leur point de vue dans les négociations. Mais il n'était pas chaud pour le faire. Seule la nécessité l'avait poussé à se lier à Cromwell, qui ne lui inspirait qu'une sympathie limitée. Il savait que les Français, quasi unanimes, n'avaient pas accepté l'alliance et faisaient des vœux pour le fils du malheureux monarque décapité. De plus, la mort du Protecteur laissait prévoir une restauration prochaine. Le régime républicain se disloquait à vue d'œil entre les mains de son fils. La tentation de tourner casaque était forte. Cependant la prudence restait de mise. Richard Cromwell, ayant signé la suspension d'armes du mois de mai, avait retiré le gros de ses troupes, mais Dunkerque demeurait aux mains des Côtes de fer.

Mazarin opta pour la solution légale, qui était aussi la plus honnête : il choisit de ne traiter officiellement qu'avec le détenteur de l'autorité légitime à Londres. Il avait refusé, très poliment, l'entrevue que lui demandait Charles II au lendemain de la mort du dictateur. À Saint-Jean-de-Luz, il éconduisit un émissaire du Stuart venu lui faire des propositions aussi irréalistes que mirifiques. Mais il autorisa Turenne à soutenir en sous-main ses efforts, tout en spécifiant qu'il serait contraint de le désavouer en cas d'échec. Au début août, l'ambassadeur Lockhart fit le voyage à son tour. Il fut reçu par les deux ministres, comme il se devait, en représentant officiel de la république d'Angleterre, mais il n'en tira rien. Un mois plus tard, ce fut Charles II en personne qu'on vit paraître à Fontarabie, mendiant quelques troupes pour mener sa reconquête. L'Espagne éluda. Mazarin lui fit dire que Louis XIV n'aiderait pas à combattre un régime avec lequel la nécessité l'avait amené à s'allier. Des deux côtés, l'attentisme avait prévalu : que l'Angleterre règle d'abord ses problèmes intérieurs et on verrait ensuite. Aussi ne fut-elle pas partie prenante au traité des Pyrénées. Charles II, rappelé par ses sujets, retrouva son trône au mois de mai de l'année suivante et les relations diplomatiques avec son pays reprirent peu à peu un cours normal.

On ne s'attardera pas ici sur la liste des articles qui réglèrent les différends divisant entre eux ou avec le pape les États d'Italie et les cantons suisses. On se contentera de souligner quelques absences notables, de première importance. Mazarin et don Luis s'étaient bien assigné pour tâche – ils l'avaient inscrite noir sur blanc dans l'article 101 – de ramener la paix en Europe du Nord. C'était une entreprise difficile et ni l'un ni l'autre ne disposaient encore des moyens nécessaires pour l'imposer. Mazarin seul s'en occupa, mais il dut attendre, pour ce faire, que les retombées du traité des Pyrénées l'eussent doté d'un prestige devant lequel tous s'inclinaient.

La diversion provençale

La signature du traité créa un grand vide. Pour tout le monde et pas seulement pour les négociateurs soudain mis en vacances. Ils avaient tant traîné en effet que la saison se trouvait trop avancée pour qu'on pût célébrer le mariage du roi dans la foulée. Philippe IV, vieillissant et malade, refusa de se déplacer avant les beaux jours et fit reporter la cérémonie au mois de juin suivant. Il avait eu, lui, la prudence de ne pas quitter prématurément ses pénates. Tandis que le duc de Gramont, à la tête d'une fastueuse ambassade, partait pour Madrid lui demander la main de sa fille, le gros de la cour qui piaffait à Bordeaux depuis la mi-août se demandait comment tuer les six mois d'attente. Anne d'Autriche répugnait aux fatigues d'un retour hivernal à Paris. Puisqu'on était dans le Midi, pourquoi n'y pas passer la mauvaise saison ? On opta pour une expédition qui, à travers le Languedoc, conduirait jusqu'en Provence.

De multiples raisons plaidaient en faveur de ce choix. Ce voyage renouait avec les grandes pérégrinations monarchiques pratiquées au siècle antérieur, opérations politiques à double sens, où le roi découvrait son royaume et où le royaume découvrait son roi. Elles offraient aussi l'occasion de recueillir quelques subsides et l'on pense bien que Mazarin n'y manqua pas. Louis XIV était ravi. Bien qu'il eût déjà beaucoup circulé, il ne connaissait pas encore ces régions si fortement typées, âpres et attirantes à la fois. Le grand air, l'effort physique, la chevauchée, la diversité des paysages et des habitants, les acclamations qui saluaient son passage apportaient à ses chagrins d'amour un dérivatif plus précieux encore que les agaceries d'Olympe de Soissons. En dépit de l'inévitable inconfort et du froid, l'humeur générale était à l'optimisme. La mort d'un des deux infants ne suffit pas à inquiéter le cardinal : l'Espagne était désormais trop engagée et tenait trop à la paix pour la remettre en cause.

Mais ce voyage visait aussi à rétablir en Provence l'ordre trop souvent bafoué par les turbulentes populations locales. Mazarin a décidé d'en finir avec l'agitation endémique dans les provinces. Sa méthode est toujours la même : faire des exemples, peu nombreux, mais frappants. C'est en décembre que les troubles de Normandie trouvent leur épilogue avec l'exécution du marquis de Bonnesson, qui passe pour être le seul noble condamné à mort sous le règne du cardinal. C'est qu'il ne s'agissait pas de n'importe qui. Petit-fils de Duplessis-Mornay – un proche d'Henri IV, surnommé le « pape du calvinisme » en dépit de son penchant à l'œcuménisme –, il était lui-même fervent huguenot. La sévérité qui frappa sa participation aux révoltes paysannes et la publicité donnée à son exécution en plein cœur de Paris visaient à rappeler à ses coreligionnaires que la non-ingérence politique était pour eux la contrepartie de la liberté de conscience et de culte[7]. De façon identique, le châtiment de Marseille, au cours de ce même hiver 1660, devra servir d'avertissement à toute la Provence.

Mazarin rejoignit la caravane royale à Toulouse où elle passa les fêtes de Noël. Ensuite voyage sans histoire par Carcassonne et Montpellier, jusqu'à Aix, où l'on arriva à la mi-janvier et où l'on s'arrêta. On y attendait avec une vive curiosité le prince de Condé venant faire amende honorable à son souverain, qu'il avait quitté adolescent ballotté par la guerre civile et qu'il allait retrouver en pleine possession de son pouvoir. À peine reçue la nouvelle de la paix, il avait abandonné Bruxelles et traversé la France incognito, en évitant Paris. Il se rendit d'abord chez le cardinal, très mortifié, dit-on, d'être obligé de se soumettre à lui : « Mais il fallut, ajoute Montglat, que sa grande fierté et son courage hautain s'humiliât en cette occasion et qu'il fléchît le genou devant l'idole que tout le monde adorait en France. Le cardinal le mena chez la reine, où était le roi, devant lequel il mit un genou en terre, et lui demanda pardon de ce qu'il avait fait contre son service. Le roi se tint fort droit, et la reine aussi. Le lendemain, le cardinal lui donna à dîner ; puis, ayant demeuré peu de jours à la cour, où il jouait un assez méchant personnage, il en repartit pour aller à Paris, où il y avait huit ans qu'il n'avait été[8]. » Un autre récit, concordant, prête à Anne d'Autriche un mot très vraisemblable : « Je vous avoue que je vous ai voulu bien du mal et vous me ferez bien la justice d'avouer que j'avais raison[9]. »

Mais comme on avait promis au prince que sa soumission se passerait sans témoins, nul ne sait si le climat y fut tout uniment glacial ou si Mazarin, comme il le prétendit ensuite dans ses lettres, réussit à y mettre un peu de liant. Sur l'essentiel cependant, aucun doute n'est possible. Louis XIV y a fait preuve d'une autorité magistrale et Condé a compris que le temps des révoltes nobiliaires était passé. La guerre générale, elle aussi, était terminée. Le 3 février, un *Te Deum* célébra la ratification officielle du traité des Pyrénées par Philippe IV. La veille, Gaston d'Orléans était mort à Blois, quasi oublié.

Restait à donner à Marseille une leçon spectaculaire[10]. Les troubles étaient partis d'Aix, où l'on trouvait un peu lourde la main du duc de Mercœur, gouverneur de la province, et surtout celle du baron d'Oppède, premier président du parlement. Les autorités municipales de Marseille – des « consuls » élus – avaient eu l'imprudence d'accueillir les émeutiers aixois rescapés de l'opération punitive. De jeunes excités avaient malmené le commissaire envoyé pour les réclamer et – sacrilège suprême – déchiré la lettre portant la signature du roi. Personne dans la ville n'imaginait qu'une pareille peccadille déclencherait un désastre. Les habitants se prévalaient de très anciennes « libertés », que rappelait fièrement une inscription au-dessus de la porte principale*. Le roi, contrairement aux usages, y introduisit d'abord ses gardes, six milliers d'hommes qui y prirent leurs quartiers avec tous les inconvénients que l'on devine. On désarma ensuite la population et l'on fit passer en jugement une cinquantaine de coupables, presque tous en fuite, qui furent condamnés à de lourdes peines par contumace. On réforma les institutions. On s'appliqua ensuite à abolir, symboliquement, les fameuses libertés : on abattit « l'orgueilleuse porte », ainsi que trois toises de muraille de part et d'autre, et par cette brèche artificiellement créée, Louis XIV fit son entrée à la tête de ses troupes, comme dans une place conquise. Il laissa derrière lui architectes et maçons attelés à construire le fort Saint-Jean, destiné à tenir en respect l'indocile cité. Dans le même temps, Bordeaux voyait renaître de ses ruines, doté de la même fonction, l'ancien Château-Trompette.

Tout cela est d'un style nouveau, qui ressemble peu à la mansuétude habituelle de Mazarin. S'est-il durci au fil des épreuves, avec la venue de l'âge ? Ou faut-il voir dans cette sévérité accrue la marque du jeune roi ? Rien dans les documents connus ne permet de trancher.

Préparatifs

Le temps d'un séjour à Toulon, pour lancer une réforme de la marine, et déjà il faut songer au retour. Le printemps approche. La cour regagne Saint-Jean-de-Luz par une autre route, au ras des Pyrénées, pour visiter d'autres villes. Salon, Arles, Avignon, Narbonne,

* L'inscription gravée au-dessus de la Porte royale disait : *Sub cujus imperio summa libertas* : « Sous l'autorité de celui-ci [le roi], la plus grande liberté. »

Perpignan, Toulouse à nouveau, puis Auch, Mont-de-Marsan et Dax, une pause à Bayonne, et l'on retrouve Saint-Jean-de-Luz. En face, Philippe IV et sa fille s'installent à Saint-Sébastien.

Mazarin tient à ce que la cérémonie soit un succès. Depuis six mois, en intendant hors pair, il la prépare. Il pense à tout, prévoit dans les moindres détails les costumes du roi, de sa mère, de leur suite, la garniture des carrosses d'apparat et la devise à graver sur les médailles commémoratives. Colbert, l'homme à tout faire, est prié de pourvoir à ses multiples exigences : recruter les fournisseurs, stimuler le zèle des brodeurs, organiser les circuits d'approvisionnement en produits de luxe, se procurer l'assortiment de « galanteries » – allant de bijoux de prix à simples flacons de senteurs – qui garnira le vaste coffre de calambac dont la jeune reine devra, selon l'usage, distribuer le contenu aux invités[11]. Tout cela, si possible, acheté au moindre coût, sinon à crédit. Car le Trésor royal, plus démuni encore que de coutume, n'est pas en mesure de faire face aux dépenses exceptionnelles entraînées par le mariage.

Les esprits naïfs pourraient croire que la fin des combats avait permis de rétablir l'équilibre financier. C'est ainsi que raisonnaient les populations en entendant sonner les cloches célébrant la paix. Et comme une large partie des prélèvements fiscaux était censée provisoire et destinée aux dépenses de guerre, elles en tiraient la conclusion que les impôts allaient baisser aussitôt. Certaines d'entre elles, anticipant l'allégement espéré, s'abstenaient déjà de s'en acquitter. Or la réalité était tout autre. Il n'était pas facile de licencier du jour au lendemain la masse de mercenaires mis au chômage par l'armistice. En attendant, il fallait bien les nourrir. Et comme ils étaient repliés sur le territoire français, on n'avait plus la ressource de les laisser vivre « sur l'habitant », mais en dépit des sanctions, on ne pouvait éviter les pillages. Logement et nourriture des gens de guerre étaient donc la terreur de toutes les provinces frontalières, et pas seulement celles du nord-est : le Languedoc venait d'hériter de l'armée de Catalogne et la Provence de celle d'Italie. Aussi lorsque, entre défilés et feux d'artifices, les agents royaux venaient mendier dans les villes traversées une contribution aux frais du mariage, le premier soin des édiles locaux était-il d'exiger en contrepartie l'exemption du logement des troupes. Et l'on retombait alors sur le problème financier – lequel présentait aussi une autre face.

Tous ces pillards allaient bientôt rentrer chez eux, pouvait-on espérer. Oui, mais pas sans être payés ! Or on leur devait des arriérés de soldes considérables. Les meilleurs soldats, mais aussi les plus organisés et les plus avisés en matière d'argent, étaient les Suisses. C'est ainsi que les superbes pendants d'oreilles en diamants d'Anne d'Autriche se trouvaient on ne sait trop où dans les Cantons, parmi le lot de bijoux de la couronne remis en gage entre les mains de leurs trésoriers. Claude Dulong a raconté avec autant de brio que de rigueur les acrobaties auxquelles dut se livrer Mazarin pour récupérer à temps les parures qu'elle devrait exhiber le jour des noces. Son récit suscite dans notre esprit des images de dénuement absolu : la France réduite à mettre au Mont-de-Piété les bijoux de famille ! Il faut tout de même se rappeler que les pierres précieuses constituaient alors une réserve monétaire dont on n'hésitait pas à user, soit en les vendant, soit en les utilisant comme garanties pour faire face à des besoins occasionnels. Il ne s'attachait pas à leur mise en dépôt tous les fantasmes qu'elle suscite aujourd'hui. Aucune inhibition ne retenait de s'en servir, avec pour effet pervers qu'on tendait à en abuser. Et à cette date, précisément, on était allé trop loin, le tout-venant du lot étant déjà engagé, il avait fallu passer aux pièces de premier choix. Mais on parvint à les récupérer à temps. Grâce à des emprunts, bien sûr, et à des impayés : les fournisseurs du moment furent priés de patienter.

Le cardinal marie son filleul

Les fêtes s'étalèrent sur plusieurs jours au début du mois de juin. L'organisation matérielle fut difficile. Bien que Saint-Jean-de-Luz fût alors une cité prospère de 12 000 habitants, elle ne pouvait héberger autant de monde. Les meilleures maisons une fois réservées, après expulsion provisoire de leurs propriétaires, aux têtes couronnées et autres grands personnages, le reste du cortège se disputa les logements ou s'égailla dans les alentours. Mazarin opta pour le village côtier de Ciboure, où il faisait moins chaud et où l'agitation était moindre. Mais il n'y était pas à l'abri des querelles à arbitrer. Il dut intervenir dans celle des « queues » – entendez les traînes dont s'ornaient alors les robes de cérémonie –, qui prit tout le monde au dépourvu. La longueur de celle de la jeune reine était fixée depuis longtemps. Mais elle était si lourde qu'il fallait trois personnes pour la porter, lesquelles auraient des queues, un peu plus courtes, exigeant à leur tour d'être portées[12]. On se querella sur le nom des élues. La Grande Mademoiselle, indignée que la princesse Palatine pût accéder à cet honneur, s'en alla plaider sa cause auprès du cardinal, qui se défaussa sur le roi, qui en appela au grand maître des cérémonies, lequel puisa dans les précédents historiques des suggestions contradictoires. Mademoiselle eut finalement gain de cause, au grand déplaisir d'Anne d'Autriche, sur la Palatine ulcérée.

Ses deux sœurs puînées furent chargées de la queue de la reine avec la princesse de Carignan. Elle-même eut pour tâche de porter l'offrande et la faveur insigne de soutenir sa queue échut à Philippe Mancini. Quant au cardinal, il put enfin se consacrer à l'essentiel.

Il n'assista pas à la partie espagnole des cérémonies, où ne furent admis que quelques Français, dont Mlle de Montpensier, sous le couvert d'un incognito transparent. Le 2 au matin, dans le palais épiscopal de Saint-Sébastien, l'infante renonça officiellement, comme prévu, à ses droits sur l'héritage – *moyennant* le versement de sa dot, dont chacun savait déjà que le premier terme ne serait pas honoré. Le lendemain, dans la petite église de Fontarabie décorée par les soins de Vélasquez en personne, l'évêque de Pampelune l'unit par procuration à Louis XIV, représenté par don Luis de Haro, car l'usage exigeait qu'elle ne quittât son pays que dûment mariée. Mais il faudrait, bien entendu, recommencer la cérémonie du côté français.

Les manifestations prévues dépassaient très largement le cadre d'une union matrimoniale, fût-elle princière. Les deux souverains devaient renouveler les engagements pris en leur nom par leurs ministres dans le traité des Pyrénées et se jurer solennellement paix et amitié éternelles. Le lendemain 4 juin eurent lieu, dans la grande salle de l'île des Faisans, les retrouvailles privées entre le frère et la sœur, après quarante-quatre ans de séparation et vingt-cinq de guerre. Aux côtés de Philippe IV, sa fille et don Luis de Haro, à ceux d'Anne d'Autriche, son plus jeune fils et Mazarin. Louis XIV, censé ne pas rencontrer le roi d'Espagne avant la réconciliation officielle, n'était pas là. Appréhension, surprise, émotion. Le baiser amorcé par Anne d'Autriche s'évanouit sur ses lèvres, son frère se bornant à une accolade, à la mode castillane. Mais ils eurent tous deux les mots qu'il fallait, sans doute préparés d'avance, tout propres à passer tels quels dans l'histoire. L'un exprima des regrets pour avoir mené une guerre qui était assurément l'œuvre du diable. L'autre invoqua fièrement ses responsabilités : « J'espère que Votre Majesté me pardonnera d'avoir été aussi bonne Française : je le devais au roi, à mon fils, et à la France. »

Un charmant intermède, visiblement concerté entre le cardinal et la reine, vint détendre l'atmosphère un peu guindée. Mazarin annonça soudain qu'un inconnu demandait à être reçu. Anne d'Autriche sollicita son frère d'un regard, avant d'approuver. Par la porte entrouverte se glissa Louis XIV, condamné au mutisme, mais enfin offert aux yeux de celle qui était tombée amoureuse de lui à la seule vue de ses portraits. Il avait belle allure en effet, et elle rougit jusqu'aux yeux. Philippe IV daigna déclarer qu'il avait un beau gendre, mais imposa le silence à sa fille. Elle n'aurait le droit de parler que quand elle aurait « franchi cette porte » – celle qui menait en France. Le jeune Philippe d'Orléans parvint cependant à lui glisser trois mots à l'oreille : « Que semble à Votre Majesté de cette porte ? », à quoi elle répondit qu'elle la trouvait « très belle et très bonne[13] ». Son futur époux, lui, était moins enthousiaste. Il fit une démonstration de galanterie digne d'un roman en galopant à bride abattue, son chapeau envolé, le long du fleuve où voguait la barque ramenant sa promise à Fontarabie. Mais il avoua à ses amis qu'il avait trouvé sa tenue hideuse. Elle portait en effet une de ces monstrueuses robes à armatures de cerceaux qu'on nommait gardinfantes, parce qu'elles élevaient autour des princesses un rempart protecteur, qui mesurait au bas mot trois pieds. Sa chevelure, aplatie sur le dessus de la tête, était coiffée « en large », comme pour faire pendant à la jupe, par-dessus le buste étroitement sanglé*. Il déclara cependant « qu'il pourrait l'aimer », entendez lui faire l'amour, au sens actuel du terme.

On avait choisi un dimanche, le 6 juin, pour conférer au double serment de paix toute la solennité possible. En dépit de la chaleur écrasante, il y avait foule dans la grande salle de l'île des Faisans. Mazarin y officia pour la France selon un rituel d'une rigoureuse symétrie. De part et d'autre de la frontière symbolique qui la partageait, une table était dressée. Laissons ici à Mlle de Montpensier, qui fut témoin oculaire, le soin de raconter la cérémonie : « Les deux rois parurent chacun devant leur table, et on leur porta des carreaux [...]. M. le cardinal apporta l'Évangile, avec une croix que l'on mit dessus ; le patriarche des Indes en fit autant du côté du roi d'Espagne. M. le cardinal avait son rochet, l'autre aussi**. Les deux rois se mirent à genoux. M. de Brienne, secrétaire d'État, prit le traité de paix ; et don Fernand Vouès de Cantocarrero, qui était secrétaire d'État d'Espagne, en fit autant ; et chacun de son côté le lut tout haut, l'un en français et l'autre en espagnol. Après que la lecture fut finie, les deux rois mirent la main sur l'Évangile [précisons : chacun sur le sien !], et dirent qu'ils juraient de tenir tout ce qui était contenu dans le traité de paix ; le roi d'Espagne parla le premier : l'on disait que c'était une déférence qu'il nous avait voulu faire. Lorsque cela fut fait, ils se levèrent tous deux et s'embrassèrent : le Roi lui dit qu'il lui jurait amitié aussi bien que la paix ; ils se tinrent des discours très tendres. Lorsque cette formalité fut finie,

---

* Voir les portraits d'époque, par Vélasquez.

** Les *carreaux* sont des coussins, servant notamment à s'agenouiller à l'église. Le *rochet* un surplis orné de broderies réservé aux plus hauts dignitaires ecclésiastiques.

ils s'en allèrent tous deux au bout de leur table. Don Fernand présenta les Espagnols au Roi, et M. le cardinal les Français au roi d'Espagne : après quoi ils allèrent chacun dans leur cabinet signer la paix, et un moment après ils revinrent. Le roi d'Espagne dit à la reine qu'il était tard ; qu'il reviendrait le lendemain à trois heures. Ainsi, l'on se sépara[14].

Mazarin pouvait être satisfait. Lui-même avait reçu de la bouche de Philippe IV un compliment appuyé, en tant qu'« artisan de la paix ». Turenne eut droit à un hommage négatif, d'autant plus précieux, pour lui avoir donné « de méchantes heures ». Tout s'était déroulé à merveille. À croire qu'il n'y avait à l'issue de ce conflit ni vainqueur et ni vaincu. On avait payé aux Castillans, en satisfactions d'amour-propre, les beaux et bons territoires qu'ils avaient dû nous céder et qu'ils oublieraient. Il n'y aurait pas de revanche. Et déjà, en privé, Philippe IV n'excluait pas que sa fille pût hériter un jour, selon les lois du royaume, si les héritiers mâles faisaient défaut. Une page était bel et bien tournée, pour le mieux, dans les relations franco-espagnoles.

Le lendemain, le roi d'Espagne et sa fille se séparèrent avec beaucoup de larmes et Anne d'Autriche prit en charge sa jeune bru. Elle s'appliqua à la consoler, à l'apprivoiser et à franciser sa toilette. Louis XIV put la voir habillée à la mode de Paris, c'est-à-dire ayant enfin forme humaine, mais il fut sommé de retenir ses ardeurs jusqu'au mariage religieux, prévu pour le 9 juin. Mazarin n'apparaît guère dans les récits consacrés à ces deux journées de transition. On peut supposer qu'il en profita pour souffler et pour tenter d'apaiser la crise de goutte qui le torturait.

Il fut à nouveau sur la brèche, dans l'église de Saint-Jean-de-Luz, pour la messe de mariage qui dura deux bonnes heures. Il s'associa aux conversations familiales et aux quelques apparitions publiques qui meublèrent l'après-midi. La jeune reine, exténuée, avait eu permission de dormir jusqu'au soir. Tout le monde était pressé d'en finir. On réduisit au minimum la cérémonie du coucher. Elle n'avait d'importance que lorsque des doutes risquaient de planer sur la réalité de la consommation. Mais Louis XIV, dans la force vive de ses vingt ans, n'inspirait aucune inquiétude à cet égard. On peut espérer que leur furent épargnées les grivoiseries d'usage. Il se mit au lit le premier et fit savoir à sa petite épouse qu'il l'attendait. « Il est trop tôt », murmura-t-elle. Mais elle se reprit et partit joyeusement le rejoindre. Le lendemain, ils se déclarèrent, selon la formule consacrée, très satisfaits l'un de l'autre. Il ne restait plus à la cour qu'à regagner Paris à petites étapes, pour l'ultime étape de ce marathon matrimonial, l'entrée solennelle dans la capitale. Elle eut lieu le 26 août, avec un grand déploiement de faste, dans un climat de liesse générale. Le cardinal, malade, ne put y participer et il y fut représenté par des carrosses à sa livrée. Installé en compagnie de la reine au balcon d'une maison de la rue Saint-Antoine, il regarda défiler le cortège où caracolait son filleul en habit d'or et d'argent, « tel que les poètes nous représentent ces hommes qu'ils ont divinisés[15] ». Mais il nous faut supposer, à la lecture des vers inspirés par l'épisode, que la Muse était fâchée ce jour-là contre ses adeptes, car même ceux de Racine ne valent rien.

Une page d'histoire se tournait. Mais Mazarin savait que sa tâche n'était pas terminée. L'œuvre de pacification comportait encore des lacunes. Tandis que d'aucuns se pressaient à Saint-Jean-de-Luz pour avoir part au traité, d'autres profitaient de ce que l'Espagne et la France étaient occupées à débattre de leurs affaires pour pousser leurs propres pions. On vint à bout assez facilement des résistances opposées par les Espagnols des Pays-Bas à la livraison de leurs places frontalières. Condé, loyalement, les incita à s'incliner et donna l'exemple en rendant les siennes. De plus, l'armée de Turenne, toujours sur pied de guerre, avait de quoi calmer les démangeaisons interventionnistes de l'Empereur. Mais les relations avec l'Angleterre restaient difficiles et la guerre avait été rallumée en Allemagne par les Suédois.

La restauration de Charles II Stuart

Comme l'espérait Mazarin, les Anglais avaient eux-mêmes rappelé leur roi. Charles II rentra à Londres le 29 mai 1660, sous les acclamations populaires. Ce n'était ni un lâche, ni un imbécile. Mais, après vingt ans d'errances à travers l'Europe en quête d'un appui ou simplement d'un asile, il se disait dégoûté à jamais des « voyages » et ne songeait qu'à jouir des plaisirs de l'existence dans un palais confortable en compagnie de ses maîtresses et de ses animaux favoris. Deux sources de contrariété troublaient son repos. Il supportait mal la parcimonie avec laquelle le parlement – dont il avait dû jurer de respecter les droits – lui allouait les subsides nécessaires à ses besoins. Mais surtout il redoutait le penchant de sa mère pour l'intrigue et son humeur tyrannique. Non sans d'excellentes raisons, car elle faillit amener une rupture diplomatique entre l'Angleterre et la France.

Certes Charles II en voulait à Mazarin de son alliance avec Cromwell et de l'expulsion qui avait suivi, mais il savait qu'il avait intérêt à le ménager. Hélas, la reine Henriette préparait un retour flamboyant dans *son* royaume, où elle comptait diriger en sous-main les affaires sous le couvert de son paresseux de fils. On pouvait dire d'elle ce qu'on dirait plus tard d'autres émigrés rentrant au pays : elle n'avait rien appris, rien oublié. Son militantisme catholique n'avait pas faibli, sa volonté de rétablir la monarchie absolue non plus. Elle était française, elle avait passé tout son temps d'exil en France, entourée d'une petite cour aigrie et revancharde. Elle crut son heure venue et conçut un plan mirifique, qui devait lui assurer l'accès au pouvoir tout en soulageant l'impécuniosité du roi : il suffisait de lui faire épouser une nièce de Mazarin. Son choix se porta sur la plus jolie, Hortense, encore disponible. Elle avait omis de consulter les deux principaux intéressés, le cardinal et surtout son fils. Ce dernier éclata de colère à l'idée que sa mère le traitait encore, à trente-deux ans, comme un gamin.

Sortant des mêmes épreuves que lui, ses principaux conseillers – notamment le très influent chancelier Hyde – montraient à l'égard des Français une vive hostilité et faisaient feu de tout bois pour empêcher le retour de la reine. Que le roi restauré souhaitât se défaire de l'ambassadeur qui avait représenté la France auprès du régime républicain, rien de plus naturel. Mais son éviction prit une forme insultante et s'accompagna d'une campagne de dénigrement faisant de lui le complice des menées d'Henriette. Mazarin, d'abord indigné, décida sagement d'avaler l'insulte, il rappela l'ambassadeur et l'incident fut clos. Mais le bruit avait couru de ce projet de mariage et, comme dans le cas de Marie Mancini, les commérages allaient bon train. Voyez donc, il récidivait ! Sa correspondance ne laisse aucun doute, il n'était pour rien dans cette entreprise chimérique et politiquement désastreuse : si Charles II avait cédé à l'attrait d'une dot rondelette, ses sujets ne le lui auraient pas pardonné.

C'est la reine Henriette qui, bien involontairement, permit aux relations franco-anglaises de s'apaiser. Son voyage à Londres, qu'elle imaginait triomphal, ne lui procura que déceptions. Ses deux fils lui firent sentir qu'elle était de trop. Le second, son préféré, avait épousé en secret la fille du chancelier – impardonnable mésalliance. Elle prétendit faire casser le mariage, on lui rit au nez. Elle se résigna à regagner Paris. Ne la jugeant plus dangereuse, les Anglais pouvaient s'entendre avec la France. Mazarin négocia deux mariages. Celui de Charles II avec Catherine de Bragance – une façon détournée de procurer aux Portugais l'appui qu'il avait dû leur refuser au traité des Pyrénées – et celui de sa sœur la jeune Henriette avec le frère de Louis XIV. De quoi nouer des liens solides, au moins pour le proche avenir, et, peut-être, trouver le moyen de récupérer Dunkerque.

Convaincu que tout se vend et que tout s'achète, notamment les principautés et les places fortes, il ne désespérait pas de voir le nouveau roi, couvert de dettes, négocier contre de bons écus sonnants la restitution d'une place inutile, coûteuse à entretenir. Y pensait-il, lorsqu'il prêta, sur son propre fonds, à la reine Henriette-Marie, une somme de 661 566 livres, pour laquelle on trouva, dans l'inventaire *post mortem* de ses papiers, une reconnaissance signée d'elle ? Il n'était plus là pour en faire usage. La créance passa donc aux profits et pertes, comme toutes celles qu'il avait acquises auprès de grands personnages, sans espoir de retour, pour avoir barre sur eux politiquement. Mais Louis XIV avait retenu ses leçons. Dès 1662, il profita de la détresse financière de Charles II pour lui racheter Dunkerque. Il sut marchander. Hyde demandant douze millions de livres, il en offrit quatre, puis transigea à cinq et obtint en prime Mardyck et un petit fort voisin. L'événement effaçait la blessure infligée à l'honneur national par l'abandon de la place et justifiait, *a posteriori*, la ligne politique suivie par le cardinal. Au bout du compte, l'alliance anglaise, clef de la victoire, n'avait pas coûté trop cher.

L'aventurisme des Suédois

Les Suédois comptaient parmi les plus anciens et les plus solides alliés de la France, mais c'étaient des amis incommodes, imprévisibles et d'un commerce difficile. Nous les avons entrevus à l'œuvre avec Turenne lors des campagnes précédant les traités de Westphalie. Rappelons ici le type de relations qui nous liaient à eux. C'est Richelieu qui, en quête d'appuis contre les Habsbourg de Vienne, avait jeté les bases de l'alliance. Ils étaient pauvres. En échange d'un subside annuel de 1 200 000 livres, ils s'engageaient à aligner contre l'Empereur 30 000 hommes de guerre. Mais leur roi, Gustave-Adolphe, était tout autre chose qu'un entrepreneur militaire vendant au plus offrant les services de ses troupes. Il travaillait aussi pour son propre compte, d'où des objectifs qui divergeaient parfois des nôtres. La géographie commandait ses ambitions. Au début du XVIIe siècle, la Scandinavie, temporairement réunie au Moyen Âge en un ensemble unifié, avait éclaté, au profit quasi exclusif du Danemark. Ayant annexé la Norvège, les côtes occidentales de la Suède, du côté de la mer du Nord, et la province méridionale de Scanie, il contrôlait totalement les détroits du Sund, clefs de la Baltique. Les Suédois, qui possédaient aussi la Finlande, se trouvaient rejetés vers le grand nord inhospitalier, à l'écart des importantes voies commerciales concentrées sur la rive allemande.

D'où l'idée fixe de Gustave-Adolphe, s'implanter sur cette rive sud et prendre le contrôle des détroits, pour faire de la Baltique « un lac Suédois » – et, accessoirement, venger le « bain de sang » infligé à Stockholm en 1520 par le roi de Danemark*. Ses successeurs avaient hérité de ses visées expansionnistes et de sa haine pour les Danois. Il s'y ajoutait un conflit avec les Polonais, pour des motifs dynastiques : les rois de Suède disputaient à leurs cousins – des Vasa, comme eux – la couronne élective de ce royaume. En 1647 et 1648, leur appui avait permis à la France de triompher des Austro-Bavarois** et les traités de Westphalie leur avaient confirmé la possession de leurs acquis. Ils détenaient donc une bonne guirlande de points d'appui en territoire polonais ou allemand. Mais ces succès n'avaient fait que les mettre en appétit. Il avait fallu la persuasion des émissaires de Mazarin et la pitié de leur jeune souveraine, Christine, devant l'épuisement de son peuple pour les résoudre à signer la paix.

Malheureusement la fantasque Christine se lassa des servitudes du pouvoir. Reine en 1632, à six ans, elle se débarrassa en 1644 du régent Oxenstierna et réussit en une dizaine d'années à mettre le royaume sens dessus dessous par ses initiatives intempestives. En 1654 elle décida de se convertir au catholicisme et abdiqua en faveur de son cousin Charles-Gustave. Parcourant alors l'Europe, elle fut l'attraction de toutes les cours qu'elle visita. Elle surprenait par son comportement d'homme, ses excentricités vestimentaires, ses écarts de langage, son mépris des convenances et des conventions, mais elle éblouissait par la vigueur de son intelligence et l'étendue de sa culture. Elle ne parlait pas moins de huit langues et pouvait converser en égale

---

* Exécution de 80 nobles suédois rebelles à la mainmise danoise sur leur pays.

** Voir *supra*, p. 378 *sq*.

avec les philosophes et les savants, car elle avait lu leurs livres aussi bien que ceux des anciens. Elle tenta d'intéresser Mazarin à une fumeuse entreprise sur le royaume de Naples, mais il prit ses distances devant la réprobation que souleva en 1657 un acte de « barbarie » caractérisée : elle condamna à mort de son propre chef et fit exécuter quasiment sous ses yeux son secrétaire et amant convaincu de trahison – non pas amoureuse, mais politique. Si elle l'avait fait chez elle, on lui eût peut-être passé cet acte relevant de la justice royale, mais elle avait souillé du sang de Monaldeschi la Galerie des cerfs du château de Fontainebleau, où la France l'hébergeait. La méfiance à l'égard de ses compatriotes s'en accrut, d'autant plus qu'à cette date, son successeur Charles-Gustave avait réveillé en Allemagne tous les vieux démons endormis.

En 1655, il s'était jeté sur la Pologne en une campagne foudroyante, s'emparant de Varsovie, menaçant Cracovie, contraignant la reine à se mettre sous la protection de l'Empereur. Or la Pologne était, elle aussi, une alliée de la France et elle avait pour souveraine une Française, Louise-Marie de Gonzague. Elle appela au secours Mazarin, qui invita vainement le coupable à consentir à des « accommodements doux et raisonnables ». Il n'avait alors aucun moyen d'arrêter la tornade suédoise. D'autres États allemands s'en chargèrent. Charles-Gustave eut l'imprudence de s'en prendre, sur sa lancée, à l'Électeur de Brandebourg. Après diverses péripéties, ses progrès inquiétèrent les Russes et les Danois, qui formèrent pour l'arrêter une coalition à laquelle l'Empereur se fit un plaisir de se joindre, en violation de tous ses engagements. La perspective de voir la Baltique devenir un lac suédois souriait peu aux Hollandais, accoutumés à y naviguer librement moyennant le paiement d'un péage modéré dans le Sund : ils promirent leur appui. Loin de prendre peur, Charles-Gustave, en plein hiver, fit traverser à ses troupes les détroits gelés et mit le siège devant Copenhague. Le Danemark sembla perdu. Appuyée par la Hollande et l'Angleterre – c'était encore celle de Cromwell –, la France s'interposa et arracha aux belligérants un retour au *statu quo*, qui les mécontenta l'un et l'autre.

L'été suivant, celui de 1658, Charles-Gustave réattaqua Copenhague et, cette fois, la coalition se prépara à lui régler son compte, à la grande consternation de Mazarin, qui n'en avait pas encore fini avec sa propre guerre contre l'Espagne. Impossible de laisser écraser un allié, si insupportable qu'il soit : « Les ressentiments que l'on peut avoir du procédé peu obligeant qu'a tenu le roi avec ses amis, doivent céder à l'intérêt que nous avons à maintenir ce prince. La balance penche déjà trop du côté de sa chute, et sa ruine est bien plus à craindre que sa trop grande puissance[16]. » Il réussit à persuader Cromwell d'envoyer dans le Sund une flotte qui sauva in extremis l'imprudent.

On ne s'attardera pas davantage sur le récit des efforts faits par le cardinal pour éteindre les incendies que rallumait à plaisir le roi de Suède. Entre-temps, la victoire sur l'Espagne et la signature de la paix des Pyrénées lui donnèrent une stature internationale qui dotait d'un poids supplémentaire la parole de ses diplomates. L'Empereur ne voulait pas rendre au Suédois la portion de Poméranie qu'avaient accordée à celui-ci les traités de 1648. Mazarin dénonça hautement l'infraction et y adjoignit la menace d'une intervention armée. Mais il ne serait peut-être pas venu à bout de ces interminables querelles, si la chance ne lui avait fait un cadeau inespéré : en février 1660, Charles-Gustave, âgé seulement de trente-huit ans, mourut soudain d'une

« fièvre chaude ». Les négociations s'en trouvèrent merveilleusement facilitées. Le conflit qui opposait la Suède à la Pologne et au Brandebourg fut réglé par le traité d'Oliva, le 3 mai 1660, et le 6 juin suivant celui de Copenhague mit un terme à l'affrontement qui l'opposait au Danemark. Dans les deux cas, on en revenait aux dispositions des traités de Westphalie, qui, ainsi réactivés, devaient rester, pour un bon siècle, la charte intangible des « libertés allemandes », garantes de la stabilité européenne.

Mazarin savait bien qu'en consolidant la partition confessionnelle de l'Allemagne, il désolait beaucoup de catholiques. Aussi offrit-il à leur combativité une cible de rechange. L'île de Candie*, qui appartenait à Venise, était occupée par les Turcs depuis quinze ans, mais la citadelle tenait bon. La Sérénissime ne cessait depuis lors d'appeler au secours. La fin des hostilités en Europe rendait disponibles bien des combattants. Une expédition fut donc montée, sous le patronage du pape, pour délivrer les assiégés. Le duc de Beaufort s'y distingua par sa bravoure et y trouva une mort auréolée de légende**. L'entreprise se termina en fiasco, mais Mazarin n'y était pour rien. Il avait atteint son but, rappeler aux Européens de confessions diverses, mais chrétiens, que leur adversaire désigné était l'infidèle.

L'année 1660 voyait la fin de la rivalité qui opposait depuis un siècle et demi la France à la maison de Habsbourg, sous ses deux branches, celle de Madrid et celle de Vienne. Elle consacrait l'abandon des prétentions de celle-ci à la monarchie universelle. Elle promet-

---

* La Crète.

** Son corps ne fut jamais retrouvé, et l'on fantasma sur une éventuelle survie.

tait à la France, largement victorieuse, indépendance et sécurité et faisait d'elle l'arbitre de l'Europe. Le concert d'éloges quasi unanimes qui salua cette prouesse irrita cependant quelques irréductibles, qui reprochèrent à Mazarin d'avoir fait la part trop belle à l'Espagne et d'avoir suspendu trop tôt la campagne finale, qui aurait permis la conquête des Pays-Bas[17]. Inutile de discuter ici les arguments de Saint-Évremond dans sa trop fameuse lettre, qui n'est rien de plus qu'une mazarinade hors de saison*. Il y a été fait réponse dans les chapitres antérieurs**. On se contentera de souligner ici que la France avait fondé sa politique à l'égard de l'Allemagne après Westphalie sur l'engagement répété de limiter ses ambitions territoriales. Un engagement que les membres de la Ligue du Rhin auraient estimé violé si elle s'était installée sur toute la rive gauche du fleuve. Mazarin n'avait sans doute pas tenu toutes les promesses que lui avaient extorquées les frondeurs, mais la parole donnée à ses partenaires dans les négociations préalables à la paix, celle-là, il l'a tenue religieusement.

* Elle n'était pas destinée à la publication. Elle ne doit sa célébrité qu'au fait qu'elle valut l'exil à son auteur. Car le maréchal de Créqui, à qui elle était adressée, l'avait fait circuler : elle fut trouvée dans les papiers de Fouquet après son arrestation.

** Voir p. 707-708.

CHAPITRE VINGT

« Quitter tout cela… »

« La paix était faite entre la France et l'Espagne ; le mariage du roi était achevé après beaucoup de difficultés ; et le cardinal Mazarin, tout glorieux d'avoir donné la paix à la France, semblait n'avoir plus qu'à jouir de cette grande fortune où son bonheur l'avait élevé. Jamais ministre n'avait gouverné avec une puissance si absolue, et jamais ministre ne s'était si bien servi de sa puissance pour l'établissement de sa grandeur. Enfin, on ne pouvait ajouter à son bonheur que la durée, mais ce fut ce qui lui manqua[1]. »

Mme de La Fayette, dont ces lignes offrent au vingtième et dernier chapitre de la présente biographie une admirable entrée en matière, ne se risquait pas à imaginer quelle forme aurait prise l'existence épicurienne promise à Mazarin. Car la retraite était pour lui inimaginable. Comment cet homme si intensément engagé dans l'action politique, cet inlassable bourreau de travail, pourrait-il s'accoutumer à l'absence de responsabilités, au vide ? Il occupait une telle place dans la vie politique française et internationale que, même confiné à l'écart, il eût fait peser sur l'action du jeune roi un risque permanent de censure. Il n'y avait pour lui de porte de sortie que vers le haut, ou vers l'autre monde.

L'impossible retraite

Le traité des Pyrénées avait porté sa gloire jusqu'au zénith. À son retour de Saint-Jean-de-Luz, une délégation du parlement de Paris lui fut envoyée à domicile pour lui rendre hommage. Une telle démarche, en faveur d'un ministre, n'avait pas de précédent. À vrai dire, elle avait été discrètement soufflée à ces Messieurs par le procureur Nicolas Fouquet, mais l'effet dans le public n'en souffrit pas. Mazarin les remercia modestement en imputant les succès à la valeur de nos armes, à l'union des Français et à la sagesse du roi. Mais il ne put s'empêcher de lancer une pique à ses anciens détracteurs : « Vous me permettrez de vous dire que, si je ne mérite les acclamations qu'on me fait à présent, je ne méritais pas aussi les reproches et les malédictions qu'on m'a donnés dans un temps où, quoique j'eusse les mêmes sentiments que j'ai à présent pour le bien et le repos de l'État, il m'était impossible de le procurer, parce que ceux qui me devaient aider faisaient tous leurs efforts pour m'en empêcher, de même qu'il est bien difficile qu'un pilote, pour expérimenté qu'il soit, puisse conduire son navire au port, quand ceux qui doivent l'assister mettent toutes pièces en œuvre pour lui faire faire naufrage[2]. »

Bientôt l'enregistrement officiel de sa promotion à la dignité de duc et pair, au titre du duché de Mayenne, acheva de le hisser au plus haut degré de l'échelle sociale*. Quel avenir y avait-il désormais pour un homme déjà maître de la France et arbitre de l'Europe? Nul n'imaginait qu'il pût conserver des fonctions identiques. Richelieu avait formé avec Louis XIII une équipe certes inégale, mais où le roi n'était pas un simple figurant. Mazarin, lui, détenait tous les leviers du pouvoir, il décidait en dernière instance, comme un souverain absolu, et il était traité comme tel. Une pareille situation, acceptable en période de minorité, ne pouvait se prolonger sans entraîner une dévalorisation radicale de Louis XIV, lourde de dommages pour l'État. Trop puissant pour devenir le premier ministre d'un roi adulte, aucune fonction ne lui convenait plus. À la fin de juin 1659, à une date où il espérait encore que le sens de ses devoirs contrebalancerait chez le roi son amour pour Marie Mancini, il avait lucidement analysé, par anticipation, ce que devrait être un avenir dont il s'excluait :

« J'ai tâché de vous bien servir; au moins j'y ai employé mes petits talents, et il a plu à Dieu de bénir ma conduite par la bonté qu'il a pour votre personne sacrée et pour le royaume qu'il vous a soumis. Si une fois vous en prenez le gouvernail, vous ferez plus en un jour qu'un plus habile que moi en six mois. Car ce qu'un roi fait est d'un autre poids et fait un autre éclat et impression que ce que fait un ministre, quelque autorisé qu'il puisse être. Je serai le plus heureux des hommes si je vous vois, comme je n'en doute pas, exécuter la résolution que vous avez prise [de vous appliquer aux affaires], et je mourrai satisfait et content, à l'instant que

---

* On n'avait pas attendu l'enregistrement pour le qualifier de duc dans les actes officiels, notamment le traité des Pyrénées. Il garda pour lui le duché de Mayenne, acquis en 1654, et réserva à son neveu Philippe celui de Nevers, acquis en 1659. Tous deux provenaient de la succession des Gonzague, sur laquelle il avait pris, à l'aide de manipulations financières complexes, de lourdes hypothèques.

je vous verrai en état de gouverner de vous-même, ne vous servant de vos ministres que pour entendre leurs avis, en profiter à la manière qu'il vous plaira et leur donner, après, les ordres qu'ils auront à exécuter[3]. »

Écrite à une date où sa tâche était loin d'être terminée, cette lettre n'est pas une offre de démission, elle cherche seulement à piquer l'orgueil de Louis XIV. Mais elle prouve que Mazarin savait déjà son effacement inévitable. Former son filleul au métier de roi, le préparer à régner par lui-même, c'était scier la branche sur laquelle il était installé. Il avait choisi de le faire, en pleine connaissance de cause. Une telle lettre suffit à balayer les calomnies tenaces qui lui reprochent d'avoir entretenu l'adolescent dans l'ignorance et les divertissements pour se maintenir au pouvoir.

Un an plus tard, l'échéance était là. L'opinion publique en était consciente et lui cherchait un point de chute digne de lui. Il n'en existait qu'un seul au monde : le trône de saint Pierre. Dès la fin de 1659, le bruit courut à Rome qu'on songeait à lui pour le prochain pontificat : les Espagnols auraient même fait savoir qu'ils appuieraient sa candidature. Au printemps suivant, ce bruit se répandit en France : Mazarin, alors en Provence, ne rentrerait pas à Paris sans avoir fait au préalable le voyage de Rome. « Je voudrais qu'il y fût pape et que nous eussions de deçà son argent* », ajoute l'incorrigible frondeur Gui Patin[4]. Et il renchérit, le 3 décembre suivant : on dit « qu'il veut devenir pape et que pour cet effet il va se faire prêtre ». C'était évidemment la première condition à remplir. Elle imposait un minimum de temps entre les différentes étapes de l'ordination. L'envisagea-t-il vraiment ? On ne sait. La rumeur eut la vie dure, en tout cas, puisque l'abbé de Choisy écri-

* Que son argent reste en France, *en deçà* des Alpes.

vit, sensiblement plus tard, qu'il en cultiva l'espoir jusqu'à sa mort : « Il savait que le roi n'épargnerait rien pour le faire pape, par amitié, par reconnaissance, par gloire, et peut-être pour se défaire honorablement d'un premier ministre qui commençait à lui être à charge[5]. » Mazarin pape ? L'idée nous paraît aujourd'hui étrange. Mais nous aurions tort de rire. Il n'aurait peut-être pas apporté grande contribution aux controverses doctrinales, mais, dans une Europe pluriconfessionnelle, il aurait piloté avec dextérité l'énorme machine temporelle que constituait l'Église. Et c'est ce dont elle avait alors grand besoin.

Cette ultime consécration lui fut refusée : il était à bout de forces.

Les ravages de la maladie

Il souffrait de la goutte depuis longtemps, sous sa forme chronique. Cette maladie, très répandue parmi les grands par suite d'un régime alimentaire trop riche et mal équilibré, n'était pas mortelle, mais elle pouvait devenir invalidante. Et en attendant, elle affectait l'image des capitaines de guerre contraints, comme tel général espagnol, de remplacer leur monture par une chaise à porteurs sur le champ de bataille même. Mazarin ne se donna pas ce ridicule à Rethel en décembre 1650*, mais il gémit beaucoup sur l'état de son pied, impossible à chausser. Dans les années qui suivirent, sa goutte traversa des alternances de rémissions et de rechutes. Il s'y ajouta bientôt des coliques néphrétiques. En avril 1654, la crise fut sévère. Il souffrait tant qu'il dut renoncer aux trois premières repré-

* Voir *supra*, p. 513.

sentations des *Noces de Pélée et de Thétis*, dont il avait supervisé avec passion la mise en œuvre !

On peut suivre, sous la plume caustique de Gui Patin, les bulletins de santé du cardinal dont il parsème ses lettres à ses confrères de province. Des informations dépourvues de toute pitié – il le déteste –, mais qui ont le mérite d'apporter des précisions techniques, puisque l'auteur est doyen de la Faculté de médecine. Au mois de juin de la même année, en route pour la frontière de l'est, le roi dut prolonger son séjour à Reims, parce que Mazarin s'y trouva « incommodé » d'un calcul dans la vessie rendu très douloureux par les secousses du carrosse[6]. Comme la plupart des hommes actifs, c'est un malade peu patient, qui ne cesse de tempêter contre les médecins et conteste leurs remèdes. Au début de décembre 1655, il apparaît « fort pâle et défait, et se plaint d'avoir souvent la goutte ; cela l'oblige de se purger, comme il fait, car il hait la saignée ». En février 1657, il est « podagre », c'est-à-dire qu'il a les chevilles prises. En mars, on le voit à nouveau « fort pâle », ses cheveux ont blanchi, « il est fort sujet à la goutte et à la gravelle », bien qu'il soit encore jeune, n'ayant guère passé cinquante-cinq ans. Au mois d'octobre, son séjour à Metz, d'où il dirige les pourparlers pour l'élection impériale, est gâché par de nouvelles coliques néphrétiques, « grieves et rudes », qui n'inspirent à Patin qu'un calembour féroce : « J'ai peur qu'à la fin il n'ait la pierre et qu'il ne le faille tailler, après qu'il en aura tant fait tailler d'autres*. » Trois semaines plus tard, il

* La *pierre*, également appelée la *gravelle*, était grave, car, pour évacuer les calculs, on ne disposait en dernier recours que d'une intervention chirurgicale très douloureuse et très dangereuse, fréquemment suivie d'infections mortelles. Patin joue ici sur le nom de cette intervention et sur celui de l'impôt bien connu.

n'est pas encore guéri : « Sa pierre lui est tombée dans la vessie, mais il ne l'a pas encore vidée et il est fort fâcheux et fort chagrin à ses médecins. » Il échappera à l'horrible charcutage, mais, faute d'agir sur l'origine du mal, il verra se multiplier les crises, tant et si bien qu'apparaîtront des effets secondaires fâcheux.

L'année 1658 fut jalonnée par des poussées de chacune des deux maladies chroniques, la gravelle en février, la goutte qui le tint au lit pendant le séjour hivernal à Lyon. Les deux le tourmentèrent tout au long de 1659, exacerbées par la chaleur et sans doute la tension nerveuse lors du séjour à Saint-Jean-de-Luz. Sa main et son bras droit bloqués, il lui arrivait de ne plus pouvoir tenir une plume et Lionne devait écrire sous sa dictée. Il lui fallut encore subir le voyage de Provence et les cérémonies du mariage, où il fit bonne figure, mais en réduisant sa présence au strict minimum. Fallait-il qu'il fût exaspéré par la sollicitude convenue qu'on lui manifestait, pour qu'il se permît de dénuder brutalement devant la reine et ses dames d'honneur scandalisées ses jambes décharnées, couvertes de taches blanches et violettes ressemblant à des écailles de serpent : « Voyez, Madame, ces jambes qui ont perdu le repos en le donnant à la France[7] ! » Il était exténué et son corps endolori ne supportait plus les cahots de la route. Bien qu'on eût usé quand on le pouvait de la voie fluviale, par exemple de Bordeaux à Blaye, le retour à Paris fut une torture. « Il revint à petites journées de la frontière, toujours couché dans son carrosse sur un matelas qu'il y faisait mettre tous les matins et sur lequel on le portait, par les quatre coins, dans son lit, tant à la dînée qu'à la couchée*. » À l'arrivée, on crut qu'il ne se remettrait pas : « Le cardinal, dont la santé était mauvaise, eut les

* Son *lit :* sa literie[8].

gouttes : elles rentrèrent par des bains qu'on lui fit, à cause qu'il avait aussi la gravelle. Ses gouttes rentrées lui causèrent de grandes douleurs dans les entrailles, qui lui donnèrent la fièvre et des convulsions qui firent douter de sa vie[9]. »

Lui-même, cependant, voulait croire à la guérison. Depuis 1654, il a entrepris à Vincennes, autour du noyau primitif, la construction d'un château destiné aux souverains, résidence d'agrément, mais aussi forteresse, que remparts et fossés mettront à l'abri des turbulences populaires. Le domaine est vaste. Il a fait planter le potager et le verger et repeupler le parc de bêtes destinées à la chasse[10]. L'aménagement intérieur des bâtiments n'est pas terminé. Mais il s'y rend, au début de l'automne, pour une cure de repos. « Je me suis retiré en ce lieu pour quelques jours par le conseil des médecins, pour achever d'y reprendre ma santé, aidé de la bonté de l'air et de la beauté des promenades[11]. » Il va mieux, en effet. Quelques jours plus tard, pour célébrer sa guérison, il donne au roi, à la reine et à toute la cour, dans son palais-musée parisien, une réception dont l'ambassadeur vénitien conserve un souvenir émerveillé. Mais chacun sait qu'il ne s'agit que d'une rémission.

La fin d'une complicité

La souffrance physique n'améliore pas l'humeur, surtout lorsqu'elle s'accompagne d'anxiété, ce qui est le cas lors du terrible été de 1659. Il s'est trouvé séparé de la reine entre son départ de Paris, le 22 juin, et leurs retrouvailles à Toulouse peu avant Noël : six mois pendant lesquels elle est soustraite à son influence immédiate. Et il n'ignore pas que, dans son entourage, des voix hostiles s'emploient à le dénigrer. D'ordinaire, il compensait les inconvénients de l'absence par l'échange fréquent de lettres ou de billets entretenant l'amitié. Mais, durant les négociations de Saint-Jean-de-Luz, écrasé de fatigue, il se relâche. Il n'a plus la force de lui adresser la ration bihebdomadaire de mots tendres à laquelle il l'a habituée. Mais elle, qui ne sait à quoi tuer le temps à Bordeaux, lui reproche amèrement de la négliger. Il lui réplique en des termes où perce l'exaspération :

« Vous me permettrez que je dise, avec tout le respect que je vous dois, que vous avez peu de charité de vous plaindre que je ne me donne pas l'honneur de vous écrire assez souvent, car, sans exagération, je vous puis jurer que je n'ai pas un moment à moi et que c'est un miracle que je puisse fournir au travail qui m'accable sans discontinuation. Et comme je mande à M. Le Tellier en détail tout ce qui se passe dans la conférence, afin que le Confident et vous en puissiez être informés à point nommé, je crois satisfaire à votre curiosité d'en user ainsi, que non pas d'employer le temps à faire de petites lettres dans lesquelles je ne puis que répéter les mêmes choses que vous savez fort bien et que je vous assure que vous ne doutez pas à cause des *. » Mais, comme il n'ignore pas qu'elle espère autre chose que des informations politiques, il rajoute à la fin quelques douceurs, en forçant sur les signes : « Mon cœur et toutes mes pensées sont à Bordeaux. C'est tout dire ***. »

À l'évidence, la fiction romanesque qui sous-tendait leurs relations s'effiloche. Elle apparaît pour ce qu'elle a sans doute toujours été : une réponse aux besoins sentimentaux de la reine. Elle n'impliquait de sa part à lui aucun amour, au sens plein du terme. Mais le souci de se l'attacher n'excluait pas une très réelle sollicitude. Écouter les gens, leur montrer de l'intérêt et leur dire les mots attendus peut être aussi une forme de charité.

Que Mazarin ait souvent tiré avantage de cette attention aux autres, dont il était coutumier, ne permet pas d'y voir pure hypocrisie. Elle relève plutôt de l'ambivalence fondamentale de cet homme, trop intelligent pour se duper lui-même sur la complexité de ses motivations.

La reine a toujours été possessive, tyrannique même. Au bout de tant d'années, sous le coup de la fatigue, il supporte mal la disponibilité de tous les instants qu'elle exige de lui, et cette servitude lui pèse. Elle le connaît trop bien pour ne pas percevoir ce changement. La fêlure entre eux se creuse, sous les insinuations de son entourage. Au début de l'hiver qui suivit, un incident vint témoigner de ces tensions[12]. À la mort d'un fidèle serviteur, on constata la disparition d'une cassette contenant les lettres de Marie Mancini au roi. Le plus probable est qu'on espérait y découvrir la preuve que Mazarin avait soutenu les projets de sa nièce. La cassette fut restituée, les lettres détruites, l'affaire étouffée. Mais le cardinal exigea la disgrâce de la personne qui s'était rendue coupable du vol. Or Anne d'Autriche s'y refusa, eu égard, dit-elle, aux bons et loyaux services qu'elle en avait reçus depuis très longtemps, et il lui en tint quelque rigueur.

Mais l'amitié ancienne survivait entre eux, prête à refaire surface. Le pèlerinage de Louis XIV sur les lieux d'exil de Marie Mancini fut l'occasion d'un retour de tendresse. Se voyant quotidiennement, ils ne s'étaient pas écrit depuis plus de six mois. Ils se trouvèrent séparés quelques jours, parce que le cardinal, bien que malade, avait tenu à suivre son filleul dans cette expédition suspecte. De Saintes, où elle était restée avec sa belle-mère, Marie-Thérèse, très amoureuse, écrivit à son mari et Anne d'Autriche en profita pour y joindre un mot à l'adresse de Mazarin. Il accompagna la réponse du roi d'une lettre affectueuse pour elle. Elle crut le retrouver, tel qu'il était naguère et elle en fut bouleversée. En témoigne la dernière des lettres d'elle qui ait été conservée, en date du 30 juin 1660 : « Votre lettre m'a donné une grande joie. Je ne sais si je serai assez heureuse pour que vous le croyiez et que, si j'eusse cru qu'une de mes lettres vous eût autant plu, j'en aurais écrit de bon cœur [...]. Quoi que vous en puissiez croire et douter, je vous assure que [tous les moments] de ma vie seront employés à vous témoigner que jamais il n'y a eu d'amitié plus véritable que la mienne et, si vous ne le croyez pas, j'espère [...] que vous vous repentirez quelque jour d'en avoir jamais douté, et, si je pouvais aussi bien vous faire voir mon cœur que ce que je vous dis sur ce papier, je suis assurée que vous seriez content, ou vous seriez le plus ingrat homme du monde et je ne crois pas que cela soit... » Suivent, au nombre de cinq, les signes dont elle use habituellement[13].

À vrai dire ce retour de flamme, inspiré par les mots tendres qu'échangeaient les deux jeunes époux, ne dura guère. Trop de causes contribuaient à distendre leur relation et Mazarin souffrait trop. Dans le récit de cette période, on voit se multiplier sous la plume de Mme de Motteville les griefs contre lui. La reine elle-même lui aurait confié « qu'il devenait de si mauvaise humeur et si avare, qu'elle ne savait pas comment à l'avenir on pourrait vivre avec lui[14]. » Au reproche d'avarice, la narratrice ajoute ceux d'usurpation et d'ingratitude. Bien qu'amplifiés ici par son antipathie, ces deux derniers, d'ailleurs liés, traduisent la perception d'un fait incontestable : Mazarin n'a plus pour la reine les mêmes égards qu'autrefois. Mais elle le ressent d'autant plus douloureusement qu'il accompagne une mise à l'écart plus générale.

Très sagement, Anne d'Autriche, prenant le contre-exemple de Marie de Médicis, a tenu à transmettre en douceur le pouvoir à son fils. Elle s'est effacée du devant de la scène pour lui laisser le premier plan. Elle a entièrement abandonné le rôle de mentor à Mazarin. Chacun sachant que le cardinal dirige l'action du roi, elle a cessé d'être, pour accéder à celui-ci, l'indispensable intermédiaire. Si bien que personne ne lui demande plus son avis. Elle siège certes au Conseil, mais en l'absence de Mazarin, on n'y discute plus rien d'important. Tout se passe par correspondance, on l'a dit, entre lui d'une part, Louis XIV et Le Tellier de l'autre. Elle se trouve exclue des centres de décision. Et les autres le lui font sentir. Elle subit maintenant le contrecoup de son renoncement courageux. Elle n'a plus de « crédit » : « Quand elle recommandait une affaire, soit au chancelier, soit au surintendant, ou à quelque autre ministre, elle voyait visiblement qu'elle n'était point obéie ; et si elle en pressait l'exécution, ils lui répondaient souvent qu'il fallait en parler à M. le cardinal : si bien qu'après, elle était forcée de laisser voir à ceux à qui elle parlait librement qu'elle n'était pas satisfaite de celui qui gouvernait, et n'en faisait pas moins bonne mine au ministre. »

À cette perte d'influence, personne, pas même Mazarin, ne pouvait porter remède. Elle le savait et le déplorait, déchirée entre le regret de l'amitié perdue et l'amertume devant le rejet dont elle se sentait victime. Elle souffrait moins de la privation du pouvoir proprement dit, dont l'exercice lui avait toujours pesé, que de l'humiliation qu'entraînait sa mise à l'écart. « L'extrême autorité que le ministre avait usurpée dans ce royaume avait absorbé la légitime », dit encore Mme de Motteville. Anne d'Autriche ne souscrit pas à ce reproche. Elle a raison. Le terme d'usurpation est politiquement impropre, parce que Mazarin n'a usé d'aucune violence pour s'emparer du gouvernement. Il ne s'est substitué à elle que parce qu'elle a choisi de se reposer entièrement sur lui, ce qui est bien différent. Mais on retrouve ici le très ancien grief contre les premiers ministres, occupant indûment une fonction sacrée réservée au roi : c'est sur le plan symbolique, celui de l'ordre du monde, qu'ils sont perçus comme des usurpateurs.

Le reproche d'ingratitude est, lui, plus pertinent. Mazarin doit sa carrière à la reine. Il est exact qu'il n'a plus « autant de zèle, de fidélité, de respect et de devoir que dans les temps où sa fortune dépendait absolument de sa bonne volonté ». Mais, dix-huit ans durant, il a consacré à son service toutes ses forces et il s'y est usé prématurément. À quelle balance peser ce que chacun doit à l'autre ? Il pourrait certes, il devrait même, lui marquer plus d'égards. Mais faut-il pour autant qu'il lui cède lorsqu'il n'est pas d'accord sur des questions lourdes d'enjeux capitaux ? Ils avaient longuement lutté côte à côte en bons compagnons d'armes, pour protéger Louis XIV et sauvegarder son autorité. Un objectif commun, de très grands dangers, des épreuves partagées, tout cela rejetait au second plan les divergences mineures. Mais une fois le but atteint, celles-ci refaisaient surface.

L'une d'elles, essentielle, tenait à la conduite à adopter à l'égard de l'Église. Anne d'Autriche avait mis une sourdine à ses sympathies pour les dévots, tant qu'ils s'opposaient à sa politique. Mais l'alliance avec l'Angleterre de Cromwell lui avait inspiré des scrupules. La paix avec l'Espagne la réconcilia avec elle-même et avec ses anciens amis. Durant la dangereuse maladie de son fils, elle avait multiplié les vœux. Il était guéri, la victoire était acquise : deux dons du ciel à peine mérités, qu'elle se sentait tenue de reconnaître par une recrudescence de piété. Mazarin, lui, s'il ne disait rien de la guérison, attribuait sans hésiter la victoire à la supériorité de nos armes. Sa vieille défiance à l'égard des dévots était d'autant moins éteinte que le conflit ouvert autour de l'archevêché de Paris par l'évasion du cardinal de Retz n'était pas réglé et que les religieuses de Port-Royal refusaient toujours de signer le formulaire. Il s'apprêtait à mettre hors la loi la Compagnie du Saint-Sacrement*. Dans ses ultimes recommandations, il conseillerait au roi d'interdire à l'Église toute incursion dans le domaine politique, d'exiger la démission de Retz, mais d'apaiser la querelle janséniste**.

On s'explique mieux, dans ces conditions, « l'avarice » que Mme de Motteville impute au cardinal. Il s'irritait, non sans quelque mesquinerie, de voir la reine mère visiter plus assidûment que jamais les couvents et dépenser en charités le plus clair de sa dotation personnelle. Il allait « jusqu'à la blâmer de ce qu'elle faisait trop d'aumônes, et faisait trop de cas des dévots ». Il s'inquiétait de la voir entraîner sur cette voie sa jeune belle-fille, toujours à court d'argent entre sa passion pour le jeu – où elle perdait – et ses devoirs de bienfaisance. Mais le redoutable Colbert tenait si serrés les cordons de la bourse qu'Anne d'Autriche fit secrètement appel à Fouquet, sans doute par le canal de sa très pieuse mère. Inutile de dire que le surintendant y

* En 1660, un arrêt interdisant toute réunion « sans permission expresse du roi et patentes vérifiées » rejeta dans l'illégalité cette Compagnie à structure secrète. Bien que très hostile aux jansénistes à cette date, elle ne paraissait pas moins dangereuse au pouvoir royal.

** Retz accepta de démissionner dès la prise du pouvoir par Louis XIV. Conclue avec l'appui du pape pour la mise au point d'un formulaire acceptable, la « Paix de l'Église » (1668-1679) accorda un répit au jansénisme.

répondit libéralement. Et Mazarin, s'il l'apprit, n'en fut pas content.

Toutes ces divergences, cependant, tous ces motifs de friction n'auraient pas creusé entre eux de fossé s'il ne s'y était joint, à partir de 1660 surtout, leur relation respective avec Louis XIV. Anne d'Autriche a le sentiment que Mazarin lui vole non seulement son pouvoir, mais – bien plus grave – son fils.

La dernière phase d'une éducation royale

Contre toute attente, le conflit autour de Marie Mancini, loin d'entraîner une fracture entre Mazarin et son filleul, les a rapprochés. Pas tout de suite, bien sûr. Il y a fallu six mois, le châtiment de Marseille, l'échange de serments avec Philippe IV et le mariage enfin accompli – autant de circonstances où l'adolescent romanesque et sentimental a dû se comporter en roi. Il a été saisi par sa fonction. Et il y a pris goût. Et il en a tiré orgueil. Il en sort métamorphosé : le papillon est sorti de sa chrysalide. Bien que Mazarin ait été plus ferme que sa mère au cours de la crise, non seulement il ne lui en veut pas, mais il semble lui vouer la plus grande reconnaissance, si l'on en juge par les prévenances qu'il montre envers lui. Elles ont frappé tous les contemporains. L'ambassadeur vénitien indique qu'il lui faisait, chaque jour et même plusieurs fois par jour, des visites sans cérémonial ni étiquette :

« Si le cardinal est occupé, le roi prend la peine d'attendre. Si les ministres doivent prendre audience, il ne reste qu'un moment, lui donne le bonjour et s'en va. Mais d'ordinaire les entretiens durent quelques heures ; là, le cardinal l'informe de tout, il l'instruit et il le façonne de telle manière que, si Sa Majesté observe ces avis précis, ces fortes maximes et tout ce que le génie d'un si grand homme lui révèle de plus secret et de plus profond, on ne peut douter que, si elle ne retombe sous le pouvoir de quelque autre ministre, elle ne devienne un très grand prince. » La docilité du roi est telle que le même ambassadeur, un peu plus tard, s'en étonne et la juge extraordinaire : « Tout l'effort de ses affections paraît dirigé vers le cardinal. Il ne faut pas dire seulement que le roi l'estime comme un ministre utile et nécessaire, [...] que par force il lui laisse l'autorité, mais il faut avouer qu'il y a une sympathie occulte, une subordination de l'esprit et de l'intelligence, par suite desquelles l'inclination d'un grand prince peut dépendre du génie d'un homme privé. Aussi, il lui laisse un pouvoir absolu sur les affaires du royaume, le pouvoir sur lui-même, la disposition de tout, et, en se privant de sa propre autorité, il ne peut rester privé de sa présence. Il le voit plusieurs fois par jour. Dans toutes les choses, jusque dans les petites et même dans celles qui ne dépendent que de son goût, il reçoit ses avis et l'on peut dire ses prescriptions. Il n'entend pas parler d'affaires ou demander des grâces qu'il ne renvoie le tout au cardinal, ou au plus, il s'offre pour intercéder auprès de lui[15]. » Quand on sait combien Louis XIV se montrera plus tard jaloux de son autorité, cette sorte d'abdication entre les mains de son parrain est stupéfiante – surtout après ses velléités d'indépendance antérieures. Point n'est besoin, pourtant, de chercher des explications parapsychiques à cette emprise. Louis XIV a été impressionné, comme tout le monde, par le triomphe éclatant de Mazarin, qui justifie *a posteriori* l'ensemble de sa politique. Mais du coup, il a pris la mesure de ses propres faiblesses face à la tâche immense qui l'attend très prochainement. L'impatience n'est plus de mise. Car il sait que son parrain va mourir. C'est bien trop tôt que les responsabilités risquent de lui échoir. Il souhaite d'une part le laisser régler les questions en suspens – ce sera autant que lui-même n'aura pas à faire –, d'autre part et surtout apprendre de lui tout ce qu'il est possible d'apprendre, avant de se retrouver seul aux commandes.

Rien n'a transpiré des entretiens prolongés qu'ils eurent durant ces derniers mois où Mazarin tentait de mener à son terme son œuvre d'éducateur, en initiant méthodiquement Louis XIV aux affaires. Nous n'en savons que ce qu'en a dit celui-ci, dans un mémorandum dicté au lendemain de sa mort à son secrétaire, Toussaint Rose, puis, beaucoup plus tard, dans les *Mémoires* qu'il destinait à son fils. Il convient de compléter ces deux textes, qui s'en tiennent à des généralités et sont évidemment filtrés, par les lettres de direction politique envoyées durant la séparation de l'été 1659.

L'ultime enseignement du cardinal apparaît marqué au sceau du pragmatisme. À son royal élève, il inculque pour impératif premier le bien de l'État, qui postule le respect des lois morales et religieuses et implique, autant que possible, le « soulagement des peuples ». Mais il s'attarde peu à la théorie. Il cherche à lui fournir des conseils très concrets sur la conduite à tenir en toutes circonstances. Un exemple : la meilleure manière de donner. Ne pas promettre les grâces, ne pas les faire attendre. Les accorder à l'improviste, comme un cadeau gratuit, sans avoir laissé à d'autres le temps de les espérer. Ce n'est pas ainsi que lui-même avait procédé, faute de moyens, et il avait payé cher auprès des grands les promesses non tenues. Autre exemple : il avait largement usé des nominations dans l'Église à des fins politiques, mais il conseille à Louis XIV de les réserver aux plus dignes[16]. Son propre triomphe final ne le conduit pas à ériger en principes les méthodes employées par pis-aller. Un roi peut et donc doit gouverner autrement, mais en se souvenant qu'il existe des recettes, pas de règles, et que le reste est affaire d'intuition et de sens politique.

Entre le maître agonisant et son disciple fasciné se créa une complicité intellectuelle venant s'ajouter à l'espèce de fraternité acquise au cours des campagnes militaires. De cette complicité et de cette fraternité d'hommes, Anne d'Autriche se trouve fatalement exclue. De plus, avec l'arrivée de l'infante, la modification de l'équilibre familial joue à son détriment. À près de vingt-deux ans, la jeune femme, dressée à l'obéissance par les duègnes dans les profondeurs des palais espagnols, a un cœur d'adolescente, une connaissance du monde égale à zéro, et elle ne parle pas le français. Elle paraît si vulnérable que sa belle-mère et tante la prend sous son aile, ravie de trouver en elle la fille qu'elle n'a pas eue et de goûter en sa compagnie un peu des charmes de son Espagne natale, dont les retrouvailles de Saint-Jean-de-Luz ont réveillé la nostalgie. Elle reporte sur cette bru si docile l'amour possessif auquel son fils est en passe de se soustraire – non sans effets pervers puisqu'elle entretient son immaturité et l'empêche de trouver place dans la société jeune et gaie qui gravite autour du roi. Partageant sa vie quotidienne, elle forme avec elle, en compagnie de quelques suivantes parlant espagnol, un petit groupe qui tend à se refermer sur lui-même et accentue la coupure entre hommes et femmes : Louis XIV et Mazarin d'un côté, dirigeant le pays, de l'autre Anne d'Autriche et Marie-Thérèse, courant les couvents ou occupées à des ouvrages de dames en buvant du chocolat à la cannelle. Cette coupure préside à leur commune éviction du Conseil. Pour n'avoir pas à y admettre son épouse,

Louis XIV en exclura sa mère* – ultime étape de l'arrachement, que la malheureuse n'avait pas prévue.

Mazarin pris entre Colbert et Fouquet

L'état de santé de Mazarin a créé autour de lui un climat de fin de règne, qui exaspère les rivalités. Depuis longtemps Colbert, on l'a vu, dénigrait Fouquet et multipliait les chausse-trapes sous ses pas. Le cardinal laissait dire. Pourvu qu'il obtînt à la demande les sommes dont il avait besoin, le reste lui importait peu. Mais à l'automne de 1659 interviennent des données nouvelles. Passer d'un budget de guerre à un budget de paix impose une réforme fiscale, qui exigera une remise en ordre générale des finances royales. D'ailleurs, à force de dettes accumulées, celles-ci sont au bord du gouffre. Le système consistant à vivre de crédits, à jongler avec les déficits et à pratiquer des semi-banqueroutes mal déguisées est sur le point d'imploser. Colbert, qui ne partageait pas l'optimisme congénital de son maître, avait beau tirer la sonnette d'alarme, celui-ci avait d'autres priorités : couronner par le mariage du roi la réconciliation franco-espagnole et achever de pacifier l'Europe. Le diligent commis commença à s'inquiéter pour son avenir personnel.

Au mois d'octobre, il adressa à Mazarin, alors occupé aux négociations de Saint-Jean-de-Luz, un long mémoire contenant d'une part un réquisitoire contre les « dilapidations » du surintendant, qu'il préconisait de livrer à une cour de justice, d'autre part un vaste programme de réformes de l'administration financière.

* Il en exclura du même coup tous les membres de sa famille, frère et cousins.

Rien dans tout cela qu'il ne lui eût dit et redit vingt fois. De plus, il savait bien qu'aucune des mesures proposées n'était applicable dans l'immédiat. Était-il opportun de le troubler alors qu'il avait d'autres soucis en tête ? À cet envoi, une seule explication. Colbert souhaitait prendre date, afin de se désolidariser plus tard de Fouquet et, accessoirement, de Mazarin : il voulait pouvoir « faire connaître au roi qu'il avait pensé au remède qu'on aurait dû apporter, il y avait déjà du temps, à cette grande dissipation des finances ; mais que c'était la faute de M. le cardinal de n'avoir pas écouté son projet[17] ».

Avait-il prévu que son mémoire pourrait tomber entre les mains du principal intéressé ? Fouquet était alors en route pour rejoindre la cour. Il faisait étape à Bordeaux lorsque le directeur de la Poste, un ami, lui signala le passage du colis, qui fut ouvert avec toutes les précautions d'usage. Avant de le faire recacheter non moins soigneusement et de le laisser poursuivre son chemin, il prit soin, bien sûr, d'en prendre copie. Le document, fort long, spécifiait même la composition de la cour de justice qui devrait le juger ! Pour gagner du temps, Fouquet se mit au travail avec son serviteur Gourville. Ils placèrent le texte entre eux deux sur une table et transcrivirent en parallèle l'un la page de droite et l'autre celle de gauche. Lors des fouilles qui suivirent son arrestation, cette copie, trouvée dans ses papiers, confirma à certains de ses juges qu'il était victime d'une machination.

Quand le mémoire lui parvint, Mazarin, comme prévu, le mit au placard. Sans illusions, il ne prenait pas les méthodes dont il usait pour un modèle de bonne gestion financière. Il connaissait les remèdes au désordre. Dans les ultimes conseils prodigués à Louis XIV, il lui faudrait bien préconiser les réformes indispensables pour sortir le pays de la spirale d'endettement où il s'engluait. Mais la situation ne s'y prêtait pas – pas encore. Alors, la hargne têtue de Colbert contre le surintendant l'agaçait. À plusieurs reprises, sachant celui-ci lourdement endetté, il avait invité son trop zélé collaborateur à modérer ses exigences et s'était déclaré prêt à y aller de sa poche. Par un mouvement d'humanité, ou parce qu'il ne fallait pas tuer la poule aux œufs d'or ? Nul ne peut le dire. En tout cas, il réserva à Fouquet un excellent accueil, feignit l'étonnement devant ses plaintes contre l'hostilité de Colbert, puis l'invita à passer aux choses sérieuses, par exemple les moyens de faire face aux dépenses qu'allaient occasionner les festivités du mariage et le règlement des affaires dans l'Europe du Nord. Ils mirent au point une série de mesures ponctuelles qui, additionnées, équivalaient à une banqueroute partielle : l'État remettait en cause une bonne part de ses engagements. Mazarin comptait sur ses talents pour faire passer la pilule. Mais, quelques jours plus tard, il manifesta son désir de contrôler lui-même le renouvellement des baux sur la ferme des impôts – preuve qu'il avait quelque inquiétude.

C'est un lieu commun de dire qu'à cette époque, le roi est prisonnier des milieux de finances. Mais on oublie d'ajouter que c'est aussi – en plus dangereux peut-être – le cas de Mazarin. Incapable de gérer lui-même sa fortune, il ne pouvait se passer de Colbert. Mais il avait aussi besoin de Fouquet. En outre ses deux adjoints le tenaient, parce qu'ils savaient trop de choses sur lui. Et ces deux-là, à la différence des modestes agents du temps de sa jeunesse comme l'abbé Mondin, ne l'aimaient pas, le jugeaient au bout du rouleau et se battaient férocement pour leur propre survie. En les ménageant, il obtint près d'un an de sursis. Les connaissant fort bien, il avait peu de doutes sur l'issue du combat qui suivrait sa disparition : Colbert l'emporterait, pour le plus grand bénéfice de l'État. Mais le choc entre les deux hommes risquait d'avoir des retombées. A-t-il conservé jusqu'au bout sa neutralité ou a-t-il accablé Fouquet dans ses ultimes conseils à Louis XIV ? La dernière hypothèse a pour fondement l'unique témoignage de Colbert. Est-ce suffisant pour l'accuser de trahison envers un homme auquel ne le liait d'ailleurs aucun devoir de gratitude* ? Nul ne sait s'il dénigra en secret le surintendant. Une chose est sûre, il ne prononça contre lui aucune mise en garde publique. La seule réserve émise sur son compte était qu'il aimait trop le jeu et les femmes, ce qui, en ce temps-là et dans ce milieu, ne passait pas pour un crime. Il le cita comme un serviteur à utiliser – un parmi d'autres. Il fit même de lui un de ses exécuteurs testamentaires – un parmi d'autres. Le noyer ainsi dans la masse, minimiser son rôle, lui refuser toute attention particulière, c'était se protéger lui-même en suggérant qu'il avait tout ignoré de ses activités suspectes.

En vérité, loin de tenir entre ses mains le sort de Fouquet, Mazarin n'y peut rien. Colbert lui-même, quoi qu'on en dise, n'y peut pas grand-chose non plus. Car il ne fait qu'exprimer, en la colorant de sa haine, une nécessité politique qui est de tous les temps et dont l'histoire offre bien des exemples. Au sortir d'une crise, quand le pouvoir royal voulait remettre de l'ordre dans ses finances, il s'en prenait à ses pourvoyeurs de fonds et leur faisait « rendre gorge », opération propre à satisfaire le bon peuple, à faire rentrer à bon compte dans le Trésor les biens qu'il leur confisquait et à inciter à plus de souplesse leurs éventuels successeurs. Sans remonter jusqu'à Jacques Cœur, qui ne se sauva que

---

* Voir *supra*, p. 626-628.

par la fuite, à Marigny ou à Semblançay, qui finirent au bout d'une corde au gibet de Montfaucon, on se rappellera que les frondeurs maîtres de Paris engagèrent une opération de ce genre contre les « partisans* », dont les « trésors » de Mazarin firent les frais. C'est, de même, vers un vaste règlement de comptes sur le dos des financiers qu'on s'achemine après la paix des Pyrénées : « Il y avait une nécessité absolue de changer de surintendant, pour avoir occasion de condamner tout ce qu'il avait fait, pour ne rien tenir de ce qu'il avait promis et pour dépouiller tous ceux qui s'étaient enrichis pendant son administration[18]. » Mais non, pas tous ! Colbert s'efforce de concentrer le tir sur Fouquet pour en épargner d'autres.

Pourquoi Fouquet ? Un destin cruel et d'illustres amis lui ont valu la sympathie presque unanime de la postérité. Il avait pour lui les femmes et les poètes, et on ne surprendra personne en disant que ceux-ci sont plus doués pour l'élégie que pour le dithyrambe. Les larmes des nymphes de Vaux, auxquelles La Fontaine prêta sa voix, sont ses meilleurs avocats. Ses récents biographes apportent quelques bémols à ce concert d'éloges. Le surintendant n'était un tendre qu'avec les dames, il ne faisait nulle grâce à ses débiteurs et exerçait sans pitié sa charge de procureur général. Peu importe. C'est pour des raisons politiques et non morales qu'il fut désigné ou, si l'on ose dire, qu'il se qualifia lui-même comme bouc émissaire et qu'il attira sur lui les foudres royales[19].

Après son accès à la surintendance, la tête commence de lui tourner. Il est riche alors, très riche. Sa seconde épouse Marie-Madeleine de Castille, lui a apporté, outre une très généreuse dot, le soutien des réseaux financiers

---

* Voir *supra*, note p. 408.

de sa famille. Il entreprend une œuvre de bâtisseur. Il embellit Saint-Mandé, il fait édifier Vaux, la merveille. Il se pose en protecteur des arts et des lettres et pratique le mécénat en connaisseur. Il étale son luxe. Il a une cour. Une nuée d'écrivains largement pensionnés gravite autour de lui, lui dispensant un encens dont il se grise. Des femmes amoureuses, et ambitieuses à l'occasion, l'entourent de leur adoration. Il se donne une stature de premier ministre, affichant, d'avance, un faste que Mazarin ne s'est permis que sur le tard. Lorsque le public commence à spéculer sur la succession du cardinal, son nom est sur toutes les lèvres. Bref, il vend la peau de l'ours. Il n'imagine pas une seconde que Louis XIV assumera lui-même le gouvernement. Il ne manquait pourtant pas de moyens d'information. Ne travaillait-il pas assez près de lui pour avoir quelque idée sur son compte ? Mais non, il tenait pour négligeable cet adolescent prolongé qui abdiquait entre les mains de son ministre. Grave faute de psychologie. Il ignorait le Soleil. Et quand il l'invita à Vaux dans l'intention de l'éblouir, il l'éclipsa. Ne nous trompons pas sur la « jalousie » qu'on prête parfois à Louis XIV. Ce n'est pas d'avoir qu'il s'agit, mais d'être. Fouquet lui apparut sous les traits d'une sorte d'usurpateur, qui inversait entre eux les rôles.

L'imprudent commit en même temps une autre faute politique très grave. Elle n'apparut en plein jour qu'au moment de son procès, lorsqu'une perquisition permit de découvrir chez lui, caché dans un cabinet secret, ce qu'on appela le « plan de Saint-Mandé ». En 1657, devant les attaques de Colbert et l'indifférence de Mazarin, qu'il prenait pour de l'hostilité, il se crut menacé. Il voulut s'assurer contre d'éventuelles poursuites un refuge et un réseau de soutiens. Ses projets, tels qu'il les consigna fébrilement dans le document en question, étaient subversifs. Dans le cas où il serait arrêté, des gens nommément désignés devaient coordonner leur action pour faire pression sur le cardinal, susciter des rébellions dans des lieux également cités, voire s'emparer de places fortes, suivant l'exemple du maréchal d'Hocquincourt, avec qui ils étaient invités à prendre contact. Sans être totalement chimérique à cette date, tout cela relevait de mentalités obsolètes : les prises d'armes nobiliaires n'étaient plus guère à l'ordre du jour. Fouquet se trompait de milieu et d'époque. Il perdait la tête. Avec vingt ans de retard, il prétendait, lui, un robin, jouer au grand seigneur se targuant d'indépendance et lutter d'égal à égal contre un premier ministre présumé hostile, comme si la Fronde n'avait pas été vaincue et comme si la France n'avait pas de gouvernement légitime. On comprend aisément que Louis XIV ait vu rouge à la lecture de ce brûlot, non pour le danger qu'il représentait – il était inexistant –, mais pour l'état d'esprit dont il témoignait, un mépris total de l'autorité royale.

Au fur et à mesure que se confirmait le triomphe du cardinal, Fouquet mesura l'irréalisme de son plan : personne ne le suivrait. Il l'oublia dans un recoin de son cabinet secret et Mazarin n'en eut pas connaissance. Mais il se sentait plus menacé que jamais. Largement obéré par ses dépenses somptuaires et par ses avances au Trésor, il s'aliénait peu à peu les réseaux financiers. Avec les confrères du Saint-Sacrement, ses relations se distendaient, sans pour autant diminuer les préventions du ministre, qui savait sa famille très liée au parti dévot[20]. Pour couronner le tout, son frère Basile se brouilla avec lui, pour des motifs obscurs auxquels la crainte d'être entraîné dans sa chute ne devait pas être étrangère*. Alors, il réduisit sa contre-offensive à l'acquisition d'une « place de sûreté » qui lui offrirait un abri provisoire et une base pour quitter la France. Il n'eut pas à chercher loin. Belle-Île-en-Mer, qui venait de jouer ce rôle pour le cardinal de Retz, se trouvait à vendre. Il l'acheta aux Gondi en septembre 1658. Un site stratégique, un port en eau profonde : en dissimulant avec soin l'identité du propriétaire, il y fit édifier une forteresse et installer un arsenal. Cela se sut. L'entreprise s'expliquait, d'après ses déclarations, par la création d'une compagnie de commerce maritime, ce qui ne l'empêchait pas d'être aussi une mesure de précaution contre d'éventuelles poursuites judiciaires. En ces temps de pacification générale, cela tenait de la provocation.

Bien informé sur ce dernier point, Mazarin ne s'y trompa pas : l'insensé paierait sa présomption, sa mégalomanie, son aveuglement. Il n'avait aucune raison de s'apitoyer sur son sort. Il s'en lava les mains. Mais il n'avait pas non plus intérêt à parler contre lui. Il haïssait le scandale et les éclats. Mieux valait planer très loin au-dessus des affrontements sordides qui agitaient ses gestionnaires financiers. Il pouvait faire confiance à Colbert, celui-ci se chargerait de porter le fer dans la plaie. Et l'on put constater très vite, en effet, que son mémoire accusateur de 1659 avait trouvé, sous sa forme initiale ou en version améliorée, un lecteur de plus : Louis XIV s'en inspira de très près dans la procédure menée contre le surintendant, comme dans les réformes entreprises. Le cardinal l'aurait-il suivi dans son impitoyable rigueur ? Serait-il intervenu au

* En janvier 1660, à l'initiative de Basile, une violente altercation publique, assortie d'injures, opposera les deux frères dans l'antichambre même du cardinal.

contraire en faveur de l'imprudent sacrifié sur l'autel de l'indispensable redressement financier* ? On aimerait le croire. Mais il n'eut pas l'occasion de donner son avis : il était mort.

Les derniers feux de l'opéra italien

Bien qu'il n'ait pas remis les pieds en Italie depuis vingt ans et qu'il ait fait souche en France à travers ses neveux et nièces, Mazarin ne s'est jamais résigné à « abdiquer** » sa patrie d'origine et a conservé avec elle une multitude de liens. Il y recrute ses confesseurs, ses valets de chambre et le responsable de son garde-meuble. Il a encore à Rome deux sœurs, Margarita Martinozzi, qui habite son palais, et Anna-Maria, religieuse. Il y a gardé des amis, dont le fidèle abbé Benedetti qui veille sur ses intérêts et vient de s'attaquer à la rédaction d'une biographie où le héros du jour est qualifié de « Romain ». Lui-même fait restaurer l'église des Saints Vincent-et-Anastase, qui fut la paroisse de ses parents, incitant à croire qu'il y a été baptisé. Enfin, pour commémorer la paix des Pyrénées, il commandite un escalier monumental à édifier au pied de la Trinité-des-Monts – qui ne sera pas exécuté. La venue de l'âge aiguise chez lui, comme il est normal, la nostalgie.

---

* Rappelons ici que Louis XIV avait demandé la mort contre Fouquet et que le tribunal, après des débats passionnés, avait conclu au bannissement perpétuel. Le roi, faisant jouer à l'envers, si l'on peut dire, son droit de grâce, le commua en prison perpétuelle. Sa décision scandalisa. Mais on peut comprendre sa haine envers cet homme qui le tenait pour négligeable.

** C'est le terme juridique utilisé pour désigner la rupture radicale que la loi exigeait, en principe, des candidats à une naturalisation.

Sa sensibilité artistique est tout italienne. La contemplation de ses collections ne la satisfait qu'en partie. Il y faut aussi la musique, de préférence vocale, dans sa langue maternelle qui chante tout naturellement. Avec le retour de la paix civile, les artistes sont revenus. Mais il ne se reconnaît pas entièrement dans ce qu'ils font. Ce ne sont plus tout à fait les mêmes et ils se mettent au goût du jour. Et le goût du jour, désormais, n'est plus le sien, mais celui du roi. Son jeune compatriote, Lully, a troqué son statut de « baladin » – mime, danseur et chorégraphe – contre celui de compositeur de la chambre, à la tête d'une bande de « petits violons ». Il poursuit à vive allure, mais avec un sens aigu de ce que peut supporter son auditoire, la greffe des apports transalpins sur le fonds français. Mazarin, lui, rêve d'un vrai, d'un authentique opéra italien, comme au temps de sa jeunesse. Et puis, il a un vieux compte à régler avec le public parisien, qui lui a gâché l'*Orfeo* de Rossi par pure animosité politique. Au faîte de la gloire, pourquoi ne lui lancerait-il pas un ultime défi, pour prendre sa revanche, pour ajouter une dernière victoire à toutes les autres, l'éclatant succès d'un opéra italien à Paris ? À moins qu'il ne songeât, tout simplement, à se faire plaisir.

La réconciliation de la France avec l'Espagne, scellée par l'union de ses enfants, lui fournit un prétexte en or. « Le mariage du roi devait être, dans son esprit, à la fois l'apothéose de sa carrière d'homme d'État, et le triomphe de sa politique culturelle, explique Philippe Beaussant. Le couronnement de son grand dessein politique européen devait se doubler, ou plus exactement ne faire qu'un avec une immense fête baroque[21]. » L'entrée solennelle, offerte au bon peuple, aurait pour complément, à l'intention de l'élite, un spectacle lyrique comme on n'en avait jamais vu. Rien ne serait trop beau pour cette merveille : « On ne doit pas regarder à jeter l'argent par les fenêtres en de telles occasions », écrit-il à la reine. Tout au long de l'automne 1659, au cours du voyage vers la frontière, lorsqu'il affronte la colère du roi au sujet de Marie Mancini, ou plus tard, lorsqu'il passe ses journées en tractations diplomatiques avec don Luis de Haro et une partie de ses nuits à en mettre au net le compte rendu à l'intention des souverains et des ministres, il trouve encore du temps à consacrer à la préparation de son opéra.

Certes il s'appuie sur Atto Melani, qu'il a engagé comme secrétaire. Mais il tient à veiller lui-même aux moindres détails. Pour le livret, il dispose sur place de l'abbé Buti, qui n'est certes pas grand poète, mais qui fournit aux musiciens des vers faciles se prêtant à l'expression des sentiments. Pour la musique, il veut le meilleur compositeur. Rome n'en offre aucun qui approche de Francesco Cavalli, alors au sommet de sa gloire à Venise. Mais, craignant de se couper de son public et de ses commanditaires habituels, et peut-être aussi pour faire monter les enchères, le *maestro* se fait prier. À Colbert de faire le nécessaire pour le décider : « J'attends avec impatience de savoir la résolution que le sieur Cavalli aura prise, je ne manquerai pas, lorsque je serai à Bordeaux, d'en dire un mot à M. l'ambassadeur de Venise, afin que s'il y a encore quelque difficulté au voyage dudit sieur Cavalli, elle puisse être surmontée [...]. » Il fait remettre au compositeur des fonds dont il précise la répartition entre lui et ses compagnons. Qu'on n'oublie pas cependant de réserver cinquante pistoles pour « le sieur Jean-Paul Bonnelli, dit le Carpani, qui chante la taille » et qui, parti de Vienne, rejoindra les autres en route.

Il espère trouver sans trop de peine des violonistes à Bruxelles ou à Innsbruck. Mais il sait combien les princes répugnent à lâcher, même pour un temps, leurs artistes favoris : « Je voudrais qu'on continuât les diligences pour faire venir le frère d'Atto, qui est au service de l'archiduc Sigismond, et la basse qui au service du duc de Bavière. » Le cas de ce frère d'Atto vaut la peine d'être conté. Car don Filippo Melani était non seulement un castrat comme lui, mais un moine. Il fut d'abord tiré du couvent dont il était « la gloire et l'ornement » pour aller servir l'archiduc, tout en conservant, à sa demande, l'habit religieux. On peut supposer qu'il tenait sa partie dans la musique liturgique. Mais comment l'imaginer sur une scène d'opéra, dans le rôle d'une reine amoureuse du héros et travestie en homme ? C'est pourtant ainsi qu'on le verra à Paris en 1660 dans le *Xerxe* du même Cavalli. Stupéfiant ! Mais Mazarin, on le sait, ne reculait devant rien pour satisfaire sa passion du chant.

Le spectacle grandiose qu'il méditait appelait un cadre digne de lui. Les salles existantes étant trop mesquines, il décida d'en faire édifier une à la mesure de l'événement. Il s'adressa à l'un des plus célèbres architectes italiens, Gaspare Vigarani, qui venait de construire à Modène un théâtre de 3 000 places. Lorsque celui-ci arriva à Paris, à la fin de juin 1659, il se montra peu satisfait du programme prévu et du lieu choisi, une salle en bois derrière le palais du cardinal – du provisoire. Il voulait inscrire son génie dans la durée. Il réussit à faire prévaloir ses vues. Il construirait dans l'aile nord des Tuileries, à la jonction des pavillons du Louvre, un théâtre en pierre pouvant accueillir six à sept mille spectateurs et dont la scène, profonde de vingt-deux toises, permettrait au décor de créer l'illusion d'un espace infini. Comment Mazarin put-il, en dépit du gouffre financier prévisible, souscrire à ce projet marqué au sceau de la démesure ? Hélas, Vigarani avait vu trop grand, calculé le temps trop juste et il ne pouvait prévoir l'inertie sournoise des artisans français contrariés dans leurs habitudes. Il apparut vite que la salle ne serait pas prête pour le carnaval de l'hiver suivant.

Le cardinal tenait à son opéra italien. On puisa dans le répertoire de Cavalli le *Xerxe*, applaudi à Venise six ans plus tôt. Pour le mettre au goût du jour, il fallut entrecouper l'action de six entrées de ballet, réglées par Lully – ce qui porta la durée du spectacle à huit heures. On le représenta d'abord, avec une mise en scène minimale, dans une galerie du Louvre. Puis Mazarin le fit jouer chez lui, lors d'une réception le soir de l'Épiphanie, mais il eut un malaise au cours de la représentation et dut se faire soigner. C'est le *Ballet de l'Impatience* qui prit la relève dans la suite des festivités. On disposait donc d'un an de répit pour parachever le grand œuvre.

Le sujet choisi devait faire référence au mariage du roi. Pas facile à trouver. Le seul héros mythologique approprié pour le représenter était Hercule, qui, depuis Charles Quint, servait de référence à tous les monarques d'Europe. Hélas ! le personnage avait eu beau briller contre les brigands et les monstres en tous genres, ses amours s'étaient terminées en désastre. Sa légende était trop connue pour qu'on pût y changer grand-chose. L'abbé Buti se contenta d'y ajouter, au milieu de multiples péripéties, une rivalité amoureuse entre lui et son fils. Mais il greffa sur sa mort une apothéose finale. Transporté sur l'Olympe et élevé au rang de dieu, Hercule y épousait la Beauté, en qui le public était invité à reconnaître l'infante Marie-Thérèse. En guise d'épithalame, on aurait pu trouver mieux. Le livret, cependant, se prêtait à tous les *topoi* du genre.

Ce qui compliqua la tâche à Cavalli ne fut pas l'invraisemblance de l'intrigue – il en avait l'habitude –, mais la volonté de complaire au goût régnant. On rajouta des ballets : passe encore, il s'agissait d'intermèdes. Mais le public français ne s'était jamais accoutumé aux castrats, qu'il jugeait ridicules. Pour lui, un mâle héros devait avoir la voix grave. Le rôle titre fut donc attribué à une basse et celui de son fils à un ténor. Atto Melani, déchu de ses prérogatives, fut invité à choisir parmi une escouade de divinités épisodiques, tandis qu'un de ses confrères incarnait un valet balourd. C'était le monde à l'envers, une dénaturation de l'opéra italien, dont la séduction tenait, dans les grands duos d'amour, aux échanges subtils entre deux voix aiguës, que distinguait entre elles le timbre plutôt que le registre.

Mazarin avait dû consentir, sans doute la mort dans l'âme, à ce sacrilège. Il eut la chance de ne pas assister au cuisant échec qui s'ensuivit. L'*Ercole amante* ne put être joué que le 7 février 1662, dans le chef-d'œuvre enfin achevé de Vigarani. Le génial architecte avait des dons pour tous les arts, ou presque, mais il ne connaissait rien à l'acoustique. Celle de cette salle se révéla déplorable. La profondeur de la scène absorbait la voix des chanteurs, au lieu de la renvoyer, comme le faisait d'ordinaire le mur du fond. Seuls les spectateurs des premiers rangs purent saisir quelque chose de la musique, les autres étant noyés dans le brouhaha des conversations. La visibilité, en revanche, était bonne, et les ballets eurent un succès fou : Lully, prévoyant la catastrophe et la souhaitant peut-être en secret, s'y était surpassé. La pièce sombra dès la seconde représentation. Mais le théâtre « en dur » construit pour éblouir l'Europe était solide. Il subsista durant plus de deux siècles sans qu'aucun spectacle pût y être donné sauf au prix d'une réduction drastique de l'espace. Il fallut l'incendie des Tuileries sous la Commune pour le mettre à bas.

Le compte à rebours

À l'automne de 1660, les médecins jugent le cardinal condamné. Goutte et gravelle, on le sait aujourd'hui, proviennent d'un excès d'acide urique, qui est en partie évacué sous forme de calculs par les reins. Lorsque ceux-ci ne suffisent plus à la tâche, il s'accumule dans le sang et commence de perturber l'ensemble des fonctions vitales. Au stade où en est Mazarin, aucun régime n'y peut plus rien, ni le lait d'ânesse, ni les eaux minérales ne remédient au dérèglement digestif. Il se délabre de partout. « Tous ces symptômes arthritiques, pneumatiques, coliques, néphrétiques et hémorroïdaux, explique Patin, ne sont autre chose que des épanchements. » Alors, pour purger ses « humeurs », les médecins multiplient saignées, vomitifs et laxatifs. Bien entendu, il maigrit et s'affaiblit de jour en jour. « Il a des syncopes et un refroidissement des extrémités. »

Au mois de janvier, les voies respiratoires sont atteintes : il souffre d'étouffements, premiers signes de l'œdème pulmonaire qui l'emportera. Ses nuits sont mauvaises, il ne trouve un peu de sommeil que grâce à des pilules d'opium ou de laudanum. Les médecins ne savent à quel remède se vouer. Pour réduire l'enflure de ses pieds, on les enveloppe avec de la fiente de cheval. On propose une cure de lait de femme et on se met en quête de nourrices[22] ! Dans les premiers jours de mars, il est si mal qu'on le croit empoisonné : il l'est en effet, mais de l'intérieur. Il se meurt, mais rien cependant n'empêche les hommes de l'art de pérorer à son chevet : « Hier à deux heures dans le bois de Vincennes, quatre de ses médecins alterquaient* ensemble et ne s'accordaient pas de l'espèce de la maladie dont le malade mourait : Brayer dit que la rate est gâtée, Guénault dit que c'est le foie, Valot dit que c'est le poumon, Des Fougerais dit que c'est un abcès du mésentère et qu'il a vidé du pus, qu'il en a vu dans les selles, et en ce cas-là il a vu ce que pas un des autres n'a vu. Ne voilà pas d'habiles gens[23] ! » Sommes-nous chez Molière ? Non, hélas ! Ici le malade n'est pas imaginaire.

Que le lecteur nous pardonne ces détails triviaux. Ils obligent à replacer sur fond de souffrances aiguës et continuelles tout ce que dit et fit Mazarin au cours de ses derniers mois. Au début de 1661, il cessa de croire à la guérison. Un accident survenu le 6 février le frappa beaucoup. Cette nuit-là, un incendie éclata au Louvre dans la galerie où l'on travaillait à la décoration pour le prochain ballet. Il fut arraché de justesse à son appartement tout proche, placé sur une chaise et porté jusqu'au rez-de-chaussée au milieu des flammes et de la fumée, tandis que les Suisses faisaient la chaîne avec des seaux d'eau dans le grand escalier. Hébété, il ne disait mot, sous l'effet de la peur, dit-on – sans penser qu'il avait sans doute été drogué pour dormir. On l'installa provisoirement au plus près, dans son palais-musée où il n'avait jamais résidé.

C'est là que le jeune Brienne le surprit, perdu dans la contemplation de ses collections : « Je l'entendis venir au bruit que faisaient ses pantoufles, qu'il traînait comme un homme fort languissant et qui sort d'une grande maladie. Je me cachai derrière la tapisserie et je l'entendis dire : "Il faut quitter tout cela !" Il s'arrêtait à chaque pas, car il était fort faible, et se tournait tantôt

* Ce verbe pittoresque, tiré par Gui Patin du substantif *altercation*, aurait mérité de rester dans la langue.

d'un côté, tantôt de l'autre, et jetant les yeux sur l'objet qui lui frappait la vue, il disait du profond du cœur : "Il faut quitter tout cela !" et se tournant, il achevait : "Et encore cela ! Que j'ai eu de peine à acquérir ces choses ! Puis-je les abandonner sans regret ? Je ne les verrai plus où je vais". » Brienne, ému, poussa alors un soupir, qu'il entendit. « "Qui est là ? [...] Approchez", me dit-il d'un ton fort dolent. Il était nu dans sa robe de camelot* fourrée de petit-gris et avait son bonnet de nuit sur sa tête. Il me dit : "Donnez-moi la main, je suis bien faible, je n'en puis plus. — Votre Éminence ferait bien de s'asseoir." Et je voulus lui porter une chaise. "Non, dit-il, non. Je suis bien aise de me promener et j'ai affaire dans ma bibliothèque." Il ne voulut point que je lui parlasse d'affaires. "Je ne suis plus, me dit-il, en état de les entendre." [...] Et revenant à sa pensée : "Voyez-vous, mon ami, ce beau tableau du Corrège, et encore cette *Vénus* du Titien, et cet incomparable *Déluge* d'Antoine Carrache [...]. Ah ! mon pauvre ami, il faut quitter tout cela ! Adieu, chers tableaux que j'ai tant aimés et qui m'ont tant coûté ! "[24]. »

L'anecdote est célèbre. Bien que l'auteur, qui mourut fou, soit souvent peu fiable, on peut lui faire ici crédit, car ces propos sonnent juste. À condition de ne pas les interpréter à faux. Ce ne sont pas des regrets d'avare. Il gémit non sur l'argent dépensé, mais sur la peine qu'il s'est donnée pour les acquérir. C'est un cri du cœur, celui d'un homme pour qui les biens n'ont de valeur que par leur beauté et par la jouissance qu'on en tire, celui d'un amateur d'art passionné qui se sait privé à jamais de ce qui lui valut ses plus profondes joies. « Il faut laisser maisons et vergers et jardins, / Vaisselles et vaisseaux que l'artisan burine... », chantait de même

* Étoffe de poil ou de laine, mêlée parfois de soie en chaîne.

Ronsard. Peut-on aimer des choses autant ou plus que des êtres ? C'était visiblement le cas de Mazarin, que sa trop grande intelligence et l'ambiguïté de son statut avaient bridé dans ses affections, le vouant à s'attacher à des animaux familiers, chien, rossignol, perroquet[25]. Il s'arrache de ses collections comme on se sépare d'une maîtresse. Car il sait qu'il ne les reverra plus. C'est dans ce palais en effet, conte encore Louis de Brienne, qu'a eu lieu, à sa demande, « la célèbre consultation de douze médecins dans laquelle Guénault le condamna à mort[26]. Très calme, il demanda : « Guénault, combien ai-je à vivre encore ? — Deux mois, au moins. — Cela suffit [...]. Je vous suis obligé autant que le peut être un ami. » A-t-il pleinement accepté la sentence ? Il aura des moments de révolte contre l'impitoyable verdict : « Guénault l'a dit ! » Mais le temps lui manque pour s'attendrir sur lui-même : il a trop à faire encore avant l'échéance.

« Je meurs content... »

Il se fit ramener à Vincennes, où il attendit que la cour, réfugiée à Saint-Germain après l'incendie, vînt le rejoindre. Comme elle tardait, il fit savoir au roi qu'il était fort malade et souhaitait sa présence. Le roi et les deux reines s'y rendirent aussitôt et restèrent à ses côtés jusqu'au bout. Il ne quittait guère sa chambre, sauf pour quelques promenades, quand il en sentait la force. Il tentait alors de se rendre présentable, faisant rehausser d'un peu de rouge ses joues livides et friser ce qui lui restait de moustache, suçant des pastilles parfumées pour couvrir son haleine fétide[27]. Le comte de Fuensaldagne, le retrouvant après des années, crut voir le fantôme de celui qu'il avait connu[28]. Son corps le trahissait, mais son intelligence restait intacte et il conservait son humour. Un de ses mots eut tant de succès qu'on s'en souvenait encore vingt ans plus tard. L'apparition d'une comète passait alors pour annoncer la mort prochaine d'un grand personnage. Il en survint une présentant deux petites cornes, on prétendit aussitôt qu'elle concernait le pape et Mazarin. Ses courtisans crurent habile « d'honorer son agonie d'un prodige », mais il se moqua et répondit plaisamment : « La comète me fait trop d'honneur[29]. »

Il mena à leur terme tous les litiges restés pendants en politique étrangère. On n'y reviendra pas ici. Disons seulement que la paix avec le duc de Lorraine ne fut signée, *in extremis*, que le 28 février. Sur le plan intérieur, il réactiva les poursuites contre le cardinal de Retz, et confirma aux membres de l'Assemblée du clergé qu'ils ne devaient pas compter voir un des leurs entrer au Conseil[30]. Il s'occupait également, en bon chef de famille, d'assurer l'avenir des siens. C'était chose toute naturelle à l'époque, mais elle fit grincer quelques dents, parce qu'il évinçait d'autres candidats, et aussi parce que, craignant à juste titre un retour de bâton, il prit soin de charger la barque.

Il abandonna à deux de ses nièces déjà mariées deux fonctions prestigieuses et rentables qu'il détenait, la surintendance de la maison de la reine mère à la princesse de Conti et celle de la reine régnante à la comtesse de Soissons. Il fiança officiellement Marie Mancini avec le prince Colonna. Il confia au roi et à sa mère le soin de marier Philippe et la petite dernière Marianne, qui n'étaient pas en âge de convoler*. À Hortense, la préférée, il réservait un sort tout particulier. Il avait regretté

---

* La petite Marianne épousera un an plus tard le fils aîné du duc de Bouillon, neveu de Turenne.

toute sa vie de n'avoir pas de descendance. Plus grave encore, le nom de Mazarin et les titres âprement conquis allaient mourir avec lui. Il voulut les relever au profit du mari de cette nièce. Si jolie qu'elle fût, les candidats, il faut bien le dire, ne se pressaient pas au portillon. La plupart des hommes sont très attachés à leur patronyme, et bien peu, à cette date, se sentaient disposés à troquer le leur contre celui de Mazarin, qui sentait tout de même son parvenu. Par chance la beauté de la fillette avait inspiré une passion au fils du maréchal de La Meilleraye, Armand de La Porte – un petit-neveu de Richelieu. Il la couvait du regard et la comblait de prévenances depuis son arrivée à l'âge de sept ans. Il était déjà fort riche et n'avait pas besoin de l'héritage promis pour se décider. Mazarin se faisait-il des illusions sur le compte de cet imbécile ? Pensa-t-il que sa nièce le mènerait par le bout du nez ? Ce mariage présentait en outre pour lui l'avantage flatteur de le faire entrer dans la famille du grand cardinal qui lui avait mis jadis le pied à l'étrier. Hortense épousa donc le 28 février, dans l'urgence, celui qui allait prendre le titre de duc Mazarin et ses armes, qui étaient d'azur aux faisceaux et à la hache d'argent, à la fasce de gueules, chargée de trois étoiles d'or. Il ne pouvait pas prévoir que les époux, très mal assortis, n'auraient que trois filles avant de se séparer et que le nom s'éteindrait avec eux.

« Je meurs content », écrit-il dans sa lettre d'adieu au cardinal Antoine Barberini, le 6 mars 1661, puisque « la divine providence a daigné prolonger ma vie jusqu'à la conclusion de la paix[31]. » Contrairement à son acception actuelle, le mot n'implique au XVIIe siècle aucune joie, mais le simple sentiment d'avoir eu sa part, comme dans l'expression « avoir son content ». Il traduit ici la satisfaction du devoir accompli, bien que le temps lui eût été mesuré. Il a réussi à boucler son programme, dirait-on familièrement. Il peut partir, il ne laisse rien d'inaccompli. Il lui est plus facile d'accepter la mort. Ses contemporains, imbus de la conviction qu'il était lâche, se refusèrent à attribuer au courage la fermeté avec laquelle il l'abordait. De plus, la sensibilité religieuse développée en France par la Réforme catholique différait de celle de la Rome pontificale. Peu de gens concevaient qu'on pût se préparer sans crainte et tremblement à paraître devant son créateur : ils voyaient l'enfer ouvert et il y avait si peu d'élus ! On crut donc pouvoir tirer de sa sérénité la preuve de son peu de foi : il mourait « en philosophe[32] » – autant dire en mécréant.

Mais la foi de Mazarin était d'une autre nature. La « pastorale de la peur » était sans prise sur son optimisme foncier et sur sa confiance en la miséricorde de Dieu. Il s'y ajoutait, dans son cas, le fameux « bonheur », qui avait marqué toute sa carrière. La providence aurait-elle accordé si continûment sa faveur à un réprouvé ? Il avait donné la paix à l'Europe, son œuvre plaidait pour lui. Tout en se sachant pécheur, c'est avec confiance qu'il abordait le dernier voyage, comme en témoigne la très émouvante lettre adressée à sa sœur Margarita trois jours avant sa mort :

« Je ne veux pas laisser partir M. Tursi sans le charger de vous porter mille saluts très chers, comme aussi à sœur Anna-Maria. Il vous dira à toutes deux l'état de ma santé. Je voudrais, pour votre consolation, qu'elle soit comme vous le désireriez, mais je suis si grand pécheur que Dieu juge mieux pour moi d'exaucer vos prières pour le salut de mon âme plutôt que celles pour le salut de mon corps. Aussi l'ai-je déjà remise volontiers entre les mains de Sa Divine Majesté. Je suis très résigné à sa volonté et s'il lui plaît de m'appeler à lui, comme je l'espère de son infinie miséricorde, je ne manquerai pas de vous laisser toutes les deux dans l'aisance. » Après avoir ajouté qu'il a marié Hortense et qu'il confie au roi et à la reine le soin de marier Philippe et Marianne, il conclut : « Ainsi, Dieu m'aura fait la grâce de me faire mourir après la paix et de me donner une longue maladie en pénitence de mes péchés, afin que je puisse disposer de mes affaires, régler celles de ma famille, et, ce qui importe le plus, penser au salut de mon âme. Rendez Grâces au Dieu Bénit et priez pour moi comme je prierai pour vous[33]. »

Le testament

Il faut pourtant revenir à des considérations plus terre à terre, car Mazarin a toujours plusieurs visages. Le jour même où il écrivait de fort belles lettres d'adieu, il apposait une signature définitive à son testament, qui venait de subir d'étranges avatars. Plus encore que son contenu, les variations qui l'affectèrent suscitèrent bien des commentaires à l'époque et elles posent encore aux historiens bien des questions sans réponse. On essaiera ici de reconstituer les conditions qui présidèrent à sa mise au point, en prenant soin de distinguer les hypothèses des faits avérés.

Au chevet de tout moribond se rencontrent deux personnages obligés, le confesseur et le notaire. Auprès du cardinal, on trouve dans le rôle du premier, le Père Bissaro, un théatin, en charge de sa conscience depuis dix ans, un homme effacé fuyant l'intrigue politique, mais sérieux, voire austère, et peu suspect de complaisance à son égard. Il se charge de dire à son pénitent qu'il est temps de songer à son testament. C'est alors qu'intervient dans le rôle du second, Colbert, qui gère sa fortune. Deux remarques s'imposent. D'une part, l'humble commis travaillant dans l'ombre aux affaires privées du cardinal est soudain mis en contact journalier avec le roi – belle occasion de se faire connaître et, très vite, de se rendre indispensable. D'autre part, le malade, cloué au fond de son lit, se trouve pieds et poings liés à la merci de son intendant, qui n'a pas, il faut le rappeler, les mêmes intérêts que lui.

En négociant le mariage d'Hortense, le cardinal a promis à son époux de faire de lui son légataire universel. Quand il a fait dresser le contrat de mariage, il n'a pas pu ne pas penser à son testament. Les grandes lignes en sont déjà prêtes. Il va de soi que ce legs ne concerne pas la totalité de ses biens. L'heureux élu devra en distraire une série de dons destinés aux amis et aux serviteurs du défunt. C'est la liste de ces bénéficiaires que Colbert invite son patron à établir. Jusqu'ici, rien que d'assuré. Mais que se passe-t-il pour que Mazarin remette soudain en cause son choix initial ? Voici le scénario proposé à titre d'hypothèse. Il a fait pleine confiance à Colbert et, écrasé de travail, lui a laissé carte blanche pour gérer ses affaires, pourvu que lui-même fût à l'abri des problèmes de trésorerie. Désordonné en diable et détestant les chiffres, on peut supposer qu'il ignore le montant exact de ses biens – lequel évolue sans cesse, puisque son argent travaille. À force de gémir pour la galerie qu'il n'a pas le sou, il a fini, selon un processus très banal, par se prendre au jeu et par sous-estimer sa fortune. Il ne se croit pas aussi riche qu'il ne l'est. Son chargé d'affaires lui en fait découvrir soudain l'ampleur. Et, du même coup, le danger. Car cette fortune colossale, tout entière à son nom, risque de faire scandale, surtout si Colbert mène à bien l'offensive qu'il projette contre Fouquet. Et les conséquences qu'on en tirera lui sautent aux yeux : si le surintendant a pu prévariquer, c'est grâce à la complicité du premier ministre, qui lui-même se remplissait les poches ; et l'honnête commis, qui a multiplié les mises en garde, parviendra, en dépit de son propre enrichissement, à se tirer d'affaire*.

L'un défend sa mémoire, l'autre prépare son avenir. Mieux vaudrait tout de même, pour tous deux, éviter le pire et soustraire la fortune de Mazarin à la curiosité des enquêteurs. Comment leur vient-il à l'esprit de la léguer au roi ? Ne pourrait-on rapporter cette idée à une obligation religieuse – toujours mal respectée et aujourd'hui oubliée – celle des *restitutions* : un mourant était invité à payer ses dettes, à rendre à chacun ce qu'il lui devait. Si l'on en croit l'abbé de Choisy, le Père Bissaro aurait menacé son pénitent d'être damné s'il ne restituait pas les biens mal acquis : « Hélas ! dit-il, je n'ai rien que des bienfaits du roi. — Mais, reprit le théatin, il faut bien distinguer ce que le roi vous a donné d'avec ce que vous vous êtes donné vous-même. — Ah ! si cela est, dit le cardinal, il faut tout restituer[34]. » Bien que présentée sous forme caricaturale, cette anecdote recoupe exactement la procédure adoptée. Tout venant du roi, Mazarin lui rendra tout – mais dans un esprit qui ne relève pas uniquement du souci de son salut éternel. Le 3 mars, il décide de faire de Louis XIV son légataire universel. Le préambule prête en effet à la démarche ce caractère de restitution : « [Le] dit Seigneur cardinal, au lit, malade de corps, mais sain d'esprit, mémoire et entendement, reconnaît que tous ses biens meubles et immeubles et autres généralement quelconques de quelque nature et qualité qu'ils soient, viennent et proviennent des libéralités et magnificences de Sa Majesté. » En lui léguant ses biens, il ne fait que lui rendre ce qu'il en a reçu.

---

* Voir *supra*, p. 805.

Doit-on pour autant en conclure qu'il déshérite les siens ? Bien sûr que non. Car il espère, dit encore le testament, « que Sa Majesté aura la bonté de disposer desdits biens suivant les pensées et desseins de Son Éminence que Sa Majesté a bien voulu recevoir de sa bouche ». Autrement dit Louis XIV lui a promis, en privé, de respecter, comme il est normal, toutes ses dispositions annexes en faveur de divers héritiers. Rien d'étonnant donc à ce qu'il se mette, non pas à rédiger un *autre* testament – il attend pour cela la réponse du roi –, mais à établir la liste des légataires du second rang, parmi lesquels figure notamment son neveu Philippe. Non, ses enfants ne manqueront pas de pain. Leur fortune n'est alors pour lui qu'un souci mineur. La sienne aussi, d'ailleurs, puisqu'il ne l'emportera pas dans la tombe. Mais il est obsédé par sa réputation posthume. Il ne connaît que trop la rumeur de volerie qui s'attache à lui. Il ne voudrait pas que sa gloire en fût ternie. D'où ses efforts pour éviter toute publicité : il prétend, non sans vraisemblance, qu'elle risquerait de nuire à beaucoup de gens. À lui surtout, en premier lieu. Pas d'inventaire donc ! surtout pas d'inventaire ! Et il semble penser qu'il a plus de chances d'y échapper avec le roi pour héritier, qu'avec son tout récent neveu.

Avant de se décider, Louis XIV prend trois jours de réflexion, pendant lesquels il a des entretiens quotidiens avec son parrain. S'informe-t-il du montant de l'héritage ? On ne sait, rien n'ayant filtré des motifs qui déterminèrent sa décision. C'est grand dommage ! Mais dès le 5 mars, il ordonne que des prières publiques de quarante heures soient dites pour le cardinal dans toutes les églises de Paris, hommage exceptionnel réservé d'ordinaire aux rois[35]. Le lendemain 6 mars, il annonce son refus, assorti d'éloges. Il y a peu à faire pour revenir à la version initiale du testament. Mais Mazarin y ajoute deux codicilles, l'un, puisque le roi n'est plus le principal héritier, pour témoigner sa gratitude à la famille royale par des legs somptueux, l'autre pour réparer de menus oublis.

Mazarin n'a pas donné sa fortune avec l'espoir de la récupérer en tant que bien matériel – à cette heure, il n'a que faire de posséder quoi que ce soit et ses héritiers en ont fort peu besoin –, mais pour se la faire offrir à nouveau par le roi en un geste de consécration. L'aller et retour entre eux interdira toute interrogation sur son origine. Jusqu'alors, il avait beau affirmer qu'il la tenait entièrement du monarque, il était seul à le dire. En la lui rendant solennellement et en demandant, un peu plus tard, qu'il en soit fait selon les volontés du défunt, Louis XIV fait plus que lui accorder un quitus pour le passé, il lui donne à nouveau ces biens, en pleine connaissance de cause. Peu importe dès lors la manière dont ils avaient été primitivement acquis. Et si certains sont tentés de parler, non sans anachronisme, de blanchiment d'argent volé à l'État, on leur répondra que c'est ici la victime du vol, par la bouche de son chef, qui le lui restitue comme il en a le droit, niant ainsi tout préjudice*. Le message est clair. Louis XIV proclame qu'il juge cette fortune méritée. Mazarin s'est littéralement tué à son service. Il lui lègue un royaume en état de marche dans une Europe pacifiée. Cela ne vaut-il pas infiniment plus que les millions que recelaient ses coffres ? Qu'on laisse donc sa mémoire en paix !

---

* Cette démarche, typique de l'époque, en rappelle d'autres, notamment les amnisties, par lesquelles la parole du roi a pour effet d'annuler le passé, comme s'il n'avait jamais existé.

Une mort irréprochable

Au XVIIe siècle, les récits de mort se veulent toujours édifiants. Mais le personnage de Mazarin se prêtait mal, on l'a dit, à une pieuse transfiguration. Il faut pourtant se rendre à l'évidence : son comportement durant les trois derniers jours qui lui restaient à vivre fut d'une piété exemplaire. Au Père Bissaro, il avait tenu à joindre Claude Joly, curé de Saint-Nicolas, pour témoigner qu'il mourait chrétiennement. Si l'on refuse de se fier au compte rendu confidentiel qu'envoya le théatin à ses supérieurs, en le soupçonnant de partialité, qu'on relise les *Mémoires* de Mme de Motteville, très peu suspecte de complaisance à son endroit : elle ne trouve pratiquement rien à lui reprocher pour ces trois jours[36]. Il se soumit au rituel préparatoire à la mort avec une extrême dévotion, en se faisant expliquer pas à pas son sens.

Dès le 3 mars, on avait cru sa dernière heure venue et on lui avait donné le viatique, ultime communion destinée à le soutenir dans son voyage vers l'au-delà. Au cours d'une brève rémission, il eut un dernier entretien avec Louis XIV. Le 7, il prit congé de lui, de son frère et de sa mère et les pria de cesser leurs visites. Il reçut alors l'extrême-onction en présence d'une foule de grands seigneurs et de serviteurs, à qui il demanda pardon pour les torts qu'il avait pu leur faire. Le roi, craignant d'être submergé par l'émotion, se contenta de regarder par la fente d'une porte. Le cardinal embrassa quelques amis, dont Turenne. Une faiblesse le prit, il réclama de l'eau de Grenade, puis acheva ses adieux et les portes se refermèrent sur lui, gardées par les deux prêtres peinant à repousser la masse des solliciteurs ou des simples curieux qui assiégeaient sa chambre. Il voulait se couper du monde.

Il attendait du curé Joly, réputé compatissant aux moribonds, des consolations pour l'aider à supporter l'épreuve : « J'ai confessé mes péchés à mon confesseur ; j'espère que Dieu me les pardonnera ; ne me parlez, je vous prie, que de ses miséricordes, car pour ses jugements, je n'en suis que trop pénétré[37]. » Il occupa ce qui lui restait de temps à des actes de foi et de contrition. Il souffrait beaucoup, il étouffait. Bouleversée par les gémissements qu'il poussait la nuit en cherchant son souffle et qui lui parvenaient à travers la cloison, Anne d'Autriche dut quitter la chambre voisine. À l'aube du 8, il demanda à entendre la messe, se repentant de l'avoir trop souvent suivie sans en pénétrer l'esprit. Un cierge à la main, il fit amende honorable pour ses péchés et renouvela les promesses de son baptême. Il s'aidait, pour supporter ses souffrances, de la pensée qu'elles lui vaudraient un surcroît de miséricorde : « Je me réjouis que Dieu me veuille bien conserver mon jugement, afin de sentir mes douleurs et de faire un peu pénitence. » Vers minuit, il se sentit partir. Chez cet homme en qui le mental avait toujours dominé le physique, le signe annonciateur ne fut pas une défaillance du corps, mais une altération de l'intelligence. Il étreignit le crucifix en disant : « Je vais bientôt finir. Mon esprit se trouble. J'espère en Jésus-Christ. » Il s'éteignit entre deux et trois heures du matin, le 9 mars 1661. Il n'avait pas encore cinquante-neuf ans*.

Le roi pleura beaucoup, la reine mère un peu moins – elle était peu prodigue de larmes –, la jeune pas du tout, mais elle était toute à la joie d'une probable grossesse et elle le connaissait à peine. Comme l'usage interdisait au monarque de demeurer dans une maison

* Il les aurait eus le 14 juillet.

où reposait un cadavre, ils quittèrent Vincennes dès le début de l'après-midi. La vie reprit ses droits très vite. Ne nous indignons pas, le soulagement qui s'empare des vivants après une mort longtemps attendue est chose normale. Le lendemain, recevant un représentant de l'Assemblée du clergé venu lui demander à qui il faudrait s'adresser pour les affaires ecclésiastiques, le roi répondit tout simplement : « À moi, monsieur l'archevêque. » Le surlendemain, il annonça à ses ministres qu'il entendait gouverner lui-même et ne remplacerait pas le cardinal. Lui, occupé à danser des ballets pendant que Mazarin régentait la France ? Il ne tiendrait pas plus de six mois ! ricanait-on. Il trompa bien son monde : il allait tenir cinquante-quatre ans. Telle fut la surprise, le dernier tour de sa façon que joua Mazarin à ceux qui attendaient de le voir disparaître pour revenir à leurs bonnes vieilles habitudes de subversion : il leur légua Louis XIV.

Les dernières volontés du cardinal furent respectées, à une exception près. Il fallut bien faire un inventaire pour procéder à la répartition des différents legs. Les rumeurs les plus folles couraient sur le montant de cette fortune. On n'entrera pas ici dans le détail des estimations, qui sont peu parlantes pour le profane. Le chiffre de trente-huit millions, avancé par certains historiens, a été récemment revu à la baisse et fixé à une trentaine[38] – ce qui constitue tout de même un record absolu sous l'Ancien Régime. Mais le rusé Colbert avait réussi à faire diviser les papiers de son maître en trois catégories : ceux qui seraient remis aux héritiers après inventaire ; ceux qui lui seraient confiés sur ordre du roi, également après inventaire, et ceux dont on lui abandonnait le sort. Comme il s'était réservé le soin de la répartition, qu'il était le seul à connaître le montant exact des liquidités et que certains dépôts à l'étranger lui avaient peut-être échappé, il est permis de rester sceptique sur la fiabilité de ces évaluations. Il est assuré, en tout cas, qu'il transféra au roi une partie du numéraire – trois millions selon Claude Dulong.

Abstenons-nous de fantasmer sur le montant de cette fortune. Elle ne diffère qu'en degré, pas en nature, sur celles qu'accumulaient à cette époque les hommes touchant au pouvoir, avec tous les risques afférents[39]. Ils n'étaient pas plus scrupuleux que Mazarin, mais seulement moins avisés. N'imputons pas à celui-ci des responsabilités imaginaires. Même en supposant, ce qui n'était pas le cas, que tout provînt de « voleries », il n'a pas ruiné l'État, qui s'en chargeait bien tout seul. La somme incriminée représentait à peine le tiers de son budget annuel. S'il la lui avait abandonnée, elle aurait couvert, répartie sur huit ans, un vingt-quatrième des besoins annuels — pas de quoi rétablir l'équilibre ! Passe encore que, xénophobie aidant, les contemporains, qui vivaient mal l'alourdissement de la fiscalité, lui aient imputé tous les maux qui grevaient les finances du royaume. Nous savons, nous, que les causes en étaient structurelles et que, s'il avait été « honnête » au sens où nous l'entendons, rien de son œuvre politique n'aurait pu être accompli. Cette fortune, immédiatement mobilisable, « était une pièce indispensable au bon fonctionnement du pouvoir, dans un État en train de se faire », qui ne s'était pas encore doté des outils appropriés[40].

Ne soyons pas plus exigeants que Louis XIV, qui jugea ses services inestimables, au sens littéral du terme. Ajoutons que, de l'énorme trésor qu'il avait amassé, tout ne fut pas perdu pour la France. Certes, les dix-huit merveilleux diamants auxquels était attaché son nom et qu'il légua à Louis XIV, furent dispersés pendant la Révolution et un seul d'entre eux fut retrouvé*. L'église qu'il destinait aux théatins ne fut jamais achevée. Mais les bâtiments du Collège des Quatre Nations, fondé à l'intention d'étudiants issus des quatre régions annexées – Artois, Roussillon, Alsace et Pignerol –, abritent aujourd'hui l'Institut de France. Devenu cénotaphe depuis que la Révolution a dispersé ses restes, son monument funéraire, sculpté par Coysevox, en orne encore l'entrée. La Bibliothèque mazarine, qui y a ses locaux, est l'héritière directe de la sienne**. Son palais héberge la partie la plus ancienne de notre Bibliothèque nationale et un bon nombre de ses tableaux, passés dans les collections royales, se retrouvent au Louvre. Si tous les prévaricateurs en laissaient autant…

Louis XIV n'oublia jamais ce qu'il devait à son parrain. Certes, dans un passage de ses *Mémoires* souvent cité incomplètement, il émet des réserves sur sa manière de gouverner et impute aux circonstances le fait qu'il ait tant tardé à prendre en main les affaires lui-même :

« Il faut se représenter l'état des choses : des agitations par tout le royaume avant et après ma majorité ; une guerre étrangère où ces troubles domestiques avaient fait perdre à la France mille et mille avantages ; un prince de mon sang et d'un très grand nom à la tête des ennemis ; beaucoup de cabales dans l'État ; les parlements encore en possession et en goût d'une autorité usurpée ; dans ma cour, très peu de fidélité sans intérêt, et par là mes sujets en apparence les plus soumis, autant à charge et autant à redouter pour moi

---

* Seul le Sancy, retrouvé après diverses pérégrinations, est actuellement exposé au Louvre, dans la Galerie d'Apollon.

** À l'exception des volumes les plus rares, que se réserva le roi, et qui sont aujourd'hui à la Bibliothèque nationale.

que les plus rebelles ; un ministre rétabli malgré tant de factions, très habile, très adroit, qui m'aimait et que j'aimais, qui m'avait rendu de grands services, mais dont les pensées et les manières étaient naturellement très différentes des miennes, que je ne pouvais toutefois contredire ni lui ôter la moindre partie de son crédit sans exciter peut-être de nouveau contre lui, par cette image quoique fausse de disgrâce, les mêmes orages qu'on avait eu tant de peine à calmer ; moi-même assez jeune encore, majeur à la vérité de la majorité des rois [...], qui ne connaissais entièrement que la grandeur du fardeau, sans avoir pu jusques alors bien connaître mes propres forces [...] et qui me trouvais de cette sorte pressé et retardé presque également dans mon dessein par un seul et même désir de gloire[41]. »

De ce survol cavalier d'une douzaine d'années, il ressort, en clair, qu'il attendait que Mazarin eût achevé la remise en ordre du royaume pour se risquer à réclamer le pouvoir. On comprend qu'il en enrobe l'aveu de nobles motifs. Le fait qu'il se démarque des méthodes du cardinal n'implique en revanche aucun désaveu : il se situe par là dans le droit fil de l'enseignement reçu. En soulignant que les siennes sont différentes, il proclame que les temps ont changé et que les révoltes ne sont plus de saison.

La disparition de Mazarin met un terme à plus d'un siècle d'histoire de France – une histoire agitée, secouée de conflits civils et religieux, au cours de laquelle se construit peu à peu, sur les ruines de l'ancienne féodalité, un État moderne centralisé et fort. Une autre période s'ouvre, moins tourmentée, plus brillante, qui durera jusqu'à la Révolution. Entre les deux fut dévolu à Mazarin, un étranger au regard neuf, le rôle ingrat de passeur. Il ne restait plus à Louis XIV qu'à en engranger les bénéfices.

Épilogue

Il cumulait tous les handicaps, il disposait de très peu de moyens, la tâche était gigantesque. Il en est venu à bout, au prix de sa santé et de sa vie. Il a gagné le combat entamé trente ans plus tôt contre l'Espagne. Il a transmis à Louis XIV un pouvoir intact. Les contemporains refusèrent pourtant de lui en attribuer le mérite. Il devait sa réussite, dirent-ils, à son « bonheur », à son « étoile »[1], nous dirions à sa chance. Mais on n'arrive pas à un pareil résultat à coups d'expédients, en se contentant de saisir au vol les occasions offertes. Au terme de la présente biographie, qui aura permis, du moins on l'espère, de lui restituer dans son succès la part qui lui est due, essayons ici de récapituler quelles en furent les clefs.

La première de toutes ? Bien évidemment, ses dons. Son intelligence était si vive qu'il s'efforçait d'en voiler l'éclat, mi par prudence, pour se protéger, mi par bienséance, pour ne pas offusquer son entourage. Elle n'apparaît dans toute son ampleur qu'à travers ses manifestations. En lui coexistaient l'esprit de géométrie et l'esprit de finesse, une égale aptitude à l'analyse et à la synthèse. Il pouvait suivre plusieurs raisonnements à la fois, examiner de front plusieurs questions distinctes. Il voyait clair et vite, allant droit à l'essentiel. Il voyait loin, évaluant à l'avance les implications de chaque option initiale. Bref, ses capacités lui ouvraient l'accès à tous les domaines. Il avait, selon un mot tiré des papiers de Richelieu, « une tête à gouverner quatre empires[2] ».

Il éprouvait peu d'attrait pour la pensée spéculative. Son intelligence eut d'abord pour champ d'application la société dans laquelle il essayait de faire son trou. Il en découvrit les rouages sur le terrain, à force de regarder et d'écouter. Il reconnut très tôt le rôle de l'affectivité dans les relations, même politiques. Il était spontanément aimable, gai, chaleureux. Il avait pour les autres des égards, prouvant qu'ils comptaient pour lui. Ainsi des petits cadeaux qu'il dispensait libéralement, des vêtements chauds qu'il faisait attribuer aux soldats en hiver, du ton amical qu'il adoptait avec ses subordonnés. C'est dire que chez lui l'intelligence était inséparable de l'intuition, de la pénétration psychologique et d'une réelle ouverture de cœur. Il dut à leur conjonction l'emprise profonde qu'il exerça sur Louis XIII après l'affaire Cinq-Mars, puis sur Anne d'Autriche et Louis XIV tant qu'il vécut. Il s'aperçut très vite, bien entendu, que cette aptitude à se mettre à la place des gens offrait aussi un moyen d'agir sur eux, voire de les manipuler. Comme le bon joueur, le bon diplomate ne se contente pas de cacher son jeu et de deviner celui de son adversaire, il tient compte de sa personnalité pour mener les négociations : celles de Casal et de Saint-Jean-de-Luz sont à cet égard exemplaires. C'est aussi en misant sur leurs réactions supposées qu'il vint à bout des meneurs de la Fronde.

Au fil des années, sa connaissance des hommes s'étendit, se nourrissant et s'enrichissant d'observations cumulées. Mais, loin de s'indigner comme les moralistes de l'époque, il montrait à l'égard de leurs faiblesses une indulgence de principe. Il les prenait tels qu'ils étaient, capables du meilleur et du pire. Car il rejetait l'idée, alors dominante, d'une nature propre à chacun et donnée une fois pour toutes et il ne croyait pas non plus l'homme irrémédiablement corrompu. Il avait si souvent mesuré le poids de l'environnement sur les comportements individuels ! Il condamnait les actes répréhensibles, pas leurs auteurs. Dépourvu d'arrogance, il ne méprisait personne *a priori*. Il répugnait aux rejets définitifs : nul n'est irrécupérable ; les situations changent, les réponses qu'on leur apporte peuvent et doivent changer aussi.

Cette intelligence, large, fine, souple, dépourvue d'illusions et rétive aux préjugés restait chaleureuse grâce à un sens très vif du comique. Il suffisait de le faire rire pour lui faire baisser sa garde. Irrité, il pouvait avoir des mots d'esprit ravageurs. Lorsque ses fonctions l'exigèrent, il s'efforça d'en émousser la pointe, mais son ironie subtile, échappant à beaucoup, inquiétait ceux qui se sentaient visés. Il n'était pas dupe des apparences, des grands mots, des postures théâtrales. Il ne partageait pas la haute idée que les magistrats se faisaient d'eux-mêmes, et eut l'imprudence de le leur laisser voir. Lui-même, d'ailleurs, savait se remettre en cause. Dépourvu de l'orgueil propre aux grands seigneurs, il se montrait fier, non pas de ce qu'il était, mais de ce qu'il avait fait. Il ne s'identifiait pas à son personnage et ne se prenait pas continûment au sérieux. Il était capable d'humour.

Cependant, cette intelligence eût été inopérante sans une force de caractère peut-être plus remarquable encore. Il ne manquait pas de courage physique[3]. Mais il avait surtout une qualité très rare et très nécessaire à un homme d'action, la hardiesse de l'esprit, « qui est ce que l'on nomme résolution[4] ». Il en fit preuve à Casal, et lors de l'arrestation de Beaufort ou de celle des princes. Non qu'il fût téméraire. Il pesait les risques, mais il n'hésitait pas à en prendre de grands quand l'enjeu en valait la peine. Si une chance se présentait, il ne manquait pas de la saisir, mais en joueur avisé, avec discernement. Rien à voir avec l'opportuniste qui cueille au hasard ce qui se présente. Il n'exploitait que les circonstances propres à servir ses desseins. Et lorsqu'il s'était fixé un but, il le poursuivait par des chemins détournés, avec une ténacité sans faille. Une de ses maximes était que « la persévérance ne consiste pas à faire toujours la même chose, mais des choses tendant toujours au même but[5] ». À toutes fins, il avait plusieurs fers au feu, des solutions de rechange, des recours. Il reculait si nécessaire, il changeait de pied, il modifiait l'itinéraire – mais pas la destination. Il cédait au besoin sur l'accessoire, pas sur l'essentiel. Il séparait ce qui était négociable de ce qui ne l'était pas. Il ne baissait jamais les bras, ne se décourageait jamais, n'abandonnait jamais. Car celui qui quitte la partie la perd. D'autre part, il jugeait imprudent de vouloir tout régler sur-le-champ. Les questions non urgentes pouvaient attendre. Beaucoup d'entre elles se résoudraient d'elles-mêmes avec le temps qui, presque toujours, travaillait pour lui.

Il n'ignorait pas, cependant, que si la fortune sourit aux audacieux, le ciel n'aide que ceux qui le secondent. Il travaillait d'arrache-pied, s'informait sur tout, vérifiait tout. On l'oublie trop souvent : c'est par sa compétence qu'il s'imposa, auprès d'Urbain VIII d'abord, puis de Richelieu et de Louis XIII. Et Anne d'Autriche lorsqu'elle fit de lui son premier ministre, disposait d'un argument irréfutable : nul ne pouvait le remplacer en politique étrangère. Dans la dernière partie de sa vie, c'est la profonde connaissance des dossiers qui lui permit de dominer le jeu international.

Au chapitre de sa force de caractère, ajoutons enfin un dernier trait, et pas des moindres, la maîtrise de soi dont il faisait preuve en toutes circonstances. Loin d'être un monstre froid comme le dépeignent certains biographes[6], c'était un passionné, prompt à s'enthousiasmer ou à s'exaspérer. Mais il avait appris à se défier des passions – à commencer par les siennes propres –, parce qu'il les jugeait incompatibles avec le sain exercice de la diplomatie ou du gouvernement. Son apparente froideur était le fruit d'un effort sur lui-même. À la différence de Richelieu, il avait des nerfs d'acier. Il affichait une parfaite égalité d'humeur devant les nouvelles bonnes ou mauvaises, encaissait en souriant les déconvenues, subissait sans sourciller les outrages dont on l'abreuvait. Il se dominait si bien que beaucoup s'y trompèrent. Mais il lui arrivait de devoir s'aliter, brûlant de fièvre, pour avoir trop pris sur lui. Et la nature finit par lui faire payer, par une usure précoce, l'excès de travail et l'excès de tension qu'il s'était infligés.

Pourquoi se les infliger ? ou, si l'on peut se permettre d'user ici d'une locution familière : qu'est-ce qui faisait courir Mazarin ? Ni le désir d'ascension sociale, ni l'appétit de richesses, ni même le goût du pouvoir ne suffisent à épuiser la question. Il y a chez lui un besoin plus profond, instinctif, qui tient au hiatus entre sa condition et ses capacités : la réaction d'un homme surdoué voué à des emplois subalternes. Il était né pour obéir. Au service du pape, il passa son temps à « doubler » – et à discréditer – des supérieurs incompétents. Pourquoi ? Pour faire la preuve qu'il était le meilleur. Deux expressions récurrentes chez lui sont révélatrices : « Qu'on me laisse faire ! » et « Je ferai voir ce dont je suis capable »[7]. Il a le goût de la performance. Les défis, il ne les lance pas seulement aux autres, mais aussi à lui-même : il expérimentera jusqu'où il peut aller. À courir toujours plus loin, à vouloir toujours faire plus, il ne connaît pas de repos, il s'use, il se tue, mais peu lui importe. Très différent de l'ambition, cet amour de l'exploit, de la prouesse, s'apparente plutôt à la quête de la gloire. Mais d'ordinaire, c'est dans le domaine de la force physique, et notamment des armes, qu'on prétend affirmer sa prééminence. C'est dans celui de l'esprit que Mazarin, lui, choisit de se distinguer.

*

Reste à savoir si cette frénésie d'action se referme sur elle-même, vouée uniquement à promouvoir son auteur, à lui procurer pouvoir, honneurs et richesses. Bref, si elle relève de la pure et simple ambition. Les contemporains en furent persuadés et ils le lui ont violemment reproché. Or il apparaît à l'évidence, au terme du récit qui s'achève ici, qu'il poursuivit tout au long de sa carrière deux objectifs très précis, extérieurs à lui, et que, en acteur engagé, comme nous dirions aujourd'hui, il défendit deux causes. Peut-être ne les a-t-il pas à proprement parler choisies. Elles lui furent proposées par les circonstances. Mais il y adhéra pleinement et s'y consacra sans faiblir. Deux moments décisifs marquent sa carrière. Le premier se situe au cours de l'année 1630 en Italie du Nord. Une évidence s'imposa, surgie du fond de son patriotisme italien : il fallait lutter contre l'impérialisme de la maison de Habsbourg, et donc appuyer la France – avec, à l'horizon lointain, ce qui ne pouvait encore être qu'un rêve, le rétablissement de la paix en Europe. Son intervention réussie à Casal, puis à Pignerol fut pour lui le signe qu'il devait et pouvait y travailler, mais il envisageait seulement, alors, d'y participer aux côtés de Richelieu. Le second tournant, crucial, se situe en 1642-1643, lorsque Louis XIII mourant le choisit comme parrain, lui confia son fils et le chargea de le conduire sain et sauf jusqu'à l'âge adulte. Au premier objectif, lutter contre l'Espagne, s'en ajouta un second, sauver l'autorité du petit roi des probables turbulences intérieures. Les deux n'en faisaient qu'un, puisque l'abaissement de l'Espagne, condition d'une paix durable, exigeait une France forte. Mais l'héritage empoisonné de Richelieu le vouait à l'exécration des Français, hostiles à la poursuite de cette politique. Et cette fois Mazarin, pour faire face à cette double tâche, se trouvait désormais seul aux commandes, avec le soutien à la fois essentiel et fragile d'Anne d'Autriche, qui le maintint en place contre vents et marées, mais se déchargea sur lui de tout. Qu'il ait engagé sans trembler ces deux combats est surprenant, qu'il ait gagné la partie est proprement extraordinaire.

Il lui a fallu pour cela une conviction inébranlable et une persévérance sans faille. Il fut bel et bien un *homme de paix*[8]. Quel paradoxe ! Il a mené des guerres, avec talent, tout au long de sa vie ! Mais homme de paix ne veut pas dire pacifiste. Si tu veux la paix, prépare la guerre, et fais-la, s'il le faut. Mais sans jamais perdre de vue le but ultime : *de bello pax**. Son obsession de la paix datait de ses années italiennes, au service du pape. Mais sur la forme que devait revêtir cette paix, ses idées avaient divergé de celles du Saint-Siège. Le pontife rêvait encore de rétablir le catholicisme en Europe en regagnant sur la Réforme le terrain perdu et il comptait pour cela sur le bras séculier des Habsbourg. Mazarin, réaliste, a très vite jugé irréversible la partition religieuse de l'Europe. Inutile de poursuivre des chimères. Les protestants étaient là, bien implantés, il

---

* *« De la guerre sort la paix »*, devise peinte par Romanelli dans le vestibule de l'appartement d'été d'Anne d'Autriche.

fallait compter avec eux. L'impérialisme confessionnel de Madrid et de Vienne en cachait d'ailleurs un autre, politique, qui menaçait tous les pays de moindre importance, même catholiques. D'où la nécessité de s'y opposer. C'est parce qu'il rencontra chez Richelieu les mêmes analyses que Mazarin passa à son service.

Plus encore que celui-ci, il raisonnait en Européen : la paix ne serait possible que si elle était générale. Et il ne la jugeait viable, hors de toute hégémonie, que sur un équilibre des forces – une notion familière aujourd'hui, mais étrangère aux mentalités du temps. La guerre n'était pour lui qu'un mal nécessaire, il ne l'admettait que défensive. Il réprouvait les conquêtes, sauf celles, frontalières, que réclamait la sécurité. Il fut le hardi capitaine qui, à Casal, se jeta entre les armées prêtes à en découdre. Il fut le ministre avisé qui, par deux fois, interrompit l'offensive victorieuse de Turenne sur Vienne en 1648, sur les Pays-Bas espagnols dix ans plus tard. Il fut, dans l'île des Faisans, le négociateur ferme et conciliant, ouvert à la diversité des points de vue et prêt à des concessions sur le sort de Condé en échange d'avantages solides.

L'usage qu'il fit de sa victoire lui est propre et l'on ne manqua pas de lui reprocher sa prétendue faiblesse face à l'Espagne[9]. C'est qu'il songeait à prévenir les conflits ultérieurs. Écraser l'ennemi vaincu et plus encore l'humilier ne peut qu'exacerber en lui le désir de revanche. On doit lui ôter les moyens de nuire et lui tendre la main. Face aux visées impérialistes des plus puissants, la bonne méthode n'est pas de chercher à les détruire, mais de leur opposer des États de petite et moyenne importance capables, regroupés, de les contenir. Bref, le maintien de la paix passait à ses yeux par la dissuasion : chacun devait savoir qu'il avait plus à perdre qu'à gagner en relançant la guerre.

Et il assignait à la France la charge de veiller à cet équilibre.

Fondée sur son irremplaçable compétence en politique extérieure, sa nomination comme premier ministre d'Anne d'Autriche le contraignit de s'attaquer à la politique intérieure. Il la découvrit et se prit de passion pour elle. « J'ai la maladie de l'État [...]. Je ne puis souffrir de voir l'autorité abattue[10]. » Là encore, même paradoxe. Lui qui n'aimait pas l'ordre, les contraintes, les règles, qui a toujours mal supporté d'obéir, se trouva présider à une reprise en main du royaume portant gravement atteinte aux « libertés » traditionnelles. Était-il pour autant un partisan résolu de l'« absolutisme » ? Certains ont soutenu qu'il ne concevait pas d'autre forme de gouvernement que l'exercice du pouvoir sans partage tel qu'il l'avait vu pratiquer à Rome par les papes[11]. Est-ce sûr ? Il partait toujours des données concrètes et il leur adaptait sa conduite. S'il avait été porté à la tête d'un pays à constitution républicaine, aurait-il prétendu le régenter en monarque absolu ? On est plutôt tenté de lui prêter l'idée, chère à Montesquieu, qu'il n'existe pas de régime parfait, mais des façons de gouverner dissemblables selon les pays. Mais il n'eut sans doute pas le loisir de se livrer à ce genre de réflexion : l'état de la France à la mort de Richelieu et plus encore à la fin de la Fronde, appelait à l'évidence un vigoureux tour de vis.

Il abordait ce terrain nouveau avec les mêmes principes qu'en politique étrangère, transposant sur le plan intérieur la stratégie adoptée sur le plan européen. Pas d'idées préconçues, il prenait les gens tels qu'ils étaient, disposé à montrer une large indulgence face aux convictions et aux comportements individuels, dès l'instant qu'ils ne troublaient pas la tranquillité générale. Il ne chercha pas à uniformiser, à faire entrer tout le monde dans le même moule. Il distinguait la sphère privée de la sphère publique, respectait la liberté individuelle, les différences, pratiquait une tolérance assez exceptionnelle pour l'époque. Aux contestataires, il répondit d'abord par la discussion, la négociation, et il s'étonna d'avoir plus de peine avec eux qu'avec les diplomates espagnols. C'est qu'en effet ses interlocuteurs ne parlaient pas le même langage. Ils comprenaient très mal sa méthode. Ils y virent d'abord une faiblesse – à tort –, avant d'y percevoir – non sans quelque raison – un piège les amenant à se contredire.

Pourtant, il n'était ni timoré, ni irrésolu. Mais il préférait attendre d'avoir épuisé toutes les chances de conciliation avant de sévir. Lorsque le désordre se révéla invivable, lorsque la dégradation de l'autorité royale menaça de devenir irréversible, alors il engagea résolument le combat et le poursuivit jusqu'à son terme. Mais il n'abusa jamais de son pouvoir. Au dénouement de la Fronde, il montra la même modération que dans les relations internationales. Quelques sanctions au plus haut niveau, pour l'exemple. Mais pas de répression générale. Des amnisties à répétition, dictées par l'intérêt supérieur du pays. Il fallait libérer les gens de la haine et de la peur, les rassurer. Car la vengeance n'est pas seulement blâmable moralement, elle est maladroite politiquement. La réconciliation avec les vaincus est possible et souhaitable : on doit leur laisser une porte ouverte pour revenir. C'est ici le lieu de rappeler la maxime fondamentale, déjà citée : « Il ne faut pas que Votre Majesté ait aucun scrupule à se raccommoder avec les gens qui lui ont fait du mal [...]. La règle de votre conduite ne doit jamais être la passion de la haine ou de l'amour, mais l'intérêt et l'avantage de l'État[12]. » Tous les contemporains ont noté chez lui la répugnance à faire couler le sang, l'absence de toute cruauté : « Jamais homme avec tant d'autorité et parmi tant d'ennemis, n'a eu plus de facilité à pardonner, et n'a moins que lui rempli les prisons et les cachots[13]. » S'ils hésitent à porter à son crédit cette mansuétude, c'est qu'ils devinent qu'elle ne relève pas de la seule morale chrétienne. Mais morale et politique s'excluent-elles nécessairement ?

La question permet de mesurer tout ce qui le sépare de Machiavel, avec qui – origine italienne oblige – on n'a que trop tendance à le confondre. Ils ont certes en commun même réalisme, même volonté de partir du concret. Ils partagent aussi une même vision laïcisée de l'action politique, qui doit être soustraite au champ du religieux : le souvenir des guerres civiles en France au XVIe siècle et le spectacle de la guerre de Trente Ans en Allemagne n'ont pu que renforcer chez Mazarin la défiance à l'égard de toutes les formes de prosélytisme. Mais un fossé le sépare de Machiavel en ce qui concerne les objectifs et les méthodes. Le Florentin rêvait d'une Italie libérée des envahisseurs et unifiée sous la poigne d'un chef de guerre charismatique, pour qui il répertoria les moyens, souvent cruels, propres à dompter les provinces récemment conquises. La « raison d'État » primait chez lui sur la morale. Ce ne fut jamais le cas chez Mazarin. Celui-ci prônait l'apaisement, la réconciliation et préconisait pour y parvenir la persuasion plutôt que la force. L'usage de la dissimulation, de la ruse, de la violence même lui paraissait licite au cours des conflits, comme moyen de légitime défense, mais il devait être exclu de leur résolution. La politique et la morale, jamais totalement antagonistes, finissaient par y trouver l'une et l'autre leur compte.

La carrière de Mazarin, si l'on en fait apparaître les lignes directrices, se révèle d'une remarquable constance. Il n'a jamais dévié, en politique extérieure, de la ligne qu'il jugeait bonne. Il a repoussé toutes les avances des Espagnols pour se le concilier ou même, au temps de son exil, pour l'attacher à leur service. Il a servi sans faiblir ceux auprès de qui il s'était engagé, Richelieu, Anne d'Autriche et Louis XIV : « Il a usé de son pouvoir avec une modération louable, reconnaît Mme de Motteville : il aimait l'État, et servait le roi avec toute la fidélité que méritait la confiance que la reine avait en lui[14]. » Dans le feu de l'action, il lui arriva d'éluder quelques promesses imprudentes ou de jouer à ses adversaires quelques tours de sa façon, mais il n'a jamais trahi ceux pour qui il travaillait. Fidélité aux personnes, fidélité à ses convictions, foi en lui-même et en la providence ont fait sa force. À la différence des frondeurs, qui prétendaient combattre le ministre tout en respectant le roi, il ne fut jamais pris dans des conflits de devoirs. Il refusa de se sacrifier à la prétendue pacification du royaume en se retirant, parce qu'il était convaincu que son départ ruinerait son œuvre : il se battait à la fois pour sa survie personnelle, pour le rétablissement de l'autorité royale en France et pour la paix générale. Cette bienheureuse coïncidence n'était pas le fruit du hasard, mais le résultat de choix initiaux clairs, cohérents et judicieux. On peut en dire autant de sa victoire.

*

Il avait réussi sa vie au-delà de toute espérance. Il rata sa survie. Lui qui montra un sens si aigu de la « communication », qui sut si bien façonner l'image du jeune roi, n'a jamais réussi à se concilier les Français. La calomnie a la vie dure. Orchestrée cinq ans durant à grand renfort de pamphlets orduriers, elle a marqué l'imaginaire collectif. Mais elle n'aurait pas eu autant d'impact sur la postérité si elle n'avait pas été relayée après la Fronde par les mémorialistes. Mazarin fut victime d'un double rejet. Le premier, spontané, irrationnel, nourri de préjugés nationalistes, s'explique aisément : un intrus encore très marqué par son Italie natale, que rien ne désignait pour le poste où l'avait soudain promu la faveur de la reine, et qui prétendait, contre le gré du pays, poursuivre la politique de Richelieu ; un pur valet de comédie, impudent imitateur du « grand » cardinal[15]. Passe encore : on ne le connaissait pas. Mais le fait qu'après sa mort, en dépit de l'œuvre accomplie, les mémorialistes – tous issus de la noblesse, d'épée ou de robe – refusent de se rendre à l'évidence et s'en tiennent aux préventions initiales, invite à s'interroger sur la manière dont ils ressentent sa victoire.

Les meneurs de la Fronde ont perdu la partie. Ils ont subi une défaite à la fois politique et morale. Leur révolte contre l'évolution du régime amorcée depuis le début du siècle n'a servi qu'à hâter la mise en place de la monarchie « absolue » et à en durcir la forme. Elle a mis fin aux velléités d'indépendance que revendiquaient grands seigneurs, hauts magistrats et prélats et elle les a exclus du pouvoir. Et en même temps, elle a sonné le glas de leurs prétentions à incarner les vertus héroïques traditionnelles : car tous ont été amenés à les trahir. Ils ne pardonnent pas à celui qui fut l'artisan de cette double défaite. La morale héritée des grands feudataires du passé était incompatible avec la monarchie autoritaire en train de se mettre en place. Dans cette société structurée par les réseaux de fidélités, tous les plus grands ont trahi à un moment ou à un autre, non seulement leurs devoirs à l'égard du roi, mais aussi les engagements qu'ils avaient souscrits entre eux : ils n'ont cessé de changer de parti. L'image flatteuse qu'ils se faisaient d'eux-mêmes a volé en éclats lors de la Fronde, parce qu'ils ont renié leurs propres valeurs. Le héros, tel que l'avaient magnifié jusqu'alors le roman et le théâtre, est tombé de son piédestal. Mazarin avait seulement servi de révélateur à cette fracture. Mais l'incriminer dispensait la noblesse de s'interroger sur ses propres responsabilités. Ce parvenu, cet étranger, l'avait emporté grâce à des méthodes qui n'étaient pas les leurs. Face au prince de Condé, pensaient-ils, jamais il n'aurait dû gagner. Sa victoire contre nature démentait les pronostics, infirmait les jugements, bouleversait les hiérarchies. Ils eurent le sentiment d'avoir été joués – ce qui n'était pas faux, en un sens : il avait mieux joué qu'eux. Mais ils se montrèrent mauvais perdants – on n'aime pas avoir été trompé ou, pis encore, s'être trompé. Son succès fut donc dénoncé comme illégitime, fruit du hasard et de moyens répréhensibles.

On lui dénie le droit de partager les valeurs de la société aristocratique : le « vilain cœur* » entachait tous ses actes, quoi qu'il fît[16]. « Il n'avait pas les vertus héroïques que les grands hommes doivent pratiquer dans la conduite des grands États[17]. » Il a beau s'en réclamer, en usant des mots traditionnels – honneur, courage et fidélité –, il a beau les pratiquer, on n'en tient aucun compte. On ne se résigne à louer chez lui une action généreuse qu'à condition de lui prêter, en arrière-plan, des motifs bas ou intéressés. Il ne réplique pas aux insultes ? C'est veulerie. Il n'est pas vindicatif ? C'est pusillanimité. Oublie-t-on qu'il est d'Église et que le pardon des offenses est une des premières vertus chrétiennes ? Non. Mais est-il sûr qu'il soit vraiment chrétien ? Certes il remplit ses devoirs

* Vilain, antonyme de noble, au sens social du terme, implique ici que la vilenie morale est indissociable de la condition roturière.

religieux, mais il ne fait pas « profession de piété[18] », et il marque peu de sympathie aux dévots. Enfin, on tient avec sa fortune un grief de choix : comme chacun sait, « les Italiens viennent chez nous gueux et maigres pour s'engraisser[19] ». On lui fit sur ce point un procès d'intention, injustifié avant la Fronde, mieux fondé ensuite. Mais nul, du moins, ne put l'accuser d'avoir trahi ses convictions ou ses devoirs pour de l'argent. Il fut voleur, peut-être, mais pas vénal, à la différence d'un bon nombre des adversaires, si largement subventionnés par l'Espagne.

Qui veut noyer son chien l'accuse de la rage. On l'accablait *a posteriori*, comme si ses dix-huit années de règne n'avaient pas suffi à prouver qu'il ne manquait ni de courage, ni de sens de l'honneur, ni d'authentique mansuétude. On lui déniait même sa victoire, qu'on attribuait à la chance ou aux fautes de ses adversaires. Il n'était qu'un anti-héros, échappé des tréteaux de la *Commedia dell'arte*. Pourquoi cette animosité générale? C'est que son succès semblait une insulte à l'ordre du monde, à la hiérarchie voulue par Dieu, qui réservait à la noblesse les vertus exemplaires et les qualités propres au commandement, fondant en droit ses privilèges. Il fallait à tout prix le discréditer pour préserver la structure de la société. Qu'il ait gagné était choquant. Mais cela restait tolérable s'il avait usé de mauvais moyens. Qu'il fût respectable, en revanche, c'était le monde à l'envers. Un grand homme peut-il sortir du peuple et se hisser jusqu'au sommet, par la seule force de l'intelligence et du travail, en se réclamant des mêmes valeurs et de la même morale que les classes supérieures? Cet exemple éclatant d'ascension au pur mérite parut d'autant plus intolérable aux nostalgiques de l'ordre ancien que Louis XIV en tira la leçon, en écartant bientôt les grands des responsabilités gouvernementales et en s'appuyant sur une bureaucratie issue de la bourgeoisie ou, au mieux, de la robe. La carrière de cet étranger sans naissance offrait ainsi l'exemple éclatant, selon Pierre Chaunu, « d'une forme de méritocratie au sein d'une chrétienté très ouverte[20] ». Elle ouvrait la porte à un processus de promotion sociale essentiel, permettant de puiser dans un vivier de gens de talent, hors de la noblesse. Le XVIIIe siècle eut le tort d'y couper court et prépara ainsi la Révolution. Et au XIXe siècle, l'orgueil national prit la relève de l'orgueil nobiliaire : était-il tolérable qu'un étranger eût gouverné la France avec compétence et efficacité pendant dix-huit ans ? On lui préféra Richelieu, bien français, mais d'une moindre richesse humaine et, au bout du compte, moins efficace.

*

Qu'aurait pensé Mazarin du règne de son filleul ? Il aurait assurément désapprouvé la révocation de l'Édit de Nantes et sans doute déploré la reprise de la guerre, au mépris du rôle de garant de la paix prévu pour la France. Mais il était trop lucide pour s'aveugler sur ses limites. Il manquait à Louis XIV, doté d'un esprit essentiellement analytique, la souplesse, la largeur de vues, la rapidité, la capacité d'anticipation qui avaient fait la force du cardinal et – plus que tout – son sens de l'humour. Celui-ci le connaissait assez pour savoir qu'on ne devait attendre de lui ni concessions, ni miséricorde. Il pouvait pressentir que sa passion pour l'ordre, contrariée un temps par les foucades de sa vie amoureuse, ne tarderait pas à s'imposer et tolérerait mal les écarts. Aurait-il regretté le succès de son enseignement, en voyant le roi s'identifier si totalement à sa fonction, que le paraître semblait absorber tout l'être ? La « mécanique » de Versailles, telle que la dénoncera Saint-Simon, aurait-elle excité son ironie ?

Il n'avait pas de regrets à avoir. Le bilan éducatif de son pupille est positif : il a fait de lui un grand roi. Et il était trop sensible aux aléas du jeu politique pour croire à la pérennité absolue des solutions qu'il y avait apportées. La pacification de l'Europe serait-elle aussi durable qu'il l'espérait ? La situation qu'il laissait comportait des germes d'instabilité. Son œuvre a été une réponse efficace à des problèmes donnés, au cours d'une période donnée. Mais son maintien dépendait de deux facteurs incertains. Sur le plan intérieur, que faire de la noblesse française exclue de l'administration, si on la privait aussi, par la paix, de l'unique emploi qui lui était réservé, l'exercice des armes ? Sur le plan extérieur, comment préserver l'équilibre européen avec le déclin de certaines puissances – comme l'Espagne – et l'émergence de certaines autres – comme la Prusse et la Russie ? À questions nouvelles, solutions nouvelles, restant à inventer. Il pouvait compter sur Louis XIV et sur les ministres qu'il lui léguait pour s'en charger

Une chose est sûre. Mazarin est un homme d'État méconnu, parce que l'historiographie qui lui est consacrée est majoritairement nationaliste et que la France l'a rejeté. Mais si l'histoire s'écrivait à l'échelle européenne, il serait à coup sûr un des plus grands. Un des plus modernes aussi, très en avance sur son temps. La principale leçon à tirer de son succès réside dans son pragmatisme. Loin des idéologies, loin des utopies qui prétendent changer l'homme et la société, il invite à partir des faits, à s'adapter au réel, à peser les forces en présence, à faire prévaloir le possible et non à tenter d'imposer un idéal illusoire ; loin des impérialismes visant à rassembler le monde sous commandement unique, il conseille de respecter les autres, tous les autres, et de s'assigner un objectif simple, mais ambitieux – plus que jamais d'actualité –, celui de les faire vivre ensemble pacifiquement.

Notes et références

L'indication « coll. P. » renvoie à la *Collection des Mémoires relatifs à l'Histoire de France* publiée par Petitot et Monmerqué de 1820 à 1829.

PROLOGUE

1. Pascal, *Pensées*, éd. Brunschvicg, n° 56, p. 341, ou éd. Garnier, n° 485, p. 379.

Première partie
LA QUÊTE D'UN EMPLOI

1. UNE ENFANCE ROMAINE

1. Voir dans Célestin Moreau, *Histoire anecdotique de la jeunesse de Mazarin*, Paris, 1863, la traduction du récit inédit d'un prétendu « ami de jeunesse », ainsi que celle de la biographie publiée à Lyon en 1661 par Elpidio Benedetti sous le titre *Raccolta di diverse memorie per scrivere la vita del cardinale Giulio Mazarini*.
2. Lettre citée par G. Dethan, *Mazarin et ses amis*, p. 14.

3. Retz, *Mémoires*, éd. Pochothèque, p. 305. Nous rectifions ici en *Collège* la leçon du manuscrit *Colisée*, qui ne peut être qu'un lapsus.
4. Voir G. Dethan, *op. cit.*, p. 263.

2. Naissance d'une vocation

1. Propos cités par G. Dethan, *Mazarin et ses amis*, p. 62.
2. Cette correspondance est conservée à la Bibliothèque vaticane sous la cote Barb. lat. 8029. Elle a été exploitée par Victor Cousin dans son étude sur *La Jeunesse de Mazarin.* Il en a reproduit et traduit de larges extraits.
3. G. Dethan, *op. cit.*, p. 61.
4. *Ibid.,* p. 57.

3. Mourir pour Casal ?

1. Sauf avis contraire, les citations figurant dans ce chapitre sont empruntées au livre de Victor Cousin cité ci-dessus.
2. Richelieu, *Mémoires*, coll. P., t. 25, p. 233.
3. Voir Henri Menabrea, *Histoire de la Savoie*, 1988, p. 166.
4. Lettre à Chavigny du 21 janvier 1639, publiée par G. Dethan, *Mazarin et ses amis*, p. 263.
5. Louis de Pontis, *Mémoires*, coll. P., t. 32, p. 121-122.
6. *Les Crimes du cardinal*, texte resté inédit avant sa publication par M. Laurain-Portemer, dans *Études mazarines*, t. II. Les mots cités ici se trouvent p. 980.
7. Lettre du 29 mars 1638, recueillie par G. Dethan, *Mazarin et ses amis*, p. 264.
8. Maréchal Du Plessis, *Mémoires*, coll. P., t. 57, p. 160.
9. Lettre du 28 octobre 1630, original en italien, cité par V. Cousin, p. 600.
10. Voir Pontis, *op. cit.*, t. 32, p. 139.

11. Voir M. Laurain-Portemer, *Études mazarines*, t. II, p. 389.

4. La croisée des chemins

1. Lettre à Servien, en italien, recueillie et traduite par G. Dethan, *Mazarin et ses amis*, p. 266.
2. Retz, *Mémoires*, p. 222.
3. Voir Henri Prunières, *L'Opéra italien en France*, p. 50 *sq*.
4. Lettre traduite par G. Dethan, *op. cit.*, p. 77.
5. Lettre à Servien du 8 juillet 1634, *ibid.*, p. 271.
6. Lettre traduite par G. Dethan, *op. cit.*, p. 271-275.
7. G. Dethan, *Mazarin, homme de paix...*, p. 118.
8. Lettre en italien, du 9 octobre 1635, reproduite et traduite par M. Laurain-Portemer, *Études mazarines*, t. II, p. 722-731.
9. Richelieu à Mazarin, 7 octobre 1636, dans Richelieu, *Lettres, instructions diplomatiques et papiers d'État*, éd. d'Avenel, t. V, p. 599-602.
10. Louis XIII à Mazarin, 26 octobre 1639, dans Richelieu, *Lettres...*, t. VIII, p. 359.

5. L'homme lige de Richelieu

1. Richelieu, *Mémoires*, coll. P., t. 25, p. 432.
2. *Ibid.*, t. 30, p. 28.
3. Pour un récit plus détaillé des amours de la duchesse, voir dans G. Dethan, *Mazarin et ses amis*, le chapitre V intitulé « Trois souveraines », p. 183-200, auquel sont empruntées les citations qui suivent. Une lettre de Mazarin à Chavigny, du 2 janvier 1641, figure en annexe p. 320-323.
4. D'après une lettre de Mazarin à Richelieu citée dans les *Lettres* de celui-ci, éd. d'Avenel, t. VII, p. 832.

5. Extraits de lettres cités par G. Dethan, *op. cit.*, sans références.
6. Voir dans *Études mazarines*, « Devenir français au XVIIe siècle », t. II, p. 3-123.
7. Retz, *Mémoires*, p. 402.
8. Lettre de Richelieu à Sublet de Noyers, du 11 juin 1642, éd. d'Avenel, t. VI, p. 929.
9. Voir le texte du traité et la contre-lettre dans la *Relation de Fontrailles*, coll. P., t. 54, p. 449-456.
10. Le compte rendu des réactions du roi, par Chavigny et de Noyers, figure dans l'éd. d'Avenel des *Lettres de Richelieu*, t. VI, p. 934, note 1.
11. Cité par M. Carmona, *Richelieu*, p. 685.
12. *Gazette* du 21 juin 1642.
13. Lettre au marquis de Fontenay-Mareuil, du 12 septembre 1642, recueillie par G. Dethan, *Mazarin et ses amis*, p. 335-337.
14. On trouvera cette analyse dans le livre consacré par Simone Bertière aux *Deux Régentes*, chapitre 15, p. 353 *sq*.
15. Brassac à Richelieu, 8 juin 1642. L'ensemble des lettres concernant cet épisode se trouve aux Archives du ministère des Affaires étrangères sous la cote *Mémoires et documents*, France, 842.
16. Giustiniani, Lettre du 11 novembre 1642 (B.N. Ital., 1819, p. 384).
17. Montglat, *Mémoires*, coll. P., t. 49, p. 395.
18. Voir une confirmation de cette réconciliation d'Anne d'Autriche avec Richelieu dans les *Mémoires* de l'abbé Arnaud, coll. P., t. 34, p. 214.
19. Montglat, *ibid.*, p. 375.
20. Éd. d'Avenel, t. VII, à Chavigny, p. 123 ; au roi, p. 122.
21. *Ibid.*, t. VII, p. 168-170 et 173-177.
22. Montglat, *op. cit.*, p. 393.

6. La plus haute marche

1. Montrésor, *Mémoires*, coll. P., t. 54, p. 396.
2. Montglat, *Mémoires*, coll. P., t. 49, p. 399-400.
3. Gui Patin, *Lettres*, t. I, p. 98.
4. Tallemant des Réaux, *Historiettes*, éd. A. Adam, t. I, p. 288.
5. Giustiniani, dépêche du 9 décembre 1642, citée par P. Chevallier, *Louis XIII*, p. 631.
6. Lettres citées, ainsi que la réponse de Bichi, dans G. Dethan, *Mazarin, un homme de paix*, p. 118.
7. Voir la lettre au cardinal Maurice de Savoie, recueillie par G. Dethan, *Mazarin et ses amis*, p. 336.
8. Giustiniani, dépêche du 16 décembre 1642, *ibid.*, p. 633.
9. Goulas, *Mémoires*, t. I, p. 429.
10. Lettre à Chavigny, 10 novembre 1642, Archives Aff. Étr., France 288, fol. 225.
11. Goulas, *op. cit.*, p. 410.
12. Giustiniani, *ibid.*, p. 634.
13. La Châtre, *Mémoires*, coll. P., t. 51, p. 184.
14. Montglat, *op. cit.*, t. 49, p. 403.
15. Giustiniani, 30 décembre 1642, cité par M. Laurain-Portemer, *Études mazarines*, t. II, p. 317.
16. Cité par G. Dethan, *Mazarin et ses amis*, p. 230.
17. Tallemant des Réaux, *op. cit.*, t. I, p. 288.
18. Dethan, *op. cit.*, p. 232.
19. Louis de Brienne, *Mémoires*, t. I, p. 99.
20. Retz, *Mémoires*, p. 281.
21. Voir Henri de Brienne, *Mémoires*, coll. P., t. 36, p. 85.
22. Cité par M. Carmona, *Richelieu*, p. 693.
23. « Les Crimes du Cardinal » (p. 42), texte apologétique resté inédit, publié par M. Laurain-Portemer, *Études mazarines*, t. II, p. 986.

Deuxième partie

SUR LA CORDE RAIDE

7. Un ministre à l'essai

1. Ces *Carnets* sont conservés à la BnF sous la cote ms Baluze 174. V. Cousin et A. Chéruel en ont publié d'abondants extraits, qui sont mentionnés dans notre Bibliographie.
2. Dumont (Georges-Henri), *Histoire de la Belgique*, p. 285.
3. Archives de Simancas, Estado, Capitulaciones con Francia, série K, 1420, f° 88, 28 mai 1643. Cité par Ruth Kleinman, *Anne d'Autriche*, p. 285.
4. Mazarin, *Lettres*..., éd. Chéruel, t. I, p. 311-312.
5. Motteville, *Mémoires*, coll. P., t. 37, p. 138.
6. *Ibid.*, p. 205.
7. Retz, *Mémoires*, p. 406.
8. Motteville, *op. cit.*, p. 241.
9. Sur l'éducation du jeune duc d'Enghien, voir les *Mémoires* de Lenet, coll. P., t. 54, p. 169-173.
10. Motteville, *op. cit.*, p. 221-222.
11. O. Lefèvre d'Ormesson, *Journal*, t. I, p. 57.
12. Motteville, *op cit.*, p. 2.
13. Retz, *op. cit.*, p. 273.
14. *Ibid.*, p. 306.
15. Motteville, t. 37, p. 29.
16. *Ibid.*, p. 31.
17. *Ibid.*, p. 37.
18. La Rochefoucauld, *Mémoires*, dans *Œuvres complètes*, Bibl. de la Pléiade, p. 66.
19. Motteville, *op. cit.*, t. 37, p. 78.
20. La Porte, *Mémoires*, coll. P., t. 59, p. 402.
21. *Ibid.*, p. 404.
22. Motteville, *op. cit.*, p. 38.
23. *Ibid.*, p. 42-43.

24. Campion, *Mémoires*, coll. Le Temps retrouvé, p. 154-164.
25. Retz, *op. cit.*, p. 283.
26. Gui Patin, Lettre du 14 septembre 1643, éd. Réveillé-Parise, t. I, p. 298.
27. Voir M. Laurain-Portemer, *Études mazarines*, t. II, p. 49-61.

8. « Monsieur le cardinal »

1. La Porte, *Mémoires*, coll. P., t. 59, p. 399-400.
2. Montpensier, *Mémoires*, coll. P., t. 40, p. 432-433.
3. V. Cousin, « Des Carnets autographes du Cardinal Mazarin… », dans *Journal des Savants*, octobre 1854, p. 602-603.
4. *Ibid.*, p. 604.
5. Retz, *Mémoires*, p. 867.
6. Louis de Brienne, *Mémoires*, t. II, p. 5 (voir l'ensemble du passage).
7. Retz, *loc. cit.*
8. O. Lefèvre d'Ormesson, *Journal*, t. I, p. 419.
9. La Porte, *op. cit.*, p. 400-401.
10. Retz, *op. cit.*, p. 305.
11. Motteville, *op. cit.*, t. 37, p. 246.
12. *Ibid.*, p. 244.
13. O. Lefèvre d'Ormesson, *Journal*, t. I, p. 119.
14. Retz, *op. cit.*, p. 282 et 306.
15. Goulas, *Mémoires*, t. II, p. 37-38.
16. Retz, *op. cit.*, p. 653.
17. La Porte, *op. cit.*, p. 413-418.
18. C. Dulong, *Mazarin*, p. 87.
19. C. Dulong, *La Fortune de Mazarin.*
20. Retz, *op. cit.*, p. 306.
21. Le chiffre de trente-huit millions, avancé par Daniel Dessert, a été tout récemment révisé à la baisse par Claude

Dulong, dans l'ouvrage collectif *Mazarin, les Lettres et les Arts*, 2006. Voir plus loin, p. 833.

22. Motteville, t. 37, p. 76.
23. O. Lefèvre d'Ormesson, *op. cit.*, t. I, p. 340.
24. Motteville, t. 37, p. 295.

9. La paix manquée

1. Retz, *Mémoires*, p. 301.
2. O. Lefèvre d'Ormesson, *Journal*, t. I, p. 53.
3. Motteville, *Mémoires*, coll. P., t. 37, p. 6-7.
4. O. Lefèvre d'Ormesson, *op. cit.*, p. 270.
5. *Dictionnaire de Port-Royal*, article « Barrillon (Jean-Jacques) », p. 150.
6. Le développement qui suit s'appuie sur le livre du P. Pierre Blet, *Le Clergé de France et la monarchie*, t. II, p. 3-46.
7. Retz, *op. cit.*, p. 287.
8. Sur ce personnage, voir Simone Bertière, *La Vie du cardinal de Retz.*
9. Retz, *op. cit.*, p. 287.
10. Sur tout cet épisode, se référer à Coville (Henry), *Étude sur Mazarin et ses démêlés avec le pape Innocent X (1644-1648)*, 1914.
11. Goulas, *Mémoires*, t. II, p. 236. On trouvera de nombreuses informations sur la signora Olimpia dans Chantelauze (Régis), *Le Cardinal de Retz et l'affaire du chapeau,* 2 vol., 1878.
12. *Carnets*, VII, f° 10, juin 1645. Original en italien.
13. O. Lefèvre d'Ormesson, *op. cit.*, p. 347.
14. Cité dans Chéruel, *Histoire de France pendant la minorité de Louis XIV*, t. II, p. 167.
15. Cité par Coville, p. 121.
16. O. Lefèvre d'Ormesson, *op. cit.*, p. 350.

17. Lettre à son fils du 29 décembre 1643, citée par G. Dethan, *Mazarin et ses amis,* p. 31.
18. Lettre à la duchesse de Savoie, *ibid.*, p. 33.
19. Lettre du 30 avril 1648, *ibid.*, p. 41.
20. *Gazette* du 8 mars, citée par Prunières, *L'Opéra italien en France*, p. 110.
21. *Ibid.*, p. 262.
22. Voir, dans *Lully ou le musicien du Soleil*, le superbe chapitre consacré à l'*Orfeo* par Philippe Beaussant (p. 62-73).
23. Scarron, *Le Passeport* (mazarinade).
24. Aux représentants français à Münster, 20 janvier 1646, dans *Lettres*..., t. II, p. 710.
25. Maréchal de Gramont, *Mémoires*, coll. P., t. 56, p. 403.
26. La formule est de François Bluche, *Louis XIV*, p. 105.

10. La révolte des juges

1. O. Lefèvre d'Ormesson, *Journal*, t. I, longue note des p. 398 à 401.
2. Mme de Motteville, *Mémoires*, t. 37, p. 310.
3. Retz, *Mémoires*, p. 307.
4. *Ibid.*, p. 300.
5. Mme de Nemours, *Mémoires*, coll. P., t. 34, p. 391.
6. Omer Talon, *Mémoires*, coll. P., t. 61, p. 114-121.
7. Motteville, *op. cit.*, p. 320.
8. *Ibid.*, p. 323.
9. *Ibid.,* p. 324.
10. Talon, *op. cit.*, p. 156.
11. Motteville, *op. cit.*, p. 270.
12. *Carnet X.*
13. O. Lefèvre d'Ormesson, *op. cit.*, t. I, p. 507. Sur l'exploitation de ce mot par les pamphlétaires, voir Retz, *Mémoires*, p. 381.

14. Mot cité par M. Laurain-Portemer, *Études mazarines*, t. II, p. 815.
15. Motteville, *op. cit.*, p. 427.
16. *Ibid.*, p. 412.
17. Nemours, *op. cit.*, t. 34, p. 496.
18. Retz, *Mémoires*, p. 315.
19. *Ibid.*, p. 345-346.
20. Motteville, t. 37, p. 407.
21. *Ibid.*, p. 260.
22. O. Lefèvre d'Ormesson, *op. cit.*, t. I, p. 503-504.
23. Mazarin, à Du Plessis-Praslin, 22 août 1648, *Lettres...*, éd. Chéruel, t. III, p. 190.
24. Goulas, *Mémoires*, t. Il, p. 362.
25. Motteville, t. 38, p. 12 ; Retz, p. 325-330.
26. Goulas, *op. cit.*, p. 361.
27. Motteville, t. 38, p. 25-26.

11. Le siège de Paris

1. *Carnet* cité par M. Laurain-Portemer, *Études mazarines*, t. II, p. 915-916.
2. Motteville, *Mémoires*, t. 38, p. 44.
3. *Carnet X*, p. 9, en date du 10 septembre, cité par Chéruel, *Histoire de France pendant la minorité de Louis XIV*, t. III, p. 395. On notera que cette version des faits mentionne tout de même les réserves de Mazarin lors du débat public.
4. *Carnet X*, p. 17, cité par Chéruel, *op. cit.*, p. 399.
5. Motteville, *op. cit.*, p. 40.
6. Goulas, t. II, p. 379.
7. Dubuisson-Aubenay, *Journal des guerres civiles*, t. I, p. 64.
8. *Journal du Parlement*, première livraison, p. 85-86.
9. Motteville, t. 38, p. 57-58.

10. Mot rapporté par Dubuisson-Aubenay, *ibid.*
11. Retz, *Mémoires*, p. 355.
12. *Ibid.*, p. 367.
13. *Carnet X*, p. 77-78, cité par Chéruel, *op. cit.*, t. III, p. 93.
14. *Carnet X*, p. 71, cité par Chéruel, t. III, p. 91.
15. Motteville, *op. cit.*, p. 83.
16. *Ibid.*, p. 84 et 79.
17. Cité dans *Mazarin collectionneur*, n° 204, p. 64.
18. Motteville, *op. cit.*, p. 103.
19. *Ibid.*, p. 132.
20. Sur tout cet épisode, voir Motteville, *op. cit.*, p. 134-143.
21. Cf. Motteville, *ibid.*, p. 141-142, et Montpensier, *Mémoires*, coll. P., t. 41, p. 41-45.
22. Motteville, p. 144-145.
23. *Journal du Parlement*, en date du 8 janvier, p. 113. Voir aussi Motteville, p. 149, et d'Ormesson, t. I, p. 612.
24. D'Ormesson, *op. cit.*, p. 616.
25. Retz, *op. cit.*, p. 383.
26. *Ibid.*, p. 399.
27. *Ibid.*, p. 400.
28. *Ibid.*, p. 399, 400 et 409-410.
29. Gui Patin, *Correspondance*, t. I, p. 262.
30. Dubuisson-Aubenay, t. I, p. 142, 146 et 171.
31. Retz, *op. cit.*, p. 429.
32. *Ibid.*, p. 471.
33. Textes cités par Jean Bérenger, *Turenne*, p. 272-273.
34. Lettre de Henri Groulart de La Court du 16 mars 1649 (Aff. Étr., All., t. CXXV, f° 375-376).
35. Motteville, t. 38, p. 210.
36. *Journal du Parlement*, p. 347.
37. *Ibid.*, 6 mars, p. 347 et 349.
38. Aff. Étr. All., t. CXXV, p. 161, citée par Chéruel, t. III, p. 214.
39. Motteville, p. 247. Elle reproduit (p. 254-260) la liste de leurs prétentions.

40. Chéruel, *op. cit.*, t. III, p. 147.
41. Motteville, p. 323-324.

12. La rupture avec Condé

1. Mazarin, *Lettres à la reine*, éd. Ravenel, p. 10 et 11.
2. Retz, *op. cit.*, p. 306 et 543.
3. *Carnet* publié à Tours, cité par Chéruel, t. III, p. 304.
4. Lenet, *Mémoires*, coll. P., t. 53, p. 37-38.
5. Brienne (Henri de), *Mémoires*, coll. P., t. 36, p 155-156. Cf. aussi *Journal* d'O. Lefèvre d'Ormesson, note de la p. 794.
6. Motteville, t. 38, p. 416.
7. Nemours, *Mémoires*, t. 34, p. 434.
8. Lenet, *op. cit.*, t. 53, p. 44.
9. *Ibid.*
10. France, t. CXXII, pièce 243, minute de la main de Lionne. Le texte en est cité intégralement par Chéruel, t. III, p. 297-298, mais il l'interprète de façon erronée.
11. Motteville, t. 38, p. 357.
12. Lenet, *op. cit.*, t. 53, p. 42.
13. Gui Patin, *Correspondance*, t. I, p. 481.
14. Voir Katia Béguin, *Les Princes de Condé*, p. 68.
15. Motteville, t. 38, p. 400.
16. Motteville, *op. cit*, p. 405-406, et Mazarin, *Carnet XIII*, p. 95, cité par Cheruel, t. III, p. 339-340.
17. *Carnet* imprimé à Tours, p. 42, cité par Chéruel, t. III, p. 331-332.
18. Retz, *op. cit.*, p. 606.
19. Guy Joly, *Mémoires*, coll. P., t. 47, p. 95. Cf. aussi Lenet, *op. cit.*, p. 96.
20. Archives des Affaires étrangères, France, t. CXXVIII, pièce 7, citée par Chéruel, t. III, p. 358 *sq.*
21. Lenet, t. 53, p. 91-92 ; Guy Joly, *op. cit.*, p. 98 ; et Motteville, t. 38, p. 458.

22. Mazarin à Le Tellier, 6 février 1650, *Lettres*, éd. Chéruel, t. III, p. 462.
23. Lettre de Mazarin à Lionne, du 11 avril 1650.
24. « M. de La Rochefoucauld était en possession, mais il était en Poitou », ajoute plaisamment Retz, p. 379.
25. Dubuisson-Aubenay, *op. cit.*, t. I, p. 343.
26. Retz, *op. cit.*, p. 679.
27. Motteville, t. 39, p. 100.
28. *Relation de la bataille de Rethel*, extraite des *Mémoires* de Puységur, publiée dans la coll. P., à la suite des *Mémoires* du maréchal Du Plessis (2e série, t. 57, p. 451 et 457).
29. *Carnet XIV*, p. 84, cité par Chéruel, *op. cit.*, t. IV, p. 214.
30. *Relation* citée ci-dessus, p. 462.
31. La Rochefoucauld, *Mémoires*, p. 180-181.
32. Lettre à Le Tellier, du 29 décembre, citée par Chéruel, t. IV, p. 233.
33. Motteville, t. 39, p. 107.

13. La chute et le rebond

1. Retz, *Mémoires*, p. 408.
2. Le texte de ce traité figure en Appendice à la fin du tome III des *Mémoires* de Retz dans l'édition des Grands Écrivains.
3. Motteville, *op. cit.*, t. 39, p. 107.
4. *Ibid.*
5. *Journal du Parlement*, à la date du 23 janvier 1651, p. 24.
6. Dubuisson-Aubenay, *op. cit.*, t. 2, p. 6.
7. Retz, *op. cit.*, p. 694.
8. Motteville, *op. cit.*, t. 39, p. 139.
9. *Ibid.*, p. 149, et *Journal du Parlement*, à la date du 9 février 1651, p. 40 (menues variantes).
10. Cité dans *Études mazarines*, t. II, p. 801, sans indication de source.
11. Retz, *op. cit.*, p. 728 *sq*.

12. Motteville, t. 39, p. 154-159.
13. À Bartet, du 27 février 1651, *Lettres...*, t. IV, p. 39.
14. On trouvera le texte intégral de la lettre dans Motteville, t. 39, p. 166-168.
15. Sur cette question, voir les analyses très poussées de M. Laurain-Portemer, *Études mazarines*, t. I, p. 120 *sq.* Voir aussi Pierre Blet, *Le Clergé de France et la monarchie.*
16. Cité par P. Blet, *op. cit.*, t. II, p. 72.
17. Lettre du 10 avril 1651, citée par M. Laurain-Portemer, *Études mazarines*, t. I, p. 134.
18. À Lionne, *Lettres...*, t. IV, p. 111.
19. *Lettres à la reine*, éd. Ravenel, 12 mai 1651, p. 59-60.
20. Nemours, t. 34, p. 473.
21. Propos prêté au duc d'Orléans dans Motteville, *op. cit.*, t. 39, p. 224.
22. P. Blet, *op. cit.*, t. II, p. 73.
23. Cf. Orest Ranum, *La Fronde*, p. 319-320.
24. Retz, *op. cit.,* p. 744 et 748.
25. *Ibid.*, p. 756 *sq.*
26. Gui Patin, Lettre du 27 juin 1651, t. II, p. 586.
27. Vers 349-378, dans Scarron, *Œuvres*, éd. Cauchie, p. 32.
28. Gui Patin, t. I, p. 125.
29. D'après Guy Joly, *Mémoires*, t. 47, p. 145.
30. Nemours, *op. cit.*, p. 471.
31. Retz, *op. cit.*, p. 762.
32. On doit en ajouter une douzième, non datée, dont nous connaissons le texte par une copie.
33. *Lettres à la reine*, p. 30-34.
34. Affaires étrangères, t. CXXXIV, pièce 126, citée par Chéruel, t. IV, p. 399.
35. *Lettres à la reine*, 27 juillet 1651, p. 210.
36. *Carnet XV*, p. 30.
37. *Lettres à la reine*, du 11 mai (p. 36) et du 17 novembre 1651 (p. 374).
38. *Lettres à la reine...*, p. 291 à 300.

39. Sur les hésitations de la reine pendant cette période, voir les *Mémoires* du maréchal Du Plessis, coll. P., t. 57, p. 372-380.
40. Sur cette question, voir Claude Dulong, *Mazarin*, 172-177, *La Fortune de Mazarin, passim*, et un article sur « Mazarin et les biens de ce monde », dans *Mazarin, les Lettres et les Arts*, p. 41-48.
41. *Lettres à la reine...*, p. 289.
42. *Ibid.*, p. 377.
43. Textes cités par Claude Dulong, *Mazarin*, p. 198.
44. *Lettres à la reine*, 26 décembre 1651, p. 467.
45. *Ibid.*, 29 octobre 1651, p. 338-339.
46. Nemours, *op. cit.*, p. 520.

14. La reconquête

1. Voir sur ce point le livre bien connu d'Alphonse Feillet, *La Misère au temps de la Fronde et saint Vincent de Paul*, nouvelle édition, revue et complétée, 1868.
2. E. Kossmann, *La Fronde*, p. 209-210.
3. La Rochefoucauld, *Œuvres complètes*, Bibl. de la Pléiade, p. 252-254.
4. *Lettres...*, à Lionne, 20 mai 1651, t. IV, p. 192.
5. Lettre à la Reine, du 12 mai.
6. Retz, *op. cit.*, p. 883.
7. *Ibid.*, p. 991.
8. Dubuisson-Aubenay, *Journal...*, t. II, p. 247. C'est à ce *Journal*, écrit sur le vif, que nous empruntons de nombreux détails.
9. *Ibid.*, p. 250.
10. Montpensier, *Mémoires*, coll. P., t. 41, p. 285.
11. Cf. le texte intégral de cette déclaration, dans la dernière livraison du *Journal du Parlement*, intitulée *Relation contenant la suite et conclusion du Journal de tout ce qui s'est*

passé au Parlement, pour les affaires publiques, depuis Pasques 1652, jusques en janvier 1653, p. 231-233.
12. *Lettres à la reine*, p. 289.
13. *Journal du Parlement*, p. 84.
14. Retz, *op. cit.*, p. 1035.
15. *Ibid.*, p. 1028.
16. *Relation*..., p. 12-15.
17. *Ibid.*, p. 59.
18. *Ibid.*, p. 128-129.
19. *Ibid.*, p. 142-151 pour le texte de l'édit, et p. 157 pour la réaction des princes.
20. Montglat, *Mémoires*, coll. P., t. 50, p. 376.
21. *Ibid.*, p. 374-375.
22. Lettre citée par Chéruel, *Histoire de France sous le ministère de Mazarin*, t. I, p. 364-365.
23. Lettre du 26 janvier 1653, citée par Claude Dulong, *op. cit.*, p. 212, d'après l'original conservé à la BnF, ms Clairambault 1144, fol. 88.
24. Régis Chantelauze, *Le Cardinal de Retz et l'affaire du chapeau*, 2 vol., 1878.
25. *Lettres*..., 8 décembre 1652, t. V, p. 497.
26. Documents conservés à la BnF, Papiers d'État de Le Tellier, ms fr. 6891 et 4211. Texte reproduit dans Retz, *Œuvres*, G.E.F., t. VI, p. 456-459.
27. La Porte, coll. P., t. 59, p. 437.

Troisième partie
LE POIDS DU POUVOIR

15. Consolider sa position

1. Gui Patin, 16 février 1654, *Lettres*, t. III, p. 24.
2. *Journal du Parlement*, p. 312.

3. Turenne, *Lettres*, éd. Huart, p. 485.
4. Motteville, t. 39, p. 373.
5. Gourville, *Mémoires*, coll. P., t. 52, p. 302.
6. Louis XIV, *Mémoires*, éd. Longnon, p. 14.
7. *Lettre...*, à Anne d'Autriche du 8 juillet 1652.
8. *Ibid.*, 11 mai 1652.
9. Ces deux derniers propos rapportés par l'abbé de Choisy, *Mémoires*, éd. du Mercure de France, p. 52.
10. L'expression est de Saint-Simon, dans le *Parallèle des rois Bourbons*, p. 1173.
11. Voir sur ce point les *Mémoires* de La Porte, t. 59, p. 433 et 445.
12. *Lettre* à Villeroy, du 19 septembre.
13. *Lettre* à Mazarin du 13 août 1655.
14. *Lettre* du 31 juillet 1655.
15. Cité par Chéruel, *op. cit.*, t. II, 255, d'après le *Journal d'un bourgeois de Paris pendant la Fronde.*
16. *Lettre* à Ondedei, du 5 septembre 1651.
17. Voir Daniel Dessert, *Fouquet*, et Claude Dulong, *La Fortune de Mazarin.*
18. *Lettre* à Colbert du 4 mai 1653.
19. *Lettres* des 18 novembre 1652 et 16 octobre 1653, citées par Chéruel, *op. cit.*, t. II, p. 10.
20. Texte cité par J.-C. Petitfils, *Fouquet,* p. 132, d'après *Les Œuvres de M. Fouquet, Ministre d'État, contenant son accusation, son procès et ses défenses contre Louis XIV*, t. II, p. 71.
21. Textes cités par G. Dethan, *Mazarin, homme de paix...*, p. 243, d'après *Lettres de Mazarin*, t. VIII, p. 4.
22. Sur cette question, voir l'important article de M. Laurain-Portemer, « Devenir français au XVIIe siècle. La réponse de Mazarin », dans *Études mazarines*, t. II, p. 1-128.
23. Claude Dulong, « Comment on devient duc et pair », dans *La Fortune de Mazarin*, p. 103-117.
24. Daniel de Cosnac, *Mémoires*, t. I, p. 131.

25. Montpensier, *Mémoires*, t. 42, p. 303-304.
26. Louis de Brienne, *Mémoires*, t. I, p. 288.
27. *Ibid.*, p. 294.
28. Chiffres empruntés à Jean Delumeau, « Mazarin collectionneur », dans *Mazarin, les Lettres et les Arts,* p. 31-39. – La plupart des ouvrages consacrés à Mazarin donnent des évaluations chiffrées en livres, selon les relevés du temps. On s'est abstenu de les utiliser ici, car elles sont très peu parlantes aujourd'hui pour les non-spécialistes.

16. Soumettre le clergé

1. Mot de Saint-Cyran lui-même, cité par Jean Orcibal, *Saint-Cyran et le jansénisme*, 1961, p. 115.
2. Le Père Rapin, *Mémoires*, t. I, p. 211.
3. Voir ce portrait dans Retz, p. 131-132.
4. M. Laurain-Portemer, *Études mazarines*, t. II, p. 495.
5. Cité par P. Goubert, *Mazarin*, p. 403.
6. Voir sur ces deux points l'étude de Pierre Blet, *Le Clergé et la monarchie de France*, t. II, p. 350-388.
7. Lettre du secrétaire d'État du Saint-Siège, Mgr Rospigliosi, au nonce Bagni, du 26 avril 1655, citée par P. Blet, *op. cit.*, t. II, p. 192.
8. Sévigné, Lettre du 19 août 1676.
9. Motteville, t. 37, p. 225.
10. Voir sur ce point précis l'analyse fournie dans Simone Bertière, *Vie du cardinal de Retz*, p. 295-300.
11. Lettre du pape au roi sur la détention du cardinal de Retz, en date du 20 janvier 1653 (traduction du temps), reproduite dans Retz, *Œuvres*, éd. des G.E.F., t. VI, p. 471-472.
12. Guy Joly, coll. P., t. 47, p. 282.
13. *Ibid.*, p. 284 et 290.
14. Retz, *op. cit.,* p. 1120.

15. Abbé Arnaud, *Mémoires*, coll. P., t. 34, p. 312.
16. Daniel de Cosnac, *Mémoires*, t. I, p. 183-184, cité dans Retz, *Œuvres*, G.E.F., t. VI, p. 511, note 11.
17. *Relation de l'évasion...*, citée dans *Œuvres*, t. VI, p. 510.
18. Instruction en vue de l'exclusion, Archives du ministère des Affaires étrangères, Rome, tome 126, f° 572, cité par Chéruel, *Histoire de France sous le ministère de Mazarin*, t. II, p. 221.
19. Brienne (Henri de), coll. P., t. 36, p. 215-216.
20. Lettre du 27 décembre 1655, citée par Chéruel, *op. cit.*, t. II, p. 239.
21. Claude Joly, *Mémoires concernant le cardinal de Retz*, coll. P., t. 47, p. 536-537.
22. Cité par Pierre Blet, *op. cit.*, t. II, p. 142.
23. D'après des remarques mises par Marguerite Périer en marge du *Nécrologe de Port-Royal*, citées dans Pascal, *Provinciales*, éd. L. Coignet, p. XXVIII.
24. *Ibid.*
25. Lettre du 27 novembre 1655, citée par Chéruel, *op. cit.*, t. II, p. 237.
26. Gui Patin, *Lettres*, t. II, p. 253.
27. Sur tout cet épisode, voir Pierre Blet, *op. cit.*, t. II, p. 217 *sq*.
28. Lettre à l'archevêque de Toulouse, 9 septembre 1656, dans Mazarin, *Correspondance*, éd. Chéruel, t. VII, p. 675.

17. Gagner la guerre

1. Chéruel, *Histoire de France sous le ministère de Mazarin*, t. III, p. 113.
2. *Ibid.*, p. 100, Lettre du 29 juillet 1657.
3. *Ibid.*
4. Gramont, *Mémoires*, coll. P., t. 56, p. 480.
5. Lettre citée par Chéruel, *op. cit.*, t. III, p. 147.

6. *Lettres...*, t. VIII, p. 493, à Colbert, 7 juillet 1658.
7. Lettre citée par Chéruel, *op. cit.*, t. III, p. 184.
8. Abbé de Choisy, *Mémoires*, p. 219.
9. Lettre du 8 juillet, citée par Chéruel, t. III, p. 183.
10. Cité par R. et S. Pillorget, *France baroque et France classique*, t. I, p. 576.
11. *Lettres...*, t. VIII, p. 251 à Lionne, 11 janvier 1658.
12. Retz, *Œuvres*, t. V, p. 291-327.
13. Voir une lettre de don Juan d'Autriche à son père, du 21 novembre 1658, citée par Daniel Séré, « Mazarin et la "comédie de Lyon" : au-delà de la légende », dans *XVIIe Siècle*, avril 2006, n° 231, p. 338 et n. 31.

18. Marier le roi

1. Motteville, *Mémoires*, t. 39, p. 402.
2. *Ibid.*, p. 447.
3. Le récit traditionnel de la « comédie de Lyon » a été récemment remis en cause, sur la base de documents espagnols, dans l'article de Daniel Séré (p. 327-340), cité à la note 13 du chapitre précédent (p. 712). Nous ne souscrivons que partiellement à ses conclusions.
4. Montpensier, *Mémoires*, t. 42, p. 360.
5. Motteville, *loc. cit.*, p. 452.
6. Montpensier, *loc. cit.*, p. 380.
7. Motteville, *op. cit.*, p. 402.
8. Montpensier, *op. cit.*, p. 363.
9. *Ibid.*, p. 384.
10. Sur ce ballet, voir Philippe Beaussant, *Lully ou le musicien du Soleil*, p. 153-179.
11. Motteville, *op. cit.*, t. 40, p. 1-2.
12. Montpensier, *op. cit.*, p. 415.
13. Motteville, *op. cit.*, t. 39, p. 399.
14. *Ibid.*, t. 40, p. 2-3.

15. Montpensier, *op. cit.*, p. 425.
16. Motteville, *op. cit.*, p. 11.
17. *Ibid.*, p. 12-13.
18. Mme de Motteville d'une part (*loc. cit.*) et l'abbé de Choisy de l'autre (*Mémoires*, p. 55). Aucun des deux n'a été témoin oculaire de la séparation. Les *Mémoires* de Montglat (t. 51, p. 115) placent ces mots, par erreur, au moment du départ de Marie pour l'Italie, lorsqu'elle s'en va épouser Colonna.
19. Les lettres échangées entre Louis XIV et Marie Mancini ont disparu. Nous ne connaissons cet épisode qu'à travers celles de Mazarin au roi, à la reine, à Mme de Venel, et aux réponses de ces dernières. Pour alléger l'annotation, elles ne seront désignées ici que par leur date. On pourra les trouver soit dans un recueil publié au XVIIIe siècle par l'abbé d'Allainval, sous le titre *Lettres où l'on voit le secret de la négociation de la paix des Pirénées...*, Amsterdam, 1745, soit (pour partie) au tome IX des *Lettres du cardinal Mazarin pendant son ministère*, éd. Chéruel et d'Avenel, Paris, 1872-1906. De nombreux extraits figurent dans l'*Histoire de France sous le ministère de Mazarin*, de Chéruel, et dans les divers ouvrages de Claude Dulong.
20. Motteville, *op. cit.*, p. 20
21. *Lettres*, éd. Allainval, p. 129.
22. *Lettres...*, éd. Chéruel, t. IX, p. 260.
23. Sur tout cet épisode, voir Claude Dulong, *Le Mariage de Louis XIV*, 1986, p. 158 ; *Marie Mancini*, 1993, p. 73-76 ; et *Mazarin*, 1999, p. 273.

19. Conclure la paix générale

1. Louis de Brienne, *Mémoires*, t. II, p. 14-15.
2. Ces comptes rendus ont été recueillis et publiés en 1745 par l'abbé d'Allainval, sous le titre de *Lettres où l'on*

voit la négociation pour la paix des Pirénées (sic). Sauf avis contraire, les citations figurant dans ce chapitre en sont tirées.

3. Propos cités dans *Dictionnaire du Grand Siècle*, article « Lionne », p. 883.
4. Lettre citée par Chéruel, *Histoire de France sous le ministère de Mazarin*, t. III, p. 249.
5. Mazarin, *Lettres*..., éd. Allainval, p. 195.
6. Guy Joly, coll. P., t. 47, p. 434.
7. Précisions tirées d'une *Lettre* de Gui Patin, du 16 décembre 1659, t. III, p. 169-170.
8. Montglat, t. 51, p. 97.
9. *Mémoires* de Coligny-Saligny, cités par G. Mongrédien, *Le Grand Condé*, p. 146.
10. Voir sur ce point le récit de R. et S. Pillorget, *France classique, France baroque*, t. I, p. 582-584.
11. On peut lire la description de son contenu dans les *Mémoires* de Mlle de Montpensier, t. 42, p. 493.
12. Montpensier, *ibid.*, p. 512-514, et Motteville, t. 40, p. 70.
13. Motteville, *ibid.*, t. 40, p. 57-61.
14. Montpensier, t. 42, p. 507-508.
15. Motteville, *op. cit.*, p. 81.
16. Lettre citée par Chéruel, *op. cit.*, t. III, p. 359.
17. Voir, entre autres, Motteville, t. 40, p. 8

20. « Quitter tout cela... »

1. Mme de La Fayette, *Histoire de Madame Henriette d'Angleterre*, coll. P., t. 64, p. 373.
2. Cité par C. Dulong, *Le Mariage de Louis XIV*, p. 209.
3. Lettre du 29 juin 1659, citée par Chéruel, *op. cit.*, t. III, p. 405-406.
4. Gui Patin, *Lettre à Falconet*, du 6 avril 1660, t. III, p. 187.
5. Abbé de Choisy, *Mémoires*..., p. 63.

6. Cette citation de Gui Patin et celles qui suivent sont tirées de ses *Lettres*, respectivement, t. II, p. 140, 218, 279, 350, 351 ; t. III, p. 73.
7. Louis de Brienne, *Mémoires*, t. II, p. 23, et III, p. 91.
8. Louis de Brienne, t. II, p. 25.
9. Motteville, *op. cit.*, t. 40, p. 79.
10. Gui Patin, Lettre du 1er mai 1654, t. II, p. 134.
11. *Lettre* à de Thou, du 3 septembre 1660, citée par G. Dethan, *Mazarin, un homme de paix à l'âge baroque*, n. 88, p. 371.
12. L'affaire est racontée, sous forme rocambolesque par le jeune Brienne. Elle est évoquée par Federn, *Mazarin*, p. 551 et par C. Dulong, *Mazarin*, p. 365. Voir aussi *Lettres de Mazarin*, éd. citée, t. IX, p. 388 et 394. Nous ignorons l'identité du coupable.
13. Lettre citée intégralement par Chéruel, dans *Histoire de France sous le ministère de Mazarin*, t. III, p. 431-432.
14. On trouvera cette citation de Mme de Motteville, ainsi que les suivantes, dans ses *Mémoires*, t. 40, respectivement p. 15, 14, 13, 96, 19.
15. Textes cités par Lacour-Gayet, *L'Éducation politique de Louis XIV*, p. 128-129 et 188-189. Ces observations sont confirmées par l'abbé de Choisy, *Mémoires*, p. 56.
16. Voir les extraits du texte dicté à Rose dans Chéruel, *op. cit.*, t. III, p. 396.
17. Gourville, *Mémoires*, coll. P., t. 52, p. 324.
18. Abbé de Choisy, *Mémoires*, p. 91.
19. Voir Louis XIV, *Mémoires*, éd. Longnon, p. 64.
20. Sur les liens de la famille avec le parti dévot, voir Daniel Dessert, *Fouquet*, p. 189-196.
21. Philippe Beaussant, *Lully ou le musicien du Soleil*, p. 211. Les pages consacrées dans ce livre aux *Noces du Soleil* (p. 203-235) sont d'un intérêt capital. Elles exploitent les recherches accomplies par Henri Prunières qui, dans *L'Opéra italien en France avant Lulli*, repro-

duit de larges extraits de la correspondance de Mazarin sur cette question (voir notamment le chap. V, « Les fêtes du mariage royal »). Les citations qu'on trouve un peu plus bas figurent dans l'un ou l'autre ouvrage.

22. Gui Patin, t. III, 16 octobre 1660, p. 279 ; 22 octobre, p. 282 ; 25 janvier 1661, p. 312 ; 22 et 25 février, p. 326-327.
23. *Ibid.*, 7 mars, p. 339.
24. Louis de Brienne, *Mémoires*, t. III, p. 88-90.
25. Naudé, dans le *Mascurat*, p. 448-449.
26. Brienne, *op. cit.*, t. II, p. 30, et III, p. 83.
27. *Ibid.*, t. III, p. 91-93.
28. Abbé de Choisy, *op. cit.*, p. 59.
29. Voir Gui Patin, t. II, p. 457, abbé de Choisy, *Mémoires*, p. 63, et Mme de Sévigné, lettre à Bussy-Rabutin du 2 janvier 1681, éd. Duchêne, t. III, p. 19.
30. P. Blet, *op. cit.*, t. II, p. 259.
31. Cité par G. Dethan, *Mazarin, homme de paix*..., p. 329, d'après Archives des Affaires étrangères, MD, France 285, f° 393.
32. Le mot, qui semble anticiper sur le siècle suivant, se trouve sous la plume de Mme de La Fayette, *op. cit.*, t. 64, p. 375 (« une fermeté plus philosophique que chrétienne »). On le trouve également chez l'abbé de Choisy, *op. cit.*, p. 63 (« moins chrétien que philosophe »). Voir aussi Bussy-Rabutin, éd. Lalanne, t. II ; p. 107 : « Il n'est pas possible de traiter plus qu'il ne fit la mort de bagatelle : il mourut paraissant ne songer à l'autre monde que par manière d'acquit… » Mme de Motteville, mêlant toujours l'éloge et les réserves, lui reconnaît l'intrépidité des plus grands hommes, mais, tout en lui prêtant des propos très chrétiens, elle lui attribue incidemment le dessein de « braver la mort », qui l'est fort peu (*op. cit.*, t. 40, p. 94-95).
33. Lettre du 6 mars 1661, en italien, à Margarita Martinozzi, traduite par G. Dethan, *Mazarin et ses amis*, p. 339.

34. Abbé de Choisy, *Mémoires*, p. 57.
35. Motteville, t. 40, p. 91.
36. Sources du récit qui suit : Mme de Motteville, t. 40, p. 90-99 ; Père Angelo Bissaro, « La mort du cardinal Mazarin », relation publiée par R. Darricau et M.-L. Laurain-Portemer, dans *Annuaire-Bulletin de la Société de l'Histoire de France*, 1960, p. 59-110.
37. Brienne, *op. cit.*, t. III, p. 95.
38. Pour le plus récent état de la question, voir l'article de Claude Dulong, « Mazarin et les biens de ce monde », dans *Mazarin, les Lettres et les Arts*, 2006, p. 41-48.
39. Un historien britannique, Joseph Bergin, dans *Pouvoir et fortune de Richelieu*, 1987, a récemment évalué l'héritage du grand cardinal à une vingtaine de millions.
40. Pierre Chaunu, « Mazarin : le règne de l'intelligence », *Le Figaro*, 3 septembre 1990.
41. Louis XIV, *Mémoires*, p. 14.

ÉPILOGUE

1. Mme de La Fayette, *Histoire de Madame Henriette*, coll. P., t. 64, p. 374.
2. Tel est le titre que M. Laurain-Portemer a choisi de donner au tome II de ses *Études mazarines*.
3. Voir par exemple le témoignage de La Porte, qui pourtant le détestait (*Mémoires*, t. 59, p. 434).
4. Définition empruntée à Retz, à propos du comte de Soissons, p. 246.
5. Cité par Chéruel, *Histoire de France sous le ministère de Mazarin*, t. III, p. 86.
6. Notamment Federn.
7. « Je dissimule, je biaise, j'adoucis, j'accommode tout autant qu'il m'est possible ; mais, dans un besoin pres-

sant, je ferai voir de quoi je suis capable », *Lettres*..., t. II, p. 279, au duc de Longueville, 20 janvier 1646.

8. *Mazarin, un homme de paix à l'âge baroque*, tel est le titre donné par G. Dethan à sa biographie.
9. Saint-Évremond n'y a pas manqué, dans la lettre citée plus haut, p. 785.
10. *Lettres à la reine*, éd. Ravenel, p. 392.
11. C'est la thèse de M. Laurain-Portemer, *Études mazarines*, t. II, *passim*.
12. Lettre à la reine, éd. Ravenel, 12 mai 1651.
13. Motteville, *op. cit.*, t. 37, p. 26.
14. *Ibid.*, p. 178.
15. Voir Retz, *op. cit.*, p. 306.
16. Retz, *loc. cit.*
17. Motteville, t. 37, p. 402.
18. *Ibid.*, p. 246.
19. Gui Patin, Lettre du 18 janvier 1658, t. II, p. 369.
20. P. Chaunu, « Mazarin : le règne de l'intelligence », *Le Figaro*, 3 septembre 1990.

ANNEXES

MAISON ROYALE DE FRANCE
(BRANCHE DES BOURBONS)

Robert de Clermont (6e fils de Saint Louis), ép. Béatrice de Bourbon

branche de Bourbon-Vendôme

Charles de Bourbon-Vendôme

- Antoine de Bourbon ép. Jeanne d'Albret
  - **HENRI IV** 1553-1610 ép. 1) Marguerite de Valois s.p. 2) Marie de Médicis 1573-1642
    - **LOUIS XIII** 1601-1643 ép. Anne d'Autriche
      - **LOUIS XIV** 1638-1715 ép. Marie-Thérèse d'Autriche ↓
      - Philippe 1640-1701 duc d'Orléans ép. Henriette d'Angleterre ↓
    - Élisabeth 1602-1644 ép. Philippe IV d'Espagne ↓
    - Chrétienne 1606-1663 ép. duc de Savoie ↓
    - Nicolas 1607-1611
    - Gaston 1608-1660 duc d'Orléans ↓
    - Henriette-Marie 1609-1669 ép. Charles Ier d'Angleterre
      - Charles II roi d'Angleterre
      - Jacques II roi d'Angleterre
      - Henriette-Anne d'Angleterre 1644-1670 ép. Philippe d'Orléans ↓
  - Catherine 1559-1604 ép. duc de Lorraine s.p.
- Charles, cardinal de Bourbon
- Louis Ier, prince de Condé
  - Henri Ier, prince de Condé
    - Henri II, prince de Condé 1588-1646 ép. Charlotte de Montmorency
      - Geneviève de Bourbon 1619-1679 duchesse de Longueville ↓
      - Louis II de Bourbon 1621-1686 prince de Condé "le Grand Condé" ↓
      - Armand de Bourbon 1629-1666 prince de Conti ↓
  - Charles, comte de Soissons ↓

Famille de Mazarin

Pietro Mazarini (Palerme, 1576-Rome, 13 novembre 1654).

Épouse : 1) En 1600, **Hortensia Buffalini** (Rome, 1575-Rome, 11 avril 1644). Sept enfants, qui suivent.

2) Le 1er janvier 1645, **Portia Orsini**. Sans postérité.

ENFANTS DU PREMIER LIT* :

1) **Geronima**, née à Rome le 11 janvier 1601 et morte dans l'été qui a suivi.

2) **GIULIO**, né à Pescina le 14 juillet 1602. Cardinal. Mort à Vincennes le 9 mars 1661.

3) **Alessandro**, baptisé à Pescina le 1er septembre 1605. En religion, **Michele**, dominicain, cardinal de Sainte-Cécile. Mort à Rome le 31 août 1648.

---

* Les dates de naissance retenues ici diffèrent sensiblement de celles qu'on trouve dans la plupart des livres antérieurs. Elles sont tirées des travaux de M. Laurain-Portemer, qui a fouillé les archives italiennes (cf. *Études mazarines*, t. II, p. 14 et 17).

4) **Margarita** (Rome, 14 octobre 1606-Rome, 1685).
Épouse le 16 juillet 1634 Geronimo **Martinozzi** (mort en septembre 1639), fils du comte Vicenzo Martinozzi (mort le 1er octobre 1645).
2 filles :
- **Laure** (Rome, début 1636-Rome, 1687).
Épouse en 1655 **Alphonse IV d'Este, duc de Modène** (1634-1662).
Deux de leurs enfants survécurent :
– un fils, François II, duc de Modène (1660-1694),
– une fille, Marie Béatrice Éléonore (1658-1718), qui épousa **Jacques II Stuart** et fut reine d'Angleterre de 1685 à 1688.
- **Anne-Marie** (Rome, 1637-Paris, 1672).
Épouse en 1654 **Armand de Bourbon, prince de Conti** (1629-1666). Deux fils.

5) **Anna-Maria** (d'abord nommée Geronima en souvenir de la petite morte), née à Rome le 14 janvier 1608. Religieuse. Morte en 1669.

6) **Cleria**, née à Rome le 10 avril 1609 (baptisée le 13 avril). Morte vers le 12 juillet 1649.
Épouse en avril 1643 Pietro Antonio **Muti**, fils du marquis Fabrizio Muti. Sans postérité.

7) **Girolama**, née à Rome le 29 décembre 1614 (baptisée le 2 janvier 1615). Morte à Paris le 29 décembre 1656.
Épouse le 6 août 1634 Lorenzo **Mancini** (mort en octobre 1650).
Neuf enfants :

- **Vittoria**, dite en France **Laure** (Rome, 1635-Paris, 8 février 1657).
Épouse en 1651 Louis de Vendôme, **duc de Mercœur** (1612-1668). Trois fils.
- **Paolo** (1637-Paris, 18 juillet 1652).
- **Olympe** (Rome, 1638-Bruxelles, 9 octobre 1708).
Épouse le 20 février 1657 Eugène-Maurice de Savoie-Carignan, comte de Soissons. Entre autres enfants, deux fils :
– Louis-Thomas de Savoie, 4e comte de Soissons,
– Eugène-François de Savoie, dit le prince Eugène (1663-1736), illustre capitaine et diplomate au service de l'Autriche.
- **Marie** (Rome, 28 août 1639-Madrid, 1715).
Épouse en 1661 Lorenzo Onofrio Colonna (1636-15 avril 1689). Trois fils.
- **Philippe** (26 mai 1641-8 mai 1707), duc de Nevers.
Épouse le 15 décembre 1670 Gabrielle de Damas-Thianges, nièce de Mme de Montespan. Deux fils et deux filles.
- **Alphonse** (Rome, 1644-Paris, 5 janvier 1658).
- **Hortense** (Rome, 6 juin 1646-Angleterre, 1699).
Épouse le 28 février 1661 Charles-Armand de La Porte, marquis de La Meilleraye, puis duc de Mazarin. Trois filles.
- une fillette, née en 1647, qui mourra à deux ans.
- **Anne-Marie**, dite **Marianne** (Rome, 1649-1714).
Épouse en 1662 Maurice-Godefroy de La Tour, duc de Bouillon, neveu de Turenne.

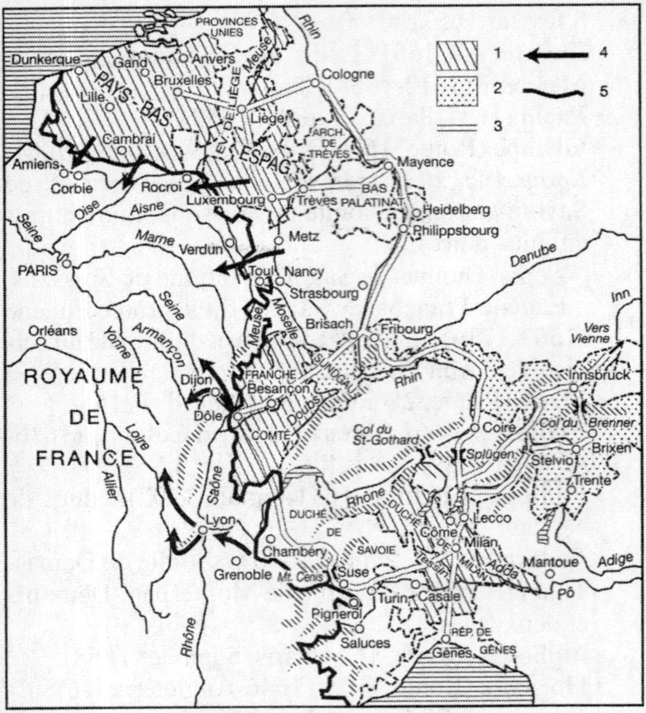

LES FRONTIÈRES FRANÇAISES
DANS LA PREMIÈRE MOITIÉ DU XVIIe SIÈCLE

1. Possessions des Habsbourg d'Espagne.
2. Possessions des Habsbourg d'Autriche.
3. Routes militaires espagnoles.
4. Points faibles de la frontière française.
5. Frontières françaises.

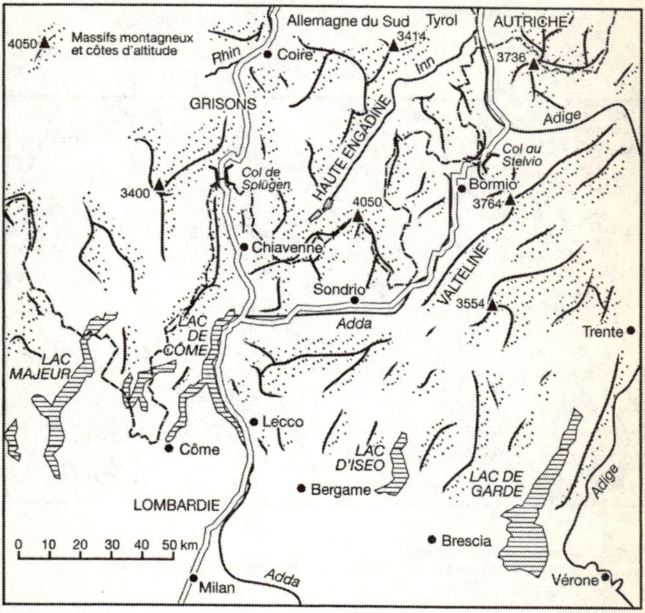

LA VALTELINE

En remontant l'Adda à partir de Lecco,
on pouvait gagner soit la vallée
du Rhin et l'Alsace, soit l'Autriche.

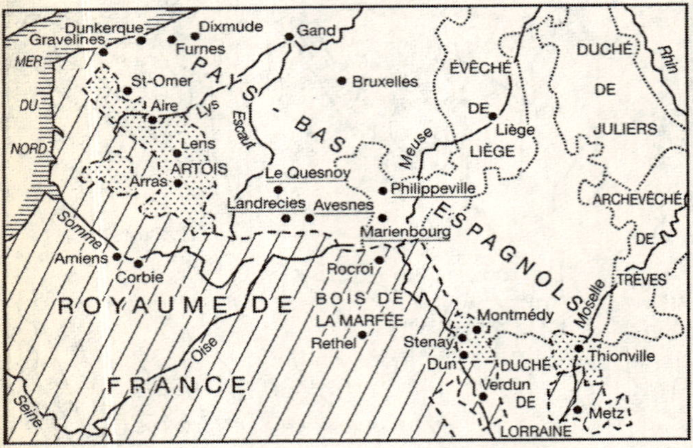

Acquisition de la France
(Les forteresses en avant de la nouvelle frontière sont soulignées d'un trait).

La frontière du nord et du nord-est
après le traité des Pyrénées (1659)

Repères chronologiques

1600	12 mars	Pietro Mazarini épouse à Rome Hortensia Buffalini.
	17 déc.	Mariage d'Henri IV et de Marie de Médicis.
1601	22 sept.	Naissance d'Anne d'Autriche.
	27 sept.	Naissance du dauphin, futur Louis XIII.
1602	14 juillet	Naissance de Giulio Mazarini à Pescina, dans les Abruzzes.
	22 nov.	Naissance d'Élisabeth de France, future reine d'Espagne.
1606	10 février	Naissance de Chrétienne de France, future duchesse de Savoie.
1608	25 avril	Naissance de Gaston de France, futur duc d'Orléans.
1609		Entrée du jeune Giulio au Collège romain.
	25 nov.	Naissance d'Henriette-Marie de France, future reine d'Angleterre.
1610	14 mai	Assassinat d'Henri IV. Avènement de Louis XIII.
1615	25 nov.	Mariage de Louis XIII et d'Anne d'Autriche.

1617	24 avril	Mise à mort de Concini, avec l'assentiment du roi.
1618	23 mai	Défenestration de Prague. Début de la guerre de Trente Ans.
1619-1621		Séjour de Mazarin en Espagne (Alcala et Madrid).
1620	8 nov.	Victoire des Impériaux sur les Tchèques à la Montagne Blanche.
1621	31 mars	Mort de Philippe III d'Espagne. Avènement de Philippe IV.
1622	22-24 mai	Mazarin joue le rôle titre dans une pièce consacrée à saint Ignace.
1623	8 juillet	Mort du pape Grégoire XV.
	6 août	Élection du pape Urbain VIII (Maffeo Barberini).
1625	20 avril	Mazarin en cantonnement à Lorette.
	7 juin	Incident du jardin d'Amiens entre Anne d'Autriche et le duc de Buckingham.
1626	5 mars	Traité de Monçon réglant la question de la Valteline.
	avril	Le capitaine Mazarin en cantonnement à Monza.
1627	11 janv.	Mazarin en mission diplomatique auprès du gouverneur de Milan.
	27 mai	Naissance de Mlle de Montpensier.
	10 sept.	Début du siège de La Rochelle.
	25-26 déc.	Mort de Vincent II de Gonzague, duc de Mantoue.

1628	février	Charles-Emmanuel de Savoie envahit le Montferrat et les Espagnols assiègent Casal.
	28 oct.	Capitulation de La Rochelle.
1629	6 mars	Louis XIII force le Pas de Suse. Le duc de Savoie traite et les Espagnols quittent Casal.
	28 juin	« Édit de grâce d'Alès ».
1630	29 janv.	Première entrevue de Mazarin avec Richelieu, à Lyon.
	29-30 mars	Prise de Pignerol par les troupes françaises.
	été	Offensive de Gustave-Adolphe de Suède en Allemagne.
	3-6 juillet	Entrevue de Mazarin avec Richelieu, à Saint-Jean-de-Maurienne.
	18 juillet	Prise de Mantoue par Collalto.
	26 juillet	Mort de Charles-Emmanuel Ier de Savoie. Avènement de Victor-Amédée Ier.
	3 août	Nouvelle rencontre de Mazarin avec Richelieu.
	22 sept.	Grave maladie de Louis XIII. On le croit perdu.
	26 sept.	Mort de Spinola.
	30 sept.	Rétablissement de Louis XIII.
	9 oct.	Le pape exige que Mazarin se fasse prêtre.
	26 oct.	Intervention de Mazarin à Casal : « *Pace ! pace !* »
	10-12 nov.	À Paris, « journée des Dupes ».
1631	18 janv.-16 févr.	Premier séjour de Mazarin à Paris.

	13 avril	Gustave-Adolphe s'empare de Francfort-sur-l'Oder.
	20 mai	Sac de Magdebourg par les armées autrichiennes de Tilly.
	printemps	Traités de Cherasco.
	17 sept.	Victoire de Gustave-Adolphe sur Tilly à Breitenfeld.
1632	3 janv.	Mariage secret de Gaston d'Orléans et de Marguerite de Lorraine.
		Mission de Mazarin en France.
	6 juillet	Cession *sine die* de Pignerol à la France.
	15 nov.	Retour de Mazarin à Rome. Nommé protonotaire apostolique, avec le rang de prélat et le titre de *Monsignore*, il prend « l'habit long ».
1633	févr.	Mazarin nommé auditeur du cardinal Antoine pour les affaires d'Avignon.
	30 déc.	Louis XIII envoie au cardinal Antoine un brevet de comprotecteur de France.
1634	1er juillet	Bref nommant Mazarin vicaire général et vice-légat en Avignon.
	25 août	Mazarin quitte Rome pour la France via Florence, Ferrare, Modène, Parme et Turin.
	6 sept.	Victoire des Impériaux sur les Suédois à Nordlingen.
	26 nov.	Après un bref passage en Avignon, entrée officielle à Paris de Mazarin, comme « nonce extra-

		ordinaire ». Il y restera seize mois.
1635	19 mai	La France déclare la guerre à l'Espagne.
1636	7 avril	Mazarin regagne Avignon, où il restera jusqu'en novembre.
	15 août	Prise de Corbie par les Espagnols. Paris menacé.
	mi-oct.	Complot avorté contre Richelieu à Amiens.
	14 nov.	Corbie reprise par les troupes françaises. Arrêt de l'offensive espagnole.
1637	janvier	Mazarin *maestro de casa* chez Antoine Barberini.
	15 févr.	Ferdinand III succède à son père l'empereur Ferdinand II.
	août	Découverte de la correspondance d'Anne d'Autriche avec son frère.
	21 sept.	Mort de Charles Ier de Gonzague, duc de Mantoue.
	8 oct.	Mort de Victor-Amédée Ier de Savoie. Régence de Chrétienne.
1638	5 sept.	Naissance de Louis XIV.
	4 oct.	Mort du jeune duc de Savoie, François-Hyacinthe, remplacé par son frère Charles-Emmanuel, âgé de quatre ans.
1639	printemps	Révolte en Piémont contre la régente.
	27 juillet	Prise de Turin par le prince Thomas. Chrétienne se réfugie à Chambéry.

	sept.	Entrevue de Louis XIII et de sa sœur Chrétienne à Grenoble.
	21 oct.	L'amiral hollandais Tromp écrase la flotte espagnole au large de Douvres.
	15 nov.	Cinq-Mars nommé Grand Écuyer.
	13 déc.	Mazarin quitte l'Italie pour la France.
1640	4 janv.	Arrivée de Mazarin à Paris.
	10 août	Prise d'Arras par les Français.
	21 sept.	Naissance de Philippe, second fils de Louis XIII et d'Anne d'Autriche.
	sept.-déc.	Mission de Mazarin en Piémont.
	1er déc.	Révolte du Portugal. Proclamation d'indépendance. Jean IV roi.
	16 déc.	Traité d'alliance de la France avec la Catalogne.
1641	12 mars-18 mai	Combats autour d'Ivrea, en Piémont, auxquels assiste Mazarin.
	23 mars	Achat du Palais Bentivoglio pour le compte de Mazarin.
	29 mars	Traité de Paris entre la France et la Lorraine.
	12-22 mai*	À Londres, exécution du ministre de Charles Ier, Strafford.
	6 juillet	Bataille de La Marfée. Mort du comte de Soissons.
	16 déc.	Mazarin cardinal.

* Les Anglais n'ayant pas adopté le calendrier grégorien, leurs dates sont en retard de dix jours par rapport à celles de France.

1642	fin janvier	La conjuration de Cinq-Mars se noue.
	3 févr.	Louis XIII et Richelieu quittent Fontainebleau pour le Roussillon.
	13 mars	Signature par l'Espagne du traité de Gaston d'Orléans et de Cinq-Mars.
	9 mai	Début du siège de Perpignan. Louis XIII se rend au camp, laissant Richelieu à Narbonne.
	9-10 juin	En Arles, Richelieu reçoit la copie du traité.
	12 juin	À Narbonne, Louis XIII a communication du traité. Arrestation de Cinq-Mars.
	28 juin	Dramatique entrevue de Louis XIII et de Richelieu à Tarascon.
	3 juillet	Mort de Marie de Médicis à Cologne.
	9 sept.	Capitulation de Perpignan.
	12 sept.	Exécution à Lyon de Cinq-Mars et de Thou.
	29 sept.	Mazarin assure l'entrée des troupes françaises à Sedan. Prise de Salses, achevant la conquête du Roussillon.
	2 nov.	Victoire des Suédois à Breitenfeld.
	4 déc.	Mort de Richelieu.
	5 déc.	Mazarin appelé au Conseil par Louis XIII.
1643	14 janv.	À Madrid, disgrâce du comte-duc Olivarès.

	21 avril	Déclaration testamentaire de Louis XIII et baptême du futur Louis XIV. Mazarin parrain.
	14 mai	Mort de Louis XIII.
	18 mai	Lit de justice déclarant la reine régente sans limitation. Mazarin chef du Conseil.
	19 mai	Victoire du duc d'Enghien à Rocroi.
	1er juin	Bulle *In Eminenti*, condamnant l'*Augustinus*.
	août	Antoine Arnauld, *Traité de la fréquente Communion.*
	10 août	Prise de Thionville par le duc d'Enghien.
	2 sept.	Arrestation du duc de Beaufort et dispersion des *Importants.*
	3 sept.	Victoire navale de Carthagène.
	déc.	Ouverture des négociations de paix à Münster et à Osnabrück.
	3 déc.	Turenne nommé lieutenant-général de l'armée d'Allemagne.
1644	11 avril	Mort d'Hortensia Buffalini, mère de Mazarin.
	29 juillet	Mort du pape Urbain VIII.
	début août	Victoire de Fribourg-en-Brisgau sur les Bavarois par Turenne et Enghien.
	10 août	Prise de Gravelines par les troupes françaises.
	9 sept.	Prise de Philippsbourg par Turenne et Enghien.
	15 sept.	Élection du pape Innocent X (Giambattista Pamfili).

	oct.	Grave maladie de Mazarin à Fontainebleau.
1645	mars	Incarcération du président Barillon à Pignerol.
		Mazarin surintendant de la maison de la reine.
	14-24 juin	Défaite de Charles Ier devant les troupes de Cromwell à Naseby.
	3 août	Victoire de Nordlingen. Mort de Mercy.
	13 août	Traité de Brömsebrö entre la Suède et le Danemark.
	5 nov.	Mariage par procuration de Marie de Gonzague avec le roi de Pologne.
	14 déc.	Représentation de la *Finta Pazza* au Petit-Bourbon.
1646	6 janvier	Arrivée à Paris d'Antoine Barberini (François le 1er mars).
	15 mars	Mazarin surintendant de l'éducation de Louis XIV.
	14 juin	Mort du duc de Brézé devant Orbitello. Échec et levée du siège en juillet.
	7 oct.	Mort de l'infant Balthazar-Carlos.
	11 oct.	Prise de Dunkerque par le duc d'Enghien.
	11-23 oct.	Prise de Piombino et de Portolongone.
		Accommodement des Barberini avec le pape.
	26 déc.	Le duc d'Enghien devient prince de Condé à la mort de son père.

1647	24 janv.	La défection des Hollandais est annoncée.
	30 janv.-9 févr.	Charles Ier livré au Parlement par les Écossais.
	2 mars	Représentation de l'*Orfeo* de Luigi Rossi.
	13 mars	Armistice d'Ulm entre la France et la Suède d'une part et la Bavière d'autre part.
	14 avril	Mort de Frédéric-Henri, prince d'Orange. Son fils Guillaume II devient stathouder.
	17 juin	Échec de Condé en Catalogne devant Lérida. Levée du siège.
	7 juillet	Révolte de Naples contre les Espagnols. Bref règne de Masaniello.
	11 sept.	Arrivée en France d'Anne-Marie Martinozzi et de Laure-Victoire, Olympe et Paolo Mancini.
1648	15 janv.	Séance houleuse au Parlement, qui refuse d'enregistrer les édits promulgués par la régente.
	30 janv.	Traité de La Haye entre l'Espagne et les Provinces-Unies, reconnaissant l'indépendance de celles-ci. Les Espagnols se retirent des négociations, afin de poursuivre la guerre.
	13 mai	« Arrêt d'Union », début de la Fronde parlementaire.
	17 mai	Victoire de Turenne et Wrangel sur les Impériaux à Zusmarhausen.

	31 mai	Évasion du duc de Beaufort.
	15 juin	Le Parlement vote la mise en place de la chambre Saint-Louis.
	18 juillet	Banqueroute partielle.
	31 juillet	Déclaration royale entérinant à toutes les exigences du Parlement.
	20 août	Victoire de Condé sur les Espagnols à Lens.
	26 août	*Te Deum.* Arrestation de Broussel. Soulèvement populaire. Barricades.
	31 août	Mort de Michele Mazarini.
	24 oct.	Nouvelle déclaration royale confirmant celle du 31 juillet. Signature des traités de Westphalie. L'Empereur se retire du conflit.
1649	5-6 janv.	La cour quitte Paris de nuit et se réfugie à Saint-Germain. Début du siège de la capitale.
	8 janv.	Mazarin déclaré perturbateur du repos public.
	13-15 janv.	La Seine débordée inonde Paris.
	17 janv.	Démarche de Vincent de Paul auprès de la reine et de Mazarin.
	24 janv.	Les frondeurs tentent en vain de reprendre Corbeil.
	30 janv.-9 févr.	Exécution de Charles Ier à Londres, suivie le 7 février par la proclamation de la République.

	8 févr.	Prise de Charenton par l'armée royale.
	26 févr.	Prise de Brie-Comte-Robert par l'armée royale.
	28 févr.	Le Parlement nomme des députés pour négocier.
	4-11 mars	Conférence de Rueil. Le Parlement renonce à exiger le renvoi de Mazarin.
	9 mars	Vente aux enchères des meubles de Mazarin.
	11 mars	Paix signée à Rueil avec les délégués du Parlement
	16-30 mars	Conférence de Saint-Germain pour l'accommodement des princes.
	30 avril	La cour quitte Saint-Germain pour Compiègne.
	juillet	Attaque des jésuites contre les « Cinq Propositions ».
	18 août	Retour de la cour dans la capitale.
	fin sept.	Condé maître des affaires.
	11 déc.	Faux attentat contre Guy Joly. Attentat manqué contre Condé. Tractations entre Mazarin et les frondeurs.
1650	18 janv	Arrestation des princes.
	5 févr.	Entrée du roi à Rouen.
	1er-21 avril	Siège de Bellegarde.
	30 avril	Signature à Stenay du traité de Mme de Longueville et de Turenne avec les Espagnols.

	été	Campagnes de pacification en province.
	5 oct.	Entrée du roi et de la reine à Bordeaux.
	15-25 nov.	Transfert des princes au Havre.
	14-15 déc.	Victoire des troupes royales à Rethel.
1651	fin janv.	Union de la « vieille Fronde » avec le parti des princes.
	2 févr.	Rupture publique entre Gaston d'Orléans et Mazarin.
	6-7 févr.	Départ nocturne de Mazarin.
	9-10 févr.	Le peuple empêche le roi et la reine de quitter Paris.
	13 févr.	Mazarin libère les princes au Havre.
	16 févr.	Retour triomphal des princes à Paris.
	3 avril	Remaniement ministériel du lundi saint, favorable aux condéens.
	5 avril	Rupture entre les deux Frondes.
	11 avril	Mazarin s'installe à Brühl.
	été	La reine obtient l'appui du coadjuteur contre promesse du cardinalat.
	21 août	Affrontement au Parlement entre le coadjuteur et La Rochefoucauld.
	6 sept.	Condé s'enfuit de Paris. Déclaration royale contre Mazarin.
	7 sept.	Proclamation de la majorité de Louis XIV.

	27 sept.	La cour quitte Paris pour poursuivre Condé et se soustrait ainsi à la pression des frondeurs.
	fin oct.	Mazarin quitte Brühl et rassemble des troupes à la frontière.
	31 oct.	La cour à Poitiers.
	6 nov.	Signature d'un traité entre Condé et le roi d'Espagne.
	12 déc.	Le roi rappelle officiellement Mazarin.
	24 déc.	Mazarin arrive à Sedan avec une petite armée.
	29 déc.	Le Parlement met sa tête à prix et fait vendre sa bibliothèque.
1652	28 janvier	Mazarin rejoint la cour à Poitiers.
	19 févr.	Le coadjuteur est élevé à la pourpre par Innocent X. Averti le 1er mars, il prend le nom de cardinal de Retz.
	23-24 mars	Vente aux enchères de la bibliothèque de Mazarin.
	24 mars	Condé quitte Agen et galope vers Paris.
	27 mars	Entrée de Mademoiselle à Orléans.
	7 avril	Victoire de Condé sur les troupes royales à Bléneau.
	11 avril	Condé arrive à Paris.
	28 avril	La cour arrive à Saint-Germain-en-Laye.
	4 mai	Turenne bloque les condéens dans Étampes.

18 mai	Prise de Gravelines par les Espagnols.
2 juin	Charles IV de Lorraine à Villeneuve-Saint-Georges.
16 juin	Départ, négocié, de Charles IV.
29 juin	La cour s'installe à Saint-Denis.
2 juillet	Combat du faubourg Saint-Antoine entre les troupes de Condé et celles de Turenne. Paolo Mancini, neveu préféré du cardinal, y est mortellement blessé.
4 juillet	« Journée des pailles ». Émeute à Paris et incendie de l'Hôtel de Ville.
17 juillet	La cour s'installe à Pontoise.
30 juillet	Beaufort tue en duel son beau-frère Nemours.
19 août	Exil volontaire de Mazarin.
11-12 sept.	Harangue de Retz à Compiègne et réception de sa barrette de cardinal.
16 sept.	Les Espagnols reprennent Dunkerque.
11 oct.	Philippe IV reprend Barcelone et soumet les Catalans.
13 octobre	Condé quitte Paris.
21 oct.	Retour du roi dans la capitale. Amnistie générale, sauf pour les principaux condéens.
	Les Espagnols reprennent Casal.
22 oct.	Déclaration royale interdisant au parlement de s'occuper d'af-

		faires d'État et de questions financières.
	26 oct.	Louis XIV rappelle Mazarin.
	7 nov.	Mort du duc de Bouillon et de Mlle de Chevreuse.
	17 nov.	Condé généralissime de l'armée espagnole.
	19 déc.	Arrestation du cardinal de Retz.
1653	3 févr.	Retour triomphal de Mazarin à Paris.
	mai	Arrivée en France des deux sœurs de Mazarin et de quatre de leurs enfants, Laure Martinozzi, Marie, Hortense et Philippe Mancini.
	31 mai	Par la bulle *Cum occasione*, le pape condamne les « Cinq Propositions tirées de l'*Augustinus* de Jansénius.
	27 juillet	Fin de la guerre en Guyenne. Fin de la Fronde.
	nov.	Louis XIV assiste à la reddition de Sainte-Menehould.
	16-26 déc.	Cromwell nommé Protecteur de la république d'Angleterre.
1654	21 mars	Mort de l'oncle de Retz. Prise de possession de l'archevêché de Paris au nom de celui-ci.
	28 mars	Démission (conditionnelle) de Retz et transfert à Nantes.
	7 juin	Sacre de Louis XIV à Reims.
	16 juillet	Abdication de Christine de Suède en faveur de son cousin Charles X Gustave.

	8 août	Évasion du cardinal de Retz.
	25 août	Libération d'Arras assiégée par les Espagnols.
	13 nov.	Mort de Pietro Mazarini.
	28 nov.	Arrivée de Retz à Rome, où le pape lui remet le chapeau de cardinal.
1655	7 janv.	Mort du pape Innocent X.
	7 avril	Élection du pape Alexandre VII (Fabio Chigi).
	13 avril	Intervention énergique de Louis XIV au Parlement.
	10 juillet	Antoine Arnauld : *Lettre à un duc et pair.*
	14 juillet	Prise de Landrecies par les Français.
	3-13 nov.	Traité de Westminster : accords commerciaux avec l'Angleterre.
1656	23 janv.	Pascal : début de la publication des *Provinciales.*
	20 mars	Bulle *Ad sacram* confirmant la présence des Cinq Propositions dans l'*Augustinus.*
	24 mars	Miracle de la Sainte-Épine.
	12 avril	Traité d'alliance de Charles II d'Angleterre (en exil) avec l'Espagne.
	15 mai	Retz quitte Rome pour la clandestinité.
	15-16 juillet	Turenne contraint d'abandonner le siège de Valenciennes.
	16 oct.	Bulle *Ad sacram Beati Petri sedem* (reçue en mars 1657).

	automne	Premier séjour à Paris de Christine de Suède.
	18 nov.	Confirmation de la saisie des revenus de Retz.
	déc.	Marie Mancini introduite à la cour.
1657	23 janv.	*XVII*[e] *Provinciale.*
	17 mars	L'Assemblée du clergé impose la signature d'un formulaire contre l'*Augustinus.*
	23 mars	Traité de Paris entre la France et Cromwell.
	24 mars	*XVIII*[e] *Provinciale.*
	1er avril	Mort de l'empereur Ferdinand III.
	31 mai	Condé oblige Turenne à lever le siège de Cambrai.
	juin	Guerre entre la Suède et le Danemark.
	juillet	Nouveau séjour de Christine de Suède, meurtre de Monaldeschi le 8 novembre, départ définitif en mars de l'année suivante.
	6 août	Prise de Montmédy.
	3 oct.	Prise de Mardick (aussitôt remise aux Anglais en gage pour Dunkerque).
	nov.-déc	Retz : *Très humble et très importante Remontrance au roi sur la remise des places maritimes de Flandre entre les mains des Anglais.*
1658	30 janv.-12 févr.	Charles-Gustave de Suède envahit le Danemark.

	9 mars	Paix de Roskild, entre la Suède et le Danemark.
	28 mars	Renouvellement de l'alliance avec l'Angleterre.
	14 juin	Victoire des Dunes : Turenne écrase Condé et les Espagnols.
	25 juin	Reddition de Dunkerque. Très grave maladie de Louis XIV.
	18 juillet	Élection de Léopold, roi de Hongrie, à l'Empire.
	11 août	Charles-Gustave assiège Copenhague.
	14-15 août	Signature de la Ligue du Rhin.
	27 août	Capitulation de Gravelines.
	3-13 sept.	Mort de Cromwell.
	24 oct.	Défaite navale des Suédois dans le Sund, par les Danois et les Hollandais.
	nov.-déc	Voyage de la cour à Lyon, sous prétexte de négocier pour Louis XIV un mariage savoyard. Philippe IV consent à la paix et offre la main de sa fille.
1659	18 janv.	Victoire des Portugais sur les Espagnols à Elvas.
	27 janv.-6 févr.	Richard Cromwell nommé Protecteur.
	14 févr.	Émeute à Aix-en-Provence.
	17 févr.	Mort de Servien. Fouquet seul surintendant des finances.
	7 mai	Suspension d'armes entre la France et l'Espagne.
	25 mai-4 juin	Démission de Richard Cromwell.

	4 juin	Préliminaires de paix entre la France et l'Espagne (traité de Paris).
	21 juin	Adieux de Louis XIV à Marie Mancini.
	août-nov.	Conférences de l'île des Faisans (ouvertes le 13 août).
	7 nov.	Signature de la paix des Pyrénées et du contrat de mariage du roi.
	13 déc.	Exécution du marquis de Bonnesson.
1660	18 janvier	Arrivée de la cour à Aix-en-Provence.
	20 janv.	Retour de Condé, reçu par le roi.
	2 févr.	Mort de Gaston d'Orléans.
	13-23 févr.	Mort du roi Charles-Gustave de Suède.
	5 mars	Fin de la rébellion marseillaise.
	4-14 avril	Déclaration de Bréda préalable à la restauration de Charles II d'Angleterre.
	3 mai	Traité d'Oliva, entre Suède, Pologne et Brandebourg, grâce à la médiation française.
	8-18 mai	Restauration de Charles II en Angleterre. Il entre à Londres le 29 mai.
	5 juin	Traité de Copenhague entre Suède et Danemark.
	9 juin	Mariage de Louis XIV et de l'infante Marie-Thérèse.
	26 août	Entrée solennelle du couple royal à Paris.

	27 sept.	Mort de Vincent de Paul.
	18 oct.	Lettres patentes nommant Mazarin duc et pair.
1661	28 févr.	Traité de Vincennes avec le duc de Lorraine.
	6 mars	Le roi renonce au legs universel de Mazarin.
	8 mars	Colbert intendant des finances.
	9 mars	Mort de Mazarin. Le lendemain, Louis XIV annonce qu'il gouvernera par lui-même.
	31 mars	Mariage de Philippe d'Orléans et d'Henriette-Anne d'Angleterre.
	23 avril	Arrêt du Conseil imposant la signature du formulaire.
	juillet	Liaison de Louis XIV et de Louise de La Vallière.
	5 sept.	Arrestation du surintendant Fouquet.
	1er nov.	Naissance de Louis, qui sera dit « le Grand Dauphin ».
	24 nov.	« Conversion » de Mme de Longueville.
1662	26 févr.	Le cardinal de Retz adresse au roi sa démission de l'archevêché.
	oct.-nov.	Le roi achète Dunkerque et en prend possession.
1664	20 déc.	Condamnation de Fouquet.
1665	17 sept.	Mort de Philippe IV d'Espagne. Avènement de Charles II.
1666	20 janv.	Mort d'Anne d'Autriche.

Orientation bibliographique

MANUSCRITS

Indications sommaires. Les dépôts italiens n'ont été que partiellement explorés jusqu'ici. Les fonds les plus importants sont signalés par •.

Paris

Archives du ministère des Affaires étrangères
Série Correspondance politique :
Allemagne, vol. 7.
Angleterre, vol. 45 à 49.
Dantzig, vol. 1.
Espagne, vol. 18 et 19.
• *Rome*, vol. 41 à 143.
Sardaigne (anciennement *Savoie*), vol. 9 à 36.
Série Mémoires et documents :
• *France*, vol. 252-289, 293, 294, 795 bis, 820-848, 871, 875-878, 901-905.
Hollande, vol. 154.

Bibliothèque mazarine :
Manuscrits 2214-2218.

Bibliothèque nationale de France :

Manuscrits français 2302, 4208, 4209, 4314, 6882, 6886, 6888, 6889, 6890, 6892.

• Manuscrit Baluze, 174 (*Carnets* de Mazarin), plus quelques autres pièces.

Mélanges Colbert, 74 et 75 (testament et inventaire), 233.

• Manuscrit Clairambault, 1144, fol. 89-100 (lettres autographes d'Anne d'Autriche à Mazarin).

Rome

Archives vaticanes :

Nunziatura di Francia, vol. 82 (1634-1636).

Nunziatura d'Inghilterra, vol. 4 à 7 (1635-1642).

Bibliothèque vaticane :

Fonds *Barberini latini*, 194 (lettres au cardinal Antoine), 8029 (lettres au cardinal Francesco Barberini).

SOURCES IMPRIMÉES

Quand le lieu de publication n'est pas spécifié, il s'agit de Paris. Pour les mémorialistes, l'indication « coll. P. » renvoie à la collection des *Mémoires pour servir à l'Histoire de France* de Petitot, 2e série, 1820-1829.

Arnauld (abbé Antoine), *Mémoires*, coll. P., t. 34.

Benedetti (Elpidio), *Raccolta di diverse Memorie per scrivere la vita del cardinale Mazzarino*, Lyon, s.d. (1661 ?).

Bissaro (le Père Angelo), *La Mort du cardinal Mazarin*, relation publiée par R. Darricau et M. Laurain-Portemer, *Annuaire-Bulletin de la Société de l'Histoire de France*, p. 59-110, 1960.

Brienne (Henri de Loménie de), *Mémoires*, coll. P., t. 35-36.

Brienne (Louis de), dit le jeune Brienne, *Mémoires,* éd. P. Bonnefon, 3 vol., 1916-1919.

Campion (Henri de), *Mémoires*, éd. M. Fumaroli, « Le Temps retrouvé », 1967.

Choisy (abbé de), *Mémoires,* éd. Mongredien, « Le Temps retrouvé », 1983.

Colbert (J.-B.), *Lettres, instructions et mémoires*, éd. P. Clément, 10 vol., 1861-1882.

Dubuisson-Aubenay, *Journal des guerres civiles, 1648-1652*, éd. G. Saige, 2 vol., 1883-1885.

Du Plessis-Praslin, *Mémoires*, coll. P., t. 57.

Fontrailles, *Relation des choses particulières de la cour pendant la faveur de M. le Grand*, coll. P., t. 54.

Goulas (Nicolas), *Mémoires*, éd. Ch. Constant, 3 vol., 1879.

Gourville (Jean Hérault de), *Mémoires*, coll. P., t. 52.

Gramont (maréchal de), *Mémoires*, coll. P., t. 56-57.

Joly (Guy), *Mémoires*, coll. P., t. 47.

Journal contenant ce qui s'est fait et passé en la cour de Parlement de Paris..., communément appelé *Journal du Parlement*, chez Gervais et Langlois, plusieurs livraisons successives entre 1648 et 1652.

La Châtre (comte de), *Mémoires*, coll. P., t. 51.

La Fayette (Mme de), *Histoire de Madame Henriette d'Angleterre*, coll. P., t. 64-65.

La Porte, *Mémoires*, coll. P., t. 59.

La Rochefoucauld, *Mémoires*, Bibl. de la Pléiade, 1950.

Lenet (Pierre), *Mémoires*, coll. P., t. 53-54.
Loret, *La Muze historique ou recueil de lettres en vers contenant les nouvelles du temps*, éd. Ravenel et La Pelouze, 4 vol., 1857-1891.
Louis XIV, *Mémoires pour l'instruction du dauphin*, éd. Longnon, 1927.
Mazarin, *Carnets*, publ. partielle par V. Cousin, dans *Journal des Savants*, 1854-1856.
– « Les Carnets de Mazarin pendant la Fronde, sept.-oct. 1648 », par Chéruel, dans *Revue historique*, mai-août 1877, p. 103-138.
– *Carnet*, publ. par V. Luzarche, Tours, 1893.
– *Lettres du cardinal Mazarin où l'on voit le secret de la négociation des Pirénées*, éd. d'Allainval, 2 vol., 1745.
– *Lettres du cardinal Mazarin à la Reine… écrites pendant sa retraite hors de France en 1651-1652*, éd. Ravenel, 1836.
– *Lettres du cardinal Mazarin pendant son ministère*, éd. Chéruel et d'Avenel, 9 vol., 1872-1906.
Molé (Mathieu), *Mémoires*, éd. Champollion-Figeac, 4 vol., 1855-1857.
Montglat, *Mémoires*, coll. P., t. 49-51.
Montpensier (Mlle de), *Mémoires*, coll. P., t. 41-43.
Motteville (Mme de), *Mémoires*, coll. P., t. 37-40.
Naudé (Gabriel), *Jugement de tout ce qui a été imprimé contre le cardinal Mazarin…* (communément appelé *le Mascurat)*, 1649.
Nemours (Mme de), *Mémoires*, coll. P., t. 34.
Ormesson (Olivier Lefèvre de), *Journal*, éd. Chéruel, 2 vol., 1860-1861.
Patin (Gui), *Lettres*, éd. Réveillé-Parise, 3 vol., 1846.
Pontis (Louis de), *Mémoires*, coll. P., t. 31-32.
Retz (cardinal de), *Œuvres*, éd. des Grands Écrivains de la France, 10 vol., 1870-1896.

– *Mémoires*, éd. S. Bertière, La Pochothèque, 1998.
Richelieu, *Lettres, instructions diplomatiques et papiers d'État*, éd. d'Avenel, 10 vol., 1853-1877.
Tallemant des Réaux, *Historiettes*, éd. A. Adam, Bibl. de la Pléiade, 2 vol., 1960.
Talon (Omer), *Mémoires*, coll. P., t. 60-63.

OUVRAGES CONCERNANT MAZARIN

La bibliographie de Mazarin, si l'on voulait y faire figurer tous les livres et articles qui touchent à lui, occuperait à elle seule un volume entier. La liste qui suit a donc été volontairement réduite à ceux auxquels nous avons spécialement recouru.

Ouvrages entièrement ou largement consacrés à lui (on ne citera ici que les plus importants, par ordre chronologique de publication) :

Gualdo Priorato, *Storia del ministerio del cardinale Giulio Mazzarino*, Cologne, 3 vol., 1669.
Aubéry (Antoine), *Histoire du cardinal Mazarin,* 2 vol., 1688 et 1695.
Cousin (Victor), *La Jeunesse de Mazarin*, 1865.
Chéruel (Adolphe), *Histoire de France pendant la minorité de Louis XIV*, 4 vol., 1879-1880.
– *Histoire de France sous le ministère de Mazarin*, 3 vol., 1882.
Bazzoni (Augusto), *Un nunzio straordinario alla corte di Francia nel secolo XVII*, Florence, 1882.
Coville (Henri), *Étude sur Mazarin et ses démêlés avec le pape Innocent X*, 1914.

Federn (Karl), *Mazarin*, Munich, 1922 ; trad. fr., Paris, 1934.

Lacour-Gayet (G.), *L'Éducation politique de Louis XIV*, seconde édition revue, 1923.

Mazarin, ouvrage collectif sous la direction de G. Mongrédien, collection « Génies et réalités », Hachette, 1959.

Mazarin, homme d'État et collectionneur, catalogue de l'exposition organisée par la Bibliothèque nationale pour le 3e centenaire de sa mort, 1961.

Grand-Mesnil (Marie-Noëlle), *Mazarin, la Fronde et la presse*, 1967.

Jansen (Paule), *Le Cardinal Mazarin et le mouvement janséniste*, 1967.

Dethan (Georges), *Mazarin et ses amis, étude sur la jeunesse du cardinal, suivie d'un choix de lettres inédites*, 1968.

Laurain-Portemer (Madeleine), *Études mazarines*, t. I, 1981.

Dethan (Georges), *Mazarin, un homme de paix à l'âge baroque (1602-1661)*, 1981.

Goubert (Pierre), *Mazarin*, 1990.

Dulong (Claude), *La Fortune de Mazarin*, 1990 (s'y ajoutent de nombreux articles autour de cette question).

Laurain-Portemer (Madeleine), *Études mazarines*, II, 1997, posthume (volume reprenant, comme le précédent, divers articles publiés isolément, et apportant également des développements nouveaux).

Dulong (Claude), *Mazarin*, 1999.

Mazarin. Les Lettres et les Arts, ouvrage collectif, direction Isabelle Conihout et Patrick Michel, Préface d'Hélène Carrère d'Encausse, de l'Académie française, Introduction de Christian Péligry, conservateur général, directeur de la bibliothèque Mazarine,

Paris, 2006 (Bibliothèque Mazarine et éditions Monelle Hayot).

Autour de Mazarin (choix très succinct, ordre alphabétique) :

Armées, guerre et société dans la France du XVIIe siècle, Actes du VIIIe colloque du Centre International de Rencontres sur le XVIIe siècle, Nantes, 18-20 mars 2004, éd. Gunter Narr Verlag, Tübingen.
Bayard (Françoise), *Le Monde des financiers au XVIIe siècle*, 1988.
Beaussant (Philippe), *Lully ou le musicien du Soleil*, 1992.
Béguin (Katia), *Les Princes de Condé, rebelles, courtisans et mécènes dans la France du Grand Siècle*, éd. Champ Vallon, 1999.
Bercé (Yves-Marie), *La Naissance dramatique de l'absolutisme (1598-1661)*, 1992.
Bérenger (Jean), *Turenne*, 1987.
Bertière (Simone), *La Vie du cardinal de Retz*, 1990.
– *Les Reines de France au temps des Bourbons*, II, *Les deux Régentes*, 1998.
Blet (Pierre), *Le Clergé de France et la monarchie, étude sur les Assemblées générales du clergé de 1615 à 1666,* 2 vol., Rome, 1959.
Bluche (François), *Louis XIV*, 1986.
– (sous la direction de), *Dictionnaire du Grand Siècle*, 1990.
Carmona (Michel), *Richelieu*, 1984.
Carrier (Hubert), *La Presse et la Fronde, 1648-1653,* 2 vol., 1989 et 1991.
– *Mazarinades*, s.d. (fac-similé).

– *Les Muses guerrières, les Mazarinades et la vie littéraire au XVIIe siècle*, 1996.
– *Le Labyrinthe de l'État*, 2004.
Chantelauze (Régis), *Le Cardinal de Retz et l'affaire du chapeau,* 2 vol., 1878.
Chevallier (Pierre), *Louis XIII*, 1979.
Cosnac (G. et J. de), *Colbert et Mazarin*, 1892.
Dessert (Daniel), *Argent, pouvoir et société au Grand Siècle*, 1984.
– *Fouquet*, 1987.
Dethan (Georges), *La Vie de Gaston d'Orléans*, 1992.
Dulong (Claude), *Anne d'Autriche, mère de Louis XIV*, 1980.
– *Le Mariage de Louis XIV*, 1986.
– *Marie Mancini*, 1993.
Feillet (Alphonse), *La Misère au temps de la Fronde et saint Vincent de Paul*, 1862.
Fronde en questions (La), Actes du 13e colloque du CMR 17, publications de l'Université de Provence, 1989.
Golden (Richard), *The Godly Rebellion. Parisians curés and the religious Fronde, 1652-1662*, University of North Carolina Press, Chapel Hill, 1981.
Jouhaud (Christian), *Mazarinades : la Fronde des mots*, 1985.
Kleinman (Ruth), *Ann of Austria, Queen of France*, Columbus, Ohio (USA), 1985 ; trad. fr. *Anne d'Autriche*, 1993.
Knecht (R. J.), *The Fronde*, Londres, 1975.
Kossmann (Ernst), *La Fronde*, Leyde, 1954.
Leman (August), *Urbain VIII et la rivalité de la France et de la maison d'Autriche*, Lille et Paris, 1919.
Lorris (Pierre-Georges), *La Fronde*, 1961.
Méthivier (Hubert), *La Fronde*, 1984.

Mousnier (Roland), *Les Institutions de la France sous la monarchie absolue,* 2 vol., 1990.

Pernot (Michel), *La Fronde*, 1994.

Petitfils (Jean-Christian), *Fouquet*, 1998.

– *Louis XIV*, 2 vol., 2001.

Pillorget (René et Suzanne), *France baroque, France classique*, 2 vol., 1995.

Prunières (Henri), *L'Opéra italien avant Lully*, 1913.

Ranum (Orest), *La Fronde*, New York, 1993 ; trad. fr., 1995.

Séré (Daniel), *La Paix des Pyrénées, vingt-quatre ans de négociations entre la France et l'Espagne (1635-1659)*, 2007.

Treasure (Geoffrey), *Mazarin, the Crisis of Absolutism in France*, Londres-New-York, 1995.

Index des noms de personnes

N'ont été relevés ni les éditeurs, ni les saints, ni les personnages légendaires.

Aglié (Philippe San Martino, comte d'), 177-184.
Aiguillon (duchesse d'), 281, 330, 428, 432, 487, 492, 527, 548.
Alexandre le Grand, 227.
Alexandre VII, pape, 32, 668-672, 679-682.
Altieri, cardinal, 353.
Angennes (Julie d'), 541.
Annat (le Père), 676.
Anne d'Autriche, 19, 71n, 73, 111, 200, 206, 207, 215-220, 228, 233-237, 240-251, 256, 263-269, 273, 276, 278-289, 297-308, 313-317, 324, 328-333, 344-348, 353, 369, 371, 373, 377, 383-385, 392, 394-405, 414, 415, 418-423, 424-429, 431-443, 446, 451, 463, 466, 468, 477, 483-498, 505-512, 515, 516, 520-528, 531-554, 558, 559, 561, 563, 566-569, 576, 584, 593, 605-611, 641, 657, 662, 700-704, 709, 713-720, 723-728, 730-742, 745, 749, 750, 753, 757, 758, 765, 766, 770-773, 775, 776, 792-800, 803, 804, 830, 831, 838, 840, 843, 845, 848, 849.
Archiduc (l'), voir Léopold-Guillaume.
Arioste (l'), 724.
Arnauld (famille), 347, 649, 656.
Arnauld (Antoine), avocat, 649.

Arnauld d'Andilly (Robert), 657, 658.
Arnauld (la Mère Angélique), 650, 657.
Arnauld (Antoine), « le Grand », 658, 659, 676, 677.
Augustin (saint), 648, 652, 661.
Autriche (maison), voir Habsbourg.
Auvry (Claude), évêque de Coutances, 674.
Avaux (Claude de Mesmes, comte d'), 173, 268, 383, 464.

Bagni [dit aussi Bagno] (Giovanni-Francesco), cardinal, nonce en France de 1627 à 1630 († 1642), 103, 108.
Bagni (Nicolò), frère du précédent, nonce en France de 1644 à 1656, 358, 662, 663, 674, 680.
Balthazar-Carlos, prince des Asturies, 375, 714.
Bar (Guy de), 488, 512, 526, 527.
Barberini (famille), dits aussi Barberins, 47, 140-145, 149, 166, 189, 206, 309, 356-358, 363-367, 637, 641, 654.
Barberini (Maffeo), voir Urbain VIII.
Barberini (Antonio, dit le cardinal Antoine), 53, 75, 97, 138, 142-150, 154, 155, 165, 166, 187, 207, 242, 309, 327, 329, 354, 356, 359, 367, 641, 823.
Barberini (Francesco), cardinal surintendant de l'État ecclésiastique, 53, 77, 88, 121, 129, 141, 149-150, 156, 169, 235, 354, 358.
Barberini (Taddeo), 53, 358.
Barillon (Jean-Jacques de), 344, 347.
Baroni (Leonora), 143, 144, 308, 330, 333.
Bartet (Isaac), 743-745.
Bassompierre (maréchal de), 232.
Bautru, 611.
Bavière (duc et Électeur de), voir Maximilien.
Bavière (Électrice de), 696.
Beaufort (François de Vendôme, duc de), 247, 277, 278, 289-292, 295, 297, 412, 429, 447, 449,

476, 480n, 491, 560, 572, 576, 599, 784, 839.
Beaussant (Philippe), 813.
Beauvais (M. de), voir Potier.
Beauvais (Catherine de), 716.
Beck, général espagnol, 414.
Bellièvre (Pomponne de), 666.
Benedetti (abbé Elpidio), 26, 33, 36, 45, 46, 128, 187, 188, 190, 529, 630, 812.
Benserade, 725.
Bentivoglio, cardinal et famille, 188-190, 353, 354.
Bergh, voir Bouillon.
Bernin (Gian Lorenzo Bernini, dit le), 140, 141.
Bérulle (cardinal de), 353, 648, 650, 652, 654.
Béthune (Philippe de), 121.
Biancolelli (Domenico), 312n.
Bichi (Alessandro), cardinal, 133, 163, 164, 189, 228, 229, 258, 266, 354, 356, 679.
Bissaro (le Père), 825, 827, 830.
Blancmesnil (Potier de), 415, 416, 430.
Blet (Pierre), 535n.
Bluche (François), 383.
Boësset (Antoine), 638.
Bolognetti (Mgr), nonce, 156, 161-163.
Bonnelli (Paul), 814.
Bonnesson (marquis de), 766.
Borghèse (Scipion), 188.
Borgia (César), 85.
Borromini (Francesco Castelli, dit), 140.
Bouillon (Frédéric-Maurice de La Tour d'Auvergne, duc de), 199-202, 205, 209-212, 217, 276, 447, 450, 456, 458, 461, 466, 472, 485, 496, 497, 503-506, 509, 530, 546, 552, 603, 822n.
Bouillon (Éléonore de Bergh, duchesse de), 199, 214, 449, 456.
Bouthillier (Claude), 234-236, 279.
Brandebourg (Électeur de), 697, 782.
Brassac (M. de), 218.
Brassac (Mme de), 218, 282.
Brayer, médecin, 819.

Brézé (Jean-Armand de Maillé, duc de), 281, 325, 363, 478, 480n.
Brienne (Henri-Auguste de Loménie, comte de), 216, 280, 382n, 479, 671, 749, 774.
Brienne (Mme de), 304.
Brienne (Louis de), dit le jeune Brienne, 117n, 245, 382n, 642, 749, 774, 819-821.
Brissac (duchesse de), 667.
Broussel (Pierre), 406, 408, 415-423, 424-426, 427n, 432, 455, 500, 511, 568, 572, 577.
Brunswick-Lunebourg (duc de), 697.
Buckingham (duc de), 242, 249, 284, 737.
Buffalini (famille), 46.
Buffalini (Hortensia), voir Mazarini.
Buti (abbé Francesco), 367-369, 638, 814, 816.

Callot (Jacques), 90.
Calvin, 652.
Campion (Henri de), 291.
Cantarini, 324, 453, 624.
Cantocarrero (don Fernand Vouès de), 774.
Caproli (Carlo), 638.
Caracalla, 31.
Caracène (marquis de), 692, 761.
Caravage (le), 640.
Cardinal-Infant (le), voir Ferdinand.
Carignan (princesse de), 772.
Carrache (Antoine), 640, 820.
Castille (Marie-Madeleine de), épouse de N. Fouquet, 808.
Catherine de Médicis, reine de France, 498.
Catherine de Bragance, reine d'Angleterre, 779.
Caussin (le Père), 234n.
Cavalli (Francesco), 333, 814-817.
Cenami, 624.
César (Jules), 30, 605.
Ceva (Mgr), 129, 150.
Chalais, 277.
Charlemagne, 54.
Charles Quint, 41, 56, 244, 375, 694, 816.
Charles V, roi de France, 246n, 474.
Charles VII, roi de France, 507.
Charles X, roi de France, 246n.
Charles Ier, roi d'Angle-

terre, 374, 398, 431, 462, 522, 640, 689, 692.
Charles II, roi d'Angleterre, 582, 710, 711, 763, 777-779.
Charles II, roi d'Espagne, 760, 763.
Charles X-Gustave, roi de Suède, 780-783.
Charles le Téméraire, duc de Bourgogne, 56, 374n.
Charles IV, duc de Lorraine, 123, 151, 152, 564, 575, 581, 746, 761, 822.
Charles-Emmanuel Ier, duc de Savoie, 64-69, 80, 83-87, 90-92, 97-103, 106-110, 121, 175, 176
Charles-Emmanuel II, duc de Savoie, 181, 186.
Charles, archiduc d'Autriche, 713.
Charton, 415, 416, 489.
Chassebras (Jean-Baptiste), 673, 680.
Châteauneuf (Charles de l'Aubespine, marquis de), 233, 279, 285, 425, 429, 500, 536, 548, 560.
Châtillon (duc de), 563.
Châtillon (Angélique de Montmorency-Bouteville, duchesse de), 563, 602.
Chaunu (Pierre), 852.
Chavigny (Léon Bouthillier, comte de), 49, 167, 168, 172, 183, 193, 204, 208, 209, 222, 224, 231, 232, 234, 235, 244, 279, 415, 425-430, 536.
Chéruel (Adolphe), 19.
Chevalier (Paul), 672, 680.
Chevreuse (Marie de Rohan, duchesse de Luynes, puis de), 233, 284, 285, 289, 303, 307, 477, 483, 489, 491, 500, 512, 518, 536, 539, 676.
Chevreuse (Charlotte de Lorraine, Mlle de), fille de la précédente, 477, 519, 536.
Chigi (Fabio), voir Alexandre VII.
Choisy (Mme de), 703.
Choisy (abbé de), 703, 789, 827.
Chrétienne (ou Christine) de France, duchesse de

Savoie, dite Madame Royale, 69n, 84, 86, 101, 125, 175-186, 365, 716-720.
Christian IV, roi de Danemark, 59.
Christine, reine de Suède, 781.
Cicéron, 406, 458, 695.
Cinq-Mars (Henri d'Effiat, marquis de), « Monsieur le Grand », 202-225, 241, 244, 252, 255, 271, 276, 299, 408, 456, 485, 838.
Clovis, 374n.
Coadjuteur (le), voir Retz.
Cœur (Jacques), 808.
Cœuvres, voir Estrées.
Colbert (Jean-Baptiste), 550, 573, 618, 622, 623, 628, 629, 631, 696, 700, 704, 769, 799, 804-811, 814, 826, 832.
Colbert de Terron, 742.
Coligny (Gaspard de Châtillon, amiral de), 459.
Collalto (Raimbaud), 74, 79, 80, 86, 88, 90, 94, 95, 97, 102, 103, 109, 113, 115, 117.
Cologne (Électeur de), 529, 530.
Coloma (don Pedro), 752, 758, 759.
Colonna (famille), 30-34, 37-39, 42, 46, 76, 78, 745.
Colonna (Anne), 53, 78.
Colonna (Carlo), 78.
Colonna (don Filippo), 31-33.
Colonna (don Francesco), 61.
Colonna (Hieronimo, ou Jérôme), 41-44, 78, 79.
Colonna (Lorenzo, prince), 745, 746, 822.
Comminges, 416.
Concini, favori de Marie de Médicis, 207, 221, 272, 288, 293, 305, 430, 544.
Condé (maison de), 271, 275, 290, 364, 472, 477, 494, 501, 757.
Condé (Henri II de Bourbon, prince de) [1588-1646], « Monsieur le Prince », 219, 236, 246-249, 265, 271, 272, 275-278, 286, 287, 338.
Condé (Louis de Bourbon, duc d'Enghien jusqu'en 1646, puis prince de), « Monsieur le Prince »,

le « Grand Condé », 265, 267, 273-275, 336-338, 361n, 363, 376, 384, 412, 413, 427-442, 446, 448, 453, 454, 460, 467, 469, 470-516, 521, 527, 531, 534-538, 543-550, 556-584, 589, 593-598, 602, 603, 609, 615, 633, 646, 661, 688, 689, 692, 700, 705, 706, 715, 748, 753-757, 761, 762, 766, 767, 777, 840, 844, 850.
Condé (Henri-Jules de Bourbon, duc d'Enghien), 757.
Condé (Charlotte de Montmorency, princesse douairière de), 238, 272, 275, 290, 511.
Condé (Claire-Clémence de Maillé-Brézé, princesse de), 274, 363, 506, 509, 511.
Conti (Armand de Bourbon, prince de), 154, 274, 431, 435, 436, 446, 447, 457, 472, 481, 492, 496, 519, 520, 536, 545, 580, 596, 599, 633, 635.
Conti (Anne-Marie Martinozzi, princesse de), 632, 633, 822.
Conti (Torquato), 61.
Copernic, 35.
Cordoba (le « grand connétable » de Cordoue), 76.
Cordoba (don Gonzalo Fernandez de), 65-69, 74-79.
Corneille, 328, 580.
Cornet (Nicolas), 660.
Corrège (le), 640, 641.
Cortone (Pierre de), 141, 314.
Cospéan (Philippe), évêque de Lisieux, 288.
Cousin (Victor), 18.
Coysevox, 834.
Cramail (Adrien de Monluc, comte de), 232.
Créqui (maréchal de), 69, 86, 92, 94, 785n.
Cromwell (Oliver), 490, 522, 625, 687-693, 697, 698, 711, 763, 777, 783, 798.
Cromwell (Richard), 763.
Cyrano de Bergerac, 451.

Démosthène, 695.
Des Fougerais, médecin, 819.
Dethan (Georges), 19, 184.

Dinet (le Père), 234n.
Dubois, valet de chambre, 249.
Du Buisson, 445.
Du Daugnon (comte), 559.
Du Fargis, 352.
Dulong (Claude), 19, 313, 318, 541n, 631, 770, 833.
Dunois, 446.
Duplessis-Mornay, 766.
Du Plessis-Praslin, maréchal, 120, 513, 549.
Du Saussay (André), 675, 680.

Elbeuf (Charles de Lorraine, duc d'), 447, 746.
Élisabeth de France, reine d'Espagne, 71n, 134n, 373, 714.
Elisabeth Ire, reine d'Angleterre, 518.
Émery (Michel Particelli d'), 345, 351, 388-390, 397-400, 409.
Emmanuel-Philibert, duc de Savoie, 83, 182.
Empereur, voir Ferdinand II jusqu'en 1637, puis Ferdinand III de 1637 à 1657 et ensuite Léopold Ier.
Enghien, voir Condé (Louis II, puis Henri-Jules).
Épernon (duc d'), 504-507.
Erlach (baron d'), 412, 413, 462, 465.
Este (Alphonse IV d'), duc de Modène, 634, 753.
Estrées (François-Annibal, marquis de Cœuvres, maréchal d'), 62, 160, 167, 168, 171, 193, 194.
Estrées (Gabrielle d'), 276, 477n.

Fabert (Abraham), maréchal, 215, 530, 532.
Fairfax, 522.
Farnèse (Odoardo), duc de Parme, 189.
Federn (Karl), 19.
Ferdinand II, empereur de 1619 à 1637, 58, 66, 67, 73, 74, 86, 109, 111, 166, 780.
Ferdinand III, empereur de 1637 à 1657, 200, 268, 335, 336, 373, 378-383, 385, 401, 412, 625, 694-697, 714, 782, 783.

Ferdinand d'Autriche, dit le Cardinal-Infant, 1609-1641, frère de Philippe IV et d'Anne d'Autriche, gouverneur des Pays-Bas de 1634 à sa mort, 200, 265, 279.
Feria (duc de), 122, 127.
Ferragallo (Antonio), 156, 163.
Fiesque (comte de), 490.
Fontenay-Mareuil (marquis de), 194.
Fontrailles (Louis d'Astarac, vicomte de), 208, 210, 216, 217, 219, 220.
Fouquet (Nicolas), 550, 566, 573, 574, 600, 618, 625-629, 785n, 787, 799, 804-811, 826.
Fouquet (l'abbé Basile), 573, 577, 586, 602, 810.
Fouquet (l'abbé Yves), 672.
François de Sales, 176.
François Ier, 41, 56, 84, 341, 609, 724.
Frangipani, 243n.
Frédéric V de Wittelsbach, Électeur de Bavière et empereur éphémère, 58.
Fuensaldagne (comte de), 575, 597, 692, 821.

Galilée, 35.
Gallas, 113.
Gamarre (don Estevan de), 514.
Gassion, maréchal, 334.
Ginetti (Mgr), cardinal, 173.
Gomberville, 725.
Gondi (Jean-François de), 351, 586, 664.
Gondi (Jean-François-Paul de), voir Retz.
Gondrin (Louis-Henri de), archevêque de Sens, 663, 674, 678, 681, 682.
Gongora, 724.
Gonzague (maison de), 64, 65, 631, 788n.
Gonzague (Éleonor de), impératrice, 67, 111.
Gonzague (François II de, duc de Mantoue), 63.
Gonzague (Marie de), 63-67.
Gonzague (Vincent Ier de, duc de Mantoue), 64, 65.
Gonzague (Vincent II de, duc de Mantoue), 65, 66.

Gonzague-Nevers (Charles Ier de), héritier du duché de Mantoue, 64-66, 69, 79, 80, 107, 109, 110, 113, 118, 518.
Gonzague-Nevers (Charles II de, duc de Rethelois, puis duc de Mantoue), 107.
Gonzague (Louise-Marie de), reine de Pologne, 205, 335, 782.
Gonzague (Anne de), princesse Palatine, 518, 519, 771.
Gonzalo, voir Cordoba.
Goubert (Pierre), 19.
Goulas (Nicolas), 212, 314, 355n, 415, 422.
Gourville (Jean Hérault de), 604, 805.
Gramont (Antoine de), maréchal, 438, 439, 606, 695, 765.
Grassi (Horatio), 36.
Greco (le), 640.
Grégoire XV, pape de 1621 à 1623, 61.
Grimaldi (Mgr), nonce, puis cardinal, 194, 646.
Guastalla (duc de), 66.
Guéméné (Anne de Rohan, princesse de), 307, 658.
Guénault, médecin, 819, 821.
Guénégaud (le président de), 572.
Guerchin (le), 640.
Guide (Guido Reni, dit le) 188, 640.
Guillaume d'Orange-Nassau, dit le Taciturne, 57, 58, 199.
Guise (maison de), 601.
Guise (Henri Ier, duc de), « le Balafré », 459.
Guise (Henri II, duc de), 376.
Guitaut, 419, 494.
Gustave-Adolphe, roi de Suède, 111, 367, 780.

Habsbourg (maison de), 9, 12, 41, 55, 71, 72, 151, 244, 251, 252, 266, 297, 335, 375, 380, 382, 694, 695, 713, 760, 780, 784, 842-843.
Hannibal, 564.
Harcourt (Henri de Lorraine, comte d'), 174, 182, 291, 376, 455, 478, 499, 549, 559, 561, 601.
Haro (don Luis de), 712, 730, 739, 749, 752,-757, 760-764, 772, 814.

Hautefort (Marie de), 203, 283, 300, 308.
Henri II, roi de France, 246n.
Henri III, roi de France, 101, 421.
Henri IV, roi de France, 54, 56, 59, 70, 84, 175, 184, 199, 246n, 254, 273, 276, 437, 449, 477n, 605, 655, 766.
Henriette-Marie de France, reine d'Angleterre, 175n, 642, 689, 709, 777-779.
Henriette d'Angleterre, duchesse d'Orléans, « Madame », 779.
Hervart (Barthélemy), 462, 655.
Hesse (landgrave de), 697.
Hocquincourt, maréchal d', 552, 563, 602, 603, 810.
Hodencq (Alexandre de), 672, 673, 675, 680.
Hopton, 265.
Hyde (lord Clarendon), chancelier d'Angleterre, 778, 779.

Ignace (saint), 47.
Innocent X (Giambattista Pamfilio), pape, 354-360, 364, 365, 393, 529, 585, 630, 660-670, 682, 683.

Jacques II, duc d'York, puis roi d'Angleterre, 634, 710.
Jansénius (Corneille Jansen, dit), 640, 652-654, 660, 663, 682.
Jarzé (baron de), 486.
Jeanne d'Arc, 446.
Joly (Claude), curé de Saint-Nicolas-des-Champs, 830.
Joly (Guy), secrétaire de Retz, 489.
Joseph (le Père), 102, 168, 172.
Juan d'Autriche, don (1629-1679), fils naturel de Philippe IV, gouverneur des Pays-Bas en 1656, 692, 712, 726.

Kapsberger (Hieronymus), 47.
Kossmann (Ernst), 556.

La Boulaie (marquis de), 489.
La Châtre, 232.

La Fayette (Louise de), 203.
La Fayette (comtesse de), 786.
La Ferté-Imbault (marquis de), maréchal, 566, 567.
La Fontaine, 808.
Lambert (Michel), 638.
La Meilleraye (Armand-Charles de La Porte, duc de), maréchal de, 409, 418, 419, 437, 666, 668, 823.
La Meilleraye (la maréchale de), 667.
La Meilleraye Charles-Armand), fils des précédents, duc de Mazarin, 823.
La Mothe-Argencourt (Mlle de), 723.
La Mothe-Houdancourt, maréchal, 375, 447.
Landi (Stefano), 141.
La Porte (Pierre de), 283, 287-289, 308, 316, 317, 588, 606, 608.
La Rivière (abbé de), 211, 231, 271, 424, 434, 436, 438, 481, 482, 492-496, 508.
La Rochefoucauld (François VII, d'abord prince de Marcillac, puis duc de), 251, 281n, 285, 446, 472, 490, 495, 497, 499, 503, 505, 509, 537, 538, 557, 564n, 604, 653, 684.
Laurain-Portemer (Madeleine), 19, 27n, 189, 525n.
Lavisse (Ernest), 13.
Lavocat (Nicolas), 672, 680.
Lefèvre d'Ormesson (André), 385.
Lefèvre d'Ormesson (Olivier), 276, 304, 359, 363.
Le Houx, 673.
Le Maistre (Antoine), 657, 659.
Le Maistre (Isaac), dit de Sacy, 659.
Lenet (Pierre), 273, 479, 482, 490, 550, 558.
Léopold Ier, archiduc, puis empereur de 1658 à 1705, 694-696, 714, 751, 777.
Léopold-Guillaume de Habsbourg, archiduc (1614-1662), prince-évêque de Strasbourg, gouverneur des Pays-Bas de 1647 à 1656,

456, 465, 503, 508, 512, 517, 530, 575, 581, 596, 597, 692.
Le Tellier (Michel), 279, 488, 498, 508, 531, 533, 536, 550, 588, 596n, 622, 665, 699, 749, 794, 797.
L'Hôpital (maréchal de), 265.
Liancourt (marquis de), 676.
Lionne (Hugues de), 32, 242n, 327, 382n, 438, 465, 531-533, 536, 573, 671, 679, 692, 711, 715, 748, 752-755, 758, 759, 792.
Lockhart (colonel), 692, 763.
Longueil, 432.
Longueville (Henri II d'Orléans, duc de), 275, 383, 432, 445-449, 455, 479, 480, 487, 492, 494.
Longueville (Anne-Geneviève de Bourbon, duchesse de), 273, 274, 290, 440, 445, 446, 449, 472, 477, 482, 488, 495, 499, 501, 503, 536, 580, 596, 684.
Loret, 610.
Lorme (Marion de), 204.
Lorraine (maison de), 447, 477, 601.
Lorraine (Christine de), duchesse de Toscane, 152n.
Lorraine (Charles de), neveu de Charles IV, 746.
Louis VI le Gros, roi de France, 246n.
Louis IX (saint Louis), 246n, 416, 436.
Louis XII, roi de France, 246n.
Louis XIII, 11, 56, 60, 62, 68-71, 80, 81, 86, 91, 97, 102, 103, 111, 123, 133, 147-154, 166, 168, 178, 182, 184, 191-193, 195-224, 226-258, 264-267, 272, 277, 283-285, 293, 295-300, 305n, 313, 323, 326-328, 340, 344, 352, 361, 373, 387, 425, 434n, 456, 477, 496, 518, 654, 655, 703, 713, 768, 788, 838, 840, 842.
Louis XIV, 12, 198, 238, 256, 258, 264, 267, 301, 305, 315-317, 328, 332,

373, 375, 384, 394, 395, 400, 428, 441, 442, 467, 474, 493, 494-499, 501, 510, 520, 521, 525n, 531, 535, 537, 542-544, 551-554, 556-559, 565-569, 578-580, 583, 584, 586, 587, 589, 594, 597, 603-614, 628n, 630-633, 638, 655, 682, 683, 695, 697-704, 707-712, 713-747, 749, 750, 753, 756-761, 764-768, 772-779, 786-790, 795-807, 809-811, 821, 822, 825, 826, 827-835, 837, 838, 843, 848, 851-853.

Lully, 639, 726, 813, 816, 817.

Luther, 653.

Luynes (duc de), 676.

Machiavel, 85, 341, 847.

Maderno (Carlo), 140.

Maidalchini (Olimpia), 355, 366.

Maignelais (Marguerite de Gondi, marquise de), 352.

Mancini (Diane), grand-mère de M., 32.

Mancini (Paolo) « Humoriste », grand-oncle de M., 32.

Mancini (Lorenzo), beau-frère de M., 146, 722.

Mancini (Girolama, née Mazarini), épouse du précédent, sœur de M., 33, 145, 146, 187, 632, 634, 722.

Mancini (Laure-Victoire), voir Mercœur.

Mancini (Paolo), neveu de M., 187, 567, 569, 606, 632, 749.

Mancini (Olympe), comtesse de Soissons, 632-635, 723, 724, 729, 743-745, 765, 822.

Mancini (Marie), princesse Colonna, 633, 636, 721-747, 749, 750, 778, 788, 795, 800, 814, 822.

Mancini (Philippe), duc de Nevers, 569, 608, 633, 635, 723, 742, 772, 788n, 822, 825, 828.

Mancini (Alphonse), 633, 634, 635.

Mancini (Hortense), duchesse Mazarin, 633, 636, 722, 730, 746, 778, 822-826.

Mancini (Marianne), duchesse de Bouillon, 633, 636, 730, 822, 825.
Manicamp (marquis de), 600, 601.
Manzoni (Alessandro), 105.
Marazzoli (Marco), 329.
Marca (Pierre de), archevêque de Toulouse, 681.
Marcillac, voir La Rochefoucauld.
Marguerite de France, duchesse de Savoie, 84.
Marie de Médicis, 71, 73, 111, 112, 175, 198, 202, 252, 272, 280, 288, 305n, 373, 650, 797.
Marie-Anne d'Autriche, reine d'Espagne, 714.
Marie-Thérèse d'Autriche, épouse de Louis XIV, 373, 375, 712, 713-716, 748, 758, 760, 773, 775, 776, 795, 803, 816.
Marigny (Enguerrand de), 808.
Marillac (Louis de), maréchal, 352.
Marillac (Michel de), 352.
Marino, 724.
Martinozzi (Anna-Maria), 812, 824.
Martinozzi (Vicenzo), 146, 156, 187-190.
Martinozzi (Geronimo), 146.
Martinozzi (Margarita, née Mazarini), épouse du précédent, sœur de M., 33, 145, 146, 187, 633, 812, 824.
Martinozzi (Anne-Marie), voir Conti.
Martinozzi (Laure), duchesse de Modène, 633, 634.
Masaniello, 376.
Maugars (André), 143n.
Maximilien Ier, duc de Bavière, 59, 379, 380, 815.
Mayence (archevêque-Électeur de), 697.
Mazarini (famille), 27, 33, 34, 42, 50.
Mazarini (Jean), 29.
Mazarini (Hieronimo), grand-père de M., 28, 29.
Mazarini (Margarita), grand-mère de M., 29.
Mazarini (Giulio), jésuite, 28.
Mazarini (Pietro), père de M., 25, 28-34, 44-46, 78, 79, 131, 132, 147, 187, 190, 365, 634.

Mazarini (Hortensia), née Buffalini, mère de M., 24-26, 31, 47, 187, 365.
Mazarini (Alessandro, puis Michele), frère de M., 26, 50, 51, 228, 354-356, 366, 367.
Mazarini (Margarita), sœur de M., voir Martinozzi.
Mazarini (Anna-Maria), sœur de M., 33, 145, 812, 824.
Mazarini (Cleria), sœur de M., 33, 145, 187.
Mazarini (Girolama), sœur de M., voir Mancini.
Médicis (Ferdinand II de), grand-duc de Toscane, 152n, 361.
Melani (Atto), 331, 369, 696, 814-817.
Melani (Filippo), 815.
Melo de Braganza (don Francisco), 264.
Mercœur (Françoise de), 277.
Mercœur (Louis de Bourbon, duc de), 277, 476, 480n, 545, 596, 767.
Mercœur (Laure-Victoire Mancini, duchesse de), 476, 480, 482, 545, 632, 634, 721.
Mercy (comte de), général allemand, 337.
Mesmes (Claude de), voir Avaux.
Mesmes (Henri II de), président au parlement, 457, 463, 465.
Mézeray, 317.
Mignard, 640.
Milton, 144.
Miossens, maréchal d'Albret, 495.
Molé (Mathieu), 345, 405, 421, 443, 458, 463, 482, 520, 521, 536, 561, 562.
Molière, 636, 819.
Molina, jésuite, 652.
Monaco (le prince de), 185.
Monaldeschi, 782.
Mondin (abbé), 320, 324, 453, 622, 806.
Monod (le Père), jésuite, 177-179.
Monsieur, voir Orléans (Gaston d').
Montagu (Walter), 229, 249.
Montalte (Louis de), pseudonyme de Pascal.
Montbazon (duchesse de), 289, 290.

Montespan (Françoise de Rochechouart, marquise de), 608.
Montesquieu, 845.
Monteverdi, 64, 107.
Montglat (marquis de), 221, 251, 766.
Montmorency (Henri II, duc de), 123, 200, 213, 275.
Montpensier (Anne-Marie-Louise d'Orléans, duchesse de), la « Grande Mademoiselle », 271, 441, 520, 525, 562, 566-572, 636, 703, 718, 744, 771, 774.
Montrésor (Claude de Bourdeilles, comte de), 208.
Moreri, 714.
Morosini, ambassadeur vénitien, 491.
Motteville (Mme de), 274, 277, 281, 284, 307, 310, 328, 385, 395, 400, 411, 416, 418, 422, 425, 428, 434, 439, 450, 466, 467, 484, 486, 495, 523, 528, 660, 715, 719, 730, 736, 796-799, 830, 848.
Mousnier (Roland), 589.
Muti, époux de Cleria Mazarini, 146.

Nani, ambassadeur vénitien, 353, 360.
Naudé (Gabriel), 228, 450, 453, 551, 573.
Nemours (Charles-Amédée de Savoie duc de), 562, 563.
Nemours (Marie d'Orléans-Longueville, duchesse de), 392, 404, 576.
Néron, 31.
Neubourg (duc de), 697, 757.
Nicolas-François, duc de Lorraine, 152, 478, 575, 746, 761, 822.
Nodaro, 43.
Noirmoutier (duc de), 449, 465.
Novion (Potier de), 430.
Noyers (François Sublet, seigneur de), 208-210, 234, 235, 279.

Olier (Jean-Jacques), 656, 676.
Olivarès (Gaspar de Guzman, comte-duc d'), 128, 209, 217, 256, 752.

Ondedei (Zongo), 679, 745.
Oppède (le baron d'), 767.
Orange-Nassau (Élisabeth d'), 199.
Orange-Nassau (Frédéric-Henri, prince d'), 212, 335.
Orléans (Gaston d'), « Monsieur », 111, 123, 152, 197-201, 206-209, 211, 212, 216, 217, 225, 228, 230-232, 236, 244, 246-249, 271, 275, 278, 286, 291, 336, 364, 384, 407, 413, 424, 427, 431-442, 456, 467, 474, 481-484, 492-495, 498, 503, 505-509, 516, 519-525, 529, 531, 534, 535, 539, 543, 544, 553, 560-563, 567, 570, 572, 578-581, 585, 703, 704, 705, 767, 840.
Orléans (Marguerite de Lorraine, duchesse d'), « Madame », 152, 153, 237, 271, 275, 441, 525, 565.
Orsini (Portia), 365.
Oxenstierna, 781.

Palatine (princesse), voir Gonzague (Anne de).
Palluau (Philippe de Clérembault, comte de), maréchal, 549.
Pamfilio (Camillo), 330.
Pamfilio (Giambattista), voir Innocent X.
Panciroli (Mgr), 75, 91, 99, 102, 129, 355.
Pape (le), voir Urbain VIII de 1623 à 1644, Innocent X de 1644 à 1655 et Alexandre VII ensuite.
Particelli, voir Émery.
Pascal (Blaise), 677, 678.
Patin (Gui), 227, 292, 451, 484, 593, 680, 789-792, 818, 819n.
Paul V, pape, 188.
Peñaranda (comte de), 414.
Peretti (abbé), 192.
Périer (Marguerite), 678.
Philippe II, roi d'Espagne, 713.
Philippe III, roi d'Espagne de 1598 à 1621, 42.
Philippe IV, roi d'Espagne de 1621 à 1665, 26, 71, 73, 89, 192, 197, 200, 256, 265, 268, 373, 375, 377, 381, 558, 692, 712, 713-720, 727, 750, 751, 755-759, 764, 767, 769, 772-775, 800.

Philippe Prosper, infant d'Espagne, 714.
Philippe, duc d'Anjou, puis d'Orléans, frère de Louis XIV, 198, 384, 553, 702-705, 731n, 773, 778.
Pimentel (don Antonio), 530, 716-721, 728, 729, 739, 748, 750, 753.
Pippo (don Paschalis), 25.
Pithou, 552n.
Pommeuse, 176.
Pons (marquise de), 485-489.
Pontis (Louis de), 100, 116.
Potier (Augustin), évêque de Beauvais, 249, 278, 280, 286, 292.
Poussin, 640.
Prince (Monsieur le), voir Condé.
Puységur (marquis de), 513, 514.

Racine, 734, 776.
Rambouillet (marquise de), 657.
Rantzau (maréchal de), 456.
Raphaël, 640.
Ravenel, 18.
Renard, restaurateur, 290.
Retz (Jean-François-Paul de Gondi, cardinal de), coadjuteur, puis archevêque de Paris, 17, 40, 134, 198, 249, 273, 277, 292n, 303, 309, 312, 316, 340, 351, 386, 387, 405, 406, 417-420, 432, 444-450, 476-479, 482, 489-492, 496, 500, 503, 507, 508, 512, 514, 518-525, 530-537, 545, 560, 573, 584-588, 593, 645-648, 653, 659-675, 684, 685, 705, 710, 761, 799, 811, 822.
Richelieu, cardinal, 11-13, 62, 68, 69, 72, 73, 79, 80, 85, 86, 91-103, 106-109, 111, 112, 118-124, 147, 149-168, 171-225, 226-230, 234, 236-244, 246, 247, 249-257, 264, 267-270, 276-283, 285, 293, 295, 297, 299, 308, 312-315, 319, 321, 323, 325, 327, 334, 337, 342, 345, 347, 350-352, 360, 383, 387, 392, 407, 409, 415, 421, 425, 428, 450, 459, 473-475, 480n,

496, 531, 558, 589, 598, 617, 647, 649, 651-655, 661, 733, 761, 780, 788, 823, 838, 840-845, 849, 852.
Richelieu (Armand-Jean de Vignerot, duc de), 487, 488.
Rohan (duc de), 479.
Romanelli, 314, 641, 843n.
Ronsard, 821.
Rose (Toussaint), 802.
Rospigliosi (Mgr Giulio), plus tard pape sous le nom de Clément IX, 141-144.
Rossi (Luigi), 367-370, 638, 696, 813.
Rouvray, écuyer, 169, 192, 193.
Rubens, 640.
Ruvigny (Henri de), 461.

Saavedra (don Diego de), 269.
Sablé (marquise de), 658, 683.
Sacchetti (Giulio), 63, 78, 353, 354.
Sacchetti (Jean-François), 62, 63, 66-68, 75-78, 669, 670.
Sacrati (Francesco), 331n.
Saint-Chamond (marquis de), 354, 356.
Saint-Cyran (Duvergier de Hauranne, abbé de), 650-654, 656, 658.
Saint-Évremond, 785.
Saint-Maurice (comte de), 92.
Saint-Simon (duc de), mémorialiste, 853.
Santa Cruz (marquis de), 110, 113, 115, 117-119.
Savoie (François-Hyacinthe, prince de), 180, 181, 228.
Savoie (Maurice, prince de), cardinal, 148, 166, 177, 178, 181, 185, 186, 228.
Savoie (Marguerite de), 716, 719-721, 725.
Savoie (maison de), 83, 146.
Savoie-Carignan (Thomas, prince de), 86, 180, 181, 184, 240, 362-364, 582, 635.
Saxe-Weimar (Bernard de), 460n.
Scarron (Paul), 370, 450, 451, 538.
Schomberg (maréchal de), 94, 95, 106, 113-119.

Scotti (Mgr), nonce, 192, 193.
Scudéry (Madeleine de), 301.
Séguier (Pierre), chancelier, 211, 236, 279, 325, 347, 396, 421, 500.
Semblançay, 808.
Sénecey (Mme de), 282, 330.
Servien (Abel), 125, 177-179, 268, 373, 435, 464, 465, 531, 536, 588, 599, 625, 662.
Sévigné (marquise de), 602, 657.
Sigismond, archiduc, 815.
Sirmond (le Père), 234n.
Soissons (Louis de Bourbon, comte de), 86, 198, 201.
Soissons (Eugène-Maurice de Savoie-Carignan, comte de), 635, 744.
Somaize, 722.
Soranzo, ambassadeur vénitien, 94.
Spada, cardinal, 355.
Spinola (famille), 29.
Spinola (Antonio), 74, 79, 80, 86, 88-91, 94, 97-99, 102, 103, 106-110, 115.
Strafford, 431, 522.
Strozzi (Giulio), 331n.
Stuart (famille), 634.
Sully (Maximilien de Béthune), 280.

Tacite, 458.
Tagliacozzo (duc de), 31.
Tallemant des Réaux, 226, 242n, 486, 657.
Talon (Omer), 394-395.
Tana (comte), 184.
Tasse (Torquato Tasso, dit Le), 64, 724.
Tavannes (marquis de), 501.
Tavannes (Jacques de Saulx, comte de), 501, 502.
Thou (François de), 205, 210-214, 216, 222.
Tite-Live, 115, 458.
Titien (le), 640, 820.
Toiras, 69, 110, 112, 115, 170.
Torelli (Giacomo), 332, 368, 370, 639.
Toscane, voir Médicis.
Tréville, capitaine des mousquetaires du roi, 221, 223, 230.
Tubeuf, 321n.

Turenne (Henri de La Tour d'Auvergne, vicomte de), 116, 199, 212, 276, 336-338, 361n, 379, 380, 412, 459-462, 465, 478, 497, 501, 503, 507, 508, 513, 514, 546, 553, 563-568, 572, 576, 596, 597, 602, 603, 610, 655, 669, 691, 699-701, 705-707, 712, 715, 716, 748, 756, 763, 775, 777, 780, 882n, 830, 844.
Tursi, 824.

Urbain VIII, pape de 1623 à 1644, 10, 35, 63, 66, 70-72, 74-79, 87, 91, 121, 127-132, 136-138, 147-150, 154, 156-160, 166, 168, 169, 171-173, 188, 191-195, 201, 206, 238, 329, 353, 359, 659, 840.

Valot, médecin, 819.
Van Dyck, 640.
Vélasquez, 89, 772, 774n.
Vendôme (maison de), 276, 278, 292, 477, 480.
Vendôme (Alexandre de Bourbon, grand Prieur de), 276.
Vendôme (César de Bourbon, duc de), 276, 281, 364, 476, 480n, 501.
Vendôme (duchesse de), 276, 289.
Venel (Mme de), 725, 739.
Véronèse, 640.
Verruë (Jérôme Scaglia, comte de), 181.
Vialart de Herse, évêque de Châlons, 588.
Victor-Amédée Ier (prince de Piémont, puis duc de Savoie), 69n, 84-87, 107, 109, 113, 120-123, 156, 160, 167, 175-181.
Vigarani (Gaspare), 815, 817.
Villeroy (Nicolas de Neuville, duc de) maréchal, gouverneur de Louis XIV, 525n, 606, 609.
Vincent de Paul (le Père), 249, 277, 288, 333, 352, 393, 454, 656.
Viole, 427, 430.
Vitry (Nicolas de l'Hôpital, marquis de), 232.

Vivonne (Louis-Victor de Rochechouart, duc de Mortemart et de), 608, 736.
Voiture (Vincent), 541.

Wallenstein, 74, 88, 111.
Wrangel, général suédois, 379.

Table

PROLOGUE 9

PREMIÈRE PARTIE
La quête d'un emploi

1. UNE ENFANCE ROMAINE 23
Un enfant prédestiné (23). – Racines (27). – Un jeune prodige (33). – L'apprentissage du monde (37). – L'intermède espagnol (41). – Retour en catastrophe (45)

2. NAISSANCE D'UNE VOCATION 50
Des choix décisifs (50). – Un peu d'histoire (53). – Mazarin s'engage (59). – La succession de Mantoue (64). – Mazarin s'instruit (70). – Mazarin se pousse (74).

3. MOURIR POUR CASAL ? 81
Le duc de Savoie (83). – Les hommes de guerre (87). – Face à Richelieu (92). – Il court, il court, Mazarin… (96). – Mazarin continue de courir, les événements aussi (104). – Ultimes rebondissements (109). – Le « miracle » (115). – La « comédie de Pignerol » (120).

4. La croisée des chemins 125
La rançon du succès (127). – Mazarin et l'Église (130). – La quadrature du cercle (136). – La Rome des Barberini (140). – Les initiatives de Mazarin (145). – Une mission impossible (150). – Le revirement (155). – Familier de Richelieu (161). – Le réprouvé (164)

5. L'homme lige de Richelieu 171
Le Congrès pour la paix (173). – Les amours de Chrétienne de France, duchesse de Savoie (175). – Turbulences politiques en Savoie (180). – « Une fantaisie extravagante » (186). – Le cardinalat (191). – L'envers du décor (196). – Cinq-Mars ou le danger des liaisons (202). – « Des découvertes merveilleuses » (207). – La grande absente de l'enquête : la reine (215). – L'amère victoire de Richelieu (220).

6. La plus haute marche 226
Les hésitations de Mazarin (227). – Le retour des bannis (229). – L'organisation de la régence (233). – L'alliance de la reine et de Mazarin (242). – L'héritage : état des lieux (251).

DEUXIÈME PARTIE
Sur la corde raide

7. Un ministre à l'essai 263
La guerre continue (264). – Les forces en présence (270). – De la « bonne régence » et de ses inconvénients (278). – Le complot des « Importants » (286).

8. « MONSIEUR LE CARDINAL » 295
L'« amitié » d'une reine (297). – L'énigme Mazarin (306). – La « maison » de la reine (311). – Enrichissement (318). – L'amour de la musique (327). – Une moisson de victoires (333).

9. LA PAIX MANQUÉE 339
Le parlement de Paris (339). – L'Assemblée du clergé de 1645 (348). – Bras de fer avec le Saint-Siège (353). – Une riposte armée : la guerre contre les Présides de Toscane (359). – Un festival d'opéra italien : l'*Orfeo* de Luigi Rossi (367). – Châteaux en Espagne… ou aux Pays-Bas espagnols (370). – Un sursaut et une demi-victoire (378).

10. LA RÉVOLTE DES JUGES 385
Le feu aux poudres (386). – Durcissement du conflit (394). – Les silences de Mazarin (399). – L'escalade (404). – Mazarin marque un point et continue d'attendre (408). – L'explosion (415). – Barricades (420).

11. LE SIÈGE DE PARIS 424
Règlements de comptes (425). – Un coup pour rien (428). – La valse-hésitation des princes (432). – Branle-bas de combat (437). – Le peuple (441). – Les grands (444). – La victoire en chansons (448). – Le « catholicon d'Espagne » (452). – La « conduite extravagante de M. de Turenne » (459). – La paix de Rueil (462).

12. LA RUPTURE AVEC CONDÉ 470
Un soutien coûteux (471). – Provocations croisées (475). – Le piège (480). – Condé s'enferre

(485). – Veillée d'armes (489). – L'arrestation (493). – La pacification des provinces (497). – Une province récalcitrante (504). – Incertitudes (509). – La victoire de Rethel (512).

13. La chute et le rebond 517
Les hésitations de Monsieur (519). – La « retraite » de Mazarin (523). – Les chemins de l'exil (526). – Une élève très douée (531). – Loin des yeux, loin du cœur ? (538). – Le « Confident » (542). – Un retour sans cesse différé (544). – Les retrouvailles (549).

14. La reconquête 555
Des enjeux capitaux (556). – Un choix stratégique (559). – La compétition pour Paris (562). – Le dernier exploit de Mademoiselle (566). – Terreur dans la capitale (569). – Un exil stratégique (573). – « Une amnistie sans exemple » (577). – L'arrestation du cardinal de Retz (584). – Un retour triomphal (588).

TROISIÈME PARTIE

Le poids du pouvoir

15. Consolider sa position 593
Opérations militaires (595). – La reprise en main du pays (599). – Parrain et filleul (605). – « Un prince accompli » (609). – Charité bien ordonnée… (615). – Un commis efficace et un surintendant ambitieux (622). – De grands établissements (629). – De brillantes alliances (632). – Un style de vie fastueux (636).

16. SOUMETTRE LE CLERGÉ 644
Une arrestation à hauts risques (644). – Aux sources du jansénisme : morale et théologie (648). – Mazarin joue l'apaisement (653). – « Un si grand feu en ce royaume » (656). – Un prisonnier intraitable et des prélats récalcitrants (661). – Un changement de prison (666). – L'impossible procès (670). – Un beau désordre dans le diocèse de Paris (672). – L'entrée en lice d'un nouvel acteur (676). – Retz mis en échec à Rome (679). – L'aggravation de l'offensive contre le jansénisme (681).

17. GAGNER LA GUERRE 687
Les places maritimes de Flandre (687). – Mazarin et Cromwell jouent au plus fin (691). – « Une invention du diable » (694). – La victoire, enfin ! (698). – La grande angoisse de Mazarin (700). – Monsieur, frère du roi (702). – Une fin de campagne triomphale (706). – La paix en vue (708).

18. MARIER LE ROI 713
Une héritière trop bien pourvue (713). – Le rendez-vous savoyard (715). – L'éducation sentimentale du jeune roi (721). – Une idylle inquiétante ? (726). – La tentation ? (729). – Mazarin joue son va-tout (733). – Derniers soubresauts (742).

19. CONCLURE LA PAIX GÉNÉRALE 748
Les négociations de l'île des Faisans (751). – Le sort de Condé (753). – La dot de l'infante (758). – Le rendez-vous des mendiants (760). – La diversion provençale (764). – Préparatifs (768). – Le cardinal marie son filleul (771). – La restauration

de Charles II Stuart (777). – L'aventurisme des Suédois (780).

20. « QUITTER TOUT CELA… » 786
L'impossible retraite (787). – Les ravages de la maladie (790). – La fin d'une complicité (793). – La dernière phase d'une éducation royale (800). – Mazarin pris entre Colbert et Fouquet (804). – Les derniers feux de l'opéra italien (812). – Le compte à rebours (818). – « Je meurs content… » (821). – Le testament (825). – Une mort irréprochable (830).

ÉPILOGUE 837

Notes et références 855

Annexes

Tableaux généalogiques
 Maison royale de France (branche des Bourbons) 882
 Famille de Mazarin 883
Cartes
 Les frontières françaises dans la première moitié du XVIIe siècle 886
 La Valteline 887
 La frontière du nord et du nord-est après le traité des Pyrénées (1659) 888
Repères chronologiques 889
Orientation bibliographique 911
Index des noms de personnes 921

Simone Bertière dans Le Livre de Poche

Apologie pour Clytemnestre n° 30658

Du fond du royaume des morts, Clytemnestre prend la parole. Son récit respecte les principales données de la terrifiante légende des Atrides – entre autres le sacrifice d'Iphigénie, qu'elle n'a jamais pardonné. Elle évoque aussi, parfois avec humour, les principaux acteurs de la guerre de Troie, et, toujours avec tendresse, les humbles gens qui les servaient. Avec, en arrière-plan, la terre grecque, âpre et gorgée de soleil.

LES REINES DE FRANCE AU TEMPS DES VALOIS

1. *Le Beau XVIe Siècle* n° 13873

De l'habile Anne de Bretagne à la très politique Catherine de Médicis, en passant par des figures pathétiques comme celle de Jeanne de France, boiteuse et répudiée à l'issue d'un procès honteux, nous découvrons ce que fut le dur métier de reine. Dans l'ombre du pouvoir royal, ces « vies entrelacées » témoignent aussi, à leur façon, de la condition féminine dans la France de l'Ancien Régime.

2. *Les Années sanglantes* n° 13874

Jusqu'à la fin du siècle, à travers la tourmente des guerres de Religion, les reines de France vont être amenées à jouer un rôle considérable. Après un bref intermède, la figure fascinante de la reine-mère Catherine de Médicis domine la période. Sa fille, la célèbre « reine Margot », connaît un destin tumultueux entre la politique et l'amour. Moins connues, Elisabeth d'Autriche ou Louise de Lorraine méritent d'être redécouvertes.

Les Reines de France au temps des Bourbons

1. *Les Deux Régentes* n° 14529

Deux femmes vont marquer le XVIIe siècle : Marie de Médicis et Anne d'Autriche. Toutes deux sont appelées à jouer un rôle politique considérable, puisque, respectivement mères de Louis XIII et de Louis XIV, elles seront durant de longues années régentes du royaume. Aidées par de grands ministres, Richelieu puis Mazarin, belle-mère et belle-fille tour à tour rivales et alliées face à l'insaisissable Louis XIII, chacune réagit selon son caractère dans des drames domestiques où se joue en même temps l'avenir de la France.

2. *Les Femmes du Roi-Soleil* n° 14712

Des deux femmes de Louis XIV, l'une, l'insignifiante Marie-Thérèse d'Espagne, a le titre de reine, mais pas la vocation. Françoise de Maintenon, son épouse secrète, a les capacités, mais sa naissance obscure lui interdit de prétendre au titre. Entre elles, la galerie des maîtresses, tour à tour comblées de faveurs et sacrifiées, illuminées et brûlées par la personnalité écrasante du Roi-Soleil.

3. *La Reine et la Favorite* nº 15287

Louis XV laisse prendre aux femmes qui l'entourent une place prépondérante. Il commence sa carrière de séducteur par les trois sœurs de Nesle, avant que ne s'installe auprès de lui pour vingt ans Mme de Pompadour. Son épouse polonaise, Marie Leszczynska, forte de sa progéniture, se pose en gardienne de la tradition dans une cour où la brillante favorite, issue des milieux financiers parisiens, apporte un souffle de modernité.

4. *Marie-Antoinette l'insoumise* nº 15572

Ni douce ni soumise, Marie-Antoinette fut une femme rebelle aux servitudes écrasantes de sa fonction, aspirant à une vie indépendante et conforme à ses goûts. La volonté et l'énergie dont elle fit montre longtemps pour des objets frivoles – sources de son impopularité – lui valurent d'atteindre, dans les épreuves, à une authentique grandeur.

La Vie du cardinal de Retz n° 31873

Paul de Gondi défia tous les obstacles rencontrés sur sa route : sa famille, Richelieu, et surtout Mazarin, à qui l'opposa un combat sans merci. Il fut l'âme et le grand vaincu de la Fronde. Il voulait être un grand homme : il fut un grand écrivain. Passionnante comme un roman, la vie mouvementée de ce prélat anticonformiste ouvre sur l'histoire du XVIIe siècle des perspectives stimulantes. Elle offre aussi des leçons de politique applicables à tous les temps.

Du même auteur
aux Éditions de Fallois :

LA VIE DU CARDINAL DE RETZ, 1990. *Prix d'Histoire du Nouveau Cercle de l'Union, Grand Prix « Printemps » de la Biographie, Prix XVIIe Siècle.*

LES REINES DE FRANCE AU TEMPS DES VALOIS.
1. Le Beau XVIe Siècle, 1994.
2. Les Années sanglantes, 1994.

LES REINES DE FRANCE AU TEMPS DES BOURBONS.
1. Les Deux Régentes, 1996. *Grand Prix d'Histoire Chateaubriand de la Vallée aux Loups.*
2. Les Femmes du Roi-Soleil, 1998. *Prix Hugues Capet.*
3. La Reine et la Favorite, 2000. *Prix des lecteurs des Bibliothèques de la Ville de Paris.*
4. Marie-Antoinette l'insoumise, 2002. *Grand Prix de la Biographie de l'Académie française, Prix des Ambassadeurs, Prix des Maisons de la presse.*

APOLOGIE POUR CLYTEMNESTRE, 2004. *Prix Océane des lecteurs de la Ville du Havre.*

Composition réalisée par ASIATYPE

Achevé d'imprimer en novembre 2010, en France sur Presse Offset par
Maury-Imprimeur - 45330 Malesherbes
N° d'imprimeur : 159774
Dépôt légal 1re publication : mars 2009
Édition 02 - novembre 2010
LIBRAIRIE GÉNÉRALE FRANÇAISE - 31, rue de Fleurus - 75278 Paris Cedex 06